古希腊和古罗马
神话故事

余祖政 刘佳 刘世洁◎编著

北京联合出版公司
Beijing United Publishing Co.,Ltd.

图书在版编目（CIP）数据

古希腊和古罗马神话故事 / 余祖政，刘佳，刘世洁编著. — 北京：北京联合出版公司，2015.5（2018.10重印）

ISBN 978-7-5502-4727-7

Ⅰ.①古… Ⅱ.①余… ②刘… ③刘… Ⅲ.①神话—作品集—古希腊②神话—作品集—古罗马 Ⅳ.①I545.73②I546.73

中国版本图书馆CIP数据核字（2015）第031746号

古希腊和古罗马神话故事

编　　著：余祖政　刘佳　刘世洁

责任编辑：王　巍

封面设计：施凌云

责任校对：徐胜华

美术编辑：盛小云

北京联合出版公司出版

（北京市西城区德外大街83号楼9层　100088）

北京德富泰印务有限公司　新华书店经销

字数694千字　　720毫米×1020毫米　1/16　40印张

2018年10月第2版　　2018年10月第2次印刷

ISBN 978-7-5502-4727-7

定价：78.00元

前　言

在绚丽多姿的世界文化史中，神话故事如同一串闪闪发光的珍珠贯穿其中。奇特的情节、多样的风格，以及丰富的内容都全面体现出神话故事无穷的艺术魅力与民族的多源性。神话是人类对最完美的自我的一种期待，它以浪漫史诗的形式再现了人类最初的社会生活和精神面貌，对世界各地文学的发展和繁荣产生了深刻而久远的影响。

古希腊和古罗马是西方文明的灿烂起点。经过漫长岁月的涤荡，留下了最脍炙人口、最富生命力的神话。它们是古希腊和古罗马人对远古历史和对自然界斗争的一种艺术回顾，是人们在同大自然的长期斗争中，在对高尚和文明的不懈追求中创造出来的，反映了古希腊和古罗马人在人类蒙昧时期对神秘自然的执着追求，对英雄神圣的信仰崇拜，对和平生活的热情向往以及对美好未来的无限憧憬。它们向我们展示了远古时代人类的思想和情感，我们可以透过它们忆起古代与自然共生的人类，体味到世界刚"诞生"时的幽远和隐秘。

古希腊神话故事是欧洲最早的文学形式，是世界所有神话中最美丽、最伟大的神话。它包括神的故事和英雄传说两个部分。神的故事包括神的出世、神的家庭、神的创造、神的战争、人类世界的起源、人神爱恋、人与神的合作和斗争等。英雄传说起源于对祖先的崇拜，反映了远古时期人类的生存活动和与自然进行的顽强斗争。与丰富多彩的古希腊神话相比，古罗马神话要简单、朴素得多。古罗马神话讲述了古罗马人民在同大自然的长期斗争中和在对高尚与文明的不懈追求中，创造出的一系列神的故事传说，最早阐释了人文精神理念，为今天西方社会的道德和伦理结构奠定了基础。古罗马神承袭了古希腊神的形象和传说，出现了古罗马神与古希腊神的混同过程，如古罗马的朱庇特、朱诺与古希腊的宙斯、赫拉互相对应。

古希腊和古罗马神话是人们将世界理想化、把社会诗歌化、把人生艺术化的艺术表现，是"人类美丽童年的诗"。它们不仅是西方文明产生和发展的源头，更是全人类文明的重要组成部分,世界文学艺术宝库中的奇葩,深刻影响着人类的文化生活和精神追求,是极为重要的世界文化遗产。这些神话故事流传至今已近 3000 年,作为人类童年时代的产物,它们显示出永久的魅力,它们纯真的艺术形象和朴素的风格,至今吸引着人们去阅读,去欣赏。阅读它们得到的不仅仅是美学上的享受,更能从中对古希腊和古罗马有更好的认识。这些神话和传说是史学家研究历史的必不可少的参考书,也是历代文学家和艺术家进行创作的借鉴和源头之一。

本书所选辑的故事,都是古希腊和古罗马神话故事中最具有代表性的作品,包括了神的诞生、神的家族、神的活动、人类的起源、英雄传说等。故事情节扑朔迷离,生动诱人;内容丰富多彩,引人入胜;语言幽默精练,耐人寻味;人物栩栩如生,跃然纸上。同时,编者还选取了 300 余幅与文字内容相契合的精美图片,将一个浪漫动人的神话世界全方位、多层次地展现在读者面前,加深读者对神话故事的认知,让读者在阅读故事时获得身临其境的感觉和轻松的阅读体验。科学的体例、生动的故事、精美的图片,多种视觉要素有机结合,带领读者进入一个神奇的世界、想象的王国。

古希腊和古罗马神话反映了人类原始时期的社会秩序,体现了人类的情感、信仰、愿望和幻想。翻开本书,你可以从精彩生动的神话故事中,找到与自己心灵产生共鸣的情感体验,可以从富有智慧的语言中汲取营养、获得感悟、引发思考,为自己的人生营造一方纯净的圣土。

目 录

下篇
古罗马神话故事

古希腊神话故事

开天辟地的混沌之神欧律诺墨

在希腊神话之中，创世之说很多。下面的这个混沌之神的故事就是其中的一个，也是流传比较广的一个。

太初茫茫之时，世界处于一种杂乱无序的"混沌"状态：太阳尚未出世，月亮也没诞生，大海、陆地、天空纠结在一起，混作一团——陆地尚不坚固，海洋还未起波，天空也没有光明。可是在这一团混沌之中，大海、陆地、天空彼此冲突着，冷热软硬干湿轻重互相斗争。斗争到了一定时候，逐渐地，变化出现了，这些原始物质开始分化：大地和天空被一道地平线分割为二，陆地和海洋互相区别，清虚之气和浑浊之气开始脱离。

世界乱糟糟的面貌改变了，形成了初步的秩序，彼此能够和谐相处了：轻的部分上升为瓦蓝的苍穹，在最高的地方找到了它们的安身之处；沉重的部分聚集在一起，成为沃黑的大地；大地和天空之间是无所不在的空气；回旋流动的水泛起了波涛，将陆地环绕了起来；而在地下的最底层，则是一个最为黑暗的地方，叫作塔耳塔洛斯。

就在天地分开形成海洋陆地的时候，从一片混沌之中出现了开天辟地的天神欧律诺墨。她长发飘飘、赤身裸体，在天地尚未形成的宇宙混沌之中，找不到任何立足之点，于是她用手一挥，划分出天空和海

欧律诺墨与俄菲翁

在希腊神话中，女神欧律诺墨在急速旋转中抓住北风在手中揉搓，造出大蛇俄菲翁，大蛇与女神结合。怀孕的女神产下一枚光闪闪的宇宙卵，这就是世界的开始。

洋。她立在叠浪起伏的波涛之上翩翩起舞，并顺着一股强劲的南风，向前方飞过去。飞到爱琴海上空，女神欧律诺墨渴望能够控制自己的方向，就在急速旋转之中，随手抓住了擦肩而过的北风。一阵揉搓，北风在她充满神力的手中变成了一条河流似的蜿蜒盘旋的大蛇俄菲翁。这个时候的大蛇俄菲翁浑身冰冷、僵硬。女神欧律诺墨抓起大蛇一阵狂舞，大蛇在她的手中弯来折去，获得了热量。它的身体变得暖和了，就慢慢地新陈代谢，见风就长，皮肤渐渐地变为燃烧的火焰色。它盘绕起身体，在女神的胸脯上纠缠了一圈，扭动着身子和女神结合。有孕的女神摇身变成了一只白色的轻捷的鸽子，在波涛上伏窝，七七四十九天之后产下了一枚光闪闪的宇宙卵。女神命令这只大蛇在这枚卵上盘旋七次，随后宇宙卵一声轰响，裂成两半。裂为两半的宇宙卵在波涛之上翻滚了一阵之后，万物都诞生了：日月星辰、大地山河、花草树木出现在世界上。随后，女神又创造了一对巨人，一男一女。

完成了创世业绩之后，欧律诺墨带着俄菲翁在希腊的奥林匹斯山上安家。他们两个过了一段安稳的日子之后，俄菲翁就不满足了。他自恃功高，以为创世是他一个人的功劳，他才是真正的创世主，女神应该听从他的命令。这让女神欧律诺墨十分恼火，两个人就搏斗起来。在剧烈的打斗之中，欧律诺墨眼疾手快，一腿后撩，脚后跟踢中俄菲翁的头。不一会儿，俄菲翁的头肿成了一个葫芦包。他的牙齿也被踢掉了，从空中落到了地上。斗输了的俄菲翁只能接受失败的结果，被发配到了大地上最黑暗的洞穴——塔耳塔洛斯居住。他跌落的牙齿落入了尘土之中，并慢慢发育成长，成为大地上的第一批人类。这群人类始祖都从土里生出，生活在女神为他们创造的世界里。

大地女神该亚

很久很久以前，该亚是人们一直崇拜的大地女神。和天庭的主宰众神之父的宙斯相比，她更像是神灵家族之中和蔼可亲的老祖母。

根据古希腊传说，该亚是大地的化身，是从混沌之神欧律诺墨中分离出来的。她一出生，就陷入了沉睡之中。她的酣睡之地是奥林匹斯山上一块光秃秃的大石头。她躺在上面一丝不挂，胸脯宽广，双腿叉开。一阵暖风在她双腿之间盘桓片刻，该亚就怀孕了。虽然遭到了暖风的骚扰，该亚却仍然沉睡如泥。在昏睡之中，怀胎十月后的该亚一连产下了三个孩子：天神乌拉诺斯、老海神蓬托斯和时序女神。

刚生下孩子的该亚体质虚弱
不清。她的第一个孩子天神乌拉
风就长，很快就长成了一个高大
轻人。他的皮肤颜色随心情而
以变出蔚蓝、乌黑或者苍灰之色
蹦蹦跳跳地在山水之间游玩着，
登上了山顶，借着天生的千里
眼，他看见了双腿叉开的大地
女神该亚。他一阵冲动，该亚又

醒来的该亚感觉到了肚子疼
在地上来回地滚动着，一直转
十二圈，生下了十二个提坦神（又
称泰坦神，都是巨大的意思）之后，
疼痛才停止。她丰满的乳房微微地

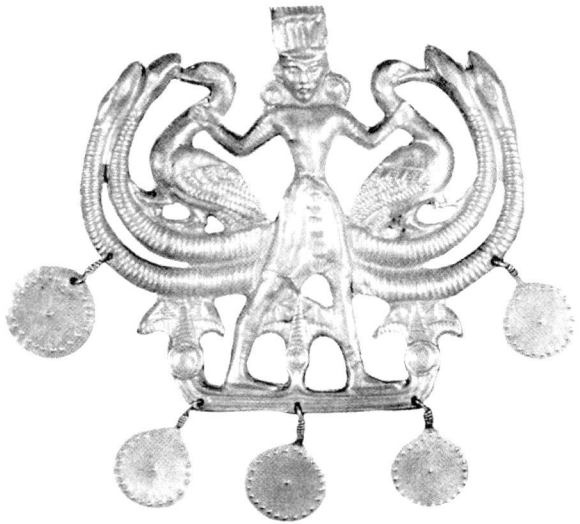

弥诺斯人的垂饰
饰件中间端庄的女神为大地之母——该亚，这件
光彩夺目的金制挂饰反映了人们对该亚的崇拜。

有些胀疼。这十二个提坦神，一生下来就高大健硕。他们咿咿呀呀地爬到了母亲
身边，没长牙齿的小嘴巴大张着，本能地摸索吮吸着。这群提坦神之中，最聪明
的就是小儿子克罗诺斯。他最先摸索到该亚的乳房处。他含住乳头，一伸一缩地
吮吸起来。白色的乳汁流进了嘴里，克罗诺斯满足地发出了幸福的吱吱呜呜之声。
这个时候，其他的几个孩子纷纷地伸过头来，要去够那黑泥色的乳头。于是，他
们互相争斗起来。他们力量相当，智慧一般，只有喝了乳汁的克罗诺斯，力气大增，
其他孩子被他打得鼻青脸肿，倒在一边。克罗诺斯吃饱喝足后，离开母亲四处玩乐，
这时候才轮到了他那些嗷嗷待哺的哥哥姐姐们。

孩子们慢慢长大了。十二个孩子之中，克罗诺斯年纪最小，却是最为勇敢而
又最有智谋的一个。

这个时候，他们的父亲乌拉诺斯已经战胜大地女神该亚，成为宇宙的主宰，该
亚则成为他的王后。这对夫妻又生下了独目巨人和百臂巨人。他们刚生下来就力大
无比，乌拉诺斯非常害怕他们会对自己的地位构成威胁，就把他们藏在一个秘密的
黑暗之地。作为母亲的该亚非常愤怒，就唆使儿子克罗诺斯阉割了乌拉诺斯。

该亚可以说是一位最受人崇拜的女神。人们在发誓赌咒时，她的名字是最为
神圣的，而且，她还被作为一个收成的赐予者被人四处祭祀尊敬。此外，她还被
认为是人类的始祖，又是死人的归宿之地，因为死人都一律是埋葬在地下的。

希腊人对该亚的崇拜随着希腊社会由母系氏族进入父系社会发生了一些变化。在母权社会之中，该亚是核心神祇，受到广泛崇拜，而天神乌拉诺斯就没有这个福分。但是随着男性在日常生活之中地位越来越高，天神乌拉诺斯逐渐成长为万事之父，该亚地位下降，成为神族之中年迈而不起决定作用的女神。因为该亚是大地的化身，而大地则是人们的衣食父母、立足之地，所以，尽管天神的主宰者更换了几次，可该亚崇拜还是延续了下来。

第一代天神乌拉诺斯

天神乌拉诺斯是大地女神该亚的儿子。他出生不久就成长为一个面貌英俊的少年。后来，他又与母亲该亚结婚，并成为天地之间的主宰。乌拉诺斯登上了天神的宝座之后，他就对他所统治的疆域进行了一番改造。首先，他将宇宙分成了许多部分，然后进一步塑造了地球。在山林茂密的地方，他用他的权杖划出了潺潺的泉水；在一望无际的平野，他用脚一顿，出现了一个巨大坑洞，水流涌出，成为波光粼粼的池沼湖泊。雨水从天空降落下来，汇成小溪河流，奔向浩瀚的大海。原野伸展，山谷下陷，峰峦耸立，树木生长……世界变成了与今天类似的样子。接着，他又煞费苦心，让地球上出现了不同的气候带：当中最热的就是热带地区；而两端白雪飘飘、冰雪覆盖的地方，则是寒带；夹在寒热之间的温带地区，气候温和，寒暑交替。

在天神乌拉诺斯的统治之下，宇宙变得井然有序：日月交替，星星闪光，鱼翔大海，兽跑南山，昆虫啾啾，百鸟朝凤。而作为主宰者的天神，他和地母该亚生下了一大群儿女。地母该亚两次分娩。第一次她生下了十二个提坦神；第二次生下的，则完完全全是一批怪物，身材高大顶天立地就不说了，力气也大得吓人。其中一个怪物身高臂长，一生下来就是一只独眼，倒竖在额头上，闪闪发出绿光，眼睛上一道又横又直的眉毛，仿佛毛笔画上的。他的样子已经够丑了，可是比起他的三个兄弟来说，他简直可以算得上是一个帅哥。他的三个弟兄比他还高出一倍有余，脖颈上顶着五十个脑袋，而双肩上一共长出了一百只毛茸茸的巨手。他们与人争斗时，头上的百只巨眼发出了火红的怒焰，五十张大嘴吼声震天，一百只巨手张牙舞爪，威势凶猛，锐不可当。

天神乌拉诺斯能够预知未来，他察觉到了一种危险：自己的众多孩子之中，那最优秀的一个必然会推翻他。因此，天神乌拉诺斯对孩子又恨又怕。他偷偷地观察这些孩子，尤其让他感觉害怕的就是这些怪物。他利用这些怪物四肢发达、头脑简单的弱点，把他们引诱到一个秘密的洞穴里，偷偷地把他们关闭起来。这件事情激怒了地母该亚。她找遍他们宫殿的附近孩子可能游玩之处也没找到，嗓子也喊哑了，却没有任何回应。问起乌拉诺斯，他就支吾过去，花言巧语逗地母该亚开心。

地母该亚找不到她的怪物孩子，就只能更加警惕地守护在这些提坦神身边。他们虽然年纪比怪物弟弟大，可还在摇篮里牙牙学语。对这些手无缚鸡之力的婴儿，乌拉诺斯也不能放下心来，又一个个地把他们偷走，藏在另一个秘密的黑暗之地。只有提坦神中最小的克罗诺斯，由于地母该亚最喜欢他，看护得紧，才没让乌拉诺斯得逞。相反，由于乌拉诺斯最近行踪诡秘，该亚对他产生了怀疑。一天，乌拉诺斯趁该亚不在克罗诺斯身边，蹑手蹑脚走到摇篮边，四面瞅了瞅，见没人，便将孩子抱起来转身就走。这个时候，暗自庆幸的乌拉诺斯根本不知道，自己中了该亚的圈套，她正躲在一边秘密观察着呢。乌拉诺斯一走，该亚就悄悄跟在他身后，一直跟到了乌拉诺斯偷藏提坦神的地方。那是地下一个黑暗的洞穴。乌拉诺斯把克罗诺斯扔下，匆匆离去。该亚在这个地方做了一个标记，急急返回宫殿中。她看到了空空的摇篮，痛哭起来，乌拉诺斯假惺惺地在一边滴下了几颗眼泪。

该亚看穿了乌拉诺斯的诡计，却又没法与之直接相斗。她斗不过残忍蛮横的乌拉诺斯，只有偷偷背着他去看望孩子。那里有克罗诺斯，还有其他的提坦神，可是怪物们却不知道被囚禁在什么地方。孩子们在幽禁的黑暗之地慢慢长大了。当最小的儿子都已经过了十八岁生日的时候，该亚觉得时间到了。她把事情的前前后后都告诉了儿子们，希望他们了解真情以后，能够推翻乌拉诺斯。她找来了灰色的火山石，磨成了一把大镰刀。

她告诉孩子们："孩子们，打倒你们罪恶滔天的负心父亲。这个家伙太可恨了，他害怕你们夺权，就抛弃你们，把你们关在这暗无天日的地方！"

她的儿子个个都很有力，可是却不自知，他们害怕乌拉诺斯。只有小儿子克罗诺斯毫不畏惧，他推开前面沉默不语的哥哥，走到母亲跟前，握着她的手说："母亲，我听你的，我们是应该把这个恶棍赶下天庭的，但怎么对付那个老家伙呢？"

该亚摇了摇手中的大镰刀，说："孩子，有了这个，你就可以去和他一拼高下了。"

克罗诺斯犹豫了一下，摇了摇头说："母亲，光凭力气，我不能百分之百地确保胜利。我们何不这么办呢？"他附在该亚的耳朵边，说了一通。该亚听了很高兴，连连点头。

　　该亚返回宫殿，对着水池细心地打扮起来，她涂上了香粉，穿上了最美丽的衣服。今天的该亚特别美丽，不但没老，岁月的沧桑反为她添上了一番成熟风韵。夜色很快降临，巡视天庭回来的乌拉诺斯见到妻子，眼前不由一亮。两位天神在寝宫之中卿卿我我，吃饱喝足之后，就上了床。乌拉诺斯满怀激情，俯卧在该亚的身上。这个时候，早在床下埋伏多时的克罗诺斯冲了出来，他左手抓住父亲，右手那把锋利的大镰刀轻轻一挥，就把父亲阉割了。受伤的乌拉诺斯连衣服都来不及穿上，光身往外冲去，可是克罗诺斯的哥哥们已经包围了四周。他们尽管害怕父亲，却不愿意自己的母亲和弟弟有生命危险。无路可逃的乌拉诺斯如同丧家之犬，又被克罗诺斯抓住。克罗诺斯扣住他腰部的要害地方，用力一甩，乌拉诺斯就从天上掉了下去。身负重伤的乌拉诺斯坠落之时，他的伤口滴下了鲜血，溅落在地上，变成了后来的复仇三女神。经过九天九夜，乌拉诺斯坠落到了地下最黑暗的洞穴——塔耳塔洛斯里，永世都不能翻身。

　　乌拉诺斯的统治结束了。克罗诺斯和他的哥哥们又把怪物弟弟救了出来。在奥林匹斯众神会议中，大家一致推选克罗诺斯成为新一代的主神。就这样，克罗诺斯时代开始了。

第二代天神克罗诺斯

　　十二提坦神之一的克罗诺斯推翻了乌拉诺斯之后，成了第二代天神。他能够战胜父亲，是他兄弟姐妹帮的忙。可是，当他登上王位后，却患上了和父亲一样的毛病，担心他的兄弟们窥觎宝座。他知道自己的力气比不上弟弟独目巨人和百臂巨人，于是他找了一个借口，把他们关闭在地下最黑暗的洞穴——塔耳塔洛斯里。可是光因禁了他的怪物弟弟，他还不放心。他比父亲更为多疑残忍，为了杜绝流言蜚语，他又把提坦神们也给关进去了，只把姐妹中最为漂亮年轻的瑞亚留在了身边。她成了他的妻子。

　　消灭了所有的潜在敌人，应该说他的地位已经相当巩固了。可是他和父亲一样，有预知未来的能力，也预测到自己将来会被儿子中最为优秀的一个推翻。克罗诺斯食不知味，睡不安寝。怎么才能杜绝这种可能性，永保王位呢？克罗诺斯也曾想和父亲一样，把儿子们囚禁起来。可是前车之鉴，父亲的教训，他是不会忘记的。而且，天下最理想的监狱不过就是塔耳塔洛斯，他关在那里的兄弟姐妹难保不挑拨鼓动自己的儿子来反抗他。

克罗诺斯绞尽脑汁，却没有想到一个妥善完美的办法。把孩子究竟关在什么地方呢？这个问题搅得他不能安宁。一天吃午饭时，因为过于焦虑，他的舌头不小心被烫了一下。他疼痛得来回转圈。这时他的脑海中灵光一闪：是呀，还有比肚子更安全的地方吗？如果把孩子关在肚子里，他有再大的本事也跑不出去了。这样一来，自己的王位不就高枕无忧了吗？

于是，从瑞亚生第一个孩子开始，克罗诺斯就坚守在旁边。瑞亚把刚生下来的孩子细心包好，交给了克罗诺斯，让他抱抱，克罗诺斯却把包好的小孩子放进嘴里，一口吞吃了。瑞亚大哭，可

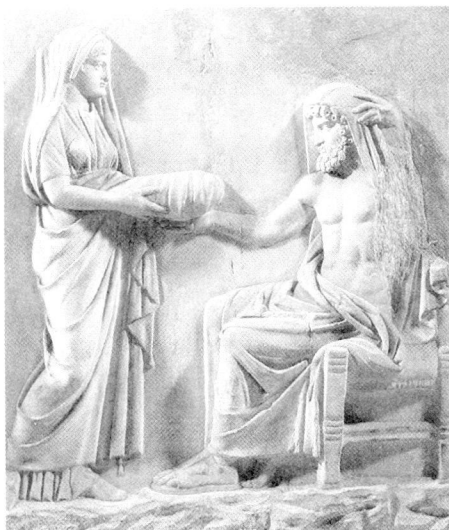

宙斯避难

克罗诺斯担心他的儿女会像他夺父亲的权那样夺他的权。于是就把瑞亚生下的孩子全吃掉。小儿子宙斯出世时，瑞亚将一块石头包起来代替孩子，给克罗诺斯吃了。宙斯幸免于难，在两位女神的看护下长大。

是克罗诺斯却放心地狂笑起来。就这样，瑞亚每生下一个孩子，还没有仔细看上一眼，这个孩子就进了克罗诺斯的肚子里，前前后后，已经有五个了。俗话说十指连心，一连五个，都被残暴的丈夫吞进了肚子里。瑞亚虽然毫无办法，却再也不能忍受了。所以当她再一次怀孕的时候，她决定要有所行动，挽救这个即将诞生的小生命。这个幸运的孩子就是后来的第三代天神宙斯。

宙斯出世的时候，瑞亚强忍着生育之苦，把一块石头包了起来。这块石头是她准备多时，放在枕边备用的，和婴儿大小不差。当克罗诺斯闻讯赶来，瑞亚就把石头递给了他，那个残暴的天神看也不看就一口吞下，然后大笑三声扬长而去。

瑞亚吊着的心放了下来。虽然骗过了丈夫，可是孩子交给谁抚养呢？她想起了小时候捉迷藏时在克里特岛上发现的一个山洞。于是，她将宙斯送到了洞里，并请了两位女神看护他。小婴儿面色红润，很招两位女神的喜欢。她们精心照料他，每天都用母山羊阿玛尔菲亚的奶水和蜂蜜喂养他。为防万一，瑞亚还派了一些武装的卫士守卫在山洞前。每逢小宙斯哭叫的时候，他们就用长矛击地，发出一片响声，以掩盖宙斯的哭声。

宙斯在两位女神的细心呵护下，长成大人。瑞亚一看是时候了，就把事情的

前前后后告诉了宙斯。宙斯又伤心又难过，他决心拯救自己的兄弟姐妹，并且推翻父亲克罗诺斯的残暴统治。

宙斯想了一个巧计，煎了大罐的药，由瑞亚端给生病的克罗诺斯吃。喝下那罐药后，克罗诺斯肚子疼痛起来。他弯下腰，大口地呕吐着。呕吐物中，先是一块大石头，随后是破布。他大吃一惊，意识到了问题的严重性。接着，他吞下去的五个儿女都被他吐了起来。说也奇怪，这五兄妹在父亲的肚子里不但毫发无损，而且都长成了大人，像宙斯一样高大健壮。兄弟们一出来就联合宙斯，一起反抗父亲。双方斗得天昏地暗，却一直没有分出胜负。战争僵持了十多年之久。

克罗诺斯找来朋友帮忙。其中一个就是自己的堂兄，非常聪明的普罗米修斯。他看到双方僵持不下，就建议说：天神呀，我看还是把你的兄弟们从地底下放出来吧。如果有他们帮助你的话，你就赢定了！可是克罗诺斯担心兄弟们怀恨在心，会倒打一耙，帮助宙斯。他拒绝了。

俗话说：得道多助，失道寡助。普罗米修斯看到克罗诺斯不但不听劝告，对待兄弟和孩子还是这样残酷无情，于是，他就站到了宙斯这一边。宙斯正为战争不能取胜着急，就求教于这位聪敏的堂叔。普罗米修斯告诉宙斯，应该解救那些被关押在地底的叔叔伯伯们，有他们的帮助，胜利才有把握。于是，宙斯到了地底，释放出独眼巨人和百臂巨人。独眼巨人送给宙斯一些礼物：雷霆，闪电，霹雳；送给宙斯的一个哥哥哈里斯一顶可以隐身的帽子；送给另一个哥哥波塞冬一支三叉戟。而脾气暴躁的百臂巨人则直接参战，加入宙斯阵营。他们要惩罚他们的兄弟克罗诺斯。在得到了独眼巨人的宝物和百臂巨人的帮助后，宙斯率领大军，开向奥林匹斯山。

双方短兵交接，一场恶战开始了。战斗开始不久，局势偏转。克罗诺斯的部队根本不是对手，开始节节败退，而克罗诺斯也斗不过百臂巨人。克罗诺斯刚抛出一块石头，三个巨人，三百只手就抛出了三百多块石头，仿佛是一场石雨呼啸而来，他只好返身逃跑。这时正埋伏在上空的宙斯投出了闪电、巨雷。一时间雷电大作、风雨交加、海水沸腾、森林起火，整个世界都在颤抖之中。可怜的克罗诺斯失败了，被宙斯用铁索锁拿起来。宙斯以其人之道还治其人之身，将他打入了最黑暗的洞穴——塔耳塔洛斯。洞穴又深又黑，一道又高又厚的大门紧紧地堵在门口，洞门外还有一只嗅觉灵敏的三头巨狗。独眼巨人和百臂巨人则在洞穴外严密地巡逻。此时，就是插上双翅，克罗诺斯也飞不出这个黑暗之地。

克罗诺斯的残暴统治结束了，神界进入了宙斯时代。

第三代天神宙斯

宙斯是第二代天神克罗诺斯的儿子，他是第三代天神。在希腊神话中，宙斯被尊称为"众神之父"、"万王之王"、我们后面讲到的大多数神和人间英雄都是宙斯的兄弟姐妹或者儿女后裔。他既是整个希腊神话中的主角，也是奥林匹斯山的十二主神之首。

在希腊，尽管宙斯是人们崇奉的最高天神、众神和万民的君父，但他也有自己具体的职责。他首先主宰着整个天空，而他的主要武器则是独眼巨人送给他的雷霆、闪电和霹雳，所以他不仅能抛掷闪电、霹雳，制造雷霆，还能呼风唤雨。宙斯的另外一项本领则是家族遗传的，那就是预知未来。他通过托梦，制造雷电，或借助于禽鸟的飞翔和树叶的沙沙声来宣布人们的命运。

这位第三代天神有着不凡的仪表，他最经典的形象就是高高地坐在主神的宝座上，五官端庄，头发卷曲，长着大胡子，左手持权杖，右手持雷锤，脚下还盘踞着一只神鹰，表情十分威严。宙斯可不是空有其表的天神，他主宰驾驭着自然界的一切，使四时更迭井然有序；他不仅主宰着天庭，还统治着包括人、神万物在内的整个世界。大自然的一切都归他所管，甚至连人间的善与恶都由他说了算。在第三代主神们所居住的奥林匹斯山，宙斯的宫殿前摆着两个特殊的罐子：左边的罐子里装着"善"，右边的罐子里装着"恶"。当有凡人降生的时候，天神宙斯就会从两个坛子里分别取出等量的"善"和"恶"赐给这个凡人，所以，大部分的人在刚出生的时候既说不上善，也说不上恶，都是善恶参半的。但是，宙斯也有忙得没有心情的时候，就随便从两个罐子里抓些"善恶"赐给这个人，所以就有了生性更善良或者凶恶的人。

当然，宙斯的权利也不是无限的。在很多情况下，他也得听从命运女神的安排，没法随心所欲地对一个人的命运做出改变。爱神的力量也是宙斯无法左右的，所以即使是宙斯本人，也常常被爱神的金箭射中，不由自主地爱上一个女神或者人间的美貌女子。当然，由于宙斯生性风流，所以发生在他身上的爱情故事简直数不胜数。

他先后娶过七位女神做妻子。他的第一位正式的妻子是第一代智慧女神墨提斯。墨提斯本来是不愿意嫁给宙斯的，就幻化成各种动物到处躲藏，但是她最后还是没有摆脱宙斯的追逐，只好与他结为夫妻。两个人结婚之后，宙斯从天父乌拉诺斯和地母该亚处得到预言：墨提斯生下的孩子将会比其父亲还要强大。这本来也是家族的命运，但宙斯很害怕，于是将怀孕的妻子墨提斯一口吞下了。但是，不久之后从他的脑袋里生出了一个女神，那就是新的智慧女神雅典娜。而被宙斯吞掉的妻子墨提斯后来一直生活在宙斯的腹中，为宙斯提供智慧。宙斯的第二位妻子是正义女神忒弥斯，忒弥斯是提坦神族中的一员，是宙斯的姑妈。宙斯与她生下了时序三女神和命运三女神。宙斯的第三任妻子是海洋女神欧律诺墨，这是他的堂姐，他与这位堂姐生下了美惠三女神。宙斯的第四任妻子是丰产、农林女神得墨忒耳，得墨忒耳是他的姐姐，与他生有美丽的珀耳塞福涅，后来被冥王哈里斯抢去做了冥后。后来，宙斯又娶了第五位妻子记忆女神摩涅莫绪涅。摩涅莫绪涅也是他的姑姑，她与宙斯生下了九位缪斯女神。暗夜女神勒托是宙斯的堂姐也是他的第六位妻子，她与宙斯生有太阳神阿波罗和月亮与狩猎女神阿尔忒弥斯。赫拉是宙斯的第七位妻子也是最后一位妻子，她本是宙斯的妹妹，代表着女性的美德和尊严。赫拉在宙斯取得统治权后成了宙斯的妻子，并与宙斯结合生下战神阿瑞斯、火与工匠之神赫菲斯托斯和青春女神赫柏。众神在奥林匹斯山为宙斯和赫拉举行了盛大的婚礼。从此之后，赫拉就成了宙斯的正式妻子和第三代天后。

宙斯在与美丽端庄的赫拉正式结婚之后，并没有改掉好色的毛病，依旧到处寻花问柳。不管是天上的女神，还是地上的美貌女子，甚至是人间的美少年都没有逃脱他的纠缠。宙斯与很多凡间女子有过私情，并且生下了很多人间的子女，这些子女大多成了半人半神的大英雄或者是绝世美女。比如大力士赫拉克勒斯就是他与人间女子阿尔克墨涅所生的孩子，而引起了特洛伊战争的美女海伦也是宙斯在人间的女儿。与宙斯的好色无度形成绝配的是天后赫拉的善妒，她对于宙斯婚后的外遇非常不满，经常利用自己的神力报复丈夫的情妇和他的私生子。赫拉曾经将宙斯的情妇卡利斯忒和她的儿子变成熊；在赫拉克勒斯出生时就放出大蛇想咬死他，之后又令他发疯，杀死妻儿，因而他要完成十二项劳动赎罪。

总之，天神宙斯的特点可以概括为两方面：其一是比较公正威严，这也是他作为第三代天神能够维持奥林匹斯山稳定的一个重要原因。宙斯虽然威力强大，但很有民主作风，能尊重别的神和人的自由选择，除了恋爱以外，很少利用自己威力无穷的神力营私舞弊。他为天庭和人间制造的法律和制度都比较严明，并且能够按照神律和人间制度的规定主持正义。其二是好色。宙斯结婚七次，招惹人间女子无数，并且生下了无数的孩子。并且，宙斯在恋爱中坑蒙拐骗，始乱终弃，无所不用其极，很多被宙斯招惹过的凡间女子都在宙斯的好色和赫拉的嫉妒报复下遭到了悲惨的结局。但是，宙斯又不是完全无情的，面对自己的情人和在凡间的后代遭受的来自赫拉的报复，他大多会亲自出面营救或者派别的神灵去引导拯救他们。所以，宙斯在人间的后代大都成了当时的大英雄，在人间建功立业，造福人类。

宙斯时代的十二主神

宙斯在战胜自己的父亲之后，他给全体兄弟姐妹分授了领地。这样，每位神祇都有了一个自己统治的王国：波塞冬主管海洋；哈里斯统治地狱；得墨忒耳掌管农田以及上面生长的树木和花朵；赫斯提亚掌握人们用来取暖的火，是炉灶和火焰女神。至于宙斯自己，娶赫拉为妻，则主宰天空，成为众神和人类之王。自此，天界之间的争斗才相对平静下来。

这些天神们都居住在著名的奥林匹斯山上。那是一座耸立在马其顿地区的雄伟高山。据说，那里是世界最美之地：四季如春，没有严冬，丽日朗照之下，万木竞秀，百花争妍，蝴蝶在花卉上飞舞，鸟儿不分昼夜地啾啾歌唱……可是，景色虽美，天神之间却一直争斗纷扰，没有个停息。宙斯获胜之后，奥林匹斯山获得了多年来少有的安宁。可是，这安宁完全是相对而言的。与人类一样，众神现在不争斗了，可是每天都有说不清的纷争和烦恼，连宙斯都避免不了。

一天，赫拉生下一个驼背的丑孩子，宙斯非常生气，竟然抓住孩子的一条腿，把他扔下了奥林匹斯山。孩子飘荡空中数日，终于落到里木诺岛上。他在那里渐渐长大。由于这次坠落跌坏了腿，他走路蹒跚，再也不能行动自如了，而这个孩子就是人世间不曾有过的最优秀的铁匠赫菲斯托斯。跛足驼背的赫菲斯托斯几经周折，还是返回了奥林匹斯山。可是，他太丑了，一直是众神的取笑对象。相比之下，其他神祇都很漂亮，尤其是海神波塞冬，头发乌黑，浓眉下一双亮眼闪着灵光。

战神阿瑞斯也是宙斯

赫拉与宙斯在寝宫

和赫拉之子。他天生好斗，总爱和其他神祇争吵不休。而友善可爱的神祇莫过于爱神阿佛洛狄忒了。她外表年轻，娇嫩如同少女，实际上，她却比其他神祇出生还早。她的出生，可以追溯到宙斯还没出生之时。那时候，克罗诺斯正在与天公乌拉诺斯搏斗。难解难分时，克罗诺斯的镰刀伤了天公的手。天公疼痛得抖动手臂，几滴血滴进了大海。浪花立即被乌拉诺斯的鲜血染红了。顷刻，海水四流。湛蓝的海水深处，一个肌肤雪白的姑娘破浪而出。她就是爱神阿佛洛狄忒。她如此美丽，仿佛白昼闪烁的光芒，粉红的面颊犹如桃花，美丽的大眼里，湛蓝的海水正在起伏。爱神阿佛洛狄忒是最受众神喜爱的神祇。

众神之中，另一位女神也很有名，她叫雅典娜，是智慧女神。她非常热爱人们，是大地上美好事物的庇护神。她教妇女们纺线和织布，同时她还教男人们耕耘土地。她是神祇之中最助人为乐的一个，喜欢把所有技术传授给人们，把一切美好的事物都告诉人们，连她的父亲宙斯也为她的聪慧与博学感到骄傲。可是当初，光辉闪耀的雅典娜是从宙斯头颅中降生出来的。那时，宙斯还没娶赫拉为妻，才刚刚娶了他的第一个妻子墨提斯。她是第一代智慧女神，是理智和知识的化身。但有一个预言，说墨提斯生下的孩子将比宙斯还要强大，宙斯害怕自己也落到父辈们的下场，于是也仿效父亲，吞食了怀孕的妻子，从此他变得异常博学。可过了不久，他的头疼痛得难以忍受。过多的知识涌进了头脑，沉甸甸地让他难以承受。他用双手挤压头颅，以减轻痛苦。但疼痛不断加剧，越来越重，以致宙斯失掉了自制而大声呼喊起来："赫菲斯托斯，拿锤子来，砸开我的头！"

赫菲斯托斯不知所措："让我来打你吗？父亲，你在说什么呀？！"

宙斯大声吼道："如果你爱我，如果你还想继续享受现在的生活和自由，你就这么办！否则，我要把你赶下奥林匹斯山，关到塔耳塔洛斯地狱中去。"

赫菲斯托斯无可奈何地说："诸神为我见证，是他命令我这样做的。"于是举起他那油光闪闪的重锤，朝宙斯的头打去。整个世界都震动了。伴随着这声锤打，宙斯的头裂开了一个口子，一个女孩大喊了一声，跳了出来。这个女孩全身披着闪闪发光的盔甲，头戴战盔，手持盾牌和长矛，她就是宙斯钟爱的女儿雅典娜。

宙斯的另一个孩子赫耳墨斯则是星神迈亚所生。他是众神的使者，为了尽快地传递信息，他长有一双翅膀。他还是商业的庇护神，一只手握有贸易的标志——一根木棒，上面盘绕着两条蛇。他还被称为幽灵的带路者，因为他把死者的灵魂取走，送入地狱。所以古人常在死者的脊背上画上赫耳墨斯的头像或小型的象征他的图像。

宙斯的另外两个孩子是由暗夜女神勒托所生的，即著名的双胞胎兄妹，阿波罗和阿尔忒弥斯。赫拉由于妒忌他们的生母——温柔的勒托，因而虐待他们。宙斯把太阳授给了阿波罗，而把月亮交给阿尔忒弥斯。当她的哥哥驾驭着光芒四射的太阳车，把阳光洒满大地时，阿尔忒弥斯正躲在可爱的群山之中狩猎或与同伴们玩耍。傍晚时分，她登上那银光闪烁的月亮车，驱车出巡。阿波罗为她边弹琴边唱歌，而阿尔忒弥斯则静悄悄地穿越浩瀚无垠的太空。

另一个经常与阿尔忒弥斯混淆的夜神是艾思蒂娅，即三面神。这样称呼她，是因为宙斯赋予她在空中、陆地和海洋活动的能力，而且古希腊的戏剧中一直用三个面孔的形象扮演她。在奥林匹斯山和其他地方，还有很多其他神祇，如九位缪斯女神，她们是宙斯和记忆女神摩涅莫绪涅的女儿，是艺术和科学的庇护神，也是阿波罗的密友；美惠女神，她们把美丽和欢乐散布给周围；还有三位命运女神，她们是宙斯和正义女神忒弥斯之女，主掌人的命运。此外，还有河川神、森林神、海洋神、山神及其他各种把整个世界变得富有生气的神祇们。

但是最重要的神祇一直是奥林匹斯山上的十二位，即天神宙斯、天后赫拉、谷物神与农神得墨忒耳、灶神赫斯提亚、冥神哈里斯、海神波塞冬、神使赫耳墨斯、太阳神阿波罗、月亮女神与狩猎女神阿尔忒弥斯、智慧女神与战争神雅典娜、火神与工匠之神赫菲斯托斯和美与爱的女神阿佛洛狄忒。在奥林匹斯山上，除了住着众神之外，还有半神人，即神祇们在陆地上的后裔。他们生活得很好，为人正直，疾恶如仇，扶弱济危，为了正义他们甚至准备献出生命。众神把他们带到自己的身旁，使他们生活得幸福，让人们对他们羡慕不已。有时众神也降临人间，来到人们之中，给予帮助，然而他们的降临，也常常并非是好事。

人类五代：从黄金时代到黑铁时代

按照古希腊神话，天神一共创造了五代人。

最早出现的第一代人，由著名的天神普罗米修斯创造，被称为黄金一代。那时候，统治天国的是宙斯的父亲克罗诺斯，而莽莽大地，则是人类的王国。大地之上四季如春，温暖的气候带来了似锦的繁花和累累的硕果，繁茂的草地则繁衍生息着成群的牛羊。这代人劳动不重，衣食无忧，也没有大的苦恼和贫困，生活如同神仙，逍遥自在。最让人惊奇的却是这代人个个长寿不衰老，临死之际，也还满头金发，不显老。相传，到了死神降临的这一天，他们的眼皮直跳，随后就沉入安详的长眠之中。

这种幸福的人间生活持续了一亿多年，黄金一代走到了人类的尽头。这些死去的神灵按照神示从地上消失，飞升为在云雾中来去的仁慈的天神。他们惩恶扬善，维护正义。

黄金时代终结之后，人类迎来了白银时代。这时，统治天空的是第三代天神宙斯，第二代人是诸神用白银塑造的。与第一代人相比，他们要放肆幼稚得多了。孩子娇生惯养，一直躲在家中，十多岁了，个人生活往往还不能自理。他们害怕黑夜，害怕外界，大门之外一步之遥就是生活的最外围。他们爱闹，好哭，即使都已成家立业，可是也和孩子一样，嘻嘻哈哈地逗乐。总而言之，他们不喜欢长大，白胡子飘飘都一百多岁了，却还不如黄金时代八岁的小孩懂事。不成熟和放肆的行为使白银时代的人陷入苦难的深渊中，因为他们没有理智，任性妄为，无法无天地破坏天神秩序。最要命的就是这代人不敬畏神，这让天神宙斯非常恼怒，他又何必要让一个亵渎天神的种族生活在他的花园之中呢？他决定要让把这个种族彻底从地球上消灭。白银时代之人在生命终止之后，幽灵化成了魔鬼在地上漫游。

天父宙斯创造了第三代人，也就是青铜人类了。这代人又是另一种天性，只吃肉，谁都不愿耗费精力去采摘果实。相比前两代，他们的武器更先进了。他们抛弃了石头，一切器具都用青铜制造。他们的刀枪是青铜的，房屋也是青铜的，连他们的日用农具也一律是黑黝黝闪光的青铜。也许是因为吃肉，这代人都高大壮实，意志顽固得如同金刚石，而且性情粗暴、残忍无比。他们精力充沛，每天繁重的农务还是不能让他们安睡。于是他们就互相厮杀，喜欢战争中遍地的鲜血。这样的人实在是无法无天，根本不把天神宙斯放在眼里，当然不中宙斯的意。所以青铜时代很快就结束了。这些人死亡之后，无一例外都被投入阴森可怕的地狱中。

当第三代人还在可怕的冥府之中受刑的时候，第四代人很快就出现在了大地之上，他们也是天神宙斯创造的。他们是神制造的英雄一代，比以前的人类更高尚、更公正和善良，被称为半人半神的英雄。不过，他们高尚也罢、公正也罢、善良也罢，无不卷入了斗争的旋涡之中，命运极其悲惨：他们中的一部分倒在了底比斯的七座城门下，为了争夺国王俄狄浦斯的王国永远地丧身在异国他乡；也有的为了一个绝世美女海伦，跨上了战船，把尸骨埋在了特洛伊城外的荒野上。也许唯一能够安慰他们的，就是死后的生活了。当这英雄的一代结束了在尘世的战争和苦难之后，宙斯就把他们送到快乐的极乐岛上去了。那里风景优美，四季如春，肥沃的土壤给他们源源不断地提供着蜂蜜一般甜美清香的水果，他们在这片人间乐土过着神仙一般的生活。

怎么来描述生活之中的第五代呢？可以说，这一代人是五个时代之中，最为堕落的一代人了。他们因为使用黑铁锻造武器，所以被称为黑铁时代。这一代人彻底堕落，日益败坏。每个人都充满了痛苦和罪孽，终日生活在忧虑和苦恼中，不得安宁。比较起来，这一代人，天神没有少找他们的麻烦，可是他们最大的烦恼却来自自身。他们之间相互倾轧，无法善处，过去的家庭情谊，兄弟友爱，都无法找到。家庭之间，父亲反对儿子，儿子敌视父亲；邻里之内，客人憎恨朋友，朋友互相憎恨，哪里还能找到英雄时代朋友之间那样坦诚相见、充满仁爱的友谊呢？父母不能赡养也还罢了，却要忍受儿女的虐待。处处都是强者得势，伪人横行；人人都在盘算着如何毁灭他人。正直、善良备受践踏；而骗子反而飞黄腾达，备受荣耀。

这样的时代，常常让那些智慧的贤哲们感慨，希望自己能够早点去世或迟点出生，进不了黄金白银时代也就罢了，就是青铜或者英雄时代都比现在好。不幸的是，我们现在的人类还正处在无边无际的黑铁时代呢！

普罗米修斯

在一个晴朗的天气，普罗米修斯来到了蓝天之下、大海中央的大地上。当时，大地上鲜花朵朵，野草丛丛，鱼翔浅底，鸟儿筑巢，万物一派蓬勃，却没有统治地球的人类。普罗米修斯降落到大地上，他是古老的神族的后裔，是地母该亚和被宙斯推翻废黜的乌拉诺斯的后代。

普罗米修斯知道在大地上蕴藏着天神的种子，因此，他来到了河边，抓起一大团泥土，捧水浇在上面，再揉搓几下，泥巴变得软硬适宜。接着，他按照天神的样子用这些泥巴，捏出了很多小泥人。捏完之后，他打量着这些无生命的形体，陷入沉思：怎样才能让他们具有生命呢？

普罗米修斯只见过那些奔跑的动物，因此他摄取了狮子的勇猛、狗的忠诚、马的勤劳、鹰的远见、熊的强壮、鸽子的温顺、狐狸的狡猾、兔子的胆怯和狼的贪婪，杂糅混合，一一注入泥人的胸膛。这样一来，泥人便能像动物一样活动了。不过，他们还缺少神的灵气。诸神当中雅典娜是他的朋友。当她发现普罗米修斯束手无策时，便飞身下来，对着这些泥人吹了一口长气，于是这些泥人获得了理智，成为真正的人。

第一代人被造出来了，却孩子似的乱跑。世上的一切，激起了他们的好奇，却引不出他们的思考。他们根本不知道怎么使用天神赐给他们的这一切。他们有眼睛却不知道用来看东西；他们有耳朵，却什么都听不见。他们住在洞穴里懵懂无知，就像梦中的幽灵一般：星辰的运行让他们茫然，四季的划分他们不会利用，即不知道制造工具，也不懂伐木建房。

还好有伟大的普罗米修斯，他当了第一代人类的老师，教他们计数、写字、观察星象、建房耕田、创造艺术。他还教会了人们驯化动物、驯养牲口，还教他们把骏马套上缰绳，成为在陆地上代步的工具。他还发明了帆和船，用于在海上捕鱼航行。总之，凡是对人类有用的，能够使人类满意和幸福的，他都教给他们。

在普罗米修斯的教育之下，人类变得聪明智慧，这引起了奥林匹斯山上天神宙斯和诸神的注意。于是，诸神要求人类敬奉天神，服从神祇；而作为交换，他可以保护人类，赐福他们。

不过，宙斯非常狡猾，他在赐福人类的同时，有所保留。他这么做，原因很简单：他不满普罗米修斯，怀疑他造人是为了和自己作对。同时，他又害怕人类强大起来，无法控制。后来，诸神和凡人的代表在希腊聚会商议确定诸神和人类的权利和义务。普罗米修斯作为维护人类利益的代表出席了聚会，他希望诸神不要因为凡人是自己创造的而为难人类，提出太苛刻的条件。

在聚会上，凡人需要先向众神献祭，这让刚刚开始耕种放牧的人类苦不堪言。他们希望减少供神的祭品，这个时候，普罗米修斯发挥出他作为提坦神的智慧了。他以人类的名义宰杀了一头公牛，分成碎块摆成两堆，然后找到宙斯，请宙斯选择人类应该把哪堆献给神祇，哪一堆留给自己。其实，这两堆一堆全是好吃的牛肉，只是上面盖着牛皮和牛骨；而另一堆则是全是牛骨头，只是上面浇上了烧过的牛油，冷却之后把里面的骨头包裹起来了，看起来又饱满又有光泽，分外诱人。宙斯果然上当，选择了第二堆。可是当他和众神揭开那板结的牛油之后，却发现那里面全是骨头，一点肉也没有，宙斯明白了过来，愤怒地对普罗米修斯说："提坦巨人的儿子呀，仁慈的朋友，你的分配好公平呀！"

为了报复欺骗众神的普罗米修斯，宙斯拒绝给予人类他们最需要的东西——火。没有火烧烤食物，人类只好吃生的东西；没有火来照明，在无边的黑暗中，人类度过了一个又一个漫长的夜晚。

看到自己创造的人生活得如此痛苦，普罗米修斯非常难受。他决定盗取天火，为人类所用。显然，宙斯也意识到了这一点，就派人看守着天火。普罗米修斯对此无能为力，非常焦虑。他的弟弟厄庇修斯知道情况以后，轻轻一笑，说："哥哥，盗取点天火有什么困难的。你附耳过来，让我告诉你怎么办。"普罗米修斯听了弟弟的话后，不由高兴地拍了拍弟弟的头，夸赞了一番。他折下一根长长的茴香枝，带着它来到天上。当太阳神驾驶烈焰熊熊的太阳车从空中经过时，普罗米修斯把茴香枝伸到火焰里引着，然后举着燃烧的火种迅速降落到大地上。在那里，他用火种点燃了第一堆木柴，大火燃烧起来，火光直冲云霄。

宙斯大怒，将普罗米修斯交给赫菲斯托斯和他的两个仆人。他们把他带到高加索山，用一条永远也挣不断的铁链牢牢地把他缚在一个陡峭的悬崖上。为了惩罚普罗米修斯，宙斯还派出神鹰每天啄食他的肝脏，但这些被吃掉的肝脏随即又会长出来。这样，日复一日，年复一年，普罗米修斯垂吊在陡崖上，身体不能入睡，双膝不能弯曲，忍受着饥渴、炎热、寒冷，还有神鹰啄食肝脏之苦。可是为了人类，普罗米修斯忍受着难以描述的痛苦和折磨，不向宙斯屈服。这种折磨，一忍就是三十年。

潘多拉的盒子

普罗米修斯盗取天火送给人类，这对宙斯绝对是个冒犯。他饱受痛苦，却不服输，更让宙斯恼火，宙斯满腔郁闷需要发泄。追根溯源，整个事情的起因不都是那个冒失鬼厄庇修斯吗？于是，奥林匹斯山上的最高统治者迁怒于他，决定用他来惩罚人类。

宙斯把决定告诉了众神。众神在奥林匹斯山上开了会，然后，他们想出了一个绝妙的办法来对付普罗米修斯的弟弟厄庇修斯和普罗米修斯所创造的人类。火神与工匠之神赫菲斯托斯拥有无与伦比的超人工艺，他把泥土和水混合起来，照着女神们的样子为宙斯赶制了一位美貌绝顶的迷人少女。然后，宙斯又命诸神赋予这个少女各种各样的装饰和天赋：雅典娜本来是普罗米修斯的朋友，现在一半是出于对父亲宙斯的服从，一半是出于对普罗米修斯的不满，为少女披上了一件闪光的白色长裙，蒙上了一面漂亮的面纱，又给她戴上了华美的花环与金项链；赫菲斯托斯为了取悦于父亲，还在雅典娜赠送的金项链上装饰了各种动物造型；阿波罗赐给她婉转如夜莺的歌喉；爱与美的女神阿佛洛狄忒又赐给了少女种种迷人的神态魅力；神使赫耳墨斯又教授了她人间的语言。最后，众神给她起名为"潘多拉"，意思是"有一切天赋的女人"。然后，宙斯让赫耳墨斯把她带到了人间，他得意地说："让厄庇修斯尝试一下潘多拉的魅力吧，她可是诸神送给他和人间的礼物。"

赫耳墨斯把绝美的少女带到了厄庇修斯面前，说这是天神宙斯许配给他的妻子。厄庇修斯一下子被潘多拉迷住了，但是又隐隐地有些担心，于是就前往高加索山，征求被链条锁住的哥哥普罗米修斯的意见。

"你要当心，"普罗米修斯对他说，"众神对你这么关怀，肯定不是好事。"

然而，厄庇修斯这个糊涂蛋嘴上答应，但并没真正听进哥哥的警告。他一见美丽的潘多拉就心花怒放，魂不守舍。哥哥的警告，早就抛到了九霄云外。他对潘多拉一见钟情，迫不及待地答应要娶她为妻。

出嫁之前，宙斯把一只精工制作的镶嵌着珍珠的盒子送给了潘多拉。"你永远也不要把它打开，"宙斯对她说，"如果你不听话，你会后悔莫及的。"其实，宙斯的用心十分恶毒。因为，他十分清楚，在众神把各种天赋赐给潘多拉时，也给了她一个致命的缺点：好奇心强。他知道自己越是这么叮咛，潘多拉就越有可能打开。

潘多拉嫁给了厄庇修斯，两个人过了一段幸福美好的日子，可是漂亮迷人的潘多拉却总是被一件事折磨着，那就是婚前宙斯送给她的那个盒子。一有时间，她就会像小猫围着鱼盘一样在盒子周围转来转去。里面到底装有什么首饰？为什么会让自己后悔？她一次次冲动地要打开，但她想到宙斯的嘱咐，又掐了掐胳膊，

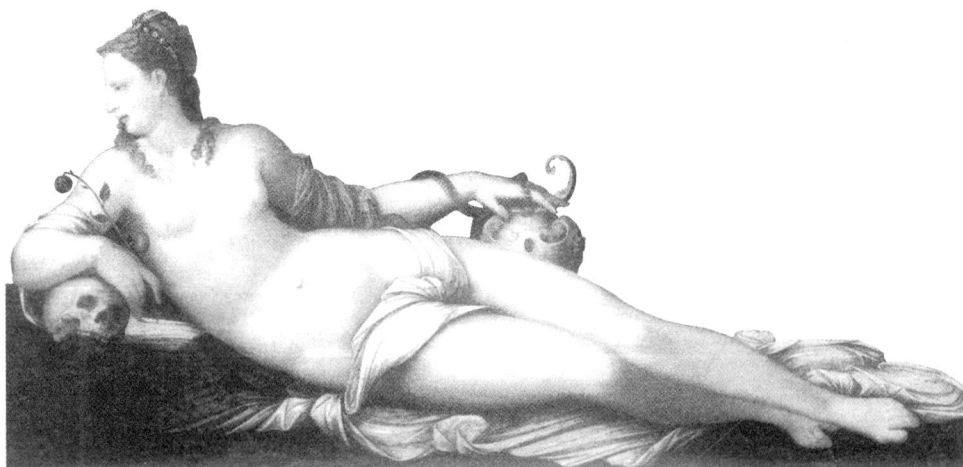

侧卧的潘多拉
潘多拉，一个打开了放着全人类苦难盒子的神秘人物。她的右手随意地放在一颗骷髅上，另一只手则抚摸着一只尚未开封的盒子。

忍住了。不过，她总是惦记着这个盒子，吃不好饭、睡不好觉。她时时想着它，夜里做梦也梦见它。她的身体消瘦，脸色憔悴，好奇心苦苦地折磨着她。

厄庇修斯发现了爱妻心中有事，就一再地追问她究竟发生了什么，竟然会憔悴成这个样子。潘多拉把宙斯送给她一个盒子的事情告诉了丈夫。厄庇修斯一听，终于明白了为什么自己心中一直隐隐地不安，他立即猜到了诸神的意图，非常后悔娶了潘多拉做妻子。他立即很严肃地嘱咐妻子一定不要打开那个盒子，因为那个盒子是不祥的，将会给他们夫妻二人和整个人类带来巨大的灾难。听完丈夫的警告，潘多拉的好奇心被压抑了一段时间。可是慢慢地，那被压抑的好奇心又起来了，并且比以前更加强烈。以后，厄庇修斯每次出门前都会叮嘱妻子不要碰那只盒子，可是他不知道，自己的每一次叮嘱都会让妻子的好奇心进一步增加。很快，潘多拉的整个心就被那只镶嵌着珍珠的盒子占满了。除了这只盒子她的心里不再有任何东西，没有丈夫，也没有自己，更何况是与自己不相干的普罗米修斯创造的人类。

终于有一天，厄庇修斯叮嘱完妻子就离开家打猎去了。潘多拉实在忍不住了，她感觉自己如果再不打开那只盒子就要疯了。于是，她三步并作两步来到卧室，取出了那只盒子。端详了一会儿之后，她猛地把盒子的盖子揭开了。正当潘多拉想仔细看一下盒子里到底是什么精美的礼物时，盒子里升腾起一股难闻的黑烟，迅速地飞舞升腾。很快，黑烟就如乌云般布满了整个天空。阴险的众神藏在盒子里的饥荒、瘟疫、疾病、癫狂、战争、灾难、罪恶、嫉妒、奸淫、偷窃、贪婪等各种灾祸也伴随着黑烟立即飞了出来，迅速散布到整个人间。惊慌失措的潘多拉一看这种情形知道大事不妙了，赶紧关上了盒子的盖子。可是，她不知道，她关在盒子里的是众神给人间的最后一样东西：希望。

从此以后，各种各样的疾病和灾害，不分昼夜地在大地上徘徊。它们无比猖獗却又悄然而至，不容易引起人们的注意，因为宙斯没有赋予它们声音。厄庇修斯陷入了深深的懊悔之中，他痛恨自己给哥哥普罗米修斯所创造和爱护的人类带了这么大的灾难。而普罗米修斯，这位人类的救助者和医生，看人们遭受灾害的袭击，忍受疾病的折磨而死亡，伤心得几乎晕厥过去。

唯一令普罗米修斯欣慰的是，被关在盒子里的希望还留在人间。也就是因为这一点希望，人类在这么多的灾祸中延续了下来。希望成了彼岸的灯塔，照耀着人们生活的路，让人们懂得了坚持，一直到现在。

大洪水后人类终生的始祖

人类曾经有过一个黑铁时代。在这个时代，世界的主宰宙斯老是接到报告，说人类十分邪恶，其行为令人发指。说人类很坏，宙斯并不吃惊，但真的按照报告写的那样的话，他就觉得太夸张了，将信将疑。他决定去人间查看一下。一到地上，他才知道报告上所说的太轻了，实际情况要严重得多。

一天深夜，他走进阿耳卡狄亚国王吕卡翁的大厅。吕卡翁不仅待客冷淡，而且残暴成性。宙斯摇身一变，现出了真身。其他人大惊失色，纷纷下跪，顶礼膜拜，唯有吕卡翁不以为然。

"还不知道是不是个骗子呢？让我们考证一下，"他说，"看他到底是神还是人！"于是，他悄悄地杀了一个战俘，让人剁下四肢，然后扔在滚水里煮，其余部分则用大火烧烤，以此作为晚餐待客。宙斯心里早就一清二楚，他被激怒了，跳了起来，唤来一团怒火，投放在这个家伙的宫殿里。国王大惊，想要逃走。可是，还没走开，宙斯便施法力把他变成了一只嗜血的恶狼。

宙斯回到奥林匹斯山，决定灭绝这一代可耻之人。开始，他想用闪电轰炸大地，但又担心天国也会波及，就作罢了。他想来想去，还是洪水比较稳当。于是，他放下雷电锤，决定降下暴雨，引发洪水来灭绝人类。这时，除了南风，其他的风都被锁在埃俄罗斯的岩洞里。所以，南风接了命令，扇动翅膀直扑地面。南风的脸上长满了茂盛的胡须，好像乌云聚集在那里。雾霭遮着他的前额，滔滔大水从他的胸脯鼓荡而出。一时，雷声隆隆，大雨如注。田野刚刚抽穗的禾苗全部被打折了，人们一年的劳作都付诸东流了。

为了躲避大洪水，丢卡利翁与妻子造了一艘方舟。

宙斯的兄弟海神波塞冬也不甘寂寞，匆匆忙忙赶来帮着破坏。他召集了所有的河流，让它们掀起狂澜，吞没房屋，冲垮堤坝。他还亲自上阵，手执三叉戟，为洪水开路。不一会儿，大地之上洪水汹涌，势不可挡。随后洪水就漫上河堤，淹没田野，犹如猛兽，冲倒大树、庙宇和房屋。水势不断上涨，房屋不见了，连教堂的塔尖也卷入湍急的漩涡中。顷刻间，整个大地一片汪洋。

大地上的人们被这突如其来的灾难吓坏了，他们犹如热锅上的蚂蚁一般在滔滔的洪水中到处寻找可能的生存机会：有的人爬上了山顶，但是慢慢地连山顶也被淹没了，这些人被卷入水中，淹死了；有的人坐在木船里逃生，从被水淹没的屋顶上漂过，从被淹没的果园上方漂过，从一具具动物与人的尸体边漂过。可是，他们始终找不到一片没被淹没的陆地，最终还是饿死了。

普罗米修斯的天职，就是反对奥林匹斯山上众神之父滥用权力。潘多拉去世不久，普罗米修斯就得悉宙斯准备用洪水来灭绝人类。于是他把儿子丢卡利翁叫到跟前说："宙斯发怒了，他要让连绵不断的洪水在地球上泛滥，这场洪水将把人类全部淹死。你赶快去造一条大船，然后你和皮拉坐到上面去，这样，你们就可以避过这场灾难。"

丢卡利翁一一照办。他造了一艘方舟和妻子皮拉坐在上面。不久，地球上果然发了一场洪水。面对洪水，人类纷纷逃命。但是就是躲过洪水的人也都饿死在光秃秃的山顶上，只剩下丢卡利翁和皮拉，他们的船漂浮了九天九夜以后到了巴拿斯山上。

天神宙斯发现了这一对夫妻，他看出这是两个正直无辜而又虔诚信神的人，就平息了怒火，决定给人类留下最后的种子。于是，他唤来了北风，吹走了乌云，暴雨停止了，天空中又重见光明。海神波赛冬也在宙斯的示意下把奔腾汹涌的大海安抚了下来，又过了一段时间，大洪水也退走了。各种树木渐渐从水中露出了树梢和树干，草地也重新露出了久违的生机，陆地终于重新浮出了水面。

丢卡利翁和皮拉夫妇终于重新回到了陆地上，他们环视这周围，发现世界上只剩下他们两个人，到处都寂静得可怕。看到这一切，丢卡利翁禁不住流下了眼泪，他用低沉的声音对妻子皮拉说："亲爱的，你也看到了，我们朝远处眺望，却看不到一个活人的身影，我们伸耳聆听，却听不到任何其他人类的声音。看来，大地上只有我们两个人还活着，其他人都被洪水吞没了。可是，即使现在洪水退去了，一切危险都过去了，我们也很难生存下去。我们两个孤零零的人在这荒无人烟的世界上，又能做什么呢？没有了整个人类的欢声笑语，喜怒哀愁，我看到的每一朵云彩都使我惊恐，每一片绿叶都让我害怕。唉，要是我那伟大的父亲普罗米修斯教会我用泥土创造人类的本领，教会我把灵魂赋予泥人的技术，那该多好啊！"皮拉听着丈夫的话，觉得这话也说到了自己的心里。两个人越想越悲伤，禁不住抱头痛哭起来。

他们没有了主意，只好找到一座正义女神忒弥斯半荒废的圣坛，给女神做了简单的献祭之后，他们跪下向女神恳求说："神圣的女神啊，请告诉我们，该如何重新创造已经灭亡了的一代人类。慈善的女神呀，帮助沉沦的世界再生吧！"

"你们这个想法太好了，真让我感动，"女神说，"我真心希望你们如愿以偿。想创造新的人类，你们只要带上面纱，放松腰身，把你们母亲的骸骨往肩膀后扔去。"

"扔我们母亲的骸骨？"皮拉惊叫道，"不行，人都死了，移动骸骨是严重的亵渎。"皮拉提出了异议，神沉默不言。但是，经过认真思考正义女神的话后，丢卡利翁终于明白了神所指的母亲是指全人类的母亲，也就是大地。他高兴地对妻子说："我想我明白女神的意思了，女神的话中并没有让我们做亵渎或者不敬的事。大地是我们全人类仁慈的母亲，她的骸骨一定就是石块了。来，皮拉，我们一起把石块扔到肩后去。"

于是，丢卡利翁夫妇遵照神谕的指示蒙上了面纱，又把衣带松开，然后捡起石子往自己的肩后扔去。石块在他们身后发生了神奇的变化：被这对夫妇扔过的石块突然不再僵硬，它们变得又灵活又柔韧。一重新落地，它们就慢慢地变大、长高，慢慢地长出了人的形状。石头上沾着的松散泥土变成了人类的肌肉，坚硬的石头变成了人的骨骼，石块里的纹理变成了人的血管脉络。就这样，丢卡利翁和皮拉扔的石头都变成了人，更奇妙的是，丢卡利翁扔的石子都变成了男人，而皮拉扔的则变成了女人。

新人类所受的苦难并不比以前人类所受的少，他们罪恶的本性也一样存在。忒弥斯主持了新的人类的诞生，她热爱权利和正义。如果想把我们这个新的人类变得和善一些，这是完全可以做得到的。

宙斯微服私访

奥林匹斯山上的神都喜欢乔装打扮到人间察看，宙斯更是如此。为什么他这么喜爱私访呢，一个很大的原因，是因为他风流成性。私访期间，他可以看到人间那些美丽动人的姑娘。除了这个原因之外，他还要打听打听凡人们对于他的统治是如何评价的，而且他也可以看一下人类的状况，是否还像从前一样对他构成威胁。他出访之时，一般都不是自己一个人，总喜欢带上小儿子赫耳墨斯。为什么只带他呢，理由很简单，他的其他儿子个个脾气暴躁，出门在外只能惹事，而小儿子赫耳墨斯则不同，他本来就是信使之神，有一对飞来飞去的大翅膀，而且性子温和，跟在自己身边，跑跑腿的事交给他去办是再放心不过了。

这一天，宙斯和赫耳墨斯乔装打扮，又来到人间私访。他们两位悠悠荡荡，很快一个大白天过去，夜色来临，他们辛苦了一天，这个时候也该歇息歇息，吃点东西了。这时候，他们来到了一个村子的入口处。宙斯就让赫耳墨斯去打前站，叫门。赫耳墨斯跑上前去，敲起了村口第一家人的大门。看起来这一家是个富人，他刚一敲门，狗就吠叫起来。他把自己的手都敲疼了，可是那两扇油漆过的大门却关得紧紧的，压根就没有一点响动。赫耳墨斯猛然踹了一脚大门。这一脚下去，门被踹开了。没想到门内站着几个仆人，人人手里拿着一个大棍。门一开，几个恶仆撵了过来，挥棒就打。几条恶狗更是风一样地窜出来，张开大嘴对准他的小腿肚子就咬。赫耳墨斯赶紧跑，连正奇怪这么长时间还没把事情办好的宙斯也慌慌张张地跑起来。

两位神跑到了一个树林里。赫耳墨斯揉揉自己额头上的大包，还有腿上的狗牙印子，不由得抱怨起宙斯来："好好的天堂不待，却心血来潮搞什么私访，既然如此，那下次敲门，你自己去吧，我再也不干这种无聊的事情了。"宙斯听了抱怨，心里有火，可是他倒要看看这个村庄，是否真的如此不堪教化呢？他决定试验一下。

他们又敲了许多人家的门，希望能歇歇脚，讨点食物。这次打前站的是宙斯自己。他们一敲门，门都开了。可是一看他们这副要饭的模样，还没等他们张口，人家啪的一声闭上了大门。一路上，宙斯满心怒火，决定要毁灭这个小村子。最后他们来到一间简陋的小茅屋前。这间小茅屋是这个小村子最后一所他们还没有敲门的房子。这间茅屋里住着鲍西丝和她的老伴费莱蒙，老两口虽一贫如洗，却也乐天知足，与世无争。他们享尽了生活所赋予的一切，并对上天充满了感激之情。当二神来到他们家时，老两口的态度令他们一时难以接受。与村子里的人完全两样，这对老夫妇满怀喜悦，笑逐颜开。他们将两位神视为稀客，并立刻开始为他们准备晚餐。他们点燃火，摘了一颗白菜，又切下一块贮存很久的咸肥肉，放在火上烤。正当他们宰杀仅剩的一只鹅时，客人婉言阻止了他们。餐桌只是临时的代用品，陈旧不堪，到处是修补的痕迹，桌子还用一块砖头撑着。但对他们来说已是最好的了。饭菜非常普通，有鸡蛋、葡萄酒、自制奶酪以及多种新鲜水果。二老笑容可掬、殷勤备至地服侍天神用饭。两位天神被他们的盛情款待所感动，说明了自己的真实身份。"我们是天神，"宙斯说，"你们将脱离不幸，但你们的邻人们将因他们的邪恶受到惩罚。跟我们走吧！"当他们快到奥林匹斯山顶时，鲍西丝和费莱蒙回头看见整个村庄淹没在一片沼泽之中，而他们的旧茅屋却完好无损，并且变成了一座金碧辉煌的神殿。出于二老的要求，他们被指派为宙斯所住宫殿的看护者。后来，他们变成了白蜡树和菩提树，并肩站在神殿前。

宙斯与欧罗巴

腓尼基国国王阿革诺耳的女儿欧罗巴，一直幽居深宫。她天真无邪，什么都不知道，整天在花园里嬉笑玩乐，扑扑蝴蝶，逗逗花猫。这个女孩有个特点，爱笑，一笑起来，脸颊就有两个酒窝儿，格格的笑声银铃一般响彻了后宫，传到云层之上。不想这一天，这个可爱的女孩子的笑声惊动了天上飞行的宙斯。宙斯降下云头，躲在树后一看，就迷上了这个女孩子。他虽然是天神，却也不能硬来，于是飞回奥林匹斯山，找到美神阿佛洛狄忒，如此这般吩咐了一下。

这天深夜，欧罗巴做了个怪梦。她梦见两个女人激烈地争夺她。其中一位，非常陌生，好像是地球的另一个种族之人；而另一位，也不认识，但却相当亲切，长得和当地人一样，金色的卷发，栗子般的深眼睛。这个金发女人十分激动，她温柔而又热情地央求她：孩子，你不认识我了吗？我是从小把你哺养长大的母亲呀！而那个陌生丑女人却强盗般地生拉硬拽。"跟我走！"她说，"宙斯喜欢你，要让你当他的情人。"

眼看就要被那个恶女人带走，欧罗巴惊醒了，心跳个不停。她呆坐了很久，一动不动。"这真是梦吗？那个金发褐眼的妇女是谁呢？她真好，就像我的妈妈一样，我真想再次碰见她。但那个丑女人……"

她胡思乱想，直到清晨的第一缕阳光透窗而过，照在她的脸上。林子里的小鸟唧唧啾啾地叫着，让她马上忘记了这个梦。一会儿，她就和女伴们来到了海边的草地上，这是她们经常聚会唱歌的地方。海边鲜花遍地，美不胜收。姑娘们衣着艳丽，但最出彩的却是欧罗巴，她的衣服是一件用金丝银线织就的拖地长裙，上面织着众神的故事，欧罗巴穿着它简直光彩照人。说起这件衣服，可不是普通的人间之物，它是火神与工匠之神赫菲斯托斯的杰作。海神波赛冬得到了这件衣服，就把它送给了自己当时正在热恋的情人利彼亚。后来，利彼亚把这件衣服当成了传家宝，传给了儿子阿革诺耳，阿革诺耳又传给了自己最心爱的女儿欧罗巴。

穿着神衣的欧罗巴非常高兴，跟姑娘们一起欢笑着、跳跃着，到处采摘鲜花。欧罗巴很快找到了她最喜欢的鲜花。她站在姑娘中间，双手高举着一束红玫瑰。

沐浴在清凉的晨光之中，她如同高贵的爱情女神。

宙斯为年轻的欧罗巴的美貌深深地打动了。可是，他害怕妒忌成性的妻子赫拉，同时自己贸然上前，姑娘会不会逃跑呀？为了接近心爱的姑娘，他就想了一个办法，摇身一变，成了一头公牛，混进了牛群里。这头公牛膘肥体壮，牛角晶莹闪亮，犹如精心雕琢的工艺品。它的额前闪烁着银色的新月胎记，毛皮是金黄色的，一双蓝色明亮的眼睛，如同荡漾的大海，露出无尽的眷恋与渴望。

牛群在草地上慢慢散开，宙斯化身的大公牛来到山坡的草地上。公牛晃动着双角，骄傲地穿过草地，到了姑娘们跟前。它突然变得很温顺，很可爱。姑娘们都兴致勃勃地走近公牛，还伸手抚摸它油光闪闪的毛发。而公牛似乎很通人性，在姑娘们身边挨挨擦擦，婉转低回。慢慢地，它向欧罗巴的身旁走去。欧罗巴不禁后退几步。可她看到公牛驯服地站在那里，温柔的大眼睛深情地盯着她时，她不害怕了，壮胆上前，把花束送到公牛的嘴边。公牛的舌头温柔地舔着鲜花和姑娘的手心。姑娘轻轻地抚摸着牛身，越来越喜欢它了，忍不住在牛额上吻了一下。公牛发出了欢快的叫声，那声音简直不像是普通公牛的哞叫，而像是阿波罗的笛声，婉转悠扬，在整个山谷间回荡。

欧罗巴简直被这头公牛迷住了。就在这时，公牛温顺地躺倒在姑娘的脚旁，瞅着她，摆头示意，让她爬上自己宽阔的牛背。欧罗巴太高兴了，她从女伴手上接过花环，挂在牛角上，然后壮着胆子骑上牛背，还喊她的女伴们也骑上来："你们也骑上来吧，你看这公牛多么漂亮呀，它的背是那么的宽阔。我敢打赌，你们全部上来都没问题。为什么还不来呢？它又温顺又可爱，一点都不让人害怕。它的眼睛是那么的美丽又温柔，好像能听懂我们说话呢！"就在欧罗巴的伙伴们还在犹豫不决的时候，公牛一跃而起，迈着轻松的步子开始往前走了。当它走出草地，踏上了绵软的细沙时，突然加快了速度，奔马一样疾驶起来。

欧罗巴还没明白怎么回事，公牛已经纵身跳入了大海。可怜的姑娘除了紧抓牛

海神帮助宙斯劫夺欧罗巴　拉斐尔　意大利

角抱着牛背以外，还能干什么呢？深海茫茫，喊天不应，只有呼啸的长风拂过身边。姑娘哭了，她回头看了看越来越远的故乡和哭喊着的女伴，知道自己可能要一去不返了。不久海岸消失了，太阳沉入了水面。夜色朦胧中，惊恐不安的欧罗巴除了看到波浪和星星外，什么也看不到，她感到十分孤寂。

公牛驮着姑娘一直往前，在海上迎来了新的一天。周围全是波涛汹涌的海水，可是公牛却十分灵巧，分波破浪，竟没有一点水珠沾在姑娘身上。傍晚时分，它们终于登上了陆地，来到一棵大树旁。姑娘刚从牛背上滑落下来，公牛就消失不见了。姑娘正在诧异，却看到面前站着一个俊逸威严，如天神一般的男子。男子向她解释说，他是克里特岛的主人，如果姑娘愿意嫁给他，他可以保护姑娘。欧罗巴绝望之余便朝他伸出一只手去，答应了他的要求。宙斯实现了愿望……他又像来时一样地消失了。

一轮红日冉冉升起，欧罗巴从昏迷之中渐渐醒了过来。她惊慌失措地望着四周，呼喊着父亲的名字。慢慢地，她想起了发生的事情，想起了昨晚那个男子。他哪里去了呢？难道他是一个卑鄙无耻的骗子，得到了她的身子后就溜走了吗？天呀，她竟然失去了少女的贞洁……但是，一切的一切，都仿佛在梦境，她甚至都不能确定是否是真的？

她用手揉了揉双眼，好证实自己只是在做梦。没有什么公牛，也没有什么男子，而自己好端端地仍在自己熟悉的海边，波涛汹涌澎湃，冲击着峭壁，可是两边的山林却很陌生。绝望之中，姑娘愤恨不已，她不由得怨恨起那头公牛起来："该死的公牛，让我跌落到这个地步。我再也见不到我亲爱的父王和哥哥了。现在，我除了死还有什么出路呢？"

惨遭遗弃的姑娘痛恨万分，她想到了死，可又拿不出死的勇气。突然，她听到背后传来一阵笑声。她惊讶地回过头去，却看到女神阿佛洛狄忒站在面前，浑身闪光。女神旁边则是她顽皮的小儿子，他弯弓搭箭，跃跃欲试。女神微笑地说："美丽的姑娘，你还认识我吗？我就是给你托梦的那位女子。不要急躁，欧罗巴，那头公牛就是伟大的天神宙斯。孩子，你真幸福，你现在因为天神的关系，成了女神，而你的名字欧罗巴将用来命名这块陌生的地方，它将与你的名字共存！"

事已至此，欧罗巴默认了自己的命运。她跟宙斯生了三个强大而睿智的儿子。大儿子弥诺斯和二儿子拉达曼提斯（后来成为冥界判官），萨耳佩冬则是一位大英雄，成为小亚细亚吕喀亚王国的统治者。后来，宙斯将其化身的公牛映像送上星夜，成为金牛星座。

宙斯与伊娥

远古时期，希腊的土地上居住的是彼拉斯齐人，他们是古希腊最初的居民。他们的国王伊那科斯有一个如花似玉的女儿伊娥，远近闻名。有一天，伊娥在草地上牧羊。这时，奥林匹斯山的宙斯正经过草原，还在团团云雾之中，他就窥见了她的脸，顿时被电住了。他本来要前往大海，可是心中的情欲正旺，没法挪动步子。于是，他摇身一变，幻化成为一个男人，摇摆到了伊娥的面前。

宙斯走上前去，大肆地挑逗伊娥："哦，美丽的姑娘，谁将有幸成为你的夫婿呢？可是所有的凡人都配不上你，你应该成为神的爱人。你知道吗，我是伟大的天神之父宙斯，嫁给我吧！我会让你幸福的。天太热了，快跟我来吧！到树荫下歇息，为什么要让你娇嫩的面庞遭受烈日的暴晒呢？"

这个人是不是有病呀！满嘴昏话！姑娘非常害怕，转身就跑。但是宙斯得意地大笑三声，袖子一挥，天气立刻就变了。刚才还是万里无云，烈日当空，转眼之间整个地区陷入了茫茫的黑暗之中。伊娥被裹在云雾之中，眼前一片模糊。她担心撞在岩石上或失足落水，因而放慢了脚步，自然落入宙斯的手中。

宙斯的妻子赫拉，她早就熟知丈夫的一切。尽管她拿宙斯的不忠诚没办法，可她还是压不住妒火。为了捉住宙斯的把柄，她时刻监视着丈夫的一举一动。这天，她突然发现，苍茫的大地上，有个地方就是晴天也云雾迷蒙。再一看云雾的颜色，不是自然形成的。赫拉顿时起疑，四处一看，奥林匹斯山的宫殿里，没有了宙斯的影儿。

"很显然，"她恼怒地自言自语，"宙斯这个该死的一定在干坏事！"于是，她驾云降到地上，施展法术，让浓雾迅速地散开。宙斯预料到妻子来了，为了掩饰自己的偷情，也为了保护心爱的姑娘，就把伊娥变为一头雪白的小母牛。赫拉立即识破了诡计，高声赞美这头母牛，并问："这是谁家的呀？是什么品种的呢？"窘迫的宙斯不得不撒谎："这头母牛很普通呀，只不过是地上的生物。"

"我很喜欢她呢，全身都雪白雪白的。正好过些天就是我的生日了，你把它送给我吧，当作我的生日礼物吧！"赫拉紧逼了上来。

怎么办呢？宙斯左右为难：答应她吧，他就会永远失去了美丽的姑娘；但拒绝的话，肯定会引起赫拉的猜忌和怀疑，最终也会让这个姑娘遭难。思来想去，他还是决定暂时放弃姑娘，佯装高兴地把小母牛赠给了妻子。赫拉装作完全不知

伊娥　格雷乔　意大利

宙斯爱上了天后赫拉的首席女祭司伊娥，但宙斯担心此事被赫拉发现，于是化为云雨或其他事物来与伊娥相会。在这幅画中，宙斯变成了一团云雾从天而降，悄悄地拥抱伊娥。

情，笑容满面地用一根带子系在小母牛的脖子上，然后得意洋洋地牵着这位遭劫的姑娘走了。

可是，虽然把情敌握在了自己手中，赫拉仍然不太放心。把这个情敌安置在什么地方呢？要知道宙斯可是色胆包天的，他肯定会用尽一切办法找回情人的。怎样才能让那个负心的家伙找不到她呢？她想来想去，终于想到了一个绝妙的看守人。于是，她找到阿利斯多的儿子阿耳戈斯。这个怪物有一百只眼睛，即使入睡了，也只闭上一双，其余的眼睛都睁着，闪闪发光。要说看守人犯，再也没有比他更合适的了。

可怜的伊娥在阿耳戈斯严密的看守下，只能在长满青草的大地上吃草。阿耳戈斯一直跟在她身后，瞪大了那一百只眼睛，盯住不放。有时，他转身背对着姑娘，可是他还是能够看到，因为他的额前脑后都有眼睛。伊娥化作母牛无法变回人形了。每天清晨，她被带到草地之上，吞吃着苦草和树叶；到了晚上，太阳下山，阿耳戈斯就用锁链锁住她的脖子，带回牛圈；夜晚，她就睡在坚硬冰凉的地上，饮着污浊的池水。可怜的伊娥常常忘记自己已经被变成一只小母牛了，有时，她想伸出双手来唤起阿耳戈斯的可怜，放她回家，回到自己的亲人身边去。可是，当她伸出来的时候，才发现原来的纤纤玉手已经变成了毛茸茸的前蹄。伊娥痛苦极了，发出了痛苦的叫声，这叫声把她自己都吓到了，因为那完全是牛的哞叫。

伊娥的生活就这么继续着，可是她的生活虽然单调，可是每天吃草的地方，却是流动的。因为赫拉吩咐过阿耳戈斯，要不断地变换伊娥居处，好让宙斯难以发现。一天，伊娥被阿耳戈斯带到了自己故乡的草地上。这是一片生长在小河边的草地，被宙斯劫持之前的伊娥经常跟同伴们一起到这里玩耍。重回故地的伊娥感慨万分，她慢慢地走到了小河旁边，想看看自己现在的样子。她知道自己现在的样子肯定很可怕，可是当水面上那个头长双角的牛头真的映在水面上的时候，她还是大大地抽了一口气，急急地转过头去，再也没有勇气去看了。就在这时，伊娥听到不远处传来一阵熟悉的欢笑声。她扭头一看，原来是昔日的姐妹们正陪着父亲伊那科斯在河边游玩，伊娥高兴极了，走到父亲身边，亲昵地停留在他的身边不肯离去。伊那科斯对这头温顺美丽的小母牛非常有好感，他轻轻地抚摸着伊娥的头，又从旁边的小树上摘了一把鲜嫩的叶子喂到了小母牛的嘴边。小母牛感激地看了伊那科斯一眼，默默地亲吻着父亲的手指。老人的手指被小母牛眼中流出的泪湿润了，在小母牛温柔的亲吻下，他突然有了一种久违了的亲切感觉，这让他突然想起了失踪两年多的女儿伊娥。但是，刚想到这里，他就苦笑着摇了摇头，他觉得自己简直是想女儿想疯了，居然从一头小母牛的身上也会想起伊娥。

看着父亲满头的白发，伊娥心中难过极了，她知道一定是自己的失踪让父亲操碎了心，愁白了头。突然，伊娥的心中闪过了一个与父亲相认的办法。原来，伊娥虽然在形体上变成一头小母牛，但是她的灵魂却还是原来伊娥的那个，没有受到丝毫的影响。所以，她以前所学的字还是没有忘记的。于是，伊娥抬起前蹄，在地上写出了一行字："父亲，我是伊娥。"伊那科斯很快就注意到了这行字，他简直呆住了，过了半天，他才惊叫了一声紧紧地抱住了女儿的脖子。他流着眼泪对伊娥说："我可怜的女儿呀！我是一个多么不幸的父亲，自从你失踪之后，我在全希腊到处找你，没睡过一个好觉，吃过一顿好饭。我设想过无数种关于你失踪后的不幸遭遇的场景，可是现在的你比我设想的任何一种都更凄惨！我把你向心肝一样地爱护着，想让你成为最快乐最幸福的女孩子，没想到……"老人说到这里哽咽了，他牵起伊娥就要往王宫里走，他要找最好的巫师把女儿变回原形，他要用最好的照顾来补偿女儿两年来受的苦……

可是，阿耳戈斯发现了伊娥这边的情况，他是个冷酷的看守者，没有半点同情心。他一下子从伊那科斯手中夺过拴住伊娥的缰绳，就快步走开了，任悲痛欲绝的老人在身后痛苦哀号。他领着伊娥来到一座隐蔽的高山，同时睁开了一百只眼睛，尽忠职守地看着赫拉的情敌。

在这两年的时间里，宙斯也在四处寻找着伊娥的踪迹，却始终没有见到姑娘的影子。如果不是宙斯的小儿子信使之神赫耳墨斯告诉了父亲伊娥的消息，宙斯恐怕是找不到这位因他而遭难的姑娘的。但是，赫耳墨斯又告诉宙斯，他虽然知道伊娥现在正被百眼怪阿耳戈斯看守着，但是自己没有把握能把姑娘救出来，因为那个百眼怪物实在很难对付。

宙斯不管这些，他急切地想救出可怜的姑娘，于是下了死命令，要求赫耳墨斯想想办法，诱使阿耳戈斯闭上所有的眼睛，救出伊娥。父命难违，赫耳墨斯只好带上一根催人昏睡的荆木棍，怀揣着牧笛，来到了人间。他丢下帽子，收起翅膀，只提着木棍，身后一群羊跟着他，看上去像个牧人。不久，他就赶着羊群来到了阿耳戈斯放牧伊娥的山谷。

来到阿耳戈斯附近之后，赫耳墨斯从怀中抽出牧笛，吹出了美妙的乐曲。那笛声优雅婉转，久久地萦绕在山谷之中。阿耳戈斯被赫耳墨斯的笛音迷住了，他站起身来，向笛声传来的地方呼喊："吹笛子的朋友，我热烈地欢迎你。来吧，坐到我身边的岩石上休息一会儿吧！瞧，这儿的树荫下多舒服！"

赫耳墨斯便爬上山坡，来到阿耳戈斯身边，挨着他坐了下来。两个人攀谈起来，越说越投机，一天很快过去了。阿耳戈斯打了几个哈欠，睡意昏沉。赫耳墨斯又吹起了笛子，想催他入梦。可是，阿耳戈斯不敢松懈。尽管他的一百只眼皮都快撑不住了，还是拼命同瞌睡做斗争。每次，总是一部分眼睛先睡，另一部分眼睛大睁着，紧盯小母牛，以防它逃走。

阿耳戈斯虽说有一百只眼睛，但从来没有见过那种牧笛。他感到好奇，便向赫耳墨斯打听这枝牧笛的来历。赫耳墨斯一下子来了精神，想到了一个催阿耳戈斯入眠的好方法。于是，他妙语生花，绘声绘色地给阿耳戈斯编起关于这笛子来历的故事：

"很久很久以前，在风景如画的阿耳卡狄亚的雪山上住着一个美丽而纯洁的山林女神，名叫哈玛得律阿得斯，又叫绪任克斯。那时，森林神和农神萨图恩都十分爱慕她，他们迷恋她的美貌，也迷恋她的纯洁端庄。但是，面对他们的热烈追求，绪任克斯都巧妙地拒绝了，她总是小心翼翼地摆脱他们的追逐。因为她崇拜纯洁的狩猎女神阿尔忒弥斯，非常害怕结婚，一直以来就想效仿这位纯洁的处女神保持独身，过处女生活。

"有一天，强大的牧神潘在森林里漫游时，看到了美丽的绪任克斯，他一下子被这个女神迷住了，便走近她，想凭着自己显赫的地位和神力向她求爱。绪任克斯拒绝了他，夺路而逃，不一会就消失在茫茫的草原上。牧神潘赶紧追去，绪任克斯在前面跑，一直逃到了拉同河边。河水缓缓地流着，并不湍急，可是河水却很深，河面也很宽，美丽的姑娘根本就没法趟过去。这时，后面紧追不舍的牧神潘快要赶过来了，绪任克斯非常焦急，便哀求她的守护女神阿尔忒弥斯同情她，在牧神潘还没追来破坏她的贞洁之前，帮她改变模样。

"就在这时，牧神潘奔到她身后。他以为绪任克斯要跳河，便赶紧张开双臂，一把抱住了站在河岸边的姑娘。但使他吃惊的是，就在他以为抱住了姑娘的一刹那，却感觉自己的怀里很空。他低头一看，才发现抱住的不是绪任克斯，而是一根芦苇。牧神潘一看绪任克斯这么不喜欢自己，为了躲避自己的追逐宁愿变成一根芦苇，感到又伤心又悲痛。他忧郁地悲叹了一声，声音穿过了他怀中的芦苇管，变得又粗又响，长久地回荡在河边。这奇妙的声音是牧神潘以前从来没有听过的，这使他得到了些许的安慰，因为他找到了与变成芦苇的姑娘在一起的方法。"好吧，变了形的情人啊，"他突然高兴地叫起来，"即使你变成了一根芦苇，我们也要结合在一起！"说完，他把怀中的芦苇切成长短不同的小杆，并用蜡把芦苇竿黏接在一起，制成了一种新的乐器：芦笛。为了纪念姑娘哈玛得律阿得斯，他用她的名字为这芦笛命名。从此以后，我们就叫这种牧笛为绪任克斯。我手中的这个就是绪任克斯……"

赫耳墨斯一边讲着这动人的故事，一边注意着阿耳戈斯的动静，他发现故事还没讲完，阿耳戈斯的眼睛就一只只地依次闭上，沉沉睡去了。最后，当看到阿耳戈斯的最后一只眼睛也闭上的时候，赫耳墨斯就停止了讲述，用他的神杖轻触阿耳戈斯，让他睡得更深。阿耳戈斯终于抑制不住开始呼呼大睡，赫耳墨斯迅速抽出上衣口袋里的一把利剑，砍下了他的头颅。赫拉在百眼巨人阿耳戈斯死后，把他的一百只眼睛收集起来，点缀在孔雀的羽毛之上，然后，她将孔雀的映像送上星空，成为孔雀星座。

伊娥终于在赫耳墨斯的帮助下获救了，但她身上的魔法没有解除，只能保持过去母牛的形象。不过，值得高兴的是，她现在自由了。她想去哪里，就去哪里。不过，伊娥最爱逗留的是自己的故乡，虽然人们都不能认出她来。嫉妒的赫拉一直密切地关注着下界。她看到伊娥自由了，心里怒火冲天，正好一只饥饿的牛虻飞到跟前，请求天后赐福，赫拉就把伊娥指给了牛虻。这只牛虻嘤嘤嗡嗡地飞到伊娥的身上，趴在那里，就不飞走了。伊娥的尾巴够不着牛虻，牛虻的叮咬却让伊娥发狂，她四处奔逃。最后，经过长途跋涉，伊娥绝望地来到了埃及。

赫耳墨斯与阿耳戈斯
聪明的赫耳墨斯将百眼怪哄骗入睡，他趁机盗走了伊娥变的小母牛，使这个可怜的姑娘获得了自由，但是，她屈辱的命运却始终没有改变。

在尼罗河河岸上，伊娥疲惫万分，实在跑不动了。她不知道自己为什么要遭到这种无妄之灾。可是她知道，要想获得解脱，只能祈求天后赫拉的原谅。她跪下来，对着奥林匹斯山，发出了哀求的声音。宙斯看到了，非常同情。他不想再因为自己的一己之私，让伊娥受苦。他来到赫拉那里，一把抱住赫拉，请她对无辜的伊娥大发慈悲。他向她道歉并对着冥河发誓，他不会再追求伊娥了。赫拉也听到伊娥的哀鸣声。这位天神之母终于心软了，允许宙斯恢复伊娥的原形。

宙斯赶到尼罗河边，手指一动，奇迹出现了：小母牛消失了，伊娥重新恢复了楚楚动人的美丽形象。

大熊星座与小熊星座

卡利斯忒又是一位被宙斯强行非礼生下了孩子的女子。他们之间的事情被赫耳墨斯知道后，迅速传到了赫拉的耳朵里。生性多疑善妒的赫拉自然怒火中烧。可是，她拿丈夫无可奈何，就将责任都推到这个无辜的少女身上。她对儿子赫耳墨斯说："她不是凭借着美丽的脸蛋来勾引人吗？我要把她变成一只丑陋的毛乎乎的大熊，看是不是还能迷住男人？"她用手一指，卡利斯忒的腰身就弯下去，可怜的姑娘想伸出手臂哀求一番，双臂上眨眼之间就长满了寸把长的黑毛。她的手变得圆墩墩的，长出了钩子一样的利爪，只能用来当脚掌走路了。她的美丽曾让宙斯如痴如醉，赞不绝口的小嘴巴，现在却变成了一个铲瓢似的大嘴巴。她的声音本来甜美得如同百灵鸟，现在一开口，却是一阵阵令人心悸的嚎叫。老实说，她现在已经是一只令人恐惧的大熊了。尽管外形已经改变，卡利斯忒的内心还是那颗温柔华贵的纯洁的心。她并没有丧失她固有的气质。她不停地呻吟着，哀叹红颜薄命，挣扎着想站起身来，却一次次地摔倒在地上。她觉得宙斯心太狠了，太薄情了，一旦恩爱之后，就弃之不顾，形同陌路。但是，在这个情况之下，也只有找到他，求他来解救自己了。啊，有多少个夜晚，因为不敢在幽暗的森林里过夜，她四处游荡。又有多少次她被猎人的猎犬惊吓得四处逃窜，生怕自己被猎人捉住。她自己虽幻化为熊，却不敢与之为伍；她害怕野兽，也害怕见人。多年来，她一直过着担惊受怕、孤孤单单的日子。

有一天，一个狩猎的小伙子发现了她，就一直追赶了过来。在逃跑途中频频回望的时候，她却发现那是自己失散多年的儿子。当年他还是一个牙牙学语的儿童，现在已经长成一个风度翩翩的美少年。她不再逃跑，想走过去，把他抱在怀里。

她忘记了自己的外表，刚刚迈开步子，那少年马上警惕起来，举起了手中的长矛，就要投向她。

就在这千钧一发之际，宙斯出现了。他历来如此，和女人恩爱之后，就不管不顾，可是一旦他们有了儿子，他又略微有些上心。赫耳墨斯向母亲赫拉告密之后，还是有些害怕父亲的怪罪，又把赫拉的所作所为告诉了宙斯。宙斯一看这样，情妇、儿子都得到了安置，也就作罢，继续他的风流生涯去了。

宙斯与卡利斯忒

卡利斯忒是月神与狩猎女神阿尔忒弥斯的女仆，她与宙斯结合并生下一男孩。天后赫拉知道后，非常生气，就把美丽的卡利斯忒变成了一只丑陋的大熊。宙斯不忍心，就将卡利斯忒母子安置在一大一小相邻的星座上，即后来人们所称呼的大小熊星座。

可是，现在这种母子相戕的行为，他却不能坐视不理。他现身之后，就让少年明白了事情的经过。但他担心赫拉闹事，就把两个人带到了天上，放置在一大一小两个相邻的星座上。这两个星座，就是今天我们熟悉的大小熊星座。

什么事情都瞒不过赫耳墨斯，这是一个两边倒的家伙，他又把父亲的行为一五一十地告诉了母亲。赫拉见到自己的情敌获得这样的尊荣，十分气愤，就去找宙斯和自己的长辈评理。这两个长辈就是他们的姑姑海洋女神老特提斯和俄刻阿诺斯。她们刚一开口问她来意。天后赫拉就嚎啕大哭："你们问我为什么来到这里？我知道你们喜欢清静，无事也就不来打搅。宙斯太欺负人了。告诉你们吧，天上已经没有我待的地方了——我的位置被另一个女人给占据了。你们肯定不信我的话，可是等到夜色笼罩大地的时候，你们自己看看吧，就在极圈附近，圈子绕得最小的那一片天上，你们可以看见升到天上的那两个家伙，那就是和宙斯偷情的女人和他们的私生子。想一想，我贵为天后，谁都可以骑在我的头上欺负我。你们看看，我对和他偷情的女人不满，略微惩罚了她一下，可是她竟然被宙斯捧到了这样高的地位。我不就是不让她具有人形而已。可结果呢，她却被弄到了星宿上。他这么做，肯定是想娶她为妻，把我们母子抛弃。你们要是还体恤我，要是都同情我悲惨的遭遇，我请求你们给他们一点厉害看看。不许这对罪人进入你们的海域里。"

老海神自然答应了。他们把宙斯叫来，一顿训斥，宙斯怀恨在心，却只能唯唯诺诺，乖乖听着而已。这样，大小熊星座只能在天上绕来绕去，永远不能像其他的星星一样能够落到海里去。

好胜的音乐家阿波罗

众神都多才多艺。太阳神阿波罗更是才艺双全，他不仅英勇善战，箭法百发百中，能够预示世俗之人的命运，还是一个一流的音乐家。他自诩不凡，非常好胜，只要听到别人自夸才艺，他就非要跟那个人一比高下，而且，比赛的结果要以生死为代价。在这种好胜心的支配下，阿波罗杀死了一个林神。

事情的起因与女神雅典娜有关。一天，雅典娜捕获了一头鹿，就用鹿骨做了一支双管长笛。在众神宴会上她高兴地吹奏起来。她非常满意其他的神灵对她的音乐的称赞，可是一转身却发现自己的死对头赫拉和阿佛洛狄忒都用手捂着嘴偷笑。她当时压下火气，没有发作，私下里却很郁闷，不知道为什么这两位仇敌嘲笑自己，是不是她们心怀妒忌才这样呢？虽然她这样宽慰自己，却始终放不下心。

阿波罗和九个缪斯

阿波罗被古希腊人尊崇为灵感之神，他具有给人以诗歌、音乐和医疗天赋的神通。缪斯是希腊–罗马宗教和神话中的一组女神姐妹，分掌史诗、悲剧、音乐、天文等方面。

于是，她想出了一个好办法，就独自一人走进弗里吉亚的森林里，在河边吹奏笛子。她一边吹一边低下头来观察自己在水里的倒影。一看到水面映出的形象，她几乎晕倒过去。她发现吹笛子的人脸色发青，双颊肿胀，显得滑稽可笑。她一气之下，扔掉笛子，并且发下了一个恶毒的诅咒：谁如果把笛子捡起，他就会惨遭不幸。

无辜的林神玛息阿——女神库柏勒的随从——便成了咒语的牺牲者。雅典娜刚走，他就经过这里，无意中捡起笛子。他刚把笛子放到唇边，笛子便自动演奏起来，声音美妙动人。他追随女神库柏勒走遍了整个弗里吉亚。他的美妙笛声打动了无知的乡野村民。他们从来没有听见过这样美妙的音乐，于是说就是太阳神阿波罗也未必能用他的里拉琴演奏出比这更动听的乐曲！得到这样奉承与赞扬的玛息阿太高兴了，居然想不到去纠正这种说法。这话不久就传到了阿波罗的耳朵中。阿波罗火冒三丈，马上派自己的仆人去下战书，邀请玛息阿和他进行音乐比赛，并规定胜者可以用任何方式惩罚输者。玛息阿现在长笛在手，谁也不怕，更何况如果战胜了太阳神阿波罗，他就可以成为天庭之中最优秀的音乐家。因此他毫不犹豫地同意了。

比赛开始，由阿波罗组织缪斯们当评审团。两位各自演奏三首乐曲。他们都拿出自己最大的本事，尽力打败对方，可是缪斯们却判双方打成平局。

阿波罗心有不甘，他看了看两人手中的乐器，忽然心生一计。他向玛息阿厉声喝道："你能不能学我，演奏你的乐器？把它倒过来拿，而且还要边演奏边唱。这样，才叫真本事。"

很明显，笛子不能倒过来吹，更不能边吹边唱，玛息阿拒绝接受这一挑战。但是阿波罗却装着什么也没有听见，自顾倒拿起里拉琴，边奏边唱赞美奥林匹斯山诸神的歌曲，歌声悦耳动听，缪斯们不得不判他为胜方。吃了哑巴亏的玛息阿无奈之下，只能接受了这个判决。赢得胜利的阿波罗尽管表面装得温文尔雅，可是当他说出他的惩罚时，连评审团的缪斯们都惊吓得目瞪口呆，而玛息阿则吓昏了过去。就这样，好胜的太阳神阿波罗就对玛息阿做出了十分残酷的报复：他活生生剥下玛息阿的皮，把他的皮钉在以他命名的河的发源处的一棵松树上。

同样的事情又一次发生了。在一次宴会上，喝多了美酒的牧神潘非常轻率地夸夸其谈，说他演奏的乐曲可以和阿波罗的媲美，而且借着酒劲，他还向这位奏里拉琴的神祇挑战，要和他一试高低。阿波罗自然接受了挑战，并请山林之神特摩罗斯担任比赛的裁判。这位德高望重的老人在裁判席上安然就座，他撩开耳边的树条，凝神聆听。当比赛的开始信号一发出，醉酒的牧神潘就吹起了排箫。他奏着自己编的乡村小曲，得意非凡，喜气洋洋，也让碰巧在座的忠实门徒弥达斯听得心旷神怡。牧神潘吹奏完毕，便轮到太阳神了。于是，山林之神特摩罗斯便把脸转到阿波罗这边，他身旁所有的树木都随着他一起转动。阿波罗站起身，头戴桂冠，身披拖地的红紫长袍，左手抱着里拉琴，右手五指轻轻拨动琴弦，特摩罗斯不等一首听完，他立刻判演奏里拉琴的阿波罗是这场比赛的优胜者。所有的听众都接受这一裁判，牧神潘低下了脑袋，可是弥达斯不服气。他小声嘀咕，最后干脆大声质问，说裁判山林之神特摩罗斯偏心。阿波罗悄悄走到这个傻瓜国王跟前，揪住他的双耳。他轻轻一提，那两只耳朵变得又长又尖，里外长出灰色绒毛。

两只长长的驴耳朵装饰在这个可怜国王的头上，因为这副模样，他只好戴上一条大头巾以遮盖丑态。

阿波罗与月桂树

每个人都有自己的初恋，就是贵为天神也一样避免不了。他们和人一样，要吃要喝，有七情六欲，自然也要谈恋爱，也有自己青涩的初恋。太阳神阿波罗就是这样，他的初恋情人是达芙妮。

太阳神阿波罗爱上达芙妮，并不是所谓一见钟情，而是小爱神厄洛斯故意捣鬼，精心策划的结果。小爱神厄洛斯之所以故意捣他的鬼，是因为阿波罗说话不太注意，得罪了这个小家伙。事情发生的这一天，阿波罗刚刚斩杀了一条叫作皮同的巨型蟒蛇。正在得意洋洋、不可一世时，他看见了这个小家伙正在弯弓搭箭，跃跃欲试，就非常不屑地说："小家伙，弓箭这种打仗用的武器哪里是你们这样的小孩子玩的？把它交给我，只有我才有资格使用！你看看我，我就是靠弓箭除掉了体积巨大的大毒蛇。小家伙，你要玩的话，还是玩火吧，你不是常说点燃情火吗？你爱在哪儿点火怎么点火都没关系，只是别再摆弄该由大人物使用的武器。"

小爱神当然不服气，就和他顶嘴道："你不要吹牛，自以为了不起。虽然你的弓箭可以射中万物，阿波罗，可是我的却能射中你，让你后悔说了刚才的话。"话刚说完，他就飞身跳到帕尔纳索斯山一块又高又大的岩石上，随手就从白色的箭袋取出两支功能不一的箭，一支尖头金箭，有激发爱情、刺激情欲的功能；另一支钝头铅箭，让人拒绝爱情。他拉弓如满月，簌簌两声，铅头箭射向了正在河里沐浴的河神珀纽斯的女儿、水泽仙女达芙妮；而金头箭如同闪电一样，射向阿波罗，阿波罗闪身躲避，可是箭却如同长了眼睛一样，正好穿心而过。就这样，英勇善战的阿波罗就产生了强烈的爱情，被那位少女折磨得茶饭不思，神魂颠倒。而达芙妮一听人对她说"我爱你"，就深感厌恶。为了躲避人们的苦苦纠缠，她整天在林中打猎逐兽，出没于森林之中。可就是这样，求爱者还是千方百计想接近她，而追求她的人不但不见减少，反而越来越多。水泽仙女达芙妮不管这些，她一一回绝，不予理睬，整日就在树林中徘徊寻猎，压根就没有结婚的打算。她一直这样，倒让她的父亲不放心。父亲常常委婉地规劝她说："女儿，你该为我找个女婿了。"或者说："女儿，你该为我生个外孙了。"父亲一提这些，水泽仙女达芙妮就羞得满面通红，她讨厌结婚，觉得结婚就是犯罪。可是她又不能直接这么说，只好搂着老父的脖颈半撒娇半认真地说："父亲，请允许我终身不嫁，就跟我们的女神阿尔忒弥斯一样。这样，我才能终身陪伴在你身边。"年迈的父亲没有办法，只好答应了她的要求。不过，他很忧虑地说："女儿，你这么想，可是你的容貌恐怕使你难以独身一辈子。"

阿波罗深爱着达芙妮，并渴望与她结婚。他是天神，有给世人做出神谕的法力，而是轮到自己，他的法力却无处发挥。他经常跑到她出没的森林里，偷偷关注她，他见到她披散在肩头的长发就想："这头发就这么随便披着，已经这么迷人，如果好好梳理一下，还不让我丢掉了魂灵？"他把她明亮的双眼比作天上最亮的明星，见到她的红樱桃一样小嘴，就不能自持。他也暗中赞美她裸到肩头的双臂和双手，常常控制不住自己的想象，那衣服遮盖的部分真不知道要美丽多少倍呢。他老这么贪婪地偷窥，最终被达芙妮发觉了。仙女拔腿就跑，迅疾如风。太阳神跟在后面，结结巴巴地百般请求。"请您停一停，"他说，"达芙妮，我不想伤害你，不要像羊羔见了恶狼，驯鸽见了老鹰似的躲着我。我追你是因为我爱你。我不是小丑，不是乡野村民。我父亲是宙斯，我本人是主管歌舞管弦的神。我射箭百发百中，我司掌医药，我熟悉百草的疗效。可是美丽的天神呀，悲哀的是我自己个人的病痛却找不到药物来治愈。"

他的恳求还没有说完，少女已经跑远了。阿波罗绝望地发现，就连她逃离的姿态也那么令人心醉。她如此美丽，可是却把他的知心话全当耳边风。阿波罗愤怒起来，占有她的欲望更加强烈，他不耐烦了，他要行动。

在爱情力量的鼓动下，他竟然赶了上来。那情景就像猎狗追逐野兔，一个张着大嘴就要下口去咬，而那弱小的动物连蹦带窜，叫它捕追不着。两人就这么一前一后地跑着——他插上的是爱情之翼，她踏着的是恐惧之轮。可是追的比逃的速度要快，眼看就要赶上，他气喘吁吁，呼出来的气已经吹动了她的头发。

她跑得双腿发软，力不从心。万般无奈之下，她只能乞求自己的父亲河神："救救我，父亲，让大地张开口把我吞掉，要不然毁灭我的形体吧，免得再惹来危险。"话刚说完她就四肢发僵，上半身长出一层嫩皮，头发变成绿叶，双臂长出枝叶，两脚钉在地上就像扎在地里的树根，面孔变成了树冠，完全失去了原来的人形，但是优美的仪态犹存。心急如焚的阿波罗愕然不知所措。他只能用手触摸树干，可是感到隐藏在树皮下的肌肉还在瑟瑟发抖。当他把枝干搂在怀里，四处亲吻时，枝条躲闪着他的嘴唇。他实在生气，狠狠地说："既然我不能娶你为妻，我就要你做我的圣树。我将把你戴在头上作王冠，用你装饰竖琴和箭袋。等到伟大的罗马征服军凯旋回到首都，我就用你编成花冠给他们加冕。我的青春常在，你也将四季常青，绿叶永不凋零。"仙女现在变成了一棵月桂树了，它垂下头来，表示了自己的谢意。

美少年与风信子

太阳神阿波罗疾恶如仇。他长长的弓箭、百步穿杨的箭法让每一个和他作对或者心怀怨恨的人或神都胆战心惊、寝食难安。他的火一般的威力让那些夜间出没的恶魔恐惧不已。这只是阿波罗的一面，其实他还有截然相反的一面：他要是和哪个少年小伙攀起交情来，他会亲密无间，好得就像一个人一样。有时他甚至放下神灵的地位，去讨好别人，可他的讨好往往会给别人带来危险。

在希腊的一个山区，有一个美少年，他的名字叫雅辛托斯。有一天，这个少年在河边捉鱼，被太阳神阿波罗发现了。他一下子惊呆了，不相信在这么一个偏僻的地方竟然有这样俊秀的美男子。他被吸引住了，决定无论如何，也要和这个美少年成为朋友。

让他生气的是，他发现不仅仅他一个人想和这个美少年交朋友，西风神仄费洛斯显然也在打他的主意。太阳神就去找西风神。按理说，太阳神是宙斯疼爱的儿子，而且箭法是整个天神界都闻名的，西风这种小神见到他，往往会退避三舍。可是，现在争夺的是一个美男子，西风神坚决不退让。他说是他先看见这个美男子的，阿波罗没权利跟他抢夺。阿波罗一句话也不说，鼻子里冷哼着，意思很明显，是说西风神是在痴心妄想。美男子只有一个，两个神互不退让，怎么办呢？那只有通过比赛定胜负。

比赛什么项目呢？两位神仙都同意比速度，就是说看是阿波罗射的箭快，还是西风神的身形快。比赛开始，阿波罗取下弓箭，笔直地站立着，弓已拉开，箭就在弦，而且正正地对准了西风神的心窝。西风神站在距阿波罗半里路的地方，双腿用力，做逃跑的动作。两人同时数数，一，二，数到三的时候，阿波罗马上松手。刹那之间，箭去如流星，快似闪电，西风神挪动身形，才跑了一步，箭就到了他面前。还好在箭头飞到眼前时，他猛吹了一口西风，对着心窝的箭偏了一点，插在了肩头上，否则就更惨了。西风神输掉了比赛，他不甘心地走掉，心里已经打定主意：既然自己得不到心爱的东西，那别人也休想得到。

取得胜利的阿波罗兴冲冲地赶到
了美少年的住处，摇身一变，也幻化
成一个少年，出现在雅辛托斯的面前。
由于这个山区偏僻，雅辛托斯常常感
到非常孤独。现在见到了太阳神，他
太高兴了，马上就过去招呼。两个人
很快就变成了好朋友，形影不离。当
雅辛托斯运动嬉戏时，佩着银弓的阿
波罗总要随身陪伴：雅辛托斯去捕鱼，

太阳神的战车

他就拿着网；雅辛托斯去狩猎，他牵着狗；雅辛托斯去爬山，他就跟在左右。阿
波罗整日忙着这些事，几乎都顾不上弹奏里拉琴和拉弓射箭。他们两个人都太关
注对方了，都没有发现躲藏在附近树林里的偷偷窥视他们的西风神。每次听到他
们哈哈大笑的声音，这个偷窥者就愤恨地咬牙切齿。

这一天，太阳神和雅辛托斯跟往常一样，一起玩套圈游戏，这是希腊很流行
的一种游戏。首先出场的是阿波罗，他使出了全身力气，铁饼被抛得又高又远，
几乎都打中了正在天上飞行的一朵云。雅辛托斯明知道自己没有这么大的力气，
却也急不可耐地要一显身手。他朝还在飞着的铁饼奔去，伸手去抓，谁知道铁饼
着地后又反弹起来，恰恰击中雅辛托斯的前额，雅辛托斯晕倒在地。太阳神也吓
住了，脸上失了血色，变得和雅辛托斯一样惨白。他们两个人谁都不知道，铁饼
砸伤了雅辛托斯是西风神暗中捣的鬼。当铁饼落在地上之后弹起，西风神在附近
吹出一股强大的西风，让铁饼偏了个方向，打到雅辛托斯的头上。

悲伤的阿波罗托起了雅辛托斯的身躯，想止血，可是伤口太大了，根本不奏效。
他没办法留住飞逝的生命。奄奄一息的雅辛托斯的脖子也仿佛折断了一样，丧失
了支撑力，脑袋沉重地耷拉在肩膀上。多么像花园中一株被掐断了茎的百合呀，
枝头下垂，花朵向地！"雅辛托斯，你怎么死了呢！"阿波罗哀叹道，"是我害
了你呀。你还这么年轻，就要离开我们，我真希望我能替你去死！可是显然这个
愿望不能实现。既然如此，我将用我的里拉琴悼念你，唱哀歌为你祈祷，你将变
为一株鲜花，花瓣上刻着我的悔恨。"这位金光四射的神祇喃喃诉说着，与此同时，
刚流在地上染红了草木的鲜血消失了，地里开出一朵花，色泽艳丽，形似百合，
所不同的是这朵花呈姹紫色，而百合花大多是银白色的。接着太阳神又赐给它更
大的荣耀，在花瓣上划出"AIAI！"的名字，用以表示他的哀思。这种花——风

信子——就以"雅辛托斯"为名。每逢春回大地的时节，它就盛开怒放，以纪念这个不幸美少年的遭遇。

阿波罗的神医儿子

在比留山的莽莽丛林之中，居住着学识渊博、为人善良的肯塔夫洛斯。他虽已年迈，却腰腿笔直，精神矍铄。他的面容上满布的皱纹，固然由于衰老，可也是智慧的象征。他以树叶为帽，兽皮为衣，过着简单而又朴素的生活。他常年居住在山上，又熟读医书，是全希腊都闻名的神医。许多人都把自己的孩子送到他那里学习，连太阳神也不例外。

这一天，肯塔夫洛斯正穿过树枝叉结的丛林，忽然有十几个孩子抬着一个痛哭的男孩从树林中跑出来，围在他身旁，大声地喊叫："老师，肯塔夫洛斯，救救他吧，他被蛇咬伤了！"肯塔夫洛斯立即起身，来到那个孩子的身边。

被蛇咬伤还不到一刻工夫，那个孩子的手臂就肿得像水桶一样粗，颜色发黑，而且黑色还在往上蔓延。看来，这条蛇奇毒无比，如果不马上救治的话，孩子就死定了。肯塔夫洛斯托起这只黑臂，立即指示其他孩子到山洞里去生火。他要对他进行火疗。虽然这么吩咐，可是他的心里却一点底都没有。唉，死马当活马医吧！

提洛岛阿波罗神殿遗址

火疗完毕，正当他阴沉着脸准备走时，耳畔响起了一阵长长的哨声，在一块岩石上，一个孩子露出了一张笑脸。这个孩子欢快地跑过来，大声责怪伙伴，为什么不等等他就跑了呢？等看到那个被蛇咬伤的男孩之后，这个孩子转向肯塔夫洛斯："老师，您让我来，我能够为他治疗，我说的是实话，请您看着吧！"他从腰上解下一束草，用他那灵敏的手指挑选出了一棵，摘下几片叶子盖在伤口上，用一条带子把草紧紧地捆扎上。过了一分钟，那个被毒蛇咬伤的小男孩已经感觉不到疼痛，而且手臂上黑色的印子开始消退，呼吸也轻松下来，他对救他的小男孩说："谢谢你，阿斯克利皮奥斯，让神明降福于你。我的手指已能活动了，几乎不疼了。”

肯塔夫洛斯把男孩叫到一边，问他是怎么发现这种珍贵草药的。阿斯克利皮奥斯告诉老师，他是从一只母狼那里发现的。阿斯克利皮奥斯整天在山上游玩，有一天看到一只受伤的母狼嚼了嚼这棵草而后涂抹到伤口上，伤口马上就愈合了。那只母狼逃走后，阿斯克利皮奥斯就采下这种草药放在身边备用。老师了解情况以后，把手放在学生的头上，语重心长地说：“阿斯克利皮奥斯，好好学习，你将会超过老师的。”

这是一句崇高的、分量很重的话语，而且这一预言也实现了。

阿斯克利皮奥斯就是阿波罗寄放在老朋友肯塔夫洛斯这边的儿子。他学完老师的本领之后，告别老师，回到了人世间。在那里，他满怀怜悯，治愈了遇到的每个病人，成为全希腊最有名望的医生。每天，成群结队的病人慕名而来，请他医治。而他也不负众望，让他们健康而归。时光流逝，阿斯克利皮奥斯的医术越来越高超，不仅使久病之人得到治愈，而且能使死者复生。

哈里斯在地狱中感觉到了这一点，因为陆地上已经不再送去幽灵，如今他的地狱空荡荡的。于是，哈里斯跳上那辆吐烟马车，来到奥林匹斯山，径直跪到了宙斯面前，大声对他说：“你现在很舒服吧，我的兄弟。你也不看一看大地上正在发生什么事：那里人都挤成了团，而我的王国却空荡荡的。你看，我把死神派到人类那里去，而死神却被阿斯克利皮奥斯战败。你怎么能够允许这种事情发生呢？”

宙斯听到这一切，深感不安。他已经很长时间不操心地上的事情，几乎忘记人类长期以来造成的威胁了。

他低下头向下俯视，十分惊讶地看到，人类比过去更加强大，更加勤奋。他同意了哈里斯的建议，一声霹雳打下去，击中了正在医治病人的阿斯克利皮奥斯。

阿波罗接到儿子的死讯后非常愤怒，他立即把箭筒挂在肩上，匆匆地离开奥林匹斯山，来到了埃特纳火山口。那里生活着独目巨神，他正围着巨大的铁砧，用重锤敲打着，为宙斯锻雷。阿波罗射出的三支箭呼啸着飞去，紧接着传来一阵巨大的轰隆声，随后一切都陷入寂静。不久，火光熄灭了，火山深处一片漆黑。

阿波罗报完仇，心满意足地走了。可是恼羞成怒的宙斯却一气之下，把他驱逐出了天庭，并惩罚他流浪大地，当凡人的奴仆。阿波罗固执地离开了奥林匹斯山。

惩罚了阿波罗，宙斯稍许平息了怒火，但流放阿波罗却不让独目巨神获得新生。于是这位众神和人类之父被迫与其子阿波罗妥协。“奥林匹斯山将重新为你敞开大门，”宙斯对阿波罗说，“我将让你的儿子和其他神祇一样永生不死。但你得使我的奴仆复活。"

事情就这样结束了，复活的独目巨神们又重新在他们的山中敲敲打打操劳起来。阿斯克利皮奥斯也变成了神，和他的父亲阿波罗一样，被人们当成整个大地的救星，加以顶礼膜拜。

俄耳甫斯寻妻

俄耳甫斯是希腊最有名的音乐家。他家学渊源，因为他的父亲阿波罗和母亲文艺九女神之一卡利俄珀都能歌善舞。他长大成人之后，阿波罗就在他十二岁生日的时候送给了他一把七弦琴当作礼物，并且从那一天开始教他演奏。谁知道，这个小家伙根本不用教，只要他纤细的手指轻轻地拨动那几根细弦，音乐就好像哗哗的流水一样自然流淌了出来。他弹得太好了，神奇美妙，以至于天下万物无不为他的音乐着迷。就连他一向好强的父亲，老是自夸自己的音乐天下无双的阿波罗也公开承认自己的儿子强过自己。

俄耳甫斯和欧里狄克结婚的时候曾经诚心诚意地邀请来了婚姻之神许门，希望借他来给自己的婚姻增添福气。许门出席了婚礼，却没有带来吉兆和吉祥，因为这个老头的铜烟袋冒的火把他们呛得直流眼泪。这显然不是一个好兆头，而且很快应验了。

婚后不久，欧里狄克和她的仙女女伴在山谷里漫步，却被牧羊人阿里斯塔俄斯看见了。这个年轻的牧羊人对她一见倾心，双膝跪倒在地上。她告诉对方，她已经结婚，丈夫是音乐家俄耳甫斯。可是被爱情冲昏了头脑的年轻人，依然紧跟在后面，向她求爱。欧里狄克拔腿便逃，慌不择路，跑进一片荒草之中。只顾飞奔的她，突然之间小腿肚子一疼——踩着了草间的一条毒蛇，被咬了一口。她倒在地上，不久毒发身亡。

失去新婚妻子的俄耳甫斯无心其他，整天用哀婉的歌声向天神与世人诉说他心中的悲哀。可是，他呼天天不应，喊地地不灵。虽然许多动植物和天神被他的歌声勾起了心事，痛哭流涕，可是对找回他的妻子却无济于事。万般无奈之下，他决定去冥界寻找妻子。

俄耳甫斯来到了奉那鲁斯海边，从位于海角旁边的洞穴中进入，一直到达冥河斯堤克斯流域。他穿过成群的鬼魂，来到了冥王哈里斯和妻子珀耳塞福涅的宝座前。他一边弹着七弦琴一边歌唱，眼睛里流下了悲哀的泪水。他说："地狱的主宰，请听一下我的陈述吧，因为我说的都是实话。我并不是为刺探塔耳塔洛斯王国的秘密而来的，我要寻找我的妻子。她中了蛇毒，离开了人间，来到了你们管辖的地方。我，一个活人来到这里，是因为心中熊熊的爱情火焰驱使。我们所有人都命中注定属于你们，迟早我们都要来到你们的王国。她也一样，等她活满了期限，自然也会归你们所有。不过在那以前把她赐给我吧，我恳求你们。如果你们拒绝我，我不会单独回去，我只有留下来陪伴我的妻子，省得她在这里孤孤单单的，没有人陪她说话，唱歌给她听。"

一席话，俄耳甫斯说得凄婉动人，连鬼魂们都流下了眼泪，坦塔罗斯尽管口渴难忍，还是暂时停止了喝水的企图；伊克西翁的转轮也静止不动；秃鹰不再撕扯那位巨人的肝脏；达那俄斯的女儿们停下手，不再用筛子汲水；就连西绪福斯都坐在石头上聆听。据说，复仇三女神有史以来第一次泪流满面，珀耳塞福涅为之动容，哈里斯本人也动了恻隐之心。因此，欧里狄克不久就被召了上来。

俄耳甫斯非常痛惜地看见自己心爱的妻子拖着受伤的脚一瘸一拐地从那些新来的鬼魂中走出来。见面以后，俄耳甫斯要求把妻子带走。冥王同意了，可是他们也有一个附加条件：他们回到人间以前，他——俄耳甫斯不得回转身来看自己的妻子，如果违反规定，妻子将永世都待在地狱之中。他们同意了。

冥界的路黑咕隆咚，什么也看不清。俄耳甫斯在前探路，欧里狄克蹒跚在后，在一片寂静中穿过无数隧道，他们就要到达地狱的出口了。欢乐冲昏了俄耳甫斯的头脑，他忘记了应遵守的条件，为了弄清欧里狄克是否跟着，就向背后看了一眼。仅仅就这么一眼，她立刻被拖走了。他俩双双伸出胳臂企图拥抱，但抓到的只是空气！尽管这是她第二次死去，她还是不愿责备自己的丈夫，她怎么能责备由于等得不耐烦而要看她一眼的丈夫呢！"别了，"她喊，"永别了。"她很快被带走了，他几乎没有听到她的话音。俄耳甫斯力图追上她，并恳求允许他再回冥府，为她的释

赫耳墨斯带走欧里狄克
这件浅浮雕描绘的是俄耳甫斯违反规定致使他与其妻永别的场面。右边，拿着七弦琴的俄耳甫斯向他的妻子道永别，两个人悲伤地对视。左边，赫耳墨斯则等着将欧里狄克带回冥界。

放再做一次努力，但冥河渡口船夫拒绝了，不让他过河。连续七天七夜，他在冥府与人间的边缘徘徊，不餐不眠。他用歌声控诉阴间权势的残忍，向岩石和山峦诉说自己的哀怨。他的歌声使虎狼听了也于心不忍，感动得橡树都移动了位置。他从此远离女性，久久地沉浸在不幸的回忆中。

色雷斯的少女们竭尽全力地想勾引他，他拒绝了她们的追求。她们一直容忍他，直到发现他根本无动于衷。少女们实在不能忍受这种蔑视，正好，这一天，她们喝多了酒神狄奥尼索斯祭典仪式的美酒，其中的一个少女喊道："瞧，那边就是那个鄙视我们的人！"她的标枪向他掷去。那件武器刚飞近七弦琴的音响范围便落在了他的脚边，同样，向他投去的石块也纷纷落地。可是这些女人们发起一阵狂喊，喊声压倒了乐声，于是石块、标枪就打到他的身上，沾满了他的鲜血。这些疯狂的女子把他的肢体撕碎，把他的头颅和七弦琴扔到赫布鲁斯河。他的头和琴在向下游漂流的时候不断发出低语般的哀鸣，两岸则伴之以凄楚的谐音。缪斯神把俄耳甫斯支离破碎的尸体归拢在一起埋在利柏特，据说夜莺在他的墓前唱得比在希腊任何其他地方都更加婉转动听。他用过的七弦琴被宙斯放到了群星之间。他的身影又一次来到了塔耳塔洛斯。在这里，他找到了欧里狄克，用热情的双臂拥抱她，他们现在可以一起幸福地在田野里漫步了。

克瑞乌萨与伊翁

雅典国王厄瑞克透斯的女儿克瑞乌萨，郊游的时候遇见了太阳神，就爱上了他，还为他生了一个儿子。可是他们两个人的事儿，她父亲一直蒙在鼓里。

儿子生下来了，克瑞乌萨不敢带回家，她害怕父亲生气。没办法，她只能把这个孩子遗弃在两人幽会的山洞里。她希望有谁能够可怜他，领养这个孩子。走的时候，她又把手上的珠串挂在孩子身上，做个标记。

这一切自然瞒不过阿波罗。他既不想辜负情人，又不想让孩子孤苦无依，于是他找到兄弟赫耳墨斯。"兄弟，"阿波罗说，"帮帮我吧，救下这个孩子，他被他母亲放在了山洞里的木箱子中，你把麻布包着的孩子送到我在得尔斐的神殿，放在神殿的门槛上，其他的事情你就不用管了。因为他是我的儿子。"赫耳墨斯按照阿波罗的吩咐，一一照办了。并且，他还打开箱子，以便让人容易发现这个小孩。

第二天太阳升起时，得尔斐的女祭司走向神殿，突然发现睡在小箱子里的婴儿。她认为这是一个私生子，便想把他从门槛上搬走。可是太阳神却使她的内心产生了怜悯之情，她就收留了这个孩子，带在身边抚育。孩子终日在神坛前玩耍，却不知道父母是谁。他一天天长大，渐渐长成了一个高大英俊的少年。得尔斐的居民都把他看作神庙的小守护者，让他看管献给神的祭品。

这时，雅典人与邻国发生激烈的战事。如果不是因为一个叫苏托斯的外乡人的帮助，结果就不会是雅典人获胜了。苏托斯是丢卡利翁的后代。为了答谢他，国王同意了他向克瑞乌萨的求婚。这件事大大激怒了太阳神，他暗中破坏，所以这对夫妻结婚多年还没有孩子。老国王等不及了，他渴望抱外孙呢。没有办法，克瑞乌萨决定去得尔斐神殿求子。

克瑞乌萨公主和她的丈夫带着一群仆人动身了。一行人来到得尔斐神殿时，阿波罗的儿子正跨过门槛，用桂花树枝装饰门框，他看见了这位高贵的夫人。她一见神殿就禁不住掉泪。他小心翼翼地问她为什么悲哀。

"我不想了解你的伤心事，"他说，"不过，如果你愿意的话，请告诉我，你是谁，从什么地方来？"

"我叫克瑞乌萨，"公主回答说，"我的父亲是厄瑞克透斯，是雅典的国王。"公主沉默了一会，知道年轻人是神殿的守护者，就告诉他说："我是苏托斯王子的妻子，同他前来得尔斐，祈求神祇赐给她一个儿子。"

"你没有儿子，真是不幸呀！"年轻人同情而又伤心地叹息着。

"是啊，太不幸了，"克瑞乌萨回答说，"我非常羡慕你的母亲，能够有你这么一个聪明伶俐的儿子。"

"我不知道谁是我的母亲和父亲，"年轻人悲伤地说，"神殿的女祭司抱养了我。所以，我就住在神殿里，成为神的仆人。"

公主听到这话，心里怦然一动。她沉思了一会，然后心疼地说："我认识一个妇人，她的命运跟你的母亲一样，我是替她来祈求神谕的。因为你是神的仆人，我就告诉你她的秘密。那位夫人说，在她和现在的丈夫结婚之前曾经跟伟大的阿波罗交往甚密。她没有征求父亲的意见便跟阿波罗生了一个儿子。女人将孩子遗弃了，从此就不知道他的音讯。"

"这是多少年前的事情？"年轻人问。

"如果他还活着，正好跟你同龄。"克瑞乌萨说。

正说着，苏托斯高高兴兴地跨进神殿，向妻子走来。克瑞乌萨便中断了谈话。

"太阳神给了我一个吉利的消息，他说我会带着一个孩子回去的。咦！这位年轻人是谁？"苏托斯问。

年轻人走上一步，谦恭地回答："我只是阿波罗神殿的仆人。这里即是圣地，人们就在这里听取女祭司的神谕。"苏托斯听到这里，便在祭坛前祈祷不已，然后连忙走进圣殿里间听取神谕。年轻人仍在前庭守护着。

不一会儿，圣殿里间的门开启了，苏托斯王子兴冲冲地走了出来。他狂热地抱住年轻人，连声叫他"儿子"。年轻人不知道发生了什么事，以为他疯了，便冷漠地用力将他推开。可是苏托斯并不在乎。"神已给我启示，"他说，"神谕明白地说了：我出门遇到的第一个人，便是我的儿子。什么原因，我并不明白，因为我的妻子从来没有生过孩子，可是我相信神灵。"

听完这话，年轻人也大为高兴，不过他还有些不安，他不知道苏托斯的妻子是否愿意认他为儿子，因为她不认识他，也没生过孩子。此外，雅典城会接受一个不合法的王子吗？但是，苏托斯竭力安慰他，答应不在雅典人和妻子面前认他为子，并给他起了一个新名字：伊翁，即漫游天涯海角的人。

这时，克瑞乌萨还在阿波罗的祭坛前祈祷，非常虔诚。但她的祈祷突然被女仆们打断了，她们跑来抱怨道："太太，你永远得不到一个抱在怀里的亲生儿子。阿波罗赐给你丈夫一个儿子，一个已经长大成人的儿子。我们都认为那可能是他从前和另外一个女人生的。"

公主为自己悲哀的命运而烦恼。过了一会，她又鼓起勇气，打听这位突如其来的儿子的名字。"就是守护神殿的那个年轻人，你见过他，"女佣们回答，"他的父亲给他起了个名字叫伊翁。现在，他想悄悄地为儿子给神献祭，举行一个庄严的宴会。他不让我们告诉你，可是太太，我们看不过去！"

这时，众人中走出了一个忠诚的老仆人。他认为苏托斯王子不忠实，所以应该消灭这个私生子，以免他继承王位。克瑞乌萨想着自己已被丈夫和情人遗弃，悲愤难忍，就同意了老仆人的阴谋。

苏托斯跟伊翁离开神殿后，他们登上巴那萨斯的山顶祭祀酒神。之后，伊翁在仆人的帮助下在旷野上搭了一座华丽的帐篷。里面摆上长桌，桌上放满了装有丰盛食品的银盘和斟满名酒的金杯，排场豪华。苏托斯则邀请了得尔斐所有的居民前来参加盛宴。

帐篷里欢声笑语。饭后，走出一位老人，为宾客们敬酒。苏托斯认出他是妻子克瑞乌萨的老仆人，于是当着客人的面夸奖他的勤奋和忠诚。等到宴会终席、笛声吹起时，老仆人走近酒柜，满满地倒了一碗酒，趁人不注意时放入毒药，要祝贺小主人。

老人来到伊翁身旁，酒杯倾斜，往地上滴了几滴烈酒，算是祭祀。伊翁却在这时听见旁边站着的一个仆人不知道因为什么，轻声骂了一句。在神殿长大的伊翁知道，在神圣的祭祀仪式中这是一种不祥之兆，于是便把酒全倒在地上，又让人重新换杯斟酒，然后进行隆重的浇祭仪式。客人们一一照做。这时，外面飞进来一群神殿里长大的圣鸽，看到地上全是浇祭的美酒，都争相抢饮。别的鸽子喝过祭酒后都安然无恙，只有饮过伊翁倒掉的第一杯酒的那只鸽子拍扇着翅膀，摇晃着发出一阵哀鸣，不一会儿就抽搐而死。

伊翁愤怒地站了起来，紧握双拳，大声叫道："老头子，你说，怎么回事？是你在酒里下了毒药，把杯子给我。"老人出人意料地承认了这一罪行，但把罪过推在克瑞乌萨的身上。听了这话，伊翁离开帐篷，客人们也个个义愤填膺，一齐跟在他的后面。在外面空地上，他对着天空高举双手，朝着四周围着他的得尔斐贵客说："神圣的大地哟，你可以为我作证，这个异国的女子竟然想用毒药除掉我！"

伊翁率领愤怒的人群包围了克瑞乌萨，他要用石头砸死这个恶毒的女人。克瑞乌萨惊恐万分，紧紧抱着阿波罗的圣坛，这伟大的神曾是她亲爱的丈夫。但在神庙工作的伊翁以为自己有特权，竟然把她从圣坛下揪走。天上的阿波罗终于看不下去了，他向女祭司的头脑中闪电般地注入灵感。女祭司立刻拿出了珍藏多年的褓褓和首饰。亚麻布褓褓上墨杜莎头的图案和珠串表明，伊翁正是克瑞乌萨当初遗弃的儿子。这时天空神光闪烁，智慧女神亲临作证，于是未遂的屠杀陡转为盛大的喜庆。

驾太阳车的法厄同

克吕墨涅是埃及国王米罗普斯的妻子，但她和自己情夫阿波罗依然藕断丝连，关系暧昧。她同阿波罗生了一个儿子名叫法厄同。作为一个私生子，法厄同和其他离婚父母的孩子一样，来往于父母之间。他时而生活在母亲克吕墨涅的宫殿，有时又去父亲阿波罗的王宫。他从小就被父母宠爱纵容，娇生惯养，自己却从不知足，变得越来越任性。当他刚满十八岁的时候，母亲克吕墨涅又一次把他送到他父亲的王宫里。

太阳神宫，屹立在云彩之中，有十二根华丽的圆柱支撑着，殿前镶着黄金和宝石。墙头的飞檐嵌着象牙，银质大门上雕着花纹和神像。法厄同跨进宫殿，要找父亲谈话。但他不敢太靠近，因为父亲身上散发着一股炙人的热光，他受不了。

阿波罗正襟危坐，正要对下属说话，突然看到儿子来了："法厄同，你来了，

法厄同　居斯塔夫·莫罗　法国
法厄同受到狮子座与海蛇座的袭击，恐怖地伸开双臂。他已经无法控制马车，开始感到自己行为的愚蠢。迎接他的将是宙斯的闪电与注定的死亡。

非常好。我正在想念你呢，你妈妈的身体还好吗？"他亲切地问道。

法厄同看上去十分生气，满面怒容，也不回答父亲的问题，半天才气冲冲地说："父亲，你告诉我，我是不是你的亲生儿子？"

太阳神非常吃惊，不知道儿子为什么会问这个尴尬的问题："法厄同，你怎么胡思乱想呢？你当然是我的儿子。"

"如果我是你的儿子，为什么下面总是有人嘲笑我，说我完全胡扯，说我不是天神的儿子，是一个杂种！再说，我叫你父亲，为什么下面还有一个人，我也叫父亲呢？别人的父母都在一起生活，可你居住在天上，母亲却躺在别人的床上，这是为什么呢？"

法厄同的话，直指太阳神的痛处。太阳神无言以对，只好大声地怒喝道："你这个调皮的孩子，别人胡说，你就相信了。你要不是我儿子，我会让你在宫殿里自由来去吗？"

"父亲，你能证明我是你的儿子吗？"法厄同热切地望着父亲。

阿波罗收敛围绕头颅的万丈光芒，吩咐儿子靠近些。他抱着儿子，说："儿子，你不是从你母亲那里知道事情的真相了吗？为什么还老是要怀疑呢？为了证明你是我儿子，你今天提出什么要求，我都不会拒绝！"

话没说完，法厄同就一下子跳了起来。一大早上，他折腾来折腾去，就是为了这句话。此前的话语是早就编造好了的。因此，父亲话一落地，他立即就说："父亲，你太好了。现在我相信我是你的儿子了。我一直以来都有一个小小的愿望，希望你能给我一天时间，驾驶你的那辆太阳车！"

听了这个只有狂人才会提出的要求以后，阿波罗吓得面如土色。但是，一言既出，驷马难追。他既然作了轻率的许诺，也就不得不满足儿子的欲望了。

炽热的太阳车套上了四匹烈马，法厄同紧握缰绳。

"儿子呀，一定要小心谨慎，"阿波罗叮嘱儿子说，"这几匹公马不好驾驭。要紧握绳子，千万别鞭打马儿。否则，你就会后悔莫及。"

"不会的，父亲。我已经不是一个小孩了。我力大无比，机灵过人。在米罗普斯最近组织的竞技大会上很多竞技名将都不是我的对手。"

"法厄同，我并不怀疑你的力气很大，"阿波罗回答说，"但是，你没有驾过这样一辆车子。你太自信了，要当心！"

不知不觉中，天已破晓，东方露出了一抹朝霞。星星一颗颗隐没，新月的弯角也消失在天边。这个年轻人好像没有听到父亲的话，他嗖的一声跳上车子，兴冲冲地抓住缰绳，朝着忧心忡忡的父亲点点头，飞走了。

马蹄踩动，群马嘶鸣着起程了，奋勇地冲破了拂晓的雾霭。奔跑了一阵，马匹就感觉到了异样，似乎换了一个人。套在颈间的轭具轻了许多，而车身在空中颠簸摇晃。意识到了变化，这些辛劳多日的马早就不耐烦缰绳了，它们离开了轨道，撒欢儿地奔跑起来。

法厄同颠上颠下，感到一阵战栗。他不知道朝哪一边拉绳，也找不到来路，更没法控制撒野的马匹。当他偶尔朝下张望，发现自己高悬在空中时，他紧张得脸色发白，双膝也抖了起来。他不由得松掉了手中的缰绳。马匹非常高兴，漫无边际地在空中乱跑，一会儿高，一会儿低，有时触到了恒星，有时又险坠山谷。

它们掠过云层，低飞在空中。云彩直冒白烟；大地因灼热而龟裂，水分全蒸发了；草原干枯，森林起火，大火蔓延到了平原；耕地成了一片沙漠；大海急剧凝缩，原来的浅海海底成了干巴巴的沙砾。

陷于困境的人类走投无路，只好求救于宙斯。宙斯接到了各地受害者的报告，发现了灾难的原因。宙斯立即从奥林匹斯山上击出一道电光，法厄同应声落地。他的身躯也着火了，坠落在厄里达诺斯河里。法厄同是头朝下跌落的，燃烧的头发化为流星，掉落的轨迹成了银河，太阳车的两个轮子落下来，变成了南极圈和北极圈。

被神诅咒的尼俄柏

在今天希腊底比斯古城遗址的山坡上，有一尊巨大的岩石样子的女子塑像。这位女子容貌秀丽，长发飘逸。她的面容非常悲伤，而令人惊奇的是，塑像的眼睛断续流出一些清澈的水流，好像人的眼泪一样。

这个雕像就是底比斯王后尼俄柏。传说，流泪的塑像背后有着一个悲哀的故事。

尼俄柏是坦塔罗斯的女儿。父女两个人各有一个缺点：坦塔罗斯的缺点就是爱慕虚荣，常常在人前吹牛，而女儿，则十分骄横。当然了，坦塔罗斯有虚荣的资本：

在被打入地狱以前，他经常出入天神宙斯的宴会。尼俄柏也有可以骄傲的权利，要知道，她的丈夫安菲翁是底比斯的国王，统治着一个强大无比的国家；她本人也是有名的美女，当年是许多翩翩少年的偶像。不过，她的七个英俊魁梧的儿子和七个漂亮迷人的女儿，才是她最值得夸耀的。

本来，尼俄柏夸耀儿女，其他人也都纷纷点头。毕竟她的这七对儿女太优秀了，不得不让人羡慕尼俄柏的好福气。可是，时间久了，其他人都烦了。但尼俄柏是一人之下万人之上的王后，她们心里不满，也只能埋在心里，表面上却不免顺着尼俄柏，把她的儿女夸耀得天上少有，地上也无。渐渐地，这些话让尼俄柏如饮醇酒，一天不喝一口心里就郁闷，同时，她自信心大涨，竟然把自己和神仙相提并论，她觉得自己怎么也比勒托那个女人要高贵。

尼俄柏觉得自己最不服气的就是勒托。这个蠢女人，不就是和宙斯结合，生了一对双孪生兄妹阿波罗和阿尔忒弥斯而已。论起来，自己也是神的后裔，宙斯天神不是自己的祖父吗？这个贱女人，当年为了逃脱赫拉的追捕，在陆地上几乎找不到一块生养孩子的地方，只有漂浮的提洛斯岛怜悯她，才给她提供了临时的住处。这个女人，才生了两个子女，可自己却生了七儿七女，男子个个英俊潇洒，女儿则美貌无比。她想不明白，为什么世界上这么多愚蠢的女人竟然祈祷跪拜一个贱女人，竟忽视了她这个高贵端庄的王后。这些人真是瞎了眼！

许多人都知道了王后对勒托的鄙视。安菲翁是一个神祇的信徒，他私下里规劝妻子："亲爱的尼俄柏，你为什么要把自己和女神相比，亵渎神灵呢？你要小心神的惩罚！"

不久，听完丈夫的话，尼俄柏非常恼火，把丈夫大骂了一顿。可是谁知道，安菲翁的话很快就应验了。尼俄柏的狂妄自大传到了女神勒托的耳朵里。这一天，底比斯城祭奠女神勒托和她的子女。女神带着自己的一对儿女，乘坐云团，来到了底比斯城的上空。

底比斯城的妇女都涌了出来，在占卜家提瑞西阿斯的女儿曼托的指引下露天献祭。可是祭祀到了高潮的时候，光彩照人的尼俄柏站了出来，她大声说："你们疯了吗，竟然相信一个无耻的骗子！这一切，真是太愚蠢了。我不知道你们为什么朝拜一个根本不了解的女神勒托，却不相信站在你们面前的这个人。你们与其把献祭品给勒托，为什么不向我顶礼膜拜？我的父亲是赫赫有名的坦塔罗斯。我有七儿七女！那个勒托，一位提坦神的不知名的女儿，一共才生了两个孩子，真可怜啊，才是我的七分之一。我感到自己强大得连命运女神都对我无能为力！

你们撤掉祭品！赶紧回家去！伺候丈夫才是你们最正当的工作。再不要让我看见你们做这类蠢事！"妇女们遵命回去，这场神圣的礼拜被搅乱了。

站在云头的勒托气得浑身发抖，她对自己的儿女说："孩子们，你们看到这个狂妄的女人了吧！你们必须保护我，否则就没人朝拜我了。我走了，至于怎么惩罚那个女人，你们自己决定。"

话一说完，女神掉头走了，留下了这对兄妹面面相觑。太阳神望着妹妹，问道："妹妹，这个坏女人欺负我们的母亲。你打算怎么惩治这个人？"

"这还不好办。她不是夸耀自己有七个儿子，七个女儿吗？把他们杀了，不就一了百了了吗？"

太阳神同意了这个安排。兄妹二人都隐身在云层背后，随时等候着机会。

底比斯城门外，一片宽阔的平地里，尼俄柏的七个儿子正在那里嬉戏。有的骑马，有的比武。大儿子正骑着快马绕圈奔驰，突然，他双手一抬，缰绳落了下来，一支飞箭射中他的心脏，他从马上跌落下来。他的一个兄弟看到身后的飞箭正向自己这边飞来，吓得伏鞍就逃，可还是没能逃脱，被飞箭正中后背，当场毙命。另外两个也被飞箭一一穿透射死。老五看到四个哥哥倒地身亡，便惊恐地赶了过来，抱着哥哥冰冷的肢体，不料胸口也遭到阿波罗致命的一箭。第六个儿子是个温柔的、留着长发的青年，他被射中膝盖。当他弯下腰去，准备用手拔出箭镞的时候，第二箭从他口中穿过，他血流如注，倒地而亡。第七个儿子是个小男孩，他目睹了这一切，跪在地上，伸开双手，哀求着。他的哀求声尽管打动了可怕的射手，可是射出的利箭再也收不回来了。男孩扑倒在地上死了。

不幸的消息很快传遍了全城。国王安菲翁听到噩耗，悲伤过度，悲痛之下拔剑自刎而死。受到严重打击的尼俄柏昏了过去，当她清醒过来以后，看到的只有停留在棺材里的七具冷冰冰的尸体。巨大的悲痛，压抑着她的喉咙，她低声地喊道："勒托，你这个恶女人！我的儿子都死了，你该满足了吧？"

尼俄柏明白了神的威严，可是一看到围上来的穿着丧服的七个女儿，她心里的愤怒冒了出来："勒托，你这个恶魔。来吧，我死了七个儿子，可是我还有七个漂亮的女儿。继续杀吧！我们家族的人从来都不害怕。别忘了，我现在就是只有七个女儿，可是还比你多！"

话没说完，一声弓弦急响，站在棺木边的七个女孩子中最高的一个倒下了。随后，又是几声让人惊悚的弓弦之声。她的七个儿女都死了。一个尸体倒在了尼俄柏身边，一个被射倒在逃跑的路上。最小的那个躲在母亲的怀里，死不瞑目。

尼俄柏孤零零地坐在丈夫和儿女的尸体中间。她伤心得都失去了知觉了，两只眼睛直愣愣地注视着灰暗的天空。那里，云朵悠悠，杀人凶手早就不见了。尼俄柏一直注视着天空。她的生命慢慢离开了躯体。躯体僵硬了，她成了一块冰冷的石头，全身完全硬化，只有眼睛里不断地淌着眼泪，倾诉着她心中无尽的悲伤。

天之骄女阿尔忒弥斯

阿波罗的妹妹阿尔忒弥斯和哥哥是一对孪生兄妹。他们出生的时间只有几分钟的差距。两个婴儿落地之后，就能说话，活蹦乱跳的。他们之间还互相争当老大，一个不肯叫对方哥哥，另一个一定要叫对方妹妹。争争吵吵，一直闹到了他们的母亲面前，由母亲发言，才最终确定了他们的关系：阿波罗早生十分钟，是哥哥，而阿尔忒弥斯则是妹妹。

他们长大之后，成了奥林匹斯山上的正神。哥哥阿波罗成了主管白昼的太阳神，而妹妹则是月亮的主宰。她出入随身带着弓箭，而且跟阿波罗一样有本事让凡人暴死或得瘟疫，也有医治他们的妙手回春的手段。她还是幼小儿童和一切哺乳动物的保护神。与女战神雅典娜一样，她酷爱狩猎，尤其喜爱打鹿。

三岁的时候，有一天，她坐在父亲宙斯的腿上玩乐。考虑到她的生日就要来临了，宙斯便问她想要什么样的礼物，阿尔忒弥斯深思熟虑过似的，立刻回答："父亲，我的要求很简单，请赋予我永恒的童贞。我还要有和我哥哥阿波罗一样多的名字，我常去打猎，需要有和他一样的长弓和利箭。哥哥他主管太阳，我也要司光明的职责。一件橘黄色镶红边的、长达膝盖的、打猎时穿的短袖束腰外衣，还要六十个年龄较小的大洋女神当我的侍从，二十个克里特岛阿姆尼苏斯河女神。在我不狩猎的时候，

狩猎女神阿尔忒弥斯
狩猎女神思维敏捷，做事果断，奔跑迅速。据说她会毫不犹豫地把她那能够致死人命的箭射向阻止她前进的人。

她们替我保管皮靴喂养猎犬。对了，还赐给我世上所有的山峦。最后，随你高兴给我一座城市，一座就够了，因为我打算大部分时间都住在山上。还有，分娩中的妇女常常会祈求我的保佑，我母亲勒托怀我生养我的时候都毫无痛苦，因此让我做分娩妇女的保护神。"

她一看自己的父亲宙斯犹豫着，就举起小手去摸他颔下一丛茂密的胡子。宙斯乐了，笑眯眯地说："乖女儿，你真是父亲的骄傲。尽管赫拉会嫉妒你，可是为了你，我不在乎她的怒火了。你的要求会得到满足的。不过，除了这些，我还要赐予你更多的。你得到的城池不是一座，而是三十座，还要分管大陆和群岛，我任命你为大陆和群岛上的道路与港口的保护神。"

阿尔忒弥斯听了，从他腿上一跃而下，一下子跪倒在父亲面前，感谢父亲的慷慨。然后，她马上去了克里特岛的琉卡斯岛，辗转到了大洋河，挑选了无数神女当她的侍从，这些神女的母亲欢天喜地送女儿上路。

得到了侍女，阿尔忒弥斯就接受赫菲斯托斯的邀请，去利帕拉岛访问独目巨人。到了那儿，才发现他们正在为海神波塞冬锻冶马槽。布戎忒斯已经接到了铁匠之神赫菲斯托斯的指示，要给阿尔忒弥斯制作武器装备。阿尔忒弥斯叫独目巨人们把波塞冬的马槽暂时搁下，先给她做一把银弓和一袋箭。如果他们答应她的要求，作为报酬，他们可以吃到她射倒的第一头猎物。她拿着打好的弓箭又去找了阿卡迪亚。牧神潘送给她三头垂耳狗，两头杂色狗和一头花斑狗，还送她七条迅若疾风的斯巴达狗。

阿尔忒弥斯提了两对带角的红色雌鹿，用金嚼子把它们套在一辆金色的车子上，赶着它们向北走，越过色雷斯的哈厄本斯山。她在奥林匹斯山砍削出她的第一根松枝火炬，利用被闪电击过的树的焦炭把火炬点燃了。她四次试用了银弓：头两个目标都是树木，第三次射了一头野兽，第四次对准了一座城市里不正义的人。

接着，她回到希腊。阿姆尼苏斯神女为雌鹿卸套，替它们按摩，用赫拉牧场上生长的、宙斯的骏马食用的、能使牲口吃得肥长得快的三叶草喂养它们，并且让它们在金光闪闪的槽子里饮水。

变身为鹿的阿克特翁

底比斯的国王卡德摩斯在建国的过程中，曾经杀死过一条恶龙。他不知道这条恶龙是战神阿瑞斯的宠物。他的这一行为，当然惹怒了一向脾气暴躁且好战成瘾的战神阿瑞斯。他发下神谕：要让卡德摩斯国王全家不得安宁，儿女子孙都要横死。

许多年过去了。当年年轻的国王已经成了老人，而他的儿子阿克特翁已经成长为一个英俊的小伙子。他生性好动，喜欢游山玩水，打猎更是他的一大爱好。他常常呼朋携友，呼啸山林，整天嘻嘻哈哈，根本不知道厄运就要降临到他的头上。

时值正午，赤日当头，阿克特翁和他的朋友追逐了一大群麋鹿之后，都有些疲劳了。他对陪着他在山中猎鹿的小伙子们说："朋友们，我们的网袋和弓箭都已被打到的猎物弄得血迹斑斑了，今天玩得够高兴了，明天接着再干。现在天气太热了，地面都晒得滚烫，咱们还是卸下装备，尽情地休息吧！"

这座蜿蜒千里的山脉里，有一座松柏环绕的山谷是女神阿尔忒弥斯的圣地。山谷尽头是个岩洞，岩洞天然自成，岩石在拱形洞顶精巧地排列着，仿佛是能工巧匠雕琢出的拱门。一股温泉从洞的一侧涌出，聚成一个清澈的池塘，塘边碧草如茵。女神狩猎归来，经常到这里休息散心，而晶莹的泉水，更是她沐浴梳妆的最好地方。

就在这天，正当女神痛快淋漓地在温泉的水池子里沐浴梳妆之际，阿克特翁鬼使神差地来到这里——他方才离开了小憩的伙伴独自一人信步闲游。好奇心驱使他跟着一只野兔来到了圣地。他发现了一个山洞，于是弯下腰来直接就往里闯。可他刚进入洞口时，就被水泽仙女们看见了，发现一个个子高大的男人闯了进来，仙女们尖叫着，下意识地扑向女神，想用她们的身子把女神遮住。

可是，阿尔忒弥斯太高大了，要比她们中最高的都高出一头不止。这个鲁莽的男人不告而入，让她羞愧难当。她面红耳赤，就像落日涂染的云朵。她虽然被神女们团团围住，可是她毕竟是勇敢的阿尔忒弥斯，很快就克制住了羞怯，习惯地转身去取挎在腰上的弓箭。但是，她现在赤条条的，一无所有，武器都在岸边的石头上。没有了武器，她便撩起池水朝闯入者脸上泼去，大声说道："你见到了赤身裸体的阿尔忒弥斯！看我怎么处置你！"她口里念念有词，手头一指，说一声"变"，说时迟，那时快，还没明白怎么回事的阿克特翁头上就长出了一对生叉的鹿角，他的脖子拉长了，耳端变尖了，双手变成蹄子，双臂成了长腿，全身长出一层花色斑斓的毛皮。

变成了鹿的阿克特翁，惊恐万状，掉头便跑，一路逃到了河边，才停下了步子。

他大口地喘着气，喝水的时候，在波光粼粼的水面上，他看到了自己长着鹿角的影子。他悲从中来，不由得想痛苦地大喊一声："上天呀，为什么要这么惩罚我？"可他张开嘴，却发不出人声，而是一连串自己都感到陌生的声音。他痛苦地呻吟着，泪水顺着那已不再是人形的脸淌了下来。

为了惩罚阿克特翁，阿尔忒弥斯将他变成了一头鹿。

　　他不知道自己该往何处去。回到宫里去吧，他感到羞愧；隐居在树林中吧，他恐惧万分。正在他踌躇不定的时候，却被他带来的那群猎狗发现了。他圈养的那条烈性狗狂吠一声，发出了信号，接着他的朋友帕姆法古斯、多尔科斯、勒拉普斯、塞隆、那佩、提格里斯和其他的猎狗也都迅若疾风地朝他扑来。他在前面逃，狗在后面紧追不放，越过岩石峭壁，穿过峡谷窄径。就在从前他鼓动狗群追逐麋鹿的地方，如今他的伙伴们怂恿着狗群追逐着他。他想高喊："我是阿克特翁，快认清你们的主人！"但他发不出字音。狗吠声震荡山谷。很快，一条狗扑到他的背上，另一条咬住他的肩膀，它们把主人给擒住了，其余的狗蜂拥而上，在他身上到处撕咬起来。他哀鸣着——发出的不是人的声音，但也绝不是鹿鸣——他跪倒在地，举目向天，他真想伸臂祈求苍天，但他没有了双臂。他的朋友和同来的猎人们一面撺掇着群狗咬他，一面四处寻找阿克特翁，呼唤他来看这场好戏。他听到自己的名字就转过头来，听见朋友们为他不在场而深感遗憾。

　　他多么希望自己真的不在场！看着狗群撕咬猎物是件快事，但挨它们的撕咬却可真要命。直至他被狗群撕成了碎块而鸣呼命绝，阿尔忒弥斯的怒气才消了下去。

海神之子俄里翁

　　波塞冬的儿子俄里翁，是个年轻英俊的巨人，他臂力过人，喜欢打猎。由于他是海神之子，因此一生下来，他便有破浪前进的神奇本领，在波涛汹涌的水面上，也能如履平地。靠近海边的居民们，在风平浪静晴朗的日子里，经常会看见一个黑点出现在远方的海面上，越来越近，到了近处，才看清是一个年轻的巨人。他穿着鲸鱼皮质的猎装上衣，牛皮短裤，一根五彩斑斓的水蛇皮腰带，精赤着钢块似的肌肉。他站在水面上，随着微浪一起一伏，朝吓呆了的渔人们轻轻一笑，然后朝森林飞去。

俄里翁已经二十多岁了。他看到人们都成双入对，非常羡慕。可是波塞冬给他提亲的姑娘，他却都一一拒绝了，包括美丽的森林女神。他父亲感到非常奇怪。有一天波塞冬生气了，因为儿子又拒绝了一门亲事。他恼怒地问儿子，说："你这个混蛋小子究竟是怎么回事？你老是拒绝人们的提亲，再这样下去，就再也没有媒人上门来了。这门亲事，我看很合适，我答应了，你不答应也不成。我马上为你办理婚事，你除了接受，没有别的出路，否则我就不当你是我的儿子！"俄里翁一向都很害涩，可是这次却大胆地说："父亲，我喜欢希俄斯国王俄诺庇翁的女儿墨洛珀，让我娶她为妻吧。"海神一听，不是自己的儿子不喜欢女人，而是已有了心上人，那他就放心了。他说："有了心上人，你为什么不早说呢？你去向俄诺庇翁提亲吧。"儿子点了点头。

俄里翁是如何遇见墨洛珀的呢？相当偶然。那是在一次打猎回来的路上，他在大路边的一棵树下歇息。不一会儿，路上来了一辆华丽的大马车，马车的帘子打开，两个少女坐在前面指指点点，后面则是护卫的士兵。马车经过他身边的时候，两个少女都吃惊地看着这个身材高大、英俊潇洒的猎人，其中一个美丽的少女不由露齿微笑了一下。俄里翁从来没有见过这么漂亮的人儿，他不由得张开了嘴巴，紧盯着她。这副傻样，自然招来了士兵们的嘲笑。马车过去了，他还木立在那儿。过了一会，他反应过来，就紧紧追赶这伙人，发现他们进了王宫，进一步打听才知道那个少女就是国王俄诺庇翁的女儿墨洛珀。

俄里翁知道了墨洛珀的身份，并爱上了她。但他很害羞，不知道怎么办。现在有了父亲的支持，他就壮起了胆子。于是，他去见国王俄诺庇翁，向他的女儿求婚。国王刚开始本能地拒绝了他，可是看到他健壮的肌肉，国王犹豫了，就盘问起他的身世背景。知道他是海神之子之后，国王不由得暗吸了一口冷气，说："你可以娶我的女儿，可是要有代价的。这样吧，你不是一个猎手吗？现在，我们国家西北山区里有猛虎害人，你去帮我消灭它吧。"俄里翁转身就走，不到一天，就提了一只血淋淋的老虎放在国王面前。可是国王还没有答应，又说某地有一条恶龙骚扰百姓，要求他去除害。俄里翁一一照办，希俄斯国的所有的害虫恶兽都消灭在俄里翁的手里。全国上下都知道他的名字，连墨洛珀也知道了整个事情。她已经爱上了他，可是她的父亲却一直拖延着，找各种借口，想否决这门亲事。这件事情连憨直的俄里翁也看出了端倪，不过，他仍然不放弃。这个时候，他已

经和墨洛珀相当熟悉了。两个人感情炙热，一天晚上，他就留
在了墨洛珀的寝宫里。

这一切没有瞒过国王，有一个多嘴的侍卫告诉了他。他表面
不动声色，可是内心里却把女儿恨死了，对俄里翁更是恨得咬牙切
齿。第二天天一亮，他就亲自等在女儿
的宫殿外。俄里翁一出来，国王就拉他
去喝酒，好像他们已经是女婿和岳父的
关系了。俄里翁很不好意思，但心里窃喜，
以为国王接受了他。喝酒的时候，他杯
来必干，不久就喝醉了，趴在桌子上。这
个时候，国王脸色一沉，喊来了侍卫。俄里
翁的双眼被弄瞎了，然后又被丢在海滩上。

酒醒后的俄里翁眼睛疼痛，双目失明，什么也
看不见，他不知道自己该往哪里走。可是，他的耳
朵很好，万籁俱寂中，他听见了打铁的声音，于是
他顺着打铁的锤声来到利姆诺斯，摸到了铁匠之神
赫菲斯托斯的铁匠炉前。

赫菲斯托斯十分同情他的遭遇，就派自己
的徒弟铁匠克达利翁做他的向导，去找太阳神
求救。俄里翁让克达利翁骑在自己的肩上，朝
着东方走去。他找到了太阳神，阳光使他恢复
了视觉。太阳神看到俄里翁十分可怜，又精通
狩猎，就把他送给了自己的妹妹月亮女神阿尔忒弥斯。

猎户座
阿尔忒弥斯的一箭结束了她与俄里翁
的幸福生活。俄里翁死后化为天上的
星星——猎户座，永远只能与心仪的
人儿遥遥相望。

自此以后，俄里翁就做了阿尔忒弥斯的一名猎手。由于他年轻英俊，打猎的
本领相当高强，颇得阿尔忒弥斯的宠爱。太阳神听妹妹的侍女说，她准备要嫁给
俄里翁，心里感到不舒服。一个瞎子，被好心收留了，竟然敢打自己妹妹的主意！
于是，他没事找事，经常劝告妹妹，但阿尔忒弥斯正处于热恋当中，哪里听得进
去呢？太阳神觉得只有除掉俄里翁，才能保持妹妹的贞洁。有一天，阿波罗见到
俄里翁在水中行走，水面上只露出他的头顶。他就指着这个黑点和阿尔忒弥斯打
赌说，她一定无法射中漂在水面上的这个东西。女神箭手当然不服气，射出了万
无一失的箭，命中目标。波浪将俄里翁的尸体冲到岸上。阿尔忒弥斯知道自己犯

了无可挽回的错误，伤心得痛哭流涕。为了赎罪，她把俄里翁安置到星宿中去，这就是猎户座。

关于俄里翁的死还有另一说法，这一说法与一只蝎子有关。俄里翁成了阿尔忒弥斯的猎手后表现得很好，慢慢地，他就有点得意忘形了，说自己可以杀尽天下猎物。他这话让太阳神阿波罗听到了，非常不满，觉得他简直太狂妄了。而且阿波罗还听说了关于他和自己妹妹的风言风语，他怕身为处女身的妹妹会真的喜欢上这个猎人，决定借刀杀人，除掉这个俄里翁。于是，他就把俄里翁"杀尽天下猎物"的话对大地之母该亚说了。这让大地的保护神很生气，于是派出一只蝎子追赶俄里翁。面对蝎子，俄里翁的箭术毫无用处，反而被蝎子在脚上狠狠地蜇了一口，中毒倒地。这时，神医受月亮女神派遣来到俄里翁身边，踏死蝎子，准备救活他。可是天神宙斯却站在太阳神一边，一个霹雳，把俄里翁送入了冥界，不得复生。月亮女神把俄里翁的映像送上星空，成为猎户座，而毒蝎的映像则成为天蝎座。两星相对，一星出现，另一星就沉落，它们不会同时出现在夜空之中。

敢跟雅典娜竞技的阿拉克涅

阿拉克涅是一个农村普通姑娘。她身材高大，体态庄重。相比普通脸蛋，她有一双灵巧能干的手，最喜欢终日伏在织机上织布。她先纺出细细的带有光泽的线，随后把线引到织机上，开始织布。她用纤细的十指，迅速而又灵活地来往投掷着梭子，于是，一匹匹精致的布在她的手下诞生了。她微笑着伸手抚摸柔软而光滑的布匹，得意地欣赏着。一天的劳累烟消云散。显然，没有任何妇女能够织出这样好的布匹，她十分骄傲，都有点得意忘形了。有一天，她甚至大声地说："无论是凡人还是伟大的雅典娜女神，没有谁能在技术上超过我。"

要知道，是雅典娜教会人类织布的，她听到了这句话，当然十分生气。一个普普通通的凡人姑娘胆敢说出这种话！雅典娜有心挫挫她的锐气。她乔装打扮，变成一个扎头巾的老妇人，降落到阿拉克涅居住的村庄里。她来到阿拉克涅家的门口，从阿拉克涅家敞开的门望去，只见姑娘正坐在织布机旁，一边织布一边唱着歌。梭子如风飞舞着，发出和谐的音响。

老妇人走进屋，用老年人沙哑的声音说道："你这活计做得真漂亮，我的姑娘。真是托不朽的雅典娜女神的福啊！是她，雅典娜，把织布机赐给妇女们，并从她所掌握的技艺中，拿出一点点，教给了你们。"

阿拉克涅望着她，撇撇嘴，微微一笑："你是说，这只是她的技艺中的一点点吗？难道雅典娜女神能织出这样好的布来吗？你瞧瞧这活计！"随后她用一个利索的动作抛出梭子，停下工作让老妇人瞧她的活计。但老妇人却摇摇头说："我的姑娘，你可别说这种话！有谁什么时候能够超过众神啊？我不是说了吗，你的活计不错，但怎么能够和那些出自永生的神祇之手的活计相比呢？"

阿拉克涅微微摇了摇头，嘲弄般地竖起了双眉，她几乎不想搭理这个什么也不懂的老家伙。不过，她还是耐心说道："你这样认为吗，老妈妈？"她重新开始抛梭织布，"遗憾的是，雅典娜听不见我们的谈话，否则让她来和我比一比吧！而我也真想看一看受到人们如此歌颂的雅典娜究竟技艺如何？"

"你真是这样想的吗？"老妇人问道。

"我既然这样对你说，当然不会担心。"姑娘毫不在乎地立即回答。

"我就在这里，"雅典娜说罢，脱掉破衣烂衫，现出了她的真正形象，"现在你还坚持要较量一番吗？"

阿拉克涅面对面地注视着女神，但并未被她那双盛怒的眼睛吓退，而是说："我还坚持。瞧，这个织机已经上好了线，准备就绪。"

雅典娜坐下来，开始织布。女神在女工活计上，已经达到出神入化的地步了。她双眉紧锁，在织机上操劳着，努力使织出的布完美无缺。在她织出的布上，可以看到协调一致、栩栩如生的画面。这是智慧和劳动的杰作。她织出了大地和大地上盛开着的鲜花和生长着的树木。其中一棵橄榄树，即雅典娜圣树，尤为醒目。她还织出了蔚蓝色的海洋和扬着风帆正在航行的船只。她织出的布越来越长，平展光滑，柔软轻薄，极其美丽：人们在田野里劳动，姑娘们在织布机上操劳着并唱着歌。这件杰作是那样迷人，使你感到仿佛布上会飘出阵阵悠扬的歌声，而织机上的纬纱就是那七弦琴的琴弦。随后，她还织出了战士们正在与侵犯的敌人英勇搏斗的场面。

雅典娜自豪地抬起了头。当然没有比这更美的佳作了。这样的作品，凡人的眼睛是不可能见到的。女神转过身去，望着阿拉克涅，看她的作品给阿拉克涅留下了什么印象。阿拉克涅妒忌雅典娜，顽固地坚持着，不肯认输。她固执地弯身伏在织布机上织了起来。她的双手来往如飞，近乎疯狂。在织出的布上，可以看到战斗、屠杀、燃烧着的火焰。在房子里，在田野上……看到的是由战争带来的恐怖景象。

姑娘微笑着抬起头看着女神，雅典娜心中燃起了怒火。她夺过阿拉克涅的作品，撕成了碎片，然后扔在姑娘的脸上，这种凌辱刺痛了阿拉克涅的自尊心，她不再微笑而是愤怒地跳了起来，示威似的站在雅典娜的面前。

女神迅速地用她的棍棒打在姑娘的肩上，顷刻间，这个漂亮的身躯开始痉挛，开始缩小，开始变黑，最后变成了一只大头细腿的乌黑的小虫子——蜘蛛。"任何个人主义者和任何愚蠢的挑战者，都将受到这种惩罚。"雅典娜大声地宣布，"活着吧，你这个愚蠢自大的女人。你将永远悬在空中，不停地织布，而且你的后代也必须遭受这种惩罚。"

从那时起，蜘蛛就一直不停地织网，而它的网又不断地被毁掉。它躲在角落里或灌木丛中，力求忘掉自己的耻辱。但不幸的境遇使它变得更加残酷，无论是苍蝇或是其他小虫闯进它的网中，它都会毫不怜悯地把它们杀死，吃掉。

得墨忒耳寻女

天神宙斯和他的弟兄们打败了那些巨人提坦并把他们一一放逐到塔耳塔洛斯。可是，旧敌刚去，又来新敌。他们是新近崛起的巨人堤丰、布里亚柔斯、恩克拉杜斯等等。他们尽管力大无穷，法力高超，可是却有勇无谋，自然不是宙斯的对手。他们都成了宙斯的俘虏，被残忍的宙斯活埋在埃特纳山下。那些巨人被埋入地下之后，还努力挣扎企图逃跑。他们的力量太大了，大地被震动了；他们的怒气穿过山顶，形成了骇人的火山。

当这些妖怪坠落地面时，山河震动，四海翻腾，就是远在地底的冥王哈里斯也吓了一跳。哈里斯觉得这番动静太大了，这样下去，自己的黑暗王国不是要暴露在光天化日之下了吗？他放心不下，停止了饮酒作乐，驾起他的黑马战车，开始巡视疆土，看是否有遭受损毁、难以修复的地方。他光顾着巡视王国，却没有注意到自己的行踪。他飞行时带起的大团黑云，让坐在奥林匹斯山上与儿子厄洛斯玩耍的阿佛洛狄忒女神看见了。

阿佛洛狄忒女神对儿子说："儿子，拿起你那征服一切连神都不放过的利箭，射向那一团滚滚而来的黑云，让鲜血流出那位黑暗世界主宰者的胸膛，你要知道，他就是塔耳塔洛斯王国的统治者。为什么单单让他一个人逃脱呢？真是天赐良机，我们可以扩大影响。你难道没有看到天上也还有一些人瞧不起我们吗？智慧女神雅典娜公然蔑视我们就不说了，咱们斗不过她，可是为什么得墨忒耳的女儿也胆敢蔑视我们？如果你还关心你母亲的话，就给她们一点颜色看看，用一支箭把她和冥国君王结为一体！"

于是，小爱神解下箭筒，挑出了最锐利、最精致的一支，把带刺的箭对准哈里斯的心窝射去。哈里斯应声中箭，心中爱潮狂涌。他的马车在天空中轰轰隆隆地疾驶而去。

恩纳山谷林木深处有一个天然湖泊，景色优美极了。那里，浓荫挡住了烈日，潮湿的地面则为草木所覆盖，那是春神永久统治的地方。珀耳塞福涅正在附近和女伴们玩耍，采摘百合花和紫罗兰，经过此地的哈里斯对她一见倾心。乌云下倾，笼罩住了这个湖泊，等到烈日出现，女伴们发现珀耳塞福涅已经不见了。正是哈里斯把她劫持走了。

珀耳塞福涅被哈里斯夹在胳膊之下，她大声呼唤母亲和女伴前来救命，惊骇之中她松开围裙的一角，采得的鲜花纷纷坠落。珀耳塞福涅尽管已经成人，可是却有些孩子气，丢失了鲜花，她呼喊得更凶了，嗓子都嘶哑了。可是劫持她的强盗不管不顾，催马飞奔。他轻声地逐匹呼唤战马，放松缰绳，这些马奔跑得更快了，如同闪电，很快就抵达库阿涅河。滔滔的河水挡住了去路，归心似箭的哈里斯挥动三叉戟猛击河岸，大地为之崩裂，让出一条通往塔耳塔洛斯的道路。

珀耳塞福涅的母亲得墨忒耳发现女儿不见了，就四处寻找，走遍了天涯海角，最后又回到了出发地西西里。她站在库阿涅河边，茫然四顾。当时哈里斯就是在这里打开通道带着战利品返回地狱王国的。水泽女神了解一切，可是她不敢直说，因为她惧怕哈里斯，她只能冒着风险捡起珀耳塞福涅被劫持时丢下的腰带，借浪花把它送到母亲的脚边。看到腰带，得墨忒耳对女儿的丢失不再怀疑，可是她尚未弄清女儿消失的原因，就把罪过归咎于无辜的大地。"没有良心的土地，"她说道，"我一直使你肥沃，用草木和滋补的五谷给你做衣裳。现在你再也别想得到我的恩惠了。"于是，牲畜都死了，犁在地里断裂，种子不再发芽，日照太长，雨水过多，鸟类也把种子偷吃光了，地里只是长蓟和荆棘。

看到这一切，泉神阿瑞托萨就为大地求情。"女神，"她说道，"不要责

阴间之王哈里斯

哈里斯手端酒盅，斜卧在床，同他的妻子珀耳塞福涅（谷神之女）共度着美妙的时光。据说珀耳塞福涅每年都要在冥国与丈夫一起幽会。

怪大地。你要知道，它也是被逼迫的，它也是很不情愿让出通道的。我可以把她的遭遇告诉你，因为我看到过她。我在穿过大地的下半部时看到了你的珀耳塞福涅。她很伤心，但不再有惊慌的神色。她已成了哈里斯最心爱的王后，是地狱之国最美丽的新娘。"

得墨忒耳听到这些，目瞪口呆地站了一会儿。然后她调转战车向天国驶去，来到万神之主宙斯的宝座前。她向宙斯叙说了自己的不幸，恳求宙斯过问此事。她声称，如果哈里斯不归还女儿，她就要收回大地的一切生长能力。这使宙斯很担心：人类要是因此灭绝了，那么作为神还有什么意思！于是他答应了，但有个附加条件，即珀耳塞福涅在冥界逗留期间不得吃任何食物，否则命运三女神会禁止释放的。

宙斯派遣使者赫耳墨斯在春神的陪同下去向哈里斯讨还珀耳塞福涅。狡猾的冥王答应了。但糟糕的是，那少女刚刚接过一个哈里斯递给她的石榴，吮吸了果实的甜汁。这就足以使她不能得到彻底的解脱。不过后来双方互相妥协，她可以有一半时间跟她母亲待在一起，一半时间跟她丈夫哈里斯过日子。

得墨忒耳由于这种安排平静下来，恢复了她对大地的恩宠。珀耳塞福涅是负责谷物种子的女神，种子播到地里，无影无踪了——她被冥界神祇带走了；种子又出现了——她又回到母亲身边，春神把她领回来沐浴人间的阳光。

得墨忒耳教人耕地

得墨忒耳是天神宙斯的姐姐，珀耳塞福涅的母亲。由于小爱神受人唆使，分别射了冥王哈里斯和珀耳塞福涅一人一箭。哈里斯中的箭的箭头为红色，这会让人毫无理由地爱上他人，而珀耳塞福涅中的是黑箭，却是要拒绝他人之爱的。哈里斯苦追不上，就把珀耳塞福涅劫持走了。丢失了女儿的得墨忒耳四处寻找，找了九天九夜，虽已疲惫不堪、懊丧已极，却还没有任何消息。实在是难以支持下去了，她就坐到一块石头上，不顾风吹雨打、日晒月沐，坐了九天九夜。

那里就是现在的埃莱夫西斯城的所在地。当时，有一个名字叫刻勒俄斯的老人，他正在田野里采集橡实和黑莓，还有用来烧火取暖的柴杆。天色不久就黑了下来，暮色围拢了过来，四周的景物朦朦胧胧地留下了轮廓，已经到了归家的时刻。于是，在她附近放牧山羊的小女孩赶着两头山羊跟着父亲刻勒俄斯，匆匆忙忙往家里赶去。当两人走过那块巨大的石头，见到了那个装扮成老太婆的女神。

小女孩就停了下来，对女神说："婆婆"——这称呼对正处于失女悲痛之中的得墨忒耳听来十分甜蜜——"你为什么一个人坐在这块岩石上呢？"

小女孩的父亲也停了下来，尽管他背着很重的东西。他请得墨忒耳到他的农舍去，虽然他家不成样子。女神谢绝了。他非常可怜这个老太婆，就再三地请她进去坐一会儿。

"老先生，你赶紧去吧，"她回答道，"你该为有女儿而感到幸福，我失去了我的女儿。"她一边说，眼泪从面颊流到了胸部。富有同情心的父女俩也控制不住情绪，跟着她一齐哭了起来。之后他还是坚持道："跟我们来吧，不要嫌弃我们的破屋子。天气太冷了，等身体暖和精神恢复了，再找你女儿吧。天神保佑，愿你女儿平安回到你身边。"

"那请带路吧，"女神被这对父女感动了，不再拒绝，"我不能再拒绝你们的好意了！"她从石头上站起来，跟他们一起走了。路上，他告诉她，他的一个孩子，他唯一的儿子，正病得很重，发着烧，睡不着觉。听了这些话，女神俯下身子拾了一些罂粟。

他们走入农舍，却发现人人沉浸于悲痛之中，原来那个男孩子病情加重，满脸滚烫，就要没救了。他的妻子墨塔涅拉尽管心情悲痛，还是和气地接待了得墨忒耳。女神来到了病人的身边，双手合十，祈祷了一下，然后俯身吻了吻高烧中孩子的双唇，那奄奄一息的孩子，马上面容红润起来，身体也恢复了健康，充满了活力。全家老小都欢天喜地。

他们摆好餐桌，放上奶油、乳制品、苹果和蜂蜜。吃饭的时候，得墨忒耳把榨好的罂粟汁混入男孩的牛奶里，让他喝下去了。喝完牛奶，刚才还活蹦乱跳的孩子，现在却睡眼惺忪，嘟噜着说困了，于是他就离开正在聊天的众人进去睡了。

夜深人静，全家人都沉入酣眠之中。这个时候，女神却站起身来，抱起了那个依然熟睡的男孩。她把孩子的四肢摆成一定的形状，然后大声地对他说了三遍庄严的咒语，又走到已经熄灭的火中把男孩放到灰烬里。一直关心男孩的母亲其实并没有睡着，她惊奇地注视着客人的

谷神得墨忒耳
大地之母得墨忒耳是谷神。她经常左手握权杖，右手则是金黄的麦穗，她有着温和的态度。

举动，直到这时她才大叫一声，跳过去把孩子从火里抢了出来。得墨忒耳显出原形，灿烂的神光四射。惊醒的这家人非常惊讶，个个目瞪口呆。

女神说："孩子的母亲，你爱你儿子，可你却不知道，你这样反而害了他，要不是你阻拦了我，我本来可以使你儿子变得长生不老的。尽管如此，他还是会成为伟大而有用的人。他将教会人类如何使用犁，如何通过劳动从耕种过的土地中取得收获。"说毕，她由彩云簇拥着，登上战车，飞驰而去。

后来，得墨忒耳找到女儿。由于天神宙斯的调解，珀耳塞福涅一半时间跟随母亲、另一半时间却跟着自己的丈夫哈里斯过日子，尽管不是很满意，女神还是接受了。

一天，得墨忒耳正坐在自己的宫殿里，忽然她记起了刻勒俄斯和他的一家，以及她对他的儿子特里普托摩斯许下的诺言。男孩长大到八九岁时，女神又来到了刻勒俄斯的家里，她耐心地教会了特里普托摩斯如何使用铧犁和进行播种。她让他登上她那辆由带翅巨龙拉着的战车，驶遍世界上所有的国家，把宝贵的粮种供给人类并向他们传授农业知识。特里普托摩斯回到家乡之后为得墨忒耳在埃莱夫西斯修建了一座宏伟的庙宇，并开始了对女神的崇拜，即埃莱夫西斯神秘祭典。在希腊，纪念得墨忒耳的祭典活动在气派和庄严方面都超过了其他一切宗教庆祝活动。

破坏森林的王子

厄里斯克托王子的父母非常溺爱他，纵容他，要什么就给什么。小王子从小就花天酒地、骄横贪逸。但是，他还觉得自己的父母不爱他。他虽然拥有大量金银首饰、珍贵的艺术品、高档家具，可是他还不满足。王宫里已经厅堂无数，可在厄里斯克托眼里，还嫌它太窄。

有一次，他决定建一间新餐厅，把王国里第一流的建筑师和艺术家给召来，为他设计图纸。然后他就召来当地的伐木工人。

"我需要好的建筑材料，"王子对伐木工人说，"你们现在就得到墨成耳林区去给我采伐橡树。"

伐木工人纷纷摇头表示反对，但没有一个人站出来说话。

"王子殿下，墨成耳林区是整个德萨利亚地区最好最美的橡木林了。"好半天，一个伐木工人鼓起勇气提出了反对意见。

"那又怎么样？"王子瞪着他。

"难道你一点也不爱惜它？"

"我召你们来是干什么的？不需要你们的意见。你们只要执行我的命令就行！"王子厉声说。可是，这些单纯而粗犷的伐木工人面面相觑，磨蹭着还是不肯动身。

"这个林区是献给女神的呀！"那个胆大的伐木工人反对说。

"山林仙女们通常是在那片林子里跳舞的！"另一个伐木工人小声附和。

"住嘴，你们这些大老粗懂什么！马上去给我采伐我要的橡树。如果你们胆敢违抗命令，小心你们的脑袋！"王子恶狠狠地骂道。

伐木工人被逼无奈，只好拿起斧头，往林区走去。到了林区，他们却怎么也下不了手。这片几百年历史的茂密树林是该地区的骄傲，也是王国的骄傲。他们站在那里，你看我我看你，不知如何是好。谁也不忍心下手。

过了一个星期，王子骑马在众臣的前呼后拥下来到了林区。

"怎么搞的，你们这些懒鬼，你们原来就是这样工作的吗？"厄里斯克托喊道。

"王子殿下，我们实在是不忍心呀！"伐木工人的队长高声说。

王子一下子抽出他的随身宝剑，剑在阳光的照耀下闪闪发光。他朝队长怒吼道："你竟敢和我顶嘴。你必须立即砍掉这棵橡树。如果不听我的命令，小心你的命！"

王子下了死命令，这位伐木工人只好遵从。他举起斧头，同时嘴里发出可怕的"吭嗨"声，斧子落在树干上，血液立即从树皮的伤处涌出来。

这位工人马上扔掉斧子，跪倒在地说："殿下，我求求您，您也看到了吧，砍这些树太危险了，是大逆不道啊！……"

厄里斯克托见这位伐木工人竟敢不听命令，还一再饶舌，他二话不说一剑把这位可怜的伐木工人刺死。其他工人吓得面如土色，不敢再拖了，卖劲地干起来。一棵棵橡树倒了下来，鲜血流成了小河。

山林仙女们听到了斧子的砍树声，她们立即跑到林区，却看见整个林区遭到了空前的砍伐。

"女神啊，快来救救这些树哟。它们现在正在流血痛哭哇！"山林仙女们大声呼救。

"不要吵，不要吵！"女神得墨忒耳说："我会尽力的。"

得墨忒耳摇身一变，变成了一个女祭司，出现在王子面前。

"你有什么权力到这里来亵渎神灵呢？"她质问厄里斯克托。

厄里斯克托没有认出山林女神，他趾高气扬地对她说："这是强者的权利！"

女神得墨忒耳以一个女祭司的口吻说："是的，我只是一个软弱的女性。但我请求你不要砍伐这片神圣的树林。你不是亲眼看见树木在流血吗？"

"那怎么办？我要盖一间新餐厅。这些橡木很结实，很适合。我可不能因为它们流血就不盖餐厅了。"

厄里斯克托的傲慢和狂妄激怒了山林女神得墨忒耳，看来这个人已经无可救药，她决定惩罚他。

"那好吧，你就继续去建你的新餐厅吧，你很快就会很需要这个新餐厅的。"说完她就走了。当厄里斯克托看不见她时，她就对惶恐不安、前来打听消息的一位山林仙女说："你去找饥饿神，请她把饥饿缠在王子身上。"

这位仙女立即执行女神的命令。饥饿神按照女神的指示，当天深夜就飞到正在熟睡的厄里斯克托的房间里，慢慢地钻进他的躯体里。

王子一觉醒来，饥肠辘辘。他叫人给他送一只烤乳猪，狼吞虎咽几口就吃完了，可是整整一只小猪进肚后，他仍然饿得发昏。

"这有什么要紧！"他高声说道："再给我送一只烤绵羊来。"

仆从立即把烤绵羊送到他面前。这一天，他除了吃一只烤乳猪、一只烤绵羊以外，还吃了一整头烧牛。此后，他每天、每周、每月就是这样不停地吃、吃、吃，不间断地吃。他变得胖乎乎的，像个皮球，但是他总感到填不饱肚子。

他把家产都用来买食物，不久他的全部财产都花光了。于是，他把仆人和兄弟姐妹都卖给别人做奴隶。这对他来说简直就是奇耻大辱，可是他肚子饿呀！

他的全部财产都花光了。他没有水果、没有米面再没有任何东西可吃了，只能等着被活活地饿死。

哈里斯与白杨树

古人认为，人死之后，灵魂进入地狱。地狱的入口相当多，在离开人间进入黑暗王国之前，来历与出生都不重要，所有的人，无论善恶美丑、男女老少，都要经历相同的程序：他们要渡过地狱的四条大河，饮完利锡河的河水之后，他们的肉体就失掉了颜色和重量，只剩下一些缥缈的影子，游荡在一望无际的草原上。地狱之中，过去的生活被遗忘了，理想破灭了，光荣消失了，悲哀和欢乐也不复存在。在那永远暮色一般的光线之中，熟人相见已不相识。不过，各自在人间的行为将影响他们地狱的处境。如果他们在一生中罪恶滔天，那么就会受到惩罚，被关押在地下最深处的塔耳塔洛斯，与提坦神、巨怪以及神祇的其他敌人关在一起。相反，那些善良的、勇敢而又正直的人们，都进入一个较好的地方，在那里他们可以永远幸福地生活。这就是所谓的"极乐世界"。而在这块幸福的草原上生长着一棵高大而又细嫩、笔直而又带有韧性的白杨树。它枝叶繁茂，微风吹来，它随风飘舞，沙沙有声。说起来，这棵树也是很有来历的。

有一天，冥王哈里斯在他的黑暗地狱待腻了，无聊之中，就来到了人间，四处游玩。这个时候，他看到一个身材高大、肌肤细嫩的美少女。这个女孩叫莱夫基。哈里斯一见，就被迷住了。他出现在少女面前，求少女跟他一起，到地府之中去。可是莱夫基一听地府，就拒绝了。

哈里斯跪倒在少女面前："美丽的女孩子呀，跟随我进入那黑暗的王国。如果我能有你这样一个年轻而又快活的少女相伴，如果你这双蓝色的大眼睛能在地下世界闪光，如果能看到你迈出如同波浪起伏的脚步，如果能听到你如同水晶般清脆的说话声，地狱就会改观，沉寂就会被打破，而我，哈里斯那孤独的生活也会变得充实起来。美丽的女孩，救救我吧！"

莱夫基的心被哈里斯所打动，就随他而去。她所到之处，陆地和海洋的全部容光也陪伴着她。她来到了新居，地狱豁然明亮。那些在黑暗之中被痛苦与回忆麻木了的幽灵们惊讶地望着这非同寻常的亮光。哦，女孩子的声音，多动听呀，一下子让他们想起了尘世的欢乐！这个女孩子的出现在幽灵心中唤起了早已死亡了的怀乡之情。他们议论纷纷，为什么让她这个活人来到他们之中呢？

哈里斯就像一个初恋的男孩子，欢喜得都不知道干什么好了。女孩子走到哪里，他就跟到哪里。她有什么要求，他都要不顾一切地满足她。他一天之中，再烦闷，再繁忙，只要能够听到她的笑声，看到她翩翩的身影，感到她那温暖的身体，就心满意足了。可让哈里斯最为伤心的是，他最想送给这个女孩子的珍贵礼物：永生，却无权给她。说到底，莱夫基是个凡人。末日来临时，她就立即死去了，围绕着她的全部光线也随之而去，对往事的回忆已不可能，对未来的憧憬也不存在。暮色重新笼罩了一望无际的草原。

一想到那一天，哈里斯的心就疼痛起来。他实在不忍心让莱夫基与那些毫无欢乐的幽灵们住在一起，就把她送到了伊里西亚。在那里，哈里斯把她变成了一棵像大海一样碧绿、像少女一样灵活、柔软、细嫩的树，并以莱夫基的名字为它命名，叫莱夫卡（即白杨树）。后来，曾经到达地狱的英雄赫拉克勒斯，看到了莱夫卡。他折断了它的一根枝条，做成一个花环戴在头上，并把它随身带回了地面。从此，白杨树的木材被认为是极珍贵的。在奥林匹斯，人们向宙斯进行祭献时，在祭坛中只能燃烧这种木材。

赫拉造反

天后赫拉，大家都知道是宙斯的妹妹，克罗诺斯和瑞亚的女儿。她和宙斯的其他兄弟姐妹刚一出生就被父亲吞下了肚子里。后来宙斯用计下毒，让克罗诺斯呕吐出他吞下的儿女们。这些婴儿并没有死去，而是在父亲的肚子里成长起来。他们一跳出父亲的肚子，就加入了兄弟宙斯一方，反抗自己残暴的父亲。在宙斯成为天神之后，赫拉退居到了克里特的杜鹃山中。宙斯虽然是天上的神灵主宰，却风流好色，对自己的同胞妹妹赫拉念念不忘。他好不容易到了杜鹃山上，跪倒在赫拉面前向他求爱，却遭到了她的断然拒绝。她关上门窗，闭门不出，把满腔热情的宙斯留在门外冰凉的大理石石阶上。宙斯苦苦纠缠，一直逗留在门外，又是诉衷情，又是唱情歌，打口哨，拍窗户，可是却得不到一丝一毫的回应。

宙斯心灰意冷，打算撤退了。在转身的一刹那，他突然记起了赫拉的房间里布满了无数的杜鹃花，而且小动物也不少。看来她是一个热爱鲜花、喜欢动物的人。有了计谋之后，他就摇身一变，扬长而去。

宙斯与赫拉
这是早期的宙斯与赫拉像，他们是希腊神话中的诸神之首。

第二年春暖花开的时候，杜鹃花开满了整个山坡，嫣红一片。赫拉提着篮子，带着剪刀来到了山坡上，不一会儿就采满了一篮子的杜鹃花。应该可以够这几天用的了，她想。正准备回家时，突然前方不远处的一棵杜鹃花吸引住了她。那花，碗大的一朵，鲜艳欲滴，挺立在花丛之中，王后似的高贵显眼。她急忙过去，小心翼翼地剪下来，接着又发现了一只杜鹃站在树下。她放下了篮子，很怜爱地把它抱在怀里，温柔呵护着。谁知，这只鸟儿正是狡猾的宙斯变的，他一扑进赫拉的怀里，就现出原形强暴了她。赫拉被逼无奈，只好嫁给了他。他们的新婚之夜是在杜鹃山上度过的。这一夜两个人爱得死去活来，而且似乎天总是亮不起来。

实际上，这是宙斯的诡计。因为天上一夜，人间已经过了三百年。

婚后的生活并不和谐，夫妻之间，有许多的摩擦和不合。最让赫拉不能忍受的就是丈夫风流成性，拈花惹草，处处都留下了他的私生子。两个人争吵起来，往往以赫拉的失败而告终。尽管赫拉是宙斯唯一的妻子，可是在她一嫁给他之后，好像就丧失了价值。宙斯对她的兴趣大减。一般在小事上，宙斯都含糊过去，处处让着她，但在一些重大的事情，尤其是女人的事情上，他却比较蛮横，根本不把赫拉的话放在心上。惹怒他的话，他甚至都会用手中的霹雳击打她。赫拉没有办法，只能和他争吵，迫害他的情人，同时也还借用美神阿佛洛狄忒的腰带来勾引宙斯的情欲，让他把心思放在她身上。本来赫拉在结婚之前，是一个温柔和顺的女子，可就因为宙斯的好色，她变得脾气暴躁，性情多疑，完完全全成了一个醋坛子。

宙斯的傲气和喜怒无常的脾气实在叫人太难以忍受了。有一次，这些饱受他欺压的人：天后赫拉、海神波塞冬、太阳神阿波罗，趁宙斯躺在床上熟睡之际一拥而上，用生牛皮把他捆绑起来并打上一百个绳结，使他动弹不得。他威胁说要把他们立即处死，但他们早把霹雳放在他够不着的地方，因而对他的威胁报以满带嘲弄的大笑。当他们欢庆胜利、头脑清醒之后，麻烦来了。偌大的宫殿里，一张金碧辉煌的宝座空在了那里。谁，能来继承宙斯的位子呢？一触及这个实质性的问题，他们的联盟立即瓦解了。众神互相猜疑妒忌，争争吵吵，难以定夺。

最有希望的三个人就是天后赫拉，海神波塞冬，太阳神阿波罗。三个人不相上下，他们的支持者们都快争吵得打起来了。这个时候，异常失望的海上女神特提斯看到奥林匹斯山内战在即，便急匆匆把百臂巨人之一布里亚柔斯找来。这位巨人把一百只手同时用上，迅速解开绳结给主神宙斯以自由。因为赫拉领导了这场阴谋活动，宙斯便用金手镯拷住她的手腕，把她吊在空中，脚踝上还绑上铁毡。别的神气恼万分，但却不敢拯救赫拉，尽管她哭得昏天黑地，异常凄惨。

宙斯继续统治众神，但总把赫拉捆绑起来，也不是个长法。他必须平息众神心中的怨恨，毕竟错在于他。于是，他放掉赫拉，同时宣布赫拉是他的合法妻子。不过，在释放赫拉之前，他和众神约定：大家起誓永远不再反叛他，他就既往不咎，当作什么也没有发生。其他神灵已经看到了反对宙斯的后果，那就是除了宙斯，其他的神灵也没有足够的威望来管理其他的神，与其谋反之后一场空，还不如老老实实当自己的神仙，享受凡人的香火祭祀算了。他们也都个个做了保证。

三个谋反的头目之中，赫拉得到了宽恕。恼火的宙斯却不会放过其他两位。

他压下心头怒火，佯装着什么也没有发生似的和他们说说笑笑。波塞冬和阿波罗当然了解宙斯，他们以后行事小心翼翼，尽量不让宙斯抓到了把柄，可是在人家的管辖之下，欲加之罪，何患无辞？终于两神被宙斯抓住了一个错误，他们只好接受惩罚，去了凡间，给国王拉俄墨冬当奴隶，修建特洛伊的城墙。

神使赫耳墨斯

赫耳墨斯是宙斯与星神迈亚的儿子，出生在库勒涅的山洞里。他的母亲迈亚生下孩子时刚刚黎明，天色微白，公鸡喔喔。孩子一生下来，眼睛就睁开了，灵活地转动着，还眨巴了一个鬼眼，逗得疲惫的母亲大笑起来。很显然，这个孩子很聪明，是一个计谋过人的智多星。他小小年纪，却喜欢恶作剧，常常作弄自己的哥哥姐姐们。有一次，他却惹下了大祸，受到了惩罚。

这一天，他走出了母亲居住的库勒涅高峻的洞穴，一个人在山上漫游着。在一条小溪流的沙滩上，他发现了一只正在晒太阳的大乌龟，龟壳有筛罗大小。乌龟听见有人来了，慌忙爬起来急走，可是乌龟哪里跑得过手脚麻利的赫耳墨斯呢。他一个箭步跑过去，手一掀就把乌龟翻了过来。他找来一块大石头把它砸死，仿照阿波罗里拉琴的样子，在龟壳上装上琴弦和簧片。很快，一把琴就造出来了。

赫耳墨斯真是心灵手巧，这把琴音色美妙，相当称手。他拉起琴为自己伴奏，唱起动听好玩的即兴儿歌。他整整拉了一个上午。当太阳出来顶在头上之时，他已经兴趣索然。他想找点新的乐子。他惘然地抬头四望，群山莽莽，蜿蜒不绝，他看到很远很远的一座山的山坡上，有一些黑点在移动。他睁大了眼睛，运起神力，看清那是自己的异母兄弟阿波罗在皮埃里亚山放牧的牛群。他大喜过望，心里有了点子，快乐地回到了家里。

当天夜里，群星闪耀，四野寂静，赫耳墨斯来到阿波罗在皮埃里亚山放牧的牛厩里。他用柳枝包扎住牛蹄，不让它发出声息，然后把牛偷了出来。走了一阵之后，为了蒙蔽追踪者，他又赶着牛群倒着走，进了皮洛斯山区的一个洞穴。他用折下的月桂树枝，相互一摩擦，生起一堆熊熊大火。两头小母牛被焚化了，作为献给十二天神（他把自己也包括在内）的祭品。

干了这一切以后，赫耳墨斯就心安理得地回家睡觉，俨然是一个纯洁无邪的小孩子。可是他的母亲早就识破了这一切，她警告他："阿波罗可不是好惹的，法力无穷，脾气耿直，连天神宙斯都惧怕他三分。如果他逮住了你，你会被好好地惩罚一顿的。"可是，阿波罗在赫耳墨斯眼里，只不过是一个好勇斗狠的神而已。他得意扬扬地对满心担忧的母亲说："母亲，你就放一百二十个心吧，我的手法巧妙着呢。"

阿波罗正为自己丢牛的事大伤脑筋。到底是谁偷的呢？跟着牛蹄留下的痕迹，他来到了皮洛斯山区，发现了一堆熄灭的火烬和牛骨头。他终于追查到了这个小孩头上。

阿波罗怒气冲冲地来到了他们居住的地方，大声斥责这位逗人喜爱的孩子。可是这个小调皮鬼压根就不买账，他煞有介事地拿父亲的名字发下重誓，说："你完全是诬陷，我根本就没偷过牛。牛是什么样子的，我至今都没见过，而'牛'这个词，我还是第一次从你这儿听见的呢。"阿波罗咬牙切齿地怒骂着，小孩子却一口咬定他对偷牛一事一无所知。

口笨舌拙的阿波罗当然不是这个小孩子的对手。他气得面红耳赤，直跺脚，却拿这个小调皮鬼没办法。他总不能对一个小孩动手脚吧。可是，阿波罗是一个认死理的家伙。他好不容易想到了一个办法，那就是让法力无边的天神宙斯前来判决。

兄弟俩来到宙斯跟前。阿波罗狠狠数落赫耳墨斯：他从来没见过也没想过有这样聪慧早熟的偷牛贼、骗子和无赖。赫耳墨斯振振有词地反驳说，自己是个老实孩子，阿波罗才是个懦夫，只会欺侮他这个手无寸铁的、正在睡觉的、从没想过要"偷"牛的小孩。

赫耳墨斯一边冠冕堂皇地大声辩解，一边对父亲眨巴着眼睛。宙斯见了不由得放声大笑。在宙斯的调停之下，双方和解了：赫耳墨斯把新做的里拉琴送给阿波罗；阿波罗则回赠这位神童一条金光闪闪的短鞭，并且任命他为牛群的放牧人。当然啦，赫耳墨斯要指着神圣的斯堤克斯河发誓：自己永远不耍诡计向阿波罗行偷盗之术。而阿波罗则回报他一根司财富、幸福和梦想的盘蛇杖，然而，

赫耳墨斯
众神信使赫耳墨斯不像其他诸神那样给人感觉高高在上、神秘又陌生，赫耳墨斯和人间打交道最多，对于地上的人们来说，他平易近人，富有人情味。

一个附加条件是，赫耳墨斯只能用手势符号来预言未来，像阿波罗那样用言语和歌曲来表达那是不能再想了。赫耳墨斯尽管不情愿，可还是无奈地接受了，因为那根盘蛇杖太吸引人了。但是，这位信使之神对阿波罗强迫他修身正行感到不满，就发泄到其他神身上：他偷过阿佛洛狄忒的腰带，拿走过海神波塞冬的三叉戟，借用过赫菲斯托斯的火钳，还盗窃过阿瑞斯的宝剑。

关于神使赫耳墨斯还有一个很有趣的小故事。赫耳墨斯想知道他在人间受到多大的尊重，就化作凡人，来到一个雕像者的店里。他看见宙斯的雕像，问道："值多少钱？"雕像者说："一个银元。"赫耳墨斯又笑着问道："赫拉的雕像值多少钱？"雕像者说："还要贵一点。"后来，赫耳墨斯看见自己的雕像，心想自己身为神使，又是商人的庇护神，人们对他应该会更尊重些，于是问道："这个值多少钱？"雕像者回答说："假如你买了那两个，这个白送给你。"赫耳墨斯闹了个大红脸，自尊心大受伤害，以后就收敛了许多，不再随便偷诸神的东西寻开心了。

牧神潘的情敌

潘是牧神与森林之神，他的形象令人惊奇：羊脚、羊胡须、鼻子蜷曲，两只弯弯的长角和一条长尾巴。他是赫耳墨斯与仙子珀涅罗珀之子，他可是充分继承了父亲的调皮与诙谐。他出生在阿尔卡扎地区的深山之中。初次见到阳光时，他就用他那山羊蹄跳来蹦去，摇摆着他那浅灰色的山羊胡须，竖起尾巴，发出欢快的喊叫声。他的母亲看到他这个怪样子，竟惊恐地抛下他躲进了森林。赫耳墨斯则用兔皮把他包裹上，把他带到了奥林匹斯山上。到了山上，赫耳墨斯打开兔皮，把这个小小的长着山羊蹄的神祇抱出。潘立即开始蹦跳，用两只手敲击着膝盖，翻跟斗和大声喊叫，在众神面前不停地发出洪亮的笑声。这笑声会使人心胸开阔，心里充满幸福感。因此诸神都很喜欢潘，把他当成自己的好朋友，希望他留在奥林匹斯山上。然而潘却讨厌奥林匹斯山。同样是神，他形象丑陋，与其他神祇没有任何相似之处。和他们相处，让潘难以忍受，远没有和人打交道愉快。大概是因为这个原因，潘并不喜欢人们称颂的天堂奥林匹斯山，反而喜欢逗留在人间，四处游荡。要知道整个大自然都是他的漫游之地。相对而言，他总是选择最荒僻的地方，或者山洞，或者山岩，要不就是在茂密的森林。那里，茂密的枝叶把他掩藏起来，他可以尽情展露自己的天性。他动作敏捷、灵活，能用难以想象的高速度奔跑，可以跳到最难攀登的艰险处，像头山羊似的逗留在陡峭的山岩上，登上高峰放声大笑。

　　不过，牧神潘有一个坏习惯：喜欢恶作剧，经常开玩笑。在这些恶作剧之中，他最经常干的一件事情就是逗山里的动物玩。他常常独自躲藏在枝叶茂密的树林里，一动不动地，屏住呼吸，根本不让经过的动物发现。这个时候，他就能观察那些动物的一举一动。他待的地方不远处有条小溪，牛或者麋鹿漫不经心地走来饮水时，他突然脚踏一下树枝。整棵树摇摆起来，树叶发出沙沙的声响。这些动物都不安地抬头张望。这时他便快速地来回奔跑，忽而左边，又忽而右边，并大声怪叫。要不，他用手围成喇叭，发出受伤野兽样的嗥叫，或者声音突变转成哭泣。他的声音立即在寂静的群山中发出回响，这些野兽被惊呆了。它们不知道发生了什么事情，有些忐忑不安，互相对视着。可是这些莫名其妙的可怕的喊叫声和喧哗声包围了它们，而且越来越近。突然，它们明白了，森林之中存在一个可怕的敌人。由于惊吓，它们盲目地奔跑起来。它们的奔跑声又传到了森林中其他"居民"的耳中。它们不由得慌了，想当然地以为一定是某种危险降临了，它们也变得惊恐万状，开始奔跑起来：麋鹿、兔子、牛、老鼠、鼬和蛇都发疯似的、毫无目的地满山逃跑。到了这个时候，牧神潘才恢复了自己的声调，发出了洪亮的、长时间的笑声。

　　区别于大多数神祇的傲慢，他与普通的凡人相处得非常愉快。他热爱他们、信任他们，与他们交上了朋友，庇护他们的羊群，帮助他们让羊群兴旺。他十分喜爱动物，不管是野生的，还是驯服的，他都把它们当成是自己的兄弟姐妹。哪里有潘，哪里的动物就会成倍地繁殖起来，甚至树木也会快速生长。尽管牧神潘十分丑陋，他还是与人和动物建立了良好关系，不仅如此，他还与美女神们关系密切，是她们最好的伙伴。他混在她们之中，一起游戏跳舞，还为她们吹奏歌曲，博得了她们的喜欢。不过，这个讨人喜爱的牧神也有一个敌人，这个敌人就是他的情敌。

　　一次，潘在山中游荡，发现了一个美女皮蒂斯。他爱上了她，就向她求爱。谁知道皮蒂斯听了他的话之后，却惊惶地望了望四周，对他说："我也爱你，但我怕……我害怕北风神。"她激动地说："北风神也爱我，但他粗野、残酷。他一拥抱我，我就周身疼痛。我害怕他那寒冷的突然拥抱。我喜欢你。但他说过，如果我爱上了别人，他就要把我杀死。"

　　"有我保护你，你谁也不要怕！"潘安慰她说，强行把她拥入怀抱，但皮蒂斯马上挣脱，立即跑开了。"你瞧，他来了，那就是他！"她喊叫着。只见一些枯叶飞腾起来，随即狂风大作，树叶围绕着树干疯狂飘舞着。就像那被掠走的树叶，皮蒂斯也被刮走了。她曾挣扎着，由于恐惧和痛苦而大声呼喊着，然而风却不断推动着她。就像风卷桃花一样，这位轻盈的美女神被风吹得团团旋转，脚离开了地面，头发和手臂在绝望的挣扎中绞在一起。潘在后面一边呼喊着她的名字，一边奋力追赶。然而，不管潘奔跑得多么快，北风神却总是比他更快。北风神用那不可阻挡的风力卷起了这位少女，把她从灌木丛和坚硬的岩石上拖过，推入深渊。潘紧抓住了岩石，才没随她跌入深渊。他看到皮蒂斯犹如被风吹落的一片树叶，向下飘落着，不由得祈求地母该亚救救可怜的女孩子。地母该亚听到了他的呼唤，张开怀抱接住了皮蒂斯，并把她变成了一棵松树。从此以后，牧神潘用树上的软针叶编织了一顶花冠戴在头上，以此怀念这位失去的不幸少女。

铁匠之神赫菲斯托斯不贞的妻子

赫菲斯托斯是宙斯和天后赫拉的儿子，由于一生下地来，他就是个跛子，因此被遗弃了，幸好被富有同情心的海洋女神收养长大。在这段时间里，赫菲斯托斯勤习手艺，技艺日渐娴熟，他特意做了一个精美异常的王后宝座，献给赫拉。赫拉非常高兴，一坐上去，突然从宝座里冒出了无数的钢索镣铐把她牢牢地缚住了。很显然，这是他在报复遗弃自己的母亲。众神赶来相助，却对这个精巧的机关无能为力，而脾气暴躁的战神阿瑞斯企图以武力解决，前去挑战，却被火神喷出的真火烧得浑身起泡。最后出来解决问题的是酒神，他去见了火神。两个人一见投缘，喝上了酒神带来的美酒，两人谈谈说说，把酒言欢。酒神折服了这个火神，把他引到了奥林匹斯山上，解除了机关。母子二人化干戈为玉帛，重归于好了。赫拉为了补偿自己对赫菲斯托斯的遗弃，就说服宙斯把爱与美的女神阿佛洛狄忒嫁给了他。

阿佛洛狄忒是女神之中最为美丽的一个，可是却经常感叹命运对自己的不公平。她拥有最漂亮的脸蛋，最迷人的魅力，却嫁给了一个最糟糕、最丑陋的丈夫。她一看到赫菲斯托斯一瘸一拐的样子，看到他那张被炭火烫得布满了疤痕，又被黑煤和烈火熏得黑黝黝的脸，就十分不满。后来，他们生下了三个儿子，福波斯、得摩斯和哈尔摩尼亚。三个儿子都是栗黑的卷发，大海似的蓝眼睛，白皙的皮肤有着奶油的光泽，漂亮得与他们丑陋的缺腿父亲几乎是两个极端。神界纷纷谣传着这三个儿子都是野种，闹得谁都知道了，只有整天埋头在炉火边锻打铁器的赫菲斯托斯丝毫不知情，一如既往地喜爱着三个小家伙。

这三个漂亮的孩子还真不是赫菲斯托斯的，他们的亲生父亲是身材挺拔、鲁莽野气、好酗酒、爱争吵的战神阿瑞斯。他们的绯闻闹得沸沸扬扬，可是两个人不但不知收敛，反而变本加厉，来往更为频繁。一天晚上，两个人在阿瑞斯的色雷斯宫里欢乐一番后，昏睡过头了。太阳神巡视天庭的时候，看见他们两个人正赤条条地睡在了一起。早就对战神不满的太阳神一看，这是一个报复的好机会，就去找铁匠去了。

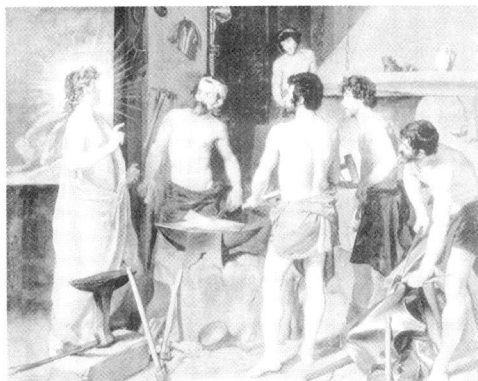

阿波罗告密

太阳神阿波罗闯进铁匠之神赫菲斯托斯的锻铁坊，并告诉他，他的妻子阿佛洛狄忒正和别人私通。铁匠之神听后，惊愕地愣住了，他的助手也个个惊讶诧异，大家都被这一消息惊得停住了手上的活。

铁匠表面粗鲁，内心却很精细。他想了想，放弃了直接去找他们算账的念头。他回到了煅炉边，挥动青铜锤，打出一张细如游丝而又坚韧无比的罗网。他悄悄地把网系在婚床的柱子上绕床一周。从色雷斯回来的阿佛洛狄忒，满脸堆笑地告诉他自己到母亲的家里去了。赫菲斯托斯佯装不知，很热情地问岳母的身体如何。寒暄了一会后，他告诉妻子："亲爱的，对不起，我要去利姆诺斯岛休息一阵，这几天太疲倦了。"阿佛洛狄忒推说自己要照顾孩子就不去了。等铁匠一走，她马上通知阿瑞斯。阿瑞斯兴冲冲地赶了来，两个人脱衣就寝。可是天亮醒来，两人略一动弹，就发现自己陷入了一张网中。细得肉眼几乎看不见的丝线勒入了肉中，越动弹越缚得紧。缠在网里的这对赤条条的男女正在绝望地挣扎的时候，早就准备好的铁匠闯了进来。他的身后则是他招呼来的奥林匹斯山的众神。捉奸要捉双，他要让众神来见证一下。他扬言，如果妻子的养父宙斯不把当年价值连城的聘礼退还给他，他就绝不释放阿佛洛狄忒。

诸神纷纷赶来观看阿佛洛狄忒的窘态，而那些女神不愿使阿佛洛狄忒太难堪，就留在家里。场面十分尴尬，众神都不愿意第一个开口当出头鸟，但是大家都用眼角来回地在面色铁青的铁匠和面沉似水的宙斯身上转悠着。作为众神之父的宙斯只是围绕着被捆绑的两个神转来转去，谁也不看，也不说一句话。

太阳神一看，这样下去，就没有好戏唱了。他用肘轻轻推了赫耳墨斯一下，故意大声问道："你要是处在阿瑞斯的地位，赤身裸体地套在网里，你大概也不会在乎吧！"

赫耳墨斯用脑袋作保发誓说，即使他给三张网缠住了，即使全体女神都在一旁责难，他也绝不会计较的。说毕，两位天神放声大笑。然而，宙斯对赫菲斯托斯的行为深恶痛绝，说他是个傻瓜，居然把家丑外扬。宙斯拒绝退还他们的结婚聘礼，也不肯干预这场夫妻间无聊的争吵。波塞冬看到赤条条的阿佛洛狄忒大为倾倒，十分妒忌阿瑞斯，但他表面上不动声色，假惺惺地对赫菲斯托斯表示同情。他说："既然宙斯拒绝帮忙，我来作保，让阿瑞斯交出跟你聘礼价值一样的东西作为赎身的费用。"

"这个安排倒是不错，"赫菲斯托斯垂头丧气地说，"不过，要是阿瑞斯说话不算数的话，你就要代替他待在网里了。"

"跟阿佛洛狄忒待在一起吗？"太阳神坏笑着问道。

"我不相信阿瑞斯会言而无信。"波塞冬理直气壮地说，"不过，他真的失约的话，我愿意出这笔赔偿和阿佛洛狄忒结婚。"

于是，阿瑞斯获得了自由，返回他的宫殿。阿佛洛狄忒前去帕福斯，在海水中重新获得了贞洁。

阿佛洛狄忒对赫耳墨斯非常满意，因为他坦然在众神面前承认自己爱她。报答赫耳墨斯的最好的方式对阿佛洛狄忒来说就是一夜欢娱，其结果就是两性同体之神赫耳玛佛洛狄托斯的诞生。波塞冬的慷慨之举换来的就是阿佛洛狄忒生下了他的两个儿子——罗杜斯和希罗菲卢斯。而阿瑞斯当然拒绝支付这笔赔偿，因为连堂堂的众神之父宙斯都不肯退礼，凭什么要由他来支付？再说，也是阿佛洛狄忒首先勾引他的。结果，这场戏不了了之，老实巴交的赫菲斯托斯什么也没有捞到。只有忍下了这份耻辱，跟阿佛洛狄忒过着不开心的婚姻生活。

战神阿瑞斯

可以说，战神阿瑞斯刚一出生，就具有了他性格上的所有优点和缺点。不必夸耀他的英俊了，那金黄的卷发，像大海一样蔚蓝的眼睛，熠熠生辉的古铜肌肤，胳膊和胸脯上隆起的健壮肌肉块兔子似的滚动在皮肤下，都为他赢来了众神的宠爱。作为小儿子，宙斯和赫拉非常娇惯他，说一不二，要什么给什么，俨然是奥林匹斯山上的小皇帝。长期以来，他就逐渐养成了一种鲜明的性格：肝火旺盛，尚武好斗，一听到轰轰的战鼓声，他就激动得手舞足蹈；一嗅到了熏人的血腥气，他就心醉神迷，比饮了美酒还要沉迷。哪里有激战，哪里就有他的身影。一听到兵戈碰撞声，就是有再重要的大事，他也要放下，奔赴战场，看见人或神就杀，不问青红皂白。

阿瑞斯出现在战场的时候，雄姿英发，意气飞扬：头戴插翎的铜盔迎着阳光夺目生辉，臂上套着皮护袖子，左手持一恐怖狰狞的盾牌，右手的铜矛咄咄逼人。而且，由于性急，他常常抛掉他那笨重的四驾马车——驾车的四匹马由北风和复仇女神的后裔组成，徒步而行，头上盘旋着几只铁翅苍鹰，身前疾跑如电的是几只牙尖嘴利的猎犬。而跟随他的还有自己的儿子：恐怖、战栗、惊慌和畏惧之神。还有与他臭味相投的女性亲戚：他的姐姐不和女神、他的女儿毁城女神厄倪俄和一群嗜血成性的魔鬼。可以说他所到之处，兵火连天，人哭马叫，城市成为废墟，天空则浓烟滚滚。

战神阿瑞斯喜欢战争，可尽管他得天独厚，身体孔武有力，久战不疲，但是也有败北的时候。最为狼狈的一次就是败在了铁匠之神赫菲斯托斯的手中。由于被母亲赫拉抛弃，铁匠怀恨在心，献一宝座给赫拉。赫拉一坐上去，宝座就弹出无数的镣铐铁索把她捆绑，动弹不得。在众神一筹莫展的时候，阿瑞斯就气冲冲地跑去找铁匠，可是他的长矛还没有抵达铁匠的肩膀，铁匠就拉动风箱，鼓出一股熊熊的烈焰，把他烧得浑身都是水泡，头发更是焦污一片。最为凄惨的一次，则是他被自己的母亲赫拉和妹妹雅典娜欺负得哭诉无门。特洛伊战争的时候，阿瑞斯和母亲、妹妹站在不同的阵营之中。地上，希腊联军和特洛伊的士兵打斗得难解难分；天上，阿瑞斯和母亲也斗得不亦乐乎。可是正在僵持不下的时候，他被偷袭的妹妹打中了后背，当场喷血而逃。回到了神山上，他向宙斯哭诉自己的失败。宙斯一听大怒，骂道："你一个堂堂男子汉，天天以战斗为乐的家伙，竟然连女流之辈都斗不过，还好意思跑到我面前哭哭啼啼，丢死人了。"宙斯把阿瑞斯骂了个狗血喷头。众神也讥笑他是一个逃兵。

和同为神仙的兄弟姐妹们作战，阿瑞斯多次败北，他虽然怀恨在心，但也无可奈何。可是对于凡人，情况就大不一样了。他复仇心切，睚眦必报，不仅让冒犯他的人不得安生，还要祸及全族。卡德摩斯——欧罗巴的哥哥深深领教他这一点。

妹妹欧罗巴被宙斯拐走后，卡德摩斯奉命寻找妹妹。他寻遍了四面八方，持续了两年，还是没有任何讯息。他不敢回家，就求神灵告诉他该去往何处。神指示他要往西，于是他西行经过一个密林。口渴找水喝的时候，他发现泉边伏卧着一只毒蛇。他费尽心力杀死了那条蛇，然后又和随从们开荒，建立了底比斯王国。

后来，他娶了阿佛洛狄忒的女儿哈尔摩尼亚。结婚之时，铁匠之神赫菲斯托斯送给了他们一条精美绝伦的项链。新婚燕尔的夫妻沉浸在快乐之中，却不知道他们悲惨的命运正在降临。

卡德摩斯杀死的那条毒蛇是阿瑞斯的圣物，因而得罪了战神阿瑞斯。尽管哈尔摩尼亚实际上是阿瑞斯的女儿，他也不放过他们，整个卡德摩斯家族遭到了他的报复。卡德摩斯的女儿和孙儿死于非命，底比斯城变成了卡德摩斯和哈尔摩尼亚的伤心之地，于是他们逃离了底比斯，投奔安奇里亚人。他在那里受到了热烈欢迎，并被拥戴为王，可是儿孙们的厄运始终缠绕着他。一天，他忍不住哀呼："既然神灵如此眷爱一条蛇，我倒还如当一条蛇吧。"话未说完，他就真的变成了一条大青蛇，而哈尔摩尼亚一看，只好祈求神，把她也变成了一条蛇，白的，两人双双游进了森林。

可是，阿瑞斯这样一个鲁莽好战的家伙，竟然获得了最美丽的阿佛洛狄忒的青睐。在美神阿佛洛狄忒的怀抱里，这位躁动不安的战神似乎才得到了安宁。

白头翁花

俗话说得好："常在河边走，哪有不湿鞋。"爱神阿佛洛狄忒主管天下的婚姻爱情，高高在上，可是一不小心，自己也被爱情捕获了。事情发生得很突然。当时，她和自己的儿子玩得太开心了，一个疏忽，就被儿子厄洛斯的那支箭在胸脯上划了一下。她急急忙忙地推开了厄洛斯，可是伤口还是比她想象得要深得多，沁出的鲜血染红了她的胸衣。她在包扎之中一回头，却看见了自己的儿子眨巴着眼睛，偷着笑呢。她知道了，是儿子的恶作剧。他想让自己也受一受爱情折磨的滋味，所以就用魔箭扎了自己一下。

养伤期间，她一直小心翼翼地避免看见他人，否则自己会坠入情网。可是实在太闷了，整天躺着，无所事事。她忍不住了，就出了宫殿，到一座山林里，漫步散心。就在那里，她遇见了年轻的猎手阿多尼斯，一见倾心。

能让美貌无双的爱神一见倾心的，自然也不是庸碌的男子。阿多尼斯的母亲是阿西利亚的公主密耳拉，她很小的时候母亲就死了。她的父亲塞亚斯深爱着自己的妻子，所以没有再娶妻。慢慢地，密耳拉长大了，越发出落得沉鱼落雁，闭月羞花。她的父亲塞亚斯为她选择了很多的美少年，可是密耳拉一一拒绝了。塞亚斯非常奇怪，追问缘由。女儿一声也不说，他哪里知道，女儿竟然在天长日久中爱上了自己，她的亲生父亲。因爱而丧失理智的密耳拉在一个深夜伪装潜入了父亲的寝宫。第二天早晨，当塞亚斯醒来发现躺在身边的竟然是自己的女儿时，他愤怒地抽出刀来，想杀死她以洗清乱伦的耻辱。就在密耳拉走投无路的时候，智慧女神雅典娜同情地将她变成了一棵没药树。不久以后，这棵树的树干从中间裂开，生下一个漂亮的男孩，众神给他取名叫阿多尼斯。慢慢地，阿多尼斯也长大了，他继承了母亲的美貌，出落成一个翩翩美少年。最神奇的是，这个美少年的身上还总是弥漫着一股没药树的清香。爱神阿佛洛狄忒就是被这个没药树美少年一下子迷住的。

以前，阿佛洛狄忒经常去盛产金属的帕福斯、克尼多斯、阿马托斯等地旅游散心，寻欢作乐。可是突然之间，它们就变得索然无味了。连她金碧辉煌的天宫她都不想回去，因为她觉得阿多尼斯居住的茅草房子要比天宫还要好玩有意思。她太爱他了，因此他走到哪里，她就影子似的跟到哪里。她给他讲笑话，为他解闷。

这个时候无论谁看见了我们高贵的女神阿佛洛狄忒那副殷切小心的样子，都会诧异：那个高傲的女神哪里去了呢？谈起恋爱来，她也和普通的姑娘一样，变了性格。过去，她整日坐在树荫里，无所事事，专注于自己天仙般的姿容。现在却爱屋及乌，打扮得完全和狩猎女神阿尔忒弥斯一样，呼仆唤犬，穿山越林，追逐野兔麋鹿。不过区别于阿尔忒弥斯的是，她捕猎的对象只是温顺的小动物，像兔子和山鸡什么的。而对那些因残杀牲畜浑身散发着血腥气的豺狼熊罴却一直都敬而远之。她不仅自己这样，还告诫阿多尼斯，不要徒逞勇气，去冒犯那些猛兽。

"对胆小的，当然不要客气，你要拿出自己猎手的勇气来，"她说，"可是如果对付那些凶猛的豺狼熊罴，还要硬来，那就太危险了。亲爱的，现在你有了我，就要时时刻刻关心自己的安全，因为你不仅仅属于你自己，你还属于我。你是我的幸福，我不希望你拿生命去冒险。千万注意，不要去招惹大自然赋予利器的野兽。我虽然珍视你们男子汉的荣誉，可是，绝不同意你以生命为代价。

阿佛洛狄忒与阿多尼斯　提香　意大利

你的青春英姿能使我爱神阿佛洛狄忒着迷，可是却不能打动雄狮、箭猪的心，它们的锋牙、利爪、粗鲁蛮劲，想起来就令人胆战。"

嘱咐完毕，她就乘上天鹅驾驶的车，腾空飞去。但是骄傲的阿多尼斯，年轻的阿多尼斯哪里把这些话放在心上。一个猎手的荣誉就是要搏杀这些凶猛的豺狼熊罴，如果只是对付那些可怜的小兔子什么的，有什么意思呢？他进了森林，用他的猎狗将一头野猪赶出了窝。他举手掷出长矛，侧身而进，刺进了野猪的身体。可是，那野兽太狡猾了，用嘴拔出长矛，怒气冲冲向阿多尼斯闪电而来。阿多尼斯扭头便跑，可是来不及了，野猪冲了上来，獠牙刺入他的腰部，他被掀倒在地，血流如注，不久就奄奄一息。

乘着天鹅车还没有驶到塞浦路斯，阿佛洛狄忒就听到半空中传来她意中人痛苦的呻吟。她的心一沉，立即掉转车辕往回赶。远远地，她凌空就看到那卧在血泊中的阿多尼斯，她的爱人。她匆忙跳下车来，匍匐在尸体上嚎啕大哭，捶胸顿足，乱扯着头发。她怒气冲冲，大声责骂命运女神道："你们不要猖獗。你们只不过取得了一个小小的胜利。因为我要让今天的哀伤与天地共存。阿多尼斯啊，我的心肝，从今往后，每年我都要重温一次你的死亡和我的哀悼。我要让你的鲜血化成花朵，算是对我的慰藉，这一点谁也不能妒忌，谁也阻止不了。"说着，她将神酒洒在血泊里，酒掺和到血里，泛出气泡，仿佛雨滴落入水池。一小时后，一朵殷红犹如石榴花般的鲜花平地而生，但花期不长。据说，经风一吹花苞就吐蕊，再一阵风，花瓣就飘零。所以人们称它为白头翁或风花，因为风能催它生发，又能催它凋谢。

娶雕像为妻的皮格马利翁

很久以前，古希腊有一个全国闻名的大雕刻家皮格马利翁。他的手艺是不用说的了，雕什么是什么，活灵活现，栩栩如生。雕个英雄，那就气宇轩昂，浑身充满了浩然正气，放在哪里，哪里就盗贼绝迹；刻头马吧，似乎四蹄生风，昂昂直吼。他卓越的手艺连火神都妒忌，说：还好他不是一个铁匠。这个皮格马利翁，见到什么就刻什么，鸟兽、人物、蔬菜都能在他的手中出现。可是这个人却有一个奇怪的毛病：绝不雕刻女人，哪怕是一个又丑又老的老奶奶。反正只要是女的，他就拒绝。

皮格马利翁不雕刻女人，原因很简单：他的母亲在他出生时就抛弃了他，他一直和自己的石匠父亲相依为命；而他的初恋情人在说了爱他之后，不久就和一个大富人结婚了。而且他所接触到的俗世女人，都神神怪怪的。一句话，皮格马利翁发现女人一无是处，他对她们极为反感，决心终生不娶，投身于雕刻事业。

但是有一天，他做了一个梦，非常奇怪。他醒来之后，就一直回忆这个梦，神情呆呆的。"真奇怪，"他对自己说，"我怎么梦见了一个女人呢。"他被梦中这个女人迷惑住了。他很讨厌自己这个想法，于是就把精力放在雕刻上。

他选择了一块象牙，决定雕刻一个男人，一个抛掷铁饼、肌肉丰满的年轻男人。他一开始压根就工作不进去，但随着雕刻刀在象牙上滑动，他一会儿就沉静了。人物的头像出来了。就在准备雕刻眼睛的时候，他的脑袋嗡了一下，他一下子看见了梦中那双含情脉脉的眼睛，接着，他吃惊地发现自己手中雕刻的竟然是一个女人像。

他疑惑了很久，又仔细地端详了这块不成型的象牙。很久之后，他发现这个女人可能就是他梦中见到的那个女人。他不知道该怎么办了。艺术家都相信神灵的存在，认为不受控制的杰作都是神灵通过他们的手来完成的。在想了半天后，皮格马利翁确信这是神灵的意思。他抛开成见，放心大胆地继续雕刻。很快，这个女人就成型了，站在了皮格马利翁的面前。

天啊，皮格马利翁感叹道：人像太美了，婀娜多姿，世上一切女人肯定都望尘莫及。她俨然是个活生生的少女，只是出于礼貌才屏息伫立。皮格马利翁从来没有这么喜爱过自己的作品，他那颗久已麻木的心又开始怦怦跳动，他爱上了这个雕像。他不时摸摸雕像，仿佛要弄明白它究竟是活人还是雕像。他实在不肯相信这只是座象牙人像。他爱抚它，送给它各种少女喜爱的礼物——色彩鲜艳的贝壳，光滑的卵石，小鸟和姹紫嫣红的鲜花，珠子和琥珀。他甚至还给它穿上五颜六色的衣服，戴上宝石戒指，耳上垂了坠子，胸前佩上珍珠项链。裙衫合身得体，更加衬托出它的自然姿色。他珍爱地把它安置在铺了紫色床单的卧榻上，温柔地称它为妻子。

爱神节临近了——这是一个隆重的大节日。从四面八方来的人赶到了神庙里，跪倒在女神面前。他们献上自己的供品，在圣坛前焚香供奉，空气中香烟缭绕。皮格马利翁破例参加了今年的庆典仪式。在人散了后，他偷偷来到圣坛前，吞吞吐吐而又害羞地祝祷说："万能的神啊！我祈求你们，赐我一个类似我那象牙雕塑的姑娘为妻吧！"——当然，他没有直接把意思表明白："将我那象牙贞女赐

皮格马利翁与加拉泰亚　弗朗索瓦·布歇　法国

布歇在这幅画的下方描绘了皮格马利翁的绘画雕刻工作室，安置了一些雕刻工具和画具，右下角表现雕刻家突然发现自己的雕像有了生命十分惊讶。画面中央情节是阿佛洛狄忒使雕像幻变成有生命的人，空中翱翔着小爱神，在朦胧的虚幻环境中，天上人间，人与神交织在一起。

我为妻吧！"阿佛洛狄忒莅临庆典，她听到了这番话。皮格马利翁那曲折的心理，自然也逃脱不了爱神的法眼。圣坛上的香火聚成火苗向空中窜了三次，这是一个暗示，表示她恩准了。

回到家后，皮格马利翁一如既往地去看望雕像。他俯下身习惯性地吻了一下卧在床榻上的人像。这嘴怎么是暖烘烘的呢？他奇怪地忍不住又吻了一下，并伸手去摸雕像的胳膊，更大的奇迹发生了，那胳膊软绵绵的，手指一触，就有弹性，像是伊米托斯山脉的蜂蜜蜡。他又惊又喜，站在那里难以相信。他以为自己相思过甚，产生了错觉。

那雕像真的活起来了！当他触到有血管的地方时，皮肤凹了下去；他把手挪开后，皮肤又回复了圆鼓鼓的。这个时候，阿佛洛狄忒的信徒才想起来该向女神感谢一番。他又吻了吻那张嘴，那张活人的小红嘴唇。少女已有感觉，羞得两颊绯红，她怯生生地睁开眼睛，注目着她的情郎。阿佛洛狄忒祝福了这段由她促成的姻缘。婚后他们生了一个孩子，取名帕福斯，专门供奉阿佛洛狄忒的这座城也随之取了这个名字。

厄洛斯的爱情

有一个国王，他一共有三个女儿。小女儿叫普绪刻。她不仅是三姐妹中最美的，也是全国女孩子之中最有魅力的。她实在太美了，整个王国的居民心中就只有她，连美神阿佛洛狄忒也被忘却了。阿佛洛狄忒对此气愤，想找事。于是，美神想了一个好办法，让自己的儿子厄洛斯随便找一个山野怪物，设法让普绪刻迷上它。可是，厄洛斯一见普绪刻，马上就被她迷住了。他想娶她为妻。

但是，母亲的命令该怎么办呢？并且，怎么让普绪刻爱上自己呢？认真思考以后，厄洛斯恳求太阳神阿波罗向普绪刻的父亲发出神示：国王必须禁止女儿结婚，并要把她遗弃在荒凉的山谷里，让一条飞龙把她驮走，否则天灾人祸就会降临到国家里。国王没办法，只好遵从。然而，刚把小公主放在山谷的大岩石上，一股和风就把普绪刻吹送到另一个奇妙的山谷里。那里，有座富丽堂皇的宫殿，宫殿的大门上镶饰着七彩宝石，地上铺着金砖。她走进宫里，就有隐形的仆人接待了她。一个声音请她参观宫殿，这个声音和蔼可亲，让她忐忑不安的心完全放下了。

晚上，普绪刻正要上床就寝。厄洛斯突然显出人形，走到普绪刻面前。

"普绪刻，请你不要点灯。千万不要点灯，"厄洛斯对普绪刻说，"我现在就是你的丈夫，只要你不看我的容貌，也不要问我姓甚名谁，那么你就是全世界所有女人中最幸福的一个。如果你不听我的话，你就会后悔莫及。"

在黑暗中讲话的这个人，态度温和文雅，普绪刻感到甜蜜蜜的。自从那天夜晚以后，厄洛斯每天晚上都来到普绪刻身边过夜。普绪刻感到无比幸福，她非常爱自己的丈夫。可是每天拂晓，他就离开她外出了，大白天就剩下她独自一人待在偌大的宫里。过了一段时间，这种寂寞生活就让她不堪忍受了。

"亲爱的，"她对厄洛斯说，"你不在家，我实在难受极了。我想念家里的姐妹们。你能同意我回去看看我的姐姐吗？"

厄洛斯对普绪刻的要求感到不安，但又不愿意让爱妻不快。

"我亲爱的普绪刻，你不能走，"厄洛斯说，"不过，你这样渴望见到她们，那我就通知她们来这里，同你会面好了。但是，你必须答应我，她们如果问到我，你绝不能回答。"

普绪刻同意了。微风按照厄洛斯的命令把普绪刻的两个姐姐吹送到宫里来。

宏伟美丽的宫殿，豪华阔绰的生活，普绪刻拥有的一切一切，都引起了两个姐姐的强烈嫉妒。她们问这问那，问题提出了一大堆。她们尤其关心她的丈夫：他叫什么名字，他的容貌如何……起初，普绪刻守口如瓶，对两个姐姐提出的问题全都避而不答，顾左右而言他。可是她们紧追不放，连一点细节都不放过。她终于承认了她只有在夜里黑暗中才能和丈夫在一块。她压根就没有见过他的体态和相貌。

"如果你丈夫就是神所讲的那样，你怎么办？"两个姐姐叫喊起来，"大概是因为他太丑了，所以他白天不愿给你看见。如果他是一个危险的怪物的话，你怎么办？"

　　姐姐们走后，普绪刻心绪混乱。她心想，姐姐们的话也不无道理。丈夫的态度是这么温文尔雅，应该不是一个怪物。可他为什么不让见面，夜里又不让点灯呢？是不是他的容貌很古怪，见不得人呢？

　　普绪刻痛苦不安，她决定解开这个谜，把事情搞个明白。夜晚到了，临睡前她准备了一盏油灯和一把匕首。厄洛斯入睡以后，她就点着灯握紧匕首，把灯照到他脸上。让她奇怪的是，在身边安静地酣睡的不是怪物，而是一个美男子。

　　普绪刻激动得两手发抖。她一不小心，油灯里的油滴到熟睡的年轻人的肩上。因为油很烫，厄洛斯被惊醒了。

　　"你太过分了！"厄洛斯叫了起来，"你怀疑我，不听我的劝告。你现在揭开了我的秘密。但是，这对你有什么好处呢？你原来想完全拥有我，现在却会完全失去我。"

　　厄洛斯讲完这些以后就起床消失了。普绪刻万分悲痛，她到处寻找厄洛斯，但她怎么也找不到。她后悔了，但已晚了。

爱神与普绪刻

普绪刻公主对每夜来访的丈夫心生疑虑。在姐姐们的教唆下，她手持油灯与匕首悄悄走到床边，却意外地发现从未见过的丈夫是个英姿焕发的美少年。厄洛斯被油灯滴落的油惊醒，在看到面前这一幕后，他伤心地飞走。这个神话故事有另一层寓意：在爱情中，尊重对方的隐私，是维护爱的重要条件。

　　厄洛斯与普绪刻分手之后，阿佛洛狄忒仍然继续折磨姑娘。她迫使普绪刻做苦工，把混在一起的麦子、豆子、大米等种子分开。还让她去冥界，从冥后那里要来她失去的美貌。普绪刻失去了丈夫，一心想死，倒不怕这些任务。好在天佑好人，总有小生灵帮忙，蚂蚁为她分拣种子，芦苇给她摘取羊毛，神鹰帮她汲水，就连阿佛洛狄忒神殿的石头都指点她冥界的入口。她找到冥后，冥后交给她的只是一个小盒子。她返回地面，非常好奇地打开盒子，盒里的睡眠马上抓住了她，让她昏迷不醒。普绪刻濒临死亡，浑身冰冷。这时候在天上飞翔的厄洛斯看到了她。她的样子唤起了丈夫的同情心。于是他把睡眠赶走，唤醒了妻子，去见宙斯，要众神之王承认他们的婚姻。宙斯不仅为他们的婚姻祝福，而且还把普绪刻留在仙界，赐予她不朽和永生。

白鹤复仇

伊拜卡斯住在希腊的北方，是一个对神虔诚恭敬的音乐师。当时，希腊南方的科林斯每年举行一次盛大的体育竞技和音乐比赛大会。到时，希腊各地的音乐家云集，互相竞技交流，不亦乐乎。音乐之神阿波罗赋予伊拜卡斯一副甜美、圆润的歌喉，伊拜卡斯这年也想一显身手，夺取全希腊瞩目的艺术桂冠。于是，他自家乡起程赶往科林斯。一路上，四轮马车昼夜不停地跑着，很快就到了科林斯的边界，科林斯著名的尖塔遥遥在望，波塞冬的神庙矗立在他的眼前。进城之前，他决定下车祈祷，感谢海神一路保佑，同时恳求他继续赐福。他走进海神庙宇，但见庙内古树参天，殿堂巍峨，却不见一人。他来得太早了，只能看见一群白鹤飞落树上。它们也是刚从北方飞抵南方，到这里过冬。"你们也平安抵达了，我的伙伴们！"伊拜卡斯招招手，朝它们喊道，"你们随我一起翻山越岭，跨河渡湖，你们真是我的好伙伴。你们来到南方寻求温暖，我到南方寻求胜利，海神保佑，希望我们都能如愿以偿！"白鹤咿咿呀呀一阵，算是招呼。

伊拜卡斯继续前行，走过殿堂，最后到了庙宇的后院。这里，野草丛生，古树萧瑟，依然杳无人迹。突然，大树背后闪出两人来，拦住了他的路。他们手里握着明晃晃的匕首，一脸杀气，显然想杀人劫财。他转身想逃，可是他知道，他们马上就会追上的；和他们拼了吧，像他这样一个只会弹琴、手无缚鸡之力的乐师，又怎斗得过手持凶器的歹徒呢！他只能求助他人，狂呼救命了。喊声在殿堂里回响不息，却根本没有见到一个人影。"难道我就这样无声无息地死去吗？"他心想，"在这远离故乡的异土他邦，被这样两个暴徒杀死，没有谁会为我报仇、为我申冤了……"极度的痛苦让他昏倒在地。

昏迷之中，他隐约听见头顶上翅膀狂拍尖叫乱鸣的声音。他拼力睁眼，终于看清了，正是那群与他结伴而行、同来科林斯的白鹤。"噢，是你们啊，我的朋友们！"他有气无力地说，"你们听到了我的呼喊，你们来了，但是，这又有什么用处呢……"话没说完，就再度昏死过去。

当伊拜卡斯他的尸体被人们发现之时，已是千疮百孔、血肉模糊，难以辨认了。如果不是他在科林斯的一位好友预先得知他将来比赛的消息，从他到达的日期推断出那可能就是伊拜卡斯，谁也不知道死者是谁。当他通过衣服确认出友人的时候，失声痛哭起来，他哀号道："伊拜卡斯呀！我的好朋友，你怎么以这副模样来和我相见呢！我满心以为你到科林斯来一定会争得无上的荣光，谁会料到，竞赛还没有举行你就离开了人世。这是谁干的好事啊？这样伤天害理，这样凶残无情！"前来参加比赛的选手和乐师们都为这一噩耗感到震惊和悲痛，痛哭流涕。人们聚集到科林斯国王面前，要求他主持正义，缉拿凶手，严加惩办，为死者复仇。可是凶手在哪儿呢？科林斯这么大，且在举行盛况空前的竞技大会的前夕，人群如潮水般从四面八方涌来。在海水一样的人群中去捉拿一两个凶手，真是比大海里捞针还要困难。再说，凶手究竟是谁？他们为什么要杀害伊拜卡斯？是谋财害命，还是由于私仇宿怨？这一切，除了那些居高临下、俯视人间、明察秋毫的天神之外，又有谁能说得清楚呢！

　　竞技大会终于开幕了。这天，一大清早，人们便穿上色彩鲜艳的节日服装，扶老携幼，拥向露天剧场。在这里，将举行隆重的开幕仪式。圆形的剧场依山面海，石砌的阶梯一层高过一层，铺向云端。看台上坐满了人，笑语喧哗，整个剧场呈现出一片异常活跃的气氛。直到科林斯国王宣布竞技大会正式开始，人声才逐渐静下来。只见一队身穿黑裙的妇女，缓步入场，她们步伐一致，节奏整齐地绕场一周。这就是传统的竞技大会的开幕式，她们扮演复仇女神的形象。这些妇女形象非常可怕：全身墨黑，裸露着手臂，擎着浓烟滚滚的火把，面颊惨白，毫无血色，而散乱的长发犹如千百条扭曲、翻滚的毒蛇。她们边走边唱，用凄厉的尖叫声唱起了复仇女神恐怖的歌曲："我们是复仇女神，我们主持正义，也主持公道。对于心地纯洁、善良端正的人，我们从不冒犯他们，而是保佑他们平安和幸福。可是，对于那些心肠狠毒的恶人，我们却会穷追不舍，直到用我们蛇一般的长发，把他们绊倒在地，才会罢休……"

　　凄厉的尖叫声直冲云霄，撕裂着每个人的心，那可怕的唱词似乎表明复仇女神早就看透了每个恶人的罪行，正在对他们进行无情的判决。整个剧场死一般的沉寂，人们吓得浑身发抖，个个气喘吁吁，脸色灰白。就在这时，从人群中爆发出一声呼叫："看呀，快看呀！白鹤飞来了。它们就是伊拜卡斯的白鹤！"果然，从远方，一群白鹤向剧场上空飞来。人们纷纷站立起来，翘首观望。"啊！伊拜卡斯的白鹤飞来了。它们是来寻找杀害它们朋友的凶手的！复仇女神就在这儿，凶手逃不掉了！"人群中又爆发出一声喊叫。这喊声唤起了人们心中的悲哀，也表达了人们胸中的愿望。随着喊声结束，人们不约而同地喊出了伊拜卡斯的名字，还喊出了"凶手逃不掉了"的呼声。这呼声从一群人嘴里传到另一群人嘴里，从剧场的这一头传到了剧场的那一头，顿时传遍了整个剧场。千万人的呼声汇聚成一个巨大的声浪，在剧场上空不停地回荡着。"凶手逃不掉了！逃不掉了！"声浪像山洪暴发，像大海怒涛，震撼着每一个人！突然，在人群中，有两个人扑通跪倒在地，他们双臂伸向天空，嘴里连声高叫："复仇女神啊，饶恕我们吧⋯⋯"人们看着这两个面如死灰、扑倒在地的人，"哗"的一声朝四面闪开，像躲避瘟疫似的躲开了他们。人们立刻明白了，就是这两个歹徒，用他们罪恶的双手杀害了善良无辜的伊拜卡斯，割断了他那美妙动听的歌喉。

正义与复仇女神驱逐罪恶

厄里尼厄斯，希腊神话中的复仇女神。她们会追捕那些犯下严重罪行的人，使他们的良心受到煎熬并为自己犯下的罪行付出代价。传说中的复仇女神身材高大，眼睛血红，她们长着蝙蝠的翅膀，一手持火炬，一手持着用蝮蛇扭成的鞭子。

随后，就在这人山人海的剧场里，在科林斯国王的主持下，根据复仇女神的意思，对这两个罪犯进行了审判，并且给了他们最严厉的惩罚。

黎明女神厄俄斯的诅咒

黎明女神厄俄斯爱上了年轻的猎人刻法洛斯。这天清晨，趁刻法洛斯早早起来打猎的时候，她幻化成一只红毛狐狸出现在他的视野里。他看见这只狐狸，马上追赶，可是这只红狐狸太过狡猾，他根本就抓不住它。就这样，红狐狸在前面引导，刻法洛斯在后面追赶，一直把刻法洛斯带到了她的宫殿前。这个时候，红狐狸消失不见了，出现在刻法洛斯面前的是一位楚楚动人的女神。她艳如桃花，美如朝霞，妩媚动人。刻法洛斯一时不知道该怎么办好。黎明女神厄俄斯走上前去，把他领进自己的宫殿。一顿丰盛的早餐过后，喝茶的时候，黎明女神厄俄斯说明了自己对他的绵绵爱意。开始，刻法洛斯有些被周围的环境迷惑住了，现在厄俄斯一说明心意，刻法洛斯便猛地清醒了。他想起了自己深爱着的妻子，便坐不住了，马上要回去。黎明女神厄俄斯百般挽留，想方设法讨他喜欢，可是白费心血。刻法洛斯毫不客气地告诉黎明女神，她的痴心是白费了，他只爱他年轻美貌的妻子普洛克里斯，对于女神，他一个普通凡人不敢高攀。话都说到这份上，厄俄斯恼羞成怒，生气地把他打发走了。走之前，她恨恨地说道："滚吧，没有良心的家伙，守着你的妻子去吧，不过有一天你会为拒绝我而后悔的。终于有一天你会希望不再见到她。"说完，厄俄斯故作诡异地冲着刻法洛斯笑了一下。

刻法洛斯的确是深爱着自己的妻子普洛克里斯的，可是黎明女神的话和她最后那诡异的笑却让他渐渐地产生了一种怀疑：黎明女神厄俄斯为什么会那么诡异地笑呢？难道是普洛克里斯对自己不忠了吗？不会的，他随即否定了自己荒唐的想法，因为两个人自从相识以来一直深深地相爱着，并且从来没有分离过，妻子是绝对不会背叛自己的。可是过了一会儿，他又开始不安了，厄俄斯的笑是什么意思呢？难道是普洛克里斯以后会背叛我？

想到这里，刻法洛斯下定决心想考验一下妻子对自己的忠诚。于是，他故意没有回家，而是离家远走了。他打定主意要在外面待一年，然后回来看看妻子是不是还在等着自己。终于，一年的时间过去了。到了这个时候，他觉得是可以看得出妻子普洛克里斯是否对自己忠诚的好时候了。妻子普洛克里斯如果对自己爱得不深，那么最初的一点爱早就被漫长的等待耗尽了，肯定很容易就会背叛自己。而如果妻子在一年漫无目的的等待之后还能为自己守住贞洁的话，以后也一定不会背叛自己。于是，他乔装打扮了一下，变成一个外乡人，往自己的家里走来。他的邻居们看到来了一个生人，纷纷对他诉说着普洛克里斯的事情，因为他们觉得这个痴情的女人实在是太难得了。一年之前，她的丈夫出去打猎失踪了，普洛克里斯一直默默地等待着他，每天黄昏的时候都会站在家门口往远处张望着，希望能看到丈夫的身影。

刻法洛斯听了邻居们的议论很感动，于是他敲了一下自己的家门，想进普洛克里斯的房间。可是不管他怎么说，普洛克里斯都不开门，只是很有礼貌地说自己的丈夫不在家，不方便接待客人。到这时，刻法洛斯已经感动得流下泪来，他觉得自己简直都没法继续装下去了。他多么想马上告诉妻子真像，然后紧紧地抱住她，给她一个长长的深情的吻。可是就在他想说出真相的时候，黎明女神诡异的笑又一次在他的脑海中浮现，他决定，再最后试探一下，如果妻子还是不变心，自己就说出实情。

于是，他拿出许多奇珍异宝诱惑妻子，并且告诉她自己是刻法洛斯的朋友，刻法洛斯已经在一次打猎中不幸丧生了。普洛克里斯忍受不了一年的苦苦等待却换来的是这样的噩耗，她一下子崩溃了，只想抓住一根救命稻草，于是答应了外乡人的追求，同意了跟他私奔。这时，刻法洛斯恢复了原貌，对妻子痛加指责。普洛克里斯羞愧难当，她一声不响地逃到了克里特岛，成为月亮女神的随从，并且痛恨自己的丈夫和所有的男人，决定一辈子追随着月亮女神阿尔忒弥斯过单身生活。

可是，对刻法洛斯又爱又恨的感情却让她怎么也忘记不了那个屡次考验自己的丈夫。最后，她决定回到家乡，看看这个考验了自己的人是不是真的能经得起那样的考验。她准备返回家乡的时候，月亮女神阿尔忒弥斯送给她两样宝贝：一只每投必中、绝对不会偏离目标的矛和一头奔跑神速的名犬。这一回，普洛克里斯也化了妆，刻法洛斯也没有认出她。普洛克里斯用两件宝贝诱惑刻法洛斯，致使刻法洛斯也说出了变心的话。这个时候，普洛克里斯说出自己的骗局，刻法洛斯非常羞愧，他明白了自己以前的所谓"考验"是多么的荒唐。他立即真诚地向普洛克里斯道歉，请求妻子的原谅。普洛克里斯毕竟还深深地爱着丈夫，她原谅了刻法洛斯，两个人又和好如初了。

经历过这种种的风波之后，刻法洛斯更爱自己的妻子了。他们两个人一起幸福相处了很长的时间，可是还是出事了。这次，还是因为对爱人忠诚的怀疑。

原来，两个人和好之后，普洛克里斯就把月亮女神送给自己的两样宝贝送给了丈夫。因为她更喜欢待在家里，而丈夫比她更爱打猎。问题就出在这两件阿尔忒弥斯送给她的礼物上。先是那只猎狗。一次刻法洛斯狩猎，碰见了一只真正的狐狸。当时，刻法洛斯还没有真正反应过来，那只天生敏捷的猎狗却箭一般窜出去。狗和猎人追赶了好半天，眼看这只狗就要追上狐狸时，突然狗和猎物一起变成了石头。猎狗变成了石头，而那支标枪，却命中注定要为他们带来厄运。

刻法洛斯打猎累了的时候，有个习惯，总要到荫凉处躺下吹吹风。有时候，树荫下没有凉风，刻法洛斯就会大声地说："来吧，温柔的奥拉，甜蜜的微风女神，

猎神妻普洛克里斯之死
雅典王世勒克丢斯的女儿普洛克里斯被丈夫误杀，死在丈夫的怀抱里。在这幅画中，刻法洛斯默默守护在死去的普洛克里斯身旁，这个粗鲁野蛮的男人那份哀伤与惭悼之情充分表露于姿态中。

来消消我身上炙人的热气吧。"他的一个打猎的伙伴听了这话以后，错以为他是在对一个少女讲话，就把这个秘密告诉了普洛克里斯。普洛克里斯不相信，她知道丈夫对自己的忠心。但是到了夜里，打猎的丈夫还没回来，孤单的普洛克里斯就胡思乱想起来。她左思右想放不下心来，所以，一次丈夫出去打猎，她就偷偷地尾随丈夫出来并藏身在告密者指点过的地方。

奔跑了整个上午，刻法洛斯在烈日之下昏昏然了，如同往常一样躺到了绿色的树荫下，呼唤着奥拉的名字。突然他听到了灌木丛中传出的一声呜咽。他以为那是野兽的声音，就一枪掷了过去。一声尖叫使他明白标枪肯定击中了目标。他跑过去，从地上抱起了受伤的普洛克里斯。临终前，她无力地睁开了眼睛，勉强地说出了这番话："我求求你。如果你爱过我的话，亲爱的，答应我最后的一个请求吧：千万不要跟那个可恶的微风女神结合。"说着，她躺在丈夫的怀抱中死去了。

黎明女神与蝉

拉俄墨冬是著名的特洛伊国王阿里普摩斯的父亲，他非常宠爱小儿子提托诺斯，就把羊群交给他，让他与老迈的祖父一起照看、牧放。实际上看守羊群的都是年迈的老祖父。斯卡曼罗斯河为他们提供了方便，两岸绿草茵茵，根本不用他们操心。所以，放牧的时候，提托诺斯无拘无束，想干什么就干什么。他太喜欢玩了，不是吹奏风笛，引吭高歌；就是睡睡午觉，醒来后与树木闲谈。有时候，他也看护羊群。但他看守羊群，却是与小羊羔发脾气，或者逗乐。在荒无人烟的大自然中，提托诺斯总能够发现新鲜的东西。他甚至能与风儿欢笑，让他的老祖父笑得直摇头。可是，提托诺斯不管这些，他的生活过得如同神话一般美好。

他整天在大自然之中嬉戏打闹，天真无邪的气质吸引了一位美丽的女神。那天，黎明女神厄俄斯外出散步，无意中看到躺在牧场上的提托诺斯，立即被他那纯真气质迷住了。她马上跑到了提托诺斯面前，一神一人，成了形影不离的伴侣。对提托诺斯来说，女神是他的一个伙伴、知己。他什么话都可以说给她听。不过，他丝毫都不懂男女之情，只不过觉得女神，比那些自然万物更可心一点而已。

女神就不一样了。提托诺斯是她的最爱。她整天陪着他嬉戏，陪他哭，陪他乐，忙得不亦乐乎。许多天过去了，提托诺斯欢乐依旧，可是女神脸上在笑，心里却发愁：她太爱他了，简直都不敢想象将来有一天失掉他会怎样。提托诺斯肉体凡胎，死亡是无可避免的。为此，女神离开了提托诺斯，匆匆地跑到众神之父宙斯面前，

黎明女神厄俄斯
画面右端的厄俄斯引导着太阳神的马车，拿着火把的小天使是她的儿子晨里波斯波拉司。

请求他赐提托诺斯长生不死。

　　长生不死可是神仙的特权，宙斯不愿意把这种特权当作礼物送给人。厄俄斯执意地恳求他，眼泪汪汪，跪在他的脚下，又是抚摸天神的胡须，又是抱着他的双膝。看样子，他不答应，这个女孩还真不起来了呢。你看都几个小时了，她还痛哭绝望地祈求着。宙斯终于被她那晶莹的泪水打动了，赐予提托诺斯永生不死。临走之前，宙斯警告女神，他只能满足女神的这一个要求。再有什么非分之想，他绝不答应。女神感激得都要哭了，连连点头。

　　现在，厄俄斯和提托诺斯的幸福是完美的了。每天，天刚放亮，厄俄斯就来了，她坐在青年牧人身旁，如饥似渴地倾听他用洪亮的声音向她讲述的一切，讲他的羊群，讲他挤出的羊奶，讲羊羔滑下河去，讲夜里刮起的风，讲太阳驱散了乌云……就在这种幸福得如同梦境的日子中，一天天过去了，一月月过去了，一年年过去了。

　　忽然一天，厄俄斯发现提托诺斯的头发开始脱落，变得稀少，皮肤出现了皱纹，就连那让她痴迷的微笑的眼睛也混浊不清了。他说话的声音不再清脆了。厄俄斯非常惊恐。这时候，她才突然想起来，她在宙斯面前为心爱的人所祈求的仅是永生不死，却没保证他青春永驻。提托诺斯是不会死，但却一天天衰老。怪不得宙斯拒绝她的下一次请求呢。原来，他们这些天神早就预料到了。女神气得痛哭起来。日子飞逝，提托诺斯失去了青春活力，他雄狮般的身躯开始萎缩变小，并渐渐发黑。他虽然还保持着说话能力，然而他的说话声已失去了音乐感。

　　厄俄斯痛苦地看着他的变化。提托诺斯开始驼背，开始萎缩，不久变得如同一个年老的小孩，随后又变得像一个干枯的婴儿，接着他的腿和手臂变得如线一般细弱，身体像一个干瘪的甲虫。现在他已经能在厄俄斯的手掌中走来走去了。

厄俄斯把他放在自己的手里，而他每天清晨仍然对她讲述着他的所见所闻。他的语言如同流水一般无休无止，像在念着单调的经文，让人听不懂。

厄俄斯听着听着，不觉动起怒来。过去她把他的声音当成大自然优美的旋律，而现在听起来，就像是一些缺乏色彩、毫无意义的单调的破裂声。看到她那心爱的人正装模作样地坐在她的手指上，她的眼睛闪出了痛苦的神情。她弯下身去，向他轻轻地吹了一下。提托诺斯展开了翅膀，一边说着，不停地说着，一边跃入高空，躲藏到树枝间去了。他变成了一只蝉。

变成野猪的彭透斯

卡德摩斯的外孙狄俄尼索斯，是宙斯和塞墨勒的儿子。由于此神在物产丰饶的森林中长大，宙斯就分封他为果实之神。而天下好酒，其原料都是葡萄之类的水果，所以他又有了一个小小的职位，那就是管理葡萄种植。他成为一个希腊人人敬奉的神灵，其经历是相当曲折的。

狄俄尼索斯十四岁时，他就离开了养育自己的诸位仙女，去各地旅行，向世人传授种植葡萄的技术。当然了，他也要求人们建立神庙来供奉他。随着人们越来越喜欢葡萄酒，狄俄尼索斯的声名传遍了希腊，最后连他的故乡底比斯人都听说了他。

那时候，底比斯国王卡德摩斯已把王位传给了彭透斯——狄俄尼索斯姨妈阿高厄的儿子。狄俄尼索斯这个表弟天生不信神，连天神宙斯都不放在眼里，不过，他最憎恨的却是和他有血缘关系的狄俄尼索斯。什么家伙呀，不过是和自己一样凡人而已，干吗装神弄鬼地把自己当成了一个真神。所以，当酒神狄俄尼索斯带着一群狂热的信徒来到底比斯阐述神道时，彭透斯愤怒极了。

他站在底比斯城的广场上，朝着那些疯狂崇拜酒神的妇女们怒吼了起来："天呀，你们这些愚蠢的傻瓜和疯子，为什么像一群苍蝇，追随一个凡人！睁大你们的眼睛，看清楚这个家伙的底细吧！他头上戴着葡萄藤花环，身上穿的是紫金长袍，而不是铠甲。他还不会骑马，是个战场上的懦夫。你们难道瞎了眼，竟然朝拜一个娘们儿一样的家伙！你们难道忘记你们的英雄祖先了！再说了，这个家伙是我的亲戚，没有人比我更清楚他的底细。他只不过和你们一样，是一个凡人！宙斯是他的亲父——谁没有耳朵竟然相信这种瞎话！他那一套假模假样，都是为了骗住你们！"

　　他骂骂咧咧地发泄了一通之后，又下令命仆人们把这个新教的教主给抓起来，套上脚镣手铐。

　　谁都知道酒神对待朋友宽厚大方，可是对待不信他是神祇的人却毫不手软。彭透斯的亲戚和朋友们听了他傲慢的话，大吃一惊，十分害怕。卡德摩斯摇着白发苍苍的头，表示反对，可是他现在已经没有实权了。他的劝说对彭透斯而言，反是火上浇油。

　　不一会儿，派去抓人的仆人都头破血流地逃了回来，带来了一个人，并不是他表兄。

　　"人呢？"彭透斯愤怒地大声问道。

　　"我们根本没有看到狄俄尼索斯。我们抓了他的一个随从，他好像跟随他的时间并不长。"仆人们据实回答。

　　彭透斯仇恨地瞪着抓来的人，大声问道："该死的家伙，你叫什么名字？为什么要跟随那个醉鬼？"

　　抓来的人无所畏惧。他是狄俄尼索斯的仆人阿克忒斯。他告诉彭透斯，酒神救过自己的命。

　　"我不耐烦听你废话了，"国王彭透斯叫道，"来人，把他抓起来，押在地牢里！"

　　奴仆们遵命把他关进了地牢。可是他却被酒神使了魔法，放走了。

　　国王十分愤怒，开始大规模地迫害狄俄尼索斯的信徒。他把狄俄尼索斯的信徒统统关进大牢里，连信服酒神的母亲也不放过。但奇怪的是，没有任何人帮助，这些人的手铐脚镣自动脱落，监狱的门也大开。他派去捉拿酒神的仆人惶惑地走了回来，因为狄俄尼索斯让他们自己甘愿套上了枷锁。

　　现在，狄俄尼索斯站在国王面前。尽管国王不想看，可是表兄的美貌仍然吸引了他的目光，他感到惊讶不已。不过，彭透斯不是一个轻易放弃的人，他要拆穿这个家伙神仙的外衣，让他露出骗子的本质来。他命人给狄俄尼索斯钉上重镣，关在靠近马厩的山洞里。但是酒神一声令下，地动山摇。洞口的砖墙被震塌，手脚上的镣铐也松开了。他安然无恙地走了出来，回到他的追随者中间。

　　彭透斯实在没有办法，不想再管这些事情了。让那些傻瓜去疯狂吧，让他们去上当受骗吧。他把自己关在了宫殿里。可是厚厚的城墙也阻隔不住那个骗子的消息。又有报信人来到他面前，说那些狂热的妇女正在山林里祈祷，她们只要敲击岩壁，石缝里就会流出清泉与美酒，而旁边的小溪里流淌着白花花的牛奶，空心的树干也滴出了香甜的蜂蜜。国王的母亲和姐妹们是这批妇女的领头人。而最让他生气的还是那个打探消息的人临走之前补充的一句话："陛下，如果你自己在场，一定也会跪拜下去！"

彭透斯怒发如狂，他大声命令，集合军队开赴树林，剿灭那些愚蠢的臣民。可是军队集合完毕正整装待发的时候，狄俄尼索斯却不请自来。他一开口就吓了国王一大跳。他说他可以将他的女信徒一起带来，任凭处置。不过，必须国王亲自前去。而且这些女人都很疯狂，如果她们知道国王不相信酒神，她们会把他撕成碎片的。所以，去的时候，国王必须穿上女人的衣衫。

国王彭透斯非常怀疑，不过，狄俄尼索斯这个提议也太有诱惑力了。他勉强地答应了，跟在酒神的后面，走到城外。附在衣服上的魔法生效了。彭透斯变成了一只气势汹汹、尖嘴獠牙的野猪，可自己却毫不知觉。两个人一会儿就来到了森林里。那里，狄俄尼索斯的信徒们聚拢过来，唱着颂歌。整个基塞龙山到处都是信徒，到处都是酒神领唱的快乐歌声，山路两侧的悬崖回荡着他们的呼喊。彭透斯听到喧闹声之后，一股无名火烧上心头。他快步跑过树林，来到一片开阔的空地，那里正在进行着一次郑重其事的酒神祭祀。妇女们匍匐下拜，高声歌唱。最让彭透斯无法忍受的是，他看见那些疯癫得不可理喻的女人中，领头的竟然是自己的母亲阿高厄，他冲了上去。

那些祈祷的女人们发现了背后的骚动。回过头来，她们发现一头强壮的野猪冲了过来。这些酒神的忠实信徒一个个毫不畏惧，拿起各式武器，扔向野猪。可

这是一幅发现于庞贝古城一座"神秘之宅"内的巨幅壁画。内容与酒神狄奥尼索斯直接相关。描绘的是从希腊传入罗马的一种神秘宗教仪式的全过程。画上有酒神、酒神的妻子，还有山神等其他神灵，更多的是前来参加仪式的众男女。

怜的彭透斯还没来得及说一句话，就被这些妇女撕成了碎片。而那投出枪的人，正是自己的母亲。只见她孩子似的欢跳着，高声喊道："胜利了！胜利了！光荣属于我们！酒神万岁！"

兴奋的欢呼声，不知道为什么听起来，像是一个人的讥讽。

国王迈达斯的金手指与驴耳朵

弗利基亚人要选举新的国王。为了挑选一个合适的国王掌管国家大事，他们进行了热烈的讨论。人选有三个，但是讨论来讨论去，谁都没有说服其余两方。没有法子了，他们只能求助于本国的大法师。法师卜了一卦，然后摇了摇头，争论的三方大为紧张。正在他们不明所以的时候，法师不紧不慢地开口了："如果你们想要遵循神示的话，那么你们都要失望了。将来的国王并不是你们提名的三个人。神示明明白白地显示：你们未来的国王正坐着牛车向这边走来。"

这一消息马上就在城里传开了。弗利基亚人四处搜寻，就看见广场上冒出了一辆破破烂烂的牛车。贫苦农民戈尔迪雅斯和家人坐在牛车上。于是，戈尔迪雅斯受到了热烈欢迎，并立即被拥立为弗利基亚国王。戈尔迪雅斯当了国王后，牛车就成为神庙里祭献宙斯的祭品。他用绳子打成了一个结，车子就紧紧系在神庙的一根柱子上。根据神示，谁要是能解开这个结，他就可以统治整个亚洲。后来，亚历山大解决了这个难题，他并没有慢慢地解结，而是当机立断，拔剑把这个结斩断了。

戈尔迪雅斯是个聪明能干的国王，去世后，他的儿子迈达斯继承了王位，统治弗利基亚。但是，迈达斯远远不如其父精明能干。一天，吕迪亚有几位农民无意中发现西勒诺斯醉倒在河边。西勒诺斯是牧神潘的儿子，又是酒神狄俄尼索斯的师傅。西勒诺斯长着马儿一样的塌鼻子，耳朵竖直，屁股也是直撅撅的。他因常去天神宙斯的葡萄园而闻名，被看作是一个先知。

农民们很高兴发现西勒诺斯，并把他五花大绑捆起来。然后，兴高采烈地把他押送到国王面前。

"真是意想不到的事啊，太好了！"国王高兴得叫起来，"我早就希望见到被人们称为掌握智慧钥匙的人了。"

"迈达斯，你想要智慧的钥匙？"醉醺醺的西勒诺斯问。

"是的。据说你掌握了人类生活的秘密。"

"什么！你想了解人类生活的秘密吗？"西勒诺斯带着讥讽的微笑说。

"西勒诺斯,"迈达斯惊奇地大叫了起来,"那还用说!"

"那么,你想了解人类一般的生活秘密还是你个人的生活秘密?"

不学无术而又妄自尊大的迈达斯立即回答说:"当然啦,最使我感兴趣的,是我个人生活的秘密。"

"好,那你就听着!这个秘密就是:对你这样一个人,最好不要出生,如果已经出生了,最好尽快离开人间……"

迈达斯考虑了一阵,才明白西勒诺斯的意思,他恼羞成怒,满脸通红:"你这个无耻之徒,快给我滚蛋!伙计们,把这个醉鬼带走,把他送回牧神那里去。我这里,不需要他那样的智慧。"

农夫们暗自高兴,把俘虏带走后,把他交给了狄俄尼索斯。

西勒诺斯失踪后,酒神非常不安,四处寻找。如今听说迈达斯国王下令把他的师傅释放了,就打算重赏迈达斯。

酒神穿云破雾,到了迈达斯国王的宫殿,对迈达斯说:"你对西勒诺斯很慷慨,我也要对你慷慨。你有什么愿望告诉我,我一定让你如愿以偿。"

迈达斯是如何把西勒诺斯打发走的,自然心里明白。现在,狄俄尼索斯却表示要帮助他,他大为诧异。可是好事临头,也没必要故作清高去推却。他没有多问,只想着如何利用这个机会。考虑很久以后,他说:"这样吧,狄俄尼索斯,我想学点石成金的法术。凡是我摸过的东西都能变成金子。"

酒神盯着迈达斯,即鄙视又可怜他。

"好吧,我答应你的要求。但是,你要知道,你真是个蠢东西。"

说完以后,酒神就腾云而去。

迈达斯非常兴奋。他摸了一下他那把铜剑,铜剑立刻变成金的。他又摸了一下卧室里的毛毯,毛毯也变成了金丝毛毯。他再摸一下餐桌,餐桌也立即闪闪发光,变成一张大金桌。他摸了一下他的椅子和餐盘,这些东西都立即变成金子……不幸的是,仆人端来的羊腿和杯里斟的美酒,他一摸也立即变成金子。这样,迈达斯只好忍饥挨饿了。

几天过去了。迈达斯摸过的东西都变成了金子,他周围的一切都变成了金子。可他却没有什么可以吃喝,他啃不动金子。可怜的国王身体眼看就垮下去了。现在他终于明白了酒神的话,他后悔了,意识到自己干了一件非常愚蠢的事。

最后,他实在饿渴得没法忍受了。他只好谦恭地请求酒神收回原先送给他的赠品。

"那我就把它收回了，"酒神回答说，"但是，你荒谬的贪婪应该受到惩罚。你现在先到帕克多尔河洗个澡吧！"

迈达斯按酒神的吩咐，到了帕克多尔河边，跳进去洗了个澡。自从那时起，帕克多尔河里的沙子就充满细细的金沙。当他回到河岸时，他意识到，他那点石成金的法术已经失去。这时，耳朵有点发痒，他用手摸了一下。谁知两只耳朵马上长得又长又大，长得让他不安。他往河水里一看，吓坏了，发现发怒的酒神竟然让他的耳朵变成了驴耳。

为了不让别人知道自己长了一对奇丑的驴耳，迈达斯总是避开随从，独自洗澡。他长期戴一顶弗利基亚帽子，盖住他那长长的耳朵。

可是，他每次理发都得脱下帽子，理发师自然看得清楚。

"如果你敢告诉别人，说我有两只驴耳朵，我就砍掉你的脑袋。"迈达斯威胁说。可怜的理发师被吓得脸色发青，他赌咒发誓说自己绝对不会声张。

但是，不让一个理发师说闲话，还不如杀了他。这位理发师不知多少次把到了嘴边的话又咽回去。他想到如果讲出国王的丑闻，就会杀头，只好竭力克制自己，不把这个秘密讲出去。

理发师把这个重大秘密埋在心里太久了，他慢慢地感到难以忍受。一天，他实在憋不住了，就跑到田里挖了一个深洞，对着洞口大声喊："迈达斯，国王迈达斯长着一对驴耳朵。"他说完以后，心里轻快多了，便用泥土把洞口封了起来。

迈达斯的奇丑还是传了出来。问题并不是因为有人听见，而是洞口边长出的一丛繁茂的芦苇。每当有风吹过，被吹动的芦苇就发出声音："迈达斯，国王迈达斯长着一对驴耳朵。"

两面神雅努斯

卡尔娜是山林仙女之中最为漂亮、活泼、温柔的。她太迷人了，可以说是人见人爱，神见神爱。她乐意接受男子的求爱，并竭力装出一副情投意合的幸福美满的面孔。但实际上，她看不起男人，往往残忍地把他们引到死亡的路上去。为什么这样呢？是因为她的心还没有被打动的缘故吗？还是因为见惯了不管是神界还是人间的女性都饱受男性欺凌而为她们打抱不平？她的女伴不能完全确定。

"你怎么这样妖艳？"其他山林仙女姐妹们问道。

"我要让男人都迷上我。"卡尔娜很坦率地回答。

"让别人爱上你，当然是理所当然的事情。可是，假装着爱上别人，然后又把他人一甩了之，不道德吧！"

"如果这些蠢男人主动上门，大献殷勤让我摆布，那是他们自己愚蠢，他们伤心也只能怨自己。过失在他们，并不是我。"

"你呀，真是一个朝三暮四、见异思迁的小魔女。难道就因为他们愚蠢这个小小的过错就要他们死吗？"

仙女们都指责卡尔娜喜欢玩弄男子取乐的坏习惯。她经常同男子约会，然后把他们引诱到森林里去闲逛。当求爱者稍不注意，身轻如燕的她就闪到树后，无影无踪。年轻的求爱者当然气恼，可是却又更为迷恋。他们立即追寻，顺着她嘲弄嬉戏的笑声，狼狈不堪地搜寻她。不是刚刚看见她那洁白的裙子就在这棵栗树后吗？她刚才不是才跳过这条小溪去吗？他们穷追不舍，但是，卡尔娜灵活机变，求爱者怎么也逮不上她。她就像磷火一样，闪烁在茂密的树林之中，好像就在前方，到了跟前，却又闪烁在更前面。当他们身心疲倦、想要放弃的时候，却发现自己已经迷失在莽莽丛林之中，找不到路了。他们只好孤魂似的游荡在密林里。最后，他们或被猛兽吃掉，或陷进卡尔娜布置的沼泽里。

"我们的妹妹这样做，实在太过分了，太缺德了！"当卡尔娜不在场时，一位仙女说道，"我们不能让她这样继续下去了。"

"是呀，但是有什么办法？"另一位仙女说。

仙女们在她们喜爱的林中空地里围坐着。她们反复地思考这个问题，却一筹莫展。劝她吧，还不是耳边风吗？可是总不能把她捆起来，囚禁起来吧。她们想不出一个好办法来阻止妹妹。

恰好路过的两面神雅努斯偷听了她们的话。他早就听说卡尔娜姿色妖艳而心狠手毒，可是他不是早就希望认识她吗？于是，他躲在一棵树后，静等她回来。

过了不久，卡尔娜回来了。她沿着小道向

雅努斯石像
两面神雅努斯，年轻的面孔表示新生与未来，衰老的面孔代表死亡与消失。他也是绘画中关于"时间"的众多表现之一，一年之中的最后一个月被赋予他的名字。

林中空地而来。这时，雅努斯故意走了出来。卡尔娜和雅努斯正好迎面相遇，他们都被对方吸引了。雅努斯从来没有见过这么迷人的仙女。卡尔娜也一样，从来没有见过这么英俊的年轻人。

雅努斯不但容貌超人，而且还有两张面孔，能看见两个相反方向的东西。

"这真是一个令人倾倒的女孩，"雅努斯自言自语，"但是据她的姐妹说，她扮得这样妖艳，就是为了玩弄男性。我可要小心，绝不要上了她的圈套。"

"这个人真是英俊，"卡尔娜心想，"但是，尽管他让人动心，我还是要像对待其他男子一样玩弄他。"当然，卡尔娜又玩起了老把戏，她举止潇洒，落落大方，对见到雅努斯表现得非常愉快和高兴。然后，她叫雅努斯第二天在山洞前相会。

当天夜里，她第一次失眠了，翻来覆去无法入睡。"又有一个青年轻率地迷恋我。"卡尔娜想。本来这样她该高兴才是，可是不知道为什么她感到很压抑。"轻率而又糊涂也许要葬送他的命。多么可惜啊！我多么喜欢这个年轻的神。他有两张面孔，两张面孔都很吸引人。但是，有什么办法呢！他活该！我不要在我的指挥棒下来回转悠的丈夫。"

第二天清晨，两个青年如约相会。卡尔娜显得更加妖艳、调皮、富有魅力。这一天，她没有虚饰，她的心确实产生了爱情。因此，她就显得更迷人。

"我必须特别小心，"她一边嬉笑着，一边暗暗地警告自己，"对他不能有偏袒。如果他围着我转，像其他蠢蛋一样，就把他甩掉。他会出现什么问题，那是命运注定的。"

像往常一样，卡尔娜带着雅努斯到密林去。她戏弄地挑逗他、引诱他、让他吻她。但她并没有忘记，随时寻觅逃遁的时机。卡尔娜时而说："给我掐这朵花！"时而说："给我采那朵蘑菇！"时而又说："你看那树枝上的松鼠。"她的这套把戏对其他人是灵验的。但是今天，却失灵了。她怎么也不能麻痹雅努斯的警惕性。雅努斯因为有两张面孔，所以，他在观看仙女指给他看的松鼠时还能同时监视她。

"小仙女，你可别走开呀，"每当卡尔娜要转身逃遁时雅努斯就大声地对她说，"我看见你了。你为什么要离开我？"有一回他对卡尔娜说。

仙女每次想逃都被叫了回来。她只好乖乖地跟着这位与众不同的情人。说来也怪，雅努斯这样做，她并不反感。

"我终于找到了合适的丈夫。"她想，"即使转过身去，他仍然能监视我。他不让我逃遁，也就用不着追逐我了。当我生活在他身边，我就不会做那些使人感到后悔的蠢事了。"

太阳已经西斜。雅努斯和卡尔娜手挽着手回到林中空地，走到正在唱歌跳舞的仙女们面前。"姐妹们，我给你们介绍一下，这就是我的丈夫！"卡尔娜高声说道。

"那实在是太好了！"仙女们齐声说道，"雅努斯，你是怎样征服这位仙女的？"

"我给她证明了爱情是严肃的，并不是儿戏。"

雅努斯十分激动，目不转睛地注视着他的妻子。

果园神讲故事赢爱情

波摩娜是众多森林女神中的一位。相比其他森林女神，她太安静了。其他女神四处游荡，早早地找到了自己的心上人。这些有了男友的女神愿意帮助这位小妹妹，给她介绍一位男朋友。可是这位女神却只是羞怯地笑着，不说一句话，任凭她们怎么规劝。有时候，她的姐妹们太热心了，她就笑一笑，推开她们，去后院。在那里，她种植了无数的果树，还养了说不出名目的花。她的这种举动，让冷在一边的姐妹们非常尴尬。她们注意到了，这位小妹好像就对花草培植、水果栽种方面尤有兴趣。不过，她们也承认，只有她养育种植的花草水果才是最好的。种花养草、管理果树似乎是她的唯一追求，唯一爱好，而阿佛洛狄忒鼓励的七情六欲她都没有。认清了形势的姐妹们不再热心介绍，背后称波摩娜是"冷心肠的人"。

可是，就是这位冷心肠的女神，却让果园神维尔图姆努斯着了谜。他当然知道波摩娜的习性。现在他必须想办法说服这个冷酷的女神。他不是一个果园神，能任意幻化形象吗？这一天，风和日丽，他装成个老妇人。这个老妇人满头白发，走路摇摇晃晃的，似乎一阵风就能把她吹到天上去。她拄着一根大拐杖，一步走一步歇地来到了波摩娜的果园里。在那里，波摩娜正在为她的果树喷洒农药，然后又开始为果树松土。老妇人走到果园门口，一下子跌倒在地上。别看波摩娜对男人不假辞色，对待同性，可热情了。她见一个老太太跌倒在她果园的门口，连忙过来。这个时候，暗中观察的果园神维尔图姆努斯不由得心中窃喜，心想：谁说这位女神心肠冷酷，你看她不是充满同情心嘛！要是这样，就好办了，估计我能成功。

波摩娜小心翼翼地扶着这位老妇人坐到了果园的石凳子上。把老妇人安顿好后，波摩娜就来到果园的另一角，那里桃子正熟着呢。波摩娜从累累果实之中，选择了最大最红的一个，在水井边洗好了，递给老妇人解渴。老妇人二话没说，几口就把桃子吃完了。

吃完了桃子的老妇人来了精神。她摸着波摩娜的手，对她说："闺女，你可要记住，神祇惩治残酷的行动，阿佛洛狄忒讨厌心肠太硬的人，迟早会来对付违背她意愿的人的。你心肠这么好，阿佛洛狄忒会赏赐给你一个英俊的男子汉的。"波摩娜羞红了脸，她对老妇人说："老奶奶，看你说的，都是什么呀，阿佛洛狄忒为什么要惩治冷心肠的人呀？"

老妇人就对波摩娜说："孩子，你不相信？为了证明这一点，让我给你讲一个曾经发生在我们这里的真实故事吧。你知道，伊菲斯是透克的一位出身贫苦的年轻人，可是爱情是不分等级贫贱的。有一次，他上街的时候，碰到了当地古老世家的一位高贵的女士，这位小姐叫安娜克萨瑞忒。伊菲斯爱上了她，为了能够看上她一眼，他天天等在她的大宅前。这样持续了大半年，他认识了这位小姐的奶妈。有一次借酒壮胆，他把爱慕之心扭扭捏捏地告诉她的奶妈，求她赞成他的求婚。然后，他又想尽一切办法，努力争取她的仆人支持他。有时他把对她的深情厚爱写了出来。他没有钱，就累死累活苦干一阵，赚了钱去买花，编成花环。他把被他泪水湿润的花环悬挂在她门口。可是，这个女人铁石心肠，根本就不把他放在眼里。这个男孩为了自己的心上人，甚至匍匐在她门槛上对着冷酷无情的插销门闩倾诉哀怨。这个冷酷的女人不但不为所动，反而嘲笑他，挖苦他，用冷酷的言语和粗暴的态度对待他，连一丝希望都不给他。伊菲斯忍受不了毫无希望的爱情的折磨，他决定寻死。临死之前，他站在她门前，说了最后几句话：'安娜克萨瑞忒，你胜利了。你以后不必再听取我的恳求了。享受你的胜利吧！我死了，铁石心肠的人，欢呼吧！'他说完这番话，转过苍白的面颊，透过带泪的双眼望着她的大宅。他在通常挂花环的门柱上系了根绳子，他把头伸进绳套时喃喃道：'冷酷的姑娘，这个花环至少能讨你的喜欢了。'仆人打开大门发现他死了，把他抬回家交给他母亲。安娜克萨瑞忒的家正好在送葬队伍通过的那条街上，送丧人的哀哀哭泣声传到了她的耳中。这个时候，怀有报仇雪耻之心的阿佛洛狄忒早就锁定她为惩处的目标。回到家中的安娜克萨瑞忒走上闺房，打开窗户向外俯望。安娜克萨瑞忒的眼光刚落到躺在棺柩上的伊菲斯时，她的双眼就变得僵硬，体内的热血逐渐冷却。最后，她的四肢变得像她的心肠一样又冷又硬，变成了一尊石像。波摩娜，你要是不相信的话，这尊石像还存在，就在萨拉米斯的阿佛洛狄忒庙里，跟这位小姐的真人一模一样。亲爱的，好好考虑这些事情，撇开你的蔑视和迟疑，接受一个情人吧。"

老妇人的一番话，说得波摩娜低头沉思起来。维尔图姆努斯一看是时候了。他摇身一变，就现出了自己的真身——一个英俊潇洒、健壮魁梧的男子汉。这个男子跪倒在她面前："波摩娜，我是果园之神维尔图姆努斯，我爱上了你，希望你不拒绝我的求爱。"

羞怯的女神这一次尽管脸红了，但是没有逃跑。她犹豫了一阵之后，抬起了头来，重重地点了点头。

水泽女神的回响

很久以前，有一位名叫厄科的美丽的水泽女神，这位美丽的女神爱在山林中逐猎嬉戏，山谷中留有她的倩影和银铃般的笑声。她不但美貌出众还伶牙俐齿。她也是女神雅典娜的宠信，经常随雅典娜女神出猎游玩。可是人无完人，厄科有个不好的毛病，就是总喜欢多嘴多舌，不论大家是闲谈还是争论，她总爱接话茬，有时甚至拨弄是非。

一天，女神赫拉发现丈夫不见了，到处都找不到，她怀疑他在跟一个水泽女神鬼混，便去水泽女神那里找他。厄科用绵长的闲话缠住赫拉，使那个水泽女神趁机溜掉。当一切真相大白以后，赫拉便对厄科作了冷酷的判决："你用伶牙俐齿哄骗了我，我要你今后丧失说话的本领。只有在一种情况下——就是遇到你喜欢的人时，你可以开口说话，但你只可以应声，这本来是你平时最爱干的事。我要你能接别人的话茬，但永远不能先说出自己的意思。这是对你的惩罚。"从此，厄科就不能说话。她等待着心爱的人出现。她也没少见到人，但没有她喜欢的。她一直等着。她相信自己喜欢的人一定会出现的。

终于有一天，风度翩翩的英俊少年那喀索斯在山上打猎时遇上了厄科女神。少年英俊而勇猛，她一见便倾心于他，于是到处跟着他。她真想轻轻地唤他一声，向他倾诉对他的爱慕之情，心想要是能款款地和他交谈，携手漫步在林间该有多好啊。但这样简单的事情她却做不到。要是以前她早就搭讪了，现在的她却不能够先说话，心中很后悔以前的过错。她心急如焚地等着他先开口，自己的答话倒是早就在唇边。但是，她跟在他后面很久了，却一直没有机会。

有一天，英俊少年跟同伴失散迷路了。厄科很高兴，心想这回机会来了。当他大声喊道："你们在哪里啊？可有人在这里呀？"厄科焦急地回答："这里呀！"那喀索斯四处张望，不见人影，就又喊道："在哪？过来吧。"厄科应声说：

"来……"那喀索斯不见有人出现，便再次呼喊："你是谁？你在哪？你为什么藏起来了？咱们会合吧？"厄科也这么发问："咱们会合吧？"少年又喊。少女厄科发出同样的、来自她心底的呼声。她急忙赶到那喀索斯跟前，伸出柔软的双臂想去搂抱他的脖颈。他惊得倒退了几步，以为她是学人话的妖精，大声喊道："你别碰我！我宁可死也不愿让你占有我！"

回声女神与那喀索斯　尼古拉斯·普桑　法国

美少年那喀索斯生性孤僻，回声女神向他求爱，遭到拒绝。阿佛洛狄忒便对他进行惩罚，让他爱恋自己在水中的倒影。那喀索斯死后变成了水仙花。

"占有我。"她说。她只能说这样重复而简单的话。她不明白自己这样的美貌怎么不能打动少年，她伤心透了，但一切都是白费心机。她焦急地想表白心迹，可是张嘴却无言。那喀索斯转身愤愤地走开，羞得她逃进林子深处。

从此，厄科就在岩洞与峭壁之间徘徊。伤心之下，她形耗神散。终于她的骨头化为山岩。她的形体时隐时现在山岩上，她的神情忧郁，但她的声音仍然存在。至今要是有人唤她，她总会回应——她始终保持着原来应声的习惯，重复而简单地应声。

救助橡树神的阿尔卡斯

除了奥林匹斯山的十二主神和一些相当重要的次神之外，大自然的万事万物，都有赋予它们生气的小神。这些小神，大多都是美丽的女神。比如藏在深山中的女神被称为奥雷阿札；大海中，隐在浪花下面的女神叫妮丽伊札；驾驭着惊涛骇浪的海洋女神叫奥凯阿妮札斯；河流和泉水中居住的是娜伊阿札女神；而森林中居住的则是兹丽阿札女神。部分女神能够永生不死，可多数女神属于凡间，和人一样总有一天会死亡。

兹丽阿札是森林女神。她们伴树而生，又随着树木的枯萎而消亡。树木种类不同因而这些兹丽阿札女神也各有自己的名字。白腊树女神就叫梅丽阿札。此树是由天公乌拉诺斯的血生成的。神祇混战时，克罗诺斯砍伤了天公，伤口沁出的几滴血落地上，就产生了梅丽阿札女神。

阿玛丽娅札则是生活在橡树林中的女神。橡树可活几百年，因此阿玛丽娅札几乎是永生的。只要这种树生长着，阿玛丽娅札就能青春依旧。可是树木的危险，也威胁着她们的生命。雷电轰鸣或者人工砍伐，这些女神也感同身受，仿佛击打在她们身上，因此她们常用哭泣来感化路人。如果有谁偶然听从了树木的哭诉，那么此人是不会被忘记的。而阿尔卡斯就是听从了树木的哭述的人。

有一天他出外狩猎，天气非常寒冷，大雨持续了一夜，树枝上还不时落着水滴。他来到一条涨水的河边。河水混浊，水流湍急，大块岩石和树干被冲得顺流而下。他正在犹疑之间，突然听到有个声音在呼唤他，声音颤抖，好像是在呼救。阿尔卡斯追寻声音，停在一棵橡树前。这是一棵坚实的充满着生机的幼树。但是，泛滥的河水已涨到了它的面前。河水由于受到阻挡，突然改变流向，凶猛地冲刷着树根，带走一些泥土。树身仍然挺立着。可是水流不停地侵蚀和松动着土地。这棵橡树预感到危险，树叶沙沙作响，树身落着绝望的眼泪。

"救救我，阿尔卡斯，救救我吧！"声音充满着痛苦和忧愁。

阿尔卡斯深为震惊："你是谁？让我如何帮助你？"

"我叫赫里索佩里娅，是阿玛丽娅札女神。救救我吧！这条河是我的敌人，它想把我连根拔掉。救救我吧！阿尔卡斯。"

阿尔卡斯朝树的周围看了看。怎样救它呢？他不知如何是好。突然他发现在稍微高一点的地方有一块巨石，水从那里流下来冲刷着树根。如果把它推进水里，也许能改变水的流向。于是，他竭尽全力去推这块石头，石块很重，他未能推动。已经筋疲力尽的阿尔卡斯几乎要放弃了，可是阿玛丽娅札正在哭泣。她的呼救声回响在耳边。于是，他把背靠在岩石上，站牢双脚，猛然发力，岩石晃了一下。他稍稍休息了片刻，集中全力又推了一次。巨石倾斜了，滚动着落入河中。

完成了工作之后的阿尔卡斯转身想走，可是阿玛丽娅札又哭了起来。这次的哭诉，已经不再惊慌不安了，但仍未停止。"阿尔卡斯，你能不能救人救到底，把树围挡好！"

乐于助人的阿尔卡斯集中了很多石块，用石块和树枝修筑起一道坚固的防水堤。河水虽然还企图冲垮它，但从上游冲下来的石块和树枝，堆在小防水堤上，它越来越坚固了。河水无法冲垮它，只得沿着原来的河床向下流去。这样，橡树就保住了生命，能在陆地上继续生长了。

阿尔卡斯走近这棵树，哭泣声已经停止，絮语声依稀可闻。声音仍很激动，但已是甜美欢快的了。"你救了我。我的树得救了。我的生命是属于你的！是你重新赋予了我生活的能力，感觉到树叶上的阳光，树根的雨水和流遍我全身的汁液。你，你的子孙们都将受到祝福，阿尔卡斯，谢谢你！"

果真如此，树木对阿尔卡斯的祝福兑现了。阿尔卡斯当上了伯罗奔尼撒半岛佩拉斯戈人的国王。这个地区也以他的名字命名，叫阿尔卡季亚。他是一个热爱和平的国王，他教人们保护森林、种植小麦、烤制面包、纺线织布。从他和他的后代起，阿尔卡季亚变成了希腊世界最幸福的国度之一。

燕子、夜莺、戴胜鸟

战神阿瑞斯曾经和一位公主生下了一个儿子忒瑞俄斯。忒瑞俄斯是色雷西亚国的国王。这个人作战勇敢，常常赤膊上阵，杀起敌人来，不把对方杀得屁滚尿流，绝不罢休。而且，他和父亲一样，残暴凶狠，暴躁的脾气也是很有名气。在一次边界争端中，雅典国王潘狄翁与人争斗。忒瑞俄斯成功地调停这件事。于是，雅典便和色雷西亚就结成了盟国，共抗强敌。一方面是为了感激他，同时也是为了加强两国的联系，雅典国王潘狄翁就把自己的女儿普洛克涅嫁给了忒瑞俄斯。两个人一起生活了三年，生下儿子伊提斯。应该说，两个人的生活相当美满，平静无波。可是事情坏就坏在这一年，夫妻二人去拜望雅典国王潘狄翁。

到了雅典之后，国王潘狄翁亲切地接见了自己的女儿女婿。晚宴的时候，全家人聚集一起说说笑笑，好不快乐。就在这个时候，忒瑞俄斯见到了普洛克涅的妹妹，潘狄翁的小女儿菲罗墨拉，一下子就被迷住了。这位少女不仅长得比她姐姐美貌，而且说话的嗓音清脆动听。他爱上了她。可是，他不敢轻举妄动。在雅典待了几天，他们夫妻二人就回到了色雷西亚。

回到了色雷西亚之后，忒瑞俄斯心中一直念念不忘自己的小姨子，却一直没有什么好办法。一年以后，他已经迫不及待了，不再苦等机会，决定硬来。他先把与自己生活多年的妻子普洛克涅藏在王宫附近的一所乡村小屋里，派人秘密看守。然后，忒瑞俄斯向潘狄翁报告说她死了，希望能娶她的妹妹菲罗墨拉为妻。雅典国王潘狄翁表示了慰问，同意把自己的小女儿许配给他。本来他准备亲自护送女儿到色雷西亚完婚，可是正碰上国事繁忙，就派其他人护送女儿。这队雅典卫队还没有到都城，忒瑞俄斯就派出一队人马把他们全部杀死，而菲罗墨拉则被他抢到了宫殿里。在婚礼还没进行之前，色胆包天的忒瑞俄斯就已经把她强奸了。

　　事情发展到了这种地步，已经无法控制。忒瑞俄斯一不做，二不休，为了以防万一，就把普洛克涅的舌头剪掉，把她关在奴隶们居住的地方，严密看守。丢掉了舌头的普洛克涅只能在奴隶的房间里，终日以泪洗面。她的悲惨境况打动了一个女奴，女奴悄悄地告诉普洛克涅，说她妹妹菲罗墨拉马上就要嫁给她的丈夫，婚礼一个月后举行。

　　普洛克涅是一个坚强的女性。她不再哭了。她要想方设法把信息传给妹妹，揭露这个暴君的真面目。于是普洛克涅让这个女奴把忒瑞俄斯叫来，她打着手势，向忒瑞俄斯祝贺他的新婚。不过，她准备给自己的妹妹送一件新婚礼物——一件嫁衣。到时候，只要忒瑞俄斯让人把嫁衣给妹妹送过去就行了，不必说是谁的礼物。这样，忒瑞俄斯也不必担心泄露秘密。

　　忒瑞俄斯想了想就同意了。于是普洛克涅就整天坐在女奴的房间里，对着窗口的光线，缝制嫁衣，终于在妹妹结婚前三天，把嫁衣赶完了。衣服送到了菲罗墨拉的房间里。菲罗墨拉打开衣服，总觉得这衣服的针线非常熟悉。她把衣服拿在手上，翻来覆去地翻看着，她突然发现衣服的图案之上有一些字。她把衣服摊在床上，仔细辨认，发现了普洛克涅要传达给她的秘密。话中的信息很简单："普洛克涅在奴隶之中。"

　　忒瑞俄斯，新婚在即，他兴奋得怎么也睡不着。于是跑到神庙祈祷，可是得到的神谕却让他感觉到非常不安。神谕警告忒瑞俄斯，伊提斯将死于亲人之手。忒瑞俄斯疑神疑鬼，他觉得只有自己的兄弟德律阿斯最有可能。因为他杀了自己王位的继承人，那么自己一死，就有可能夺取王位。忒瑞俄斯是一个心狠手辣的人，一旦认定了，就毫不犹疑地提起斧子砍死了无提防之心的弟弟。他杀弟弟的时候，菲罗墨拉正赶到奴隶的房子里寻找姐姐。可是找来找去，都不见姐姐。正着急的时候，发现走廊尽头一个房间上了闩，她破门而入。屋子里，一个长发女人好像疯了一样，绕着屋子转圈奔跑，正在唠叨着谁也听不懂的话。她仔细一看，不正是自己可怜的姐姐吗？

　　姐妹相见，抱头痛哭。借着纸笔，普洛克涅叙述了自己的悲惨遭遇。她劝告妹妹，趁现在还没结婚，赶紧逃跑。"忒瑞俄斯，这个混蛋。他假装说你死了，还诱奸了我！"大为震惊的菲罗墨拉哭道。普洛克涅的心凉了。这个野兽，不仅害了自己，连可爱的妹妹都不放过。她不再犹豫了，她要复仇。她抛开哭哭啼啼的妹妹，飞步冲出去，抓起儿子伊提斯，杀死了他，取出内脏，然后在铜锅里烘熟，等忒瑞俄斯回来，让妹妹端给这个野兽吃。

忒瑞俄斯心满意足，因为心腹大敌已除。新娘子对他温柔款款，一进屋，就让他吃香喷喷的肉。肉一入口，他意识到吃的是儿子的肉。他抓起杀死德律阿斯的斧子，紧紧追逐逃出王宫的两姐妹，很快就追上了她们。正要杀掉这两个女人的时候，已经观看这场人间悲剧多时的宙斯出面了。他手指一点，三个人都变成了鸟：普洛克涅变成燕子，菲罗墨拉成了夜莺，忒瑞俄斯是戴胜鸟。

现在，福克斯人都说，没有一只燕子敢在道里斯或附近地区筑窝，没有夜莺敢唱歌，因为它们惧怕忒瑞俄斯。燕子没有舌头，总是尖声叫喊，绕圈飞行；戴胜鸟总拍打翅膀追逐燕子，叫着"普？普？"（即"哪儿？哪儿？"之意）；夜莺飞回雅典，永不停歇地为无辜的伊提斯哀悼，总是唱着："伊提！伊提！"

为什么桑葚是紫红色的

在古代巴比伦尼亚地区，有两个年轻人。皮拉姆斯是个英俊男子，满头金发，双目炯炯；而提斯柏则是该村庄的最美丽的少女。他们两家是邻居，房屋毗连，位于一个山腰的平坡上。两个人常在一起干活，女孩割牛草，男孩就打柴跟着。女孩去挑水，男青年马上就拿起了扁担。天长日久，他们两个人互相爱慕，成了一对形影不离的恋人。他们期望能高高兴兴地结婚，可是却遭到了双方父母的一致反对。因为一只丢失的母鸡双方父母多年邻里反目成仇，自然不希望自己的子女与对方通婚。父母不仅口头反对，还下了死命令，不允许与对方见面，还把他们关起来。同时，双方父母又赶紧找媒婆，想让他们各自早早成家，杜绝他们的幻想。被囚禁在屋子里的男女无法见面，焦躁不安。他们心中都燃烧着炽烈的爱情，却没了倾诉的对象。

可是，凭着爱情的力量，没有什么解决不了的问题。痛哭了很多天的少女在屋子里走来走去，她突然眼前一亮。由于建筑结构上的缺陷，两家房屋之间的那堵墙上有一道裂缝。它从未引起人们的注意，可是现在这条裂缝却成了传话的通道。每天大人不在身边的时候，皮拉姆斯站在墙这边，提斯柏在墙那边，他们呼吸相通，双目对视。到了夜幕降临的时候，这对情人便将嘴唇贴在墙上，一边一个，他们没法挨得更近了。能够每天见到心爱的人儿，他们已经很幸运了。但是对于一对热恋中的男女来说，双目对视，身体之间却隔着一堵厚墙，口不能言，却更是一种煎熬。第二天早晨，晨光女神厄俄斯吹灭群星，草叶上的白霜溶化后，一对情人又来到老地方。他们叹息着双方的厄运，就相互约定，等夜深人静家人入睡的时刻，他们悄悄地走出家门到田野里倾诉衷肠。约会的地点就在村子外面，山林里面的一个墓地。墓边有清泉一道，清泉旁一棵遮天蔽日的白桑树，谁先到，谁就先在树下等候着。

这对热恋中的男女急不可待地等着太阳落山，期盼着黑夜早早降临。他们吃饭时也没有什么胃口，推辞着头疼要睡觉早早地进了卧室。好不容易等到父母都入睡了，提斯柏踮着脚，轻手轻脚地走过了父母的屋门口，偷偷溜出家门。来到墓碑前，她发现自己到早了，就面纱遮脸，坐在大树下。月色中，她正在独自静坐浮想联翩，突然发现一头身躯肥大的母狮。很显然，它刚刚饱餐过猎物，满嘴都是鲜血，在月色下发黑。它身躯摇摆，心满意足地向着泉水走来，打算饮水止渴。提斯柏见到狮子瞪着一双碧油油的眼睛望过来，吓得拔腿就逃，躲进一块岩石后的洞穴里藏身。由于奔跑过急，面纱被树枝一挂，掉在了地上。母狮饮完水，懒洋洋地返回林中。它经过地上的面纱，用沾满鲜血的嘴来回地嗅弄着，用爪子好奇地拨弄，把它撕碎，然后大摇大摆地进入树林深处不见了。

皮拉姆斯因为父母不急于睡觉，晚来了一步。他来到约会处，见不到人，却看到沙地上狮子凌乱的脚印，吓得面无人色。接着，提斯柏那块他买给她的，沾满血迹、撕破了的面纱映入眼帘。他不由得痛苦地喊了起来："可怜的姑娘，是我害了你。我为什么要来这么晚呢。如果没有我的话，你本来可以过上最幸福的生活。现在，你却成了狮子的猎物，抛弃我去了另一个地方。没有你，我活着还有什么意思呢？你等等我，我这就跟你来。到那个地方，我们将相亲相爱，做一对最最幸福美满的夫妻。在那里，将没有人再来阻碍我们相爱。等等我！"他捡起面纱，来到树下，不断亲吻面纱，泪水浸透了面纱。"面纱啊，你也将沾上我的鲜血。"说毕，他拔出剑，向心窝刺去。鲜血从伤口喷射出来，把桑树都染红了，鲜血渗入土壤，到达树的根部，血红的颜色从树干一直传到果实。

这个时候，提斯柏怦怦直跳的心现在还没完全平息下去。她担心自己的情人，就躲躲闪闪地走出来，焦急地寻找皮拉姆斯。她来到约会地点，最先看到的是桑葚的颜色大不一样了，她就怀疑自己是否走错了地方。犹疑的时候，又发现一个垂死的人痛苦挣扎的身影。她吓了一跳，浑身战栗，就像微风掠过水面出现涟漪一样。她一下子就认出那垂死的人正是她的心上人。她紧紧地搂住他无声无息的身体，不断亲吻他冰凉的嘴唇，伤心的泪水纷纷洒入他的伤口。她捶胸顿足，放声哭喊："啊！皮拉姆斯，这是怎么回事？回答我啊，皮拉姆斯。是提斯柏在跟你讲话。"听到提斯柏的名字，迷迷糊糊的皮拉姆斯强行睁开的眼睛却又闭上了。

当提斯柏看到自己沾满血迹的面纱和空剑鞘的时候，她明白了。

"你为了我亲手杀死了自己，"她说，"你爱我，我要你知道，我爱你一样深。我害了你，我要跟你一起死。只有死亡能拆散我们，可是死亡却不能阻挠我和你同赴黄泉。我们两家不幸的父母啊，不要拒绝我们俩共同的要求。爱情和死亡把我们结合在一起了，请把我们合葬在一座坟墓里。大树啊，保留我们惨死的痕迹吧。让桑葚做我们流血的证物吧。"说着，她把剑刺进了自己的胸膛。

她的父母在他们死后，非常痛苦地意识到自己的错误。父母都尊重她的遗愿，连神祇们也被感动了，认可了他们的行为。两人合葬在同一座坟墓里。从此以后，桑树结的果实便是紫红色的。

帕修斯与默杜萨

阿克里西俄斯是亚各斯的国王，他有一个如花似玉的美丽女儿，名叫达那厄。达那厄慢慢地长大了，求婚的人也挤破了门槛。为了找一个好女婿，阿克里西俄斯亲自来到了得尔斐神庙祈求神谕。可是，神谕的内容让他大吃一惊：达那厄将会生下一个伟大的儿子，这个孩子长大后将会杀死他的外公，夺取他的王位。

国王暗自庆幸达那厄还没有结婚生子。但是，他又非常惶恐，达那厄已经到了谈婚论嫁的年龄了，并且她偏偏又生得国色天香，这该怎么办呢？阿克里西俄斯非常恐慌，为了防患于未然，他婉言拒绝了所有向女儿求婚的人。可是这样还不保险，万一女儿有了心上人，偷偷与别人幽会呢？想到这里，他简直怕得发抖。最后，他终于想到了一个自认为万无一失的好办法：他把达那厄幽闭在一座坚固铜塔里，并指派了一位老妇人与她住在一起监视她。铜塔完全与世隔绝，没有门，只在高高的塔顶留了一个小小的天窗，好通风通气并给里面的达那厄和老妇人送生活必需品。这下，阿克里西俄斯终于放心了，可以踏踏实实地睡个安稳觉了，要知道，自从得到那则神谕之后，他就吃不香睡不稳了。

这下，那些追求达那厄的人终于完全没有跟她来往的可能了。没有人能同她来往，也就没有任何人能得到她的爱，他自然也就不用担心有那个来杀他并争夺王位的外孙了。可是，阿克里西俄斯千算万算，也没有算到天神宙斯也喜欢上了他的女儿。当这位万神之父巡视人间的时候，从开着的天窗看见了这位被囚禁的美丽姑娘，他深深地爱上了她。为了接近她，宙斯每晚都会化作一阵金雨，飘落到达那厄身上与她相会。很快，达那厄怀孕了，生下了一个儿子，她给孩子取名为帕修斯。

阿克里西俄斯知道了女儿生下孩子的消息大吃一惊，他简直想不明白自己那么严密的防护措施还是没能阻止外孙的到来。他想过杀掉这个孩子永绝后患，可是面对着无辜的婴儿和女儿的苦苦哀求他实在是下不了手。最后，他决定把自己的女儿和刚刚出生的婴儿扔到大海里，让他们自生自灭。这样，即使他们幸运地逃生了，也已经离开了亚各斯，就能够避免神谕

神庙装饰——默杜萨的头

的实现。于是，他把这母子二人塞进一只木箱里，投入苍茫的大海之中。但是高高在上的天神宙斯一直跟在后面，保护着自己的情人和儿子，引导箱子乘风破浪，平安地抵达塞里福斯岛，靠近了海岸。

岛上有两位兄弟，狄克提斯和波吕得克忒斯，他们统治着塞里福斯岛。狄克提斯正在海边捕鱼，他看到水里漂来一只木箱，连忙把它拉上海岸。回到家中，兄弟二人对遭遗弃的落难人十分同情，便收留了他们。

帕修斯逐渐长大。与此同时，波吕得克忒斯爱上了达那厄，想娶她为妻。达那厄还念念不忘宙斯，拒绝了他的要求。但波吕得克忒斯毫不气馁，仍然向她大献殷勤。帕修斯对此非常不满，日夜护卫在母亲身边。波吕得克忒斯十分讨厌这个"粘皮糖"，千方百计要甩掉他。终于，他想出了一条妙计：他要求岛上的居民一律用马匹交税。帕修斯没有马匹，处于非常被动的地位。因此波吕得克忒斯召见了他。

"你能交税吗？"国王眉头紧皱，"不能的话，就麻烦了。你打算怎样偿清这笔债？"

"你看我应该干些什么来抵偿欠您的债务呢？"帕修斯很严肃地说。波吕得克忒斯正想把这个不知好歹的家伙遣走。他想了想，故意说："你提出的解决办法很好。戈耳工女妖默杜萨危害我们的国家。那么，我要求你把她的头取来。"

这件差事根本就是无法办到的，因为谁要是看见戈耳工三个女妖之一的默杜萨，就会立即变成石头。但年轻的帕修斯不知道这回事，他毫不犹豫地答应了。天真的帕修斯满怀信心地同泪流满面的母亲拥抱告别，义无反顾地走了。这位年轻人逢人便问，打听默杜萨。一天，他遇到了美丽迷人的女神雅典娜。

"默杜萨是个讨厌的家伙，她玷污了我的圣殿，她罪该万死！"她说，"可是，她也很危险。我给你这块铜盾吧，以后你会用上的。你还需要我的朋友仙女的帮助。

但是，所有这些神的地址，都必须找非洲大山上的，名叫格赖埃的三个白发女妖。"说完，女神就不见了。

年轻的帕修斯充满信心，朝着她指引的方向走去。他来到了非洲大山的一个洞里，那是可怕的众怪之父福耳库斯居住的地方。帕修斯在那里遇到了福耳库斯的三个女儿：格赖埃。她们生下来就是满头白发，三个人只有一只眼睛，一颗牙齿，彼此轮流使用。她们也是默杜萨的姐妹。

帕修斯问她们到什么地方去才能找到戈耳工女妖。白发女妖们一句话也不说。她们迅速地传递着共用的一只眼，怀疑地打量着帕修斯。正当她们准备诅咒和谩骂帕修斯时，帕修斯遵照女神吩咐，一下子把她们的眼睛夺过来。

三个老妖精马上改变了表情。她们甜言蜜语，拼命奉承帕修斯，拍起了他的马屁，说他前途一片光明。但帕修斯不为所动，坚持要知道女妖和仙女的地址。她们只好屈服了。帕修斯犹豫着是否该把眼睛还给她们。但是雅典娜已经警告过他：无论如何，不能同情和可怜她们。如果她们收回眼睛，就会立即向戈耳工女妖们报警。于是，帕修斯把她们的眼睛扔到特里多尼斯湖里去。

帕修斯要找的诸仙女就在山洞附近，他对付完三个老妖精之后就来到了仙女们这里。仙女们一听是雅典娜让他来找她们的，非常高兴，她们送给了帕修斯三件法宝：一顶能够隐身的狗皮帽子，一双可以自由飞翔的飞鞋，还有一个特制的皮囊，能装默杜萨的头。帕修斯在途中又遇到了信使之神赫耳墨斯。赫耳墨斯送给他一把弯刀。

帕修斯背上皮囊，手持弯刀，穿着飞行鞋，戴着隐身帽，纵身一跃飞了起来。他按照仙女们的指示来到了戈耳工女妖们居住的海边。

戈耳工三女妖是福耳库斯的另外三位女儿。在三个女儿中，年长的两个戈耳工分别叫斯戏诺和欧里亚律，她们是永生不死的。但老三默杜萨却是肉体凡胎，帕修斯这次的任务就是来取她的头颅。可是，虽然她不像两个姐姐那样永生不死，可是要取她的头也绝不是一件简单的事情。因为她有个可怕的本领：谁要是看她的面孔和目光就会立即变成石头。

当帕修斯接近戈耳工三女妖时，她们正在熟睡。三人的头上布满了鳞甲，没有头发，头上盘着一条条毒蛇。她们长着公猪的獠牙和铁手，还有金色的翅膀。要接近斯戏诺和欧里亚律不是件困难的事。可是，怎么样才能接近默杜萨呢？雅典娜送的礼物现在派上用场了，她那光亮的铜质盾牌如镜子一样，能够反照出默杜萨的形象。这样，帕修斯就用不着面对面地看她了。当帕修斯接近这个怪物时，他随即用赫耳墨斯送给他的随身弯刀割下了她的头，放进腰边的皮囊里。

等到其他两个女妖苏醒过来，发现了妹妹已经被砍掉头的躯体时，帕修斯早已不见了踪影。他早就戴着隐身帽、穿着飞行鞋飞走了。

帕修斯英雄救美

逃离了戈耳工三女妖的地盘之后，帕修斯继续飞行着，过了一段时间，他觉得有些累了，就降落在了地面上。这里是阿特拉斯国王的地盘。帕修斯降落的地方正好是一片果园，这里的树上结的不是普通的水果，而是黄金的果子。一条巨大的恶龙守在旁边，不时吐出长长的舌头。帕修斯这个时候又累又饿，他请求阿特拉斯国王允许他在这里休息一会儿，并能给自己一些东西吃。可是，阿特拉斯国怕自己的金果子被偷走，他非但没有给帕修斯任何吃的，并且连停都不允许他停。他呼唤着那条恶龙，叫它把这个年轻人赶出去。帕修斯被国王这种极不友善的行为激怒了，他当场从身边的皮囊中拿出了默杜萨的首级，自己背过身去，却把这首级朝王国面前递去。可怜的阿特拉斯看到默杜萨的头后，立即变成了石头。由于他身材非常高大，所以他变成石头后简直像一座大山。他的胡须和头发好像山上的森林，而肩膀和四肢则像是大山的山脊。而他的脑袋就是那最高的山峰，直直地指向天空。

在果园里休息了一会儿之后，帕修斯重新穿上飞鞋，戴上狗皮头盔，背上装着默杜萨首级的皮囊飞上了高空。他一路飞行，飞过埃及，来到埃塞俄比亚的海岸边，这是国王刻甫斯治理的地方。突然，帕修斯看到耸立在大海之中的山岩上捆绑着一个年轻的姑娘。海风吹乱了她的头发，姑娘泪流不止。帕修斯被她的年轻美貌和可怜处境打动了，便跟她打起招呼："年轻的姑娘，你为什么被捆绑在这里？你叫什么名字，你的家人呢？"

听到帕修斯的话，姑娘起初沉默不语，因为她生性腼腆内向，害怕同陌生人说话。在这样的境况下碰到一个外乡人，她感到非常羞愧，可惜自己的双手被反绑着不能动弹。假如她能动弹的话，真想用双手蒙住脸，不让人看到自己的样子。最后，她噙着眼泪说出了实情："我叫安德洛墨达，是埃塞俄比亚国王刻甫斯的女儿。我之所以被绑在这里，只是因为我母亲的一句话。她曾公开夸耀我，说我是最漂亮的女孩，比海神涅柔斯的女儿，也就是海洋里的女仙们更漂亮。她的这句话惹怒了海洋女仙们。她们共有姐妹五十人，一起请海神发大水淹没了整个埃塞俄比亚。海神涅柔斯还派了一个妖怪，吞食陆地上的动物和平民。我的父亲无奈之下去得尔斐神庙求得了一个神谕：如果想使他的国家得到解救，必须把我丢给海怪，让它吞食。国民顿时闹得沸沸扬扬，说所有的祸事都是由我和我的母亲引起的，要求我的父亲必须按照神谕的启示把我献出来，拯救全国。绝望之余，父亲只好下令将我锁在这里，等待着海怪的吞食。"

安德洛墨达的话音还没有落下，海面上便波涛汹涌，一浪一浪滚滚而来。过了一会儿，海浪中冒出了一个妖怪。它的身形无比巨大，宽宽的胸膛简直能盖住整个水面。它吼了一声，张开的大嘴里全是锋利的巨齿。姑娘一见这水怪如此凶猛，吓得发出了一声尖叫，正在这时，她的父母亲也赶过来了。他们看到女儿大祸临头，感到万分绝望，她的母亲更是因为内疚和悔恨而流露出非常痛苦的神情。他们紧紧地抱着捆绑着的女儿，失声痛哭，这世上最令人伤心的事情莫过于白发人送黑发人了，还要这么眼睁睁地看着她被妖怪吞食，却什么也做不了。

这时站在一边的帕修斯看不下去了，他昂起头来，朗声说道："你们先不要哭，如果实在想哭以后有的是时间；眼下，我们的当务之急是救出你们的女儿。我叫帕修斯，是宙斯和达那厄的儿子。我刚刚战胜了女妖默杜萨，神赠予我的飞鞋带我飞越了高空，把我带到了你们美丽的女儿身边。坦诚地跟你们说，我爱上了你们的女儿，我相信如果这位姑娘是自由的，可以根据自己的意愿挑选配偶的话，她也一定会看中我的。现在，在安德洛墨达最危险的时候，我愿意正式向她求婚，并愿意尽我的全力去搭救她。安德洛墨达，你接受我的求婚吗？这不是我搭救你的条件，无论你是否答应我，我都会竭尽全力营救你的，所以，我只要你说真心话。"安德洛墨达早就被帕修斯的英俊潇洒和英雄气概吸引了，现在，听到这个年轻人向自己求婚，她羞红了脸。然而，心中的热情还是战胜了羞涩，她终于朝帕修斯微微地点了点头，说："不管今日是生是死，我都愿意成为你的妻子。"刻甫斯和他的王后一听简直高兴坏了，他们庆幸遇到了救星，也赶紧连连点头，表示非常赞同两人的婚事。并且，他们不仅答应把女儿许配给他，还答应把王国作为嫁妆送给他。

说话间，那只巨大的海怪已经游了过来，距离安德洛墨达只有一步之遥了。勇敢的帕修斯见状猛地把脚往地上一蹬，腾空而起。妖怪看到空中的帕修斯在海面上投下的身影，以为这就是自己要对付的敌人，便狂怒地向那影子追去，好像怕这影子要抢走它的猎物似的。帕修斯在空中左右飞腾着，如同一只矫健的雄鹰，让那只海怪不断地追逐着他的影子。过了一会儿，愚蠢的海怪已经有些疲倦了。就在这时，帕修斯看准一个机会，从空中猛扑下来，用杀死默杜萨的弯刀狠狠地砍向妖怪的背部，弯刀深深地砍进了海怪的体内，只有刀剑柄还露在外面。帕修斯猛地把刀拔出来，妖怪疼得蹿到了空中，然后又沉入水底，伤口中流出的血染红了一片海水。海怪疯狂地挣扎着，而帕修斯又在它身上砍了好多下，直到它的口中猛地喷出一股黑血，不再挣扎了。

这时，帕修斯的飞鞋的翅膀也被怪兽激起的浪花沾湿了，他不敢在空中久留。恰好看见水面上有一块露出的大礁石，他轻轻地落在了上面，然后又用那把弯刀在海怪的肚子里搅动了三四次。海怪彻底地死了，卷过来的一个海浪带走了它的尸体，不久它就从众人的视线里消失了。接着，帕修斯飞到捆绑安德洛墨达的岩石边，亲自解了开她身上的锁链，把姑娘交给了她已经喜极而泣的父母。

回到王宫后，他受到了国王一家的盛情款待。很快，刻甫斯国王为他的女儿和英勇无敌的佳婿举行了一场盛大的婚礼。

帕修斯与情敌菲尼斯

帕修斯从海怪的口中救下了刻甫斯国王的女儿安德洛墨达，回到王宫后，国王为他们举行了一场盛大的婚礼，正当婚礼在欢乐地举行时，王宫的前厅里突然骚动起来，并传来一声沉闷的吼声。原来，国王刻甫斯的弟弟菲尼斯带着一批武士闯了进来。菲尼斯从前曾经追求过安德洛墨达，并且向她提出求婚。但是，安德洛墨达还没有答复他，就因为母亲一句夸耀的话被海神怪罪，被当作祭品送往了海边。在公主遭难的时候，菲尼斯生怕牵连到自己，躲得远远地，舍弃了她。现在，他看到安德洛墨达安全了，就来重提自己的要求了。

菲尼斯挥舞着长矛一下子闯进正在举行婚礼的大厅，并朝着惊讶万分的帕修斯大声叫喊道："我是安德洛墨达的未婚夫菲尼斯，你抢走了我的未婚妻，我要找你报仇！无论是你的宝物还是你的父亲宙斯都无法保护你！"这时的帕修斯还不知道到底发生了什么事，菲尼斯已经摆开了架势，准备与帕修斯决一死战，争夺安德洛墨达。

就在这时，国王刻甫斯猛地从席间站起来，朝着菲尼斯说："住手！菲尼斯，你这个无耻的懦夫。当我们被迫牺牲安德洛墨达的时候，你到哪里去了？看着她被绑在那里，你为什么不亲自去救她，却袖手旁观呢？你大概早就吓得躲到什么地方瑟瑟发抖去了吧，别说安德洛墨达压根就没有答应过你的求婚，就算她答应过你，你这个无耻的懦夫也休想得到她。明明是帕修斯救了安德洛墨达，并且他们两情相悦，你却跑来自取其辱！就算我允许你跟帕修斯决斗，你能打得过战胜了海怪的年轻英雄吗？"

　　菲尼斯被国王刻甫斯问住了，他又羞又气，无话可说，只是反复地打量他的兄弟刻甫斯和情敌帕修斯，好像在思考应该先从哪一个下手。终于，他在疯狂中用尽全力，朝帕修斯掷出了他的长矛。可是他的投矛相当不准，那长矛出手之后软弱无力，晃晃悠悠地一下子扎进了帕修斯脚下的垫子里。帕修斯一看菲尼斯来者不善，赶紧趁机跳了起来，朝着敌人投出了他的标枪，标枪朝着菲尼斯直直地飞去。要不是菲

帕修斯将菲尼斯与他的追随者变成了石头　卢卡　意大利
埃塞俄比亚国王将公主安德洛墨达嫁给帕修斯，毁弃了公主与菲尼斯的婚约，因为菲尼斯任凭公主被海怪吃掉也不肯去搭救她。在婚宴期间，菲尼斯因遭拒绝而自作聪明，急欲杀死帕修斯以抢回安德洛墨达。画面表现了菲尼斯的随从们变成石头前的一瞬间。

尼斯赶紧躲到了祭坛后面，肯定已经被帕修斯的标枪刺透胸腔了。

　　菲尼斯的随从们一看主人和帕修斯打了起来，一下子全拥了上来，和国王刻甫斯的侍卫们以及参加婚礼的客人们打成了一团。菲尼斯有备而来，就是冲着抢新娘来的，所以他带来的武士人多势盛，很快就把王宫里的侍卫都杀死，把国王夫妇和帕修斯的新婚妻子团团围住了。只有帕修斯一个人还在孤军奋战，他背靠着大厅里的一根柱子，奋力阻止敌人的进逼，杀死了一个又一个敌人。菲尼斯一看只剩下帕修斯一个人还在抵抗，就命人把国王夫妇和安德洛墨达公主绑了，然后带着所有的人往帕修斯这边杀来。顿时，所有的人都冲着帕修斯挥剑，帕修斯感觉自己一个人快要招架不住了。他明白单凭自己的勇气和力量已经不起作用了，就决定使出自己的最后一招。他冲着菲尼斯大喊道："你们人多势众，我也是被逼得没有办法了，只好请出我过去的仇敌来帮我打败你们了。"说完，他朝着岳父岳母和妻子喊道："请我的亲人们都转过脸去！"

　　接着，他从身后的皮囊中取出了默杜萨的头，背过身子，朝着正在逼近的对手们伸了过去。菲尼斯正疯了一样地领人朝帕修斯砍杀，他一边冲，一边轻蔑地大喊："拿你的小把戏去吓唬别人吧，我才不会被你的鬼话吓倒呢。今天，我要把你……"可是，还没等他说完，他那举到半空中的手臂就僵住了。他身边的武士们也一下子停住了脚步，开始变得僵硬。帕修斯一看敌人已经中计，干脆把默

杜萨的首级高高地举起在半空里，让所有的敌人都能立即看见。就这样，菲尼斯身后的一批人也变成了僵硬的石块。直到这时，狂妄的菲尼斯才后悔自己的鲁莽行为。他看着身边姿态各异的石像，拼命地呼喊着朋友们和仆人们的名字，但他们的嘴唇已经变成了石头，没有一个人对他的呼喊做出回应。菲尼斯吓坏了，他不相信似的用手去触摸昔日战友们的身体，却发现他们原本温热柔软的肌肉都已经变成了坚硬冰凉的花岗岩。他惊恐万分，一改刚才的凶狠骄横，哀求着自己的情敌："伟大的宙斯的儿子呀，你饶了我吧，什么都给你！饶我的命吧！王国我不要了，安德洛墨达也是你的！"

说完，他赶紧转过还有一点点灵活的身子，朝大厅外跑去。可是帕修斯不想宽恕这个既胆怯又卑劣的小人。他大喝道："你的同伙都死了，你还想活着走出这个大厅吗？我将在我岳父的宫殿里为你树一座永远的纪念雕像！"说着，他穿上了飞鞋，朝菲尼斯追去。菲尼斯左躲右闪，再也不想看到那可怕的头颅，他终于躲过穿飞鞋的帕修斯，可还是迎面碰上了那个他最不想看到的头颅。顿时，菲尼斯变成了石头，站在那里，双手下垂，脸上还是一副惊恐万分的样子。

战胜了自己的情敌之后，帕修斯婉言谢绝了岳父要送给他王国的诺言，带着年轻美丽的妻子安德洛墨达回到母亲达那厄所在的塞里福斯岛，来向波吕得克忒斯复命。

帕修斯离开之后，波吕得克忒斯觉得帕修斯肯定会被默杜萨变成一块大石头，所以更肆无忌惮地骚扰帕修斯的母亲达那厄。他的弟弟狄克提斯对他的这种行为很看不惯，就经常为达那厄解围。波吕得克忒斯非但没有因此有所收敛，反而连他的弟弟也一起虐待了。由于受不了这位残暴的国王的打骂，达那厄和狄克提斯只好躲到了修道院去避难。

当帕修斯来到了宫殿时，波吕得克忒斯感到非常惊讶，他觉得帕修斯一定没有去找默杜萨，而是躲到什么地方避难去了。这时，帕修斯跟他说："陛下，我现在已偿清我欠的债务。"波吕得克忒斯大声地嘲笑道："你是不是在戏弄我？你说，这段时间你到底躲到哪里去了？"他认定帕修斯一定没去找默杜萨，要不然早变成大石头了，还说自己已经杀掉了女妖，更是在吹牛了。

帕修斯虽然了解这位国王的坏脾气，但是他没有料到国王会这样对他。他立即把皮囊从腰上放下，然后把目光转开，拿出默杜萨的头给国王看。波吕得克忒斯被吓呆了，他睁大眼盯着默杜萨的头，变成了石头。

波吕得克忒斯死了之后，帕修斯从修道院中救出了达那厄和狄克提斯。他和众人把狄克提斯推举为塞里福斯岛新的国王，并促成了他与母亲的婚事。母亲结婚之后，他就带着自己的妻子安德洛墨达一同回到了外祖父的国家亚各斯，准备拜访一下这位从未谋面的亲人。可是还没等他到亚各斯，他的外祖父阿里克西俄斯就听说了自己外孙已经长大成人并且马上要来找自己的事。他非常害怕早年的那则神谕会变成事实，就悄悄地逃亡外地，到了他的朋友彼拉斯齐国王那儿。

而帕修斯来到亚各斯之后，没有找到外祖父，就来到了亚各斯的邻国彼拉斯齐，因为那里的国王正在举办一场盛大的运动会。帕修斯一向喜欢掷铁饼，所以看到运动会上有这个项目非常高兴，他抓过一块铁饼就扔出去，却不小心砸中了一个正好从运动场上经过的老人。十几年前的神谕应验了，这个老人正是逃到彼拉斯齐避难的阿里克西俄斯，达那厄的父亲，帕修斯的外祖父。

很快，帕修斯就从彼拉斯齐国王口中就知道了被他误杀的人正是他的外祖父。他感到非常悲痛，把外祖父的尸体运回亚各斯安葬了，并且继承了他的王国。从此之后，命运之神再也不折磨他了。他与安德洛墨达幸福地生活了几十年，他们生了一群可爱的孩子，并且他一直没有损害他的父亲宙斯的荣誉。

斯库拉复活

格劳科斯是个渔夫。有一天他打鱼起网，把网内的鱼全倒在岸上，开始在草地上分门别类地挑选。突然，躺在草地上的鱼开始活动，像在水中一样摆动着鱼鳍。他正看得发呆时，它们一个个全都跳到河里游走了。他不知道怎么解释这个现象，于是就摘了一些草尝了尝。草的浆汁刚一入口，顿时，他觉得有一股酸涩的味道直往喉咙钻去，接着便感到舌麻口燥，干渴难熬。他非常想喝水，竟一头栽进河里，拼命地喝了起来。水中的神灵和仙女见他干渴成这副样子，十分可怜他，便调集了五湖四海的水来供他痛饮，可他还是喝不够。于是，他们干脆让他生活在水中，成为水中的一个成员。他们让他长出鱼儿似的鳞、鳍和尾，让他的头发变成海绿色，只是他的头部和上身保持着人的模样。神灵和仙女们对他的模样非常赞赏，因为在水里还从未有过这样的生物呢！而他自己，也为这不同寻常的模样感到自豪。

有位美丽的少女名叫斯库拉，很得水中仙女的宠爱，常陪伴她们在各处游玩。一天，她正在湖边洗澡，格劳科斯看见并立刻爱上了她，便轻轻地向她游去，想跟她说几句知心话。可是，当他游到她的身边，刚刚露出身子，斯库拉转身匆匆跑掉了。格劳科斯绝望之际，突然想到应向女巫喀耳刻求教。于是，他就来到了喀耳刻所在的岛屿。

相互问候之后，他说道："女神，我请求你发发善心，只有你才能解除我蒙受的痛苦。我爱斯库拉。我真不好意思对你讲我是如何向她求婚和做出许诺的，她又是如何轻蔑地对待我的，我请求你利用你的咒语或神草，不是用来医治我的单相思，而是让她也爱上我，并对我回报以爱。"

格劳科斯的话叫喀耳刻非常感动，她不知不觉地喜欢上这个披着一头深绿头发半人半鱼的神灵。怎样才能使他回心转意，把他的满腔热情从斯库拉身上转移到自己身上来呢？她想了好半天，终于说道："你的感情热烈而纯真，每一个天神或凡人都会被你所感动。不过，爱情从来都是双方自愿的，与其追求一个可望而不可即的目标，不如追求一个唾手可得的，同样值得你爱的对象。不要灰心，我的朋友，对自己要有信心，因为你是一个高贵的人。不瞒你说，就连我这样一个女巫，懂得各种妖术和魔法，如果你把感情给了我，我也绝对不会拒绝的。如果有人蔑视你，你也应该同样地蔑视她。还是去爱一个已经准备与你相爱的人吧！这样，幸福的爱情就会降临。"

尽管喀耳刻这番话说得委婉曲折，格劳科斯还是听出了她的真意。不过，他回答说："我对斯库拉的爱是不会转移的，除非从海底的深处立即长出一棵参天大树，除非海里的水草全都爬到高山顶上，否则我就要永远追求她！"

听到这样的话，喀耳刻心里很恼怒，却拿他没办法，因为她由衷地喜欢他，不想加害于他。于是，她把怒火转向了她的敌手——可怜的斯库拉。她把各种有毒的植物采集起来，用妖术和魔法把它们混合在一起，然后，她漂洋过海，翻山越岭，来到西西里岛，这里正是斯库拉居住的地方。

西西里岛有绵延不断的海岸，斯库拉常到海边来散步，在天热的时候，还下到水里洗澡。这天，喀耳刻估计斯库拉会来洗澡，便把她带来的毒物放到海里，并且轻声地念了一番咒语。果然，斯库拉来了。她下到齐腰深的水里准备洗澡，突然发现四周全是昂着黑头、吐着细舌的毒蛇，便大声惊呼起来。起先，她想摆脱它们，赶走它们，但是它们紧紧地追着她，一步也不放过，她用手狂乱地击打它们，但是她的手脚却被咬得鲜血直淌。她在水中一步也动弹不得，她用尽了气力，最后还是被毒蛇拖进了深水中。

斯库拉不幸遇难的消息，很快传到了格劳科斯的耳中。他悲痛异常，来到西西里岛，希望能见她一面。果然，从海里浮起了斯库拉雪白的尸体。格劳科斯抱起她，痛哭不已。天神们见此情景，无不深受感动，他们决定让斯库拉复活过来。不过，他们向格劳科斯提出了一个条件，那就是如果他能在一千年之内把所有落入海中溺死的人全都打捞起来，那么，就让他与斯库拉团聚。格劳科斯照办了，整整一千年，他昼夜不停地巡游在海上，打捞着一个又一个的溺死者。其中有船翻落海的水手，也有失足落水的儿童，还有在爱情中遭遇不幸而投海自尽的姑娘。他把他们一一捞起，送上岸去交给他们的亲人。最后，神灵们的诺言实现了，他们果然让斯库拉复活，并让格劳科斯恢复了人形，他仍然是一个健壮的青年。自此，他们生活在一起，相亲相爱，永远不再分离。

柏勒洛丰与飞马

吕基亚有一头怪物喀迈拉，它是巨人堤丰与巨蛇厄喀德那所生的儿子。它上半身像狮子，下半身像恶龙，中间像山羊，口中喷着火苗，烈焰腾腾，委实可怕。它在吕基亚大肆骚扰，当地的居民苦不堪言。国王伊娥巴托斯寻求能杀死它的英雄。许多人前来应征，可是无一例外地，都被那头怪物吞吃了，先后死了二十多个人。再也没有人前来应征了，国王伊娥巴托斯非常苦恼。

过了一段时间，他的女婿普洛托斯派人给他送来一封信。这个带信人，英俊潇洒的年轻人柏勒洛丰，正是他女婿推荐给他消灭喀迈拉的无敌英雄。老国王非常高兴，热情款待了这个年轻人。然后他进了内室，看女婿的来信。刚开始时，这封信的确是在夸这个年轻人英勇无敌。可是到了末尾，却让老国王倒吸了一口冷气，原来女婿要求岳父设法把他处死。因为这个年轻人在提任斯国王普洛托斯那里做客的时候，企图勾引他的妻子，老国王的女儿。

事实并非如此。柏勒洛丰是那个被天神宙斯惩罚不停滚动石头的西绪福斯的孙子，即科任托斯国王格劳科斯的儿子。他因为过失杀人，被迫逃亡，来到提任斯，受到国王普洛托斯的热情接待。柏勒洛丰长相英俊，仪表堂堂。普洛托斯的妻子安忒亚一见倾心，企图引诱他。可是心地善良的柏勒洛丰拒绝了她。普洛托斯的妻子恼羞成怒，反在丈夫面前倒打一耙，说柏勒洛丰企图引诱她。国王轻信了她的话，心里满是怒火，当即就想杀掉他。但长久相处下来，他已经非常赏识年轻的柏勒洛丰，不忍心下手，正好他的岳父吕基亚国王伊娥巴托斯不正为那个怪物烦恼吗？这不一举两得，即解决了自己的困惑，也助了老岳父一臂之力吗？

伊娥巴托斯读了信，并不知实情，就要求柏勒洛丰去和喀迈拉搏斗。柏勒洛丰是个虔诚的人，所以在出征前，他找到预言家波吕伊多斯求助。波吕伊多斯为他求得了一则神谕，那就是，只有借助飞马珀伽索斯的帮助，他才能战胜怪物喀迈拉。提到珀伽索斯这匹神奇的马，就不得不说说它的来历了。

大英雄帕修斯砍下墨杜萨脑袋的时候，血滴入土中，结果生出了飞马珀伽索斯。它飞扬跳脱，伤害临近居民，整夜在月光之下奔跑游荡，发出叫声。它的叫声又响又尖，直抵奥林匹斯山众神的耳朵里，搅得他们尤其是天神宙斯无法安眠。于是，智慧女神雅典娜就被派了出去，制止住这匹马。

雅典娜来到了飞马的跟前。它正准备扬蹄飞奔的时候，她跑上前去，抓住了它的鼻子。雅典娜捉住它，加以驯服，赠送给缪斯女神。有一天，缪斯女神们举行聚会。其中一位弹琴，一位歌唱，其他几位或歌或舞，敲打节拍，浑然忘我。这个时候，她们居住的赫利孔山听得心旷神怡，无意之中渐渐上升。歌声继续，山尖慢升，转瞬之间，山峰的尖顶几乎要把天穹扎穿了。天神宙斯一看不好，赶紧命令海神波塞冬制止这场事故。波塞冬又把命令下给正好也在赫利孔山的飞马珀伽索斯。于是，珀伽索斯遵照波塞冬的命令，飞上山腰，一阵踩踏，把赫利孔山踩得两肩冒血，赫利孔山这才从迷狂之中惊醒过来，又降下去回到地面。可是被踩伤的肩膀伤口，喷出了水流，这样马泉就形成了。

珀伽索斯制止了赫利孔山上的这场事故之后，为了奖励它，缪斯女神们又让它恢复了自由。现在，柏勒洛丰可犯起愁来了，怎样才能抓住飞马让它帮助自己战胜喀迈拉呢？它从来没有让人骑过，十分狂野撒泼，又长着翅膀，快得像风一样，根本就无法抓住和驯服。柏勒洛丰努力了一阵，累得精疲力竭，最后竟在皮勒内河边智慧女神雅典娜的神庙里睡着了。他做了一个梦，梦见他的保护神雅典娜。她交给他一副壮丽的带有金色饰物的辔头，对他说："你怎么睡着了？带上它吧！"

柏勒洛丰突然从梦中醒来。他跳起身，看到手上果然有一副金光闪闪的辔头。

他赶紧跑出神庙，可是却找不到那匹四蹄飞扬、毛发闪亮的飞马了。正在他茫然无措的时候，智慧女神雅典娜把他带到了夜空之中，指点给他看正在希伯克林泉边饮水的珀伽索斯。柏勒洛丰便摇动手中金灿灿的辔头。飞马一见到辔头，就乖乖地跑过来让人骑。柏勒洛丰毫不费力地把双翼飞马驯服了，他把辔头套在马头上，然后穿上盔甲，骑马腾空而行，弯弓搭箭，射死了怪物喀迈拉。

珀伽索斯银币

银币上是珀伽索斯飞马的石雕像。珀伽索斯被柏勒洛丰驯服。

柏勒洛丰征服喀迈拉以后又被不友好的主人派去经受新的考验，执行别的使命。伊娥巴托斯先派柏勒洛丰去攻打索吕默人。索吕默人蛮勇好战。可是柏勒洛丰靠着珀伽索斯，取得了胜利。一计不成，国王伊娥巴托斯又生一计，派他去跟亚马逊人作战。这也难不倒柏勒洛丰，他安然无恙地得胜回来。伊娥巴托斯于是在柏勒洛丰归途中设置埋伏，但可悲的是袭击柏勒洛丰的士兵全被消灭，无一生还。直到这时，伊娥巴托斯才明白这个年轻人根本不是罪人，而是神的宠儿，再也不敢杀害他了。他把柏勒洛丰接回宫中，把美丽的女儿菲罗诺厄嫁他为妻，而且柏勒洛丰成了他王位的合法继承人。

柏勒洛丰取得了很多的胜利，变得日益骄傲和自以为是，终于得罪众神。据说，他甚至企图驾着飞马闯入天国。宙斯派出一只牛虻去叮珀伽索斯，飞马失蹄，把柏勒洛丰从马背上摔了下来，变得又瞎又瘸。从此，柏勒洛丰避开一切行人来往的道路，独自一人在阿莱恩的田野里漂泊流浪，悲惨地了结一生。

阿塔兰忒与三只金苹果

阿卡迪亚的国王伊阿索斯年事渐高，非常渴望他的王后为他生一个儿子，好继承王位。但事与愿违，王后的肚子确实大了，生下的却是一个哇哇大哭的女孩子。王后充满了慈母情怀，给女孩取了一个好听的名字阿塔兰忒。国王伊阿索斯一听是女孩，又失望又气恼，马上让人把这个女婴抛弃在树林里。他对人说，王宫里地方虽大，可是却容不下这样一个无用的丫头。

小小的婴儿饿得直哭，却没有一个人经过这片幽静的林子。碰巧有只刚失去儿子的母熊觅食的时候看见了，便把阿塔兰忒衔回去喂养。不久，婴儿又被猎人发现，把她带回家抚育。随着时光的流逝，阿塔兰忒在大自然中成长为一名好猎手。她四肢强健有力，行动敏捷，可以同当时最优秀的竞技者较量。竞技的时候，阿塔兰忒曾经击败了英雄珀琉斯，这一胜利使她名扬全希腊。阿塔兰忒的名声也传到了她父亲的耳朵里。既然年轻力壮的男英雄都不是她的对手，那么……伊阿索斯后悔了，就派人把她叫来向她保证，从此以后要对她关心和爱护。阿塔兰忒并不记恨，她回到阿卡迪亚与父母住在一块。她对亲爱的母亲丝毫也不提起以前的狩猎生活，更不用说她的父亲。伊阿索斯想弥补自己的过失，关心地问这问那，想给她找一个丈夫。

伊阿索斯一提及婚事，阿塔兰忒立即拒绝说："父亲，您实在太轻率了！我小时候您就把我抛弃了。而现在，我胜过任何一个年轻人。您对这些轻浮的青年关怀备至，难道您想把那些多嘴多舌、一切依赖丈夫、对丈夫百依百顺的女人的命运强加给我吗？"

"阿塔兰忒，我错了，不应该在你小的时候抛弃你。因为我没有儿子，而你又胜于儿子。你是我唯一的孩子，如果你不结婚，谁来给我们家接续香火呢？"

父亲的话也不无道理，阿塔兰忒要好好想想。过了几天，她告诉伊阿索斯："好吧，父亲，我同意结婚。但是，我有个条件。谁要想娶我，他必须在赛跑中战胜我，并且，赛不过我的人就要被处死。"

伊阿索斯听了女儿的话，脸色变得深沉。他知道，在赛跑中简直没有人能战胜阿塔兰忒，因为人们都知道阿塔兰忒跑起步来有着"伊菲克勒斯的速度"。伊菲克勒斯是半人半神的大力士赫拉克勒斯的弟弟。他身体强壮，力气很大，当然，跟他的哥哥大英雄赫拉克勒斯一比，那就是小巫见大巫了。不过，他有一项特长，却是别人赶不上的，连他的哥哥赫拉克勒斯都比不他，那就是速度。他一旦发力，奔跑起来，就跟一阵风一样。最能说明他这一点的有两件事：一个就是他在长满麦穗的农田里跑过去，眨眼间就到了田埂上，而他跑过去的地方，麦穗坚挺，根本没有一棵被踩伤；他在水面上也一样，跑过宽阔的河面，不但不掉落水中，连鞋面都不沾湿。因此希腊人形容动作快，常常说，就跟伊菲克勒斯的速度一样。既然阿塔兰忒拥有"伊菲克勒斯的速度"，那同她比赛，肯定是必败无疑了。如果这样的话，哪里还有年轻人敢同这位公主比赛呢？他试图说服阿塔兰忒，但阿塔兰忒怎么也不答应。于是，无奈的国王伊阿索斯抱着试试看的心情，向全希腊人宣布了女儿的征婚条件。

姿色超人的阿塔兰忒对小伙子有着强大的吸引力。出乎伊阿索斯的意料之外，求婚者络绎不绝，四面八方汇集到王宫前。可是，人虽多，他们的命运却像飞蛾扑火一样。尽管阿塔兰忒穿着长衣、背着武器，她仍然比那些不穿上衣不带武器的青年跑得快。不少求婚者因此被处死了。

伊阿索斯是一个铁石心肠的人，但杀死那么多无辜的青年，也让他感到悲伤。很多人认为阿塔兰忒实在是太过分了。专司爱情与婚姻的爱神阿佛洛狄忒得知此事后非常恼火。这么一个年轻貌美的女子拒绝别人求爱，甚至把追求她的人推向死亡。怎么回事？她决定让这样的事不再继续下去。

所以，在温文尔雅的米拉尼翁同阿塔兰忒比赛的那天，爱神突然出现在他面前。她凑近他的耳边，给他出了个主意。她还把三个从塞浦路斯带来的金苹果送给了他。米拉尼翁拿着这三个金苹果走向起跑线。他已经抱定决心，以死挑战阿塔兰忒。也不知道阿佛洛狄忒是不是对阿塔兰忒做了手脚，让一向对男人不假辞色的阿塔兰忒对米拉尼翁产生了感情。还在起跑之前，米拉尼翁温和的态度和文雅的举止就令阿塔兰忒倾倒。她出神地凝视着米拉尼翁，一连三次都没有按号令起跑。裁判重重地警告了她。这两位年轻人终于飞跑起来，他们越过田野，穿过树林往前奔跑。

同其他求婚者一样，米拉尼翁也跑不过阿塔兰忒。但是，他不怕，他有爱神阿佛洛狄忒的苹果。一旦阿塔兰忒就要超过他时，他就拿出一个金苹果，扔在地上。也不知道是金苹果太好看，引起了阿塔兰忒的食欲，还是阿佛洛狄忒在作怪，反正，只要阿塔兰忒看见地上的苹果，她便俯身去捡拾，然后，阿塔兰忒又继续追赶。一连三次，每次都是她快要领先，她又因拾苹果而落后。最后她只有追赶米拉尼翁的力气，而没有超过他。

出乎所有人的意料，米拉尼翁居然第一个越过终点线。米拉尼翁的胜利使竞技场上的年轻人欢喜如狂。国王吃惊之余，心里窃喜，但不敢把高兴露出来，他怕女儿发脾气。阿塔兰忒会承认自己失败吗？她对这次赛跑会不会提出异议？不，阿塔兰忒没有食言。她承认了自己的失败。她走到米拉尼翁面前，啃了半个苹果，她又微笑着把另外半个送到小伙子米拉尼翁的嘴边。看到这一幕，国王一颗悬着的心终于落下来了。

比赛结束后，国王给唯一的女儿阿塔兰忒和米拉尼翁举行了一个盛大的婚礼，两个人开始了幸福的生活，并且生了一个儿子帕耳忒诺派俄斯。米拉尼翁能迎娶阿塔兰忒，还要感谢爱神阿佛洛狄忒的帮助。所以，这对甜蜜的小夫妻为了表示谢意，每天都要给爱神阿佛洛狄忒献祭。可是有一天，阿塔兰忒因为打了一天猎太累了，所以很快睡去，忘了献祭。而米拉尼翁喝醉了，也把这事忘得一干二净了。等到第二天，两个人却根本记不起昨天忘记献祭了，这让阿佛洛狄忒大怒。有一天，乘夫妻两人在山中打猎，阿佛洛狄忒把他们两人变成了狮子。

阿塔兰忒与米拉尼翁

在这幅优美的画上，阿塔兰忒俯身拾取极富魔力的金苹果，美少年米拉尼翁迅速扔下第二个金苹果并赶上阿塔兰忒。

俄狄浦斯的故事

卡德摩斯与底比斯的创建

路边的一棵大柳树下，一群人正在聊天，他们不时地议论几句天气，或者议论一下各自的庄稼。这个时候，一个老头忽然对其他人说："你们看，前面路上是什么呀？"

一群人抬头看着路面，干燥的路面上，横着一个黑乎乎的包裹一样的东西。其中一个年轻人眼睛尖，看清楚了，是一个昏倒在地的人。

这群人围过去一看，还真是一个饿昏的男子，二十多岁。一个年轻人扶起这个昏倒的人，把他背到了树荫下，然后蘸了一点凉水，滴在这个年轻男人的额头上。年轻男人醒了过来。他张开眼睛，想说话，却声音嘶哑，发不出声来。村头的老人连忙叫人把这个年轻人扶到自己的屋子里，自己则烧水煮粥。一碗稀粥灌下去，年轻男人的眼睛里有了活力，身体慢慢活泛起来。他一回过身来，就抓住老头问道："您见没见一个年轻的女孩子，眼睛大大的，穿着红色的纱裙子，叫欧罗巴？"老头摇摇头，让他坐下，再歇息一阵。可是青年看到他摇头，拼死拼活地要走，也不管自己身体虚弱，老头如何苦劝。老头无奈之下，只好放行。不过，他把自己家里剩下的一个冷馒头给年轻人当了干粮。年轻人眼里含泪，捏着这块馒头，踏着月色，走上了前行的道路。

这个年轻男人，叫卡德摩斯，是腓尼基国王阿革诺耳的儿子，欧罗巴的哥哥。宙斯带走欧罗巴后，阿革诺耳痛苦万分，急忙派卡德摩斯其他的三个儿子福尼克斯、基立克斯和菲纽斯外出寻找，并下了死命令：必须找到欧罗巴。如果找不到欧罗巴的话，他们也就不用回来了！可怜的卡德摩斯东寻西找，逢人就问。

一年过去了，卡德摩斯找了很多地方，饱受磨难和风吹雨打，却毫无结果，好像是妹妹彻底从这个世界上蒸发了。找不到人，他又不敢回乡。无可奈何，卡德摩斯只有向太阳神阿波罗求助，希望他能告诉自己该到哪里去是好。

太阳神阿波罗说："卡德摩斯，你不要灰心，继续前行。将来有一天，你会在一块孤寂的牧场上遇到一头还没套上轭具的牛，它会为你指引方向。跟着它走，一旦它躺下歇息，那它的歇息之地，就是你的安身之所，你可以在那里造座城市，把它命名为底比斯。"

　　卡德摩斯继续流浪，四处追问，这天到了阿波罗赐福的卡斯泰利阿圣泉附近，突然看到前面一片偌大的绿色草地上，一头母牛正在静静地啃草。卡德摩斯大喜过望，仰望着天空，谢过正从头顶上经过的太阳神，按照神谕，紧跟着母牛。母牛领着他趟过了凯菲索斯浅流后就站在岸边不走了。它朝着远方发出了欢快的叫声，满意地躺在绿草深软的草地里。卡德摩斯一下子就知道了，这个地方，就是太阳神赐福的地方，是他建城立命、繁衍后代的福地。他怀着感激之情跪在地上，亲吻着这块陌生的土地。

　　在这块母牛躺倒的地方，卡德摩斯一待就是十年。十年下来，他已经盖了一些小房子。遮身之地是有了，可是距离建城发展还远得很呢？就是这样，卡德摩斯已很满足了。饮水思源，卡德摩斯非常感谢神灵，想给宙斯献一份祭品，而祭品之中，最好有杯清水，以供神祇品饮。房屋四周水井较多，水质苦涩，给人饮用还勉强凑合，但是用之祭奠则不行了。相传，城边的原始森林里有清泉一泓，水质晶莹甜蜜。于是，卡德摩斯就派人前去取水，以供神祇品饮。

　　一个星期过去了，仆人们还无消息。卡德摩斯不知道是怎么回事，决定亲自去寻找他们。他披上狮皮，手执长矛和标枪，还有他那颗比任何武器都坚强勇敢的心。刚一进树林，他就看见一大堆尸体，原来他的仆人全死了。很快他就发现了一条毒龙，紫红的龙冠闪闪发光，眼睛赤红如火。它正吞吐出血红的信子，满口毒烟臭气，舔食着遍地的尸体。

　　"可怜的人啊！"卡德摩斯痛苦万分，大叫起来，"我要为你们复仇！"他抓起一块大石头朝着巨龙投去。但是石头打在身上，那条皮粗肉厚的毒龙却蹭痒一样，坚硬的鳞皮没有划伤，只有一道白印子。卡德摩斯一看不好，心慌之下，狠狠地投出标枪。枪尖透喉而入，深入龙的内脏。巨龙疼痛难熬，狂暴地咬断标枪，尾巴卷着标枪甩来甩去，把枪杆弄得粉碎。可是，留在体内的枪尖嵌在恶龙的喉咙里，吞不下去，吐不出来，折腾了半天，还是毫无办法。恶龙被激怒了，箭似的冲过来，喷吐着剧毒的白沫。卡德摩斯连忙后退一步，用狮皮裹身，再次把长矛刺进龙口。谁想这只恶龙嘴巴一合，咬住了长矛。卡德摩斯拼命用力抵住长矛，缓慢地搅动，恶龙的牙齿纷纷掉落，脖子上也流出了血水，但伤势并不严重，还能躲避攻击。卡德摩斯很难一下子置它于死地。不过，卡德摩斯越斗越勇，提着宝剑，看准机会，一剑刺去。这一剑刺得又狠又重，不仅刺穿恶龙的脖颈，还扎进后面的一棵大栎树里，把恶龙紧钉在树身上。恶龙被制服了。

　　卡德摩斯久久地凝视着被刺死的恶龙。正在他转身准备离开的时候，却看见女战神雅典娜不知什么时候站在他的身旁。女神摆摆手，制止了准备下拜的卡德摩斯："卡德摩斯，恶龙杀死了。你能取回圣水。你杀死的这条龙是战神阿瑞斯的宠物，你看没看见，那些掉在地上的龙牙？要知道，这些都是神物。听我的话，把这些牙埋在泥土里，这将你是未来发展壮大的力量，也是你未来种族的种子。"话一说完，女神就消失了。

卡德摩斯收集了这些龙牙。他并没有把这些龙牙埋在一处，而是像播种庄稼一样，在地上开了一条宽沟，然后把龙牙纷撒入土内。不一会儿，奇迹就发生了，埋下龙牙的新土活动起来。卡德摩斯首先看到一杆长矛的枪尖露出来，然后冒出一顶武士的头盔。整片树林都在晃动。又过一会儿，泥土下面又露出了肩膀、胸脯和四肢，最后一个全副武装的武士从土里站起来。不，不是一个。片刻之间，地下长出一整队武士。

卡德摩斯吃了一惊，准备投入新的战斗。他摆开架势，可是泥土中生出的一个武士对他喊道："不要害怕，别拿武器反对我们。千万不要参加我们兄死之间的战争。"他一边说着，一边抽出腰上的剑对准刚从泥土中生长出来的一位兄弟狠狠地挥去，那个刚生出来的武士瞬间就又失去了生命。而杀人的武士本人又被别人用标枪刺倒在地，立时毙命了。一时间，一整队人厮杀起来，直杀得天昏地暗、难解难分。大地母亲在吞饮着她所生的第一批儿子的鲜血。最后，这群武士中只剩下了五个人，其中后来取名为厄喀翁的一个武士首先响应了雅典娜女神的建议，放下武器愿意和解，其他的四个人也同意了。这五个武士成了卡德摩斯的士兵。

于是，在五位武士的帮助下，腓尼基王子卡德摩斯建立了一座新城。根据太阳神的旨意，他把这座城市叫作底比斯。诸神为嘉奖卡德摩斯，便把女神阿佛洛狄忒美丽的女儿哈墨尼亚嫁给他为妻，并参加了他们的婚礼，还送了不少的礼物。女神阿佛洛狄忒也送给他们一条贵重的项链和一条做工精致的丝面纱。它们出自匠神赫菲斯托斯之手，具有神秘的魔力。谁戴上这宝物，就会招来不幸。因为这个项链和面纱，卡德摩斯家族曾经有不少人死于非命。

由于卡德摩斯杀了战神阿瑞斯的宠物，从此之后便得罪了战神，他们的城邦底比斯长期战火绵延，百姓生灵涂炭。而这对不幸的夫妇偏偏活得很长久，他们眼睁睁地看着自己的子孙互相残杀，被弃尸荒野，尝尽了白发人送黑发人的伤痛。有一次，他们忍不住感叹说："战神竟然爱龙而多于爱人，那自己还不如也变成龙呢。"话音刚落，两人便双双变成了龙。不过这两个心地善良，完全不像阿瑞斯养的那条毒龙，他们从不伤害人类。他的后代继续在底比斯繁衍生息，著名的酒神狄俄尼索斯就是他的外孙，底比斯不幸的国王俄狄浦斯也是他们的后裔。

俄狄浦斯杀害父亲

拉伊俄斯是底比斯城的创建者卡德摩斯的后裔。他的老父亲拉布达科斯，底比斯的老国王心地善良，待人和善，却对儿子要求很严厉，稍不如意，就是一顿责骂，因此拉伊俄斯非常害怕父亲。平时，拉伊俄斯小心翼翼，在父亲面前毕恭毕敬，虽然被狠骂过多次，父子两人也还相安无事。但是现在，他却倒了霉，犯了禁。拉伊俄斯因和国王宠爱的臣子争吵失去冷静，便拔出剑来刺进了对方的心脏，对方躺在地上，身体抽搐着，鲜血淌了一地。拉伊俄斯失手杀死了对方，想到父亲严厉的面容，他慌里慌张地，也不收拾行李，只身逃离底比斯。一路上，拉伊俄斯惶惶如惊弓之鸟，来到伯罗奔尼撒半岛，不想却受到当地国王珀罗普斯的礼遇。珀罗普斯将他迎到宫里，好生伺候着，让小儿子克律西波斯拜其为师。克律西波斯是珀罗普斯和女神阿刻西俄刻的私生子，长得漂亮，却命运不幸。拉伊俄斯临走时，却恩将仇报，拐走了克律西波斯。

珀罗普斯非常愤怒，带领军队，包围了拉伊俄斯，救出克律西波斯，由他的异母兄弟阿特柔斯和提厄斯忒斯看护。克律西波斯最受父王的宠爱，一直为两兄弟嫉恨。现在他被救了，阿特柔斯兄弟的王位继承权就非常危险。在母亲希波达弥亚的唆使下，混战中兄弟俩杀害了克律西波斯。痛失爱子的珀罗普斯，满腔怒火无处发泄，就怪罪到拉伊俄斯的头上。临死的时候，他跪倒在宙斯的神坛面前，祈求道："天神呀，可怜可怜我这个失去了儿子的老头子吧。当年，我对拉伊俄斯如同兄弟般热情款待，谁知道这个家伙，却抢走了我的儿子！我就要死去了，天神，你就可怜可怜一个老头子，满足他临死前的要求，惩治惩治这个恶人吧！"祈祷完毕，珀罗普斯筋疲力尽，含恨死去。

拉伊俄斯逃脱了珀罗普斯的追捕，流浪在外。十多年过去，他的父亲拉布达科斯已经垂垂老矣，非常想念儿子，就找回了拉伊俄斯。一年后，老人去世，拉伊俄斯继承了王位，娶底比斯人伊俄卡斯特为妻。婚后的日子非常幸福，一晃，七八年过去，两人感情好得跟新婚一样。不过，幸福的生活中，国王拉伊俄斯心里还有一丝阴影：他不知道，为什么这么多年了，自己还没有一个孩子！他非常渴求一个孩子能继承王位，于是来到阿波罗神庙，祈求神谕。

神谕告诉他："拉伊俄斯，你不要急躁，将来你会有一个儿子。可是你要知道，如果他长大成人，你会死在自己的儿子手里。你当年得罪了珀罗普斯，宙斯因为你抢去珀罗普斯的儿子，所以惩罚你遭受厄运！"

拉伊俄斯非常清楚自己做过的事情，也知道自己罪孽深重，所以对这个神谕深信不疑。他追悔莫及，想不到年轻时候犯下的错误，却要遭到报应。现在，怎么避免这一厄运呢？为了防止怀孕，他一直跟妻子分居。可是夫妻毕竟情深，他顾不上神谕的警告，又与妻子同床共寝，结果伊俄卡斯特为丈夫生了一个儿子。

孩子的啼哭，让这对夫妻非常恐惧，看着这个初生的婴儿，他们又想起了那则可怕的神谕。对他们来说，儿子就是一个大包袱，杀掉他才是上上之策。于是，为了防止神谕的实现，他们在孩子生下的第三天，就派人用钉子刺穿婴儿双脚，捆绑起来，丢弃在喀泰戎的荒山下。如果没人施救，孩子不是活活饿死，就是让野兽吞吃。

执行这一命令的牧人是个老头，婴儿的啼哭声让他下不了手，婴儿纯真的小眼睛，更让他产生同情。收养婴儿，他又害怕泄漏出去惹来杀身之祸。他想了想，连夜赶到一个朋友家里。这个朋友常和他一起牧羊。他是邻国科任托斯国王波吕玻斯的牧羊人。老头把孩子交给朋友，自己赶紧回去报告国王孩子已死。一直忐忑不安的夫妇放下了心。儿子已死，神谕将不会实现。他们相互宽慰，过着平静的日子。

再说国王波吕玻斯的牧人，他解开孩子脚上的绳索，给孩子起了个名，叫俄狄浦斯，意为肿疼的脚。他把孩子带到科任托斯，交给国王波吕玻斯。国王可怜这个弃婴，自己又没有子女，就把孩子交给妻子墨洛柏抚养。可怜的俄狄浦斯渐渐长大，墨洛柏夫妇待他如亲生儿子，他也深信自己是国王波吕玻斯的儿子和继承人。可是偶然的一件事却戳破了他的自信心，他一下子从希望的顶峰上跌到绝望的深渊。那是在一次宴会上，一个嫉妒他地位的科任托斯人喝醉了酒，大声叫着："俄狄浦斯，你有什么……骄横的。你根本就不是……什么王子，你是从山上拣来的。你根本没什么成绩，不像我……靠自己的军功……当了……"

话没说完，这个家伙已经醉得扶都扶不住，躺在地上，泥也似的，发出了鼾声。

俄狄浦斯大怒，挽起袖子，要打这个没大没小的家伙，却被人拦下了。他愤愤地回到家里，难以入眠。天一亮，他就跑到父母面前询问这件事。波吕玻斯夫妻非常生气，为什么总有些人喜爱搬弄是非呢？他们故意用话排解儿子的疑虑，说他当然是他们的亲生儿子。

父母的话充满爱心，令俄狄浦斯非常感动，可是怀疑仍在折磨他，因为那个人所说的话太让他难受。没有办法，他只好求助于太阳神，他来到得尔斐神庙，祈求神谕，希望太阳神证明他所听到的话完全是诽谤。可是阿波罗不但不给他满意的答复，相反，一个新的更为可怕的预言出现在他面前："俄狄浦斯，你将会杀死你的父亲，你将娶你的生母为妻，并生下可恶的子孙。"

俄狄浦斯脑子里一片空白，出了神庙，没有知觉一样往前走去。他无意识地来到宫殿门口，正要进门的时候，神谕闪现在脑海里。连太阳神都这么说，看来不假，难道自己真要杀掉慈祥的波吕玻斯父亲，迎娶母亲墨洛柏吗？他为这个可怕的神谕所恐吓，他再也不敢回家去，害怕自己将会干下十恶不赦的罪行。太可怕了！为了杜绝惨剧，他决定到俾俄喜阿去。于是，俄狄浦斯逃离故乡，流浪在外。

这天，他来到得尔斐和道里阿城之间的十字路口。一辆马车朝他驶来，车上坐着一个陌生的老人，一个使者，一个车夫和两个仆人。车夫一看路面上有人，就粗暴地让对方让路。俄狄浦斯生性急躁，挥手朝无礼的车夫打了一拳。车上的老人脾气也不小，一看这个蛮横的年轻人，竟敢打他的车夫，便举起鞭子狠狠打在俄狄浦斯头上。俄狄浦斯怒不可遏，他挥起手杖朝老人打去。老人一跤跌到马车下。一场格斗发生了，英勇的俄狄浦斯抵挡三个人。他年轻有力，把那伙人打倒在地，扬长而去。

他想自己只是自卫才打了那个卑鄙的俾俄喜阿人，谁叫那个家伙仗着人多势众企图伤害他呢？他哪里知道，命运的诅咒已经降临到他头上，那个被俄狄浦斯打下马车而死的老人正是底比斯国王拉伊俄斯，他的生身父亲。当时，底比斯国王正要前往皮提亚神庙。真是造化弄人，父亲和儿子都竭尽全力小心回避的神谕，还是悲惨地应验了。

俄狄浦斯娶母为妻

四处流浪的俄狄浦斯路遇老人之后，来到通往底比斯城的大道之上。在那里，他碰到了一个带翼的人头狮身的怪物斯芬克斯。这个怪物是巨人堤丰和蛇怪厄喀德娜所生的女儿之一。蛇怪厄喀德娜生了许多有名的怪物，如地狱三头狗刻耳柏洛斯，九头蛇许德拉，口中喷火的喀迈拉等。斯芬克斯也是他们中的一个，她长着美女的头，狮子的身子，凶残而又狡猾，盘坐在路口的巨石上。凡是经过这里的底比斯居民，斯芬克斯都要他们猜一个谜语。猜不中的人都会成为她的腹中物。

这个凶残的怪物出现的时候，正好赶上底比斯全城都在哀悼被不知名的路人杀害的老国王。老国王遇难后，现在正在执政的是国王的妻弟、王后伊俄卡斯特的兄弟克瑞翁。他的执政本来就很不得民心，现在斯芬克斯到处肆虐，恰好说明了克瑞翁的无能。克瑞翁迫于民众舆论压力，急需马上解决斯芬克斯危害民众的问题。恰好在这个时候，连执政王克瑞翁自己的儿子也给怪物吞食了，因为他经过时也未能猜中谜底。这下克瑞翁更是坚定了不惜一切代价除掉怪物的想法，于是，他张贴了这样一个告示：谁能除掉城外的怪物斯芬克斯，就可以成为底比斯新的国王，并且可娶他的姐姐，老国王的妻子伊俄卡斯特为妻。

恰好在这个时候，俄狄浦斯来到了底比斯。他看到了克瑞翁贴的这张告示，俄狄浦斯生性勇敢、喜欢冒险，所以在知道了这件事情的危险之后，他反而更想去会会这个让人闻风丧胆的怪物了。此外，他的心里一直记着那个不祥的神谕，非常害怕自己真的会做出杀父娶母的事情，所以也十分不看重自己的生命。于是，他爬上高高的山岩，来到斯芬克斯盘坐的地方，准备主动要求解答她的谜语。斯芬克斯一见有人过来，还没等俄狄浦斯开口，就朝着他喊道："年轻人，过来，猜一个谜语！你要知道，你猜不中谜语，就要被我吃掉。猜中了，你就可以走人！"

俄狄浦斯微微一笑，对怪物说："猜谜语吗？这太简单了。请你出谜！"

斯芬克斯非常奇怪，不知道这个年轻人为什么这么安静，还微微地笑着，一点也不知道害怕。要知道，在此之前，多少人被吓得屁滚尿流呀。她想：小子，你现在得意，到时候成为我牙缝里的食物，后悔可就来不及了。于是，她挑了一个她认为十分难猜的谜语，然后张开血盆大口，瓮声瓮气地喊道："什么动物在早上用四条腿走路，中午用两条腿，晚上用三条腿？在一切动物之中，这是唯一一个用不同数目的腿走路的。用腿最多的时候，正是力量和速度最小的时候。这是什么动物呢？年轻人，说！"

俄狄浦斯听到这谜语，微微一笑，毫不犹豫地说："你这个谜语太简单了，连三岁的小孩都知道。这个动物不是人吗？"接着，他解释说："人在幼年，是人生的早晨，比较软弱，只能在地上手脚并用地爬行；到了壮年，正是生命的中午，当然可以用两条腿走路；但老年

俄狄浦斯和斯芬克斯
画面上，俄狄浦斯已经站在了生与死的交接点上，这时他发现了常出谜语吃人、人首狮身的女怪斯芬克斯。

是生命的迟暮，他们那时候只好拄着拐杖，好像三条腿走路。"

说完谜底，他还不忘记嘲讽一下："老怪物，就凭这个谜语，你就敢在这里耀武扬威？"俄狄浦斯的一番话，让心高气傲的斯芬克斯羞愧难当，绝望之下从山岩上跳下去，摔死了。

底比斯人民十分感激俄狄浦斯为他们除去祸害，克瑞翁也兑现了自己在告示中的承诺，把底比斯王国交给了俄狄浦斯，并把老国王的王后伊俄卡斯特许配给他为妻。俄狄浦斯当然不知道她是自己的生母，但是还是在不知不觉中让神谕兑现了。

婚后，伊俄卡斯特给俄狄浦斯生下了四个儿女，先是双生子厄忒俄克勒斯和波吕尼刻斯，然后是两个女儿，大女儿叫安提戈涅，小女儿叫伊斯墨涅。俄狄浦斯非常高兴，以为自己终于摆脱了杀父娶母的神谕，在其他的国家逃避了悲惨的命运，找到了自己的幸福。然而他不知道，冥冥之中的命运有着令人恐惧的强大力量，就像是一个巨大的泥潭，他越挣扎就陷得越深。他称之为儿女的这四个人，其实既是他的子女，也是他的弟妹。所有的人都不知道命运所开的这个巨大的玩笑，所以一切似乎都很平静。俄狄浦斯本来就是善良、正直、能干的，现在在伊俄卡斯特的辅佐下，把底比斯治理得井井有条，深受民众的爱戴和尊敬。

惊天秘密被揭露

然而，秘密总有被揭露的那一天，俄狄浦斯身上这个可怕的秘密也不例外。一场突如其来的瘟疫成了揭开这个秘密的序曲。

在俄狄浦斯成为底比斯的国王三年后，底比斯城天降瘟疫，药物无能为力，祈祷也没有作用。底比斯人一致认为，这场可怕的灾难是天谴。他们相信国王是神祇的宠儿，一定会有办法的。于是，祭司们手拿着橄榄树的枝条，带领着大队的男女老少，涌到王宫前，坐在神坛周围和台阶上，要求国王接见他们。

俄狄浦斯听到了王宫外面的喧闹声，从宫里面走了出来，来到了神坛，询问为何到处香烟缭绕，怨声震天。一位年老的祭司回答说："尊贵的国王啊，你可曾看到你的子民正在遭受着怎样的灾难？瘟疫四处流行，干旱烧焦了牧场、田地和山林。我们眼看着身边的亲人一个个离开了我们，实在受不了这折磨了。我们来找你是来请求你的帮助的，你肯定是众神的宠儿，所以众神让你把我们从残酷的斯芬克斯的口下解救出来。所以我们信任你，这一次一定也会有神暗中帮助你，你一定能够再次拯救我们于水火之中的。"

"可怜的人们哪，"俄狄浦斯语重心长地说，"我怎么会看不到我的子民正在经受的苦难呢？看到瘟疫肆虐、众生遭殃，我比谁都要难过，因为没有人比我更关心这些了。我要关心的不只是身边的三两个人，我还要关心整个城市的命运！我也觉得这场瘟疫来得蹊跷，所以想看看众神的意思。其实在你们来之前，我已经派我的妻弟克瑞翁到得尔斐去寻找阿波罗的神谕了，我想请神给我们指点一下怎样做才能解救我们自己，解救这座城市。"

恰好在这时，俄狄浦斯派去请求神谕的克瑞翁回来了。于是，俄狄浦斯让他当着神坛前男女老少的面报告神谕的内容。克瑞翁说："尊敬的国王呀，整个城市陷于毁灭，是因为老国王拉伊俄斯的血债还没有偿还。神祇吩咐，只有我们找到凶手并把他驱逐出去，底比斯城才能平安。否则，我们将永远摆脱不了苦难的惩罚，因为杀害老国王拉伊俄斯的血债将会使整个城市陷于毁灭。"

俄狄浦斯压根就想不到正是自己杀害了国王，他要求克瑞翁把杀害国王的事讲给他听。听克瑞翁讲完事情的经过之后，俄狄浦斯也只是把它当成了一件普通的拦路抢劫案，丝毫没有跟自己联系在一起。他当众发誓，一定要亲自处理这桩杀人案，找到杀人凶手，即使那个凶手是隐藏在王宫的，也不会让他逃脱重责。并且，他还立即当众发布了一条命令，规定所有底比斯的国民无论谁只要知道杀害拉伊俄斯的凶手的情况，就必须立即前来报告。如果有人胆敢知情不报，或者窝藏凶手，那么一定会受到严厉的惩罚。被发现以后，将被剥夺参加祭祀神灵仪式的权利，并且不得享受圣餐，也不得跟国人有任何来往。最后，他还发誓表示自己要诅咒杀害老国王的杀人凶手，诅咒那个凶手的一生都会被痛苦和不幸折磨。此外，他还派出了两位使者去邀请盲人预言家提瑞西阿斯，因为这个预言家预测事情的能力简直不亚于阿波罗本人。

提瑞西阿斯这位远近闻名的盲人预言家在一名男孩的引导下过来了，他来到国王俄狄浦斯和底比斯的居民面前就停住了。俄狄浦斯把底比斯国人正在遭受的灾祸告诉他，说这场瘟疫不仅像一座山一样压在他的心头，而且也压在所有底比斯人民的心头。他请提瑞西阿斯运用他神异的能力，帮助底比斯人找出杀害老国王的凶手，好让他们早日从瘟疫中解脱出来。听完俄狄浦斯的诉说，提瑞西阿斯发出了一声长长的悲叹，他避开了国王正朝着他伸过来的双手，像躲避毒蛇猛兽一般。他推辞说："如果神灵给我一次重新选择的机会，我宁愿现在的我不再具有神异的能力，因为这种能力是多么可怕呀，它将给他知情的主人带来杀身之祸！国王呀，让我回去吧！你承受你的重担，让我也承受我的重担！咱们各自做各自的事情吧！"

　　俄狄浦斯听了盲人先知提瑞西阿斯的这番话，便明白他已经找出了杀害老国王的凶手，于是命令他不应含糊其辞，把凶手的名字说出来。围在周围的居民们也纷纷跪在他的面前，请求他帮助被瘟疫横扫的底比斯脱离苦海。可是，提瑞西阿斯仍然不肯回答，只是更加坚决地摇了摇头。急于平息瘟疫的俄狄浦斯勃然大怒，忍不住大声地呵斥他："提瑞西阿斯，你不是先知吗？现在底比斯陷入困境，需要你的帮助，你怎么一句话也不说。你对得起别人的尊敬吗？你知情不报，我会好好地惩治你的！"国王的指责逼得提瑞西阿斯不得不说出真相了。"俄狄浦斯，"他说，"你没有权利指责我。你不是说无论如何也要找到这个杀人凶手吗？我告诉你，这个凶手，远在天边，近在眼前。这个人就是你，是你罪恶累累，让整个城市遭殃！你就是杀害国王的凶手，又是你，把自己的母亲当作妻子一起生活。"

　　先知的话一出口，全场哗然。人们都很尊敬先知，却无法接受这个结论。俄狄浦斯压根都不相信这些话，他愤怒之中，大骂预言家是个骗子和恶棍，和克瑞翁一起编造了这个谎言来合谋篡夺他的王位。提瑞西阿斯闻言更是毫不含糊地说："你就是杀父的刽子手和娶母为妻的人，你将会面临巨大的灾难。"他一边说，一边牵着孩子的手，面无表情地离开了国王。克瑞翁也怀着委屈，他激烈地指责俄狄浦斯毁谤他。愤怒中的俄狄浦斯毫不示弱，于是两个人激烈地争吵起来。伊俄卡斯特则劝着他俩，但是她竭尽了全力也无法使他们平静下来。最后，克瑞翁愤愤不平地离开了俄狄浦斯。

　　王后伊俄卡斯特比俄狄浦斯更不明白事情的真相，她满怀着嘲讽的语气说："这个先知是不是老糊涂了？我的前夫拉伊俄斯当年曾经得到过一则神谕，神谕里说拉伊俄斯将死在自己亲生儿子的手里。可事实呢，我们唯一的儿子在刚出生后就被绑住双脚，扔在荒山上，出世还没有三天就死了；而拉伊俄斯也被陌生的强盗打死在十字路口。"

　　王后说这番话本来是想为丈夫辩护的，却没想到正是这番嘲讽的话，使俄狄浦斯听了大受震动。他满脸惶恐地问："拉伊俄斯死在十字路口？告诉我，他是什么模样，他有多大岁数？"

　　伊俄卡斯特并没有注意到俄狄浦斯的情绪变化，她不假思索地说："他个子高大，头发灰白。至于模样嘛，说起来跟你还非常像呢。"果然是自己打死的那个老头，俄狄浦斯心中那个不祥的预感被证实了。他感到说不出的惊恐："天哪！

提瑞西阿斯并不是瞎子，提瑞西阿斯是眼睛最明亮的人！"俄狄浦斯大声说。他明白提瑞西阿斯的话没有说错，是自己杀害了老国王拉伊俄斯，是自己让整个底比斯城市陷入了瘟疫。他虽然知道了自己杀害老国王的可怕事实，但还是对各个细节问了又问，因为他是多么希望能找出一些蛛丝马迹证明这只是一场巧合和误会呀。可是，问完之后俄狄浦斯陷入了更加绝望的境地，一切细节都与他在十字路口杀掉老人之事吻合。最后，他听说当时曾经有一个仆人逃了回来，报告国王被杀害的消息。但是这个仆人赶回来的时候，正好碰到俄狄浦斯登上王位的登基仪式，他看到俄狄浦斯之后就恳求离开底比斯，到最远的牧场上去为国王放牧了。当时，人们正在忙着新国王的登基，所以就没顾得上详细地问这个仆人相关细节，让他按照自己的意思去牧场放牧了。俄狄浦斯想亲自盘问一下这个仆人，看看自己在十字路口碰到的那帮人是不是确实就是老国王和他的仆人，于是就派人把他召回来。

把人派出去之后，俄狄浦斯又被另外一个问题搞得迷惑不已。就算老国王确实是自己杀的，可为什么盲人先知提瑞西阿斯还说王后是自己的母亲呢？怎么可能呢？我的母亲不是墨洛柏吗？他是不是在胡说？我还是详细地问个清楚！

正在这个时候，宫殿里来了一批客人。他们是科任托斯的使者，他到宫殿后告诉俄狄浦斯说他父亲波吕玻斯去世了，要他回去继承王位。

王后听到这个消息如释重负，她禁不住得意地说："尊贵的神灵啊！看来你给我们的神谕并不总是会应验呀！你刚才还借盲人先知提瑞西阿斯之口说俄狄浦斯会杀掉自己的父亲，可是现在，应该被俄狄浦斯杀死的父亲现在却寿终正寝了！"但敬畏神的俄狄浦斯听了这话却是另外一种想法。他一直就相信波吕玻斯是他的父亲，因此对父亲不是死在自己手中也感到庆幸。但是，这只是神谕的一部分，他不能不相信神谕是灵验的，因此不愿回到科任托斯去。因为他的母亲墨洛柏还在科任托斯，而神谕的另一半内容，说他将会娶母亲为妻。他十分害怕这一点，所以非常忌讳，坚决不愿意回去继位。但他的这种疑虑很快被科任托斯来的使者打消了，因为他刚巧是多年以前在喀泰戎山上从拉伊俄斯的仆人手中接过婴儿的另一位牧人。他对俄狄浦斯说："你完全不用担心这一点，既然现在老国王已经不在了，急需你继位，我就不妨跟你说实话吧，你虽然是我们科任托斯国王波吕玻斯的合法王位继承人，但是你只是国王夫妇的养子。当年，是一位牧人把你交给我的，是我把你带到了科任托斯，交给了波吕玻斯国王。"俄狄浦斯闻言大惊，赶紧追问把自己送给他的那位牧人是谁，现在在哪里。这个仆人告诉他，那个人就是在底比斯的老国王被害时逃出来的仆人，现在正在边境放牧。

这时，一直在一边听着的王后伊俄卡斯特脸色越来越苍白，最后绝望地大叫了一声，绝望地跑了，离开了俄狄浦斯和聚在宫门口的众人。俄狄浦斯的心不由得紧了一下，似乎预感到了什么，但是他还是对众人也对自己解释说："呵呵，真是个爱慕虚荣的女人，她知道了我低贱的出身所以羞愤而走了。我不是科任托斯国王的亲生儿子，只是一个被遗弃的婴儿。可是，我不会为自己低贱的出身而感到羞耻的，因为我相信我是幸运之神的儿子。"其实，在说这番话的时候俄狄浦斯是忐忑不安的，与其说这番话是说给众人听的，不如说这是俄狄浦斯对自己的劝慰。他宁愿自己真的出身低贱，也不愿意面对那个越来越近的巨大而可怕的事实。俄狄浦斯的话音刚落，那个在边境放牧的年老的牧人就从遥远的地方被召回来了。他一进门，科任托斯的使者就认出了他，说就是他把那个婴儿交给自己的。老牧人吓得面如土色，他极力地否认这一切，说自己对使者所说的一切一无所知。俄狄浦斯从他的神态和语气中看到了恐惧和隐瞒，其实这也是他自己的恐惧，但是他还是想得到一个确定的答案。于是，俄狄浦斯愤怒地威胁他说出事情的真相。老牧人叹了一口气，鼓起勇气说出了真相：俄狄浦斯是国王拉伊俄斯和王后伊俄卡斯特的亲生儿子，他们曾经得到过一则神谕说他们生下的孩子将会杀父娶母，就派我用钉子刺穿婴儿的双脚，捆绑起来，丢弃在喀泰戎的荒山下。我出于同情偷偷救下了这个婴儿，交给了科任托斯的使者。

现在，一切都清楚了。可怕的神谕已经应验：他杀死了亲生父亲，并娶了自己的母亲为妻。

俄狄浦斯对自己的惩罚

面对可怕的事实，俄狄浦斯狂叫一声，冲出了人群。他在王宫中狂奔着，从侍卫手中夺出一把宝剑就朝着自己和伊俄卡斯特的卧室跑去，他要除掉那个曾经抛弃了他的女人，那个既是他母亲，又是他妻子的妖怪。所有人都被他疯狂的样子吓坏了，都远远地避开，没有人敢阻止他的任何行为。最后，他跑到了自己的卧室门前，一脚踢开紧锁着的房门，就冲了进去。他刚举起宝剑，就被眼前的一副悲惨景象震惊了：他的母亲与妻子伊俄卡斯特高高地吊在床的上方，头发披散下来遮住了脸，绳索紧紧地勒进了她的脖子里。俄狄浦斯痛苦地盯着伊俄卡斯特的尸体，不动也不说话。过了很长时间，他突然爆发出一阵撕心裂肺的哭声，跟跄着走上前去，解开绳索，把伊俄卡斯特的尸体放在了地上。然后，他从她胸前的衣服上扯下了他送给她的那枚金胸针，用右手紧紧抓住、高高地举起，诅咒自己的眼睛永远不要再看到这样悲惨和罪恶的景象，然后用尽全力朝着自己的眼睛刺去……一下、两下，转眼间金胸针刺穿了俄狄浦斯的两只眼睛，剧烈的疼痛从双目传来，但是这疼痛却不及他心中痛苦的万分之一。

双眼流血的俄狄浦斯走到广场，来到底比斯市民面前，宣布自己就是神祇诅咒的恶徒，愿意接受神灵的惩罚。但是，底比斯人一点也不嫌弃这位他们从前爱戴和尊敬的国王。他们对他表示同情，连被他责骂过的克瑞翁也不嘲笑他，而是连忙把这位遭到神灵惩罚的人带进皇宫内室，把这个被神灵诅咒了的人交给他的孩子们照看。心灵破碎的俄狄浦斯被这种宽容善良的举动深深地感动了，他把底比斯的王位交给了克瑞翁，让他代替自己的两个年幼的儿子执掌王权。此外，他又吩咐孩子们好好埋葬他可怜的母亲，让她在地下得到安息。最后，他还把两个无人照应的女儿托付给新国王克瑞翁照料。

至于他本人，俄狄浦斯表示不能原谅自己，他将离开底比斯四处漂泊，因为他以杀父娶母的双重罪孽玷污了这块土地，给底比斯人带来了可怕的瘟疫。他说，自己将会到喀泰戎山上去寻找自己的归宿，那里是他的父母曾经遗弃他的地方。最后，他又一次把两个女儿叫了过来，想最后听听她们的声音。当俄狄浦斯的手在两个女儿的头顶轻轻抚过、同她们诀别的时候，泪水和着血水从他的双目中流了出来。他再一次感谢了克瑞翁的宽容和深情厚谊，并祈求神灵保护克瑞翁，希望瘟疫能够早日从底比斯离开，底比斯的人民在新国王的领导下能够永远受到神灵的庇护。

俄狄浦斯和安提戈涅

在俄狄浦斯知道了关于自己杀父娶母的可怕真相的那一刻，他完全无力承受这残酷的命运，只求速死。他甚至觉得如果全体底比斯人民起来反抗他，用石块把他砸死，那对他真是一件大好事，是一种最好的解脱方式。因为是自己杀父娶母的行为给底比斯带来了可怕的瘟疫，并且自己也觉得活着原来比死去更难。但是他的请求落空了，因为底比斯人非但没有群起用石块打死他，反而纷纷表达了对他的同情。于是，求死不能的俄狄浦斯又请求将他放逐出底比斯，并且认为这样已经是底比斯人送给自己的厚礼。但是，当他自怨自艾的狂乱心情慢慢平静下来之后，眼前的一片黑暗突然让他产生了极大的恐惧心理。他开始感到双目失明之后漂泊异乡实在是件可怕的事，并且在心中重新泛起了对底比斯的深深的眷恋。

他想，自己毕竟是无意中犯下杀父娶母的罪孽的，并且他和母亲也已经受到了足够的惩罚，伊俄卡斯特悬梁自尽了，他也用金胸针刺瞎了自己的眼睛。因此，孤独而又恐惧的他又想留在底比斯了，因为这里有他的家，有他的儿女，能给他极大的安全感。可是，当他把这个心愿对新国王克瑞翁和自己的双生子厄忒俄克勒斯和波吕尼刻斯说了之后，克瑞翁对他的态度好像突然发生了一百八十度的大转变，他的两个儿子也变得自私无情。克瑞翁一改先前对他的热情和宽容，强迫他离开。他的两个双生子也不支持他留下，他们塞给他一根讨饭棒，逼他离开王宫，没有给他一丝一毫的安慰。

跟克瑞翁和两个儿子的态度完全不同的是他的两个女儿，她们都爱他、同情他。大女儿安提戈涅决定陪着已经成为盲人的父亲一起流放，而小女儿伊斯墨涅则留在两个哥哥的家中，好借以维护被赶走的父亲应有的权益。被克瑞翁和两个儿子的所作所为伤透了心的俄狄浦斯被两个女儿深深地感动了，但是，他还是不愿意大女儿安提戈涅跟他一起受流亡之苦。安提戈涅什么也没说，她只是牵着父亲的手就往王宫外走去。从此之后，她陪着父亲受尽了苦难。她成了俄狄浦斯的眼睛，牵着父亲，四处漂泊。后来，他们的鞋子都磨破了，他们就赤着双脚、风餐露宿，穿过了无数的森林，翻过了无数的高山。经受了无数忍饥挨饿、日晒雨淋的日子的安提戈涅却从来没有后悔过自己的选择，从来没有再想过要回到王宫里过那种锦衣玉食的舒适生活。

一开始，俄狄浦斯打算到喀泰戎的荒野上，他的父母曾经把他遗弃在那里，他也想在那里找到自己的归宿。但是，虽然神谕赋予了他残酷的命运，但他却依然非常敬畏神灵，一切都听命于神的意志。因为没有得到神的吩咐，他不敢擅自这样做。于是，他来到阿波罗神庙，请求神谕的指示。在这里，他得到了一则使他感到安慰的神谕。神们知道，俄狄浦斯虽然触犯了自然界的神圣法则，违犯了最基本的人伦道德，但他却是在完全不知情的情况下做这一切的，并非出于自己的意愿。不过，这个罪孽太沉重了，尽管是误犯也必须受到惩罚。然而惩罚并不是永久的、不会永无止境。神灵们通过神谕告诉他：经过一段长时间的磨难后，俄狄浦斯可以等到赎罪的那一天。到了那个时候，命运女神将会把他引导到一个国家，严厉的复仇女神将会在那里帮助他获得解脱。这则神谕像谜一般含混不清，俄狄浦斯还是琢磨不清自己会不会得到复仇女神的饶恕。但是他笃信神谕，自己的前半生就是因为想逃离神谕所说的残酷命运反而更快地促成了神谕的实现，现在，他要把自己的未来交给命运女神来安排。于是，他遵从了神谕的指示，在女儿安提戈涅的陪伴下在整个希腊到处流浪，乞讨度日。他生活节俭，需求极微，但却感到心满意足，获得了内心的宁静。因为在长期的放逐中，生活中的苦难和与生俱来的高贵精神已经教会他如何从苦难中获得快乐与宁静。

俄狄浦斯在库洛诺斯的圣林

经过了漫长的流亡漂泊后，俄狄浦斯和他的女儿安提戈涅在一个宁静的夜晚来到一个绿树成荫的美丽村庄。夜莺在树林里浅吟低唱，正在开花的葡萄藤上散发着阵阵怡人的清香。一阵微风吹过，橄榄树和桂花树的叶子发出了沙沙的声音，给炎热的夏夜带来了丝丝的凉意。俄狄浦斯虽然眼睛看不见，但他听到了也感受到了这里的平和与安详。听了女儿安提戈涅的描述后，他更确信这儿一定是个神圣的地方。俄狄浦斯想起了神谕，心中不由得一震，让安提戈涅打听一下这是什么地方。在前面不远处的地平线上，一座城市的城堡高高矗立着，安提戈涅打听后知道，那座城市就是雅典城，他们现在所处的地方也属于雅典的管辖范围。

经过了一天的奔波，俄狄浦斯感到有些疲倦了，便坐树林里的一块石头上休息。过了一会儿，一个正好路过此地的村民看见了俄狄浦斯与安提戈涅，他走过来叫他们离开这里，因为这是祭神的圣地，是任何人的足迹都不能玷污的。直到这时，这两个流亡的人才知道，他们到了雅典人敬奉复仇女神欧墨尼得斯的库洛诺斯，而他们感受到了无限魅力与静谧的地方正是复仇女神的圣林。听到复仇女神这几个字，俄狄浦斯心中十分高兴，因为他牢牢地记着那则神谕，明白他已经到达流亡的终点，自己困厄的命运将得到解脱，深爱着自己的女儿也终于可以得到休息了。心中高兴的俄狄浦斯不禁抬起了刚才一直低着的头，双手向上天举起感谢命运女神对自己的指引。月光下的俄狄浦斯显得既高贵又虔诚，刚才还让那个他们离开的库洛诺斯人见了他的风采大吃一惊。他明白眼前的这个人肯定不是一个普通的乞丐，不敢再把这位坐在石头上的外乡人赶走，只想马上去向国王报告。

"你们的国王是谁？"俄狄浦斯问道。长期的流浪漂泊生涯已经让他变得不问世事，对这种大事都感到陌生了。"我们的国王就是强大而高贵的英雄忒修斯呀，"村民自豪地说，"难道你连他都没有听说过吗？他的声名都已经传遍全世界了。"

"如果你们的国王真的如此高贵，"俄狄浦斯说，"那么请你给他带个口信，请他到这儿来一趟。如果他肯屈尊过来，我将以最大的报酬回报他的好意。"

"一位双目失明的人能给我们伟大的国王什么回报呢？"村民半是同情半是嘲讽地说。俄狄浦斯没有说话，村民看了他一眼，觉得这个人既威严又高贵，有一股凛然不可侵犯之气。于是，他小心翼翼地说："如果你不是双目失明的话，你的仪容还真是又威武又高贵呢。我由衷地尊敬你，所以我愿意把你的要求告诉我们的国王和我的同胞们。留在这里吧，不要乱动，我马上去叫大家过来，让众人决定你的去留。"说完，这个村民就一溜烟地走了。

现在，圣林里只剩下俄狄浦斯和他的女儿安提戈涅了，他从石头上站起身来，然后伏在地上，捧着心口虔诚地向复仇女神祈求道："威严而又仁慈的女神呀，请实现阿波罗的预言吧！请告诉我对我的惩罚是不是到了终点。请告诉我我人生的结局！悲悯的女神，黑夜的女儿呀，请可怜我吧！伟大的雅典城呀，请可怜可怜站在你面前的俄狄浦斯的影子吧！虽然他人还站在你们面前，但他的肉体早已经不复存在了！"

俄狄浦斯祈求完没多久，就有一群人来到了他们所处的圣林，围聚在父女俩的身边。原来，那位村民在去向国王忒修斯禀报情况的途中，他向村里人先说了自己的所见所闻。于是，一位神态高贵的盲人坐在复仇女神的圣林里的消息在村子里传开后，村里的老人们吃了一惊，因为他们这个村的人就是负责看守复仇女林的圣林的。看到俄狄浦斯之后，村民们之中最年长的那个对他说："外乡人，你知道这是哪里吗？这里是复仇女神的圣林呀！还从来没有哪个凡人像你这么大胆地公然坐在里面呢。赶快离开这里吧，否则你会受到女神的惩罚的。"俄狄浦斯闻言向他们讲述了自己的事情，告诉他们自己是在命运女神的指引下来到这里的，他将在这里等到自己命运的终点。当村民们知道这个盲人是被神谕所诅咒、犯了杀父娶母大罪的人时，他们更是恐惧万分。他们害怕众神会迁怒于他们，所以不敢让这个遭到神惩罚的人继续留在圣地，要求他立即离开。俄狄浦斯请求他们不要把他赶走，因为这的确是神为他指定的流亡的终点。安提戈涅也一再哀求道："不要赶走我们吧！如果你们因为我的父

命运女神
后世心理学大师弗洛伊德将俄狄浦斯杀父娶母的行为方式，归纳为人类"恋母情结"的表现，从新的角度对这一神话做了阐释。

亲曾经犯过大罪而不肯相信他，也不肯同情这个白发苍苍的老人，那么就请相信我吧，我是无辜的。我敢向宙斯起誓，我的父亲所说的一切都是真的，的确是神指示他到这里来的。"

听完俄狄浦斯和安提戈涅的话，村民们既同情俄狄浦斯的不幸命运，又佩服这位年轻姑娘的善良坚韧。但是，他们又十分敬畏复仇女神，正在他们踌躇不定的时候，一位姑娘骑着一匹小马向他们走来。她头上戴了一顶遮阳草帽，一身赶路人的打扮，后面跟着一个仆人，也骑着马。安提戈涅惊喜地对着俄狄浦斯叫起来："父亲，这是我的妹妹伊斯墨涅呀，她一定给我们带来了家乡的消息！"

就在这时，那位姑娘下了马，站在了众人面前，的确是俄狄浦斯的小女儿伊斯墨涅。她带了一名忠实的仆人，离开底比斯出来寻找父亲，就是想来告诉父亲他走之后国内发生的一些情况。原来，俄狄浦斯的两个双生儿子现在正处在灾难之中，而这灾难完全是他们自己招来的。起初，他们因为害怕家族的厄运和父亲的罪孽会威胁他们，所以愿意听从父亲的意思把底比斯的王位让给舅父克瑞翁。但是后来他们渐渐淡忘了对父亲和父亲的所作所为的记忆，后悔了当初的决定，又渴望重新拥有统治权和作为国王的威仪。克瑞翁让出王位后，波吕尼刻斯和厄忒俄克勒斯兄弟两人谁也不愿意把王位让给对方，于是两人共同治理国家。但是，一山不容二虎，两人执政，下属听谁的命令呢？于是兄弟俩商量，两人轮流执政，任期两年。先上任的是次子厄忒俄克勒斯。两年任期很快就过去了，到了年末政权交接的时候，厄忒俄克勒斯却拒绝放弃王位，并以波吕尼刻斯禀性恶劣为由，煽动民众叛乱把自己的哥哥逐出了底比斯。据说，哥哥波吕尼刻斯被驱逐后逃亡到了伯罗奔尼撒半岛的亚各斯，并在那里娶了亚各斯国王阿德拉斯托斯的女儿。婚后，他还赢得了阿德拉斯托斯和其他一些朋友和盟国的帮助，准备兴兵报复，夺回底比斯的王位。就在兄弟两人的战争一触即发的时候，又流传了另外一则神谕：国王俄狄浦斯的儿子们如果离开自己的父亲将会一事无成。假如他们想得到一切，获得幸福，就必须找回俄狄浦斯，无论他是死是活。

这就是伊斯墨涅带给父亲俄狄浦斯的消息，安提戈涅和在场的库洛诺斯人听到这个消息都惊讶不已。俄狄浦斯静静地听完了小女儿的诉说，缓缓地从石头上站起身来，脸上有着不可侵犯的王者威仪。

"原来如此，这就是你带来的全部消息吗？他们要向一个瞎眼的流亡者和不名一文的乞丐寻求帮助？你确定我就是他们需要的人吗？"

"是的，父亲，正是这样，"伊斯墨涅继续说，"凭借神的指示，我的舅父克瑞翁也会马上来到这里，我是马不停蹄地赶路才赶在他前面过来的。他想要说服你，把你劝回底比斯，这样他和我的哥哥厄忒俄克勒斯就会获得战争的胜利了——现在他们俩是一伙儿的。如果不能说服你，他会用武力劫持你回到底比斯的，因为只有得到你才能满足神谕的要求，使他和厄忒俄克勒斯既能够长久地占有底比斯的王权，又不致亵渎底比斯城。"

"孩子，你怎么知道我们在这里的呢？"俄狄浦斯关切地询问风尘仆仆的小女儿伊斯墨涅。

"那是去得尔斐神庙祭拜的人告诉我们的。"

"如果我死在底比斯的境内，你的舅父和哥哥会把我葬在底比斯的土地上吗？"俄狄浦斯继续问。

"不！"伊斯墨涅回答说，"我曾经听到他们说过这个问题，他们说你身上血腥的罪恶会连累到他们，所以他们不会把你埋葬在底比斯的土地上的。"

俄狄浦斯听到这里，刚才平静的神色也不禁变为了极大的愤怒，他大声地说："他们永远不会得到我了！如果我的儿子们对权利和地位的欲望大于对自己父亲的感情，神将永远使他们成为死敌。如果真的要我裁定他们的争端，那么，现在正在执掌权杖的厄忒俄克勒斯应该让出王位，被驱逐出去的波吕尼刻斯也不应该重新回到故土执掌王权！只有两个女儿才是我真正的孩子，只有她们善良而忠诚，不应该受到我的罪孽的牵累。我要为她们向神灵祈祷，并为她们请求神灵的保护。"说完这番话之后，俄狄浦斯又向围聚在旁边的村民请求道："雅典的仁慈的朋友们呀，向我的两个女儿和我伸出援助的手吧，你们自己的城市也将会得到有力的保护！"

俄狄浦斯和忒修斯

俄狄浦斯的所作所为让在场的库洛诺斯人见识到了这个流放国王的威严，俄狄浦斯请求雅典人保护的一番话更是深深地打动了他们。他们对这位饱经风霜的坚毅老人充满了敬畏，都好心地劝他举行灌礼以求得复仇女神的宽恕。村中的长老们更是改变了之前要赶走这父女俩的态度，他们知道站在面前的就是俄狄浦斯。虽然他在不可改变的命运中犯下了大罪，但是这一切都是在他不知情的状态下发生的。正在这时，远处过来了一队人马，为首的是一个高贵而威严的中年男人。等这队人马走近之后，库洛诺斯人发现，这是他们伟大的国王忒修斯。

忒修斯还没到圣林就下了马，然后怀着尊敬而又友好的心情走近这位年长的外乡盲人，握住他的双手，对他说："可怜的俄狄浦斯呀，我知道，知道命运带给你的残酷人生。你在不知情的情况下犯了大错，但是你戳瞎自己的眼睛、流放自己的行为已经告诉了世人也告诉了我，你是一个什么样的人。你的不幸使我伤感，你的坚韧使我感动。现在，既然你在命运的引导下来到了雅典，我会像对待一个最尊贵的客人那样对待你。说吧，令人敬佩的外乡人，你对这个城市有什么要求？对我个人有什么要求？不管你要求什么，只要我做得到就一定不会拒绝，请你尽管说吧。我完全理解你现在的处境，因为我也曾经遭受过苦难和不幸。"

"尊敬的国王，你的这一番真诚的话，已经让我看到了你高尚的心灵。"俄狄浦斯仰起头，他那一双已经快要完全干涸的眼睛里流出了两行晶莹的泪水。他接着说："我对你有一个请求，同时这也是我送你的一件礼物。我想把自己老弱而疲倦的身体送给你。这是一件微不足道，却又十分宝贵的礼物。请你把我埋葬掉吧，你将会因为自己的仁慈而得到丰裕的回报。"

"不行的俄狄浦斯呀，你的要求是多么的小呀，"忒修斯惊讶地说，"再要求一点呀，要求一些更好更高的吧！让我多为你做些事，你会得到满足的。"

"其实，这个要求并不像你想象的那么容易满足，"俄狄浦斯继续说，"埋葬我这具老朽的躯体自然是很容易的，可是你却可能会因此而卷入一场与我的妻弟和两个儿子的战争中。"于是，他向忒修斯讲述了自己被放逐的具体经过以及自私自利的儿子们为了自己的利益要逼他回去的事情。然后，他恳请忒修斯能够给予他帮助，不要让克瑞翁他们凭借武力将自己劫持回去，也不要让他们伤害到自己的两个女儿。

忒修斯聚精会神地听完俄狄浦斯的叙述，然后严肃地回答说："我的王国对每一位朋友敞开大门，我更不会将你这样一位坚毅的人驱赶出去。何况，是命运女神引你来到我的国家的，我怎么会抛弃你这个能给我的国家和人民带来福音的人呢？"在向俄狄浦斯承诺了一定会保护他和他的女儿之后，忒修斯就要回去了。他问俄狄浦斯，是跟他一起回雅典，还是继续留在库洛诺斯。俄狄浦斯选择了留下，因为命运女神指引他来到了这里，他一到这个地方就获得了内心的宁静和直面自己的勇气与力量。他决定留在这里，在这里战胜敌人，然后在这里结束自己的生命。雅典国王忒修斯为俄狄浦斯安排了一些保护的人，然后回雅典城去了。

俄狄浦斯拒绝妻弟克瑞翁

忒修斯刚刚离开不久，俄狄浦斯的妻弟，底比斯的执政者克瑞翁就带着全副武装的随从们侵入了库洛诺斯。

克瑞翁一边走向俄狄浦斯，一边对他周围的库洛诺斯村民说："我的部队来到阿提喀地区，你们一定会感到惊讶。可是，请千万不要愤怒，也不要发火。我再怎么幼稚，再怎么大胆，也还不至于傻到向希腊最强大的王国雅典挑起战事，这对我们底比斯可没有半点好处。你们也看到了，我只是一位老人，并且是俄狄浦斯的亲戚，底比斯的人民派我来是为了说服这个执意要流放自己的人，让他跟我一起回底比斯去。"

他无耻地编造着谎言，完全不提当初强迫俄狄浦斯离开的事情，也不提他们到底是为了什么要把俄狄浦斯带回底比斯。对库洛诺斯人说完那番话之后，他又转向俄狄浦斯，假惺惺地对这位老国王和他女儿的命运表示同情。

俄狄浦斯举起那根从底比斯带出来的行乞棒，愤怒地挥舞着，示意克瑞翁不要向他靠近哪怕一步。他愤怒地大声说："无耻的骗子，你还嫌我遭受的折磨不够吗？如果你要把我抢走，那就是在我的伤口上撒盐。放弃你荒唐的幻想吧，休想利用我来帮你免除即将到来的灾难！我是不会跟你走的，我只会派复仇的妖魔与你同去。我那两个不争气的儿子，别指望我会庇佑他们，除了在底比斯有两块墓地葬身外，其余的任何东西都不会属于他们！"

克瑞翁一看来软的已经没有指望了，一下子收起了他那虚伪的笑脸，恶狠狠地命令他手下的随从们用武力劫走这个瞎眼的老国王。库洛诺斯的村民们当然不会袖手旁观，他们一下子围在俄狄浦斯身边，不让克瑞翁他们把他劫走。克瑞翁一看劫走俄狄浦斯没指望了，就趁库洛诺斯人的注意力都在俄狄浦斯身上的时候示意他的随从把伊斯墨涅和安提戈涅从俄狄浦斯身边抢走了。库洛诺斯人手有限，等他们发现了克瑞翁的意图时已经晚了，克瑞翁的随从们不顾库洛诺斯人的强烈抗议，把两位姑娘拖走了。克瑞翁一看抢到了两位姑娘非常得意，他对着俄狄浦斯嘲弄地说："我夺走了你的眼睛和精神支柱。你这个瞎子，现在一个人去四处流浪吧！"

说完这句话之后，克瑞翁更加胆大包天了，想像抢走两位姑娘一样抢走俄狄浦斯。于是，他再次带领着随从走近俄狄浦斯，亲自动手想把可怜的老人劫持走。他正想动手的时候，却听到了一个惊雷般的声音："住手！"他被这威严的声音吓了一跳，转过身一看，是雅典国王忒修斯带着人马赶回来了。原来，忒修斯带着人马离开后，走了没多远，就听说了克瑞翁带领武装的底比斯人侵入库洛诺斯的消息，立即赶回来了。忒修斯听在场的库洛诺斯人诉说完刚才发生的事情之后，非常生气，立即派人骑马去追赶那群劫走两位姑娘的底比斯人。然后，他很严肃地对克瑞翁说："你现在在我们雅典的土地上，俄狄浦斯和那两位姑娘是我们尊贵的客人。你竟敢在我们的土地上公然劫持我们的客人，是要向雅典人挑战吗？你必须立即把俄狄浦斯的两个女儿放回来，否则恐怕我们也不能放你离开这里了。"

克瑞翁听了忒修斯这番义正词严的话不禁心虚起来，他一脸谄媚地对忒修斯说："埃勾斯的儿子，我到这里来绝对不是来跟你、跟你的城市打仗的。我想请俄狄浦斯回去原本是一番好意，他毕竟是我的亲戚，我不想看他一直漂泊在外。我不知道你和你的人民竟会如此热情地对待我的这位瞎眼的亲戚，不知道他们竟会如此地庇护一个娶母的罪人而不愿将他送回国去。"

忒修斯命令他闭嘴，停止那无耻的谎言，并要求他立即说出俄狄浦斯的两个女儿被藏匿的地点，否则将会对他不客气。克瑞翁迫于忒修斯的威武和雅典的强大屈服了，很不情愿地说出了她们被藏的地方。过了一会儿，安提戈涅和伊斯墨涅被救回来了，她们终于能够重新和俄狄浦斯聚在一起了。克瑞翁一看大势已去，带着他的随从们悻悻地离开了众人，回底比斯去了。

俄狄浦斯的结局

俄狄浦斯在历经了多年的流浪生涯后，抵挡住了来自曾经背叛过他的亲人的种种诱惑，他诅咒他们必将遭到神的报复。在做这些的时候，俄狄浦斯已经意识到，他自己的命数也将终止了，他终于等到了自己命运的终结。

一天，俄狄浦斯突然听到天空中响起了阵阵雷声，老人明白这是天神在召唤自己。于是，他让安提戈涅去找忒修斯，说自己想见他最后一面。这位双目失明的国王非常希望在自己活着的时候能够再见仁厚的朋友忒修斯一面，因为他有许多话想要跟忒修斯讲，他要最后一次亲自感谢他善意的保护。安提戈涅出门之后，发现整个大地都已经笼罩在黑暗之中了。她跌跌撞撞地来到雅典的王宫，对忒修斯禀报了父亲的情况并转达了父亲的意思。忒修斯一听，马上跟安提戈涅马不停蹄地来到了库洛诺斯，与俄狄浦斯相见了。俄狄浦斯激动地抓住了忒修斯的胳膊，然后很真诚地表达了对他的感谢，并郑重地衷心地为雅典城祝福。最后，他请求忒修斯遵从神灵的召唤，送他到一个他可以死去的地方，那个地方必须从来没有凡人的足迹到达过，并且他死时不容任何凡人的手指碰到他身体的任何地方。他还要求自己死后，忒修斯不能把他死去的地方告诉任何人，更不能说出他的墓地在什么地方。这样可以保护雅典城，抵御敌人的入侵。忒修斯答应了他的请求，允许他往命运女神指引下的圣林的最深处走去，寻找自己最后的归宿。俄狄浦斯允许他的女儿和忒修斯以及库洛诺斯的村民们送他走一段路程，于是，一队人陪着俄狄浦斯蜿蜒走进复仇女神的圣林，在行进的过程中任何人都没有用手指碰他一下。说也奇怪，这个一直靠女儿引路的盲人好像突然恢复了视力一样，昂然阔步走在这一队人的最前面，朝命运女神指引的道路走去。快走到圣林的最深处时，俄狄浦斯停了下来，示意女儿和库洛诺斯的村民们停下，因为他生命中的最后一段路程只能由他一个人完成。安提戈涅姐妹依依不舍地看了父亲最后一眼，然后跟库洛诺斯的村民们一起停下了，站在那里目送着俄狄浦斯孤身一人继续往圣林深处前行。

在走到复仇女神圣林的最深处的时候，俄狄浦斯像受到了什么感召一样停了下来。就在这时，轰隆一声，大地突然开裂了，开裂的洞口有一道铜制的门槛，有许多弯弯曲曲的小道都通到这里。站在不远处的忒修斯等人看到这一幕都被震撼了。在远古的传说中，说圣林中有一个地洞，这地洞是通向地府的一处入口。俄狄浦斯仿佛也看到了这个洞口，他微微一笑，然后在一棵空心的树前停下来。他坐在树下的一块石头上，脱下了一身肮脏破旧的乞丐衣服，然后从面前的小溪中舀了一些洁净的溪水，洗去了在长期的流亡生涯中积在身上的污垢，并穿上了女儿为自己准备的整洁的长袍。做完这一切之后，他焕然一新地站在那里，全身散发着柔和的光芒。这时，那个裂开的洞口中突然传来阵阵隆隆的雷声。俄狄浦斯听到之后，转过身去朝着两个女儿喊道："永别了，孩子们！从今以后你们就成了没有父亲的孩子了！"

就在这时，又一阵隆隆的雷声响起，大家不知道这响声是来自天空，还是来自地狱，它仿佛在喊："俄狄浦斯，怎么还不过来？你还犹豫什么？不要耽搁！"

双目失明的俄狄浦斯似乎听懂了这些话，他知道神灵正向他发出最后的召唤。他吩咐所有的人都转过身去，并且回去，然后他一个人走向了铜门槛……忒修斯和安提戈涅他们依照俄狄浦斯的吩咐背过身去，往回走去。走了没几步，他们就发现本来被黑暗笼罩的大地又恢复了光明。回头一望，他们的眼前出现了奇迹，那个大地的巨大裂口不见了，俄狄浦斯也已经无影无踪。天空中既没有闪电，也没有雷声，甚至连一丝风都没有。周围出奇地安静，刚才发生的一切都似乎只是个梦。可他们明白，这不是梦，他们明白俄狄浦斯被命运折磨的一生终于结束了，他最终从痛苦和悔恨中解脱出来了，他的灵魂终于以一种洁净的状态进入了大地深处。忒修斯往前走了几步，独自一人久久地站在那里，他甚至用双手掩住了眼睛，好像刚才那神奇的情景现在还使他睁不开眼似的。最后，他举起双手朝着奥林匹斯山祈祷。做完祈祷后，他来到俄狄浦斯的两个女儿身边，向她们保证永远保护她们，然后带着她们一起回到了雅典。

特洛伊的故事

特洛伊城的建立

远古的时候，爱琴海的撒摩特刺岛由两兄弟伊阿西翁和达耳达诺斯统治着，他们是宙斯与海洋女神普勒阿得斯所生的儿子。伊阿西翁自以为是神的儿子，窥视上了奥林匹斯圣山上的一位女子，狂热地追求着女神得墨忒耳。为了惩罚他这种胆大妄为的行为，他的亲生父亲宙斯用雷电将他击死。得知亲兄弟的死讯后，达耳达诺斯十分悲伤和难过，于是他义无反顾地离开了自己的家乡。他越过了亚细亚大陆，来到了密西埃海湾，那是西莫伊斯河和斯康曼特尔河入海的汇合处。这儿的统治者是透克洛斯，土著的克里特人，所以这个地区的牧民也被称为透克里亚人。

达耳达诺斯在这儿受到了国王透克洛斯热情的接待。他享受了当地的美味佳肴，得到了国王赏赐的一块土地。不仅如此，国王还把自己的女儿许配给了他。于是，这块地方根据他的名字而被称为达耳达尼亚，居住在这个地区的透克里亚人从此改称达耳达尼亚人，后来又根据他孙子的名字特洛斯而称为特洛伊人。达耳达诺斯的儿子厄里克托尼俄斯在他死后继承了王位，后来特洛斯又继承了父亲厄里克托尼俄斯的王位。从此以后，特洛斯统治的地区称为特罗阿斯，特罗阿斯的都城则称为特洛伊。现在人们把透克里亚人和达耳达尼亚人都称为特洛伊人，或称为特洛埃人。

长子伊罗斯在父亲特洛斯死后继承了王位。有一回，他到邻国夫利基阿访问，国王热情地邀请他参加一场正在举行的角力竞赛。伊罗斯取得了胜利，他的奖赏是五十名男孩，五十名女孩以及一头色彩斑斓的母牛。国王把奖赏赐给他的同时，告诉了他与之相关的一则神谕：他必须在母牛躺下休息的地方建好一座城堡。

伊罗斯赶着母牛回去，母牛在特洛阿斯的都城特洛伊躺了下来。于是，伊罗斯就依照那儿的山建起一座坚固的城堡，这个城堡有着很多的名字：伊利阿姆、伊利阿斯，或者柏加马斯。后来，这个地方有时称为特洛伊，有时称为伊利阿姆，有时又称为柏加马斯。在建城之前，伊罗斯祈求先祖宙斯赐以征兆，看看神是否同意他的建城计划。第二天，伊罗斯高兴地发现：从天上落下的女神雅典娜的神像掉在了他的帐篷外面。这个神像被称为帕拉斯神像。它高六尺，双脚合拢，左手拿着纺线杆和纺锤，右手执一长矛。

这尊神像有着这样的传说：女神雅典娜出生后由海神特里同养育，特里同有一个名叫帕拉斯的女儿，正好和雅典娜差不多年纪，两个女孩经常一块儿玩耍，成了要好的朋友。一天，两位年轻的姑娘玩起了战争的游戏，两人想要比试比试，看看谁的武艺更强一些。正当帕拉斯摆好刺杀她的玩伴的姿态时，担心女儿受伤的宙斯迅速在雅典娜面前挡了一面由山羊皮做的神盾，坚实牢固的神盾让毫无准备的帕拉斯吃了一惊。就在这一瞬间，她遭到了雅典娜的致命一击。雅典娜对好友的死十分悲痛，为了表示对好友的纪念，她为帕拉斯造了一尊逼真的神像，并把和山羊皮盾一样质地的胸甲穿在神像上。雅典娜把这个神像放在宙斯的神像前，以此表示她崇高的敬意和尊重。与此同时，她本人自称为帕拉斯·雅典娜。现在，宙斯征得他女儿的同意，把帕拉斯神像从天空降落下来，表明伊利阿姆城堡将在他和他女儿的保护之下。

伊罗斯死后，他的儿子拉俄墨冬继承了王位。拉俄墨冬生性乖僻暴戾，专横武断。他不但欺骗国人，也欺骗众神。他想在特洛伊城周围建造一堵城墙，把城围住，这样就有了牢固的防守，从而成为一座真正的城池。那个时候，太阳神阿波罗和海神波塞冬因反抗宙斯而被逐出天国，在人间四处游荡。宙斯的想法是让两个神帮助拉俄墨冬国王建造城墙，让他和他的女儿所保护的城市有一座坚不可摧的城墙。命运女神把阿波罗和波塞冬送到特洛伊城区，他们向拉俄墨冬自荐，愿意为国王做一年的重活，报酬谈妥后，他们开始工作了。在波塞冬的领导下，城墙拔地而起，它被造得高大，宽阔，坚固无比。与此同时，阿波罗在爱达山丛林密布的山谷和蜿蜒起伏的河岸间为国王辛勤地放牧。一年过去了，雄伟的城墙已经建成，可是狡诈的国王拉俄墨冬赖账，拒绝付给他们此前谈妥的报酬。为此，两个神和国王激烈地争论起来。阿波罗愤怒地斥责国王不守信义，但是无耻和无知的国王不讲道理，下令把他们驱逐出境，并放出威胁：要把阿波罗的手脚捆住，并把两人的耳朵割下来。两个神因此发下毒誓，此后与国王结下不共戴天的大仇，从此他们成了国王和特洛伊人的死敌。一直是该城的保护神的雅典娜也不再保护这座城市，后来赫拉也参加进来，众神共同反对这座城市。在宙斯的默许下，这座刚建好高大城墙的城市将由诸神去毁灭，特洛伊人民也将因此领受悲惨的命运。

普里阿摩斯、赫卡柏和帕里斯

国王拉俄墨冬的王位继承人是他的儿子普里阿摩斯。普里阿摩斯娶的第二个妻子是夫利基阿国王迪马斯的女儿赫卡柏，他们生了第一个儿子，名叫赫克托耳。当第二个孩子即将诞生时，王后做了一个奇怪的梦，她梦见自己生下一只熊熊燃烧的火炬，火炬把整个特洛伊城烧成了一片火海，所有的一切变成灰烬。

赫卡柏惊恐不安，她赶紧把这个梦详细地告诉了她的丈夫。普里阿摩斯疑惑不解，他马上叫来前妻的儿子埃萨库斯。他是个预言家，从外祖父迈罗泼斯那儿学到了精湛的解梦技艺。听了父亲的叙述后，他开始解释说，他的继母赫卡柏将生下一个儿子，这个儿子将会给特洛伊城带来灾难，因为他的原因，特洛伊城将会遭到毁灭。他劝告父亲把这个新生儿丢弃。

王后赫卡柏果然生了一个儿子。对国家的爱胜过了母子之情，她让丈夫把婴儿交给一个仆人，让他把孩子扔到爱达山上。这个名叫阿革拉俄斯的仆人按照命令把孩子丢弃在山上。但一只母熊却收留并哺乳了这个婴孩。五天以后，阿革拉俄斯看到孩子仍躺在森林里，完好无损，健康活泼，便决定把婴儿带回自己的土地上，并把他抚养成人，还为这个孩子取名为帕里斯。

帕里斯在这片自由开阔的土地上渐渐长成为一个健壮有力、英俊潇洒的小伙子。

一天，帕里斯来到了幽深的峡谷里放牧。这里的山路崎岖难行，树木高大繁茂，野花姹紫嫣红。他透过树林缝隙，看到了特洛伊的宫殿和远处的大海。忽然间他听到了神的脚步声，这使他周围的大地震动起来。他还来不及思考的时候，众神的使者赫耳墨斯已来到他的身旁。奥林匹斯圣山上的三位女神跟在赫耳墨斯的后面，她们轻盈地踏过柔软芬芳的草地，面带微笑地看着帕里斯。这个年轻的小伙子顿时大吃一惊。那个带着翅膀的众神的使者赫耳墨斯对他喊道："年轻人，你别害怕，三位女神来找你，

帕里斯的审判
帕里斯不会想到自己轻率的一个判决给祖国特洛伊带来了亡国的浩劫，而自己也未终生拥有海伦——这个世界上最美的女人。

是神的旨意，她们选择了你作为评判，你要做的只是评一评她们中谁最漂亮。这个使命是宙斯的旨意，宙斯会给你应有的保护和帮助的。"

赫耳墨斯说完话就振起双翼，飞出狭窄的山谷，消失在远方的天空。赫耳墨斯刚才的那番话使得这个年轻人鼓起勇气，刚才他还低垂着头，眼里满是胆怯，现在已经能够大胆地抬起头，用炯炯有神的目光去欣赏站在他面前的三位女神。她们都貌美如花，美艳绝伦。第一眼看时，他就想说他觉得三个女神都一样美貌，无法分出哪一位最美。可是仔细端详，他时而觉得这个最美，时而又觉得另一个更漂亮。最后，他发觉其中一个女神比另外两个更年轻，更温柔，更迷人。

这时，她们中最骄傲的一个，也是身材最高大的一个开口说话了："我是赫拉，宙斯的妻子。这个金苹果是不和女神厄里斯在珀琉斯与海洋女神忒提斯的婚礼上掷给宾客的礼物，上面写着'送给最美的人'，你把他拿去吧，如果你愿意把它判给我，尽管你曾是一个被遗弃的牧人，你也可以统治地面上最富有的国家。"

"我是智慧女神帕拉斯·雅典娜，"第二个女神接着发话，她有着宽阔的额头，美丽而妩媚的脸上有双蔚蓝色的明眸，"如果你判定我是胜利者，那么，你将赢得人世间最有智慧的美誉。"

这时，一直用美丽的眼睛说话的第三位女神，她看着帕里斯，神态甜美诱人，她微笑着开了口："你不要被这些许诺所诱惑，它们不可靠，充满了危险。我愿意送给你一样礼物，它会带给你快乐，让你享受爱情的甜蜜和幸福。如果你把它判给我，我将把世界上最漂亮的女子送到你的怀中，让她成为你的妻子。我是阿佛洛狄忒，专司爱情的女神！"

当阿佛洛狄忒说这番话时，她正束着那条赋予她迷人魅力的魔力腰带，腰带使她看起来是那样的光彩照人、妩媚动人，其他两个女神在她的对比下显得黯然失色。昏昏然地，帕里斯把那个从赫拉的手里得到的金苹果毫不犹豫地递给爱情之神阿佛洛狄忒。赫拉和帕拉斯·雅典娜恼怒地转过身去，发誓不忘今天的耻辱，一定要向他、向他的父亲和所有的特洛伊人报复，直至他们彻底毁灭。尤其是一向心高气傲的赫拉，从此以后成了特洛伊人的最势不两立的敌人。阿佛洛狄忒又庄严地重申了她许下的诺言，并深深地向他祝福，然后也离开了他。

帕里斯作为一个不知名的牧人住在爱达山上，他娶了一个漂亮的姑娘俄诺涅为妻，她是河神与一个仙女所生的女儿。婚后，帕里斯与妻子厮守在一起，生活得很幸福，可是帕里斯在心里依然惦记着女神给他许下的诺言。有一天，帕里斯听说国王普里阿摩斯为一位死去的亲戚举办殡仪赛会，他被吸引着前去参加，他终于踏进了特洛伊这片土地。国王为这场比赛设立的奖品是一头从爱达山牧群里牵来的公牛，这头公牛正好是帕里斯最喜爱的，可是他却无法阻止主人和国王把它牵走。他决心在比赛中赢得这头牛。帕里斯机敏灵活，战胜了所有的对手，甚至战胜了他的同胞兄弟——英勇无敌的赫克托耳。在几个兄弟中，赫克托耳最勇敢，最威猛。普里阿摩斯的另一个儿子得伊福玻斯为自己的失败感到愤怒和羞辱，他冲向这个牧人，想把他刺死。帕里斯惊慌地逃到宙斯的神坛边，在那儿遇到普里阿摩斯的女儿卡珊德拉。她是一位预言家，她的预言本领是神传授给她的，她立刻认出眼前的牧人正是从前被遗弃的哥哥。父母亲听到女儿的话后，高兴地拥抱这个失散多年的儿子。在欣喜中，他们早已忘记了他出生时神谕的警告，收留了这个失而复得的儿子。

帕里斯高兴地回到了妻子和牧群那里，回到了爱达山上，在那里他享受到王子的礼遇，他拥有了一座富丽堂皇的住房。不久，国王委托他去完成一件事。于是他踏上旅途，但他还不知道此番出行将会得到爱情女神许给他的礼物。

海伦被劫

有一天，国王普里阿摩斯在宫里和大臣们议论起往事，说起自己远方的姐姐时，国王忍不住热泪盈眶。原来在普里阿摩斯年幼的时候，赫拉克勒斯攻占了特洛伊城，杀死了他的父亲拉俄墨冬，抢去了他的姐姐赫西俄涅，然后把赫西俄涅赠予他的朋友忒拉蒙为妻。虽然忒拉蒙使她升格成了统治萨拉密斯的王后，可是国王普里阿摩斯家族始终对这场抢劫耿耿于怀。听到这个令人愤愤不平的故事时，帕里斯忽然站起来说，如果给他一支舰队前往希腊，借助神的帮助，他一定能用武力把父亲的姐姐从敌人的手中夺回。帕里斯没有忘记爱情女神阿佛洛狄忒给他的许诺，因此他对此事表现得信心十足。为了获得众人的信任，他向父亲和兄弟们叙述了那天在放牧时遇见女神的所见所闻。这样，普里阿摩斯毫不怀疑他的儿子帕里斯受到了上天的特别庇护，相信当帕里斯带着舰队到希腊时，他一定能够把赫西俄涅顺利带回。

但是此时，赫勒诺斯站起来，说了一通预言：如果帕里斯从希腊带回一个女人的话，那么希腊人就会前来特洛伊，把这座城市踏平，国王和他所有的儿子都将被杀死。赫勒诺斯是普里阿摩斯的另一个儿子，他是个预言家，精通占卜之术。他的预言引起了他的弟弟，普里阿摩斯的小儿子特洛伊罗斯的嘲笑：他认为这位哥哥胆小怕事，劝大家不要因为胆怯而停止了伟大的举动。正当其他人还犹豫不决的时候，普里阿摩斯表示支持帕里斯远赴希腊，因为他是如此地思念姐姐。

于是，国王召集市民，发表演说，他告知民众，他的儿子帕里斯将率领一支强大的舰队，用武力来解决数年前受到的侮辱。他的这番言论获得了人们的支持，人群中开始骚动，大家都狂热起来，他们一致要求战争，要求希腊把赫西俄涅无条件归还。普里阿摩斯却显得特别冷静，他知道不能够草率地做出战争的决定，他试图倾听大家的意见。于是，他要求众人说出内心的忧虑，要求大家充分考虑到战争可能带来的种种不良后果。这时特洛伊一位年长的老人潘托俄斯站了出来，他大声地说道："我的父亲曾接受过神谕的暗示，在我幼年的时候我的父亲就把这个神谕告诉了我，如果将来拉俄墨冬家族中有一位王子从希腊带回一个妻子到家时，那么特洛伊将面临毁灭的威胁。因此，我们不要被战斗的荣誉所迷惑。朋友们，我们应当珍惜和平和安宁的生活，不要做战争的冒险者，不然，到了最后，也许自由也将丧失。"但是狂热的人们并不听从老人的建议，他们要求国王普里阿摩斯不要听信一位老人的胆怯言辞，而应该大胆地把心中决定的事付诸实施。

于是普里阿摩斯下令准备战船，同时派儿子赫克托耳到夫利基阿去，派帕里斯和得伊福玻斯到邻国珀契尼亚去，争取众多王国的支持和结盟。特洛伊的青壮年男子纷纷入伍，随时准备为国家的荣誉战斗。帕里斯被任命为军队的统帅，他的兄弟得伊福玻斯、潘托斯的儿子波吕达玛斯以及埃涅阿斯被拜为参将。这支强大的舰队出发了，朝着希腊的方向航行，帕里斯想在希腊岛屿库忒拉登陆。在路上，他们遇到了前往波罗斯访问的斯巴达国王墨涅拉奥斯的船队，他们对这位国王装饰豪华的大船非常惊奇，他们基本上能够断定大船上乘坐的一定是希腊显赫的王侯。而对方也对特洛伊人壮观有序的舰队表示出不住地赞赏。双方互不认识，两支船队在海面上擦肩而过。

特洛伊的战船顺利抵达锡西拉岛。帕里斯准备从这里向斯巴达进发，并将与宙斯的双生儿子卡斯托耳和波吕丢刻斯进行交涉，要求他们归还赫西俄涅。如果希腊人拒绝归还，帕里斯将执行父亲的命令，把舰队开往萨拉密斯湾，用武力夺回王后。

在动身前往斯巴达之前，帕里斯打算在爱神阿佛洛狄忒、月亮以及狩猎女神阿尔忒弥斯的神庙里献上祭品。而这时，这支浩浩荡荡的船队抵达锡西拉岛的消息已经在第一时间被岛上的居民传到了斯巴达。因为墨涅拉奥斯已经外出访问，政事由斯巴达王后海伦主持。海伦是宙斯和勒达的女儿，卡斯托耳和波吕丢刻斯的妹妹，她是那个时候世界上最美丽的女子。她还是个少女的时候，就被忒修斯抢走，后来又被她的哥哥夺了回来，在继父斯巴达国王廷达瑞俄斯的宫中长大后，由于她举世无双的美貌而吸引了大批求婚者。国王害怕如果挑中其中一个作为女婿，其他的求婚者会不高兴而与之为敌，于是希腊英雄中最聪明的一个，伊塔刻国王奥德修斯出了个主意，他让所有的求婚者都发誓，与将来被选中的女婿建立同盟，共同反对因没被选中而怀恨在心、不怀好意的人。廷达瑞俄斯接受了他的建议。于是所有的求婚者都当众发誓。后来，国王选中了阿特柔斯的儿子阿伽门农的兄弟墨涅拉奥斯作他的女婿，并把他的王位交给了他。海伦和墨涅拉奥斯生了一个女儿名叫赫耳弥俄涅。当帕里斯向希腊靠近时，赫耳弥俄涅还只是一个躺在摇篮里的婴儿。

丈夫外出访问的日子里，海伦一个人孤单地住在宫殿里，百无聊赖地打发着时间。当她听说有一位异国王子正率领着舰队来到锡西拉岛的时候，受好奇心驱使，她想去看看这位王子和他的武装随从。于是她动身前往锡西拉岛，准备在阿尔忒弥斯神庙里举行隆重的献祭。当她走进神庙时，帕里斯刚好完成他的献祭。他抬起头迎面看到走进来的美丽端庄的王后，心儿忍不住怦怦直跳，他以为又见到了曾经被自己认定为最美丽的女神阿佛洛狄忒。虽然早就听说过海伦美貌无双的传闻，但他没想到眼前的美女海伦比他想象中的还要美丽，并且他原以为爱情女神许诺给他的美女应当是一个处女，而不是别人的妻子。现在，看着眼前完全能与爱情女神媲美的海伦，他顿时忘记一切，他觉得此次远征的目的似乎全是为了遇见海伦而来，父亲的委托顷刻间早已被他抛到九霄云外。而海伦此时也在打量着这位从亚细亚来的英俊王子，他有着一头飘逸的卷发，身穿一件闪亮的东方色调的华丽长袍，身材挺拔有力。刹那间，她的意识里，丈夫的模样渐渐淡去，取而代之的是这位年轻俊美的异国王子的形象。

海伦回到斯巴达的宫中，对帕里斯的相貌久久不能忘怀，她努力强迫自己思念外出访问的丈夫墨涅拉奥斯，以此来忘记那个外乡人英俊的容貌。但是很快，帕里斯带着几个随从出现在王宫，国王出门在外，王后海伦按照礼仪殷勤地接待了这位造访的王子。帕里斯王子谈吐优雅，琴艺高超，眼神又频频流露出对王后的爱慕之情，这些都打动着海伦那颗不设防的芳心。帕里斯见到海伦更是心旌摇荡，他忘记了父亲的委托和自己的使命，心中想的念的全是这个爱情女神许诺的最有诱惑力的礼物。于是他召集自己带来的全副武装的士兵，说服他们帮助他达到目的。然后他带领着这些士兵冲进王宫，把希腊国王的财富掠夺一空，并劫走了半是反抗半是依从的海伦。

当他带着他梦寐以求的战利品驶过爱琴海时，风突然停了下来，船只前面，波浪自动分开。年老的海神涅柔斯从水中伸出他的头，他头戴芦苇花冠，胡须和头发上滴着水，而船只好似钉在水面一样，老人向舰船喊出一个可怕的预言："不祥之鸟将伴随你们的行程！希腊人很快将带着大军赶来，他们将誓死拆散你们，摧毁普里阿摩斯的古老王国！看呀，雅典娜已经戴上了她的头盔！多少特洛伊人将因为你们而付出无辜的生命！这一场血战要经历多年，只有一位英雄的愤怒才能阻挡你们的城市的毁灭！

抢劫海伦

迷人的海伦露出娇羞的神态，特洛伊的王子帕里斯挽着海伦的手，一副志满意得的表情，殊不知这将给特洛伊带来毁灭的灾难。

一旦那天来临时，特洛伊人将被希腊人彻底蹂躏。"

海神说完了他的预言，潜入海中。听了这些预言，帕里斯心里非常恐惧。不一会儿，海面上恢复了宁静，海风习习，海伦拥在他的怀里，这些诅咒也就随风而去。后来战船来到克拉纳岛，在岛上登陆，墨涅拉奥斯轻薄的妻子海伦与帕里斯举行了隆重的婚礼。他们深深地沉浸在新婚的快乐中，他们依靠带来的财宝，在岛上过着豪华奢侈的生活，故乡和祖国早已被两人抛到脑后。多年之后，他们才航行回到特洛伊。

希腊人

帕里斯这次前往斯巴达，抢劫财富，夺走王后的行为已严重地违背了宾主之道，造成了严重的后果，他激怒了古希腊最有权势的家族。斯巴达国王墨涅拉奥斯和他的哥哥迈锡尼的国王阿伽门农——希腊英雄中最强大的王室家族。他俩都是宙斯的儿子坦塔罗斯的后裔，是珀罗普斯的孙子、阿特柔斯的儿子。他们不仅统治着亚各斯、斯巴达，还主宰着伯罗奔尼撒的其他王国，其余的希腊君主都是他们的盟友。

当墨涅拉奥斯听到妻子被劫走的消息后，这位义愤填膺的国王立刻赶到迈锡尼，把事情告诉了哥哥阿伽门农。阿伽门农和海伦的异父姐妹克吕泰涅斯特拉是这儿的统治者，他们分担了他的痛苦与屈辱，并安慰他，许诺让那些曾向海伦求婚的王子履行他们的誓言。两兄弟走遍希腊各地，力邀所有的王子共同讨伐特洛伊。特勒泊勒摩斯率先答应了他们的要求，他是赫拉克勒斯的一个儿子，现在是罗德岛上有名的国王，他提供了九十只战船出征。其次是神堤丢斯的儿子狄奥墨得斯，亚各斯国王，他提供了八十条海船参战。海伦的两位兄长卡斯托耳和波吕丢刻斯听到妹妹被劫的消息后便立刻扬帆出海。在靠近特洛伊海岸的列斯堡岛，他们遇到风暴，失去消息。传说，他们被父亲宙斯召回天上，变作两颗星星，从此成为海上水手的保护神。

现在，全希腊的男子几乎都响应阿伽门农兄弟的号召，最后还有两个国王犹豫不决，一个是狡黠的奥德修斯，另一个是阿喀琉斯。

伊塔刻国王奥德修斯是珀涅罗珀的丈夫，他不愿因为斯巴达王后的不忠而离开自己年轻的妻子和他襁褓中的儿子忒勒马科斯。因此，当他看到帕拉墨得斯与斯巴达国王前来访问时，他就装疯卖傻起来，他驾着一头驴而不是一头牛到田里耕地，他还特意把盐当作种子撒在田里。这些都骗不过能够识破一切诡计的帕拉墨得斯。他偷偷地走进奥德修斯的宫殿，把奥德修斯的儿子忒勒马科斯抱走，放在奥德修斯正要犁的田埂里。只见这位父亲小心翼翼地把犁头提起来，从他儿子身边绕过，两位英雄见了，立刻大叫起来，这证明了奥德修斯神智完全清醒。奥德修斯的计谋被识破了，他只得同意参加这次征战，并且献出伊塔刻及其邻近岛屿的八条战船，但从此他的心里埋下了对帕拉墨得斯不满的情绪。

另一个还没有答应参战的是阿喀琉斯。他是阿耳戈英雄珀琉斯和海洋女神忒提斯的儿子。当他刚刚降临在这个世上的时候，母亲忒提斯希望他能成为神人，于是把小阿喀琉斯带到冥河边上。在那里，她提起小阿喀琉斯，把他的全身都浸泡在河水之中。经过冥河之水的浸泡，小阿喀琉斯全身上下刀枪不入。不过，女神也有一个疏忽，那就是小阿喀琉斯的脚踵。那里是她浸泡时用手握持的地方，水流没有浸湿，所以只有这个地方，才是阿喀流斯的致命处。此外，忒提斯还在夜里背着丈夫把儿子放在天火中燃烧，以便把他父亲遗传给他的非神的身份烧掉。白天她则用神药治愈烧灼的部位，她每天都这样做。直到有一天，珀琉斯意外发现他的儿子在烈火中发抖，不禁吓得大叫起来，这一来忒提斯就无法顺利完成她的秘密使命。她沮丧地离开了她那没有成为神祇的儿子，离开了丈夫的王宫，躲回自己的海洋王国，和仙女涅瑞伊得斯住在一起。以为儿子受到重伤的珀琉斯慌忙把儿子送到著名的医生喀戎那里医治。半人半马的喀戎是个聪明的肯陶洛斯人，他曾收留和教育过许多英雄，他慈爱地接受了这个孩子，并努力地把阿喀琉斯培育成一个英雄。喀戎喂他狮子和野猪的内脏，同时把医术和其他技艺也一一传授给他。长者福克斯教他辩论术和武功。阿喀琉斯六岁就杀死了一头野猪和狮子，奔跑起来，可以追赶上麋鹿。他的好友帕特洛克罗斯陪他一起，共受教育。当他的老师，让他在庸碌长寿和建功立业但短命两者之间抉择时，他毫不犹豫地选择了后者。

当阿喀琉斯九岁的时候，希腊预言家卡尔卡斯预言，远在亚细亚的特洛伊城，希腊人要用武力把他们毁灭，但如果没有珀琉斯的儿子参战，希腊人将无法占领这个城市。这个预言传到了孩子母亲的耳朵里，忒提斯知道这场征战将会夺去她儿子的生命。于是她从自己潮湿的海洋里出来，潜入丈夫的宫殿，把儿子送到斯库洛斯岛，并给他穿上女孩的服装，交给了国王吕科墨得斯。于是阿喀琉斯便以女孩的身份和吕科墨得斯的女儿们一起生活。当这个青年的下颌长出髭须的时候，阿喀琉斯向国王的女儿得伊达弥亚说出了自己男扮女装的秘密。两人之间渐渐产生了爱情。岛上的居民把还他当成是国王的一个女眷，实际上他已成为得伊达弥亚的丈夫了。

这个神之子是特洛伊征战取胜的关键人物，预言家卡尔卡斯发现了阿喀琉斯居住的地方，于是奥德修斯和狄奥墨得斯亲自去请他参战。两位英雄到达斯库洛斯岛后，被引见给国王和他的一群女儿。可是，这位未来的英雄此时正以女子的装扮混迹于姑娘之中，尽管两位英雄眼力敏锐，仍是无法一眼认出。聪明的奥德修斯想出了一个计策，他把一个长矛和一个盾牌放在姑娘们聚集的屋子里，然后命令人们吹起战斗的号角，仿佛敌人已经逼近。姑娘们大惊失色，逃出了屋子，只有阿喀琉斯一人伫立不动，他毫不迟疑地拿起矛和盾，做出准备迎战的样子。这一下结果不言自明。阿喀琉斯同意率领密耳弥冬和帖撒利人出征，并带着他的教师福克斯和朋友帕特洛克罗斯同行。他们率领五十只战船驶入希腊海，前往俾俄喜阿国的港口城市奥里斯，那里是阿伽门农为所有的希腊王子和战船选定的集合地点。阿伽门农被推选为联军统帅，奥里斯港聚集的英雄还有：忒拉蒙和厄里玻亚的儿子大埃阿斯；他的异母兄弟，著名的弓箭手透克洛斯；从洛克里斯来的俄琉斯的儿子小埃阿斯；雅典的梅纳斯透斯；战神的儿子阿斯卡拉福斯和伊阿尔梅诺斯；从俾俄喜阿来的几位英雄；从佛西斯和攸俾阿来的几位英雄；亚各斯和伯罗奔尼撒人中有斯忒涅罗斯、卡帕纽斯和欧阿德涅以及墨喀斯透斯的儿子欧律阿罗斯；从皮洛斯来的三朝元老，年老的涅斯托耳；从亚加狄亚来的安刻俄斯的儿子阿伽帕诺耳；从厄利斯和其他城市来的安菲玛库斯、塔耳庇俄斯、迪俄瑞斯和波吕克珊诺斯；尼利斯国王奥革阿斯的孙子梅革斯；和埃托利亚人一起来的托阿斯；从克里特来的伊多墨纽斯和迈里俄纳斯；从罗德岛来的赫拉克勒斯的后裔特勒帕勒摩斯；从西马岛来的希腊将士中最英俊的男子尼瑞乌斯；从卡吕冬来的赫拉克勒斯的后裔菲迪普斯和安底福斯；从菲拉克来的伊菲克洛斯的儿子帕达尔克斯和帕洛特西拉俄斯；从弗赖来的阿德墨托斯和贞洁的妻子阿尔刻提斯的儿子奥宇梅洛斯；从特里卡来的两兄弟帕达里律奥斯和马哈翁，兄弟两人医术高明；从奥尔门尼翁来的欧律皮罗斯；从阿格律萨来的波吕帕特斯，他是庇里托俄斯的儿子，忒修斯的好友；从克福斯来的古诺宇斯以及从马克纳西亚来的帕洛托乌斯。

他们就是除了阿特柔斯的儿子奥德修斯和阿喀琉斯以外的希腊王子和国王。他们每人率领一支战船在奥里斯港集合，随时准备为这场荣誉之战而贡献力量。那时希腊人之所以被称为称为希腊人，是因为丢卡利翁和皮拉的儿子名叫希腊的缘故。

希腊和平使团造访普里阿摩斯

希腊人在紧张备战的同时，又在阿伽门农主持下召开的会议上做出决定，不放弃采用和平的方式解决问题。于是，他们派出和平使团前往特洛伊，谴责特洛伊王子违反民法，劫掠希腊财富，劫持斯巴达王后的行为，使团将要求归还墨涅拉奥斯国王的妻子以及一切被掠夺的财物。会议推选帕拉墨得斯、奥德修斯和墨涅拉奥斯为使团代表。奥德修斯尽管在心底里怨恨帕拉墨得斯，可是为了他们共同的利益，还是服从这位国王的见解。帕拉墨得斯毕竟经验丰富，阅历广泛，在希腊军队中深得民心。因此，奥德修斯还是同意由他担任发言人，一同前往普里阿摩斯国王的宫殿。

特洛伊人和他们的国王看到从华丽的战船上走下来的仪表堂堂的使节们，都感到惊慌失措，他们还不明白发生了什么事，因为帕里斯和他抢来的妻子仍住在克拉纳岛，特洛伊人以为帕里斯率领的军队在希腊遭到了进攻，全军覆没了。他本来应该接回姑母赫西俄涅，现在却完全没有音讯。姑母没有接回来，希腊人却全副武装地过来了。因此，希腊使团到来的消息使宫殿中的人都感到紧张不安，但他们依然开了城门，三个威风凛凛的使节被引进宫殿，面见普里阿摩斯国王。国王已经召集他的儿子和城里的有识之士共商大计。

帕拉墨得斯的发言义愤填膺，充满感情，他以全体希腊人的名义谴责普里阿摩斯的儿子帕里斯，认为他劫走王后海伦，是伤天害理，违犯民法和宾主礼节的行为。他希望和平解决这次事端，希望对方立刻归还被抢走的王后。接着，他告诫普里阿摩斯，如果和平的方式不能解决问题的话，他将采用最严酷的手段——战争来摆平一切，而战争将给普里阿摩斯的王国造成无可挽回、不可估量的损失。他高傲地列举出希腊所有强国的王子的名字，说他们将率领一千多条战船远征特洛伊。"啊，国王，"他说，"希腊人宁愿死，也不能够让同胞忍受任何侮辱和欺凌。他们现在都怒火中烧，随时准备拿起手中的武器洗雪他们国家所遭受到的耻辱。全希腊最有名的王子，我们国家的最高统帅，强大的迈锡尼国王阿伽门农，以及所有的希腊英雄和王子都委托我们转告你交出你们劫走的希腊女人，否则你们将自取灭亡！"

听了这一番极具挑衅色彩的外交话语，普里阿摩斯的儿子们早已怒气冲冲，他们拔出宝剑，用剑敲击着盾牌，响声阵阵，大家都异常激动，连长老们都显得斗志昂扬。普里阿摩斯从座位上站起来，用手示意大家安静下来，对这个言辞凿凿的发言人说道："陌生人，你的这一番咄咄逼人的言辞使我感到异常惊讶，到目前为止，我们对你们指控的罪行毫不知情。相反，我们应该谴责你们刚刚列举的这种罪行。你们的同乡赫拉克勒斯在我们双方和平相处的时候袭击了我们的城市，把我无辜的姐姐赫西俄涅像俘虏一样带走，又把她赠送给忒拉蒙为女奴，感谢忒拉蒙的好意，他使我的姐姐成为他合法的妻子，还把她封王后，可这些都挽回不了它作为抢劫的罪行。过去我们派了使节，现在又派我的儿子帕里斯到你们的国家，要求归还我的姐姐。至于我的儿子帕里斯如何执行我的任务，他在你们国家做了些什么，现在他身在何处，我现在毫不知晓。在我的宫殿和城市里没有一个希腊女子，对于这一点，我作为一个国王，非常清楚。对你们无理的要求，我无法答应。如果我的儿子能平安回到特洛伊，真的带回如你们所说的被他劫持的希腊女子，我可以把她交还给你们，如果她不需要我们的庇护的话。可是，不管怎样，条件是按照礼节，你们先要把我的姐姐赫西俄涅送回来！"

国王温和而有尊严的讲话得到了与会的所有特洛伊人的一致赞同，但是帕拉墨得斯却顽固地坚持说："实现我们的要求是没有任何先决条件的。我们父辈赫拉克勒斯干的事情，我们没有必要对它负责，赫西俄涅是自愿跟忒拉蒙结合的，她这次还派儿子大埃阿斯来参战。我愿意相信你的话，墨涅拉奥斯的妻子还没有来到你的城市。可是，我敢肯定，她会回来的。你那个沽名钓誉的儿子抢走了她，这是事实。他的做法严重侮辱了我们，我们要你满足我们的要求！要知道，海伦被劫并非自愿。你们感谢神吧，它让你的儿子还逗留在外面，这样你们还有时间做迎战准备，但奉劝你们早做明智的决定，好避免你们的彻底毁灭！"

普里阿摩斯和特洛伊人对帕拉墨得斯的狂妄自大表示出强烈的愤怒，但他们依然保持着国家与国家之间应有的礼仪。会议结束后，特洛伊城的一位长者，贤明的安忒诺尔保护使者们离开，以防止他们被愤怒的市民袭击。他还把使者带回家，按照客人的礼节款待他们。次日清晨，老人送他们来到海滩，看着他们登上华丽的战船，扬帆前行。

阿伽门农和伊菲革涅亚

奥里斯港口聚集着上千条船只，整装待发。战前的阿伽门农百无聊赖，以狩猎来打发时光。一天，一头献给女神阿尔忒弥斯的梅花鹿进入他的射程，国王围猎兴致勃勃，一箭打下了这只雄壮的动物，他还不无得意地说，即使是狩猎女神阿尔忒弥斯本人的水平也不一定比他高。女神听到他如此无礼的话十分生气，决心给希腊人一些教训。她让奥里斯港口风平浪静，缺少了风的推助，船只无法从海湾开出去，可是战争却即将开始。

希腊人束手无策，只好去找大预言家忒斯托耳的儿子卡尔卡斯，向他请教如何摆脱困境的办法。随军的祭司和占卜人卡尔卡斯想了想，说："现在的唯一办法只有让希腊人最高统帅，即阿伽门农把他和克吕泰涅斯特拉所生的女儿伊菲革涅亚献祭给阿尔忒弥斯女神，这样女神才肯宽恕我们。到那时，海面上将会刮起顺风，也就没有什么会阻碍你们攻占特洛伊城了。"

预言家的话让阿伽门农陷入绝望，他的良心怎么也无法允许他亲手杀害自己的女儿。于是他派来自斯巴达的传令官塔耳堤皮奥斯向全体参战的希腊人宣布，阿伽门农放弃希腊军队最高统帅的职务。希腊人听到这个决定，群情激愤，一时间军心大乱。墨涅拉奥斯急忙奔到他的住处，警告他这个决定可能产生严重的后果。经过劝说，阿伽门农只得同意把女儿献祭给女神。这件事情如此可怕，以至于他根本无法把实情告诉妻子。他写了一封信给迈锡尼的妻子克吕泰涅斯特拉，他在信里撒了谎，说他想让女儿跟珀琉斯的小儿子、光荣的英雄阿喀琉斯订婚，而阿喀琉斯与得伊达弥亚的秘密婚事此时还没有人知道。因此让妻子把女儿伊菲革涅亚送到奥里斯来。可是，送信的使者刚出发，父女感情又在阿伽门农的心里占了上风。他痛苦万分，后悔不迭，觉得自己做的决定太轻率。于是他在当天夜晚叫来可靠的老仆人，要老仆人另送一封信给他的妻子，信上叮嘱她一定不要把女儿送到奥里斯来，因为他另有打算，把女儿订婚的事推迟到明年春天。

忠诚的仆人拿着信不敢耽搁，立刻动身，但他没能顺利到达目的地，因为早有察觉的墨涅拉奥斯对哥哥的犹豫不决不太放心，并暗中密切地注视着他的一切行动。清晨，当老仆人刚起程，还没离开大营多远，手中的信就被墨涅拉奥斯搜去。读完信，他便风风火火地跨进哥哥的营帐。

"真见鬼，你又动摇了！"墨涅拉奥斯不由地大声呵斥起哥哥来，"你可曾记得，当时你是多么渴望能够争取到这个远征军的统帅？当时的你显得多么谦恭，多么亲切地跟每个人握手。当时你的大门向每一个愿意进来的人敞开着，这些友好的表示只是为了得到指挥权，现在，指挥权就在你的手上，你却不再像从前那样，把大家当作你的朋友了。你在军中很少露面，大家要见到你的人影多么困难！因为你的原因，奥里斯港的军队遭到神的阻挠，当我们的人开始抱怨，并且说：'我们不愿老守在奥里斯港，我们要扬帆远航！'你看看，你在做什么？你在举棋不定，你希望能有顺风，我们好尽快起程，你来找我，要我想办法，找出路，我们找到了预言家卡尔卡斯，要你向阿尔忒弥斯献祭你的女儿时，你勉强答应了。可是现在，你却无法兑现你的诺言。像你这样畏缩胆怯不敢前行的人，是不配统率一支军队的，更不配掌管一个国家！"

阿伽门农也不相让："你何以如此激动？是谁惹了你呢？你为什么这样恼怒？是因为你那美丽的妻子海伦吗？你怎么连自己的妻子都看管不住？我不能亲手杀死我的亲生骨肉，我意识到了自己的错误并理智地纠正因为轻率而做的决定，难道这是愚蠢的？我认为世上没有人比你更愚蠢了，因为我们所做的一切，只为替你追回一个不忠实的妻子！你应该感到高兴，你终于幸运地摆脱了这样一个水性杨花的女人！"

兄弟两人争执起来，互不相让。突然一名仆人进来向阿伽门农报告，说他的女儿伊菲革涅亚已经来到，她的母亲和弟弟俄瑞斯忒斯也陪同前来。阿伽门农突然觉得天旋地转，万分绝望。墨涅拉奥斯连忙上前，握住他的手表示理解和安慰。阿伽门农痛苦地说："你获得了胜利，你把她带走吧！"

墨涅拉奥斯却改变了主意。他的良心上也无法答应，为了海伦而杀死伊菲革涅亚。"如果神谕让我决定你女儿的命运，"他大声对哥哥说道，"那么我愿意放弃她，并把我的那位拿来取代伊菲革涅亚。"

阿伽门农感动地上前拥抱他的兄弟。"我感谢你，"他说，"亲爱的兄弟，咱们兄弟俩这一推心置腹的谈话使我们重归于好。这是我的命运，女儿的惨死是无法避免的，全希腊要求这样做。卡尔卡斯和狡诈的奥德修斯已达成默契，他们要牺牲伊菲革涅亚。他们在争夺人民，甚至要谋害你和我，即便我们逃到迈锡尼，他们还是会追来，把我们从城中抓走，最后还会踏平古老的希腊城。现在让我请求你，千万别让克吕泰涅斯特拉知道这件事，保证神谕能够顺利实现。"

正在这时，伊菲革涅亚进来热烈地拥抱了许久未见的父亲，墨涅拉奥斯心情忧郁地走开了。阿伽门农心事重重，和妻子略微寒暄了几句，场面既冷淡又尴尬。心细的伊菲革涅亚看到父亲脸上愁云满面，便关切地问道："父亲，为什么你的眼光如此不安？难道你对我的到来感到不高兴？"

"不，我亲爱的孩子，"国王心情沉重无比，"一个国王责任重大，有许多事情需要烦恼。"

"可你为什么眼睛里含着泪水，父亲？"伊菲革涅亚不解。

"因为我们将要长久分别！"父亲答道。

"呵，如果我能够跟你一起去，"女儿高兴地叫喊起来，"那是多么幸福的事！"

"是的，你也要作一次远行，"阿伽门农神情严峻地说，"首先我们必须做一次隆重的献祭……亲爱的女儿，这次献祭，你是必不可少的！"他说话时，眼泪几乎要掉了下来，当然所有的一切她还蒙在鼓里。最后他让女儿住到为她准备好的帐篷里去。他的女儿和一批随从先行离开了。阿伽门农使出浑身解数来应付妻子克吕泰涅斯特拉，向她介绍新郎的身世和命运，终于把妻子打发走，然后他赶忙去找卡尔卡斯，和他商量献祭的具体细节。

伊菲革涅亚

伊菲革涅亚是阿伽门农最喜爱的女儿。他曾许诺将这个如花似玉的女儿嫁给一个高贵的男人。但是为了整个希腊联军的利益，阿伽门农不得不忍痛将其送上祭坛。这个女孩子强忍着巨大的悲痛，愿意为希腊、为父亲的错误而牺牲自己。

然而，事情正在发生变化。一件偶然的事使得克吕泰涅斯特拉和年轻的王子阿喀琉斯碰了面。阿喀琉斯的士兵早已不耐烦连日干等，所以他代表士兵前来找阿伽门农商量未来的作战计划。克吕泰涅斯特拉见到未来的女婿十分关切，甚至谈到了他和女儿的订婚事宜。阿喀琉斯听到这个毫无准备的消息后，惊讶得连连退后，他赶忙问道："你说的是谁的婚姻大事啊，王后？我从未追求过你的女儿，而且，统帅阿伽门农从来没有和我提起过这方面的事情！"

克吕泰涅斯特拉这才恍然大悟，自己上当受骗了。她站在阿喀琉斯的面前，满脸羞愧，心神不宁。阿喀琉斯展示了他善良的一面，他安慰王后："请不要难过，一定是有人拿我跟您开玩笑。别把它放在心上。如果刚才我率直的话伤害了您，请多多包容，见谅！"说完，他正准备着离开，这时，阿伽门农的那个忠实的老仆人过来禀告克吕泰涅斯特拉，把那天早晨被墨涅拉奥斯抢去信函的事情告诉了王后，他悄悄地说："阿伽门农想要亲手杀死你们的女儿！"现在母亲终于知道了事实的真相。她痛不欲生，转过身扑在阿喀琉斯脚下，大声地哭诉起来："哦，女神的儿子，求求你，救救我，救救我可怜的孩子！我以为你将成为她的未婚夫，所以我替你帮女儿戴上花冠，还一直送她到军前营帐。我虽然已被蒙蔽，可是仍愿意把你当作她的新郎！当着一切神，当着你的女神母亲的面，我请求你，帮助我救下我的女儿。向我们伸出双手吧，只有你能够援救我们！"

阿喀琉斯满怀敬意地扶起了跪在面前的王后，对他说："请放心，王后！我是在一个虔诚而乐于助人的家庭里长大的人，我向喀戎学会了朴实而又灵活的思考方式。我愿意服从阿特柔斯儿子们的指挥，如果他将我引导到光荣之路的话，但我不愿听从罪恶的命令。因此，我愿意保护你和你的女儿。我会尽我的力量，把你的女儿从这个阴险的诡计中救出。既然是因为关于我的谣传，才把她骗来这儿，而这将把她引向不归之路，那我感到自己负有责任，如果我不能救出你的孩子，那就让我自己去死！"

阿喀琉斯对伊菲革涅亚的母亲作了庄严的许诺后离开了。克吕泰涅斯特拉怀着满腔的怨恨来到了她丈夫阿伽门农的面前。丈夫一语双关地对着妻子她说："把我们的女儿叫出来吧，面粉、水和婚宴前的祭品都全部准备妥当。"阿伽门农还不知道妻子已经知晓所有的秘密。

克吕泰涅斯特拉眼睛里充满仇视怨恨的光，她大声地喊叫："出来吧，女儿，把你的弟弟俄瑞斯忒斯一起带出来！"女儿伊菲革涅亚从内室出来时，她又冷冷地接着对丈夫说："看吧，她就站在这里，准备为你贡献一切。现在，我要你回答我，诚实大胆地告诉我，你真的要杀害我们的女儿吗？"国王听到这些时，沉默许久，最后他终于绝望地叫起来："啊，命运之神啊！我的秘密全泄露了，一切都完了！"

克吕泰涅斯特拉非常愤慨地对阿伽门农喊道："我们的婚姻一开始就以罪恶开始。那时候，你用武力把我夺走，你杀死我的前夫，又把我的孩子从怀中抢走，残酷地把他杀害了。我的哥哥卡斯托耳和波吕丢刻斯带兵追击你，你向我年迈的父亲廷达瑞俄斯请求保护，他不知怎的可怜你，救你保护了你，还让你成了我的丈夫。婚后，我一直努力做一个忠诚贤惠的妻子，使你在家感到幸福，在外感到骄傲。我为你生下了三个女儿和一个儿子。现在你却要亲手杀死我们的大女儿，是吗？为什么？就为了让墨涅拉奥斯能重新夺回他那不忠实的妻子！这时候的祈祷是为什么？杀害自己的女儿这样伤天害理的事，你都能够做出来！你还指望从祈祷中得到什么吗？祈求不幸地返回故乡，就像你出发时一样，是吗？你要我为你祈福吗？哦，众神作证，我绝不会为一个谋杀者祈福！我不明白，为什么非要拿你自己的亲生女儿去充当牺牲品？为什么你不去对希腊人说：'为了能够如愿征服特洛伊，抓阄决定谁家的女儿该死。'墨涅拉奥斯是怎么想的？难道为了保全他的女儿赫耳弥俄涅，就要我们牺牲自己的女儿？我不知道，我究竟哪里做错了，你要这样凶狠地对待我！"

伊菲革涅亚听到这些话早已泣不成声，她跪倒在父亲的脚下，用哽咽的声音说道："父亲，假如我有俄耳甫斯的竖琴的魔音，假如我的声音可以感动顽石，那么我就能说出雄辩的话使你产生怜悯。但是我现在什么都没有，唯一拥有的只有难过的泪水。父亲，看到光明是多么幸福的事！别让我这么年纪轻轻就投入黑夜的怀抱！我还记得您讲过的话，你说，当你从战场上返回时，看到我长成一个亭亭玉立的女子，你将为我挑选一位高贵的丈夫。难道您将这一切全都忘记了吗？我无法想象您真的要让我这样死去！您再想想母亲吧，她十月怀胎生下了我，现在却在这里眼睁睁地看着自己的女儿去赴死，她内心要承受怎样巨大的痛苦？海伦与帕里斯的事与我有什么相干？帕里斯带走海伦，为什么我就该死？啊，父亲，当着母亲的面，请您看着我的眼睛，可怜可怜我吧！"

但阿伽门农主意已定，他站在那里，冷酷得像一块石头，他只是冷静地说："在我可以同情的时候，我会同情。因为我爱自己的孩子。哦，我的爱妻，你以为我是铁石心肠吗？做这样可怕的事情我的心情是多么沉重，可我必须这样。你们看到了，我统率的是怎样一支舰队，有多少王子身披盔甲环绕在我的周围。孩子，如果不遵照神谕的指示牺牲你，我们就无法占领特洛伊。要知道，全希腊的英雄们为了希腊的妇女今后再也不会遭到特洛伊人的劫持，他们才舍得离开家园，英勇为国效力。这场战争中，我并不是听命于墨涅拉奥斯，而是服从整个希腊。我的权力也是有限的，如果我不遵照神谕的指示，他们会杀掉你们，然后杀掉我。"

国王不再听她们的哭诉，说完便离开了。没过多长时间，珀琉斯的儿子阿喀琉斯大踏步地跨进来，身后跟着一群随从。"全军骚乱起来，现在乱哄哄的，他们要求牺牲你的女儿，"他大声地对王后说，"我过去阻止他们，差点被他们用石头砸死。"

"那么，我家乡的士兵呢？"克吕泰涅斯特拉抬起头问道。

"是他们带头起哄的，"阿喀琉斯继续说，"他们骂我是个害相思病的饶舌者。我带着这些伙伴来保护你们，他们是我忠实的朋友，我不会让奥德修斯他们伤害你们的，我会如我承诺的那样，用生命保护你们。我倒要看看，他们是否真的敢对一个与特洛伊的命运密切相关的女神的儿子下手。"说完这些话，克吕泰涅斯特拉松了一口气，仿佛抓住一根救命稻草。

但现在伊菲革涅亚挣脱出母亲的怀里。她抬起头，勇敢地站在王后和阿喀琉斯的面前："听我说吧！"她沉着而坚定地表示，"亲爱的母亲，别再因为我而与父亲作对了，他的确不能因为私人感情而违抗这必然要发生的事情。这位陌生朋友的高尚勇敢使我的内心充满感激，可他将为此付出代价，他将永久地遭受众人的侮辱。现在我已经做好决定，我将驱逐内心的胆怯，领受神赐予的死亡。你们瞧，全希腊人的眼睛都在看着我，舰队的出发起航、特洛伊的攻陷全都系于我，希腊女人们的荣誉都决定于我，我的名字将赢得声誉、永留史册，我将成为希腊人的拯救者。作为一个普通的女子，女神阿尔忒弥斯要我为祖国奉献生命，我不能够拒绝。为了全希腊人的幸福和荣誉，我愿意献出自己的生命，牺牲我，征服特洛伊，这就是我的纪念碑，是我的婚礼盛典。"

伊菲革涅亚目光坚定有神，丝毫没有任何畏惧，她好似一个女神那般站在母亲和阿喀琉斯面前。这时，阿喀琉斯突然跪在她的脚下，说："阿伽门农的女儿，美丽和高尚的姑娘，如果你能成为我的新娘，那么众神就使我成了天底下最幸福的人。我由衷地感谢希腊养育了你这样的女子，对你的爱慕使我鼓起勇气告诉你，死亡是可怕的！做出决定必须慎重再慎重，请你再好好考虑吧！我愿意用我的生命帮助你，保护你，让我带你回到你的家乡，去过幸福自由的生活吧！"

伊菲革涅亚微笑着摇头，回答他说："在海伦身上，我们都看到了女人的美貌能够引起战争和残杀。我亲爱的朋友，你不要为我而死，也不要为我而去杀害别人。让我来拯救希腊吧，我是心甘情愿的！"

"高尚的灵魂啊，"阿喀琉斯大声地说，"跟随你的心吧！但我仍然要手拿武器赶到祭坛，去阻止你的死亡。但愿你在临死前能够回心转意。"说完，阿喀琉斯大步流星地朝祭坛走去。可怜的母亲此时早已承受不住，悲恸地倒在地上，她无法接受这即将到来的悲惨一幕。

位于奥里斯城外的女神阿尔忒弥斯的圣林里聚集了希腊所有的士兵，祭祀的一切早已准备妥当，站在祭坛旁边的是祭司和预言家卡尔卡斯。当人们看见伊菲革涅亚在使女的陪伴下踏进圣林朝她父亲坚定走去时，军队中响起一阵惊异和同情的呼声。阿伽门农深深地叹了口气，背过脸去，强忍住泪水，勇敢的女子走到他面前说："亲爱的父亲，我来到了这儿。我自愿服从神谕，为了全希腊的胜利，我愿意在女神的祭坛前献出我的生命。但愿你们都能幸运而又胜利地返回故乡，那样我在天国也会为你们高兴！"说完这些，她便迈着坚定的步伐朝祭坛走去。预言家卡尔卡斯抽出一把锋利而雪亮的钢刀，将它放在祭坛前的金匣子里。此时，阿喀琉斯挥着宝剑走上祭坛，但女子勇敢无畏的目光使他改变了主意。他把宝剑掷在地上，用圣水浇洒祭坛，然后双手捧起金匣，绕着神坛走动，一边虔诚地祈祷说："啊，高贵的女神阿尔忒弥斯，请接受这个自愿而又神圣的祭礼吧！阿伽门农和全希腊现在郑重地把她献祭给你，让我们的军队一帆风顺吧，让特洛伊落败于我们的长矛之下！"

阿特柔斯的两个儿子和整个军队全都低头致敬，默默无声。祭司卡尔卡斯拿起钢刀，念着祷词，准备行礼。人们清楚地听到他挥刀的声音。然而，奇迹出现了，就在这一瞬间，姑娘在全军的视线中消失了，出现在刀下的是一只高大美丽的牝鹿，它躺在地上挣扎着，鲜血溅满了祭坛。原来，阿尔忒弥斯生了怜悯之心，将她带走了。

"希腊联军的首领们，"卡尔卡斯从惊喜中恢复过来，他喊道，"你们看吧，这里的祭品是女神阿尔忒弥斯送来的，她用牝鹿代替了我们希腊勇敢无畏的少女。女神原谅了我们，她将使我们的舰船顺利航行，并将护送我们征服特洛伊。奋勇向前吧，战士们，今天我们就要离开奥里斯港！"当献祭的牝鹿在火中烧成灰烬，直到最后一点火星熄灭的时候，呼啸的风声打破了祭坛的宁静，船只在海面上随风晃动，士兵们发出欢呼声，他们都高兴地奔回了帐篷，整装待发。

阿伽门农回到住处，但妻子克吕泰涅斯特拉早已经不在了。伊菲革涅亚一被救下祭坛，好心的仆人就赶来把女儿获救的好消息告诉了王后。怀着一种解脱的心情，克吕泰涅斯特拉擦干眼泪，举起双手，痛苦地向上天号叫："我的孩子被抢走了！他是造成这一切的凶手。我再也不愿看见这个杀害无辜孩子的罪犯！我要离开这里。"于是她坐上马车，带着随从离开了。等到阿伽门农完成了祭礼回来时，他的妻子早已经离开，往迈锡尼去了。

希腊人进攻密西埃

　　希腊人的船队让一阵顺风带到了密西埃湾，这里远离了特洛伊的方向。他们在这里抛锚登陆，沿岸地区到处都有武装士兵守卫。士兵们以当地国王的名义禁止希腊人登陆，要求他们派代表觐见国王，禀告他们的具体情况。巧合的是，密西埃的国王忒勒福斯也是希腊人，他是赫拉克勒斯和奥革的儿子。经过种种奇遇后他来到了密西埃国王忒宇特拉斯的宫中，与国王的女儿阿尔基俄珀成亲，并在国王去世后，继承了王位，成为密西埃的统治者。

　　希腊的士兵根本不打算遵守这儿的外交礼仪，他们遭受到阻拦后直接拿起武器进攻沿岸守卫的士兵，试图占领这个国家的海岸。有几个逃脱的士兵匆忙地向国王忒勒福斯报告沿岸遭遇强敌的情况。国王闻讯，立即召集军队，抵御外乡人的进攻。他本人就是一位骁勇善战的英雄，不愧为赫拉克勒斯的儿子，他按照希腊人的方式训练他的军队。因此希腊人遭到了对方顽强的抵抗，双方展开了一场难分难解的殊死搏斗。希腊人著名的国王俄狄浦斯的孙子，波吕尼刻斯的儿子，狄奥墨得斯的忠实战友忒耳珊得耳冲锋在前，把国王的将领和亲密的战友们都杀死了。为此，国王怒不可遏，他迅速地和忒耳珊得耳展开激烈的对阵。一阵厮杀后，国王忒勒福斯赢得了胜利，忒耳珊得耳被一枪刺倒在地。狄奥墨得斯从远处看到他的朋友倒下，急忙奔了过去，一把抢过战友的尸体，把他扛在肩上，以最快的速度逃离了厮杀得天昏地暗的战场。他背着尸体经过埃阿斯和阿喀琉斯大部队的面前。忒耳珊得耳的死激起队友们因悲愤而带来的狂怒。很快，希腊人集合溃散的军队，兵分两路，运用巧妙战术出击，扭转了战局，取得了优势。

　　忒勒福斯的异母兄弟忒宇脱朗堤俄斯被埃阿斯一箭射中倒地。忒勒福斯见到他的兄弟遇险，连忙过来帮助，不料被希腊人事先埋伏好的葡萄藤绊了一跤，阿喀琉斯见状，把手中的长矛抛向国王，刺中了他的左腿。忒勒福斯坚持着站起来，强忍疼痛，拔出了腿上的矛，并在赶来的士兵的掩护下逃脱了。

　　夜幕降临，双方的激战无法继续，现在他们只得撤离战场。第二天，双方互派使者，要求暂时休战，以便寻找各自阵亡的将士并将他们掩埋。直到这时，希腊人才惊讶地了解到，这位英勇保卫自己国土的国王忒勒福斯乃是他们的同乡，是伟大的半神赫拉克勒斯的儿子。忒勒福斯这才知道自己手上也沾满了同乡的鲜血。希腊人的军队中有三个王子是忒勒福斯的亲戚，他们是赫拉克勒斯的儿子特勒帕勒摩斯，赫拉克勒斯的孙子菲迪普斯和安底福斯。在密西埃使者的带领下，他们到国王忒勒福斯那儿，向他解释说明在海岸上登陆的是什么人，他们为什么来到亚细亚。忒勒福斯友好地接待了远道而来的亲戚，饶有兴致地倾听他们的叙述。由此，他才知道帕里斯侮辱希腊人的行为，也知道了墨涅拉奥斯和他的兄长阿伽门农以及其他希腊王子前去讨伐特洛伊的情况。特勒帕勒摩斯作为国王的异母兄弟，代表他们发言：“亲爱的兄弟和同胞，你也是希腊人，请不要离开你的同乡，我们的父亲赫拉克勒斯在世界的许多地方为我们的人民而战，全希腊因为他爱国的英勇行为建造了许多的纪念碑。请加入我们的军队，和我们共同征讨特洛伊吧，以此来弥补你给希腊人造成的伤害！”

受伤在床的忒勒福斯费力地站起身来，平静地回答说：“你们的责难是不公正的，我的同胞，你们从朋友和亲戚变成我在战场上凶恶的敌人，那是你们的过错。我守护海岸的士兵问你们是什么人，从哪里来，他们对待你们并不是用野蛮的方式相反是遵照友好的外交礼节，可是你们，却像对待野蛮人那样，不回答我士兵们的询问，不听他们的劝告，直接冲上岸来杀死他们。你们也在我的身上……”他指了指自己的伤口，“留下了永恒的纪念。我一定不会忘记昨日的血战。可是我却没有记恨你们，现在不是很高兴地在我的国家里接待你们了吗？”

国王继续说道：“但是我不会答应跟你们一起讨伐普里阿摩斯的，我的后妻阿斯堤俄刻是他的女儿。他是一位虔诚的老人，就我所知，他的其余的几个儿子都是品德高尚的人，轻率的帕里斯犯下的罪过与他们没有任何关系。你们看，那是我的儿子欧律皮罗斯，我怎能让幼小的他看到，他的父亲去毁灭他外祖父的王国？正如我不反对普里阿摩斯一样，我的同胞们，我也不会反对你们。我愿意给你们准备一点粮草，以此作为同乡的薄礼。然后请你们出发，由神来决定胜负吧。这是一场我无法参与的战争。”

三位王子对这番中肯的回答表示满意，他们回到希腊人的军营中，向阿伽门农和其他首领报告已和忒勒福斯建立了友谊。英雄们召开军事会议，决定派埃阿斯和阿喀琉斯去谒见国王，慰问他的伤情。阿喀琉斯看到赫拉克勒斯的这位儿子忍受着极度的痛苦，感到了悔恨，他后悔在无意中伤了一位希腊同乡，于是他要求派出两名举世闻名的医生帕达里律奥斯和马卡昂去为国王治疗。而国王也友好地挽留他们住在岛上，为他们提供生活用品和食物，直到严冬过去。国王还向他们详细介绍了特洛伊的地理位置，告诉他们该怎样到达那里，并向他们透露了唯一的登陆地点斯康曼特尔河的河岸口。

帕里斯的归来

帕里斯终于决定率领船队返回家乡特洛伊了。当他带着众多劫掠回来的财物和美丽的新婚妻子海伦回到故乡时，父亲普里阿摩斯并不高兴。看到儿子果然带着一名希腊女子回到家里，他想起了先前对希腊使团做出的承诺，于是他立即召集儿子们和贵族举行紧急会议。这时，国王的儿子们早已经接受了帕里斯赠送的大量金银财宝，那些尚未成婚的男子还得到了海伦带来的希腊美女作为礼物，这使得他们完全沉醉于现有的祥和气氛之中。再加上这些年轻人多数喜欢争强斗勇，在这样的情况下，会议做出的结果是以王家的力量保护这位外乡女子，绝不把她交给希腊人。

可是城里的居民们却对这个决定表示出深深不满。虽然他们还不清楚庞大的训练有素的希腊舰队已经逼近他们的国土，但是自从希腊使节离开以后，全国人民都处在一种惶惶不安的状态之中，他们十分害怕希腊人会大肆攻城。在帕里斯王子和海伦穿过大街时，经常能听到沿街群众的怒骂，有时民众甚至拿起石头掷向这位给人民带来焦虑的王子，只是出于对年迈的国王的敬畏，人们才没有采用激烈的方式反对这位新来的女子。

在会议上做出了收留海伦的决定后，普里阿摩斯派王后赫卡柏到海伦那里，以证实她是否真的是自愿跟随帕里斯到特洛伊来的。海伦声称，她的身世可以表明她是希腊人，同时也是特洛伊人，因为丹内阿斯和阿革诺尔是她的祖先，也是特洛伊王室的祖先。她说被抢走虽然并非自愿，但现在她已深深爱上自己的丈夫，她是自愿成为他的妻子的，现在她愿意与他生死与共，紧密相连。并且，海伦不无担忧地说，在发生这件事后，她是不可能获得前夫和希腊人的原谅的。如果她被国王驱逐出去，交给希腊人处置的话，那么等待她的命运将只有耻辱和死亡。

海伦声泪俱下地说完这一切后，含着眼泪跪倒在王后赫卡柏的面前，她楚楚可怜的样子博得了王后赫卡柏的同情。王后把她扶起来，告诉她国王和所有的儿子都已做出保护她的决定，国家随时准备抵抗希腊人的攻击。

希腊人兵临特洛伊城下

这样海伦在特洛伊顺利地住了下来，后来又随她的新婚丈夫帕里斯移居到他们的宫殿里。民众也逐渐适应了她的存在，并且日益喜欢上了她的风姿绰约和希腊式的美丽可爱。因此，城里的居民那恐惧不安的心也逐渐平复下来。

希腊人的战船已经到达特洛伊的海岸。首领们开始了作战准备。通过调查发现，他们参战的市民和援助的同盟军在数量和力量上都超过了希腊人。因此特洛伊人显得信心十足。他们还知道，众神之中爱神阿佛洛狄忒、战神阿瑞斯、太阳神阿波罗还有万神之父宙斯都站在他们这一边。他们相信凭借众神的力量他们能够战胜敌人，保卫家园。

国王普里阿摩斯虽然年迈得不能作战，但他有五十个年轻有为的儿子，其中十九个儿子是赫卡柏所生。还有四个可爱的女儿，即克瑞乌萨、劳迪克、卡珊德拉和波吕克塞娜。他的儿子们个个骁勇善战。他们当中最出色的是赫克托耳，其次是得伊福玻斯。此外还有预言家赫勒诺斯、帕蒙、波吕忒斯、安提福斯、希波诺斯和特洛伊罗斯。军队早已做好了战斗的准备，赫克托耳担任最高统帅，率领全军迎敌，辅佐他的是国王普里阿摩斯的女婿，克瑞乌萨的丈夫，女神阿佛洛狄忒和老英雄安喀塞斯的儿子埃涅阿斯。另外一支部队由吕卡翁的儿子潘达洛斯统帅，他曾经得到阿波罗赠送的神箭，以善射著称；前来援助的特洛伊的军队首领有阿德拉斯托斯及其兄弟安菲俄斯；阿西奥斯及其儿子阿达玛斯和弗诺珀斯；来自拉里萨的战神的后裔希珀托乌斯和彼勒俄斯；安忒诺尔和伊庇玛达斯的儿子阿革诺耳、阿尔席洛库斯和阿卡玛斯；皮赖克墨斯、弗莱迈纳斯、荷迪奥斯及其兄弟埃庇斯特洛福斯；密西埃也派来援军并派克洛密斯和恩诺摩斯作为军队首领；福耳库斯和阿斯卡尼俄斯是夫利基阿援军的首领；墨斯忒勒斯和安提福斯是梅俄尼恩援军的首领；纳斯忒斯和安菲玛库斯兄弟是加里亚援军的首领；吕喀亚人萨耳佩冬和格劳库斯也领兵前来援助，他们是英雄柏勒洛丰的两个孙子。特洛伊人在最短的时间里部属好他们的军队。与此同时，希腊人已经登陆，他们沿着海岸安营扎寨，一座座连绵的营房有序地排成一条线，看上去非常有气势；他们还把拉上岸的战车整齐地排列成行；各支军队的战船也被编排成纵队，船只的底下用石块垫着以防止船底受潮腐烂。这样希腊人也在第一时间里把他们的军队井然有序地部属妥当。

双方交战之前，希腊人惊喜地接待了一位朋友，就是密西埃国王忒勒福斯。原来，自从被阿喀琉斯用矛刺伤后，他的伤口一直愈合不了，即使是希腊医术高明的两位医生帕达里律奥斯和马卡昂给他的药也不能奏效。于是他虔诚地求助于阿波罗的神谕，阿波罗给的答复是：只有刺中他的矛才能治愈他的伤口。虽然并不十分明白神的回答，忒勒福斯还是勇敢地追到了希腊船队的所在地。在斯卡曼德罗斯河口，他被随从抬上岸，来到阿喀琉斯的营帐。年轻的阿喀琉斯看到国王痛苦的样子，不知所措，他把他的矛拿来放在国王的脚边，但他不知道具体应该怎样做，英雄们围着国王也都不知如何是好，还是聪慧的奥德修斯有办法。他连忙请来随军的两位医生，向他们请教神谕的内涵。帕达里律奥斯和马卡昂应召赶来，他们听到阿波罗的神谕，不愧是阿斯克勒庇俄斯的富有智慧的两个儿子，他们很快明白应该如何处置伤口。只见他们从阿喀琉斯的矛上刮下一点铁屑，小心翼翼地敷在伤口上，顿时奇迹出现了：铁屑刚刚撒入化脓的伤口，伤口便在英雄们的眼前愈合了。没过几个小时，刚才还是重伤的国王现在已经能够正常走路。忒勒福斯十分感激，向几位英雄再三道谢，并祝希腊人战事顺利，然后登上自己的船，离开了他们。因为他不想亲眼看到这场在他亲密的朋友和他所拥戴的亲戚之间爆发的战争。

战争开始

正当希腊人和国王忒勒福斯告别时，特洛伊城的几座城门突然大开，全副武装的特洛伊士兵在赫克托耳的率领下像潮水似的冲击希腊人的前方。他们几乎没有遭遇到任何抵抗。希腊士兵始料未及，根本还没有做好准备。挡在最前面的希腊士兵急忙拿起武器抵抗，但终究是寡不敌众，他们招架不住了。等到营帐里的其余的希腊人也武装集合起来，摆开阵势朝对方进攻，战争正式开始了。

战争形成了多种战局：赫克托耳所到的地方，特洛伊人就占优势；在离他很远的地方，特洛伊人则被希腊人击败。在希腊人中，最先阵亡的是伊菲克洛斯的儿子帕洛特西拉俄斯，他被特洛伊英雄强悍的埃涅阿斯杀死。他在希腊刚订婚就被派出远征特洛伊，他漂亮的未婚妻拉俄达弥亚将永远见不到他的新郎了。

战火已经开始蔓延。但阿喀琉斯还远离战场，他把国王忒勒福斯一直送上船，怀着依依惜别的心情目送船只远去，直到船只在海面上消失。忽然克罗斯急匆匆赶到他跟前，着急地对他喝道："你到哪里去了？我们非常需要你！战争的号角已经吹响，特洛伊统帅赫克托耳凶猛得像头狮子，他们国王的女婿埃涅阿斯还杀死了我们的帕洛特西拉俄斯。

奔跑中的雅典重装步兵

请你赶快披挂上阵吧！"

　　阿喀琉斯急忙回到营房，拿起武器，奔赴战场。阿喀琉斯一上场便显示了他的威猛作风，他接连杀死普里阿摩斯的两个儿子，他的攻击连赫克托耳也抵挡不住。此外，和他并肩作战的还有忒拉蒙的儿子大埃阿斯，他身材高大，在人群中显得十分突出。在两位英雄猛烈的攻击下，特洛伊人如同鹿群遇到了凶猛的狮子，他们只得落荒而逃，逃回城里。就这样，特洛伊人慌忙地关上了城门。

　　希腊人从容地回到船边，继续建设他们的营房，接受教训后的阿伽门农指派阿喀琉斯和埃阿斯守卫船只。他们又派了其他英雄分别守护各自的战船，加强防备。帕洛特西拉俄斯被希腊人隆重安葬，他们将他放在高大的柴堆上火化，然后把他的骨灰埋在海湾半岛上的一株枝叶繁茂的榆树下。葬礼还没有结束，特洛伊人又发起第二次攻击，他们又紧张地投入战斗。

希腊人被偷袭

　　在特洛伊附近有个科罗奈王国，国王库克诺斯是海神波塞冬和一个女仙所生的儿子。国王从小在忒纳杜斯岛长大，是一只通人性的天鹅把他抚育成人，为了纪念这段奇异的经历，他取名为库克诺斯，意思是天鹅。他是特洛伊人忠实的盟友。当库克诺斯看到希腊人的军队在特洛伊登陆时，他便暗自在国内召集了一支精兵强队，还没来得及通知他的好朋友普里阿摩斯，他就开始了自己的突袭计划。夜晚时分，希腊人开始追悼他们的阵亡英雄，他们非常哀伤地站在火堆旁边，为帕洛特西拉俄斯举行简短而又隆重的火化仪式。他们每个人手里都拿着白色的蜡烛，为英雄默默地哀悼，都没有任何武器在手，全然没有注意到营地早已经被全副武装的敌军包围。当战车驶入营地时，他们才醒悟过来，但是库克诺斯没有给他们思考的时间，便率领他的军队与此时手无寸铁的希腊人展开了一场血腥的搏斗。幸运的是，参加帕洛特西拉俄斯的葬礼的只是一小部分亚各斯人，其他士兵都还待在船上和营帐里。当他们听到杀戮声时，连忙拿起武器，冲了出来，而军队的将领阿喀琉斯也闻讯赶来。只见阿喀琉斯威风凛凛地站在战车上，手舞长矛，奋勇地刺杀敌人。他的出现使得科罗奈人个个抱头鼠窜，落荒而逃。两军混战中，阿喀琉斯发现远处敌人的统帅正在追杀自己的士兵，他赶忙用鞭子催动战马拖动马车，朝库克诺斯奔去。他举起手中的长矛，面对着库尔诺斯大声喊道："年轻人，让你看看女神忒提斯的儿子的厉害！你将死得其所！"他一边说着一边把标枪用力地掷出去。尽管他瞄得很准，但奇怪的是，标枪落在库克诺斯的胸膛上又弹了回来，阿喀琉斯心下一惊。

"不用奇怪，女神的儿子，"对方得意并且微笑地说，"不是我的盔甲，也不是我的盾挡住了你的标枪，这些东西对我而言只是一种装饰，就如同战神阿瑞斯有时拿着武器只是一种摆设一样，阿瑞斯根本不需要任何武器保护自己的身体。我的身体如钢铁一般坚硬，即便我脱下盔甲，你的标枪也伤害不到我的身体。要知道我不是一般的女神的儿子，我是海神波塞冬的儿子，我的父亲统治着海神涅柔斯和他的女儿们。"说着，他毫不犹豫地把长矛朝阿喀琉斯掷去，矛尖刺穿了他的青铜盾面，但是没有真正刺到阿喀琉斯。阿喀琉斯见状，赶忙从盾中拔出长矛，准确地朝对方投去，但是对方还是安然无恙。紧接的第三枪还是无法刺伤神的儿子，阿喀琉斯发怒了，他索性直接冲过去，希望能够近距离地制服这个强大的对手，可是他每次都扑空。忽然，他逮着个时机，用木削制的标枪狠狠地往前投，击中了对方的左肩，肩上顿时出现一片血迹，库克诺斯不由地大叫起来。可是，阿喀琉斯高兴得太早了，这不是库克诺斯的血，而是库克诺斯身边的战友被击中，血飞溅到了他的肩头。阿喀琉斯愤怒得咬牙切齿，他跳下战车，拿着宝剑，朝库克诺斯刺去。可是库克诺斯身体如钢一般坚硬，宝剑都砍断了，他还是没有受到任何损伤。阿喀琉斯几乎绝望了，最后他冲到对方面前，朝他的太阳穴猛砸了三四次，这猛烈的击打使得库克诺斯脑袋一片空白，眼前天昏地暗，他痛得无法自持，连连后退，不幸绊到一块石头上，摔倒了。阿喀琉斯见状，冲了过去，抓住库克诺斯的颈子，将他按在地上，用盾牌压住无法动弹的库尔诺斯，并用膝盖抵住他的胸口，用盔甲的皮带勒住他的喉咙，将他勒死了。科罗奈人见他们的国王已经倒地身亡，大家都惊慌失措，纷纷丢盔弃甲，四处逃窜。

这次袭击的结果是，可怜的库克诺斯被杀死，他的儿子被希腊人从都城墨托拉带走了，他的王国的财物也被希腊人夺走。最后，希腊人还趁机进攻邻近的基拉国，占领了这座坚固的城池，满载着战利品回到他们的营地。

阿喀琉斯和埃阿斯各自攻城

希腊人驻扎在特洛伊城的那段时间里，特洛伊城内的居民养精蓄锐，从不放松警惕，所以希腊人很少有机会正面进攻。但是，希腊人没有就此罢休，他们组织兵力，袭击特洛伊附近的地区。他们的英雄阿喀琉斯率领船队从海上攻破了十二个城市，还从陆上占领了十一座城池。讨伐密西埃时，他劫持了祭司克律塞斯的美丽的女儿克律塞伊斯。攻占吕耳纳索斯时，他们攻占了王宫，逼得国王兼祭司勃里塞斯走投无路，自杀身亡。他们劫走了国王的女儿布里塞伊斯，也叫布洛达弥亚，把她作为女奴使唤。列斯堡岛和位于密西埃的普拉科斯山麓的底比斯城也没能逃脱被劫掠的命运，底比斯国王厄厄提翁是普里阿摩斯的亲家，他的女儿安德洛玛刻嫁给了特洛伊著名的英雄赫克托耳。阿喀琉斯攻进王宫时，杀掉了厄厄提翁和他的七个儿子。厄厄提翁身材高大，容貌威严，年轻的阿喀琉斯在他的尸体前感到恐惧，他不敢摘下死者的武器作为战利品，于是他派人把国王的尸体火化，并造了一座巨大的坟墓将他埋葬。阿喀琉斯还掳走国王厄厄提翁的妻子，即安德洛玛刻的母亲，后来他得到一大笔赎金，才将她释放回国。可是这位可怜的王后回国后，仍然没有逃脱死亡的悲惨命运，当她坐在纺车前纺纱时被女神阿尔忒弥斯的神箭射中而死。

阿喀琉斯没有从国王身上得到任何战利品，但是他在王宫中搜到不少奇珍异宝。他夺走了国王的骏马佩达索斯。这匹马强壮有力，奔跑速度极快，能与他的神马媲美。他还从国王的武器库中带走了许多珍藏品，其中有一个巨大的铁饼，如果用它来制造农民用的农具，足以让一个农民使用五年之久。

希腊人中另一个英雄忒拉蒙的儿子埃阿斯，他以掠夺城市而闻名。他率领战船一直攻击到色雷斯半岛。这里的国王是波林涅斯托耳，普里阿摩斯把自己宠爱的小儿子波吕多洛斯送到这里，以免他遭到战祸。为报答波林涅斯托耳国王对自己儿子的抚育，普里阿摩斯送给国王许多黄金和珠宝。然而波林涅斯托耳国王不讲信义，当埃阿斯打到城下时，他向希腊人求饶，交出了普里阿摩斯的小儿子波吕多洛斯，并给埃阿斯许多黄金和珠宝。此外，他还用收到的抚育波吕多洛斯的钱和谷物来援助希腊士兵。这样，他彻底地出卖了自己和普里阿摩斯的友谊。

埃阿斯在色雷斯半岛取得胜利后，又继续向夫利基阿海岸进攻。他对忒耳特拉斯的王国进行了猛烈的攻击，他杀死了国王，抢走了他的女儿忒克墨萨——一个高贵而气质出众的女子，埃阿斯欣赏她并且十分宠爱她，将她留在了身边，待她如同妻子一般。

经过了数次征战，阿喀琉斯和埃阿斯终于满载而归。他们率领战船几乎同时到达特洛伊城外的军营，希腊人热烈地欢迎他们，把橄榄枝的花冠戴在两位英雄的头上，以此祝贺他们的凯旋。然后，英雄们聚在一起，开始分配他们掠夺回来的战利品。希腊人把战利品看成是他们的财产。女俘虏们是分配财产时最令人激动的时候，她们的美貌令人称赞。阿喀琉斯理所当然地分到了吕耳纳索斯国王的女儿布里塞伊斯，埃阿斯也得到了忒耳特拉斯国王的女儿忒克墨萨。布里塞伊斯的使女狄俄墨得在被分配时，哀求阿喀琉斯能够收留她，让她留在国王的女儿的身边，因为她们从小一块儿长大，感情深厚，不愿意分离。阿喀琉斯同意了，他留下了布里塞伊斯的使女狄俄墨得。为了表示对统帅阿伽门农的尊重，祭司克律塞斯的女儿克律塞伊斯被赠给阿伽门农，同时，他还得到了大量的金银财宝。当然，为了表示公平，阿喀琉斯把他的一些战利品，无论是女俘还是抢来的财产，都在士兵中平均分配，他的这次分配使得大家都十分满意。

波吕多洛斯

最后，英雄们商量如何处置最特别的战利品国王普里阿摩斯的小儿子波吕多洛斯。他们从不讲信义的波林涅斯托耳国王那得知，这个孩子是国王普里阿摩斯最为宠爱的儿子。经过商量，他们一致决定，派奥德修斯和狄奥墨得斯为使节前往特洛伊，要求以波吕多洛斯来交换海伦。海伦的丈夫墨涅拉奥斯作为第三名使节也一同前往。他们带着年幼的波吕多洛斯来到卫城前，按照国与国之间的交往礼节，他们三人没有被阻拦，顺利地进入城内，受到特洛伊人的接待。

普里阿摩斯和他的儿子们住在高高的卫城上，他们还没有听到使节到来的消息。使节到达特洛伊的城内广场上，墨涅拉奥斯开始了他的演说。这时广场上早已聚集了一群特洛伊民众。他严厉地谴责帕里斯违背民法，抢夺他神圣贵重的所有财物，掳走他的妻子海伦，他讲得声情并茂，充满感情。在场的特洛伊人被深深触动了，他们含着眼泪支持这位受伤的王子，认为他的要求是合理的。

奥德修斯见听众受到鼓动，便加入了演讲："特洛伊明智的人民，你们要知道，希腊人不是那种用武力来解决问题的野蛮人。他们是追求荣誉，拒绝耻辱的民族。我们在决定使用武力之前，为了避免两国不必要的损失，曾经派出过和平使节，试图通过谈判友好地解决我们所遭受的侮辱。谈判失败后，是你们先袭击我们，战争才无可避免地爆发。现在，我要告诉你们的是，你们的盟国和属地都已被我们的军队踏平，相信你们也能感受在多年的围城后所面临的不便。而现在，和平解决的希望仍然把握在你们的手上！只要你们把抢走的人交出来，我们就撤兵，上船，起航，带着我们的船队永远地离开你们的海岸。我们今天不是空手而来，我们给你们的国王带来一件珍贵的礼物，这要比海伦要珍贵得多，你们看，我们已为你们的国王送来他的小儿子波吕多洛斯。他期待着你们和你们的国王的决定，如果你们今天把海伦交出来，那么这个孩子将回到他父亲的身边和他的家人团聚。如果你们仍然拒绝交出海伦，那么你们的城池必将毁灭。想想看吧，特洛伊的人民，请你们和你们的国王慎重考虑，不要让悲剧在你们的国家一幕幕地上演！"

奥德修斯讲完话，全场一片寂静，大家的内心都感到了一种无法释放的沉重，他们仿佛看到特洛伊的未来陷入一片黑暗之中。后来，贤明的老人安忒诺尔打破了安静的气氛，他说："远道而来的希腊朋友，你们曾经是我尊贵的客人！你们所说的这一切，我们都非常明白，我们在心里也都赞同你们的解决办法。但是，与你们希腊人不同，我们生活在一个国王的命令高于一切的国家，我们的法律，我们祖先世世代代留传下来的信仰和规则，都使我们不能违背国王的意志。只有在国王向大家征求意见时，我们才有权利对国事发表看法。即使我们说了话，国王还是可以按照他的意志行事。对此，我将举行长老会议，让你们知道民众中对你们的要求所持的代表性意见，他们会当面对你们说出他们的心里话。"

于是安忒诺尔召开长老会议，大会由他亲自主持，三位使节列席听取意见。令他们感到欣慰的是，特洛伊城的知名人物一致认为帕里斯的行为是令人诅咒的，但是会议上还是遭到了让希腊人非常愤怒的一幕：安提玛科斯在会议上公开地表示，帕里斯抢夺希腊王后的行为并不丑陋，不应该遭到国人唾弃，他认为大家用不着理睬希腊人。这个安提玛科斯曾被帕里斯用许多礼物收买，因此他才在会上竭力阻挠交出海伦，加上他本人喜欢战争，为人居心叵测，他还背着三位希腊使节提出了一个丧心病狂的建议，要把作为使者的这三个最勇敢而又聪明的希腊英雄杀死。他的建议没有被特洛伊人采纳。他又劝说大家把希腊使者拘禁起来，要他们无条件交出波吕多洛斯，否则不予释放，他的建议又被众人拒绝了。安提玛科斯继续公开地侮辱使者，特洛伊人十分生气，终于把他赶出了会场。

安提玛科斯于是愤愤地来到卫城上，把希腊使者到来的消息报告国王。国王和他的儿子们立即召集会议，大家对这事的看法不一，会上还出现了争论。国王最勇敢、正直而又最讲道德的儿子赫克托耳在会上并不赞成交出海伦，虽然他想到兄弟帕里斯的罪行便觉得十分羞愧，但他表达了自己的意见："她是前来我们宫中寻求保护的人，我们答应了她，还给她和帕里斯建造了一座华丽的宫殿，以此表示我们对他们的信赖和祝福。我们不应该拆散他们的幸福。"年迈的潘托俄斯也被邀请出席会议，他忠诚、高尚，是国王最信任的大臣。他转身望着赫克托耳，诚恳地要求他听从特洛伊长老们会议上的意见，交出引起战争的祸根——海伦。他大声地说："帕里斯已经拥有了海伦多年！这本身就不符合国际的民法，更何况，希腊人已经用他们的决心和行动向我们表明，我们的灾难即将来临。看吧，与我们结盟的许多城市都被攻占了，它们的毁灭说明了什么？他们的命运就是我们的命运！再想想你的最小的弟弟还在希腊人的手里，如果不把海伦交出去，波吕多洛斯的后果不堪设想！"

赫克托耳回答潘托俄斯说："现在交出海伦是否显得我们过于胆怯？海伦在宫中住了多年，那时大家明知战争不可避免，却都保持沉默，没有人站出来反对，现在大敌当前，我们又有什么理由驱逐她？"

"我从来没有胆怯，没有沉默，"潘托俄斯回答说，"我的良心是清白的，我曾把父亲的预言告诉过你们，如果不交出这个女人我们的国家将遭到灭亡，今天我再次警告你们，这一切即将发生。即使你们不听我的劝告，我仍然会忠实地在你们身边，保卫特洛伊城和国王！"说完，老人站起身，离开了会场。

最后，按照赫克托耳的建议，他们做出一个折中的决定，仍然不交出海伦，但是把那时从希腊抢来的财物等价偿还。他们还将从国王普里阿摩斯的女儿中挑选一人代替海伦许配给墨涅拉奥斯，她可能是聪明的卡珊德拉，或者是美貌的波吕克塞娜。国王普里阿摩斯还将配给她一份丰厚的嫁妆。希腊使节随后被引见国王和他的儿子，听到这个交换条件时，墨涅拉奥斯当场勃然大怒："真是无稽之谈！如果我现在从敌人中挑选一个妻子，那我千里迢迢地过来做什么！留着你们野蛮人的女儿吧，把我自己的妻子还给我！"

墨涅拉奥斯的这番愤怒之言引起了在场的特洛伊王室的不满，国王的女婿，克瑞乌萨的丈夫埃涅阿斯气愤地站起身来，他粗暴地对墨涅拉奥斯呵斥道："假如事情由我和国王来决定，那么你这个可怜的家伙就既不能要回妻子，也别想得到国王的公主。普里阿摩斯的王国里不是没有人！好了，好话都已经说得够多，请你们最好赶紧撤离我们的国土，否则你将见识到特洛伊人的厉害！别以为在我们邻国取得了胜利就可以在这里大呼小叫，我们还有许多强大的同盟军和久经沙场考验的英雄和战士，还有更多的同盟军在等着与你们交火！"

埃涅阿斯的这些话在国王的殿前会议上受到国王其他儿子们的热烈欢呼和拥护。如果不是赫克托耳保护三位希腊使节，他们将受到更多的凌辱。和谈不成，他们带着一腔的怒气离开了，可怜的波吕多洛斯被希腊人捆绑着带回到营地，国王普里阿摩斯只是从很远的地方看到了自己的爱子，心疼不已。

希腊人听说他们的使节在特洛伊受到了侮辱，群情激动，他们在军中大声嚷嚷，一定要洗刷耻辱，让特洛伊人永远后悔今天所做的一切。希腊人军前特别会议没有过多地征求诸位王子的意见，便把无辜的波吕多洛斯带到城墙边，他被奥德修斯用乱石击死。国王普里阿摩斯听到城外一片喧嚷声，同他的儿子们一起登上城头，他们亲眼看到了惨不忍睹的一幕：石块从四面八方朝他们的小王子的头和没遮拦的身上砸去，他死在无数的石头之下。希腊王子们答应把砸烂的尸体交给可怜的普里阿摩斯国王，让他为儿子举行葬礼。国王的仆人们在特洛伊的英雄伊特俄斯的率领下来到城外，他们含着眼泪，悲伤地把孩子的尸体装上灵车，带回去交给他那不幸的父亲。

阿喀琉斯的愤怒

战争进入了第十年，希腊英雄埃阿斯在特洛伊附近多次出征都凯旋。波吕多洛斯之死在两个民族之间激起了更强烈的仇恨。众神也开始介入了人间的这场战争。雅典娜、赫耳墨斯、波塞冬、赫菲斯托斯站在希腊人一边；阿瑞斯和阿佛洛狄忒反对希腊人的残暴，帮助特洛伊人。所以在特洛伊战争的第十年，即最后一年，这一年，《荷马史诗》记录的要比以前多上好几倍。史诗开始叙述的是阿喀琉斯的愤怒以及他的怨恨给希腊人带来的种种苦难。

自从他们的使节从特洛伊回来后，特洛伊人的威胁就使得希腊人不敢懈怠，他们做好准备迎接决战。这时，阿波罗的祭司克律塞斯带着无数的赎金来到军营，他的女儿被阿喀琉斯抢走后又被送给阿伽门农。为了赎回自己的女儿，他手执一根和平的金杖，杖上缠着阿波罗神圣的花冠，他向全军，特别是阿特柔斯的两个儿子和全军的统帅祈求："阿特柔斯儿子们，在场的希腊将士们，愿奥林匹斯的神保佑你们占领特洛伊，平安地回到故乡。请你们出于对阿波罗神的敬畏，接受我带来的赎金，归还我的女儿吧！"

在场的所有士兵们听了他的讲话都发出同意的呼声，表示愿意尊敬祭司，接受丰厚的赎礼；阿伽门农却快快不乐，他不愿意失去美丽的女奴，他气势汹汹地对祭司喝道："别再让我发现你出现在我的船边，你的女儿我不释放，她已经是我的女奴，她将远离祖国，到我的王宫里，在我家绕着纺织机走动，为我铺床叠被，直到老去。你赶快走吧，趁我没有生气，赶紧回家去！"阿伽门农这样说，克律塞斯非常害怕，只得顺从地退了出来，默默地朝呼啸着的大海沿岸走去。他走着走着，嘴里开始念念有词，忽然他举起双手，向阿波罗神祈祷说："银弓之神，伟大的太阳神阿波罗啊，请听我的祈祷，多少年来，我为你建造庙宇，清洁神庙，为你献祭丰美的祭品。如果我曾讨得你的欢心的话，请让我的祈祷变成现实吧！请让希腊人在你的金箭下偿还我的眼泪。"

克律塞斯这样祈祷，阿波罗听到了，并愤怒地离开了奥林匹斯圣山。他背着弯弓和装满箭的箭袋朝希腊人驻扎的军营靠近。他的降临有如黑夜覆盖大地，他随即在希腊人军营的上空射箭，银弓发出了令人心惊胆战的声音，起先他只是射向牛羊骡子一些牲口和狗群，紧接着内心的愤怒使得他把箭射向了人群，被射中的人都患上了瘟疫，一个个悲惨地死去，营地上焚化尸体的柴火昼夜不息。就这样，阿波罗神一连九天都没有停下手中的弓，瘟疫随之蔓延了九天。第十天，阿喀琉斯受到赫拉的启示，他召集会议，告诉大家宙斯托梦于他，需要请教先知或者祭司或者释梦者，让他们为大家解释，阿波罗为什么发怒，希望能找出办法，平息阿波罗的怒火，消灭军中的灾难。

随军预言家卡尔卡斯，从人群中站起来说，他能从鸟飞中得到预兆，他知道当前、将来和过去的一切事情。他说，如果他直言，请阿喀琉斯可以保护他，因为他的话将惹得一个人愤怒，这个人有力地统治着整个希腊军队。阿喀琉斯安慰他，让他尽管大胆地说出来。于是卡尔卡斯说："天神并不是因为我们疏忽了许愿或是没有献祭而生气，而是因为阿伽门农不敬重他的祭司，不愿意释放祭司的爱女。现在，我们必须把祭司的女儿还给他，这样才能劝得动阿波罗神，求得他宽恕。否则，致命的瘟疫将继续弥漫。"

阿伽门农听到这话，内心充满愤恨，眼中闪出怒火，他凶狠地对预言家说："你这个不祥的预言家，从来没有对我说过一句好话，你总是喜欢预言坏事。现在又在军队中散播谣言，说阿波罗给我们制造苦难，全是因为我拒绝了克律塞斯赎取女儿。的确，我很想把她留在自己家里，因为我喜欢上了她。但是，我愿意把她交出去，为了全军的安全，为了士兵们不再遭受瘟疫之灾。但交换的条件是我要求有一件礼物，以换取我这失去的荣誉。"阿喀琉斯回答说："阿特柔斯最尊贵的儿子，你怎能这样贪婪，你怎么能向希腊人索取礼物？我们从敌方城市里掠来的战利品早已分配出去，这些战利品怎能从每个人手上再要回来？请你按照天神的意思把祭司的女儿释放，如果宙斯保佑我们攻占了特洛伊城，我们再给你三倍甚至四倍的补偿。"

阿伽门农大声对他说："尽管你非常勇敢，但是别施展心机来骗我，你是想保存自己的战利品，劝我归还战利品吧？要不就是希腊人给我一份合心意、等价的补偿，要不就是埃阿斯、奥德修斯或者你，阿喀琉斯得重新分一份战利品给我，我知道这样做，你们都不会乐意。但这事我们留到以后再考虑，现在当务之急的是准备一条大船和祭品，把克律塞斯的女儿送上船，派一位王子担任队长，我觉得阿喀琉斯你能胜任，就由你亲自押运这只船，前去献祭，祈求太阳神阿波罗息怒。"

阿喀琉斯听到这样的话，对阿伽门农生气地说："你这个无耻而自私的君王！今后希腊还有谁愿意听从你的命令？我到这里参加战斗，并不是因为特洛伊人得罪了我，他们在我的眼里没有任何的过失。但我愿意跟着你前来，帮助你，为了你的兄弟墨涅拉奥斯报仇。现在你竟然威胁我，想要夺取我们辛苦得来的战利品。我靠着自己的双手承担了大部分激烈而艰巨的战斗任务，但分配战利品时你却比我多得多，你得到的总是最好的一部分。我打得筋疲力尽，却只收获了一小部分的战利品。我现在要回到家乡佛提亚去！我可不想留在这里，为你挣得财产和金钱，还要忍受你的侮辱！"

"要是你想走的话，那就请便！"阿伽门农大声地回答他，"我不求你为我而留在特洛伊。你是众多英雄中我最不喜欢的一个，你好战、喜欢格斗，总是引起争端。现在你带着你的船只和你的部下离开吧！但是我得告诉你，阿波罗从我这里抢走了克律塞斯的女儿，我要亲自去你的营帐里，把美丽的布里塞伊斯带走作为补偿，我要让你知道，我毕竟比你高贵，比你强大，也以此警告大家，违背我的意志没有好处！"

阿伽门农的话激怒了阿喀琉斯，他此时正考虑是拔出剑来杀死这个阿特柔斯的儿子，还是压住怒火，暂且忍耐。他的手正要把利剑拔出鞘的时候，女神雅典娜悄悄地出现在他的身后，按住他的金发，轻声说："你要镇静，别伸手拔剑，你尽管拿话骂他，咒骂自会应验。你要听话，今后你将得到三倍的赏赐！"

阿喀琉斯听从雅典娜的劝告，顺从地把剑放回剑鞘里，他开始用愤怒和凶恶的语言对阿特柔斯的儿子说道："你这个卑鄙的人，你从没有胆量和战士们并肩作战，你最擅长的是从一个敢于顶撞你的人手里抢夺他的战利品。你这个无耻的人，这是你最后一次侮辱人，我凭着这根权杖对你发誓：正如这根权杖脱离树干，不能再像树枝发芽抽叶一样，从现在起，你休想再看到我为你在战场拼杀了！总有一天希腊人会怀念阿喀琉斯的，当凶狠的赫克托耳屠杀希腊人时，你将无所适从，

在荷马史诗《伊利亚特》中，阿喀琉斯被描述成"长得何等高大、英武"、"有一位显赫的父亲"、"母亲更是一位不死的女神"，这样一位杰出的希腊英雄最终却战死疆场，命运充满了浓厚的悲剧色彩。

你会了解我的厉害，你的心会将被悔恨咬噬，你知道不该冒犯全希腊最神勇的人！"说完，阿喀琉斯把他的权杖扔在地上，坐了下来。阿伽门农依然在对面发怒，温和善良的涅斯托耳好意地劝说双方和解，但是双方都不理睬。最后，阿喀琉斯愤怒地对阿伽门农说："你想怎么干就怎么干吧，可是不要对我发号施令，别指望我会听命于你。我不会因为那个女子同你或其他英雄争斗，你可以夺取原来属于我的东西。但是你要记住，别想再碰我船上的其他财产，如果你想尝试，那就让大家都看见，你的鲜血将溅到我的矛尖上。"

集会解散后，阿伽门农把克律塞斯的女儿和祭品送上船，挑选了二十名桨手，由奥德修斯担任队长，把祭司的女儿护送回去。然后，这个阿特柔斯的儿子又对他的传令官塔耳堤皮奥斯和欧律已特斯下命令，要求把勃里塞斯的女儿从阿喀琉斯的帐篷带来。两位传令官心里并不愿意，但却不敢违抗统帅的命令。他们看见阿喀琉斯坐在帐篷前面，可是由于胆怯和敬畏他们不敢说出他们的来意，但阿喀琉斯已经猜到了他们此来的目的，招呼他们说："宙斯与凡人的传令官，请过来吧，我不会责备你们，这是阿伽门农的过错。帕特洛克罗斯，快把姑娘请出来，交给他们。但是，我要你们在神和众人面前为我作证，如果将来有人需要我的援助而我不答应的话，那就不要责备我，而应怪罪于阿特柔斯的儿子！"

帕特洛克罗斯把姑娘领了出来，她不情愿地跟随两个传令官离开，因为她已经爱上了她那宽厚温良的主人。阿喀琉斯含着眼泪坐在海岸上，望着深蓝色的海水，请求她的母亲忒提斯帮助他。不一会儿，大海深处传来了母亲的声音："唉，我的孩子，我不该生下你，你的生命是如此短暂，你却还要忍受这么多的苦难和痛苦！我会请求宙斯来帮助你。现在你就留在战船附近，尽管发泄你的愤怒，不要去参加战事。"听完母亲的回话，阿喀琉斯便离开海岸，回到了自己的帐篷。

忒提斯果然来到奥林匹斯圣山为他的儿子讨公道。她看到宙斯坐在高山顶上，忒提斯上前，用左手抱住他的双膝，对他说："我的父亲，如果我曾经侍奉你，使你高兴的话，那么请答应我的乞求：阿伽门农深深地侮辱了我的儿子，还夺走他的战利品！众神之父，我祈求你，从现在开始，请让特洛伊保持胜利吧，直到希腊人把荣誉重新还给我的儿子为止！"

宙斯坐在那儿一动也不动，沉默许久，但忒提斯越来越紧地抱着他的双膝，并轻柔地催促着他做出决定："父亲，请答应我的请求吧，或者干脆予以拒绝，这样我知道，你根本不疼爱我！"万神之父终于不满地回答说："这样做，等于与众神之母赫拉作对，她不会就此罢休的。你赶快离开吧，别让她看到你。我点了头，你应该满意。"说着他垂下眉毛，点了点头，奥林匹斯圣山便震动起来。忒提斯满意地离开了宙斯，回到大海里。但赫拉早已看见他俩的会面，她对宙斯的立场表示不满，但是宙斯却很平静地对她说："别干涉我的决定，服从我的命令吧。"赫拉对他的话也感到恐惧，不敢反对他的决定。

很快，奥德修斯把姑娘还给祭司克律塞斯。祭司惊喜交加，他郑重地感谢了阿波罗的帮助，并请神答应停止希腊人的灾难。阿波罗接受了他的请求和祈祷，希腊军队中的瘟疫立刻停止，所有的病人也很快康复。

阿伽门农试探军心

宙斯为了实现他对海洋女神忒提斯的诺言，夜夜睡得不踏实，为此，他派遣梦神给阿伽门农送去一个幻梦。全军的统帅正在帐篷里安睡，梦神立即化身为涅斯托耳的模样，他是国王最喜欢、最敬重的长老之一。化身为涅斯托耳的梦神对他这样说："阿特柔斯的儿子啊，你还在睡觉吗？身为全军的统帅，不应该整夜睡眠。我是从宙斯那里前来的信使，宙斯关心你，怜悯你，他命令你立刻集合全希腊军队，因为特洛伊的末日已经到来，今天你就能让特洛伊城毁灭。这是宙斯的意志，他让你把这事放在心上。"

梦神说完后就离开了。阿伽门农醒来后，立即起床。他真的相信当天能够攻下特洛伊城，于是他穿上漂亮合体的新衣服，扎好鞋带，背起宝剑，再抓起他的王杖，大踏步地朝着他们的舰队走去。他命令传令官让所有的希腊人都到会场集合，并通知王子们赶忙到涅斯托耳的船上开会。当大家在船上聚齐后，阿伽门农说："朋友们，我刚刚在梦中得到了神的启示，一位酷似涅斯托耳的人告诉我，说宙斯已决定让特洛伊城毁灭。但是现在，由于阿喀琉斯的愤怒使得军队的斗志非常涣散。今天，我要试探大家，看看能否通过言语劝说大伙上船，共同离开特洛伊海岸。请在座的各位分布在士兵中，努力动员大家留下来参与战斗。"

阿伽门农讲完话后，涅斯托耳站起来对诸位王子说："如果换了另外一个人对我叙述这个梦境，我一定会当面斥责他，不相信他的谎话，并且对他所说的不予理睬。可是今天说这话的是我们希腊人的最高统帅，我们相信他，并坚决按计行事！"

说完，涅斯托耳、阿伽门农和其他王子们来到会场上，士兵们在那已经等候多时，当看到他们的统帅进入会场时，嘈杂喧哗声瞬间安静下来。阿伽门农站在人群中间，开始讲话："亲爱的朋友们，希腊勇敢的战士们！我们受到了可恶的宙斯的欺骗，他曾经郑重地向我许诺过，说我们可以顺利征服特洛伊，而后凯旋，可是现在他却让我陷入重重困境，使我们白白牺牲了这么多战士，现在他要求我们就这样不光彩地返回希腊。如果我们的后代子孙知道，一个强大的希腊在对付一个比它弱小得多的对手而没有取胜，这当然说是一个耻辱。诚然，特洛伊拥有许多强大的同盟军，阻止我们顺利地攻下他们的城池。现在，战争已经进入第九个年头，我们船上的木板开始腐烂，缆绳也在一节节断裂，我们的女人和孩子在家中热切地盼望我们。这时候，最好的办法，就是遵照宙斯的旨意，让我们登船起航，返回希腊！"

阿伽门农的讲话使得士兵们激动起来，人群中一阵骚乱。大家都飞快地向舰船奔去，人们相互鼓励把战船拖入海中，垫在船下的横木被拉开了，军营通向大海的水道被疏通了。

希腊人的这种场面使得奥林匹斯圣山支持希腊人的众神感到不安。赫拉催促雅典娜赶快下山，阻止希腊人奔逃。雅典娜听从她的建议，从奥林匹斯圣山上直接飞降到希腊人的军营中。奥德修斯正安静地站在他的战船前面，满腹心事的样子，雅典娜走近他，现身在他的面前，亲切地说道："你们真的想就此离开吗？难道你们真的愿意把荣誉留给普里阿摩斯，把海伦留给特洛伊人吗？为了海伦，多少希腊人背井离乡。不，你绝不会忍受这样的结局，聪明又高贵的奥德修斯，别再犹豫了！快利用你的智慧和辩才，去阻止他们吧！"

女神的话提醒了奥德修斯，他马上扔下身上的战袍，朝混乱的士兵们走去。每遇到一位英雄或者一位王子，他就开始劝说："别像懦夫一样贪生怕死，你们应该安静下来想想，阿特柔斯的儿子心里到底在想些什么，难道你们不觉得他是在试探希腊人吗？你们应该留下来，并安顿好其他士兵。"当他看到士兵们吵吵嚷嚷时，他便生气地用权杖敲打他们，并且呵斥道："没脑子的家伙，回到原地去！听听别人都在说些什么，不是每一个人都可以当上国王的！宙斯只把权杖交给了一个人，其他人就该听从他的指挥！"

奥德修斯坚定的声音传遍了全军。士兵们纷纷离开了战船，回到了会场上等待统帅的发令。这时，军队中还有一个人在叽里呱啦地说着丧气话，他是特耳西特斯。他还在那吵闹着，他把心中的怨恨都发泄出来，他用鲁莽的话反对和责骂国王和王子们。他是这群希腊人中面貌生得最丑的人：腿向外弯曲，一只脚跛瘸，斜着一只眼，驼着背，脑袋是尖的，还有一头稀松的残发。他特别为阿喀琉斯和奥德修斯所憎恨，因为他总是同他们争吵，这一回他却对着军队的统帅阿伽门农大声骂道："阿特柔斯的儿子啊，你在抱怨些什么呢？"他的声音越来越大："你有什么不满意呢？你的帐篷里不是塞满了金银财宝和美女吗？那是希腊人攻下城池我们首先赠给你的战利品，你在这里养尊处优，多么舒服啊，我们却总是遭受灾难，承受着各种各样的烦恼和苦闷。让我们乘船回去吧！留下他一个人在特洛伊享受战利品，看看我们对他是否有帮助！大家别忘了，他不是侮辱了神勇的阿喀琉斯吗？他夺走了他的战利品！可是这位胆小的珀琉斯的儿子太疏懒，否则，你这个暴君只能最后一次作威作福了！"

奥德修斯听到这些话走上前来，睁着眼睛怒视特耳西特斯，然后拿着权杖打他的后背和肩膀，大声斥责他："胡言乱语的东西，你最好赶快住嘴，要是再被我发现你像现在这样发狂，如果我不捉住你，剥光你的衣服，把你痛打一顿，让你光着身子哭着回到船上去，我就不是人，也不是特勒马科斯的父亲！"特耳西特斯被打得弯曲着身子，肩上的血痕清晰可见。他痛得大喊大叫，急急忙忙地跑掉了。大家在一旁看着笑着，为这个无耻的人受到了应有的惩罚感到高兴。

奥德修斯站起来，拿着手中的权杖来到战士们的面前，雅典娜化身为传令官，她命令大家静下来，然后奥德修斯对他们说："朋友们，再忍耐忍耐吧。你们一定还记得我们离开奥里斯港时所得到的预兆，那时候我们在神圣的祭坛前给天神摆百牲大祭，就好像发生在昨天或前天一样，一条浑身血红鳞片的长蛇从祭坛下爬出来，爬上阔叶树，最高的枝头上有一只鸟窝，八只小鸟挤在鸟巢里，第九只是哺育它们的母鸟。小鸟可怜地哀鸣，被长蛇一一吞食，在长蛇吞食了母鸟和八只小鸟后，派它来的宙斯把它变成了一块石头。当时，我们都感到惊奇不已。预言家卡尔卡斯在大会上这样说的：'你们为什么目瞪口呆地站在那里？难道没有人看出这是宙斯显示给我们的预兆吗？九只鸟表示我们在特洛伊要持续九年，到第十年你们才能攻占这座雄伟的城池。'卡尔卡斯的预言还在耳旁，现在这一切即将应验。战争已经过去九年了，现在是第十个年头，胜利就在眼前，留下来吧，直到我们攻破普里阿摩斯国王的城池！"

听完他的讲话，集合的士兵们人发出一阵欢呼。聪明的涅斯托耳趁机利用会场已经转变的气氛向国王阿伽门农建议说，如果还有人因为思念家乡的缘故不愿坚持下来，就放他上船回家好了。这样的话，就可以确定地知道，战士和统领中谁是英雄，谁是懦夫，而且由此可以知道，阻碍战争进行的到底是神的旨意，还是缺乏作战经验，或者是因为这些将士胆怯愚蠢。国王十分满意，接受了这个建议，说："老人家啊，你不愧是我们中间最聪明的人。如果我们的军营有十个像你这样的人，那么普里阿摩斯的都城早就被攻陷，早就被夷为平地了！我得承认，为了一个女人和阿喀琉斯相争，是我的过错，一定是宙斯给我降下这个苦难，使我陷入这种无益的冲突中。如果我们两人和解，意见一致的话，特洛伊的陷落也就指日可待了。现在大家都去饱餐一顿吧，然后每个人把矛头磨尖，把盾牌理好，让战马吃饱喝足，再备好战车，让我们准备好全力以赴地投入战斗，也许战斗会持续到今天傍晚。如果有人害怕，故意留在船上，那就把他捣烂，喂猪狗鸟兽！"

阿伽门农一说完，战士们都跳起来，大声欢呼。他们急忙奔向自己的战船。阿伽门农向宙斯祭献了一头公牛，并邀请希腊贵族们与自己共同进餐。当这一切结束后，他吩咐传令官召集士兵们出发作战。统领们率领部队涌向原野，阿特柔斯的儿子在众人中显得超群出众，阿伽门农相貌堂堂，魁梧威武，他的前额和眼神像万神之父的一样威严，宽阔的胸脯如同海神波塞冬那样，他身披战袍铠甲就如同战神阿瑞斯本人。

帕里斯和墨涅拉奥斯的决斗

按照涅斯托耳的建议，希腊人全都按家族和部落编排好，做好了战斗的一切准备。特洛伊人列好队，每队由长官率领，他们鼓噪、呐喊、向前迎战。希腊人也开始向前方迈进。当两支军队就这样相向进军，互相逼近时，帕里斯王子从特洛伊人的队伍中跳了出来，他身披豹皮质地的战袍，背着一把弯弓，佩着一柄宝剑，手中挥舞两支有铜尖的长矛，他向阿耳戈斯当中最英勇的将士挑战，说要单独打一场恶仗。墨涅拉奥斯一看是他，跳下战车，满心欢喜地准备收拾这个头号的敌人。

帕里斯看到墨涅拉奥斯露面时感到非常震惊，他手脚颤抖，脸色苍白，不住地退回到队伍里。赫克托耳看到他的表现，便用羞辱的话激他："不祥的帕里斯，你这个好色狂，诱惑者，你空有一副俊俏的外表，却没有任何力量和勇气，你难道不怕成为希腊人的笑柄吗？你除了拐骗女人的本事，其他一无所长。像你这样的人，即使现在遍体鳞伤地躺在地上挣扎、滚爬，漂亮的卷发上沾满了泥土灰尘，我也不会同情你。"

帕里斯回答说："赫克托耳，你对我的责备一点也不过分，因为你自己拥有坚强的心和超群的胆量。可是你不应该嘲笑神赐予我的容貌，那是别人想得也得不到的厚礼。如果要我战斗，那么请叫特洛伊人和全体希腊人放下武器，为了海伦和她的财富，我愿意同墨涅拉奥斯单独决斗。谁获得胜利，谁就带着海伦和她的财产回去。其余的人都各得其所，我们特洛伊人在这里安居乐业，平平安安地建设特洛伊，而希腊人也可以扬帆起航，回到他们牧马的阿耳戈斯土地中去。"

赫克托耳听到兄弟的话，非常高兴，他从队伍里跳到两军的前线，横着长枪挡住特洛伊人的阵线，将士们都纷纷后退。希腊人看到他时，把箭瞄准他，朝他掷飞镖，投石子。阿伽门农连忙对希腊士兵大喊："阿耳戈斯人，赶快住手，赫克托耳有话要说！"希腊人于是停止射击，双手垂立，原地等待。

赫克托耳大踏步地向前，对大家宣布了兄弟帕里斯的决定。听完他的话，希腊人沉默着，一声不吭。最后，墨涅拉奥斯打破了安静说："现在请听我说，我希望阿耳戈斯人和特洛伊人最终能够和解。你们为了我和帕里斯的争斗受尽了苦难。我与他之间有一个注定要遭受死亡的厄运。让我们俩单独解决这场争斗吧，其余的士兵，无论是希腊人还是特洛伊人，都应该和平地生活。现在让我们祭供天地，立下誓言，然后开始这一场不可避免的决斗！"

双方士兵听了这话都很是喜欢，他们都希望结束这场艰苦、旷日持久的战争。他们把各自的战车停留在原地，自己走出来，把武器放下，堆在地上，彼此靠近，中间留了一片空地。赫克托耳派出两位传令官回到特洛伊城，取来献祭的绵羊，同时请来国王普里阿摩斯。阿伽门农也派塔耳堤皮奥斯回船上牵来一头绵羊。神的使者伊里斯化身为海伦的小姑、普里阿摩斯国王的女儿拉奥狄克，赶到特洛伊城，把消息告诉海伦。海伦正在纺机前，织一件紫色的布料，上面的图案是特洛伊人跟希腊人战斗的情景，那是他们为了她作战遭受的痛苦经历。伊里斯着急地对她说："亲爱的夫人，快出来吧，你将看到一件惊奇的事情，特洛伊人和希腊人刚才还互相敌对，现在却罢兵停战了。他们现在安静倚靠在盾牌上，长矛插在地上。帕里斯和墨涅拉奥斯两人将为你上阵决战，谁取得胜利，谁将把你带回去！"

女神这样说着，海伦的心里开始怀念起她的前夫墨涅拉奥斯，她的父母和她的故乡。她立即戴上白色的面纱，遮住已经湿润模糊的泪眼，带着侍女皮特透斯和克吕墨涅来到城门上面。国王普里阿摩斯和几个德高望重的长老坐在城门上面，他们由于年迈无力参加战斗，可是在国事会议上全是重要的角色。老人们看见海伦走来，立刻为她的天姿国色所折服，他们互相悄悄地耳语着："怪不得希腊人与特洛伊人为这个女人长期遭受苦难，都没有抱怨的意思，她看起来就像一位永生的女神！不过，尽管她如此美丽，还是让她回到希腊人那去，不要成为我们子孙的祸害。"

他们这样说着，国王普里阿摩斯却亲切地招呼海伦："我亲爱的孩子，你过来这里吧，坐到我的身旁来！这里可以看到你的前夫、你的亲戚朋友。在我看来，这场苦难的战争，你是没有责任的。只应归咎于神，是他们让我们打这场战争的。你来告诉我，那个身材魁梧的男子是谁？他长得如此高大健壮，我还从来没有见到过，他应该是一个国王吧？"

海伦礼貌地回答说："在我眼里，你是让人尊敬的君王。我真希望在我跟着你的儿子来到这里，离开亲人、伴侣、爱女和朋友之前，我就遭受不幸死亡的命运。但是这些都没有发生，因此我一天天地淹没在泪水里！你问我的这个问题，我一定告诉你。那个人是阿特柔斯的儿子，权力最大的阿伽门农。他是一个高贵的国王，勇敢的统帅，他是我前夫的兄弟。"

国王看见奥德修斯，又问道："那边的那个人是谁？他比阿特柔斯的儿子矮一个头，但他的肩膀和胸膛却更加宽阔。"

"那人是拉厄耳忒斯的儿子，"海伦回答说，"足智多谋的奥德修斯，他善于使用精明的策略和各种巧妙的伎俩，他生长在怪石嶙峋的伊塔卡岛上。"

普里阿摩斯看见埃阿斯，他又继续问道："那个巨人是谁呀？他看起来比其他希腊人高大。"

"他是埃阿斯，"海伦回答说，"阿耳戈斯人的顶梁柱。在他附近，站在克里特人队伍中的是伊多墨纽斯，他周围聚集的多数是克里特人的领袖。我认识埃阿斯，因为曾经我们经常招待他。我差不多认识每一位将领，能够说出他们每一个人的名字。但是，为什么没见到我的同胞兄弟卡斯托尔和波吕丢刻斯？难道他们没有来吗？他们是因为害怕关于我的羞耻的舆论吧？"说到这儿，海伦不知道，她的两个哥哥早已不在人世了。

这时候，两位传令官抬着祭品从城里走了出来。祭品是两只绵羊、一袋用山羊皮盛着的美酒和大地的果汁。传令官伊代奥斯端着亮晶晶的酒壶和金杯来到了中心城门，他走到普里阿摩斯面前说："请起身吧，国王，特洛伊人和希腊人的首领都请你到战场上为他们证实誓言。帕里斯跟墨涅拉奥斯将为海伦单独用长枪决斗。谁获得胜利谁就把海伦和她的财产带回去。其余的人则和平共处，希腊人回他们的国家去，我们也在自己的土地上建设特洛伊。"

国王听了很吃惊，全身都颤抖起来，他马上吩咐随从为他套车。安特诺尔跟他一起上了战车。他们赶着快马驶出城门，来到两军的战场上。国王下了战车，来到两军的中间。阿伽门农和奥德修斯也随即走了过来。传令官把祭品聚在一起，在金碗把美酒兑上净水，然后把圣水撒在两个国王手上。阿特柔斯的儿子从佩在身上的剑鞘里抽出宝剑，割下些羊毛，传令官把羊毛分送给特洛伊人和阿耳戈斯人的英雄将领。阿伽门农举起双手大声地向万神之父宙斯祷告，祈请他为这个盟约作证。然后，他用剑杀死四只绵羊，把祭品放在地上。传令官和将士们一边把酒从酒缸里舀到杯里，向永生的天神祭奠，一边开始祷告祈求，他们口中念念有词：
"宙斯，最光荣、最伟大的神啊！永生的众神们，请明鉴，如果我们中间有人违背誓言，那么他和他们的孩子的脑浆将如同这些酒一样流在地上。"祭祀完毕，普里阿摩斯说道："特洛伊人和希腊人，我要重新回到伊利昂卫城上去，我不忍心看着我的儿子在这里跟墨涅拉奥斯作生死决斗。宙斯和其他的天神知道他们中有一个的死期是预先注定的。"说完后，国王吩咐随从把祭供的绵羊抬上战车，然后登上车，离开战场，返回特洛伊城。

普里阿摩斯之子赫克托耳和奥德修斯首先测量决斗的距离，并抽签决定哪一方先向对方投掷长矛。赫克托耳摇动装有写好名字的签的头盔，写着帕里斯名字的签很快跳了出来。将士们一排排坐下，在他们身边站着的是健跑的骏马，竖着的是精良的武器。两位英雄全副武装，他们走到决斗场上，在那块量好的空地上靠近站立，彼此怒目而视，挥舞手中的长矛。按照抽签结果，帕里斯先投掷长矛，他的矛尖投中墨涅拉奥斯的盾牌，但铜尖未能穿过去，被坚固的盾牌撞弯了。很快墨涅拉奥斯用右手举起长矛冲上去，还一边大声祈祷："宙斯，请让我惩罚侮辱我的帕里斯，让天下人从此以后都不敢以德报怨。"说着，长矛投掷出去，矛尖穿透帕里斯的盾牌，再迅速刺穿他无比精致的胸甲，刺破他精美的衬袍。帕里斯往旁边闪去，躲过了厄运。墨涅拉奥斯拔出宝剑，抢上前去砍中对方的头盔，但铜剑在上面破成三四块，从手里落了下来。

"可恶的宙斯，你为什么不让我取得胜利？我的长矛根本没有击中要害！"墨涅拉奥斯斯仰天大喊，接着朝对手扑了过去，他抓住帕里斯的头盔，转过身拖向希腊人的阵地。若不是女神阿佛洛狄忒前来帮助，暗中割断了皮带，帕里斯一定早被墨涅拉奥斯用颈带勒死了。那样，墨涅拉奥斯一定就扬眉吐气了。墨涅拉奥斯把空空的头盔一甩，又转身冲去，试图用长矛刺死仇人。但是阿佛洛狄忒利用神术，降下一片浓雾，遮住帕里斯，把他带回特洛伊城。她立刻去召唤海伦，海伦身边围绕着一群特洛伊的女人，她们坐在城墙的塔楼里。女神化身为一个抽织羊毛的老妪，她走近海伦，拉了一下海伦的衣角说："快来，帕里斯召唤你回家去。他正在房间里，躺在你们的卧榻上等你。他不像是刚和敌人决斗回来，倒像是去参加完舞会，刚跳完舞蹈的样子。"

阿佛洛狄忒这样说，激起了海伦的情绪，她连忙裹上华丽的袍子，在女神的带领下，她悄悄地离开，回到自己的宫殿，看到丈夫正躺在床上。海伦坐下后，对丈夫侧目而视，并且开始谴责他："你就这样回来了吗？我宁愿看到你被墨涅拉奥斯杀死在战场上。你从前总是夸口说，论力量、手臂、枪法，你都比墨涅拉奥斯强得多！去吧，再去向他挑战！哦，不，我还是要你留在这里，就此罢休吧，不要再去同他单独交手了，免得你很快就在他的矛尖下丧命。"

帕里斯和海伦

帕里斯本应该懂得拐走海伦会给自己的祖国特洛伊带来灭国的灾难，但他不以为然，最终成为特洛伊的罪人。

"我亲爱的妻子，请不要用辱骂谴责我的心灵，"帕里斯回答说："这一回墨涅拉奥斯有女神雅典娜的帮助，他才能战胜我。下一回是我战胜他，因为我们也有神帮助。你过来，让我们忘掉决斗的不快吧，上去睡觉，享受爱情！"阿佛洛狄忒拨动了海伦的心弦，使她对丈夫产生了无限的情意，她谅解了他，跟随着丈夫睡去了。

战场上，墨涅拉奥斯像野兽一样在人群中寻找失踪了的帕里斯。可是，特洛伊人和希腊人都不知道他到哪里去了。他们都希望帕里斯能够出现，因为立下誓言的帕里斯现在被他们全体所憎恨。最后，阿伽门农大声宣布："特洛伊人和你们的盟友，请听我说，胜利已经归属墨涅拉奥斯。现在请你们交出海伦和她的财宝，并给我们合适的补偿。"

阿耳戈斯人听了这个建议都欢呼起来。但特洛伊人却沉默着。

两军血战

不久，两军进入短兵相接的战斗：盾牌碰撞，长矛交错，人喊马嘶，锣鼓声声，杀声此起彼伏。血腥的战斗使得双方都有许多英雄死于战场上。

特洛伊人埃锡波罗斯一马当先，杀入敌人重围，不料被涅斯托耳的儿子安提罗科斯用长矛刺中前额，倒在地上，成为第一个壮烈阵亡的特洛伊英雄。希腊王子埃勒弗诺急忙上去抓住阵亡人的一只脚，想把他拖过来，以便剥下他的盔甲。正当埃勒弗诺阿弯腰的时候，特洛伊人阿革诺耳看见，他赶上去刺中埃勒弗诺阿腰部，埃勒弗诺阿顿时倒在血泊中，死了。

双方开始了激烈的鏖战。埃阿斯遇到冲上来的西莫伊西俄斯，挥起长矛，给了他猛烈的当胸一刺，矛尖从前胸刺进，枪尖斜着从他的肩膀上穿了出来。西莫伊西俄斯踉踉跄跄，倒在地上。埃阿斯扑上去，剥下他的盔甲。特洛伊人安提福斯见状顺手掷出了一枪。埃阿斯及时躲过，枪尖却击中了他身旁的琉科斯。琉科斯是奥德修斯的好朋友，一位勇猛的战将。

奥德修斯见到好友的死，十分悲愤。他仔细地观察周围的战事，掷出他的标枪，在场的特洛伊人见状回头就跑，安提福斯也躲闪在一边。标枪击中了国王普里阿摩斯的私生子特摩科翁，枪尖穿透了他两旁的太阳穴。他轰然一声，倒在地上死了。特洛伊的前锋吓得连忙后撤。赫克托耳也身不由己地往后撤退。希腊人大声欢呼，把阵亡士兵的尸体拖到一旁，进入特洛伊人的阵地。

阿波罗看到这个场面非常恼怒，他鼓励特洛伊人前进："特洛伊人，你们不能够轻易地放弃阵地！他们既不是铁铸也不是石制的。要知道，他们中最勇敢的英雄阿喀琉斯都没有参加作战，那还有什么可畏惧的？"雅典娜则在另一边鼓励阿耳戈斯人奋勇冲击。双方的英雄们死伤无数。

雅典娜大显神通，她给堤丢斯的儿子狄奥墨得斯注入神奇的力量和勇气，让他在希腊人中显得卓尔不群，他可以趁此建功立业。她使他的盔甲和盾牌发出不灭的火光，有如仲夏的星辰在长河的水中沐浴后显得格外明亮。女神把他送到乱哄哄的敌阵中。特洛伊人中有一个富裕而勇敢的人，名叫达瑞斯，他是火神赫菲斯托斯的祭司。达瑞斯的两个儿子菲勾斯和伊代奥斯被父亲送上了战场，两人精通各种战斗艺术，驾着战车直接冲向了徒步前行的狄奥墨得斯。菲勾斯首先朝他投掷铜枪，枪尖从狄奥墨得斯的左肩上飞过，没有命中。轮到狄奥墨得斯了，他向对手掷去一枪，枪刺中菲勾斯的胸口，使菲勾斯从战车上翻身落地。伊代奥斯看到这个情景，他立即跳下战车逃跑，他吓得不敢从兄弟的尸体上跨过。若不是火神赫菲斯托斯及时赶到，把他笼罩在黑暗中，救了他一命，不然他的父亲达瑞斯将陷入悲伤的极点。所有特洛伊人此时都看到，精通战术的达瑞斯的两个儿子，一个死在车旁，一个逃跑，大家都吓得胆战心惊。

这时候，雅典娜握住战神阿瑞斯的手，对他说："阿瑞斯，我们最好暂别去插手特洛伊人和希腊人的战事，先看看我们的父亲希望把光荣赐给哪一方。我们先且后退，避免他发怒。"阿瑞斯同意了，和她离开了战场。现在看起来，双方似乎脱离了神的操纵，但雅典娜留了心眼，她的魔力使得狄奥墨得斯还带着神力。现在战争的形势是这样的：阿耳戈斯人的威力迫使特洛伊人退却。阿伽门农首先把奥狄奥斯打下车，他一枪刺中了对手的两肩间的背部，枪尖穿过胸膛，他砰然倒下。伊多墨纽斯用长枪刺死菲斯托斯。墨涅拉奥斯杀死了打猎能手斯卡曼德里奥斯，击倒了心灵手巧的斐瑞克洛斯。还有许多特洛伊人死在了希腊人的长矛铜枪之下。狄奥墨得斯冲过平原，击溃他面前的特洛伊军队。潘达洛斯见状，趁他不备，立刻拉起了弓，瞄准他一箭射去，射中他的右肩，鲜血染红了他的铠甲。潘达洛斯大声地欢呼，鼓励他的士兵们说："前进吧，特洛伊人，快策马前进，振作起来！阿耳戈斯人最勇猛的战士已经中箭，他肯定无法忍受那凶猛的箭头，他马上就会倒下！"

但是狄奥墨得斯并没有受到致命伤，他稍稍后退，对驾车的斯特涅洛斯说："亲爱的，快下车，把锋利的箭矢从我的肩上拔出来。"斯特涅洛斯照他的吩咐做了，鲜血溅到衬袍上面。狄奥墨得斯向雅典娜祷告说："宙斯的蓝眼睛女儿，请听我祈祷，在过去的战争中你曾善意地站在我父亲的这一边，现在请你也对我同样友好，保护我！保佑我的长矛能杀死这个人，让他再也见不到阳光！"

雅典娜听到他的祈求，给他的四肢增添了力量，他突然感到身子变得轻松自如，伤口也不再疼痛，雅典娜站在他的旁边对他说："狄奥墨得斯，放开胆量去作战吧！我已经把你父亲勇往直前的勇气植入你的胸中；我已拂去了罩在你眼前的浓雾，现在你在战场上能够看出谁是天神，谁是凡人。如果有神来攻击你，你就大胆地跟他一起去战斗！但阿佛洛狄忒除外，如果她靠近你，你就毫不留情地刺伤她！"

狄奥墨得斯

雅典娜说完这些话就离开了。狄奥墨得斯现在增加了三倍的勇气和力量，他像猛狮一样在特洛伊人中间奋勇拼杀。他用铜枪击中阿斯堤诺俄斯，又用大剑砍中牧者许佩戎。他又杀死了欧律达马斯的两个儿子，打死了弗诺普斯的两个儿子。接着他又把普里阿摩斯的两个儿子克洛弥奥斯和埃肯蒙打下战车，剥夺他们的盔甲，把缴获的战车交给手下的士兵，由他们送上战船。

普里阿摩斯国王的女婿埃涅阿斯眼看着狄奥墨得斯把特洛伊人打杀得七零八落，便冒着四处乱窜的标枪找到潘达洛斯那儿，大声对他说："潘达洛斯，你的弯弓、羽箭、荣誉到哪里去了？这地方没有人能同你比赛，你曾夸下海口没有人能够比你更强。你看到那个人了吗？他是这样强大，他杀害了这么多特洛伊人，他不会是哪位对特洛伊人怀恨在心的神吧？莫非他是对祭礼不满，发怒来报复人间？"

潘达洛斯回答说："埃涅阿斯，我看那人最像堤丢斯的儿子狄奥墨得斯，我看出了他的盾牌、盔顶，看见了他的大马。我还以为已将他射死了。他这样狂暴勇猛，一定有一个神在保护他，而且仍然在帮助他！我真不走运，我已经射中了两个希腊首领，可是都没有能够把他们射死，他们反而变得更加强大。大概我是在一个不吉利的时辰带着弓箭来到特洛伊城前的。"

"不要这样说，"埃涅阿斯安慰他说，"快上我的战车，现在我们赶快行动。"潘达洛斯跳上车，站在埃涅阿斯身旁，两个人驾着快马，飞快地驰向狄奥墨得斯。狄奥墨得斯的朋友斯特涅洛斯看到他们过来了，便朝他的朋友大喊："我看见两个强大的敌人要同你作战，他们都有巨大的战斗力，其中一个是精通弓箭术的潘达洛斯，另一个则是阿佛洛狄忒的儿子埃涅阿斯。我们还是先躲开吧，不要和他们正面作战，免得丧失了自己的性命。"

强大的狄奥墨得斯瞥了他的伙伴一眼，回答说："不要对我说逃跑的话，临阵脱逃或者退缩不前不是我的性格。就让我徒步去面对他们吧！雅典娜不允许我临阵脱逃。如果我杀死了他们，你就随后过来，把埃涅阿斯的两匹快马牵着送回船去。他的马匹是太阳下最好的马匹。"他俩正在交谈，潘达洛斯的长枪已朝狄奥墨得斯掷过来，长枪穿过他的盾牌，却被他的铠甲挡了回去。"你的长枪投偏了没有中，我看你们俩是不见冥王不掉泪。"狄奥墨得斯说着投出了手中的长枪，雅典娜引导枪尖击中潘达洛斯的鼻子，穿过白色的牙齿，把整个颌骨刺穿了。潘达洛斯从车上摔倒在地，他的马也惊逃而去。埃涅阿斯提着盾牌，举着长枪跳下战车，他像头勇猛的雄狮站在自己伙伴的身边，随时准备杀死任何敢于碰他朋友的敌人。狄奥墨得斯从地上抓起一块巨石，那是两个强壮的人怎么也搬不动的石头，而他却高高举起，猛击埃涅阿斯的髋骨。埃涅阿斯痛得失去知觉，跌倒在地，不省人事。如果不是女神阿佛洛狄忒爱子心切，她立即抱住儿子，用发亮的袍子把他裹住抵挡标枪，那他一定被阿耳戈斯人给打死了。斯特涅洛斯记住了狄奥墨得斯的叮嘱，他缴下了埃涅阿斯的两匹战马，把它们赶到希腊人战船那，然后又驾着战车找到狄奥墨得斯。狄奥墨得斯认出了女神阿佛洛狄忒，他知道她不是擅长战争的女英雄，于是他在浩荡的人群中追上了带着儿子的女神。他用锐利的长枪刺伤了女神纤细的手掌，刺破了她手上的嫩肉。受了伤的阿佛洛狄忒痛得大叫一声，她的儿子滚落到地上。阿波罗见状，赶紧把埃涅阿斯抱在怀里，用云朵把他罩住，免得阿耳戈斯人趁机刺伤他，夺取他的性命。狄奥墨得斯大声地对爱情女神喊道："宙斯的女儿，赶快退出战斗和冲突吧，我认为胆小懦弱的你即使在远处，听见战争的名称，你也会吓得发抖。"女神听后怒气冲冲地离开了。她发现她的兄弟战神阿瑞斯正坐在战场的左边，她请求自己的兄弟把两匹好马借给她："亲爱的兄弟，把你的马车借给我，我好回到奥林匹斯圣山去，我的手受了伤，疼痛难忍，是狄奥墨得斯那个凡人伤害了我，我相信他还要同我们的父亲宙斯作战的。"

阿瑞斯把战车借给她。阿佛洛狄忒驾着快马风驰电掣地回到奥林匹斯圣山，她哭着扑进了母亲狄奥涅的怀里。母亲用轻柔的言语抚慰女儿，并领她来见父亲。宙斯含着微笑对她说："我的孩子，战争的事情不由你司掌，你还是去专门管理婚礼事务吧，这些事由活跃的雅典娜和阿瑞斯去关心。"雅典娜和赫拉却在一旁嘲笑地看着她，用讥讽的口气说道："可能是哪个漂亮而不忠的希腊女人把阿佛洛忒狄吸引到特洛伊去了，是在抚摸海伦的衣裳时，你的纤纤玉手一不小心被别针划破了吧？"

众神在天上这样交谈，而人间的战场上，战斗则愈演愈烈。狄奥墨得斯朝着埃涅阿斯扑了上去，尽管他知道阿波罗为那人伸开手臂，但他不畏惧，他依然想杀死埃涅阿斯。他三次猛扑都无济于事，三次都被愤怒的阿波罗神用盾牌挡回去。当他第四次扑过去时，阿波罗发出可怕的吼声："你考虑考虑，你这个凡人，不要放肆地和神对抗！"

听到这话，狄奥墨得斯后退下来，避免阿波罗更强烈地发怒。阿波罗带着埃涅阿斯离开了混乱的战场，回到他在特洛伊的神庙，把埃涅阿斯交给他的母亲勒托和射猎女神阿尔忒弥斯照料。阿波罗并没有忘记在埃涅阿斯刚才倒下的地方制造一个埃涅阿斯模样的假人。假人形象极其逼真，使得特洛伊人和希腊人都在为那个假人进行激烈争夺。然后，阿波罗提醒战神阿瑞斯，把胆敢与神作对的无耻之徒，堤丢斯的儿子，从战场上清除出去。战神变成色雷斯人的领袖阿卡马斯混在特洛伊队伍中，来到普里阿摩斯的儿子们跟前，吩咐他们说："王子啊，你们想让那个希腊人杀戮到何时呢？是否要等他打到特洛伊的城下？你们不知道埃涅阿斯已经躺下了吗？来吧，让我们从敌人的手中救出我们的英勇的伙伴！"

阿瑞斯的话激励了特洛伊人，他们重新鼓起力量和振作起精神。吕喀亚国王萨耳佩冬跑去找赫克托耳，谴责他说："赫克托耳，你的勇气跑到哪儿去了？你曾夸海口说：'即使没有军队和盟友，你和几个兄弟就能守住特洛伊城。'但我现在看不见他们中的任何一个。他们个个像狗见了狮子一样退缩畏怯，倒是我们这些同盟军不得不单独作战。"

　　赫克托耳被这番话刺伤了。他立即全身披挂从车上跳到地上，挥舞着长矛，穿过各处的军队，鼓励士兵们战斗。他的鼓动奏效了，特洛伊人即刻转向敌人冲去。与此同时，阿波罗让埃涅阿斯恢复了健康和力量，把他送上战场。战士们看见他完好无损、健康无比地回到队伍中都非常高兴，但是谁也没有多加询问，因为战事正在激烈地进行中。

　　阿耳戈斯人由狄奥墨得斯、两个埃阿斯和奥德修斯率领着，严阵以待，他们面对特洛伊的力量和攻势并不畏惧。阿伽门农第一个朝着飞奔而来的特洛伊人投去一枪，击中埃涅阿斯的朋友，冲在最前面的得伊科翁。他是一个总在前线奋勇拼杀的英雄。这时埃涅阿斯挥起强有力的手杀死了阿耳戈斯人的两个英勇的战士，即克瑞同和奥尔西洛科斯，他们是富翁狄奥克勒斯的儿子。墨涅拉奥斯看见他们倒地，十分愤怒，他挥动长矛，勇猛地投入战斗。战神阿瑞斯怂恿墨涅拉奥斯前进，有意使他死在埃涅阿斯的手下。涅斯托耳的儿子安提罗科斯担心国王遭受不幸，当两个英雄开始厮杀时，他急忙奔到墨涅拉奥斯的身边。埃涅阿斯虽然勇猛，但是看到对方又多了一个帮手，还是没有冒昧上前。墨涅拉奥斯和安提罗科斯抢出了两位战友的尸体，交给了自己人，然后他们又返回阵前继续作战。他们杀死了战神般英勇的皮莱墨涅斯，并把他的战马赶进特洛伊人的阵里。

　　赫克托耳看见他们率领着特洛伊强大的队伍冲了过来，战神阿瑞斯和女神埃倪奥与他一道作战。狄奥墨得斯看到战神走来，大吃一惊，他对士兵们说道："朋友们，我们一向称赞赫克托耳是位勇敢的战士，原来他的身边总有一位神在保护他。你们看，战神阿瑞斯正站在他身旁，我们最好往后退，不要贸然地同天神作战。"正说着，特洛伊人已经逼近。赫克托耳杀死了同驾一辆车的两个精通战术的希腊人。忒拉蒙的儿子埃阿斯赶过来，为他们报仇。他用长矛击中了特洛伊人的一个盟友安菲奥斯，使他砰然摔在地上。特洛伊人向他扔出锐利的长枪，阻止他剥取阵亡人的铠甲。

　　在战场的另一部分，不可抗拒的命运驱使着赫拉克勒斯的儿子特勒帕勒摩斯去对付吕喀亚人萨耳佩冬。还没有靠近，他就开始向对手大声大骂："你这个不懂战斗的胆小鬼跑来做什么，居然敢谎称是宙斯的儿子，可知道强大的赫拉克勒斯乃是我的父亲！你是一个胆小的人，即使你今天领着强大的队伍，也要倒在我的脚下！"萨耳佩冬愤怒地说："如果你认为我还未取得过应有的战斗荣誉的话，那么今天你的命运已经注定，你的死将赠给我荣誉！"说完话，两支长枪几乎同时从两人的手里投出。萨耳佩冬击中过分傲慢的对方的喉咙，使他倒在地上死了。

同时对方也刺中萨耳佩冬的左腿，枪尖擦伤了骨头，但他的父亲宙斯不愿意他死，因此，他的朋友们急忙抬着他离开战场。他们是这样的忙乱，以至于没有人想到要把萨耳佩冬的腿上的标枪拔出来。

奥德修斯在作战中看见特勒帕勒摩斯和萨耳佩冬对阵的局面，所以当萨耳佩冬被抬出去时，奥德修斯连忙追赶上去。赫克托耳急忙赶来保护萨耳佩冬，宙斯之子萨耳佩冬心里高兴，但是他显得特别虚弱，他对赫克托耳说道："别让我躺在这里，成为阿耳戈斯人的俘虏，保护我，即使我不能回家看到我的妻儿，也要死在我们的城市里。"赫克托耳没有回答，他只是驱逐萨耳佩冬周围的希腊人。萨耳佩冬的朋友把他抬到一棵高大的橡树下面。他的朋友佩拉贡从他的腿上拔出标枪。萨耳佩冬很快昏迷过去。不久，他又开始呼吸，苏醒过来，一阵凉爽的北风轻轻地吹到他的身上，又使他恢复了精神。

现在，身披铜甲的阿瑞斯和赫克托耳并肩作战，他们一共杀死了希腊的六位英雄，他们勇猛的威力使得希腊人渐渐后退，一直退到他们的战船上。

赫拉从高高的奥林匹斯圣山上，看到特洛伊人在阿瑞斯的帮助下杀死许多希腊人，立即吩咐雅典娜下去阻止阿瑞斯。雅典娜于是把战车装扮一新，车轮是青铜铸的，外面包着不可磨损的黄金，两边转动的车轮是白银的，轭具也是黄金的，闪闪发光。赫拉过去给她的战马套上笼头。雅典娜穿上父亲的铠甲，头上戴着金盔，手持盾牌。她纵身登上发亮的战车，握住结实的长枪，坐在了银椅上。赫拉在她旁边用鞭子轻轻打马，马飞奔而去。由时光女神掌管的天宫大门自动打开，于是两位女神很快驶出了天门。她们看到宙斯坐在奥林匹斯圣山的山顶上。赫拉立即勒住马缰，停下来对他说："你怎么不为阿瑞斯的暴行所恼怒？他违背天命，屠杀希腊人，他很鲁莽，难控制，令我难以忍受。是阿佛洛狄忒和阿波罗唆使战神作恶，现在请你允许我去收拾他，让他赶快离开战场！"

"你可以去试试，"宙斯回答她，"让雅典娜和他对阵，她知道如何与他作战。"赫拉听后十分满意，她举起鞭子策马飞奔，上面是繁星密布的天空，下面是高山和大地，最后她们把马停在特洛伊的土地和西摩埃斯与斯卡曼德罗斯河汇合的地方。

两个女神迅速地来到战场，她们急着前去帮助阿耳戈斯战士。她们看到无数战士正站在狄奥墨得斯的身边。赫拉变作斯腾托尔，走近他们，用相当于五十个人吼叫的声音大声喊道："阿耳戈斯人不感到害臊吗？难道只有阿喀琉斯和你们一起战斗时，你们才能战胜敌人吗？"她这样说，激起了士兵们的力量和精神。雅典娜找到狄奥墨得斯，他正靠在战车旁边，让风吹凉被潘达洛斯用箭射中的伤口。他的圆盾的宽肩带下汗水不断流淌，使他感到非常苦闷。他两手软弱无力，懒得把肩带下的血迹擦干。雅典娜抓住马轭，对他这样说："看来，堤丢斯的儿子一点儿也不像他本人。堤丢斯虽然身材矮小，但比任何人都勇敢。例如他有一次作为阿耳戈斯人使节，独自到忒拜城，置身于卡德墨亚人当中，本来我让他安静地在厅里参加宴会，可是他却无比勇敢地邀请卡德墨亚的青年同他比武。我帮助了他，使得他场场比赛都获得胜利。我现在站在你身边，也同样愿意给予你保护和援助，可是你的状态我搞不清楚，是激烈的战斗使得你手脚疲劳还是令人寒心的恐惧把你缠住？在我看来，你已不像是勇猛的堤丢斯的儿子。"狄奥墨得斯听到她的话，回答说："我知道是你，宙斯的女儿，我愿意告诉你全部实情：我并没有被令人丧胆的恐惧或者劳累所缠住，我依然记得你曾经告诫过我，不要同别的天神迎面交战，除了阿佛洛狄忒以外。但是现在战场上的局面全都由战神阿瑞斯控制，我毫无办法，只好命令阿耳戈斯人全部后退到这个地方。"雅典娜听了他的话回答说："狄奥墨得斯呀，我喜爱的英雄，从现在起，你不要惧怕阿瑞斯或其他别的天神，我会来帮助你。你尽管驾驭你的马向着阿瑞斯猛冲过去，我会是你的坚强后盾。"

说完，雅典娜朝狄奥墨得斯的御者斯特涅洛斯打了个手势，她取代了御者的位置坐上了战车，和狄奥墨得斯一块儿抓住缰绳，扬起马鞭，驾着战车朝战神阿瑞斯迅速冲过去。阿瑞斯刚刚战胜了魁梧的埃托利亚人佩里法斯，看到狄奥墨得斯站在战车上向他冲了过来，女神雅典娜把自己掩在看不透的浓雾里。阿瑞斯随即丢开佩里法斯，向堤丢斯的儿子冲去。阿瑞斯用铜枪投向对方马的缰绳的上方，急于要夺去狄奥墨得斯的性命。但是雅典娜在暗处抓住铜枪，把它推向上空，它改变了方向。狄奥墨得斯向阿瑞斯投去铜枪，雅典娜使他的长矛飞向阿瑞斯的下腹部，正是他捆着腰带的下方。战神大吼一声，好似千万个战士在激烈的战斗中大声齐吼，希腊人和特洛伊人听得毛骨悚然。狄奥墨得斯看到披铜甲的阿瑞斯驾着云团升入辽阔的天空。战神很快到达神界，回到奥林匹斯圣山，他坐在父亲宙斯身旁，把伤口指给父亲看。他痛哭流涕，向父亲抱怨道："父亲呀，你看见这粗暴的行为不感到气愤吗？你的女儿雅典娜总是爱捣乱和撒野，你从来不约束她的任何行为。你看，她先是刺伤了阿佛洛狄忒的手腕，现在又帮助那个凡人刺伤我的腹部。"宙斯没有安慰他的儿子，反而生气地说道："我的孩子，别再抱怨了！在奥林匹斯圣山的神里，我最不喜欢的就是你了。你总是喜欢吵架、战争和斗殴。你的狂暴和执拗的性情更像你的母亲赫拉。不过，我还是不忍心看见你忍受创伤的痛苦。神医埃昂会给你疗伤的。"

阿瑞斯停止战争后，其他的神也回到奥林匹斯圣山，特洛伊人和阿耳戈斯人的战斗便自行发展。忒拉蒙的儿子埃阿斯首先突破特洛伊人的阵线，他打到了色雷斯人中最出色的战士阿卡玛斯。接着，狄奥墨得斯也剥夺了阿克绪罗斯和他的副将的性命；三位善战的特洛伊人死在墨喀斯透斯的儿子欧律阿罗斯的手下；奥德修斯用铜枪刺中了特洛伊英雄庇底狄斯；透克洛斯杀死了阿瑞塔翁；阿布勒洛斯被安提罗科斯用铜枪杀死；埃拉托斯被阿伽门农杀死；勒伊托斯生擒逃跑的费拉科斯。阿德瑞斯托斯在回城途中，受惊的马被柳树缠住，他也就被迫滚下战车，被墨涅拉奥斯活捉。他随即抱住墨涅拉奥斯的双膝，向他告饶哀求："放我一条生路吧，阿特柔斯的儿子，我的父亲很富有，他一定会给你大量的珠宝和黄金，以此作为我的赎金！"墨涅拉奥斯听了他的话几乎心动了，正要把他交给战友时，阿伽门农迎面跑来斥责说："墨涅拉奥斯，你怎么可以对敌人发慈悲？特洛伊人没有一个能逃脱死亡，连母亲肚里的胎儿也逃脱不了！"墨涅拉奥斯听到这话，便用手推开阿德瑞斯托斯，阿伽门农立刻用长矛把他刺死在地。阿耳戈斯人蜂拥而上，涅斯托耳在后面大声呼喊："朋友们，别在后面逗留抢夺财物，获取战利品。我们要先杀敌人，等有时间再慢慢地收取战利品。"

特洛伊人几乎大败，大家都退回城里。若不是普里阿摩斯的儿子，最高明的占卜师赫勒诺斯对赫克托耳和埃涅阿斯说："埃涅阿斯，还有你赫克托耳，你们肩负着特洛伊人的希望，你们要稳住阵脚，到各处把逃跑的人都拦在城门口，阻止他们溃逃，这样我们才能恢复战斗力，战胜阿耳戈斯人。赫克托耳，请你现在到特洛伊城去，告诉我们的母亲，请她动员城里的贵妇人到雅典娜的神庙去，把最美丽贵重的那件衣服献在女神的膝上，向她许愿，答应给她祭供十二头肥壮的牛犊，请女神对特洛伊的妇女和孩子大发慈悲。请她把野蛮的杀手，可怕的狄奥墨得斯清除出去。"听完他弟弟的讲话，赫克托耳急忙赶回特洛伊城去。

赫克托耳在特洛伊城

当赫克托耳抵达斯开亚城门，走到宙斯的山毛榉下时，特洛伊的妇孺老弱将他团团围住，不安地向他打听丈夫、儿子、兄弟以及亲友的消息。他无法一一给予答复，只是建议她们向神祇请求保佑。很多人都从他那里听出了可怕的消息，哀伤地垂下了头。现在他来到父亲的王宫。这是一座华丽的建筑，四周都围有粗大石柱的宽敞厅堂，里面是五十间用光滑的大理石建成的宫室，一间连着一间。

这里是王子及其妻子居住的地方。在内廷的另一侧是十二间相连的大理石宫室，这里是国王的女儿女婿们居住的地方。宫殿由高大的城墙围绕，构成一座坚固的宫堡。赫克托耳在这里遇到了他慈祥的母亲赫卡柏。她正要到她最喜爱也是最漂亮的女儿拉俄狄克那儿去。年迈的王后急切地朝儿子走过来，握住他的手，忧愁而关爱地问他："你何以离开那血腥的战场归来？想必是希腊人加紧围攻我们，你回来了一定要去祈求宙斯。我去给你带上陈酿的美酒，你好向万神之父宙斯和其他的神祇献上，然后你自己也可以喝一口提提精神！"赫克托耳回答王后说："亲爱的母亲，我不要酒，以免我失去力量。我也不想用一双不洁之手为万神之父行灌礼。母亲，我请求你，带着特洛伊最高贵的女人们手持熏香到雅典娜神庙，把最华贵的衣服献给她，并献祭十二头肥壮的母牛，祈求她保佑我们。我要去喊我的兄弟帕里斯上战场参加战斗。愿大地把他吞没，我绝不怜悯他，因为他生来是要使我们全城毁灭。"

母亲照儿子吩咐的去做了。她进入内室，取出她最华美的衣服，那正是帕里斯带海伦来时从西顿带来的。她选出最绚丽一件，然后由一群高贵的女人陪同登上雅典娜的神庙。安忒诺尔的妻子，即雅典娜在特洛伊的女祭司特阿诺给她们打开女神的圣殿。女人们围着雅典娜的神像，举起双手向她祈祷。特阿诺从王后手里接过那件衣服，献于神像的膝前，并对宙斯的女儿恳求说："雅典娜，城市的保护神，最庄严而强有力的女神，请折断狄奥墨得斯的矛，让他栽倒在我们的城门下吧！请保佑我们的城市、女人和孩子吧！我们怀着这样的希望，向你献祭十二头肥牛。"然而雅典娜拒绝了他们的祈求。

赫克托耳已经来到帕里斯的宫殿，它紧挨着国王和赫克托耳的宫殿。赫克托耳手执一支长矛，矛长丈余。青铜矛头和矛杆以一枚金环箍住。他看到兄弟帕里斯正在内室检查武器，修理他的硬弓。海伦则坐在一群侍女中间，操持着日常的家事。赫克托耳带着嘲讽的眼神看着帕里斯，同时大声斥责："你坐在这里闷闷不乐实在是不对。因为你的缘故，士兵们都在城外浴血作战。起来，在城市还没有被敌人攻破并烧毁之前，你要和我们一起来保卫它！"

帕里斯回答他说："你说得不是没有道理，可我坐在这里是因为内心感到悲伤。刚才海伦鼓励我，要我重上战场。我正准备披上战袍，你先去吧，我随后就到！"赫克托耳沉默不语。海伦面有愧色，她说："噢，我是个不祥之人，是我带来了巨大灾难！我宁愿在跟帕里斯来到这里之前就葬身大海！现在兵临城下，我多么希望我的丈夫能够勇敢一些，多么希望他正视自己所受的羞辱和谴责。可是他没有骨气，他的懦弱一定会带来可怕的后果。而你，赫克托耳，进来吧，先休息一下，我知道你正顶着巨大压力！"

"不，海伦，"赫克托耳回答说："我不能休息。惨烈的战争正驱使我回到特洛伊人中去。你要劝说帕里斯，让他尽快随我同去参加战斗。现在我还得赶回宫去，看看我的妻子儿子和仆人。"说着，赫克托耳便转身离去。但他没有在房里看到妻子。女仆告诉他："当她听说特洛伊人遭到打击，希腊人夺得胜利时，她就着魔般地离开了宫殿，想爬到城楼上去。女佣抱着孩子，只好跟随她而去了。"

赫克托耳飞速跑到特洛伊大街上。当他到达斯开亚城门时，他的妻子安德洛玛刻，底比斯国王厄厄提翁的女儿，迎面朝他跑来。跟在她后面的女佣怀中抱着幼小的阿斯提阿那克斯。父亲默默地看着可爱的儿子，脸上慈爱的笑容几乎不为人所察觉。安德洛玛刻双眼满含泪水向他走来，温柔地握住丈夫的手说："不幸的人，你的勇敢肯定会使你丧命。你难道忍心不顾你的幼小的儿子，也不可怜你的妻子让她成为一个不幸的寡妇吗？阿喀琉斯杀害了我的父亲，我的母亲死于阿尔忒弥斯的箭下，我的七个兄弟也全被阿喀琉斯杀死。除你以外，赫克托耳，我什么亲人也没有了。对我来说，你就是我的父亲、母亲和兄弟。因此，我请求你留在塔楼上吧！命令军队开往那片长满无花果树的小山丘，那的城墙没人防守，很容易被敌人攻破。最勇敢的亚各斯人已经向那里发动三次攻击了。或许是预言家给了他们启示，也可能是他们自己发现了这里守卫薄弱。"

赫克托耳亲切地看着他的妻子，说："这也是我所担心的，但是亲爱的，如果我只是这样远远地待在这儿观望，那么我会在特洛伊的男女老少面前感到羞愧。我的内心一直驱使自己到最激烈的前线去战斗。虽然我已经预感特洛伊城总有一天将会毁灭，普里阿摩斯和他的人民也将会遭殃。但更使我难过的不是特洛伊城的毁

战前的特洛伊城
密西亚海湾是莫伊斯河和斯康曼特尔河的入海口，久而久之形成了一个平原，这里住着土著人克里特人，这个地区的牧民也被称为特拉人。高大威严的特洛伊城是在太阳神阿波罗和海神波塞冬的参与和带领下修建起来的。特洛伊人民对此赞不绝口。

灭，也不是我的父母兄弟将要遭受的苦难。而是想到希腊人将你掠去，让你在亚各斯那边纺纱织布或者挑水浇灌，遭受强迫劳役之苦。当你伤心落泪的时候，有人一定会指着你说道：'看，这就是赫克托耳的妻子，他曾经是特洛伊人中最英勇的英雄。可是他的妻子现在却在遭受着奴役。'当你悲痛欲绝的时候，呼唤着我却得不到我的回应。唉，想到这些，我宁愿现在就死去！"

沉寂片刻后他伸手抚抱儿子，但孩子却哭着把脸埋进女仆的胸前，十分害怕父亲头上的铁盔和飘动的马鬃盔饰。父亲微笑地看着孩子和母亲，迅速脱下寒气凛然的头盔，把它搁在地上，然后吻着可爱的儿子，抱着儿子摇晃。他仰望苍天，向诸神祈祷："宙斯和诸位神！让我的儿子跟我一样，成为特洛伊人的榜样吧！让他强大无比，统领特洛伊，使得人们终有一天会说：'他比他的父亲更勇敢！让他的母亲也为他感到高兴！'说着，他把儿子放在妻子的手上，妻子抱住孩子，含着眼泪微笑。赫克托耳抚摸着妻子的双颊，说："可怜的妻子，不要悲伤！没有人敢于违背神意将我杀死，但是任何人都难以逃脱自己的命运！"说完这番话，赫克托耳戴上头盔就离开了。安德洛玛刻朝宫中走去，不禁悲怆地哭了起来。

帕里斯也带着铮亮的武器从城里穿过，他赶上了哥哥赫克托耳，看到哥哥正在跟他的妻子安德洛玛刻告别。"我磨磨蹭蹭把你耽搁了，"帕里斯大声地说，"我来迟了，不是吗？"赫克托耳却亲切地回答说："好兄弟，不用饶有兴致地跟我讲客套，你总算自愿回来了。特洛伊人为你受尽了苦。当我听到他们鄙夷地议论你时，我就深感痛心。好吧，这件事我们以后再说吧。等到我们把希腊人赶出特洛伊，把盏共饮，庆祝胜利时我们再来谈论这件事！"

赫克托耳和埃阿斯决战

赫克托耳匆匆忙忙地和帕里斯一道出城，兄弟两人都急于要参加战斗。帕里斯杀死墨涅斯提奥斯；赫克托耳用锋利的长矛击中埃伊奥纽斯的脖子。女神雅典娜从奥林匹斯圣山上看到赫克托耳兄弟两人在激烈的战斗中杀死了很多阿耳戈斯人，便匆匆降到特洛伊城。阿波罗在城上望见，便去迎接她，他希望特洛伊人获胜。他们姐弟在一棵橡树旁边相逢，阿波罗首先开口说："伟大的宙斯的女儿，什么风把你从奥林匹斯圣山上吹下来了？你就这么不怜悯特洛伊人被杀死，而要让阿耳戈斯人胜利？让今天的战斗停止吧。如果你一定要让特洛伊城遭到毁灭，那就让他们下次再打吧！"

雅典娜回答说："好的，就这样办，我正是怀着这种想法从奥林匹斯圣山上来到他们中间的。可你要怎样制止战争？"

"我们要使强有力的赫克托耳更加勇敢，"阿波罗说，"让他向阿耳戈斯人挑战，要求和他一样勇敢的阿耳戈斯人单独战斗，这样阿耳戈斯人一定会感到气愤，那么大范围的战争就能够阻止了。"他这样说，雅典娜听从。

预言家赫勒诺斯听到两位神的谈话，急忙找到赫克托耳，对他说："智慧的普里阿摩斯的儿子，请听从我的建议吧！你去要求特洛伊人和希腊人停战，你自己向阿耳戈斯人提出挑战。你这样做不会遭遇不幸，因为我听到神的声音，你命中注定还不会死。"

赫克托耳听了非常高兴，他走到两军的阵前，握着长枪的中部，让特洛伊士兵停止前进。阿伽门农也命令希腊人停止前进。阿耳戈斯人浩荡的队伍就站在平原中，大家吵吵嚷嚷。雅典娜和阿波罗化身为两头苍鹰，双双栖息在宙斯的高大橡树上看着这里纷乱的场面。最后大家都安静下来，赫克托耳开始说话："特洛伊和希腊的士兵们，请听我发自内心的建议！我们不久前缔结的盟誓没有获得宙斯的赞同，他给我们双方的军队制造灾难，其结果非常明显，或是你们征服特洛伊，或者是让你们连同战船被我们彻底打败。全希腊最勇敢的英雄们就在你们的兵营里，谁有胆量跟我单独作战，请他站出来。我请宙斯在这里为我们作证：如果我的对手用铜剑把我杀死，便让他剥夺我的铠甲，还有我的武器作为战利品，但须把我的身体交给我的家庭，让特洛伊人和他们的妻子给我举行葬礼。但是如果阿波罗赋予我荣誉，让对手死在我的矛下，我将把他的盔甲剥下来挂在特洛伊的阿波罗神庙里。当然，你们可以把死者运回战船，让你们的人为他隆重安葬！"

阿耳戈斯人都默不作声。因为拒绝挑战是耻辱，可是接受挑战又感到恐惧。他们正在为难时，墨涅拉奥斯站了起来，他谴责自己的同胞说："你们这些爱夸口的人啊，临阵的时候都像妇女似的，根本不是男子汉。如果没有一个人接受赫克托耳的挑战，这将是我们多么大的耻辱！我愿意接受他的挑战，让诸神决定命运吧！"说着他披起漂亮的铠甲，但如果不是希腊的几个王子及时把他拖回的话，这次他必死在赫克托耳的手下。阿伽门农握住他的手说："墨涅拉奥斯，你是疯了吗？你怎么这样愚蠢。不要因为气愤而接受挑战。要知道，别的人都害怕他而发抖，甚至阿喀琉斯在战场上见到他也不敢鲁莽从事，他比你强得多！请你三思而后行！"

墨涅拉奥斯听从了他的话，安静地坐了下来。然后涅斯托耳站起来对他的军队说了一番谴责的话，告诉他们当年他和阿尔卡狄亚人埃柔塔利昂决战的故事。

"如果我还年轻，"他在结束时说，"还跟当年一样强壮有力，赫克托耳马上就会遇到作战的对手！"

老人这样谴责他们，有九个王子站起来，头一个起身的是阿伽门农，后面是狄奥墨得斯，然后是两个埃阿斯，接下去是伊多墨纽斯以及他的伙伴迈里俄纳斯、欧律皮罗斯、托阿斯和奥德修斯。他们纷纷表示要和赫克托耳作战。"抓阄决定吧，"涅斯托耳说，"无论谁，抓到阄，他如能战胜赫克托耳，全希腊人都会为他感到自豪和高兴。"于是，他们每一个人都在阄上做了记号，将它们放到阿伽门农的头盔里。士兵们一起祈祷。涅斯托耳摇了摇头盔，忒拉蒙的儿子埃阿斯的阄跳了出来，传令官把阄穿过人群，给各位英雄看。埃阿斯高兴地大喊起来："朋友们，这只阄正是我的。我心里很高兴，因为我认为我将战胜赫克托耳。大家过来，在我穿上作战的铠甲时，请为我向宙斯祈祷吧！"

埃阿斯这样说，希腊人都为他向宙斯祈求："爱达山的主宰宙斯神啊，请赐给埃阿斯以胜利，使他获得荣誉。你若是也宠爱赫克托耳，那就赐他们同样的力量和光荣吧！"这时候，埃阿斯已经穿上金光闪闪的铠甲，大步跨行，手里挥舞着粗大的长矛，有如魁梧的战神出去参加战斗一样，严肃的脸面上还露出笑容。阿耳戈斯人看到他威武的形象都很高兴，而特洛伊的士兵却感到害怕，连威风凛凛的赫克托耳也感到胸中的心在加快悸动。但他不能后退，因为这场决斗是他挑起来的。

埃阿斯把盾牌举在胸前，靠近赫克托耳，威胁他说："赫克托耳，这下你该清楚地知道，阿耳戈斯人除阿喀琉斯外还有很多的英雄。好吧，让我们开始吧！你先动刀枪吧！"

赫克托耳回答说："威武的忒拉蒙的儿子，你可不要把我当作一个不懂战事的孩子进行挑逗，要知道我身经百战，精通战术。你是一位勇敢的好汉，我不会偷偷地对你进攻，我要当着你的面用我的长矛刺中你。"说着，他快速地投出他的长矛，长矛击中埃阿斯的盾牌，矛尖穿透了六层牛皮，在第七层停了下来。这时埃阿斯动手了，他投掷他的长矛，也击中了赫克托耳的盾牌，又迅速穿过对方制作极其精致的铠甲。赫克托耳立刻将身子一闪，躲过被刺死的厄运。现在双方持矛来回刺杀，都急不可待地朝对方刺去。赫克托耳瞄准埃阿斯的盾牌中心刺去，但没能刺破，枪尖被扭弯。埃阿斯向他刺去，铜枪刺透了对方的盾牌，划破了他的脖子，黑色的血立刻流了出来。赫克托耳往后退了两步，伸手抓起一块大石头，击中埃阿斯的盾牌，发出当的一声巨响。埃阿斯从地上捡起一块更大的石头，用力朝赫克托耳掷去，这块石头打瘪了赫克托耳的盾牌，砸伤了他的膝盖。赫克托耳不由得仰面躺在地上，被压在盾牌下面，隐身在他旁边的阿波罗赶忙把他扶起来。两个人又冲向对方，挥剑砍杀。这时，双方的传令官都匆忙走上前来，特洛伊人的传令官是伊特俄斯，希腊人的传令官是塔耳堤皮奥斯。他们在两位激烈交战的英雄中举起了神圣的节杖，伊特俄斯大喊一声："别再打斗了！你们两个都是勇敢的人，都为宙斯所喜爱，这是我们大家都看到的！现在夜幕已经降临，最好听从黑夜的安排。"

"这话和你的同胞说去吧！"埃阿斯说道，"是他向我们最勇敢的人提出挑战的。他若同意停战，那么我也同意！"

赫克托耳对埃阿斯说道："埃阿斯，是神赋予你强壮的身体、力量和聪明才智。现在让我们停止今天的战斗和厮杀，日后再决斗，直到神为我们评判，把胜利的荣誉赐给你或是我为止！你过来，让我们互相赠送礼物作为纪念吧，让特洛伊人和希腊人将来有理由说：'他们曾经在战斗时拼个你死我活，分手时却是友情深厚！'"说着，赫克托耳把银柄宝剑连同剑鞘和精心剪裁的佩带赠给对方，埃阿斯解下他的紫色腰带送给赫克托耳。最后双方各自分手，回到各自的阵营中去。

两军休战

阿耳戈斯人们来到他们的最高统帅阿伽门农的帐篷里。他们向宙斯祭供了一头五岁的肥壮公牛。欢宴时，又把最好的里脊肉赠给了胜利者埃阿斯。在他们酒醉饭饱后，老人涅斯托耳提出明智的建议，他建议大家明天休战，这样可以收集战场上阵亡的阿耳戈斯人，并把死者运到战船旁边火化，等以后返回国家的时候再把骨灰交给死者的子女。大家对他的提议都十分赞同。

与此同时，特洛伊人也在卫城上的王宫里举行会议，聪明的安忒诺尔首先站起来说："特洛伊人的朋友和同盟军，请听我发自内心的建议，让我们把海伦和她的财产交给阿特柔斯的儿子们，由他们带走。潘达洛斯破坏了神圣的盟誓，我们已经失信于人，即使继续进行战斗，这对于我们的人民没有好处。"

帕里斯听后立即站起来说："安忒诺尔啊，你的话我听了非常不高兴。如果你是认真地构思这番话的，那恐怕是神明让你失去了理智。我现在当着所有的特洛伊人表态，我绝不把妻子海伦交出去。但是我从希腊带回的财产可以退给他们。我还愿意从自己的财产中再给他们添上一份！"

年迈的国王普里阿摩斯在儿子讲话后站起来用温和的口气对大家说："特洛

伊人的朋友和同盟军，你们现在去享用晚餐吧，请放松心情，好好休息。黎明时分，我将派使者伊特俄斯到希腊人的船上去，问他们是否愿意跟我们休战一天，让我们火化死者，然后再重新打仗，直到天神为我们裁判，把胜利的荣誉赐给他们或是我们。"

大家都听取了国王的意见，各自回到军营中吃饭。第二天清晨，使者伊特俄斯来到希腊人面前，传达帕里斯和普里阿摩斯的建议，希腊人的英雄们听完他的话，沉默许久。最后，狄奥墨得斯站起来说："阿耳戈斯人们不需要接受帕里斯的任何财宝，稍微用脑子想一想，便可以知道特洛伊人已经感到灭亡的威胁！"他的发言得到大家的欢呼和认可。阿伽门农对伊特俄斯说："你已亲耳听到希腊人对帕里斯的建议的答复。对于普里阿摩斯的建议，我们并不拒绝给你们时间去火化死者。让宙斯为我们发出的保证作见证！"说着，他向上天举起了权杖。

伊特俄斯回到特洛伊城。特洛伊人和同盟军正坐在会场上，等待他的返回。他传达了对方的答复，然后全城的人都行动起来，有的人去运尸体，有的人去拾木柴。希腊人的军营里也同样地忙碌着。在阳光的普照下，敌对双方的人又重新正面相遇，他们各自从对方的阵地中寻找同伴的尸体。特洛伊人含着眼泪替他们的阵亡将士清洗肢体上的血污，默默地把尸体抬上车，送上火葬堆顶上；希腊人也满腹悲痛操办着同样的事，直到太阳西沉，火葬堆的焰火熄灭时，他们才回到自己的营帐。

黎明还未降临，夜色依然迷蒙。阿耳戈斯人聚集起一队精选的人马。他们在火葬堆旁边造一个坟墓，在那里建筑壁垒和一些高耸的望楼，用它们来保护自己，保护希腊人的船队。而城墙的外面他们又建造了一扇结实的大门，给车子的通行留下一条出入的道路。然后他们又在墙外挖出一条又宽又深的壕沟，壕沟里面都是木桩。

他们这样辛苦地忙碌着，宙斯和其他的神明在天上看着十分赞赏，海神波塞冬首先发言："宙斯啊，这些阿耳戈斯人建造围墙，挖造壕沟是为了保护他们的船只吧？可是他们却不向我们献祭以求我们的保护。"宙斯听了说道："你说得有道理，等到他们返回故土的时候，你去把壁垒摧毁，把它们全部冲进海里。"他们这样交谈着，阿耳戈斯人已经完成了这一浩大的工程。他们开始宰杀公牛，享用晚餐，伊阿宋和许珀茜伯勒的儿子奥宇纳奥斯从雷姆诺斯岛用大船运来许多名酒浆，然后希腊人开怀畅饮，通宵达旦地享受和狂欢。

特洛伊人和他们的盟友也想趁着休战的间隙略微放松一下心情，可是宙斯却不让他们好好放松，一个晚上都是隆隆的雷鸣声。恐惧爬上每一个特洛伊人的心头，他们即使举杯时也不敢把酒往嘴边送。最后他们只得上床睡觉。

特洛伊人的胜利

第二天清晨，宙斯召集众神到圣山开会，他用洪亮而有力的声音说道："诸位天神，你们听着，你们当中的任何一位天神都不要试图想帮助特洛伊人或者希腊人。你们都要服从，如果有谁敢违抗的话，我就把他扔入幽暗的塔耳塔洛斯深坑，那地方的深度有如天地间的距离。如果你们怀疑我是否能够做到，那么你们可以试一试：你们用一根金链从天上吊下去，然后一齐用力拉，看看是否能把我从天上拖到地上。如果我真想往上面拉的话，我会把你们连同大地、海洋全都拉上来，然后用链条系在奥林匹斯圣山上，把所有的东西吊在天空中间。"

众神听了宙斯的话都非常吃惊，大家不敢吭声。后来雅典娜站起来对宙斯说道："克洛诺斯的儿子，我们这些神的父亲啊，我们都知道你力大无敌，威力无比。但是我们可怜那些希腊人，他们将遭受巨大的灾难。我们愿意听从你的吩咐，不参加战斗，但是我们要向阿耳戈斯人提出有益的劝告，这样他们也不至于遭到毁灭的危险。"宙斯神听了女儿的这番话，微微笑了笑，然后说："我的好女儿，你很了解我。"

说完，宙斯很快乘着他的御用金车，驶往爱达山去了，那里有他的圣地和祭坛。他坐在高高的顶峰上面，威严地遥望特洛伊城和希腊人的营地。阿耳戈斯人在营帐里匆匆吃过早饭，然后披上铠甲，准备赴战。特洛伊那边，虽然人数不如对方多，可是他们每一个人都在积极备战，他们清楚知道战斗直接关系着整个特洛伊的安危。很快，城门大开，他们的军队呐喊着冲了出来。清晨血战开始，一直到太阳照到头顶，双方还是分不出胜负，只听见战场上混杂着受伤者的呻吟声、胜利者的热烈呼声和战场无止境的喧嚣嘈杂杀戮声。宙斯将两方死亡的筹码放在一架黄金的天秤的两端，他提起秤杆，希腊人的这一边沉了下去，而特洛伊人的命运却高高地向天空升起。

宙斯立即从爱达山上鸣放响雷，他把一道闪电送到了希腊人的军队中间，以此表示他内心的想法。希腊人都看到了宙斯降下的凶兆，恐惧笼罩在军中上下。伊多墨纽斯、阿伽门农、两个埃阿斯都坚守不住阵地了，他们连连后退，只有年迈的涅斯托耳仍在前线，是因为帕里斯一箭射中他的马的头部，被射中要害的马因此倒地翻滚起来，其他的马也被搅乱。正当涅斯托耳果断地用剑割断马的缆绳时，赫克托耳的快马已经逼近到他的眼前。眼看老人就要丧失性命，狄奥墨得斯看见了，他大声劝阻奥德修斯不要逃跑，要为老人打退凶狠的敌人赫克托耳。但是奥德修斯没有听见，他朝着希腊人的军营奔去。狄奥墨得斯于是迅速来到涅斯托耳的马前，对他说："老人家，不要担心，快先登上我的战车吧！"狄奥墨得斯一边说一边将涅斯托耳的马交给他的侍从，然后把老人抱上了自己的战车，并朝赫克托耳驶去。趁赫克托耳没来得及动手之前，狄奥墨得斯向对方投掷长矛，没有打中赫克托耳，却击中御者埃尼奥佩斯的胸腔。看到自己的朋友死在身边，赫克托耳心情十分悲痛，并让他躺在那里，重新唤来另一个勇敢的御者，继续朝狄奥墨得斯冲了过去。

宙斯看见，双方即将展开生死搏斗，如果赫克托耳死在对方手里的话，特洛伊城将没有保卫者，希腊人就会在当天攻破特洛伊，宙斯连忙阻止狄奥墨得斯的行动。他迅速地把闪电扔到狄奥墨得斯的马车前，熊熊燃烧的火焰使得驾车的涅斯托耳松开手中的缰绳。他心里害怕，大声地对狄奥墨得斯说："快跑吧！宙斯今天并不想让你取得胜利。我们不要和宙斯一直作对！"

狄奥墨得斯回答说："老人家，你的话是对的。可我一想到赫克托耳将会在特洛伊人的大会上吹嘘：'堤丢斯的儿子在我的面前吓得转身就逃。'我的心里就非常气恼！"

涅斯托耳回答说："哎呀，死到临头，你还有空想这些东西！不管赫克托耳如何嘲笑你，特洛伊的人们是不会相信的，因为他们无数的朋友和丈夫死在你的手下。"他一边说，一边穿过混乱的军队，掉转马头逃跑。赫克托耳立即追了上来在后面他大声吼道："堤丢斯的儿子，亏你们希腊人是那样地敬重你，可是现在他们将会瞧不起你，因为今天的你多么像一个软弱的妇人！你不再是攻占特洛伊并把我们妇女用船运走的希腊英雄中的任何一位。"

听到这种挑衅的言语，狄奥墨得斯犹豫着，是否要掉转马头，与赫克托耳决一死战。宙斯此时从爱达山上连鸣三次响雷。狄奥墨得斯心里明白，这一次胜利并不属于他，于是他赶紧逃跑，相反地，赫克托耳受到宙斯的鼓舞，斗志昂扬。他一边策马扬鞭，一边大声吼道："特洛伊人、吕喀亚人还有其他的同盟军们，让我们再勇敢些吧！我看出宙斯神的意思了，他有意要让我们取得胜利，让希腊人遭受灾难。他们建造那些壁垒围墙根本就不可能挡住我们的进攻。我们很快就会到达他们的战船那儿，然后让我们放火烧了他们的船只，再杀死他们！"然后他策马扬鞭，朝狄奥墨得斯的方向紧紧追去。

　　赫拉在天上看到这个局面，万分焦急。她坐立不安，她对希腊人的保护神海神波塞冬说道："哎呀，你怎么一点也不同情那些正在遭受苦难的阿耳戈斯人呢？他们曾经那样虔诚地给你献祭，你也一心希望他们获胜。现在让我们去帮助希腊人，把特洛伊人赶回去。我们要阻挠宙斯的意志，让他独自坐在爱达山上苦闷去吧！"但是波塞冬听了却非常不愿意，他不敢违抗他强大的兄长的意志，他不安地回答说："赫拉啊，你说的是什么话？我可不愿意看见我们全体的天神和宙斯对抗，他比我们强大得多。"

　　于是赫拉自己鼓励阿伽门农把惊慌失措的希腊人重新集合起来，稳住阵脚，同心抗敌。赫克托耳本来想放火焚烧希腊人的营帐和战船。阿伽门农站在奥德修斯的大船上，那是营地的中间部分，在那里呼喊，声音很快就能传到两头。阿伽门农披着紫色的战袍站在甲板上对所有处在慌乱中的希腊人大声喊道："阿耳戈斯人的勇气到哪儿去了？你们曾经在大块吃肉、大碗喝酒的时候，说过多少豪言壮语，说你们一人能够抵挡几十个甚至几百个特洛伊人。现在的情形呢？我们居然对付不了赫克托耳一个人？他马上就要焚烧我们的战船。啊，宙斯啊，你不能这样对待我，别让我毁了全体希腊人而成为千古罪人！"说到这里，阿伽门农声泪俱下。万神之父怜悯阿伽门农，于是他放出一只雄鹰，最可靠的预兆鸟，爪下抓着一只幼鹿，将它扔在宙斯的祭坛前。

　　希腊人看到宙斯赐予的吉兆，又鼓起勇气，朝蜂拥而至的特洛伊人扑去。勇猛的狄奥墨得斯首先从队伍里跳出来，冲在前面，他给了迎面上来的特洛伊人一枪，枪杆刺中想转身逃跑的阿革拉俄斯的后背。阿伽门农和墨涅拉奥斯、两位埃阿斯、伊多墨纽斯、迈里俄纳斯和欧律皮罗斯也跟了上来。透克洛斯第九个作战，他拉开他的弓，站在大埃阿斯的盾牌的后面，他的箭射死了一个又一个特洛伊人，他在射倒了八个人后，又朝赫克托耳拉紧弓弦，希望射中他心目中的头号敌人。可是箭没有中的，却射中了普里阿摩斯的私生子戈尔古提昂的胸膛。透克洛斯对着赫克托耳又放出另一支箭，这回阿波罗让箭偏离了目标，但是箭头击中了驾车的御者阿尔茜泼托勒摩斯。赫克托耳强忍着失去朋友的悲痛，让他躺在车上，又叫来第三个人为他驾车。他发怒得大声呼喊，随手抓起一块大石头，直接投向透克洛斯。透克洛斯还没来得及弯弓射箭，就先被赫克托耳的大石头击中了锁骨。他的手一下子麻了，不能动弹，整个人顺势就摔倒在地上。埃阿斯连忙用盾牌掩护兄弟，直到墨基斯透斯和阿拉斯托尔过来支援，才把呻吟不已的透克洛斯抬离了战场，送上希腊人的战船。

宙斯又鼓起特洛伊人的勇气，他们把希腊人赶到很深的壕沟前面，赫克托耳冲在最前面，犹如猎犬追赶猎物一样疯狂地追击着希腊人。在追击的过程中，赫克托耳杀死了落在后面的阿耳戈斯人，眼看着希腊人就要被特洛伊人逼得走投无路了，他们每一个人互相呼唤着，举起手来，向天神祈求保护。赫拉听见了他们的祈求，怜悯着他们，于是她对雅典娜说："阿耳戈斯人正在危难之中，难道我们要坐视不管吗？那个疯狂的赫克托耳正在追杀着他们。"

"但愿他丧失力量和性命，能够死在希腊人的手下。我的父亲太残忍了，"雅典娜回答赫拉说，"他不记得我曾多次拯救他的儿子赫拉克勒斯。现在宙斯却不愿意站在我这边，而是成全了忒提斯的心愿。忒提斯用她的温柔手段赢得了父亲的信任。但总有一天，这一切会改变的。你帮我的马套上笼头，我去劝说父亲改变主意！"

赫拉执着鞭子策马飞奔，时光女神看守的天门轰然打开。宙斯远远地望见她俩朝自己的方向飞奔过来，大发雷霆，他便命令伊里斯去阻挡两个女神的车，不让她们进入奥林匹斯圣山的大门，并让伊里斯警告她们，同万神之父作对是没有好处的。她们从伊里斯那得到宙斯愤怒的信息便不再坚持，而是掉转马头，回到了住所。随即宙斯驾着御用金车回到圣山，召开众神举行集会。赫拉和雅典娜离开宙斯坐下，不愿意同他讲话，倒是宙斯先对她们说道："雅典娜和赫拉，你们为什么这样忧愁？我知道你们对特洛伊人怀有很深的愤恨，但是现在我还是决定让特洛伊人取胜，我的命令不可违抗。你们和其他的神都不能使我改变主意。没有我的旨意，你们最好不要擅自帮助希腊人，否则，我将用雷电击打你们，到那时，你们就知道后果是多么严重。"雅典娜和赫拉听了心里很不痛快，雅典娜在那儿沉默不语，尽管她的内心充满忿恨。赫拉控制不住自己胸中的愤怒，说道："克洛诺斯的儿子，你说的话我们都听得很清楚。我们服从你的命令，不会参战，只给阿耳戈斯人有益的忠告，使他们不至于全部遭受毁灭。"但是宙斯回答说："赫拉啊，

众神聚会

明天你将会看见，特洛伊人将取得更大的胜利。强大的赫克托耳不会停止战斗，直到希腊人在绝望的边缘，重新请出饱受屈辱的阿喀琉斯，这就是我的安排！"赫拉听了，没有回答。

晚上，光荣的赫克托耳把特洛伊人集合起来，他这样说道："要不是黑暗降临，我们说不定已经把敌人彻底歼灭了！现在，让我们顺从黑夜的安排，把我们的马从车前解下来，扔一些草料给它们。我们也开始准备晚餐，派一些人回城把牛羊、面包和葡萄酒拿来，我们在四周燃起篝火，明亮的火焰能擦亮我们的眼睛，以防止那些希腊人逃跑。我们自己则尽情享用晚餐，并且包扎伤口。等到黎明破晓时，我们再披上铠甲，继续投入战斗。我要看一看究竟是狄奥墨得斯把我从船边赶到城边，还是我用铜枪把他杀死，夺走他的盔甲和武器。"赫克托耳的讲话获得了特洛伊人的齐声欢呼。于是他们把那些流汗的马从车前解下来，用皮带拴住，然后从各处找来柴薪，燃起篝火，大家在明亮的焰火前尽情地吃喝。他们的马匹也在一旁啃着大麦和黑麦，等待着黎明的到来。

希腊人去见阿喀琉斯

在希腊人的军营里，将士们还没有从刚才溃逃的惊惶中恢复过来，这时统帅阿伽门农召集诸位王子举行会议，大家坐在会场上，满腹愁肠。军队的最高统帅阿伽门农站起来，神情沉痛地说："诸位朋友和战士，伟大的宙斯是很残忍的，他曾经给了我一个吉兆，即答应我先征服特洛伊人再胜利返乡。可是现在他却让我一次次地陷于灾难之中，让我损失了那么多勇敢的将士。我们虽然已经占领了许多城池，而且还将攻陷更多的城市，可是宙斯的权力至高无上，没有他的同意，我们不可能征服特洛伊。因此，让我们一起坐上我们的战船返回我们亲爱的祖国吧！"

他这样说，大家都默不作声，大家都陷入沮丧的情绪当中。最后，狄奥墨得斯打破寂静，说："阿特柔斯的儿子，你怎么能这样灰心丧气呢？你曾经当着希腊人的面责备我没有战斗精神，缺乏勇气和胆量！现在我看到的却是，宙斯给了你权力，使你受到众人的尊敬。可是却没有给你胆量！难道你真的认为希腊的英雄们像你想象的那样软弱无能吗？如果你急于逃跑回家，那么你就回去吧！前面就是回去的路，你的船随时可以出发。但我们其他人却愿意留下来，直到我们毁灭特洛伊为止。即使你们全都走掉了，我和斯忒涅罗斯将一直战斗到把特洛伊攻下来为止，我相信我们将有天神相助！"

狄奥墨得斯的讲话赢得了在场所有英雄的齐声喝彩。涅斯托耳说："堤丢斯的儿子，虽然你的年纪和我最小的儿子相仿，但你说的话是如此谨慎和理智，完全是成年人的口吻。阿伽门农，你举办个宴会吧，让你的帐篷里堆满美酒佳肴，留少数守卫的士兵在墙边放哨，全体阿耳戈斯人碰杯，你可以听到大家提出的各种建议。"

于是，阿伽门农在帐篷里举行了宴会，阿耳戈斯人们全都到齐。大家都尽情享用摆在面前的合乎口味的食品。等到酒足饭饱后，涅斯托耳又提议说："阿伽门农啊，你是我们军队的最高统帅，宙斯把权力赐予你，希望你能做出英明的决策。我们尊重你，服从你，可是那一天你却违反了我们的心愿，我曾经再三劝阻你你都不愿意听从。你不该从阿喀琉斯的营帐里抢去了他心爱的女奴。现在让我们思考这件事吧，我们必须用合心意的礼物和温和的话语把这位受委屈的人请回军中。"

阿伽门农回答说："我承认这是我的过错。我想挽救我曾经犯下的错误，我愿意给受了侮辱的人赔偿礼物。我当着你们大家的面，准备赔偿阿喀琉斯十泰伦特黄金，七只铜三脚祭鼎，二十口大锅，十二匹良马。我还要给他七位我亲手挑选的漂亮姑娘。并且，我归还美丽的布里塞伊斯。我发誓，我从没有碰过布里塞伊斯。如果众神让我们征服了特洛伊，等到分配战利品时，我愿亲手给他的战船装满大量的青铜和黄金。此外，他可以在特洛伊挑选美貌仅次于海伦的二十个美丽女子。等我们回到我们的故乡阿耳戈斯，如果他愿意，他可以成为我的女婿。我会待他如同待我的幼子俄瑞斯忒斯一样。他不需要送聘礼，我将把七座人烟稠密的城市作为女儿的陪嫁。只要他息怒，这一切都会成为事实。"

"阿伽门农，你赔偿给阿喀琉斯的礼物足够多了，"涅斯托耳说，"我们立即挑选最合适的人去见他。福尼克斯为首，然后是大埃阿斯，足智多谋的奥德修斯，传令官荷迪奥斯和欧律巴特斯也随同前往。"

举行完隆重的灌礼，涅斯托耳提名的代表们离开会场，沿着大海的岸边前行，到达米尔弥冬人的营帐。他们看到阿喀琉斯正在弹奏雅致的弦琴，那架琴美观精致，琴上装饰着银制的琴马，他正在和着琴音歌唱古时英雄的事迹。帕特洛克罗斯坐在他的对面，静静地看着他唱着。当他们走到阿喀琉斯面前时，阿喀琉斯吃惊地站了起来，帕特洛克罗斯也立即起身。阿喀琉斯握住福尼克斯和奥德修斯的手，大声说："欢迎你们。好久不见了，你们是朋友，尽管我生希腊人的气，但你们仍是我亲爱的阿耳戈斯人。"

阿喀琉斯把他们请进了房间，并吩咐帕特洛克罗斯端来一大罐的葡萄酒。他把一只山羊和一只绵羊背，还有猪的里脊肉用铁叉放在铁架上烧烤。然后大家开怀畅饮，大吃大喝。这时埃阿斯向福尼克斯使了一下眼色，奥德修斯却抢先在前，他斟满一杯葡萄酒，举杯向阿喀琉斯致意说：“向你表示慰问，珀琉斯的儿子，你的餐食丰盛极了，可是我们的心思都不在这里。我们来，是因为我们遭遇了巨大的不幸，我们是否能战胜一切，渡过难关，全在于你是否愿意援助我们了。特洛伊人和他们的盟友已经逼近我们的堡垒和船只。赫克托耳仗着宙斯的信任威胁说要烧毁我们的船只。在这紧要关头，大家都希望你能够拯救希腊人于水深火热之中。请别再赌气了，阿喀琉斯，你的父亲珀琉斯在你出征前也叮嘱过你，要控制骄傲的情绪，温和友善地待人。”接着，奥德修斯又一一列举了阿伽门农承诺给他的珍贵的礼物。

可是，阿喀琉斯却回答说：“尊贵的拉厄耳忒斯的儿子，我不得不把心中的实话讲出来，在我看来，阿伽门农就如同地狱的大门一样可恨。无论是他还是其他希腊人都不能劝说我回心转意，重新回到他们的队伍里。阿伽门农何时尊重过我的荣誉？只是为了替阿特柔斯的儿子夺回一个女人，我背井离乡、披肝沥胆、流血流汗地在战场上拼杀，难道只有阿特柔斯的儿子才爱他的妻子？更可恨的是，我在前线夺来的战利品大部分都献给了待在后方的阿伽门农。可他自己占有了大部分的战利品还不满足，还夺走了我最心爱的女人。我现在一点也不想和赫克托耳作战，明天，我会向宙斯和全体天神献祭。然后我将乘船航行在赫勒持滂海湾的海面上，我希望三天以后就能回到富饶的佛提亚。阿伽门农已欺骗了我、冒犯了我。他不会再有机会欺骗我了！你们回去吧，把我的意思告诉他吧。可是我希望福尼克斯留下来，我们一起回到祖辈们生活过的地方去吧！”

福尼克斯也劝不动他的老朋友回心转意。最后，埃阿斯站起来，说：“奥德修斯，我们走吧！我们这次来没有完成使命。阿喀琉斯的心已经变得很高傲，即使是朋友们的友情也感动不了这冷漠无情的人！”奥德修斯也站起身来，他们先向众神行了祭祀礼后，然后和同传令官一同离开了阿喀琉斯的营帐，只有福尼克斯留了下来。

希腊人第二次溃败

清晨，希腊人的最高统帅阿伽门农命令士兵们整装出发，自己也穿上漂亮的铠甲。他首先给小腿穿上精美的铠甲，然后再把胸甲牢牢地固定在胸前。这胸甲闪闪发光，是由十道蓝色铜片、十二道金片、二十道锡片组成的。保护脖子的金甲像三条游蛇，这是塞浦路斯国王基尼拉斯赠送的礼物。然后他把宝剑背到肩上，装饰剑柄的金钉闪闪发光，宝剑收在银制的剑鞘里，系在肩上的金带里。他拿着一面精制的盾牌，上面的装饰可怕而又华丽。上有十道青铜圈，二十个锡钉，盾牌中心呈深蓝色，绘有可怕的默杜萨的脑袋，面目可憎，眼神凶狠。盾带饰有三头褐色的长龙。他头上戴一顶四角战盔，盔顶饰有马鬃，鬃饰威严地抖动着。最后他拿起两支锋利无比的长枪，大步地走上战场。

赫拉和雅典娜看见这威武的国王，立刻抛出响雷，向他表示敬意。与此同时，步兵们也前往战壕整齐列队，他们的战车紧跟在后。士兵们全都精神抖擞，发出一阵阵响亮的呐喊声。

特洛伊人也已聚集在平原的高地上。他们的首领是赫克托耳、波吕达玛斯、埃涅阿斯，后面还有安忒诺尔的三个儿子波吕波斯、阿革诺耳和阿卡玛斯。赫克托耳如同黑夜中一颗闪闪发亮的巨星，他时而出现在队伍的最前面，时而又到队伍的后方指挥战斗。

特洛伊人与阿耳戈斯人互相靠近。他们面对面地开始了最凶狠的厮杀，双方狂勇如同一只只饿狼。希腊人首先突破了对方的阵地。阿伽门农身先士卒，用长枪杀死了比爱诺耳王子和他的御者，接着用锋利的枪尖杀死奥伊琉斯，并取下他的铠甲。希腊人在统帅的带领下深入敌方的阵线。紧跟着，阿伽门农又杀死了普里阿摩斯的两个儿子伊索斯和安提福斯。然后他再进攻安提玛科斯的两个儿子。安提玛科斯曾接受帕里斯的大量礼物，不同意把海伦归还给墨涅拉奥斯，并在特洛伊民会上劝民众杀死作为使节的墨涅拉奥斯。当兄弟俩敌不过阿伽门农的攻击时，他们立即跪在阿伽门农的膝前请求以无数的赎金换取他们的性命，阿伽门农毫不犹豫地拒绝了他们的哀求，并大声喝道："现在你们该用性命来抵偿你们父亲的罪行！"兄弟俩就这样丧失了性命。强大的阿伽门农一直在战场奋勇拼杀，同时也激励了阿耳戈斯人。有如猛烈的旋风刮过茂密的丛林，一棵棵树木被连根拔起，特洛伊人的脑袋就这样在阿特柔斯的儿子手下纷纷落地。

在激烈的鏖战中，宙斯亲自保护赫克托耳，使他远离密集的长枪、箭矢、流血和战斗的喧嚣。特洛伊人逃过先祖伊罗斯的坟墓，朝着城市的方向奔去。可是阿伽门农大声呐喊紧紧追赶。当特洛伊人跑到四开埃城门橡树旁，他们停住脚步，在那里等候落后的战友。但阿特柔斯的儿子却丝毫也没有放慢他的脚步，他一边追击一边不断地扑杀跑在最后面的特洛伊人。当阿伽门农准备向城市和那高耸的城墙进攻的时候，宙斯迅速从天而降，派神的使者伊里斯去见赫克托耳，吩咐他躲避阿伽门农的冲杀，而让手下勇敢的战士继续作战，直到阿伽门农受伤为止。到那时，宙斯将给他力量，引导他取得胜利。赫克托耳遵从了神的吩咐，他挥舞着投枪在军队里到处奔跑，不断地鼓励士兵们勇敢地作战。

特洛伊人又重新激起强烈的斗志，他们掉转身来与希腊人正面对抗。阿加门农仍然是第一个向前冲，首先遭到抵抗的安忒诺尔的儿子伊斐达玛斯。他从小在肥沃富饶的色雷斯长大，新婚不久他就率领十二条战船前来参战。阿伽门农扔出的投枪没有刺中他，而伊斐达玛斯的枪尖刺在阿伽门农的腰带上扭弯了。阿伽门农一把抓住对方的枪杆，朝他的脖子挥去一剑，伊斐达玛斯随即倒地。他剥下伊斐达玛斯精美的铠甲，提着它们回到阿耳戈斯人中。安忒诺尔的大儿子科昂目睹了这可怕的场面，强忍悲痛奔过来，他站在阿伽门农的斜对面，给了对方一枪，刺中了阿伽门农的手臂肘部正中。阿伽门农感到一阵剧烈的疼痛，但没有停止厮杀，趁着科昂把倒地的兄弟拖走的空当，给了他一枪，砍下了他的首级，科昂倒在兄弟的尸体上死去。

阿伽门农不顾伤口的热血直溢，继续作战。直到伤口的鲜血不再外流，伤口干结后，他才感到难以忍受的剧烈疼痛。阿伽门农只得跳上战车，命令御者驶向营地。

赫克托耳一看到阿伽门农退出战斗，想起宙斯的命令，便对特洛伊人大声呼喊："特洛伊人，还有我们的同盟军，振作起来吧！希腊人中最骁勇的人离开了，宙斯将使我们取得胜利。前进，冲进希腊人的队伍，杀啊！"他一边喊，一边斗志昂扬地向前冲去，有如一股猛烈的风暴掀起巨浪搅乱了昏沉的大海。很快，他杀死了希腊人中的九个王子和许多士兵。希腊人被赫克托耳逼回到他们的战船附近。这时，奥德修斯对狄奥墨得斯说："难道这就是我们的结局吗？不，让我们一起抵抗，来吧，站在我的身边，我们宁死也不让赫克托耳占领我们的战船！"狄奥墨得斯点点头，用投枪刺中特洛伊人廷布拉奥斯的胸口，廷布拉奥斯从战车上滚到地上死了。他的御者摩利昂则被奥德修斯杀死。他们继续到激战的人群中去，反击特洛伊人，使溃逃的希腊人得到了片刻的喘息。在爱达山上观战的宙斯让双方战斗基本保持均衡，两方就这样杀得难分胜负。赫克托耳终于从战斗的队伍里认出了这两个骁勇的英雄，于是率领他的军队朝他们冲了过来。

狄奥墨得斯看到了，内心一惊，立即对奥德修斯喊道："强大的赫克托耳过来了，让我们对抗他！"他投出投枪，击中赫克托耳的头盔，但没有触到皮肉。赫克托耳立即后退，他用手撑住身体，只觉得眼前一阵发黑。直到堤丢斯的儿子狄奥墨得斯赶上前来，赫克托耳才清醒过来，他迅速跳上战车，在士兵们的保护下，奔回自己的营地。狄奥墨得斯非常恼怒，他朝着赫克托耳逃跑的方向大喊："你这个胆小的家伙，又让你逃过死亡！现在让我们去对付其他敌人，谁遇见我算谁倒霉！"说着就把另一个特洛伊人打倒在地，准备剥走他的盔甲。

正在这时，隐藏在伊罗斯墓地碑石后面的帕里斯对准他，张开弓，射出一箭，击中蹲在地上的英雄的右脚，箭头穿过脚掌，刺在脚骨上。帕里斯非常得意，从隐蔽处跳了出来，嘲笑那个受了伤的敌人。狄奥墨得斯回过头来毫无惧色，看到射箭的是帕里斯，大声骂道："原来是你这个讨女人喜欢的家伙。若你敢持刀枪正面和我交手，我看你的弓箭也帮不上任何的忙。现在你偷偷摸摸地射伤了我的脚跟，有什么可得意的。这对我来说就像被小孩碰了一下，根本算不了什么！"这时，奥德修斯正好赶来，他站到受伤的狄奥墨得斯后面，帮他从脚上拔出那支箭。狄奥墨得斯忍受着剧烈的疼痛挣扎着身子爬上战车，命令自己的御者驾车回到希腊人的船队。

现在，只有奥德修斯一位英雄孤军奋战了。他对自己的处境有些恐惧，但是他不愿意就此撤退，觉得在敌人的面前逃跑是奇耻大辱。正当他思考的时候，持盾牌的特洛伊人纷纷向他冲来，把他紧紧地围住。他感到自己像一头被围困的野猪，周围是一群强壮的猎人和不断紧逼的猎犬。他盯着冲来的敌人，奋力反击，很快杀死了面前的五个特洛伊人。第六个迎战的战士是索科斯，他看见他的同胞兄弟被奥德修斯杀死，大声叫道："狡猾的奥德修斯，今天就是你的末日！"

说完，索科斯一枪刺穿了奥德修斯的盾牌。那支有力的长枪穿过盾牌，穿透了他的护身胸甲，刺伤了他的肋骨。但雅典娜急忙前来保护，没有再让奥德修斯受到重伤。奥德修斯知道自己没有受到致命伤害，便稍稍后退，然后用矛出其不意地向往后逃跑的对方掷去，长矛刺中敌人的后背中央，一直穿过胸膛。索科斯砰然倒地死了。这时，奥德修斯才从自己的伤口和盾牌上用力地拔出索科斯刺中的那支长枪，鲜血顿时喷薄而出，奥德修斯一阵软瘫，倒在地上。特洛伊人看到他倒了下来，立即互相激励，冲了过来。奥德修斯急忙起身后退，向同伴大声呼救。

墨涅拉奥斯最先听到他的三声呼救声，连忙对身旁的埃阿斯说："我听见了勇敢的奥德修斯的呼救声，让我们赶紧冲入敌阵，把他救出来吧！"说完两人迅速在混乱的局面中找到受伤的奥德修斯，看到他正艰难地用长枪抵挡步步逼近的特洛伊人。埃阿斯赶紧举起盾牌，站到他的前面，特洛伊人害怕得慌忙逃散。墨涅拉奥斯挽住奥德修斯的手，穿过人群，扶他上了战车。而英勇的埃阿斯则扑向特洛伊人，杀死了特洛伊人无数的战马和将士。

　　赫克托耳不知道这里的局面已经陷入混乱。他在战场的左侧，在斯卡曼德罗斯河的河岸边厮杀，赫克托耳在这里勇猛地挥枪使剑砍杀紧随着英雄涅斯托耳和伊多墨纽斯的许多阿耳戈斯士兵，他冲了上去，砍倒了许多士兵。阿耳戈斯人后退，他们仍旧冲在前线，顽强抵抗。这时，帕里斯射出的一支三棱箭，射中丹内阿军队中最有名的医生马卡昂的右肩，阿耳戈斯人入了巨大的恐慌之中。伊多墨纽斯立即大叫："涅斯托耳，快把马卡昂扶上车！让我们赶紧回到营地。要知道，一个既能治疗箭伤，又能医治疑难杂症的医生抵得上许多人！"涅斯托耳连忙将负伤的马卡昂扶上战车，挥鞭催马急速朝战船的方向奔去。

　　赫克托耳的御者看见战场的右侧已陷入混乱，连忙提醒赫克托耳，他说："赫克托耳，我们在战场的最边缘同阿耳戈斯人厮杀，却没注意到其他的特洛伊人和他们的车马已经陷入混乱，埃阿斯在那里追赶着他们，让我们把战车赶向那里。"说完，他们急忙驾着战车疾驰赶去。赫克托耳冲进混乱的战阵，不停地向敌人刺杀。他用长矛、利剑和石块攻击其他的阿耳戈斯人，但他没有同埃阿斯正面交锋，因为宙斯警告过他。同时，万神之父也让埃阿斯的心里产生恐惧，当他看到赫克托耳逼近，便背起盾牌，朝希腊人的战船方向撤去。

　　特洛伊人看见埃阿斯逃跑，便纷纷追赶，并且不断投掷长矛击打他。埃阿斯心里不甘就这样撤离了战场，他又回转身来，回击特洛伊人的攻击。埃阿斯一边抵抗击打一边缓慢后撤，当他来到通向战船的小路上，他停了下来，在路口抗击涌来的特洛伊人。这时，欧律皮罗斯看见埃阿斯正以一人之力对抗着千军万马，便冲上前去站到他的身旁，和他并肩作战。欧律皮罗斯一边向敌军投掷长矛，一边大声地鼓动阿耳戈斯人护卫英勇的埃阿斯。就这样，埃阿斯在同伴的中间，勇猛地继续作战。

　　涅斯托耳带着受伤的马卡昂回到战船营，阿喀琉斯站在战船的高处，观看希腊人的艰苦战斗和悲惨后退。他老远就认出了涅斯托耳，于是他把帕特洛克罗斯叫到跟前，说："我的朋友，请你过去问一下涅斯托耳，他从战场上带回的伤员是谁？看背影好像是高明的医生马卡昂，我没仔细看清楚，因为他的马车从我面前疾驰飞过。现在，我的心里开始对希腊人产生了怜悯之情。"

　　帕特洛克罗斯听从吩咐，来到阿耳戈斯人中间。老人一见他出现在门边，连忙从凳子上站起来，拉着他的手让他快快进屋。帕特洛克罗斯说："老人家，你真热情，但是我没有时间就座。我那可敬可畏的朋友阿喀琉斯派我来打听，他想知道你带回的受伤者是谁。现在我看到了，他正是希腊人高明的医生马卡昂。我现在就回去禀报我的朋友，你知道他是个急性子！"

涅斯托耳感慨地说："阿喀琉斯现在为什么又这么关心阿耳戈斯人？我们都以为他对全军受到的灾难无动于衷。实际上最杰出的英雄都已经受伤躺在船里。狄奥墨得斯受了箭伤；奥德修斯和阿伽门农受了枪伤；欧律皮罗斯的一条腿也受了箭伤；而这位我刚刚带回来的神医马卡昂也受了箭伤。阿喀琉斯的确也算得上英雄好汉，可他却是无情无义的！难道他想等到我们的船只被大火烧毁，等到希腊人一个又一个地死在敌人的手里才甘心吗？我多么希望自己现在还是那样的年轻和强壮！如同当年我作为一位胜利者住在珀琉斯的家中，他很赞赏我的英勇威猛。我还记得，阿喀琉斯的父亲和你的父亲都曾反复叮咛你们要帮助阿伽门农取得胜利的那个情景。那个时候，当你俩在向宙斯献祭时，我和奥德修斯过来劝你们和我们出征，阿喀琉斯的父亲嘱咐儿子作战要奋勇争先。而你呢，你的父亲反复叮嘱你，要年长的你做他的朋友，给他及时的忠告和明智的建议。你向阿喀琉斯重提这些话吧！或许他会听从你。"

涅斯托耳的这番话打动了帕特洛克罗斯，他即刻跑回去见阿喀琉斯。回去的路上，他经过奥德修斯的战船，遇到受伤的欧律皮罗斯，看见他艰难地一瘸一拐地走在路上，伤口的血还在流淌。欧律皮罗斯恳请学过调制药膏的帕特洛克罗斯为他医治箭伤。帕特洛克罗斯很同情他，扶着他走进营帐，让他躺在牛皮褥子上，然后用快刀剔出锋利的箭矢，用温水洗去他腿上的黑血，然后把苦涩的药草捣碎，敷在他的伤口上，直到血液慢慢地结成血痂。终于欧律皮罗斯不再承受巨大的伤痛。

特洛伊人冲向希腊人的壁垒

当帕特洛克罗斯在医治受伤的欧律皮罗斯时，希腊人为保护战船而修筑的战壕和毗连的壁垒眼看就难以支撑。那是因为他们没有给神奉献丰富的祭品，请求神明保护他们的战船和设施。壁垒的建造不符合天神的意志，因此未能永久地留存在世上。波塞冬和阿波罗将一齐用山洪和海水来冲毁阿耳戈斯人的建筑。当然，这一切等到特洛伊城陷落后才发生。

现在壁垒的周围正在进行恶战，阿耳戈斯人怕强大的赫克托耳，于是纷纷胆战心惊地挤在战船上藏身。赫克托耳如同一头雄狮奔了过来，不断鼓励士兵们越过战壕。可是战马却在战壕前停住脚步，因为壕沟挖得又宽又深，里面无数尖锐的木桩林立，战马到了沟边都放声嘶鸣，止住脚步。阿耳戈斯人当初设立它们，就是为了防范特洛伊人的进攻。波吕达玛斯看清了这里的情形，便和赫克托耳商议："我们强迫马匹越过战壕不是办法，因为越过这战壕太困难，这里的地形太险恶，不适合马匹前进。更何况，战车也无法过壕，还是让驾车的御者们留在壕边看守战车，我们披甲持矛，在你的率领下越过战壕，冲向敌人的围墙。"

赫克托耳同意他的想法。于是将士们都从战车上跳下来。他们的御者把战车停在壕边，保持严整的队形，他们分成五队。第一队由赫克托耳和波吕达玛斯率领，这一队人数最多，人员最精良；第二队由帕里斯、阿尔卡托奥斯率领；赫勒诺斯和得伊福玻斯指挥第三队；第四队由埃涅阿斯率领；第五队是各路同盟军队，由萨耳佩冬和格劳库斯率领。在所有的英雄中只有阿西奥斯不赞成把战车交给御者看管，他自己驾着马车驶向阿耳戈斯人，朝左面的那条通道转去，那是希腊人自己赶着车马回营的通道。阿西奥斯看到这里大门没有关闭，那是守卫的希腊人特意为最后逃回来的士兵留着的，他便驱车催马冲了过去，许多特洛伊的士兵跟在他的后面，大声呐喊着冲了进去。他们以为找到了歼灭希腊人的捷径。没想到，两个勇敢的看守挡住了他们的去路，他们是勒昂透斯和佩里托奥斯的儿子波吕波特斯，他们就像两头被袭击的凶猛野猪一样，朝涌来的特洛伊人扑过去。雨点般的石块也从壁垒上的希腊人手中落下来。

当阿西奥斯和他的士兵们在这里进行恶战的时候，其他的特洛伊人则步行通过战壕，在各营门勇猛攻击，壁垒周围的希腊人转向保护战船而顽强战斗，那些站在他们这边的神十分担心地从奥林匹斯圣山上俯视着。赫克托耳和波吕达玛斯率领的队伍，人数最多最精良，可是他们这时却在战壕前踌躇不前，这是因为他们看到了不吉利的预兆：一只雄鹰从左侧飞临上空，鹰爪下逮住一条赤色的巨蛇，它拼命挣扎，对着紧抓不舍的老鹰的胸口咬了一口，雄鹰疼痛难忍，把蛇抛下，大叫一声，飞走了。这条巨蛇正好落在特洛伊人的中间，他们看着蛇在地上挣扎，惊恐不已，认为这是宙斯的旨意。

波吕达玛斯对赫克托耳说："我觉得我们现在不可轻举妄动，我们不要和阿耳戈斯人争夺船舶，我担心我们也会像征兆所显示的：雄鹰没能抓住巨蛇，反而被咬伤。我们即使攻破壁垒和城门，也得牺牲许多士兵，而且不一定能够攻占敌人的战船。我们最好还是收兵后退吧！"赫克托耳怒视着他，说道："你说的话太打击我们的信心了。你要我相信那空中飞翔的鸟儿，它们是飞向左边还是右边，飞向朝霞还是黄昏，跟我有什么关系？我只相信宙斯的意志！最好的征兆只有一个，那就是为国家而战！我不知道你竟然如此害怕战斗和厮杀，你的心怎么这样不坚定？你最好听着，如果你想临阵脱逃或者巧言惑众，吓唬其他士兵的话，你将在我的投枪下丧命！"赫克托耳说完就率领部队向前冲杀，其他人也呐喊着跟随上去。宙斯从爱达山上朝希腊人吹去猛烈的大风，一时间尘土飞扬，希腊人的斗志也因此受到打击。而特洛伊人则深信神的佑护和自己的力量，他们开始冲击阿耳戈斯人高大的垒墙。

特洛伊人一心想推倒整个垒墙，他们先拔壕边的木桩，那是垒墙的地基部分，阿耳戈斯人让他们的战士手执盾牌排成人墙，坚定地站在垒墙旁边，并用投枪和石块投向冲过来的敌人。两个希腊人在垒墙上巡视和呐喊，激励阿耳戈斯人继续作战。如果不是宙斯激励他的儿子萨耳佩冬扑向敌人的话，特洛伊人和赫克托耳恐怕一直冲不破这道坚固的防线。宙斯的儿子萨耳佩冬举着盾牌，挥舞长枪，如一头饿狮扑向羊群那般勇猛。他对格劳库斯说："亲爱的朋友，我们现在应该站在吕喀亚人的最前列，坚定地投身于艰苦的战斗中毫不畏惧，好让我们在吕喀亚人中能享受到尊敬，并享受荣誉席位、美味佳肴和金杯美酒。来吧！为了荣誉，让我们上前，今天要么我们亲自获得荣誉，要么让其他人在我们的身后歌颂荣誉！"

说完，两个人率领着吕喀亚人一起冲上前线。墨涅斯透斯站在壁垒上方，看到吕喀亚人凶猛地朝他这边冲过来非常害怕，他扫视周围，希望能有援兵把他们解救出困境。他一眼看见两个埃阿斯在远处，立即派传令官托奥特斯请他们过来救援。大埃阿斯和透克洛斯、背着弓箭的潘狄昂沿着内墙急忙赶来。只见墨涅斯透斯的队伍正经受吕喀亚人的猛烈攻击，他们正在攀爬壁垒。埃阿斯从壁垒上拆下一块尖利的巨石把萨耳佩冬的朋友埃皮克勒埃斯砸死。透克洛斯看见格劳科斯暴露在外，就用箭射中他，使他退出了战斗。格劳科斯悄悄地离开了壁垒，免得让希腊人看见并嘲笑他。萨耳佩冬看到他的朋友离开了战场，感到很失望，他用长矛刺死了特斯托耳的儿子阿尔克马昂，然后用双手使劲摇晃墙垛，正面壁墙被他推倒，为特洛伊的部队开辟了前进的通道。埃阿斯和透克洛斯一起向萨耳佩冬冲来，透洛克斯一箭射中他系在胸前的悬挂盾牌的皮带，但宙斯不想让儿子就这样死在希腊人手下，他保护着儿子。萨耳佩冬因此稍稍后退，但他仍在呼喊吕喀亚人："吕喀亚人，你们要鼓起勇气！无论我如何拼命地投入战斗，单凭我一个人的力量是无法摧毁敌人防线的！让我们齐心合力，共同抗击敌人！"

吕喀亚人受到首领的鼓舞，紧紧地聚在他们国王的周围，对壁垒发起了更猛烈的攻击。阿耳戈斯人也集合兵力，顽强抵抗，双方士兵隔着一堵围墙展开了猛烈的激战。

吕喀亚人虽然骁勇，但是仍然没有攻破敌人的壁垒，打开通向船舶的道路。阿耳戈斯人也没有足够的力量把他们的对手从围墙前面赶走。战斗进行了很长时间，还是无法分出胜负。宙斯终于又把更大的荣誉赐给赫克托耳，他让赫克托耳首先冲进希腊人的壁垒，其

陶绘上的战斗场面
充满神话意义的战斗场面，常是艺匠着力表现的题材。

他的战士则带着锋利的长矛攀登望楼。赫克托耳随手抓起一块巨石带在身上，那块巨石即使两个十分强壮的战士也难以搬得动，但是神让它减轻了重量。赫克托耳看到眼前的垒门十分坚固，两扇高大的门紧紧闭着，里面有门闩将大门拴定，于是他便把手上的巨石猛烈地朝门中央砸去，结果门闩被砸断了，城门轰然倒下。赫克托耳走进城门，特洛伊人跟在后面，越过壁垒，还有许多特洛伊人翻过围墙。特洛伊人呐喊着冲进了围墙，希腊人乱成一片，惊慌地朝战船奔逃。

为战船而战

宙斯让特洛伊人取得重大进展的同时，却把希腊人继续留在灾难中。宙斯坐在爱达山上，冷漠地看着希腊人的处境，然后把视线转向色雷斯人的国土，仔细地观察起来。而此时，海神波塞冬也不甘寂寞，他坐在树林茂密的萨莫特拉克岛的山顶上，看着眼皮底下的特洛伊人和阿耳戈斯人。突然，他惊恐地看到希腊人的防线被特洛伊人突破了。他站起身来，离开怪石嶙峋的山顶，迈开使山林震动的脚步，四步就来到爱琴海的岸边，那里的海底深处耸立着的是他那金碧辉煌的著名宫殿。他披上黄金铠甲，抓起金鞭，跳上他那配着金鬣毛的铜蹄马战车，催马破浪地前进。海怪们认出了他们的主人，全都跳出洞穴欢迎他，海水自动分开，战马飞驰而过，他的青铜车轴甚至没有被一滴海水沾湿。波塞冬到了位于忒涅多斯岛和印布洛斯岛之间的山洞里，这儿离阿耳戈斯人很近，他在这儿卸下马匹，用金链锁住马脚，喂他们长生不老的饲料。然后他迅速进入激烈的战场，看见特洛伊人紧紧地团结在赫克托耳的四周，斗志昂扬，他们现在正准备夺取希腊人的战船。

波塞冬混进希腊人的中间，他化身成预言家卡尔卡斯的模样。他先是朝着两个精力旺盛的埃阿斯喊道："你们两位英雄，如果你们能够保持现有的勇猛状态，我相信凭借你们的力量能够拯救希腊人。我不担心特洛伊人在其他地方的进攻，那里团结一致的希腊人能够防守得住。但我不放心这里，因为猛烈如火的赫克托耳在这里指挥作战。但愿有一位神祇赋予你们坚定的心志，激励自己和他人英勇作战。"随后海神用手杖敲了敲他们，使得他们的四肢变得轻松灵活。他自己则像展翅翱翔的雄鹰一样腾空飞去，消失在他们的视线。

奥伊琉斯的儿子小埃阿斯最先认出了波塞冬，他对他的同名兄弟说道："埃阿斯，刚才那人不是预言家卡尔卡斯，他是波塞冬，我从后面他离去时的脚步和膝盖认出的。我现在感觉心里有团烈火在燃烧，我渴望着与敌人进行决战！"忒拉蒙的儿子大埃阿斯回答说："我也一样！现在我紧握长矛的双手也在剧烈发抖，身上的力气正在膨胀，双腿似乎就要飞翔。我渴望与赫克托耳单独较量！"

这期间，波塞冬又去激励那些躺在战船上垂头丧气、疲惫不堪的英雄。他首先上前鼓励透克洛斯和勒伊托斯，还有勇敢的托阿斯、迈里俄纳斯、安提洛克斯。他说出激情洋溢的话来鼓励他们："耻辱啊！你们这些战士啊，我原以为你们会奋力保卫船舶，可现在你们却迟迟不敢向前！倘若你们回避这场险恶的战争，你们很快就将被特洛伊人征服。可悲啊，我从前想都没有想过，特洛伊人胆敢出现在我们的船只面前。他们从前是不敢正视我们的力量的。为什么他们现在敢远离城市，来到船边战斗？那是因为我们的统帅犯了过错，我们的将领过于懈怠！现在让我们大家都纠正错误，重新接受挑战吧。让大家的心灵都充满惭愧和羞耻吧，激烈的战斗已经展开，强大的赫克托耳已经杀到船边！"

海神波塞冬的一番劝说让所有的勇士重新振奋，他们立刻团结在两个埃阿斯的周围，他们沉着而坚定等待着赫克托耳和特洛伊人。长矛接着长矛，盾牌连着盾牌，战盔靠着战盔，战士们肩并肩。盔上的羽饰飘动，互相触碰着，士兵们井然有序地站成一列，严阵以待。特洛伊人在赫克托耳的率领下，呐喊声震天动地，阿耳戈斯人对着冲上来的特洛伊队伍用手中的长矛和利剑坚决抵御。而面对这样坚定的敌军和这样密集的阵势，特洛伊人不得不停下来调整攻势。"特洛伊人和吕喀亚人，挺住啊！"赫克托耳在后面大声呼喊，"那些列成队伍的希腊人不会坚持多久的。他们必定在我的长矛面前退却。因为雷霆之神一直在支持我们！"他掷地有声的号召激励着每一位特洛伊士兵。

普里阿摩斯的儿子得伊福玻斯用盾牌掩护着，大步地走在队伍中间，迈里俄纳斯举起长矛瞄准他，击中了得伊福玻斯的盾牌，但没能刺穿盾牌，矛尖折断了。迈里俄纳斯很恼火，当即跑回船去，去取一支更结实的长矛。

战斗仍在继续，呐喊声此起彼伏。透克洛斯首先打倒普里阿摩斯私生女墨得西卡斯特的丈夫，英布里奥斯。这是一位很受特洛伊人敬重的英雄，当他一得知希腊人战船逼近特洛伊的消息便立刻率领军队来到特洛伊。在英布里奥斯被杀死后，透克洛斯立刻上前剥去他的铠甲，赫克托耳看到了，即刻向透克洛斯投去锐利的长枪，他及时发现，侥幸地躲过了那支长枪，但枪却射中了波塞冬的孙子安菲马库斯。赫克托耳随即冲过去，摘取死者头上的那顶战盔。这时埃阿斯向他掷出了投枪，可是枪没有中的，但它却迫使赫克托耳放弃了剥夺头盔的举动，向后退去。安菲马库斯被两位希腊战士抬回到希腊阵营中。与此同时，英布里奥斯也被两个埃阿斯抬回去，他们剥夺了这位特洛伊英雄的铠甲，并且砍下了死者的脑袋，以此表明对赫克托耳和特洛伊人的愤恨。还没有参战的波塞冬看到安菲玛库斯的死，无比愤怒。原来，波塞冬与厄利斯王后摩利奥纳生下双生子欧律托斯和克雷阿托尔，克雷阿托尔的儿子就是安菲玛库斯。波塞冬立即赶到阿耳戈斯人那儿，煽动希腊人作战的情绪。在这儿，波塞冬看到伊多墨纽斯背着一个受伤的战士送到医生那里治疗，正当他准备返回战场的时候，海神波塞冬化身为托阿斯的样子上前和他搭话："克里特人的国王啊，为什么阿耳戈斯人被严重削弱了？是不是有人因为胆怯懦弱而退缩不前了？"

伊多墨纽斯立即反驳说道："不是这样的！在我看来，阿耳戈斯人全都是骁勇善战的英雄好汉，没有人因为恐惧而逃避残酷的战争。是因为强大的雷霆之神宙斯喜欢这样，他在惩罚阿耳戈斯人。虽然我们无法抗拒他的意志，但我们仍然应该振作精神，奋勇杀敌！"波塞冬回答道："愿那些畏惧战争的人永远不能从特洛伊回到家乡！你快回营帐取回武器，让我们一起回到战场与敌人厮杀！"天神说完，便往战场奔去了。

伊多墨纽斯从营房里拿出两支长矛走了出来，恰好遇见了匆匆赶路的迈里俄纳斯。当他得知迈里俄纳斯的长矛刚才被得伊福玻斯的盾牌撞断后，对他说："我的帐篷里有二十支我所缴获的长矛，它们靠在墙边上，你别大老远地赶回去了，到我那挑选一根最好的吧！"迈里俄纳斯听后，立即从伊多墨纽斯的营帐选了一根结实的长矛，然后两人一起奔赴战场。迈里俄纳斯询问身边的同伴："伊多墨纽斯，你想从哪里进攻敌人？是战线的右侧，还是中央，或者是左侧？在我看来，那里的希腊人最需要援助。"克里特人的首领伊多墨纽斯回答道："战线的中央部分有两个埃阿斯守卫，还有擅长射箭的能手透克洛斯，我相信他们的力量足够强大。即使赫克托耳非常勇猛，但是没有宙斯的帮助，要焚烧战船不是那么容易的事。强大的埃阿斯是不会轻易让他的愿望得逞的。让我们到战场的左侧去吧！在那里我们将获得应得的荣誉。"说完，他们就穿过阵线，朝战场的左侧跑去。

伊多墨纽斯虽然白发苍苍，可是打仗却丝毫不逊色于年轻的战士。伊多墨纽斯遇到的第一个对手是仰慕卡珊德拉并前来求婚的俄特律墨纽斯。俄特律墨纽斯被一枪投中，伊多墨纽斯不禁高兴地夸口："可怜的新郎官啊，看你还怎么娶普里阿摩斯的女儿？其实，如果你站在我们这边，帮我们征服特洛伊，我们也可以做出承诺，把阿特柔斯之子的最漂亮的女儿嫁给你！现在你跟我一起上船商量婚约吧！"他正在得意地嘲讽，阿西奥斯乘着战车赶来救援。还没等阿西奥斯出手，伊多墨纽斯已经投出他的长矛，一下刺中对方的喉咙，阿西奥斯倒在地上，命丧黄泉。他的御者看到这情景吓得目瞪口呆，竟然忘掉了驱车逃跑。涅斯托耳的儿子安提洛科斯立即举起长矛击中御者的肚皮，他那身铜甲没能护住他的性命，只见他从车上栽倒下来，死了。

阿西奥斯的死让得伊福玻斯非常难过，他走近伊多墨纽斯，向对手掷去投枪，伊多墨纽斯机智地躲过了铜枪，藏身在盾牌后面。投枪从伊多墨纽斯头顶上飞过，击中许普塞诺尔的腹部，被击中者立即瘫倒，得伊福玻斯不禁高兴地夸口说："亲爱的朋友阿西奥斯，我算替你报了仇，你不是一个人孤单地去见冥神哈里斯，我给你送来一个人做伴！"阿耳戈斯人趁他得意的工夫，迅速用盾牌把痛苦呻吟的伤者掩护，把他抬回战船。伊多墨纽斯继续战斗，他希望尽自己的力量让同胞们免受灾难。他杀死宙斯抚育的埃叙埃特斯之子，安喀塞斯的女婿，英雄阿尔卡托奥斯，然后兴奋得大喝一声："得伊福玻斯，你觉得三个换一个怎么样？瞧你刚才那个欣喜若狂的样子。你应该亲自和我交手，我要让你知道我的厉害！"得伊福玻斯听他这样说，便考虑了一会儿，是回去找一个勇敢的帮手，还是就这样单独和他交手？思忖结果认为第一个办法比较合适，于是他便和埃涅阿斯一起向伊多墨纽斯发起进攻。伊多墨纽斯从容地在原地站定等待，同时他也呼叫在附近的伙伴过来援助。阿斯卡拉福斯、阿法柔斯、得伊皮罗斯、迈里俄纳斯和安提洛克斯纷纷过来共同抗击特洛伊强大的对手。埃涅阿斯也叫来同伴共同对付敌人。埃涅阿斯率先向伊多墨纽斯投掷长矛，但没有击中，而是插在土里。伊多墨纽斯却一枪击中奥诺马奥斯的腹部，他倒在地上死了。正当胜利者从死者身上拔出长矛并试图剥夺他的铠甲时，特洛伊人密集的矢石投枪朝他射去，他不得不退后几步。

得伊福玻斯愤怒地向他投来长矛，这次也没能击中他，击倒了战神阿瑞斯的儿子阿斯卡拉福斯。战神阿瑞斯当时奉宙斯之命和其他神正禁锢在奥利匹斯圣山上，所以他不知道他的儿子在激战中已被杀死。得伊福玻斯刚从死者的脑袋上取下头盔，迈里俄纳斯就跳上去，击中得伊福玻斯的臂膀，迈里俄纳斯又敏捷地从受伤者的臂膀中拔出投枪，迅速返回自己的队伍中间。波利特斯背着受伤的哥哥得伊福玻斯离开了战场，朝他们的战车走去。

其余的人继续厮杀。埃涅阿斯用投枪杀死了卡勒托尔之子阿法柔斯。安提洛克斯击中托昂。特洛伊人阿达马斯没有击中安提洛克斯，却很快被墨涅拉奥斯杀死。赫勒诺斯用长剑砍中得伊皮罗斯的太阳穴，并劈下了他的头盔。墨涅拉奥斯十分悲痛，用枪掷他，恰好对方也投来一矛，双方都没有击中。但是墨涅拉奥斯的长矛还是刺中了对方的手，赫勒诺斯拖着伤口上的长矛连忙逃回到特洛伊的队伍当中去。他的战友阿革诺尔帮他从手上拔出了那支矛，并扯下随身携带的长带为伤者包扎。

现在佩珊德罗斯的灾难到了。当他和墨涅拉奥斯互相靠近的时候，墨涅拉奥斯向他掷出了投枪，偏向了侧旁。佩珊德罗斯却正好把墨涅拉奥斯的盾牌击中，但矛尖未能戳穿坚固的盾牌。佩珊德罗斯喜上心头，以为投中了目标。墨涅拉奥斯马上拔出宝剑扑上，佩珊德罗斯则从盾下抽出闪亮的战斧，两个人相互砍杀。这个特洛伊人勇猛地击中对方的盔饰，却不幸被对方一剑砍中，晃晃悠悠地摔在地上，奄奄一息。墨涅拉奥斯上前踩住他的胸脯剥他的铠甲，解气地说："你们这些贪婪的特洛伊人啊，你们的丑行迟早要遭到报应。你们那样羞辱我，抢夺我合法的妻子，还把我的许多财宝掠夺。现在你们又想用一把火抛向我们的战船，杀死我们希腊人。伟大的宙斯神啊，人们都说你智慧超过任何人和神，为什么你如此宠爱这般贪得无厌的家伙？"他一边说着一边剥下死者血淋淋的铠甲，交给自己的战友，他自己则又冲进战场继续鏖战。

现在战争正朝着有利于希腊人的方向发展。赫克托耳不知道阿耳戈斯人左翼屠杀特洛伊人，眼看就要取得胜利。因为海神波塞冬仍在激励和保护着阿耳戈斯人在最初闯入营门的地方砍杀，这里士兵和将士的厮杀最为猛烈。

希腊人在这里的防守阵容最为强大。他们奋力阻挡赫克托耳的进攻，两个埃阿斯也在其中并肩作战。当他们感到疲惫的时候，总会有战友接替他的盾牌，奋勇向前，由此形成持久的保卫战。而洛克里斯人却用弓箭和精制的投石器使得特洛伊人军队溃散，特洛伊人在密集的矢石下丧失了斗志，差点就要撤离希腊人的船只和营地，狼狈地逃回伊利昂。幸亏波吕达玛斯及时赶来，对赫克托耳这样说："赫克托耳啊，我知道在神明的帮助下，你有着非凡超群的作战能力，可是你不可能拥有所有的智慧。你看，现在战斗已经明显地偏向了希腊人那一边，你应该暂时退出厮杀，召唤高贵的首领们开一个会，让大家共同商议，看我们是继续冲上敌人的战船，还是保存我们的实力先行撤退。我担心，希腊人会报复昨天的仇恨，因为那个最骁勇的战士还在他们的船边，随时等待着我们！"

赫克托耳听从朋友的建议，并请他快去召集最高贵的首领们举行会议，他自己先回到战场布置战斗。他一路走，一路呼喊着特洛伊人和盟军的首领，命令他们迅速到波吕达玛斯那里去集合。后来，他在战场的左翼找到了他的兄弟帕里斯，帕里斯正含着眼泪，在鼓舞战士们作战。赫克托耳走过去，不问青红皂白地对他的兄弟喊道："不祥的帕里斯，我们的勇士都到哪里去了？你看到得伊福玻斯、赫勒诺斯、阿达马斯、阿西奥斯，还有奥特里奥纽斯了吗？我们的城市即将毁灭，你也无法逃脱可怕的厄运，你应该继续去战斗！"

帕里斯回答说："赫克托耳啊，你不能错怪我，虽然从前我的确不止一次地逃避战斗，但是自从你率领军队来到希腊人的战船边，我一直都坚守在这里抗击敌人。你问的这几位勇士，只有得伊福玻斯和赫勒诺斯撤离了战场，但是他们的臂膀都受了伤。其他的战友都已经牺牲了。现在让我跟着你走吧！请相信我的决心和力量！"他这样说，赫克托耳内心的怒气平息了不少。随后，两个人一起来到战斗最激烈的地方。宙斯鼓励着特洛伊人的士气，他们在战场上英勇地砍杀。不久，赫克托耳走到了最前面，他奔跑着对敌人发起一次次的冲击，但是希腊人团结一致，已经不像从前那样害怕他了。勇敢的埃阿斯大胆地向赫克托耳挑战，并断言希腊人将取得最后的胜利，但神勇的赫克托耳却不把他的话放在心上，而是率领着士兵冲向敌人。

波塞冬激励希腊人

战斗在外面进行得如火如荼，喧嚣声传入老人涅斯托耳的耳朵里。此时他正坐在营房里，用酒招待受伤的医生马卡昂。当战斗的呐喊声越来越近的时候，涅斯托耳站起身来，把客人交给女仆赫卡墨得，让她为客人准备温水清洗伤口。他自己则拿起长矛和盾牌走出营帐。他看到战场上十分混乱，壁垒已经被推倒，希腊人正在慌乱地溃逃，而特洛伊人在后面紧紧追赶。老人正在犹豫着，是抓紧时间投入战斗，还是去找统帅阿伽门农共商对策比较合适。这时，阿伽门农和奥德修斯、狄奥墨得斯们从海边的战船上走了过来，他们三人现在都身负重伤。三位将领心情沉重地在观察战斗的形势，当他们看到涅斯托耳时，阿伽门农走过来，无奈地对老人说："涅斯托耳啊，你怎么也打退堂鼓了？现在我已经没有办法了。我们辛辛苦苦挖掘的壕沟和建造的壁垒都不能保护战船，敌人已进入了我们的腹地。宙斯是不会让我们胜利的。与其让我们在这里毁灭，不如先躲避灾难吧！现在听我说，让我们把离海最近的战船拖下水，等待黑夜的降临，如果特洛伊人停止进攻，那么我们再把其他的船都拖下水，起航回我们的故乡去吧！"

一旁的奥德修斯听到这个丧气的话非常生气，他抢先说道："阿特柔斯的儿子，你说的是什么话？你应当去率领一支胆小鬼的军队，而不是统帅我们希腊人的军队！这九年多来我们为特洛伊战争付出了多少？现在却要灰溜溜地离开？你刚才说的话太让我生气！战斗正在进行，你却想把战船拖下海去，好让已经占有优势的特洛伊人更占上风。如果我们真的这么做了，希腊人的士气会受到重大的打击，我们就将俯首称臣了！全军的统帅啊！你的想法实在太愚蠢！"

阿伽门农立即回答说："奥德修斯啊，我很感谢你明智的指责，我并不拒绝倾听别人的建议！但愿有人能够提出更好的建议！"

"最好的办法，"狄奥墨得斯大声说，"让我们回去战斗！即使因为受伤不能亲自投入战斗，但我们作为全军的首领应该自始至终站在那里，激励战士们奋勇向前！"

海神波塞冬早已听到他们的讲话，他化身为一个老兵向他们走过来，握住阿伽门农的手说："统帅阿伽门农啊，不要灰心丧气。那个阿喀琉斯眼睁睁地看着希腊人惨遭杀戮，却不伸手援助，是个没有良心的家伙。不过，神明对你们毫无恶意，放心吧，你们很快就会亲眼看见特洛伊人从我们的船只和营帐前逃跑。"海神说完，便放声大喊奔过平原，他的呐喊声好似千军万马在齐声呼喊，这使得希腊的英雄们又充满了勇气和信心。

赫拉也在奥林匹斯圣山上极目远眺，她看到波塞冬在战场上来回奔跑，心里顿时感到一阵欣喜。可是当她看到宙斯正坐在爱达山上的峰巅时，她的心中又升起一股强烈的怒火。她想用个方法骗骗宙斯，好转移他对战争的注意力。突然，她有了一个好主意。她马上向她的卧室走去，那是儿子赫菲斯托斯特意为她建造的，一把门闩把门扇锁进门框，别的神都无法打开。她走进卧室，开始沐浴，并用神膏在娇美的胴体上浓浓地抹上一层，这神膏散发出馥郁的馨香，只要在宙斯的宫殿里转个身子，馨香立刻会充满整个天地。她开始梳理美丽的金发，用手把它编成闪亮的发辫，从头上动人地垂下。接着她穿上雅典娜给她缝制的精致华丽的锦袍，在胸前簪上黄金扣针，在腰上围了一根熠熠闪光的腰带，耳朵上戴上金灿灿的宝石耳坠。最后她罩上极其轻柔的面纱，穿上一双美丽的绳鞋。她就这样光彩照人地走出了卧室，去寻找爱情女神阿佛洛狄忒。

赫拉温柔地对阿佛洛狄忒说："亲爱的孩子，你能帮我个忙吗？希望你别不高兴地拒绝我，因为我帮助希腊人，而你站在特洛伊人那一边。请把你那条能迷惑天神和人的爱情宝带借我一用吧。我要去大地的尽头那里看望我的养父母俄刻阿诺斯和忒提斯，他们一直生活在争吵中，很久没有享受甜蜜的爱情，我想劝说他们相互谅解，言归于好，因此我很需要你的宝带。"

阿佛洛狄忒没有发现这是一场骗局，毫不犹豫地答应她："母亲，你是万神之父的妻子，拒绝你的请求是不对的。"随即她从腰间解下了那条色彩斑斓、艳丽无比的魔力宝带，"拿去吧！"她说，"贴在你的胸前，你肯定会成功从那返回的。"

神后带着宝物离开了奥林匹斯圣山，前往遥远的利姆诺斯岛，到了睡神居住的地方。她直接走进去，请求睡神在当天夜晚使万神之父进入梦乡。睡神听到这个请求吓了一跳。因为他曾按照赫拉的命令，让宙斯昏睡过一次。当时是大英雄赫拉克勒斯远征特洛伊归来，而他的敌人赫拉却要把他独自遣送到科斯岛去。宙斯醒来后立即大发雷霆，在他的宫殿里把众神到处抛掷，若不是能制服天神和人类的夜神掩护了自己，那宙斯一定不会放过自己的。睡神惊恐地回忆起这一切，然后对赫拉说道："伟大的神后赫拉，我也许能够毫不费劲地让任何一位天神沉沉入睡，但我却不敢走近克罗诺斯之子宙斯。我不想再次惹他发怒。请别让我做我不可能完成的事情。"但赫拉却安慰他说："别害怕，有我在呢。别想远，你以为宙斯帮助特洛伊人会那么热心，就像爱他儿子赫拉克勒斯那样？你按照我的意思去办就好，我将把美惠三女神中最年轻、最漂亮的那个送

海神波塞冬
仅次于宙斯的强大掌权者，波塞冬具有强大的力量。通过他的三叉戟，波塞冬能够兴风雨、平波浪。但是人们却赋予了他头脑简单的特点。

给你成婚,她将成为你的妻子,帕西特娅,就是你一直渴慕的那一个。"女神这样说,睡神立即高兴地答应了她的要求,但是他要求女神为她的诺言对着神圣的斯提克斯河水起誓。

等赫拉起完誓,行完一切信誓礼仪后,他们便立即离开利姆诺斯岛,来到宙斯所在的爱达山上。睡神为了躲避宙斯的视线,蹑手蹑脚地爬上一棵松树,然后化为一只小鸟隐蔽在浓荫里。赫拉则风情款款地赶到爱达山顶,宙斯正坐在那儿。当宙斯一见到美艳动人的赫拉时,狂热的情欲立刻笼罩在他的心头。他站起来,热情地招呼妻子:"你这是要去哪里啊?怎么连马匹和金车都没有?"

赫拉听了狡黠地一笑,回答说:"亲爱的,我要去大地的尽头,调解我养父母的争端。他们已经很久没有享受爱情的甜蜜啦。"

宙斯回答说:"你改日再去吧,现在还是让我们在这里尽情享受爱情吧,你今天是这样的娇媚动人!"宙斯这样说,紧紧搂住妻子,完全沉浸在爱情当中。赫拉赶紧示意隐身在松树上的睡神,他立刻会意地点点头,走到宙斯面前,悄悄地阖上了宙斯的眼睑。抵挡不住睡意的宙斯很快把头埋在妻子的怀里,沉沉地睡去。赫拉急忙派睡神做使者到波塞冬那儿,告诉他说:"宙斯在我的迷惑下已经进入梦乡,现在是时候赐给希腊人荣誉了!"

波塞冬听后,更加热切地帮助希腊人,他很快冲到希腊人的阵前,放声大喊:"战士们,难道我们要把胜利拱手让给赫克托耳吗?让他光荣地摧毁我们的战船吗?他是利用阿喀琉斯袖手旁观拒绝参战才这样肆无忌惮地夸下海口。如果我们大家都能振奋精神,并肩作战的话,即使没有阿喀琉斯,我们也能战胜赫克托耳!来吧,让我们鼓起勇气,前进!"大家在他的激励下都振作起来,受了伤的阿伽门农、狄奥墨得斯和奥德修斯都开始重新整理队伍,命令大家束紧铠甲,拿好武器,向前进发。海神波塞冬率领着大家,他手里握着令人胆战心惊、有如闪电的宝剑,所到之处,所向披靡,谁也不敢轻易跟他较量。

但是勇敢的赫克托耳毫无畏惧,他率领特洛伊战士冲进战场,双方开始了新一轮的厮杀。赫克托耳首先向大埃阿斯掷出长矛,那长矛击在大埃阿斯的胸前两根交叉的皮带上,盾牌和他的宝剑带保护了他的身体。失去了武器的赫克托耳只得退回自己的队伍中。他正在后退,埃阿斯迅速捡起一块巨石朝他砸去,没有防备的赫克托耳被击中了,他一下子跌倒在地,盾牌和头盔也掉在地上,身上的铠甲发出刺耳的声响。希腊人大声欢呼起来地冲过来,想把倒地的赫克托耳拖走,并向他掷出密集的长矛,但没有人能伤着特洛伊的最高统帅,因为一个个勇敢的将领过来护卫着他。他们是埃涅阿斯、波吕达玛斯、阿革诺耳、吕喀亚人萨耳佩冬和格劳库斯。他们高举着盾牌，挡住赫克托耳的身体，并用手把他托起，抬上战车，送回特洛伊城。

希腊人看到赫克托耳远离战场，丝毫没有松懈斗志，而是更加勇猛地扑向特洛伊人。埃阿斯在战场上最为英勇，他朝着敌人拼命刺杀，许多特洛伊人不幸丧命于他的长矛之下。虽然希腊人中也有几位英雄阵亡，但此时战场上的优势明显偏向希腊人这一边，特洛伊人被打击得抱头鼠窜，撤回到了他们战车停驻的地方。

赫克托耳放火烧船

特洛伊人逃到他们战车的附近才停下脚步。这时，爱达山顶上的宙斯醒了过来，他从赫拉的怀里抬起了头，清醒后的他很快跳起来站定，一眼就看到了下面战场的景象：特洛伊人在混乱中逃跑，希腊人在后面紧紧追击，波塞冬正在希腊人的队伍中间。他又看见赫克托耳昏沉沉地躺在战车上，喘息着不断地口吐鲜血。人神之父宙斯对赫克托耳充满着怜悯之情。然后他回过头怒视赫拉，责备她："你这恶毒的女人，又是你使的诡计吧？是你让赫克托耳受伤，让特洛伊人遭受不幸的吧？难道你忘了使阴谋的后果了吗？你可记得当年你被吊在半空中示众的样子，你的双脚缚在铁砧上，双手捆绑的是永远挣脱不断的金链子，奥林匹斯圣山上所有的神都不敢帮助你。现在我重提这件事，是为了让你记住教训，不要随便对我使用阴谋诡计。"

赫拉听了心里害怕，但是她还是辩驳说："现在我请大地、天空以及那斯提克斯河的流水为我作证，波塞冬并不是因为我的命令才去反对和加害特洛伊人的。出于对阿耳戈斯人的同情，他才去帮助他们的。其实我很希望能劝说他，按照你的命令去行事。"

宙斯听了她的话，微微一笑，他回答说："如果你和我的意见一致，那么波塞冬很快就会按你我的意思改变主意的。如果你刚才的话完全出于真心的话，那就请你回到众神中间去，命令伊里斯和阿波罗立即到我这里来。我会叫伊里斯转告波塞冬立即停止战斗回到宫殿去。我要让阿波罗去激励受伤的赫克托耳，要让他忘记痛苦，重新投入战斗，使阿耳戈斯人恐慌，转身逃窜。这样，他们就不得不请阿喀琉斯出山了。"

赫拉不敢违抗，立即离开爱达山巅，回到奥林匹斯圣山。她走进诸神正在用餐的大厅，神们见天后到来，都站起身来，举起酒杯，向她致意。她接过女神忒特斯的酒杯，喝了一口，然后告诉他们宙斯的命令，阿波罗和伊里斯急忙领命离去。赫拉的嘴角挂着微笑，但并不高兴地对大家说："我们真糊涂，竟然想对抗宙斯。他根本不会把我们放在心上，因为他坚信自己是众神中权力最广大、力量最高强的那一位。如果他对你们动用武力，最好是忍受。我看阿瑞斯要注意了，他最亲近的儿子阿斯卡拉福斯已经在战斗中被杀死。"她一说完，战神阿瑞斯便暴跳起来，他愤怒地说道："即使宙斯用雷电把我击死，我也要前往战场为我的儿子报仇！"他说完，立即披起闪亮的戎装，准备出发。幸好雅典娜阻拦了他，让他再忍耐一会儿，不然，更可怕和激烈的战争将在宙斯和众神之间爆发。

现在，伊里斯接受任务，迅速地来到战场上找到波塞冬，并传达了宙斯的命令。海神心里很不高兴，他说："他说话未免太狂妄，我和他一样强大，他竟然处处威胁我。当年我们三兄弟抓阄划分权力，我抽中的是掌管蓝色的海洋，哈里斯统治昏冥世界，宙斯则分到广阔的天空，但是大地和奥林匹斯圣山则归我们共同管理！我绝不会按照他的旨意行事的！让他把这些话拿去训示他的儿女吧！"

"我要把你刚才这些强硬的话回复给万神之父吗？或者你想做些改变？"伊里斯试探地问他。

海神波塞冬思考了一会，重又回答他说："谢谢你明智的劝告。虽然我内心很气愤，但我还是决定先对他让步。但我要声明，今天我记住了他的威胁，但日后他若再反对我，反对保护希腊人的奥林匹斯神，并拒绝毁灭特洛伊，而使希腊人得不到他们的荣誉的话，我们之间的怨隙将不可弥合！"说着他离开战场，回到大海深处。

宙斯派他的儿子阿波罗去见赫克托耳，给他灌入巨大的勇气和力量。阿波罗很快找到赫克托耳，只见他已不再躺着，而是坐了起来，恢复了精神。他也不再喘气和流汗了，自从宙斯决定让他苏醒。阿波罗站到他身旁轻声地问他："赫克托耳，你为什么离开军队坐在这里？你遭遇了什么？请告诉我，让我替你伸张正义。"他疲惫地抬起头回答说："你是哪位仁慈的神亲自赶来看望我？你是否听说，正当我在希腊人的船尾进行厮杀的时候，埃阿斯用一块巨石击中我的胸部，阻止我的胜利？我原以为，今天我就将前往冥王哈里斯的宫殿了！"

"请放心吧！"阿波罗回答说，"我会保护你的。我是宙斯的儿子阿波罗，是他派我来帮助你、保护你。就像从前我帮助你那样，我会走在你们的前面，为战车前进开辟道路！现在你立即坐上马车，去激励将士们吧！"

赫克托耳听完阿波罗的话，马上跳起来，迅速地跑去激励特洛伊人的将士们。

当希腊人看到赫克托耳重新回到部队，全都惊慌失措。擅长演讲的埃托利亚人托阿斯看到赫克托耳冲在了前面，他马上对大家说："天哪，真是一个奇迹啊！我们都亲眼看到埃阿斯用巨石击倒了赫克托耳，原以为这次他必死无疑，没想到现在他居然又驾着战车冲了过来。一定是哪位神明救了他！你看他现在斗志昂扬的，肯定是宙斯在援助他！现在我提议，让全军部队都退回战船，把最优秀的将士们聚拢到最前线，抵挡赫克托耳和特洛伊人新一轮的攻击。"

英雄们都赞同他的意见，立即到两位埃阿斯、伊多墨纽斯、迈里俄纳斯和透克洛斯的周围，其他的部队则有序地后退到战船上。特洛伊人的队伍开始蜂拥般地冲过来，赫克托耳站在队伍的最前列，率领着士兵们前进。阿波罗则隐身在云雾中，手持可怖的盾牌，为特洛伊人提供最强有力的保障。希腊英雄们严阵以待，震耳欲聋的呐喊声响彻云霄。很快，战场上无数的投枪飞舞，数不清的箭矢脱离弯弓。阿波罗握住盾牌不动，双方的枪矢往来，特洛伊人击中了希腊人的身体，但是希腊人在阿波罗的金盾面前失去了勇气，陷入了恐慌。

现在，阿波罗赐予赫克托耳和特洛伊人巨大的荣誉。赫克托耳先是杀死了波奥提亚人的国王阿尔克西拉奥斯，接着又刺死墨涅斯透斯的好友司级提奥斯；埃涅阿斯杀死雅典人伊阿索斯和埃阿斯的异母兄弟墨冬；波吕达玛斯杀了墨基斯透斯；波里特斯一剑就砍下埃基奥斯的脑袋；克洛尼奥斯在阿革诺耳的长矛下丢了性命。帕里斯从后面击中了正在逃跑的得伊奥克斯的箭头，长矛从后背穿过了胸部。正当特洛伊人忙着剥取死者的铠甲时，阿耳戈斯人逃往壕沟和木桩那里，有些因为恐惧躲在了壁垒后面。赫克托耳依然鼓励特洛伊人继续前进："战士们，放下那些尸体，快去进攻战船！"他一面大声呼喊，一面策马扬鞭朝战船的方向奔去，特洛伊的英雄们纷纷响应，驾着战车跟了上来。

特洛伊人像一群嗜血的狮子那样扑向了战船。宙斯决定实现忒提斯的愿望，增强特洛伊人的力量，削弱希腊人的斗志，直到阿喀琉斯被请回队伍当中。宙斯要给赫克托耳荣誉，让他给希腊战船燃起熊熊火焰，而后宙斯再从这个时候改变战局，把溃逃的命运降临在特洛伊人的头上，把胜利重新赐给希腊人。

此时，赫克托耳怒气冲天，举起长矛大肆砍杀，浓密的双眉下闪耀着凶狠的目光，头盔上的羽饰应和着猛烈的战斗也在空中激昂地挥动着。宙斯知道赫克托耳的死期将至，于是最后一次赋予他神力和威严。雅典娜正在一步步地引他走向残酷的厄运。可现在还为时过早，赫克托耳往希腊人最密集的地方冲去。他作战英勇，气势逼人。希腊人排列紧密，阵营看似牢不可破，很快却因惊惧而溃散。

帕特洛克罗斯之死

当埃阿斯站在船上与敌人进行殊死搏斗的时候，帕特洛克罗斯急忙去找他的朋友阿喀琉斯。他一走进营帐，脸上的热泪便流淌不止，阿喀琉斯看他这样难过，立即问他缘由："你为什么哭泣，亲爱的帕特洛克罗斯，瞧瞧你，哭得像个泪水涟涟的小姑娘。你是不是有事要向我禀报，还是从佛提亚传来了什么坏消息？我知道，你的父亲墨涅提俄奥还健在，我的父亲珀琉斯也健在！或者你是为阿耳戈斯人命运而落泪？他们的悲剧完全是自己造成的。说吧，你有什么心事别闷在心里，赶快告诉我吧！"

帕特洛克罗斯长叹一口气回答道："最勇敢的英雄，很抱歉我控制不了自己的情绪，如你所料，阿耳戈斯人遭受了巨大灾难。我们军中所有最勇敢的将士现在都躺在船舶里，他们不是被长矛击中就是被弓箭射中。狄奥墨得斯中了箭；奥德修斯和阿伽门农都中了枪伤；欧律帕洛斯也被利箭射中了大腿。他们现在都在接受治疗，暂时不能参战了。而是你啊，阿喀琉斯，为什么你还这样执拗。如果你现在不去救助阿耳戈斯人，更待何时？狠心肠的人啊！你不是珀琉斯之子，也不是忒提斯所生，生你的是阴沉的大海或是坚硬的顽石，你的心肠才会这样冷酷无情！如果是什么预言使你心中害怕，是你母亲的话或者哪位神明的命令让你不能参加战斗，那就让我带领米尔弥冬人的部队，立即去战场，也许能够帮助希腊人。把你的铠甲借给我披挂，当我战斗时，特洛伊人可能会把我误认为是你，也许这样能使战争稍微缓冲一下，我希望以此能让阿耳戈斯人得到片刻的喘息机会！"

阿喀琉斯听了这话，愤怒地回答他："你在说什么呢？即使有什么预言，我也不会放在心上的。我根本也没有得到我母亲或者哪位神明的命令。我内心忍受着巨大的痛苦，那是因为有人依仗权势，随意抢走和他平等的人的战利品，剥夺他人的荣誉。不过已经发生的事情就让它过去吧，我从来没有怀恨在心，虽然心中的愤怒永远不会消散，但是内心的怒火，我早就说过，只有等到战争逼近我的战船时，我才愿意采取必要的行动。现在你去穿我的铠甲吧，率领米尔弥冬人前去参战。你尽力去打击特洛伊人，把他们从战船上赶走，不让他们纵火烧船，截断我们的归程。你不要贪恋战争与杀戮，因为神明还是宠爱他们的。一旦解救了船只的危难便返回这里，让其他的人留在战船上厮杀吧！但愿所有的特洛伊人都被杀光，阿耳戈斯人被毁灭，只留下我们两个人，让我们亲自去征服特洛伊城！"

正当他们谈话的时候，战船附近的厮杀越来越激烈，埃阿斯也坚持不住了，敌人密集的箭和长矛频频向他射来，在他的头盔上打出叮叮当当的声响。他那扛着盾牌的左臂已经感到乏力了，埃阿斯气喘吁吁，浑身汗水淋漓，周围险恶的战情根本容不得他有片刻的休息时间。赫克托耳冲向埃阿斯，挥舞锋利的长剑，把他的长矛的矛尖砍落在地上。这时，埃阿斯打了个寒战，他心里很清楚，这是神有意与希腊人作对，要把胜利赐给特洛伊人。他绝望地后退，赫克托耳乘机往船上扔了一个大火把，船只立即燃起了熊熊的烈火。

战船上很快火光冲天，坐在营房里的阿喀琉斯心里感到一阵痛苦。他狠狠地拍了下自己的大腿说："帕特洛克罗斯，你快去吧，我看见战船燃起了战火，不能让敌人夺走我们的战船，把我们的回乡之路切断！你赶快穿上盔甲，我去召集我的士兵！"帕特洛克罗斯听了很高兴，他急忙穿起阿喀琉斯的盔甲。他先给小腿披上盔甲，用银扣给它牢牢扣紧，接着又在胸前系上星光灿烂的护甲，然后他背上铜剑，挎上坚固的盾牌，戴上精制的战盔，最后他抓起了两根结实的长矛。他没有借用阿喀琉斯的长矛，因为他根本举不动它，只有阿喀琉斯才能把它挥动。那只长矛是从佩利昂山巅取来的，是半人半马的肯陶洛斯人喀戎赠给珀琉斯的，后来传到阿喀琉斯手上。现在帕特洛克罗斯吩咐他的朋友和御手奥托墨冬套上两匹神马克珊托斯和巴利奥斯，它们快如闪电，风暴神波达尔格拉当年在环海边的牧地和风草神泽费罗斯生育了它们。奥托墨冬还套上纯种的佩达索斯作骖马，那是阿喀琉斯攻下埃埃提昂城带回来的战利品，它虽然是凡马，却能与神马并驾齐驱。

这时，阿喀琉斯也已经亲自召集由米尔弥冬人组成的一支军队，共有五十条快船，每条船配备五十位强壮的船员。他任命了五个首领作为副将，分别指挥队伍，这五位首领是：墨涅斯提奥斯，他是河神斯佩尔赫奥斯和珀琉斯的美丽的女儿波吕多拉所生的儿子；赫耳墨斯和波吕墨拉的儿子欧多罗斯；迈马洛斯的儿子佩珊德洛斯，他是米尔弥冬人中间作战技巧仅次于帕特洛克罗斯的战士；最后是福尼克斯和拉厄耳忒斯的儿子阿尔克墨冬。

阿喀琉斯让全体战士和首领整好队形，各就各位，他开始发表有力的讲话："米尔弥冬人啊，但愿你们谁也没有忘记，当这段时间你们被留在战船上的时候，你们曾多次愤怒地威胁特洛伊人，也严厉地责备我不应该愤怒。现在，你们渴望的时刻终于到来！勇敢地战斗吧！"说完，他走进营帐，把一只嵌花的精美的箱子打开，里面是母亲忒提斯亲自给他的礼物，有短衫、披风、锦被和其他珍宝。他取出一只精制的双耳酒杯，这只酒杯除他以外无人动用过，他自己也只用它盛酒向众神之父宙斯献祭。现在，他把酒杯冲洗干净，再洗净双手，斟了一杯美酒走到门外，他仰望天空，然后浇酒在地，向宙斯祈祷道："伟大的天神之父宙斯啊，你曾经宽厚地满足了我惩罚阿耳戈斯人。现在请求你再满足我一个心愿：我自己仍将留在船边，但派我的战友率领米尔弥冬人前去作战，雷霆之神宙斯啊，请把荣誉赐给他们，让保佑我的朋友帕特洛克罗斯平安回来！"宙斯听到了他的祈祷，同意了他的第一个请求，却拒绝了另一半。他愿意赐给帕特洛克罗斯荣誉，让他阻挡特洛伊人强势的进攻，但是不同意让他平安归来。阿喀琉斯祈祷完毕，返回营帐，收好酒杯，然后出来观看这场血腥的战斗。

帕特洛克罗斯率领米尔弥冬人进入战场，他自己一马当先，率兵冲入敌阵，和敌人厮杀起来。希腊人以为阿喀琉斯又参战了，情不自禁地欢呼起来。特洛伊人看到令他们闻风丧胆的阿喀琉斯又出现了，仓皇逃命。希腊将领精神为之大振，勇敢地杀向敌人。帕特洛克罗斯对准特洛伊人群最密集的地方，掷出他那闪亮的长矛。派奥尼亚人皮赖克墨斯被刺穿右肩，大叫一声倒在地上，派奥尼亚人纷纷惊恐得四处逃窜。帕特洛克罗斯迅速把敌人从战船边赶走，将火扑灭，那条战船只烧毁了一半。现在轮到特洛伊人大声呼叫惊慌逃跑，他们被希腊人赶到战船间的巷道中，希腊人很快地追了上来，但特洛伊人并没有后退，而是镇定地面对希腊人的攻击。现在，战士对战士，将领对将领，双方展开了肉搏之战。帕特洛克罗斯用长矛击中了阿瑞吕科斯的大腿，矛尖直接穿进去，那人倒在地上，死了。墨涅拉奥斯挥枪击中托阿斯的胸口，他的手脚立刻瘫软，不能动弹。费琉斯的儿子墨革斯动手击中了安菲克罗斯的腿跟，让他迅速地闭上了双眼。涅斯托耳的儿子安菲洛克斯刺中用长矛击中阿廷尼奥斯的臀部，那人立即栽倒在地上。愤怒的马里斯冲过来，为他的兄长报仇，但涅斯托耳的另一个儿子特拉叙墨得斯首先举枪刺中他的肩膀，割断了胳膊，使他倒在地上，再也爬不起来。小埃阿斯上前抓住了在人群中逃跑的克勒奥布罗斯，即刻用利剑砍了他的脖子，一剑断送了他的性命。佩涅勒奥斯和特洛伊英雄吕孔互掷投枪，都没有刺中对方。现在双方又挥剑互砍，吕孔一剑砍中对方盔顶，把剑柄给折断了，佩涅勒奥斯趁机朝对方脖子送上一剑，结果了结了对方的性命。迈里俄纳斯追上了正要登车逃跑的阿卡马斯，用剑砍中他的右肩，他当即栽下车来，死了。伊多墨纽斯用他无情的长矛刺入埃律玛斯的嘴巴，他当场毙命。

大埃阿斯一直在寻找机会对赫克托耳投下长矛，但久经沙场的赫克托耳一直用盾牌挡住身体，任呼啸而来的箭矢和投枪弹落在地上。这位英雄已经看出战争的优势明显转向敌人，但他仍坚定地留在战场上，保护和支援他亲密的战友。随着敌人的不断追赶和进攻，特洛伊人纷纷仓皇地往回逃跑，无数的战马飞速奔驰折断了辕杆，许多战车都在碰撞中撞碎，特洛伊人溃不成军，侥幸逃出来的人蜂拥着往特洛伊城奔逃。帕特洛克罗斯看见哪里的人最密集，就呐喊着追向哪里。许多人从车上翻身栽倒在车轮之下，战车也随之被翻倒。帕特洛克罗斯径直越过宽阔的战壕，因为驾驶的是阿喀琉斯的神马。帕特洛克罗斯策马飞奔，一心想要追上赫克托耳。他一路追赶，截住了最近的特洛伊逃兵，迫使他们掉转身奔向船舶方向，不让他们逃往特洛伊城，于是他在战船和壁垒之间开始了血腥的杀戮。吕喀亚人萨耳佩冬看到这情景十分悲痛，他愤怒地对自己的战士说："让我去会会那个家伙，看看他究竟有多大的能耐，竟然杀死我们这么多的战士。"他这样说，全副武装地跳下战车，帕特洛克罗斯看见了，也跳下自己的战车。两人吼叫着互相厮杀。

宙斯坐在山上看见了，顿生恻隐之心，他对一旁的妻子赫拉说道："可怜呐，我的儿子命中注定要死在帕特洛克罗斯的手下。现在我的心动摇了，是让他活着走出战场回到吕喀亚去，还是让他被帕特洛克罗斯杀死。"赫拉很不屑地回答道："你在说什么？你想拯救一个注定要死的凡人吗？你这么干吧，其他的神一定不会同意。我劝你不妨考虑一下，如果所有的神都像你一样，把自己的儿子救出战场送回家，那该怎么办？许多神会怨恨你，他们的儿子也参与在这场战争中。如果你那么心疼萨尔佩冬的话，那就让他死在战场上，等到灵魂和生命都离他而去，你再派睡神把他的遗体送往吕喀亚，让他的亲友为他隆重安葬！"宙斯听后，并不反对，他立即向大地洒向一片细雨，以此来祭奠他即将死去的儿子。

现在两位勇士互相逼近，距离只有一箭之遥，帕特洛克罗斯首先击中萨耳佩冬的侍从特拉叙墨洛斯。萨耳佩冬随即进攻，掷出的长矛没有刺中帕特洛克罗斯，却刺中了良马佩达索斯的右肩，佩达索斯喘着粗气痛苦地倒在地上死了。旁边的两匹神马受到惊吓，变得狂躁起来，轭具嘎嘎作响，缰绳和倒地的骈马缠在一起，幸亏驾车的奥托墨冬果断地从腰间拔出利剑割断死马的缰绳，那两匹马才恢复正常。

萨耳佩冬第二次投枪，长矛从敌人的左肩飞过，仍是没能击中对方。帕特洛克罗斯马上掷出投枪，投中了萨耳佩冬的心脏，他当即倒了下去，痛苦呻吟。直到朋友格劳库斯来到他身边，他用尽最后的力气叮嘱好友一定要坚持战斗，并请战友们抢出他的身体，防止希腊人剥夺他的铠甲。话一说完，他便闭上眼睛离开了人世。

　　格劳库斯十分痛苦，他用手按住胳膊上的伤口，那是透克洛斯在他进攻壁垒时给他一箭留下的伤口。他立即向阿波罗祈祷，请求太阳神治愈他胳膊上的箭伤，使他不至于被重伤所累，无法作战。太阳神听见了他的祈求，立即止住了他伤口的疼痛，给他的心灵灌输了极大的安慰。于是他到各处去召唤特洛伊人的将领，让他们快来为萨耳佩冬战斗，英雄波吕达玛斯、阿革诺耳和埃涅阿斯、赫克托耳都赶过来保护萨耳佩冬的尸体。他们听说这位英雄的死讯都悲痛万分，萨耳佩冬虽说是外族人，却已经成为保卫特洛伊城的最坚固堡垒，他为了保护特洛伊，率领了无数军队，在战场上总是冲在前头。诸将领在赫克托耳的带领下，朝着敌人扑过去。另一方，勇敢的帕特洛克罗斯也激励希腊人奋勇迎战。就这样，特洛伊人、吕喀亚人与米尔弥冬人、阿耳戈斯人围绕着萨耳佩冬的尸体展开了一场凶猛的战斗。

　　宙斯仔细地观看着这场战斗，他给整个战场罩上可怕的昏暗，使得这场围绕他儿子的争夺战更加恐怖。起初，特洛伊人先取得优势，米尔弥冬人埃佩格斯被杀死，这引起了帕特洛克罗斯的极大愤怒，他立即迅猛地穿过阵线冲到了前列，击退了特洛伊人和吕喀亚人的进攻。宙斯始终坐在爱达山峰顶观察战情，现在他思考的是让阿喀琉斯这位高贵的朋友立即死在赫克托耳手下，还是再让他杀死许多特洛伊人立下大功。最后，宙斯还是决定再把特洛伊人和赫克托耳赶到城边，使他们许多人丧失性命。这样的决定使得赫克托耳的心情也变得怯懦起来，他登山逃跑，其他的特洛伊人紧紧跟随，勇敢的吕喀亚人也无心恋战，一起逃跑。希腊人上前剥下了萨耳佩冬的铠甲，宙斯这时吩咐阿波罗把他儿子的尸体带回吕喀亚。于是阿波罗迅速从神山降到战场上，背起萨耳佩冬的尸体，把它带到很远的地方，仔细用河水清洗，然后抹上香膏，穿上不朽的衣袍，最后把它交给睡神和死神这一对孪生兄弟。两兄弟把尸体送回吕喀亚，用故乡的泥土为他安葬。

　　现在，帕特洛克罗斯催促战马和奥托墨冬继续追击逃跑的特洛伊人和吕喀亚人。倘若他记得阿喀琉斯给他的忠告，便可以躲过即将到来的黑色死亡。就这样，他英勇无敌地向前冲去，接连杀死九个特洛伊人。如果不是阿波罗站在坚固的城楼上帮助特洛伊人的话，阿耳戈斯人凭借帕特洛克罗斯的力量就能够攻下特洛伊城了。帕特洛克罗斯三次冲击特洛伊的城墙，三次都被阿波罗阻挡。当他第四次凶猛地发起冲击的时候，阿波罗大声呵斥道："快退下！帕特洛克罗斯，特洛伊城注定不是毁在你的手下，即便是比你强大的阿喀琉斯也不行！"帕特洛克罗斯听到后只得服从神的命令，后退了一大段距离。

这时，赫克托耳在城门前勒住了马，停下了战车，他正思考着是率领士兵回到战场作战，还是命令所有的部队退回城内。正当他犹豫不决时，阿波罗化身成赫卡柏的兄弟阿西奥斯，走到他的面前说："赫克托耳，为什么停止战斗？要是我能像你那样强大我一定继续作战！赶快驱着你的马追赶帕特洛克罗斯吧，阿波罗赐给你胜利，说不定你能追上他。"阿波罗说完便回到了战斗中去。赫克托耳立刻吩咐他的御者克布里奥涅斯催马向战场奔去。阿波罗这时已在希腊人的队伍里制造混乱，为赫克托耳和特洛伊人的到来做好准备。赫克托耳并没有停下来刺杀任何阿耳戈斯人，径直朝帕特洛克罗斯追去。

帕特洛克罗斯当即从战车上跳下来，他左手握住长矛，右手从地上抓起一块大石头，朝赫克托耳砸去，石头未能击中目标，却砸到战车的驾驭者克布里奥涅斯头上。赫克托耳跳下车来抢救战友，帕特洛克罗斯也跳下车来，去抢夺战利品——驾驭者的铠甲。这样，两个英雄便面对面地交锋了，他们打得难分难解。其余的特洛伊人和阿耳戈斯人互相搏击厮杀，无数的投枪和箭在战场上飞来飞去。战斗一直到了傍晚，希腊人才占了上风，他们从特洛伊人的枪矢下夺走了克布里奥涅斯的尸体，剥下了他身上的铠甲。

帕特洛克罗斯更加凶猛地冲向特洛伊人，他三次大喊着冲上去，每一次都杀死了九个人。当他第四次冲上去的时候，死神已在身旁悄悄地窥视。关键时刻阿波罗出战了，并裹在一团浓雾里，用手在帕特洛克罗斯的肩和后背上打了一下，打得他两眼昏花，神又击落了帕特洛克罗斯的长矛。与此同时，躲在暗处的欧福尔波斯从背后刺了他一枪，赫克托耳又从正面给了他一剑。就这样，帕特洛克罗斯遭到致命的袭击，倒下了。赫克托耳十分得意地对着倒下的帕特洛克罗斯说道："你还以为能够摧毁我们的城池，夺走我们的妇女，哈哈，可怜的人啊，现在就是阿喀琉斯也救不了你。"帕特洛克罗斯用他那虚弱的声音回答道："现在你终于可以幸灾乐祸了，是宙斯和阿波罗把胜利赐给你。如果没有他们，即使是二十个和你一样的士兵来攻击我，也将全部倒在我的长矛之下。是残酷的命运和阿波罗杀死了我，然后是欧福尔波斯，你是第三个。我要告诉你的是，你的死期也不远了，你将死在阿喀琉斯的手下！"说完，帕特洛克罗斯立刻咽气，前往地府见哈里斯去了。

阿喀琉斯的悲痛

安提罗科斯急匆匆地回到战船前来禀报阿喀琉斯，见他正坐在自己的战船前，似乎在思考什么，实际上他对所发生的事情早已有不祥的预感，他一个人忧虑地在那自言自语地说："发生了什么事？为什么希腊人又重新惊慌地朝战船奔回？母亲曾经向我预言过，说米尔弥冬人中最勇敢的英雄将在我仍然活着的时候死在特洛伊人的手下，莫非这不幸发生了？"

这时，安提罗科斯已经来到跟前，他泪流满面地说道："我不知道怎样开口啊，我带来的是可怕的消息。帕特洛克罗斯已经倒下，赫克托耳剥去了他的铠甲，现在双方还在争夺他的尸体。"

阿喀琉斯听到这个不幸的消息，忽然陷进了一片黑暗，他当即用双手抓起了地上发黑的泥土，撒到自己头上、脸上和衣服上。随即他又倒在地上，用双手扯着自己的头发。他感到天旋地转，难以承受，愤愤地捶打自己的胸口。一切全都是因为自己。如果不是因为他的怠慢，一直待在船上，亲如兄长的帕特洛克罗斯何尝会离他而去呢？他大声地咆哮着，痛哭得鲜血都流出了眼眶，大声地诅咒赫克托耳，决定马上奔赴战场，讨回血债。他的将士围住他，劝他谨慎一些。可是，阿喀琉斯根本就听不进去，脑子里只有两个大字："报仇！"被阿喀琉斯和帕特洛克罗斯俘来的女奴们听到响声，都从里面跑出来，当她们听说了所发生的事情的时候，也都捶着胸脯，扑倒在地上放声大哭。安提罗科斯在一旁泪水涟涟，但他还是走上前去抓住阿喀琉斯的双手，他担心阿喀琉斯会突然拔出剑来寻短见。

阿喀琉斯在那悲恸不已，号哭声惊动了在大海深处坐在年迈的外祖父涅柔斯身边的母亲，她情不自禁地痛哭起来。所有涅柔斯的其他的儿女们听到她的哭声，都来到了她的银色洞府，个个悲痛地捶打着胸脯，和她一起悲泣。忒提斯对身旁的姐妹们哭诉着："我好命苦啊！我生了这么一个高贵、勇敢、英俊的强大儿子，我精心地抚育他，亲眼看他坐着希腊人的战船前往特洛伊作战。可是从今往后我便不可能看到他回到他父亲珀琉斯的宫殿了！他活着就要遭到无数的不幸，可我却对他爱莫能助！我现在一定要去看看我的儿子，听他诉说，他到底遇到了什么样的伤心事，哭得这样悲恸？"

忒提斯说完离开洞府，姐妹们流着泪陪着她，大海分开为她们让路，她们来到海岸上，朝正在哭泣的阿喀琉斯走去，母亲充满爱怜地说道："孩子，你为什么要哭泣？是什么痛苦让你这样悲伤？快告诉我，一点也别隐瞒！当初你受到阿伽门农的侮辱，宙斯已经替你讨回公道，希腊人由于没有你的参战，已被特洛伊人打得落花流水了。"

阿喀琉斯长叹一口气说："母亲啊，宙斯神实现了我的请求，可是这些对我又有什么用呢？我最亲爱的伙伴帕特洛克罗斯已被敌人杀死了，赫克托耳还剥下他那副辉煌的铠甲。那是我的铠甲，就是诸神在你结婚时送给父亲珀琉斯的礼物。母亲你为什么不留在深海里和女神们一起生活？要是父亲珀琉斯娶了一个人间的女子就好了，那你就不要为自己的儿子无穷无尽地悲痛了！我再也不能回到我的家乡去了。如果我不能为帕特洛克罗斯报仇，亲手杀死赫克托耳，我的心就永远得不到安宁，我的良心就不容许我活在世上！"

忒提斯流着眼泪回答说："我的孩子，你这样说，死期也即将到来，赫克托耳一死，你注定的死期也将来临。"

阿喀琉斯愤怒地对母亲说道："那就让我立即死吧，既然我未能挽救朋友免遭不幸。他远离家乡来到这里，危难时候我却不在他的身边。现在我这短暂的生命对希腊人有什么用处呢？我没有能够救助帕特洛克罗斯，没能救助其他的被赫克托耳杀死的人。至于阿伽门农，不管我的内心如何痛苦，过去的事情就过去吧！我现在就去找赫克托耳，我随时愿意迎接死亡。现在我要去争取荣誉，让特洛伊人明白，我已经休息得够久了！母亲啊，不要阻拦我上战场！"

阿伽门农请阿喀琉斯返回战场

阿喀琉斯被阿伽门农当众羞辱后愤而退出战场，导致希腊联军战事不利。阿伽门农不得不亲自登门请求阿喀琉斯返回战场，这时因失意愤怒而纵意琴瑟的阿喀琉斯已无意沙场。图左人物为阿喀琉斯，其右为挚友帕特洛克罗斯，中为奥德修斯，最右为阿伽门农。

"我的孩子，你的想法很高尚，"忒提斯回答说，"你要去帮助陷入困境的战友们，使他们免遭死亡，但你的那副精美的盔甲已经落在特洛伊人手里。明天早晨日出时分，我将从赫菲斯托斯那里带回他亲手锻造的新铠甲。你得记住，在我回来以前，你千万不可贸然投入战斗！"女神说完，她的姐妹们立即潜回大海里，而她自己则迅速前往奥林匹斯圣山，为自己的爱子锻造新的铠甲。

此时，特洛伊人和阿耳戈斯

人仍在抢夺帕特洛克罗斯的尸体。阿耳戈斯人艰难地保护着帕特洛克罗斯的尸体，因为赫克托耳又凶猛地追了上来，他三次都追上了埃阿斯，抓住了尸体的脚，险些把它拖走，但两个埃阿斯力气强大，三次都把他打退了。赫克托耳并不气馁，他或是向前冲杀，或是站住大喊，呼唤同伴们战斗，丝毫没有撤退的意思。两位勇武的埃阿斯想把他从尸体旁赶走，但都没有成功。若不是伊里斯瞒着宙斯和诸神，奉赫拉之命传信阿喀琉斯准备作战，那么赫克托耳将夺得尸体获得胜利。阿喀琉斯问神的使者："我的铠甲在敌人那里，我怎么作战呢？我的母亲也不准许我出去参战，直到为我送来赫菲斯托斯亲手锻造的盔甲。我知道，这里其他人的铠甲都不适合我，除了埃阿斯的那面大圆盾。但我想他自己现在非常需要。"

伊里斯回答说："我们知道你的铠甲在敌人那里，但只要你在战壕那儿露露面，特洛伊人就会被你吓得畏缩不前，这样，疲惫不堪的希腊人便可以稍事休息。"

阿喀琉斯于是站了起来，雅典娜把她的神盾挂在他的肩上，又在他的周围布起一团金雾，使他的身体燃起一片耀眼的光彩。阿喀琉斯走到壁垒前面的战壕边，没有加入阿耳戈斯人，因为他牢记母亲的警告。他站在那里大声呐喊，雅典娜也和着他的声音一齐吼叫，有如阵阵尖锐的号角声远远传播，特洛伊人听到珀琉斯的儿子的吼声，个个心里发颤，连那些战马也都立即掉头转向，似乎感受到了灾难即将降临。御手们个个惊恐不已，当他们看到珀琉斯儿子的头上闪烁着火光。阿喀琉斯三次从战壕边放声大吼，三次使特洛伊人和他们的盟军陷入恐慌。他们中有十二个勇敢的战士在慌乱中栽倒在战车下被车轮碾死。

希腊人终于顺利地把帕特洛克罗斯的尸体抬出战场，放上担架。经过了这番争夺之战，大家都紧紧地围住帕特洛克罗斯的尸体，禁不住泪珠滚滚，阿喀琉斯则一路流淌下悔恨的泪水，当初他用自己的车马送他去战斗，却没能见到他活着回到自己的身边。

阿喀琉斯重新武装

双方军队在艰苦的争夺之战后终于有了片刻的休息。特洛伊人从车上卸下马匹，还没想到吃晚饭，大家就聚集在一起开会协商。会议是站着进行的，没有人敢坐下，因为大家都还心有余悸，阿喀琉斯长时间退出战斗，今天又出现在战场上。

这时波吕达玛斯首先发言，他是个明智的人，能洞察过去和未来。他还是赫克托耳的好伙伴，他们俩同年同月同日出生，一个擅长作战，另一个则擅长辩论演讲。他十分诚恳地说道："亲爱的战友们，依今天战争的情形来看，我觉得我们还是在天明前回城去为好。我们离特洛伊城那么远，如果明天清晨阿喀琉斯发现我们还在这儿，他一旦武装起来，和我们战斗几个回合的话，我想，那个时候如果还有人能够逃回城去，那真是十分幸运了。因此我建议所有战士都回到城里过夜，保存实力。那里有望楼，我们可以更好地观测敌情，而高大的城墙和坚固的城门也可以保护我们。明天清晨我们大家再武装整齐，登上望楼，如果他敢离开战船来到城下叫战，我们也能抵挡他！而阿喀琉斯和希腊人往返于城下和船舶之间，即使他们不感到辛苦，他们的高头大马也会感觉到疲惫，他们自然就不敢贸然攻城。"

赫克托耳听了他的发言站起身来，十分愤怒，他这样对波吕达玛斯说道："你的这番话未免太胆怯！你竟然想临阵脱逃，还劝说大家跟着你撤退躲进城里？现在，宙斯保护我们赐给我们荣誉，他一次次地让我们取得了胜利。我们已把阿耳戈斯人打退到战船边了，眼看就要夺取他们的战船。愚蠢的人啊，你出的是什么主意！你的话不会有人相信，我也不允许！现在我命令，大家立即返回自己的队伍饱餐一顿，同时派出士兵整夜放哨，每个人都要保持警觉。如果有人过分担心他的财富，那就请他们把家财拿出来充公，让自己人享受总比让给希腊人要好些。明天清晨我们要个个全副武装，一齐向希腊战船发动猛攻。如果阿喀琉斯真的出现在战前，那到时候我就让他尝尝苦头！我不会临阵退缩，我将坚持作战，我倒是要看看，到底是他厉害还是我厉害！"

赫克托耳的这番话得到了全体特洛伊人的齐声欢呼。人们对赫克托耳狂热自大的意见大加称赞，却对波吕达玛斯明智和冷静的建议不理不睬。随后特洛伊全军围在一起，狼吞虎咽地饱餐了一顿。

希腊人却整夜为帕特洛克罗斯哀悼痛哭。阿喀琉斯一边痛哭一边悲愤地说道："命运之神注定要让我们两个人的鲜血染红在特洛伊的土地上。我不再会返回我的家园，年迈的父亲珀琉斯和母亲忒提斯也不可能在他们的宫殿里迎接我。这里的黄土将会把我埋葬。帕特洛克罗斯啊，既然我将死在你的后面，我将把赫克托耳的铠甲和他的首级送来给你礼葬。我还要在你葬礼前献祭十二个特洛伊的贵族子弟，为你报仇雪恨。亲爱的朋友，现在你暂且在我的船上安息，我将去实践我的诺言。"他说完，便吩咐他的朋友们取来一口大鼎，烧了温水，帮阵亡的英雄洗净身子，给他涂抹香膏，然后，把尸体抬上殡床，从头到脚盖上柔软的麻布，再盖上洁净的罩单。米尔弥冬人和阿喀琉斯整夜都守在帕特洛克罗斯灵前哀悼哭泣。

　　这期间，忒提斯来到了赫菲斯托斯的宫殿。它像星光一样璀璨，是众神宫中最出色的宫殿，这是跛腿的赫菲斯托斯自己用青铜建造的。忒提斯看见他正在屋子的一角汗流浃背地在忙碌。他铸造了二十只三脚鼎，这些是摆放在他那个精美大厅里的饰品，他要给每只铜鼎的腿都装上黄金的转轮。这样，它们在神明集会时可以自动滚过去，再自动滚回来。这些都是令人称赞的珍品。这些工作已经完成，只待再装上精致的耳柄，他已经准备就绪，准备把耳柄钉在合适的地方。他的妻子，美惠三女神之一的卡里斯见到女神忒提斯来到，立即走出屋来，她拉着忒提斯的手，微笑地说道："尊贵的忒提斯，今天怎么有空驾临我们家？赶紧进屋来坐坐。"她把忒提斯领进屋，请她坐在一张制作精美的银椅子上，下方还配有一条踏脚凳，然后她去叫丈夫过来。

　　赫菲斯托斯看到客人是海洋女神忒提斯，高兴地说道："我真高兴啊！我所敬重的女神光临我家做客。当年母亲生下我时，看到我是瘸腿，便狠心地把我抛弃。如果不是欧律诺墨和忒提斯把我拾回去，并在海边的石洞里扶养我长大，我可能早就死掉了。我的救命恩人今天居然到我家里来了！亲爱的妻子，你先摆上各种美食好好款待客人，我收拾一下各种工具就过来。"

　　跛足神赫菲斯托斯满脸都是烟灰，他从铁砧旁站起来，跛着腿走过去把风箱从火炉上移开，再把各种工具细心地收起来放进银箱里，再用海绵擦洗双手、脸面、脖子和胸脯，然后穿上短衫，抓起一根结实的手杖，一瘸一拐地走出锻工场。这时候，一群黄金制作的侍女们迅速向主人跑去，她们是赫菲斯托斯用黄金铸成的。她们不仅具有少女的形象，而且和少女一般聪明灵巧，能做各种各样的家务活。侍女们搀扶着主人走到客人的身旁，赫菲斯托斯坐到一张漂亮的椅子上，然后握着忒提斯的手问道："敬爱的女神，今天怎么会驾临我们家？请告诉我你有什么事情，我一定尽力帮忙，只要我能办得到！"

　　忒提斯叹了一口气，含着眼泪把事情的原委告诉他。然后说明来意，想请巧手的赫菲斯托斯为注定即将死去的儿子阿喀琉斯赶制一面铜盾、一顶头盔和一副精制的铠甲和胫甲。因为阿喀琉斯的那副神赠送的铠甲，已被特洛伊人夺去。

　　赫菲斯托斯立即回答说："放心吧，尊贵的女神，用不着为这件事担忧。我马上就动手给你的儿子赶造盔甲。但愿我造的盔甲能够使他免于死亡。"他说完便离开了女神，跛着腿来到风箱前，把风箱安上火炉，使他们重新工作。二十只风箱一起对着熔瓮吹动。现在锅里熔化着金、银、铜、锡，赫菲斯托斯把一块巨大的铁砧牢牢安上基座，左手抓住钳子，右手抓住重锤，开始锻造。他首先锻造出一面五层厚的盾牌，盾面上布满许多匠心独具的装饰，四周是三道银色的亮边。在盾面上他绘制了大地、天空、海洋、太阳、月亮和闪烁的星星。他还绘上两座美丽的城市，一座城市里正在举行婚礼和宴会，人们在火炬的照耀下把新娘从闺房送到街心，青年们在欢乐地唱歌跳舞，还有人用长笛竖琴奏起美妙的乐曲，妇女和孩子们在那愉快地欣赏。那里还有许多公民、传令官和长老在为一起争端而相互争论。另一座城市正遭受着两支军队的围困，城里有妇女、孩子和老人，城外有埋伏的士兵，那里有激烈的战斗场面：有受伤的士兵，有争夺尸体和盔甲的斗争。他又附上田园风光的画面：有农民耕种图，农民在农田里赶着耕牛来回耕地，休息的时候有甜蜜的美酒犒劳；有麦地收割图，割麦人手握锋利的镰刀正在收割，旁边是一束束捆好的麦秆，远处的妇女们在为丈夫准备丰盛的餐肴；还有葡萄收获图，一片藤叶繁茂的葡萄园里，银枝上是一串串用黄金雕镂的深紫色葡萄，周围是青铜的沟渠和锡制的篱笆，只有一条曲折的小道通进葡萄园，人们沿着它把果实采集。无忧无虑的青年男女心情欢畅，用精致的篮筐搬运累累的果实。他们中间有一个抱琴的少年，另一些人围着他载歌载舞。此外，他还刻绘了用金和锡制作的牛群，它们在水声潺潺的溪流边吃草，四个黄金雕刻的牧人和九条猎犬在旁边看守着。两头凶猛的狮子从前侧袭击牛群，抓住一头小牛拖走，牧人催促猎狗追击猛狮，但它们害怕，只在原地吠叫。跛足神还刻绘了一个大牧场，优美的山谷间一群银制的绵羊，还建有茅舍、畜栏和羊圈。又还绘有跳舞场，一群衣着漂亮的青年男女在欢快地跳舞。姑娘们头戴花冠，青年们银色的腰带上挂着佩剑，两位舞蹈者在琴手的伴奏下跳着曼妙的舞步。最后他在盾牌的外围附上了伟大的奥克阿诺斯的巨大威力。

赫菲斯托斯造完又大又坚固的盾牌，又为阿喀琉斯制造出一副比火焰还要闪亮的铠甲；再给他造出与头型大小正合适的战盔，顶上有金色的羽饰；最后用柔软的锡制成一副胫甲。当它们全部完工后，赫菲斯托斯把它们交给阿喀琉斯的母亲。她再三表示感谢，并对他的手艺赞叹不已，然后就带走了它们。

天刚亮，忒提斯就带着赫菲斯托斯的礼物赶到儿子那里，她看到亲爱的儿子仍守着帕特洛克罗斯的尸体旁边大声号哭，他的许多同伴正围着他。女神走近他们，握住他的手，对他说道："我的儿啊，就让他这样躺着吧，他是按神意被杀死的，让我们化悲痛为力量吧！现在，你且来接受赫菲斯托斯打造的辉煌铠甲，这样精美的铠甲还没有凡人披挂过。"忒提斯把精心打造的战甲放在他的面前，士兵们看到它们，都不敢正面注视，而是向后退缩，因为盔甲打开时发出了巨大的声响。阿喀琉斯含着泪花的双眼看到它们却十分欣喜，他把赫菲斯托斯的杰作一件件仔细地欣赏，喜欢得爱不释手。

然后，阿喀琉斯迅速走向海岸，他大声呼叫，召唤所有的阿耳戈斯人，连同那些一直留守船舶、手握舵把掌握航行方向的舵工和那些粮食管理员都赶来了。受伤的狄奥墨得斯和奥德修斯也拄着长矛、一瘸一拐地走了过来。最后到来的是阿伽门农，他也带着被科昂刺中的伤来到会场。

奥林匹斯众神各助一方

宙斯在奥林匹斯圣山上召集众神前来开会。几乎所有的神都赶到了会场。宙斯望着盛况空前的聚会说道："今天把你们召集起来，是为了告诉你们，你们所有的神都可以前往特洛伊或者阿耳戈斯人他们任何一方。"如果神不参战的话，强大的阿喀琉斯就会违背神意，独自率军占领特洛伊城。众神纷纷按着自己的心愿奔向战场：万神之母赫拉、雅典娜、波塞冬、赫耳墨斯和赫菲斯托斯赶到希腊人的战船上；前往特洛伊的是阿瑞斯、阿波罗、阿尔忒弥斯和她的母亲勒托以及被神称为斯卡曼德罗斯的河神克珊托斯、阿佛洛狄忒。

当众神还没有加入双方的队伍之前，希腊人因有勇猛的阿喀琉斯在他们的队伍中，优势明显强过敌人。特洛伊人一看见珀琉斯的儿子，身穿闪亮的铠甲，凶恶的眼神如同战神一般，个个惊恐得四肢发抖。当众神加入双方的队伍中，战斗开始变得扑朔迷离起来，胜利究竟属于何方，似乎还无法预料。雅典娜一会儿站在希腊人壁垒外的壕沟旁大声呐喊，一会儿又沿着大海边来回指挥。在另外一方，阿瑞斯如同黑色风暴，在高高的城墙和西摩埃斯河畔的军队中间来回奔走，指挥和激励特洛伊人。双方的神明就这样激励双方厮杀，他们自己也激起了强烈的战斗欲望。人神之父宙斯从奥林匹斯圣山上鸣放出可怕的雷电，海神波塞冬在下面摇撼着广阔无垠的大地。爱达山的峰脊、特洛伊城、阿耳戈斯人的船舶都震颤不止。冥王哈里斯惊恐不已，唯恐波塞冬把大地震裂，神和凡人会发现地府的秘密。此时，众神参战引起了巨大的轰鸣，他们面对面地交起手来。与海神波塞冬对阵的是手持带翼箭矢的阿波罗；与雅典娜交战的是战神阿瑞斯；金箭女射神阿尔忒弥斯则对付万神之母赫拉；与勒托交锋的是赫耳墨斯；赫菲斯托斯则抗争河神克珊托斯。

神们就这样互相交战起来。而阿喀琉斯却在人群中疯狂地寻找赫克托耳。特洛伊人一见到这位英雄，就四散逃跑，否则，就会变成阿喀琉斯的矛下之鬼。战斗进行不到一刻，特洛伊人便兵败如同山倒，他们的重要将领也多被杀死。阿喀琉斯在敌阵之中，如同虎入羊群，来去自如。他现在并不杀这些败兵，而是来回寻找杀死好友的赫克托耳。阿波罗看到这个局面，立即变成普里阿摩斯的儿子吕卡昂，说服英雄埃涅阿斯去和阿喀琉斯作战，埃涅阿斯在阿波罗的鼓舞下，全副武装地向阿喀琉斯奔去。但狡黠的赫拉在混乱的战场上发现了挤出人群的埃涅阿斯，她立即召集站在希腊人这一边的众神说："波塞冬和雅典娜，你们考虑一下，现在应该怎么办？埃涅阿斯受到阿波罗的怂恿，正穿着闪亮的铠甲朝阿喀琉斯扑了过去。我们应该立即把埃涅阿斯赶走，或者是给阿喀琉斯增添力量，保护他今天不受伤害。今后，他必须服从命运女神给他的一切安排。"

海神波塞冬回答道："赫拉，这样做似乎不太妥当吧？我不认为我们现在就应该合力反对站在另一方的神。我们是神，有着很大的威力。我们还不如现在就离开战场，坐到高处去静静地观战，让凡人自己操心去。如果阿瑞斯或者阿波罗投入战斗，并且阻碍阿喀琉斯施展他的威力，那我们就可以理所当然地参战了！我想那时在我们的强大打击下，他们很快就会退出战场的。"

海神波塞冬说完就率领众神前往赫拉克勒斯的一处圆形小山丘坐下。战场上早已布满了密密麻麻的军队，双方的战车和战马在平原上驰骋着，大地在他们的奔驰的脚步下隆隆震响。两个最杰出的将领从各自的队伍里跳出来，走到两军中间的地面上准备厮杀：一个是安喀塞斯的儿子埃涅阿斯，另一个是珀琉斯的儿子阿喀琉斯。埃涅阿斯首先大步走出来，硕大的头盔在摇晃，上面的羽饰在威武地飘拂着，他把牛皮大盾举在胸前，手里握着投枪。阿喀琉斯有如一头雄狮一般冲上前来，等他走近埃涅阿斯时，大声喝道："埃涅阿斯，你怎敢离开军队来到我的面前？你以为杀死我就能统治特洛伊吗？普里阿摩斯是不会把权力交给你的，他有那么多的儿子怎么也轮不到你！或者是特洛伊人许给你一块最好的土地，只要杀了我，你就可以得到它？我看你今天很难如愿以偿！你应该还记得吧，似乎有这一次，我把你从爱达山顶上赶下来，那时你奔逃得不敢回望，一直逃到吕尔涅索斯城。我在雅典娜和宙斯的帮助下摧毁了这座城市，带走了一大批妇女。如果不是宙斯和其他神帮助你，你是逃不了的。我想这一次他们不会再给你任何援助了！趁现在还没交手，我劝你赶快退回去，不要和我作对！"

埃涅阿斯立即大声反驳道："珀琉斯的儿子，你不要把我看成孩子。你以为几句大话就能吓退我吗？这种嘲笑对方的招数我也用过。你我二人都清楚对方的底细：你是海洋女神忒提斯的儿子，但我要自豪地告诉你，美丽的阿佛洛狄忒是我的母亲！也就是说，宙斯是我的外祖父。废话还是少说吧！让我们互相尝尝对方的铜枪的厉害！"说着他用力掷出他的长矛，矛尖把阿喀琉斯的盾牌震得很响，它穿透两层青铜，到第三层就穿不透了。原来跛足神总共为盾面造了五层，两层青铜在外，两层白锡在里，中间一层是黄金，正是它阻挡了矛尖。阿喀琉斯随即投出他的长矛，矛击中了埃涅阿斯的盾牌，矛头穿过盾牌边缘最薄的部分，埃涅阿斯急忙弯下腰，惊慌地把盾牌举向头顶，长矛越过他，插在他旁边的土里。埃涅阿斯躲过了那支长矛，却吓得呆住了，半天回不过神来。阿喀琉斯挥着利剑大声呐喊着冲了过来，埃涅阿斯情急之中抓起一块重得两个人也难以抱起的巨石，迅速地投掷出去。如果不是波塞冬敏锐地观察到这里的情况，巨石一定击中对方的头盔或者盾牌，而埃涅阿斯也一定死在阿喀琉斯的剑下。

波塞冬对埃涅阿斯的处境产生了同情，他又担心宙斯会降怒于众人，于是他说："我可怜那个勇敢的埃涅阿斯，如果只是听信了阿波罗的花言巧语就这样丧命的话未免也太让人遗憾了。他是个无辜的人，他总是向我们祭献令我们满意的礼物。我们应该把他救出死亡，而且他命也不该绝，因为宙斯对他对最宠爱，胜过凡女为他生的其他孩子。普里阿摩斯家族已经失宠于宙斯，但他不愿意彻底毁灭这个家族，伟大的埃涅阿斯从此将统治特洛伊人，并由他的子孙继承下去。"

"随你的便吧！"赫拉说，"他的事由你做主，你想怎样都行，我曾经不止一次庄严地发过誓，永远不帮助特洛伊人改变他们不幸的命运。"

波塞冬立即出发穿过层层战线，来到他们交战的地方。他在阿喀琉斯眼前布下一团迷雾，再从埃涅阿斯身边把那支长矛拔出来，放到阿喀琉斯的脚跟前，最后波塞冬把埃涅阿斯举起来，抛向战场的最边缘。那里是他的同盟军考科涅斯人正准备战斗的地方。海神对他说道："埃涅阿斯，哪位神使你自不量力，竟使你同强悍的阿喀琉斯作战？他比你强大，也更受众神宠爱。从此以后，你都要回避他，免得提早去哈里斯的居所。在他命定的死亡日期来到时，你便可以大胆地到最前线作战，因为那时没有哪个阿耳戈斯人抵挡得住你的攻击。"

海神说完，离开了埃涅

奥林匹斯神殿遗址

阿斯，并驱散了阿喀琉斯眼前的迷雾。阿喀琉斯立即睁大眼睛，四处观察，看到他的长矛放在自己脚跟前，对手却已经不见，不禁长叹一声，说道："这真的是一件奇怪的事。我明明已经把长矛投在他的身旁，现在他却消失得不见踪影。他果然受到神明的宠爱，这次权且再让他逃脱吧！"说着他又回到自己的队伍里，沿着阵线去鼓励每一位士兵奋勇作战。在另一边，赫克托耳也在召唤特洛伊人，鼓励他们和阿喀琉斯对阵。双方互相呐喊着冲向对方，激烈的厮杀正在进行。阿波罗悄悄地走近赫克托耳对他说："赫克托耳，你绝不能同阿喀琉斯拼杀，因为他现在对你充满强烈的愤怒，他一定会用长矛或利剑杀死你的。"赫克托耳听了立即逃回自己的队伍里，心情慌乱。阿喀琉斯冲进特洛伊人的队伍，首先杀死伊菲提昂，他是一支大部队的首领，接着又杀死杰出的战士得摩莱昂。当他看到从战车上跳下来、准备逃跑的希波达马斯，马上用枪刺中他的后背，而后又一枪刺中普里阿摩斯的年龄最小的儿子波吕多罗斯的身体，使他栽倒在地上死了。波吕多罗斯最受父亲普里阿摩斯的宠爱，因为在众多孩子中他的年龄最小，脚步最快捷。当时他炫耀自己拥有最快捷的步伐，硬是要跑来参战，现在就这样丧命于阿喀琉斯的手下。

赫克托耳亲眼看到幼小的弟弟惨死的一幕，胸中愤怒得燃起一团烈火。他不能再袖手旁观了，于是不顾神的警告，立即抓住长矛朝阿喀琉斯扑去。阿喀琉斯一见到他，迅速迎上去说道："正是这个人，他杀死了我最最亲密的伙伴。现在他终于出现了。赫克托耳，让我们彼此不要再回避，你赶快过来接受死亡吧！"

赫克托耳镇静地说："我知道你是一个强大的对手，也许我真不如你，但是神也许会帮助我取得胜利。我也并非没有可能一枪杀死你。"他说完就掷出他的长矛。雅典娜站在阿喀琉斯的背后，她对着长矛只是轻轻一吹，那矛便退了回去，落在赫克托耳的脚旁。阿喀琉斯见状呐喊着地冲过来，想要用长矛刺死赫克托耳。阿波罗急忙把赫克托耳推开，又降下一片浓雾把赫克托耳罩住。阿喀琉斯一连三次举枪过去都碰上迷雾，当他发起第四次攻击时，忍不住破口大骂："你这胆小如鼠的家伙，这次你侥幸逃过死亡，是阿波罗又一次救了你。但如果下次有一位神帮助我，我定会立即取了你的狗命。你等着吧！现在我去找其他人，谁碰上了就算谁倒霉吧！"

说着怒火冲天的阿喀琉斯冲进特洛伊人群，疯狂地杀死了十名英勇的特洛伊人。

阿喀琉斯力战河神克珊托斯

当特洛伊人逃跑到多旋涡的斯卡曼德罗斯河时，在阿喀琉斯的追击下，他们被分成两部分。一部分人朝着特洛伊城的方向逃去，这是希腊人被赫克托耳杀得惊慌而逃的路线。特洛伊人朝城市仓皇逃窜的时候，赫拉降下一片浓雾把他们阻拦。另一部分人被赶下了湍急的河水。河流里拥挤着战马和士兵，人们在河流里挣扎着，有如飞蝗在野火的威胁下振翅飞翔，惊慌失措地逃向了河边。这时阿喀琉斯把长矛靠在岸旁的一棵柽柳树旁，只带一把宝剑，冲上去凶狠地砍杀特洛伊人。被砍伤的人都发出了恐怖的叫声，一会儿的时间，河水被鲜血染成了红色。阿喀琉斯直杀得双臂筋疲力尽，还活抓了十二个年轻的士兵，他打算把这些人抓来献祭给他的朋友帕特洛克罗斯。他把俘虏交给同伴们送回船舶，自己又冲回河里继续砍杀。

这次阿喀琉斯首先碰到普里阿摩斯的儿子吕卡昂，他正好想爬上河岸逃跑。阿喀琉斯看到他，不由得大吃一惊。有一次夜袭普里阿摩斯的果园时，曾把吕卡昂捉住，把他作为俘虏送到人烟稠密的利姆诺斯岛出卖，吕卡昂被国王奥宇纳奥斯买走了。后来，他又被转让给英布罗斯人埃埃提昂。埃埃提昂把他带回阿里斯柏城。有一回，吕卡昂乘人不备逃走了，回到特洛伊城。他同自己的亲友相聚的时光才不过十二天，现在又重新落在阿喀琉斯的手里。阿喀琉斯看到他时，愤怒地自言自语道："这真是奇迹啊！这个人曾经被我卖到利姆诺斯，居然能逃过成为一名奴隶的命运。难道特洛伊人被我杀死，都会从昏暗的冥界重新返回人世？好吧，你那就让他尝尝我的矛尖的滋味！我也好在心里彻底明白，亲眼看清楚，他是否还会从那边回来！"阿喀琉斯还在思考的时候，吕卡昂惊惶地爬过来抱住他的双膝哀求道："阿喀琉斯，我求你可怜可怜我吧！你在我父亲果园捉住我的时候，你和我第一个品尝到得墨忒耳的果实，然后你把我卖到利姆诺斯，你得到了一百头牛的回报。这次我会付给你三倍的赎金！我回到家乡才十二天，为什么命运这般残酷。"

阿喀琉斯根本听不进去任何哀求，他冷冷地说道："你这个蠢材，别跟我提起赎金！帕特洛克罗斯没有死之前，我很愿意饶恕任何特洛伊人，我活捉了许多人都只是把他们卖掉，但现在，交到我手里的任何特洛伊人都难逃一死！特别是普里阿摩斯的儿子。你也得死，帕特洛克罗斯可比你勇敢得多，他不是也被杀死了吗？你知道我也算是一员猛将吧？可是有一天我也要死在敌人的手里！"吕卡昂听到他的话，浑身立即瘫软，他伸开手臂坐到地上不再言语和反抗。阿喀琉斯随手抽出利剑，直接砍死了可怜的吕卡昂，然后拖着他的脚，把尸体扔进湍急的河水里，并且不忘嘲笑一番："现在你和那些游鱼一起躺着吧，它们会悠闲地吞噬你的嫩肉，即使这条你们经常献祭的河流也救不了你！"

河神克珊托斯听了十分生气，他正思索着如何阻止阿喀琉斯的杀戮，以免除特洛伊人的灾难。但是这时阿喀琉斯又扑向了佩勒贡之子阿斯特罗帕奥斯。佩勒贡是阿克西奥斯河神与佩利波娅所生。河神之子爬上岸，手握两支长矛，逼近阿喀琉斯。阿喀琉斯望着对方大声喝道："你是谁的儿子，胆敢和我对抗？"佩勒贡的儿子回答道："我是系源自水流宽阔的阿克西奥斯河神之孙，他生了佩勒贡，我是佩勒贡的儿子。让我们交手吧！"双方互掷投枪的结果是阿斯特罗帕奥斯的两支长矛一支被对方的盾牌挡住，另一支则擦伤对手的右臂膀，使他流出了鲜血。阿喀琉斯的长矛则没有击中对方，而是插入泥土里。阿斯特罗帕奥斯三次试图拔起对手的长矛并将其折断，三次都白费力气。正当他第四次尝试的时候，阿喀琉斯带着利剑冲了过来，一剑结束了他的性命。阿喀琉斯迅速剥下他的铠甲，得意地说道："即使是河神的家族，也休想与宙斯的后裔对抗。我是埃阿科斯的后裔珀琉斯的儿子，而生养埃阿科斯的正是宙斯。现在你身边这条大河即使想帮助你，也没有胆量和宙斯的后裔作战！"

河神克珊托斯听到这些话，十分气愤，他化身为凡人从旋涡深处走出来对阿喀琉斯大声喝道："珀琉斯的儿子，你真是残暴的家伙，你简直丧心病狂！现在河道里已经充塞了无数尸体，我已无法让河水顺畅地流入大海了，你赶快给我住手！"

"你是一位神，我愿听从你的吩咐，"阿喀琉斯回答说，"不过，只要特洛伊人没有被赶回城里，只要我还没有跟赫克托耳正面交手，我是不会停止杀戮的。"说着他凶恶地冲向特洛伊人，把他们赶进河里，他自己也跳进河里进行厮杀。这时，急流在阿喀琉斯的周围开始暴涨起来，河水上翻涌着巨浪，猛烈地冲击着阿喀琉斯的盾牌，他被急流冲击得失去重心，赶紧伸手抓住河岸上的一棵榆树，榆树被连根拔起。他赶忙跳出急流，回到岸上，然后在原野上大步前行。河神不甘罢休，咆哮着带着巨浪从后面紧紧追赶，那高高的巨浪追上后就向下铺天盖地压住他的双肩，扑击他的膝盖，任凭他大喊大叫。阿喀琉斯在绝望中仰望上天大声呼喊："万神之父宙斯啊，难道就没有一个神可怜我，把我从这湍急的河流救出？我的母亲欺骗了我，她说我将在特洛伊城下丧命于阿波罗的神箭之下。让赫克托耳杀死我吧，高贵之士死于强者手下！可是现在我却要被一条大河所淹没，如此不光彩地死去！”

此时，波塞冬和雅典娜立即化身为凡人来到他的身旁，握住他的手，安慰他，告诉他命中注定他不会被这条河流所征服。并且给他忠告，无论如何都不要停止战斗，直到把所有的特洛伊人赶进伊利昂城；等杀死了赫克托耳再立即返回船舶。两位天神说完，赋予他神力，帮助他跳出了波涛，落在平地上。可是，河神克珊托斯仍不罢休，他一面翻腾巨浪，一面大声召唤他的兄弟西莫埃斯：“快来，亲爱的兄弟，让我们合力制服这个狂徒，否则今天他就要摧毁普里阿摩斯的城池！快来吧，让条条山泉急涌直泻，充满你的河道，让我们掀起层层狂浪，将巨石冲到这里，让他躺在泥土里淹没在水中。”他说完，就咆哮着向阿喀琉斯涌来，巨浪把泡沫、鲜血和尸体搅和在一起，朝阿喀琉斯扑了过来。很快，西莫埃斯的河流也奔涌过来，汹涌的波涛淹没了阿喀琉斯的头顶。

赫拉看到她的宠儿阿喀琉斯就要被彻底淹没了，惊吓得大叫一声。她对儿子赫菲斯托斯说道：“亲爱的儿子，有你足以对付克珊托斯。赶快燃起你的熊熊烈火吧！我立即从海上吹来强劲的大风，帮忙煽起大火，把特洛伊人的尸体焚烧殆尽。你现在去燃烧河边的排排树木，把河水烧干，不要再感动于他的威吓或者哀求！直到我发出呼喊，你才能熄灭火焰。”赫菲斯托斯听从她的话，立即燃起了一股火焰，整个战场燃烧起来。火焰焚尽了所有被阿喀琉斯杀死的无数尸体，烤干了整个原野，然后一排排的榆树、柳树、柽树也燃烧起来，草丛也被烧得异常旺盛。河中的鳗鱼和别的游鱼都惊恐地鼓着腮帮，在深渊里四处窜游。最后，河流本身也成为一片火海，河神克珊托斯痛苦地哭喊：“火神呀，没有哪位神能敌得过你。我不想和你抗争。让我们休战吧！即使阿喀琉斯把特洛伊人全都赶出城来，我又何必帮助他们呢？”他呜咽地这样哀求着，而他的河水已被烧沸滚腾，如同热锅上的油一样被干柴烈焰烧得迅速沸腾。最后，他向赫拉哀求道：“赫拉啊，你的儿子赫菲斯托斯为什么在众神中唯独折磨我？我的过错远不及其他所有站在特洛伊人的天神。只要你吩咐，我立即停止战斗，请他也罢手吧！并且我可以发誓我再也不帮助特洛伊人了，即使有一天希腊人放火把整个特洛伊都烧光。”

于是赫拉立即对儿子说：“停止吧，赫菲斯托斯，不能因为凡人而使神明受到这么大的委屈。”火神即刻熄灭了他的火焰。河神也退回河床，在远处的西莫埃斯也平静下来。浪涛重新回到河道里淌流。

神与神的战斗

其他的神们这时却爆发起激烈的争斗。他们大喊着扑向对手，大地在脚下沉重地呻吟，辽阔的天空回荡着巨大响声。宙斯站在奥林匹斯圣山山顶听见呐喊，看着诸神相互争斗，高兴得大笑不已。战神阿瑞斯首先开始，他举着长矛扑向雅典娜，并破口大骂："你这爱挑是非的女人！你为什么要挑动神明们争斗？你别忘了当年你怂恿堤丢斯的儿子狄奥墨得斯进攻我，用枪刺伤我的事。这就等于是你亲手刺伤了我一样。这笔债今天总算可以清算一下了！"说着他一面刺中雅典娜的圆盾，女神稍许后退，在地上抓起一块黝黑、硕大、有棱有角的石块朝他砸去，石块投中他的脖子上，阿瑞斯瘫倒在地上，全身铠甲震响，头发上沾满了尘土。

雅典娜哈哈大笑，嘲笑着对阿瑞斯说道："你这个蠢材，竟敢和我比试，你大概不知道我到底比你强大多少吧！现在，你就快要实现母亲赫拉对你的诅咒啦，她因背弃希腊人而帮助特洛伊人对你非常生气，正诅咒你遭殃。"雅典娜说完，把目光移向别处。

阿佛洛狄忒搀扶着战神离开了战场，阿瑞斯痛苦地呻吟着，好半天才恢复过来。赫拉一看到阿佛洛狄忒，便对雅典娜说道："你看到那个好心的阿佛洛狄忒正扶着阿瑞斯离开战场吗？真让人看着不舒服！你快去追赶他们吧！"雅典娜兴冲冲地追了上去，给了阿佛洛狄忒的胸部一拳，阿佛洛狄忒立刻摔了个趔趄，受伤的战神也被拖倒在地。

雅典娜哈哈大笑地在一旁说道："哈哈，倘若所有站在特洛伊人那边的神都像你们这样勇敢，敢于和我对抗的话，那我们早就结束了这场残酷的战争，摧毁了这座坚固的伊利昂都城！"赫拉听到她的话，脸上露出了满意的笑容。

强大的海神波塞冬对阿波罗说："我们为什么仍然袖手旁观呢？其他的神都已经开始战斗了。如果我们没有比试一下就回奥林匹斯圣山去，那是件羞愧的事。还有，难道你忘记了吗？众神中只有你我二人曾为这个城市吃过苦头。当时按宙斯吩咐，我们和狡猾的拉奥墨冬讲定报酬，为他服苦役一年。他把我们差遣了一年，可到付报酬的时候，拉奥墨冬却不守信用，强行克扣了我们全部的报酬，还威胁要把我们赶走。现在你却向他的人民施加恩惠，不想和我们一起摧毁特洛伊城。"

阿波罗立即回答说："海神啊，倘若因为凡人的缘故，我就跟你这样一位仁慈而又威严的神动武，那真是没有理智了。我们休战吧！凡人的事让他们自己解决。"阿波罗说完就离开了他，心中觉得不应该和自己的叔父交战。

阿波罗的妹妹、狩猎女神阿尔忒弥斯在一旁责备地说："阿波罗，你竟然想逃跑，让波塞冬得到所有的荣誉。你背上背的箭是装饰品吗？但愿你今后不要在我和父亲宙斯的面前夸海口，说你有能力和波塞冬单独交手！"她这样说，阿波罗没有回答，赫拉听到了却勃然大怒，立即尖刻地反问她："你不也是一位弓箭手吗？今天你敢跟我作对吗？如果你愿意，就让我们来比个高低吧！"说完赫拉就一把抓住狩猎女神的两只手腕，扯下她肩上的弓箭，并用它狠狠地打她的面颊。女神被打得不断躲闪，疼痛使得她拼命哭喊着，挣脱着逃跑，顾不着自己的弓和箭。如果不是赫耳墨斯在一旁，阿尔忒弥斯的母亲勒托真会拔刀帮助女儿的。赫耳墨斯看着勒托说："勒托，我怎么也不会和你作战，因为和雷霆之神的妻子们对抗并非易事。你尽可以对众神随意夸耀，说你战胜了我。"勒托见他说话谦恭有礼，也就消了气。她拾起女儿的弓和箭，便返回奥林匹斯圣山去了。

阿尔忒弥斯正坐在父亲宙斯的膝头上，浑身抽搐着，哭得十分伤心。父亲把女儿搂在怀里，微笑地问道："我的宝贝女儿，别哭了，快告诉我，哪位神竟敢欺侮你？"

"父亲啊，是你的妻子，"她回答说，"那个狂暴的赫拉伸手打了我。她挑起神之间的争吵和不和。"宙斯听了只是轻轻地抚摸着女儿，说了许多安慰她的话。

这时，阿波罗已经来到特洛伊城，因为他担心阿耳戈斯人的命运，当天就把特洛伊的城墙摧毁。其他的神都回到了奥林匹斯圣山，有的心中充满着愤怒，有的则为胜利感到欢喜，他们都围坐在雷霆之神宙斯的周围。

阿喀琉斯和赫克托耳在特洛伊城前

年老的国王普里阿摩斯站在城墙的望楼里，看到了可怕的阿喀琉斯，还看见特洛伊人在他的追击下仓皇逃跑。国王长叹一声走下望楼，对看守城门的士兵说："你们立即打开城门不要离开，让所有逃亡的军队回到城里来。不过要特别留意阿喀琉斯，一旦大军回到城里，立即紧闭城门，不要让那个凶狠的阿喀琉斯冲进城来。"

打开的城门给逃跑的特洛伊人以新的希望，他们风尘仆仆、口干舌燥地从战场一直奔跑到城市和高大的城门下，阿喀琉斯还在后面紧追不舍。阿波罗看到这一切，马上冲出城门，前去帮助那些惊慌失措的特洛伊士兵。阿波罗首先激励安特诺尔的儿子阿革诺尔迎战，他把勇气和力量赐给他，然后用一团浓雾保护他。阿革诺尔看到凶猛的阿喀琉斯杀过来了，心里不免直打退堂鼓，然后他思考了一会儿，自言自语道："不管我如何逃跑，最后还是会落在他的手里。与其逃跑，不如迎战。他也只不过是一个普通的凡人，要是奋勇作战，说不定我的锐利的长矛也能刺伤他的身体。"于是他镇静下来，充满着勇气地等待着阿喀琉斯。

阿革诺尔一手拿住盾牌，一手挥舞着长矛，对走近的阿喀琉斯大声喊道："凶猛的阿喀琉斯啊，你别想着今天就把特洛伊给摧毁，要知道我们城里还有许许多多顶天立地的英雄。他们随时准备为保卫父母、妻子儿女而献出他们的生命！你将在这里领受死亡！"说着他用力掷出他的长矛。击中对方的小腿，可惜被跛足神锻造的胫甲挡了回来。现在轮到阿喀琉斯进攻了，但是阿波罗用一团浓雾把阿革诺尔带走，然后趁机化身为阿革诺尔的模样，把阿喀琉斯引出军队。阿喀琉斯在后面紧紧追击，他穿过了麦地，又追到了斯卡曼德罗斯河，阿波罗就这样诱骗着阿喀琉斯，让他在后面急急追赶。这样，其他的特洛伊人有充分的时间逃回城里。他们争先恐后，潮水般地涌进城里，根本顾不上招呼同伴，直到安全回到城市，他们才放心地坐下来喝水休息。

但希腊人全都锲而不舍地扛着盾牌向城池冲来。恶毒的命运把赫克托耳一个人留在了城外。阿喀琉斯仍在追赶着阿革诺尔，突然，前面的阿革诺尔停了下来，转身对阿喀琉斯说道："阿喀琉斯啊，你为什么追着我不放。你放着那些逃跑的特洛伊人不追，追一个神干吗？你杀不了我，因为命运注定我是不死的。"

阿喀琉斯这才恍然大悟，他无比愤怒地说道："你这个最最恶毒而狡猾的神！是你把我从城墙引到这儿来的。你挽救了那些特洛伊人，你夺走了我取胜的可能。即使这样，你也不用担心受到惩罚。哼！如果有可能，这笔账我一定要会跟你清算！"他说完立即朝城市的方向奔去，他奔跑得那样敏捷有力，就好像竞赛中的战马一样。

年迈的普里阿摩斯在望楼上第一个看到阿喀琉斯奔跑过来，他着急得举起自己的双手捶打着自己的胸部，大声地呼唤还在城外等待阿喀琉斯的儿子："赫克托耳啊，我的孩子，你不要独自在那里等待那个凶残的家伙。你以为单凭你的力量就能胜过他

向妻子告别的赫克托耳

252

吗？我恳求你，进城吧！我亲眼看到，他已经夺走了我那么多的儿子，他不是把他们卖掉，就是把他们杀死。请你快快进城吧，为了保护特洛伊的男女，为了保全你宝贵的性命。请可怜可怜不幸的我吧，宙斯在折磨一个风烛残年的老人，在他的暮年要亲眼看见一个个儿子惨遭杀戮，女儿们则丧失自由，城池被摧毁，财产被掠夺。这世界上还有比我更悲惨的凡人吗？"

老人说完，无助地在那叹气，但这都不能动摇赫克托耳留下的决心。他的母亲赫卡柏这时也伤心得痛哭流涕，她在望楼上大声呼喊："我的孩子啊，请可怜可怜我吧！快退进城来，不要单独和他对抗。阿喀琉斯性情凶残，如果你被他杀死的话，你将被希腊人的猎狗饱餐一顿。"

父母亲的哀求和痛苦的呼唤都没能使赫克托耳回心转意。他仍然站在原地，等待着强大的阿喀琉斯并且很坚定地对自己说道："如果我退进城墙躲避阿喀琉斯的话，波吕达玛斯一定会责备我的。阿喀琉斯重新出现的那个夜晚，他曾经建议我把军队退回城里，可我却没有采纳他的明智的建议，许多人因此丧失了性命。我愧对特洛伊的男子和他们的家人。也许有一天他们会说，因为赫克托耳的过于自信，整个军队损兵折将。所以现在我能选择的就是和那个可怕的阿喀琉斯决一死战！或者我杀死他后胜利回城，或者就是我光荣地战死在城下。难道还有什么其他的办法？我自作主张地和阿喀琉斯讲和，答应把海伦和她的全部财产交还给阿特柔斯的儿子？劝动全体特洛伊人把拥有的一切财富献给希腊人？天哪，我在想什么？我在祈求他的怜悯吗？如果是那样的话，他一定会视我为弱女子，鄙视我、唾弃我！现在还是让我和他痛快地厮杀吧，看看奥林匹斯神究竟让谁获得胜利的荣耀。"

赫克托耳之死

赫克托耳这样思考等待，阿喀琉斯已经来到他的跟前，如同战神一样威武雄壮，戎装在身的阿喀琉斯光辉闪亮，好似那初升的太阳般耀眼。赫克托耳一见他，心中不由自主地恐惧，浑身颤抖，他没来得及多想便转身朝城门奔去。阿喀琉斯见状迅速追赶。赫克托耳沿着特洛伊城墙没命地奔跑，他跑过山丘和树林，一直顺着城墙下面的车道奔跑，到达斯卡曼德罗斯河的源头。这条美丽的河流曾经是特洛伊妇女们洗涤衣裳的好去处，可现在，紧张的气氛弥漫在空气之中。他们俩一个仓皇逃窜一个紧紧追击。他们绕着普里阿摩斯的城墙跑了三圈，奥林匹斯圣山上的神们都紧张地看着这一惊心动魄的场面。

"啊，我看见我们宠爱的人正沿着城墙落荒而逃，"宙斯说，"他曾经向我献祭过无数令我满意的礼物，现在却被敌人紧紧追赶。神啊，给我些建议，是再次拯救赫克托耳的性命呢，还是让他今天就死在阿喀琉斯的手下？"

雅典娜立即回答说："父亲，你又想做什么？难道你想让命运女神判定死期的人免除死亡的命运吗？你自己看着办吧，别指望我们会同意你的做法！"

宙斯回答道："我的孩子，我并没有什么特别的打算。你想怎样做便赶紧行动吧。"雅典娜听后迅速得飞下了奥林匹斯圣山，来到特洛伊的战场上。

他们俩继续在奔跑，一个怎么也逃不脱，一个却怎么也追不上，双方都没有停下。这时，阿喀琉斯示意他的军队，不许他们向赫克托耳投掷长矛，因为他想亲手杀死他的仇人赫克托耳，为自己的好友报仇雪恨。

当他们一逃一追第四次来到斯卡曼德罗斯河边时，宙斯取出他的黄金天平，把两个悲惨的死亡砝码放进秤盘，一个是阿喀琉斯，另一个是赫克托耳。他提起撑杆中央称量，赫克托耳的一边向下倾斜，滑向冥王哈里斯，一旁的阿波罗立刻离开了。

女神雅典娜迅速走到阿喀琉斯身边，对他说："众神的宠儿阿喀琉斯，今天你将战胜赫克托耳获得全胜，现在停止脚步，休息一下，我这就去鼓动他，让他和你一决胜负！"阿喀琉斯听到女神的话，十分欢喜，他立即停止追击，靠在插在地上的长矛旁，休息等待。

雅典娜化身为得伊福玻斯来到赫克托耳的身边，对他说："亲爱的兄弟，让我们停下来，在这里共同反击阿喀琉斯！"赫克托耳看到他的兄弟非常高兴，他回答说："得伊福玻斯，在所有的兄弟中，你和我一向最亲近，现在我又比以前更加喜欢你。当别的兄弟都躲在安全的城墙后面不敢出来时，你却愿意出来支持我帮助我。"于是雅典娜引着英雄朝阿喀琉斯走去。

待他们就要互相逼近的时候，赫克托耳对阿喀琉斯大声说道："珀琉斯的儿子，我不再躲避你了！我的心灵引导着我停下来和你拼个你死我活。但让我们当着神发誓：如果宙斯让我取得胜利，把你杀死，那么我只剥下你的铠甲，把你的尸体交给希腊人。你也要这样对待我。"

"可恶的人，我不会和你订任何条约！"阿喀琉斯恶狠狠地说，"正如狼和绵羊永远不可能协和一致，我们之间也无友情可言。我们之中必须有一个人死去。鼓起你的全部勇气吧，现在是你展示全部本领的时候。你杀死了我那么多的战士，今天都将血债血还了！"阿喀琉斯说完掷出他的长矛，赫克托耳急忙弯下身子，把它躲过，矛从他的头上飞过，插进泥土里。雅典娜把矛拔出来，还给阿喀琉斯。现在，轮到赫克托耳了，他用力投出他的矛，击中阿喀琉斯的盾牌后被弹落在地上。赫克托耳吃了一惊，回头想向他的兄弟得伊福玻斯要一支长矛，可是他却消失不见了。赫克托耳忽然明白了一切，他知道是神引导他走向死亡，并且知道自己今天逃脱不了死亡的厄运，但他仍然决定勇敢地和阿喀琉斯大战一场，为后代树立英勇的榜样。于是他拔出长剑，朝对手猛扑过去。阿喀琉斯迫不及待地冲上来，他把那副精美的盾牌举在胸前，头盔上带着美丽金丝的羽饰不断摇曳着，有如黑夜中最明亮的星星在闪烁着光芒。他正寻找机会，看向对手身体的哪个部位刺杀最为容易。赫克托耳全身都有从帕特洛克罗斯那儿掠去的盔甲严密保护着，只有连接肩膀和脖子的锁骨旁露出咽喉。阿喀琉斯看清楚后，便用矛刺向赫克托耳的喉咙，但没有戳断气管，赫克托耳还能勉强说话。阿喀琉斯高兴地扬言，要把他的尸体丢给恶狗飞禽，然后为帕特洛克罗斯举行葬礼。赫克托耳用虚弱的声音央求道："阿喀琉斯，不要把我丢给那些恶狗，你将得到许多的金银作为赎金，只要把我的尸体送回特洛伊，让特洛伊人将我安葬！"

阿喀琉斯愤怒地回答道："无论你怎样哀求，我都不可能答应你！你是杀害我朋友的凶手，我早就恨不得将你碎尸万段，为我那死去的朋友报仇。即使普里阿摩斯愿意拿出和你相等重量的黄金，你也免不了喂狗的下场！"

赫克托耳临死前最后呻吟道："我总算看透了你，你是一个铁石心肠的人，我知道不可能说服你。但是请你当心吧，你的凶残本性一定会被神明所痛恨，当帕里斯和阿波罗把你杀死在城门前的时候，你会想起我的话的！"说完这最后的预言，他的灵魂离开了身体前往哈里斯的居所去了。

阿喀琉斯却在一旁叫道："你只管去死吧！我的死亡我自己领受，任由宙斯和众神的安排。"说完，他从尸体上拔出长矛，搁置一旁，然后再剥下原本属于自己的血淋淋的铠甲。

其他的希腊人纷纷涌上来，四面围住死者，他们惊异地发现赫克托耳身材魁梧，长相俊美，但他们却都拿起长矛往死者的身上戳

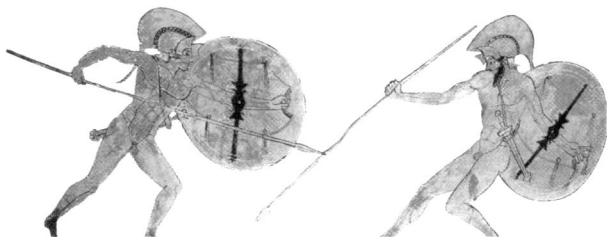

英雄的决斗
阿喀琉斯刺向赫克托耳。赫克托耳是特洛伊英雄，他杀死了阿喀琉斯的挚友帕特洛克罗斯，这引起了阿喀琉斯的极大愤怒，导致了他出战并杀死了赫克托耳，也扭转了特洛伊战争的局势，使之向有利于希腊联军的方向发展。

去，以平复内心长久以来对他的恐惧。阿喀琉斯剥下铠甲后对希腊人说道："朋友们，各位首领和君王们，感谢神明让我在这里打倒了他，他给我们造成的灾难远远超过了其他人。现在让我们一鼓作气，杀向特洛伊城。让我们看看，没有赫克托耳的情况下特洛伊人是主动放弃城池还是要继续作战。不必多说了，帕特洛克罗斯还躺在船上，还没有安葬，阿耳戈斯的战士们，现在让我们高唱凯歌，返回战船，把这个敌人带回去祭奠我的朋友！"

说完这些话，这个残忍的人又重新转向赫克托耳的尸体，在两个脚踝和脚跟之间用剑刺穿个洞，用牛皮带穿进去，绑在战车上。然后，他跃上战车，挥鞭策马，拖着尸体向战船飞奔而去。

赫克托耳的母亲赫卡柏从城墙上目睹了这一惨状，悲愤地撕下她的面纱，放声痛哭，国王普里阿摩斯也在一旁痛哭流涕。特洛伊人和同盟军的哀号和恐惧的叫喊声充满了整个城市，城墙被震颤得不停抖动。年迈的国王几乎都要冲出去，追赶杀害儿子的凶手。他倒在地上大声地哀号："赫克托耳啊，你的死让我悲痛欲绝，你应该死在我的怀里啊！"

赫克托耳的妻子安德洛玛刻还没有得到噩耗，她正在宫殿里忙着绣一副有各种花卉的紫色帘子。她听见了城里传来一片悲号哭泣的时候，心下一震，书中的梭子滑落到地上。她惊叫起来："这哭声震天动地，莫非是我的丈夫已被阿喀琉斯杀死？来人哪，快跟我去看看，究竟发生了什么事？"她忐忑不安地冲出家门，来到城墙的望楼，一眼看见城外阿喀琉斯的快马正拖着她丈夫的尸体在野地里飞跑。安德洛玛刻顿时昏厥过去，失去了意识。她的亲属们立即围拢过来，把她扶起。等她醒过来时，悲痛充满了她的整颗心。

帕特洛克罗斯的葬礼

阿耳戈斯人回到战船边，全都散开回去休息。但是阿喀琉斯没有让米尔弥冬人解散，他对他们说："让我们把车马赶到帕特洛克罗斯的身边，为他举行哀悼仪式吧！等我们举行完仪式，再把马卸下，一起在这里用餐。"他说完，就带头放声痛哭，他们驱赶马匹绕着尸体走了三圈，然后阿喀琉斯对着死者说道："帕特洛克罗斯，你安息吧！我带着赫克托耳的尸体回来见你了，并且还将在你的火葬堆前杀死十二个特洛伊青年祭奠你，一切都像我所对你承诺的那样。"说完，他把赫克托耳的尸体扔到了帕特洛克罗斯的灵床前。然后战士们脱下铠甲，解下战马，围坐在船边，留守在船舶的战士已经宰杀好了肥美的猪、牛、羊，为战士们准备好了丰盛的丧礼晚宴。阿耳戈斯人硬是拉着阿喀琉斯来到国王阿伽门农的帐篷里，他们烧了一大锅的热水，希望劝动阿喀琉斯能够洗去身上的尘土和血污，但他坚决不肯答应，并且还发誓道："我对着至高的神宙斯发誓，直到帕特洛克罗斯得以火葬建起坟墓，我才愿意沐浴更衣。现在大家吃些东西吧，明天天一亮，士兵的统帅阿伽门农，请你立即下令大家砍伐树木，为我朋友的火葬做好准备。"首领们都尊重他的意思，他们坐下来饮酒吃肉，享用美餐，然后各自回房休息。珀琉斯的儿子却来到开阔的海滩上躺下，周围是唉声叹气的米尔弥冬人。

奔波了一整天的阿喀琉斯终于沉沉地睡过去了，梦境里可怜的帕特洛克罗斯来到他的面前，对他说："阿喀琉斯啊，你睡了吗？难道你把我忘了？快把我埋葬吧，好让我跨进哈里斯的居所。那里守门的幽灵把我远远地赶开，说我没有火葬，灵魂得不到安宁。阿喀琉斯啊，我还有一个请求，命运女神规定你的死期即将临近。你在给我造坟的时候，也给自己留一个吧，让我们生时同住在宫殿，死后也能葬在同一墓穴！"

阿喀琉斯听后立即回答道："亲爱的朋友，你吩咐的事情我会全部遵行的，你放心吧！"阿喀琉斯说着，向挚友伸出双手，但它却像烟雾一样消逝了。

第二天天刚亮，统帅阿伽门农命令战士们牵着牲口去收集柴薪。他们从爱达山的坡地把最高大的树木砍下来，劈成木柴，用绳索把它们捆绑着，让牲口驮回战船营。他们来到海滨，阿喀琉斯在那选定一块地方为帕特洛克罗斯和他自己建造一座坟墓。当战士们把一捆捆柴薪整齐地放在场地周围，便围聚在一起等待命令。阿喀琉斯命令所有的米尔弥冬人穿上铠甲，套上战车。人们穿好铠甲，武装齐整，将士们坐在战车里，御者陪同在一旁，战车整齐有序地前行。士兵们抬着帕特洛克罗斯的遗体，上面放满了他们从头上剪下的头发。阿喀琉斯托着死者的头部，陪伴忠诚的好友前往哈里斯的住处。

送葬的队伍来到阿喀琉斯选定的坟地，他们放下灵柩，开始垒积大量木柴。珀琉斯的儿子似乎想起了一件事，他离开柴堆，剪下自己的一绺褐色的头发，对着一望无际的大海说道："啊，我的祖国斯佩尔赫奥斯河啊，我的父亲曾经向你祈求，答应等我安全回到家时他要我剪下这绺头发献给你，并在那段归你管辖、设有馨香的祭台的水边，给你献祭五十头公羊。河神啊，你没有满足他的祈求！现在，既然我不可能返回亲爱的故乡，就把这绺头发献给帕特洛克罗斯，让它陪伴我挚爱的朋友吧！"说完，他把一绺头发放到他的朋友的手里，然后所有的士兵们感动得又是一阵哭泣。阿喀琉斯最后走近阿伽门农，对他说："阿特柔斯之子，现在请所有的战士就餐吧。我们这些帕特洛克罗斯最亲密的朋友留下来就好，各位首领也请留下。"

阿伽门农于是下令战士们各自回到战船，只有首领们留了下来。大家把木柴垒成一个长宽各百步长的焚尸堆，然后把尸体抬上堆顶。他们在柴堆前杀死和剥开了许多绵羊和公牛，取出它们的脂肪，把尸体从头到脚裹得严严实实，然后把牲口的尸体放在周围。他们又拿来一罐罐蜂蜜和香膏放在灵柩旁，又牵来四匹活马，并从帕特洛克罗斯生前喂养的九条家犬中宰了两条扔上柴堆。接着他们又砍杀了十二名特洛伊贵族青年。然后用一把火点燃了焚尸堆。

阿喀琉斯在火焰中呼唤着亲爱的朋友："帕特洛克罗斯！愿你能够顺利进入哈里斯的居所。我履行了曾经向你许诺过的全部誓言。十二名特洛伊贵族青年都已经和你一起火葬。至于那个赫克托耳，我将把他交给狗群。"阿喀琉斯凶狠地说着，但神们却不让他的愿望实现。阿佛洛狄忒日夜守护着赫克托耳的尸体，不让一群饿狗靠近。她又用玫瑰神膏涂抹尸体，使他身上被阿喀琉斯拖出来的伤痕全部消失。阿波罗为他从天上降下一片浓雾，罩住赫克托耳的尸体停放的地方，免得炽热的太阳把尸体烤干。

帕特洛克罗斯的柴堆虽然点着了，但火焰却烧不起来。阿喀琉斯转身向风神波瑞阿斯和泽菲罗斯祈求，并答应给他们献上丰富的祭礼。他用金杯不断祭酒，请求风神把柴堆燃起熊熊大火。伊里斯把这消息传给了风神。他们迅速来到海上，呼啸着掀起层层巨澜。当他们一到达柴堆，便立刻在柴堆四周煽起猛烈的火焰。一整夜，他们都不停地助长火势，让柴火烧得旺盛。阿喀琉斯也整夜不断地浇酒祭祀，一边呼唤着朋友的名字，一边不停地绕着柴堆行走。直到清晨，焚石堆逐渐燃尽，火焰才慢慢熄灭。遵照阿喀琉斯的命令，英雄们用酒浆把焚石堆所有的余烬浇灭，然后收敛卧躺在火葬堆中央的帕特洛克罗斯的骨灰，把他的所有骨灰装进黄金罐，用双层脂肪牢牢封紧，只放在阿喀琉斯的帐篷里。然后，他们用石块和泥土，给死去的帕特洛克罗斯筑起一座大坟。

殡葬之后是为了纪念死去的英雄而举行的赛事。自己不参加比赛的阿喀琉斯让所有的士兵都聚拢过来，坐成一个大圆圈。然后他摆出贵重的奖品激励参赛者，奖品有三脚鼎、炊具、牛、羊、骡子还有妇女和珍贵的金属礼品。比赛的项目包括拳术比赛、徒步赛跑、掷投枪、赛车等。英雄们通过激烈的角逐，带走了各自的奖品，结束了比赛。

普里阿摩斯去见阿喀琉斯

　　竞赛结束后，士兵们都回去饱餐、酣睡。只有阿喀琉斯整夜辗转反侧不能入睡，他仍在怀念被安葬的朋友。他的心不能安静下来，于是他沿着海岸走去。凌晨时分，他套上战马，把赫克托耳的尸体绑在战车上，拖着它围着帕特洛克罗斯的坟墓奔跑了三圈，随后就把尸体扔在尘土里。阿波罗看到后，赶忙用金色的羊皮把赫克托耳的尸体裹起来，使他的尸体不受损害。奥林匹斯圣山上的神除了赫拉以外，都对阿喀琉斯的残忍做法感到悲愤。宙斯派使者去通告阿喀琉斯的母亲忒提斯，命令她迅速赶到希腊人的营帐，告诉他的儿子阿喀琉斯，诸神，包括宙斯在内，都对他肆意凌辱赫克托耳的尸体，并把它扣留在船旁边感到愤怒，并希望忒提斯能够劝动阿喀琉斯接受普里阿摩斯赎取儿子尸体的礼物。

　　忒提斯听从命令，来到儿子的帐篷里，在那里看见阿喀琉斯还是一脸惆怅，打不起精神来。于是忒提斯坐在儿子旁边，伸手抚摸他，轻声说道："我的孩子，你整日忧愁叹息，不思饮食，这样的折磨要到什么时候才肯停止？你最好在一个女人的怀抱里享受爱情，因为死亡已经渐渐向你靠近。唉！是宙斯让我来转告你的，他和诸神都很愤怒，因为你虐待赫克托耳的尸体，并且把它扣在船旁，你要接受一笔丰厚的赎金，放他回去。"阿喀琉斯听后回答母亲："那就这样吧，我听从宙斯和诸神的吩咐。谁给我赎金，谁就把尸体领回去。"

　　这时，宙斯又派出使者伊里斯来到普里阿摩斯国王的城里，传达宙斯的决定。她一到特洛伊城里，便听见举国一片号啕与哭泣的悲痛声音。国王的儿子们在院里围着父亲坐着，衣服都给眼泪打湿了。她悄悄走到国王面前，温和地说道："达耳达诺斯的后代呀，你要镇静，我给你带来了好消息。宙斯怜悯你，他叫我吩咐你去找阿喀琉斯，用丰厚的礼金赎回你的儿子的尸体。你必须单独前往，可以带一名年老的传令官，让他为你赶车，把尸体运回城来。别害怕，宙斯派赫耳墨斯给你引路，他会保护你。"

　　普里阿摩斯相信女神的话，他吩咐他的儿子们给他备马套车。他自己走进那间用香气扑鼻的柏木建造的屋子，房屋里面储藏着无数的金银珠宝。他把妻子赫卡柏叫来，对她说："刚才宙斯派信使来到我这里，告诉我可以用丰厚的赎金赎回儿子的尸体。现在我的内心有强烈的冲动和愿望前去阿喀琉斯的营帐里取回我们儿子的遗体。你不会反对吧？"赫卡柏听了，尖叫一声，然后回答她的丈夫道："我的国王啊，你从前的聪明才智哪里去了？你怎么可以单独到阿耳戈斯人的舰队中去，去见那个杀死你众多儿子的凶手？要是他看见你，一定会抓住你，杀死你的。他是一个野蛮的、不讲信义的人！他有着一颗铁石心肠！你别妄想他会怜悯你，同情你！我自己宁可我们在厅堂里为赫克托耳哀悼哭泣，也不愿你冒着生命危险去赎回儿子！"

但普里阿摩斯坚定地对妻子说道："不要阻拦我，即使我这一去要死在敌人的战船上，我也心甘情愿，只要我能把最亲爱的儿子抱在怀里，就心满意足了。"说完他打开箱子，挑出十二件锦袍、十二件斗篷、同样数目的毛毯、披衫和衬袍。然后，他又称出十泰伦特的黄金，拿出两个三角鼎，四口大锅以及色雷斯人赠送给他的一只精美的酒杯。普里阿摩斯把那些前来劝阻他的特洛伊人都赶走了出去，并且谴责他们说："你们这些胆小鬼，难道你们都闲得发慌，跑来劝阻我？难道你们觉得宙斯给我的痛苦还不够吗？你们应该知道，最优秀的人死了，其他的人更容易被阿耳戈斯人杀死。"老人是这样愤怒，他拿起王杖驱逐他们，然后吩咐他的其他九个儿子，让他们赶紧备好车马，把所有的东西装上去。儿子们都十分担心父亲的命运，但他们不敢违抗父亲的命令。于是他们把密西亚人送给普里阿摩斯的骡子套上战车，把赎金和礼品一一搬到车上，并为国王备好马，唤来年老的传令官。

王后赫卡柏怀着沉重的心情走到他们的跟前，把装满美酒的金酒杯递给国王，让他在临行前向神举行灌礼。侍女们端着水壶和水盆走过来，国王普里阿摩斯用净水洗了手，再接过金酒杯，站到院子中间祷告，他一边奠酒，一边向宙斯大声祈祷："万神之父宙斯、爱达山的统治者啊，让我在珀琉斯的儿子那受到怜悯吧！请爱达山预兆，让我放心大胆地到希腊人的战船上去！"国王的话刚说完，一头黑鹰从右面的高空向他们飞过来，黑鹰掠过了城市。特洛伊人看到吉兆都感到高兴，心里轻松了不少，年老的国王和大家略作告别后登上战车，离开城市。

傍晚时分，普里阿摩斯和传令官的马车已经驶过古代国王伊罗斯的坟冢，他们便吩咐两辆车停下来歇一会儿，让牲口在河边饮水。这时夜色已经降临，大地苍茫一片，传令官伊特俄斯突然看到有一个人的身影在前面，他赶忙对普里阿摩斯低声说道："主人，你瞧那边有一个人，我担心他要过来谋害我们。让我们赶紧登车逃命吧！"传令官的话使得普里阿摩斯一时六神无主，不知道该怎么办才好。那人却走上前来，原来他不是敌人，正是宙斯派来保护普里阿摩斯的使者赫耳墨斯。普里阿摩斯不认识他，但看他仪表堂堂、谈吐高雅，便问道："高贵的人啊，你是谁，为什么出现在这里？"

"我的父亲是波吕克托耳，"赫耳墨斯回答说，"他是米尔弥冬人，他和你一般年纪，他已经有六个儿子，我是第七个。我和兄弟们抓阄，结果我抓中了，随军航行到这里，我是阿喀琉斯的侍从。"

普里阿摩斯一听说他是阿喀琉斯的侍从，急切地问道："你若是阿喀琉斯的侍从，请你告诉我，我的儿子赫克托耳是否还在战船上，还是已经被扔去喂狗群了？"

赫耳墨斯回答说："放心吧，老人家，他还躺在阿喀琉斯的营帐的旁边，十二天过去了，即使阿喀琉斯每天早晨残忍地拖着他在朋友的坟前转圈，他的尸体依然完好无损，因为神一直在保护他。你看到时一定会感到吃惊的，尸体上没有血迹没有污垢，伤口是愈合的。即使在他死后，神仍然关心和照看他。"

普里阿摩斯听后，松了一口气，高兴地取出那支珍贵的金酒杯："拿上它吧，感谢神的眷顾，由你来保护我的安全。请把我送到你主人的营帐吧！"

赫耳墨斯拒绝收下金杯，他说自己不能够背着阿喀琉斯接受赠礼。不过他立刻跳上车，抓住鞭子和缰绳，很快地驾驶马车来到垒墙和战壕那里。守卫的士兵正在吃晚饭，赫耳墨斯给他们洒上了催眠的液汁，他们很快呼呼大睡。然后他把门闩推开，打开门，把国王和他的御者一同带进去。很快他们便来到阿喀琉斯的营房门前，赫耳墨斯跳下车，把赠送给阿喀琉斯的礼物先送进去，然后他大声地对普里阿摩斯说道："老人家，我是赫耳墨斯，是我的父亲宙斯派我来保护你的。现在我已把你安全送到目的地，我可以离开了。记住，你走进阿喀琉斯的营帐，便抱住他的膝头，以他的母亲、父亲的名义向他恳求，这样能够打动他的心。"说完，赫耳墨斯便消失不见了。

国王跳下战车，让传令官伊特俄斯留在那看守骡子和马，他自己径直走进阿喀琉斯的房里。阿喀琉斯独自一人坐在那里，远处是他的两个同伴奥托墨冬和阿尔基摩斯。阿喀琉斯刚用完晚餐，餐桌还没有收拾。没有一个人注意到高大的普里阿摩斯的到来。他快步地来到阿喀琉斯的面前，抱住他的膝头，亲吻那双杀死他众多儿子的双手，阿喀琉斯和同伴们见到他的举动都非常吃惊。于是普里阿摩斯开口恳求道："阿喀琉斯啊，请想一想你的父亲吧，他和我一般年纪，已到达人生的暮年，也许他也可能受着邻国的威胁和折磨，像我这般孤立无援而又无可奈何，可是他只要一听说你还活在世上，并能够从特洛伊安全返回，他一定会感到很欣慰。可是我呢，我虽然有五十个儿子，可是他们中的大部分都在这场战争中阵亡了。现在，你又夺去了那个唯一能够保护我们、保护城池和人民的儿子赫克托耳。我现在为了他的缘故，带着无数的礼物来到你的营帐里，希望能够把他的尸首赎回去。阿喀琉斯，看在神的份上，请你想一想你的父亲，怜悯我吧！"
普里阿摩斯的话激起阿喀琉斯对父亲的怀念之情。他松开老人的手，把老人搀扶
了起来，无限同情地说："不幸的人啊，你的内心忍受过怎样的苦难！你独自一
人来到阿耳戈斯人中间，来见一个亲手杀死你儿子的人，你一定有着一颗坚强无
比的心！你请坐到椅子上来吧，让我们平复内心的忧愁和悲伤，因为悲伤徒劳无
用，这些悲惨的命运都是神所分配的，他们自己却生活得无忧无虑。宙斯的大门
前放着两只罐子，其中一只装的是灾难和不幸，另一支则装着快乐和幸福。神把
两样东西赐给人类，有些人得到两种混合的命运，那么他们的运气便时好时坏；
如果得到那只装满灾难的罐子，那么那人的一生便充满磨难，永远在忧愁和痛苦
中度过。神对待我的父亲珀琉斯，便是前一种情况。神赐给他权力、财富、甚至
还有一个女神做他的妻子。但是神却给了他一个巨大的灾难，那便是让他年轻的
儿子早早地接受死亡的厄运。他年事已高，我却要接受命运的安排，不能给他养老。
而你呢，老人家，我听说你从前也享受着无尽的幸福，人们说你的财富无人能够
匹敌。可是现在，天上的神明却让你的城市遭受战争和杀戮，你的儿子们一个个
在你的面前死去。请忍耐忍耐这一切吧，不要过于悲伤，因为无论你怎样哭泣，
他们都不会活着回到你的身边。"

　　普里阿摩斯回答说："宙斯的宠儿呀，只要赫克托耳还躺在你的营房外面，
没有得到安葬，我就没有办法坐下。请让我把他赎回吧，收下我献给你的一大笔
赎金，并回你的祖国去吧！"

　　阿喀琉斯听到他最后的一句话皱起了眉头，说："老人家，不要这样刺激我。
我已经有意释放赫克托耳。我的母亲作为宙斯的信使来过。普里阿摩斯啊，我明白，
一定有一位天神把你引到我的营帐来。否则，一个凡人无论如何有多大的胆量和
本事，不敢也无法来到我的营帐。因为他不可能躲过守卫的士兵，也不容易推开
拴好的大门。老人家，请不要提过分的要求，惹我生气。那样一来我不愿意听从
宙斯的命令。"老人听了十分惊恐，不再言语。阿喀琉斯冲出了帐篷，战士们也
跟随他出去。

　　他们把骡子和马匹解下战车，并让传令官进屋坐下，然后从车上搬下作为赎
金的礼物，留下了两件披衫和一件织得很密的战袍，以便把赫克托耳的尸体包裹
起来。阿喀琉斯命人清洗赫克托耳的尸体，并涂抹香膏，他不让普里阿摩斯看见
儿子，免得他见到了心里悲伤。等到尸首洗干净后，他把它抱起来放在尸架上，
他的同伴们和他一起把赫克托耳的尸体抬上战车上。阿喀琉斯又忍不住大哭起来

呼唤他朋友的名字："帕特洛克罗斯，如果你在冥间得到消息，说我已经把赫克托耳的尸体还给了他的父亲，请你别生我的气，他带来的赎金很丰厚，这其中也有你的一份！"

阿喀琉斯又走回营房里，对普里阿摩斯说道："老人家，如你所要求，你的儿子已经被我释放了，他现在躺在尸架上，黎明的时候你便能亲眼见到他。现在让我们先吃饭吧！你要哀悼你的儿子，等回到特洛伊城后你再放声痛哭吧！他是值得人们哀悼纪念的。"说着他站起身，走了出去，宰了一只羔羊，他的朋友们熟练地剥下羊皮，把羊肉切成小块，串在铁叉上细心烧烤，然后取下来。他们坐下来进餐，奥托墨冬把面包放在漂亮的篮子里，分给大家，阿喀琉斯分羊肉，大家尽情地喝酒吃肉。普里阿摩斯不禁对阿喀琉斯高贵的仪态感动惊奇，觉得他真像神一样，魁梧又英俊。同时，阿喀琉斯也认为国王相貌威严，谈吐不凡，态度谦和，他也在心中感到惊奇和佩服。晚餐用毕，普里阿摩斯对阿喀琉斯说道："高贵的英雄，请赶快安排我睡觉去吧。自从我的儿子在你手下丧命以后，我还没有合过一次眼，我总是在悲叹我所承受的数不清的苦难。而且，今天也是我第一次喝酒吃肉。"

阿喀琉斯随即吩咐他的同伴和侍女安排一张床，铺上紫色毯子和柔软的被单，再加上保暖的棉被。同时给使者也安排一张床。阿喀琉斯友好地问老人："请告诉我你为高贵的儿子举办葬礼，想花多长时间？这段时间内我自会停止战争，整理军队。"

"如果你允许我为我的儿子举行隆重的葬礼的话，"普里阿摩斯回答说，"那么我需要十二天的时间。你知道，我们都被围困在城里，要到城外很远的山里去砍伐木柴，因此我们得用九天来准备。第十天我们将举行葬礼，摆设丧宴；第十一天我们要为他垒一座坟墓；第十二天，如果避免不了的话，那么我们可重新开战。"

阿喀琉斯回答道："好吧，就照你说的这样办。我将要求军队在这期限内不向你进攻。"说着他用力地握住老人的右手，借以打消他的顾虑，然后让他回去睡觉，自己则在里屋的床上躺下睡了。

当他们都进入梦乡时，赫耳墨斯却在考虑怎样才能悄悄地把特洛伊的国王护送回去，不让守卫的士兵发现。他因此蹑手蹑脚地来到老人的床前对他说："老人家，你在敌人的营房里睡得多安稳呀！可是你有没想到，你用重金赎回了儿子，要是阿伽门农和其他的希腊人知道了这件事，他们会扣留你，并向你的家人索取三倍的赎金！"普里阿摩斯听了十分惊恐，他急忙唤醒一旁的传令官，赫耳墨斯为他们套上车，三个人带着赫克托耳的尸体匆忙赶着车离开了营地。

赫克托耳的遗体在特洛伊城

赫耳墨斯陪着国王一直来到斯卡曼德罗斯河边，他在这里告别了国王，飞回奥林匹斯圣山。老人和传令官继续赶着马朝城里驶去。他们到城里的时候，天刚拂晓，大家还在睡梦之中，只有普里阿摩斯漂亮的女儿卡珊德拉在城楼上远远地望见坐在车上的父亲，他的旁边是传令官。当她看到那个躺在战车上的赫克托耳的尸体时，她不禁尖叫起来，向整座城市大声呼唤："你们快来看啊，特洛伊的男人和女人们，赫克托耳回来了，但回来的是他的尸体！从前，他活着从战场上凯旋的时候，你们都欢呼着向他致意。现在他牺牲了，你们也去迎接他吧！"她这样大声地喊叫，特洛伊的男男女女没有一个留在家里，大家都带着难忍的悲痛涌向城门。赫克托耳的母亲和妻子走在最前面，她们哭泣着冲向装载尸体的战车。大家都围绕在战车的旁边放声痛哭，如果不是老国王要求把儿子先运回家里的话，大家会在城门前痛哭一整天的。

等到赫克托耳的尸体运进国王的宫殿时，人们把它停放在一张装饰华丽的尸床上，四周响起了悲壮的挽歌。死者的妻子、年轻的安德洛玛刻双手抱住丈夫的头，哭得死去活来："亲爱的丈夫啊，你年纪轻轻就丧失了性命，留下我在家里守寡，孩子们都这样年幼无知，我恐怕他们都不能抚育成人了，因为特洛伊很快就要毁灭——因为你，城邦的保护者已经死去。你曾保卫过全城的男女老幼啊！不久，我们都将被当作俘虏押上希腊人的战船，我也不会幸免。而我们可怜的儿子啊，也将去做那无穷无尽的苦力活，并且随时要受到希腊人的侮辱和泄愤，他可能被残忍的希腊人殴打或者干脆扔下楼去，因为他的父亲曾经杀死过无数希腊人的兄弟、父亲，或者儿子。赫克托耳在战场上是从不轻易饶过任何敌人的！啊，赫克托耳啊，你给你的父母亲留下的是无法形容的悲痛，而给我的更是最最沉重的悲痛啊！"她这样哭诉，周围的妇女们全都同声悲恸。

赫克托耳的母亲赫卡柏更是泣不成声："赫克托耳，我最最亲爱的儿子啊，天上的神们是多么喜欢你啊，他们在你惨死后也没有忘掉你。你曾经被残忍的阿喀琉斯拖在地上绕圈，可是，躺在厅堂里的你看起来很安详，好像阿波罗射出的箭无意中射死你那样。"

她这样哭诉，引起了大家的悲哀。海伦第三个大声地哭诉道："赫克托耳，在所有的夫兄中，你是我最敬佩的人。自从帕里斯把我这个不幸的女子带到特洛伊，时光已经整整过去了二十年！我真希望我早就前去哈里斯的居所。这二十年来，我从来没有听到你说过一句脏话，如果有人开口斥责我的话，除了国王普里阿摩斯像我的生父一样保护我，就是你会站出来，用温和的语言劝大家息怒，为我解围。可是现在你死了，我失去了一个兄长和可敬的朋友。在这广阔的特洛伊，再没有别人会对我像你那样友好和善了。"她这样哭诉，周围的人都叹息不已。

普里阿摩斯对着悲伤的人群大声说："特洛伊人啊，你们赶快出城去砍伐火葬用的木材，不用担心阿耳戈斯人会突然袭击你们，因为珀琉斯的儿子已经和我说好，在为赫克托耳准备葬礼的十一天内不会向我们开战。"

安德洛玛刻哀悼赫克托耳　大卫　法国
赫克托耳虽然死在阿喀琉斯的剑下，但他的英名却永远让特洛伊人铭记，本是弟弟帕里斯引来的祸，但他在国家有难时挺身而出，肩负起保卫特洛伊的重任，最终以死殉国。

特洛伊人听从国王的吩咐，纷纷备马驾车。大家到城前集合起来，一起出发，他们一共花了九天的工夫准备好火葬用的大堆木柴。在第十天的早晨，大家哭声震天，把赫克托耳的尸体送上高高的火葬堆上，点火燃烧。所有的人都聚集在赫克托耳的火葬堆周围，看着它烧成灰烬。然后，他们用酒浇熄了余烬。赫克托耳的兄弟和朋友们含着眼泪从灰烬中拾起他的白骨，放进黄金的坛子里，然后用紫色的布料包起来，埋入坟墓。坟墓周围是大块大块的石头垒起的高高的坟堆。特洛伊人在附近设立了哨兵，防备希腊人突然袭击。葬礼结束后，大家回到城里，在国王的宫殿里举行严肃而又庄严的殡葬宴会。

彭忒西勒亚

赫克托耳的葬礼结束后，特洛伊人又关上城门，紧闭不出。他们仍然沉浸在对已故英雄的哀悼之中，同时，他们也为即将到来的交战感到恐惧不安。这两种情绪交杂在一起，似乎特洛伊城已经毁在征服者的手中，成为一片废墟。

在这悲痛绝望的时候，困在城内的特洛伊人得到了意想不到的援兵。从小亚细亚靠近忒耳莫冬河那边，亚马逊女王彭忒西勒亚率领一群女英雄，前来援救特洛伊人。她是战神阿瑞斯的女儿。她的这番举动一方面是因为对男人间战争和冒险的兴趣，是她们这一族女子的天性；另一方面则是因为她无意中犯下了不可原谅的罪，这使得她自己良心不安，希望能够借此机会卸下心灵的重负。那是一次狩猎中，彭忒西勒亚举枪朝一头梅花鹿掷去，却不小心击中了她自己的妹妹希波吕忒。这个罪过像石头一样压在彭忒西勒亚的心头，而复仇三女神也无时无刻在追逐她，她对她们的任何献祭都无法得到女神的宽恕。彭忒西勒亚希望借助一场众神都喜欢的战争来结束这个折磨，于是她挑选了十二个杰出的女英雄来到特洛伊。这十二个少女虽然楚楚动人，然而在她们的女王彭忒西勒亚的对比下，她们就仿若群星衬托皎月那样，黯然失色。这位女王的容貌和气质远远地超出了那十二位貌美的少女。

当特洛伊人从城墙上，看到披戴着盔甲的绰约多姿而又威武潇洒的女王率领她的女战士奔来时，他们从四面八方汇集过来。当这一小队人马走近时，人们被女王的美貌所深深折服。她集威严与妩媚于一身。嘴边浮现的是甜美迷人的微笑，长长的睫毛下那双明眸就好似黑夜中最亮的星星那样闪闪发亮。她的双颊白里透红，整个面庞呈现的是少女的健康与活力。特洛伊人看到女王，顿时忘记了所有的悲哀，他们现在是这样的兴高采烈。甚至国王普里阿摩斯的愁眉也舒展开来，但眼前的景象却让他想起那些被杀的儿子们，他们也是威风凛凛、神采奕奕的少年啊！

国王把女王领到他的宫殿里，待她如亲生女儿那般。他命人端出最精美的食品隆重款待她，送上了为她挑选出来的许多珍宝，并答应她如果解除了特洛伊的危险，还将送给她更多的礼物。亚马逊女王彭忒西勒亚忽然从她的席位上站起来，立下了一个任何凡人都不敢发出的誓言：她向国王发誓要杀死神一般的阿喀琉斯，她将消灭所有的希腊人，烧毁敌人所有的战船。她这样说，显得十分大胆和无畏。一旁的安德洛玛刻听了她的话，心里不免嘀咕：可怜的孩子啊，你或许还没有想清楚吧？我的丈夫赫克托耳在特洛伊人心中是最勇猛的英雄，可他却战死在珀琉斯儿子的手下！你一个黄毛丫头，不知道这个誓言是多么的可怕！

这时夜幕已经降临，亚马逊的女英雄们饱餐畅饮后，王宫的侍女们为她们准备了舒适的床榻，经历了一天的辛劳奔波，彭忒西勒亚和她的伙伴们很快便进入梦乡。雅典娜却悄悄潜入她的梦境，让她做了一个迈向死亡的梦。她梦见了自己的父亲阿瑞斯催促她尽快同阿喀琉斯进行决战。她对梦中父亲的督促信以为真，竟然高兴得心花怒放。第二天醒来，她以为当天便能实现她立下的誓愿，她跳下床来，兴奋地穿上父亲阿瑞斯送给她的熠熠生辉的铠甲，束紧胫甲和胸甲，系上剑带，那上面挂着一柄装在用白银和象牙制成的剑鞘里的宝剑。随后她又拿起盾牌，戴上有着闪亮的黄金羽饰的头盔。她左手抓着两根长矛，右手握着一把不和女神送给她的双面斧。当她这样全副武装地从国王的宫殿冲出来时，就好像宙斯从奥林匹斯圣山上抛出一道雷电一样闪亮。

彭忒西勒亚兴奋地奔到城墙边，激励特洛伊人奋勇作战。此前不敢面对阿喀琉斯的士兵们现在也纷纷聚集起来，显得斗志昂扬。女王本人则跳上一匹骏马，它可以与风神赛跑，是风神波瑞阿斯的妻子送给她的礼物。她率领特洛伊人冲出战场，而她的女战士们也各自骑马跟随在后。留在宫殿里的国王普里阿摩斯举起双手，向宙斯祈祷："万神之父宙斯啊，请听我的祈求吧。就让阿耳戈斯人今日在阿瑞斯的女儿面前毁灭吧！但请你保佑她平安地返回到我的宫殿里来。这样做是为了你的强大的儿子阿瑞斯的荣誉！也是为了我这个失去了众多儿子、遭受了无数折磨的老人，请保佑我吧，保佑古老的特洛伊城不被毁灭！"他的祈祷刚一结束，从他的左上方就飞来一只苍鹰，鹰爪下抓着一只被撕碎了的鸽子。国王看到这个凶兆，顿时浑身颤抖，胸中的希望全部破灭。

希腊人在他们的战船营看到特洛伊人突然奔了过来，不禁大吃一惊。几天来，他们已经习惯特洛伊人的怯懦了，眼前的景象使得他们立即拿起武器，披挂上阵。战争再次爆发：长矛飞来飞去，矛与盾的撞击发出叮当响声，特洛伊的土地又被鲜血染红。彭忒西勒亚率领她的女战士们在希腊人中英勇拼杀，她杀死了摩利翁和其他七个希腊英雄。当亚马逊的女英雄克罗尼亚砍倒波达尔克斯的朋友墨尼波斯时，强大的波达尔克斯愤怒地用长矛刺中了克罗尼亚的臀部。彭忒西勒亚急忙用剑去砍他的手，但已经来不及了：克罗尼亚倒在尘埃中死了，希腊人解救了他们的同伴。

彭忒西勒亚化悲痛为力量，更加疯狂地砍杀希腊人，凡是她所到之处，希腊人无不闻风丧胆，很快就迫使他们节节败退。取得胜利的女王得意地向他们叫喊："今天我要为普里阿摩斯报仇，让野兽和狗群吞食你们的尸体，我要让你们所有的人回不了家，让你们死无葬身之地！狄奥墨得斯在哪？埃阿斯在哪？还有最强大的阿喀琉斯到哪里去了？他们难道不敢出来会我吗？"她叫喊着并轻蔑地杀入阿耳戈斯人中去。她时而挥动着利剑，时而投掷长矛。普里阿摩斯的儿子们和特洛伊勇敢的士兵们跟在她的后面，一边呐喊着一边英勇地扑向希腊人。希腊人无法抵挡这来势凶猛的攻击，士兵们很快便倒在地下。很快，战场上希腊人尸横遍野，他们不是被特洛伊人的战车碾死，就是被马匹踩死。在势如破竹的战势面前，特洛伊人几乎感到他们将要战胜希腊人了。

这时，战斗的喧嚣声还没有传到强大的埃阿斯那里，众神的宠儿阿喀琉斯也没有得到任何消息。两人都远坐在帕特洛克罗斯的墓旁，他们在怀念死去的朋友。

在女王的带领下，特洛伊人逐渐逼近希腊人的战船营。正当他们准备焚烧战船的时候，忒拉蒙的儿子埃阿斯终于听到激烈的厮杀声，他立刻警觉地对阿喀琉斯说道："阿喀琉斯，我耳边不断传来战斗激烈的喊杀声，让我们赶紧出去看看，别让特洛伊人靠近我们，烧了我们的战船！"他的话提醒了阿喀琉斯，两人急忙穿上闪闪发光的铠甲，拿起武器，朝着厮杀声最激烈的地方奔去。

希腊人在惊慌失措中看到两个英雄冲了过来，顿时增添了勇气。阿喀琉斯和埃阿斯立即投入战斗。埃阿斯很快就用长矛杀死四个特洛伊人。阿喀琉斯过去进攻亚马逊人，一会儿的工夫四个年轻的女战士就死在他的手下。随后两人一起冲进敌人的阵营中，刚才还是密集的特洛伊队伍现在已经被杀得七零八落。

彭忒西勒亚看到这里的情况，愤怒地冲了过来。她首先把她的矛投向了阿喀琉斯，阿喀琉斯举起盾牌挡住，长矛立刻在盾牌前折断，掉在了地上。现在她又举起第二支长矛向埃阿斯投去，并大声地向两位英雄喊道："我要看看你们这两个吹牛大王是怎样丧命的！即使我的第一支矛饶了你们，第二支可不会放过你们。我要让你们知道，一个女人的力量远比你们两个人加在一起还要强大！"她说出来的话让埃阿斯觉得特别可笑，他不想在这里浪费时间，而这位亚马逊女人的第二支矛也仅仅碰到他的胫甲而已，根本没有伤着他的皮肉。埃阿斯于是转身冲向特洛伊人的队伍，把这个女人留给阿喀琉斯去收拾，因为他相信阿喀琉斯一人足以对付她。

彭忒西勒亚看到第二支矛也没有奏效，不禁大声地叹了一口气。阿喀琉斯打量着她并对她喊道："哪里来的，竟然这样自不量力，敢跟世界上最强大的英雄较量？你大概不知道特洛伊最强大的英雄赫克托耳在我的面前都是浑身发颤的吧？今天你竟敢用死来威胁我，你一定是疯了！看看吧，你的末日就要到了。"说完他就掷出他那百发百中、无坚不摧的长矛，长矛深深地刺进女王的右胸上部，鲜血顿时喷薄而出，彭忒西勒亚四肢立刻变得无力，战斧也从手中滑落，眼前变得一片漆黑。可是女王仍然挣扎着爬上了马，眼睛盯住正向他冲过来的阿喀琉斯。在那一瞬间，她激烈地思考着是拔剑抵抗呢，还是向对方求饶？她还没来得及决定，阿喀琉斯的一枪已经投掷过来，她连人带马都被戳倒。彭忒西勒亚就这样倒在地上死了。

特洛伊人看到他们的女英雄死在阿喀琉斯的手下，都感到悲痛不已，他们无心再战，于是纷纷慌乱地朝特洛伊城门的方向跑去，珀琉斯的儿子这时却得意地大喊大叫："你这可怜的家伙，就躺在这里喂鸟、喂狗吧！是谁叫你来跟我作战的？是普里阿摩斯给了你丰厚的奖赏吧，可你现在得到什么了呢？"说着就把他的长矛从死者的身上拔了出来，然后摘下她的头盔，却一眼看到这个少女的美丽的面孔：尽管此时她的脸上沾满了血迹和尘土，却难以掩盖她那雍容高贵的情态。围在尸体旁边的希腊人也都对她的超凡美丽赞叹不已。阿喀琉斯此时却深感惋惜：他应该活捉这位绝色美女，把她带回佛提亚，让她成为自己的妻子。

围观的希腊人越聚越多，他们瞻仰过女王的绝世容颜后，便动手剥取她的铠甲，只有阿喀琉斯仍旧呆呆地站在那里，目不转睛地看着被自己杀害的女王，陷入深深的悲哀之中，难以自拔。

战神阿瑞斯在天上目睹了这悲惨的一幕，痛心疾首的他立刻像闪电一般迅速地冲下战场，想亲手为女儿报仇雪恨，但是宙斯及时地阻止了他，他只好无可奈何地停在半路上，为女儿的死哀痛不已。

阿特柔斯的儿子们因为怜惜美丽的女王，他们允许把她的尸体交还给国王普里阿摩斯国王。普里阿摩斯于是命人在城前搭起一座高大的火葬堆，将女王的尸体放在上面，在她周围还摆放了许多珍贵的陪葬品。随后他点燃木柴，烈火熊熊地燃烧起来。等到尸体烧成灰烬后，站在周围的特洛伊人用酒浇熄了余烬，他们捡起她骨灰放在一个坛子里，然后大家流着眼泪组成殡葬队，隆重地将它送往城内塔楼附近的拉俄墨冬国王的墓穴。与她葬在一起的还有她的十二个光荣牺牲的亚马逊女战士。

希腊人也掩埋了阵亡的死者，并哀悼他们。

门农

第二天，当太阳冉冉升起，照耀着这座灾难深重的城市时，特洛伊人已经站在城墙上四下瞭望。他们担心强大的胜利者随时会发动进攻，会架起云梯登上特洛伊城墙，把他们的城市毁灭。首领们也早早地聚集在一起开会商量对策。会上，一个名叫堤摩忒斯的老人站起来说："朋友们！我一直在思考怎样能够使我们摆脱困境，而不至于被敌人彻底毁灭。自从赫克托耳被战无不胜的阿喀琉斯杀死后，我们的状况就每况愈下，我想即使是有神明帮助我们，也许我们也会被敌人打败。看看战神阿瑞斯的女儿亚马逊女王最后不也悲惨地死在阿喀琉斯的手下？起初有多少希腊人畏惧她啊！所以我的建议是，我们是否应该考虑放弃这座注定要灭亡的城市，去寻找另一个更安全的地方，这样使残暴的希腊人无法靠近我们！"

普里阿摩斯听了他的提议后，站起来说道："亲爱的朋友，所有的特洛伊人和同盟军们！我们不应该怯懦地放弃我们可爱的家乡。如果我们重新寻找一个新的居所的话，那就得冒更大的风险。我们必须想方设法在战斗中赢得对手。现在我们还可以等待，埃塞俄比亚国王门农正率领一支强大的队伍来援救我们，他们已经在路上了。我向他们派出使节已经很长时间了。让我们耐心地再等待一段日子吧！即使我们在战斗中光荣死去，也胜似在异乡屈辱地生活！"

门农是普里阿摩斯的侄子，他的父亲提托诺斯是拉俄墨冬的儿子，母亲是黎明女神厄俄斯。

这时波吕达玛斯也站起来发表他的看法："尊敬的国王，如果门农真的会来，我也很期待。可是，我担心的是他和他率领的军队在战争中依然逃不过死亡的厄运，这样我们一样要面临今天的困境。我也坚决不同意离开我们世世代代生活过的国家。最好的办法依然是：我们把海伦以及她从斯巴达带来的一切财富，全都交还给希腊人。交还得越快越好，免得敌人很快便掠夺并焚烧我们的城市，到那时，我们说什么也来不及了！"

所有的特洛伊人在心里都同意这个建议，但是他们都不敢当面反对国王。这时候，海伦的丈夫帕里斯站了起来，他生气地指责波吕达玛斯，说他是懦夫："一个提出这种提议的人在战场上一定是临阵逃跑的那一个。特洛伊人啊，为什么每到最危难的时候，总会有人提出这样的建议。你们想一想吧，这种人的建议也能相信？"

波吕达玛斯心里很清楚，帕里斯宁愿在部队里发生兵变，宁愿自己死掉，也不会放弃海伦。于是，他不再说话，其他人也都沉默不语。大家都在沉默着，没有一个人能想出合适的办法来。突然，外面传来好消息，说门农已经率领部队到达城下了。特洛伊人听后一片欢呼，他们就好像船员在经历暴风雨后赫然看到前方闪烁着灯塔那样兴奋。国王普里阿摩斯更是激动，因为他确信埃塞俄比亚的军队一定能打败敌人，烧毁敌人的战船。

黎明女神厄俄斯的儿子门农和他的军队来到特洛伊后，国王普里阿摩斯设盛宴款待他们，并赠送了许多珍贵的礼品。宾主相谈尤其欢洽，特洛伊人因门农的到来而放松了此前紧张的心情，他们悼念着特洛伊英雄们，并讲述了他们在战场上的英雄事迹。门农也讲述了他从海岸到爱达山，直到特洛伊城所经历的遥远的旅途的见闻，讲述了他们在路上发生的故事。特洛伊的国王听得津津有味，不时地开怀大笑。他热情而友好地握着门农的手说："门农，我多么感谢神让我荣耀地在宫殿里为你接风！你看起来就好像神一般的超凡强大。我确信你一定会帮助我们打败希腊人的！"说完国王举起杯，与新来的同盟军共同干杯。

门农看到国王手中这珍贵的酒杯后赞叹不已，他知道这个宝物出自跛足神赫菲斯托斯之手，它是特洛伊王室的传家宝。门农沉默了半晌，严肃地说道："尊敬的普里阿摩斯国王，我不愿意在宴会上随便做出承诺，一个真正的英雄是要经过战场考验的。现在，请安排我们休息吧，明天我们将以饱满的精神投入这场战斗！"门农说完，站起身来，普里阿摩斯并不强留他的客人，于是所有的埃塞俄比亚人都跟随着退出宴席，到房间里安寝入睡。

夜幕笼罩大地，人们都已沉入酣睡的梦乡。这时，奥林匹斯圣山上的神们还在宙斯的宫殿里聚集着，讨论着特洛伊的战事。伟大的宙斯，这位能预知未来、了解现在的神开口说道："你们大家无论是关心希腊人的还是关心特洛伊人的，其实都是没有必要的。还有无数的战马和男子将会参加双方的战斗中去，也就不可避免地将牺牲在战场上。你们担忧着一些人的生命安危，可是不要幻想着为他们的生命向我求情。命运女神是无情的，对你，我都不例外！"

众神听到宙斯这样的发言，都不敢吭声，他们默默地离开餐桌，回到各自的房中，悲哀地躺在床上，渐渐地进入梦乡。

第二天清晨，黎明女神厄俄斯不情愿地升入天空，她也听到了宙斯的讲话，她知道她的爱子门农将会有怎样的命运。门农很早就醒了，他几乎迫不及待地想为他的朋友打一场决定性的战役。他从床上跳下来，迅速地武装整齐，来到战场上。特洛伊人也身披盔甲，与埃塞俄比亚人组成新的作战队伍，满怀希望地冲出城门，奔向广阔的战场。

当希腊人从远处看到特洛伊人冲来都感到惊讶，于是他们急忙拿起武器，冲出营房。阿喀琉斯站在他们的中间，他骄傲地站在战车上，显得十分自信。特洛伊军队中的门农也同样威风凛凛，士兵们紧紧地围在他的四周，充满着战斗的激情。战斗开始了。两支队伍相撞，好似两大海洋激起了万丈狂澜。长矛呼啸，利剑铿锵，杀声震天。不久，战场上发出一阵阵尖厉的哀号声，特洛伊人一个接一个地倒在阿喀琉斯的长矛之下；许多希腊人也被门农杀死在地。涅斯托耳的两个战友已经死在他的手下，现在门农渐渐朝老人涅斯托耳靠近。看来涅斯托耳也必定要死在门农的手下，因为他的战马刚刚被帕里斯一箭射中，战车已经停住来不及逃命了。门农抓着长矛冲了过来，大惊失色的老人在慌乱中急切地呼唤儿子安提罗科斯，儿子应声飞快地赶来，挡在父亲的胸前，并把手中的长矛投向那位埃塞俄比亚国王。门农侧身躲过，但长矛击中他的朋友，波拉索斯的儿子厄索普斯。门农怒不可遏，他立刻抓住长矛扑向安提罗科斯，用长矛刺中他的心脏。安提罗科斯牺牲了自己挽救了父亲的性命。

当希腊人看到这英勇的一幕，都深感悲痛。父亲涅斯托耳更是痛不欲生，因为他亲眼看到儿子因为拯救自己而被敌人杀害。但老人在关键时候保持镇静，他立刻呼唤另一个儿子特拉斯墨得斯前来援救，让他保护兄弟安提罗科斯的尸体。在混战的嘈杂声中听到父亲的呼喊声，特拉斯墨得斯同战友斐瑞斯一道火速奔来，援助他的老父亲。充满自信的门农大胆地向他们靠近，然后机警地躲过他们接二连三投来的长矛，即使有的长矛能击中他的铠甲，但都无法刺进要害部位，因为他的神祇母亲给他的铠甲施加了保护的魔法。这时候门农开始剥取安提罗科斯的铠甲，希腊人眼睁睁地看着他即将动手，却毫无办法。涅斯托耳看到这一切的时候大声悲号起来，他高声地呼唤朋友前来救援，他自己则从战车上跳下来，不顾年老无力的性命，誓死要保卫儿子的尸体。当门农抬起头看见他走近时，忽然主动地站起来，退到一边，神情充满敬畏。"老人家，"他说，"我不能和你作战。刚才在远处，我以为你是一位年轻的战士，所以才向你投掷长矛。现在我看清楚了，您是一位年迈的老人，我不会向你动手的。请赶快离开吧！离开战场，我不忍亲手杀害你！"涅斯托耳听后往后退了几步，留着他的儿子躺在战场上，自己离开了，特拉斯墨得斯和斐瑞斯也跟着他往后退。门农和他的埃塞俄比亚人继续向希腊人发起进攻，他就好像希腊人的克星那样，给一批批希腊人带去了死亡。

涅斯托耳转身走向阿喀琉斯，他说道："希腊人的保护者啊，我的儿子被门农杀死了，现在还躺在那里，门农已经剥下了他的铠甲，夺走了他的武器。可怜的尸体马上就要被野狗吞食。快去帮助他吧！你一定能够保护他的尸体不受损害！"阿喀琉斯听了立即朝门农冲了过去。当门农看到阿喀琉斯向他奔来时，连忙从地上拣起一块石头，朝他砸了过去。但石头碰到阿喀琉斯的盾牌后被弹落下来。阿喀琉斯跳下战车，徒步走向门农，并用长矛刺伤他的肩膀。这个勇猛的埃塞俄比亚人毫不在意肩上的伤势，而是疾步朝阿喀琉斯扑来，用他的长矛奋力地刺中对手的手臂。刹那间，阿喀琉斯手上的鲜血喷了出来。门农这时兴奋喊起来："可怜的家伙，你曾经那么无情地屠杀特洛伊人，现在你遇上的是一位无法战胜的对手。因为我的母亲厄俄斯是奥林匹斯圣山上的女神，她比你整日待在海底的母亲忒提斯要厉害得多！"

阿喀琉斯听了微微一笑，说道："先别高兴得太早，最后的结局会告诉你，我们之中谁的出身更高贵！现在我要为年轻的英雄安提罗科斯向你报仇，就像我为死去的朋友帕特洛克罗斯向赫克托耳报仇一样。"说完他用双手抓起他那支百发百中、无坚不摧的长矛，向门农刺去。两人面对面地厮杀起来。宙斯在这时候让他们变得更强大、更有力，他们在短兵相接中难分胜负，谁也没有伤着对方。他们都在寻找机会，企图在对方的腿部或腹部下手，可是都没有成功。两人的铠甲在搏斗中碰得叮当作响。这时候，其他的士兵们被两人的激战所吸引，都停止了战斗，加入观战的行列。埃塞俄比亚人、特洛伊人和希腊人在一旁为各自的英雄高声呐喊，响声震动天地。奥林匹斯圣山上的神们也都全神贯注地盯着这场鏖战。他们站在各自的立场上为势均力敌的场面感到高兴。可是宙斯却召来两位命运女神，他命令黑暗女神降临于门农，光辉女神则照向阿喀琉斯。诸神一听到这个命令便大呼小叫，他们有的是因为欢喜，而另外的则是悲哀和无奈。

两位英雄此时仍在全力以赴地作战，根本没有想到命运女神已经走近身旁。他们时而用长矛，时而又是利剑，有时候还用石头互相攻击，但他们没有一个退缩害怕，都像磐石一样坚定。双方的士兵受到激励，又开始杀向对方。很快，战场上再次尸横遍野。命运之神终于介入了战斗，阿喀琉斯一枪刺中门农的胸脯，枪尖从后背穿出，门农重重地栽倒在地，死了。

特洛伊人见到他们的英雄倒在地上，一时间军心大乱，所有的人都立刻转身逃跑。阿喀琉斯紧追上去，好似风卷残云一般。失去儿子的厄俄斯在天上唉声叹气，她把自己裹在乌云中，大地顿时变成一片黑暗。她的孩子们：各位风神，遵照她的吩咐，飞向大地，把她儿子的尸体高高卷起，让尸体飞向天空，他的鲜血一滴一滴地从天上流到地上。后来，这些血变成一条红色河流，蜿蜒曲折地流经爱达山麓，河水中是一股刺鼻难闻的腐朽气味。那些不愿意与国王分别的埃塞俄比亚人悲泣着追赶着尸体，一直到国王的尸体消失在前方的时候他们才停下来。风神把门农的尸体带到埃塞波斯河岸旁，河神的美丽的女儿们为他在森林中垒起一座坟墓。从天而降的母亲厄俄斯和另外一些仙女一起，含着泪悲痛地把他安葬。

退回城内的特洛伊人虽然不知道门农的尸体被风吹到哪儿去了，但他们却聚集在一起，沉重地悼念这位英勇的援助者。

据神话传说，门农的战友死后都变为飞鸟，每年都从各地飞来墓地，悲悼他们的国王。门农的母亲恳请宙斯给他赐福，让他具有不朽之身，宙斯答应了。后来，人们在底比斯附近会看到一根巨大的石柱，上面雕刻着一位国王的坐像。石柱在日出前会发出一种奇妙的声音，据说这是门农在欢呼并祝福他的母亲黎明女神的升起。母亲看到自己的儿子以这样的方式活着，悲叹自己儿子的遭遇，忍不住滴下一串串清澈的眼泪。她的泪滴落在花草树林上，形成晶莹的朝露。

阿喀琉斯之死

第二天清晨，安提罗科斯的尸体被他们的同胞抬到战船，安葬在赫勒斯篷托斯海峡的岸边上。白发苍苍的涅斯托耳在众人面前掩饰着自己悲痛万分的心情，但阿喀琉斯的内心却难以平静，朋友的死带给了他巨大的悲愤。天刚破晓，他就扑向特洛伊，特洛伊人虽然害怕凶狠的阿喀琉斯，但依然顽强地从城内冲了出来。很快，双方军队就杀得天昏地暗。阿喀琉斯威风凛凛，杀死了无数的敌人，把特洛伊人一直赶到城门前。他深信自己的力量能够推倒城门，撞断门柱，让希腊人一鼓作气地涌进普里阿摩斯的城门。

奥林匹斯圣山上的阿波罗把这一切看在眼里，他受够了阿喀琉斯的凶残和狂暴。当他看到阿喀琉斯使得特洛伊城前尸横遍野、血流成河的时候，他简直暴跳如雷，直接从神座上跳起来，背上盛满百发百中的神箭的箭袋，向珀琉斯的儿子走去。他走到阿喀琉斯的背后，发出雷鸣般的声音："快放开特洛伊人！珀琉斯的儿子！你不应该如此疯狂，否则你将死在神的手下。"

阿喀琉斯听出这个神的声音，但他毫不畏惧，他不顾神愤怒的警告，大声地回答道："难道你要逼迫我同神作战吗？为什么你总是站在特洛伊人的那一边？上一次在我的眼前，你帮助赫克托耳逃脱死亡，我已经很愤怒了。今天我劝你远远地离开，回到神中去，不要插手我和特洛伊的事！否则，哪怕你是神，我的长矛也将刺中你！"说完这些话，他便转身而去，继续追赶敌人。

阿波罗听了这一席话心里很不是滋味，他心想既然你如此藐视神的存在，我就让你知道神的厉害。这样想着阿波罗隐身在一片迷雾里，他拉上弓，朝着珀琉斯的儿子容易受伤的脚踵射去一箭。一阵剧痛立刻袭击了阿喀琉斯，他像一座毁了地基的巨塔那样轰然倒在地上。他躺在地上，用愤怒可怖的声音骂道：

"是谁在暗处朝我射出这卑鄙的一箭？有胆量就站出来跟我面对面地较量！我将让你鲜血直流，直接把你送到冥王哈里斯的地府里去！懦夫总是在暗处偷袭勇士！好好听着，你这个胆小鬼！我想起来了，这一定是阿波罗干的。我的母亲忒提斯曾经说过，我将在特洛伊中央城门死于阿波罗的神箭之下，她的预言马上就要应验了。"

阿喀琉斯呻吟不止，但他仍旧坚强地从伤口里拔出箭矢，把它甩得远远的。伤口里黑色的血立刻喷涌出来。阿波罗把箭拾起来，隐身在云雾中回到奥林匹斯圣山。到山上时，他从云雾中钻出重新混在奥林匹斯的神中。希腊人的支持者赫拉看到他，生气地责备道："阿波罗，你居然能做出这种事情来！你忘了，你曾经也是珀琉斯的婚礼上的座上嘉宾，像其他神那样享受着美味佳肴的同时，为珀琉斯的后代举杯祝福。可是现在，你却明显地袒护特洛伊人，杀死珀琉斯唯一的爱子！你这样做是出于嫉妒！我不知道今后你有何颜面去见涅柔斯的女儿？"

阿波罗一声不吭，他离开众神坐到一旁，低垂着头。诸神中对他的行为有的感到恼怒，有的则在心里觉得安慰。而这时的阿喀琉斯即使受了致命的伤害，却依然充满着战斗的欲望，他浑身的血液就像燃烧般地沸腾着。没有一个特洛伊人敢靠近这个受伤的人。阿喀琉斯从地上一跃而起，他拿着长矛，怒气冲冲地扑向敌人。他刺中了赫克托耳的朋友俄律塔昂，矛尖直接刺入大脑；接着又刺中希波诺斯的眼；刺中阿尔卡托斯的面颊，并不停地砍杀许多特洛伊人。直到他发觉自己肢体在逐渐变冷，他才停住脚步，用长矛支撑着身体。他虽然不能继续追击敌人，但却在原地发出一阵阵可怖的声音。特洛伊人听了吓得没命地奔跑，阿喀琉斯雷鸣般地喊叫道："逃命吧！即使我死了，我的投枪还会追着你们，我的复仇之神仍会惩罚你们！"

特洛伊人听到他的大声吼叫，浑身打战，没有人认为阿喀琉斯已经受到了致命的伤害，直到他的肢体最后僵硬起来，终于栽倒在其他尸体的中间。他的盔甲和武器也随之砰地掉在地上，大地发出沉闷的响声。

帕里斯第一个看见阿喀琉斯倒了下去。他喜出望外地大声呼叫起来，他召唤特洛伊人过来抢夺尸体。很快，原来那些见到阿喀琉斯避之唯恐不及的特洛伊人此时都争先恐后地围拢过来，想要剥取他的铠甲。但英雄埃阿斯却牢牢地守候在阿喀琉斯尸体的周围，他用长矛喝退逼近的人，只要有一个人敢靠近阿喀琉斯，必定遭到他的致命一击。后来，埃阿斯索性主动向敌人发起进攻，吕喀亚人格劳库斯死在他的长矛下，特洛伊的英雄埃涅阿斯也受了伤。

和埃阿斯一同保护阿喀琉斯尸体的还有奥德修斯和其他的阿耳戈斯人。特洛伊人却顽强地与阿耳戈斯人拼搏着。奥德修斯的右腿在混战中受了伤，鲜血不断地涌出。而这时候帕里斯却用长矛瞄准了埃阿斯，但是埃阿斯机灵地躲过了，用一块巨石砸中了帕里斯的头盔，使他倒在地上，无力继续进攻。帕里斯的朋友们赶紧把奄奄一息的他抬上战车，用赫克托耳的骏马拖着战车把他拉回特洛伊城。

这期间，阿耳戈斯人把阿喀琉斯的尸体从战场抬回战船，阿耳戈斯人全部围在他的周围，放声痛哭。奔跑过来的埃阿斯最是伤心难过，他为失去一个亲密的战友兼表兄弟而痛哭流涕。年迈的福尼克斯紧紧抱住阿喀琉斯的身体，老泪纵横。他想起了英雄的父亲珀琉斯曾经把孩子交给他教育和抚养的场面，现在父亲和他都活在世上，孩子却离开了人世。阿特柔斯的两个儿子和所有的希腊人都在为他哭泣。悲痛的哭声从战船传到了天际，整个希腊军营都陷入沉痛的悲伤之中。

白发苍苍的涅斯托耳最终劝说大家停止哭泣，他想让伟大的英雄尽快入土为安。于是在他的提醒下，大家用温水把英雄的尸体洗净，给他穿上他母亲忒提斯为他亲手缝制的华丽战袍。然后将他停放在营帐内，准备火葬。这时候雅典娜从奥林匹斯圣山上投下了无比同情的目光，她在他的额上洒下几滴香膏，以避免尸体腐烂或者变形。香膏一洒落在阿喀琉斯的身上，他的身体立刻出现了奇迹，看上去就好像活着的那样，显得神采奕奕。希腊人看到他们的英雄此时面容安详地躺在尸床上，就好像正在平静的睡眠当中，不久就会醒过来，他们为此感到惊异和欣慰。

希腊人哀悼他们的伟大英雄的巨大悲泣声传到了海底，阿喀琉斯的母亲忒提斯和涅柔斯的女儿们都听到了。剧烈的痛苦使得忒提斯禁不住也放声痛哭，整个赫勒斯篷托斯海岸都回荡着她们的哭声，就连海怪也跟着发出悲戚的

垂死的阿喀琉斯

阿喀琉斯是一个真正的英雄，他明知杀死赫克托耳自身也将遭到神的报复，但他还是舍生取义，为朋友报了仇，至死都保持着大义凛然的风范。

吼声。就在当夜，忒提斯和涅柔斯的女儿们分开巨浪来到希腊人的战船所在的海岸上，来到阿喀琉斯的尸体旁。忒提斯一把抱住儿子，亲吻着他的嘴唇，不断流淌出来的眼泪把大地都沾湿了。希腊人看到女神和她的儿子团聚，都不忍心打扰，纷纷退了出去。直到女神们离去后，他们才回到阿喀琉斯的尸体旁边。

天刚破晓，希腊人便浩浩荡荡地向爱达山出发，他们从山上运下无数的木柴，把它们高高地垒成一堆。他们在柴堆上放上许多被杀死的人的盔甲和武器、祭奠用的牲口以及黄金和其他贵金属。希腊的英雄们各自割下他们的一缕头发，阿喀琉斯生前最宠爱的侍女布里塞伊斯也剪下自己的一束秀发，作为她给主人的最后礼物。他们还把各种香膏浇在柴堆上，并在上面放上一碗碗的蜂蜜、美酒和香料，然后把英雄的尸体送往柴堆的顶上。最后，所有的希腊人都穿戴齐整，有的骑在马上，有的徒步行走，围着巨大的柴堆绕圈而行。礼毕，他们庄严地点燃柴堆，火苗熊熊燃烧起来，战士们迸发出一片哭号声。遵照宙斯的旨意，风神埃洛斯送来了疾风，把木柴堆煽起了冲天的火焰，直烧得柴火噼啪作响。尸体顷刻间化为灰烬，英雄们用酒浇熄了余烬。朋友们小心翼翼地拾起他的遗骸，装进一只宽大的、镶金嵌银的匣子里，并安葬在海岸最庄严的地方，与他的朋友帕特洛克罗斯的遗骸并排葬在一起。然后他们筑起一座高高的坟墓。

阿喀琉斯的两匹神马挣脱了轭具，它们大概感觉到了主人已经死去，从此以后，谁也无法驯服它们。

大埃阿斯之死

第二天，狄奥墨得斯在希腊人举行的会议上提议，在敌人从阿喀琉斯死后尚未恢复勇气之前，立即出兵把特洛伊攻陷。但是埃阿斯却表示反对，他认为阿喀琉斯尸骨未寒，他的母亲忒提斯仍旧沉浸在无尽的悲痛中，大家应该为阿喀琉斯举行一场隆重的殡葬赛会，以此表示对英雄的怀念。“至于特洛伊人，只要我们大家还活在世上，就不是难事！”埃阿斯的建议得到了大家的认同。狄奥墨得斯也表示了赞同。

海神忒提斯带来了众多精美的奖品，她到现场鼓励英雄们进行比赛。于是，希腊人举行了隆重的殡葬赛会。首先开局的是角力竞赛，埃阿斯和狄奥墨得斯两个英雄一马当先，在角逐中势均力敌，不分胜负。其次是拳术比赛，后来的比赛项目包括跑步、射箭、掷铁饼、跳远、战车竞赛等。赛事紧张激烈，胜利者都得到了丰厚的奖品。

比赛结束后，忒提斯把她儿子的铠甲和武器作为奖品奖给有功的英雄。她蒙着黑色的面纱，无限悲痛地对阿耳戈斯人说："在为我儿子举行的殡葬赛会上，获胜的阿耳戈斯人都获得了奖品。现在，我想把这套我儿子的装备赠送给那位救出了我儿子的尸体的最勇敢的希腊英雄。这些都是神的赠礼，神自己也很喜欢这些宝贵的礼品。"

这时有两位英雄从队伍中跳出来，他们是拉厄耳忒斯的儿子奥德修斯和忒拉蒙的儿子埃阿斯。埃阿斯奔到这套装备旁边，伸手就要把它们抱在怀里，他连忙请伊多墨纽斯、涅斯托耳和阿伽门农为他的功劳作证。奥德修斯也请他们为自己说话，因为他们是全军中最聪明并且最受尊重的人。年迈而明智的涅斯托耳把另外两位被要求当证人的英雄拉到一旁，面露难色地说道："我们几个最好还是不要做出任何评论，因为如果两位英雄为争夺这套装备而反目成仇，那么我们就会面临一场巨大的灾难！他们中间无论谁感受到了冷遇，都会委屈地退出战场，我们就会因此而受到不可挽回的损失。我提议，让在营地里众多的特洛伊的俘虏来做评判，让他们来解决埃阿斯和奥德修斯的争论。因为他们没有从两个人中得到任何好处，是不偏不倚，相对公正的。"两人对他的建议表示赞同，于是他们从俘虏群中挑选了几个高贵而正直的特洛伊人作为裁判。

埃阿斯首先站出来说道："奥德修斯啊，是什么东西蒙蔽了你的眼睛？你竟敢和我相争。你和我相比，就好像狗和狮子那样。难道你忘记了吗？在知道要远征特洛伊的时候，你是多么不情愿啊！你只想做一只缩头乌龟，窝在家里！还有，劝我们把不幸的菲罗克忒忒斯遗弃在雷姆诺斯海岛上的也是你！帕拉墨得斯是被你诬陷的吧？他比你要聪明和强大，却被你用私仇而置于死地。而你现在来和我争夺装备，这让我觉得很可笑。你大概忘了谁在战场上英勇地救了你一命。在那场鏖战中，你被大家所忘记，孤身一人地在那抵抗，如果不是我出手相救，你恐怕早已不在人世！再说争夺阿喀琉斯的尸体的时候，是我把他的尸体和武器扛回来的，你根本没有力气扛动英雄的武器，更不用说扛起他的尸体了！你最好退回去，要知道我不仅武艺比你高强，而且出身也比你高贵，并且还跟阿喀琉斯有亲戚关系！"

奥德修斯对埃阿斯的话不屑一顾，他用嘲讽的语言说道："我说埃阿斯啊，你的话在我看来都是那么可笑。你责备我胆小怯懦，可是我认为，智慧才是一个人真正强大的力量。正是智慧和聪明教会水手穿过惊涛骇浪，教会人们驯服雄狮、猛豹等各种野兽。在困难中，一个拥有智慧的人比一个只有蛮力的人要有价值。

狄奥墨得斯认为我是希腊人最聪明的那个英雄，因此在远征的时候他一定要带上我。是啊，如果不是因为我充满智慧的劝说，珀琉斯的儿子怎么会来到特洛伊征战？而现在，我们却在这里为争夺他的武器而争论不休。假如现在希腊人急切地需要一位新的英雄，听着，埃阿斯，我认为不会是你靠你那个粗壮的胳膊，也不是军中某一个人的诡计可以做到的，只要能言善辩的我才能够把他说动。再说，神除了赋予我聪明智慧外，还给予我坚强的体魄。你说你从敌人手中拯救我这个逃跑的人，这是不属实的，相反，我总是拼杀在最前线，勇敢地进攻敌人，而你自己却总是站在一旁，心里想到的只有自己！"

他们两个人就这样针锋相对地争吵了好长时间，谁都不愿意退让。最后，奥德修斯的言辞打动了作为裁判的特洛伊人。他们把珀琉斯儿子的全副装备判给奥德修斯所有。

这个裁决使得埃阿斯异常愤怒，他的内心狂跳不止，血液在血管里沸腾，身上每根筋肉都在颤动。他像一根柱石那样呆立在一边，低垂着头，一动也不动。到最后，他的朋友们好言相劝，才把他拖回战船去。

夜色笼罩着大海。埃阿斯孤身一人坐在营帐内，不吃不喝，不愿睡觉。最后，他穿上铠甲，手执利剑，心想要不就去杀了奥德修斯以解心头之恨，要不就在希腊人中大开杀戒，然后烧毁战船。如果不是保护奥德修斯、反对埃阿斯的雅典娜让他发疯的话，他一定会在以上三个计划中选择一个付诸实施的。

痛苦和气愤在埃阿斯那里无法自持，他从营房里跑出，冲进羊群中间，女神使他两眼昏花，让他把羊群当作希腊人的士兵。那些牧羊人看到他这副气恼的样子，都躲进斯卡曼德罗斯河旁的灌木林中。埃阿斯在羊群中，挥舞着利剑，左刺右砍，进行着可怕的屠杀。他一边砍杀一边还嘲笑地说道："你们这些猪狗不如的东西，躺在地上去死吧！你们再也不可能担当任何不公正的裁判了。还有你这昧着良心、胆小如鼠的家伙，你从我手里夺去了阿喀琉斯的武器，现在我看它们都帮不上你了。懦夫需要什么铠甲呢？"说着，他抓住一头大绵羊，拖着它回到自己的营房，找出皮鞭，使劲全力地朝他抽打着。

这时，雅典娜走到他的身后，抚摸着他的脑袋，顿时他就从疯狂中清醒了。可怜的英雄这才看清自己的眼前是一头被打得皮开肉绽的绵羊。他一下子明白过来，他的双手顿时无力地垂了下去，鞭子也随之滑落。埃阿斯筋疲力尽地瘫倒在地，然后无比懊恼地说道："一定是有一个神在憎恨我，才让我发疯发狂，变成这个模样。天哪，永生的神啊，我做错了什么，你们为什么要这样对待我，你们为什么站在狡猾的奥德修斯的那一边啊？现在我怎样面对全体希腊人啊？"

这时候他的妻子忒克墨萨正抱着幼子过来找他，她是夫利基亚国王的女儿，被埃阿斯掳掠过来的战利品。温顺体贴的忒克墨萨看到她的丈夫闷闷不乐，但无从知道到底发生了什么事情，因为他拒绝回答她的任何问题。等他离开营房后，她跟着出来，心中产生了一种不祥的预感。然后她终于在羊群中看到了这场可怕的屠杀，她连忙跑回营房，看到自己的丈夫站在那里，满脸羞愧，垂头丧气。他在绝望中呼喊着兄弟透克洛斯和儿子欧律萨克斯的名字，并希望以一种高贵的死结束自己的性命。忒克墨萨含着泪水上前抱住他的膝盖，恳求他不要抛下她，让她成为敌人的俘虏。她祈求丈夫想一想在萨拉密斯的年迈双亲，并把儿子塞在他的怀里，告诉他，如果幼小的孩子就失去了父亲的疼爱，那他将来会有怎样的命运？

埃阿斯十分感动地抱起孩子，亲吻着他，说道："我的孩子，希望你比父亲能享受更多的幸福，希望你能够像父亲一样勇敢，成为一个真正的英雄！我的兄弟透克洛斯将会把你抚养成人。现在，让我的随从把你送到萨拉密斯我的父母那儿，让他们照顾你，你在那里会过得幸福快乐的。"说着，他把孩子交给随从，并留下遗言请他的同父异母兄弟照看他心爱的妻子忒克墨萨。然后埃阿斯挣脱了妻子的拥抱，抽出他从赫克托耳那儿缴来的利剑，将它用力地插在地上。接着，他举起双手，向上苍祈祷："万神之父宙斯啊，我求你为我做一件好事：在我死后，请让我的兄弟透克洛斯迅速来到我的身边，免得敌人将我的尸体拿去喂狗。而你们，复仇女神，我也恳求你，如同我的惨死一样，让阿特柔斯的儿子也不得好死！来吧，请不要饶恕任何屠杀者，随心所欲地向他们施行报复吧！还有你，太阳神，我请求你，当你的金车经过我的故乡萨拉密斯上空时，请你稍稍停顿一下吧，把我不幸的命运告诉我那年迈的父亲和可怜的母亲。再见了，神圣的阳光！再见了，萨拉密斯！再见了，家乡的原野！再见了，雅典城和故乡的山水！再见了，特洛伊的广阔的原野，在这里我生活了这么多年，经历了多少激烈难忘的战斗！死神，请你降临吧，请给我投来同情的目光！"说完，他拔剑自刎，倒在地上。

希腊人听到埃阿斯自刎而死的消息，都十分震惊。他们成群结队地涌过来，扑倒在地上痛哭。他的兄弟透克洛斯记住他父亲的嘱咐，如果没有埃阿斯他不准单独从特洛伊回来。他看到兄长已死，便也准备拔剑自杀，幸亏旁边的朋友及时夺走了他的利剑，不然他也跟着埃阿斯一起去了。透克洛斯痛苦万分，自杀不成他就扑在兄长的尸体上放声痛哭。哭了好一会儿，他抬起头发现绝望的忒克墨萨僵直地坐在死者的身旁，怀里抱着她和埃阿斯的孩子。透克洛斯停止啜泣，上前去安慰嫂子，并保证说一定会保护她，并像父亲一样抚育兄长的孩子。然后他吩咐随从将母子两人送回萨拉密斯去，而他自己仍留在营中，因为害怕父亲忒拉蒙见不到埃阿斯会对他大发雷霆。

然后，透克洛斯强忍悲痛准备安葬他亲爱的兄长。可是，墨涅拉奥斯却出来阻挡他："你敢去安葬这个人！他的行为比我们的敌人特洛伊人更为恶劣！一个自杀的人不值得隆重安葬。"他俩为埃阿斯是否应该获得安葬发生了争执。这时，阿伽门农走过来，他站在墨涅拉奥斯这边，并在激烈的争论中大声斥责透克洛斯是奴隶的儿子。透克洛斯非常气恼，他提醒他们，不应该忘记埃阿斯在战场上立下的汗马功劳。特别是当特洛伊人在赫克托耳的率领下就要放火烧船的时候，埃阿斯拯救了全军。所有的希腊人应该为埃阿斯的行为进行表彰！可是他所说的通通没有奏效。最后，透克洛斯愤怒地呵斥道："希腊人啊，阿特柔斯的儿子们啊，你们最好清醒一点，你们若是亏待埃阿斯，就等于侮辱他的妻子和孩子以及这些拥戴埃阿斯的弟兄们！我奉劝你们，如果你们坚持己见的话，我恐怕神也不愿意带给你们保护！"

大家争执不下，这时奥德修斯过来了，他对阿伽门农说道："全军的统帅啊，我能以一个忠诚的朋友的身份说出我的真实想法吗？"

"你说吧！"阿伽门农惊奇看着他，"在全军中，我视你为最好的朋友，但说无妨吧！"

"好！"奥德修斯说道，"看在众神的份上，请你们不要使他得不到安葬！不要因为权力在握，就恩怨不分！如果我们怠慢了这样一位高贵的英雄。这不仅仅是亏待他的事情，这也违背了神的意志！"

阿特柔斯的儿子听到这话，惊讶得说不出话来。最后阿伽门农问道："奥德修斯，他不是你的死敌吗？你们刚才还为阿喀琉斯的武器争吵过。难道你要因为他而违背我的意志？"

"他的确是我的仇敌，"奥德修斯回答说，"我确实憎恨他。可是他现在死了，我们应该为失掉一位高贵的英雄而感到悲哀。我也不允许自己把他视作仇敌看待，我同意为他举行隆重的安葬仪式，我愿意和他的兄弟一同完成这神圣的义务。"

透克洛斯原来看到奥德修斯过来时，已经厌恶地待在一旁。但是现在听到他的这番话，便走过去，友好地拉着奥德修斯的手说："高贵的英雄，你是他的最大的仇敌，现在却只有你为他说话！尽管如此，现在我还是不愿意让你触摸他的尸体，因为他的灵魂可能还没有决定与你和解。让我们把仇恨先放在一边吧，现在还有许多事情等着我们去做呢！"说完，他指了指忒克墨萨，她一直悲伤地坐在那里。奥德修斯朝她走去，坚定地对她说："埃阿斯的妻子，你放心吧！你永远都不会成为他人的奴隶。只要透克洛斯和我还活着，你和你的孩子便会得到照顾，得到安全，就好像埃阿斯仍活在你的身旁一样。"

阿特柔斯的两个儿子感到羞愧，他们不再做出反对的意见。于是大家把埃阿斯的遗体抬起，送到战船上，为他洗去身上的泥土和血迹。最后，大家把他放在巨大的柴堆上火化。

涅俄普托勒摩斯

战斗在特洛伊激烈地进行。希腊人狄奥墨得斯和奥德修斯顺利地来到斯库洛斯岛，他们在这里看到皮尔荷斯正在练习弓箭和投枪。皮尔荷斯是阿喀琉斯的小儿子，希腊人后来把他称为涅俄普托勒摩斯，意思是"青年战士"。他从小跟外祖父一起生活，今天正在外祖父的院子里练武。两人在门口观察了好一会儿，然后走近他，令他们感到吃惊的是，眼前的这位少年无论是身材还是容貌，都和他们的故友阿喀琉斯非常相像。皮尔荷斯见到两位陌生的男子，便礼貌地上前问候道："衷心地欢迎你们，外乡人，你们是谁，从哪里来？"

奥德修斯微笑地回答说："我们是你父亲阿喀琉斯的朋友。我毫不怀疑，现在和我们说话的是他的儿子，你的身段和面貌同阿喀琉斯是多么相像啊！我是伊塔刻的奥德修斯，拉厄耳忒斯的儿子。这位是狄奥墨得斯，是神堤丢斯的儿子。我们到这里来，是因为希腊的预言家卡尔卡斯预言，如果你参加讨伐特洛伊的战斗，我们就能很快攻陷城池，取得战争的胜利。如果你愿意参战的话，希腊人将赠送给你丰厚的礼品作为报答，而我也十分乐意把奖给我的你父亲的武器送给你。"

皮尔荷斯听到，十分高兴，他说："如果阿耳戈斯人奉神命来召唤我和你们同行，我们明天就航海出发。现在请你们到我外祖父的宫里先用餐吧！"在国王的宫殿里，他们看到了阿喀琉斯的妻子得伊达弥亚仍旧沉浸在失去丈夫的悲伤之中。她的儿子走上前去告诉她说来了客人，但却没有告知这两位客人造访的真正来意，因为他怕母亲为他担心。两个英雄饱餐后便进屋休息了。阿喀琉斯的妻子得伊达弥亚却彻夜难眠，她想起了正是这两个来客当年劝她丈夫参战，征伐特洛伊，才使得阿喀琉斯丧失了性命，使她变成了寡妇。而他们的再次拜访恐怕是为了同样的目的，她害怕自己的儿子也将卷入战争之中。所以次日天一破晓，她便来到儿子的床边，抱住他的头大声哭泣起来。"我的孩子啊，"

她一边哭一边说，"尽管你不愿意对我说，但我已经知道那两个外乡人造访的目的，他们一定是过来叫你前往特洛伊作战的。当年他们也曾造访过你的父亲。听我说，那里有许多英雄，包括你的父亲都已经死去。你这么年轻，根本没有任何战斗的经验，你不能去！听母亲的话，留在家里！我已经失去你的父亲了，我不能再失去我最爱的儿子！"

皮尔荷斯回答说："母亲，先别为还没发生的事情悲伤吧！我们在战场上生死是由命运女神决定的。如果我命中注定要死在战场上，那还有什么比为希腊人的荣誉而战更光荣呢？"

这时，皮尔荷斯的外祖父吕科墨得斯从床上起来，对他说道："你可真像你的父亲啊！可是，即使你能够在特洛伊战场上幸免于死，谁知道你在回国途中会遇到什么灾难，因为在海上航行总会有说不清的危险。"然后他上去亲吻皮尔荷斯，他尊重外孙的意见。皮尔荷斯从泪汪汪的母亲怀里挣脱出来，向母亲和外祖父告别，然后和两位希腊英雄走出门去，他还带走了二十个得伊达弥亚的忠实的仆人。就这样，他们来到海边，登船起程。

海神波塞冬一路护送他们，海面风平浪静，他们的航行一路顺风。拂晓时分，他们看到爱达山的山峰耸立在眼前。他们一行顺利地到达特洛伊城附近的战船边。这时希腊人的战船旁的战斗正厮杀得不可开交，特洛伊人在援军首领欧律皮罗斯的率领下明显地取得了战斗的优势。正当欧律皮罗斯要把战船营的垒墙推翻的时候，眼尖的狄奥墨得斯赶紧奔向战船，并呼唤船上的勇士们和他一起救援。大家火速奔到离海滩最近的奥德修斯的营房里，那里除了他的武器还有许多从敌人那儿缴获的武器。大家各自取用需要的物品。涅俄普托勒摩斯，即皮尔荷斯套上父亲阿喀琉斯的铠甲，神奇的是，这身巨大的铠甲就好像为他定制的一样，他穿上正好合适。然后他拿起长矛，英姿焕发地投入激烈的战斗，跟他到来的人也受到他的鼓励，积极投入战斗。在他们的围攻下，特洛伊人被迫从围墙旁后退，退后到欧律皮罗斯的周围。

涅俄普托勒摩斯在战场上可谓是初生牛犊不怕虎，他箭无虚发，很快，许多特洛伊人就倒在他的手下。在他的强势进攻下，特洛伊人一再溃败，他们甚至绝望地以为英雄阿喀琉斯活过来了。的确，他在战场的身手就好像父亲阿喀琉斯那般勇猛无敌，而他也受到女神雅典娜的关心和保护。尽管箭矢和投枪雨点般地朝他飞来，但都没法给他造成伤害。希腊人看到阿喀琉斯的儿子参战，士气大振，他们一鼓作气，打退了特洛伊人的进攻。太阳下山的时候，欧律皮罗斯和特洛伊的军队不得不撤退回城。

当涅俄普托勒摩斯从恶战中归来正在休息时，老英雄福尼克斯来探望他。福尼克斯是他祖父珀琉斯的朋友，又是皮尔荷斯的父亲阿喀琉斯的教师。当福尼克斯来到这位年轻的英雄面前，他惊奇地发现他和阿喀琉斯长得太相像了。他拥抱起这个少年，亲吻着少年的前额和胸脯，大声地说道："孩子啊，我感到你的父亲又来到了我们的中间。你要帮助希腊人，杀死给我们造成巨大损失的忒勒福斯的儿子，你比他高强，一定能够战胜他！"年轻人谦虚地回答说："谁是最强大的人，战场上才能见分晓！"说完，他回到营房，休息去了。

天刚亮，战斗又重新开始。双方拼杀了很久，每一方都牺牲了许多战士，但战斗还是打得难分难解。这时欧律皮罗斯的一个朋友被打死，他看到朋友死去十分恼怒，于是便冲向敌阵，疯狂地砍杀敌人。涅俄普托勒摩斯连忙站到他的面前，两个人挥舞着长矛，面对面地对抗。"这孩子从哪里冒出来？你是谁的孩子，竟敢和我作战？"欧律皮罗斯大声问道。

涅俄普托勒摩斯回答说："为什么要问我的出身呢，你是敌人又不是朋友。告诉你吧，我的父亲就是声名赫赫的阿喀琉斯。他以前杀了你的父亲，这根长矛是我父亲的武器，现在让你尝尝它的厉害！"说着，挥舞起粗大的长矛。欧律皮罗斯急忙从地上捡起一块巨石，朝他投去，击中他的金盾，但它毫无损伤。他们俩像两头凶猛的野兽互相扭打在一起，他们周围的士兵们也在相互奋力厮杀。长矛互投，盾牌互撞，战场上一片混乱。两个人越战越勇，力量倍增，因为他们都是神的子孙，欧律皮罗斯是赫拉克勒斯的孙子，宙斯的重孙，涅俄普托勒摩斯是女神忒提斯的孙子。最终，涅俄普托勒摩斯找到对方的破绽，用长矛刺中对方的喉咙。黑色的鲜血从伤口喷涌出来，欧律皮罗斯立刻浑身发颤，倒在地上死了。

特洛伊人看到他们的援军首领倒下了，十分难过，这时涅俄普托勒摩斯率领军队冲了过来，特洛伊人纷纷逃窜，就好像牛犊遇上雄狮的追击那样。战神阿瑞斯在奥林匹斯圣山看到，立刻驾着战车，奔到混乱的战场。他隐身在一片浓雾中，大声吼叫，激励特洛伊人抵挡敌人的进攻。可是大家都只听到战神雷鸣般的吼叫，却看不到他的身影，普里阿摩斯的儿子，受人称赞的预言家赫勒诺斯，第一个听出了这是战神阿瑞斯的声音。于是他对同胞大声喊道："大家别害怕，这是我们的朋友，强大的战神阿瑞斯正来到我们的身边与我们共同作战，难道你们没有听到他的呼唤吗？"特洛伊人大受鼓舞，稳住了阵脚，双方的激战再次爆发。阿瑞斯给特洛伊的队伍注入了巨大的勇气，到最后，希腊人的队伍开始动摇了。不过，涅俄普托勒摩斯没有被战神阿瑞斯吓退，他勇敢地继续战斗，并且杀死一个又一个敌人。阿瑞斯被他的大胆激怒了，准备从云雾里冲出来，现身与他直接单打独斗。这时，希腊人的朋友女神雅典娜赶紧从奥林匹斯圣山上降下，来到战场。她的到来使得大地震颤，使得斯卡曼德罗斯河的河水震荡起伏，她的武器迸射出雷电般的光芒，她的戈耳工盾牌上的蝮蛇喷吐着火焰。女神也隐藏在一片浓云迷雾之中，那发怒的目光也被迷雾所遮蔽。眼看着两位神之间就要开始一场你死我活的决斗时，宙斯发出了一声洪亮的雷声警告他们，他们只得遵从父亲宙斯的旨意。阿瑞斯返回到色雷斯，雅典娜也回到雅典，让希腊人和特洛伊人自己厮杀。特洛伊人终于抵挡不住阿喀琉斯儿子率领的强势进攻，他们退回城内，希腊人直追到城门口。特洛伊人紧闭城门，在城头反击希腊人的激烈进攻。如果不是宙斯遵照命运女神的意思，用浓雾罩住特洛伊城的话，阿耳戈斯人很快就会占领特洛伊城了。聪明的涅斯托耳看到这一切，劝说希腊人撤退回营，先安葬他们的死者。

第二天，希腊人惊讶地发现特洛伊城又清晰地耸立在前方，他们这才明白昨天傍晚的浓雾是宙斯制造的。这一天双方休战。特洛伊人利用这个机会，隆重地安葬密西埃人欧律皮罗斯。涅俄普托勒摩斯也去祭扫父亲的坟墓，他在父亲高耸的坟墓前含着眼泪说道："亲爱的父亲，我来看你了！你不在的日子我是多么想念你！如果你在希腊人中活着那该多好啊！现在，你看不到你的儿子，我也看不到我的父亲！但是，你永远活在我的心里，我们大家永远不会忘记你！"他在父亲的坟前哭诉了许久，很晚才赶回战船上。

第二天，双方又在特洛伊城前展开激烈的战斗，但是希腊人仍然无法顺利攻破城池。预言家卡尔卡斯站出来，告诉大家说："朋友们，相信那个特洛伊预言家的预言吧！现在我们只实现了预言的一部分，并且已经看到阿喀琉斯的儿子带给我们的转机，如果实现预言的另一部分，即让菲罗克忒忒斯和他的百发百中的神箭一起回到我们的中间，那么胜利就不遥远了！"阿耳戈斯人听预言家的劝说，先撤退回战船。

镀金箭筒　古希腊
一个充满魅力、歌颂战争、不畏死亡的民族，其对待战争与死亡的态度，如同对待一件艺术品那样平静。在英雄们死后，这些做工精致的武器，可以赠与朋友，亦可以随葬入坟墓。

经过商议，希腊人决定派能言善辩的奥德修斯和勇敢的少年英雄涅俄普托勒摩斯前往雷姆诺斯岛，他们即刻登上一艘快船，向目的地进发。

菲罗克忒忒斯在雷姆诺斯岛

奥德修斯和涅俄普托勒摩斯在荒凉的雷姆诺斯岛登陆。九年前，奥德修斯曾经劝说希腊人把英雄菲罗克忒忒斯遗弃在一座有两个出口的山洞里，一个严冬可以御寒，另一个酷夏可以避暑。奥德修斯很快找了这两个山洞，发现这儿的一切还跟从前一样。然而山洞里空无一人，只有一堆树叶压得平平的，像是一张宽大的床榻，看起来有人睡过。旁边还有一只用木头刻制的粗糙的杯子以及一堆木柴，门外的太阳下还晾晒着许多沾有血污的破布，种种迹象表明，菲罗克忒忒斯仍然住在这里。

"乘他不在这儿的时候，让我们想出一个劝说他的好办法，"奥德修斯对阿喀琉斯的小儿子说，"我想，头次见面我最好避开，他肯定非常痛恨我，而且恨得有理！你先单独和他见面，他如果问你是谁，问你从哪里来，你就据实回答，告诉他，你是阿喀琉斯的儿子。然后你得按我说的做，你要告诉他现在你愤怒地离开了希腊人，准备返回家乡，因为希腊人再三请求，把你从斯库洛斯岛请来帮他们攻城，并且答应把你父亲的武器还给你。可是来到特洛伊以后，他们却把武器给了我，给了奥德修斯。这时，你就要在他的面前把我大骂一通，怎么骂都可以。我们不得不用这个计谋，否则我们就争取不到这个人，就不能得到他的神箭。因此，你要按我说的话去做。"

涅俄普托勒摩斯打断他的话，说："拉厄耳忒斯的儿子啊，这样的事我听着就觉得厌恶，而且我也不愿意这样做。我的父亲和我天生都不喜欢玩什么阴谋诡计。我宁愿用武力去抓住这个人，也不愿意使用这种欺骗的手段。再说了，他孤身一人，而且只有一条腿是健全的，他怎么能够胜过我们呢？"

"他那百发百中的神箭就足以战胜我们！"奥德修斯平静地回答说，"我清楚地知道，孩子，你不愿意对人说谎。我年轻的时候也像你一样，手脚灵敏，说话却耿直。可是后来经验告诉我，巧妙的说话方式能够带来事半功倍的效果。你想一想吧，只有靠赫拉克勒斯的神箭才能征服特洛伊城，而你通过这件事情，利用你的聪明才智去赢得对手，那么这就不是说谎话的问题了。"

涅俄普托勒摩斯终于被他年长的朋友说服了，随后奥德修斯躲了起来。过了一会儿，他听见了远处传来了备受折磨的菲罗克忒忒斯的呻吟声。菲罗克忒忒斯远远地看到停泊在海边的船只，就赶忙回到自己的山洞里来，一看见年轻的涅俄普托勒摩斯及其随从，就问道："你们是什么人？到这荒岛来干什么？虽然我认出了你们穿的是希腊人的衣服，但我想还是听听你们说话的口音吧。不要被我这身破破烂烂的外表所吓倒，我是被朋友遗弃在这里，为疾病所苦恼的不幸的人。如果你们有什么要说的，就赶紧开口说话吧！"

涅俄普托勒摩斯按奥德修斯吩咐的那样说了一遍。菲罗克忒忒斯听后高兴得叫了起来："啊，多么久违的家乡话呀！我多长时间没有听到过了！啊，高贵的阿喀琉斯的儿子！见到你就好像见到你的父亲那样！你刚才说什么呢？阿耳戈斯人对待你就像当年对待我一样！当年，就因为我的伤口无法愈合，阿特柔斯的儿子们和奥德修斯乘我躺在海滩上熟睡的空当，就把我遗弃在这里，只给我留下几件可怜的破衣衫和少许的食品，就像对一个乞丐那样。你相信吗？亲爱的孩子，当我醒来的时候，我发现整个荒凉的海岛就只剩下我孤零零的一人，这是怎样的一种恐惧啊！没有医生，没有帮助。我得依靠我的这把硬弓来获取猎物，维持生存。可是打猎是多么费劲的事啊！你看看我，我得跛着腿去打猎，去泉边取水，去林中砍伐木材。我在这儿过着忍饥挨饿的生活，这已经是第十个年头！这一切都是奥德修斯和阿特柔斯的儿子们的罪过，但愿神惩罚他们！"

听到这里，涅俄普托勒摩斯十分感动，可是他想起了奥德修斯对他的警告，于是又强忍住自己内心的感受。他把话题转向希腊人这近十年发生的故事中去，告诉他自己的父亲是怎样战死的，还告诉他许多有关家乡和朋友的轶事，最后说到了希腊人现在的命运，并且说了奥德修斯教给自己的那些谎话。菲罗克忒忒斯听了十分动情，随后他抓住涅俄普托勒摩斯的手，悲痛地哭了起来，说道："亲爱的孩子，我请求你，看在你父母亲的分上，带我走吧。把我从痛苦折磨中拯救出来。我知道我可能会成为你的累赘，但我仍旧恳请你带我走吧！别让我一个人再待在这座可怕的荒岛上。带我回到你的家乡去，从那里到俄塔，到我的父亲居住的地方并不远。"

涅俄普托勒摩斯心情沉重地假意答应了他的请求："只要你愿意，我们立即上船动身。但愿神赐给我们顺风，让我们尽快离开这座荒岛，平安地到达目的地！"菲罗克忒忒斯跛着他的伤腿，霍地跳了起来，高兴地握住年轻人的手。这时候，他们派出去探听消息的那个仆人突然出现，他化装成希腊水手的模样，同来的还有另外一个乔装打扮的水手。他们对涅俄普托勒摩斯讲述了一个捏造的消息，当然这又是奥德修斯的意思。他们说狄奥墨得斯和奥德修斯按照预言家卡尔卡斯的意思，已经出发去寻找一个名叫菲罗克忒忒斯的人，因为根据预言，如果没有菲罗克忒忒斯，特洛伊城就不能攻破。

这个消息使得菲罗克忒忒斯非常担心，他立刻收拾起赫拉克勒斯的神箭，把它交给他完全信任的年轻的英雄涅俄普托勒摩斯保管，随后他们走出洞口。涅俄普托勒摩斯再也不愿意隐瞒实情，他们刚走到海岸边，他便说出了真相："菲罗克忒忒斯，我不应该欺骗你，我来也是为了请你和我一道前往特洛伊，希腊人和阿特柔斯的儿子们正在那里等你！"菲罗克忒忒斯听了十分吃惊，他连忙转身逃跑，一边不忘祈祷，一边在咒骂着。

年轻的英雄还没有来得及表示出他的同情，奥德修斯就从隐蔽的树丛中跳出来，并命令随从们把这位英雄抓起来。菲罗克忒忒斯立即认出了他："哦，天哪，我被出卖了！这就是从前遗弃我的人，现在他居然又来骗走我的弓箭！"然后他又回头对涅俄普托勒摩斯说："好孩子，把我的弓箭还给我！"

奥德修斯大声地说道："绝对不行！即使这个年轻人想这么做也不行！你必须跟我们回去，因为这关系到希腊人的幸福和特洛伊的灭亡！"说着，他把这位倒霉的家伙交给手下人看管，把一声不吭的涅俄普托勒摩斯拉走了。

菲罗克忒忒斯与那些随从在洞口前停了下来，他诅咒这无耻的欺骗，祈求神为他报仇。突然，他看到涅俄普托勒摩斯和奥德修斯争吵着回来了。他远远地就听见年轻人愤怒地大喊："不，我做错了！是我用可耻的诡计欺骗了一个高贵的人！现在我要弥补我的错误，你若违背他的意愿，非要这样绑架他把他带走。那我们就不可避免地要交手了。"年轻的涅俄普托勒摩斯说完，拔出剑来，奥德修斯也拔出了他的剑。菲罗克忒忒斯赶忙上去，扑倒在阿喀琉斯的儿子的脚下，请求他说："请你救我吧，我向你保证，我会用我朋友赫拉克勒斯的神箭保卫你的祖国，使它不受任何人的侵犯！"

"跟我来吧！"涅俄普托勒摩斯一面说，一面从地上扶起可怜的老英雄，"我们今天就回佛提亚，回到我的故乡去。"

这时，蔚蓝的天空突然变成一片漆黑，他们马上抬起了头，菲罗克忒忒斯一眼看到他的老朋友赫拉克勒斯正站在云端，他已经是一位神了。

"你不要走！"赫拉克勒斯在天上用神那响亮的声音大声喊道，"我的朋友菲罗克忒忒斯，听我说，宙斯让我把他的决定告诉你，你必须服从！你知道，我经历许多磨难才成为永生的神；命运女神也同样让你受尽折磨，才会把光荣赐给你。如果你跟这位年轻人前往特洛伊，你的创伤即可愈合。此外，众神选中你去杀死这场灾难的祸首帕里斯。你将攻破特洛伊城，获得最珍贵的战利品，并且带着它们回到你的家乡，与你的父亲帕阿斯重逢。如果你的战利品中还有剩余，就把它献祭给我吧！"菲罗克忒忒斯朝着他的朋友伸出双手，而赫拉克勒斯已经逐渐消逝在远方。"那好吧！"他喊道，"现在就起航出发吧，英雄们，让我们握手吧，阿喀琉斯高贵的儿子。而你，奥德修斯，也一起来吧，因为你的愿望正是神的愿望！"

帕里斯之死

当希腊人看见盼望已久的载着菲罗克忒忒斯的船驶进赫勒持滂的港口时，他们成群结队地欢呼着朝海边奔去。菲罗克忒忒斯伸出他虚弱的双臂，他的两个同伴将他高举着抬到岸边，欢迎他回到希腊人的中间。他费力地跛着腿走近迎接他的阿耳戈斯人。这时，阿耳戈斯人中跳出来一个人，他满怀信心地向这位饱受伤痛折磨的英雄保证说："凭借神的帮助，我很快就能把你的伤口医好。"这位做出承诺的是医生帕达里律奥斯，他是菲罗克忒忒斯的父亲帕阿斯的老朋友。希腊人在医生的指导下为老英雄洗净伤口，然后医生拿来药物，为他涂抹药膏。众神暗暗地让药膏充满神力，一会儿的工夫，伤口就愈合了。这位老英雄马上站了起来，活动四肢，他重新恢复了健康。阿特柔斯的儿子们和在场的希腊人看到这奇迹，全都惊讶不已。菲罗克忒忒斯吃饱喝足后，精神抖擞。阿伽门农来到他的身边，握着他的双手，充满歉意地说道："亲爱的朋友，都是我的错，我不应该把你遗弃在雷姆诺斯岛，但这些都是神的安排。请别生我们的气了，为这些事我们已经遭受了神的惩罚！现在请接受我们的礼物吧，这里是七个特洛伊女人，二十匹骏马，十二只三足鼎。但愿你能喜欢！"

"朋友们，"菲罗克忒忒斯友好地回答说，"我不再生你们的气了，包括你，阿伽门农，也包括其他的任何人！"翌日，特洛伊人在城外安葬他们阵亡的士兵，这时他们看到希腊人又前来挑战。波吕达玛斯看到涌来的希腊人个个精神饱满、全副武装，他马上建议大家先撤到城里防守，可是在场的特洛伊人没有一个人愿意听从他明智的建议。他们在埃涅阿斯的激励下，很快投入了战斗。

双方又展开了一场激战。涅俄普托勒摩斯用他父亲的长矛杀死十二个特洛伊人。勇敢的埃涅阿斯和他的同样勇猛的战友欧律墨涅斯冲进希腊人的队伍，撕开了几个大缺口。帕里斯杀死了墨涅拉奥斯的战友，斯巴达的特摩莱翁。

而此时，来到战场的菲罗克忒忒斯大显身手，他在特洛伊人的队伍中横冲直撞，就好像所向无敌的战神阿瑞斯那样。最后，帕里斯拿着弓箭，大胆地朝他扑了过去，帕里斯很快地射出一箭，但箭镞从菲罗克忒忒斯的身旁越过，射中了他身旁的克勒俄多洛斯的肩膀。克勒俄多洛斯挥起长矛保护自己，同时后退了几步，可是帕里斯紧接着射出了第二支箭，把他射死了。

菲罗克忒忒斯把这一切看在眼里，他拿起自己的弯弓，对着帕里斯愤怒地大声喝道："你这个特洛伊的盗贼，你是一切灾难的罪魁祸首，现在你到了我的手中，末日就到了！"说着，他拉弓搭箭，张满弓弦，嗖的一声，那箭呼啸着过去，射中了目标，但只擦伤了帕里斯的皮肤。帕里斯急忙张开弓，还来不及射出一箭，对方的第二箭又飞了过来，直接射中他的腰部。他浑身战栗，无法继续坚持作战，连忙转身逃走了。

战斗仍在持续。这期间，医生们正在为帕里斯医治创伤。夜幕降临，特洛伊人才退回城内，希腊人也返回战船上。夜里，帕里斯的伤口发作，他痛苦得彻夜难眠。此时那箭镞已经深入到他骨髓，赫拉克勒斯的飞箭浸满了剧毒使得中箭的伤口溃烂发黑。医生们使用了各种办法，但都没有奏效。受伤的帕里斯突然想起一则神谕，说只有他那被遗弃的妻子俄诺涅才能挽救他的性命。从前，当帕里斯还在爱达山上放牧的时候，他曾和妻子俄诺涅度过了一段美好的时光，她曾亲口告诉他这个神谕。

帕里斯虽然不情愿去找前妻帮忙，但是疼痛难熬，他只得让仆人把他抬上爱达山，去请求他的前妻伸以援手。仆人们抬着他爬上山坡，一路上爱达山里传来凶鸟的鸣叫，这不祥的鸟鸣声使他不寒而栗。到了俄诺涅的住地，他立刻扑倒在那被他抛弃的前妻的脚前，大声说道："尊贵的女人，现在请不要在我最痛苦的时候怨恨我！是残酷的命运女神让我接受海伦，离开你的。现在，我以众神和我们过去的爱情的名义哀求你，请你同情我，用药物医治我的伤，把我从这难熬的疼痛中解脱出来。你曾经预言过，只有你才能救我的性命！"

但是他的苦苦哀求却丝毫不能打动这个被遗弃的女人，她愤恨地说道："你居然还有脸来见我？我是被你遗弃的女人，你在年轻貌美的海伦那儿是多么快活啊！去吧，到她的脚下恳求她吧，看看她能不能医救你！不要指望你的眼泪和哭诉能够博得我的同情！"她就这样把帕里斯打发回去。她没有想到，事实上她的命运和丈夫的命运是紧密相连的。在仆人的搀扶下，帕里斯绝望地离开了她，还没到达山麓，他就因为箭毒发作而咽下最后一口气。他死了，海伦再也见不到他了。

一位牧人把他惨死的消息告诉了她的母亲赫卡柏，她顿时晕倒在地。普里阿摩斯还不知道这件事，他此时正坐在儿子赫克托耳的坟旁，沉浸在深深的悲愁当中，不知道外面发生了什么事。而海伦此时正好在痛哭，她也不知道自己的丈夫已经死去，她只是在为自己的遭遇而哭泣。

俄诺涅独自待在家里，心里感到深深的后悔。她回忆起帕里斯年轻时候的模样和他们往日的柔情蜜意。她控制不住自己的情绪，放声痛哭，然后她冲了出去，经过一座座山岩，穿过山谷和溪流，整整在山林里奔跑了一整夜，月亮女神阿尔忒弥斯在暗蓝的天上同情地看着她，用月光照着她前行的道路。最后她来到了她的丈夫的火葬堆那里。牧人们对他们的朋友和国王的儿子表示了最后的敬意。俄诺涅看到丈夫的遗体，悲痛得不知所措，她用衣袖蒙住她美丽的面孔，飞快地跳进熊熊燃烧的柴堆里。周围的人还来不及救她，她就被大火吞噬，和她的丈夫一起烧为灰烬。

围攻特洛伊

第二天清晨，希腊人重新聚集到特洛伊城门前，准备攻城。他们兵分几路，每一路攻打一座城门，但特洛伊人在每一座城门和塔楼前都部署了大量兵力，顽强地抵抗敌人。卡帕涅斯的儿子斯忒涅罗斯和狄奥墨得斯率先攻打中心城门，而得伊福玻斯和勇猛的波吕忒斯以及别的英雄们站在高高的城门上，用箭矢和石块抗击希腊人强大的攻城部队。在伊达城门那里，涅俄普托勒摩斯率领他的部队负责进攻，特洛伊英雄赫勒诺斯和阿革诺尔在城墙上激励士兵们奋勇抵抗。最后一个城门，即面向大平原和希腊人战船营的那个，欧律皮罗斯和奥德修斯率军围攻，勇敢的埃涅阿斯站在高高的城墙上指挥士兵投掷石块，不让他们靠近。另外，透克洛斯在西莫伊斯河岸奋勇作战。

面对无数从高处掷下的石块，狡黠的奥德修斯突然想出一个主意，他命令战士们把盾牌拼在一起，举在头上，连成一个坚固的盾牌顶盖，士兵们在顶盖的掩护下聚成一群，密集前进。就这样，阿耳戈斯人朝城门迈进，他们在盾牌下听到无数石块、飞箭和投枪撞击盾牌的声音，可是却没有一个人受伤。他们就这样稳步有序地前进，大地在他们的脚下震颤，尘土在他们的头上飞扬。阿特柔斯的儿子们看到这坚固的队形，满心喜悦。他们鼓舞士兵们稳扎稳打地向前推进，并准备用双面斧把城门劈开，眼看奥德修斯的战术就要使他们取得胜利了。但站在特洛伊人这边的神们此时给英雄埃涅阿斯的双臂增添了神力，只要他端起一块巨大的石头朝着盾牌构成的顶盖猛地砸下去，就一定能使盾牌底下的敌人倒下。埃涅阿斯站在城墙上，他的盔甲闪闪发亮。与他并肩作战的是强大的战神阿瑞斯，只不过他隐在云雾中，没有人能看得见他。每当埃涅阿斯投掷石块时，他就利用神力让它准确地击中敌人。希腊人死伤惨重，一片惊慌。埃涅阿斯在城头上大声吼叫，鼓舞士气。城下，涅俄普托勒摩斯也在激励士兵们坚持进攻。血腥的战斗整整进行了一整天，没有停息过片刻。

希腊人在另一路攻城比较得心应手。勇敢的洛克里斯的猛将埃阿斯用矛箭把守城的战士一个个射落下来。突然，他的战友和同乡阿尔喀墨冬看到城墙上有一块地方无人镇守，便急忙架起云梯爬上去，阿尔喀墨冬把盾牌顶在头顶上，舍生忘死为他的战友们开辟进城的道路。

埃涅阿斯从远处看见了这一切。当阿尔喀墨冬爬完最后一级阶梯，刚刚露出城墙时，一块石头飞过来，击中了他的头颅，他仰面倒下，云梯禁不住重压，砸断了。还没有着地，他就已经死了。

菲罗克忒忒斯看到安喀塞斯的儿子像一头猛兽一样沿着城头狂奔怒号，便拉起弯弓向他射出一箭，正中目标，然而只在对方的盾牌上撕下一道口子，却射中了另一个特洛伊人墨蒙。墨蒙从城头上翻身落下。埃涅阿斯这时却朝菲罗克忒忒斯的朋友托克塞克墨斯投去一块巨石，击碎了他的头颅。

菲罗克忒忒斯愤怒地抬头看着城楼上的仇敌，大声叫道："埃涅阿斯，你以为从城楼上往下扔石头，就是世界上最勇敢的人了吗？我告诉你，你的做法就像个虚弱的女人！如果你是英雄，就走出城门来，让我们比试弓箭和长矛。我是帕阿斯的儿子！"

但这位特洛伊的英雄没有时间回答他的话，因为城垣的另一处又在告急，迫切地需要他的援助，他大步地奔了过去。

木马计

希腊人围攻特洛伊城，各种尝试都归于失败。占卜家和预言家卡尔卡斯召集会议，他说："你们别再花费力气去攻城了，这些方法都不可行。最好是能想出一个计策，来达到目的。听我说，昨天我看到一个预兆：一只雄鹰追逐一只鸽子，鸽子飞进岩缝里躲了起来。雄鹰守候在山岩外面，等了许久，鸽子就是不出来。后来雄鹰躲在附近的灌木丛中，小鸽子便愚蠢地飞了出来，老鹰立即扑向这只鸽子，把它抓住了。我们应该以这只雄鹰为榜样，对特洛伊城不能强攻，而应智取。"

他说完后，英雄们绞尽脑汁，希望想出一个计谋来尽快结束这场可怕的战争，但他们想不出来。可是，一句话惊醒了梦中人。素来以智慧著称的奥德修斯一拍大腿，连声长笑。其他人瞠目结舌，不知道这个家伙这种时候怎么能够笑出来。最后，奥德修斯非常认真地说道："朋友们，我想到一个绝佳的妙计。让我们造一个巨大的木马，它的马腹里可以装得下足够多的希腊人。其余的人则乘船离开特洛伊海岸，撤退到忒涅多斯岛。在出发前必须把所有留在军营的东西都烧毁。当特洛伊人从城墙上看到这里全部被烧毁的时候，一定会毫不戒备地出城来到这里。然后我们中选出一位特洛伊人不认识的勇敢的士兵，他要冒充逃难者，告诉他们说希腊人为了返乡，要把他杀死献祭神明，但他设法逃脱了。他还要告诉特洛伊人说希腊人造了一个巨大的木马，是用来献给特洛伊人的敌人雅典娜，他自己就是躲在马腹下面，直到希腊人撤退后才偷偷地爬出来的。这位士兵必须把故事说得真实可信，要说到让特洛伊人不怀疑他，并且对他产生同情为止。这样，他就会被带进城去。在那里，他还要设法说动特洛伊人把木马拖进城内。等到我们的敌人进入梦乡的时候，他再给我们一个约好的暗号，我们就从木马的腹中爬出来，并点燃火把向忒涅多斯岛附近的战士们发出信号。这样，我们就能用剑与火一举摧毁特洛伊城。"

奥德修斯说完了，大家对他的妙计都惊叹不已。预言家卡尔卡斯对这条计策十分欣赏，他让大家安静下倾听宙斯从天上发出的赞同的雷声。但阿喀琉斯的儿子却站起来，提出了异议："卡尔卡斯，奥德修斯，勇敢的战士应该在公开的战场上制服敌人，而不是使用诡计或别的不光明磊落的方法。我希望我们在公开的战斗中向世人证明我们是勇敢无畏的战士！"

他的心灵是那样的坦荡和单纯，就连奥德修斯也不得不佩服他的高尚和正直的品质，但仍然反驳说道："你不愧是高贵的阿喀琉斯的优秀的儿子，你的话表明了你是一位勇敢的英雄。可是，你必须知道，你的父亲，这位半神的英雄凭借武力都没有攻破这座坚固的城堡。世界上的事情并不是只依靠勇敢就能够取得成功的。我们使用的是智慧而不是阴谋，因此，我请求你和诸位英雄，听从卡尔卡斯的建议，按照我的计策行动吧！"

会场上除了菲罗克忒忒斯外，英雄们都赞同拉厄耳忒斯儿子的建议，但他站在涅俄普托勒摩斯的一边，他渴望着战斗，因为他战斗的愿望还未得到满足。最后，他们两个几乎要说服所有的阿耳戈斯人时，天上的宙斯却表示了他的意思，他愤怒地用电闪雷鸣警告两个有勇无谋的家伙，雷声使整个大地都震动了。英雄们终于明白，预言家和奥德修斯的建议是最为明智的，连万神之父都表示出了高度的赞同。涅俄普托勒摩斯和菲罗克忒忒斯也不再反对，而是顺从天意。

所有希腊人都返回战船上，他们想在明天的浩大工程开始之前躺在船上好好休息。午夜时分，雅典娜托梦给希腊英雄厄珀俄斯，吩咐这位心灵手巧的英雄用粗木制造巨马，并答应帮助他，使他尽快完工。厄珀俄斯牢牢地记住了女神的吩咐。

天刚亮，厄珀俄斯就对大家讲起女神托梦的事。大家听后，便即刻前往爱达山砍伐一棵棵高大粗壮的松树，木料很快运到赫勒持滂的海岸爱达山。许多年轻人协助厄珀俄斯完成工作，有的人负责锯木头，有的人则削下枝叶，厄珀俄斯亲自建造巨大的木马。他造了马脚以后削制马腹，并在马腹上方做了拱形的马背，接着又把马胸和马颈做好。在马颈上他还细心地装上了精致的马鬃，马头和马尾上也沾了细密的绒毛。马的两只耳朵是竖起的，圆溜溜的马眼睛炯炯有神。总之，整个马，就像活马那样惟妙惟肖。在雅典娜的帮助下，三天的时间他便完成了任务。全军都为这位艺术家的杰作感到惊叹，他们甚至相信这匹巨大的马会嘶鸣奔跑。厄珀俄斯朝天空举起双手，在全军士兵的面前祈祷："伟大的女神雅典娜！请听我的祷告，请保佑你的木马，保佑我吧！"所有的希腊人也和他一同祈祷。

这期间，特洛伊人紧闭城门，躲在城内。现在特洛伊的厄运就要到来，奥林匹斯圣山上的众神因此也发生了争吵。他们的意见不合，分为两派，一派保护希腊人，另一派则反对他们。他们降临人间，在斯卡曼德罗斯河上排成阵势，但是凡人都看不见他们。海洋的诸神也同样如此，有的站在这一边，有的站在另一边。五十名海中仙女是涅柔斯和多里斯的女儿，自认为是阿喀琉斯的亲戚，因此坚决站在希腊人这一边。其他的海洋神则站在特洛伊人

木马计

希腊军队采用了奥德修斯的计策，军士们藏在巨大的木马之中，特洛伊人把木马拖进城，希腊人破马而出，里应外合，攻下了特洛伊城。特洛伊战争中的木马计被广泛传诵，后人通过绘画、建筑等不同的艺术形式对此加以诠释。

那边，他们掀起滔天巨浪，向战船和木马打来，如果命运女神允许，他们真想把它们全部摧毁。

神们的战斗开始了。阿瑞斯向雅典娜发起冲击，这对其他的神们是一种信号，即刻神们都互相厮杀起来，各不相让。他们的黄金铠甲碰撞在一起，铿锵作响；他们脚下的大地在震动；他们的喊杀声地动山摇，一直传到地府，塔耳塔洛斯地狱里的提坦神都为之战栗。神们之所以敢这样放肆地对战，是因为这段时间宙斯正好外出，去了俄刻阿诺斯海和忒堤斯岩洞。可宙斯是万神之父，他主宰一切，无论在多么遥远的地方，对特洛伊城发生的一切都了如指掌。宙斯一发现神们在厮杀，便即刻坐上那雷霆战车，催动双翼追风马，让伊里斯策马扬鞭，立刻回到奥林匹斯圣山。他迅速地朝地上的神发出一道闪电。神们大吃一惊，立即停止战斗。正义女神忒弥斯是唯一没有参战的神，她降落到神中，向他们宣布宙斯的决定，如果神们不放下武器停止对抗的话，他将使他们彻底毁灭。神们畏惧万神之父，只好压制住心中的怒火，愤愤不平地撤离了战场。

希腊人的营地里，大家正满怀信心地憧憬着新的战斗，因为木马已经做好，一切都准备就绪。奥德修斯在会议上站起来发言："阿耳戈斯人，现在是真正考验大家的勇气和力量的时候了，因为钻进马腹以后，我们将在那里度过一段没有阳光的日子。可是，请相信我，钻进马腹需要的胆量，绝不亚于在战场上和敌人正面作战！只有最勇敢的人才能做到！其余的人可以先乘船退避到忒涅多斯岛去。我们要在木马附近留一个胆大机灵的人，他要按照我曾经说的那样去做。谁愿意承担这一重任呢？"

大家犹豫不决，没有一个人敢站出来。最后，希腊人西农挺身而出，他说："我愿担任这一任务，让特洛伊人折磨我，让他们把我活活烧死吧，我已下定了决心！"听了他激昂的话，大家都报以热烈的掌声。可是有人在人群中犯嘀咕："这个年轻人是谁啊？我们从来没有听到过他的名字，他也从来没有建立过什么特别的功业。他一定是着了魔，是魔鬼让他做出或者毁灭特洛伊人或者就是毁灭我们的决定。"

涅斯托耳完全不理会这些闲言闲语，他站起身来，鼓励西农说："现在我们需要更大的勇气，因为神已给了我们结束十年战争的方法。现在让我们迅速钻到木马里去吧！我感到自己的体内充满着年轻人的力量，就好像当年我陪伊阿宋乘坐阿耳戈船那样，可惜那时珀利阿斯国王阻止我，不然我一定参加那次远征了。"

老人说着，想第一个通过木门跳进马腹。这时阿喀琉斯的儿子涅俄普托勒摩斯站出来希望老人把这个荣誉让给他，让老人率领其他希腊人到忒涅多斯岛去。

涅斯托耳好容易才被说服。于是，涅俄普托勒摩斯全副武装，第一个走进宽敞但是漆黑的马腹，跟在他后面的是墨涅拉奥斯、狄奥墨得斯、斯忒涅罗斯和奥德修斯，尾随而来的是菲罗克忒忒斯、埃阿斯、伊多墨纽斯、迈里俄纳斯、帕达里律奥斯、欧律玛科斯、安提马科斯、阿伽帕诺尔和其他许多英雄。他们紧紧地挤在马腹里。最后，木马的制造者厄珀俄斯也钻了进去，他随手把梯子拉进马腹，而后关上木门，从里面闩上，自己坐在门闩的前面。马腹内一片漆黑，英雄们默默地挤坐着马腹里，不知道等待他们的是什么样的命运。

其余的希腊人听从统帅阿伽门农和涅斯托耳的命令，放火烧毁所有的帐篷和营具，然后登船起航，朝忒涅多斯岛驶去。到达忒涅多斯岛时，他们抛锚停泊，安静地等待着远方传来约定的火光信号。

特洛伊人站在城头，很快发现海岸上烟雾弥漫，当他们仔细观察时，他们发现希腊的战船全都不见了。特洛伊人非常高兴，他们成群结队地向海边奔去，但他们也没有完全放松戒备，仍旧穿着铠甲，拿着长矛，因为他们依然心存恐惧。当他们在敌人扎营的广场上发现了一只巨大的木马时，立刻围上前去，细细地打量着这个硕大无朋的木马，因为它实在是一个令人称赞的杰作。士兵们开始为怎么处置这个木马争论起来，有的人主张把它搬进城去，放在城市的广场上，作为胜利的纪念品。有的人却谨慎地劝告说，把希腊人留下的这件莫名其妙的礼物推入大海，或者干脆用火烧掉。藏匿在马腹里的希腊英雄们听到这话都吓得毛骨悚然。

这时候只见阿波罗的特洛伊祭司拉奥孔从人丛中走出来。还没有走到木马前，他就劝阻大家说："不幸的人哪，哪个魔鬼使你们迷了心窍？难道你们以为希腊人真的已经乘船而去，希腊人留下的这个东西不包藏计谋吗？你们还不了解那个狡猾的奥德修斯的为人吗？这个巨大的木马不是隐藏着某种危险，那它就一定是一个作战机器，埋伏在我们附近的敌人会用它来攻击我们。总之，不管它是什么，你们绝不能相信希腊人！"说着，他从身边的战士的手中取过一根长矛，将它刺入马腹。长矛扎在马腹中刺来刺去，里面传出一阵阵回声，空荡荡的，像是空穴里传出的声音那样。然而特洛伊人已经忘乎所以了，他们的心已经麻痹了。

就在这个时候，几个好奇的牧人在木马的腹下发现了西农，大家把他拖了出来，要把他当成一个战俘，带回去交给普里阿摩斯国王。原先观察木马的特洛伊的战士们都聚拢过来，把注意力转移到这个俘虏身上了。西农精彩地扮演着奥德修斯教给他的角色。他可怜兮兮地站在那里，向上苍伸出双臂，哭泣着喊道："天哪，我该到什么地方去，该怎么乘船回去啊！希腊人将我赶出来，而特洛伊人也

一定会杀死我的！"站在他周
围的士兵们被他的话感动了。
他们走到他的跟前问他是什么
人，来自何处。西农于是假装
不害怕了，他开始绘声绘色把
那套故事娓娓道来。

拉奥孔 埃尔·格列柯 西班牙

他说："我是一个希腊
人！不知道你们听说过帕拉墨
得斯没有？他是一个国王，因
为他要退出反对你们国家的战
争，奥德修斯便用计策把他杀
死了。可怜的人呐，他是被乱石击死的。而我是他的一个亲戚，我跟随他参加了
这场战争。他死后，我就无依无靠了。我曾经在军队里宣称要向谋害他的人报仇，
那个奥德修斯听说后，便迁怒于我。整个战争期间，他一直在迫害我。最后他和
那个预言家卡尔卡斯联合起来对付我。我的希腊同胞做出逃回希腊的决定后，一
再延迟，直到最后他们终于造了这个木马，可是在他们向阿波罗求得的神谕是一
个不祥的预兆。从阿波罗神庙带回的答复是：'你们在出征时曾用一个少女的鲜
血献祭给狂风以求得宽恕，现在你们返回时也得牺牲一个希腊人的性命来祈求平
安。'所有的人在得知这个消息都十分害怕，最后，卡尔卡斯和奥德修斯选中了
我。所有的希腊人都默许了，因为他们全都逃过死亡，可以平安地返乡了。我被
装饰成献祭的牺牲，但是我的内心告诉自己不应该就这样白白送命。于是，我趁
他们不注意的时候，逃了出来，我在附近幽暗的草丛里躲过了他们的找寻，后来，
我又逃到了这个木马的肚子下面。"西农说完，顿了一下，然后他接着又说道："我
已经无法回到我的祖国去了。我现在落入你们的手中，你们是仁慈和慷慨地放我
一条生路，还是像我的同乡那样要将我处死，现在完全由你们决定了！"

他的这套谎话编得合情合理，特洛伊人听了深受感动，连普里阿摩斯国王也
相信这个骗子所说的话。国王安慰了他，并答应他只要他能说出这个木马的用途，
就让他留在城里安身。西农听后举起双手，假意祈祷起来："众神在上，请为我
作证，现在，我和我的同胞们连在一起的纽带已经断裂，因此我泄露他们的秘密，
根本算不上是一种罪过了！在战争期间，阿耳戈斯人的希望寄托在女神雅典娜的
援助上。可是，自从她在特洛伊的神像被盗以后，情况就变得糟糕了。你们特洛

伊人也许不知道，这是我们狡猾的希腊人干的。女神对他们的行为十分愤怒，她撤回了对阿耳戈斯人的援助。这时预言家卡尔卡斯说，我们必须立即乘船回去，回国去听取神的新的指示。他说，只要神像没有重归原处，我们就无法赢得战争的最后胜利。在预言家的劝告下，希腊人终于下定决心离开这里，返回故乡。临走前他们又按照预言家的建议造了这匹巨大的木马，作为献给女神的礼品，以便使她息怒。卡尔卡斯让人把马身造得特别高大，这样你们特洛伊人就无法把马拖进城门，放在城里。因为如果木马拖进你们的城市，雅典娜就会保护你们而不保护希腊人了。相反，如果你们损坏了这匹木马，这正是阿耳戈斯人所希望的，那么你们一定会遭殃。希腊人早已经打算好，一旦在故乡聆听了神的旨意后迅速返回，攻陷你们的城池！"

他的一番谎话，天衣无缝，国王普里阿摩斯和所有的特洛伊人都信以为真。事实上，雅典娜自始至终都关注着她那些马腹中的朋友们的命运。自从拉奥孔发出警告后，他们坐在木马里面，忐忑不安，都为自己的命运感到担心。但奇迹出现了，英雄们从危险中逃脱出来，事情是这样的：

在波塞冬的祭司死后，阿波罗的祭司拉奥孔兼任他的职务，当他在海边给海神献祭一头大公牛时，两条巨大的毒蛇从忒涅多斯岛的方向游来，它们穿过明镜般的海面，一直游向海岸。它们那有着血红的蛇头从水面昂起，蛇身部分在水里蜿蜒游动，激起的水花噼啪作响。它们游上岸后，吞吐着舌头，发出吱吱的叫声，并用火焰般的眼睛环顾四周。围在木马四周的特洛伊人吓得面如土色，纷纷夺路而逃。但这两条蛇逶迤游到海神的祭坛前，拉奥孔和他的两个年轻的儿子正在那里忙着祭供，毒蛇先是缠住这两个孩子的身体，用毒牙狠狠地咬他们柔嫩的肌肉，两个孩子大声呼叫。当他们的父亲拉奥孔抽出宝剑正要过来救援的时候，毒蛇已经缠住他的身子，他试图摆脱两条毒蛇的缠绕，但是毒蛇已经把他的手和脚紧紧地绑住，他根本无法动弹。然后他试图抓住那把砍杀公牛的斧头，却因为垂死的公牛挣扎着从神坛上奔逃出去，把那把斧头甩落在地。可怜的拉奥孔和他的两个儿子就这样被毒蛇活活地咬死。这两条毒蛇一直游到雅典娜的神庙，盘绕着躲在女神的脚下和盾牌的后面。

特洛伊人把这一恐怖事件看作是祭司因怀疑木马而遭到的惩罚。于是一些人急忙跑回城里，在城墙上打开一个大洞，为木马进入城内打开一条通路。另一些人则给木马的脚下装上轮子，还有一些人把粗大的绳子套在木马上的颈子上。最后，他们一起使劲，成功地把木马拖回城堡。年轻的男女们和特洛伊的孩子们都兴高采烈地跟在后面，唱着节日的赞歌。当木马通过城门的高门槛时，四次都被阻挡，但最终人们不屈不挠地把它拖进去了。颠簸中，马腹里都传出了金属撞击的声音，可是被欢乐冲昏了头脑的特洛伊人根本听不见。他们欢呼着把这匹巨大的木马拖到卫城上。在这种狂欢和欢呼中，只有女预言家，国王聪明的女儿卡珊德拉保持着清醒，她是神赋予具有预言才能的人，她的预言从没有出现过失误。她从天象和自然之物中观察到了许多不祥的征兆，可不幸的是没有人相信她。现在她清楚地感知到危险正在靠近，强烈的预感驱使她冲出了王宫。她披散着头发，眼里冒着灼热的火花，她穿过大街小巷，一路呼喊："特洛伊人啊，你们难道没有看到，我们正在走向哈里斯的地府吗？我们已经站在了死亡的边缘！我看到我们的城市里充满了烈火和鲜血，我看到死神从木马的腹中冲出来！为什么你们还这样执迷不悟地把木马送上我们的卫城？即使我说上千万遍，你们都不愿意相信我。复仇女神因为海伦的罪恶正在向你们复仇，你们已经成了她们的祭品和俘虏了！"

但特洛伊人只是讥笑和嘲弄她，没有人愿意相信她。

特洛伊城的毁灭

这天夜里，特洛伊人举行了宴会和庆祝。他们吹奏笛子，弹着竖琴，欢乐的歌声环绕在城市的上空。大家的心情快乐而放松，一次又一次地斟满美酒，一饮而尽。战士们喝得烂醉如泥，完全没有任何戒备，很快便进入甜蜜的梦乡。跟特洛伊人一起畅饮的西农假装不胜酒力睡着了。深夜，他起了床，偷偷地摸出城门，燃起一支火炬，并高高地举过头顶不断晃动，向忒涅多斯岛发出了约定的信号。随后他熄灭火把，来到木马身旁，轻轻地敲打马腹，按照奥德修斯的吩咐那样做。英雄们听到了声音，所有人都把目光转向奥德修斯，但奥德修斯提醒大家别急躁，要镇静，走出去时不要发出声响。然后他轻轻地拉开门栓，探出脑袋观察周围的情况，看看是否有特洛伊人在守卫。随后，他又蹑手蹑脚地放下厄珀俄斯预先安置好的木梯，走了下来，其他的英雄也跟在他后面一个个地走下来，心儿紧张得怦怦直跳。他们手执宝剑和长矛，分散到城里的每条街道上。在酒醉和昏睡的特洛伊人中展开了一场血腥的屠杀。然后他们再把火把扔进街道旁的房屋。不一会儿，屋顶上燃起了熊熊烈火，火势迅速蔓延，全城成了一片火海。

与此同时，接到西农火把信号的希腊舰队立刻从忒涅多斯岛起程，乘着顺风飞快地驶到赫勒持滂，上了岸。全体战士很快从特洛伊人拆毁城墙让木马通过的缺口里冲进了城里。被占领的特洛伊城此时已是一片废墟，满目疮痍。整座城市充斥着哭喊声和惨叫声，半死的人和受伤的人在死尸中爬行，还能站立的人逃不了多远便被长矛刺进后背倒地死去。狗的吼叫声和垂死者的呻吟声，无助的妇女孩童的啼哭声混杂在一起，凄惨而恐怖。

希腊人也损失惨重。因为尽管大部分特洛伊人手无寸铁，但他们仍然拼死抵抗。一些人扔杯子；另一些人掷桌子；还有的人抓起灶膛里燃烧的柴火朝敌人投去；还有拿叉子和斧子作临时武器的，总之他们拿起手头所能抓到的任何东西，攻击冲来的希腊人。当希腊人终于冲到普里阿摩斯的宫殿时，许多全副武装的特洛伊人潮水般冲出来，双方展开了最后的殊死搏斗。

最后的战役爆发在深夜里，可此时屋顶上蔓延的火焰和希腊人手中的火把，把全城照耀得如同白昼。整座城市变成了最残酷的战场。

涅俄普托勒摩斯把普里阿摩斯视为仇敌，一连杀死他的三个儿子，其中包括那个敢向父亲阿喀琉斯挑战的阿革诺尔。到最后，他冲向威严的普里阿摩斯国王面前，老人此时正在宙斯神坛前祈祷，涅俄普托勒摩斯一见心中大喜，迫不及待地抽出宝剑。普里阿摩斯毫无畏惧地看着他，平静地说道："杀死我吧！勇敢的阿喀琉斯的儿子！我已经受尽了折磨，我亲眼看到我的儿子一个个死在我的面前。我再也不用看到明天的阳光了，再也不用忍受无尽的磨难了！"

涅俄普托勒摩斯回答说："你劝我做的，正是我想做的！"说完，他毫不犹豫地砍下国王的头颅。希腊的战士们对特洛伊人实行了极其残忍的屠杀。他们在王宫内发现了赫克托耳的小儿子阿斯提阿那克斯，他们从他母亲的怀里把他抢去，出于对赫克托耳及其家族的仇恨，把孩子从城楼上摔了下去。孩子的母亲绝望地对疯狂的敌人哭叫："你们为什么不把我也推下去，或者把我扔进烈火之中？自从阿喀琉斯杀死我的丈夫之后，我活着的目的只是为了我们的儿子。你们动手吧，杀死我，把我从这无尽的痛苦中解脱出来。"但是这些疯狂的凶手们把她捆起来后，带到别处去了。

死神到处游荡，只有一所房子的人幸免于难，那里住着特洛伊的老人安忒诺尔。因为墨涅拉奥斯和奥德修斯作为使者来到特洛伊城时，曾经受到他的热情款待和高尚的庇护，所以阿耳戈斯人没有杀害他，还让他保留了所有的财产。

几天前，伟大的英雄埃涅阿斯还在城墙上奋勇地击退了敌人的进攻。可是，当他看到特洛伊城火光冲天，再怎么拼杀也无法击退敌人的时候，他就好像一个经历着暴风雨的水手那样，经历了长时间的搏斗，大船就要沉没，自己只能跳上一只小船自求活命去了。他背起年迈的父亲安喀塞斯，牵住儿子阿斯卡尼俄斯的手，匆忙地逃了出去。在他母亲阿佛洛狄忒的护送下，他和他的父亲儿子所到之处，火焰为之避让，烟雾也随之让道，希腊人射过来的箭和投来的长矛都不能伤到他们，埃涅阿斯一家老小成了少数逃出城市的人。

墨涅拉奥斯在不忠贞的妻子海伦的房前遇到得伊福玻斯，他是普里阿摩斯的儿子。自从赫克托耳死了以后，他成了家族和民族的重要支柱。帕里斯死后，海伦成为他的妻子。当墨涅拉奥斯发现他的时候，他还醉醺醺地从晚宴中回来，跌跌撞撞地穿过宫殿的走廊。当他看到敌人逼近的时候，还踉踉跄跄地准备逃走。墨涅拉奥斯追上去，用长矛刺中他的后背。"你就死在我妻子的门前吧！"墨涅拉奥斯大声吼道，"我多么希望能亲手杀死帕里斯！正义女神忒弥斯不会放过任何罪人！"

墨涅拉奥斯把尸体踢到一边，开始在宫中四处搜寻海伦，此时他的内心充满了矛盾的心情。海伦由于害怕前夫发怒而颤抖地躲在房间的一个昏暗角落里，过了好久墨涅拉奥斯才发现她。看到妻子就在眼前时，墨涅拉奥斯受到强烈的嫉妒驱使，恨不得用手中的宝剑把她砍死。但爱情女神阿佛洛狄忒却使她更加妩媚动人，并打落他手中的宝剑，驱散他胸中的怒气，唤起他心中的旧情。一看到她那举世无双的美貌，墨涅拉奥斯便无法再举起他手中的宝剑，他随之也忘记了妻子的一切过错。突然，他又听到身后的希腊人在宫中烧杀抢掠的叫喊声，顿时，羞愧的情绪又占了上风，他又觉得海伦的不贞使他颜面无存。于是他狠狠心，拾起地上的宝剑，重新朝妻子逼近。可是他的内心深处，却不愿意这样做，幸好他的兄弟阿伽门农这时出现了："住手！"然后阿伽门农上前拍着他的肩膀说："放下剑吧，亲爱的墨涅拉奥斯，你不能杀死自己合法的妻子。我们为了她遭受了多少苦难。在这件事上，比起破坏宾主礼仪的帕里斯，海伦的罪过就轻多了。现在帕里斯和他的家族，连同他的人民全都为此受到了应有的惩罚，全都遭到了毁灭！"

墨涅拉奥斯听从了劝告，表面上他似乎不太情愿，但他的内心却十分高兴。后来，他与海伦一同回到斯巴达。等他死后，海伦被驱逐到罗德岛。

当特洛伊城正遭受血腥屠杀的时候，隐身在乌云里的神们为特洛伊城的陷落悲叹不已。只有特洛伊人的死敌赫拉以及阵亡的阿喀琉斯的母亲忒提斯心满意足地大声欢呼。但是，就是雅典娜，虽然特洛伊的毁灭符合她的意愿，可是当她看到她的祭司卡珊德拉的遭遇时也忍不住淌下了眼泪。卡珊德拉躲在雅典娜神庙里，被埃阿斯发现了，只见他一把抓住女祭司卡珊德拉的头发，把她拖出去，使他成为希腊人的俘虏。女神没有援救她的敌人的女儿，可是她的双颊却因愤怒和羞愧而发烧。她生气得使神像都嘎嘎作响起来，神庙下的地基也都震动不已。雅典娜发誓一定要对埃阿斯所犯的亵渎之罪进行报复。后来，卡珊德拉作为俘虏跟随着阿伽门农来到希腊，还没进门，她就嗅到了空气之中的血腥之气，她预言阿伽门农将会被杀，可是却同样地不被阿伽门农相信。作为一个预言家，她的下场是悲惨的。她和阿伽门农一起，被阿伽门农的妻子克吕泰涅斯特拉所杀。后来，在文学作品中，卡珊德拉，被用来称呼这一类人：他预见到未来的灾难，但自己既束手无策，又不能说服旁人采取预防措施。

大火和屠杀持续了很长时间。从特洛伊升起的火柱一直冲向云天，宣告了这座不幸城市的毁灭。

奥德修斯返乡记

求婚人大闹奥德修斯家

希腊人历经艰辛终于攻克了特洛伊城，他们最大心愿的是回到自己的家乡和妻儿团圆，于是整理船队，开始了返乡之旅。那些希腊英雄远涉重洋，回到了家乡，把胜利的消息带给国人，和家人共享天伦之乐。然而，奥德修斯却不幸迷路，困阻在返乡途中。奥德修斯是拉厄耳忒斯的儿子，伊塔刻国国王，他将面临新一轮的磨难。因为奥德修斯曾经刺瞎海神波塞冬的儿子独眼巨人的眼睛，波塞冬怒气难消决定对奥德修斯施以报复。他把奥德修斯抛到一座名为奥古吉埃的孤岛上，岛上绿树成荫，奇石成群。岛上有位仙女名叫卡吕普斯，她看到奥德修斯威武刚毅，心生情愫，于是把奥德修斯带到她的洞穴中。她对奥德修斯倾诉爱意，希望奥德修斯能留在她的身边，如果他答应了她的要求，她将使他永远年轻刚健。但是，奥德修斯惦念家中的妻子：珀涅罗珀。他委婉地拒绝了仙女的好意，表示一定要回到自己的家乡和妻子团聚。这时众神会和在奥林匹斯宙斯的巨大宫殿里决定帮助奥德修斯回家，雅典娜让宙斯派遣信使赫耳墨斯到奥古吉埃岛上，向仙女传达众神的决议。她自己则在脚上系上能帮助她飞越海洋和陆地的精美的绳鞋，手执巨矛，幻化成外乡人来到伊塔刻，一直走到奥德修斯以前的宅院前。

那些向珀涅罗珀求婚的人聚集在奥德修斯的院子里吃喝玩乐逍遥自在，奥德修斯的儿子忒勒马科斯心中充满了悲伤苦恼，幻想着父亲如果回来一定能够赶走这些狂傲的无理之徒。这时，他看见一个外乡人站在院子门口。其实，这个外乡人就是雅典娜幻化成的，她变成塔福斯人的首领门特斯的模样，好让人难以识别她的真实身份。忒勒马科斯走向前去礼貌地招待了雅典娜，并把她带入厅堂里，让她坐上精美的座椅，并且为她奉献上各式丰盛的菜肴，因为他想从这位外乡人那里获取父亲奥德修斯的消息。这时候求婚者也一同涌入厅堂，他们肆意纵乐、大吵大嚷，并且强迫歌人费弥奥斯为他们歌咏。

这时，忒勒马科斯凑近雅典娜的耳边悄悄说："亲爱的客人，您看，大厅里的这些人只知道挥霍玩乐，白白耗费别人的财产，不顾这座宅子的主人死活，倘若主人有幸回来了，他们肯定会被吓得屁滚尿流地逃走。现在有传闻说奥德修斯会回来，但是这么久过去了，我越来越不相信。您是第一次来，很可能是家父的朋友，因为我父亲奥德修斯的朋友众多，遍布大江南北，你在外行走的时候，可曾听过我父亲的消息呢？"

雅典娜说道："跟你说实话吧，我叫门特斯，是安基阿洛斯的儿子，我统治着喜欢航海的塔福斯人。我们此次前来是为了到特墨塞岛把铜换成闪光的铁。我们的船停泊在离城市很远的瑞特隆港口，背靠着隐蔽的涅伊昂山崖下。我和你父亲是老朋友了，如果你想打听你父亲的消息，我建议你去问问老英雄拉埃尔特斯。他现在住在乡下，清贫困苦，只有一个老妪照顾他的生活起居。我这次前来也是耳闻你父亲已经回来，谁知事情不像传闻中那么顺利，可能是神明阻碍他归返了吧，不过我觉得奥德修斯肯定还没死，只不过可能被一群强盗困在岛上，我现在给你预言，奥德修斯不会在外漂流太久，一定会如愿回到家乡。你和你父亲长得很像啊，一样英俊高大，我还是在你父亲乘船去特洛伊之前和他见过面，此后就一直没有见过了。"

聪慧的忒勒马科斯听完雅典娜的话，说道："客人啊，不瞒你说，我母亲说我是他的儿子，我自己也不清楚，谁能弄得懂自己的出身呢？我曾经为是我那英勇高大的父亲的儿子而感到无比自豪和骄傲，他是多么令人敬仰啊，但我现在却希望我自己只是个凡人的儿子，这个凡人能够自由享用自己财产、颐养天年。这样，我现在就不用那么痛苦了。"

雅典娜看见忒勒马科斯那么沮丧，安慰道："珀涅罗珀生了你这么个好儿子，说明神明们并不想让你的家族被湮灭。你告诉我，这些狂妄之徒聚集在这里干什么？他们为什么要这样荒淫？这是盛宴还是婚宴？"

忒勒马科斯叹了口气，说："我家族以前很是显赫，因为父亲是个很有能力的人，可现在神明们改变了想法，让他杳无音信。如果他和同伴们战死在特洛伊战争中，或是战争之后死在亲人手里，那么人们都会为他制造坟茔，他也会博得功名。但是他的消失现在给我带来了无尽的忧伤，不知他现在是不是还活在世上？我痛苦不仅仅在于我得不到父亲的消息，那些求婚者，你都看见了，是来自杜利基昂、萨墨、扎昆托斯还有伊塔刻的贵族或首领，他们都跑来向我母亲求婚，每天坐在这里吃喝玩乐，我母亲无法拒绝他们的纠缠，也无法将他们赶走，我每天就生活在这种混乱中，我想很快我也会遭遇不幸了！"

"天哪！"雅典娜感到很气愤，"你确实需要奥德修斯回来，帮你教训这些无耻的人！但愿奥德修斯现在就能回来，站在大门边，头戴盔帽，手执长枪，就像我初次见他一样威武。到时候这些求婚者一定会遭殃的！但是这一切都得由神明决定，也许他会平安回来狠狠教训这些人，也许不会。因此我想让你自己想个好方法赶走这些讨厌的人。现在你认真听好我的话：明天，你召集阿开奥斯的英雄们进行商讨，向那些人演讲，劝那些求婚者各自回家。至于你母亲，要是她愿意改嫁的话，那就让她回到她自己的父亲那里，她父亲定会给她准备好丰厚的嫁妆。我还有一个周密的计划，你准备好一条快船，配备二十个桨手，亲自出发去寻找你父亲，你首先去皮洛斯询问涅斯托尔，再去斯巴达找金头发的墨涅拉奥斯，因为他是最迟从特洛伊返回的英雄。如果你听说你父亲还在世上，那么你即使很愁苦但可以再忍耐一年。如果你听说他已经去世，那你就迅速返回故乡，给他建造一个坟茔，把母亲改嫁他人。当你把那些事办完就要好好考虑怎么样杀死这些求婚人，采取计谋或者公开进行随便你，但是你不可以那么稚气了，你难道没有听说奥瑞斯特斯已经赢得了巨大的荣誉，他就是杀死了自己的杀父仇人埃吉斯托斯，你长得那么英俊健壮，你也能像他一样勇敢。我说得已经够多了，同伴们肯定等得不耐烦了，在此告辞，你一定要记得我说过的话。"

忒勒马科斯觉得自己突然茅塞顿开，他感激地对雅典娜说："谢谢您给我的建议，我一定谨记在心，虽然您现在忙着要回去，但是您一路风尘仆仆，不妨休息一下，沐浴更衣，然后再带一些精美的礼物回去。"

希腊英雄奥德修斯

"不用了，"雅典娜摇摇头，"我现在急着赶路，至于礼物还是等到我返回的时候再说吧，你也能得到回赠的。"雅典娜说完后，就像飞鸟般骤然飞起，瞬间就不见踪迹，忒勒马科斯觉悟过来，莫非这位外乡人是个神明吗？不过，她的话给了他无尽的力量，他更希望早日见到父亲了。

弹琴的歌人还在客厅为客人弹颂阿开奥斯英雄从特洛伊归来的悲惨的旅程，众人聚精会神地听着。在楼上寝室里坐着的珀涅罗珀听到歌人的声音，缓缓地从房间里走出来，她头上闪亮的头巾遮住脸颊，身后跟着两名侍女，她缓步走下楼梯，站在大厅的立柱旁。珀涅罗珀眼睛湿润了，她对歌人说："费弥奥斯，你知道很多其他感人的歌曲，请任选一支弹唱，不要再唱这一首了，这些悲惨的经历使我深深地想念我的丈夫奥德修斯。"

这时，忒勒马科斯反驳道："母亲，你为什么要阻挡这位歌人唱他愿意唱的歌曲？过错不在歌人而在宙斯，他按照自己的意愿降给凡人幸福或苦难。人们很喜欢这支歌曲，因为它动人心弦。你要坚强一点，不只是奥德修斯现在不知所踪，很多其他随去的同伴都战死在特洛伊战场上。现在你还是回房纺织吧，谈话是男人的事情，这个家庭的权利属于我。"

珀涅罗珀听到儿子说出这样的话感到很惊异：儿子好像长大了，成熟了，不再是那个还喜欢在她面前撒娇任性的小孩子了。一夜之间，他好像就从一个稚气的男孩变成一个成熟的成年男子了。于是虽然她满心困惑，但还是没说什么，率领女仆们一同回到自己房间，一边纺纱一边因为思念丈夫而哭泣。

求婚人还在客厅吵吵嚷嚷，忒勒马科斯大声说道："你们享用这些美食吧，不要再吵了。明天早晨我们去广场开会，我会在会上让你们离开我的家，不要无偿地耗损我家的财产了。如果你们觉得这样你们很快活的话，那就继续吃喝吧，我会祈求神明降祸给你们的。"求婚人听见忒勒马科斯这样严肃的话，觉得很惊异：这个小子以前可从来不敢说出这样斩钉截铁的话来呀。他们放下手中的食物，眼睛直直盯着面前这个还不是那么成熟的小伙子，看情形显然是被激怒了。

"忒勒马科斯，"欧佩特斯的儿子安提诺奥斯站出来叫道，"你这个吹牛大王，愿宙斯不能让你成为伊塔刻的统治者！"

"哦，安提诺奥斯，你不要生气，如果宙斯一定要给予我这种权利，我当然要受领了，当国王并不是什么坏事，会很富有，也会赢得别人的尊重。但在广大的伊塔刻，还有许多王公贵族，他们中的每一位在奥德修斯死后都有可能成为国王。但是我现在是这个家的主人，我有权支配我的家务事。"忒勒马科斯反击道。

这时，波吕博斯的儿子欧律马科斯有了疑惑，他问忒勒马科斯："刚才来的那位客人是谁？看他的样子不像凡人，他是何方神圣，怎么突然没了踪影？他带来了你父亲的消息吗？"

忒勒马科斯没有说出详情，只是说道，"来人是我父亲奥德修斯的老朋友，塔福斯人的首领门特斯。我已经不相信我的父亲能够平安顺利地回到家乡来了，即使有哪位预言者向我做出预言。"

求婚者听完他的话后都咬紧嘴唇默不作声，但是他们谁都不愿意离开或者亲自到珀涅罗珀父亲那里去求婚，整个晚上仍然在奥德修斯家中寻欢作乐。夜深了，他们也就一哄而散。忒勒马科斯也就拖着疲惫的身子回房休息了。老奶妈欧律克勒娅服侍忒勒马科斯安寝，给他整理好床铺，又给他铺上暖和的被子。但是这一夜忒勒马科斯辗转难眠，他不断地想着今天见到的那位自称是门特斯的神奇的人，而且他脑中还不断响起那人对他所说的话。想着想着，他迷迷糊糊地睡着了。

第二天清晨，忒勒马科斯很早就起来了。他背着锋利的双刃剑召集众人来广场开会，他穿戴整齐，目光炯炯有神，等到人来得差不多了，他就坐上父亲的位置。真是仪表堂堂，神采非凡，众人看到后惊叹不已，连长老们都因为尊敬而退让了。首先站出来发言的是英雄艾吉普提奥斯，他是个年迈的老人，深谙世间百态，他哀叹道："伊塔刻人啊，自从奥德修斯乘船离开这里，我们就再也没有集会议事了。今天是谁要召开会议呢？是为了传达给我们敌人来袭的消息还是想发表演说呢？"

忒勒马科斯站起来，答道："老前辈，是我。我如今生活得很痛苦，不知道父亲是不是还活在人间。那些向我求婚的傲慢的家伙一起涌入我家，在那里吃喝玩乐纵情享受，把我家糟蹋得不成样子！我的母亲没有办法赶走这些人，我自己年少软弱，也无力惩治他们。他们没有一丝愧疚之心，也不担心神灵降下灾祸。我以奥林匹斯山上宙斯的名义请求你们帮帮我，让那些人不要再作恶多端，无偿损耗别人的财产，不要再让我忍受痛苦了！难道我父亲曾经做过对不起你们的事情吗？"说完，忒勒马科斯把手中的权杖扔在了地上，忍不住哭泣起来。整个会场顿时陷入了一片沉静，众人面面相觑不知道该说些什么才好。突然，安提诺奥斯站出来，他指着忒勒马科斯说："放肆！狂妄的人！竟然敢这样羞辱我们！求婚人没有错，错在你的母亲，她太狡猾了。已经三年了，哦，不快四年了，她一直在愚弄我们的热情！她对我们许下诺言，给我们希望，但是又在暗处耍心机，她曾说等她把那匹又宽又细密的布织完就改嫁，那匹布是给奥德修斯的父亲拉埃尔特斯织的寿衣，我们答应她了。为老人缝制寿衣这样的理由难道我们能拒绝吗？但婚期也因此一再延迟。谁知她白天织布，晚上又悄悄地把织成的布拆毁了。就这样她隐瞒了三年，等到第四年一个知道内情的女仆向我们告密了，我们才知道事情真相。当我们在她撕毁布匹的当场抓住她时，她不得不在我们眼皮底下把布织好了。谁也没有你母亲那么有心机，恐怕她是世界上最有心机最善计谋的女人了！你让你母亲离开家，嫁给一个她自己看得上她父亲也看得上的人，不要再把我们当猴耍了！否则我们还是要继续留在你家里白吃白喝，绝不会回家，除非她愿意选一个人嫁了。"

忒勒马科斯回答道："安提诺奥斯，我不会把我母亲赶出家门的，我不能对自己的母亲说出那样的话，我会因此受到谴责和复仇女神的报复。如果你们还有一点廉耻之心的话，那就请快点离开我家，如果你们执意不走，宙斯一定会降祸给你们。"

忒勒马科斯这样说的时候，宙斯在天上放出预示：两只苍鹰从山巅上迅捷飞下，借助风的力量展开翅膀飞行，当它们临近会场的人们时便开始盘旋，抖动浓密的羽翼，用爪脚搏击对方的面颊和脖颈，它们的目光中闪烁着死亡的冰冷，然后向右方飞去，飞过人们的屋顶。原来宙斯在奥林匹斯山上能够洞悉人间一切的事物，这次集会他当然也听得十分清楚。人们仰望着这两只雄鹰，感到很震惊，心中充满了疑惑，不知这是什么预示。这时年迈的哈利特尔塞特因为最懂鸟飞翔的秘密，并善于预言未来，于是对大家说："伊塔刻人啊，尤其是那些求婚者，你们很快就要有灾难了。奥德修斯不会永久远离家乡，他会回来，给你们带来杀戮。我们应该尽早想出办法，停止他们为非作歹的行为。我的预言一向很灵验。想当初阿耳戈斯人出发征服伊利昂的时候，奥德修斯和他们同行，我那时候就对他做过预言，他会忍受无数灾难，同伴们全部牺牲，二十年后才能回到家乡，我说的这一切都要实现。"

"哈哈，"欧律马科斯嘲笑道，"可敬的老头儿，你现在还是回家给你孩子做预言去吧，免得他们遭遇不幸。关于刚才的景象，我的预言远远比你灵验，并不是所有鸟儿在太阳光下飞翔就代表了什么征兆。奥德修斯已经死了，你也应该和他一起去死，这样你就不会在这里刺激忒勒马科斯了。现在你听我说，我的话也将成为现实，如果你还仗着你老年人的经验在这里信口雌黄挑动是非激起忒勒马科斯的怒火的话，首先他自己就会遭受更大的不幸，他一定会失败。

至于你自己嘛，我们也会惩罚你，要让你承受巨大的痛苦！你还是劝劝忒勒马科斯按照我们的说法做吧，不然我们是绝对不会妥协的。我们不怕任何人，你这样只是在白费唇舌，他家的财产将被继续消耗，如果那女人还拖延阿开奥斯人的求婚的话。"

忒勒马科斯不再请求他们了，准备挑选一条快船和二十个健壮的桨手动身去斯巴达寻找父亲的下落。奥德修斯昔日的友人门托尔站出来指责众人："伊塔刻人啊，但愿以后的国王都不要像奥德修斯那么亲切和蔼、心怀正义，而是要暴虐无度。奥德修斯曾经像慈父一样对待你们，你们是怎么了？我不想谴责那些求婚人了，我要谴责你们，你们像木头一样坐着，一言不发，不采取任何行动。"

"固执的人！"欧埃诺尔德的儿子勒奥克里托斯反驳道："你怎么说这样的话唆使人阻碍我们？和众人作对不是什么聪明的行为，即使奥德修斯回来把我们赶出来了，他也不会给妻子带来快乐。因为如果他和众人作对的话，他会死得很惨。现在大家回家去，门托尔和哈里特尔塞斯给忒勒马科斯准备行程吧，谁叫你们是他父亲的同辈朋友呢？不过我估计忒勒马科斯会待在伊塔刻等消息不会自己出去的，因为他只是一个小孩子，一时冲动随口说说也是可以理解的嘛，他还没有那么大的勇气去实践自己的海口呢，哈哈！"他这样说完后就遣散众人回家了。忒勒马科斯显然没能在集会中收到他预期的效果，求婚人又回到奥德修斯家中，继续着他们糜烂奢侈的生活。

忒勒马科斯去找涅斯托尔

忒勒马科斯独自来到海边，在灰色的大海里把手洗干净，双手合十对雅典娜祈祷。听到他的祈祷，雅典娜幻化成门托尔的模样来到他身边，她说："忒勒马科斯，你既然是你父亲的儿子，就一定和他一样具有勇敢的精神。那些无耻之徒愚昧昏庸不知道自己要大难临头了，我是你父亲忠实的朋友，会为你准备一条快船，并亲自陪伴你。你现在回家准备食物装进容器，把面粉装进结实的皮囊，我现在就要去各处召集愿意跟随的同伴。"

忒勒马科斯听了雅典娜的话，不再在海边拖延时间，尽管他的内心此刻仍然充满了悲痛感伤。他转身回到自己家中，家中的求婚者看见他落寞的样子不断嘲笑他："哈哈，忒勒马科斯，你的样子就像霜打的柿子一样，为什么这样萎靡不振啊，为了你夸下海口没法实现吗？不要担心，我们都不会把你的话放在心上的，毕竟你还只是个孩子呢，哈哈哈！"安提诺奥斯傲慢地笑着说道。忒勒马科斯沉默着看了他一眼，什么话都没说，就转进房内去了。望着他远去的背影，求婚者更加肆无忌惮地嘲笑开来。这时，忒勒马科斯走到父亲高大的库房里，那里堆满了奥德修斯平日里收集到的宝贝，有黄金、青铜、铁器，一箱箱衣服和芬芳无比的橄榄油，一只只陶罐装着陈年佳酿，一罐罐麦粉。忒勒马科斯叫奶妈欧律克勒娅给他装满二十坛美酒和二十升大麦面粉，并让她暂时不要告诉母亲珀涅罗珀，直到十一天以后母亲要是问起的话再告诉她，以免她因为自己的离去过度悲伤。奶妈感到惊讶，她说道："孩子，你怎么会有这样的想法，你是奥德修斯唯一的儿子，要是你走了，这些居心不良的人一定会想方设法置你于死地的。我看你父亲回来的几率很小了，你又何必为此独身前往，漂泊在海上，吃那些苦呢？"忒勒马科斯安抚了老奶妈，但是坚持自己的想法，欧律克勒娅只好按照忒勒马科斯的意思帮他准备食物，并答应暂时为他保守秘密。而这时，雅典娜幻化成忒勒马科斯的模样忙着在城里到处奔走，她问候遇到的每一个英雄，要求他们傍晚时分到船边集合，同时她请求弗罗尼奥斯的儿子诺埃蒙借给她快船。然后她回到奥德修斯的府邸又幻化成门托尔的模样告诉忒勒马科斯可以准备出发了。雅典娜在前方引路，忒勒马科斯紧紧跟随着她来到海边，他看到海岸上已经聚集了许多城内的年轻的同伴了。他感到很受鼓舞，没想到居然还有那么多愿意支持他的人呢。随同者们一起将忒勒马科斯准备好的食物搬上快船，然后自己纷纷登船，坐上桨位。忒勒马科斯坐了上去，雅典娜这时也坐了上去，她吹了一口气，赐给他们顺风。忒勒马科斯命令同伴系好蓬缆，扬起风帆，劲风吹拂风帆，船只昂首前行，速度比平常快好几倍。整个夜晚到黎明，船只急速地航行在蔚蓝色的大海上，海面平静，未见任何风浪。

在黎明的曙光中，忒勒马科斯和同伴们终于来到皮洛斯，看见当地居民正在海滩上奉献盛大的祭礼，向海神祈福。他们排成九队，每队五百人，每队之前都摆放着已经宰杀好的九头牛。他们来到港湾，停泊好船只，登上岸滩。忒勒马科斯走下船只，雅典娜嘱咐他不要怯懦胆小，让他直接去找驯马的涅斯托尔打探父亲的下落。忒勒马科斯有点紧张，因为他从来没有向陌生的长者询问过。雅典娜将他引领到皮洛斯人聚集的地方，其他的同伴就留守在船只附近等待消息。涅斯托尔和儿子们也坐在那里，身边围绕一些人准备宴饮。这些人一边烧烤着牛肉一边忙着在黄金杯中斟酒。他们抬头看见有新的客人前来，于是纷纷站起身，一个个向客人握手致敬。他们都是非常好客的善良的人们，还请忒勒马科斯一行人参加宴会呢。涅斯托尔的儿子佩西斯特拉托斯首先走过去和两位客人握手，并让他们坐在铺满柔软羊毛的坐垫上，然后用黄金杯斟满一杯酒，问候雅典娜，说："尊敬的客人，现在请你向海神波塞冬祭奠，过后再把酒杯交给那个人祭奠，凡人都要受到波塞冬的庇佑，由于您身旁的小伙看起来很年轻，和我年龄相当，因此我把这黄金酒杯首先交给您。"雅典娜接过酒杯，心里很赞赏这位年轻人的礼貌和聪慧，她向波塞冬祭奠完之后就把酒杯给了忒勒马科斯，忒勒马科斯也同样祭奠了海神。这时皮洛斯人烤好了牛肉，从叉子上去下，分成许多份，大家一同享用。涅斯托尔开始询问客人的身份以及他们来皮洛斯的原因。雅典娜把勇气灌注到忒勒马科斯心中，于是他充满信心地回答了长者的问题："敬爱的涅斯托尔，我们从涅伊昂山脚下的伊塔刻来，为了打听我父亲奥德修斯的消息。据说你们曾经共同作战摧毁了特洛伊，我们听说过其他人在特洛伊的消息但唯独不知道我父亲的下落，他究竟是葬身敌手，还是被海上凶险的波涛吞噬？我来这就是请求您告诉我关于他的消息，请您不要心存疑虑，告诉我实情。"

老人知道了客人的来意，思绪把他带到许多年前的硝烟滚滚的特洛伊战争。他开始给客人讲述英雄们大战特洛伊的盛况，滔滔不绝地叙说着起往事。随后，他又讲起了阿伽门农之死和俄瑞斯忒斯复仇的故事，但是他对奥德修斯的情况知之甚少，他建议忒勒马科斯去探访长着金发的墨涅拉斯奥。墨涅拉斯奥刚从遥远的外乡回来，他家住在拉克得蒙，如果忒勒马科斯和同伴们想走陆路的话，他愿意借给他们车辆，并且还让自己的儿子给他们带路。

太阳渐渐西沉，雅典娜听完涅斯托尔的话后，对他说："尊敬的老人家，您说的一切都很合理，但是现在时间不早了，我们给海神祭奠完之后就要回去睡觉了。"涅斯托尔盛情挽留他们在自己家中安睡，雅典娜委婉地拒绝了，她让忒勒马科斯接受老人家的好意，但是自己要回到港口，告诉同伴们这些情况。明天一大早她还要到考科涅斯人那里去讨债，她请求老人借给忒勒马科斯最健壮的骏马让他顺利去拉克得蒙。

说完后，雅典娜立即离开了，她幻化成一只海鹰展翅翱翔，这一切被人们看到了，大家感到非常震惊。涅斯托尔很激动，他醒悟过来原来她不是一个凡人，而是一位神明，于是他开始向神明祷告，祷告都传到了雅典娜耳朵里，她听见凡人对她虔诚的尊敬之情感到很满意。随后涅斯托尔带着忒勒马科斯来到自己家中，打开陈年佳酿，给大家享用美酒，宴饮过后又给忒勒马科斯安排了精美的卧床，让自己唯一一个没有婚娶的儿子也是他最喜欢的儿子佩西斯特拉托斯和他睡在一起。

黎明的曙光出现在天际的时候，涅斯托尔马上从床上起身了，他穿戴整齐后就走出卧室，坐在那光滑的大理石石座上。他的儿子们也纷纷起来，站在他的周围，忒勒马科斯经过一夜睡眠也神采奕奕地出来了。老人让忒勒马科斯在身旁就座，他对儿子和仆人说："我们现在要做的第一件事情就是要祭奠雅典娜，她曾经亲临我们的宴饮现场，你们其中的一个人去牧牛场挑选一头牛，让牧牛人把牛赶到这里来。另一个

迈锡尼时期陶器
这种印有人像、风格简练的陶罐，是古希腊人为颂扬英雄而制作的。图为奥德修斯出征特洛伊前，依依和家人惜别。

人赶快去忒勒马科斯的黑壳船那里把他的同伴都叫来，只留下两个人看守。再一个人去请金匠拉埃尔克斯前来给牛角包上黄金。其他的人都留在这里打扫屋子，准备好菜肴。"

他这样说完，人们就按照他的吩咐去做了。不久，忒勒马科斯的同伴们来了，金匠也来了，雅典娜也来接受祭奠了。金匠用金子包好牛角，阿瑞托斯端来了洁净的洗手水和大麦，特拉叙墨得斯握着锋利的大刀去宰杀牲牛。涅斯托尔洗完手之后。撒下大麦，向雅典娜祈祷。等到特拉叙墨得斯杀完了牛，人们开始解剖牛身，开始烤肉。涅斯托尔最年幼的女儿波吕卡斯特给忒勒马科斯沐浴，之后给他涂抹了一层橄榄油，再给他穿上精美的衣衫。忒勒马科斯神采奕奕地回到老人身边坐下。人们开始吃烤肉，觥筹交错，一派欢乐祥和的景象。席末，涅斯托尔对佩西斯特拉托斯说："我的孩子，你们快准备好骏马，快点起程赶路去吧。这次我派你陪伴这位高贵的客人前去，你一定要好好陪伴着他，在他困难的时候给予他帮助，一路上照顾好他。我的儿子我对你很放心，你们打探到消息后还回到我这里来，到时候我会大摆筵席给你们接风。"佩西斯特拉托斯给两匹骏马套上辕轭，许多女仆把酒和面粉装上车，忒勒马科斯随即登上了其中一辆马车，握着驭车的缰绳，他扬鞭催马，马儿就飞快地跑起来，佩西斯特拉托斯紧随其后，他们挥别了众人。在落日的余晖中，两匹马越跑越快，不一会工夫就把皮洛斯城甩在身后。他们奔跑在长满麦子的平原上，满眼都是金黄的麦穗，唯有两匹马的影子投射到麦地上，从一片到另一片。太阳渐渐西沉，

暮色四合，道路也渐渐暗淡下来，四周没有什么声响，只听见得得的马蹄声，还有骑马者奋力的吆喝声。

忒勒马科斯来到了斯巴达

不久，佩西斯特拉托斯和忒勒马科斯来到了拉克得蒙。他们赶到墨涅拉奥斯家的时候发现他正在为儿女举行盛大的婚宴。女儿嫁给了阿喀琉斯的儿子，女婿是米尔弥冬人的国王。他为女儿准备了无数的马匹车辆作为嫁妆，儿子婚娶的是斯巴达阿勒克托尔的女儿。他们全家人都在一起欢乐宴饮，不断随着音乐翩翩起舞。这时候，墨涅拉奥斯的贴身仆人埃特奥纽斯发现了站在门口的佩西斯特拉托斯和忒勒马科斯。仆人急忙跑回屋里，凑到墨涅拉奥斯的耳边报告："主人，有两位仪表非凡的客人现在正在门外，是让他们进来呢还是让他们另外去找能接待他们的主人？"

墨涅拉奥斯不满地说："埃特奥纽斯，你这个傻孩子，想当年我漂泊在外的时候，也曾经受到许多人的盛情款待，才能平安回到家中。现在你去给客人解马，然后好好招待他们。"埃特奥纽斯忙不迭地跑出去把客人的马牵到马棚里，给它们添加粮草，然后把客人带入家中。佩西斯特拉托斯和忒勒马科斯被墨涅拉奥斯豪华的宫殿吸引住了，满眼都是鎏金的雕像和玉白的立柱。墨涅拉奥斯盛情款待了他们，让他们沐浴、用餐。忒勒马科斯低声对朋友佩西斯特拉托斯说道："你看，到处都是黄金、青铜、玉石和象牙，恐怕宙斯的宫殿也就只能这样奢华了。"墨涅拉奥斯听见他的低语，笑笑说道："亲爱的孩子，你现在看到我拥有那么多财富，其实我也经过命运的捉弄，饱受了漂泊的痛苦。我在外漂泊八年，见过许多人事，但是我在外的时候兄长被人杀害，妻子又欺诈我，我得到了这些财富却失去了快乐。我倒是宁愿只有现在的三分之一的财产，如果能换回那些勇士在特洛伊战死的生命的话。那些英雄忍受了多少灾难折磨啊，那位神勇的奥德修斯最悲惨，离开他的妻儿外出征战，人们至今不知道他的生死，哎！"

忒勒马科斯听见墨涅拉奥斯说起他的父亲，泪水不禁夺眶而出。墨涅拉奥斯见他这样，心里疑惑，考虑是自己问他还是等客人自己说出实情比较好。正在墨涅拉奥斯疑惑不解的时候，妻子海伦从楼上走了下来。海伦多么美丽啊，她的美简直不能用语言描述，就从那么多英雄勇士为了她一个人丧命就可以看出来她令人销魂的魅力了。她走到丈夫身边轻声地问那两位客人的来历，因为她觉得忒勒马科斯长得很像奥德修斯。"夫人，我其实也那么觉得。"墨涅拉奥斯握着海伦的手说道。佩西斯特拉托斯站了起来，说道："尊敬的主人，实不相瞒，我身边的这位青年正是奥德修斯的儿子，忒勒马科斯。但他认为初来乍到不应该在您面前夸夸其谈，所以没有把身份表明。我父亲涅斯托尔让我们来找您，派我跟随着他。他父亲远出在外，儿子有许多困扰，无人相助，很是辛苦！"

"天哪！原来你真是奥德修斯的儿子！"墨涅拉奥斯欣喜过望，"我曾经对奥德修斯说过如果我们能平安抵达家乡，我一定会请他带着儿女妻子来这里作客，我们老朋友可以常常相聚不要担心分离了，可如今……"墨涅拉奥斯哽咽了，大家都忍不住流下泪来。过了一会，佩西斯特拉托斯劝慰大家不要过度悲伤，气氛才稍微轻松了一些。墨涅拉奥斯对他说："亲爱的朋友，你的举止使你看起来有教养又气度非凡，不愧是涅斯托尔的儿子，真是明智高贵的人啊。现在我们重新用餐吧，等明天我们再细细述说。"这时候海伦想出了一个法子，她把一种能够让人忘掉痛苦的药液滴在众人的酒杯里，喝了这些酒就可以忘掉一切烦闷悲伤。她说道："众人们不要太悲伤，现在开怀畅饮吧，让我来讲一个关于神勇的奥德修斯的故事。在特洛伊的时候他曾经把自己鞭打得遍体鳞伤，穿得破破烂烂像个乞丐，潜伏地方居民地。他的这种打扮骗过了所有人，只有我认出了他，我向他询问，他总是很巧妙地躲避了。直到我发了重誓为他保守秘密，他才告诉我阿开奥斯人的计划。"

墨涅拉奥斯跟着说："亲爱的，你说得很正确，我也曾经见识过许多威猛的英雄，没有哪一个人像奥德修斯一样遭受那么多磨难。他藏在木马里准备去攻克特洛伊城。我记得当时你走在木马边上叫唤我们的名字，我们很想回答你，但是却被奥德修斯阻止了，直到你离开，否则我们将要暴露自己的身份，也将因此丧命。"

"即使聪慧，也没能逃脱悲惨的命运！"忒勒马科斯沉重地说，"不过，敬爱的主人，我们一路上奔波到贵地，不敢浪费一分一秒时间，旅途困顿，现在感觉体力不支了。我看时间也不早了，我请求现在让我们睡觉吧，有什么事情明天再说，可以吗？"墨涅拉奥斯应允了他的请求。他遣散了前来庆贺婚礼的人们，为远道而来的客人准备好了卧榻。于是众人纷纷散去，忒勒马科斯和佩西斯特勒托斯躺在床上很快就陷入了睡梦之中。

第二天，墨涅拉奥斯向忒勒马科斯询问他来这里的原因。忒勒马科斯诚实地回答道："您问到我前来贵地的原因，我不会对您有所隐瞒。昨天因为旅途劳苦没能向您说清楚，今天我全部都告诉您。我来实际上是为了打听我父亲奥德修斯的消息。我不知道他现在是否还在世上，我的家现在简直乱得不成样子了。伊塔刻地区的贵族和其他地方的权贵涌进我家想向我母亲求婚。他们不按照求婚的正常程序走，却霸道地挤在我家白吃白喝，消耗我家的财产。我太年少无力，无法驱赶他们，也没有朋友可供帮助。我每天都盼着父亲能回来，只要他一回来，什么事情都能迎刃而解了，这些人不会那么肆无忌惮，我家也能恢复往日的安宁。您以前在外漂泊的时候有没有见过我的父亲或者听说过关于他的只言片语呢？请您把您知道的一切都告诉我，您的恩情我没齿难忘。"

听完他的述说，墨涅拉奥斯感到很震惊："天哪，一位英雄的家宅居然被一群无耻之徒糟蹋！要是奥德修斯能够回来一定会好好地收拾他们！既然你现在过来问你父亲的情况，我要把我知道的事情都告诉你。"

"当初我也是一心思归，但是神明们因为不满意我的祭祀，把我滞留在埃及对面的法罗斯岛上。整整二十天，我们没法起航，食物也用完了，不知道该怎么办。这时候老海神普罗特斯的女儿埃伊多特娅因为怜悯我，给我想出了一个法子。她告诉我有一位说真话的海中老神名叫普罗特斯经常出没在附近，如果能够抓住他的话，他就会告诉我航行路线和航程。因为他是波塞冬的侍从，知道大海深处所有的秘密。女神还告诉我，当太阳上升到天空中央的时候，普罗特斯会从海中跃起，到他空旷的洞穴中睡觉，他周围会围绕一群海豹，和他一起卧睡。女神让我挑选几个同伴，乔装成海豹，等到他睡着的时候扑过去抓住他。他会变化成各种动物的形状，还会变成游鱼和烈火，一定要死死抓住他。当他开口说话，恢复到睡觉模样的时候才能松手。她这样说完就消失了，我按照她说的去做了，我们披上海豹皮，等候在岸边上，那些豹皮的味道简直难闻死了，幸亏女神给我们涂上了药水，我们才闻不到那令人窒息的臭味。中午时分，海神从海中走上岸来，他来到自己的洞穴中，清点着那里的海豹，然后他在海豹身边躺下来睡着了。我们看准时机大叫一声一起扑了上去，费了九牛二虎之力最后好不容易才把普罗特斯抓住了。我请求老海神告诉我回家的方法，他告诉我说，首先要到埃及河流边给神明虔诚奉献上祭祀。我还向他询问了一些战友的情况，他都一一告诉了我。当我问到奥德修斯的时候，他说，现在奥德修斯被困在一座海岛上，一位名叫卡吕普索的仙女想要他留下来。他没有同伴也没有船只，虽然想回家却没有办法。我听完海神的嘱咐后就回到埃及给神明奉献上丰盛的祭祀品，神明原谅了我，把我护送回家乡，享受天伦之乐。既然你现在来到我家中，那么请你多留一段时间再走，我要为你准备三匹骏马当作礼物送给你。"

忒勒马科斯感激地说："谢谢您，我很愿意在这里多待一会，但是我的同伴还在皮洛斯等待我的消息。至于骏马，我想还是让它们在这里的平原上奔跑吧，伊塔刻是崎岖不平的海岛，不适合骏马疾驰。"墨涅拉奥斯觉得忒勒马科斯很有礼貌，于是把骏马换成了嵌有黄金边的缸。他们就这样说着话，客人们纷纷来到墨涅拉奥斯的宫殿，带来了羊、美酒和面饼，他们在厅堂里开始准备酒宴了。

求婚人制造可怕的阴谋

那些求婚人在奥德修斯的厅堂前娱乐玩耍，他们在翠绿的草坪上投掷飞枪长矛，显然对忒勒马科斯的事情一无所知，安提诺奥斯和欧律马科斯也坐在草坪上。这时候弗罗尼奥斯的儿子诺埃蒙向他们走过来，问他们："你们知道忒勒马科斯什么时候从皮洛斯回来啊？他去的时候借走我一条船，我现在需要它渡海去埃利斯，我要在那里挑选十二匹马赫尔、一些骡子回来驯养。"

"什么？"安提诺奥斯觉得很吃惊，因为他没有想到忒勒马科斯会有勇气去皮洛斯，"你老实告诉我，他是什么时候离开这里的？哪些人跟他一起走的？是他挑选的伊塔刻人还是他自己的奴隶？你的黑壳船是被他强迫拿走的还是你自愿借给他的？"

安提诺奥斯问了一大串问题，诺埃蒙只好如实回答："是我自愿借给他的，不然怎么办，看着他这样难过，我怎么能拒绝他呢？跟随他的人都是我们地区的优秀的年轻人，是门托尔或者一位像门托尔的神明带着他们，因为我今天早上还看见门托尔了呢，那时候他早就动身和忒勒马科斯走了，你说奇怪不奇怪？"

说完，诺埃蒙就到他父亲那里去了。安提诺奥斯和欧律马科斯不由怒火中烧，眼睛里冒出仇恨的凶光，他们马上阻止了求婚者的玩乐，大声说道："好啊，忒勒马科斯居然敢自己前往皮洛斯，还挑选了那么多优秀的年轻人跟着他，算他有种！他还是黄毛小子，竟然敢违背我们的意愿，他以后一定会成为我们的祸害！现在你们去准备一条快船和十二个同伴，我要亲自去收拾他，等到他返回的时候，就在伊塔刻和墨萨之间的海峡那里埋伏起来，给他一顿教训！让他寻父不成反倒变成自己去寻死！"众人纷纷表示赞成要他去做这件事，然后他们站起来走进奥德修斯的宅子里。

传令官墨冬听见了求婚者的阴谋，他悄悄跑到珀涅罗珀的房门前想告诉她这个消息，珀涅罗珀看见墨冬，就问道："墨冬，求婚者为什么派你前来？是来吩咐奥德修斯的女仆停止工作，为他们准备菜肴吗？但愿他们永远都不要再来烦我了。奥德修斯以前对你们的父母那么公正亲切，你们怎么可以恩将仇报呢？"

墨冬答道："尊敬的王后，求婚者正在策划一个大阴谋，他们想秘密地杀死忒勒马科斯，等到他从皮洛斯和拉克蒙克回来的时候。"

王后一听，不由地双膝发软，瘫倒在地上，她痛哭起来："传令官，你说什么？忒勒马科斯离开伊塔刻了吗？我的孩子为什么要离开我去冒险啊？"

"也许是哪位神明让他这样做，或者他自己也想这么做吧。"墨冬答道。说完后，他就离开了房间。珀涅罗珀太悲伤了，一直靠在门栏边上哭个不停，所有的女奴看见她这样难过，也跟着抽泣起来。"我的命运怎么那么悲苦啊！先是失去了丈夫，现在又有可能失去亲爱的儿子，你们明明知道他要离去，为什么没有一个人叫醒我，通知我这个消息，把我一个人蒙在鼓里！你们现在快去请老人多利奥斯，我嫁来这里的时候父亲曾经把我托付给他，让他为我掌管果园，快让他去见拉埃尔特斯禀告这一切，也许拉埃尔特斯能有法子制止他们可怕的行动！"

老奶妈欧律克勒娅跪在地上说："尊敬的夫人，您可以用青铜杀死我或者继续留我在家里我都不会再对您有所隐瞒了。忒勒马科斯让我为他准备了食物和酒，告诉我说不要把事情告诉您，除非您自己想起他来或者等到十一天以后再告诉您实情，以免让您过度伤心。哭泣已经使你的容颜有所损伤，他这样做也是不想让你过于担心吧。事已至此，您也不要太激动，请您现在去沐浴更衣，然后同女仆们一起到楼上房间里向雅典娜祈祷，祈求她保佑忒勒马科斯一行人平安返回。我想伟大的神明一定会留下奥德修斯的子嗣来继承这富丽的宫殿和肥沃的土地的。"珀涅罗珀听完她的话稍微感到一点安慰，只好照她说的去做了。她默默向雅典娜祷告，雅典娜也听见了。

这时候，狂妄的求婚者还在大厅里吵吵嚷嚷的，他们相信忒勒马科斯这次一定必死无疑。安提诺奥斯开口对他们说："朋友们，你们不要掉以轻心，还是要小心行事，千万不要把这个消息散布出去，我们现在开始悄悄动身了。"这样说完后，他亲自挑选了一条快船、两个健壮的勇士和各种精良的武器，这十二个勇士把船拖到海水里，然后竖起桅杆，挂好风帆，朝他们的目的地驶进。到了傍晚，他们终于来到那个海峡的港口，把船停泊在那里。

珀涅罗珀忧心忡忡地惦记儿子忒勒马科斯的生死，以至于寝食难安，她一直胡思乱想，心怀恐惧，一直到雅典娜施魔法让她沉沉睡去。雅典娜这时候又想到了一个办法，她幻化成珀涅罗珀的姐妹也就是伊卡里奥斯的女儿伊弗提墨的模样，来到珀涅罗珀的寝室，她停在珀涅罗珀的头上方，对她说："珀涅罗珀，你现在睡着，不要忧伤了，神明会保佑你儿子平安回家，因为神明认为他没有犯任何过错。"珀涅罗珀似醒非醒，她意识恍惚地说："亲爱的好姐妹，你为什么来到这里？你居住的地方离这里那么远，往日从来没有来过呀。你要我不要悲伤，但是我怎么能够不悲伤呢？首先是我那威武的丈夫不知所踪，现在我那年幼的儿子也为了寻找他父亲的消息出门在外，我很担心他会有不测，现在有好多人想要谋害他呀。"伊弗提墨的幻象回答她说："有一位能够保护他的人和他在一起，她就是雅典娜，她见你那么悲伤，就派我来告诉你。"

"那么，请你告诉我奥德修斯的情况，他现在到底是生是死？"珀涅罗珀急迫地追问道。"我不能详细说明你那丈夫的遭遇，也不能告诉你他现在是否还在人世。"幻象摇摇头，说完她就从门框的缝隙中钻出去，消失在风中。珀涅罗珀突然从梦境中惊醒，她抚摸着自己的胸口，仍对刚才的梦境心有余悸，不知道刚才的对话是真还是假。

求婚者这时候也在秘密地行动着。他们停泊在一个叫阿斯特里斯的岛屿的港口上，静静等待忒勒马科斯的归航。

奥德修斯离开仙女卡吕普索

当黎明的曙光从天边升起来，神明们也开始了他们的会议。会议由宙斯主持，他坐在神明中间，威严无比。雅典娜想起了还在磨难中的奥德修斯，于是首先对她父亲说："父亲宙斯和各位神明，请你们听我说。我想以后再没有一个国王能像奥德修斯一样公正严明又像慈父一样对待他的臣民了。可是现在的他正在一座海岛上忍受极大的痛苦。仙女卡吕普索想要把他留在岛屿上，可是奥德修斯一心想返回家乡，他自己没有船只也没有同伴，靠他一个人的力量根本就走不出那座岛屿。更为悲惨的是，现在又有人想趁机把探寻他消息的儿子杀死。"宙斯听了，对女儿说："我的孩子，难道不是你亲自谋划安排让奥德修斯回去报复那些求婚者吗？至于忒勒马科斯，你也同样可以保护他让他不受伤害地回到家中。"说完，他又对儿子赫耳墨斯说："赫耳墨斯，你是信使，你现在去向卡吕普索宣布我的旨意，让她放了奥德修斯，并且把奥德修斯送到淮阿喀亚去，那里的人会敬重他如神明的，他们会赠送给奥德修斯许多青铜、黄金和无数的礼物，并且会给他一艘坚固的船，使他能顺利返回家乡。奥德修斯命中注定会回到家的。"赫耳墨斯按照宙斯的命令去做了，他系上精美的会使他飞翔的鞋绳，手执一根魔杖，这把魔杖会让人马上坠入梦乡，也可以使沉睡的人马上清醒。他来到大海上，又如飞鸟一般穿过重重惊涛，海水沾湿了他的羽翼，经过一番跋涉，终于来到仙女的洞穴门口。洞里的炉灶燃烧着熊熊烈火，雪松和青柏的枯枝燃烧时散发的香味弥漫了整座岛屿。神女这时候一边在欢乐地唱歌，一边用金梭织布。洞穴周围林木茂盛，有赤杨、白杨还有青柏，各种羽翼宽大的鸟在树枝上栖息做巢，有鹞鹰、乌鸦还有海鸥。洞穴的壁岩上长满了葡萄藤，蜿蜒的枝条上结满了累累硕果，清泉绕着洞穴流过，穿过碧绿的草坪向远方逶迤而去，草坪上缀满了紫色的花，蜜蜂、蝴蝶在其中翩翩起舞。赫耳墨斯不由地被这里的美景吸引住了，他停下来驻足欣赏。仙女卡吕普索突然发现了他，她心生疑窦，走过来问道："我敬爱的神明赫耳墨斯，您可是稀客，今天怎么光临我这里？如果您有什么吩咐需要我效劳的话，我定当全力以赴，现在您还是进洞来，让我来尽地主之谊。"赫耳墨斯走到洞中，吃了仙女端上来的水果和茶点，然后对她说："你知道我今天来的原因吗？宙斯派我来到这里，说这里有一位饱受磨难的英雄奥德修斯，他受的磨难远远超过平常人，那些英雄曾经在普里阿摩斯城下战斗了九年，第十年摧毁了城市，在返航的途中他们得罪了雅典娜，引起雅典娜的愤怒，于是她掀起漫天的风暴，使得这些人中的大部分丧命大海，而他被波澜吹到你的岛屿上。现在宙斯命令你马上放人，奥德修斯注定要回到他自己的家乡。"

仙女听完赫耳墨斯的话后感到内心受到巨大震颤，她大声说道："神明们啊，你们就是喜欢嫉妒，嫉妒我们仙女与凡人结合在一起。想当初黎明女神爱上奥里昂，神明们就派阿尔忒弥斯前去用箭射杀了他；得墨忒耳爱上伊阿里西的时候宙斯也大为震怒，用闪电劈死了他。现在你们又嫉妒我了。当初宙斯发威攻击他的船只，把船只差点劈成碎片，是我把他救上岸来，对他悉心照料。我对他一往情深，愿意为他做任何事情。现在既然是宙斯的命令，我断然不敢违抗，我也无法将他送回家中，我也没有船只，只能给他一些忠告，或许这些忠告能够使他平安地回到家中。"她说着眼睛里噙满了泪水。"那就快去做，

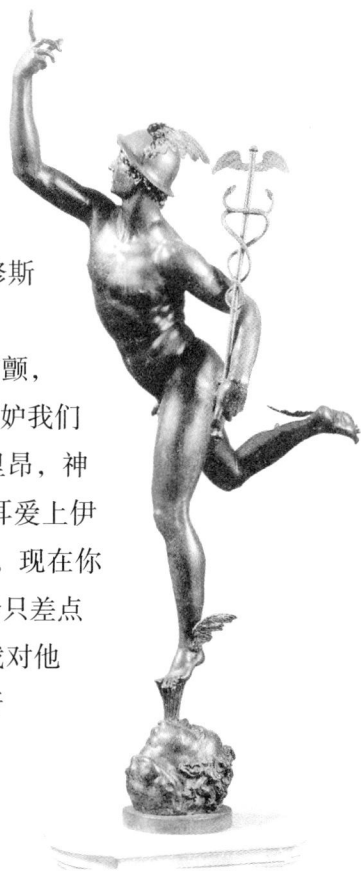

飞翔的赫耳墨斯

318

不要惹宙斯生气。"赫耳墨斯说完单脚一跃，就飞走了。

卡吕普索悲伤极了，但是却不能违抗宙斯的命令，她来到海边寻找奥德修斯。这些天来奥德修斯每天都坐在海岸上吹风，双眼迷茫地望着大海，心里一直想着家中的情形。卡吕普索虽然对他很好，但是回家才是奥德修斯最大的愿望。她看到他这副模样，走向前去，轻轻拍了拍他的肩膀，告诉他不要悲伤，她现在就让他离去。不过他必须砍一些长长的树枝做成宽大的船筏，然后在上面安上护板。她还许诺给他美食和衣物，使他能顺利回家。奥德修斯听见她这样说，惊讶极了，他一阵惊喜，但是又突然疑虑起来，因为他害怕这是她安排的灾难。知道他的疑虑之后，卡吕普索微笑地握着他的手，说："你真是狡猾，从来不会让自己上当受骗，可是你的担心是没有必要的，我现在就发重誓，这绝对不是什么灾难。我为你考虑这些其实就像为我自己考虑一样，对你，我的心很仁慈。"说完，她把奥德修斯领回洞穴中，给他穿戴整齐，又给他提供了丰盛的菜肴。看见他终于要离开了，卡吕普索留恋地说道："奥德修斯，你现在就要走了，我祝你一路顺风。一路上你将经历很多磨难，或许有一天你会怀念我这个小小的洞穴，虽然你一直对你的妻子念念不忘，但是我不知道我哪里比不上她，是脸蛋还是身材？"奥德修斯答道："尊敬的女神，谢谢你的好意。我妻子珀涅罗珀无论脸蛋和身材都不能和你相比，但是我的信念很坚定，我一定要回去，回到伊塔刻，回到家中。我已经经受了太多的磨难，不再畏惧回去的苦难，多一次这样的苦难对我来说不算什么。"这一晚，奥德修斯和仙女卡吕普索拥卧在洞穴里。第二天清晨，当他们从睡梦中醒来，卡吕普索交给奥德修斯一把符合他掌形的大斧子，让他去砍一些大树的枝干。奥德修斯费了一番工夫砍了二十棵大树的枝干，又把它们削平，然后用钻子钻孔，用木钉把它们连接起来。他花费了不少力气，一直忙活了四天四夜。但奥德修斯的手艺十分精湛，在他的辛苦打磨下，一张结实的木筏终于完成了。第五天，卡吕普索送奥德修斯出海并为他准备了随行的东西，奥德修斯就这样又重新出发了。

仙女卡吕普索吹了一口顺风气，把奥德修斯的船吹入大海中，木筏离岛屿越来越远了。奥德修斯内心一阵激动，他愉快地躺在木筏上，望着碧蓝的天空，靠着星座来调整方向。好在这期间海面上一直风平浪静，风向也使船在既定的轨道上航行着。十七天过去了，在远方的晨雾中隐隐约约透露着淮阿喀亚国土的轮廓，奥德修斯似乎看到了希望，内心激动极了。

可就在这时候海神波塞冬从索吕摩斯山山顶上看见了航行在大海中的奥德修

斯，他刚从埃塞俄比亚回来。看到这番情景，波塞冬气不打一处来，心想："好啊，看来那些神明已经对奥德修斯照顾有加了，居然让他离淮阿喀亚那么近了，看来我得发挥我的力量让他吃吃苦头！"于是波塞冬手执三股叉搅动海水。霎时间，大海上惊涛拍岸，洪波涌动，天空立刻阴沉下来，只看见一层层巨浪气势汹汹地掀动起来，巨大的波浪袭向奥德修斯的小木筏。奥德修斯慌了，心想这下一定逃脱不了灾难。正当他这样想着的时候，一个巨浪拍打过来，把木筏冲击得团团转，他被巨浪的冲击力抛出去了，掉进海水里，木筏的桅杆也很快被折断了。奥德修斯艰难地浮出水面，嘴里吐出一口口咸涩的海水，巨大的浪花一个接一个涌来，他都没有办法呼吸了。他拼尽全身力气朝木筏游去，终于艰难地抓住木筏的边缘爬了上去。木筏随着巨浪一上一下地起伏着，波浪还像鞭子一样抽打着这个苦命的人，他拼尽全力抓住手中的木头，因为他知道只要他稍微松懈一点他的命就保不住了。奥德修斯在暴风雨中显得孤独可怜极了。

就在这万分紧急的时刻，卡德摩斯的女儿，长有美丽双足的伊诺看见了奥德修斯。伊诺原来是一个凡人，现在成了海底的神仙。看到奥德修斯无助地漂浮在海上，她心生怜悯，于是化作一只海鸥，飞到奥德修斯跟前，说："不幸的人，为什么海神波塞冬要这样对你？你现在赶快脱掉自己的衣服，离开这座木筏，自己游到淮阿喀亚的土地上去，你一定会成功的。因为神明们在保护你。"然后海鸥给了他一块方巾，让他铺在胸上，这是块神奇的方巾，能够避免灾害。"但是等到你上岸的时候一定要把方巾远远地抛到海水里。"伊诺这样嘱咐道。

伊诺留下一块方巾就飞走了，奥德修斯却疑心这又是哪位想要置他于死地的神明想出来的毒招，于是他拿着手帕不知道该不该用。他决定要是风暴没有把木筏劈碎的话他就继续留在木筏上，要是木筏散开了，他就照那个海鸥的说法去做。就在这时，波塞冬打下一个巨浪，这个巨浪的威力强大，一下子就把木筏击得粉碎，木筏散成一块块木条。奥德修斯机敏地骑上了一根木条，然后马上脱掉衣服，深吸一口气跳入海中，奋力朝前游去。波塞冬看见他这副模样摇了摇头，自言自语说："你已经忍受了那么多磨难，现在就这样在海上漂泊吧。"于是他骑上他的长鬃马返回他的寝宫了。雅典娜这时候施展魔法，使所有的狂风、巨浪全部平静下来，只留下北风为奥德修斯吹开波浪，帮助他朝淮阿喀亚游去。

奥德修斯一直在海水里划啊划，脑袋里只有一个念头就是快点划到对岸。他在海中划了两天两夜，有时候累得快要失去信心了。第三天到来的时候，他这才发现海面上已经一片宁静了。他抬起头来，看见淮阿喀亚就在触手可及的地方，他欣喜若狂，使出最后的力气朝前游。但就在他快触及陆地的时候，他听见大海撞击悬崖发出的轰鸣声，巨大的浪涛冲向陆地，登岸的地方既没有港湾也没有避难地，到处都是嶙峋的礁石，奥德修斯不知道该怎么办了。雅典娜给了他智慧，让他趁巨浪拍打过来的时候紧紧抓住悬崖的削壁。可是海水往回退的时候又连带着把奥德修斯往后撕扯，他又被带入海水中。雅典娜又给他另外一个法子，当波浪冲向陆地的时候他注意观察陆地上面是否有一个可以登陆的地方，于是他奋力游到一个闪光的河口，发现一个可以躲命的地方。他祷告神明怜悯他不要再制造巨浪了，河神听到他的祷告，立刻制止了水流的涌动，他得以安然游向河边。

奥德修斯到岸之后，简直累得不成人样了，他筋疲力尽地趴到地上，昏厥过去。等到他稍微恢复了一点体力，他记起伊诺的方巾，于是把方巾远远地抛到海水中归还给她。他从河岸爬到茂密的芦苇丛中，心想如何熬过夜晚。要是留在这里一定会被冷霜冻坏，要是去到前方的树林里，可以取些枯叶遮挡御寒，但是也可能被野兽吃掉。他这样想着，决定进树林看看。突然，他发现了两株枝叶交叉的橄榄树围成一个封闭的灯笼状，雨水阳光都渗透不进来，奥德修斯感到很欣喜，于是收集了一些树叶做铺垫。很快，他就趴在上面，沉沉地睡去了。

瑙西卡

智慧女神雅典娜一直注视着他的行踪，现在又来帮助奥德修斯。晚上，她托梦给淮阿喀亚国王的女儿瑙西卡，告诉她婚期不远了。为了给婚姻大事做一个细心周全的准备，她应该把全家的衣裳洗干净。第二天早上，公主匆匆找到父母，向他们吐露心事。不过，她只字不提婚期，只是说神谕如此。父亲听后欣然同意并吩咐车夫准备车辆。到了河边，公主和随从的姑娘们让车夫把骡子放下来自由吃草，她们自己把衣物抱到河边，欢快地洗着衣裳。公主一边洗衣服，一边四处等待着神谕的奇迹出现。她望穿秋水，还是什么也没有发生。那些衣服很快就洗好了，时候也到了中午，该是吃午饭的时间。姑娘们在草地上摊开桌布，放下了准备好的午餐。少女们吃完午餐之后又开始玩抛球游戏，瑙西卡又带着她们一起跳舞。少女玩乐的声音和午餐的香味传到旁边林子里熟睡的奥德修斯的鼻子里，他被惊醒了。接着他就看见了那些一边玩乐一边嘻嘻哈哈的姑娘们。

奥德修斯摘取一根树枝，用浓密的树叶遮住赤裸的身体，犹如荒野中的狮子一般。然后，他从树丛里慢慢地走出来。少女们一见一个野人赤身露体地跑出来，马上四处奔逃，只有一直希望奇迹发生的瑙西卡留了下来。奥德修斯毕恭毕敬地站在远处，向她述说自己的悲惨遭遇，请求公主能够赐给他食物和衣裳。公主温文有礼，回答道："外乡人，我看你也不像是个坏人，宙斯会按照他的心愿把幸福分配给每一个人，对你也一样。你既然遭受了那么多痛苦，现在来到了这里，就不再缺少食物和衣服了，我是国王的女儿叫瑙西卡。"接着，瑙西卡把受惊的少女们召唤回来。她告诉她们这个男子是个不幸的漂泊人，应该好好招待他。于是侍女们为奥德修斯拿来了食物、衣服还有沐浴用的橄榄油。奥德修斯回避了少女转身来到河边上洗净身上的泥垢和污浊，然后用橄榄油涂抹全身，沐浴之后的他更加威武强健了。他穿好衣服出现在瑙西卡面前时，瑙西卡吃惊地睁大了眼睛。她没有想到刚才那个蓬头垢面脏兮兮的家伙现在变成一个神明一样英俊的男子。奥德修斯身材魁梧，神采奕奕地站在面前，眉宇间洋溢着一股掩饰不住的大丈夫气概。瑙西卡心中暗暗赞赏他，心想要是神明赐给他的夫君也是这样英俊就好了。公主对他不胜爱慕，决定让他坐在回城的车子上，她甚至毫无顾虑地告诉姑娘们，她期望神灵给她的丈夫就是这个样子。她准备把奥德修斯带到城里。她给奥德修斯端来食物，他好久没有吃东西了，于是狼吞虎咽地吃起来，公主对奥德修斯说："我现在要带你进宫去让你看看我的父母亲，也就是淮阿喀亚的国王和王后。路上会经过田野和城镇，你到处都可以看见耕作的人们。我们这样大张旗鼓地经过城市肯定会引起别人的闲言碎语，他们看见你一定会说：'那个英俊的男人和瑙西卡公主是什么关系？是不是她要嫁的人'之类烦人的话。所以当我们经过一座白桦树林的时候，你就下车在那里等待，我父亲的宫殿就在白桦林的里面。在那里，任何路人都能毫不费力地把你领到王宫去。我们就不一同进宫了。你要是进宫的话就迅速进入大厅见我的母亲，她一般都坐在炉灶旁纺羊毛线，你要是能博得我母亲的喜欢，就很快能够得到她的帮助，顺利回家了。"她这样说完后就挥动鞭子驱赶骡子，不一会就来到了那座白桦林。公主放下奥德修斯，和女仆们一同进宫去了，奥德修斯开始向神明祷告，希望能够得到淮阿喀亚国王和王后的垂怜，帮助他回家，雅典娜允诺了他的祷告。

奥德修斯来到淮阿喀亚人的国土

瑙西卡和女伴们回到宫殿中，女仆们纷纷过来帮她拿走洗干净的衣服，老奶妈开始生火为瑙西卡准备晚饭。这时候奥德修斯正向国王的宫殿走去，雅典娜担心淮阿喀亚人欺负奥德修斯，于是就在他周围撒下一片浓雾包围他。正当他要进城时，雅典娜幻化成一个手捧水罐的少女向奥德修斯走来。奥德修斯请求她带他去国王的宫殿。少女答应了，但是她要求奥德修斯默默跟在她身后不要向别人询问什么，因为本地人很不欢迎外地人。雅典娜在前面引路，奥德修斯跟在她后面，他们一路穿过广阔的会场、林立的栅栏、蜿蜒的城墙和停泊的船只，城市的种种壮阔的景象让奥德修斯叹为观止。到了宫殿的门口，雅典娜鼓励奥德修斯让他不要胆怯，径直过去首先找到王后。王后名叫阿瑞塔，平时深受她丈夫阿尔基诺奥斯和人民的尊重。因为她富有智慧并且心地善良，甚至善于调节男人之间的纷争，雅典娜让奥德修斯先取得王后的喜欢。告诉完他这些之后，雅典娜幻化的少女就转身离开了。奥德修斯站在富丽的宫殿门前仰望着这座宫殿，多雄伟气派呀！青铜铸成的宫门就像太阳和月亮一样散发着耀眼的光芒，两边竖立着银质门柱，宫门两侧还有赫菲斯托斯制作的狗，用黄金白银制成，象征着守护宫殿的勇士。向里望去，可以看见宫殿内侧两边的墙壁边上摆放着许多的座椅，上面铺满了女仆们纺织的精美的绸缎，许多王公贵族举行宴会和商议事情的时候就坐在这上面。离宫殿不远的地方有一大片果树林，那里郁郁葱葱地生长着各种各样的果树，有苹果、雪梨、紫葡萄、无花果还有橄榄树，无论春夏秋冬，都有适合季节的水果成熟。在树林边上还有一座皇家葡萄园，仆人们正在辛勤采摘葡萄，或晒干或酿酒，葡萄蔓延着整个田园，花草斑斓生长着。有两条清泉流过，一条流经果园用来灌溉，一条流经宫殿。奥德修斯被眼前的美景吸引住了，他停下脚步慢慢欣赏着这美景，然后他迅速地走进宫殿。

这时国王、王后和其他王臣正做着睡觉前的最后一道祭祀，奥德修斯迅速来到阿瑞塔跟前，在她面前跪下，围绕在他身边的浓雾这时候也散去了，他恳求道："阿瑞塔王后，我经受了无数的灾难，现在请求您帮助我赶快回到自己家乡，愿神明保佑您、您的家人！"他说完后就坐到炉灶旁边的灰土里，众人中的老英雄埃克涅奥斯说道："阿尔基诺奥斯，让客人坐在满是灰尘的炉灶边不雅观，请你扶起这位客人，让他坐到银椅子上去，然后再让女仆给他准备晚餐。"国王听从了长者的话款待了奥德修斯，然后遣散了众人。

殿内只剩下了奥德修斯和国王、王后。阿瑞塔看见奥德修斯仪表不俗，身上穿着的衣服又都是自己女仆所制作的样式，心里感到疑惑，她问奥德修斯是哪里人，怎么得到这些衣服的，奥德修斯将事情的原委讲述了一遍。国王听完后皱皱眉头说："客人，我女儿对你的做法欠考虑，她应该带你一同进宫来，怎么能把你放在半途？"奥德修斯对国王的谦逊感到很感激，他连连说这是自己的意愿。国王看见奥德修斯秉性纯良，不由地赞赏道："我真是希望能有你这样一位出众的女婿啊，和我女儿的性情相配！你要是愿意的话，我会让你继承我的家业和产业。但是我们不会强迫你的，如果你想回去的话，我们一定助你一臂之力。我们的船只很快速，年轻人也善于航海，他们曾经去过最为遥远的尤卑亚岛，即使是那样遥远的距离他们一天就返回了。"奥德修斯心里默默高兴，并且祈祷国王的诺言会实现。谈完之后，国王安排奥德修斯在宫殿里豪华的床铺上睡觉，自己和王后也随之进入了梦乡。

第二天，国王召集众人来港口附近的广场开会商量奥德修斯回家的事情。雅典娜幻化成国王的传令官，走在大街小巷上传布消息，于是没过多久，广场上就聚满了群众。他们看见奥德修斯不同寻常的外表和气质，纷纷赞叹不已。这时国王开口说道："我们现在要帮助这位可怜的外乡人回到他的家乡，就像我们以前做的那样，现在让我们准备好一条新的黑壳船，再从国人中挑选出五十二个超群的年轻人系好桅杆，贮备好粮食，然后再到我宫殿里去。为了欢迎这位客人的到来，诸位王公们现在就请去我的宫殿参加宴饮，还有把歌人得摩多科斯请来，让他来弹唱弹唱！"

国王和众人回到宫殿，五十二个年轻人照吩咐准备好船只和粮食之后也结对来到国王的宫殿中。这时候宫殿内外聚集了不少人，国王吩咐仆人宰杀了十二头牛、八头白猪和两头羊，开始大办宴席。歌人也被邀请过来为大家弹唱助兴，歌人演唱的是英雄们的业绩，有关于奥德修斯和阿喀琉斯的争吵以及他们如何在祭神的盛宴上起争执等等事情，奥德修斯听见歌人的演唱，不由得想起自己以前的生活，眼泪就不自觉地落下来了。他用手提起那紫色的大袍，遮住自己的脸庞，怕众人发现他在落泪。等到歌人停止歌唱，他也就停止了哭泣。但歌人一开口演唱，他又忍不住泪如泉涌，赶紧用袍子遮住脸。众人都没有发现，只有国王看见了。他心生疑惑，但在那么多人面前他没有询问奥德修斯，而是站起来说："大家如果已经享用好了食物，我们现在就到广场上举行竞技比赛吧。好久没有这样的活动了，现在趁大家高兴，再加上这位客人来到我们这里，让他也看看我们淮阿喀亚人的勇气和能力，好让他回家以后对他的家人和国人诉说。"

大家都纷纷表示赞成，在国王的带领下，众人跟随着他来到广场上。

随行者中有许多高贵的年轻人，他们比赛的第一个项目是赛跑，比谁先到达终点。赛手们一路狂奔，带起了很重的灰尘，最后高贵的课吕托涅奥取得了胜利。接着他们又举行了角力比赛，欧律阿洛斯技压群雄；埃拉特柔斯在掷饼运动中遥遥领先了；拉奥达马斯取得了拳击比赛的冠军。比赛之后，拉奥达马斯问奥德修斯擅长什么竞技，并且想让他一展身手。奥德修斯推辞了，欧律阿洛斯看到他不愿意展示才艺，于是讥讽道："我看你也不像是会技艺的人，你看上去就像一个只会航行在海上的商人头领，一门心思想着自己的财物而不是自己的技艺。"奥德修斯听见他的讽刺，回击道："你这个年轻人说话太放肆，看来上天只给了你好看的外表，你的内心却很鲁莽无知。我并非不会技艺，但是我现在满心都充满了愁苦，在经过那么多灾难以后，我只想快点回到自己家乡。你刚才的话太伤人，我现在就要向大家证明你说的话完全是一派胡言。"说完，奥德修斯就站起来，弯腰抓起一块石饼投掷出去，石饼急速飞过众人脑袋，在空中划了一条长长的弧线，然后落在很远很远的地方，落地的时候力量如此巨大以至于地面的草皮都给削掉了。大家对奥德修斯的力量惊叹不已。奥德修斯转身对着欧律阿洛斯说："年轻人，只要你能抛到那个位置，我就再抛一次，一定会比刚才的更远，我愿意接受其他人发出的所有挑战，除了尊敬的国王陛下。因为客人不能和主人角力，这是对主人不尊敬的做法。我对任何人都不拒绝也不轻视，我愿意当面较量。我擅长射箭和投掷长枪，只是跑步可能会差点，因为经过那么些天的漂泊，我现在的体能已经下降好多了。"他这样说完后大家一片沉默，有想出来迎接挑战的但是又担心会被奥德修斯比下去颜面无存，有的人看见刚才奥德修斯投掷铁饼心中已经臣服不已不敢再继续挑战了。国王为了缓和气氛，站出来说道："客人，刚才那个人说话激怒了你，现在你想表示一下自己的勇力我很能理解，我也相信你的力量无人能敌。我们是朋友，比赛竞技为的是娱乐，增进彼此了解，不要因为一时情绪激动而产生不高兴的心情，否则这就和咱们今天的目的背道而驰了。不过你要是回到家里，对自己的家人说起我们这儿的人时，一定要告诉他们，我们虽然在拳击和角力方面并不出色，但是我们非常善于奔跑、航海、舞蹈和歌唱。现在请你稍微歇息，欣赏一下我们富有特色的舞蹈吧，把歌人的弦琴拿过来。"

　　歌人开始弹奏起来，大家踩着节奏舞动起来。他们刚开始的时候踩着节奏快速地移动着自己的舞步，整齐中又有变化；后来随着节奏旋转起来，衣裙美丽的花边在旋转的时候像一朵朵盛开的花朵，动人极了。他们妙曼的舞姿立刻把奥德修斯吸引住了，他心中暗暗称奇。歌人一边弹着琴一边叙说着阿佛洛狄忒背着她的跛足丈夫与阿瑞斯幽会，结果被赫菲斯托斯制造的网给网住，又被她的跛足丈夫当场捉住，带到宙斯的宫殿去庭审的荒唐故事，这一段欢快又滑稽的故事引起了众人的笑声，奥德修斯听了也觉得轻松了许多。他对国王表达了对该国人民舞蹈的欣赏，国王也觉得非常荣幸，高兴之下让全国十三个王公大臣包括他自己，每人赠送给奥德修斯一件披篷、一件衣衫还有一塔兰黄金。

宴席上的故事

大臣们按照国王的吩咐把礼物送到王宫，国王和奥德修斯一起回到了王宫。奥德修斯沐浴完之后穿上了赠送的衣服，更加英俊逼人了。国王的宫殿里又开始举行宴饮了。公主瑙西卡偷偷站在立柱后面目不转睛地看着奥德修斯，她知道他立刻就要回家了，但心中仍然装着对他的喜爱。她向他走过去悄悄说："奥德修斯，要是你回到家乡，请不要忘记我们的邂逅。"奥德修斯深深鞠了一躬，对公主说："我永远不会忘记您对我的帮助。"

国王宣布宴饮开始了，大家就坐在席上，吃着烤肉喝着美酒，听着歌人美妙的弹奏。奥德修斯举起酒杯对歌人说："尊敬的歌人，我敬你这杯酒，你的歌唱非常美妙，你说的阿开奥斯人的故事生动极了，现在你换个题目吧，说说木马的故事和特洛伊战争。"歌人于是调整琴弦，开始唱起阿开奥斯人怎么样集结队伍出发攻打特洛伊，在特洛伊苦战了九年也未能将其拿下，最后阿开奥斯人躲在木马里，好大喜功的特洛伊人以为这是敌人丢弃的战利品把它带进城里。木马中的英雄趁其不备，打开城门，最后终于攻占了特洛伊。他的歌声引起了奥德修斯的回忆，不禁泪流满面，他不想被别人发觉就偷偷地哭泣，但是国王再一次察觉到了。他决定要问个究竟。于是，他对众人说："大臣们、首领们，歌人歌唱那么令人悲痛的音乐，让宴饮也变得沉重起来。我们今天要的是娱乐和欢快，希望这令人悲伤的音乐不会给大家带来悲苦的心情。现在歌人请停止吟唱吧，虽然我们愿意听到关于特洛伊的更多故事，因为战争总是那么激烈又那么吸引人，但是目前最为要紧的恐怕还是享受眼前的美食。请大家不必拘礼，快乐随意地享用美食吧。"接着，他又转向奥德修斯，说："现在，客人，请不要对我隐瞒，告诉我，你在家乡的时候别人怎么称呼你？你的家乡又是在哪里？好让我们知道，能够帮你辨认方向。我们的人很会航海，但是波塞冬对我们的技术感到很生气，因为我们总是能够安全地送客人回家。他发下誓言说是要把我们的航船粉碎在可怕的大海中，不知道他的恐吓能不能成真。你到底游离过什么地方呢？经过什么苦难？你听到特洛伊战争时为什么要伤心地流泪呢？虽然你极力想掩饰过去，但还是被我看见了。要是与特洛伊无关的人虽然听见歌唱或许会觉得心襟荡漾、神往不已，但是你的眼泪却明白地告诉我你与特洛伊战争有着紧密的联系。"

奥德修斯答道："尊敬的国王和大臣们，听见歌人的歌唱我感到万分荣幸！

我从来没有听过这么美妙的音乐。一边听着仙乐一边喝着美酒，我觉得这简直是太幸福的事情。现在您问我的情况，而且你的观察力和判断力真是令人感到佩服。是的，我的确和特洛伊战争有紧密的联系，因为我自己就是攻占特洛伊中的一员。听到歌人的歌唱，我不禁想起了那些峥嵘岁月，我们在战场抛头颅、洒热血、共患难的日子，这怎么能不让我流泪呢？我真不知道该从何说起啊，现在思绪一片混乱。但是我还是愿意以诚相告，让你们知道我是什么样的人，曾经有过怎样的遭遇。"

"我名叫奥德修斯，是拉厄耳忒斯的儿子。我住在阳光明媚的伊塔刻，那是个岛国，风景秀丽，气候宜人。伊塔刻地势低矮，右侧就是大海，虽然岛国的地势崎岖，但是很适合人们居住。在我心中，伊塔刻是世界上最美丽的地方，那里有我的家人我的乡亲，任何东西都取代不了他们在我心中的重要地位。"奥德修斯充满自豪地大声说道。

"当年，在阿伽门农的带领下，我参加了特洛伊战争，作为一名战士，我很怀念那些在战场上浴血奋战的岁月，我的勇气、信念都是在战争中成长起来的。我们花费了十年的工夫，终于如愿以偿攻克了特洛伊城。如果说攻克特洛伊在世人想象中是难于上青天的事情的话，但我要说，特洛伊战争之后，我的苦难才刚刚开始。所有从特洛伊返航回家的英雄们都顺利回到了家乡，和自己的妻子儿女共享天伦之乐，继续着他们战前离开时的权力和财富。只有我乘坐的船在海上迷失了方向。神明们似乎要考验我的耐力，给我制造了无数的阻碍。这些苦难是常人难以想象的，现在我把它们讲出来或许还有人不会相信呢。我记得当时我们离开伊利昂，来到伊斯马罗斯，之后又遇到了最可怕的四大族人。"

遭遇喀孔涅斯人、食忘忧果的民族、库克罗普斯人、波吕斐摩斯

"我们攻占了伊斯马罗斯，虏获了许多财物，分完财物之后我要求同伴们立刻离开那地方，但是他们太贪图享受，不听我的建议，仍然聚集在海边宰杀牛羊吃喝玩乐。就在这时，伊斯马罗斯城的喀孔涅斯人逃到邻国去召唤了许多勇士准备反攻。这些勇士善于骑射，人数众多，当他们到来的时候，和我们展开了一场激烈的战争。他们装备精良、训练有素，白天的时候我们还占优势，但到了晚上，他们就把我们打败了，毕竟寡不敌众嘛。我们每条船都有六个同伴丧命，我们只能逃走。那时候我们的心情很复杂，一方面为自己能幸存下来感到万幸，一方面又为死去的同伴悲伤不已。这时候海上刮起了狂风，卷起来巨大的波浪，漫天的

巨浪拍打着我们的小船，一道道水花像鞭子一样抽打着我们的身体，简直痛苦极了。我们赶紧放下风帆，靠自己的双手划动双桨，努力使船向陆地方向靠近。我们划啊划，累得连一丝力气都没有了，双手由于长时间浸泡在咸涩的海水中已经肿起来了。那次风暴持续了大概两天，第三天终于平静下来，但是一阵短暂的平静之后，狂风又把船推离开库特拉，让我们在狂啸不止的海上漂流了九天。所幸的是，尽管风浪巨大得令人感到恐惧，却没有一道巨浪彻底将小船击垮，我们能够待在完整的小船里多亏了神明的庇佑啊。第十天，我们终于来到洛托法戈伊人的国土上。这个岛国的人有一个奇怪的癖好，他们平时不吃粗粮或者水果或者肉类，他们吃的是岛国上特有的一种花。这种花叫什么名我忘了，只记得当时我对此感到惊异不已。我们休息片刻以后，我就派了两个同伴和一个传令官去看看当地人的情况。他们在途中遇见了几个洛托法戈伊人，洛托法戈伊人没有杀害他们，但是给他们吃了一些花吃了之后，同伴就不想回来了。我不顾他们的意愿把他们五花大绑地带回了船，然后赶快离开了那里。那时我才知道这种花能让人忘掉自己的从前，并且留恋花儿出生的地方。接下来，我们又来到了野蛮的库克罗普斯人的居地。你难以想象，像库克罗普斯人那样野蛮难看的人居然会受到天神的保佑长生不死，而且他们居住的地方，所有的作物都无须耕作会自动生长。他们没有法律也从来不举行集会，他们居住在山巅或者山洞里，只照顾自己的妻子儿女，不管其他人怎么样。离库克罗普斯人不远的地方有一个岛屿，岛上到处都是成群的羊群，奇怪的是没有牧人养育他们；岛屿上的一切植物和农作物都自然生长自然收获，也没有人去理它们；岛上土壤非常肥沃，还有天然的可以泊船的港湾，但就是没有人迹。我们乘船来到了这座岛屿上，稍作休息之后就去捕猎动物果腹。不一会工夫就有许多猎物了，岛上的一切都是那么繁盛啊。我们一共有两条船，每条船分得了九头羊。我们就地开始生火烧烤羊肉，船上还有剩下的美酒，都被我们搬出来享用了。在经过海上风暴以后我们还从来没有那么放松快乐地享用过食物呢。落日西沉，我们在暮霭中望见不远处库克罗普斯人的居地雾气缭绕、青峰耸立，显得异常神秘。第二天黎明到来的时候，我就决定亲自带着同伴去他们居住的地方一探究竟。

"我们划船来到那个岛屿，海滨边上有一个巨大的山洞，上面覆盖着厚厚的桂树枝叶，许多羊群在里面睡觉。石洞边上有一座高高的庭院，周围都被坚固的石墙围起来，庭院里面栽满了葱郁的松树和橡树。远远地，只看见一个巨人在放牧羊群，他的样子奇怪的很，看起来不像凡人。我让其他同伴留在船上，自己挑选了十二个同伴和我一同上岛，我随身携带着一皮囊暗红色美酒。虽然我们当时并不怯懦，但是我也预感到，我们要面对的是个非常野蛮、难以对付的人。

"我们来到山洞前，发现里面有一筐筐贮存的奶酪，羊群全都按照大小分圈豢养，互不相混，各种罐子里盛满了新鲜的奶液，气味芬芳。我的同伴们怂恿我搬走奶酪带走羊群，以备航海之用，但是我却没有这样做，因为我想知道主人是不是对我们友善，在确定这些之前随意搬动主人的东西是有违礼节的。

"我们在山洞里燃起篝火，吃着奶酪，等着主人回来。等到傍晚时候，巨人扛着一大捆枯枝回来了。他把柴薪扔在地上，啪地发出一声巨响，山洞里的灰尘也被掀动起来了。巨人的模样吓得我们赶紧退到洞穴的暗处。巨人把公羊赶到洞外的栅栏里圈起来，把母羊留在洞内，然后又抓起一块巨石堵住洞口，那巨石大得惊人。在山洞里面，他开始挤奶了。当他挤完奶以后，生起火堆，就发现了我们。他用粗犷沙哑的嗓音问我们是谁，没等我们回答他又问我们是不是一群在海上冒险的海盗。听到那么可怕的声音，看见他那张狰狞的脸，我们的心里感到一阵恐慌，但是我壮起胆子答道：'我们是阿开奥斯人，来自特洛伊，是阿伽门农的部下，回家的途中迷路了，机缘巧合之下来到了这里，宙斯保护所有旅人，您若敬畏神明的话，希望您也能给我们提供一些帮助。'巨人大笑了几声，声音使得石壁都震颤不已，'要我敬畏神明？我看你是蠢到家了！我不管宙斯是什么东西，我只按照自己的意愿做事情，我，波吕斐摩斯，比那些神明强大多了！你老实点告诉我，你们的船停泊在哪里？还有没有其他的同伴？'我怕他知道还有同伴在附近，于是骗他说：'海神把我们的船只摧毁了，现在只剩下我们几个。'巨人听完我的话没有回答，他一步一步朝我们走来，他每走一步，整个山洞就颤动一下，好像地震一样。突然他抓住我们两个同伴，像抓起小狗似的撞到壁岩上去，他们鲜血直流，脑浆迸裂。巨人又把他们撕扯成块，张开血盆大口将他们塞进口中。我们目睹了这个惨象，不由地浑身战栗，面如死灰。巨人吃完了人肉，喝了点鲜奶，就躺下去睡觉了，也不理睬我们了。这时候我很想冲上前去用刺刀割破他的胸膛，但是看到

奥德修斯智胜独目巨人

奥德修斯等人在西西里岛靠岸时，出于勇敢和好奇，他来到岛上，结果被这里的霸主独目巨人波吕斐摩斯捕获，奥德修斯设计将巨人独目刺穿得以逃脱。

洞口那巨大的岩石我们无力推开它，到时候也只能死路一条：被困死在这叫天不应、叫地不灵的山洞里。于是我们决定还是耐着性子等待天明。第二天，巨人又像前一天晚上那样吃掉了两个同伴，然后他移开洞口的巨石，把羊群赶出去放牧，但随后他紧接着又像扣壶盖一样把洞口封住了，我们被困在山洞里不知道该如何是好。这时候我看见羊栏边上一根巨人的橄榄树枝，那树枝十分粗大，我上前去砍断它，招呼同伴们把它削光，再把它的一段削得十分尖锐，简直可以当作一柄利剑使用了。我们几个人抓阄，抓中的人得等到巨人睡觉的时候把尖锐的橄榄树枝刺进巨人的眼中，加上我自己，一共五个人执行这个任务。我们把橄榄枝藏在羊粪下面，等待巨人回来。

"傍晚的时候，巨人果然回来了。巨人像他前几次做的那样，挤完奶之后又吃了我两个同伴。我走向前去，双手捧着一杯斟满酒的杯子，对他说：'巨人你喝了这杯酒吧，这是我们给您的礼物，请您怜悯我们这些人，不要再吃我们了，帮我们回家吧。'巨人喝完这杯酒喜欢极了，或许他从来没有喝过这么好的酒呢。他连连向我继续要酒喝，并且询问我的名字，这样，我给他喝了三大杯。酒力开始发作了，巨人开始有点醉了，我告诉他我的名字叫作'无人'。巨人迷迷糊糊地说：'那好，我要吃掉你所有的同伴，只把无人留下！'说完他就晃晃悠悠地倒在了地上，醉醺醺地呕吐出许多碎肉和残酒。我赶紧把削尖的橄榄枝插在炭火里，不一会它就被烧红了，我们几个人围在巨人旁边，猛地一下把树枝插进巨人的眼睛里，然后不停地旋转。巨人的眼睛冒出大股鲜血，灼热的树枝烧出难闻的气味，巨人惨叫一声，吓得我们连连退缩。他疯狂地把树枝从眼睛里拔出来，鲜血溅得满地都是，他双手乱抓，同时发出奇怪的叫声向其他的库克罗普斯人求救。其他的库克罗普斯人纷纷赶来站在洞口问他出了什么事。巨人疼痛难忍，他答道：'无人刺伤了我！'站在洞前的人感到很奇怪，说道：'既然没有人伤害你，那就是宙斯给你降下病痛，你就要向你强大的父亲波塞冬祈祷好让你的病快点好了，我们对于病痛可无能为力呀。'说完他们就纷纷离去了。

"听见他们离开了我心中高兴极了，我用的小计谋终于让他们上当了。独目巨人号叫着推开洞口的石头，坐在洞口不断摸索，想抓住从洞口逃走的我们。但是我们哪会轻易跑到洞口寻死呢？我又想出了一个办法，从巨人睡觉用的铺垫抽出枝条来捆缚住羊群，三只为一组，同伴可以缚在中间那只羊身上，那么左右两侧的羊就可以保护他了。我自己则可以躲在羊肚下面，紧紧抓住羊的绒毛。第二天早上，羊群像往常一样急冲冲地跑出山洞觅食，巨人不断摸着羊群的背部，但是他没有想到我们躲在羊肚子下面呢！我们跟随着羊群走出山洞，远离了可怕的独目巨人。我们把一些强壮的羊赶到我们的小船那里，其他的同伴正在那里等我们呢。我告诉他们巨人把同伴吃掉的事情，他们感到万分伤心，但是我制止了他们悲伤，因为我们必须尽快逃离此地，否则很可能有性命之忧。于是我们马上开始划桨，小船儿渐渐离开这座令人惊恐的岛屿。等到小船离开了一段距离，我大声冲库克罗普斯说：'可恶的巨人，你等着吧，一定会有厄运降临在你身上！'巨人听见我的诅咒更加生气，他拔起一座大山的峰顶朝大海扔过来，大石落在小船不远的地方，激起了巨大的浪花，把船又冲回到原来的港口，我们奋力划船，才把船又开离岛屿，等到稍微安全一点我又想气气巨人，但是被同伴阻止了，因为他们担心巨人发作又扔过来一块巨石，我却很不甘心，于是仍然大声说道：'愚蠢的巨人，要是有人问你的眼睛是被谁刺伤的，你这个笨脑袋一定要记得是伊塔刻的奥德修斯干的，哈哈哈！'巨人叹息道：'天哪，原来这一切早就注定了，很早以前就有位预言者曾经预言了我的命运，说是我会在一个叫作奥德修斯的人手中失去视力，我原本以为是一个健壮勇敢的家伙，谁想到原来这样孱弱、胆小，奥德修斯，你回来吧，我会送给你礼物还会让我的父亲波塞冬送你回家。'我知道这绝对是巨人的诡计，于是说道：'我才不回去呢，我希望你能在我手中丧命，这样即使是你的父亲也没有办法给你治眼睛了。'巨人跪下向他父亲祈祷，让波塞冬阻止我返回家乡，然后又用力将一块巨石扔向我们，差一点就把小船砸坏了，我们躲过巨人的飞石，返回到原来的小岛上。这就是为什么神明给我制造灾难的最重要的原因，因为我刺伤了海神儿子的眼睛啊，父亲为儿子报仇，绝对不肯轻易饶过我。大家回到岛上，简直累得不能动弹。休息一会之后就躺下睡了，连东西都难以下咽了。第二天我们重新从小岛出发，开始了新的旅途。当时的心情非常复杂，一方面庆幸自己能从厄运中逃生，一方面为被巨人吃掉的同伴而悲伤不已。"

埃洛斯的神奇风袋，莱斯特律戈涅斯人，女仙喀耳刻

奥德修斯继续回忆道："后来，我们来到了艾奥利埃岛，那里的主人是埃洛斯，他是希波塔斯的儿子。岛屿周围是光滑的绝壁，还有坚固的铜墙。埃洛斯和他的十二个儿女住在一起，每天生活得十分和美愉快。我们径直来到他们华丽的宫殿，主人很友善地招待了我们整整一个月。等到我们离去的时候，他又送给我一只用九岁牛的皮制成的口袋，这只神奇的口袋里面装着东西南北四种狂风，因为埃洛斯具有掌管风的力量，他把风装进这个口袋里，然后用光亮的银线把囊口扎紧。

他吹出一口气，变化成西风，为我们的船在海上航行助一臂之力，船很快就在风的推力下稳稳地向前行进，后来发生的一切却是始料未及的。我们连续在海上漂流了九天，等第十天似乎可以隐隐约约看到故乡的轮廓时，我实在支撑不住了，渐渐睡着了，因为这些天来我一直都在掌舵。同伴们这时候却开始议论起来，猜测皮囊里装的肯定是金银珠宝之类的礼物，嫉妒心和好奇心让他们决定打开我的皮囊一探究竟。谁知他们一拉开那条银线，袋子里的狂风就呼啸而出，海上立刻卷起了风暴，狂风把小船吹离原来的航道，我们离家乡越来越远，结果又回到了艾奥利埃岛。同伴们傻眼了，我也很沮丧，我狠狠地责备了他们，但是也没有办法补救。我们只好重新上岸，我带了一名传令官和一名同伴一起来到埃洛斯的宫殿里，他正在和自己的家人一起快乐地宴饮着呢，看到我回来了，他感到非常吃惊，连忙问我到底出了什么事情。我只好把事情的原委告诉他并请求他再帮我们一次，他听完之后说："我不能再帮你们了，你们显然是亵渎神明的人，所以才招致神明的惩罚，你们快走吧，我不再留你们了。"听到他的回答我感到很绝望，因为同伴们的过错我们眼看着错过了可以回家的机会，只能继续漂泊在漫无边际的大海上。没有了顺风，一切都要靠自己的双手，我们就这样一直划啊划，划了六天，第七天来到了莱斯特律戈涅斯人居住的高大的城堡特勒皮洛斯。我们把船泊到一个宁静的港口，同伴们把船驶进狭窄的通道里，依次停靠在港口边，只有我把船停在港口外面。我登上一座高峰远眺，没有看见有牛群也没有看见放牧者，只看见远处有袅袅的炊烟不断从地面冒出来，于是我派了两个同伴和一个传令官前去探访当地人。同伴们按照我的指令前去探访，半路上遇见了安提法斯特的女儿前往阿尔塔基埃的清泉汲水。他们向她询问谁是他们的国王，这儿住着什么部族，这个女子引他们到她父亲的宫殿，他们看见王后魁梧得像座大山，令人毛骨悚然。她唤回她父亲安提法斯特，安提法斯特随手抓起一个同伴就把他整个活活吞掉了。其他的同伴吓得撒腿就跑，一直跑到港口我们停泊的小船上。安提法斯特大吼一声，引来了众多族人，他们纷纷跑向港口，从悬崖上往下投掷巨大的石块，还没等到同伴们把船驶离港口，石块就把我们的小船砸得粉碎，有的同伴甚至被活活砸死了。我赶紧抽出锋利的佩剑，砍断系在石岩上的缆绳，催促同伴们赶快逃离。大家奋力游到我的小船上，拼命划桨，小船渐渐离开了，其他的船只全部被毁灭了。

　　"经过一番磨难，我们来到另外一座海岛上，岛上住着半人半神的女仙，名叫喀耳刻，是死亡女神艾埃特斯的同胞姐妹。好不容易我们把船驶进海岛的港口，连续几天的困乏把我们折磨得快不行了，一到岸上我们就累得躺在地上。

第二天天明的时候，我登上一座山峰远眺，看见远处有人劳作也可以隐约听见人声，透过茂密的丛林我还看见一缕缕炊烟从山林中升起。我回去准备告诉同伴，半路上遇见了一头巨鹿，我用矛捕猎了那头鹿，并将它背回港口那里。我们实在饿极了，来不及揣测未来不定的命运，首先把那只鹿宰杀吃了。休息好之后，我召集大家商议计策，我说：'朋友们，昨天我察看了这个岛屿的地形，地势非常平缓，周围是大海环绕，但是有烟从茂密的树林中升起。'同伴们听到我的话，不由得想起前面的安提法斯特和库克罗普斯吃人的可怕回忆，他们已经被吓得身心脆弱了。为了避免全军覆没，我把他们分为两队，一队跟随我，一队跟随欧律洛斯科，两队分别抓阄决定由哪队前去冒险。结果是欧律洛斯科那队抓住了，他们一共二十二个人，一起踏上了探访的路途。我们这些人虽然留下来，但是也为他们提心吊胆。他们简单地装备了一番就开始前去探险了。穿过茂密的森林，他们来到了喀耳刻的宫殿前。喀耳刻的宫殿全部都用光滑的石块制成，周围全都是凶猛的狼和狮子之类的野兽，但是因为女仙给它们施了魔法，它们就不会像原来一样野性又血腥地扑向行人，而是温顺地站在路口摇着尾巴，就像小狗见了主人一样乖巧。

"欧律洛斯科他们站在高大的宫殿前，看见这些猛兽，觉得十分恐惧，虽然它们看起来很温顺。这时，他们听见喀耳刻美妙的歌声从宫殿里传出来，她一边织布一边欢快歌唱。同伴们的首领波利特斯提议前去女仙的宫殿探寻一番，突然，女仙好像听见了他们的话似的，哄的一下就打开了宫殿的大门邀请他们进去，一道金光从门内散发出来，照耀着人的眼睛，使人看不见里面的情形。他们冒冒失失地就进去了，只有欧律洛斯科担心有诈留在外面。喀耳刻盛情款待了他们，甚至搬出最甜美的食物给他们享用，但是她却在酒水里掺了害人的毒药，他们吃了这些东西就把故乡的事情忘得一干二净了。然后喀耳刻手执一把魔杖轻轻地在他们身上一点，刹那间他们就统统变成猪身了，被赶进猪圈里。同伴们挤在臭气冲天的猪圈里，痛

奥德修斯与喀耳刻

喀耳刻是希腊神话中最著名的女巫，是太阳神和珀耳塞的女儿。她能够把人变成动物，把白天变成黑夜。她本打算用对待奥德修斯手下的办法（把他变成猪）来对付奥德修斯，可最后却被奥德修斯所制服。

苦极了，纷纷流下了悔恨的泪水，但却说不出话来，只能听见它们像猪一样嗷嗷的叫声。站在宫殿外面的欧律洛科斯听见宫殿里传来猪的号叫声，心中暗叫不妙，他立刻转身逃跑，一路跑回我们的小船上。他眼睛里噙满了泪花，我们都不知道发生了什么事情，等到他告诉我们发生的一切，我们简直惊呆了，不敢相信自己的耳朵。欧律洛斯科跪下来，向我请求道：'请不要再让我回去了，我知道你自己不可能把那些同伴救出来，让我们赶快离开这座可怕的海岛吧，这样兴许能够保存性命。'我长叹一口气，觉得自己有责任也有义务将同伴们救出来，哪怕只有一线生机。于是我让欧律洛斯特留在小船上，我亲自前往女仙的宫殿。我披荆斩棘，走在通往女仙宫殿的路上，突然有一个年轻人站在我面前，他就是神使赫耳墨斯幻化而成的。他握着我的手说：'不幸的人啊，你一个人在这里干什么，你的同伴们已经被喀耳刻变成猪了，你想前去搭救他们吗？我看凭你一个人的力量难以实现啊。不过我可以帮助你。我给你这神奇的药草。'他一边说一边递给我一些草药，说：'我告诉你，喀耳刻会给你食物和美酒，她会在这些东西里下毒，但是我这些药草可以解毒。等到她用魔杖驱赶你的时候，你要以最快的速度向她猛扑过去假装要将她杀死，但是你不能真的杀死她，否则你就救不了你的同伴了。她会害怕你的威力，同时也会邀请你和她同床共枕，这时候你就要答应她的邀请，好让她释放你的同伴，但是在这之前你一定要她向神明起誓，不会再加害于你。'我看着手中的这些药草，它们的根部都是深黑色，乳白的花瓣却鲜嫩动人。难道这些看起来不同寻常的花草真的能破解喀耳刻的毒药吗？说完年轻人就消失了，我继续在丛林中迈着步子，一边思考着他对我说的话。不一会就来到了喀耳刻的宫殿，我轻轻呼唤，女仙照样把门打开邀请我进去，于是我小心翼翼地进去了。果然，进去之后，她盛情款待我，给我端来了各种美食，我先偷偷地把草药吞下，然后再吃这些东西，女仙的毒药没有起任何作用，女仙恼羞成怒，抓起她的魔杖想将我也变成一头猪，我迅速冲上前去，从小腿右侧抽出一支锋利的小刀，抵住她的咽喉。她不敢动弹了，跪下来哭泣着说：'你是何方神圣，居然吃了我的毒药没有任何反应，没有一个人能够抵抗这毒药的力量，你难道就是赫耳墨斯说的奥德修斯？他曾经告诉过我说一个名叫奥德修斯的非凡英雄会路过这里。如果是这样的话，请你收起你的小刀，让我们成为朋友吧，我很敬仰你，让我们今晚好好在一起休息吧。'我对她说：'喀耳刻，我怎么能和你好好休息，我的同伴都被你变成猪，现在在猪圈里大声号叫，要是你对我再动什么歪点子，加害于我呢？我怎么能放心和你一起休息，除非你向神明发誓。'女仙马上举起手，庄重地对神明起誓，那天晚上在她的床榻上我们在一起休息了一晚上。

　　"她的侍女在屋子里来来去去地忙碌着，不断端来可口的美食，还有擦拭双手的帕子，还当然少不了令人心醉的美酒，但是看到这些东西我全然没有兴趣享用，女仙看见我闷闷不乐的样子，走向前来对我说：'奥德修斯，你为什么愁眉不展？难道你心里还有什么担心的吗？我刚才已经起誓了，你不要再忧虑了。'我回答她：'有谁会自己独自享用美食而忘了同伴们悲惨的遭遇呢？如果你真的想让我高兴，那你就带我去看看我那些同伴吧。'喀耳刻听见我这样说，带着我穿过大厅，来到猪圈前，她挥动手中的魔杖，赶出那些已经是猪身的同伴，然后用药物涂抹在它们身上。很快地，猪毛渐渐褪去，那些猪很快就变成人形。同伴们看到了我不由得悲喜交集，他们全都围过来握住我的手，一边悲伤又欣喜地哭泣，连站在一边的女仙也好像被感动了。她走过来让我现在马上去海边把小船拉到陆地上来，把重要财物和工具存放进山洞，然后再返回宫殿。于是我赶紧来到海边，留守在小船上等待我消息的同伴看见我回来了，不禁热泪盈眶，情绪激动，他们纷纷问起其他同伴的情况。我一时间也没有办法说得很清楚，就叫他们首先把小船拉到陆地上，然后把财物放进山洞，再一起去喀耳刻的宫殿。同伴们听取了我的指令，唯独欧律洛科斯不赞成，他说：'同伴们，你们这是自寻死路，你们去那女仙的宫殿，一定会被她变成猪，或者狼、狮子之类的东西，帮她照看居地，难道你们忘了吗，上次在库克罗普斯人那里，正是因为奥德修斯冒失带领大家，所以害得许多伙伴丧生。'

　　"听见他这样说，我简直愤怒极了，恨不得杀了他，但是同伴制止住我，说：'那就让他独自留在小船上，我们跟随你过去。'于是我们一起走了，但是欧律洛科斯并没有独自留在小船里，而是跟在我们的后面缓缓走着。过了一会，我们来到了女仙的住宅，看见那些同伴们已经穿好华丽的衣服，坐在大厅里享用美酒美食，神情欢乐。他们看到我们，就像久别重逢的老友一般不禁感慨万千，叹息不已。女仙对我们说：'伊塔刻的英雄们，我知道大家受了很多苦，但是现在大家不要过分悲伤以免伤害身体，还是忘掉不愉快的回忆，尽情享用美食好好休息一下吧。'我们听从她的话，坐在大厅里放松地吃喝，随性享乐。喀耳刻对我们很好，就这样我们在她的宫殿里整整待了一年。

　　"第二年，同伴中有人劝说我考虑回家的事情，他的这番劝说引起了我的思考，我也开始渐渐怀念家乡了。晚上在女仙的床榻上，我轻声地对她说：'喀耳刻，现在你要履行你的诺言帮助我们回家，我现在很思念家乡，同伴也是，他们常常在我面前哭泣，因为他们非常想念家人。'女仙答道：'你们也不必勉强滞留在我这里，但是在你回家以前，要完成一次旅行。这是我对你的建议，你要前往冥界哈里斯，也就是冥后珀尔塞福涅的居所，在那里你去找盲预言者提瑞西阿斯的亡灵，他还是和生前一样充满了智慧。'听见她这样说，我觉得危机重重，没有凡人能够去冥界，我自己一个人怎么能够完成任务呢？女仙看见我满面愁容，继续说道：'你不要担心没有人指引你，北风会吹拂你的船只前行，在你乘船经过奥克阿诺斯以后，可以看见平坦的海岸还有冥后的圣林，那里种满了高大的白杨和柳树。这时候也能看见火河和哀河在那里一起注入冥界的深渊。两条河中间有一块巨大的岩石，你去岩石上挖一个洞，然后在洞旁给所有的亡灵举行祭奠，首先用掺蜜的牛奶，再用美酒和净水，最后撒上洁白的大麦粉。你要向亡灵祷告，要是你能顺利回到家乡，你就要宰杀一头未生育的母牛焚献给他们，另外允诺给提瑞西阿斯献上一只全黑的公羊。做完祷告以后，要祭献上一头公羊和一头黑色的母羊，把羊头转向昏暗的地方，自己则要转过身面对冥河的水流。这时无数死者的亡灵会来到你跟前，你要抽出锋利的剑，坐在旁边不能让魂灵接近牲口的血液，一直等到你询问过提瑞西阿斯，他随后会马上到来。他会告诉你回乡的方向、道路和距离。'

"她说完后，给我穿上宽大的罩衫和衬衣，自己披上精美的披篷，腰上系上闪闪发亮的腰带，头上扎了一块丝巾。我走到同伴们的寝室把出发的消息告诉了他们。他们纷纷收拾好行装，但是有一位名叫埃尔佩诺尔的年轻人醉酒后独自睡在屋顶上，当他在睡梦中听见我们整装待发的声音不由得心中着急，连忙从屋顶上跑下来而忘了爬楼梯，于是他从屋顶上摔下来，脊柱都摔断了，就一命呜呼了。我告诉同伴他去世的消息后，同伴们觉得很震惊，一方面为他的粗心失去性命感到遗憾，一方面觉得这是在航行前不祥的征兆，他们害怕前去性命堪忧。但是没有任何办法，我们只能来到大海边准备起程，这时候喀耳刻送来一只公羊和一只黑色的母羊，还为我们准备了一些祭祀需要用到的物品，随后她吹了一口北风，小船在北风的推力下很快就航进大海深处。尽管我们忧心忡忡，内心沉重，但是小船似乎什么也没感觉到，还是那么轻快地向前行进着。"

游历阴间

奥德修斯喝了些水继续说道："大风推动着我们的小船在宽广的大海上航行整整一天，到了傍晚时分，太阳西沉，周围渐渐昏暗下来。我们终于来到幽深的奥克阿诺斯边沿。那里住着基墨里奥伊人，他们从来都是生活在黑暗之中，阳光永远照不到这块昏暗的土地。我们将船停靠在岸边，沿着岸边走去，不一会就来到女仙喀耳刻给我们指明的地方。我抽出锋利的佩剑，在岩石上挖了一个大洞，按照女仙的说法，一次祭献上掺蜜的牛奶、净水和甜酒，然后再撒上一层大麦粉。我向亡灵祷告，希望他们能够保佑我们返回家乡。之后，佩里墨得斯和欧律洛科斯抓住牲羊，我用佩剑宰杀了羊，乌黑的热血股股地流出来，闻到鲜血的气味，那些亡灵纷纷出现了，其中有新婚的女子、未婚的少年、年长的老人，各自有着悲惨的身世经历。他们齐声呼号，发出令人恐怖的声音，我吓得脸色惨白，但是我赶紧命令我的同伴们焚烧羊只，向神明祷告，自己则手执锋利的佩剑坐在一边不让亡灵靠近流血的牲羊。

　　"我首先看到了埃尔佩诺尔的灵魂，他的遗体还未被埋葬，存放在喀耳刻的宫殿里。我看见他不由得伤心落下泪来。我说：'埃尔佩诺尔，没想到你的灵魂比我们的船更快，早就来到了冥界。'他摇摇头，说：'奥德修斯，我命中注定难逃此劫，醉酒之后忘了身处何方，居然从屋顶上摔下来了。真是倒霉鬼一个啊。现在我看到你了，我请求你，回家以后，一定不要忘记我。帮我把尸身埋葬吧，记得把我的铠甲焚化，在灰暗的大海边给我造一个坟墓，然后把我最后用过的划桨插在我的坟头，因为那是我们大家友谊和真情的见证。'听到他这样说，我马上答应了。第二个过来的灵魂是我故去的母亲的灵魂。她叫安提克勒娅，是奥托吕科斯的女儿。我看见她的模样忍不住热泪盈眶，因为我以为她一直健在，没想到她已经去世了，我竟然会在冥界见到她的灵魂。但是我还是没有让她靠近牲羊，只远远地看着她憔悴的模样。直到提瑞西阿斯的灵魂出现了。他手执沉重的金杖，对我说：'奥德修斯，你为什么来到这幽暗的地方，请你离开这里，让我们吮吸鲜血，好给你做预言。'我赶紧让开，让他去吸地上的鲜血，之后，他对我说：'奥德修斯，你渴望回到家乡，但是神明会让这旅行变得艰难，尤其是海神波塞冬，他对你的愤怒看来不会消掉，因为你刺伤了他的孩子独目巨人。但是只要你们能够忍受住重重磨难，你们会如愿以偿回到故乡的。你们的船会穿过灰色的大海，来到特里那基亚海岛上，那里遍地都是肥壮的牛羊，那是归太阳神所有。如果你们不伤害也不掠夺牛羊的话，可以保住平安，但是如果你们这样做了，灾难就会降临在你们身上。虽然你自己可以脱离灾难，但是却只能孤身一人，乘坐他人的船只，到家后还要遭受那些狂妄无礼的人带来的羞辱。等你到家后你会对那些向你妻子求婚的恶人施以报复，把他们杀死。到了那个时候，你就要远游了，直到你找到一个部族，那里的人从未见过大海，也不知道什么叫作食盐，甚至从未见过船桨。当你在路途中遇见一个行人，他把你宽阔的肩头称为扬谷的大铲，那时你要把船桨插在地上，向海神波塞冬祭献美好的祭品，一只公羊、一头公牛和一只公猪，然后再返回家举行盛大的祭祀仪式，依次向神明酬谢。这时候死亡也会慢慢从海上降临于你，让你在安宁中享受晚年，你的人民也会受到神明的护佑，我说的一定会实现。'

"听完他的话，我连连点头，然后又问他：'尊敬的预言者，我刚才看见我母亲的亡灵在这里，但是她不开口和我说话也不看我，这是为什么呢？'提瑞西阿斯说：'不管是哪个灵魂，要是你让她接近鲜血，她就会告诉你实情，否则她不会对你说实话的。'说完，他就消失了，飞到他在冥界的住处。于是我让母亲的灵魂吸了鲜血，她立刻就认出了我，哭泣着对我说：'孩子，你怎么来这个地方？你怎么能穿过奥克阿诺斯湍急的激流呢？你是直接从特洛伊和同伴们来到这里还是没有回到家乡和妻儿见面呢？'

"我回答母亲说：'母亲，我不得已才来到这里，我们来这里是来见提瑞西阿斯的亡灵，让他给我们做预言。自从特洛伊战争以后，我还没有能回到家乡，一直在外面漂泊流浪。现在请你告诉我，你是得了什么病而去世的？请告诉我父亲还有我儿子的情况，他们是保留住了我的王位还是被别人夺走？妻子是同儿子在一起保护着家产还是改嫁给他人，以为我不再回来？'

"我的母亲回答说，我的妻子仍然对我忠实，她每天都承受着煎熬，我的王权也没有被人夺取，我的父亲仍然住在原来的庄园里从来不进城，他不用床铺也不盖袍毡，和仆人们住在一起，全身褴褛。每当夏季或者收获的季节来临的时候，他就躺在葡萄藤落下的厚厚的叶子上，为思念我而伤心不已，希望我能在他有生之年顺利回家。不是什么疾病让她失去性命，是因为太思念我，太想看见我，渐渐地在思念中消耗了体力。

"我渴望再次拥抱我那慈爱的母亲，于是伸出手去拥抱她，谁知我试了三次她都从我手中滑脱过去，我心中感到万分痛苦：'我的母亲啊，你为什么不让我抱抱你？'

奥德修斯与先知提瑞西阿斯
奥德修斯由喀耳刻指点，前往冥府向先知提瑞西阿斯询问归家的旅途，在他的提示下，奥德修斯得以返乡。

母亲回答说：'孩子，死去的人是没有肌肉骨骼的，你所看见的我只是一个虚幻的影子，像梦一样飘忽不定，你是难以抓住的。不要悲伤，虽然我不能抱着你，但是我永远爱着你。现在你赶快返回人间，把这些牢记在心里。'

"这时候走过来一群妇女的灵魂，她们都是王公贵族的妻子或女儿。首先见到的是高贵的提罗。她是克瑞透斯的妻子，非常喜爱埃尼泊斯河，那是一条美丽的河，她常常去河边游玩。有一天，海神波塞冬幻化成河神埃尼泊斯，他卷起紫色的巨浪包围住女子和自己，然后和她在爱情的滋润下缠绵合欢。由此提罗怀了身孕，生出佩利阿斯和涅琉斯，两个人后来成为宙斯的勇士。同时，她还为自己的丈夫克瑞透斯生下几个儿子。

"第二个见到的是阿索波斯的女儿安提奥佩。据说她和宙斯生下一对孪生儿子，他们后来占据了特拜城池。第三个是安菲特律翁的妻子阿尔克墨涅，她与宙斯生下了强壮威猛的赫拉克勒斯。我还见到了墨伽拉，安菲特律翁儿子的妻子。还有俄狄浦斯的母亲美丽的伊俄卡斯特，她在不知情的情况下犯下罪恶，和自己的儿子结婚，儿子弑父娶母。知道真相后这位美丽的母亲自缢了，儿子虽然还统治着特拜城，但是却忍受着由复仇女神制造的重重灾难。我现在没法具体一一讲述完这些故事，因为天色已经不早了，该是睡觉的时候了。我看我或者去小船同伴那里或者就留在这里，回家的事情拜托你们和神明的保佑了。"

奥德修斯这样说完，大家都听得如痴如醉，久久难以从他的故事中醒过来。王后阿瑞塔说道："这位客人的经历、智慧、勇气令你们有什么想法呢？我们钦慕他、敬重他，让我们给他一些礼物表示我们的尊敬吧。"国王也同意王后的提议。"尊敬的国王陛下、王后，你们的心意我我很感激，谢谢你们的赏识和帮助。"奥德修斯说道。

"奥德修斯，我们知道你不是那种油腔滑调的坏人，你很正直，你的经历全部都是真实的。你的故事令我们感动，因为你的真诚打动了我们。现在还不是睡觉的时候，请你说说你的勇敢的同伴们的故事，他们和你一起去伊利昂，在那里英勇战死。我想听听他们的事迹。"

"既然如此，我很愿意再为大家讲一讲。"奥德修斯继续说他在阴间的情形。

"之后我又看到了阿伽门农的灵魂，他吸了牲血之后马上认出了我。他放声大哭，泪流不止，向我伸出双手，但是灵魂和血肉之躯是不能拥抱的，我看到他的样子，心中感到很怜悯，对他说：'人间王者，阿伽门农，你遭遇了什么悲惨痛苦？是波塞冬制造风暴让你在激怒的大海里丧命？还是被敌人杀死？还是为了保卫妻儿和城市战死呢？'"

"'奥德修斯，波塞冬没有给我带来灾难，也不是敌人将我杀害，是埃癸斯托斯和我那可恶的妻子串通把我杀害，我随去的同伴也在他们的计谋中丧生。你虽然见过不少惨烈的战斗场面，但是如果你亲眼看见我们那天被他们残忍杀害，想必也受不了。妻子克吕泰涅斯特拉因为嫉妒我俘获带回家的女奴卡珊德拉，活活地把她杀死，女仆发出凄惨的叫声，至今我还记得。接着他们又策划险恶的计谋将我杀害。他们趁我不注意的时候把剑刺进我和同伴的胸膛，我只记得当时整个大厅里都淌满了鲜血。没有哪个女人比她更歹毒、更残忍。她和情夫犯下如此滔天罪孽，一定会触怒神明，也会玷污自己和后世的名誉。'阿伽门农说道。

"'天哪，宙斯总是利用女人降祸于我们，先是因为海伦才有了特洛伊战争，现在又是你的妻子把你凶残地杀害。'我对他的遭遇感到同情。'奥德修斯，你和我不一样，你不会被你的妻子杀害，因为你妻子是个非常善良的人。我记得我们出征前她的怀里还抱着你出生不久的孩子呢，现在你的孩子应该长大了吧，可惜我在生前连自己的孩子都没看见就死了，我现在很想念他，你可曾听说过他的消息呢？他是在否还活在这个世界上？'我并不知道阿伽门农孩子的情况，只能摇摇头低头不语，阿伽门农看见我这样显得更为伤感了。这时候阿喀琉斯的灵魂也来了，他看上去和生前一样威武强大。他认出了我于是问道：'你在这里干什么？'我回答说：'我是来见提瑞西阿斯的亡灵，让他给我们做预言的。我从特洛伊战争结束以来还没有回到家中，我得罪了神明，他抛下众多灾难，使我不能回到自己家中。我想从预言中找到回家的路。阿喀琉斯，我真羡慕你，你生前那么神勇，让所有人折服，死后又在冥界统治众亡灵。即使你去世了，但是为了那么多的荣耀也不应该感到遗憾了。'阿喀琉斯询问了我他儿子还有父亲的消息，我不知道他父亲的消息，只能对他说了他儿子涅奥普托勒摩斯的事情，他儿子非常勇敢，在众多的战争中表现得异常从容镇定，我盛赞了他的儿子，并对阿喀琉斯表示了钦羡之情。阿喀琉斯听见我赞扬他儿子不由得心生喜悦，心满意足地沿着翠绿的草地离去了。随后我又看见埃阿斯的灵魂，他显然还在为阿喀琉斯铠甲的事情而生我的气呢，想当初我和埃阿斯比赛，获胜的一方就能得到阿喀琉斯的铠甲。结果我赢了。'埃阿斯，难道直到现在你还生我的闷气吗？你去世造成的损失对阿开奥斯人来说是不可估量的，人们就像悲悼阿喀琉斯的死一样难以接受你死去的现实。你过来我们说说话好吗？'可是即使如此他也不愿意搭理我，而是随着其他亡灵一同隐去了……我本来还可以看见更多英雄的亡灵，一睹他们的风采，但是又担心会出什么乱子，只好命令同伴们返回船上，准备起程，这时候又有一阵顺风吹拂过来，小船很快离开了那块令人恐怖的阴霾之地。"

遇见塞壬女仙、怪物斯策拉和卡律布狄斯、太阳神的牛群

"等我们重新到达艾艾岛，我派遣同伴们从喀耳刻的宫殿里搬出埃尔佩诺尔的遗体到海滨，随后为他建造了一座坟墓，在他的坟头插上一把曾经用过的船桨。喀耳刻知道我们返回的消息后，带着女仆和精美的食物来到海边给我们送行。大家就地休息下来，喀耳刻连忙抓住我的手，将我拉到一边悄悄对我说：'现在你听我说，你首先将会遇见半人半妖的塞壬女神们，她们会迷惑所有经过她们那里的人，要是有人经不住诱惑停下来听取她们美妙的歌声的话，那么他将永远不能返回家乡了。塞壬们会把他迷住，她们身边到处堆满了死人的骨头和皱巴巴的人皮。你要用蜂蜡把同伴们的耳朵堵住，这样他们就听不见了，但是如果你自己想听听塞壬们的歌声的话，就要叫同伴把你的手脚绑在桅杆上，不能解开，这样即使你会被美妙的歌声吸引但也不能去到塞壬们身边。在航行的过程中你们还会看见有两条道路，但是我不能告诉你要走哪条，需要你自己用心判断。一条通往险峻的悬崖，那里巨浪不断拍打着崖壁溅起漫天的水花，即使连最勇敢的飞鸟也无法飞过，任何凡人的船经过那里都会被摔成碎片。另外一条通往两座悬崖，其中的一座尖峰直插云霄，崖壁光滑，任何人都无法爬上去。悬崖中央有一个洞穴，里面住着可怕的怪物斯策拉，它们叫声恐怖，长着十二只脚，长长垂下来，伸着六个脖颈，每条脖颈上都长着一个非常难看可怕的头，尖锐的牙齿整整有三排，要是有人经过它则会被它吃掉。如果你们的小船经过那里，一定要小心这个怪物。另一面的悬崖比较低矮，悬崖顶上有棵高大无比的无花果树。悬崖底下有个怪物卡律布狄斯，它每天三次吞吐海水，你们不可以在它吞吐海水的时候经过那里，否则就会被它吃进肚子里去了，还是先把船航从斯策拉那边的悬崖急速地穿过，即使你们丧失了六个同伴也胜过你们全军覆没。

"我担心地说道：'那么，女仙，你告诉我，我有没有办法既躲过卡律布狄斯，又能避免同伴被斯策拉抓去？'

"她摇摇头说道：'你真是大胆啊，你无法和不死的怪物作战，只有想办法躲避，或许你还可以召唤斯策拉的母亲，她会阻止斯策拉进攻你。然后你会到达海岛特里那基亚，那里放牧着许多肥壮的牛群，它们永远不会生育但也不会死亡，属于太阳神阿波罗所有，由他的两个女儿法埃图萨和兰佩提娅放牧。要是你不伤

害或掠夺这些牛群的话就可以顺利返回伊塔刻，但是你要是敢打这些牛群的主意，即使你能逃脱苦难，你的所有同伴将会丧命。'

"她说完后就带着女仆离去了，我目送她离去之后，和同伴们鼓起勇气重新出发了。在船上，我告诉了同伴们女仙曾经告诉我的话，不知不觉之间，我们来到了塞壬的领地。奔流不息的海浪这时候整个都平静下来，我知道要有情况出现了，于是立刻将蜂蜡切成小块分给同伴，他们把耳朵塞住，这样就听不见声音了。我又吩咐他们把我捆绑在小船的桅杆上。我听见了塞壬们美妙的歌声，简直太美妙了，就像仙乐一样令人着迷，她们边唱边说：'英勇的奥德修斯，强壮的阿开奥斯人，快停下，停下来欣赏我们美妙的声音，每一条从这里经过的船都要停下来听我们歌唱。听完我们歌唱后你的见识更加渊博，我们知道人世间发生的所有一切，快停下来吧。'

"我真想停下来听她们唱歌啊，理智在这时已经完全不起作用了，于是我向同伴示意让他们给我松绑，同伴们没有这样做反而把我绑得更紧了。直到小船渐渐远去再也听不见她们的声音，我才恢复了理智。我让同伴们把我从桅杆上解下来。

"很快，我们就遇到了漫天的迷雾和狂乱的波浪，小船在海面上颠簸起伏，同伴们这时候感到恐惧，手中的船桨纷纷掉进水中。我鼓励他们让他们不要失去勇气，但是没有告诉他们关于怪物斯策拉的事情，担心他们知道以后更惊恐。我忘记了喀耳刻的嘱咐，她让我不要武装自己，我却穿上了坚固的铠甲站在船头，找寻怪物斯策拉的影子。我们行驶在两座悬崖狭窄的过道中，一边是斯策拉，一边是卡律布狄斯。卡律布狄斯张开血盆大口吞吐着浑浊的海水，当他把海水吸进腹中，海底裸露出了黑色的岩石和泥沙，响声巨大，震耳欲聋。我们注视着这可怕的景象，没想到斯策拉从那边的洞穴中飞来伸出利爪一下子就抓走了我们六个同伴，他们在空中不断叫喊让我们救他们，声音惨烈痛苦。但是我却一点办法也没有，只能活活看着同伴们丧生在怪物的手中，那惨痛的景象我这辈子都难忘。

此图是根据荷马史诗《奥德赛》故事情节绘制的陶瓶画。在回家途中，为了抵御鸟形的塞壬甜美歌喉的诱惑，以免走向覆灭，奥德修斯用蜡将水手们的耳朵堵上，并把自己绑到船的桅杆上。

"我们连哭泣的时间都没有，只能抓紧时间快速划过，终于避开了可怕的斯策拉和卡律布狄斯，来到了太阳神的岛屿上。果然，远远地，我们就看见了许多成群的肥壮的牛，我记起了喀耳刻的叮嘱，对同伴说：
'喀耳刻曾经严厉警告我，说要躲过这座岛屿，从它身边航过。'同伴们中的欧
律洛科斯却恶狠狠地说：'奥德修斯，你真勇敢，身体好像不会疲惫，你难道没
有看见同伴们吗，他们已经累得手脚发抖了，在这座岛屿面前你却不让他们上岸
休息休息，却要在黑暗来临的时候还要在海上航行。还是让我们好好休息一晚，
等休息够了明天再走也不迟。'他这样一说，同伴们都表示赞成，但是我却谨记
女仙的教导，说道：'欧律洛科斯，现在只有我一个人说不让你们到岛上去，这
样显得也未免过于苛刻。但是你们要对我发誓，看见了羊群或者牛群一定不要杀
害它们，你们只准吃喀耳刻送给我们的食物。'他们按照我的要求纷纷起誓，于
是我们来到了岛上。

"整整一个月，海上一直吹着南风，我们的小船无法航行，只能空坐在岛屿
上等待风向转变。喀耳刻准备的食物也慢慢吃没了，我们只好去捕食一些海鱼和
飞鸟充饥。某一天我独自走在海边，找到一个避风的地方，向神明祈求转变风向，
神明却给我带来了沉重的睡眠，我感到一阵晕眩，倒在海边睡着了。没想到，这
时候欧律洛科斯对同伴说：'同伴们啊，我们现在饥肠辘辘的，那边有那么多肥牛，
我们抓几只过来解馋吧。如果我们能过回到家乡，我将立即给阿波罗建一个豪华
的神殿，为他献上祭奠。如果神明们想要毁坏我们的船只，注定给我们这样的命运，
我也愿意这样做，也不愿意待在这岛上被活活饿死，没有在战场上战死却成了饿
死鬼，简直太窝囊啦！'

"他说完后其他的同伴纷纷表示同意，他们抓来几头黑牛，简短地做了祷告
之后就把它们宰杀了。他们生起火来，把大块的牛肉切碎放在火上烤，很久没有
闻到肉香，同伴们都垂涎三尺了。这时候我从睡梦中醒来，海风吹来阵阵肉香，
我心里突然有种不祥的预感，等我跑回船边一看，果然！他们正吃着烤好的牛肉
呢！这可怎么办呀，我看着围在一起烧烤的同伴，心中又急又气。就在这个时候，
放牧女神兰佩提娅发现有人宰杀牛群，于是迅速报告给太阳神阿波罗，太阳神震
怒了，他对宙斯说：'那些小子狂妄极了，居然敢宰杀我心爱的牛，那些牛对我
有多么重要！你要是不让他们付出相应的代价，那我就要沉入冥界照耀那里的亡
灵而不再照耀人间，为凡世带来光明！'宙斯意识到事情的严重性，连忙安抚他：
'你还是照耀尘世吧，我会立即抛出闪电霹雳让它把他们的船劈成碎片！这下你
总可以满意了吧。'

"我大声指责着正在吃肉的同伴，但是也想不出任何可以补救的办法，强烈

的不祥的预感让我感到隐隐的恐惧，但是又说不清到底是什么。突然，那些已经被烤熟的牛肉和尚未烤熟的牛肉一起动起来，还发出巨大的吼叫声。他们害怕极了，赶紧扔掉手中的牛肉。我知道这是神明让不祥的预兆显灵了，我担心还会有什么不测要发生，于是赶紧召集同伴逃离此岛。

"我们乘船来到大海上，渐渐看不到任何陆地的轮廓。突然，天边飘来一块巨大的乌云，天空霎时变得漆黑一片、伸手不见五指。强劲的西风卷起巨浪拍打在小船上，桅杆不一会儿就被吹倒了，它倒在船尾，砸碎了一位同伴的脑袋，那个倒霉的人当时就翻身跌入海水中。这时，宙斯又抛出闪电霹雳，空气中到处弥漫着硫磺的味道，闪电把小船劈成碎块，同伴们都被扔进大海里。他们在波涛中挣扎翻滚，渐渐地失去求生的力量，漂浮在海面上不动弹了。我紧紧将缆绳把船梁和倒下的桅杆绑在一起，拼命抓住可以依附的东西，丝毫不敢大意，任凭风浪袭击。破损的小船随着风暴在海上起伏着，整整过了一夜，那一夜我觉得比我任何时候经过的一夜都要漫长。第二天，我发现自己又来到了斯策拉和卡律布狄斯居住的地方。可怕的卡律布狄斯正在吞吐海水，我的小船也在强大的吸引力下被他吸走，我急中生智，纵身一跃，抓住洞穴旁边的一棵无花果树枝，等到卡律布狄斯重新把海水吐出来，我发现了小船，然后又跳进小船里，用手当桨迅速地拨开海水，幸亏当时怪物斯策拉没有发现我，不然我一定不会幸免于难。从此之后，我又在海上漂泊了九天，粒米未进。直到第十天，神明安排我到奥杰吉埃岛，那是仙女卡吕普索的居住地，她热情地招待了我。但是这些我昨天已经对你和你夫人说过，现在就不再重复了。"

奥德修斯说完他的故事之后，在座的人都沉默不语，他们沉浸在故事的惊险情节中久久不能回到现实中来。国王开口说道："奥德修斯，你既然经过那么多险难才能够来到我们这里，我们也感到很荣幸能接待你。现在我向在座的每位提议，我们大家一起送给奥德修斯一只大鼎和一口大锅作为赠礼，为了表达我们对于像你这样的英雄的敬意，好吗？"大家纷纷表示同意他的建议。

第二天，大臣们涌进国王的宫殿为奥德修斯送行，同时也带来了许多精美的礼物还有昨晚许诺的大鼎和大锅。一行来到大海边，放好行李，在船上铺好褥子。奥德修斯满怀幸福地平稳地躺在船上，渐渐地跌入梦境。

踏上故土

奥德修斯在睡梦中甜蜜地睡着，船手们丝毫不敢懈怠，奋力划着船，过了许久，当天空升起明亮的启明星时，他们终于来到了伊塔刻。港口两侧有突出的两扇悬崖当作护翼，小船可以不受浪涛的袭击安全驶进港口。悬崖顶上有棵枝叶繁茂的橄榄树，附近有一个洞穴，那是山林女神们居住的地方。她们整天在那里纺纱织线，还不时举行一些娱乐活动，真是一个世外桃源啊，连蜜蜂都环绕在她们身边作窝休息。悬崖上倾泻下来两处水泉，一条流向北方，凡人可以进出；一条通往南方，供神明往来，凡人不可进入。船手们等船泊上岸后，迅速地将还在睡梦中的奥德修斯搬离黑壳船，再把财物放置在他身边。为了不让陌生人劫走，他们把他和物品隐藏在远离道路的橄榄树下。这样安排妥当以后，船手们立即返回淮阿喀亚了。

海神波塞冬知道了奥德修斯已经返回家乡，虽然自己已经给了他足够多的磨难，但是看到他现在能这样舒适平安地回到家乡，而且随身还带着这么多财物，不由地心生怨气。他找到宙斯抱怨说，是因为宙斯违背他的意愿才能够让奥德修斯回到家乡，他发誓要让返回的淮阿喀亚人葬身大海，才能解除他心中的怨气。宙斯劝慰波塞冬道："亲爱的朋友，我们没有轻慢你，也不是无视你的意愿，与其把他们劈死在海上，还不如等到他们快回到家的时候，把他们的船只变成石头，然后再把他们的城市用山峦围困住，一泄你心头的怨气，你看怎么样呢？"

波塞冬觉得宙斯说的有些道理，于是趁着船手们快回到城邦，而城中的人们也可以看见他们归来的样子的时候，波塞冬张开大手把船变成一块黑色石头，快速行驶的船突然之间不动了，像生了根似的。原本聚集在城墙边准备欢迎勇士回来的人们看见了，他们不明就里，纷纷议论起来。国王知道了这样的情形，叹息道："天哪，我父王曾经做过的预言现在正在应验，他说波塞冬不喜欢我们，因为我们常常帮助迷路的客人重返家乡。他还说，要有一队船员会在送完客人的返还途中被击毁，我们的城市也会被山峦包围。现在这一切都在应验，我们要赶快向神明祈祷，但愿他们能垂怜我们，不再惩罚我们。"于是淮阿喀亚人纷纷准备好祭品围住波塞冬的祭坛，跪下求拜。

远在伊塔刻的奥德修斯正在睡梦中醒来，尽管他已经身处故乡，但是却不能识别出来，因为他离开家太久了。无论是茂密的树林、蜿蜒的港口还是耸立的山峦都让这位旧日的国王感到陌生，他马上站起身来，左看看右瞧瞧，揉了揉自己的眼睛，然后重重地拍了一下胸膛，悲怆地大声哭泣起来："天哪，我这是又到了什么荒蛮的地方？神明又将带给我什么样的灾难？我还不如留在淮阿喀亚人的城市中呢，现在迷路了，身边又有这么多财物，要我怎么处置啊？国王曾许诺要把我送到美丽的伊塔刻，但是他们却把我扔在这个地方让我求天不应叫地不灵，这可如何是好？"他一面说，一面查看着他的财物，发现属于他的宝物一件都没有少，于是心里稍微平静了一会，但是仍为他的处境叹息不已。这时候雅典娜幻化成一个牧羊少年，走到他身边，她身穿着双层披篷，手握标枪，英姿飒爽。奥德修斯看见少年，马上拦住他问："朋友，你是我在此地遇见的第一个人，请问这是什么地方，什么种族在这里居住？这是一座海岛还是一片海滩而已？"

"外地人，看来你真是远道而来，连这里都不知道。它可不是无名小地，它的威名传遍东西各方。这里道路崎岖不适合骑马，土地不算贫瘠，地域也不算辽阔；但是这里盛产麦类，也盛产葡萄，有广阔的牧场，放牧着成群的牛羊，还有繁茂的森林、清澈的流泉。外地人，此地叫作伊塔刻，想必你以前也听说过。"雅典娜装作本地人对奥德修斯说。"你不像是本地人，你来自哪里？来伊塔刻干什么呢？"雅典娜继续问道。

奥德修斯听到故乡的名字，简直不能相信自己的耳朵，他感到震惊无比，但是当着陌生人的面，他还是很快就稳定下内心的激动。为了提防着可能会有的险情，他假意说道："我以前在克里特岛的时候听说过伊塔刻，没想到现在自己到了这里。我之所以来这里，还带着那么多的宝物，是为了逃避敌人的追杀，我杀了伊多墨纽斯的儿子奥尔西洛科斯，因为他一心想要抢夺我从特洛伊带回来的战利品，为了那些财富我付出了多大的心血呀！我把他干掉以后，知道他的父亲以及他家族的人一定不会放过我，只有逃跑才能免除更大的灾祸，于是我请求到克里特岛做生意的腓尼基人，让他们带我离开这里。他们欣然答应了。没有想到的是，我们在海上遇见了前所未见的暴风，暴风把我们的小船吹离了航道，虽然我们尽力划船但还是阻挡不了风力，结果我们就被吹到了这片土地上。当时的我们又累又饿疲倦极了，一到岸上就昏睡过去。腓尼基人早早地醒来，看见我还是昏睡，就把我和我的东西给留下，自己却驾着船离开了。现在我一个人在这里，人不生地不熟的，简直不知道如何是好了。"

等他说完之后，雅典娜微笑着抚摸着他的头说："你真是聪明又狡猾，即使回到了你的故乡也不忘改掉这些习性。你想骗我吗，真亏了你这么快就想出那么一大堆故事。但是这些伎俩正是我钟爱你的原因，你在凡人之间最善谋略也最善言辞，我在神明中间也一样，所以说我们是同类。一路上我一直保护着你不让你被灾难毁灭，可你从来没有把我识别出来。我就是雅典娜，智慧女神，宙斯的爱女。我这次前来，是想告诉你你将来的命运。"

奥德修斯马上虔诚地跪下来，对女神表示感谢："女神啊，您变化多样，我是个粗鄙的凡人，怎么能将您识别呢？一路上承蒙您的关照我才能从重重险境中逃生，我永生不忘您的恩德。可是，这回您真的不是在骗我吧，这就是我梦寐以求的伊塔刻？"

女神郑重地点点头，她驱散开先前围绕在奥德修斯周围的一圈迷雾，让他得以看清周围的一切。"你看，"女神对他说，"这不就是你熟悉的家乡吗？你总是这样疑虑重重、小心谨慎地行事。要是其他人回到自己家乡一定首先询问自己的亲人，一心想立刻得到他们的消息，可你现在却还总在疑心。你的妻子现在还在家中，每天流泪不止，身边被一圈求婚者包围着，毫无办法。我知道因为你刺杀了波塞冬儿子的眼睛所以他对你怨气十足，他一心阻挠你回到家乡，即使如此，我却一直支持你回家，从来没有对此感到怀疑。波塞冬是我的叔父，所以我只能暗中帮助你。你看见那棵橄榄树没有，那里有一个洞穴，是神女们曾经嬉戏的地方，现在最好把你的财物放进洞穴里面，以免暴露你的身份。"奥德修斯赶紧跪下亲吻着故土，不断地像众神明祷告着，随后他按照女神的吩咐将财物搬进洞里，雅典娜站在他身旁，运用法力搬来一块巨石将洞口堵住。

"现在，我要告诉你一些重要的事，"雅典娜对奥德修斯低语道，"自从你离开后，你家里就乱得不成样子了。常年不见你的踪迹，大家都以为你已丧生。那些无耻的求婚者因为贪图你的财富和你妻子的美貌，纷纷涌进你的宫殿向她求婚，最可恶的是他们每天都待在你的家里大吃大喝，即不按照正常程序提出彩礼，也不愿意离开。你的妻子和儿子为此饱受痛苦，没有人站出来帮助他们。不过你妻子是个很守妇道的人，对你一直忠心耿耿，丝毫没有为之所动。倒是苦了你的孩子忒勒马科斯，他那么年少就要承担一个成年人应该承担的压力和痛苦。"奥德修斯知道后，气得咬牙切齿，他恨不得立刻冲回家去把那些狂妄的人统统杀掉，但是他还孤身一人，需要别人帮助，于是他对雅典娜说道："敬爱的女神，请您帮助我，赐给我力量，只要和你在一起，我甚至能一下子干掉三百个人！不过既然您知道我的行踪，为什么不告诉我的家人我还活在世上，反而让他们饱受这种痛苦呢？特别是我儿子，不知道他现在愁苦成什么样子呢！"

雅典娜说："你不要着急，你儿子没出什么事，不过他为了打探你的消息，去了拉克得蒙寻找墨涅拉奥斯。我一路上也护佑着他，使他免受灾难。的确有居心不良的求婚者想要谋害他的性命，但是我看他们不会得逞的。现在我告诉你应该做的事：不能暴露自己的身份。我要把你彻底变成另外一个人，你的皮肤将变得像老年人一样干皱，身材佝偻，衣服也会变得褴褛不堪。你要寻找机会除掉那些恶人，但现在还不是最佳时机，因此你要先学会隐姓埋名。然后你自己去找牧猪人，他对你忠心不二，你向他打探消息。我马上去斯巴达，召唤回你的儿子。"

雅典娜说完，用手中的金杖一点，奥德修斯马上从一个健壮的男人变成一个干瘪瘪的小老头了，头发灰白，牙齿脱落，眼睛浑浊，简直和以前的他判若两人。然后她自己飞向空中，前往盛产美女的斯巴达找奥德修斯的儿子忒勒马科斯去了。

暗中会见牧猪人

奥德修斯走过一段崎岖的道路，穿过浓密的树林，来到牧猪人的家。他站在屋子前，看见庭院宽大，周围都用高大的石块砌成护栏，最外面栽种着坚实的橡树树枝，整个庭院被开辟为养猪场，细细一数，刚好十二个猪圈。肥胖的猪都在猪圈里吃食或睡觉，它们被牧猪人精心照料，长得很好。猪圈旁边睡着四只凶猛的看门犬，一个慈祥的老人坐在看门犬边上缝制他破烂的布鞋，没有发现奥德修斯的到来。

突然其中一只看门犬惊醒了，他嗅出陌生人的味道，不停地吠叫起来。其他的三只也马上站起来，扑向站在屋外的奥德修斯。老人立刻喝止住他们，他看到门口站着一位白发苍苍样子颓唐的老人，于是前来细细询问。

"尊敬的客人，我的狗惊吓到了您，真是抱歉。我刚才在缝补我的鞋子没有看见您的到来，我现在满脑子都在想着我那可怜的主人。哎，算了，还是请先进屋，让我好好招待一下你吧。"于是，牧猪人把奥德修斯搀扶进他的小屋子。他在地上铺了一层毛茸茸的山羊皮，让奥德修斯坐上去。然后他走到屋外，宰杀了一只猪，把它烧烤好，端给奥德修斯吃。奥德修斯对牧猪人的礼待感到很高兴，他说："老人家，您那么善良，宙斯一定会保佑您所有的愿望都实现的。"

"哎！别说所有了，只要实现一个，让我的主人平安回家，我就心满意足了！"牧猪人叹息道。"你主人出了什么事吗？你总是提到他。"奥德修斯假装追问道。

"客人，你或许从远方来，不知道我家里的情况，"牧猪人开始絮絮叨叨谈了起来，"要说我对你礼待，这样简单的礼待不算什么，我的主人也曾那样礼待我，我至今仍对他充满感激之情。主人对我关怀备至，从不把我当作下等人，给我房子住，给我东西吃，还给我报酬。可惜我再也碰不上这样好的主人了，他多年前去特洛伊作战，没有战死的英雄们都已经回家，唯独他一点消息也没有，急死人了。虽然你是外乡人，对您说主人家里的消息似乎不大妥当，但是那群可恶的求婚人实在欺人太甚了！我不得不说说。自从我主人没了音信，大家纷纷传言说他已经命丧黄泉。他妻子珀涅罗珀每天伤心欲绝，躲在房子里边纺织边流泪。他年幼的儿子为了找寻父亲的下落每天忧愁烦恼。一群狂妄的人觊觎女主人的美貌和主人丰厚的家产，纷纷涌进主人家里向她求婚，却既不按照约定的习俗送来彩礼，也不离开主人家，成天无赖一样坐在大厅里吃吃喝喝，耗费我主人的财产。喏，就说这些猪吧，每天都要给他们送去一头精壮的公猪供他们享乐，猪圈里的猪一天少一只呢。"

奥德修斯一边听着牧猪人的唠叨，一边不动声色地吃着猪肉，问道："你主人是什么人？拥有这么多财富？你告诉我他的名字，说不定我曾经听说过他呢。"

"哎，外乡人，不是我不相信你，只是这种事以前发生过太多次。好多人为了得到女主人的赏赐，明明不知道主人的消息，却骗人说知道，假装胡诌乱说一通，就是为了骗取女主人许诺过的衣袍。我想我那可怜的主人一定是不在这世上了，不知道他现在是埋葬在泥土里，还是暴尸荒野被乌鸦啄食，还是浸泡在苦涩的海水中，灵魂得不到安宁？他一定是死了，只留下那么多悲哀让我们承受，哎，我再也找不到这样好的主人。即使如此，我还是称他为主人，不管是生是死！"牧猪人说到这不由得鼻子发酸，他伸伸衣袖揩掉眼角的泪珠。

奥德修斯站起身来，郑重其事地对他说："我发誓，你主人必定会回来。那些编造谎言的人，想必很贫困，我虽然也清贫，但是我绝对不会为了所谓的衣袍而说谎话，我可以发誓。你等着看吧，等到你主人真的回家了，你的女主人不要忘记曾经许诺的赏赐就够了。不出今年，奥德修斯一定会回到他的宫殿，报复那些可恶的求婚者，这是我的预言。"

牧猪人摇摇头说："哎，主人不会回来了，作这些预言又有什么用呢？还是请坐下来继续喝酒吧，每当有人这么信誓旦旦地对我说，我就感到很伤心。不仅如此，女主人和小主人也很伤心呢，因为这些话从来没有应验。哎，外乡人，还是告诉我你是从哪里来，是什么部族的人，怎么会来到伊塔刻呢？"

奥德修斯沉思了一会，心想现在还不能暴露身份，他沉思了一两秒钟，然后说道："我来自辽阔广袤的克里特岛，家父正是克里特岛的国王卡斯托尔，尽管我的母亲是一位身份卑微的女仆，但是我的父亲却非常喜爱我。我父亲去世后，我们几个兄弟分了他的财产，由于我卑微的出身我和母亲只分的一小部分财产，后来我也娶了一房妻子。我平时不爱干农活或者操持一些琐碎的家务事，却很喜欢划船，参加激烈的斗争，在战场上冲锋陷阵，只有在那种充满了挑战的事情中我才能发挥我的能量。在阿开奥斯人进攻特洛伊之前，我已经九次率领同伴们攻打外敌，抢夺了许多战利品，这样我的财富渐渐多了起来，成为克里特岛声名显赫的大家族。后来在国人的委任下，我和杰出的伊多墨纽斯两人率领族人和阿开奥斯人一起前往伊利昂。我们在那里战斗了整整十年啊，最终结局是我们赢得了战争，第十年的时候我们返回家乡。我在家待了不到一年，还没有好好享受妻子的温柔和儿女们的天伦之乐就再一次离开家去往埃及。我带领了许多勇士，一行走得十分顺利。等我们来到了埃及河边，我派遣一些人前去打探情形，谁知他们自恃神勇，一踏上埃及的国土就开始肆无忌惮地抢夺人们的粮食和牲口，还有一些人掠夺了妇女和孩童，惨叫声霎时传遍了整个国家。国王在城里集结了精壮的队伍，他们穿戴齐整，骑着骠骑开始进攻我们。我们势单力薄难以抵挡他们人数众多的反攻，我的同伴们纷纷死在他们的青铜长矛下。眼看我自己也将被杀死，我立刻脱下头盔丢掉手中的武器，奔跑到领军的国王面前，跪在他面前求饶。国王看起来是个心慈的人，在我不断的忏悔下他原谅了我，把我带回了他的宫殿。

"我在埃及住了七年。在这七年中我和那里的人们建立了友好的关系，其实他们都是善良淳朴的人，渐渐地，他们原谅了我犯的过错，把我当作朋友，也给了我许多礼物。我把这些礼物全部收藏起来，心想有一天把它们带回家去。第八年的时候我认识了一个骗子，他是腓尼基人，他把我骗到腓尼基，于是我又来到了腓尼基。在他那里待了一年之后，他又借口去利比亚运货，让我一同前往，但是实际上是想把我给半途卖了。我们一行驶过汪洋的大海，快经过克里特岛时我惊讶地发现原来我的岛国在宙斯的威怒下被海水吞噬，已经看不到一片陆地的影子了。宙斯还给正在航行的我们降下灾难，他掀起来狂风暴雨，我们的小船在风暴的打击下很快就支撑不住了，同伴们纷纷给抛进水中，不久就被淹死。可能是宙斯怜悯我，就在我也要被抛进大海的一刻，船上的桅杆倒下来，正好在我身边，我趴在粗大的桅杆上漂浮起来。船已经被暴风雨击打成碎片了，我也看不到一个同伴了。我抱着那根桅杆在海上漂流了九天，第十天的时候来到了特斯普罗托伊人的国土上。特斯普罗托伊的王子首先遇见了我，他见我筋疲力尽、狼狈不堪，于是把我带到他家中。他父亲盛情款待了我，赐给我外衣还有衬衫等礼物。就是在那里，我听到了关于你主人奥德修斯的消息。"

牧猪人听到这里，急切地问道："你听到了我主人什么消息？"

"不要着急，你听我慢慢说。我从特斯普罗托伊国王那里听到你主人的消息，他说奥德修斯返回家的时候经过他那里。当时他身上带着许多财物，有黄金、青铜，还有精美的铁器，随后他去了多多那，那里有棵代表神意的高大的橡树，他去向橡树求问神的旨意。国王已经答应给奥德修斯帮助，为他准备了一些船只还有随行的人员。并且国王也答应送我返回家乡，还派了一些船手护送我。但是那些人心怀不轨，半路中打起我财物的主意，他们夺去我的东西，还把我的衣服也夺走，然后把我捆绑在船上。等到他们在一旁大吃大喝放松警惕的时候，我悄悄解开绳索，跳进海中，躲进岸边的灌木丛里，他们发现我逃走后怕惹祸上身就没有仔细寻找，急忙划着船离开了。现在你看到我这副狼狈的模样，就是拜他们所赐。"

牧猪人听得很认真，他说："客人，你经历了那么多灾难才来到伊塔刻，真是不容易呀。但是你提到我主人的消息，我仍然不能相信。从前有一个埃托利亚人来到我们家，声称他曾经在克里特见过我主人在修船，他还说主人最迟会在夏秋之际回家。我都这样一把年纪了，他还骗我。外乡人，你也不用拿善意的谎言哄我开心，但这样的怜悯不能真正带给我安慰，因为我已经失望太多次了。"

"要怎么做才能让你相信呢？"奥德修斯知道牧猪人已经丧失了信心，只好发誓道："我向宙斯和各位神明发誓，要是你主人真能回家来，你要遵守诺言给我一件大袍。若是你主人没有回来，那你可以让那些奴隶把我从悬崖上扔下去，以此警醒那些用谎言取悦你们的人。"

"哎，那我可真是要名垂千古了，先热情招待一个外乡人然后又把他杀死。还是别说这样的誓言了吧，我其他的同伴为那些求婚者送猪去了，差不多回来了，等他们回来后我们一起吃饭，早点休息，你也累了。"

正说着，牧猪人的同伴们回来了，他们宰杀了一只猪作为晚餐，盛情款待了奥德修斯。牧猪人把烧烤好的猪肉平均地分配给每一个人，并给每一个人斟满美酒。奥德修斯受到礼待，心中十分高兴。这时候窗外乌云密布，开始下起大雨来，狂风夹带着雨丝吹进屋内，让人感到一阵凉意。奥德修斯想考验一下牧猪人的忠心，看他能否脱下自己的大袍或者叫其他同伴让出衣袍给自己御寒，于是他站起来大声说道："同伴们，趁大家现在这会高兴，我来讲一个故事给大家助助兴。当年我们奋战在特洛伊城墙下的时候，躲藏在城墙外边的芦苇荡里，那时候奥德修斯也是首领之一。我记得当时天气寒冷，冰雪纷飞，我们穿得很少不足以抵抗寒冷，大家都冷得直哆嗦，牙齿不住地打战，脸都变成酱紫色的了。子夜时分，我终于冻得扛不住了，就用手肘碰了碰在身边的奥德修斯说：'奥德修斯我快要冻死了，今晚可能性命不保。'奥德修斯听完后想出了一个计谋，他对匍匐在他周围的同伴说：'我梦见了一个神奇的梦，这梦预示我们在这场战争中还需要更多帮助，可是主将阿伽门农在离我们很远的船舶上，你们谁上去告诉阿伽门农让他给我们增加支援。'安德赖蒙的儿子托阿斯听完后自告奋勇去告诉阿伽门农，他脱掉紫色战袍，向船舶游去。我披上他的衣服，不一会就暖和多了。那一晚多亏了奥德修斯帮助，我才能挨过那么折磨人的寒冷，要不然等不到我们进攻我估计就会冻死了。我心里始终记着奥德修斯的恩情，对他本人我深感敬重。真希望现在还能遇到这样的好人，你看我现在衣衫破损，简直不能见人。"

牧猪人听出了他的言外之意，于是说道："客人，你说我主人曾经为了不让你受冻想出了那么好的计策，我是完全相信的，因为我的主人本身就是一个既聪明又有善心的人。你的故事的道理我明白，我们这里的人也不会让一个需要帮助的人感到困窘的，但是我们这里没有多余的衣袍，因为每个人只有一件，可能等少爷回来以后他会另外给你一件衣服。"说完，他在地上给奥德修斯铺上一层厚厚的羊毛让他好好安睡，接着又给他盖上了一件自己的衣服，以免他着凉。

奥德修斯和其他年轻人睡下了，只有牧猪人担心在屋外的猪，为了照看它们，他提起一根木棒，穿着厚厚的衣袍走出门外，在一个凹形的岩石下躺下了。奥德修斯看见牧猪人对他的家产如此忠心，感到非常欣慰又感动，于是也欣慰地睡着了。

忒勒马科斯回到伊塔刻

清晨，当忒勒马科斯走向牧猪人的小屋的时候，牧猪人派遣其他的伙伴出去放牧，自己和幻化成老人的奥德修斯留在家中做早饭。忒勒马科斯来到门前，四只大犬发觉了这个陌生人，于是就一起冲着他狂吠起来。牧猪人在屋内听见狗叫，心中感到不妙，难道又有什么人来到此处？于是他赶紧跑出去查看。他一看到忒勒马科斯就认出这是久别未见的少爷，激动地话也说不出来，手中的盆碗也掉落在地上。他快步冲过去，紧紧握着少爷的手，轻轻抚摸着忒勒马科斯的脸颊，不由得泪流如注，就像一位年迈的父亲看见自己的亲生儿子回来一样，他颤抖着声音说道："忒勒马科斯，你终于回来了！我们大家想你想得好苦呀！自从你离开这里去找寻你父亲的消息，我们就一直为你担心，害怕你遭受什么不测，现在你果然平安地回来了！神明保佑。亲爱的孩子，你平时一直都待在城里不来乡下，你快进屋让我好好瞧瞧你！"于是他赶紧把忒勒马科斯带进小屋里。忒勒马科斯边走边说："牧猪人，我这次前来是想在你这先打听打听我母亲的消息，她是孤身一人还是已经嫁给他人了？"

"你母亲还是孤身一人，整日以泪洗面呢。"牧猪人回答他。

忒勒马科斯和牧猪人一同走进小屋，屋内的奥德修斯看见儿子忒勒马科斯，不由一阵激动，但是他极力克制不显露出真实情感。他站起身来，想给忒勒马科斯让座位，被忒勒马科斯制止了，儿子善待客人的举止让奥德修斯感到很欣慰。牧猪人另外铺上了一层羊毛和树叶，忒勒马科斯就坐在奥德修斯旁边。牧猪人又端来烤熟的肉和美酒款待少爷。忒勒马科斯问道："这位客人，似乎没有见过，是来自何方？家住何处？为什么来到伊塔刻？"牧猪人答道："他来自辽阔的克里特，也是个命苦的人，曾经漂流过很多地方，现在来到您的田庄，他向您请求帮助，您看您要怎么援助他呢？"

忒勒马科斯犯难了，他对牧猪人说："本来我应该给予他帮助，但是我现在没有办法，为了不暴露自己的行踪我都不能回家，那群恶人还在家中作威作福，我一个人势单力薄根本就对付不了他们。这样吧，我给他一件衣服，他身上穿着破烂的衣服根本不能御寒挡风，然后再给他一双坚固的草鞋，让他能够去到想去的地方。如果你愿意的话你也可以留他在田庄里和你一起照看这些猪，我会定时给你们送来一些食物，但是我不能现在把他带回家。"

牧猪人点点头，奥德修斯站起来说道："你们家中这些求婚者真是胆大妄为，就是我这个旁观的客人都不能忍耐他们这些无耻行径了。如果你能将我带到你家中，我一定拼了老命狠狠教训他们！你怎么也没有一个帮手帮助你，难道你兄弟他们都坐视不管吗？虽说我已经这么大年纪了，只要你用得上我，我一定会把他们打得屁滚尿流。"

忒勒马科斯礼貌地笑笑说道："老人家谢谢你的好心。不是亲人不愿意帮助，无奈那些求婚者都是伊塔刻的权贵，手中掌有大权，势力雄厚，他们联合起来力量强大，没人会为了我得罪他们的。我母亲每天把自己锁在房里哭泣，然而也没有办法拒绝求婚者，我是家中独子，清除这些恶棍的任务只能由我完成。但是我现在一个人力量太小了，哎！牧猪人，你还是赶紧进城去告诉我母亲说我已经回来了，为了不暴露身份只得隐蔽在田庄里，你叫她放心。你要小心谨慎地做事，不要让其他人知道这个消息，这位客人我相信是牧猪人的朋友，也请你替我保密，要是泄密的话我不会以朋友的情谊对待你，或许你还会因此丧命。"

"一定。"奥德修斯沉稳地答道。牧猪人赶紧穿上外出的草鞋准备进城，他问道："除了告诉你母亲以外，还要告诉你祖父吗？自从你去皮洛斯，他每天更是意志消沉茶饭不思，思念主人和你。"

"还是不要告诉他了吧，我怕知道的人太多走漏风声，你只要去告诉我母亲就行。"忒勒马科斯回答。

牧猪人穿上他的皮大衣，手拿一根长矛，告别了忒勒马科斯和幻化成老人的奥德修斯，赶紧前往城里通风报信了。

父子相认

雅典娜认为该是时候让奥德修斯父子两人相认了，于是她幻化成一位优雅的妇女来到牧猪人的小屋。四只大犬看见雅典娜都不敢发出叫声，反而跑到墙根下瑟缩地躺下来。雅典娜站在庄园门口张望，奥德修斯不一会就发现了她。雅典娜只让奥德修斯能够看见她。奥德修斯知晓女神的用意，偷偷离开忒勒马科斯来到女神旁边。雅典娜说道："奥德修斯，现在是你父子两人相认的时刻了，你们相认之后可以一起进城对付那些求婚者，我也会在暗处帮助你们。"于是她挥动手中的金杖点触奥德修斯，突然间，奥德修斯恢复了原来的相貌，一个干瘪虚弱的老头子不见了，出现在女神面前的是英俊威武、魁梧高大的奥德修斯，原来身上破旧的衣服也变成了精美的大袍，灰白的毛发全部变成浓密的黑色，皮肤和肌肉也像从前一样健康充满活力。雅典娜等待奥德修斯变为原型后就飞走了。奥德修斯返回牧猪人的小屋。忒勒马科斯简直不能认识他了："你是谁？"他问道。奥德修斯沉默不语："你是原来的客人？这附近除了我们几个人没有其他人了，其他牧猪人都已经外出放牧了。"奥德修斯还是一句话都不说。忒勒马科斯意识到站在他面前的可能是善于变化的神明，于是他赶紧跪下来："您肯定是神明，请原谅我的冒犯，我会给您奉献上祭祀的。"

奥德修斯不禁泪流满面，他走向前去扶起忒勒马科斯说道："我不是什么神明，你好好看看我，我是你那历经艰险的父亲，奥德修斯啊。"

"不可能，您不可能是我父亲！"忒勒马科斯连连摇头，"可是凡人不可能在那么短暂的时间从老人变化成年轻人，你肯定就是某位神明。"

"儿子啊，你不要再怀疑了！你仔细看看我吧，我不是神明，我就是你的父亲，我回来了，我回到伊塔刻了！我也是那个衣衫褴褛的老人，那是雅典娜为了保护我才把我变成那样的，刚才她为我解除了魔法，我就恢复到原样了。"

"真的是你，父亲！"忒勒马科斯扑进奥德修斯的胸膛，号啕地哭泣起来，奥德修斯抱着忒勒马科斯，也忍不住泪流如注，他们太久没有见面了，久别重逢心情实在复杂极了。不知哭了多久，一直到忒勒马科斯快将眼泪流尽了，他终于抬起头来对奥德修斯说："父亲你是怎么来到伊塔刻的，你应该是航海过来的吧？"

"是淮阿喀亚人送我来这里的，淮阿喀亚的国王还送给我许多礼物，有黄金、青铜，还有美丽的衣衫，都被我藏在港口附近的一个大山洞里了，这一切全赖雅典娜的帮助。现在我们要做的是想办法制服那些求婚者，你告诉我他们一共有多少人？我好好计划一下，看到底是我们两个单独行动，还是要找其他的帮手？"

"父亲，我们要对付的敌人不是一两个，他们势力太大，人数众多，我们两个人恐怕难以招架，他们有来自杜利基昂的五十二个勇士和随身六个侍从，从萨摩来的二十四个首领，从扎昆托斯来的二十个青年，还有伊塔刻本岛的十二个贵族，另外还有歌人。要是我们直接冲进去的话，恐怕形势对我们不利。"

"要是有神灵相助呢，这样你还感到不可能吗？雅典娜许诺过，她会在暗中帮助我们的。"奥德修斯说道。

"要是有神明帮助，那我们的胜算将会很大。"忒勒马科斯说。

"你明天返回家里和那些求婚者待在一起，要装作什么都不知道的样子。我将化妆为一个捡破烂的老人和牧猪人一起来到家中，我会假装向那些求婚者乞讨，如果他们对我颐指气使、态度傲慢的话，你千万不能动声色，要等待好时机才能下手。到时候，我会对你使眼色，你看到我的眼色就去把咱们家中大厅里的所有武器统统搬走。要是那些求婚者怀疑起你，你就要说是为了让那些武器不在空气中生锈，同时也为了避免大家酒后动武的冲动，所以要将它们好好保存到地下室里，你只给我们自己留下两把长枪和两块牛皮盾牌。等到时机一到，我们就一起冲上前去手刃他们，雅典娜会在暗中保佑我们的。不过你一定要记得，在事情完成之前你不能和任何人说起我们的行动，切记！这个行动只能我们两个人知道。另外，我还要去调查一下那些家奴，看他们对我们是否还忠心。"奥德修斯悄悄靠近忒勒马科斯的耳边说。

斯巴达战士
斯巴达战士作战勇猛、斗志昂扬，常常在战役中以少胜多，取得最后的胜利。奥德修斯在与家里的"求婚者"作战时，也显现出了他的勇猛与足智多谋。

忒勒马科斯反对道："父亲，您说的计划我不会告诉第三个人，这件事情的重要性我知道得很清楚，我现在已经长大成年了，您不必为此担忧。但是我认为，这是我们两个人的行动，所以一定要集中力量去做。现在您不适合去调查家奴的用心，因为这样的话要耗费很多时间，那些求婚者还会继续消耗我们的家产，对我们不利。我们时间宝贵，应该先考虑如何惩治他们才对。"

奥德修斯听完忒勒马科斯的话后觉得很欣慰，他觉得儿子真的长大了，想法也非常缜密，于是他同意了儿子的建议。就这样，父子两人一直在牧猪人的小屋子内小声而谨慎地讨论着他们的复仇计划，之后他们又相互讲述着离别以后各自遇到的故事。奥德修斯出征和遇险的故事让儿子感到无比自豪骄傲，儿子对家中情形的描述也点燃了奥德修斯心中的怒火。他们就一直这样说着话，仿佛这是一个虚幻的梦，要是停下不说话的话梦境就要破碎一样。奥德修斯和儿子在常年的分别中曾经做过许多关于久别重逢的梦，每次醒来脸上都挂着令人感到心酸的泪珠，但在那天，眼泪不会再悬挂在相思人的脸上了，这是真正相逢的时刻，并非一个虚幻的梦。

动乱

与忒勒马科斯一同从皮洛斯回来的同伴这时在干什么呢？他们按照忒勒马科斯的吩咐，一起将珍贵的礼物提到克吕提奥斯家里，然后打发了一个使者前往奥德修斯的府邸向珀涅罗珀禀告消息。使者在途中遇到了同样来禀告消息的牧猪人，于是和他一起走进宫殿。

使者走进宫殿以后，发现大厅里坐满了正在享乐的求婚者，他跪在珀涅罗珀面前说道："王后陛下，您的亲爱的儿子已经安全返回了。"牧猪人也对她说了忒勒马科斯告知他的话。珀涅罗珀听到后不禁面露喜色，一颗久悬的心终于放下来了。她赏赐了使者。牧猪人和使者很快就退出了宫殿。

求婚者们的脸色可有点难看了。他们沉默地放下手中的美食，离开宫殿，走到门外的墙根下小声商量对策。欧律马科斯开口说道："真想不到忒勒马科斯这小子命这么大！我们得赶紧派人把那些还在那埋伏的人给招回来，以免给他们当场抓住留下把柄啊。"他话音未落，安非诺摩斯就看见远远的有一群人垂头丧气地走回来，他立刻辨认出是正是那群准备袭击忒勒马科斯的人，于是他哈哈大笑道："你们不用派人去了，喏，他们不是已经回来了吗？哈哈！"众人将眼光朝向安非诺摩斯手指的方向，果不其然是他们。安提诺奥斯召集了这些船员，然后又叫上几个主要的头领聚集在一起商议，不让其他人参加。他说道："伙伴们，我们的计划失败了，埋伏的人非但没有把忒勒马科斯杀死，还让他在天神的保佑下顺利踏上伊塔刻的土地。如果他活着回来一定会大肆宣扬我们的计划，争取众人的同情。如果民众听从了他的话就会站在他那边反对我们的，到时候再去办可就没那么容易了。说不定我们还要受到他们的迫害，遭到流放什么的呢。忒勒马科斯很聪明，也有计谋，我怕我们对付不了他，现在只有两条路可走：一条是我们在他回来之前就把他抓住，然后平分掉他家的财产；第二条是我们不要再在他家待下去了，要是你们谁想要娶珀涅罗珀的话，就回家自己准备彩礼来迎娶她。"

大家对他的建议不置可否，都低了头沉默不语，心地善良的安非诺摩斯说道："我说，我们不能这样对待忒勒马科斯。我们已经在他家吃吃喝喝了那么久，现在却要恩将仇报，这是上天不允许的。我们应该尊重神明的意见，看他要怎么对待忒勒马科斯，然后再采取行动。"大家都认为他的话有道理。

这时候，传令官悄悄将他们的议论禀告给正在楼上屋内的珀涅罗珀。珀涅罗珀知道后火冒三丈、气愤不已，她带着两名侍女急速地从楼上冲下来，走出屋外，来到墙根下。她用头巾遮住自己的双颊，看见安提诺奥斯站在人群中央，她指着他的鼻子说："安提诺奥斯，你这个丧心病狂的没有良心的家伙！难道你忘记了往事吗？想当初，你父亲逃难来到我们这里？要不是奥德修斯帮助你们家，你们家现在恐怕早就沦为乞丐了，还会有现在的财富吗？你现在非但不求报恩，还在奥德修斯家中白吃白喝，甚至还要策划歹毒的阴谋谋害我儿子，我儿子哪点对不起你，使你非得采取这样卑劣的行动？你当着大家的面给我说清楚！"

安提诺奥斯的脸红一阵白一阵，欧律马科斯站出来打圆场，他说道："珀涅罗珀，你不要那么激动，放心吧，在座的各位没有人会对忒勒马科斯怎样的，我们都把他当作我们的好朋友！哈哈，要是我发现有人要对忒勒马科斯有什么歹意的话，我第一个会给他颜色瞧瞧的。奥德修斯曾经把我当作好朋友，就是宴饮的时候也亲自给我烤肉和美酒，我怎么会做对不起他家人的事情呢？"

珀涅罗珀看见欧律马科斯那张奸诈阴险的脸不知道该如何戳穿他，她明明知道他说的全都是冠冕堂皇的谎话，于是她转身走进大厅，回到房间里哭泣不断。

牧猪人傍晚时分就回到了自己家中，聪明的雅典娜在他回家之前就把奥德修斯变回老人的样子。奥德修斯和忒勒马科斯准备了晚饭，善良的牧猪人也没有看出任何破绽。忒勒马科斯吃饭的时候问起牧猪人城里的情况："欧迈俄斯，你到城里有没有看到那群准备袭击我的人？"

"这个倒没有，"牧猪人答道，"我这趟前去向你母亲禀告消息，走得很匆忙，在路上碰到了和你一起从皮洛斯的伙伴向王后报告消息。不过，当我在回家的途中、站在高山上的时候，远远地看见港口那里站有一群黑压压的人，不知道那些人是否就是你说的那些人。"忒勒马科斯听后，得意地笑笑，什么也没说，只对奥德修斯使了个眼色。饭后他们和往常一样说着话，就进入梦乡了。

忒勒马科斯、奥德修斯和欧迈俄斯来到城里

第二天清晨，天微微亮的时候，忒勒马科斯早早就起床了，因为他要按照昨天和父亲讨论好的计划行事。他穿好衣服，系好鞋带，手拿了一把长矛准备进城去。他吩咐牧猪人道："老人家，我现在要回城去给母亲禀告消息，即使她已经得到了我的消息，但是还没有亲眼见过我，我想她一定还在楼上以泪洗面呢。至于这位客人还是劳烦您照顾，按照礼俗应该由我把他带回家去给他提供一些食物，但是我现在要处理的事情太多，家中还有那么多求婚者要我对付。你把他带到城里去让他去乞讨吧，我看城里或许有人很有同情心，会给他面包和喝的东西的。"牧猪人听着他的话不住地点着头。说完后忒勒马科斯就告别牧猪人和幻化成老人的奥德修斯，前往自家府邸了。

不一会，他就来到了住处。远远地，他就听见从屋内传来的喧闹嘈杂的音乐声和吵闹声，他知道还是那群可恶的求婚者在放纵呢。他把长矛藏在屋前石柱旁边，然后跨步走了进去。

正在干活的奶妈最先看见了她，她吓了一大跳，手中的碗也掉在地上。"忒勒马科斯！我的孩子！你终于回来了！"她大叫了起来。其他仆人纷纷奔涌过来围住忒勒马科斯，仔细地看着他的脸庞，跪下来亲吻着他的双手。老奶妈也忍不住自己的眼泪，一直哽咽不断。求婚者也慢慢靠拢了，他们和颜悦色地对忒勒马科斯打招呼，表面上看起来和善极了，实际上内心充满了嫉恨。珀涅罗珀知道消息后连衣服都没换就直接奔下楼来，她紧紧抓住儿子的手臂，激动不已，泪流不止，她说道："忒勒马科斯，你终于回来了，你知道我受了多少苦啊！我以为我们再也没法见面了，你以后不要再做瞒着我的事了……你去了皮洛斯打探你父亲的消息，有没有什么收获？"忒勒马科斯抱着哭泣的珀涅罗珀，好生安抚了她，然后让她准备举行虔诚的祈祷，对神明的帮助表示感谢。珀涅罗珀这才换上干净的衣服，带领家奴做了诚挚的祷告。

这时忒勒马科斯说道："母亲，我要去迎接一位一同和我航行的客人，我曾经将他安置在佩赖奥斯家中，但是我答应他，等我回家就接他到自己家里，这是礼貌的做法。"珀涅罗珀应允了。忒勒马科斯转身走了出去，拿起他藏在石柱旁的长矛。等他走到广场的时候，恰好碰见了正前往奥德修斯家中的佩赖奥斯和那位客人。原来佩赖奥斯是来让忒勒马科斯派人把存放在他家的礼物拿回去的。忒勒马科斯担心暂时无法将求婚者制服，只能暂缓转移礼物，他把他们带回自己家

中休息。

　　珀涅罗珀热情招呼了忒勒马科斯的客人，先给他们安排好舒适的沐浴，给他们穿上最好的柔软的衣衫，然后又吩咐仆人准备好上乘的精美的食物招待客人。她安置客人坐在铺满羊毛的柔软的座椅上，又吩咐女仆端来洗手水给他们洗手。忒勒马科斯和同伴们一起吃着食物，一边谈起航行的种种事情。珀涅罗珀站在他们身后，想知道点奥德修斯的事情，但是他们始终没有谈到。于是她说道："忒勒马科斯，我看我还是回房哭泣去吧，你不会告诉我你知道的关于你父亲的情况的，不是吗？"

　　"母亲，我会把我知道的都告诉您，您不要心急。我们首先去了皮洛斯见到涅斯托尔，他和他的家人都热情地招待了我。当我问起父亲的消息时，他说他也没有听到确切消息，但是他让我去找金发的墨涅拉奥斯，并叫他儿子陪我一起去斯巴达。他送给我们骏马，我们乘上它们，不费多大力气就来到了斯巴达。等我们来到斯巴达见到墨涅拉奥斯时，才找到一点线索，他告诉我们说，他曾经听到海神说我父亲被一位叫作卡吕普索的神女囚禁在一座海岛上，没有助手也没有船只，根本没有办法逃脱。墨涅拉奥斯很同情我的遭遇，他对家中求婚者的做法感到气愤不已，也尽其所能地盛情地招待了我，因为他非常仰慕父亲的为人。在他那里我也见到了美丽的海伦，希腊人和特洛伊人曾经为她付出了多大的代价啊！她的美貌的确能让所有人为之倾倒。墨涅拉奥斯送给我很多礼物，有一只黄金双耳杯，还有海伦也赠给我她亲手缝制的精美的衣服。但是我急于回来通报消息，于是第二天我就急匆匆地回家了，神明们也给我送来顺风，航行一直都很顺利。那些礼物我暂时存放在佩赖奥斯家中，为了不让求婚者发现。"

　　预言者特奥克吕墨诺斯接着忒勒马科斯说道："尊敬的王后，忒勒马科斯不知道全部的详情，请您听我说，就让宙斯和奥德修斯家中的炉灶作证，我预言，奥德修斯已经平安回家，正在寻找各种罪恶，不过多久就会给这些野蛮贪婪的求婚者致命一击的。我曾经在海上看见鸟儿做出的预示，当时我就跟忒勒马科斯说过类似的话。"珀涅罗珀听完后心情很激动，她高兴地对客人说："友善的客人，要是事情能够如你所说的话那就太好了，到时候我一定给你许多赠礼，因为你能给人带来好运。"

　　那些求婚者有的照样在草坪上玩乐，有的人在大厅里继续吃吃喝喝。忒勒马科斯和朋友们以及他的母亲一起说着话，顾不到这群恶棍。同时，奥德修斯和牧猪人准备好一切，开始前往城里了。奥德修斯衣着褴褛，背着一口破口袋，手拿一根木棍，一步一步地朝前走去，牧猪人跟在他后面。他们走路速度缓慢，走了好久才来到一道清澈的水泉旁边。这是凡人打水的地方，也是为神女举行祭祀的地方。迎面走来牧羊人墨兰透斯，他看不起穿着破烂的奥德修斯，于是讥诮地辱骂道："牧猪人，你想把这个又脏又讨厌的老头带到哪里去呀？这种人只知道站在别人门前乞讨剩饭，根本不会想要自己去劳动，你要是把他交给我呀，我会把他带到田庄，让他割割草、挤挤奶之类的，说不定他那瘦腿会变得粗一点，但是他现在可能懒坏了，根本就不想回去干活了。你看看那令人恶心的小木棍似的腿吧，简直一阵风就能把他吹倒的样子。我敢保证，要是他去到奥德修斯家，那些求婚者一定会扔给他无数张板凳，这些板凳不把他脑袋摔烂也要把他的肋骨摔断的，哈哈哈哈！"他说完后就伸腿踢了奥德修斯一脚，奥德修斯踉跄了一下但是没有倒地。他咬紧牙根，心想不知道是不是该马上冲上前去杀了他，但是很快他遏制住了怒火，没有采取行动。牧猪人气坏了，他严厉地斥责眼前这个无赖，然后转过身来对着泉水跪下，说道："泉水女神们，奥德修斯曾经给你们祭祀过，我希望你们能保佑他回来，回来惩治这个目中无人的小人！他每天都游手好闲在城里游来荡去一件正经事不做，反而让牧羊人摧残羊群。"

"你这只狗！"墨兰透斯狠狠骂道，"竟敢口出狂言！总有一天我会把他从伊塔刻弄走，然后再换来一大把钱，至于你的主人奥德修斯他这辈子就甭想回来了！他儿子也一样，愿阿波罗今天就杀死他，或者求婚者把他杀死！"他骂骂咧咧地从两人面前大摇大摆地走过，一路走到奥德修斯的府邸和求婚者厮混在一起。求婚者很宠爱他，因为他们都是臭味相投的人，他们邀请他参加宴饮，给他食物和美酒。

不久，奥德修斯和牧猪人也来到了宫殿外面。奥德修斯抓住牧猪人的手说："老人家，这必定是奥德修斯的家了，你看这建筑多面雄伟壮观！这大理石的门柱，还有那些雄伟的雕塑栩栩如生，只有你那令人尊敬的主人才配住这样华丽的宫殿吧。我听见里面飘来阵阵仙乐，想必是那些求婚者正在找乐子吧。还有那些肉香，你闻到了吗？"

"你猜得没错，这就是我主人的家，你看是我们一起进去还是先由我进去探探风声？把你留在门外，我害怕还有人会给你侮辱。"牧猪人说道。"那倒不怕，我已经经历了那么多苦难，多一次侮辱算不了什么，我的心足够坚强面对这些困难。还是先由你进去看看情况吧。"奥德修斯对牧猪人说。这时候一只趴在不远处的老狗抬起头来，它看起来苍老极了，全身的皮毛都脱落得疏疏落落，眼睛浑浊极了。原来它是奥德修斯先前豢养的一只小狗，它灵敏地认出了眼前站着的老人就是奥德修斯，虽然奥德修斯此刻变得谁也认不出来了。它向奥德修斯走去，摇着尾巴，垂着耳朵，它全身长满虱子，颤颤巍巍，神情悲凉，走到奥德修斯脚下的时候，它就缓慢地趴下来，伸出舌头温顺地舔舐着奥德修斯的双脚。奥德修斯跪下来轻抚着它的头，强忍住内心的悲伤对牧猪人说："这只狗看起来是纯种狗，现在怎么老成这个样子了，看起来真是可怜啊。"

"它是我主人的爱犬，"牧猪人答道，"它年少的时候很勇猛矫健，主人每次外出打猎都要带上它，因为它的嗅觉灵敏奔跑速度很快，你现在看到它这副模样完全想象不到它年轻时候的样子。主人在家时对它宠爱有加，但是现在主人生死未卜，家里的仆人就不好好照看它了，任由它自生自灭，你看它身上长了那么多虱子，年龄增大又生了病，想必活不了多久了啊。"说完，牧猪人告别了奥德修斯独自走进宫殿打探消息。那只狗看见了主人奥德修斯，似乎已经完成什么重大心愿似的，舔舐了一阵之后就宁静地死去了。奥德修斯轻抚着他，眼泪在眼眶中打转，这只狗曾经给他带来多少快乐啊，即使至死仍然对他忠心耿耿。死去的狗的眼圈周围似乎也有泪痕，不知道灵魂升天的它此刻是流着欣慰的泪呢，还是悲伤的眼泪？

奥德修斯成了乞丐

牧猪人走进宫殿的时候，忒勒马科斯首先发现了他，他招呼牧猪人来到身旁，牧猪人搬了把椅子坐在忒勒马科斯的餐桌边，侍者也为他端来了一份菜肴。奥德修斯不久也进来了，他拄着拐杖，走路一跛一跛的，他靠在门柱上，观察着里面的求婚者。忒勒马科斯吩咐下人端来一份菜肴，让牧猪人给奥德修斯送过去。"牧猪人，你现在将这份食物送给靠着门柱的客人，告诉他进来向每位求婚者行乞，乞丐不应该缺少乞讨的勇气。"

牧猪人按照忒勒马科斯的吩咐做了，奥德修斯伸手接过食物，他盘腿坐在地上开始大口大口地吃起来，屋内的求婚者也在进行宴饮，只听见一片喧闹声夹杂着缕缕歌人的歌声。这时雅典娜来到奥德修斯身边，鼓励他前去向每个人乞讨，好知道哪些人心存善意，哪些人狂妄贪婪，好根据他们的表现决定最后对他们采取什么样的态度。于是奥德修斯按照女神的嘱咐走进大厅，他伸出手来，向每个求婚者乞讨。有些人怜悯他给他点吃的东西，询问他是哪里人，从什么地方来的。牧羊人墨兰透斯喊道："我知道他！他是牧猪人带到这里来的！"安提诺奥斯大

希腊武士像

古希腊人崇拜英雄。在《荷马史诗》中描绘了三个出色而又完全不同的英雄：大力士赫拉克勒斯，为希腊全岛所崇拜；忒修斯、奥德修斯，属于机智多谋的勇士，是雅典人喜欢的类型，同时他们也受到雅典娜的青睐。

为恼火，他斥责牧猪人道："牧猪人！你这个卑贱的奴才！你为什么把他带进宫殿？难道这种到处游荡的行尸走肉我们这里还不够多吗？都是一些败类！你难道担心你主人家的东西太多，所以叫他来分享分享不成？"

"您虽然身份显贵，但是说话却有点不讲道理，谁会把外乡客人随便带来呢？除非他是怀有某种技艺，像预言者、医生、木工或是歌人，谁会把一个乞丐带来给自己找麻烦呢？您总是对我没有好气，不过也没关系，只要珀涅罗珀和忒勒马科斯能够看到我的忠心和为人就好了。"牧猪人回答道。

忒勒马科斯悄悄对牧猪人说："欧迈俄斯，你不要多说了，安提诺奥斯总是很喜欢恶毒地激怒别人，一贯尖酸刻薄。"他转身对安提诺奥斯说道："安提诺奥斯，你刚才有如父亲一般为我考虑我家的财产，但是你没有必要那么做，因为这并非你自己的财产。我看是你心中没有想去施舍的愿望，所以才不给那个乞丐食物，现在你给他一点食物吧。"

安提诺奥斯觉得忒勒马科斯在找茬，气愤地说道："好啊忒勒马科斯，你真是狗咬吕洞宾不识好人心呀！你这是说的什么话！要是每个求婚者都这样给他吃的，那他乞讨一次就可以三个月不用出门了！"说完他就气鼓鼓地坐下，把脚放在凳子上，做出一副宁死也不施舍的姿态。其他许多求婚者纷纷给奥德修斯一些施舍，唯有他不愿意付出哪怕一点点。奥德修斯走向前来对他说："朋友，我看你出身显贵，不像是吝啬的人，请你也给我点吧。要是您能慷慨一点，我一定会在以后的流浪中为你传播美名。想当初我也曾经拥有那么多财富，但是我对每个流浪人都大方，要不是在埃及的时候我的同伴太过贪婪，宙斯也不会给我们降下没顶之灾，我如今也不会流浪到贵地。"

"什么臭乞丐！你给我站远点！是哪个瘟神把你送到这里来的？身上脏兮兮的，臭味难闻。你这个无耻的人要是还敢来烦我的话，不要怪我不客气！哼！"安提诺奥斯又暴躁起来。奥德修斯说道："您的外表和您的内心真是不相匹配，

362

真是遗憾。"安提诺奥斯听见奥德修斯这样说自己，气不打一处来，他抓起搁脚凳砸向奥德修斯，奥德修斯岿然不动，看见他这一击没有将奥德修斯击倒，很恼怒。奥德修斯放下背包，对全体求婚者说道："各位在座的人们，要是有一个人为了保护他自己的财产遭受殴打那是理所应该的，但是我挨打却是因为这该死的肚皮，这是最没有尊严的。要是天上神明和世上善良的人们对流浪者和乞讨者还有一点怜悯之心的话，现在我也不至于这样狼狈。安提诺奥斯你要为自己没有理智、缺乏善心的行为付出相应的代价。"安提诺奥斯大声吼道："你这个混蛋！要是你还在那里胡说八道，我就要把你扔出去，或者叫人把你的皮给扒下来！"其他的求婚者这时也看不过去了，其中一个人站起来对安提诺奥斯说："算了吧，安提诺奥斯，不要这样对待他了。要是他是个神明怎么办呀？神明老是幻化成凡人的模样呢。"安提诺奥斯却不以为意，仍然气冲冲的。站在一边的忒勒马科斯看见父亲受辱气得牙痒痒，他紧紧地攥紧拳头。

在楼上的珀涅罗珀知道有人在大厅里欺负一个乞讨者，她觉得很可怜，于是让牧猪人把乞丐带到她面前来，因为她认为此人流浪过许多地方，或许听说过奥德修斯的消息。"是啊王后，要是那些求婚者能够安静下来听他叙说他的身世，一定会被他的叙说吸引住的，他说的话就想歌人的歌声一样动人。他曾经在我家住了三天，和我说了许多话，他家住在克里特岛，他父亲曾经和奥德修斯是世交，经历了许多苦难他才来到这里。他曾告诉我说他听说奥德修斯就在不远的地方，在特斯普罗托伊人住的地方，还带了许多财宝准备回家呢。"

"那么你赶紧去请他来见我！"珀涅罗珀更加心急要见到那个乞丐了。这时忒勒马科斯打了一个喷嚏，珀涅罗珀笑着说："你听见了没？忒勒马科斯打喷嚏了，这说明这里的求婚者全部都要遭殃。要是那个乞丐说的话是真的，到时候我会赏赐给他许多美丽的衣衫和精美的食物的。"

牧猪人走近奥德修斯告诉他王后召见他，但是奥德修斯说道："老人家，你去告诉王后我愿意把我所知道的一切都告诉她，但是现在不行，我没想到这些求婚者这样穷凶极恶，简直把我吓坏了。我刚才没有做什么坏事，那个人就无理地攻击了我。还是等到太阳西沉再让她询问我吧，那时候有充裕的时间，那些人想必也离开了，我一定详细告诉王后她想知道的一切。"牧猪人将奥德修斯的意思转告给王后，珀涅罗珀觉得乞丐的想法很对，她说："此人思考问题很缜密，还是等到晚上吧，这样我们也能单独好好谈谈。"

牧猪人回到大厅里，悄悄来到忒勒马科斯身边对他耳语道："孩子我要回去照看我的猪了，你要留神照顾好自己，小心那些心怀叵测的人再有什么阴谋。"牧猪人告别了忒勒马科斯，匆匆回家了，他说明天他还会再来，会带来宴会需要宰杀的猪。大厅里的人还在继续唱歌吃喝，直到夜色渐渐深沉起来。

奥德修斯和乞丐伊洛斯角力

这时候，宫殿门口来了一位当地的乞丐名叫伊洛斯。他到处乞讨，长着一个大肚皮，身材尽管很魁梧，但是没有一点力气，也没有勇气，只是每天用巧嘴璜舌骗人们的施舍。伊洛斯来到门口看见奥德修斯也在那里乞讨，不由地内心嫌恶他，想把他赶走，于是走过去大声斥责奥德修斯说："老头，你给我滚开！这儿是我乞讨的地盘，难道你不知道吗！要是你不知好歹赖着不走的话，当心我亲自动手把你拖出去了！"

奥德修斯居然被一个乞丐冒犯，他心中满怀怒气，于是他回击道："真是怪事，我也没有得罪你，你为何对我如此无理？我看这里人多，应该容得下我们两人一起乞讨，你嫉妒我所以要把我赶走。你不要欺人太甚，小心我也会采取报复手段。虽然我是个老人，但要把我惹怒了，叫你吃不完兜着走！"

"这个脏鬼居然像个老太婆一样对我啰啰唆唆的，看我不一拳打过去让你找不到门牙，让你鲜血流尽，要是你还敢说废话的话！我倒要看看一个没有力气的老人怎么打赢年轻人！"伊洛斯说着假装撸起袖子，但是却并不敢真的动手。他们就这样站在门口你一句我一句地针锋相对起来，话越说越激烈，似乎马上就要动起手来了。他们的吵闹声引起了求婚者的兴趣，求婚者为了看热闹纷纷走向前来围住他们俩。

安提诺奥斯为了故意挑起争端，于是大声说道："大家请安静，现在请听我说一句，里面的炉火上正在烤着肥美的羊肉，要是他们两人中谁战胜了对方，那我们就请胜利者吃那些烤好的羊肉，还将邀请他和我们一起宴饮，这样他就不用乞讨了。你们说好不好？"大家纷纷表示赞成。奥德修斯说道："朋友们，一个孤立无援的老年人怎么能和一个年轻人战斗，除非你们中的人要发誓不会为了帮助伊洛斯对我动手。"忒勒马科斯马上站出来声援道："外地人，你只管放心去战斗。至于其他的人你不要担心，我是这里的主人，会为你主持公道，安提诺奥斯和欧律马科斯都是当地有身份的人，相信他们也会为你作证的。"

于是奥德修斯脱下外套，然后用外套束住腰间，露出两条健壮有力的大腿、宽阔的胸部和粗壮的双臂。求婚者看见了不禁傻了眼，大家议论纷纷、惊异不已。

有人悄悄说道："看他那长满肌肉的大腿，伊洛斯这下可糟了，我看他会丧命在这个乞丐手下。"

伊洛斯看见奥德修斯的肌肉，听见众人的议论，不由心里一阵慌乱，他开始浑身发抖，哆哆嗦嗦的，一直冒冷汗。安提诺奥斯看出伊洛斯胆怯了，蔑视地说："伊洛斯，你这个好吹牛皮的家伙，没有一点勇气！你还是个年轻人呢，怎么会惧怕老年人呢？我警告你，要是你战输了我会把你装进黑壳船，送你到传说中的国王埃克托斯那里，他的残忍性情相信你也听说过，他会用铜刀割掉你的耳朵、鼻子，扔给狗吃。"他这样说伊洛斯就更加六神无主了，他抖得越来越厉害，人们把他推到场地中央，他还是一直抖个不停。奥德修斯心想应该给这个狂妄胆小的鼠辈重重一击还是轻轻对付他一下就算了，最后他决定轻轻地教训他一下，以免暴露自己的身份。战斗开始了，伊洛斯一拳抡过去打在奥德修斯的右肩上，奥德修斯一把掐住伊洛斯的脖子，力气之大足以把他的脖子折断。鲜血从伊洛斯的嘴里喷出来，伊洛斯呻吟着躺倒在地上直蹬脚，脸上的青筋都暴起来了。奥德修斯没有将他弄死，于是松开手，把他拖到墙角下，扔给他一根木棍，说道："你就坐在这里赶赶野猪野狗之类的吧，你自己是个乞讨者，本来就已经很可怜，以后不要对其他乞丐那么凶狠，与人为善对你有什么损失呢？"

他说完后就回到大厅里，求婚者跟在他身后也进了屋，求婚者对他的表现惊叹不已，个个给他投去敬佩的目光。安提诺奥斯不能违背刚才说过的话，只把烤好的羊肉端到他面前，对他表示祝贺。奥德修斯对他说道："安提诺奥斯，我看你是个聪明人，我以前耳闻过你那令人尊敬的父亲尼索斯，他那么富有却心地善良。你怎么和他一点都不像呢？我奉劝你，在神明看来，人类都是很不幸的生物，因为他永远不知道何时会有灾难降临在他身上。想我当年也曾凭借自己的财富和地位干过许多荒唐事，现在，想来后悔极了。一个人做什么事都要有分寸，万事不可过火。现在我看这些求婚者每天聚集在别人家里无端消耗别人的财产，显然已经过分了。我认为这家的主人不久就会回来，到时候这里的每个求婚者都逃脱不了厄运。"说完，奥德修斯端起酒杯，仰头喝下一大杯酒。安提诺奥斯听了奥德修斯的一番话后，有一种不祥的预感涌上他的心头，他若有所思地默默想了好一会，然后神情沮丧，垂下脑袋，重新坐回自己的位子，但是完全没有了刚才的那股气焰嚣张的模样。众人不知他们即将要到来的悲惨命运，仍然在纵情欢乐，安提诺奥斯心里则乱成一团麻了。

珀涅罗珀面对肆无忌惮的求婚人

雅典娜把勇气注进珀涅罗珀的心中，让她出现在求婚者面前，展现自己优美的体态和姣好面容，重新引起他们的心动，同时也使得丈夫和儿子对她的忠诚更加敬重。于是她把想法告诉了女管家，女管家很赞同她的想法，说道："去吧孩子，你可以按照你心想的去做，但是在你下去以前一定要先沐浴一番，你看你现在脸上还挂着泪痕，常年的哭泣让你的容貌也不比以前了。"

"我知道你这是关心我，但是不要强迫我去做我不感兴趣的事了，自从奥德修斯离家，我就没有任何兴趣打扮自己了，你还是去叫两位侍女过来陪我一同下去吧。"

女管家走出房间，雅典娜马上催眠了珀涅罗珀，她用神液涂抹在珀涅罗珀的脸上，顿时王后的脸变得柔滑光盈，似乎回到了年轻时代的模样，女神还施魔法使得王后的身材变得更加苗条优雅，皮肤变得像象牙一样充满白皙的光泽。不一会儿，珀涅罗珀就像穿越时空隧道一样变成一个年轻貌美的女子，但是正在沉睡中的她什么都不知道。

侍女在女管家的带领下来到珀涅罗珀房内，她们看见正在熟睡中的王后，也为她的美貌感到惊异。她们叫醒王后，珀涅罗珀在她们的陪同下来到楼下。她头上戴着轻薄的纱巾，遮住脸颊，一双深邃的眼睛楚楚动人。那些求婚者看见美丽的王后不禁垂涎三尺，都想占有她，珀涅罗珀径直到她儿子忒勒马科斯身边，悄声斥责道："忒勒马科斯，你现在在做什么傻事，你现在的身份和外貌和你的举止不相匹配，你小时候这样也就罢了，现在已经是个成年人了这些事应该知道怎么处理才对。你竟然让一个外乡人在咱们家遭受这样的凌辱，不讲究礼俗，这会让你在人民心中失去威信和尊严。"

忒勒马科斯站起身来，恭敬地回答："亲爱的母亲，您教训得对。我现在已经长大成人，会分清事理。但是我不能把所有事情都考虑得那么周全，那些求婚者都坐在我身边给我制造障碍，我需要提防他们，身边也缺少一个可以帮助我的人。刚才发生的那场争斗，外乡人把伊洛斯打败了。我向天神宙斯祈祷，但愿现在聚集在这里的求婚者也能被这样子打败，把他们打得抱头鼠窜，就像现在瘫软在墙根下的伊洛斯一样四肢无力。"母子之间正在交谈，欧律马科斯狡诈地前来献媚，他说道："美貌的王后，要是全体阿开奥斯人能够一睹您的芳容，明天来这的求婚者就会把门槛都给踏破了！您实在是太美了，出类拔萃，无可挑剔，惊艳绝伦啊！"珀涅罗珀回答道："神明们已经使我的容貌失去了往日的吸引力，自从我的丈夫奥德修斯前去特洛伊，我就没有一天不在泪水中度过，忧伤和泪水摧毁了我的容颜。想当初他离开家的时候就曾经嘱咐过我说，这次去特洛伊必定凶多吉少，因为特洛伊人也非常善于战争，要是万一他不能回来，战死沙场的话，他希望我能够抚养孩子长大，给父母尽孝。等到孩子长大，我就可以另外寻找一个可靠的人嫁了。我看他说的话如今已经快要应验了。忒勒马科斯也已经长大了，可是求婚者没有按照习俗办事，他们应该送上自己珍贵的聘礼，再由女方选择，而不是这样无理取闹，在别人家制造混乱，无度享乐。"听到她的话，奥德修斯内心喜悦，因为他知道珀涅罗珀内心真实的想法，她这样做主要是想向求婚者索取礼物，而不是真的要把自己嫁出去。"你说得对，但是如果我们把礼物给你送过来，你不能拒绝，只是我们不会去庄园或其他地方，除非你最后选择和其中一个人结婚。"安提诺奥斯说道。事情已经到了这一步，大家都赞同安提诺奥斯的话，于是纷纷派遣家奴从自己家中带来礼物。安提诺奥斯的是一件精美的衣衫，上面缀满了十二颗黄金衣扣；欧律马科斯的是一条精美的项链，用黄金和琥珀做成，晶莹剔透；欧律达马斯的是一对耳环，分别缀着三颗暗红色的珠宝，耀眼动人；佩珊德罗斯的也是一条精美的项链；其他求婚者也带了他们珍贵的礼物。珀涅罗珀吩咐仆人把礼物收拾好，答应会尽快在礼物的赠送者中选择一位，然后在侍女们的簇拥下，珀涅罗珀转身回到房间里休息去了。

奥德修斯受到讥讽

　　求婚者继续在大厅里莺歌燕舞寻欢作乐。夜色更深了，仆人立刻在大厅里点燃起三个火钵，里面燃烧着刚砍下来的柴薪。熊熊火光照亮了整个大厅，女仆们轮番照看火钵。奥德修斯对女仆说道："既然主人不在家，那么你们可以进房去陪伴你们的女主人珀涅罗珀，我听说她每天不是哭泣就是待在房里纺纱，你们可以帮她梳理羊毛、整理线团之类的。这些火钵就由我来帮你们照看吧，添加柴火这样的事我还可以做得来。"

　　女仆们听见他这样说，不禁相视一笑，其中一个女仆墨兰托讥消地说道："你这个不知好歹的外乡人，真是没有理智，你不去外面住反而要赖在这里不走，这不是无赖又是什么呢？莫非你是因为战胜了伊洛斯所以就得意忘形不知道自己是谁了？这里也是你配待的地方吗？当心有人比伊洛斯强壮，把你这个糟老头扔出去呢，哈哈！"

　　"你这个奴才！我要去告诉忒勒马科斯你说的混账话，让他把你剁成肉酱！"奥德修斯简直怒不可遏。他没想到现在居然连卑贱的女仆都敢欺凌他了。奥德修斯的话吓坏了这些胆小的奴仆，她们纷纷退下，害怕他说的话应验。奥德修斯重新坐下，心里细细思考着复仇计划。

　　雅典娜鼓动其他的求婚者继续讥讽奥德修斯，以引起他内心的愤怒。欧律马科斯首先开口说道："求婚者们大家听我说，我看这个外乡人来到这里肯定是有神明帮助，你看他脑袋上发出火炬一样的光芒，哈哈，还是因为他头顶一根毛没长，光秃秃的呢？"接着他又转向奥德修斯说道："外乡人要是我愿意雇你给我干活，你愿不愿意呢？你可以给我砌墙或者给我栽点树什么的。如果你不去干活，你永远只会干坏事，而不想通过劳动来喂饱你那永远都喂不饱的肚子！"

　　奥德修斯回答道："欧律马科斯，我干活的能力不比任何人差。要是咱们俩比赛割草、赶牛、喂草料这样的农活，我肯定做得比你要快、要好；要是宙斯现在就发动一场战争，你给我一根长矛和一块盾牌，我也会冲锋在最前面。到那时你大概不会讥笑我的肚皮了。你这个人看起来威武不凡，但内心却如此歹毒，要是奥德修斯回来，恐怕你很难逃脱他的惩罚。"

　　"你这个无理的家伙！在我们这些高贵的人面前口出狂言，难道就是因为你一时侥幸打败了那个可怜的乞丐，你就可以目中无人吗？"欧律马科斯快气疯了，于是顺手就抓起一把凳子朝奥德修斯扔过去，奥德修斯侧身一躲，凳子砸在了司酒人的手上。司酒人惨叫一声，手中的酒杯摔倒在地上裂成碎片。大厅里瞬间乱哄哄的，大家纷纷议论起来，有人说道："这个外乡人真是该死，他一来，我们这里就乱了套。我们的宴饮全都给这个人给搅黄了！"忒勒马科斯制止住他们插话道："大家都喝醉了，不能控制自己的情绪了，宴饮也已经差不多了，大家还是早点回去休息。"他说完后求婚者站着不动，他们想制造更大的混乱。这时安提诺奥斯站出来说道："他说的有道理，我看我们还是回去，不要再生事端了。"他这样一说，其他求婚者也不想再多说什么，只得忍耐住心中的不满，祭祀完众神之后就纷纷回家安寝了。

家人团聚

　　求婚者陆陆续续回家了，这时候奥德修斯凑近忒勒马科斯耳边说："忒勒马科斯，我们必须把这些大厅里的武器搬走，如果有人问起原因，你就告诉他们说是因为武器长期暴露在空气中已经锈迹斑斑，另外还为了避免求婚者酒后不清醒，一时冲动起争端。"忒勒马科斯按照奥德修斯的吩咐去做,他命令奶妈说:"好奶妈,你让仆人们回到屋内去,我和这位客人要把这些武器搬到库房里去,它们长年累月地放在这里已经锈迹斑斑了。"

"好孩子,你真是长大懂事了,已经能够悉心照看自己家中的财物了,但是要是我们都走了谁来给你掌灯呢?"奶妈问道。"这位客人可以帮我,他既然在我家吃饭就应该干活。"忒勒马科斯这样回答。奶妈听见他这样说也就不说什么了,带领着各位仆人离开了大厅。

忒勒马科斯和奥德修斯开始动手搬走那些武器,有长矛、盾牌、头盔、刀枪之类的。雅典娜在暗中为他们点燃火炬。搬完之后,奥德修斯让忒勒马科斯回房休息,自己则在大厅里等待珀涅罗珀的到来,因为她早说过要询问他关于丈夫的消息。

珀涅罗珀在侍女们的簇拥下走了进来,她美貌依旧,就像天神中的阿佛洛狄忒一样超凡脱俗。她稳稳地坐在用象牙和白银镶制的椅子上,侍女们清理求婚者们留下的残物,有的侍女则给火钵添加新的柴薪以使它燃烧得更旺。这时女仆墨兰托又看见了奥德修斯站在那里,于是她破口大骂道:"你这个讨厌的人,为什么老是在这里?难道你要找机会偷看美丽的妇女不成?你快点离开这里,否则会让你尝到火棍的滋味!"王后听见侍女无理的辱骂不由恼怒了,她严厉地斥责了墨兰托,并让她赶快离开大厅,然后吩咐奶妈搬来一张铺满柔软的羊皮椅子给外乡人当座椅。珀涅罗珀对奥德修斯说:"外乡人,你来自哪里?"

"王后,您可以问我其他的事情,但是不要问我的家乡在哪里,这样会让我想起难过的往事,我也不想在别人家里泪流满面,这样或许会招致更多的讥讽。"奥德修斯回答道。

"自从我丈夫奥德修斯离家以后,我因为每日思念他泪流不止,现在容貌也完全失去了先前的鲜丽,时间过了这么久,我丈夫没有任何音信,那些来自各个地方的求婚者涌进我家消耗我家的财产,逼迫我重新出嫁。"珀涅罗珀接着把她在神明的启示下编造的纺织布匹拖延时间最后被求婚者戳穿的故事讲给奥德修斯听。"我不得不在他们的压迫下把那布织完,现在我没有借口拖延婚姻了,父母也催促我改嫁,我儿子忒勒马科斯也已经长大成人,但是他对那些求婚者却无能为力。我很爱我的丈夫,我不愿意嫁给任何求婚者,但是我却没有办法结束这混乱不堪的局面,真令人痛苦啊。现在我已经将我自己的实情告诉你了,你应该可以告诉我你的家乡在哪里吧?你总不会是从岩石里或树里蹦出来的吧?"

奥德修斯听见她这样说，只好又将他对牧猪人说过的克里特岛的故事重新说了一遍，他说得如此逼真，珀涅罗珀完全相信了。听到他曾经招待过奥德修斯的经历时，珀涅罗珀禁不住流下思念的眼泪。奥德修斯看见妻子哭泣，心中很怜爱，但是他克制住感情的冲动，不显露出来。王后问道：“你刚才说道你曾经见过我丈夫，那么你给我讲讲，你当时见到他的时候他穿的是什么衣服，他的状态怎么样呢？”

“时间已经太久了，我难以记得那么清楚，但是还是凭着那么一点印象说说看吧。当时他好像穿着一件紫色的羊绒大袍，上面有一个黄金扣针，黄金扣针上有一只小狗咬住一只花鹿的图形。在我们那里的时候我还记得他穿了一件轻薄的衣衫，轻得好像没有穿衣服一样，不知道这些衣服是不是他从家里带来的。”

珀涅罗珀大哭起来，她哽咽地说：“外乡人，他身上穿的这两件衣服都是我给他缝制的，那个黄金扣针也是我亲自给他戴上去的。现在我完全相信你的话了。”

奥德修斯安抚了珀涅罗珀一番，然后又告诉了她一些似真似假的故事。他说他曾经到过特斯普罗托伊人的地方，那里的国王告诉他奥德修斯积累了巨大的财富，都是一路上积攒下来的。那时候，奥德修斯前往多多那向神明祷告，因此两人没有碰面，但是国王向他展示了奥德修斯的财物，真的令人目眩神迷。接着他十分肯定地说奥德修斯就在附近不远的地方，回家指日可待，请王后不必过分伤感。

珀涅罗珀的情绪稳定下来，她听到他的话之后垂下了头，说道：“客人，真希望你说的这些都能实现，但是现在我心里的预感告诉我，奥德修斯不会回来。现在我吩咐仆人们给你沐浴更衣，再为你准备好睡眠的床铺吧，你不应该老是这样衣衫褴褛，让人嘲笑！”

“王后，我已经厌倦了精致的床铺被盖，我经历了那么多苦难，早已经习惯了简陋的生活。要是你的宫殿里有一位和我一样经历过生活艰辛的仆人能给我洗脚的话，我想我不会拒绝。”奥德修斯回答。

珀涅罗珀想起老仆人欧律克勒娅，她曾经哺育过奥德修斯，并叫来她为奥德修斯洗脚。

老仆人很快就给客人端来干净的洗脚水，她跪下来替奥德修斯洗脚，边洗边哭泣道：“客人，你真是可怜，你的命运如此坎坷，但是你的心灵却那么虔诚。你现在还远离家乡在外地流浪，我那主人奥德修斯又何尝不是和你一样呢？说不定他和你一样走到某个地方，然后被人嘲弄，就像你今天遭遇过的一样。你为了避免仆人的嘲弄，叫我这个明白事理的老人给洗脚，我也很愿意，因为我理解你历经艰辛的心情。可是，我怎么觉得你的体形和声音与我那主人奥德修斯那么相似呀。"

"但凡见过我们俩的人都说我们挺相像的。"奥德修斯敷衍道。洗完脚后，奥德修斯马上站在暗处，因为他突然记起他脚背上有一道很深的疤痕，那是以前打野猪的时候被野猪的獠牙咬下的痕迹，他害怕奶妈看见暴露身份于是赶紧掩饰起来，但是奶妈已经看到了那块伤疤，她紧紧抓住奥德修斯的脚，眼泪流了出来，她站起身来抚摸着奥德修斯的脸颊说："孩子，我知道你回来了，我一摸到那块伤疤就知道你回来了。"奥德修斯赶紧将手捂住奶妈的嘴，悄悄说："奶妈，你不要声张。我历经艰险，用了二十年才回到这里。尽管你现在认出了我，但是请你不要告诉任何人，因为我还有重要的任务要做，在这任务完成以前不能暴露身份。要是你说出去的话，即使你是我亲爱的奶妈我也不会放过你的。"

"你在说什么呀我的孩子，你应该知道我不是那种不明事理的人，我会守口如瓶的。等你完成了你的任务，我还会告诉你家中哪些奴仆对你忠心，哪些对有二心。"奶妈这样说道，然后她端起洗脚水离开了。珀涅罗珀对奥德修斯说："外乡人，我还有一件小事想要询问你。这些天我做了几个梦，我不知道这些梦到底是什么意思。我现在的处境令我左右为难，或许这些梦能给我带来提示。有一个是这样的：二十只白鹅先在湖面上戏水，而后走到陆地上啄食谷粒，这时从高山上飞来一只目光锐利的老鹰，它折断白鹅的脖颈，然后飞向幽缈的天空。我在梦中为那些死去的白鹅痛苦不已，这时那只鹰却飞回来了，飞到我家的横梁上，它开口说话了：'你不要伤心，这是美好的预言。那些白鹅是那些求婚者，我是刚才的老鹰也就是你的丈夫，现在我回到家给他们致命一击。'说完后我就醒了，我连忙出去看家中的白鹅，它们在草地上悠闲地吃着谷粒呢。"奥德修斯说道："既然奥德修斯本人已经做出阐释，那么这个梦就是如他所说的一样，求婚者必遭不幸。"

"客人啊，梦境总是缥缈晦涩，梦境有一半是真实的，但却也有一半不真实。我认为我的梦境却是不真实的，奥德修斯不会回来了。等到明天，我将要展开竞赛，那些大

奥德修斯　布格罗　法国
英雄奥德修斯冒险偷偷回家，被老仆人欧律克勒娅认出，她无比激动。

厅里摆放的十二把铁斧，以前奥德修斯在的时候能一箭把它们全部射穿。要是明天哪位阿开奥斯人能够将它们射穿的话，我就会嫁给他，离开这里。虽然我会常常怀念奥德修斯和我的儿子忒勒马科斯，但这是唯一能够解决现在混乱的方法。"

"请您明天一定举行比赛，我相信奥德修斯在求婚者拉开他们弓弦的时候就会回来。"奥德修斯斩钉截铁地说道。

黎明前的夜晚

奥德修斯就在廊屋里休息，他摊开一张牛皮，再铺上一层羊毛，就这样躺下去。奴仆们纷纷走出大厅，和还没有离开的几个求婚者嬉笑鬼混，浪声笑语传到奥德修斯的耳边。他怒不可遏，心想是不是应该马上将这些没有良心的奴才杀死，但是他最终还是忍住了，但是却在地板上辗转反侧，怎么都睡不着，心里细细想着复仇计划。这时雅典娜幻化成一个妇人模样来到他身边，对他说："奥德修斯你怎么还不睡觉？你现在在自己家里，就和自己的妻子儿子在一个地方呀。这不是你梦寐以求的吗？"

"是啊女神，你说得没错，但是我心里一直在思考怎么样制服那些人多势众的求婚者，我孤身一人，怕到时候势单力薄。"

"可怜的家伙，你怎么那么没有信心呢？谁说只有你一个人，我会在暗中保佑你，即使有五十对阿开奥斯人向你发出进攻也不会把你怎么样的，你就放心吧，不要焦虑了，心情焦虑影响睡眠，你明天还有重要任务呢。"说完，雅典娜就给奥德修斯催眠了，之后自己飞向宇际，奥德修斯渐渐进入了梦乡。

快天亮的时候，珀涅罗珀才好不容易进入梦乡，但是她做了一个梦，惊吓得她很快从梦中醒来。原来她梦见奥德修斯睡在她身边如同他出征前一样，因为强烈的思念，珀涅罗珀哭了起来。她的哭声被奥德修斯听见了，他也醒来了，他爬起来向神明祈祷道："如果神明垂怜，让今天的一切都顺利进行的话，请给我两个预示。"宙斯听见祷告，从高高的云层中间抛下一个响雷，旁边磨坊的女奴也跪下来向神明祈祷今天是为求婚者最后一次磨面粉。奥德修斯得到了两个预示感到很放心。女仆们在火钵里点燃柴薪，新的一天到来了，她们也开始忙碌起来。忒勒马科斯也起来了，他大步来到大厅里，问奶妈道："我母亲有没有善待那位客人，母亲有时候做事很任性，有时候善待他人，有时候又很疏忽。"

"放心吧少爷！王后对他可好了，给他最好的食物还有精致的椅子，但是他自己拒绝了太多奢华的东西，硬要自己睡在廊屋里，也不用铺好的床铺，他说他已经习惯了简陋。"忒勒马科斯听完后就跑到广场去参加比赛大会，一群家犬跟在他后面。老奶妈召集家中的仆人开始清扫准备，有的被派去劈木柴，有的被派去提水。牧猪人这时也赶来了三只肥猪供大家享用，牧羊人墨兰提奥斯也来到奥德修斯府邸，他带来了一些上等肥羊，当他看见奥德修斯的时候，情不自禁地又开始冷嘲热讽起来："外乡人，你还在这里干什么呀？怎么那么讨人厌，今天人家要举行宴饮，你是专门等在这里乞讨的吧，哈哈！"奥德修斯听完后默默不语，心里却在安排他的计划。

牧牛人也把一头健壮的肥牛赶来，他看见奥德修斯说道："外乡人，我看见你不禁想起我那可怜的主人奥德修斯。在我小的时候，他就把我派到克法勒涅斯那里照看牛群，现在那里的牛群多得数不胜数，可是我那主人却信息全无，说不定他这时也像你一样流落在某个城市，遭人唾弃。我忍受不了辛苦照看的牛被那些无耻的求婚者吞食，想要另外寻找新的主人，离开此地。但是我思念着奥德修斯，希望能够再见到他，他要是回来，这些坏蛋肯定会吓得屁滚尿流！"

"牧牛人，你心地很善良，你相信吧，还没有等到你离开此地，奥德修斯就会回来，给那些人制造灾难！"奥德修斯狠狠地说。

"愿宙斯让你的话应验。"牧牛人答道。

奥德修斯再次受辱

求婚者在奥德修斯家中继续宴饮作乐，他们宰杀绵羊和肥牛，并将肉穿在钢叉上在火上烤制。仆人们抬来陈年的美酒，对它们倒进每个求婚者的酒杯中，精美的食物也端上来了，求婚者们开始大吃大喝起来。忒勒马科斯走到奥德修斯身边，在他面前摆上一张小餐桌，然后吩咐仆人端来一份同样精美的食物，故意大声地说："您在这里坐下，和这大厅里的人一起享用这些食物，任何在这里的人都不能嘲讽你或者对你动手，因为我是这里的主人，在座的求婚者你们要控制好自己的情绪，不要再生事端。"

大家感到惊愕，不曾想到年少的忒勒马科斯会说出这样的话来，安提诺奥斯咬紧牙狠狠说："让我们大家听忒勒马科斯的话吧，虽然他的话中充满了威胁的意味。"忒勒马科斯没有理睬他。

雅典娜不想让矛盾就此缓和，她让求婚者持续激起奥德修斯的愤怒。这时一个名叫克特西波斯的人慢悠悠地走过来，他开口大声说："各位，这位外乡人已经得到了他应该得到的那份食物，现在让我送上我的馈赠。"话音未落，他就抓起一个巨大的牛蹄扔向奥德修斯，奥德修斯侧身一躲，牛蹄重重地甩在墙壁上。忒勒马科斯站起斥责道："克特西波斯，快结束你愚蠢的行为！没有击中这位外乡人算是你的幸运，要是你击中了，我马上就会用长矛结束你的性命！你别以为我还是什么都不懂的小孩子，要是你再胆敢心怀恶意挑起争端，冒犯我的客人和我的话，我会让你死得很惨！"

忒勒马科斯的话让全场人都沉默了，阿革拉奥斯说道："朋友们，他说的话有道理，我们少安勿躁，不要引起纷争了。以现在的情况来看的话，奥德修斯没有办法回来了，你应该劝你母亲改嫁给我们其中的一位，这样就可以避免更多的纷争。"

"我没有想要拖延我母亲的婚姻，我也希望她能够嫁给一个好男人，既然我父亲不会回来的话。可是我不能强迫我母亲干任何事，她要怎么做还是按照她的心愿来。"忒勒马科斯回答。雅典娜在暗中施行魔法，她让在座的每个求婚者开始哈哈大笑起来，大家笑得前仰后合，眼泪都流下来了。预言者特奥克吕墨诺斯说道："天哪，这是怎么一回事？我似乎看见了黑暗将遮住你们的脸颊，到处都是呻吟声，鲜血流得满地都是，到处涌动着层层迷雾，整个大厅变得昏暗恐怖。"欧律马科斯听见他说的话后很不高兴，他让忒勒马科斯派人将这个不吉利的预言家赶出门去。特奥克吕墨诺斯反抗道："欧律马科斯不用你找人把我送回家，我自己有脚也有眼睛，但是你不相信我说的话，你就等着看吧，奥德修斯会回来给你们带来灭顶之灾的。"说完他就离开奥德修斯的家，重新回到佩赖奥斯的家中去了，其他求婚者还在雅典娜的魔法下笑个不停。一个胆大的年轻人喊道："忒勒马科斯，你收留了这样一个什么都不会的废物，引起这么多争吵，现在又有一个疯子一样的人在这里做什么预言。我看他们全都神经不正常，赶紧把他们装上船运到西西里人那里去卖个好价钱吧。"忒勒马科斯瞥了他一眼，什么话都没说，只是静静等待着父亲的命令。

射箭比赛

珀涅罗珀觉得是时候举行比赛了。她在房间里取出一把钥匙，和侍女们一起来到奥德修斯的库房，里面珍藏着许多珍宝和武器。她打开库房的门，爬上台板，伸手拿起挂在墙壁上的弯弓和箭壶。之后她来到求婚者所在的大厅，高声宣布："各位求婚者，现在我有重要的事情宣布。自从我丈夫去了特洛伊，你们就一直聚集在我家大吃大喝，这并不合理。你们声称说要娶我为妻，但是迟迟不见你们送上珍贵的聘礼，现在你们给我送来了礼物，事情到了这一步，应该找到最终的解决办法了。今天我把奥德修斯曾经用过的弯弓带来，谁要是能一箭把十二只铁斧射穿的话，我就嫁给谁。"她说完就把弯弓交给牧猪人，让他给各位求婚者，牧猪人和牧牛人看见主人先前常用的弯弓不由得回忆起主人来，两人流下眼泪。安提诺奥斯看见了又在旁边冷嘲热讽。

忒勒马科斯说道："各位，我母亲的姿容你们都知道了，就让我们开始射箭比赛吧。正如她所说，获胜者将赢得她，我也不妨参加。如果我能射穿那十二道铁斧的话，那就说明我有能力继承父亲的家产，母亲即使再嫁我也不用过分伤感了。"然后他脱掉紫色大袍，在地上挖出一道深沟，然后把那十二道铁斧依次插进沟里，接着他走到门槛那里，在那里试拉弓弦。他射了三次，力气都太小了，弓弦安不上去。第四次他使尽力气眼看马上就要装上去了，奥德修斯示意制止住他，于是他停住，大声说道："天啊，我居然装不上弓弦！看来我还是太年轻无力了，在座的各位你们谁要试一下，你们看起来都比我强盛有力啊。"说完他把弓箭放下，回到自己的座位上。安提诺奥斯对大家说："我们不妨从左到右开始吧，首先从司酒人斟酒的地方开始。"

勒奥得斯首先站了起来，他也是一位预言家，他平时就不是很满意求婚者的行动，往往坐得很远。他走到门槛前使劲拉弓弦，但还是没能将它拉开。他叹了口气说道："朋友们，我没有办法将它拉开，让其他人去尝试吧，这把弓箭将要许多人为它付出生命，其实死去比失望地活着更有意思些。你们一天天聚集在这里，心里满怀希望能够娶到珀涅罗珀，但是等你们拉开弓箭你们就会醒悟过来，早知道就应该把聘礼送给其他美好的姑娘，那样就可以幸福一生，快乐一生了。"安提诺奥斯不满意他说的话，反驳道："你说的是什么话！难道就因为你没有把它拉开，其他人就要为此丧命吗？会有人拉开它的。"于是他吩咐手下人拿来油脂，生起火堆，把油脂涂抹在弓箭上，然后将它放在火上烤，希望能够让它变得松软些。下人们按照吩咐生起了火，端来了油脂，求婚者把弓箭放在火上烤，但是还是没有人能够将它拉开。最后只剩下安提诺奥斯和欧律马科斯两人没有试过了，他们到底有没有将弓箭拉开呢？

真相

牧猪人、牧牛人和奥德修斯一起走出宫殿，他们站在门外，奥德修斯首先开口说道："牧猪人和牧牛人，有句话我不知道当讲不当讲。如果你们的主人奥德修斯突然回家出现在你们面前，你们是站在他这边，还是站在求婚者那边呢？"牧猪人和牧牛人纷纷表示他们对奥德修斯的忠心，奥德修斯才又重新开口道："实话跟你们说吧，我就是奥德修斯。我历经了千难万险，经过了二十年才回到伊塔刻。我知道整个家中的仆人，只有你们两个是真心实意想让我回来。如果神明保佑我能制服那些求婚者，我到时候自然会赏赐你们衣服和宅院，把你们当作兄弟看待。你们走近来，我要给你们看一个东西。"说完他撸起自己的衣服，露出他脚上的被野猪咬过的伤痕。"这就是我以前打猎时被猪咬下的伤痕，你们应该都知道。整个疤痕现在都没有消退，也许它能证明我的身份。"

牧猪人和牧牛人面面相觑，呆了好几秒钟，等他们反应过来的时候，他们才相信站在他们面前的就是主人奥德修斯。他们抱住主人不断地亲吻他，哭得泪流不止。奥德修斯制止住他们的哭泣，悄声说道："你们快别哭了，小心被人看见。现在我需要你们的帮助，那些求婚者绝对不会把那把弓箭交给我，牧猪人我想让你把弓箭拿给我。另外，你还要把厅堂的门窗都关好，不让在里面干活的仆人进来，无论他们在里面听见了什么声音。牧牛人，我也需要你把外院的大门拴上，让人们不能从里面逃出来。我先进去，你们稍晚就跟进来。"

于是奥德修斯走进屋内，牧猪人和牧牛人等了一会也进去了。欧律马科斯已经把弓箭烤了好几回了，但是他还是没有办法将它拉开，他沮丧极了，叹了口气说："哎！我不是为我自己叹息，我为在座的每位痛惜，我们那么多人居然没有一个人能够将它拉开！"安提诺奥斯安慰道："你别沮丧了，还是让我们先吃点东西吧。拉了那么久，肚子早就饿了。等我们吃饱之后，向神明祭祀，等明天再来拉，说不定到时候就会拉开了。"

奥德修斯这时站出来说道："安提诺奥斯，你的话有道理，但是现在请让我也试一试吧，把那弓箭给我。"

"什么？"安提诺奥斯简直不敢相信自己的耳朵："你是喝醉酒说胡话吧？你实在太贪婪无厌了，就你这个乞丐能够坐在这里听我们谈话就已经是天大的荣幸，还想试什么弓箭？要是你还敢胆大妄为的话我就要把你装进黑壳船，把你送到残忍的国王埃克托斯那里去了，让他也割掉你的鼻子！"

此时珀涅罗珀说话了："安提诺奥斯，你情绪不要那么激动，你是怕这个客人万一拉开弓箭就要把我娶回家吧，我看他自己未必有这想法，所以你们还是不要愤怒，坐下来安静吃点东西喝点酒吧。"

"哦，珀涅罗珀，我相信你也不会跟他走的，我们担心的不是这个，我们担心的是人们的议论。如果真有那么一天，别人会说这么多英俊有为的年轻人没有将弓拉开，居然败给了一个老人，我们会感到羞耻的。"欧律马科斯补充道。"这些无谓的议论你们又何必在意呢？不妨让他试一试，要是他能将弓拉开，我就会赏赐给他精美的衣衫，还有一根长矛、一把双刃剑以及一双坚固的草鞋，让他走到他愿意去的地方。"珀涅罗珀说道。

"母亲，你还是上楼回房去吧。弓箭比赛是男人之间的事情，你不宜参加。再说了，我是这屋子的主人，由谁来射箭应该由我说了算。"忒勒马科斯说道。珀涅罗珀听见儿子这样说，不禁感到很惊异，但是又不好反抗，只得回到自己房间里去纺纱。

牧猪人捡起弓箭想要交给奥德修斯，求婚者看见了，其中一个人叫道："可恶的牧猪人，你那双肮脏的手要把弓箭拿到哪里去！你要是再敢往前走一步我就要把你的脑浆摔出来！"牧猪人听见了心里十分害怕，他站住不敢动了，忒勒马科斯喊道："牧猪人，你不能听从每个人的话，赶快把弓送给你要送给的人，但愿我有强健的力气，能给辱没我父亲的人带来灾难！"求婚者听见忒勒马科斯说出这样的话，觉得他太幼稚无知了，于是大家大笑起来。牧猪人赶紧把弓箭放在奥德修斯手中，然后又督促奶妈把大厅里的窗户紧紧关闭，牧牛人这时候也走过去把外面的大门关得紧紧的。

奥德修斯拿着弓仔细查看，看它的牛角是否已经被虫蚀空了，他把弓箭翻转过来，轻易给它装上弦，动作之快让在座的每位求婚者惊叹不已。然后他伸开右手拉了一下弓弦，弓弦发出美妙的声音，他拿起一支箭矢，稳稳地射了出去，箭矢穿过铁斧的洞孔，连续十二个，一个都没落下。众人一片哗然。奥德修斯对忒勒马科斯说："主人，看来我还有点力气，不像那些求婚者说的那样无能。现在是晚餐时间，趁天色尚早，还是请歌人和琴人弹奏起来给大家助助兴吧。"说完他对忒勒马科斯蹙蹙眉，忒勒马科斯知道这是暗号，于是他拿上一把锋利的佩剑，手中握着长矛，站在奥德修斯身旁。

复仇开始了

奥德修斯脱掉衣服，手中握着硬弓和装满箭矢的箭袋，站到门槛旁边。他向求婚人大声地说道："刚才那场比赛已经分出胜负了，现在我要完成一个没有人能完成的任务！"说着他拉起弓，搭上箭，瞄准正在举杯喝酒的安提诺奥斯射去，正中他的咽喉，箭头从颈后穿出。安提诺奥斯口中和鼻中喷出了淋漓的鲜血，他倒下去的时候把桌子也推翻在地上，桌上的碗碟食物撒了一地。求婚人见他倒下了，立刻变得慌乱起来。他们都从椅子上跳起来，跑到墙边找武器，可是矛和盾都不见了。于是他们破口大骂："该死的外乡人，你射杀人会给你带来不幸，你知道你杀死的是此地最为高贵的安提诺奥斯吗？你活不了多久了！"他们这样说，还以为奥德修斯是偶然间不小心射中了安提诺奥斯。他们不知道他们都面临着同样的命运。奥德修斯怒视他们大声吼道："你们以为我永远不会从特洛伊回来了！你们挥霍我的财产，诱骗我的女仆，并在我活着时就来向我的妻子求婚。你们既不怕天神给你们带来惩罚，也不怕后世如何谴责你们，现在你们的死期已经到了！"

求婚人听了面色惨白，纷纷乱跑寻找出路。只有欧律马科斯仗着胆子说："如果你真是奥德修斯，那你谴责我们是理所应该的，因为我们聚集在你家消耗你的财产。可是这些罪恶的罪魁祸首安提诺奥斯已经死在你的箭下了，是他唆使我们干了这些事，他其实并不是真心想向你妻子求婚，而是想当代替你做伊塔刻的国王。因此他设下埋伏想杀害忒勒马科斯。现在他罪有应得，请您宽恕他的手下人，我们可以用土地作为赔偿，按照我们在你家消耗的财产来算，并且我们每人都给你补偿二十头肥牛，还会送给你黄金和青铜。"

"欧律马科斯，即使你们把所有财产全部给我，另外再赠送给我许多财富我也不会停止杀戮。你们现在只有两条路可以走，一条是逃跑，一条是接受我的挑战和我战斗。你们在座的每一个人休想从这里逃脱灾难！"奥德修斯大声吼道。

求婚人吓得心惊胆战，双脚发软。欧律马科斯回过头来对大家说："朋友们，这个人看来不会善罢甘休，我们要齐心协力，大家拔出剑来，用桌子挡住他的箭。我们一起冲过去把他推出门槛，然后我们去城里召唤援手。"他一面说一面抽出

陶绘战斗图景
迈锡尼时期的艺匠在这只器皿上用重彩浓墨精心描绘出了古代勇士的英姿。

宝剑。他大喊一声冲上前去，还没等到他冲到奥德修斯身边，奥德修斯的飞箭已射穿了他的胸部，他手中的剑掉落在地上，欧律马科斯往前一栽扑倒在地上。他痛苦地在地上翻滚，双脚在地上乱蹬，挣扎了一会就没有动静了。安菲诺摩斯挥剑向奥德修斯扑去，忒勒马科斯却在他身后拿起长矛向他刺去，刺穿他的胸部，他扑倒在地。忒勒马科斯不敢拔出长矛，担心

在他弯腰的时候会有人攻击，于是他快速跑到父亲身边，对奥德修斯说："父亲我要去取盾牌、长枪和头盔，还要给牧猪人和牧牛人一些装备。"

"快去快回。"奥德修斯说道。于是忒勒马科斯急忙跑进武器库，取来四块盾牌、八根长矛和四顶有马鬃盔饰的铜质头盔。他们四个人一起装备起来，穿好盔甲戴上头盔，四个人站在一起，准备并肩作战。

奥德修斯百发百中、箭无虚发，他射出的利箭让求婚者一个个扑倒在地上，等箭射完了，他就把弯弓靠在门柱子上。他用盾护着身体，戴上头盔，又拿起两个装有铜尖的长矛准备刺杀敌人。大厅门槛的旁边有一道侧门，奥德修斯吩咐牧猪人欧迈俄斯看守着门。阿革拉俄斯发现了侧门就跑过来对同伴们喊道："朋友们，我们应该从侧门逃跑到城里喊些援兵过来！"站在一边的牧羊人墨兰透斯却说道："侧门离奥德修斯站的地方太近了，再说侧门很小，只要有一个人挡住那门我们就休想通过。还是让我去奥德修斯的库房取些武器来，他们不可能把武器放在其他地方的。"说着他就潜入奥德修斯的库房。不一会，他就搬来十二面盾牌、十二顶头盔和十二支长矛。他把它们交给求婚者，求婚者纷纷武装起来。奥德修斯看到对手们手拿长枪，不禁大吃一惊，他对忒勒马科斯说："忒勒马科斯，看来家里有个女仆或者墨兰透斯就是叛徒，他给我们带来了麻烦。"

"父亲，这是我的过失，刚才我忙着取武器，回来的时候忘记把库房的门给关上。牧猪人，你赶快去把库房的门锁紧，然后看是哪个女奴干的坏事，我看这事像是墨兰透斯干的。"忒勒马科斯着急地说道。这时墨兰透斯又跑到库房里找武器，被牧猪人看见了，他问道："要是我们在库房里找到了墨兰透斯，是直接把他杀了还是把他带到这里来？"

"你同牧牛人一起去，把他抓住，把他的双手和双脚反绑起来，在后背上插上一块木板，然后吊在库房的横梁上，把他活活吊死。"忒勒马科斯这样说。

两个牧人遵命而去。他们来到库房前果然看见墨兰透斯在鬼鬼祟祟拿武器，当他拿了许多武器准备走出门来的时候，两个人扑上去把他的头发揪住，然后把他按在地上，用绳子把他的手脚反捆起来，再把一根长绳把他吊在横梁上。"墨兰透斯，这下你可以好好睡一觉了，这个床榻看起来舒服极了。"牧猪人讥笑道。随后他和牧牛人就关上门，回到奥德修斯的身边。

这时雅典娜幻化成门托尔的模样站在大厅里，奥德修斯认出这是女神，于是请求道："门托尔，请你帮助我，念在我们的旧情上。"求婚人看到门托尔也纷纷对他喊叫。阿革拉俄斯怒冲冲地吼道："门托尔，你不要上奥德修斯的当来对抗我们。否则，在我们杀死他们父子之后我们一定也会杀死你，还要收掉你全部的财产，你的儿子和妻子都不准再留在伊塔刻！"雅典娜听了很生气，她激怒奥德修斯说："奥德修斯，你曾经为了一个海伦在特洛伊苦战九年，杀死了无数的敌人，现在你回到自己家中竟然失掉了勇气一样，这些个求婚者就让你束手无策了吗？你现在站在我身边，看我门托尔怎么对付他们。"雅典娜说出这样的话其实是想激发奥德修斯的勇气，她自己并不想参与战争。说完话之后，她变作一只小鸟蹲在横梁上。"门托尔走掉了，"阿革拉俄斯对朋友们说，"你们不要被他的话吓住了。现在只剩下他们四个人，你们不要把长矛同时掷出去，我、欧律诺摩斯、安非墨冬、得摩普托勒摩斯、珊佩德罗斯还有波吕博斯我们六个人把我们的长矛集中起来刺向奥德修斯，如果他倒下去，其他人便容易对付了！"可是，雅典娜却让他们的长矛掷偏了。一根击中了门柱，一根击中门扇，一根击中墙壁。奥德修斯对他的同伴们大声喊道："伙伴们，现在我们一起投掷长矛！"于是四个人一起把长矛掷出去，没有一根偏离目标。奥德修斯击中了得摩普托勒摩斯，忒勒马科斯击中了欧律诺摩斯，牧猪人击中阿革拉俄斯，牧牛人击中了珊佩德罗斯。这时更多的求婚者投来长矛，但是雅典娜都让他们的长矛偏离了方向，安非墨冬的长矛刺伤了忒勒马科斯的手腕，擦破了一点皮，奥德修斯的长矛击中了欧律达马斯，牧猪人击中了波吕博斯。求婚者和他们四个展开了激烈的混战，打闹声、摔倒声和呻吟声充满了整个大厅。雅典娜这时站在横梁上，亮出了她那致命的神盾，求婚者看见了吓得面目惨白，四处逃窜。雅典娜的助阵使得奥德修斯这边的人勇气倍增，他们到处砍杀求婚者，鲜血像小河一样流过。求婚者气势渐渐弱下来，勒奥得斯跑过来跪在奥德修斯的脚下，抱住他的双膝，苦苦哀求："可怜我吧！我在你家没有做过坏事，我还常常劝阻他们不要那样做，但他们不听我的。我只是个预言者，要是这样也被杀死，那就太不公平了！"

"如果你真的是他们中的预言者，那么你向神明祈祷的时候也只会祈求让我不回家来，然后让你娶得我的妻子对吧！现在你也难逃劫难！"说着，他挥舞利剑砍掉勒奥得斯的头，头颅滚落在地上，不一会就血肉模糊了。

歌手费弥奥斯吓得惊慌失措，他双手捧着弦琴站在侧门旁边，但是却不知道该从侧门穿出去逃命，还是该抱住奥德修斯的双膝求他饶命。最后，他还是觉得直接去求奥德修斯合适些，于是他放下弦琴，跪在奥德修斯的面前恳求道："奥德修斯，请你开恩原谅我。要是你把一个能够歌颂神明和凡人的歌者杀死，你自己也会遭难的，我并非心甘情愿在这里歌唱，是那些求婚者强迫我这样干的，你儿子忒勒马科斯可以替我作证。"忒勒马科斯向奥德修斯跑来，大声说道："父亲请住手，请不要杀害这个无辜的人，还有传令官墨冬，他们都是心地善良的人，在我小的时候他们尽心照顾过我。"这时墨冬正裹着一张黑色牛皮躲在椅子下。他听到忒勒马科斯的话连忙钻出来，跪在忒勒马科斯的面前，抱住他的膝盖请求饶命。看到他这副惊慌失措的样子，奥德修斯也不禁笑起来，他说："放心吧，忒勒马科斯救了你们，我不杀你们了，好让你们心里明白做好事远比做恶事要有好结果，你们也可以向人们传颂这事，现在你们离开这里，让我们把我们该算的账算清。"于是两个人连忙逃出大厅，躲在宙斯祭坛的旁边四处张望大厅里的杀戮，吓得一句话都不敢多说了。

惩罚不忠的女仆们

奥德修斯砍杀了一阵，看看四周是否还有存活着的求婚者，他们都横七竖八地躺满一地，鲜血流得像小河一样，他们瘫倒在地上就像从海里被捕捞到沙滩上的小鱼儿一样。奥德修斯吩咐他的儿子把老奶妈叫来。奶妈进了大厅，看到主人站在尸体中间满身血污就像一头威猛的雄狮一样，满地的鲜血和呻吟还有奥德修斯的胜利让她感到又恐惧又高兴。奥德修斯对她说道，"奶妈，现在我惩治了这些求婚者，你应该感到高兴，但不要欢呼出来，因为在死人面前欢呼是不合时宜的。他们作恶多端，现在也得到了他们应该得到的结果。现在请你对我说明家中女仆的情况，哪些人是不忠的，哪些人是忠诚的。"

"我一定如实禀告，您的家中一共有五十个女仆。"欧律克勒娅回答说，"我平日教导她们做各种手工活，也教导她们遵守仆人的规定，但她们中有十二人背叛了你。她们既不尊重我，也不尊重珀涅罗珀。现在请让我叫醒熟睡的女主人，把这好消息告诉她吧！"

"暂时别去惊动她。"奥德修斯说，"快去把十二个不忠诚的女仆带到这儿来。"

欧律克勒娅穿过厅堂去召集女仆，奥德修斯对儿子和牧猪人还有牧牛人说道："把这些死尸搬出去，等那些女仆来了，让她们收拾这些桌椅，还有鲜血遍布的地面。等她们做完这一切，你们就把她们带到墙院那里，用利剑将她们全部杀死，谁让她们平日和这些该死的求婚者秘密偷欢！"

女仆们吓得挤作一团，泪流不止。在奥德修斯的监督下，她们把死者抬出去，然后把桌椅擦干净，用海绵把地上的血迹清除掉。等她们打扫干净之后，她们被牧猪人和牧牛人带到厨墙院边上。这时忒勒马科斯这样说道："这些女仆实在太可恶了！我可不能让她们死得那么轻松，她们平时和求婚者暗送秋波，蔑视我和我母亲！"

说完，他把一根粗绳子系在大门的横梁上，然后用绳索套住她们的脖子，吊在粗绳上。就这样，她们瞪着双腿痛苦地挣扎了一会儿，便咽了气。最后，他们把歹毒的牧羊人墨兰透斯抓过来，用铜器割掉他的双耳和鼻子，又割下他的双手和双脚。直到这一刻，复仇终于完成了。做完了这些，他们洗净了双手，然后奥德修斯吩咐欧律克勒娅，让她取些硫磺生起火炉把整个大厅给熏一遍，然后再去叫醒珀涅罗珀。但她想先给主人送来外袍和衬衣，奥德修斯却要她快去做刚才吩咐的事。

欧律克勒娅把大厅熏了一遍后，又召来所有忠诚的女仆。她们手举着燃烧的火把看见主人重新回家来，不禁流下欢乐的泪水，她们拥抱着主人，亲吻他的双手和双肩，奥德修斯也感动得流下了眼泪。

爱情的甜蜜

老奶妈充满喜悦地爬上楼梯想要把这激动人心的消息告诉女主人，她站在珀涅罗珀的床前，女主人还在熟睡呢，她摇醒珀涅罗珀兴奋地说道："快起来吧，我的孩子！你快下楼去看看是谁来了！奥德修斯回来了，他已经惩治了所有求婚者，你梦寐以求的那一刻到来了！"

"老奶妈，你在说些什么东西。"珀涅罗珀揉揉自己的眼睛说道，"难道你变糊涂了吗？我心里一片苦涩你不是不知道，刚才正好进入了一场美梦，要不是你的打扰，我现在还在幸福地做梦呢。你出去吧不要再来打扰我了，否则我就要责怪你了。"

"好孩子！我没有糊涂也不是骗你，奥德修斯真的回来了，他就是那个化装成乞丐的人。忒勒马科斯其实早就知道他的底细，但是为了找着好机会报复求婚者，他们一直隐瞒着他的身份呢。"老奶妈急忙说道。

"真的吗真的吗？"珀涅罗珀兴奋得跳了起来，"你快告诉我实情，到底是怎么回事，他是怎么处置这些求婚者的？"

"我没有看见，因为我们都被锁在大厅后面的房子里，门扇都被关上，只听见大厅里不断传来呻吟声。直到后来忒勒马科斯把我叫到大厅，我才看到奥德修斯站在许多死尸中间，浑身沾满了血迹，他威猛无比就像一头雄狮一样！现在所有的死尸都被搬出大厅，奥德修斯吩咐我生起炉子把大厅熏一下，又叫我来把你叫下去。你快穿上衣服下去吧，他在下面等你呢。"

珀涅罗珀似乎仍然不敢相信这是真的，她呆呆地站着不动，老奶妈急了，她说道："傻孩子你怎么了，你总是这样悲观又很喜欢多疑。实话告诉你吧，我曾经为那个乞丐洗脚的时候发现他脚上的一道疤痕，就是以前他出去打猎时被野猪咬的，你也知道那回事。但是当时他不让我说出来，怕暴露身份。现在你总该相信了吧。"

珀涅罗珀急忙冲下楼去，她看见一个威猛的男人站在大厅中间，但是她始终不敢走向前去，怕是幻梦一场，她远远地站着，凝视着奥德修斯。

"母亲，你怎么了，你心肠变硬了吗？这是父亲啊，你看见他怎么不上前去拥抱他亲吻他呢？"忒勒马科斯不理解母亲的行为。"我的孩子，我内心巨大的激动使我什么话都说不出来了。我甚至都不敢正视他的眼睛，因为我担心这又是一场梦境！要是他真的是我丈夫，我想我有办法和他相认，他身上有一个标记只有我们两个人知道。"

奥德修斯对忒勒马科斯说："就让你母亲这样远远看着我吧，我想给她的冲击太大了，她一时无法接受。我们也要好好想想办法怎么处理后事。我们杀了那么多人，这些人还全都是本地的权贵，我们要好好商量一下。我看你们先去好好沐浴一番，让仆人也穿好衣服，叫歌人弹奏起乐器，假装我们在举行婚礼什么的，不能让求婚者被杀的消息传出去，我们要离开这里前往田庄，在那里再好好想办法。"

于是仆人们按照他的吩咐去做，奥德修斯和珀涅罗珀在仆人的侍奉下好好沐浴了一番。出来后，奥德修斯穿上宽大柔软的衣袍，珀涅罗珀的面容焕发出美丽的魔力，奥德修斯端详着她的脸说道："你真是个怪人啊，没有哪个女人像你那样美丽，也没有哪个女人像你一样心肠硬。二十年没看到自己的丈夫，如今看见了怎么还是不愿意靠近我？"

珀涅罗珀试探道："我不是怪人，也不是铁石心肠，我还记得你当初出征时的模样。老奶妈，你现在去布置一下他的婚床，在我的床边上，记得铺上柔软的羊毛。"

"谁动了我的婚床！没有人能够移动我的婚床，那张床是我亲自制作，它的主要部分是由一棵橄榄树做成的，我们的卧室就是布置在那棵橄榄树上的呀，我在上面镶满了黄金象牙，怎么可能被人搬走呢！"奥德修斯生气地说道。

珀涅罗珀听见他这样说，马上松软下来，她抱住奥德修斯的脖子狂吻不止。"奥德修斯你不要生气，我刚才不敢靠近你是我心里警惕着，怕是有坏人用什么骗术来让我上当。上天嫉妒我们的婚姻，让我们在一起甜蜜缠绵的时光走得那么快！刚才你对我说了我们的婚床，那就是我们两人知道的标记。现在我完全相信了你就是我的奥德修斯了！"

奥德修斯搂着泪流不止的妻子，自己也忍不住流下眼泪，珀涅罗珀用手抚摸着他的脸颊和脖颈，很害怕这眼前的幸福会从指间溜走。整个晚上他们就这样一直拥抱着哭泣，直到黎明渐渐来临。

父亲拉厄耳忒斯

第二天奥德修斯打算前往田庄，临行前他对珀涅罗珀说："我们历经艰险才得以重聚，现在还有一些重要的事情需要我们共同承担。家里的财产还需要你的照看，我们杀了人要暂时避一避风头。我打算去田庄，一方面看看我那老父亲，一方面在森林里祈求神明的启示。等太阳升起的时候，求婚者被杀的消息肯定会传遍全城，你和侍女们要待在楼上，不见任何人也不回答任何人提出的问题。"他说完后戴上头盔穿上战服，召唤装备好了的同伴牧猪人、牧牛人，还有儿子忒勒马科斯。雅典娜这时降下一团浓雾把他们团团围住，带领他们走出城堡。

他们一行来到了奥德修斯父亲拉厄耳忒斯的庄园。奥德修斯对儿子说："你们先去挑选一头猪当作午餐，我要去看看我的老父亲是否还认得我。"忒勒马科斯带着两个仆人按照奥德修斯的吩咐去做了，奥德修斯自己来到一个茂密的葡萄架边，看见老仆人多利奥斯在修剪枝叶采摘葡萄，他请求老仆人给他带路去找寻老父亲。在多利奥斯的带领下，奥德修斯来到一片结满果实的果园。他看见父亲穿着劳动的衣服，双手戴着护套，跪在土上为一棵小果树苗培土呢。奥德修斯看见正在辛苦劳作的父亲不禁热泪盈眶，他忍耐住激动，走向前去想要试探一下父亲。于是他问道："老人家，我看你是一个管理果园的好手，你看你的果园里梨树、橄榄树、无花果树都长得葱葱郁郁、生气勃勃的，但是您自己为什么穿着这样破旧的衣服呢？看您的容貌实在不像一般的仆人，倒像一位高贵的主人。老年人应该好好地安度晚年，舒舒服服享受人生了。我是从外地来的，在经过贵地的途中知道此地是伊塔刻。我以前在家的时候曾经款待过一个客人，他自称也来自伊塔刻，拉厄耳忒斯是他的父亲。我曾经送给他一大堆精美的礼物，有黄精衣衫也有青铜，现在我想向您打听一下这个人。不知道您有没有耳闻？"

老人听见自己的名字，又听到儿子的消息不禁老泪纵横，他说道："客人，你说的这个人我知道，他就是我的儿子。二十年前他前去参加特洛伊战争，一去不回，音信全无。作为家人，我们每天都生活在痛苦的思念里。你刚才说过，你在家的时候曾经招待过他，请你细细对我说明当时的情况。"

奥德修斯继续试探他："老人家，我来自阿吕巴斯。在海上航行的时候神明将我的船只吹到伊塔刻，我和奥德修斯相遇已经五年了，他在我家中短暂停留然后又离开了。不过您不要过度担心，他走的时候有飞鸟显示出吉兆，我看他现在平安着呢。"老人听见儿子的消息，不禁一阵伤心，他抓起脚边的黑土，将它们抛洒开去，一边大声哭泣着。奥德修斯看见父亲伤心，再也不忍心继续隐瞒了，于是他跑过去抱住父亲说道："父亲啊，我就是你那不孝的儿子奥德修斯！历经二十年我终于回到家中，我已经把那些该死的求婚者全都杀死了，现在来这里看望你。"

"不不不，你不可能是我的儿子，我不相信！"巨大的冲击让老人无法相信眼前的事实。

"父亲你看，"奥德修斯掀开他的衣服露出他脚上的伤疤，"这道伤疤你总记得吧，当时你和母亲派我去外祖父那里，经过林子的时候被野猪咬伤，留下了这个疤痕。如果你还不相信，我还可以说出这个果园的果树，在我小的时候，你就拉着我的手教给我果树名称，我记得当时你说了十三棵梨树、十棵苹果树和四十棵无花果树，你当时还要给我种五十棵葡萄树。"

老人听见奥德修斯的话，双脚瘫软下来，他跪在地上伸手拥抱奥德修斯，因为过度冲击，老人昏厥过去了。等到他苏醒过来，他对奥德修斯说："儿子，我担心你杀死求婚者的消息现在已经传遍整个伊塔刻，所有伊塔刻人也许要拿你的生命来偿命。"奥德修斯劝慰了一下父亲，把他背回庄园里休息。两个仆人和忒勒马科斯已经宰杀好肥猪准备了午餐。

奥德修斯和父亲以及他们的仆人一起聚集在庄园里。侍女们服侍奥德修斯沐浴，雅典娜施法让奥德修斯变得更为威猛高大，仆人们纷纷站在他周围，亲吻他的双颊。

冥界的幽灵

求婚者死后，灵魂聚集在一起，神使赫耳墨斯手执一把金杖，带领着灵魂穿过奥阿克诺的流水和坚固的岩石，经过了赫利奥斯之门和梦幻之地，来到了常绿草地上。那里居住着许多伟大的亡灵，其中有阿喀琉斯、安提洛科斯还有英勇神武的埃阿斯。

这些魂灵聚集在阿喀琉斯周围，这时阿伽门农的灵魂从远远的地方走过来，他脸色抑郁苍白。阿喀琉斯对他说道："阿伽门农，我原本以为宙斯最宠幸你，他让你主掌大权，想当年你在特洛伊战争中统率众将，何其英勇！命运就是这样无常，在你荣耀光鲜时没能让你在特洛伊战争中死去,这样的话,阿开奥斯人会给你建造精美的墓茔,你为国捐躯的英名也将永垂不朽。没想到你最后的结局竟然是这样凄惨。"

"哎!"阿伽门农深深叹了口气,"你倒是死得其所啊。想当年你在特洛伊战死,我们把你的遗体运回船上,为你擦洗,为你涂抹油膏,全体战士为你流下悲痛的眼泪,剪下自己的头发为你哀悼。你母亲在那个时候也带着许多海中女神前来为你送行,她们围绕在你身边哭泣,给你穿上神衣,缪斯也为你放声歌唱。一直到第十八天我们才将你火化,你的白骨被装进你母亲带来的黄金双耳罐中。阿耳戈斯人为你建造了巨大的坟茔,使后人也能瞻仰你的英姿,永记你的威名。相比之下,我又得到了什么呢?我在战场上抛头颅洒热血,结果却被自己的妻子杀死,无常的命运啊。"

他们正在回忆着往事,安非墨冬在一旁驱赶着被奥德修斯杀死的亡灵,阿伽门农以前在安非墨冬家做客认识他,于是他问道:"安非墨冬,你那么年轻有为,是什么原因让你丧命来到冥界?是海神波塞冬的震怒,还是为了保护妇女儿童在战争中殒命?"

"阿伽门农,这一切说来话长,但是既然你问起我就不妨告诉你。你知道奥德修斯随着你们出征特洛伊,没有战死的将士早早回到故乡,唯独他没有回来。我们请求迎娶他的妻子珀涅罗珀,但是她不拒绝我们的求婚,却编造了一个织布的谎言让我们等待。她白天织布晚上又将布匹撕碎,实际上是在拖延时间而已。谁知神明没有给奥德修斯带来厄运,却让他潜藏在牧猪人的住处,他和他儿子一起里应外合,乔装打扮成一个乞丐来到他家中。我们没有识穿他的身份,侮辱了他,他最后终于显露身份,给我们带来了惨重的伤害,我们要么被他的长矛砍死,要么被他的弓箭射杀,没有人能逃脱他的进攻。我们的身体倒在黑色的血泊之中,灵魂在赫耳墨斯的指引下来到了冥界。"

阿伽门农听见他的述说,想起了自己的经历,他不由得喃喃自语道:"奥德修斯你真是有福之人,你娶了一个心地良善的女人。珀涅罗珀为你坚持等待了那么多年,始终抱着能将你等回来的信念,没有背叛你,这样贤淑的品性真是令人钦佩。神明们一定会为她的品德谱写一首赞歌来歌颂她。不像我那残酷的妻子克吕泰涅斯特拉,不仅不守妇道,还勾结情夫将我残忍地杀害!她的丑行也将在后世遭人谴责,遭人议论。"

各位灵魂站在绿草地上相互交谈着,为着他们身前的故事,为着在世间的荣光、善举、羞耻和罪恶。

古罗马神话故事

徜徉于天庭的众神

很久以前，世界曾是一片混沌。那个时候，天地未分，万物混乱地分布在巨大而又荒凉的空间里。后来，天神乌拉诺斯和地神该亚感到非常孤寂，便通过神力使宇宙产生了巨变，之后出现了十二大主神，这十二大主神都生活在奥林匹斯圣山上。

生活在奥林匹斯山上的十二大主神包括：众神之王也是阳间之王的天公朱庇特、天后朱诺、太阳神福波斯、月亮女神狄安娜、美神维纳斯、海神尼普顿、谷物女神色列斯、智慧女神密涅瓦、火神伏尔甘、战神玛尔斯、众神信使墨丘利、酒神巴克斯。除这十二大主神外，还有众多的天神活动在奥林匹斯山上，活动于阴间和人世间的神也有很多，他们一起掌管着宇宙万物，才使得宇宙间不致再处于混沌状态。

居住在奥林匹斯圣山上的众神都有自己的宫殿。奥林匹斯山不仅雄峻，而且充满了圣灵的神气，那里总是风和日丽，没有出现过暴风或是骤雨，山上长满了奇花异草，在阳光的照射之下，散发出的香气沁人心脾。云雾弥漫于奥林匹斯山腰，好一处难得的极乐世界。众神们自然愿意在此建立自己的居所了。

奥林匹斯圣山上的众神是怎样生活的呢？每天清晨，曙光女神奥罗拉都会比其他神起得早，她用她玫瑰色的手指打开天门，把阳光放进天宫。当天神们看到金灿灿的阳光后，便会起床聚集到天公殿堂里，对众神之王朱庇特进行朝拜。天公朱庇特庄严地坐在金色的宝座上，与众神一起沉浸在喜悦和欢乐之中。说笑之余，青春女神赫柏会把一些精美的食品、仙酒奉献给大家品尝。有些时候，太阳神福波斯也会为众神们弹奏竖琴，在悠扬的琴声中，天公与众神如痴如醉，有时会不由得随着乐声手舞足蹈。穿着艳丽衣裙的美丽女神卡里忒斯（妩媚、优雅、美丽三位女神的统称）为众神们带来优美的舞蹈，缪斯（主管文艺和科学的神）唱上一段悦耳的歌……当满天的繁星在黑夜女神诺克斯的手中点亮时，众神们才

389

恋恋不舍地回到各自的宫殿。奥林匹斯山沉浸在万籁俱寂之中，只有繁星在空荡的苍穹中俯望着大地。

在众神中，虽然天公朱庇特是万物的主宰，但其余的神并不是只为朱庇特服务的，比如卡里忒斯和缪斯，他们的任务就是给众神们表演歌舞，而三位时光女神赫耳则负责看护奥林匹斯的天门。当然，他们之间还有各种扯不断的关系，或是兄弟姐妹，或是夫妻。

朱庇特的权力很大，但他同样需要一位出色的助理，充当这一角色的就是正义女神朱蒂提亚。她是时光女神赫耳的母亲，由于她执法如山，铁面无私，朱庇特非常器重她，让她坐在自己宝座的旁边，负责制定和保障法律的实施。除了做出正义的决定之外，奥林匹斯山及整个宇宙的治安也归她掌管。

朱庇特一旦做出了什么决定，就会让女信使伊里斯去向众神传递，所以伊里斯一直坐在朱庇特的台阶上，从不敢离开半步。在睡觉时，她也不脱鞋，不揭面纱，朱庇特每每都夸奖她是一个忠实的仆人。

此外，朱庇特的三个女儿也会协助父亲治理宇宙，并且对人间的法律的执行进行监督。朱庇特的这三个女儿分别是诺娜、得客玛、摩耳塔，她们又被人们合称为命运女神帕耳开，掌管着天地间万物的寿限，各种生灵的生命之线都由她们来决定。每天，她们会把一些人的命运写在铜殿的墙壁上，一些天体运行的路线轨迹也是墙壁上的规划之一。这些规划一旦被写在铜墙上，就很难再改变了，所以帕尔卡在计划这些时也都是经过慎重考虑的。在她们中，诺娜负责定型生命线，得客玛负责起伏生命线，而摩耳塔负责规定生命线的长短。当计划内的某个生灵的生命线到期时，她们便派信使墨丘利把这一信息送到阴间，由阴间冥王普路托执行审判。

众神很少会离开奥林匹斯圣山，只是偶尔才会下凡到人间，但也是以不同形体展现在世人面前的，而不能自诩为天神。当然了，下凡后的天神是任凭我们怎

徜徉在天庭的众神
奥林匹斯山不仅雄峻，而且充满灵气，那里总是风和日丽，一片祥和气息。山上长满奇花异草，香气四溢，山腰云雾弥漫，一片极乐世界。

么看也分辨不出与常人的异同的。他们下凡也大都是奉命去人间体察民情，然后向天公朱庇特汇报情况。

不过，这些天神也并不是一直生活在天宫，一直过着神的生活，他们也是有生命轮回的。如果天宫里的某个天神犯了错误，或是人间有某种凡人解决不了的问题，天公朱庇特就会命他们去下界投胎转世。出生后的天神们也各有任务，或是去协助人间国王治理国家，或是去避免人间的某种灾难。即使天神们不满朱庇特的这种安排，也不能表示反对，天命不可违。如果有天神稍有反抗，雷电轰顶就会降临到他身上，大多情况下会被打入十八层地狱，永世得不到翻身的机会。当然了，众神们宁可下到凡间也不愿意得到这样的惩罚。

亚奴斯和萨图恩

台伯河下游的一段狭长地带是罗马的发源地，这条河流在朱庇特还没有掌权时就已经存在了，虽然当时没有名字，但毕竟是存在了，而且已经存在了很长时间。

在台伯河的一侧，耸立着满是参天古树的山峰，其中的一座叫阿文丁，另一座叫帕拉丁，其他的山峰一直都没有人知道它们的名字。沿着这条河流居住着一个土著民族，亚奴斯则掌管着这个民族，人们对这个国王则是既崇敬又惧怕，不知什么时候起，他就开始统治着这个民族了。

由于能力所限，国王亚奴斯的城堡非常简单，只能是就地取材。城堡建在台伯河右侧的一个叫亚尼库罗姆的小山坡上，不远处便是台伯河的入海口。这个民族没有离开过台伯河半步，不知道除了他们之外，世界上是否还有其他的民族，更不知道自己的生活风俗粗野，而需要美好、高尚的生活。他们没有种子，所以不会农耕，只会狩猎。在台伯河流域，除了自然环境给他们带来的艰险外，他们还面临着凶猛动物的袭击。总之，这个民族生活在愚昧与水深火热之中。

台伯河地区也从没有外人来过，但有一天一个不速之客闯入了这个地区，打破了这个民族的生活习惯。那天，这里的人们聚集在台伯河的岸边，原来他们看见了一条大船正沿着台伯河扬帆而来。船在离河岸不远处抛了锚，人们远远地观望着，不敢走上前去。这时，从船舱里走出一个神采奕奕的金发男子，他微笑着向人们打着招呼，并吩咐仆人从船上领下来几头牛。这里的人们只见到过野牛，且知道野牛凶残成性。男子呼唤着那几头牛走到自己身边，向人们解释这些牛都是驯服的，它们可以为人们犁地，并为人们提供牛奶。接着人们还看到了一群与山羊有些类似的绵羊，男子手指着羊身上的那厚厚的羊毛告诉人们："瞧，它们是不是和你们这里的山羊不同呢？它们身上的这些毛可以用来织成衣物，要比你们身上这些熊皮和貂皮柔软多了。"经过他这么一说，几个胆大的人走上前去，摸着软绵绵的羊毛，竟然有些陶醉。

金发男子还带来了一些会嗡嗡叫的小东西，它们被装在一个大竹筐里。男子告诉大家："这叫蜜蜂，它们会制造出甜美的蜂蜜，你们肯定会非常喜欢那种汁液，这些都是上苍赐给大家的。"人们的热情开始变得高涨起来，让谷粒慢慢地从手指缝里撒落下来，鼻子呼吸着谷粒的香气，耳朵听着谷粒落地的声音，多么美妙的享受啊。

正当大家被这突来的奇迹感动时，国王亚奴斯走了过来，金发男子很快意识到这个人与其他人的不同，忙走上前去自我介绍说："尊敬的陛下，我叫萨图恩，遭到了一个强大国王的迫害，所以来到了这里，希望你能收留我。同样，为了表达我对你的感激，我给你和你的臣民带来了享受高尚生活的本领和艺术。"萨图恩的诚恳打动了亚奴斯，萨图恩在台伯河地区住了下来。

接下来的日子里，台伯河地区的人们在萨图恩的带领下学会了使用农具、栽种谷物、建造房屋等。以前愚昧的生活渐渐被高尚的生活取而代之。在这里，没有主人和奴隶的区分，没有贵与贱的不平等，更没有仇恨与厮杀，处处呈现出一派和平与宁静的气氛。

萨图恩在亚尼库罗姆山的另一侧建造了一座名叫萨图尼亚的城市，他与亚奴斯一起统治着这块土地。在两人的共同努力下，这里出现了空前的太平盛世。

"我想给这个国家起个名字，"一天，满面容光的萨图恩回想着自己取得的成绩沾沾自喜地说，"这里收留并藏匿了我，使我免遭了灾难，所以，我觉得这个国家应该叫拉丁姆，即'藏匿的国家'的意思。我希望这里以后能永享和平与安宁，人们都能过上幸福的日子。"一边说，萨图恩一边骄傲地回忆着。

"依我看你的愿望有些不现实，"亚奴斯摇着头对萨图恩说，"既然有和平就会出现战争，和平并不是永久的。虽然我也有和你同样的愿望，但我觉得国家并不能保护人民永远不受战争的威胁。"

看到萨图恩脸上恐惧的阴云，亚奴斯顿了一下，然后接着说："我既是宇宙的开始，又是宇宙的结束，宇宙间的万物都是难以预料的，你我更是左右不了。"

从那以后，这片土地有了自己的名字——拉丁姆。但害怕眼前美好的一切都会过去，萨图恩开始回避所有的人。人们对萨图恩相当尊敬，但却不知道为何他

总是对众人避而不见。后来，亚奴斯对人们说
出了其中的缘故。原来，萨图恩是天神之父，
但受到了天神的追捕，才来到了这个地方，而
他担心他一手创造的这个世界会消失，所以觉
得无颜再见给他以敬意的人们。在亚奴斯的建
议下，人们建造了一座神庙，来感谢萨图恩给
他们带来的幸福。后来，人们还按期举行规模
盛大的萨图那利亚庆典，戴着萨图那利亚节日
的面具结队游行。在这些活动中，不管地位尊
卑都只扮演一个角色，以唤起人们对那个黄金
年代的回忆。

　　一天，亚奴斯居住的那个宫殿里突然空无
一人，就这样，亚奴斯作为国王的使命也不知
不觉地结束了。为了纪念亚奴斯，人们把他奉
为人世间最神秘、最深不可测的神。在意大利，

美丽的台伯河

台伯河下游是罗马的发源地，传说这条
河在朱庇特还没有掌权时就已经存在
了，朱庇特的父亲萨图恩和此地土著民
族首领亚奴斯共同开发了台伯河流域。

人们对他更是尊敬。最古老的信息告诉人们，亚奴斯是起源神，执掌着开始和入门，
也执掌着出口和结束，同时他又被称为"门户总管"，他永远都象征着世界上矛
盾着的万事万物，所以，他的肖像通常被画成两张脸，有"双头亚奴斯"的说法。

萨图恩的族节

　　当萨图恩来到台伯河地区后，与凡间的一个女子一见钟情。两人结婚后，萨
图恩对妻子关怀备至，女子也一直不知道丈夫是个天神。没过多久，妻子为萨图
恩生了一个儿子，取名为皮库斯。皮库斯继承了父母的优点，英俊潇洒，且勤劳
勇敢，是一名人人称赞的好猎手。当时的国王亚奴斯有一个女儿，长得国色天香，
且能歌善舞。每当她引吭高歌时，人们都会驻足倾听，天上的云和地上的流水也
会停下来，并为之打动。美女配英雄，亚奴斯的女儿自然嫁给了萨图恩的儿子皮
库斯。

　　亚奴斯完成了国王的使命以后，皮库斯当上了拉丁姆的国王。他在台伯河的
出口处建造了一座华丽的宫殿，人们在这座宫殿的周围又相继建造了很多的房屋，
这里渐渐地形成了一座城市。这座城市里有很多的桂花丛林，当地人称为劳伦图

姆，所以，这里的人们又自称为劳伦特人。

一天，皮库斯在外出狩猎时误进了巨魔妖女喀耳刻的地界。喀耳刻被皮库斯英俊的长相所打动，想尽了各种方法要把皮库斯留住，但皮库斯并没有被她的妖媚所迷惑，而是想方设法要离开那个地方。喀耳刻见皮库斯不为所动。便开始对他进行威胁。喀耳刻把一些也误进入这里或是她从别的地方捉来的人们都变成了动物，这些动物龇牙咧嘴地围着皮库斯所在的牢笼咆哮着，但勇敢的皮库斯依然不为所动。他觉得自己有一半是神的血统，喀耳刻的魔法应该对他起不到多大作用，但皮库斯还是低估了喀耳刻的力量。在喀耳刻的咒语之下，皮库斯变成了一只啄木鸟。在溪水前，皮库斯看到了自己的模样，他觉得自己丑陋无比。正当他悲愤交加的时候，他感觉到有一种神奇的力量在把他向空中推去，而且耳边响起了一阵能穿透他内心的声音："我是战神玛尔斯，我希望你从今以后能成为我的圣鸟，皮库斯，勇敢地飞吧。"果然，从那以后，皮库斯变成的啄木鸟成了战神玛尔斯肩头上的一个标志。有时候，皮库斯也会变成人形，在他曾经居住过的拉丁姆的每一片土地上徜徉。

自从皮库斯离开王宫后，他的儿子法乌诺斯继位。在法乌诺斯执政时期，出现了种种不同于以前的现象，那种黄金时代里和平幸福的日子开始被打破，人们隐约感到，黄金时代已经接近了尾声。尽管人们很想以各种方法把黄金时代留住，但天命不可违，黄金时代还是像天上的浮云一样随风飘得越来越远。

黄金时代的和平幸福生活是萨图恩一手缔造的，这一时期的人们友好相处、平等互助，一派和谐愉悦的气息。然而随着时间流逝，人们隐约感到，黄金时代已经接近了尾声。

在亚奴斯统治时期，在阿文丁山上就住着一个可怕的巨人卡科斯，卡科斯是火神伏尔甘的儿子。可能是继承了父亲的丑陋吧，伏尔甘的这个儿子更是变异得有些让人害怕，他的身体没有固定的形状，而且体内会发出炽热的烈火，口内喷吐着冒着剧毒的蒸气，让人一见到他就会吓得屁滚尿流，甚至昏死过去。萨图恩来到这个地方以后，卡科斯慑于萨图恩的神力，没有再露过面。但当亚奴斯和萨图恩相继离开拉丁姆后，卡科斯醒了过来，而且他把路过这里的人们吓昏后背进山洞，作为自己的食物，大撕大扯之后就开始贪婪地咀嚼，满嘴鲜血淋淋，嚼剩下的骨头都堆成了山。然后，卡科斯用巨石把洞口堵住，没有一点缝隙，甚至连一根针都插不进去。任何人都不知道这个地方还隐藏着一个可怕的魔窟。

作为国王，法乌诺斯只能眼看着拉丁姆被卡科斯糟蹋，而找不出任何解决的办法，直到赫丘利的出现。

赫丘利是一个和神一样伟大的英雄，他完成了欧律斯透斯交给他的十项任务：恶斗巨狮，征服亚马逊人，等等。在完成了这十项任务以后，赫丘利在一个富庶的地方建立起了一座城市，取名赫卡托姆皮洛斯。随后，他又在大西洋岸边竖起了两根赫丘利大柱。紧接着，他又进行了长徒跋涉，最后来到了台伯河山谷。

一天，赫丘利走近一个劳伦特人家，要了一杯甜酒解渴，这种酒是用葡萄酿造的。由于喝得过多，赫丘利感觉到身体有些飘飘然，看到旁边有一片碧绿的草地，他倒头便睡，被他牵来的一大群牛在附近吃草。

正在这时候，饥饿的卡科斯寻食到了这里，当他走近赫丘利时，意识到眼前的这个巨人是神之子，虽然只是半个神。于是，他把眼光转向了不远处的牛群，"多么肥壮的牛啊，要是能得到这些牛，最起码也能够吃上几天的。"想到此，卡科斯不由得口水直流。"要是赫丘利顺着牛的脚印找到山洞那该怎么办呢？"卡科斯心思还比较细密，眼珠一转，便想出了一个主意。他并没有去牵牛头，而是牵着牛的尾巴，倒着把牛牵回了洞里。这样，牛的蹄印正好与进洞口的方向相反，如果顺着牛正走的方向去找，是不会有人找到洞里的。

可出乎卡科斯的意料，这群牛刚到了黑乎乎的洞窟里就发出了一阵阵尖利的叫声。叫声把赫丘利惊醒了，他发现从革律翁那里牵回的牛都不见了，便顺着声音找到了阿文丁的山洞前。赫丘利轻而易举地把洞口的巨大石块搬走，用棍棒把卡科斯这个在拉丁姆横行的妖魔送去了普路托王国。

妖魔虽然除掉了，但世界还是开始了白银时代，出现了罪孽。

法乌诺斯的妹妹福娜是个崇尚贞洁的姑娘，虽然人们知道国王有一个妹妹，但却不知道他的这个妹妹叫什么名字，见到过福娜的人更是没有几个。一天，法乌诺斯去看望福娜，但他看到了一幕以前他从来没有看到的景象。往日那个矜持的福娜不见了，眼前的这个福娜则披头散发，衣衫不整，醉眼朦胧地望着哥哥，身体摇晃着走了过来。当福娜走到法乌诺斯面前时，法乌诺斯用力地摇晃着妹妹的肩膀："你是怎么了？怎么会变成这样呢？你那圣洁的灵魂呢？"

尽管法乌诺斯已歇斯底里，但福娜还是妩媚地望着哥哥，唱着醉歌。法乌诺斯看到餐桌上杯盘狼藉，顿时明白妹妹已经喝醉了。

"你怎么能喝这么烈性的葡萄酒呢？你难道把以前的圣洁全忘了吗？是谁把这么罪恶的饮料送给你的？"无论法乌诺斯怎么问，福娜就是不说话。最后，愤怒的法乌诺斯急了，他抓住福娜的头发，用一根树枝抽打着福娜的身体。衣服被撕破了，但法乌诺斯还是没有停下来。最后，福娜倒在地上，鼻子和嘴都向外淌着血，法乌诺斯开始心疼起妹妹，忙走上前去，但他发现福娜已经死了。法乌诺斯非常后悔，他赐予了妹妹神一般的礼遇，但最终还是没有逃脱神对他的惩罚。法乌诺斯被朱庇特变成了一只长着羊角的丑怪，他整天在山野森林里游荡，追逐着漂亮的仙女，但最终都是落得个两手空空。

随着时间的流逝，白银时代也过去了，随之而来的是青铜时代。在这个时代里，无数的人为了权力而争斗，他们用鲜血才换回了暂时的和平。特洛伊人的国王埃涅阿斯则是神送给青铜时代的礼物。

萨图恩和朱庇特

当宇宙滋生出万物后，整个世界豁然开朗，以前那个浑浊不清、烟雾弥漫、到处飞沙走石的世界不见了，取而代之的是一片井然有序的世界。

后来，天神乌拉诺斯和地神该亚结了婚，并生了好多孩子。生性残暴的乌拉诺斯把除了他喜欢的二儿子萨图恩以外的儿子都关进了地下的一个牢笼里，让他们整天见不到天日。萨图恩虽然深得父亲的影响，但却心地善良，他一直想把兄弟们从地牢里解救出来，但迫于父亲的威力，迟迟没有行动。

一天，萨图恩去看望母亲该亚。地神该亚是一个淳朴贤惠的母亲，她也非常想念她的孩子们。在谈起这事时，萨图恩向母亲请教救兄弟们的方法。该亚把血管里的铁全部给了萨图恩，让萨图恩去铸一把镰刀，然后拿这把镰刀去把父亲乌拉诺斯的手臂砍残。萨图恩按母亲的方法去做了，被砍残手臂的父亲没法再阻止萨图恩，萨图恩把关在地牢里的兄弟们都给放了出来。

乌拉诺斯的大儿子叫提坦，他和兄弟们都非常感激萨图恩。按照这个国家的规定，父亲的权力是应该由大儿子来袭的，但提坦对萨图恩说："如果你答应我一件事，我就把国王的地位让给你，让你成为整个世界的主宰。"

　　萨图恩为自己的功劳而沾沾自喜，他虽然希望兄弟们和睦相处，但对国王的位子也垂涎已久，于是，他答应了提坦的要求。

　　提坦郑重地对萨图恩说："你以后有了孩子一定要把他们都吃掉，否则他们会对你的王权造成威胁。你能答应我这个要求吗？"

　　因为当时萨图恩还没有结婚生子，所以他只是稍微想了想就答应了哥哥的要求。不久以后，萨图恩爱上了他的妹妹奥普斯，奥普斯温柔善良又有沉鱼落雁般的美貌。奥普斯接受了萨图恩的追求。婚后，他们的生活

当宇宙滋生出万物后，世界开始变得井然有序，逐渐取代了以前那个浑浊不清、烟雾弥漫，到处飞沙走石的世界。

非常甜蜜，夫妻情笃，奥普斯为萨图恩生下了好多孩子，但每生一个，萨图恩就会吃掉一个。作为萨图恩的妻子，奥普斯也相信提坦的预言，但作为母亲，她却为自己的孩子们感到悲痛不已。如何才能挽救孩子的生命呢？苦思冥想之后，奥普斯终于想出了一计。

　　那天，奥普斯又生了一个孩子，她知道，萨图恩的嗅觉非常灵敏，每次孩子一出生，萨图恩都会很快来索要孩子。奥普斯刚把出生的孩子藏好，萨图恩就来到她的床前，奥普斯把早已经准备好的一根大石头递给了萨图恩。萨图恩没有怀疑自己的妻子，在这之前，他已经吃掉了很多孩子，他相信妻子这次交给他的还是他的孩子，所以接过大石头以后没有细看就开始咀嚼起来。就这样，奥普斯救下了他们的第一个孩子朱庇特。此后，奥普斯又用同样的办法救下了两个孩子尼普顿和普路托。

　　朱庇特刚生下来以后，奥普斯带着他来到克里特岛，那里到处是一片龟裂的土地。于是，奥普斯用权杖敲击岩石。岩石上顿时电光闪闪，骤然间迸裂开一条岩缝，一股清泉涌出，在龟裂的土地上肆意横流，地面上顿时升起了一层湿意。奥普斯用清冽的泉水为朱庇特洗干净了身体，然后把他交给了一个仙女："你一定要替我把这个孩子照管好，并且要对这件事绝对保密，你能做到吗？"

　　仙女答应了奥普斯的要求，然后把朱庇特抱进了一个仙洞里。住在这个仙洞里的其他仙女也都非常喜欢这个孩子。在这里，朱庇特睡在金色的摇篮里。每当他啼哭时，仙女们就会以各种不同的方式哄他开心，如果哭声太大，仙女们就会把铜盾高高地举在摇篮上方，用短剑敲击铜盾，让叮当的噪声来淹没孩子的哭声。

萨图恩和奥普斯生了很多孩子，但因为对提坦所说神谕的恐惧，瑞亚每生一个孩子，萨图恩就会吃掉一个，后来奥普斯用有肉味的石头骗过了萨图恩，救下了三个孩子，第一个就是日后的天公朱庇特。

这样，萨图恩一直没有发现自己的孩子还活着。

然而，朱庇特及其他两个孩子活着的消息还是让提坦发现了，提坦认为这几个孩子是萨图恩藏匿下的，于是，以萨图恩失信于他为借口向萨图恩宣战。

当时的朱庇特虽然只有一岁多，但长得已经非常结实，身材魁梧，力量无穷。当听到战争的锣鼓声和呐喊声时，朱庇特不顾仙女们的反对，毅然投入到战争中来。朱庇特手持长矛，身先士卒，帮助父亲战胜了提坦的进攻。

虽然朱庇特帮助萨图恩解了围，但使萨图恩感到恐慌的还是提坦的预言，他怕朱庇特会像他杀掉自己的父亲一样杀掉他，于是，他想方设法地想杀掉朱庇特。最后，正如提坦的预言一样，朱庇特夺得了王位，成了众神之王。在朱庇特的追杀下，萨图恩逃往了意大利。在那里，他与亚奴斯一起统治着那个国家，并使那里的人们过上了幸福的生活，使世界进入了黄金时代。萨图恩娶妻生子，和妻子孩子平平静静地过起了凡人的生活。

但任何安宁都只是暂时的，像没有永恒的战乱一样，萨图恩享受到短暂的安逸之后，一场战乱却悄无声息地向他走来。

天公朱庇特

因为是神的儿子，朱庇特的智慧和力量增长迅猛，他经常能办一些其他神办不到的事情。朱庇特喜欢拿着独眼巨人库克罗普斯为他炼制的雷电棒玩，每当这个时候，天空就会出现电闪雷鸣。所以，朱庇特被称为雷电之父。

萨图恩想尽了一切办法去阻止朱庇特的强大，但提坦的预言还是实现了。在朱庇特成为一个英俊少年时，他把父亲萨图恩从王位上赶了下来，自己成了宇宙的主人。朱庇特还把弟弟普路托封为冥王，尼普顿封为海神。

　　虽然整个宇宙到了朱庇特的手中，但接下来的统治并没有想象得那么顺利。被关在地牢里的一些提坦巨神们开始起来反抗，他们来到阴间作威作福，导致山崩地裂。最为可恨的是，他们围在奥林匹斯圣山前叫嚣个不停，并把一座座山堆叠起来向奥林匹斯山攻击。山上的岩石掉进海里成了岛屿，落在陆上则成了丘陵。

　　提坦的叛乱持续了十多年，朱庇特依然没能够平息。朱庇特一筹莫展。为了使地球能再恢复正常秩序，使人们免遭生灵涂炭，朱庇特进入地球的中心——塔耳塔洛斯求援。这里漆黑一片，库克罗普斯就被关在这里，他们都只有一只眼睛，且长在额头上，力气惊人。他们由各长了 50 个头和 100 只手的三个巨人看守。

　　朱庇特向众神们说明来意："我现在是这个宇宙的主人，但被关在地牢里的那些提坦神却来反抗我，我希望你们能为了地球的幸福帮我把这些提坦神制服。"库克罗普斯和那三个巨人都表示愿意帮助朱庇特来平息这场叛乱。他们跟随朱庇特来到阳间，在奥林匹斯山前，他们遇到了手持山峰的众提坦神。

　　见天公朱庇特带来了援兵，提坦神们又发动了新一轮进攻。闪光的箭是库克罗普斯们的武器，而三个巨人则是用百臂举起一百块巨石，战场上顿时一片火花。提坦神们也不示弱，他们把擎天的巨山朝库克罗普斯扔来，巨山落地后响声震天，尘土飞扬。正当双方相持不下的时候，朱庇特召唤雷电从天而降，雷公把提坦神肩上的巨峰劈成了两半，闪电则在森林里燃起了熊熊大火。再加上库克罗普斯和三个百臂大神的攻击，提坦神无从应对，葬身于一片乱石之中。朱庇特乘机把他们推入了黑暗的塔耳塔洛斯。朱庇特终于平息了提坦神的叛乱，真正取得了宇宙的统治大权。

　　之后，天公朱庇特为了巩固他的统治又做了很多工作，天下太平以后，朱庇特也开始动了凡心。在众多的女神当中，朱庇特的妹妹朱诺算是最出众的，她有沉鱼落雁般的美丽，且对人和善，深得众神们的爱戴。朱庇特非常喜欢朱诺，于是迎娶了朱诺作为天后。

　　当然，朱庇特并不是只认识一个女性，他经常下到人间

朱庇特的抚养　普桑　法国
尽管萨图恩想尽办法阻止朱庇特的强大，但提坦的预言还是实现了。朱庇特长大后，把父亲萨图恩从王位上赶了下来，自己成了宇宙的主人。

去爱抚某些仙女或是半神的女儿。作为美的创造者，朱庇特也喜欢男性的美。一次，他看见了一个英俊的男子，就想让他作传命官。还有一次，他遇见了一个牧童，那个牧童更加英俊潇洒，朱庇特为之所动，便化做一只雄鹰把牧童叼回了奥林匹斯山。

天公朱庇特是永恒存在的，他是万物生灵的第一个祖先，是世界之主，又被称为天父。在宇宙间，野草、苍鹰等一切万物都得对朱庇特唯命是从。朱庇特飘浮在天空中，凡是他的光线所能照耀到的地方都属于他的财产。当朱庇特满面春风时，天空就会风和日丽，而当朱庇特忧郁伤心时，天空就会阴沉甚至下雨。朱庇特还经常刮起破坏性的飓风，在海上掀起狂风恶浪。总之，宇宙间的各种变化都是随天公朱庇特的情绪而改变的。所以，朱庇特又被称为万能圣主。

朱庇特儿时的保护神牧羊女

同时，天公朱庇特也是正义的最高化身。朱庇特的决策都是经过了深思熟虑的，都是充满智慧的，所以，虽然他的劝告不易理解，但却不可改变。朱庇特对任何人都一视同仁，无论是最有权势的人还是没有了自由的人，在朱庇特面前，都是自己的孩子，他会根据因果报应来决定万物生灵的轮回。

朱庇特一度被看成是拉丁联盟的佑护神，后来，又成了罗马国的主神。在卡皮托尔山峰顶端坐落着一座圣庙，这里是为了专门祭祀朱庇特的，人们通常用母山羊、母绵羊或是白公牛作为对天公最高贵的祭礼。在各处的雕像中，朱庇特大都浓眉大眼，深深的眼窝里镶嵌着一双充满智慧的大眼睛，侧面的头发成波纹状，胡子卷曲，浓密的头发饰在前额。有的手执雷电棒，有的高举刻着雄鹰的权杖，等等。

朱庇特创造人类

黄金时代的人类生活在一个自由自在的世界里，他们像神一样永享荣华富贵，无忧无虑。在那个时候，统治天国的还是萨图恩，萨图恩是一个心地善良的神，他希望以他仁慈的统治来使人们安居乐业。在他的统治下，人们没有高低贵贱之分，没有任何纷争，平和地从事着各种劳动，根本不会注意到自己的老去，死亡同样快乐，就像温暖而又柔和的长眠一样。神赐予了大地多种动物和植物，成群的牛羊，在无边无际的大草原上吃着肥美鲜嫩的绿草，享受着像神和人一样的生活。森林里的各种生物彼此协调地生存着，也没有弱肉强食。果树上的水果应有尽有，这些都是萨图恩赐予那个时代的。

斗转星移，命运也开始随着时间的推移而变迁，地球上宁静祥和的生活结束了，黄金的一代人也渐渐地从地球上消失了。生活在黄金时代的这批人飘浮在地面的上空，凝望着这个他们曾经生活过的地球，见证着那个时代的远去，新时代的到来。他们成了虔诚的保护神，对正义的善举加以维护，对一些丑恶和弊端给予惩罚。

黄金时代过去后，尾随而来的是白银时代，诸神用白银创造了第二代人。所有一切都表明，黄金时代已经一去不复返了。白银时代出现的第二代人类与第一代人类截然不同。在外貌上，他们出现了丑美之分，高矮胖瘦各不相同。在思想上，第二代人类不再像第一代人类那样与世无争。在每个家庭里，孩子成了最有权威的神，父母们对他们百依百顺，娇生惯养，尤其是母亲，更是无微不至地关怀自己的儿女们。由于在各方面都没有自己真正行动过，而是父母来代劳，所以这些孩子们根本就没有成熟的思想，无论他们身形长得多么高大，生活在这个世界上一年和一百年是同等的。

随着时间的流逝，当这些孩子们步入成年时，当他们必须从父母身边走出来时，他们的一生只剩下短短的几年了。猛然间被推入这个世界，他们无法适应，只能毫无理智地把自己带入一个苦难的深渊。为了生活，这代人学会了尔虞我诈，他们行为放荡，肆无忌惮地违法乱纪。这代人是应该得到神的惩罚的。天公朱庇特对这代人非常恼火，最让他无法忍受的是，这代人竟然不再祭祀诸神。朱庇特决意要惩罚这代人，但怎样才到恰如其分地使这代人得到应有的惩罚呢？天公朱庇特是世间最公正的神，虽然他不愿意看到诸神受到人们的亵渎，但他没有否认这代人身上也有不少优点，比如爱护幼小，所以，朱庇特恩准这代人在生命结束以后，他们的灵魂仍然留在地球上，比如以魔鬼的形式四处漂泊流浪。

白银时代完成它的使命后也结束了。世界上又开始了第三个时代，青铜时代。天公朱庇特创造了第三代人类。青铜时代的人类跟白银时代的人类从外貌和思想上又有了差距。他们长得与前两代人不同，非常高大，除了美丑，还出现了凶善之分。在思想上，这代人执拗顽固，我行我素，把自己放在一切事物的最前面。因为那个时代还没有铁，所以人们住着青铜房屋，使用着青铜农具耕种田地。此外，这代人性格粗鲁，残忍而粗暴，他们不再吃田野上的各种果实，而是去寻吃

黄金时代　老卢卡斯·克拉纳赫　德国
黄金时代的人类生活在一个自由自在的世界里，他们像神一样永享荣华富贵，无忧无虑。

各种肉类动物，其中也包括人。英雄们使用着青铜武器冲锋陷阵，他们为了个人的利益而杀人如麻，但赢来的和平却都是短暂的。面对更加残忍的死亡，他们高大的身躯没有任何抗拒的办法，逃到哪里也摆脱不了死亡的影子。因为他们的罪孽，这代人类在离开光明的大地之后，被冥王普路托收进了阴森可怕的冥府之中，终年不见天日。

第三代人长眠之后，天公朱庇特又创造了第四代人类。这代人的祖先都是半人半神的英雄，所以朱庇特赐予了他们肥沃的土地，赐予了他们高贵的品格和正义。但是，矛盾和战争还是光临了这代人，在长矛下，他们从灾难中挣扎出来，结束了自己在尘世间生存的权利。朱庇特以他的仁慈把这代人送到了极乐海岛，让他们的灵魂在风景优美的大海里生活。在那里，他们似乎又进入了黄金时代，祥和安宁，没有战争，每个人都是幸福的使者，富饶的海岛每年都会给他们送去甜蜜的果实。

第四代人消失以后，以黑铁制成的第五代人出现了。这代人完全没有了前四代人的影子，他们彻底堕落，痛苦和罪孽围绕着他们。他们不再有欢乐和幸福，而是满心的忧虑和苦恼。而最致命的一点是，这代人是自身最大的祸害，亲骨肉间充满了矛盾，自相残杀，朋友间不能坦诚相待，而是钩心斗角，连白发苍苍的老人都得不到怜悯和敬重。多么残忍的一代啊。正直、善良不但得不到发扬，反而被践踏，权利也不再受到尊重，人世间处处充满了肮脏。在这代人心中，天天都在盘算着如何去毁灭对方的国家或是城市，如何去把对方的权利占为己有，这是多么不幸的一代人啊。当主管羞耻和神圣尊严的女神来到大地上时，看到的都是一些惨不忍睹的场面，她们不愿再停留下去，悲哀地离开了人间。这时候的人间充满了绝望和痛苦，连神都没有办法去拯救了。

丢卡利翁和皮拉再造人类

当那些下凡到人间的神悲愤地回到天宫时，朱庇特还是不太相信他所创造的人类会有如此的恶行和弊端。于是，朱庇特决定去亲眼看个究竟。朱庇特改扮成一个凡人来到尘世间察访，他所看到的更是触目惊心。

在天宫时，朱庇特就听说阿尔卡狄亚国王吕卡翁非常野蛮凶残，因为没有见过，所以不敢相信。一天傍晚，他走近了吕卡翁的王宫。朱庇特以各种方法向人们说明了自己是一个神，服侍吕卡翁的一群人都对朱庇特跪下顶礼膜拜，只有吕卡翁在一边偷笑："你们这些愚蠢的家伙，他哪会是神呢？明天早上你们就会知道他到底是不是神了。"于是，吕卡翁开始在心里盘算着在深夜里趁朱庇特睡熟以后暗自杀掉他。吕卡翁的这些伎俩朱庇特早已经看穿了。

在准备晚宴之前，吕卡翁命人杀掉了一个摩罗西亚人送来的人质。他吩咐仆人把四肢从还没有死去的人质身上剁下来，然后放在沸水里煮，其余的部分则放在火上烤。煮好的汤和烤完的肉被端上了餐桌作为款待客人的晚餐。

朱庇特把这一切都看在眼里，坐在餐桌前的他实在忍无可忍，一跃而起。他用雷电棒招来复仇的火焰，把吕卡翁的王宫烧成了灰烬。吕卡翁被这突如其来的景象吓呆了，他惊恐中想到了逃跑，但发出的第一声却是狼的嚎叫，他感觉身上长出了蓬乱的毛，双手情不自禁地放到了地上，变成了两条前腿，吕卡翁变成了一只让人生厌的狼。

朱庇特回到奥林匹斯山后，依然怒气不减。他把众神召集起来，向他们简单地说了一番自己在人间视察的经过，最后他向众神宣布："这代人类已经没有了人性，我打算用雷电把罪恶的人类消灭掉，你们不会反对我的意见吧。"

众神们对天公的这一决定都表示了同意，但他们提醒朱庇特："如果用雷电烧毁这个世界，

手持雷电的朱庇特
至高无上，唯我独尊的天公朱庇特创造了白银、青铜等四代人类，但人类的堕落让他失望了。

宇宙的轴会不会受到影响呢？"

天公朱庇特觉得很有道理，于是，他放弃了用这种方法毁掉世界的想法，决定用洪水来灭绝人类。他唤来只能降雨的南风，而把其他能驱散云雨的北风等锁进了埃俄罗斯的岩洞里。南风接到朱庇特的命令后，扇动着湿漉漉的翅膀直扑地面，黑暗把南风的脸遮住了，胡须则挂满了满天的乌云。南风愤怒地狂吼着，顿时，倾盆大雨从天而降，汹涌的波涛在南风那满头的白发里滚动。隆隆的雷声响彻大地，暴雨淹没了农民一年来的辛勤劳作。

海神尼普顿也来帮助朱庇特，他把所有的河流都召集起来，然后命令他们去冲毁所有的房屋与堤坝。河流们往日的热情一下子全被激活了，冲破缺口，一泻千里，所到之处，所有的一切都不再存在了。

面对上天带来的洪灾，人类想尽了一切方法自救，有的人爬到了最高的山上，有的人跳到了小船上，可正当他们觉得自己已经高枕无忧时，巨浪又把他们卷走了，最终还是没有逃脱上天对他们的惩罚。鱼儿在狂暴的洪水当中拼命地游动，森林里的野兽们被波浪追逐着急奔而去，一些幸存下来没有被洪水卷走的人们也被活活地饿死了。

在福喀斯，有一座帕耳那索斯山，这座山高耸入云，在这次洪水中有两个山峰没有被淹没。丢卡利翁是普罗米修斯的儿子，从父亲那里他事先已经获悉了有关洪水的警告，于是提前造了一艘小船。当洪水肆无忌惮地涌来时，丢卡利翁和妻子皮拉坐上小船驶向了帕耳那索斯。丢卡利翁和皮拉是凡世间最仁慈、最虔诚的两个人。

神人世界
人类的贪婪、凶残造成的人间种种恶行和弊端让下凡尘世察访的朱庇特愤恨不已，他决定毁灭人类。

从天宫向下张望的朱庇特看到大地已经成了一片汪洋，罪恶的人们已经消失了，只剩下丢卡利翁和皮拉这对无罪的夫妻。朱庇特平息了心中的怒火，从岩洞里放出了北风，命他去驱散黑压压的浓云。北风牵走了密雾，光明的天空又出现了。尼普顿也命令所有河流都停止了奔腾，大海又有了海岸，树林从深水中露出了树梢，

山坡也重新显示了它原有的
姿态。世界平静了下来。

幸存下来的丢卡利翁望
了望妻子，又望了望四周，
他叹了口气，除了他和妻子，
这个世界上已经没有第三个
活着的人，先前的喧哗已经
无影无踪，世界犹如一座坟
墓，寂静地得让人胆怯。丢
卡利翁和皮拉依偎着，夫妻
两人泪流满面。

风暴
面对上天带来的洪灾，人类想尽了一切方法自救，但最终还
是没有逃脱上天对他们的惩罚。

丢卡利翁对妻子说："亲
爱的，现在世界上只剩下我们两个人了，我们也没有充分的把握能够活下去，哪
怕是这一切都过去了，而我们两个人生活在这里又有什么用呢？如果当初我的父
亲普罗米修斯能够教会我造人的本领那该多好啊。可现在，我的灵魂却充满了恐
惧。"夫妻俩抱头痛哭了一阵之后，还是理不出任何头绪来，于是，他们来到了
已经被毁掉大半的女神的神坛前，他们双双跪倒，然后向女神虔诚地祷告着："女
神啊，请告诉我们怎样才能使这个沉沦的世界充满生机吧。"

他们的祷告声刚落，女神的声音就传了出来："快离开我们的圣坛，你们应
该蒙住你们的头，解开腰带，然后把你们母亲的骸骨扔到你们的身后去。"

夫妻二人沉默了一段时间，皮拉打破了沉默："尊贵的神啊，请宽恕我们吧，
我们不得不违背你的意愿，我们不能妨碍我们母亲的安宁。"

过了一会儿，丢卡利翁的智慧使他顿然醒悟，他对妻子说："我明白了女神
的意思，大地是我们仁慈的母亲，那石块不就是她的骸骨了吗？女神是叫我们把
石块扔到我们的背后去，我们不如试试看。"

皮拉也非常兴奋，她和丈夫一起转过身去，用衣物蒙住头部，松开腰带，然
后把石块向身后扔去。顿时，奇迹出现了，坚硬、脆弱的石块变得柔软起来，而
且开始膨胀，直到出现了人的模样。石块上黏着的泥土开始长成了身体上的肌肉，
人的脉络也开始出现了。更为惊奇的是，丢卡利翁扔出的石块全部变成了男人，
而皮拉扔出的石块则全部变成了女人。就这样，新一代的人类又出现了。

美丽的天后朱诺

在罗马人的心中，天后朱诺的形象庄严肃穆：浓密的头发下面是一双亮晶晶的大眼睛，头上戴着象征华贵的冠冕，这使她的脸庞更加俊美。她一手执着权杖，权杖上面栖息着美丽的杜鹃，另一只手拿着象征多产的石榴。天后朱诺有着凡间女子的丰采和气质，戴着头巾，遮着头的后半部，显得那么贞洁、庄重、文静和严肃。

朱诺是萨图恩的女儿，也是天公朱庇特的妹妹。她掌管着婚姻和生育，是妇女和儿童的保护神。

朱诺是天宫里最漂亮的女神，虽然后来的朱诺处处与特洛伊人为敌，但她那时的确是温柔可爱，情操高尚。当朱庇特完成了统一天下的大业后，向朱诺表达了自己的爱意。朱诺那时还是个满脸稚气的少女，面对英俊潇洒的朱庇特，羞羞答答地答应了他的求婚。

随后，朱庇特与朱诺举行了隆重的婚礼。他们把婚礼选在了绿树成荫的西特隆山上。西特隆山离奥林匹斯山不是太远，那里有厚厚的植被，有浓密的森林，有清澈的泉水，有漫山遍野的鲜花，和圣山奥林匹斯一样充满了仙气。朱庇特选取了一块软绵绵的草地作为他们的新床，他们被花香包围着，四周的绿树成了他们的床幔，为他们遮蔽羞涩。泉水的叮咚声是他们的婚乐，森林里奔跑的动物为他们送来了美味佳肴。四面八方的各神都来参加天公朱庇特的婚礼，并带来了各样各色的礼物，地神该亚还为孩子们送来了金苹果。新郎朱庇特与新娘朱诺沉浸在幸福之中。

结婚的第二天，朱庇特握着朱诺的手，一朵金色的云彩便把他们送到了奥林匹斯山的宫殿里。朱诺在奥林匹斯山上的众神中，得到了像天公一样的待遇，分享着天公的各种特权和荣誉。比如，她同样能使用雷电棒让天空雷声大作，使狂风暴雨停止于瞬间，使春夏秋冬四季的转变听命于她。朱诺梳着漂亮的头发，穿着金光闪闪的纱衣，脚下是眨着眼睛的星星们，多惬意的生活啊！在奥林匹斯山上，美丽的朱诺走到哪里都受到众神的尊重。当她翩翩走入宫殿时，众神纷纷问候，如果天公朱庇特不在，众神们也会与天后朱诺商议些天宫里的事情。

虽然天后朱庇特与天后朱诺的生活大多数是甜蜜和谐的，但有时也会吵吵闹闹，在他们生活甜蜜和谐的时候，天空就会风和日丽；当他们吵闹的时候，天空就会乌云密布，狂风不止。总之，天空的各种现象都是天公和天后夫妻生活的体现。

但是，无论朱诺怎样对天公朱庇特不满，她都是忠于婚姻的，不过她的嫉妒心很强。天公与天后的争吵大多是因为天后的嫉妒引起的。

朱庇特经常会离开奥林匹斯山下到凡间，去私会一些仙女和半神的女儿，而这时候的天后则会觉得天公抛弃了自己，于是大发雷霆。每次天公从凡间回到奥林匹斯山时，天后都会大哭大闹，甚至也离开奥林匹斯山。

一天，天后朱诺和天公朱庇特大哭大闹之后来到了她第一次和天公约会的地方埃维厄岛。朱庇特通过神力早已经知道了朱诺藏身的地方，但他知道朱诺的脾气，如果硬是把她带回奥林匹斯山，她还会重新出走的，只有让她心甘情愿地回到天宫，才能保证以后的安宁。经过苦思冥想，朱庇特终于想出了一个使妻子与他和解的计谋。朱庇特来到埃维厄岛，让一个装扮得非常漂亮的木偶坐在一辆五颜六色的车子上，然后在埃维厄岛的各镇宣称天公朱庇特要娶一个双目明亮的仙女做天后，当然，天公的目的是想使天后朱诺的嫉妒心发展到白炽化程度。

朱诺听到天公要娶仙女做天后的消息后，果然怒不可遏，她来到衣饰华丽的假天后面前，把假天后的衣服和帽子撕得粉碎，但假天后却没有任何抵抗的行为，朱诺非常奇怪，忙抓下假天后的面纱，这才发现原来只是一个木偶。朱诺明白天公的用意后，破涕而笑，和朱庇特调笑着回到了奥林匹斯圣山。

还有一次，天公朱庇特下凡数日还没有回到天宫，朱诺本想也下凡去找天公理论一番，但她转念一想：我何不用我的美貌去使他回到我身边呢？如果老对他发脾气，说不定会适得其反。打定主意，朱诺就如同少女时代一样开始精心地打扮起来，她穿上了一条蓝色的纱裙，腰带镶着的珠宝金光闪闪，华丽的头巾使她的脸庞更加美丽动人。朱诺来到天公朱庇特栖身的伊达山，她像一颗灿烂的明星发着光彩，天公被妻子的妩媚所感动，当即和朱诺回

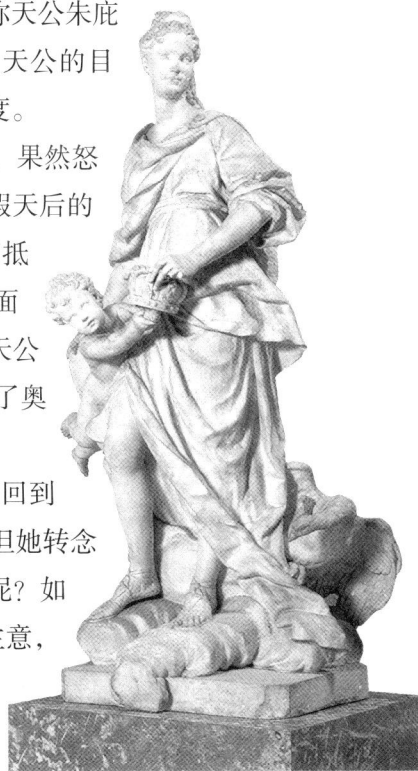

天后朱诺的雕像

在罗马人的心中，天后朱诺的形象庄严肃穆。天后朱诺有着凡间女子的丰采和气质，戴着头巾，遮着头的后半部，显得贞洁、庄重、文静和严肃。

天后朱诺

天后朱诺是朱庇特的妻子，主管婚姻的女神，她保护孕妇和儿童的权益。她和朱庇特的孩子有火神伏尔甘、战神玛尔斯和青春女神赫柏。

到了奥林匹斯山。

朱诺的美貌虽然比不上爱神维纳斯，但却是完美女性的典范，她忠贞于爱情，对天公更是没有移情别恋过。

由于天后的美丽，有很多神都被迷得神魂颠倒，伊克西翁就是其中表现得最露骨的一个。伊克西翁与一位仙女要结婚时，曾答应给岳父送一件礼物，但伊克西翁却没有履行他的诺言，而且在一个宴会中把岳父推进火坑烧死了。伊克西翁的残暴行为使得他在原属地再也无法待下去了，于是他来到了奥林匹斯圣山，并表现得格外让众神可怜。天公朱庇特被伊克西翁的假象所迷惑而宽恕了他。在与众神共进晚餐时，伊克西翁双眼色眯眯地盯着天后朱诺，甚至还对朱诺讲一些下流的话。朱庇特看在眼里，把一朵云变成了朱诺的模样，想以此考验伊克西翁，谁知伊克西翁发疯似的朝着假天后扑过去。愤怒的朱庇特把伊克西翁关进了塔耳塔洛斯，把他绑在一个燃烧着的车轮上，以此作为对这个罪人的惩罚。

朱庇特的爱情故事

天公朱庇特经常下凡到人间，有些时候是为了去察访，有些时候则是为了选择和爱抚某些仙女，但朱庇特知道天后朱诺的嫉妒心强，所以每次都以下凡察访为由。朱庇特是美的创造者，他把各种自然美好的形象完美协调地归入万物生灵之中，而他去爱抚这些仙女们则是爱美的真实体现。其中，在众多的仙女当中，朱庇特最喜欢的是欧罗巴、达那厄和伊娥。

欧罗巴是亚细亚腓尼基国王阿革诺耳的女儿。一天晚上，她做了个梦，梦见亚细亚和对面的大陆变成了两个女人，她们都想占有欧罗巴，其中一个对欧罗巴说："亲爱的，我是奉命运女神帕尔卡的命令来告诉你，你将作为天公朱庇特的情人。"

第二天，欧罗巴和一群姑娘们来到海边玩耍。穿着绣满花卉衣服的她站在几位姑娘中间双手高高地举起了一束鲜红的玫瑰花，脸上幸福无比。恰在这时，朱庇特正好下凡人间路过这里，当他看到这个目光盈盈、皮肤红润的姑娘时，顿时动了欲念，但他怕自己的出现会使眼前的姑娘慌乱，于是想了一个办法。

朱庇特把信使墨丘利唤来，命令儿子："我的孩子，你快到腓尼基王国去，去把山坡上的所有牲口都赶到海边去。"说完，朱庇特转身变成了一头臁肥体壮的金色公牛，一双蓝色的眼睛燃烧着欲火，额前的牛角小巧玲珑。信使墨丘利飞到腓尼基国的西顿牧场，把牧场上牲口都赶到了欧罗巴所在的海边。朱庇特变成的那头公牛就混在这群牲口里，连信使墨丘利都没有识别出来。在这一群牲口里，只有朱庇特化身的那头公牛来到了草地，欧罗巴和一群姑娘当时正在海边玩耍，公牛走近欧罗巴，伏在她身边，用舌头轻柔地舔着她的脚。看到眼前这头可爱的公牛，欧罗巴也温柔地用手抚摸着它的背，把刚摘下来的花饰挂在公牛的双角上。

欧罗巴呼唤着伙伴们："快来瞧这头温顺的公牛，它的欢叫声如同是吕狄亚人的牧笛声。我们不如骑上它去畅游一番，我想它的背上应该能坐四个人。"欧罗巴一边说一边爬到公牛宽阔的背上，但别的伙伴们都犹豫不决。公牛见欧罗巴已经上钩，从地上跃起，朝大海奔去。公牛驮着欧罗巴游了一整天到了一片陆地就不见了，当欧罗巴正不知所措的时候，一个气质非凡的男人朝她走了过来，并把事情的缘由告诉了欧罗巴。朱庇特很快俘获了欧罗巴的心。后来，欧罗巴生下了弥诺斯，弥诺斯是凡间第一个最有名气的国王，后来做了冥王普路托的执笔判官。

达那厄是阿耳戈斯国王的女儿。国王没有儿子，而国家有一个预言说达那厄会生一个男孩并将篡夺王位。怕这个预言实现，阿耳戈斯把女儿关进了一个铜塔，派哨兵日夜把守。一天，朱庇特变成一场金雨穿过铜塔的墙，进入牢房，朱庇特与达那厄同床共枕后生下了男孩珀耳修斯。后来，珀耳修斯果然夺取了阿耳戈斯的王位。

伊娥是彼拉斯齐国王伊那科斯的女儿，长得如花似玉。一天，朱庇特跟朱诺为了一些琐事而争吵，于是下凡到人间。他被在勒那草原上为父亲牧羊的伊娥打动了，他改扮成一个凡人来挑逗伊娥，并把伊娥包裹在一团黑色的云雾之中。

天后朱诺对丈夫的拈花惹草非常气愤，见丈夫

朱庇特雕像

朱庇特是美的创造者，他把各种自然美好的形象完美协调地归入万物生灵之中，而他去爱抚这些仙女们则是爱美的真实体现。

好久未归，便下凡到人间寻找。朱庇特也感到了妻子正在找他，为了能让伊娥逃脱妻子的报复，他把伊娥变成了一头雪白的小母牛。他这一诡计被朱诺识破了，朱诺假意要他把这头美丽的小母牛作为礼物送给自己。在衡量再三之后，朱庇特答应了她。朱诺带走伊娥变成的小母牛后，命阿利斯多的儿子阿耳戈斯看守伊娥。阿耳戈斯有一百只眼睛，而睡觉的时候他只需闭上一只眼睛就可以了，在剩余的九十九只眼睛的看守下，伊娥长了翅膀也飞不出去。

　　面对伊娥的困境，朱庇特想了各种方法去营救，但都无法逃过阿耳戈斯的一百只眼睛。每天，伊娥都在严密的看守下在长满丰盛青草的草地上吃草，然后睡在冰冷的土地上，四周是污浊的池水。看到自己心爱的情人受苦刑，朱庇特心如刀绞。他把儿子墨丘利又一次唤来，命令他想一个让阿耳戈斯闭上眼睛的办法。墨丘利领会后，降落到人间，用笛子吹起了动人的乐曲，笛声很快把阿耳戈斯迷住了，他请墨丘利到他身边为他吹奏，并且攀谈起来。在谈话时，阿耳戈斯用一部分眼睛盯着伊娥，以免失职受罚。墨丘利想很快把他催入梦乡，但阿耳戈斯却拼命地与困意作着斗争，他让一部分眼睛先睡，而另一部分眼睛则保持睁着。

　　"难道你不想听听牧笛的来龙去脉吗？"墨丘利诱惑阿耳戈斯。

　　在阿耳戈斯好奇的追问下，墨丘利讲了一个长长的故事。当快讲完时，阿耳戈斯最后一只眼睛也闭上了。墨丘利从口袋里掏出一把短刀杀死了他。伊娥获得了自由。朱诺知道伊娥逃脱后，让一只牛虻叮咬小母牛，小母牛实在忍受不了，最后绝望地来到了埃及。在尼罗河河岸上，小母牛仰望着奥林匹斯山凄厉地叫着。朱庇特再也看不下去伊娥所受的折磨，他请朱诺放过伊娥，并立誓不再与伊娥来往。这样，伊娥又恢复了楚楚动人的美丽原形。随后，伊娥为朱庇特生下了厄帕福斯，厄帕福斯后来成了埃及国王。

太阳神福波斯

　　太阳神福波斯的父亲是天公朱庇特，母亲是黑夜的化身拉托那。福波斯的权力很大，他主管着光明、青春、畜牧、医药、诗歌和音乐等，并代表主神宣诏神旨。

　　拉托那在快要生福波斯的时候，被嫉妒心强的天后朱诺变成了一只鹌鹑。为了使拉托那有个栖身之地，朱庇特把阿斯特拉浮岛固定在了海底的岩石上。这个岛被人们称为洛斯岛或光明岛。

　　拉托那来到这个岛上后，看着光秃秃的荒无人烟的小岛，她无精打采地说："如果能让我的儿子出生在这块土地上，并为他建一座庙宇，这里肯定能成为最富饶的地方。"

拉托那的声音刚落，从岛上吹过的微风就回答她："请不要为此事难过，尊敬的拉托那，你的儿子将出生在这块土地上，但是你必须保证你的儿子永远居住在这里。"

在得到拉托那的保证之后，一群白天鹅从天而降，岛上的万物都散发出生机与活力。太阳神福波斯降生了，刚出生的福波斯放射出了万丈金光。在喝完正义女神忒弥斯送来的仙酒后，福波斯猛然间长成了一个身材魁梧的英俊少年。本来荒无人烟的岛上突然间变得五彩缤纷，漫山遍野的鲜花散发出诱人的香气。

在巴那斯山的一个山洞里有一条可怕的巨龙，当地人们虽然痛恨这条巨龙，但却拿它无可奈何。当时出生只有十四天的太阳神福波斯决定为民除害。福波斯使用毒烟把巨龙熏出洞来，然后拿起弯弓，使用全力射出了正义的一箭，巨龙死了，当地人欢呼雀跃。

巴那斯当地有一个习俗，如果身上沾有污秽的东西，则需要净身洗礼，以消除这些污浊。因为沾染了龙血，福波斯不得不外出流浪。对于太阳神福波斯的下

福波斯在帕纳塞斯山上　拉菲尔　意大利
福波斯最喜欢拉竖琴，图为九位缪斯女神被福波斯琴声感染，围绕在他身边。福波斯还被称为音乐之父。

411

凡还有另一种说法，即说福波斯触犯了天宫的法律，被朱庇特罚下凡九年。不管是哪一种说法，对于这段下凡的传说都有记载。

福波斯来到阿德墨托斯国王管辖的土地上，为阿德墨托斯国王放羊牧马，而且在那里一直待了九年，在这九年中，福波斯一边放牧一边唱歌或是弹竖琴，每天都沉浸在快乐与幸福之中。

阿德墨托斯想娶阿尔刻拉斯，但阿尔刻拉斯的父亲珀利阿斯却对阿德墨托斯说："如果你想娶我女儿，那么就去驾车驯服雄狮，如果你驯服不了，你是无论如何也娶不了我女儿的。"

阿德墨托斯虽然是一国之主，但他对雄狮却是无能为力，于是，便向福波斯求救。福波斯也很想为主人做些出人头地的事，他驾车轻而易举地驯服了两只凶恶的狮子，并使雄狮听命于他。阿德墨托斯终于娶得了阿尔刻拉斯。在新婚之夜，福波斯又帮阿德墨托斯杀死了满房间的毒蛇。但是，不幸又降临到了阿德墨托斯身上，他患了不治之症。看着主人在痛苦中挣扎，福波斯向命运女神帕尔卡请求解救的方法。帕尔卡准许可以由阿德墨托斯的父亲、母亲或是妻子做替身。新婚妻子阿尔刻拉斯主动提出替丈夫死去，她的行为感动了众神，众神把阿尔刻拉斯从死神那里救了出来，阿德墨托斯夫妻俩过上了幸福的生活。

太阳神福波斯之所以被人们称为热情之父，是因为他发出的光能使百花争艳，充满朝气，也能使百花凋谢，酷热干旱。当太阳从东方升起的时候，福波斯的整个脸庞都被映得通红。他发出的光线像一个金色的齐特拉琴颤动的琴线，给人们带来欢乐和愉悦。关于福波斯是音乐之父，还有一段渊源。

福波斯最喜欢弹奏齐特拉琴和竖琴，据说他刚生下来的第一句话就是向母亲要了一把竖琴。

一天，由于发现吹笛子使脸部变形的雅典娜一气之下将笛子扔掉了。恰巧，这只笛子被林神玛息阿捡到了。玛息阿听过雅典娜的笛声，曾多次被笛声迷住过，所以他觉得用这只笛子吹出来的乐曲一定也和雅典娜吹的一样好听，于是，玛息阿扬言要与福波斯比个高低。

福波斯爽快地答应了玛息阿的挑战，并相约：赢的一方有权处治败的一方。比赛请缪斯和弗利基亚国王迈达斯来做评判。最后，福波斯战胜了玛息阿，缪斯公正地做出了判决，而迈达斯则判了玛息阿获胜。胜利后的福波斯把玛息阿绑在了一棵上，活剥了他的皮，而作为对迈达斯的惩罚，福波斯运用神力使他长出了两只驴耳朵。迈达斯为了不让人发现他的两只驴耳朵，派人做了一顶宽大的帽子，然后把整个头都藏在里面。迈达斯的这个秘密只有一个美发师知道，但迈达斯曾警告过那个美发师不要对第三个人说，否则将他处死。美发师把这个秘密憋在心里实在难受，但又不能对外人说，于是，他来到野外，在一个秘密的地方挖了一个洞，趴在地上对洞口大喊了一声："迈达斯国王长出了一双驴耳朵。"说完后，又用土掩上那个洞。美发师刚走，那个洞里长出了一株芦苇，风吹过的时候，随风摇曳的芦苇就会发出一阵声音："迈达斯国王长出了一双驴耳朵。"结果，弗利基亚国的人们都知道了国王长出了一双驴耳朵。从此，这种做法就成了对做了蠢事的愚人的惩罚。

由于福波斯主管着诗歌和灵感，诗人和预言家都靠他的启示。在德尔斐太阳神福波斯神庙里，人们求得的神谕非常灵验，所以人们经常从希腊各地到神庙来求福波斯神灵显圣。

太阳神的爱情

因为射杀了天公朱庇特身边的独眼巨人，朱庇特宣判将太阳神福波斯逐出天宫数日。一天，被逐下天国的福波斯在一条宽阔的河边遇到了一个小男孩，那个小男孩背上长着一对翅膀，手里玩弄着一张精小的弓箭。

"我叫丘比特，如果你晚一点从天宫出来的话肯定能见到我。"小男孩自报门户，原来他就是小爱神丘比特，维纳斯的儿子。

福波斯还从没见过如此小的男孩和如此小的弓箭，便对丘比特说："你怎么长这么小啊？你的弓箭也太差劲了吧。为什么不换一个大一点的呢？"一边说，福波斯一边用不屑的眼光看着丘比特。"是吗？也许在你眼里它很差劲吧，但它的威力可是你抵挡不了的，它可是天下最强有力的弓了。"丘比特笑着爱抚地摸着他的弓箭，好像是怕别人把它抢走似的。

福波斯一直认为自己是除朱庇特以外天下最强有力的神，他不喜听别人说比他强。眼前这男孩竟说他手里那张小弓是天下最好的弓，福波斯不免有些生气。

"还是让你瞧瞧什么才是真正的好弓吧。"福波斯从背后拿下自己那张弓，"这张弓可是威力无比啊，它曾射死吓坏我母亲的大蛇。而你的呢？只适合你那么小的孩子玩耍。"丘比特从福波斯手里接过那些大弓，任凭他怎么拉也拉不开，但他还是笑着对福波斯说："你的弓箭虽然威力无比，但我的弓箭却能征服你。"

福波斯不以为然："你简直是疯了，凭你那么小的弓箭就想征服我？我不躲开，你射吧，它对我不会起到任何作用的。"丘比特停止了笑，拉开自己的小弓，朝福波斯心脏射了出去。"我没有任何疼痛的感觉，看来我没有说错，你的弓箭真的是一副玩具。"福波斯冷笑着对丘比特说道，然后顺着那条河继续前进。

当福波斯走出不远时，看到了月桂树下有一个苗条、漂亮的姑娘，姑娘叫达夫尼，达夫尼在月光下追逐着动物，垂肩的长发随风飘舞。福波斯被眼前这个有着水汪汪眼睛和白皙手臂的姑娘迷住了，并在心里产生了深切的爱恋。

"怎么回事？我可从来没有过这种强烈的感觉。"福波斯在心里默默地问自己，他根本不知道丘比特那一箭正在他身上起着作用。

最后，福波斯向达夫尼表达了爱恋。尽管福波斯是一个非常伟大的神，达夫尼却拒绝了他，因为丘比特只用铅箭射中了福波斯的心，这注定福波斯只能单相思。平日里伟大的太阳神开始变得缠绵，每天都追在达夫尼的身后倾诉衷肠，而每次看到福波斯时，达夫尼都会像天上的浮云一样悄悄跑开。

一天，达夫尼在一片茂密的树林里散步，福波斯又尾随而来。看到福波斯的达夫尼变得慌乱起来，开始狂奔。风撩起达夫尼的衣衫，头发散发出的清香随风飘进了福波斯的鼻子里，福波斯更加狂热了，不由得加快了脚步。达夫尼再也跑不动了，只得停下来。眼看福波斯就到了近前，达夫尼更加害怕起来："我宁可变成一棵树，也不愿让他碰到我。大地啊，请满足我这个愿望吧。"达夫尼刚说完，奇迹出现了，她的两条腿开始变得挺硬，身上出现了一层灰色的树皮，双臂变成了树枝，头发则变成了树叶。达夫尼变成了一棵月桂树。

后来，福波斯为了表达对达夫尼的爱，头上开始戴上了月桂树花冠，以此来纪念达夫尼变成的那棵月桂树。

福波斯追逐达夫尼

这幅画描绘了太阳神福波斯追求河神佩纳乌斯的女儿达夫尼遭到拒绝的画面。达夫尼为拒绝福波斯而变成月桂树后，福波斯从此戴上月桂树叶编成的花环，以纪念他失去的爱情。

克吕蒂也是福波斯生命里最重要的女主角之一。克吕蒂是水中仙女，福波斯被她的美丽所折服，爱上了她。两人婚后的生活宁静祥和，充满了幸福。但好景不长，福波斯在一次出游时遇到了一个国王的女儿，他又开始觉得那个公主是天底下最年轻漂亮的女人。福波斯很快把克吕蒂忘在了脑后，去追求那个公主。

那个时候，很多和福波斯交往的仙女和凡间女子都被福波斯抛弃过，所以，国王对女儿严加看管，不让她和福波斯有任何的交往。而国王的这些防范对伟大的太阳神福波斯来说本就是些小伎俩，福波斯变作公主的母亲，每天都出入公主的房中，并为得到了心爱的女人而沾沾自喜。

而克吕蒂对于这些一无所知，她一直以为福波斯是深爱她的，像自己付出的一样。当福波斯很久没有再来看她以后，克吕蒂开始变得忧心忡忡："发生了什么事呢？平时他这个时候都应该待在这里啊，怎么好几天没有见到他了呢？难道……"一想到福波斯可能会有了新的宠爱对象，克吕蒂心里就像被针扎了一样。

为了能找回丈夫，克吕蒂四处搜寻，最后终于发现了福波斯每天都在与公主私会。

"怎么才能使他再次回到我身边呢？如果能让国王把他的女儿看管得更紧一些应该就没问题了。"于是，克吕蒂去找国王，把公主私会福波斯的事添油加醋地告诉了国王。听完克吕蒂的话，国王非常恼火，自己的女儿竟违反自己的命令做出如此之事，盛怒下的国王把公主活埋了。对于公主的死，福波斯非常伤心，但他所做的只能是把死后的公主变成芬芳的灌木。

从悲伤中恢复过来后，福波斯把报复的目光瞄准了克吕蒂，他痛恨克吕蒂葬送了美丽的公主。作为对克吕蒂的惩罚，福波斯把她变成了向阳花。克吕蒂变成的向阳花对太阳忠贞不屈，整个白天，她都抬头凝望着太阳，随着太阳的空间变化而变化。当太阳落山的时候，她又把花朵合上，直到第二天再次展开。

太阳神之子

太阳神福波斯在人们心目中永远都那么年轻漂亮，他精力充沛，血气方刚。微微飘起的头发垂在肩上，风采奕奕。头上通常戴着用月桂树、爱神木、橄榄树的枝叶编成的冠冕，胸前挂着齐特拉琴，那种气质让人顿感钦佩。所以，很多仙女或是国王的女儿都非常喜欢福波斯。

福波斯与俄刻诺斯的女儿克吕墨涅结合后，克吕墨涅为福波斯生了个儿子，取名叫法厄同。法厄同虽然是太阳神的儿子，却只有一半神的血统。

一天，法厄同与另一个跟他年纪差不多的青年发生了争执。

"你这个大骗子，太阳神是多么神圣啊，怎么会有你这样的儿子？你一点神力都没有，如果你真是太阳神的儿子，把你父亲请来我瞧瞧。"青年脸上的不屑更让法厄同气愤。回到家后，他把这件事告诉了母亲克吕墨涅。母亲也不能拿出有力的证据来让别人认为法厄同是福波斯的儿子，于是打发儿子去找福波斯。

法厄同走进了太阳神庄严的宫殿。太阳神的宫殿镶满了闪闪发光的黄金和璀璨的宝石，华丽的圆柱分布在宫殿的四周。大门是用白银制成的，上面雕刻着花纹和人像，飞檐上嵌着雪白的象牙，好气派啊。福波斯正穿着一身铜色衣服坐在宝座上，两侧站立着文武官员，见儿子走了进来，忙关心地询问。法厄同本想离父亲近些距离，但父亲宝座上散发出的炙热的光使法厄同无法靠近。

法厄同撅着嘴对福波斯说："尊敬的父亲，你的孩子受到了很大的委屈，你可要替我做主啊。"说着，眼里噙满了泪。

福波斯看到儿子像是受了莫大的委屈，忙从宝座上走了下来，拉着儿子的手亲切地问道："我的孩子，你这是怎么了？快和我说说。"

福波斯没问起时，法厄同还只单是觉得委屈，听到福波斯如此说，竟痛哭起来，他哽咽着对福波斯说："我是你的儿子，可大地上的人都嘲笑我是冒充太阳神的儿子。我希望你能为我作证，让大地上的人都知道我是你的儿子，否则他们还会再嘲笑我的。"

听完儿子的话，福波斯哈哈大笑起来，他对法厄同说："可爱的孩子，原来是这件事让你这么伤心啊。对我来说，这件事真是太简单了。你说你想怎么让大地上的知道你是我的儿子呢？我一定会满足你的要求。"说完，福波斯还向四周看了看他的臣子们，意思是让大家做个证明。

听到父亲这么说，法厄同破涕为笑："父亲大人，你说的话是真的吗？那我只要求你把你那辆带翅膀的太阳车让我驾驭一天。可以吗？"

可能没有料到儿子会提出这样的要求，福波斯脸上显出了惊恐。那辆太阳车只有他一人驾驭过，也只有他一人能够站在喷射着火焰的车轴上。而且那几匹拉车的马也是烈性十足。福波斯沉思了一会儿，皱着眉对儿子说："我的孩子，你要知道驾驶这辆车危险是多么的大啊！还没有任何一个神敢有如此的要求。而且你是一个凡人，对你来说这更是一件不可能的事，我允许你再提一个要求，好吗？"

固执的法厄同说什么也不同意父亲的建议："你可是说了的，我有什么要求你都满足我，我只有这一个要求，驾驶太阳车一天，哪怕马上就死掉也心甘情愿。"法厄同沉浸在美好的想象之中。

福波斯看到儿子如此执着，想了想，然后对法厄同说："那好吧，不过我得采取一些措施，以防你被太阳车烫伤。"

接着，福波斯带着法厄同来到存放太阳车的房间。刚进那间房间，一道刺眼的强光迎面射来，福波斯用宽大的衣袖在法厄同眼前一晃，太阳车发出的强光顿时消失了。

"哇，好华丽的太阳车啊。"法厄同围着闪闪发光的太阳车笑逐颜开。车轴、车辕和车轮都是金子做成的，车正中的板状物是银制的，闪亮的宝石镶嵌在辔。

"我的孩子，快上车吧。一会儿时光女神赫耳将会为你牵来神马的。"说完，福波斯用圣膏涂满法厄同的全身，把自己戴过的太阳冠戴在法厄同的头上，"去吧，孩子，这样你就可以抵御熊熊燃烧的火焰了。但你要记住，千万不要使用鞭子，要紧紧地抓住缰绳，不要站得太高。你要控制着让马跑得慢些，否则烈焰腾腾，把天空烧焦了。那样你会得到惩罚的。"当时光女神赫耳为太阳车套上喷着火焰的神马后，法厄同兴冲冲地跳上太阳车，抓紧缰绳，几匹神马向前飞奔而去。

拂晓的朝霞被打破了，一轮红日喷薄而出。刚开始，法厄同还感觉到无比的兴奋，但过了一会儿，他从旋风般疾驰的太阳车上往下看，顿时胆战心惊。神马也似乎感觉到了今天驾驶它们的不是福波斯，因而狂奔乱跑，上下翻飞，左右旋转。法厄同哪遇到过这种情况，他没有办法驾驭这些神马，更分不清该向哪个方向跑。看着周围冒火的大地，双腿发酸，惊恐万分。

由于太阳车的急奔，大地受尽了炙烤，森林和庄稼都着起了大火，耕地成了沙漠，城市成了残垣，大地成了一片火海。

再也忍不住火焰烧烤的法厄同终于松开了缰绳，从太阳车上跌落下来，掉进了厄里达诺斯河里。水泉女神那伊阿得斯埋葬了法厄同，法厄同的姐姐赫利阿得

福波斯的宫殿
太阳神福波斯的宫殿庄严肃穆，镶满黄金和宝石，大门用白银制成，飞檐上嵌着雪白的象牙，十分气派。福波斯威严地坐在宝座上。

斯为失去弟弟哭了四个多月。众神被赫利阿得斯所感动，把她变成了婀娜多姿的白杨树，而她的眼泪变成了晶莹的琥珀。

福波斯和父亲朱庇特一样，处处留情，少不了也留下了很多的子女，其中埃斯科拉庇俄斯和伊翁的故事被广为流传。

埃斯科拉庇俄斯被称为医神，他曾从死神和病魔那里把很多人的生命夺了回来。朱庇特非常嫉妒他，于是天公朱庇特用雷电劈死了埃斯科拉庇俄斯。埃斯科拉庇俄斯虽然死了，但人们非常崇拜他，在厄比多尔，人们对他更是无比信仰。病人纷纷到他的神殿里来求它显灵，甚至有些病人睡在那里等待医神在梦中对他们说明如何治疗。

伊翁也是福波斯之子，他出生后不久就四处流浪。母亲克瑞乌萨被福波斯抛弃后与克素托斯结婚，但一直没有生育。经太阳神指点，伊翁与克瑞乌萨相认，一家三口开始了幸福的生活。

海神尼普顿

受古老预言的影响，每当妻子生下一个儿子，萨图恩就把儿子吃掉，后来，妻子用调包的办法使三个儿子免遭其害，留下来的三兄弟即朱庇特、尼普顿和普路托。朱庇特夺取了父亲萨图恩的王位后，把海洋、岛屿和海岸的势力范围交给了尼普顿管辖，把阴间交给了普路托管辖，但无论是海神尼普顿还是冥王普路托都必须听命于天公朱庇特。

作为海神，尼普顿经常在海上巡游，手执三叉戟，驾着由两匹或四匹马拉着的车子，威风凛凛。所以，在人们心中，海神尼普顿是一个强壮有力、虎背熊腰的神，他表现得庄重冷静，不管他裸露还是穿戴整齐的时候，海神特有的风采和气度都会表现得淋漓尽致。

尼普顿住在蓝色海洋的深处，那里有美丽的珊瑚，有五光十色的珍珠贝壳，有奇形各异的植物，游来游去的鱼群给蓝色的海洋增加了不少情趣。尼普顿的宫殿就在这里，那华丽的气势足以跟奥林匹斯圣山媲美。尼普顿每次外出巡视时，都会穿上金光闪闪的胸甲，海底的各种鱼类紧随其后。当尼普顿出现在一个地方后，那里就会一片欢腾，海豚、鲸鱼等跳出海面，给海神表演着拿手的舞蹈。某个海域出现事故时，只要尼普顿一到，海面上顿时风平浪静，取而代之的是涟涟的浪花，微风轻拂，一片欢笑。

　　然而，尼普顿也有发脾气的时候。与朱庇特一样，尼普顿发起脾气来也威力十足，最显著的表现就是海面上会狂风大作，海浪掀翻海船，甚至会波及到岸边的城市。如果尼普顿非常恼火，他会发动海啸，海岸震动，大陆抽搐。这时候，人们往往拿着海神喜欢的各色祭品，如骏马和公牛等去祭祀海神尼普顿。

　　一次，伊那科斯与人争夺阿尔戈里德这片土地，当时，伊那科斯的宫殿里缺水，他便派自己的女儿去各地寻找水源。他的一个叫阿美莫纳的女儿在森林里寻找了一天也没有找到水源，又累又渴。走到一棵树下时，阿美莫纳坐了下来，望着茂密的大森林，不由得酣然入睡。也不知过了多长时间，她被什么东西踩了一下，睁开眼睛一看，原来是一只野鹿正从她身边经过。

　　"多么肥壮的野鹿啊，要是我能射到这只野鹿的话，可以拿回去好好地美餐一顿了。想到此，阿美莫纳弯弓搭箭，但这一箭并没有射中野鹿，而是射中了睡在灌木丛中的森林之神萨堤罗斯。萨堤罗斯对这突如其来的伤害非常恼怒，开始追赶阿美莫纳。阿美莫纳在逃到海边时，向海神发出了求救。尼普顿出现了，他把三叉戟朝着萨堤罗斯掷去，三叉戟穿过萨堤罗斯的胸口，插进了岸边的一块岩石里。

　　看到身边被吓着的姑娘，尼普顿爱抚地问道："你在寻找什么呢？你难道不知道这里有多危险吗？"

　　阿美莫纳很快明白了眼前这个高大威武的人便是海神尼普顿，忙充满敬意地说："尊敬的陛下，谢谢你救了我，我是在寻找给我的国家解渴的水源啊。"

　　听后，尼普顿一阵大笑："傻孩子，你把我刚才插进岩石里的那三叉戟拔出来就会找到水源了。"

　　阿美莫纳将信将疑，但她还是按照尼普顿的说法做了，把三叉戟从岩石上拔了出来。顿时，叉子插过的地方出现了三个泉眼，清澈的泉水从泉眼里汹涌而出，淙淙地流向了阿美莫纳所在的那个国家。

　　又有一天，尼普顿在巡海时看到了一群海洋仙女在纳格索斯岛跳舞，其中一个叫安菲特里特的仙女在一群仙女中长相突出，举止文雅。尼普顿顿时对安菲特里特产生了爱慕之心，但当他向安菲特里特表达了爱意之后，安菲特里特有些惊恐，跑到海底藏了起来。尼普顿派了一条海豚去寻找安菲特里特的藏身之处。最后，这只海豚终于找到了安菲特里特，并把她逮住送给了尼普顿。

　　虽然海神尼普顿的恋爱在一开始时有些一厢情愿，但他还是凭着热烈的爱恋赢得了安菲特里特的芳心。随后，两人举行了隆重的婚礼。婚礼上，奥林匹斯圣山上的诸神都送来了精美的礼物，天公朱庇特也派信使来祝贺海神夫妇。婚后不久，安菲特里特就为尼普顿生下了一个儿子，取名为特里同。特里同的长相并没有像他的父母一样是个人形，他的上身像人的身体，但下身却覆盖了很多藻类，且长了一条鱼尾。据说，这就是传说中美人鱼的祖先。

后来，海神尼普顿因觉得天公朱庇特分封不均产生了反叛心理。当时太阳神福波斯射杀了天公朱庇特身边的独眼巨人，也开始积极地筹划谋反。这时候，天后朱诺因儿子火神伏尔甘受到了朱庇特的惩罚也想谋反。福波斯、朱诺和尼普顿不谋而合，于是商量好叛乱的时间。在叛乱的关键时刻，西天门守神西蒂斯向天公朱庇特告发，叛乱失败了。太阳神福波斯被逐出了天国数年，海神尼普顿被罚到特洛伊筑城墙，天后朱诺则没有受到任何处罚。

智慧女神密涅瓦

密涅瓦被古希腊诗人荷马称为智慧女神。关于密涅瓦的出生有两种说法。

一种说法是，密涅瓦出生在利比亚的妥里通湖畔，三个利比亚女神发现了她，并把她哺育长大。当密涅瓦还是个少女时，在一次玩耍中失手杀死了自己的小伙伴帕拉斯，为了表示哀悼，她在自己的名字前加上了帕拉斯的名字，然后取道克里特，前往雅典。

另一种说法是，朱庇特与女神墨提斯结合后，命运向朱庇特预示，墨提斯将生下一个权力胜过父亲的孩子。为了防止这种结果的出现，朱庇特在墨提斯生产后即把孩子吞食腹内。可刚吞食完，他便感觉头痛难熬。最后，朱庇特不得不命令火神伏尔甘用斧头把自己的头劈开。脑袋刚被劈开，一个手执长矛的女孩跳了出来，她就是密涅瓦。这个关于密涅瓦是从朱庇特脑中"再生"的故事使密涅瓦具有了高贵的出生。一直以来，这种说法被看作最准确的。由于这种传说，密涅瓦成了力量和智慧的象征。她头上戴着光芒四射的金盔，披着崭新的甲胄，手执闪闪发光的长矛，比战神玛尔斯还要威武，所以，人们也称密涅瓦为女战神。这一称号对她来说一点也不为过，在天公朱庇特与提坦神的战斗中，密涅瓦的加入对战斗的胜利起到了不小的作用。

密涅瓦不仅是一个女战神，而且是一个象征和平的女战神。她心地善良，爱憎分明，并不像战神玛尔斯那样一味地只知道屠杀。

一天，密涅瓦看到战场上勇敢的堤丢斯身负重伤，那是一个多么英勇的战士啊，怎么能在战争的关键时刻就战死了呢？于是，密涅瓦向天公朱庇特求援，希望得到能治好堤丢斯的药。当密涅瓦拿着药来到战场上时，看到的堤丢斯像换了一个人：眼里满是复仇的欲火，把敌人砍倒后，用手中的长矛敲打着敌人的头颅，然后疯狂地汲取头颅里的脑浆。多么残暴的堤丢斯啊。密涅瓦改变了原来的决定，放弃了救护堤丢斯的想法。

还有一次，海神尼普顿和密涅瓦为争夺阿提克地区的所有权举行了一场比赛，他们约定，谁如果能给人类赠送最有用的礼物谁就获胜，众神们都争着来做这次比赛的裁判。海神尼普顿把三叉戟向岩石上一击，一匹战马出现了；密涅瓦把她的长矛向地上一插，一株郁郁葱葱的橄榄树出现了。经过众神裁判，密涅瓦获胜，因为众神觉得象征和平的橄榄枝要比用于战争的战马要有用得多。从那以后，橄榄枝成了和平的象征，也成了智慧女神密涅瓦的象征。

除了英勇善战，充满智慧的密涅瓦还给人类提供了很多项发明。

一天，密涅瓦捡到了一根鹿骨，那根鹿骨已经被磨得相当精致。

"如果把这根鹿骨的中心挖空，然后再钻几个孔，那样不就能吹出像暴风雨的呼啸声了吗？"

这样想着，密涅瓦不禁高兴起来。她找来一把小刀，在鹿骨上细心地挖了几个小孔，磨细，并用了几天时间把鹿骨的中间挖空。最后，密涅瓦还在这支乐器的一侧系上了一条红丝带，以作为装饰。她给这种乐器取名为"笛子"。

看着自己的杰作，密涅瓦非常满意。她拿着她的笛子回到了奥林匹斯圣山，对每一位遇到的神极力夸奖自己发明的笛子，并在众神聚集的地方进行了吹笛表演。优美的声音从密涅瓦的笛子中飘了出来，地上的流水停了下来，天上的飞鸟驻足在枝头，众神不由得随着笛声开始哼唱。

密涅瓦骄傲地注视着众神，想得到意料之中的嘉许。众神都沉浸在悠扬的笛声中，只有爱神维纳斯和天后朱诺在偷偷地笑个不停。

"你们究竟在笑什么呢？难道我吹的笛声不好听吗？"密涅瓦停止了吹奏，有些怒意地注视着维纳斯和朱诺。

庄严肃穆的密涅瓦塑像
密涅瓦是智慧女神，也是象征和平的女战神。

421

看到密涅瓦那严肃的目光，朱诺对密涅瓦说："你吹出来的笛声的确很动听，但你吹笛子时，你的脸蛋鼓胀，脸上的线条都变了形……你还是去泉边用泉水自己照照看吧。"说完后，朱诺眼角又抑制不住掠过一丝笑意。

密涅瓦来到泉边，把笛子再次放在口里吹奏，然后把脸探到泉边的水面上。

"这是我吗？我怎么会这么丑陋呢？"密涅瓦惊叫起来，朱诺说得没有错，自己的脸在吹笛子时完全变了形。

"笛声再好听，也不能让我美丽的形象受损。"密涅瓦气愤地把笛子扔到了森林深处，从此再也没有吹过笛子。

此外，密涅瓦发明了陶瓷车，使人们能生产出各种陶瓷制品。农夫使用的犁耙和四轮牛车、木工使用的三角尺和直尺也是密涅瓦发明的，她还教会了海员如何绞帆和在船首雕刻头像。所以，众多行业都尊推密涅瓦为保护神。

密涅瓦，在希腊神话中也被称为雅典娜，由于雅典娜的名字与雅典城市的名字是同源的，所以每年雅典人都要以最隆重的仪式纪念这位女神。

月亮女神的浪漫爱情

狄安娜是天公朱庇特与拉托那的女儿，也是太阳神福波斯的胞生妹妹。哥哥福波斯是给人类带来温暖和灿烂的太阳神，而狄安娜则是在太阳下山后给人类带来光明的月亮神。狄安娜和智慧女神密涅瓦一样终身保持着贞洁。

狄安娜体态苗条，形象高大、美丽。她喜欢在森林原野上驰骋，背着一把弓和一个箭袋，身旁有时会有一头牝鹿或是一条猎狗，好一副狩猎女神的模样。狩猎归来，狄安娜有时会去巴那斯山上找哥哥福波斯，与卡里忒斯和缪斯一起载歌载舞。

皎洁宁静的月夜美得会令人浮想联翩：困乏的动物们在月夜中栖息，植物们也趁机呼吸着新鲜的空气，享受着太阳没有出来之前的甘露。人们呢？在这皎洁的月光底下则会产生甜蜜的温情。有时，狄安娜也会用云彩遮住脸庞去亲吻英俊少年的脸。而被月亮女神亲吻过的人则会具有奇特的想象力，或成为诗人，或成为预言家。

既然具有了生命，就不同于草木，所以，狄安娜虽然希望永葆贞洁，但看到令人心仪的男子也会动心。一次，狄安娜在一个山洞里发现了一个为了永葆青春而处于睡眠状态的青年。那个青年是一个牧羊人，叫恩底弥翁，在睡眠状态中的

狄安娜泉
月亮女神兼狩猎女神狄安娜是纯洁的象征，也是极具浪漫色彩的女神。

他依然保持着俊美的面容，嘴角似乎还挂着一丝欣慰的笑意。狄安娜被恩底弥翁的美貌深深地打动了。她每天夜里都会到那个山洞里静静地盯着恩底弥翁的脸颊和双目看上好一阵子，再甜蜜地在他身旁睡去。

　　除了爱慕过恩底弥翁外，狄安娜还热恋过一个叫俄里翁的青年。这个故事还与狄安娜的父亲天公朱庇特有一些关联。

　　在很久以前，一个农夫和妻子过着贫穷却幸福的日子，但好景不长，妻子还没有来得及为他生个一儿半女就去世了。对于妻子的过世，农夫非常伤心，他发誓不再娶妻，但他每天都祷告着上天能赐给他一个孩子，在他孤苦无助的时候，他很希望有个孩子在身边给他一些安慰。

　　这天，天公朱庇特带着海神尼普顿和儿子墨丘特来到了这个农夫家。农夫是个热情的人，他把客人让进屋里，给客人端上家里最好的食物，把家里唯一一间屋子让给了客人住，自己则去牛棚里睡了一夜。

　　第二天，客人们要走了，农夫斟上一杯酒，递给了海神尼普顿，尼普顿接过酒杯后恭恭敬敬地又递给了天公朱庇特。

　　朱庇特喝完酒后，礼貌地对农夫说道："谢谢你的款待，你是个善良、虔诚的人，我很希望能为你做些事情，不知你有什么希望？"

　　农夫有些不知所措，尼普顿忙解释说："你有什么愿望尽管说，你眼前的这位就是万神之王、万灵之父的天公朱庇特，他能为你实现你的希望。"尼普顿指了下朱庇特对农夫说。

听后，农夫忙拜倒在朱庇特面前，更加虔诚地对朱庇特说："我已经失去了爱妻，也不想再娶，但我希望有个孩子。如果你能帮我实现这个愿望的话，我会把家里唯一的牛作为供品献给你。"

朱庇特考虑了一下，然后对农夫说："去吧，把那头牛杀掉，然后把它的皮埋在门前的地里。"

农夫遵照朱庇特的吩咐把牛杀了，并把牛皮埋进了门前的地里。当他刚把最后一把土填到坑里以后，奇迹出现了：从埋牛皮的地方长出了一个小孩，而且越长越大，直到长到成年人的模样。当农夫拉着儿子来到屋里想向天公道谢时，朱庇特一行人已经不见了。

农夫给他的这个儿子取名为俄里翁。俄里翁相貌堂堂，心地和父亲一样善良。由于奇特的出生，他的力气要比常人大得多，经常会做出一些别人做不了的事。农夫死后，俄里翁到了月亮女神狄安娜那里，做了月亮女神的仆人。

自从新仆人俄里翁到来后，狄安娜开始魂不守舍。

"多么漂亮的一个年轻人啊！多么强壮的一个猎手啊！如果我能和他在一起生活那该多好，到那时，我会去请求父亲饶恕女儿的不贞。"狄安娜对俄里翁的思念太强烈了，她不顾别人的反对，总是让俄里翁陪着自己，以便能和自己心爱的人朝夕相处。

狄安娜和俄里翁的爱情非常浪漫，他们一起在大草原上追逐猎物，一起在海边嬉戏，一起在漆黑的夜里诉说衷肠。正当狄安娜准备要嫁给俄里翁时，哥哥福波斯表示了强烈的反对。福波斯越是阻止狄安娜对俄里翁的爱，狄安娜越是爱俄里翁。福波斯知道妹妹的脾气，她要是认准的事是没办法改变的，但福波

狄安娜与俄里翁
狄安娜被俄里翁的美貌深深地打动了。她每天夜里都会到那个山洞里静静地盯着恩底弥翁的脸颊和双目看上好一阵子，再甜蜜地在他身旁睡去。

斯不想看着妹妹违背她亲口定下的誓言。可怎么才能使妹妹对俄里翁死心呢？经过苦思冥想，福波斯终于想出了一个办法。

一天，福波斯去找狄安娜一起去海边游泳，两人游得累了，坐在岸边闲谈，只留俄里翁一个人在海里游。

"妹妹，听说你的箭法和我一样好，是吗？我怎么不知道呢？我猜想别人肯定是听错了，他们说的应该是密涅瓦吧。"福波斯看着已经游向远方的俄里翁对狄安娜说。

狄安娜最不喜欢别人小瞧她了，自己的箭法的确是不如哥哥福波斯，但总不至于比密涅瓦差吧。狄安娜不服气地答道："你真的觉得我的箭法那么差吗？那我就证明给你看。"

此时的俄里翁游得很远，已经成了一个小黑点。

"那好啊，你看到那个小黑点了吗？如果你能射中的话，我就服了。"福波斯指着俄里翁在远方变成的小黑点。

狄安娜只顾着和福波斯争辩她的箭法，根本没注意到那个黑点就是俄里翁。她拿过放在一边的弓箭，然后瞄准远方那个小黑点就射了过去。直到听到俄里翁的惨叫声，狄安娜才知道上了福波斯的当，这时候已经来不及了，俄里翁沉入了海底。

对于俄里翁的死，狄安娜痛不欲生，她怎么也无法原谅是自己亲手杀死了心爱的人。朱庇特见女儿日益消瘦，也为女儿对俄里翁的深情所打动，便把俄里翁变成了天上的一颗星星，即猎户座。那是一颗最壮观、最明亮的星座，它像一个身佩腰带和剑的巨人驻守在夜空中，与心爱的月亮又开始了形影不离的日子。

为了惩罚自己杀死俄里翁的过失，狄安娜不再让任何男人看到她，如果有谁不小心看到了她，这个人肯定会变成疯子、傻子，甚至死亡。

信使墨丘利

墨丘利是天公朱庇特的儿子，是众神的信使，在人们的心中，墨丘利总是一个粗壮强劲的中年人形象，严肃庄重。他手中的飞行神杖是和平的象征，也是权力的象征。墨丘利掌管着商业、畜牧、交通、竞技、欺盗等。作为畜牧的保护神，一切家畜对墨丘利来说都是神圣的；作为商业的保护神，墨丘利保护着商船一帆风顺，使各路商人交易顺利进展。作为众神的使者，墨丘利的职责是传递和解释众神的信息，特别是传递天公朱庇特的信息。他才思敏捷，能言善辩，否则根本不能完成那么多艰巨的使命，所以，墨丘利又被看成是演说艺术的保护神。

在古老的传说中，墨丘利发明了字母、数字、天文学和体育运动，他还把种植橄榄的技术传授给了人类。太阳神福波斯身上经常背着竖琴，并作为竖琴的保护神，其实，竖琴是墨丘利发明的，福波斯的竖琴则是墨丘利给他的。

墨丘利刚一出生就能四处走动。一天，他一个人在河边玩耍，一只乌龟爬到了他的脚下。看着在地上蠕动的乌龟，小墨丘利突发奇想："看他背上的壳那么硬，还有花纹，多好看啊，如果能用它做一个乐器，一定很美观。"

小墨丘利把乌龟从地上拾起来，带到了阿尔菲河附近锡岭山的一个山洞里。他把乌龟的壳从乌龟背上取下来，把凹下去的地方用一块柔软的牛皮盖住。在乌龟壳的边缘挖了几个小洞，把几根芦苇秆横穿在上面，绷上七根弦，再装上两个小琴码，竖琴的雏形出现了。小墨丘利经常背着这个小竖琴边弹边唱，颇有一种自豪的感觉。

一天，小墨丘利来到了太阳神放牧的皮埃里亚山，看着肥壮的牛，墨丘利口里的涎水都要流出来了。看见太阳已经消失在了绛红色的大洋后面，墨丘利偷偷地走进牛群，牵走了五十只肥得都让他眼睛发馋的牛。他把牛牵到阿尔菲河岸边，让现在已经属于他的牛在嫩绿的青草上吃草。

黑夜过去了，曙光女神奥罗拉将人们从睡梦中唤醒，福波斯随之重新回到了大地上。当福波斯清点他的牛时，发现少了五十头牛。"是谁这么胆大，竟敢偷我福波斯的牛？难道他不知道我的箭可以射穿他的心脏吗？如果让我找出这个小偷，一定会把他碎尸万段。"福波斯忿忿地想。

太阳神的光芒是可以照到任何一个角落的，福波斯轻易地在阿尔菲河畔的锡岭山山洞里找到了这个偷牛贼——他的弟弟墨丘利。但由于藏得隐蔽，福波斯还是没能够找到藏牛的地方。墨丘利看到比自己强壮百倍的福波斯找到了洞里，便在摇篮里装作睡着了。福波斯知道他在装睡，便拎着他来到天公朱庇特的宫殿里。

"尊敬的父亲，你看你这个还在摇篮里的儿子啊，他竟然偷了我的牛，知道自己做错了，却还是不承认，你一定要给我做主啊，让他把我的牛还给我。"福波斯把这个刚刚出生不久的小弟弟往地上一扔，气愤地对朱庇特说。

此时的墨丘利显出了莫大的委屈：

"亲爱的父亲，你看我这么小，怎么偷得了哥哥如此大的牛呢？我昨天刚出生，还没有离开过我的摇篮呢。"墨丘利努力地向外挤着眼泪。看着自己的一对儿子，天公朱庇特笑着说："亲爱的孩子们，你们都是宇宙的好孩子。墨丘利，你虽然偷了福波斯的牛，但我相信他不会怪你的，快去把他的牛还给他吧。"

看到自己的小伎俩并没有瞒过父亲，墨丘利只得带着福波斯再次来到阿尔菲河畔。福波斯牵回了自己的牛，但他还是非常气愤。"亲爱的哥哥，你瞧，这是我刚发明的竖琴，它发出的声音可动听了，我给你弹弹吧。"说着，墨丘利向福波斯大献殷勤地弹起了竖琴。要知道，惹太阳神福波斯生气可不会有什么好下场的，为了能平息福波斯的怒气，墨丘利使出了浑身解数。

"我的好兄弟，你这竖琴弹出的声音真是太动听了，我还从没听过这样的声音。"福波斯沉浸在竖弹发出的优美的声音中。

墨丘利要的正是这种效果："亲爱的哥哥，既然你喜欢它，作为对你的补偿，我把这把竖琴送给你，我相信你弹出来的声音比我的还要动听。"就这样，福波斯成了竖琴的保护神，而墨丘利成了畜牧的保护神。这场争吵也因为这一把竖琴结束了。

由于墨丘利长相健美，颇得众仙女的青睐，所以墨丘利的孩子也相当多。在众多的儿子当中，牧神潘是最富传奇的一个。

墨丘利在一次出行时看中了一个仙女，为了得到心爱的人，墨丘利就到仙女的父亲那里甘愿做牧羊人，仙女的父亲对这个忠实的仆人非常欣赏，便把女儿嫁给了他。墨丘利和这个仙女结婚后不久，牧神潘就出世了。潘的身体是人，却长了一双羊角和羊腿，两颊长着公羊胡子。牧神潘和父亲墨丘利一样喜欢发明创造，他发明了排箫，每当夜幕降临的时候，他就到河边吹箫解闷。牧神潘对艺术的天赋和墨丘利相差无几，他所吹出来的箫声使自然界的万物都为之动情。牧神潘并不满足照料和保护畜群，他还会以悠扬的芦笛声与仙女们调情。他曾经深爱过好几个仙女，彼蒂斯就是其中之一。

当时，牧神潘和北风神波瑞阿斯同时爱上了美丽姑娘彼蒂斯，彼蒂斯喜欢的是牧神潘。波瑞阿斯见得不到自己心爱的姑娘，便残忍地把彼蒂斯推下了万丈悬崖。地神该亚把可怜的彼蒂斯变成了一棵树，而她把对牧神潘的感情全部寄托在了这棵松树上，当北风呼啸着吹过时，松树就会发出凄惨动人的哀鸣声。

凶残的战神玛尔斯

关于玛尔斯的由来，一直都有两种说法。一种说法是，战神玛尔斯是天公朱庇特与天后朱诺的儿子；一种说法是，玛尔斯没有父亲，母亲朱诺对于密涅瓦的出生感到非常嫉妒，于是，气愤之余，朱诺生吞下了一条凶恶无比的毒蛇。谁知，在吞下毒蛇后不久，朱诺就生下了一个脾气比她还要坏的儿子，朱诺给儿子取名为玛尔斯。玛尔斯生性残暴，他喜欢在战场上到处杀戮，凡是他经过的地方，肯定是尸体遍地，鲜血横流。玛尔斯走到哪里，哪里就会充满灾难，所以人们都非常痛恨他，他的野蛮行径更是使奥林匹斯山上的众神感到厌恶。

在众神当中，玛尔斯的主要对手就是骁勇善战的密涅瓦，被称为女战神的密涅瓦与残暴的玛尔斯进行了坚决的斗争。在有战神玛尔斯的地方，女战神密涅瓦通常会出现，维护正义的密涅瓦与玛尔斯作着面对面的斗争。

世界是公平的，有创造就会有破坏，就像以破坏和杀戮为乐的玛尔斯的情人却是掌管一切动植物繁衍和生长的爱神维纳斯一样，一环紧扣一环，一味地创造或是一味地破坏都是不能促进世界的发展的。

爱神维纳斯是奥林匹斯圣山上也是人世间最美丽的女人，但她的丈夫却是丑陋的火神伏尔甘。对此，玛尔斯非常嫉妒，在维纳斯还没有结婚前，玛尔斯也曾

战神玛尔斯与爱神维纳斯　大卫　法国
凶残的战神尽管为众神厌恶，但对他来说，有维纳斯的爱恋就足以让他满足了。

追求过她，但却遭到了拒绝。虽然维纳斯已经嫁给了伏尔甘，但玛尔斯想占有维纳斯的贼心仍然未死。他想尽了一切办法去讨好维纳斯，把最珍贵的礼物送给维纳斯，用花言巧语使维纳斯动了心。为了不让自己的丑事被别人发现，玛尔斯每次都趁伏尔甘在作坊里打铁的时候才去和维纳斯约会，而且每次都得保证在太阳神福波斯升到天空之前离开维纳斯的房间。

在每次约会之前，他会带一个叫阿力克提翁的年轻人为他放哨。阿力克提翁的任务是在天亮之前学公鸡啼叫，以向玛尔斯报警。

　　一天夜里，玛尔斯又神不知鬼不觉地进入了维纳斯的房间，两人在一起缠缠绵绵不舍得分开。这个时候的阿力克提翁虽然还在门外，但已经困倦地睡着了。当太阳神福波斯睁开眼睛时，阿力克提翁根本就不知道，自然没法向玛尔斯通风报信了。太阳神福波斯也早已经对玛尔斯的残暴行径非常气愤，当他发现玛尔斯竟做出如此丑事时，立即告知了伏尔甘。火神伏尔甘听说自己的妻子正与玛尔斯偷情，自然气得火冒三丈。这个时候的他哪还有心思打铁，他把手里的工具往地上一扔，就想去找维纳斯和玛尔斯算账。

　　走到一半，他又转了回来："不能这么冲动，这样也只能我知道他们的丑事，我得让所有的人都知道这件事，让他们没法在这个地方再待下去。"他拿起刚锻打的钢丝，用钢锉和钳子把钢丝做成链环，连成了一个钢丝网。伏尔甘假装一边高声说话一边走进维纳斯的房间。听到伏尔甘回来了，为了掩盖自己的窘态，维纳斯去洗澡，玛尔斯则躲进了屋角里不敢动弹。趁着这个机会，伏尔甘把钢丝网张开，固定在床脚和天花板上，然后走出了房间。伏尔甘所做的这一切，维纳斯和玛尔斯都没有注意到，他们当时的注意力都在如何遮掩自己的丑事上。

　　听到伏尔甘走出了房间，玛尔斯大摇大摆地从屋角里走了出来，然后躺在床上等维纳斯。维纳斯洗完澡回到房间后，两人又开始了亲热。这时候，一张钢丝网把他们牢牢地网住了。

　　伏尔甘从房间外走了出来，狠狠地瞪了维纳斯和玛尔斯一眼，然后打开他所在宫殿的象牙门，召唤着众神来到维纳斯的房间。这一对偷情者承受着众神鄙夷的目光，在众神议论之后，两人终于被放了出来。由于羞愧难当，维纳斯离开奥林匹斯

战神　德拉克洛瓦　法国
战神玛尔斯英俊、威武、血气方刚，但他性格暴躁又嗜好杀戮，因此不讨奥林匹斯山上众神的喜欢。

玛尔斯与密涅瓦之战　大卫　法国

玛尔斯酷爱战争和屠杀，而女战神密涅瓦却致力维护和平，有密涅瓦在的地方玛尔斯总讨不了便宜，也暗合了正义终能战胜邪恶的道理。

圣山到塞浦路斯岛去了，玛尔斯也去了荒凉的色雷斯地区隐居。而这个事件的配角阿力克提翁，则被玛尔斯变成了一只公鸡。

玛尔斯是个残暴的战神，他的子女也继承了父亲的这一点，如奇克诺斯，他像一个强盗一样，经常上路拦截行人，稍有不顺就会把路人打死。一天，奇克诺斯在路上觊觎着该向哪个行人行凶。这时候，赫丘利走了过来，奇克诺斯拿起长矛就向赫丘利的铜盾戳去。赫丘利也是久战沙场的英雄，他并没有被这突如其来的袭击所吓，而是用自己的长矛刺向奇克诺斯。正巧，长矛刺进了奇克诺斯的咽喉，这个被路人诅咒的大强盗当即倒地毙命。

听到儿子被赫丘利刺死，玛尔斯暴跳如雷，连他的眼睛里都冒着愤怒的火花。他来到路上，高举长矛，朝着正在行走的赫丘利刺去。在这个危急时刻，密涅瓦出现了。她把玛尔斯刺向赫丘利的长矛拨开，赫丘利乘机用长剑砍伤了玛尔斯的大腿。玛尔斯战败而回，此时他能做的只能是将爱子变成一只白天鹅。

战神玛尔斯好斗成性，所以，啄食尸体的秃鹰、恶狼、好斗的公鸡和恶犬等都是玛尔斯的象征物和供品。

最美丽的爱神维纳斯

无论是在奥林匹斯圣山还是在凡世间，爱神维纳斯都是最美的一个，她是爱与美完美的结合体。作为爱神，维纳斯掌管着人类的爱情、婚姻和生育。此外，她还代表了每年的春天和每天的黎明，所以她还掌管着一切动植物的繁衍和生长。

维纳斯眉清目秀，皮肤白皙，身姿迷人。在人们心目中，维纳斯的形象比其他诸神的形象都要多。最初，她以裸体出现，站在海龟或海螺上面，一种纯朴的美顿然而生，这种形象表明她刚从海浪里出来。后来，人们把她的形象做了改变，把全裸的身体改为半裸，美感呼之欲出，尽在人们的想象之中。

　　维纳斯的这些形象与她的出生有关。据说，维纳斯是从海里波浪的泡沫中产生的。萨图恩把自己父亲乌拉诺斯的肢体投入到塞浦路斯海中后，从投入肢体的地方拥出了很多的泡沫，随后，一个美丽的巨大贝壳出现了，周围有很多的小贝壳或是珍珠相伴。巨大的贝壳被海风和波浪推到了岸边，微微颤动后两瓣自然分开，一个长发女孩从贝壳里走了出来，维纳斯诞生了。刚出生的维纳斯像曙光一样洁白无瑕，她赤脚向海滩上走去，走过的地方长出了很多美丽的鲜花。时光女神赫耳早已经在不远处等着刚出生的爱神维纳斯了。赫耳为维纳斯戴上金光闪闪的冠冕、穿上艳丽得体的服饰、系上一条金腰带，美丽的维纳斯更加楚楚动人。她坐上由一对鸽子拉着的车，离开了地面，向奥林匹斯圣山飞去。

　　看到美貌非凡的维纳斯后，奥林匹斯山上的众神都绝口称赞。有着诱人双眸、迷人微笑的维纳斯姿态优雅，举止庄重潇洒，使圣山上的众神为之倾倒。

　　维纳斯的美无可厚非，但也引来了不少嫉妒的目光，其中以美丽著称的天后朱诺和智慧女神密涅瓦为最甚者。天后朱诺、智慧女神密涅瓦和爱神维纳斯因一个象征美的金苹果而大动干戈，最后连天公朱庇特都不好加以判断，只好让伊达山上的一个英俊少年帕里斯来裁决她们三个谁最美。帕里斯本也分不出谁是最美者，但维纳斯答应如果帕里斯把金苹果给她，她会把天下最美的少女海伦嫁给他。最后，帕里斯把象征美丽的金苹果给了维纳斯。朱诺和密涅瓦虽然不服气，但也无话可说。

　　后来，维纳斯嫁给了火神伏尔甘，伏尔甘又瘸又丑，美丽的维纳斯根本就不喜欢他，只是因为这场婚姻是天公朱庇特亲自赐予的，维纳斯才不得不答应下来。她和火神伏尔甘结婚之后，恶贯满盈的战神玛尔斯倾慕于她的美丽，多次对她进行引诱，最后两人勾搭成奸。被火神伏尔甘发现后，维纳斯觉得无颜再在天宫待下去而回到了塞浦路斯。

断臂的维纳斯　米洛　法国
也许正是因不小心"断了臂"才产生出一种"残缺之美"，令观者难忘，这尊雕像才有了它无与伦比的价值。

爱神维纳斯不仅征服了奥林匹斯山上的众神，也征服了整个大自然，她走到哪里，哪里就有一片欢声笑语，哪里就会一派欣欣向荣的景象。但春天的时间并不是太长，花儿并不会长开不败，因为维纳斯的儿子阿多尼斯正是短暂春天的化身。

阿多尼斯是维纳斯回到大地后，从一株参天大树的树干中迸裂出来的。维纳斯担忧儿子的生命危险，经常劝说阿多尼斯不要去狩猎，但年轻的阿多尼斯哪里肯听。一天，阿多尼斯去追逐一头野猪，眼看要追到野猪时，野猪猛地回过头来，一口咬中正在向前追赶的阿多尼斯，阿多尼斯当场倒地，鲜血染红了身边的花丛。当维纳斯听到儿子的呼叫声时，急忙向出事地点跑去，慌乱中，不小心被玫瑰刺伤了脚，雪白的白玫瑰刹那间变成了鲜红色。当维纳斯赶到阿多尼斯身边时，儿子已经停止了呼吸。悲痛的维纳斯抱着儿子的尸体泪如泉涌，她的泪珠掉到地上后，长出了数株银莲花。

阿多尼斯的生命是短暂的，他的美就寄托在花丛中，花儿凋谢即意味着他生命的消失。当然，阿多尼斯的生命是无限期轮回的，当植物在夏日的骄阳中茁壮成长时，阿多尼斯就会获得新生。

小爱神丘比特也是维纳斯的儿子，这是一个长着一对金翅膀的美少年。丘比特喜欢拿着弓箭和火炬乘着飘拂的微风到处游荡，他所到之处，人们会享受到友谊的快乐、温存和乐趣，更会享受到爱情的甜蜜和辛酸。

爱美是人们的天性，所以人们非常崇敬家神兼美神的维纳斯。爱神木、罂粟、石榴、玫瑰、天鹅和鸽子等都是维纳斯的宠物。

在罗马，维纳斯的纪念日定在每年的四月，帝国时期的罗马对维纳斯的崇拜尤为流行。凯撒大帝还自称是埃涅阿斯的后裔，尊维纳斯为罗马人的祖先，由此可见维纳斯在罗马人心目中的地位。

丘比特的婚恋故事

小爱神丘比特是爱神维纳斯与火神伏尔甘（一说为战神玛尔斯）的儿子，他一生下来就长了一对金色的翅膀，背着一张超小的弓箭四处游荡。可别小瞧了那张弓箭，它的力量可真不小。丘比特射出的箭都是魔箭，如果谁被丘比特的金箭射中，那么他或她就会爱上对方，如果只是一方被射中，那么他或她就只能单相思了。强大的太阳神福波斯，看不起这个体形比自己小百倍的小爱神，但却还是被那张小弓箭所伤，爱上了达夫尼。

一天，爱神维纳斯把儿子丘比特叫到身边，气呼呼地对儿子说："某城的一个国王有一个叫普赛克的女儿，听说她长得非常漂亮，当地的人都叫她美神，难道她真的会比我还要漂亮吗？你马上去那个地方，用你的聪明让普赛克爱上世界上最卑贱最不幸的人。"丘比特知道母亲又是嫉妒普赛克的美貌了，为了平息母亲的怒气，丘比特朝着那个国家飞去。

那个国家的国王有三个女儿，普赛克是最小的一个，也是最漂亮的一个，两个姐姐都嫁给了邻国的国王，唯有普赛克因为长得太漂亮而没有人敢上门提亲。眼看普赛克到了出嫁的年龄，国王显得非常着急，如果公主嫁不出去，那该是一件多么不光彩的事啊。于是，国王去太阳神的神殿里求神卦。按照太阳神福波斯的推算，普赛克应该送到山野里被怪兽吞食掉。

国王对普赛克这个最小的女儿疼爱有加，怎么舍得把她一个人放去山野呢？但神的旨意又不能违背，国王夫妇一边哭一边将普赛克送往高山深崖处。普赛克非常懂事，她知道如果自己再哭哭啼啼的话，父母肯定会宁可违背神谕也不会把她放到野外，所以她一路安慰着父母。国王夫妇悲痛欲绝，把普赛克放到山里后，他们一步一回头，洒了满路的泪水才走回了城里。

夜幕很快降临了，四周冷清清的，只有草地里的小动物们在唱着歌陪伴普赛克。一阵寒风吹来，普赛克打了一个冷战，刚才的勇气顿时消失得无影无踪。她轻轻地抽泣着，然后感觉一阵风把她从冰冷的岩石上吹落到柔软的草地上。哭了好长一段时间后，她竟迷迷糊糊地睡着了。

当普赛克醒来时，她看见了一座美丽的宫殿，比父亲的王宫还要漂亮，宫殿前是一条宝石铺成的路。普赛克再也禁不住诱惑了，向宫殿里走去。

"哇，好华丽啊！这么多珠宝，我还从来没有看见过这么多的财富。这儿是哪里呢？"普赛克被眼前的景色惊呆了，正当她想去询问宫殿的主人时，一个悦耳的声音传来：

"亲爱的普赛克，很高兴你能来到这里，以后

丘比特制弓　帕尔米贾尼诺　意大利

小爱神丘比特是爱神维纳斯与火神伏尔甘（一说为战神玛尔斯）的儿子，他一生下来就长了一对金色的翅膀，背着一张超小的弓箭四处游荡。

这里就是你的家了，我就是你的丈夫，你如果答应我永远不再见你的家人，永远不要见我，那么你的家人会一辈子平平安安，你也会永远幸福的。"

普赛克是多么的希望生活在这里啊，这里和天堂一样美丽，而且自己虽然见不到丈夫，但他却有着如此悦耳的声音。普赛克不再感到害怕，很快答应了那个声音的要求。

从那以后，普赛克一直生活在那个宫殿里，因为家人和丈夫都生活在幸福之中，她自然也没有烦恼。她很珍惜所度过的每一天，毕竟这些都原本不属于她。

一天，在宫殿外散步的普赛克听到了一阵哭声。"那哭声不正是自己的姐姐们发出来的吗？"经过仔细分辨，普赛克确信那哭声的确是来自自己的姐姐们，姐姐们的哭声唤起了普赛克对亲人的思念："我在这里快活地生活着，而亲人们却以为自己已死而痛心疾首。我还是告诉他们真相吧，丈夫爱我爱得那么深，他应该不会和我计较这些的，就算他生气了，我也可以耐心地向他解释啊！"想到这里，普赛克忙派仆人把两个姐姐带到这个秘密的宫殿来。

两个姐姐见自己疼爱的小妹妹还活着，高兴地跑过来拥抱普赛克，见妹妹在这里有享不尽的荣华富贵，姐姐们都为妹妹高兴。普赛克把自己遭遇的前前后后向两个姐姐说了一遍，并让她们回去后告诉父母不要担心。

最后，两个姐姐问到了普赛克的丈夫，普赛克回答的有些支支吾吾。天马上要黑了，普赛克对两个姐姐说："虽然我很希望我们姐妹多聚一会儿，但我们该分手了，否则天黑前你们到不了家我会担心的。带一些宝石和首饰回去吧，反正我也用不了这么多。"说完，普赛克去了另一个房间。

两个姐姐虽然很想念妹妹，但当她们看到了普赛克的幸福生活时，马上产生了嫉妒。在听到普赛克谈到自己丈夫时那心不在焉的神态时，两个姐姐觉得这里面肯定有问题。趁普赛克出去的机会，两个姐姐想出了一个诡计。

"普赛克，我看你根本没见过你的丈夫，他一定是一个可恶的家伙，说不定是一条巨龙呢。他把你养在这里，等用美餐把你养胖后再吃掉你……你想想当年太阳神的神卦吧。"大姐对返回后的普赛克说道。

看到普赛克真的被吓住了，二姐接着说："我给你想出了一个办法，你把这盏灯藏在挂毯后面，等你丈夫睡着后你突然把挂毯拿掉，然后拿匕首刺入他的胸膛。"

送走姐姐们后，普赛克举棋不定，她也很想看看自己的丈夫。于是，她按照姐姐们说的办法去做了。出乎她的意料，在挂毯后面，她看到的不是怪物，而是一个可爱的小爱神丘比特。丘比特狠狠地瞪了普赛克一眼，抓起身边的弓箭。普赛克对自己的做法也非常悔恨，看丘比特要飞走，她慌忙抓住丘比特的一只脚，随着丘比特飞上了夜空。没飞出多远，她不小心摔落下来，正好落在了河边。充满失望的普赛克想投河自尽，被好心的牧神潘所救，为了能得到丘比特的宽恕，普赛克决定坚强地活下去，直到找到丘比特的那一天。

当一只多嘴的海鸥把丘比特爱上普赛克的事告诉爱神维纳斯后，维纳斯非常恼火。她把普赛克的姓名和相貌公布于世，宣称谁要是抓到普赛克谁就能得到她的七次亲吻。最后，可怜的普赛克被维纳斯的一个仆人带到了维纳斯宫殿里。维纳斯想尽了一切办法去折磨普赛克，但每次普赛克都能顺利地完成维纳斯交给的那些凶多吉少的任务。

维纳斯交给普赛克的最后一个任务是去地狱向普罗塞耳皮娜夫人借一点美色，并要她把借来的美色放在一个小盒子里。在经过一座高塔的指点后，普赛克从死神普罗塞耳皮娜那里借来了美色，在最后的时刻，普赛克再也忍不住她的好奇心，打开了那个小盒子，她想看一看借到的美色到底是什么样子，但普罗塞耳皮娜的美色却是死亡。

当普赛克奄奄一息时，小爱神丘比特出现在她的面前。原来在维纳斯把丘比

丘比特与普赛克 大卫 法国
普赛克从死亡女神普罗塞尔皮娜那里借来的美色——死亡使她奄奄一息，即将死去，而正是丘比特最后的深情一吻让普赛克重新有了生命，这就是"爱神之吻"。

特囚禁起来后，丘比特一直都在思念着普赛克，当看守他的女仆刚打开窗子后，他便趁机飞了出来。他终于找到了日夜思念的爱人。看到马上要死去的普赛克，丘比特心如刀绞。虽然他们是夫妻，但他从来没有吻过自己的妻子，而唯一一次却是在爱妻临死之前。丘比特满眼含泪地俯下身去吻普赛克，奇迹出现了，已渐渐冷去的普赛克的身体又开始变得温热起来，丘比特听到了普赛克的心跳声，普赛克睁开了眼睛，朝着丘比特献上了最美的笑。

丘比特与普赛克在经过千难万险之后，终于有了一个幸福的结局。他们的夫妻关系得到了天公朱庇特的认可，朱庇特还赐给了普赛克一杯能长生不老的仙酒。维纳斯与普赛克的关系也得到了和解。众神们为丘比特与普赛克举行了一场隆重的婚礼。

丑陋的火神伏尔甘

伏尔甘是天公朱庇特与天后朱诺的儿子。朱诺刚生下伏尔甘时，就发现这个儿子不仅长相丑陋，而且天生一副瘸腿。一向嫉妒心强的天后朱诺本来就对自己没有亲生智慧女神密涅瓦而感到懊悔，现在见自己的儿子竟如此一副模样，顿时怒气冲天。为了不被其他的神取笑，她狠心地将刚生下来的伏尔甘扔下了奥林匹斯山的万丈深渊。

被母亲抛弃的小伏尔甘并没有死去，而是掉到了楞诺斯岛上。他遇到了一个好心的侏儒，侏儒不但救了他，而且还教会了他冶炼钢铁、铜和贵重金属的技术。当然，伏尔甘也像孝敬亲生父母一样孝敬侏儒，直到侏儒老死。随后，伏尔甘在楞诺斯的一个火山口建了一座冶炼作坊，他花了九年时间在那个作坊里炼制了很多精致的工具和装饰品，把自己的住处装点得像个宫殿。

伏尔甘知道自己是朱诺的儿子，对于这个母亲，伏尔甘既想念又痛恨。为了能回到母亲身边，伏尔甘在自己的作坊里做了一个非常精美的黄金宝座，这个宝座上有很多无形的连接线，这些线只有伏尔甘才能看得到，任何人和神都不会感觉到它的存在。金宝座做成以后，伏尔甘便派人把它送给了母亲朱诺。

朱诺看见这个金光闪闪的宝座后，马上情不自禁地坐了上去。她欣喜若狂地在宝座上给众神们摆各种姿势，以炫耀自己的高贵。但当她想从宝座上下来时，却怎么也动弹不得。朱诺脸上的表情非常难看，可她越是用力，束缚得越紧。刚才还频频夸赞的众神都过来帮忙，结果没有起到一点效果，连天公朱庇特都束手无策。

朱庇特赶忙派人去询问送宝座的人，才知道这个宝座是当年抛弃的儿子伏尔甘铸造的。朱庇特派信使墨丘利去凡间把伏尔甘叫来，谁知伏尔甘竟拿天公的话当耳旁风，并向朱庇特开出了一个条件，就是把爱神维纳斯许配给他。没有办法，为了能把天后从宝座里解脱出来，朱庇特只得答应了伏尔甘的要求。

回到奥林匹斯圣山的伏尔甘并没有抛弃他的老本行，他建造了一座比天公的宫殿还华丽的住所，并在金碧辉煌的住所旁边建了一间冶炼作坊，以用来冶制各种金属。伏尔甘几乎把所有的时间都用在了炼制金属上，当然了，他炼出的各种精美的用具让众神们叹为观止。

为了表示自己的孝心，伏尔甘为父亲朱庇特锻造了一个金宝座。除了对父母表示孝心外，伏尔甘对其他众神也毫不吝啬，为太阳神福波斯修建了宫殿，为太阳神和月亮女神狄安娜炼了一批箭头，为谷物女神色列斯打造了一把纯金的镰刀。天宫使用的各种金属物，如酒杯、各种金属乐器等都出自伏尔甘的作坊。

除了炼制那些没有生命的物品外，伏尔甘还创造发明了有生命的动物。世界上第一个女人就是火神伏尔甘捏制出来的。他把黏土和水捏成了一个具有女人模样的塑像，并赐予了她一颗火星作为灵魂。天公朱庇特给伏尔甘捏成的这个会讲话的美丽女人起名叫潘多拉。智慧女神密涅瓦为她穿上华丽的衣服，爱神维纳斯为她梳理头发，时光女神赫耳为她戴上满是花朵的花冠，潘多拉就这样出现在众神面前。

天公朱庇特递给潘多拉一个盒子，对她说："美丽的姑娘，带上这个盒子到地球上去，你会是那里的第一个女人。你到地球上的任务是把灾难带到人间，以惩罚那个自作聪明的普罗米修斯，记住，盒子的最底层放着'希望'，在它还没有飞出来之前一定要盖上盒子。"

潘多拉点点头，算是记住了天公的嘱咐。随后，信使墨丘利把潘多拉送到了地球上。潘多拉的美受到了人们的称赞，她来到普罗米修斯的弟弟厄庇墨透斯身边，厄庇墨透斯

庞贝城内的一幅壁画

古罗马著名城市庞贝城毁于火山喷发，留给后人的只有废墟。据罗马神话传说火山爆发是火神伏尔甘冶炼金属时发出的噪音造成的。

欣然接受了这个女子。潘多拉当着厄庇墨透斯的面打开了朱庇特交给她的那个神秘的盒子，其实连她自己都不知道里面到底是些什么。盒子被打开后，一大群灾难就像闪电一样跑了出来，并迅速向四周扩散。潘多拉按照朱庇特的意思，在盒底的"希望"还没有跑出来时，连忙把盒子重新盖好，结果，"希望"被留在了盒子里面。

正是因为伏尔甘捏造了潘多拉，才使得地球上充满了灾难，但人们并没有把这种罪过加于火神身上，因为伏尔甘是一个心地善良的人，而且天公的意愿他很难违背。

由于大部分时间伏尔甘都在自己的作坊里冶炼，所以冷落了美丽的妻子维纳斯。维纳斯一直都鄙视伏尔甘的丑陋，所以他们的夫妻生活不尽如人意。当得知妻子与战神玛尔斯偷情后，伏尔甘用一张钢丝网将他们捉住，并把众神都请来观看他们的丑态。事后，维纳斯回到了塞浦路斯，玛尔斯则到色雷斯地区隐居。

在妻子维纳斯走后，伏尔甘更是把心思放在了冶炼上。据说，地上火山口或地面裂口都是火神作坊的大烟囱，地震和火山爆发则是火神作坊冶炼金属时发出的噪音造成的。伏尔甘除了在奥林匹斯山上有冶炼作坊外，还在楞诺斯岛和欧洲的埃特纳山上开办了更大的作坊。

冥王普路托的冥界和真理田园

普路托是萨图恩的儿子，也是天公朱庇特的弟弟。当萨图恩的三个儿子在分配领地时，漂着白色泡沫的大海由尼普顿管辖，阴森恐怖的冥界归普路托管辖，但两人都听命于天空的主宰者——朱庇特。

普路托是一位伸张正义的冥王。在人们的心目中，他习惯手里拿着象征丰收的羊角，头上戴着乌木、蕨类植物或水仙制成的冠冕，长发和胡子遮住了他的脸庞，一个公正严明、铁面无私的冥王被体现得淋漓尽致。

生活在冥界的普路托早已经习惯了那种永无天日的日子，他根本不再向往天国的生活。在他的一生中，他只离开过冥界一次，而且只停留了一刹那就又回到了他的王国。

那唯一的一次离开冥界是为了寻找一个女人做他的王后。当他还在天国的时候，就已经对谷物女神色列斯年轻漂亮的女儿戈莱倾慕已久，来到冥界后，长时间的孤单寂寞使他更加思念戈莱；但他心里清楚，如果自己按程序上门提亲，色列斯肯定不会把女儿许配给他，但怎么样才能得到自己心爱的女人呢？

经过一段时间的苦思冥想，普路托终于想出了一个办法，也是唯一的一个办法——抢。

那天，天空万里无云，和煦的春风吹拂着地面，戈莱和她的伙伴们在辽阔的原野上嬉戏着。

"瞧，那里的鲜花是多么漂亮啊！旁边还有一汪清泉呢！我们去摘些吧，可以编成精美的花冠。"戈莱穿着宽大的长裙，赤着脚跑在伙伴们的前面，脸上洋溢着快乐的欢笑。

伙伴们一拥而上，采摘着沾满露水的鲜花，一切都淹没在喧闹声中。在众多伙伴当中，戈莱是最美的，她那灿烂的微笑比盛开的鲜花还要美。突然，眼

诱拐　圭多·雷尼　意大利

冥后珀耳塞福涅是农业女神色列斯的爱女，冥王普路托用水仙花迷惑了珀耳塞福涅，把她诱拐入冥府做了自己的王后。

前的景象使她惊呆了：一株小芽从地上冒了出来，并且迅速成长，转眼间长成了一株香气四溢的水仙花。

"好奇妙啊！那株水仙花像是在对着我笑！它好像早就认识我似的。"戈莱被深深吸引住了，情不自禁地伸手去抚摸水仙花的花瓣。这时，奇迹出现了，当她刚触到花，脚下的地面就裂开了一条巨缝，她感到一阵眩晕便失去了知觉。醒来时，她发现自己正躺在一个昏暗的地方，周围充满了阴森之气。"戈莱，请不要害怕，我是普路托啊，不认识我了吗？你现在是在冥界，已经成为我的冥后了，难道你不愿意吗？要知道，我是多么爱你啊！"一个男子出现在戈莱的床前，微笑着看着她。

戈莱自然认识普路托，但怎么也没想到会以这种方式成为他的王后，事已至此，她只能顺应天命，何况她对他并不反感。从那以后戈莱改名为珀耳塞福涅，虽然生活在暗无天日的冥界，也过得相当幸福，只是有时会思念母亲色列斯。

一天，信使墨丘利来到冥界，珀耳塞福涅才知道母亲色列斯为了寻找她，已经疯狂地把大地上的田原烧光，人们辛辛苦苦劳作一年却颗粒无收，很多人都为

此流浪街头。墨丘利来冥界就是向普路托说情的，希望能让珀耳塞福涅与母亲团聚。珀耳塞福涅也非常希望能见到母亲，她知道母亲的脾气，如果找不到女儿，她肯定会一直让大地没有谷物可收，到那时，地上的人们会被活活饿死。

普路托并不想让珀耳塞福涅离开冥界，但迫于朱庇特的威严，他还是答应让她每年有一半的时间与母亲在一起，但另外一半时间必须安分地待在冥界。当几近疯狂的色列斯看到女儿珀耳塞福涅，顿时怒气全消，地上又长出了谷物、鲜花和果树，那代人类才得到拯救。

此后，冥王普路托就一直没离开过他的宫殿。他的宫殿处于十八层地狱最底层。那里和天宫一样，有很多神，如命运三女神帕尔卡、复仇三女神厄里尼厄斯、死亡女神普罗塞耳皮娜等，他们帮助普路托管理着冥界。冥界还有一条看管恶狗刻耳帕格斯。在冥界，所有案件都要经过普路托来审理。普路托有双慧眼，对灵魂在阳间的所有行为一目了然，想隐瞒罪行只会招来更重的惩罚。

冥界的大门从来都是敞开着的。这些死去人的灵魂都是由信使墨丘利负责引到冥界的，恶狗刻耳帕格斯会笑着迎接这些灵魂，但在它的警戒之下，进来的灵魂没有一个能出得去。进入冥界之门，灵魂们面前会出现一条叫阿刻戒的河，污浊的河水咆哮着，波浪卷起了一阵阵漩涡，即使成了灵魂也会惊吓不已。

渡过阿刻戒河，灵魂们便会来到一处盛开着阿福花的草地上，这里被叫作真理田园。渡过河的灵魂在这里接受审判，犯有罪行的灵魂不但会受到复仇三女神的惩罚，还会被分配到塔耳塔洛斯地狱去受刑。那些清白无罪的人的灵魂，则会被送到爱丽舍乐园去。爱丽舍乐园与塔耳塔洛斯地狱有天壤之别：那里是一片宁静的平原，长着各种水果，草地上百花争艳，鸟儿们欢快地在枝头歌唱着。没有纷争，一派祥和，大家都沉浸在幸福之中。

被缚的普罗米修斯

天和地被造出来之后，各种动物集结而居。虽然处处一派朝气蓬勃，但却缺少着一个主宰，即有灵魂和思想的人，而完成这一任务的就是普罗米修斯。

普罗米修斯是地神该亚与天神乌拉诺斯所生的巨人提坦的儿子。萨图恩统治宇宙之后，提坦一族被放逐人间，而普罗米修斯的出现也是应运而生。由于有神的血统，普罗米修斯知道土地是孕育人类的种子，看着宇宙间的万物精灵，他非常希望能造出和天神一样的人在大地上行走。他用河水调和泥土，然后把泥土捏成天神模样。为了能使捏出的人获得生命，他还从动物身上借取了一些善和恶特征把之装入泥人的胸腔，世界上的第一个有生命的人就这样出现了。

在天宫众神之中，智慧女神密涅瓦非常欣赏普罗米修斯的智慧，要不是普罗米修斯被放逐人间的话，说不定他们会结为夫妻呢。当普罗米修斯的泥人捏好之后，密涅瓦向这个仅有生命的泥人嘴里吹了一口仙气，泥人便有了灵魂。

普罗米修斯造出了最初的人，人不断繁衍最后遍布大地。人虽然有了，但他们根本不知道如何去运用自己的四肢和头脑，只是在大地上漫无目的地生活着。看到自己造出的人这样浑浑噩噩，普罗米修斯决定去帮助他们。他教人们观察星辰的升降，如何计算，如何驾驭牲口使之代替人劳动。在教授人类同时，普罗米修斯也在逐渐进步。以前有人生病时，作为半神的他也是束手无策，只能眼睁睁地看着病人死去，后来，他调剂出治这些病的药，使人们能战胜疾病。他发明了适于航海的船和帆，使人们不至于望洋兴叹；他还给人们解释梦境，引导人勘测矿藏并加以利用。总之，普罗米修斯尽自己一切努力把人类的生活变得更美好。

天公朱庇特掌管宇宙之后，把目光逐步移向了刚刚形成的人类。为了防止人类势力扩大，朱庇特要求人类敬重神灵，并以此为保护人类的条件。他决定在墨科涅举行一次人神聚会，以确定人类对神的义务。普罗米修斯出席了这次会议。会上，他要求众神不要给人类增加过重义务，显然，他所扮演的是人类的辩护者。

对于普罗米修斯的要求，众神们并未给予认真关注。为了惩罚这些自私的神，普罗米修斯决定愚弄一下众神。他以造物名义杀了一头牛，把之分成两堆，一堆是牛肉、内脏和脂肪，用牛皮遮盖严实，牛皮上放着牛胃；另一堆是牛骨，巧妙地裹在牛油下，显得比另一堆要大得多，且油光发亮，相当诱人。然后，普罗米修斯让众神选择自己喜欢的一堆。他的诡计没有瞒过朱庇特的眼睛，但朱庇特还是沉着地说："尊敬的朋友，你分配得多不公平啊。"普罗米修斯以为他中计了，便让朱庇特做选择。朱庇特故意选了牛骨上盖有牛油的那堆，揭开之后，他又故意气愤地嚷道："可恶的提坦儿子，我看你是永远也改不了骗人的伎俩了。"

为了惩罚普罗米修斯的欺骗行为，天公朱庇特拒绝向人类提供实现文明所必需的火种。面对天公的有意刁难，充满智慧的普罗米修斯想出了一个补救的办法。他找到了一根粗壮的大茴香枝，来到天的尽头，等太阳神福波斯快要落山时把茴香枝向太阳车上一扦，茴香枝燃起来了，普罗米修斯就带着这个火种回到了地球上。看到人间腾腾升起的烈火，朱庇特暴跳如雷，但事已至此，他再也没有办法去剥夺人类使用火的权利，不过，他又想出了另一个办法。

朱庇特命火神伏尔甘雕出一个少女的石像，取名为潘多拉，意为"获得一切天赐的女人"。此时的密涅瓦也开始对普罗米修斯的智慧产生了嫉妒，她亲自为少女穿上了华丽的衣服，奥林匹斯圣山上众神都对潘多拉加以装饰。美丽的潘多拉被墨丘利带到了人间，并被送往普罗米修斯弟弟厄庇墨透斯之处。普罗米修斯曾警告弟弟不要接受天公的任何礼物，但厄庇墨透斯禁不住潘多拉的诱惑而接受了她。直到灾难降临时他才意识到自己的轻率。潘多拉的魔盒给人类带来了肆虐的疾病，死亡的阴影随时笼罩着人类。

人类遭受的灾难并没有减轻朱庇特对普罗米修斯的报复之心。他命火神伏尔甘和两个仆人把普罗米修斯押送到中亚细斯库提亚的荒山上，用永远不能开启的铁链把他钉在悬崖峭壁上。虽然伏尔甘非常同情普罗米修斯，但他不得不在仆人的督促下完成这一任务。天公的命令是不能违背的，所以众神认为这个倔强的提坦儿子的痛苦也应该是没有止境的。但普罗米修斯的意志并没有动摇，大地上的一切生灵都可以为他作证，而且他向朱庇特宣布了一个古老的预言："新的婚姻将使诸神的主宰者堕落和毁灭。"

为了加重普罗米修斯的痛苦，朱庇特还派一只鹰每天啄他的肝脏，当肝脏的伤口快痊愈时，这只凶猛的鹰会再次把他的肝脏叼走。普罗米修斯的这种痛苦要一直忍受到有人愿意替他受死为止。

数百年过去了，一天，大英雄赫丘利为了寻找金苹果来到了高加索山，当他看到这个可怜的人被吊在悬崖上时，一箭把那只正啄食普罗米修斯的鹰射死，解开锁链，把自

被缚的普罗米修斯　米开朗基罗　意大利
朱庇特为了惩罚普罗米修斯给人间带去了火，把他吊在高加索山的悬崖上，让一只鹰天天啄食他的肝脏，并让他永远戴着一个铁环，以证明这个倔强的人依然被锁在高加索山上。

愿放弃生命的半人半马喀戎做了普罗米修斯的替身，然后带走了普罗米修斯。为了显示自己至高无上的权力，朱庇特让普罗米修斯永远都戴着一个铁环，以证明这个倔强的人依然被锁在高加索山上。

珀耳修斯

珀耳修斯是阿耳戈斯国王阿克里西俄斯的外孙，因为有一个神谕曾向阿克里西俄宣示，他的外孙将夺取他的王位，并把他杀死，所以，当女儿达那厄与天公朱庇特的儿子珀耳修斯刚一出生，阿克里西俄就把女儿和外孙装进了一只大箱子里投入了大海。在朱庇特的保护之下，达那厄与珀耳修斯顺利地穿越了风浪，在塞里福斯岛靠了岸。

塞里福斯岛是狄克堤斯和波吕得克忒斯统治的地方。当那只箱子靠岸时，狄克堤斯正在捕鱼，他把母子俩带回家，弟弟波吕得克忒斯娶了达那厄为妻，珀耳修斯则得到了继父精心的抚养。

珀耳修斯很快长成了一个年轻力壮的小伙子，波吕得克忒斯鼓励珀耳修斯自己去外面闯荡，做一番大事业。珀耳修斯也早就有这种打算。最后，父子俩取得了一致的意见：去砍下墨杜萨的脑袋，把它带回塞里福斯。

在父母的祷告中，珀耳修斯上路了。在众神引导下，他来到了一个陌生的地方，那里是福耳库斯居住的地方。福耳库斯是一群可怕妖怪的父亲，但珀耳修斯到达那里的时候并没有遇到他，而是遇到了他的三个女儿格赖埃。在格赖埃姐妹的帮助下，珀耳修斯拿到了一双飞鞋、一个皮囊和一个狗皮头盔。无论谁有了这些东西，就能随心所欲地自由飞翔，看到自己想看到的东西，而别人却看不到他。

珀耳修斯穿戴完毕，手里拿着墨丘利送给他的一个青铜盾，飞向了福耳库斯另外的三个女儿戈耳工的住地。戈耳工的头部满是鳞片，头上盘有很多蛇，嘴里长出了野猪一样的獠牙，两臂是可以飞翔的翅膀。如果谁看到她们，那个人就立刻会变成石头。

福耳库斯众多的女儿当中，只有戈耳工小女儿墨杜萨是凡人的肉体，但要取得她的脑袋也并不是一件易事。

到达戈耳工的住地后，这些怪物们正在酣睡，珀耳修斯背对着她们，用青铜盾做镜子搜寻着墨杜萨。很快他便认出了墨杜萨，举起手中事先准备好的刀，割下了墨杜萨的脑袋，看也不看就把它扔进皮囊里。被这一突如其来的事件惊

珀耳修斯

年轻、勇敢的珀耳修斯历尽凶险砍下了魔女墨杜萨的头，无愧朱庇特的儿子。

醒的墨杜萨的两个姐妹，看到妹妹被杀，忙展开翅膀去追赶凶手，但却怎么也找不到带着隐形头盔的珀耳修斯。

珀耳修斯带着墨杜萨的脑袋开始向回飞。在经过刻甫斯国王统治的埃塞俄比亚的海岸时，珀耳修斯看到一个少女被绑在向大海突出的悬崖上，离她不远处站着好多人。

那是一个多么美丽的少女啊，闪亮的大眼睛从老远都能看到，披肩的长发在微风中轻拂，珀耳修斯被迷住了，他马上降落到岸边，走近那片悬崖，和那位少女进行攀谈：

"亲爱的姑娘，你为什么被绑在这里呢？能告诉我你的名字吗？"

看了看这个陌生的路人，姑娘眼里噙满了泪水，如果她的双手不是被绑着的话，肯定会用手捂住发红的脸。注意到这个陌生人一直注视着自己，姑娘有些羞愧：

"我叫安德洛墨达，是埃塞俄比亚国王刻甫斯的女儿。我的母亲曾夸我比海中的女仙还要漂亮，结果惹恼了这些女仙，她们请海神发大水淹没了我的国家，还派一条大鲨鱼吃掉了陆上的一切，使我的国家的人们苦不堪言。后来，人们得到了一条神谕，说是只要把国王的女儿丢入海中喂鱼，这种灾难就能解除。没有办法，我的父亲只能把我绑在了这个悬崖上来喂鲨鱼。"

说完，安德洛墨达呜呜地哭了起来。她的话音刚落，海面迅速升高，剧烈动荡起来。海水哗的一声分开，从海底钻出一个巨大的鲨鱼，不远处的人们惊呼起来。

"可怜的孩子，我们是多么的爱你啊，可又有什么办法呢？原谅你的父母吧。"安洛墨达的父母哭着跑了过，紧紧地抱住自己的女儿，但他们除了掉眼泪却一点办法也没有。

珀耳修斯制止了一家人的哭泣，然后对国王刻甫斯说："我是天公朱庇特的儿子，刚取来了怪物墨杜萨的头。现在正式向你的女儿求婚。我想如果让她选择的话，她一定会选择我的，没有考虑的余地了，希望你们能答应我的要求。"见有人能救下心爱的女儿，刻甫斯非常高兴，马上答应了珀耳修斯的要求，并愿意把他的王国当作嫁妆。

海里的鲨鱼游了过来，珀耳修斯飞上云端，落到鲨鱼背上，把杀死墨杜萨的那把刀刺入了鲨鱼的身体，然后跳到悬崖上。鲨鱼在海里翻了几个跟斗后沉入了海底。

在珀耳修斯救下安德洛墨达之后，刻甫斯并没有食言，为这对年轻人举行了热闹的婚礼。珀耳修斯并没有留下来，而是带着妻子回到了他的家乡。

阿克里西俄斯知道自己的外孙还没死后，更加害怕神谕，于是，他悄悄地逃到了帕拉斯戈斯当了国王。达那厄并不知道父亲到了异乡，让回到家乡的儿子珀耳修斯去阿耳戈斯看望外祖父。当珀耳修斯路过帕拉斯戈斯时，这里正在举行赛会，珀耳修斯也参加了比赛，在投掷铁饼时，他不幸击中了阿克里西俄斯。当知道死者正是自己外祖父时，珀耳修斯悲痛不已。他选择了一块最好的墓地埋葬了外祖父，并当起了那个国家的国王。

艺术家代达罗斯

代达罗斯是墨提翁的儿子，是厄瑞克透斯的曾孙，也是一位厄瑞克族人。

代达罗斯继承了家族的聪明智慧，成了一位伟大的艺术家，他不仅擅长雕刻，还精通建筑。他雕刻的肖像简直是有生命的造物。在代达罗斯以前，艺术家们雕刻的肖像没有一丝灵气，眼睛是闭着的，双手是与身体连在一起的，而代达罗斯的作品是第一个睁着眼睛的作品，双手与身体分离，显示出各种运动着的姿势。如果把代达罗斯的作品赋予灵魂，那会与真人无异。代达罗斯的艺术作品在世界各地都享有盛誉。

正因为有了至高的荣誉，代达罗斯显得非常自负，他唯恐有一天别人会把他的荣誉抢走。在这种缺点的诱惑下，代达罗斯开始了苦难的行程。

塔罗斯是代达罗斯的侄子，他非常羡慕叔叔的手艺。"如果自己也能雕刻出那么精美的作品该有多好啊！那又是多么幸福的一件事啊！"强烈的心理促使着塔罗斯去向代达罗斯学习。代达罗斯很高兴地收下了这个学生。不久后，代达罗斯发现，这个学生的天赋比自己要高得多。虽然塔罗斯还只是一个孩子，但他已经能在没有老师的指导之下发明很多连代达罗斯都不能发明出的东西，如制陶器用的转盘、最早的车床等。虽然人们还一如既往地尊敬着代达罗斯，但代达罗斯感觉到人们已经把本该对他的尊敬转移到了塔罗斯身上。这一点是最让代达罗斯忍受不了的。

经过强烈的思想斗争，代达罗斯的嫉妒心理还是战胜了理智，当塔罗斯和他一起在雅典的卫城上走过时，代达罗斯把塔罗斯从卫城上推了下去。在埋葬侄子的尸体时，代达罗斯对路过的人们说是在掩埋一条被打死的蛇。但他还是被送上了阿瑞俄帕戈斯法庭，并被判有罪。

自己的地位在希腊的一落千丈使代达罗斯选择了逃跑。他四处流浪，最后到了克里特岛。在那里，他凭着非凡的手艺征服了那个国家的人们，并被国王弥诺斯待为上宾。

在克里特岛，有一个牛头人身的怪物，这个怪物保护着国王的地位不受侵犯，但他的食物却是雅典每九年向克瑞忒国王进贡的十四个童男童女。国王命代达罗斯替这个怪物造一所能隐蔽的宫殿，接到这个任务后，代达罗斯创造性地建造了一座迷宫，人走进去根本就找不到出路，所以，国王再也不必担心人们怀疑他的王宫里养着一个怪物了。

离乡背井的代达罗斯非常思念自己的故乡，他早已经感到国王弥诺斯对自己的不信任，之所以他还被留在这里是因为他还有利用价值。

"我怎么才能离开这个地方呢？如果我去向国王请求，他肯定不会同意，还会把我看得更紧，可我真的不想再待在这个地方了。"代达罗斯绞尽了脑汁终于想出了自救的办法：如果我逃走的话，弥诺斯肯定会从陆上和海上追捕我，但这个国家还没有能飞行的工具，也就是说，如果我能从空中逃走，他是无论如何也抓不到我的。想到此，代达罗斯开始秘密地制作能飞行的工具。他收集了很多羽毛，把它们按尺寸粘在一起，拦腰捆住，再用蜡封牢，使之看上去像真正的鸟的羽翼。

飞行的工具做好之后，代达罗斯先做了个试验，在确保没有任何毛病之后，他把做好的一个小型的羽翼交给了他唯一的儿子。代达罗斯非常爱儿子伊卡洛斯，他一再地嘱咐儿子要当心："在空中飞行时，你不要飞得太低，也不要飞得太高，太低会掠过海面，羽毛沾水后就会变得沉重，你就会被拉入水，太高的话，离太阳太近，你的羽毛会受热起火，或是蜡熔化后羽毛脱落，那样你就会掉到地上，所以你只能在半空中飞。"说完，代达罗斯吻了吻儿子。

父子俩都升上了天空，代达罗斯飞在前边，儿子伊卡洛斯在后，他们朝着西西里岛的方向飞去。起初，伊卡洛斯学着父亲的样子飞行得非常顺利，但由于太过自信，年幼的伊卡洛斯忘记了父亲的忠告，离开了父亲滑翔的轨道。由于飞得过高，强烈的光线烤化了羽毛上的蜜蜡，羽毛脱落了，伊卡洛斯再也不能浮在空中，一眨眼就落进了浩瀚的大海里。当代达罗斯发现儿子不见了时，绝望地降落在海岸上，他看见的只是儿子的尸体。悲痛的代达罗斯掩埋了伊卡洛斯，并把这个岛取名为伊卡里亚。

没有了儿子的代达罗斯从伊卡里亚岛起飞，继续向西西里岛飞去。当他到达西西里岛的时候，同样也给那里的人们带去了惊喜。西西里岛的国王科卡罗斯为了表示对代达罗斯的感激，把他也待为上宾。在西西里岛，代达罗斯带领那里的人们挖掘了一个人工湖，而且他还在一块大岩石上建造了一座城堡，这个城堡的通道只能通过三四个人，易守难攻，所以国王科卡罗斯在这个城堡里保存他的珍宝。随后，代达罗斯在西西里岛上又兴建了一个深邃的地洞，利用这个地洞，代达罗斯把地下火生成的热气引了出来，使人们不至于在岩洞里再感到湿冷。此外，代达罗斯还扩建了厄律克斯海峡上的爱神维纳斯的神庙，并把一个精心制作的金蜂房放在神庙里，每一个来到神庙的人都以为那是一个真蜂房，由此可见代达罗斯艺术的高超。

石雕公牛状酒器
对弥诺斯人来说，公牛具有特殊的宗教意义，一般被放置在神庙和宫殿的周围。

当弥诺斯国王得知代达罗斯已经逃到西西里岛时，为了维护自己国王的尊严，他决定亲率大军追捕代达罗斯。弥诺斯带领一只海上舰队来到西西里岛，受到了科卡罗斯隆重热情的接待，科卡罗斯还邀请弥诺斯洗个热水浴以解除旅途的劳顿，并答应弥诺斯把代达罗斯交给他。弥诺斯满心欢喜地坐在浴缸里洗澡时，水温越来越热，最后竟然被煮死在浴缸里。

从此以后，代达罗斯一直生活在西西里岛，他竭尽全力地为岛上的人们服务着，培养了许多的艺术家，代达罗斯则成为西西里岛建筑和雕刻艺术的奠基人。因为失去了儿子，他的晚年一直都非常苦闷，直到去世。

底比斯城的故事

当欧罗巴被天公朱庇特带走之后，欧罗巴的父亲——腓尼基国王阿革诺耳对于女儿的走失非常着急，他派儿子卡德摩斯带领其他兄弟四处寻找，要求他们必须找到欧罗巴，否则就别回来。卡德摩斯找遍了他所能找到的每一个角落，但都没能够找到被朱庇特骗去的妹妹。卡德摩斯非常了解父亲的脾气，父亲极其疼爱妹妹欧罗巴，如果自己空着手回去的话，肯定不会得到父亲的原谅。

　　"这可怎么办呢？如果不找回妹妹，回去的话肯定会受到父亲的惩罚，可什么地方才能找到妹妹呢？"想到这里，卡德摩斯便去向太阳神福波斯求神谕，他向福波斯描述了自己的处境，并希望福波斯能给他指明自己将来生活在什么地方。

　　太阳神福波斯表示出对卡德摩斯的同情："卡德摩斯，我非常同情你的遭遇。欧罗巴的命运是上天决定的，你不需要再去寻找她了。而你将来生活的地方需要你自己去寻找。离开这里之后，你将遇到一头没有负过轭的小牛，一直跟着它走，当它躺下来休息时，你就在它躺过的地方建立城市，神希望这个城市的名称叫底比斯。"

　　求得神谕后，卡德摩斯就离开了那个叫卡斯塔利亚圣泉的地方。没走出几步远，卡德摩斯果然看见了一只没有负过轭的牛犊，于是按照神谕跟着这头牛走，一边走一边向太阳神做着祈祷。当这头牛走过刻菲索斯的浅滩后，停在了一处青草地上。牛回头看了看走在它身后的卡德摩斯和他的仆人，哞哞叫了两声后便躺了下去。

　　"这就是太阳神神谕中属于我的那片土地啊！多么肥沃啊！神啊，你是多么的圣明，又是多么的值得尊敬啊。"卡德摩斯欣喜若狂，他伏身亲吻着脚下的这块土地。为了表示对天神的感激之情，卡德摩斯命他的仆人去附近汲一些泉水用来举行献礼。

　　由于对这个地方不熟悉，仆人们走进了附近的一个古老森林里，森林里的林木长得非常茂盛。卡德摩斯的仆人们听到了山泉叮咚的流淌声，忙跑过去寻找山泉汲水。当他们快要靠近山泉时，从附近的山洞里爬出了一条巨龙，这条龙又粗又长，眼睛里喷射着火焰，嘴里露出三排锋利的牙齿，红色的龙冠闪着亮光。巨龙的身体膨胀得有些发紫，里面充满了毒汁，身体经过的地方，青绿的树叶变得枯黄起来。

　　仆人们被这突如其来的庞大毒物吓傻了。看着眼前这些木然的人，巨龙抬起头朝人群袭来。可怜的腓尼基人基本无力动弹，只能坐以待毙。最后，卡德摩斯的仆人们一部分成了巨龙的腹中之物，一部分沾染上毒汁或吸入了毒气而亡。

　　卡德摩斯站在牛躺下的地方等待着仆人们拿回水来，好长时间过去了，等待中的卡德摩斯有些焦急，他在脚下放下他的一个信物，然后亲自去找仆人们。他披着一张从狮子身上剥下来的皮，手里拿着一个长矛和标枪，顺着仆人们走去的方向，老远就听到了泉水的声音。

　　"我敢肯定他们正在那个地方汲水，听声音就能断定那里的泉水一定很清澈，天公朱庇特一定会称赞我的虔诚的。"卡德摩斯走进了古老的森林，当泉水的叮咚声越来越近时，一股逼人的寒气向卡德摩斯袭来。紧接着，卡德摩斯看到了那些被巨龙杀死的仆人们的尸体。

　　"我可怜的朋友们啊，我还责怪你们的晚归，原来你们遭到了如此的厄运。是谁杀死你们的呢？我一定会给你们报仇的，否则我宁可一死。"卡德摩斯眼里充满了愤怒的火花，他的每一根血管仿佛都要爆裂了。向四周看去，那团眼看要点燃的烈火落到了盘在旁边一棵树上的巨龙身上，巨龙的身体更加臃肿了，头上的鲜血还没有被风吹干，它正贪婪地吐着舌头。

　　"原来是你杀死了他们，我一定会让你血债血还，或是同归于尽。"卡德摩斯搬起了一块比他本身体积还大的石头朝着巨龙砸去。如果在平时，这块石头的分量足可以把城墙砸出个窟窿，但这块巨石却使得这条龙安然无恙，它身上的黑皮和鳞片比铁甲还要硬。见巨石根本伤不到毒龙，卡德摩斯投出了标枪，标枪正好刺入了毒龙的脏腑，毒龙回过头来把标枪从身体里拔了出来，但枪头却留在了它的身体里。卡德摩斯见毒龙沉浸在疼痛之中，拿起长矛朝着它的咽喉刺了过去，不偏不倚刺了个正着。毒龙更加愤怒了，身体里的毒液向外喷吐着，但卡德摩斯并没有畏惧，举起长矛向毒龙又刺了过去。鉴于上一次的经验，毒龙躲闪着卡德摩斯的长矛，但它却撞到了一棵大树上，伤口进一步迸裂开了，鲜血汹涌而出。卡德摩斯再一次举起了长矛，结束了毒龙的性命。卡德摩斯终于为同伴们报了仇，望了望已死的毒龙，又看了看死了一地的仆人，正在他不知道该如何是好的时候，穿着一身崭新甲胄的智慧女神密涅瓦从天而降。

　　"亲爱的卡德摩斯，我是上天派来给你指引道路的。你把这条毒龙的牙埋入地下吧，这会给你带来希望的。"卡德摩斯听从智慧女神密涅瓦的旨意，把毒龙的牙掰了下来，用长矛在地上豁了一道长沟，把龙牙撒了下去。刚把沟平上，他就发现埋龙牙的地方动了起来，先冒出了一个枪尖，再冒出了一顶头盔，泥土里出来了一个全副武装的武士。最后，一整队武士出现在了卡德摩斯的面前。

　　卡德摩斯马上提高了警戒，随时做好了战争的准备。

　　"请不要拿起你的武器，这是我们的内战，你无须介入。"看到卡德摩斯举起的长矛，一个刚从土里钻出的武士喊道，卡德摩斯的长矛又放了下去。从泥土里又相继冒出来很多武士，他们在卡德摩斯眼前展开了一场毁灭性的斗争。在这场斗争中，活下来的只有五个人，彼此求和。在智慧女神密涅瓦的指引下，这五个人表示愿意听从卡德摩斯的命令。卡德摩斯在这里建立起了一个城邦，并依太阳神福波斯的神谕命名为底比斯。

酒神巴克斯

天公朱庇特曾与塞墨勒在底比斯生下一个儿子，取名为巴克斯。巴克斯是卡德摩斯的外孙，被人们称为酒神。

刚出生后不久，天公朱庇特就让众女神带巴克斯去了印度。当长成英俊的少年时，巴克斯离开印度去周游世界。巴克斯教给人们种植葡萄的方法，向人们传播他的新教理。很快，他的声名就传遍了整个希腊，包括他的故乡底比斯。当然，供奉他的人们会得到他的爱护，而亵渎神灵的人们则会受到他严厉的惩罚。

彭透斯是卡德摩斯的孙子，是泥土所生的厄喀翁与巴克斯母亲的妹妹阿高厄所生的儿子。当巴克斯的声名传到底比斯的时候，卡德摩斯已经把王位传给了彭透斯。彭透斯是一位非常傲慢的国王，他藐视众神，更加嫉妒他的亲戚巴克斯，尤其是巴克斯在底比斯的声名极度上升的时候。

彭透斯的嫉妒心越来越强，甚至开始仇恨赞扬或追随神灵的人，并对这些人加以迫害。他对他统治下的人民大声嚷道："笨蛋们，你们是巨龙的子孙，怎能甘心

酒与狂欢之神巴克斯
很久以来，巴克斯就成为那些狂乱活动的崇拜对象。酒神的神奇力量至今仍没有被人们忘却。

让这个自称是神灵的娇生惯养的男孩征服底比斯呢？看来你们都疯了。巴克斯和我——他的堂兄弟一样，只是一个普通的人，根本不是天公朱庇特的儿子，但愿你们还是清醒的，不久以后，我将让你们看到他的真面目。"

愤怒的彭透斯骂完以后，命他的奴仆们把到处宣扬神道的巴克斯带上锁链抓起来。底比斯城里的人们对此都非常吃惊，他的亲戚朋友们尽最大努力劝告彭透斯不要如此傲慢，以免遭到神灵的惩罚，但彭透斯变本加厉，支持巴克斯的人越多，他越是气愤，甚至对反对他的祖父卡德摩斯大喊大叫。

坐在皇宫里的彭透斯正思考着一会儿如何羞辱巴克斯，他的仆人们回来了。

"巴克斯在哪里呢？你们把他藏在什么地方了呢？快把他带到这里来，我非得让他自己戳破自己的身份不可。"彭透斯欣喜若狂地站立起来。

"我们并没有抓到巴克斯，当我们快要抓到他时，他突然不见了，但我们带回一个他的随从。不过，他好像跟随巴克斯没多长时间。"彭透斯这才注意到仆人们的脸上都沾满了血，他朝仆人们摆摆手，示意把巴克斯那个仆人带上来。

"可恶的家伙，你叫什么名字？从哪里来的？你为什么要追随愚蠢的巴克斯呢？你必须从实回答，否则的话你将被处死。"彭透斯朝刚被带上来的巴克斯的随从咆哮着。"我叫阿克忒斯，迈俄尼亚人。"被抓的俘虏并没有畏惧之色，而是平静坦然地回答："我是一位航海人，遇到巴克斯是在一次航海中。一次，我们的船到达了一个不知名的海岸，我和我的同伴们都到陆地上过夜。第二天，当太阳刺眼的光照醒我时，我看见我的同伴们正拖着一个年轻人上船。那个年轻人喝醉了，两颊绯红，但看他那神态，我心里的直觉告诉我，这肯定不是一个凡人，于是我对同伴们说：'我相信他是一个天神，如果我们厚待他，他一定会保护我们航行顺利的。'

"听完我的话，同伴们都大笑起来，并大声地嘲笑我：'你真是一个愚蠢的人，他怎么会是天神呢？我们绝不会向他祷告的。相反，我们会把这个漂亮的家伙卖到另一个地方的。'

"说着，同伴们把这个年轻人拖上船，我的反对差点使我丧了命。可能是因为不习惯海上的颠簸，年轻人很快醒了过来：'我这是在哪里呢？你们要带我去什么地方？那克索斯岛才是我的故乡啊。'

"'孩子，别怕，我们正是向纳克索斯岛的方向航行啊。'一个同伴假装安慰年轻人。'不是的，这是与纳克索斯岛相反的方向啊。'我同情地望着年轻人喊道。

"'别听这个疯子的话，他是想把你扔到海里喂鱼的，幸亏我们把你救了下来。'一个同伴一脚把我踢开。

"年轻人冷笑了两声，似乎已经看破了同伴们的诡计。当航行到大海正中的时候，船突然停了下来，同伴们努力地摇着桨，但起不到任何效果。只有那个年轻人笔直地站在甲板上一直微笑着。

"一瞬间的工夫，我的同伴们竟都变成了鱼形，并跳进了海里。看着眼前发生的一切，我惊呆了。

"'这就是加害我的结果。'然后他转过身对木然的我说：'你不用害怕，你的虔诚保护了你，将我送到纳克索斯岛吧。'到达他的家乡后，他传授我在他

451

酒神的狂欢　提香　意大利

此图描绘的是罗马神话传说中的酒神巴克斯。他是朱庇特与塞墨勒的儿子，首创用葡萄酿酒。每年春季葡萄发芽和秋收时节，人们都要举行酒神节。

的圣坛前供奉他的教义。"

阿克忒斯充满虔诚地讲述着，彭透斯早已经不耐烦了："闭上你的嘴巴，既然你对巴克斯这么忠诚，我就让你替他受刑一辈子吧。"他吩咐仆人们把阿克忒斯带到地牢里，用巨锁锁在一根大柱子上，但当天晚上，一只神秘的手就把阿克忒斯放了出去。

彭透斯把城里的所有巴克斯的信徒都抓了起来，其中也包括他的母亲和姐妹们。同样，关押这些信徒的门在没有任何人力的作用下敞开了，人们蜂拥而出，回到了巴克斯给他们讲神道的树林里。

负责追捕巴克斯的仆人们带着自愿被缚的巴克斯回来了，巴克斯充满智慧的眼睛一眨不眨地盯着彭透斯。彭透斯也被眼前这个年轻英俊的小伙子打动了，但冲昏头脑的他还是命人把巴克斯关进一个密封的山洞里。巴克斯并没有任何反抗行为，到了山洞之后，他一声大喊，山洞崩塌了，他却安然无恙地走了出来，回到了众多的追随者之中。

"国王啊，你快去看一看吧，那种力量只有神才会有的，如果你到了那里，你一定会改变你的看法的。"一位仆人跑来对彭透斯说。

盛怒之下的彭透斯非常想看个究竟，由于害怕女信徒们把他撕成碎片，彭透斯十分勉强地穿上女人的衣服，跟在巴克斯的身后。这时的彭透斯已经处于神的指挥之下，心里怀着对巴克斯的激情，他是多么希望得到一根酒神杖啊。

走进隐蔽的丛林中，巴克斯的女信徒们都围了过来。通过神力，巴克斯使这个愚蠢的国王坐在了一棵松树的最顶端，然后指着彭透斯对信徒们说："那就是嘲笑我们神道的人，我们必须对他加以惩罚。"巴克斯的话音刚落，女信徒们就开始拿起地上的石块向彭透斯投掷。在彭透斯的母亲和姐妹们眼里，彭透斯变成了只凶悍的狮子，她们同样对彭透斯充满了愤怒。彭透斯用双臂拥抱着母亲，想使她认出自己的儿子，但母亲阿高厄却撕掉他的右臂，姐妹们也撕扯着他的左臂和两腿。最后，彭透斯的身体被撕成了很多部分，这就是酒神对亵渎神灵的彭透斯的惩罚。

坦塔罗斯和儿子珀普罗斯

坦塔罗斯是天公朱庇特的儿子，他统治着吕狄亚的西皮罗斯。坦塔罗斯积累了很多的财富，因此奥林匹斯圣山上的众神都十分尊崇他。由于坦塔罗斯的血统高贵，连奥林匹斯圣山上的众神都把他视为亲密的朋友，最后，坦塔罗斯还享有了与众神一起进餐的权利。

由于受到了特别的恩赐，坦塔罗斯开始把自己看得和众神一样尊贵。他本就是个爱慕虚荣的人，在与众神用餐的过程中，他听到了众神有关神灵的谈话。为了炫耀自己的与众不同，他把在奥林匹斯圣山上听到的一切讲给了凡间的朋友们，他甚至从餐桌上偷取仙酒和仙丹。一次，坦塔罗斯偷走了别人送给天公朱庇特的一条金狗，当朱庇特要他归还时，他拒不承认。众神对他的所作所为提出了不少的不满，但坦塔罗斯却充耳不闻，反而变本加厉。

一天，坦塔罗斯请奥林匹斯圣山上的众神到他的宫殿里做客。席间，他突发奇想："难道众神真的是无所不知吗？我从奥林匹斯山上偷回了那么多的圣物，都没有得到惩罚，这些神一定也有他们不知晓的事，我不妨来试探一下。"

于是，坦塔罗斯命人把自己的亲生儿子珀普罗斯杀死，剁成肉块款待众神。坦塔罗斯热情地招呼着众神进食，谷物女神色列斯因痛失爱女戈而夹了块肩胛骨一声不响地吃着，其他的神早已经看出了坦塔罗斯的诡计，他们把所夹的骨头扔进了一个盒子里，命运三女神之一的克罗托把手伸进盒子里，珀普罗斯又复活了，只不过其中的一块肩胛骨是用象牙做成的。

众神们实在忍无可忍，把恶贯满盈的坦塔罗斯打入十八层地狱，让他忍受着痛苦和折磨。坦塔罗斯被放在一个大池塘中，只露出下巴以上的半个头。当他口渴想张嘴喝水的时候，水会立即消失。坦塔罗斯身后的岸边长着茂盛的果树，树上的果实随风摇荡，散发出诱人的香气，可当他抬起手时，一阵狂风会把树枝吹到云端。肚子里是难挨的饥饿，但他只能朝着枝头频频地咽口水。

其实，坦塔罗斯并不用担心他会被渴死或是被饿死，只要他能抵制住水和食物的诱惑。但除此之外，他还得忍受第三种苦刑：头顶上一块巨大的石头用一根丝般的细线悬挂着，随时都有掉下来的可能，所以，他每天都生活在对死亡的恐惧之中。

珀罗普斯是坦塔罗斯的儿子，在被父亲杀死款待众神之后，他又被众神救活了，所以他十分虔诚地敬奉着众神。当坦塔罗斯被朱庇特打入地狱之后，珀罗普斯由于在对特洛伊王伊罗斯交战中失败而流浪到了希腊。

在希腊的厄利斯，国王俄诺玛俄斯有一个美丽的女儿，名字叫希波达弥亚。转眼间，希波达弥亚已经到了出嫁年龄，提亲的人们纷纷到来，但国王却不允许任何求婚者靠近女儿。因为神早向这个父亲预言：如果女儿结婚，父亲就会死亡。为了阻止女儿的婚事，俄诺玛俄斯想尽了一切办法，最后他宣布：只要能在赛车中胜过他，那个人才可以娶公主。而如果胜不过他，那个人则只有死路一条。

赛车的起点是比萨，俄诺玛俄斯要求求婚者先出发，当给天公朱庇特献祭完后他才驾着马车追赶求婚者。

很多年轻人都倾慕于希波达弥亚的美貌，他们同样不会相信作为父亲的俄诺玛俄斯会忍心让自己心爱的女儿孤单一辈子，甚至幼稚地认为，年迈的父亲只不过是以这种比赛形式来原谅自己的失败，所以，求婚者接踵而来，珀罗普斯就是其中一个。

每一个求婚者的到来都会受到俄诺玛俄斯的热情款待，俄诺玛俄斯还会为他们提供漂亮的战车。比赛开始了，俄诺玛俄斯耐心地向天公朱庇特献祭，没有一丝匆忙之感。这一切都完成之后，他才驾着比疾风还快的战马，追赶求婚者的战车，而每次他都能追上求婚者，并把他们挑于长矛下。求婚者相继被杀死，但来求婚的人还是络绎不绝。

珀罗普斯很早就从心里爱上了希波达弥亚，当他来到厄利斯所在的岛屿时，求婚者的遭遇传到了他的耳中。

"我该怎么办呢？难道退缩吗？我深爱着希波达弥亚，可怎样才能与自己心爱的人在一起呢？"珀罗普斯脑子里一点头绪也理不出来，于是，他来到了海边，向海神尼普顿祈求着，"亲爱的神啊，请保佑我在这次比赛中取胜吧。"

他的祈求声刚落，海面上就波动起来，一辆四匹战马拉着战车钻出水面，停在了珀罗普斯的面前。珀罗普斯跳上战车，四匹战马风驰电掣般地向厄利斯跑去。

珀罗普斯来到比萨，俄诺玛俄斯一眼就认出了海神尼普顿的神车，但事已至此，他没有办法收回承诺，而且他依然确信自己的骏马能胜过海神的神马。像往常一样，俄诺玛俄斯献祭完后开始追赶求婚者，追近珀罗普斯时，俄诺玛俄斯拿起长矛向珀罗普斯刺去。

　　眼看惨剧又要发生了，但突然间，俄诺玛俄斯的战车散了架，由于在意料之外，俄诺玛俄斯被摔得粉身碎骨。珀罗普斯终于到达了目的地。一道闪电过后，国王的宫殿燃起了熊熊大火，珀罗普斯迅速跳上海神的神车，奔向火光冲天的宫殿，救出了未婚妻希波达弥亚。

　　后来，人们为了纪念珀罗普斯，把他登陆的那个岛命名为伯罗奔尼撒半岛。

人造物神和迈达斯国王

　　应该从太阳神福波斯被天公朱庇特逐出天宫贬到人间算起，地球上不但有了人类，还有了其他的生物，如农牧之神、萨梯和生活在山林水泽间的仙女等。所有的农牧之神、萨梯和仙女都受潘神管制。潘神本身就是一个丑陋的萨梯，住在希腊的阿卡狄亚，与奥林匹斯圣山上的众神基本上已没有了关系。

　　酒神巴克斯也不住在奥林匹斯圣山，而是住在地球上。如果说潘是野生物和天然物之神，那么巴克斯就是人造物之神了。

　　赛利纳斯是天底下最丑、最胖、最聪明的萨梯，是酒神巴克斯最好的朋友。一次，巴克斯带着女祭司和一些山林神怪到小亚细亚去，赛利纳斯自然在其中了。由于多喝了些酒，赛利纳斯行动迟缓，最后迷失了方向。他走到森林深处，在树丛中磕磕碰碰，倒在一棵树下竟然睡着了。他的呼噜声惊动了从附近路过的猎人，猎人们发现了这位酣睡的萨梯，给他的头上戴上美丽的花环，抬到了国王迈达斯那里。迈达斯一眼就认出了眼前这位萨梯是酒神巴克斯的朋友，所以热情款待了赛利纳斯。为了感情谢迈达斯的盛情，赛利纳斯教给了他很多治理国家的方法。

　　赛利纳斯待在迈达斯王宫的第十一天，已打听到酒神巴克斯下落的迈达斯把赛利纳斯送到了在吕狄亚旷野休息的巴克斯那里。

　　因为不见了赛利纳斯，巴克斯也正忧

农牧稼穑女神

455

心忡忡，当迈达斯把赛利纳斯带到巴克斯面前时，这位酒神高兴得像个孩子似的又蹦又跳。

"亲爱的国王陛下，很高兴你能把我的朋友送回来。为了表示对你的感激，我会满足你的一个要求。"

听到酒神的许诺后，迈达斯抑制不住内心的高兴："伟大的神，你所说的是真的吗？如果我能选择的话，我希望把我所接触的东西都变成闪闪发光的金子。"

酒神巴克斯为迈达斯的这个要求感到遗憾，他觉得这是最愚蠢的选择，在迈达斯的坚持下，巴克斯还是满足了他的要求。

"我的朋友，现在你已经具有点金的神力了。但我还是要警告你，你所做的这个选择真是个错误。"巴克斯的话，迈达斯根本就没有听进去，他只想赶快试验一下酒神赋予自己的这一神力是否灵验，那样的话，自己就将成为天底下最富有的人了。

离开吕狄亚旷野后，高兴得有些发疯的迈达斯小心翼翼地用手去触摸一棵小树，顿时，奇迹出现了，这棵小树不再摇摆，通体发着金光。

"哇，真是太神奇了，以后我将拥有用不完的黄金，那是多么美妙的事啊。"迈达斯抚摸着眼前这棵金树，心里做着进一步的打算。

他从路过的麦田里摘下一株麦穗，麦穗变成了金子，他又从果树上摘下一个苹果，苹果也开始闪闪发光。他跑进他的王宫，触摸着宫门、柱子、桌椅等，最后几乎王宫里的所有一切都变成了金子。

但接下来发生的却让迈达斯苦恼不已。到处施展点金术的迈达斯累得坐到金椅子上，金光闪闪的桌子上摆满了他平时爱吃的烤肉和面包。可当他拿起面包刚要放进嘴里时，面包马上变成了金面包；当他把烤肉放在牙齿上准备撕扯时，牙齿却被震得痛了半天；连他要喝的葡萄酒到了嘴里也只能又吐了出来。

"我是多么的愚蠢啊，虽然我很富有，但我却什么也得不到，连最起码的饥饿都解决不了，如果再这样下去，我会被活活饿死的。"迈达斯意识到自己的错误后，悔恨占据了他的内心，他拿起榔头敲打着自己的脑门，但听到的是金子与金子的碰撞声。

"伟大的酒神啊，你是最善良的了，请你宽恕我吧。收回你所给我的一切吧。我宁可成为世界上最贫穷的人，只希望你能饶恕我的罪过。"迈达斯找到酒神巴克斯，悔恨地请求着。

"好吧，我说过你所做的是一个错误的选择。你到帕克托罗斯河去吧，那里的水能洗掉你的贪婪。"酒神友好地指点着眼前这个愚钝的国王。

迈达斯跑到附近的帕克托罗河，费力地脱掉身上的金衣，跳入河水中。一瞬间的工夫，迈达斯的点金术消失了，他又恢复了以前的自己。但他身上的魔力却被冲到帕克托罗河里去了，那时以后，小亚细亚的这条河流里就有了金子。

从此以后，迈达斯开始憎恶一切财富，不过却还是那么愚蠢。

尼俄伯和她的儿女

尼俄伯是底比斯国王安菲翁的皇后，是坦塔罗斯的女儿。"我的父亲是天公朱庇特的儿子，在没有被打入地狱时曾是奥林匹斯圣山的上宾。"尼俄伯和她的父亲坦塔罗斯一样，一直为这一荣誉骄傲不已。

主管文艺和科学的缪斯女神送给安菲翁一把竖琴，那把竖琴被赋予了神力，琴声不仅悠扬动听，而且在琴声中，石头会自动粘合起来，最后形成底比斯的城墙。尼俄伯自己也统治着一个强大的国家，由于美丽庄重，她受到了国民的拥护与爱戴，但最令她感到欣慰的还是她的子女们。

尼俄伯有十四个子女——七个儿子，七个女儿，儿子长得英俊潇洒，女儿长得貌美如花。人们都说尼俄伯是天底下最幸福的人。

一天，女预言家曼托受神的指引，来到底比斯城，她召唤着这里的妇女们都来敬奉拉托那和天公朱庇特与拉托那的一对子女——太阳神福波斯和月亮女神狄安娜。由于害怕神灵的惩罚，底比斯城里的妇女们很快聚集到一起，头上戴着花冠，向拉托那及她的两个子女献祭供品。妇女们正作着虔诚的祷告时，尼俄伯出现了，她穿着华丽的长裙，漂亮的脸庞楚楚动人，一头秀发披至双肩处，但她脸上抑制不住的怒气很快便爆发了：

"你们这些愚蠢的家伙，只知道敬奉来自天国的神，却忽视了你们身边受天国宠信的人类。难道拉托那真的来到你们身边了吗？你们为什么不向我焚香呢？我的父亲坦塔罗斯是天公朱庇特的儿子，是天神们唯一崇敬的人类，我的母亲狄俄涅是天上永远闪烁的七星普雷雅德的妹妹。底比斯的每一片土地都属于我和我的丈夫，我有享不尽的荣华富贵。多么幸福的人啊，上天赐予了我如同女神一样的美貌，甚至胜过了美神维纳斯。而且天神让我拥有了七个强健的儿子和七个美丽的女儿，他们是那样让我感到自豪。可怜的拉托那在生产时竟连一块地方都找不到，只有阿斯特拉的浮岛才会怜惜她。她只不过养育了两个子女，而我的子女却是她的七倍。谁能否认我的幸福呢？即使命运女神夺走我的一部分孩子，我也会有比拉托那多的骄傲与她相比。愚蠢的人们啊，赶快把这些供品拿走吧，回到你们各自的家里去，不要再让我看到你们在这里所做的蠢事。"

在尼俄伯的呵斥中，妇女们摘下头上的花冠，拿着献祭的供品向尼俄伯祷告着。在众人胆怯的目光中，尼俄伯以胜利者的身份扬长而去。

"孩子们，你们看哪，我因生了你们而感到骄傲。除了天后朱诺以外，我不比任何女神差。但现在，你们的母亲却遭受着一个凡间女子的欺凌。而你们，是我的骄傲，却被她侮辱得比不上她的那些子女，看来我们不久以后就将被赶出神坛了……"

站在铿托斯山上的拉托那向她的两个孩子悲愤地诉着苦，她还想继续向下说，但太阳神打断了母亲的话："亲爱的母亲，你在我们心中是最伟大的神灵，我们不允许任何人玷污你。你不需要抱怨，这样只会减少惩罚她的时间。你就看我们的吧。"月亮女神狄安娜也同意弟弟的看法。于是，他们展开了一系列的报复行动。

在城外有一片空地，尼俄伯的七个儿子在那里进行着娱乐活动。大儿子伊斯墨诺正得意洋洋地坐在马背上在空地上转着圈儿，突然，他手捂胸口跌落马下。弟弟西皮罗斯见哥哥被一支利箭射中，忙调转马头逃跑。没跑出多远，他的后颈也中了一箭，鲜血洒了一路。旁边的两个儿子正抱在一起摔跤，还没有来得及分开就被福波斯的利箭穿到了一起。第五个儿子阿尔斐诺耳看见两个哥哥哀号着倒下，跑上前来抚摸着哥哥们冰冷的身体，正当他悲痛不已的时候，心脏中了一箭，倒在了哥哥们的尸体上。第六个儿子达玛西克同膝盖被福波斯的箭射穿，当他抬头寻找箭来自何方时，一支箭正朝他的咽喉射来，躲闪不及，也中箭身亡。尼俄伯最小的儿子伊利俄纽斯还只是个孩子，看到眼前的惨景，他跪地祈祷着，但福波斯的最后一箭还是射穿了他的心脏。

噩耗很快在底比斯传播开来，国王安菲翁得到七个儿子被射死之后，大哭之后拔剑刺心而死。尼俄伯久久也没有能从悲痛之中回过神来，她实在没法相信天神有如此强大的力量，会把刚才还活蹦乱跳的儿子们从她的身边带走，她甚至怀疑这件事的真实性。只有当她看到儿子们已僵硬的身体时，才意识到儿子们的确被命运女神带走了。尼俄伯一边号啕大哭，一边对着天空诅咒着。

当她看到女儿们到来时，又开始大笑起来："残忍的拉托那，你以为你真的胜利了吗？你那愤怒的心虽然得到了满足，但你还是没有胜利，我的孩子还是比你的多，我依然比你幸福啊！"

尼俄伯话音刚落，搭弓射箭的声音就从空中传来，除了尼俄伯之外的人都被吓得失魂落魄。七姐妹中的一个倒在了兄弟的尸体旁，紧接着，尼俄伯的女儿们相继倒了下去，最后只剩下最小的一个。

"仁慈的拉托那啊，把这最小的一个留给我吧，我只要唯一的一个。"本来平静的尼俄伯发狂似的朝着天空喊叫着。但月亮女神狄安娜并没有对她产生怜惜之情，最小的女儿从她的怀里滑落下去。尼俄伯又恢复了平静，她默默地坐在孩子们的尸体中间，她的脸上不再有任何伤心的表情，头发不再动弹，身体开始变得僵硬，尼俄伯已经变成了一块岩石，只有眼睛里在不断向外涌着泪。可能是天神被尼俄伯所感动，一阵狂风吹来，化作石头的尼俄伯回到了她的故乡吕狄亚，并被安置在西皮罗斯的悬崖上。直到今天，这尊石像仍然是泪流不止。

梅利埃格和阿塔兰特

在富庶的卡吕冬有个富有的国王俄纽斯，他的妻子阿尔泰亚生下了一个儿子，取名为梅利埃格。梅利埃格长得英俊可爱，夫妻两个非常高兴。当梅利埃格生出后的第七天，命运三女神出现了。其中一个指着梅利埃格对夫妻二人说："你们的儿子将是一个伟大的人物。"第二个指着炉子里正在燃烧的木炭说："你们的儿子……"最后一个接着说："他的生命将与这块燃着的木炭一起结束。"听了命运三女神的话，阿尔泰亚胆战心惊，她将炉子里的木炭用水浇灭，并精心地藏入了密室里，盼望着儿子能长生不老。

梅利埃格越长越健壮，而且英勇善战，成了父亲俄纽斯的得力助手，夫妻两个也暂时忘记了儿子与木炭息息相关的神谕。

俄纽斯对天上的众神一直都是非常虔诚的，他每年都会把丰收的首批果实祭祀给众神：谷物归谷物女神色列斯，葡萄归酒神巴克斯……每一个神都获得了他们应有的祭品。但有一年，俄纽斯却忘记了给月亮女神狄安娜祭祀。看到自己的祭坛上没有一粒果实，甚至连一根燃着的熏香都没有，月亮女神狄安娜非常生气，她决定对漠视她的人进行报复。

在狄安娜神力的驱使下，一头巨大的野猪在卡吕冬国境内破坏着这个国家的田地和葡萄园。这头野猪比普通的野猪大上十几倍，颈上的长毛竖立着，嘴里长出了一副可怕的獠牙，血红的眼睛里喷射着火花。没有一个牧人敢捕杀这头野猪。卡吕冬国的灾难就这样出现了。

看到吕卡冬的人民受着野猪的蹂躏，梅利埃格挺身而出，他把吕卡冬国所有的猎人和猎犬都集合起来，准备捕杀这头野猪。在这支狩猎队伍中，有来自阿耳卡狄亚的姑娘阿塔兰特。

阿塔兰特是伊阿索斯的女儿，生下来被丢弃在森林里，由野熊哺乳，后来被一位好心的猎人发现并带回了家。在猎人的抚养下，阿塔兰特喜欢上了狩猎，以神箭手著称。吃着森林里的野果，喝着山里的清泉，阿塔兰特越长越标致，出落得像奥林匹斯圣山上的女神，但她对男人却十分憎恶，拒绝了所有想亲近她的人，甚至射杀了两个肯陶洛斯人。

阿塔兰特像所有的男猎手一样搜寻着野猪的踪影，她高挽发髻，肩上搭着象牙色的箭袋，左手执弓，显示出她无比英勇的神采。

当美丽的阿塔兰特出现在梅利埃格眼前时，梅利埃格的眼睛里尽是爱慕的光芒，他直勾勾地盯着这位姑娘："瞧，她简直是一位风流倜傥的美男子，要是能够娶到这么漂亮的女子做我的妻子那该是多么幸福的事啊！"但危险的处境不得不把梅利埃格拉回到现实中来，野猪正进一步破坏着这个国家，一刻也不能耽搁了。

猎人们来到了一片古老的森林里，在那里布置了天罗地网，然后开始寻找着野猪的足迹。猎犬带着大家来到了峡谷旁，那里长满了浓密的灌木。猎犬站在灌木丛边不再走动，朝着里面狂叫着。大家会意，野猪就藏在这里面，于是做好了应战的准备。

在犬吠声中，野猪从巢穴里如闪电一般窜了出来。猎人们紧紧地抓住手里的长矛，向野猪刺去。野猪看到正面人多势众，避开正同朝侧面冲去。猎人们把手里的长矛向野猪投去，野猪体形巨大，皮又厚又硬，再加上行动迅速，长矛只擦伤了皮。被激怒的野猪转头扑向了三个正朝它奔来的猎人，这三个人倒下了。其余的猎人惊慌起来，盲目地投着长矛，但没有一个投中的，野猪朝着丛林中逃去。

这时，阿塔兰特镇静地弯弓搭箭，野猪一声嚎叫，梅利埃格第一个发现野猪的颈部中了一箭，他欢呼着："瞧啊，野猪颈上的长毛已经被血染红了，多勇敢的阿塔兰特啊，我们的神箭手。我们是一定能战胜这头野猪的。"但这头野猪毕竟被赋予了灵性，带着箭伤的它更加狂野，暴躁地东奔西窜，猎人们的长矛还是没有办法投中它。

梅利埃格把自己的长矛也朝着野猪刺去，第一次刺空了，第二次刺入了野猪的背，野猪疼痛难忍，鲜血洒了一地，它奔跑的速度也慢了下来。梅利埃格对着野猪的脖子又是一下，猎人们的长矛也从四面刺来，野猪终于倒下不动了。

梅利埃格把野猪的头踩在脚下，剥下了它的皮，掰下它的獠牙，然后连着猪头一起捧到了阿塔兰特眼前："勇敢的阿塔兰特，请收下这些战利品吧，如果没有你，我们是不能制止这场灾难的。"

把这样的光荣都归于一个女人，猎人们都非常气愤，梅利埃格的几个舅舅更是怒气冲天，他们来到阿塔兰特眼前，从她手里夺走这些战利品："这些功劳是属于我们的，你休想把这些荣誉带走。"正当他们回转身的时候，失去理智的梅利埃格已把长矛刺入了他们的胸膛。

野猪被杀死的消息最先传到了王宫里，梅利埃格的母亲阿尔泰亚为儿子的胜利而感到高兴，她正准备去神庙进行祭祀，她兄弟们的尸体被抬了回来，当得知是自己的儿子杀了自己的兄弟时，阿尔泰亚悲痛地捶打着胸口。当眼泪流干后，她的眼里闪出了一道光，

意大利罗马市卡拉卡拉洞内的祭祀器皿
古罗马人对众神一直都很虔诚，他们每年都会把丰收的首批果实献祭给供奉的众神。

嘴角露出了一丝冷笑。她从密室里拿出和儿子的命息息相关的木炭，端详了好长时间，然后，把木炭决然地扔入了炉火中："复仇的女神啊，我为你献上了祭品。我的兄弟们，为了你们，我的一颗母亲的心破碎了，我夺走了我儿子的命，不久以后，我也会跟着你们而去的。"

当木炭在熊熊的炉火中燃烧的时候，梅利埃格正与众猎手抬着野猪的尸体走在回城的途中，忽然有一种心如火烧的感觉，且这种感觉越来越强烈，最后，他滚倒在地，同伴们围着他不知所措。慢慢地，梅利埃格的痛苦消失了，如同炉火中的木炭只剩下白灰一样，他的灵魂离开了他的身体，而他的母亲则缢死在炉火堆旁。

英雄柏勒洛丰

西绪福斯是埃俄罗斯的儿子，是一个无比奸诈的人。在那个时候，国家的交界处通常都是无人看管的地方，一片荒芜。西绪福斯在两个国家之间建造了一座美丽的城市——科任托斯，并当起了这里的国王。从此以后，他的生活更加荒淫，对这里的人们进行欺诈与残害。为了惩罚西绪福斯，天公朱庇特把他打入地狱，他每天都要把一块巨大的岩石从平地搬到山顶上去，当到达山顶时，岩石又会从

山顶滑落到平地上，第二天，西绪福斯不得不继续他的搬运。

柏勒洛丰是西绪福斯的孙子，也是科任托斯的国王，因为误杀了一个仆人逃到了提任斯地区。提任斯的国王普洛托斯非常喜欢眼前的这个憨厚青年，他不仅赦免了柏勒洛丰的罪行，而且对这个年轻人进行了热情的款待。

普洛托斯的妻子安忒亚是个放荡的女人，她被柏勒洛丰所打动："仁慈的上天赐予了这个年轻人美丽的仪表，如果这个英俊魁梧的年轻人能成为我的情人那该多好啊！"于是，安忒亚想尽了各种办法去引诱柏勒洛丰。但她不知道，上天在赋予柏勒洛丰美丽仪表的同时，还赋予了他高尚的美德。对于安忒亚的引诱，柏勒洛丰以十分冷淡的态度回绝了。

安忒亚见引诱柏勒洛丰不成，恼羞成怒，于是向国王普洛托斯编了一个狠毒的谎言："亲爱的，瞧你的贵宾柏勒洛丰啊，他竟然引诱我去背叛你，你应该将他处死，否则他还会对我进行非理的。"

听了安忒亚的话，普洛托斯虽然非常气愤，但他还是不忍心杀死他曾十分赏识的这个年轻人。最后，普洛托斯决定把柏勒洛丰派到他岳父吕喀亚伊俄巴忒斯那里去，并让柏勒洛丰带去一封书简。柏勒洛丰不明就里，高兴地上路了。由于他的善良，全能的神一路上都保护着他。

伊俄巴忒斯是一个英明慈爱的国王，他依照古老的礼节迎接远方来的客人，给予了这位年轻人最盛情的款待。从柏勒洛丰堂堂的相貌和高尚的举止中，伊俄巴忒斯看出了这位小伙子并非普通人，所以他没有询问柏勒洛丰从哪里来，直到第十天才问起客人的姓名和来此的目的。

"亲爱的陛下，我是普洛托斯国王的朋友，是他命我来这里的，这里还有他的一封书简。"说着，柏勒洛丰把普洛托斯国王密封的书简递给了伊俄巴忒斯。

伊俄巴忒斯看完书简后才明白女婿派这个小伙子来此的目的，他非常惶恐："多么可爱的一个年轻人啊，我怎么忍心杀害他呢？何况我已经喜欢上他了。可我该怎么办呢？"思量了好长一段时间，伊俄巴忒斯还是拿不定主意。

"我的朋友在书简里说了些什么呢？你很难为此做出决定吗？如果有什么需要你尽管说，我希望能帮上你的忙。"柏勒洛丰诚恳地对伊俄巴忒斯说。

这位老国王早看出了柏勒洛丰的真诚，他笑笑说："哦，他只是在信里问候了几句，没有什么重要的事。小伙子，看得出，你很勇敢，如果你能做出一些让众人刮目相看的事，我相信，你一定能成为这个时代的英雄。"伊俄忒斯说着违心的话，只有这样，他才不至于亲手杀掉这个年轻人。而柏勒洛丰竟然对伊俄忒斯的这一建议表示赞同。

　　"真是太谢谢你能这么想。在吕喀亚有一个怪物喀迈拉，它的上半身像狮子，下半身像恶龙，中间的部分却像山羊，口里会喷射火焰，那是一个多么可怕的妖魔啊！如果你能把它降服，吕喀亚的人民都会感谢你的。"伊俄巴忒斯引导着柏勒洛丰。

　　勇敢的小伙子接受了老国王的命令，但他却不知道该如何去捕杀喀迈拉。奥林匹斯圣山上的众神同情柏勒洛丰的遭遇，把海神尼普顿与默杜萨所生的儿子珀伽索斯——一匹带有翅膀的神马带到了柏勒洛丰的身边。但没有凡人驾驭过非常狂野的神马，柏勒洛丰忙碌了好一阵子都没有将他驯服，竟迷迷糊糊地睡着了。

　　"快醒醒，你怎么能睡着呢？你拿着这副辔头，然后去向海神尼普顿献祭一头公牛，此后这匹神马就能听你使唤了。"睡梦中，柏勒洛丰听到了智慧女神密涅瓦的话，她还一边把一副华丽的金辔头交到他手里。醒来后，他惊奇地发现手里真的有一副金光闪闪的辔头。

　　柏勒洛丰忙找到预言家波吕德斯，把刚才在自己身上所发生的一切都对这个预言家说了。波吕德斯让柏勒洛丰照着梦里的去做。当柏勒洛丰祭拜完海神，又给智慧女神修建了一座圣坛，这些事都做完以后，珀伽索斯被驯服了。珀伽索斯头上戴着金辔头，腾空而起，马背上的柏勒洛丰轻而易举地射死了怪物喀迈拉。

　　看到柏勒洛丰毫发无损地回来了，伊俄巴忒斯感到非常吃惊，随即他又命令柏勒洛丰去攻打英勇善战的索吕默人，柏勒洛丰竟凯旋。在与亚马孙人的作战中，柏勒洛丰也渡过了许多难关。最后，伊俄巴忒斯只好选拔了一批精壮的武士狙击柏勒洛丰，只可惜这批武士没有一个生还。这时候，伊俄巴忒斯完全打消了加害柏勒洛丰的念头，也不再相信这位年轻人是一个罪人，他应该是神的宠儿才对。伊俄巴忒斯把柏勒洛丰留在王宫里，把自己的女儿菲罗诺厄嫁给他，一家人享受着天伦之乐。

　　菲罗诺厄为柏勒洛丰生了两个儿子，一个女儿。大儿子伊桑特洛在与索吕默人的交战中阵亡，女儿拉俄达弥亚与天公朱庇特生下了萨耳珀冬后，被月亮女神狄安娜射杀，只有小儿子希波洛库斯享受到了年老的快乐。

　　柏勒洛丰因为拥有了长着翅膀的神马日渐骄傲起来，他甚至想骑着神马去奥林匹斯圣山参加众神举行的会议。神马不愿再听他的指挥，又一次腾空而起，把他丢在了一个陌生的地方。柏勒洛丰也羞于见人，在没有人烟的荒山野岭度过了他的晚年。

阿尔戈英雄

伊阿宋是克瑞透斯之子埃宋的儿子，克瑞透斯在忒萨利亚海湾修建了一个城市，取名伊俄尔科斯，称王后的克瑞透斯把王位传给了长子埃宋。不久之后，埃宋的弟弟珀利阿利篡夺了王位。父亲埃宋被叔父杀死以后，伊阿宋被藏到了喀戎那里。在喀戎的教育下，伊阿宋在一个良好的培养英雄的环境里成长起来。

经过二十年的艰苦训练，伊阿宋决定回到他的故乡伊俄尔科斯，准备从他珀利阿斯手里夺回王位继承权。他按照古代英雄的装束上了路。在经过一条宽阔的河时，一个年老的妇人请求他的帮助，心地善良的伊阿宋用双臂把老妇人托过了河，他并没有认出眼前这位老妇人就是天后朱诺。半路上，他的一只鞋子陷入了泥潭中，由于匆忙，伊阿宋只穿着一只鞋赶路。

到达伊俄尔科斯城后，人们都被伊阿宋的英俊魁梧所征服，他像太阳神福波斯一样照耀着众人。正在向海神献祭的珀利阿斯惊恐地发现这位年轻人竟穿着一只鞋，他表现出极大的恐慌。因为他曾听到一个神谕，大概意思是让他提防一个穿一只鞋子的人。穿一只鞋子的人难道就是这个人吗？

伊阿宋走到国王面前，平静地说："亲爱的叔叔，我是埃宋的儿子，虽然你现在所拥有的一切都是我父亲留给我的，但我并不想拿回这些东西，我只需要你把我父亲的王位和王杖归还我。"

珀利阿斯怎么可能把好不容易得来的王位拱手相让呢？但他并没有表现出来，而是亲切地对侄子说："我也一直为我所做过的错事而感到懊悔，也希望能把王位归还你，但你如果能去科尔喀斯的埃俄特斯国王那里把金羊毛取回来，我将马上把王位让给你。"

伊阿宋并不知道珀利阿斯是想把他推向死亡，郑重地接受了这次冒险任务。金羊毛被全世界视为无价之宝，拥有金羊毛的国王埃厄忒斯派了一条毒龙守卫着，天下的许多英雄都想得到这个绝妙的宝物。当伊阿宋决定去夺取金羊毛时，希腊著名的英雄都来报名参加这次活动。在智慧女神密涅瓦的指导下，希腊技术最高的造船工匠阿耳戈斯造了一艘豪华大船，取名为阿尔戈号。航行在即，伊阿宋被任命为全队的总指挥，提费斯负责掌舵，慧眼人林扣斯负责领航。船上的希腊英雄主要有赫丘利，阿喀琉斯的父亲珀琉斯和大埃阿斯的父亲忒拉蒙，天公朱庇特的两个儿子卡斯托尔和波吕丢刻斯，歌手俄耳甫斯，赫丘利的朋友许拉斯，还有雅典后来的国王忒修斯。在起航之前，伊阿宋率所有的人向海神尼普顿举行了隆重的献祭和虔诚的祷告。

离开伊俄耳科斯后，阿尔戈的英雄们首先来到了达楞诺斯岛，然后继续航行。当阿尔戈号从靠近喀俄斯城的比堤尼亚的一个海湾起航时，通过神的安排，赫丘利被留在了那个地方。在航行期间，英雄们休憩的岛屿上的人们有的热情招待了他们，有的则把他们视为仇敌，英雄们也以同样的态度回赠了他们。当然，英雄们也遇到了很多风险，但在众神的保护下，每一个风险都顺利通过了，最后，英雄们终于到达了目的地。

是好心地请求国王埃厄忒斯把金羊毛交出来，还是用别的办法实现原来的计划呢？经过激烈的讨论之后，英雄们选择了前者。

伊阿宋带着阿耳戈斯等几个人来到埃厄忒斯的王宫里，向埃厄忒斯诉说了他们的遭遇，并希望埃厄忒斯能够把金羊毛交出来让他们带回希腊。埃厄忒斯思考了许久，他相信这些英雄并非凡人，但他还是想测试一下他们的能力，于是，他让这些希腊人去驯服两头凶猛无比的公牛。伊阿宋根本没有选择的余地，只能应承下来。

埃厄忒斯的小女儿美狄亚对年轻俊美的伊阿宋一见钟情，在她的帮助下，伊阿宋驾驭了神牛。当埃厄忒斯发现是自己的女儿在帮助这些外乡人时，顿时火冒三丈，但此时的美狄亚已经逃出了王宫。

美狄亚跑到阿尔戈号停泊的海边，大声呼唤着伊阿宋的名字。伊阿宋和美狄亚姐姐的儿子阿耳戈斯从船上跳了下来。

"我们赶快逃命吧，我父亲已经知道了一切，他不会饶恕我的！我去给那条看守金羊毛的毒龙催眠，在它昏睡的时候，你们就去把金羊毛拿到手。不过，亲爱的伊阿宋，你要保证到了你的故乡不会欺负我这个外乡人。"伊阿宋也爱上了这个美丽善良的姑娘，不假思索就答应了美狄亚的请求。

趁着夜色，众英雄们把船划到圣林，美狄亚和伊阿宋上了船，其他人留在船上等候。金羊毛在黑暗中闪闪发光，美狄亚和伊阿宋没有费多少力气就找到了悬挂金羊毛的那棵橡树。橡树旁的毒龙正用锐利的眼睛望着步步走近的美狄亚。毒龙爬行的声音震得树上的叶子纷纷飘落，但美狄亚并没有畏惧，她勇敢地迎上前去，用最甜美的声音祈求着睡神的来临，伊阿宋跟在她的身后。毒龙终于安静下来，弓起的背落下去了，卷曲的身体伸展开了，只有硕大的头还直立着。美狄亚念动着咒语，并向毒龙头上喷着魔油，毒龙的头也低了下去。

按照美狄亚的吩咐，伊阿宋迅速地从橡树上拉下金羊毛，然后和美狄亚匆匆离开了圣林，回到了阿耳戈号船上。

众英雄们带着美狄亚朝伊俄尔科斯的方向逃跑。在逃跑过程中，他们打败了科尔喀斯人的追击，伊阿宋还正式娶了美狄亚为妻。当阿耳戈号驶进伊俄尔科斯港湾时，船上的英雄们欢呼着，伊俄尔科斯的人们也以最大的热情来庆祝英雄们的凯旋。

英雄们的最后险遇

伊阿宋夺得了金羊毛后，带着美狄亚登上了阿尔戈号，众英雄拔锚起航，朝俄尔科斯方向驶去。他们驶过了许多的海湾和岛屿，当看到伯罗奔尼撒海岸时，英雄们欢呼雀跃。正当他们为马上能见到亲人而高兴时，一场狂风呼啸而来。如果逆风而行，可能会造成沉船的危险，伊阿宋只得带领大家顺风行驶。阿尔戈号驶进了利比亚海，在大海上漂泊了九天九夜后，停在了瑟提斯海湾。

海滩上一片寂静，近海中长满了稠密的海藻，应该很少有人来到这里。英雄们满怀希望地跳下船，打算寻找一些水和食物，然而两手空空，至少在他们的视线之中没有可供选择的东西。

"我们经过了那么多风险才拿到了金羊毛，难道注定要牺牲在这个荒岛上吗？风和潮水把我们送到了这个地方，为什么不知道送我们回到我们的家乡啊。"英雄们纷纷抱怨着。然而，他们对命运的安排无能为力，只能静静地躺在沙滩上，等待着死亡的降临。

炎热的中午到来了，太阳火辣辣地烤着地面。突然，伊阿宋感觉有人掀开了他盖在头上的衣服，会是谁呢？他睁开眼睛，看到了三个用山羊皮遮得严严实实的女子，伊阿宋害怕地跳了起来，向后退了几步。

"不用怕，可怜的伊阿宋，我们是这里的半仙，你们不用难过，当海洋女神驾起海神尼普顿的马车时，你们应该对早就把你们抱在怀里的母亲道谢，然后你们就可以顺利地回到你们的家乡了。"三位半仙对伊阿宋说完这些话后就消失了。

伊阿宋把仙女的神谕告诉给了众人，一阵喧哗之后，大家又陷入了苦恼：这个神谕到底是什么意思呢？正当大家冥思苦想的时候，一匹巨大的海马从海里跳了出来，径直奔到英雄们面前。

"你们看啊，这不就是神谕中所提示的吗？这匹马正好可以用来拉车，把我们抱在怀里的母亲正是阿尔戈号。神谕是让我们把船扛过这块泥地，这匹海马应该会给我们指出停泊的地方的。"珀琉斯高声地欢呼着。

英雄们觉得珀琉斯的解释很有道理，便扛着阿尔戈号大船在这片荒芜的沙滩上走了十二个日日夜夜。他们忍受着饥饿和干渴，终于跟随着这匹神马把船放在了忒律托尼海湾。大家想方设法把船开进了一望无际的大海。海面上的风依然很大，阿尔戈在上下颠簸着。在歌手俄耳甫斯的建议下，英雄们重新上岸，给当地的神明献祭了一副金制的三脚鼎。在回船的途中，英雄们遇到了一个少年，少年从地上捡起了一块泥土，交到奥宇弗莫斯手中，以此表示友好。

"勇敢的人们，我是这里的保护神忒律托尼，既然众神把你们送到了这里，我会指引你们到达你们的家乡的。你们把船向那处冒着黑水的地方划，那里是一条从海湾通往大海的小道，一会儿我会给你们送上一股顺风。"少年指着不远处说道。

众人望去，不远处果然有一处冒着黑水的水域，于是，他们把船划了过去，一股顺风吹来，阿尔戈号离开了忒律托尼海湾，平安地到达了喀耳巴托斯岛。他们想从这里驶向克里特岛。

克里特岛上有一个可怕的巨人塔洛斯，是青铜时代留下的唯一的人。天公朱庇特派他把守在克里特岛上。塔洛斯的脚踝上的一根筋是人肉做的，里面流动着血液，除此之外，他的全身都是铜制的。这根筋恰恰是塔洛斯的致命之处。

塔洛斯站在克里特岛上的一块礁石上，看到了一艘大船朝这里驶来，便抓起石块向阿尔戈号掷去。船上的人纷纷躲闪着，把船停在了一个石块掷不到的地方。英雄们手忙脚乱，他们不知道该如何对待眼前这个怪物。

该画展示了英勇的人们不惧艰险、对找到成功彼岸满怀信心、斗志昂扬的大无畏精神。

"不要怕，我可以制服它，"美狄亚站起身对大家说，然后转向伊阿宋，"一会儿怪物睡着的时候，你想办法刺伤他的脚踝，那样它就不会对大家构成威胁了。"说完，美狄亚念动咒语，召唤着命运女神。不大一会儿，塔洛斯的眼皮就变得沉重起来，最后终于合在一起，当他那只肉质的脚落地之前，伊阿宋把一颗尖尖的石子刺进了塔洛斯的脚踝里。他痛得睁开了眼睛，刚要对眼前的这些人进行报复，但他却像一棵已经被砍断的树一样，被一阵风吹到了大海里。

英雄们安全地来到陆地上，找到了水源和食物。第二天，刚驶出克里特岛的海域，天空突然出现了可怕的夜晚，阿尔戈的英雄们笼罩在一片漆黑的恐惧之中。

"难道就这样让我们驶向地狱塔耳塔洛斯吗？尊敬的太阳神啊，请你把我们从这可怕的黑暗中拯救出来吧。"大家看不到伊阿宋，但都听到了他对太阳神的祈祷。伊阿宋的声音刚落，一束光亮闪过，英雄们在这束光亮的照耀下驶向了辽阔的大海。

在行驶过程中，奥宇弗莫斯把忒律托尼交给他们的泥土扔进大海，海中立即出现了一座岛屿，后人称此岛为卡里斯特。

当伊阿宋把金羊毛交到珀利阿斯手里时，珀利阿斯简直不敢相信这是真的，他开始意识到自己犯了一个错误，便又开始找各种理由不归还伊阿宋王权。为了报复珀利阿斯，伊阿宋请求美狄亚的帮助。美狄亚把一头老公羊剁成小块，放在水里煮，不大一会儿从锅里跳出来一只小羊羔。为了能使父亲恢复青春，珀利阿斯的女儿们按照美狄亚的吩咐把父亲也剁成了小块，但珀利阿斯却没有活过来。

国王的女儿美狄亚

美狄亚是科尔喀斯国王埃厄忒斯的小女儿，是赫卡忒神庙里的女祭司。每天清早，她都会到神庙里去，美狄亚几乎所有的时间都在神庙里度过，直到伊阿宋的出现。

当伊阿宋出现在王宫里时，美狄亚的心顿时被一种甜蜜占据了，她不时地偷偷从眼角看一眼英俊的伊阿宋，脸色一阵白一阵红地轮番交替着，好在没有人注意到她的反常。

伊阿宋是那么的英俊，举止是那么的高雅，她透过面纱扫视着这个年轻人，她的思绪在梦里都追随着伊阿宋的脚步。可当她发现自己是一个人坐在闺房里时，竟失声痛哭起来。

　　得知伊阿宋答应了父亲埃厄忒斯的要求，去阿瑞斯的田野里驯服两头生着铁蹄且会喷火的公牛时，美狄亚知道父亲是想刁难这些希腊的英雄们："那两头公牛只有父亲能够驯服它们，而要伊阿宋在一天之内完成这件事，是多么不易啊！可这又与我有什么关系呢？哦，还是让他逃离这场毁灭吧。"美狄亚自言自语地为伊阿宋祷告着。

　　阿尔戈的英雄们真的遇到了麻烦，于是，阿尔戈斯来请求他的母亲卡尔喀俄珀，让母亲说服他的姨母来帮助伊阿宋。当姐姐询问她是否同意帮助这些外乡人时，美狄亚的脸羞得绯红，最后还是爱情给了她勇气，她在曙光还没有来临之前到赫卡忒神庙取来了能使公牛减弱攻击力的魔药，并带着魔药亲自去见她心爱的英雄去了。

　　当美狄亚站在伊阿宋的面前时，她感觉到自己的身体都在燃烧，她是那么的幸福，但又是那么的害怕，可到底在害怕什么呢？已经管不了这么多了，她只希望能和她心爱的人在一起。

　　伊阿宋对眼前的姑娘说："亲爱的公主，如果你能把减弱公牛攻击力的魔药给我，你的名字将会永远活在希腊人民的心中的。"

　　美狄亚沉默了好长一段时间，然后她把装着魔药的那个小匣子交给伊阿宋。

　　"你用这种魔药涂抹身体后，就会有超凡的神力。如果把你的刀和剑也涂上魔药，那么任何武器都将伤不了你。这种魔力不能持续很长时间，不过请不要害怕，我会想另一种办法帮助你的。那样，你就可以拿到金羊皮回到你的国家了。"说完后，美狄亚竟哭了起来，她忘情地拉住了伊阿宋的手，伤心地说道："可是，你回到了你的国家以后，你还会记得我吗？请不要忘记我好吗？我也会时刻想着你。我真想和你一起到你的家乡去。"泪珠顺着美狄亚的双颊流了下来。

　　伊阿宋走上前去，为自己心爱的姑娘拭去眼泪："我是多么希望你能到我的故乡去啊，那里的女人和男人一定会对你顶礼膜拜，因为你，他们的儿子、兄弟和丈夫才免遭杀害。除了死，没有任何一件事能破坏我们的爱情。"

　　两颗心相撞了，爱情的火花同样照亮了希望。

　　在美狄亚的指导下，伊阿宋顺利地完成了国王埃厄忒斯交给他的任务。埃厄忒斯震怒了，他虽然一句话也没说，但他心里知道是自己的女儿美狄亚帮助了这些外乡人。让埃厄忒斯更加意想不到的是，美狄亚竟然又帮助这些外乡人夺取了金羊毛，而且跟着这些人逃回了希腊。

　　尽管伊阿宋胜利地航行归来，娶了漂亮贤惠的美狄亚，卑鄙无耻地杀害了美狄亚的兄弟阿布绪耳托斯，伊阿宋还是没有能够得到他想要的一切。珀利阿斯的儿子继承伊俄尔科斯国的王位后，伊阿宋带着妻子美狄亚逃到了科林斯。在那里，夫妻二人相亲相爱，平静地度过了十年，并养育了三个儿子。

伊阿宋还是忘记了对美狄亚的承诺，迷恋上了科林斯国王克瑞翁的女儿格劳刻，最后竟向格劳刻求婚。当这门婚事定下来以后，伊阿宋才向他的妻子美狄亚解释，振振有词地说是为了孩子们着想，希望美狄亚能自动解除婚约。

放弃了一切的美狄亚断然和伊阿宋来到了异乡他国，却遭到了伊阿宋的抛弃，愤怒的美狄亚朝着伊阿宋咆哮着，让伊阿宋履行他曾经的诺言，但伊阿宋对此不予理睬，坚持要娶格劳刻为妻。

"正义的女神啊，一把火把我烧掉吧，我背叛了国家来到了这里，甚至杀害了我的兄弟，现在终于遭到惩罚了，但惩罚我的却是我的丈夫，我是为了他才犯了罪的啊！在这样的情况下，我活下去还有什么意义呢？请你把我的丈夫和那个恶毒的女人一起毁灭吧。"美狄亚一边哭嚎一边诅咒着。

正在这时，科林斯的国王克瑞翁走进了美狄亚的宫殿，他看到美狄亚眼里迸射出的敌意，大声喊道："带着你的孩子离开我的国家吧，否则我会命人把你赶出去的。你的丈夫和我的女儿马上要结婚了，你留在这里还有什么意义呢？我并不是一个狠心的人，我准许你推迟一天离开，你找一条逃亡的路吧。"克瑞翁同情地看了看美狄亚。

一想到要离开背信弃义的丈夫，美狄亚变得更加狂躁起来。她呆呆地看着她曾经和丈夫一起生活了十年的地方，忽然大笑不止："我一定让你们得到应有的下场。"

美狄亚变得平静下来，她找到丈夫，假装和他和解："亲爱的，我终于明白了你是为了庇护我和孩子们才想娶公主的，我已经原谅你了，但我希望你能让孩子们留在你身边，让我一个人离开这里吧。瞧，我还为你的新娘准备了几件华丽的衣服，这是我送给你们的新婚礼物啊！"伊阿宋相信美狄亚不再怨恨他了，看到妻子从储藏室里取出了几件珍贵的金袍，伊阿宋甚至有些感动，他哪里会知道这些珍贵的衣服都是靠魔力用毒汁浸泡过的。

正如美狄亚所料，穿上这些衣服后，年轻的公主死去了，当她的父亲克瑞翁扑向她的尸体时，克瑞翁也被毒死了。美狄亚的怒火依然燃烧着，她飞快地来到孩子们的房中，望着熟睡中的儿子，泪水涟涟的她还是向他们投去了匕首。

当伊阿宋赶来寻找杀害公主的美狄亚时，听到了孩子们的惨叫声。他迅速走进房间，孩子们倒在血泊中，他们的母亲正用魔法召来由龙驾着的车子腾空而去。伊阿宋绝望地呻吟着，然后也平静下来，拿起孩子们身旁的匕首，自刎而死。

英雄赫丘利

赫丘利是天公朱庇特与阿尔克墨涅的儿子。阿尔克墨涅是珀耳修斯的孙女，是提任斯国王安菲特律翁的妻子，所以赫丘利很小就具有神的力量。当他还躺在摇篮里的时候，就曾毫不费力地捏死过两条毒蛇。希腊著名的占卜家提瑞西阿斯预言，赫丘利将是斩妖除怪的大英雄，而且将与青春女神赫柏结为夫妻。

安菲特律翁为了能让儿子享受最好的教育，招来了各地的英雄。安菲特律翁亲自教授儿子掌车的本领，福波斯的儿子里诺斯教赫丘利读书识字，朱庇特的儿子卡斯托耳教授赫丘利如何在野外战斗，俄卡利亚国王欧律托斯教授赫丘利拉弓射箭。后来，安菲特律翁又把赫丘利送到了乡下加以磨炼。十八岁那年，赫丘利成了希腊最英俊、最强壮的男子。

赫丘利能骑会射，勇敢无比，但他却面临着命运的抉择，他的力量是应该用来造福还是用来造孽呢？在道德女神的指引下，赫丘利最终选择了道德之路。他来到基太隆山脚下，把凶猛的狮子打死，然后又带领底比斯人打败了明叶人的进攻。

为了表彰赫丘利的功绩，底比斯的国王克瑞翁把女儿墨伽拉嫁给了赫丘利。众神的信使墨丘利送来了一把剑，太阳神福波斯送给他一把弓，火神伏尔甘送给他一只金色的箭袋，智慧女神密涅瓦送给他一套崭新的战服。希腊人民都为有这么一位伟大的英雄而高兴不已。

后来，欧律斯透斯成了迈肯尼的国王，他看到他的兄弟赫丘利的名声越来越大时，开始产生了恐惧感，给赫丘利布置了十项困难的任务。赫丘利并不知道欧律斯透斯是想让他在这些任务中丧生，勇敢地接受了这些任务。

欧律斯透斯交给赫丘利的

英雄赫丘利
赫丘利是古希腊、古罗马神话中描绘的最伟大的英雄，图为他杀死尼密阿巨狮并剥下了它的皮。

十项任务包括：剥下尼密阿巨狮的皮，战胜九头蛇怪许德拉，生擒刻律涅亚山上的牝鹿，把厄律曼托斯野猪带回迈肯尼，在一天时间内把奥革阿斯牛圈彻底打扫干净，赶走斯廷法罗斯湖的怪鸟，制服克里特的公牛，把色雷斯人狄俄墨得斯的一群牝马赶回迈肯尼，前往亚马孙女王希波吕忒那里夺取她的腰带并把它交给欧律斯透斯的女儿阿特梅塔，牵回巨人革律翁的一群壮牛。

赫丘利经过了千难万险终于完成了这十项任务，但欧律斯透斯却不承认其中的两项，于是，又让赫丘利前去经历两番冒险：去西海岸从巨龙拉冬身旁摘来赫斯珀里得斯的金苹果，从冥王那里牵回地府的看门狗——刻耳柏洛斯。赫丘利又经过了种种努力，排除了无数困难和障碍，完成了国王欧律斯透斯的任务，免除了国王对他的奴役，回到了底比斯。

此前，赫丘利因狂乱曾杀死了自己与妻子墨伽拉所生的几个孩子，所以，他没有再回到妻子的身边，而是把墨伽拉让给了侄子

赫丘利和安泰乌斯　波拉约洛　意大利
英雄赫丘利为了阻止大地女神之子安泰乌斯从母亲身上获取力量，奋力将他拖离地面。

伊俄拉俄斯。后来，赫丘利爱上了俄卡利亚国王欧律托斯的女儿伊俄斯，但欧律托斯却拒绝了赫丘利的求婚。无奈之下，赫丘利打消了娶伊俄斯的念头，在狂乱之中，他又把欧律托斯的儿子、自己的好朋友——伊菲托斯从城墙上推了下去。为此，他带着懊悔的心四处漂泊。

虽然赫丘利为这件在发狂时所做的蠢事做了忏悔，但这一罪孽却深深地压在了他的心头，他无数次想摆脱这件事在他心中的阴影，但结果越来越严重。后来，赫丘利获得了一则神谕：他需要卖身为奴，当三年的苦役，并且把卖身钱交给伊菲托斯的父亲欧律托斯，那样才能解除罪孽。

赫丘利来到小亚细亚，把自己卖给了翁法勒为奴。翁法勒是梅俄尼恩的女国王，是伊阿尔达奴斯的女儿。当赫丘利托朋友把三年的卖身钱送给欧律托斯时，欧律托斯拒绝接受，这位朋友只得又把钱转交给了伊菲托勒的儿子。直到这时，

赫丘利才又恢复了以前的力量。

在梅俄尼恩，赫丘利不仅充当翁法勒的奴仆，而且为当地人做了很多好事：制服了所有危害和扰乱当地的强盗，参加了围猎卡吕冬公猪的活动等。

翁法勒对赫丘利非常赞赏，当听说他是天公朱庇特的儿子时，立即恢复了他的自由身份，并且与他结为夫妻。从此以后，赫丘利过起了花天酒地般的生活，开始不思进取，连妻子翁法勒后来也瞧不起他了。

突然有一天，赫丘利从沉沦中清醒过来，他用重新获得的自由向他昔日的敌人进行挑衅报复。他前往特洛伊，射死了那个暴虐、刚愎自用的国王拉俄墨冬，杀掉了曾食言于他的伊利斯的国王奥革阿斯。由于击败了河神阿刻罗俄，赫丘利娶了俄纽斯的女儿得伊阿尼拉。

赫丘利的结局

俄卡利亚国国王欧律托斯曾亲口答应如果有人在弓箭上能胜过他和他的儿子，便可以娶他的女儿伊俄斯为妻。但他的徒弟赫丘利不仅胜过了他亲手调教出来的儿子，而且还胜过了欧律托斯本人，欧律托斯却并没有履行他的诺言。赫丘利认为，正是欧律托斯的食言造成了他后来一系列的苦难。所以，欧律托斯成了他必须报复的对象。

赫丘利召集了一支队伍，围攻俄卡利亚，他身先士卒，攻城略地，打死了欧律托斯和他的三个儿子，依然年轻漂亮的伊俄斯成了赫丘利的俘虏。

当丈夫去攻打俄卡利亚时，赫丘利的妻子得伊阿尼拉留在家里。得伊阿尼拉深爱着她的丈夫，甚至把丈夫看得比自己还重要，此时，她正焦急地等待着丈夫的消息。宫殿里爆发出一阵欢呼声，得伊阿尼拉知道这是丈夫凯旋了，她急切地向跑进来的仆人利卡斯询问。

"尊敬的夫人，你的丈夫是多么的勇敢啊，他杀死了欧律托斯，还抓回来一批俘房，他现在正在攸俾阿对众神进行献祭。不过，你可要好生对待这些人，尤其是那位不幸的年轻姑娘。"利卡斯指着伊俄斯对得伊阿尼拉说道。

善良的得伊阿尼拉拉起扑倒在她脚下的伊俄斯，流露出同情的眼神，她问利卡斯："她是谁？看上去好像还没有结婚的样子，像是出身于高贵家庭，利卡斯，我说得对吗？"

"夫人，我哪里知道，我只知道她是你丈夫的俘房。"利卡斯的目光躲躲闪闪，像是隐瞒一桩秘密，说完马上带着俘虏退了出去。

这时，一个跟随赫丘利已久的仆人悄悄地走了进来："夫人，你不要相信利卡斯的话，你知道你的丈夫为什么要攻打俄卡利亚吗？就是为了刚才那个女子啊，她就是伊俄斯，欧律托斯的女儿，你的丈夫对她早有爱慕之心，她可是你的情敌啊。"

听到仆人的话，得伊阿尼拉像是听到了一个晴天霹雳，她是那么深爱着丈夫，可丈夫竟背叛她，但马上她又平静下来，命人把利卡斯叫来，诚恳地说道："亲爱的利卡斯，我知道你不会骗我的，这位姑娘是多么可怜啊，即使我的丈夫对我不忠我也不会迁怒于她，我只想知道真相，我是多么希望能减轻这位姑娘的痛苦啊。"

利卡斯见夫人如此的通情达理，便把一切都告诉了她。得伊阿尼拉没有责备利卡斯，也没有责备她的丈夫，只是吩咐利卡斯给丈夫捎去一件礼物，以庆祝丈夫的胜利。

得伊阿尼拉从箱子里拿出一件衬衣，把它交给了利卡斯："这是我亲手缝制的，除了我的丈夫之外，谁也不能穿这件衣服，这里可是融入了我对他的爱啊。"利卡斯捧着衬衣走出房间之后，得伊阿尼拉茫然地陷入沉思中。

只有得伊阿尼拉知道，在那件衬衣内，有一块具有魔力的血膏，那块血膏却有一段不凡的来历。

当年赫丘利从卡吕冬来到特拉奇斯时，去拜访他的朋友刻宇克斯，但这中间要经过奥宇埃诺斯河。赫丘利请肯陶洛斯人涅索斯抱着妻子得伊阿尼拉过河，但涅索斯垂涎于得伊阿尼拉的美貌，在河中间对她动手动脚。已经到达岸上的赫丘利见涅索斯这么无礼，弯弓搭箭，射中涅索斯的要害之处。当得伊阿尼拉要朝着岸边游去时，垂死的涅索斯叫住了她："我侮辱了你，为此我希望能做出补偿，你把我的尸体掩埋掉，把我的伤口流出的最后一滴血保存起来。你把它涂在你丈夫的衣服上，他就不会再爱上别的女人，只会爱你

青春女神赫柏
青春女神赫柏是天公朱庇特与天后朱诺的小女儿，后嫁与大英雄赫丘利做妻子。

一个人了。"

　　虽然得伊阿尼拉当时并不怀疑丈夫对自己的忠诚，但她还是把涅索斯的最后一滴毒血保存了下来，并制成了血膏，而当丈夫快要背叛她的时候，她想到了涅索斯的话。她把血膏涂在了那件衬衣上，不过她只是为了唤回赫丘利的爱情和忠心啊。

　　利卡斯回到攸俾阿，把家乡的消息向赫丘利做了报告，然后把得伊阿尼拉让他捎来的那件衬衣帮赫丘利穿上。赫丘利并没有产生任何怀疑，立刻把它穿在身上，然后十分虔诚地做着祷告。当祭祀的烈火熊熊燃烧的时候，赫丘利开始浑身冒汗，那件衬衣开始变小，赫丘利开始感到一阵阵的战栗，最后在地上翻滚起来。充满悔恨的利卡斯来到主人身边，告知这件衬衣是受夫人委托才交给主人的，赫丘利痛苦地咆哮着，让儿子许罗斯赶快把他带回自己的国家，他不想死在一个陌生的国土上。

　　刚走进宫殿，许罗斯就开始抱怨起母亲，得伊阿尼拉得知丈夫即将因为自己的错误而死去时，充满了绝望。她默默地走到丈夫的房间，拿起一把匕首刺入了自己的胸膛。许罗斯为自己对母亲说了过激的语言懊悔不已，他想找到母亲向她道歉，但他只找到了母亲冰冷的尸体。而此时的赫丘利也忍受着痛苦的煎熬。

　　神谕曾暗示过赫丘利必将死在俄塔山上，所以，赫丘利不顾身体的疼痛，命人把他抬到了俄塔山顶。坐在一堆木柴上，赫丘利把自己的弓箭送给了好朋友菲罗克忒忒斯，并命他点火。

　　当木柴被点燃的瞬间，天上闪过的几道闪电迎着火苗扑了过去，赫丘利被迎送到了奥林匹斯圣山上。在天宫里，赫丘利被列为神，天后朱诺也同他和解，并把自己的女儿——青春女神赫柏嫁给了赫丘利。

奥林匹斯山的战火

　　赫丘利初次取得成绩的时候，天上的众神纷纷解囊对他进行馈赠。赫丘利心存感激之情，一直想回报众神，但却苦于找不到机会。

　　朱庇特掌管宇宙后，他把反对他的提坦巨人打败，并把他们关进了地狱塔耳塔洛斯。这些提坦巨人是地神该亚的儿子，该亚虽然对朱庇特表面上臣服，但却怀恨在心，一直寻找机会进行报复。

　　在提坦巨人被关进地狱之后，该亚又生下了一群巨人，这些巨人有着狰狞的面孔，留着杂乱的胡须，长发飘飘，身后还长着一条坚挺的龙尾，他们没有脚，而龙尾则充当了他们的脚。该亚唆使这群巨人反对天公朱庇特：

"我的孩子们，勇敢地去吧，去为你们的兄弟——往昔的神之子去报仇吧。可恶的敌人朱庇特竟让雄鹰啄食普罗米修斯的肝脏，大雕正在撕扯着提堤俄斯，阿特拉斯也被派去肩扛苍天。我的儿子提坦巨人们都遭到了朱庇特的刑罚，这是多么不公平啊！你们一定要为他们报仇啊，把他们从朱庇特手里夺回来。带上我的肢体吧，用这高大的雄山做你们的武器，到那充满罪恶的天庭里去，从朱庇特手里夺下他的神杖和雷电，去赶走海洋之神尼普顿，这些都应该是属于我们的，却被朱庇特家族统治着。勇敢的巨人们，去拿回我们的一切吧。"

听到该亚的召唤，巨人们从地下的厄瑞波斯蜂拥而出，他们像春天的种子一样撒布在大地上，冲到广阔的田野，从威萨利亚种到了佛勒格剌，天上的星星开始变得灰暗起来，太阳神的太阳车也掉转了车头，暗淡无光。巨人们欢呼着，好像已经取得了胜利，已经把他们的敌人朱庇特送进了地狱塔耳塔洛斯。在该亚的指挥下，他们登上了忒撒利山，准备从那里向奥林匹斯圣山发动进攻。

最先得到巨人发动战争消息的是众神的使者伊里斯。伊里斯把所有的神召集起来，包括天上的，也包括海里的，连冥界的命运女神和冥后珀耳塞福涅也来到了奥林匹斯圣山。此时的奥林匹斯圣山，就如同一个要被敌人袭击的城市，所有的神都进入了最后的备战阶段。

当所有的神都集中到一起之后，天公朱庇特面带怒气地高声说道："众神们啊，你们看啊，我们如此辛苦地管制着宇宙，地母竟让她的孩子们来攻击我们。勇敢的天神们啊，我们要团结起来，她派来多少儿子，我们就要还给她多少具尸体。"朱庇特话音刚落，一道霹雷闪过，该亚为了给她的儿子们助威，正在地面上发动强烈的地震。

宇宙顿时陷入了一片混乱之中，巨人们把一座座高山连根拔起，重重地摔在地上，地面被砸出了很多的巨坑。他们还把一些山峰叠在一起，往奥林匹斯圣山峰顶爬去。巨人们把硕大的石块和点燃的大树向奥林匹斯圣山掷去，情况变得越来越危急。

在战争一开始，众神们曾占卜过一个神谕，神谕说：如果要消灭这些巨人，必须要有一个凡人参战，否则凭神的力量是不能战胜这些巨人的。于是，朱庇特派智慧女神密涅瓦去召唤他在凡间的儿子赫丘利来参加战斗。该亚得知这个消息后，亲自去寻找一种草药，因为这种草药可以避免她的儿子们不被人类伤害。但她没有想到的是，朱庇特命令太阳和月亮都不要发光，趁该亚在黑暗中寻找的时候已经把这种草药都收割走了。

巨人们肆无忌惮地破坏着宇宙间的万物。与此同时，奥林匹斯山上的众神们也投入了战争。战神玛尔斯全副武装，一手持盾牌，一手持长矛，驾驶着他的战车冲向巨人们。他把长矛刺进了蛇足巨人珀洛罗斯的胸口，然后驾着战车粉碎了很多巨人们的尸体。赫丘利也爬上了奥林匹斯圣山，这些挣扎的巨人们的尸体一看到凡人赫丘利，顿时灵魂出窍而死。赫丘利手举着长矛去寻找着刺入的目标，被他刺中的巨人堤福俄斯跌落到大地上，但他刚一接触到地面，马上又复活了。

天堂之门

朱庇特掌管宇宙后，他把反对他的提坦巨人都打入地狱，而自己一族却终日在极乐的天堂——奥林匹斯山上，歌舞升平；提坦巨人们在该亚的怂恿下发起对朱庇特的反抗，但最终未能叩响天堂之门。

“赫丘利，你应该到地面上去，这些巨人是大地的孩子，不离开地面他们是永远也死不了的。”智慧女神密涅瓦高声对赫丘利说。赫丘利听从了密涅瓦的劝告，跳下地面，把堤福俄斯从大地上举了起来，离开地面的堤福俄斯马上停止了呼吸。

巨人波耳费里翁向赫丘利和天后朱诺逼近，在朱庇特神力的诱惑之下，波耳费里翁有一种想看一眼天后的念头。当他刚拉下朱诺的面纱时，朱庇特就用雷电将他劈死，波耳费里翁的尸体刚要下落，赫丘利一箭将他击中，结果了他的性命。看到兄弟死去，巨人厄菲阿耳忒斯向赫丘利走来。这时候，太阳神福波斯来到了赫丘利的身边，赫丘利大笑着对福波斯说：“瞧啊，我们的目标又送上门来了，我看他是想尽早地去地狱报到吧。”说着，一箭射中了厄菲阿耳忒斯的右眼，福波斯的一箭则射中了巨人的左眼。其他的神也在激烈的战斗中：火神伏尔甘用灼热的铁弹刚将克吕提俄斯打倒；波吕玻忒斯在海神尼普顿的追击下逃到了科斯岛，但尼普顿却掀翻一块土地将他压住……在赫丘利的帮助下，众神终于把巨人们都击毙了。

为了表扬参加这次战斗的众神，朱庇特把他们称为奥林匹斯神，他还把这个称号赐予了他两个在人间的儿子：赫丘利和狄俄倪索斯。

忒修斯登上雅典王位

忒修斯是埃勾斯和特洛伊国王庇透斯的女儿埃特拉的儿子。埃勾斯是雅典阿提刻国的国王，但却没有子嗣，他兄弟帕拉斯的五十个儿子对他的王位垂涎已久，对这个没有儿子的国王非常轻蔑。为了得到一个儿子，以使自己的王位不落到外人手里，埃勾斯决心再娶一房妻子。他最先把他的这一想法告诉给了他的朋友，也就是特洛曾小城的国王庇透斯。听完埃勾斯的决定，庇透斯吃了一惊："难道这就是神谕中的结果吗？我的朋友，我得到了一个神谕，说我的女儿会缔结一个很不光彩的婚姻，但她的儿子却将声誉卓著。我正不知道如何去解释这一神谕，看来你说的正是时候。"

就这样，庇透斯把自己的女儿秘密地嫁给了埃勾斯。埃勾斯要离开特洛曾时，和妻子埃特拉来到海边，把他的宝剑和鞋藏在了一块巨石底下，对妻子说："我和你结婚，是为了我的家族和王国。如果你生下一个儿子，就把他抚养成人，不要告诉他我是他的父亲。等他有足够的力量搬动这块石头时，你让他穿上这双鞋，拿着这把剑到雅典去找我。"

埃特拉果真生了一个儿子，名叫忒修斯。埃特拉和庇透斯没有对任何人讲过忒修斯的父亲是谁，庇透斯甚至对别人说忒修斯是海神尼普顿的儿子。忒修斯长成英俊少年以后，身体强壮，聪明才智日益显露。埃特拉把儿子带到海边那块巨石旁，告诉他真实的出身，叫他取出埃勾斯留下的证物到雅典去。

不费吹灰之力，忒修斯就搬开了巨石，取出了那双鞋和宝剑。外祖父和母亲都劝忒修斯从海上去雅典，因为当时陆上有很多的强盗出没，但忒修斯坚持要从陆上走："要是我从海上去父亲身边，人家会笑话我是依靠传言中是我父亲的海神的帮助才完成旅行的。如果父亲看到我穿着一尘不染的鞋子，他又会怎么看我呢？我才不充当懦夫。"

对于忒修斯的坚持，外祖父和母亲只能为他祝福。忒修斯非常钦佩英雄赫丘利，一直想有朝一日也能像赫丘利一样做一些惊天动地的大事。他同样知道去雅典的路上会遇到很多风险，但他还是义无反顾地踏上了征途。

一路上，忒修斯肃清了一些拦路抢劫的强盗，勇敢地与害人的野兽进行搏斗，如，杀死了一头叫菲阿的克罗米俄尼亚的猪。最后，忒修斯终于来到了雅典，但他看到的并不是一个和平欢乐的雅典，父亲埃勾斯也处于一个十分危险的境况中。

　　自从美狄亚离开伊阿宋之后，便来到了雅典，在得到埃勾斯的宠幸之后，美狄亚更是作威作福。依靠魔力知道埃勾斯的儿子到达雅典之后，美狄亚千方百计地陷害忒修斯。在美狄亚的挑拨之下，埃勾斯认为忒修斯是一个来侦察情况的奸细，便宴请忒修斯，想在席间毒死他。当忒修斯想切盘子里的肉时，拿出了父亲留给他的宝剑。埃勾斯一眼就认出了自己留给儿子的信物，立刻把已斟满毒酒的杯子打翻在地，紧紧地拥抱忒修斯，并命人把美狄亚赶出雅典。

　　忒修斯作为阿提刻的王子和王位继承人是无可非议的，埃勾斯对这个好不容易得来的儿子更是百般珍爱，但儿子做出的一个决定却让他痛苦不已。原来，雅典人要每年向克里特国王弥诺斯进贡，贡品是七个童男和七个童女。这些童男童女被送到克里特国后，会被关入迷宫，让凶残的怪物弥诺陶洛斯吃掉。每年进贡的时候，雅典国怨声载道，他们不得不看着自己的儿女们被送去异国让怪物吃掉。进贡的时候又要到了，国民们对国王埃勾斯越来越不满。为了使父亲从无限的痛苦之中解脱出来，忒修斯毅然地选择了去克里特国。埃勾斯是多么的想留住儿子啊，但忒修斯一再向父亲表示，自己一定会把这些童男童女带回来，还要征服弥诺陶洛斯。

　　在出发之前，忒修斯到太阳神福波斯的神庙里进行祷告。神谕让他选择爱神作为保护神，虽然忒修斯不解其意，但还是向爱神维纳斯献了祭礼。一切准备完毕，忒修斯带着另外几名童男童女乘船前往克里特。

　　当忒修斯出现在王宫里后，弥诺斯的女儿阿里阿德涅顿时被忒修斯的英俊潇洒吸引住了。在没有人注意的时候，阿里阿德涅向忒修斯表白了爱慕之心，并给了他一个线团和一把魔剑："你把线的一头拴在迷宫的入口处，带着线团进入迷宫，一直走到弥诺陶洛斯身边，用这把魔剑将它杀死，再顺着线走出迷宫。"

　　忒修斯一再表示对阿里阿德涅的感激。当他和同伴被送进迷宫后，他按照她的吩咐去做了，杀死了弥诺陶洛斯并

杀死牛头怪　巴耶　法国

这是法国雕塑家巴耶的青铜质作品，牛头怪每年要吞食雅典的婴儿，忒修斯历尽艰险进入迷宫，杀死了牛头怪。

安全地出了迷宫。然后，他带着他的同伴和阿里阿德涅一起逃离了克里特。在归途中，忒修斯和同伴们在狄亚岛休息。忒修斯梦到了神灵让他把阿里阿德涅留在岛上，否则他将遭遇一切灾祸。为了不惹恼神灵，忒修斯按照神意做了，随后继续航行。当天夜里，阿里阿德涅不知了去向。

对于阿里阿德涅的失踪，忒修斯和他的同伴们都非常悲伤，他们甚至忘了换下表示哀悼的黑帆。坐在海岸上等待儿子归来的埃勾斯看到船上挂着的黑帆，以为忒修斯已死，绝望地跳进了茫茫的大海里。

忒修斯刚上岸就听说了父亲跳崖而死，悲痛万分，一路号哭着走进了雅典城。忒修斯执政以后，在各个方面都表现出了他非凡的领导才能，这个时候，雅典才成了一个公认的城市。

忒修斯的结局

忒修斯做了国王以后，废除了各城镇的议会和独立政权，建立了一个共同的议会。他还削弱了王权，使他的权力受到贵族会议和人民大会的约束。这一做法得到了全体雅典人民的赞同。

忒修斯的妻子希波吕忒是一个阿玛宗女人，当年忒修斯并不是堂堂正正地把希波吕忒迎娶回雅典的，而是去阿玛宗进行抢婚。阿玛宗本就是一个好战的女人执政的国家，她们一直在寻找机会进行报复。一天，雅典没有设防，阿玛宗妇女开始了她们蓄谋已久的入侵。希波吕忒在这次战争中牺牲后，双方进行了谈判，才使得双方的矛盾和平解决。

忒修斯率同伴们弃舟登岸
这是绘制在弗朗索瓦罐上的再现古希腊神话英雄人物风采的传世之作。

希波吕忒死后，忒修斯好长时间都没有再娶。后来，他听说他以前的情人阿里阿德涅的妹妹淮德拉美丽聪颖，遂打算迎娶淮德拉。这时候，克里特的老国王弥诺斯早已经去世了，新继位的国王——弥诺斯的儿子丢卡利翁并不仇视忒修斯，他高兴地同意了这门亲事。就这样，忒修斯娶回了年轻漂亮的淮德拉。在他们结婚的第一年里，淮德拉就为忒修斯生下了阿卡玛尔斯和得摩福翁两个儿子。

淮德拉并不像她的姐姐阿里阿德涅那样忠贞，她越来越讨厌渐渐老去的忒修斯，喜欢上了忒修斯年轻的儿子希波吕托斯。当淮德拉向希波吕托斯表明自己的爱意时，这位年轻的王子竟然回绝了继母，在希波吕托斯看来，哪怕有这种想法都是对父亲的不忠，更不用说想去推翻父亲的王权了。他开始厌恶在这个家里待着，父亲不在国内，与继母同住在一个屋檐下，使他感觉浑身不自在。于是，他换上行装，去野外狩猎，避免在父亲回来前与继母独处。

看到自己罪恶的计划不能实行，更加恶毒的阴谋在淮德拉的脑海里闪过，她决定以她的死来实现她的阴谋。当忒修斯从国外归来时，发现淮德拉已经自缢，她的右手里有一封信。读完妻子留下的信后，忒修斯暴跳如雷："天啊，我怎么会有这样的儿子？他竟然想强暴他的继母。尊敬的海神尼普顿，你像爱自己的儿子一样爱我，你答应过我会满足我的三个请求，现在我就请你不要让可恶的希波吕托斯活过今天。"说完，他伏在淮德拉的尸体前恸哭起来，希波吕托斯走进来，忒修斯没等儿子辩解就把他逐出了雅典。

夜幕降临的时候，一名仆人悲伤地来通知忒修斯："陛下，你的儿子希波吕托斯已经受了重伤，马上要离开人世了，正是你的诅咒害了他啊。"

忒修斯一阵苦笑，好像是在听人讲一个与他无关的人的故事："那你告诉我，他是怎么受伤的呢？"

仆人眼里含着泪继续说道："希波吕托斯从你这里走出去后，命令我们备好出行的马匹和车辆。在出发前，他对天祷告：'仁慈的朱庇特，如果我真的玷污了我的继母，你就把我消灭了，但你一定要让我的父亲知道他对我的处罚是不公正的。我知道，父亲平静下来之后会相信我的。'随后我们便出发了。当来到荒凉的海岸时，从大海的深处传来了一声巨响，一个巨浪

蹿上天空，汹涌的海浪排山倒海般地向我们涌来，紧接着，一头硕大的公牛从海浪的最高处冒了出来。那几匹马一见到这么大一个怪物，便腾空而起，希波吕托斯顿时从马背上栽到了岩石上……"

仆人哽咽着再也说不下去了，而忒修斯依然面无表情，他呆呆地望着淮德拉的尸体，若有所思地说："希望我还能见他最后一面，我要亲口问问他是否对自己的行为感到后悔……"

忒修斯的话还没有说完，一个披头散发的老妇人就打断了他："可怜的国王，我实在不想再保持沉默了。你的儿子希波吕托斯并没有错，错的是他的继母，是她想勾引你的儿子。"

忒修斯抬头看去，原来是淮德拉的老奶妈。这一切来得都太突然了，还没等他回过神来，仆人们抬着希波吕托斯走了进来。忒修斯扑到了儿子身上，又开始痛哭起来。希波吕托斯用仅存的最后一口气问父亲："你一定知道我的清白了吧，我可怜的父亲，我并不怨你。"说完，闭上了眼睛。

妻子淮德拉和儿子希波吕托斯死后，忒修斯越来越觉得孤独，于是，他与年轻的英雄庇里托伯斯商议去抢一个妻子。当二人到达斯巴达时，被年轻美丽的海伦吸引住了。他们把海伦抢走，通过抓阄的方式，海伦归忒修斯所有。然后二人又继续远征，这次二人决定去冥界劫持冥后珀耳塞福涅。但这次的计划却失败了，他们不但没能掳走冥后，反而被罚永囚地狱。后来，赫丘利把忒修斯救了出来。庇里托伯斯却永远留在了那里。

在忒修斯囚禁在地狱的时候，海伦的两个哥哥——卡斯托耳和波吕丢刻斯进攻雅典，带走了海伦。雅典城内也发生了动乱，珀透斯的儿子墨涅斯透斯企图夺取王位。忒修斯回到雅典后，虽然镇压了墨涅斯透斯的政变，但已经不能使人心得到安抚。最后，他放弃了他的王位，去了斯库洛斯岛。斯库洛斯的统治者吕科墨得斯一直想除掉这个眼中钉，因为他不想把霸占的忒修斯的财产归还忒修斯。一天，吕科墨得斯带忒修斯来到岛上最高的岩峰上，让忒修斯从这里看忒修斯父亲留在这里的财产，当忒修斯高兴地向远方眺望时，吕科墨得斯从背后把忒修斯推下了万丈悬崖。

伟大的英雄消失了，他的人民很快就把他忘记了，墨涅斯透斯继承了王位。数百年之后，当雅典人在马拉松平原抗击波斯人时，忒修斯的神灵带领他的人民打败了敌人。这时候，他的子孙才对他表示出由衷的感激和崇敬。

英雄尤利西斯

尤利西斯是拉厄耳忒斯的儿子，是伊塔刻的国王。应斯巴达国王墨涅拉俄斯的邀请，他参加了攻克特洛伊城的战争。当幸免于难的希腊英雄们返回家园、尽享天伦之乐的时候，尤利西斯却不幸迷途，来到了俄奇吉亚岛。在俄奇吉亚岛上有一个叫卡吕普索的仙女，她把尤利西斯抢入她的洞里，希望尤利西斯能娶她为妻。虽然仙女美丽动人，但尤利西斯一直保持着对妻子珀涅罗珀的忠诚，所以他拒绝接受仙女的爱。

奥林匹斯圣山上的众神被尤利西斯所感动，决定让他重返家乡。墨丘利来到地面，向卡吕普索传达了朱庇特的决定。朱庇特的决定是不可违抗的，卡吕普索为尤利西斯准备了远行的筏子，依依不舍地看着心爱的人远去，不再受到约束的尤利西斯踏上了归途。

珀涅罗珀是卡里俄斯的女儿，她是一个忠于爱情的女人。特洛伊城已经被希腊人占领，而自己的丈夫却迟迟不见归来，珀涅罗珀陷入了巨大的悲痛之中，难道丈夫真的已经战死沙场了吗？那些嫉妒尤利西斯的人从四面八方涌来，他们借口向依然年轻的珀涅罗珀求婚，无耻而又蛮横地享用着尤利西斯的财产。这样的混乱持续了三年之久。

离开俄奇吉亚岛后，尤利西斯不敢闭上眼睛，他一直注视着天空，沿着卡吕普索在告别时教给他的识别记号前行。在茫茫的大海上航行了十七天之后，淮阿喀亚国的山影终于出现在尤利西斯的眼前。正当尤利西斯为此欢呼雀跃的时候，一阵波浪铺天盖地般地迎面扑来，竹筏被掀翻了，他跌落到海里。在大海中又漂泊了两天之后，尤利西斯才游上了岸，穷困潦倒的他连一件衣服都没有，只能赤身裸体。在智慧女神密涅瓦的安排之下，淮阿喀亚国王阿尔喀诺俄斯的女儿瑙西卡搭救了这个不幸的人。老国王和公主都被尤利西斯的苦难经历所打动，他们决定帮助这位希腊英雄回到故乡。

当淮阿喀亚人把尤利西斯送回到伊塔刻岛时，他已经认不出这块地方了。为了让那些胡作非为的求婚者得到惩罚，密涅瓦使用神力没有让伊塔刻的人们认出他们的国王。在密涅瓦的指导下，尤利西斯找到了一直忠诚于他的牧猪人欧迈俄斯。在欧迈俄斯的家里，尤利西斯见到了年轻的儿子忒勒玛科斯。

"忒勒玛科斯，你一定已经认不出我来了，我是你的父亲啊。"尤利西斯忍不住泪流满面，一把抱住了儿子。但忒勒玛科斯却不敢相信眼前发生的一切，他呼喊着说："你是我的父亲吗？不可能的，一定是凶恶的魔鬼在欺骗我，让我感到大失所望。"

尤利西斯痛苦地对儿子说："我真是你返归故乡的父亲啊，我离家整整二十年了。我能回到家乡都是智慧女神密涅瓦的杰作，她使我变得干瘪得像个乞丐，使所有的人都认不出我，对神来说，这是举手之劳的事啊。"

这时，忒勒玛科斯才含着滚烫的热泪拥抱了父亲。尤利西斯向儿子诉说了自己在特洛伊战争后的遭遇和是怎么回到家乡的，然后对儿子说："忒勒玛科斯，我们应该商量一下怎么处死那些无赖的求婚者，如果我们两个人对付不了他们，我们可以去寻找同盟兄弟的帮助。"

父子俩商量了好久，决定让忒勒玛科斯返回宫殿，而尤利西斯继续装作乞丐到求婚者当中，直到惩罚了那些求婚者为止。

求婚者在大厅里对尤利西斯进行着辱骂，十分狂妄，他们已经看出了珀涅罗珀的诡计：她对所有的求婚者表示好感，可她心里想的却完全是另一个样子。她对求婚者承诺：等我为我丈夫年迈的父亲拉厄耳忒斯织好葬服，我就决定嫁给你们当中的某个人。珀涅罗珀的确是整天地坐在机前织布，但一到夜里，她就会把白天织成的布重新拆掉。这样，她才不会在这些求婚者中间做出选择。而此时，珀涅罗珀已经到了山穷水尽的地步，不能再用这个计谋摆脱这些求婚者了，她陷入了深深的苦恼之中。

乞丐模样打扮的尤利西斯走了进来，珀涅罗珀对他说："可怜的陌生人，你怎么也来到了这里呢？你看啊，自从我丈夫外出以后，我和我的儿子一直没有过上过好日子。外面那些人都是来向我求婚的，可我不想在他们之间做出任何选择。我深爱着我的丈夫，可我的父亲和儿子都已厌倦了这种生活，我实在不知道该怎么办了。"

尤利西斯有所隐瞒地向珀涅罗珀讲述了自己的故事，珀涅罗珀被感动得热泪盈眶，然后对他说："让忠实的欧律克勒娅为你洗洗脚吧。欧律克勒娅，你亲自把尤利西斯养大，这位陌生人和你的主人一样年龄，你去给他洗洗脚吧。"珀涅罗珀招呼着欧律克勒娅。

看到尤利西斯的那双脚，年迈的欧律克勒娅禁不住泪流满面："瞧这双脚，和尤利西斯的一样，人在不幸之中会更见衰老。你怎么会和我的主人尤利西斯长得一模一样呢？"

当欧律克勒娅触摸到尤利西斯右膝上那道疤痕时，惊愕地抬着头望着眼前的人："尤利西斯，我的孩子，我终于等到你回来了。"

"你没有看错，尤利西斯是回来了，但是，你要装成什么也不知道，否则我会被这些求婚者害死。"尤利西斯示意欧律克勒娅不要声张。珀涅罗珀正专心地想着别的事，并没有注意到主仆二人的对话。

"善良的陌生人，请你给我解一个梦吧，"珀涅罗珀对重新坐到她面前的尤利西斯说，"我在宫里养了二十只鹅，前几天我做了一个梦，梦到从远方飞来一只雄鹰，所有的鹅都被雄鹰拧断了脖子。那只雄鹰对我说：'伊卡里俄斯的女儿，你不是在做梦，这是一种预兆，求婚者是那批鹅，而我就是尤利西斯，我要杀掉所有的求婚人。'"

听完珀涅罗珀的叙述，尤利西斯笑着说："王后，我相信尤利西斯会回来的，而且正如你梦中所示，这些求婚者都难逃性命。"

"唉，可马上就到了决定我嫁给谁的日子，明天会有一场比赛，如果有人能使用我丈夫生前使用的硬弓穿过十二把依次排列的斧孔，我就嫁给他。"珀涅罗珀叹了口气。

尤利西斯鼓动着珀涅罗珀："你要相信神的预言，还没等到飞箭穿过十二个斧孔，尤利西斯就会回来了。"

尤利西斯取得胜利

赛箭的日子到了，珀涅罗珀带着尤利西斯的硬弓和箭筒来到了大厅里。求婚者正热闹地喧哗着，看到美丽的珀涅罗珀，马上安静下来。珀涅罗珀扫视了一遍大厅里的人，然后拿过丈夫的那张硬弓说："这是我丈夫留下来的宝物，那里立有十二柄斧子，如果谁能轻松地拉开硬弓，让箭矢穿过十二柄斧子的穿孔，我就会嫁给那个人。"

大家正要回话，忒勒玛科斯站起身来："你们为了一个女人来进行一场比赛，这样的比赛在全希腊还没有先例。我也要参加这次比赛，如果我赢了，我的母亲将永远留在家里了。"他首次拉动硬弓，但却因为力气小而失败了："我承认我是一位弱者，你们的力气都胜过我，那就请你们来试试吧。"

忒勒玛科斯的话音刚落，勒伊俄得斯就走了过来，无论怎么努力，他没能拉开那张硬弓。

"还是让其他人来吧，看来我不是合适的人选。"勒伊俄得斯把弓放在了地上，走进了人群。求婚者相继试着拉开硬弓，却没有一个成功的。最后，只剩下安提诺俄斯和欧律玛科斯这两位强壮的人。

欧律玛科斯把硬弓放在火上翻动着，想使其在火的烧烤之下变得松软一些，但这张弓就是不听他使唤，依然纹丝未动。正当欧律玛科斯心灰意冷的时候，安提诺俄斯对大家说："我们还是推迟比赛吧，先去喝酒，今天大家都在庆祝，张弓搭箭有点不合适。"

尤利西斯走上前去，面向骚动的人群："是啊，经过一天的休息，太阳神福波斯说不定会把胜利的桂冠捧着送给你们的。不过，请容许我试试这张硬弓吧，说不定我能拉开这张弓。"

人群更加骚动起来，人们怎么也不会想到这么一位干枯的老乞丐会提出这样的要求。

忒勒玛科斯制止了骚乱："至少这个时候，我还有权力做主，谁也阻止不了我把弓箭交给这位陌生人。母亲，请你到内房里去吧，射击本就是我们男人的事。"珀涅罗珀看着越来越成熟的儿子，顺从地走入了内房。

尤利西斯仔细地端详着自己二十年前用过的硬弓，心潮万般澎湃。他弯弓搭箭，沉着地射出了箭。箭从第一把斧子穿孔进去，从最后一把斧子的穿孔里飞了出去。

"第一轮比赛已经结束了，我们将举办一次节日的盛宴。"尤利西斯对惊愕的求婚者说，等一切安排妥当，尤利西斯又对求婚者说："接下来进行第二轮比赛，现在该选择目标了。"

说完，尤利西斯拉开弓，瞄准了安提诺俄斯。可怜的安提诺俄斯正在把葡萄酒向嘴里送，根本没料到自己已经成了尤利西斯的箭把子。飞箭正中安提诺俄斯的咽喉，从脖子后面穿了出来。其他的求婚者看到安提诺俄斯倒了下去，都站起来寻找武器，但他们既找不到矛也找不到盾，只能以激烈的语言来发泄自己心中的怨愤。他们以为陌生人是不小心误伤了安提诺俄斯，但却不知道他们也面临着同样的命运。

"可恶的家伙们，你们挥霍我的财产，在我还没有死之前就向我的妻子求婚，多么可耻的事啊，今天我要让你们为此付出代价。"尤利西斯对所有的求婚者狂吼着，声震如雷。

顿时，求婚者吓得面如土色，各自寻找着逃跑的途径。但在强大的尤利西斯面前，所有的人都是跑不掉的。在儿子忒勒玛科斯和两个忠实的仆人——牧猪人欧迈俄斯和牧牛人菲罗提俄斯的帮助下，在智慧女神密涅瓦的佑护之下，除了无辜的歌手和使者墨冬没有被尤利西斯杀死，其余的人都倒了下去。

尤利西斯环顾四周，没有再看到一个活着的敌人。他吩咐忠实的女管家欧律克勒娅把不忠实于他的女仆们都召集到一起，对儿子忒勒玛科斯说："让她们把这些尸体扛出去，用海绵把桌椅都擦洗干净。等把这一切完成以后，用利剑杀掉这些女仆。"然后，尤利西斯又对欧律克勒娅说："用炭火和硫磺把大厅、宫殿内室和前院彻底用烟熏一遍吧，顺便把那些忠诚的女仆叫来。"

忠诚于主人的女仆蜂拥而来，她们围着主人，欢迎他的凯旋，尤利西斯激动得热泪盈眶。

当欧律克勒娅把尤利西斯已经回来的消息告诉珀涅罗珀时，珀涅罗珀怎么也不敢相信曾经的那个衣衫褴褛的乞丐就是自己英俊的丈夫，直到尤利西斯说出了只有他们两人才知道的秘密，她才激动地跑过去亲吻着尤利西斯，用眼泪诉说着二十年的想念。第二天，尤利西斯来到了父亲拉厄耳忒斯的庄园，与父亲相认后，向父亲诉说了这二十年的苦难经历。

当得知求婚者都被回来后的尤利西斯杀死之后，他们的家属从四面八方涌入了尤利西斯的宫殿。他们把亲人的尸体埋葬之后，聚集在广场上，举行了国民大会。被安提诺俄斯的父亲奥宇弗忒斯煽动起来的一部分人全身披挂，集合在城前的空地上，决心为死去的亲人报仇雪恨。

奥宇弗忒斯一马当先，站在队伍的最前列，带领大家向拉厄耳忒斯的庄园拥去。得知敌人的到来，拉厄耳忒斯、尤利西斯、忒勒玛科斯等组成了一个小的但却斗志昂扬的队伍。

尤利西斯和忒勒玛科斯及其他伙伴们像愤怒的老虎跃入了羊群，砍伤了大部分人。正在这时，受天公朱庇特的指点，智慧女神密涅瓦制止了这场战争，并把神的声音传入了每个人的耳中："退出这场不幸的战斗吧，你们已经流够了鲜血，你们最需要的是和平。"密涅瓦又对尤利西斯说："撤离战斗吧，不要再厮杀了，否则，你会惹怒宇宙之王的。"尤利西斯听从了密涅瓦的劝告，跟着密涅瓦进了伊塔刻城。

此时，所有的人都心平气和了，脱离了愤怒。尤利西斯和城里头人们的千年联盟得到了大家的承认。尤利西斯成了这个国家的国王和佑护主。

引起战争的金苹果

一天，天公朱庇特在奥林匹斯圣山举行盛宴。所有的神都被邀请出席，除了一位叫厄里斯的女神。

厄里斯是不和女神，执掌着恶作剧和矛盾，她走到哪里，哪里就会失去太平，变得天无宁日。厄里斯经常要一些手段使众神不和，深得众神的厌恶。最后，朱庇特只得将她下放人间改造，但厄里斯不知悔改，在人间四处游荡，频繁地制造战争。

虽然厄里斯被罚下凡，但她的神力并没有减弱，当她听到奥林匹斯圣上传来的欢笑声后，咬牙切齿地自言自语道："看来这些神早忘了我的存在了。哼，等着瞧吧，我会让你们后悔的。"厄里斯一阵冷笑，想出了一个恶毒的主意。

这时的奥林匹斯山正觥筹交错。席间，众神一边痛饮一边看太阳神福波斯的竖琴演奏，缪斯也在空场上翩翩起舞。正当大家都有些醉意的时候，一声尖叫声吸引了众神的目光。大家纷纷朝着发声源看去，原来是爱神维纳斯和智慧女神密涅瓦正惊慌地大喊着。维纳斯和密涅瓦的目光正紧张地望着天后朱诺，而此时的朱诺正拿着一个金光闪闪的苹果。这个金苹果正是维纳斯与密涅瓦惊叫的理由，这个金苹果上写着几个同样金光闪闪的大字："献给最美丽的女神"。

"这是有人送我的礼物啊。"天后朱诺紧握着金苹果骄傲地说道。

"是吗？你是不是忘了我也在场啊，若没有我，这个金苹果属于你还行。可惜我每次都会在你面前。"维纳斯趾高气扬地对朱诺说，伸手就要去抢金苹果。

智慧女神密涅瓦也不示弱："你们都错了，我才是最美丽的，你们这些愚蠢的家伙，有哪一个有我的聪明才智呢？""可这个金苹果是送给最美的女神的，难道不是我吗？"维纳斯扭过头来反问密涅瓦。

众神都围观过来，看着这三位女神为了这个金苹果而相互争辩。三人各不相让，越吵越激烈。在争辩不下的情况下，三人要朱庇特为她们做出公正的判决。

朱庇特也不好对此加以评判，他本来觉得爱神维纳斯最美丽，但他又不想得罪妻子和密涅瓦。朱庇特看了看海神尼普顿，希望弟弟能帮自己拿个主意，但尼普顿假装没看见哥哥的示意。因为他也比较为难，他虽然也觉得维纳斯是最美的，但天后朱诺是他的姐姐，姐姐的脾气他是知道的，他可不想因这种事而惹恼天后。朱庇特拧紧了眉头，支吾了半天也没有说出个所以然来。

众神议论纷纷，以他们自己的标准评判着谁是最美的女神，有支持朱诺的，有支持维纳斯的，也有支持密涅瓦的。但他们清楚，金苹果只有一个。

"我看这样吧，让我一时挑出你们谁最美的确很难，在我眼里，你们都是最美的女神。如果让人类做评判，那才是最公正的。在伊达山有一个英俊的牧羊人，叫帕里斯，我相信他的眼光，就让他作你们的公证人吧。"朱庇特最后说。

三位女神都坚信自己最美，所以停止了争吵，在墨丘利的陪同下来到了伊达山。"亲爱的帕里斯，你是最英俊公正的人，请你为这三位女神作个公证吧。这里有一个金苹果，如果你认为哪位女神最美你就把它交给谁。"墨丘利向帕里斯解释说。帕里斯在朱诺、密涅瓦和维纳斯之间来回走动，他每个都端详了好长时间，可就是不知该把金苹果给谁。他觉得三位女神都是世界上最美的人，实在难以取舍。

三位女神也非常急躁，她们急切地想知道到底自己是不是最漂亮的女神。

朱诺走近帕里斯，高贵的气质使人一看就会动心，她对帕里斯说："我是天后，如果你把金苹果给了我，我会让你成为全世界的国王。"

密涅瓦也不甘示弱，对帕里斯进行利诱："我可是宇宙间最聪明的神，你要是认为我最美丽的话，我会让你成为天下最聪明的人。"

维纳斯甩了甩头发，温柔地说："亲爱的帕里斯，你是世界上最英俊的人，我相信你的眼睛是雪亮的。我是爱神，我不能给你权力，也不能给你智慧，但我能把天下最美丽的海伦嫁给你。"

帕里斯是一个与世无争的人，他并不喜欢权力，更不喜欢智慧，但他希望与天下最漂亮的女人结为夫妻。

在心里有数后，他又在三女神面前转了好久，当走到维纳斯眼前时，他把金苹果给了她。朱诺和密涅瓦虽然不服气，但金苹果只有一个，不可能再夺回来，二人只能悻悻离去。这场纷争到此结束，制造这一事端的不和女神得意地大笑起来。

维纳斯得到金苹果后，决定实践自己的诺言。她让帕里斯漂洋过海，到希腊去做客。斯巴达王墨涅拉俄斯殷勤地接待了他。可帕里斯回家时，却将墨涅拉俄斯的妻子——美丽非凡的海伦拐骗走了。当年海伦在选择夫婿时，所有的求婚者曾经一致立下誓言，不

帕里斯将金苹果判给爱神维纳斯

管能否成为海伦的丈夫，在今后的日子里，只要海伦遇到危难，都要竭尽全力保护她。现在海伦被拐，墨涅拉俄斯便向希腊各地的英雄们（他们过去都曾向海伦求过婚）发出呼吁，请求他们出兵给予支援，夺回海伦，并给帕里斯最严厉的惩罚。

金苹果引发了一场旷日持久的特洛伊战争。

特洛伊城的由来

在爱琴海上有一个名叫萨摩特拉刻的小岛，岛上住着兄弟两人，哥哥伊阿西翁和弟弟达耳达诺斯。他们是天公朱庇特和普勒阿得斯七姐妹之一的厄勒克特拉的儿子。普勒阿得斯七姐妹是阿特拉斯和仙女普勒俄涅的女儿，在猎人俄里翁的围追之下，七姐妹逃亡了五年，最后朱庇特把她们安置在天上，作了七颗闪亮的星星。自恃是神的儿子，伊阿西翁竟然热情地追求奥林匹斯山上的谷物女神色列斯。为了惩罚伊阿西翁的胆大妄为，朱庇特用雷电霹死了他。达耳达诺斯对哥哥的死十分悲伤，于是，他离开了萨摩特拉刻岛，穿过亚细亚，到达了密西亚海湾。密西亚海湾是莫伊斯河和斯康曼特尔河的入海口，久而久之形成了一个平原，这里住着土著人克里特人，这个地区的牧民也被称为特拉人。

透克洛斯是这个地区的统治者，他非常热情地接待了这位远方来的客人，把一块肥沃的土地赠给了达耳达诺斯，还把自己的女儿嫁他为妻。达耳达诺斯在这块土地上建立了一块居民地，把分散的居民都迁到了这块居民地上。当时，这块居民地以他的名字命名，叫作达耳达尼亚，居住在这个地区的人遂改叫为达耳达尼亚人。后来，人们又把达耳达尼亚依达耳达诺斯孙子特洛斯的名字改为特洛阿斯，它的主要居住地则叫特洛依。现在，人们把达耳达尼亚人也称为特洛伊人或特洛埃人。

王位传到达耳达诺斯孙子特洛斯后，他的继承人是他的大儿子伊罗斯。一次，伊罗斯到邻国弗里吉亚访问。当时，弗里吉亚国内正在进行一场赛事，伊罗斯也被邀请参加。勇敢的伊罗斯在这场竞赛中获胜，作为胜利的奖品，伊罗斯得到了五十名男人、五十名女人，还有一条带有花斑的母牛。当伊罗斯要离开时，国王给他讲了一个神谕：跟着这头花斑母牛走，在它躺下休息的地方建立一座城堡。

遵照弗里吉亚国王的吩咐，伊罗斯跟在母牛的后面。进入自己的国家特洛伊后，母牛在一块空地上停了下来，它回头看了看伊罗斯，便躺下来休息。伊罗斯亲吻着脚下的这片土地，心情激动万分，这就是神赐给他的土地啊。于是，伊罗斯决定在那块地方建立一座城市。取名伊利昂，有时也被称为伊利阿斯。这就是特洛伊有众多名称的原因。

在建城之前，伊罗斯对天公朱庇特进行了献祭，请求朱庇特降下神旨，看众神是否同意建立城堡。第二天，伊罗斯在住所门前捡到了一幅智慧女神密涅瓦的圣像，圣像足有六尺高，两脚靠拢，右手执一根长矛，左手拿着纺锤。其实，这并不是真正的密涅瓦的像，而是密涅瓦的朋友帕拉斯的像。密涅瓦误杀了好朋友帕拉斯，所以画了这幅画加以纪念。

朱庇特征得了女儿密涅瓦的同意，把这幅圣像降落到伊利昂境内，表示伊利昂将得到智慧女神密涅瓦的佑护。得到神佑护的特洛伊日渐兴盛，管辖范围也不断地向外扩展着。

伊罗斯死后，他的儿子拉俄墨冬执政。拉俄墨冬是一个生性狡猾的人，也是一个凶恶、残暴的人。他刚一继位，就打算把特洛依城封闭起来，在城的周围修建城墙，以加强他的统治地位。

那个时候，海神尼普顿和太阳神福波斯由于触犯了朱庇特被赶出了天庭。当朱庇特看出拉俄墨冬的意愿后，便派福波斯和尼普顿帮助拉俄墨冬修建特洛伊城。在城墙刚修建时，海神和太阳神就与国王拉俄墨冬达成了协议，协议的内容包括所支付的报酬。二神与国王签订协议的期限是一年。

尼普顿直接参加了城墙的修建。在他的带领下，一道坚不可摧、高大威严的城墙拔地而起，特洛伊人民对此赞不绝口。太阳神福波斯则在爱达山区为国王放牧。

拉俄墨冬非常欣赏这道固若金汤的城墙，但却拒绝支付报酬，还下令将尼普顿和福波斯赶出特洛伊。二神气愤地离开了，他们发誓与拉俄墨冬不共戴天。连智慧女神密涅瓦也对拉俄墨冬的欺骗行为极为不满，不再佑护特洛伊。天公朱庇特对众神的这一行为也给予了默许，刚建好的高大城墙连同它的人民都被神诅咒着，特洛伊的毁灭在这时就已经萌芽了。

帕里斯和海伦

在拉俄墨冬之后，普里阿摩斯继承了特洛伊的王位。普里阿摩斯第一个妻子死后，又迎娶了弗里吉亚国王底玛的女儿赫卡柏。赫卡柏为普里阿摩斯生下的第一个孩子叫赫克托耳。在生第二个孩子时，赫卡柏做了一个可怕的梦，梦到自己生下了支火炬，它把特洛伊城烧成了一片火海。当她把这个噩梦告诉丈夫时，丈夫也惶恐不安起来。最后，夫妻两个决定把这个可能给特洛依带来灾难的儿子丢到荒山里。

当仆人把孩子丢弃在深山里后，一只母熊哺乳了这个婴儿。过了几天，一个牧羊人发现了这个孩子，便把它抱回家抚养，取名帕里斯。

长大后的帕里斯英俊健壮，他和养父一样以放牧为生。偶然的一次，天公朱庇特让他做天后朱诺、智慧女神密涅瓦和爱神维纳斯的公证人，评判出谁是最美的神。帕里斯选择了爱神维纳斯，因为维纳斯给他的承诺是：把世界上最美丽的女人海伦嫁给他。但爱神对他许下的心愿一直没有得到实现。

一次偶然的机会，帕里斯被他的姐姐卡珊德拉认出，从此他便留在了皇宫里，并与俄诺涅结婚。爱神的承诺已经在帕里斯心里播下了爱情的种子，他朝思暮想着海伦，最后竟决定去海伦的故乡。正好此时，普里阿摩斯希望能把被赫丘利掠走的姐姐赫西俄涅接回来，便派帕里斯率领一只强大的舰队去希腊，如果对方拒绝交出赫西俄涅，那么便用武力征服希腊。

海伦是朱庇特与勒达所生的女儿，长得如花似玉，当她还是个少女的时候，就被忒修斯抢走，又被她哥哥夺了回来。在继父斯巴达国王廷达瑞俄斯的挑选下，海伦嫁给了墨涅拉俄斯，后来墨涅拉俄斯继承了岳父的王位。当帕里斯在斯巴达海岸登陆的时候，墨涅拉俄斯正好不在国内，斯巴达暂由王后海伦主政。

当帕里斯进入斯巴达王宫看见海伦的第一眼，即被吸引住了，他相信这是爱神维纳斯对他的爱情许诺，眼前的海伦比他想象中的要美得多，他已经忘记了父亲交给他的任务，而认为带走海伦是他唯一的目的。同样，海伦也被这个东方男子的美所打动，帕里斯的一头长发，东方式的华丽服装使海伦心中的丈夫墨涅拉俄斯黯然失色。海伦毫不掩饰对帕里斯的好感，当帕里斯提出让海伦和他一起离开斯巴达去特洛伊时，海伦竟开始动摇了。

帕里斯对当年爱神维纳斯的许诺坚信不已，他命令他的随从冲入斯巴达的王宫，把墨涅拉俄斯的财产抢劫一空。然后，他带着这些财产和海伦离开了斯巴达，虽然各种现象都表明帕里斯的这一行为必将给特洛伊带来灾难，但帕里斯还是没有认识到自己的错误，他与海伦在克刺奈岛生活了好几年后，才返回了特洛伊。

当墨涅拉俄斯得知妻子海伦被劫走的消息后，与他的哥哥阿伽门农迅速召集了全希腊的君主们，要求他们参加征讨特洛伊的战争。

特洛伊人对一支巨大的希腊舰队的出发一无所知。这期间，帕里斯带着他抢来的海伦回到了特洛伊。对于海伦的到来，国王普里阿摩斯并不高兴，但他的50个孩子由于收了兄弟帕里斯的礼物而未加以反对。特洛伊人民出于对国王的敬畏才没有更激烈地去反对海伦的到来。普里阿摩斯想把海伦交给希腊人，以和平解决即将爆发的这场战争，但海伦声泪俱下地请求特洛伊人的保护，并声称虽然是被抢劫到这里来的，但现在她已经深深地爱上了她的新丈夫帕里斯。

就这样，特洛伊战争不可避免地爆发了。经过激烈战争，双方损失惨重。最后，在众人的压力之下，帕里斯决定与墨涅拉俄斯单打独斗，由此来决定海伦到底嫁给谁。双方士兵都为这一决定而感到高兴，他们早就盼望着这次灾难性战争快点结束。众神的使者伊里斯化身为普里阿摩斯的女儿拉伯狄刻向海伦报告了这一消息。此时的海伦也充满了对她丈夫墨涅拉俄斯的愧疚和对儿女们的思念。她匆匆地来到城门口，普里阿摩斯忙招呼海伦坐到他身边。海伦给老国王介绍希腊的诸英雄，如尤利西斯、埃阿斯等。

在爱神维纳斯的保护之下，帕里斯没有在这场战斗中被墨涅拉俄斯杀死，但却败得相当狼狈。随即，帕里斯从战场上逃回了城里自己的宫殿里。当海伦看到丈夫从战场上逃回来时，对帕里斯咆哮着："我宁愿看到你被墨涅拉俄斯杀死，也不希望你活着逃回来。你可是说过你能战胜他的，去！重新回到战场上去。哦，我这是在做什么？你应该留下来，否则你会被他打得更惨。"

帕里斯气愤地回应着海伦："我们是为了你才战斗的，而你却如此对我，墨涅拉俄斯虽然胜利了，但这次是因为密涅瓦帮助了他，我相信下次他就不会有这么好的运气了。"

战场上，墨涅拉俄斯还在来回地奔跑着，他想在军队中找到消失了的帕里斯，但却不知道帕里斯的去向。

阿伽门农攻打特洛伊

阿伽门农是斯巴达国王墨涅拉俄斯的兄长。海伦被帕里斯劫走之后，兄弟俩跑遍了希腊所有的国家，用利害关系说服各国元首，使他们同意组成希腊联军。希腊联军组成以后，阿伽门农被选为联军总统帅。

为了缓解战前的压力，阿伽门农经常去奥里斯港口附近的森林里打猎。一天，阿伽门农射中了一只肥壮的梅花鹿，为此，他夸口说，即使是狩猎女神狄安娜也不一定比他箭法好。阿伽门农的这些话被狄安娜听见了，女神一怒之下通过神力使那些停泊在港口的船无法从奥里斯港驶出，无法开始对特洛伊的战争。

大预言家忒斯托耳的儿子卡尔卡斯对众人说："如果阿伽门农愿意把他的女

儿伊菲革涅亚当做狄安娜供品的话，狩猎女神就会原谅你们，海面上才会刮起顺风，让希腊战船驶向特洛伊。"阿伽门农为了自己的出言不逊而悔恨，但为了顾全大局，他还是写信给在迈肯尼的妻子克吕泰涅斯特拉，说珀琉斯的小儿子阿喀琉斯向女儿伊菲革涅亚求婚，让妻子带着女儿到奥里斯来。但这封信刚发出，阿伽门农对女儿的愧疚之感就逼迫他又写了封信，信中他告诉妻子，他已经把女儿订婚的事推迟到了明年春天，让妻子不要带女儿来。但最后这封信却被弟弟墨涅拉俄斯所获，墨涅拉俄斯拿着信与兄长进行了一场激烈的争吵。正当他们争执不下时，克吕泰涅斯特拉带着伊菲革涅亚来到了他们面前。阿伽门农对妻子和女儿都充满了深深的愧疚，他心情沉重，却不得不对她们隐瞒真相。

　　一次偶然的机会，克吕泰涅斯特拉与阿喀琉斯相遇了。克吕泰涅斯特拉谈起女儿与阿喀琉斯的婚事兴奋不已，但阿喀琉斯却一头雾水："你是在说谁的婚姻大事？我可从来没有向你的女儿求过婚啊，我猜想一定是有人在和你开玩笑。"克吕泰涅斯特拉这才知道上了丈夫的当，当她从仆人那里听说阿伽门农是想把自己的女儿当作供品献祭给狩猎女神后，以一个母亲对女儿的爱来请求阿喀琉斯的帮助，英雄阿喀琉斯信誓旦旦地答应克吕泰涅斯特拉一定帮她救出伊菲革涅亚。

狩猎女神和她的爱鹿
狩猎女神即月亮神狄安娜，她是古希腊人祭祀较多的女神。

克吕泰涅斯特拉来到丈夫面前，疯狂地向丈夫咆哮着，伊菲革涅亚也向父亲哭泣着，她们想以此打动阿伽门农，但同样悲痛的阿伽门农却心如磐石："我并不是向弟弟墨涅拉俄斯让步，而是面对整个希腊人的请求作让步。你们看，我周围有如此大的一支船队。我可怜的孩子，我是那么的爱你，可如果不牺牲你，特洛伊就不能被攻陷。"阿伽门农高昂着头离开了，以使自己的眼泪不至于流下来。

阿伽门农身后的母女俩哭泣着，阿喀琉斯走了进来："你们跟我走吧，我将用生命保护你们。希腊人不会进攻女神的儿子的，我的生命和特洛伊的命运息息相关。"

但伊菲革涅亚却改变主意，她走到母亲和阿喀琉斯面前，目光炯炯，如同一位女神一样：

"亲爱的母亲，不要惹父亲生气了，他不能违反命运。我愿意去接受死亡，希腊人把眼光盯在我身上，如果我不死，战船就不能起航，特洛伊城就不能攻陷。我自愿为我的祖国献身。"说完，她毅然地走向了已经搭好的祭台。就在这时，奇迹出现了，祭台上的伊菲革涅瓦突然不见了，取而代之的是一只雄壮的梅花鹿。卡尔卡斯大声说："看看这个牺牲吧，这是狩猎女神送来的，她不愿意牺牲那位姑娘，宁愿让这头梅花鹿代替。女神已经原谅了我们，我们今天就可以出港了。"整个军队沸腾了，他们看到船只在起伏的洋面上摇动。

当阿伽门农回到自己的住处后，妻子克吕泰涅斯特拉已经离开了，虽然他没有能得到妻子的原谅，但女儿获救的事还是让他备感欣慰。于是，他把全部的心思都放到了征伐特洛伊上。

在阿伽门农的率领下，希腊联军驶出港口，登陆特洛伊所在的岛屿。强大的希腊人在战车掩护中向前挺进。特洛伊方面的统帅赫克托耳也把特洛伊部队集合起来，迎战希腊联军的进攻。

希腊军和特洛伊人厮杀起来，中午时分，希腊军队突破了特洛伊人的防线，成批的特洛伊人倒下了，鲜血染红了河水。在赫克托耳的指挥下，特洛伊人重整旗鼓，返回来继续和希腊军队作战。正当阿伽门农想打败特洛伊人的反击时，手臂被一支长枪击中，他只好离开战场。没有了主帅的希腊军被特洛伊人打得落花流水，希腊最英勇的英雄尤利西斯、狄俄墨得斯受了伤，医神埃斯科拉庇俄斯的儿子医马卡翁也受了伤。

阿喀琉斯的朋友帕特洛克罗斯来到了先知老人涅斯托耳的军帐，听说希腊军伤亡惨重，忙回去向阿喀琉斯报告。

双方的激战仍在进行中，虽然特洛伊人也有死伤，但他们却占领了围墙旁边的一块高地。当特洛伊人在赫克托耳的带领下决定把希腊的舰船烧掉时，阿伽门农带领着乌利西斯、狄俄墨得斯又重新回到了战场上，希腊军队士气大振。这时，埃阿斯抛出的一块大石头正好击中了赫克托耳的头部，赫克托耳生命垂危，然而，太阳神福波斯却使赫克托耳恢复了元气："我会保护着神圣的特洛伊城，快去加入到战斗中去，把这群讨厌的希腊联军赶回希腊去。"赫克托耳精神抖擞，在战场上纵横驰骋。希腊人被特洛伊人杀得狂奔逃窜，特洛伊人取得了战争的初步胜利。

英雄阿喀琉斯的愤怒

当帕特洛克罗斯泪流满面地把希腊联军惨败的消息告诉阿喀琉斯后，阿喀琉斯气愤地说："亲爱的帕特洛克罗斯，不要难过，我不会去参加这场战争的，因为那个人夺去我应得的奖赏。你穿上我那身银制的铠甲，保护好我们的船，把回希腊的路堵死，那样我们的军队就只有全力以赴了。"

帕特洛克罗斯穿上阿喀琉斯的铠甲，阿喀琉斯则去召集他的部队，让他们听从帕特洛克罗斯的指挥。队伍出发以后，阿喀琉斯回到他的住处，端起一杯酒，高举过头："万能的神啊，请保佑帕特洛克罗斯和希腊人取得胜利吧。"

战场上，阿喀琉斯的队伍像饿狼扑食一样向特洛伊人扑去。当特洛伊人看到穿着阿喀琉斯铠甲的帕特洛克罗斯出现在战场上时，都以为是阿喀琉斯，顿时惊慌失措，溃不成军，赫克托耳指挥着特洛伊人边打边退，一直退到特洛伊城的西门处。赫克托耳把残余的战士重新组织起来，反击希腊人的进攻。帕特洛克罗斯两眼冒着寒光，挥舞着他的长矛指挥希腊军进行冲锋。当进行到第四次冲锋时，帕特洛克罗斯的背部被特洛伊人欧福耳玻斯刺了一枪。见帕特洛克罗斯受了伤，赫克托耳扑上去朝他的腹部又是一枪，勇敢的帕特洛克罗斯牺牲了，他身上的阿喀琉斯的珍贵铠甲被特洛伊人剥了下去。

赫克托耳穿上阿喀琉斯的铠甲，大声对特洛斯人喊道："勇敢的特洛伊人，如果谁能把希腊人打败并把帕特洛克罗斯的尸体夺回来，我就把这闪亮的铠甲分一半给他。"赫克托耳的话音刚落，特洛伊人便旋风般地向帕特洛克罗斯冲去。希腊人见状，也一窝蜂似的拥向帕特洛克罗斯的尸体。两军为了争夺帕特洛克罗斯的尸体展开了一场厮杀。

当安提诺俄斯见到阿喀琉斯时，阿喀琉斯正一人站在战船上向战场方向眺望着，他对朋友的死一无所知。他甚至期待着他的朋友凯旋。"安提罗诺俄，你怎么到这里了？你应该在战场上才对啊，难道我们胜利了吗？"阿喀琉斯看到安提罗科斯时惊奇地问。安提罗诺俄一把扶住阿喀琉斯，眼泪又流了下来："我给你带来一个痛心的消息，你的朋友帕特洛克罗斯不幸阵亡了。我们的队伍正在和特洛伊人争夺他的尸体，你的那套漂亮的铠甲被赫克托耳穿在了自己身上。"

阿喀琉斯后退了好几步，差点跌坐到地上，他对他朋友的死还有点接受不了，可当他发现这一切都是真的的时候，坐到地上放声痛哭起来，一边哭一边撕扯着自己的头发。他的哭声惊动了他的母亲忒提斯，忒提斯来到儿子身边。

"母亲，我最好的朋友帕特洛克罗斯被赫克托耳杀死了，还抢走了我的那套铠甲，你要知道，我爱帕特洛克罗斯胜过了爱自己，对于他的死我真是太悲伤了，我一定要杀死赫克托耳，否则我活下去还有什么意义。"看到母亲的阿喀琉斯哭泣的声音更大了。"可是，孩子，如果你杀死了赫克托耳，你的末日也就不远了。"看到儿子眼中的坚毅，忒提斯补充说，"如果你执意要去，就等明天吧，明天早上我会给你送来一副新的铠甲。"

此时，双方对帕特洛克罗斯尸体的争夺仍在进行。日落前，希腊人终于把帕特洛克罗斯的尸体抢了过来。阿喀琉斯扑向朋友的尸体，他已经流干了眼泪，但眼睛里去充满了杀气："我的朋友，我发誓，一定把赫克托耳带来做你的祭品。"

第二天，忒提斯把一副火神伏尔甘打造的铠甲交给儿子，穿上铠甲的阿喀琉斯顿时精神倍增。

"阿伽门农、墨涅拉俄斯，我们之间的矛盾才使得希腊军连连败退，也导致了我朋友的牺牲。从现在起，我们要一起把特洛伊人从我们的船上赶出去。阿伽门农，下令全体希腊将士进攻吧。"说完以后，阿喀琉斯把他的队伍集合起来，准备打前锋。见威猛的阿喀琉斯参加到战斗中来，希腊将士备受鼓舞。

阿喀琉斯催动战马，大喝一声，扑向了战场。希腊人由于阿喀琉斯在他们的行列之中，显得信心十足，奋勇杀敌。特洛伊人也看到了英勇的阿喀琉斯，开始畏缩不前，战斗变得激烈、残酷起来。

为了给朋友报仇，阿喀琉斯一边战斗一边寻找赫克托耳，赫克托耳在太阳神福波斯的警告之下，一直拒绝与阿喀琉斯正面交锋，但当他的弟弟——普里阿摩斯的小儿子波吕多洛斯被阿喀琉斯杀死之后，他终于不顾神的警告，径直朝阿喀琉斯奔去。

忒提斯的哀求　安格尔　法国

端坐在奥林匹斯山的朱庇特，对忒提斯（阿喀琉斯的母亲）的苦苦哀求毫不动心，仍保持威严庄重的神态。阿喀琉斯最终没有得到朱庇特的佑护，为太阳神福波斯箭杀。

　　阿喀琉斯见到杀死朋友的凶手，眼睛里都冒出了火花："帕特洛克罗斯，我终于可以为你报仇了，我内心的痛苦终于可以减轻了。赫克托耳，我会拿你的脑袋去祭祀我的朋友。"说完，阿喀琉斯挥动长矛向赫克托耳刺去，在太阳神福波斯的保护下，阿喀琉斯连刺三次都没有刺中赫克托耳，赫克托耳竟然逃脱了。

　　希腊人把特洛伊人赶到了城里，任何神和人都阻挡不了阿喀琉斯的进攻。到了特洛伊城下，赫克托耳正等在那里，虽然赫克托耳想和阿喀琉斯决一死战，但当他看到像战神一样闪着光辉的阿喀琉斯时，心不由自主地颤抖起来，于是，他开始逃跑。阿喀琉斯围着特洛伊城追逐赫克托耳跑了三圈。到第四圈时，在神的安排下，赫克托耳停了下来，毫无惧色地同阿喀琉斯进行决斗。

　　一想到帕特洛克罗斯的死，阿喀琉斯就把对朋友的悲痛化成了复仇的力量，他挥舞着长矛与赫克托耳拼杀到一起。最后，赫克托耳终于败在了这个神的儿子的长矛下。

　　"阿喀琉斯，你胜利了，但我请求你，把我的尸体运到特洛伊城，不要让恶狗撕扯，我父亲会给你无数的黄金和青铜的。"奄奄一息的赫克托耳望着胜利的阿喀琉斯请求道。

　　阿喀琉斯摇了摇头："你的哀求不会起到任何效果的，你是杀害我朋友的凶手，我不会把你的尸体交给特洛伊人的，你放心吧，不会有人把撕扯你尸体的野狗赶走的。"

　　赫克托耳的眼睛里闪出了亮光，他呻吟着说："我知道你不会同情我的，但你知道，等到太阳神福波斯把你击倒在地，濒临死亡时，你会想到我的。我的死也意味着你生命快要终结了啊。"说完，赫克托耳的灵魂离开了身体。

　　阿喀琉斯长叹了一口气："你只管放心地去死吧，不管神如何安排我的命运，我都会接受的。我的母亲早已经告诉过我，你死以后，我会死在太阳神福波斯的箭下，但杀死你我还是不后悔。"说着，阿喀琉斯从赫克托耳身上剥下了原来属于自己的那副铠甲。

木马计和特洛伊城的毁灭

　　希腊人围困特洛伊城十年不下，双方进行了无数次激烈的战争，但对战争的结束却没有任何成效。正当希腊人为不能攻占特洛伊城而苦恼不已的时候，他们收到了一则神谕：特洛伊的命运取决于特洛伊城建立时朱庇特赐给特洛伊的那幅帕拉斯圣像。

虽然尤利西斯和狄俄墨得斯化作乞丐从特洛伊城把帕拉斯圣像偷了出来，但接下来的攻城还是被特洛伊人击退了。

"难道我们偷得了帕拉斯圣像还是不能取胜吗？我们已经在这个地方耽搁了将近二十年，难道我们还要在这个地方待下去吗？"希腊众将士纷纷抱怨着。

预言家卡尔卡斯对骚动的希腊将士们说："我看到了一则预兆，如果硬攻可能难以奏效，我们必须想个万全之策进行智取。"大敌当前，特洛伊人会那么容易中计吗？更何况，谁又能想出一个好的计策呢？大家都陷入了沉思之中。

"各位英雄，我倒想出了一个主意，不知你们觉得怎样。"尤利西斯环视着四周开始陈述他的计谋，"我们可以制作一匹木马，在它的腹内装许多的希腊士兵，其余的人离开特洛伊海岸前往忒涅多斯岛，让特洛伊人认为我们已经撤走，可以大胆地出城活动。最后，我们派一个士兵混进特洛伊城，就说是希腊人想用他向智慧女神密涅瓦献祭，他躲在这只同样敬献给密涅瓦的木马的腹下才逃脱了厄运。不过，这一切都得逃过特洛伊人的眼睛，使他们相信。我们的人进入特洛伊城就好办了，摧毁特洛伊一定不成问题。"

尤利西斯眉飞色舞地叙述着，众将士们也都听得入了神。虽然阿喀琉斯的儿子和菲罗克忒斯心存异议，他俩希望通过光明磊落的拼杀来赢得这场战争。但神命不可违，天意如此，两位英雄不得不表示顺从。

既然已经定下了攻城的计谋，希腊人开始着手制作木马，在智慧女神密涅瓦的帮助下，希腊人仅用了三天时间就完成了赶制木马的任务。

"勇士们，现在已经到了显示真正力量的时候了。钻进马腹里所需要的勇气远远超过了在战场上作战的勇气，只有最勇敢的人才敢于尝试，其余的人可以退到忒涅多斯岛上去。但我们要留一个胆大机灵的人进入特洛伊，谁愿意完成这项任务呢？"勇敢的西农挺身而出。墨涅拉俄斯、狄俄墨得斯、尤利西斯、埃阿斯等许多英雄都进入了漆黑的马腹中，大家静静地挨坐着，一声不吭。在阿伽门农指挥下，其余的希腊人放火烧掉了帐篷，拔锚起航，朝忒涅多斯驶去。

站在城墙上的特洛伊人看到海面上的希腊战船向远方撤退，忙向城内的人们报告了这一情况。他们以为希腊人放弃了对特洛伊的攻打，欢呼雀跃，纷纷跑出城去，当他们看到希腊人留下的巨大的木马时，对木马的去留进行了讨论。最后，特洛伊人在木马的腹下发现了西农，并把他带到了国王普里阿摩斯的面前。

西农按尤利西斯的吩咐编造了一个精彩感人的故事，普里阿摩斯和特洛伊人深信不疑，他们甚至同情起眼前这个希腊人来。特洛伊人把巨大的木马拉进了特洛伊城里。

为了庆祝希腊军队的撤退，特洛伊人在当晚举行盛宴，人们开怀唱饮，载歌载舞，一阵热闹之后，所有的人都沉入了梦乡。

看到特洛伊人都睡着了，假装喝醉了的西农悄悄地摸出了城，点着了一杆火把，向远处的希腊人发出了信号。回到城里后，他又轻轻地敲了敲马腹，示意大家准备出去。英雄们这才小心地从马腹里下到地面。大家挥舞着长矛，对沉睡的特洛伊人进行了砍杀。他们还把火把扔入了特洛伊人的住处房，顿时，城里成了一片火海。

忒涅多斯岛上的希腊人看到西农发出的信号后，又疾风驶入了特洛伊港，与城内的希腊英雄们并肩作战。不一会儿，特洛伊城被希腊人占领了，整座城市成了废墟，特洛伊人的尸体铺遍了每一条街道。他们中的很多人虽然手无寸铁，但仍旧顽强抵抗。战斗越来越残酷。

特洛伊国王普里阿摩斯和他的三个儿子都被阿喀琉斯的儿子涅俄普托勒摩斯杀死了，赫克托耳的小儿子阿斯提阿那克斯也被希腊士兵从塔楼上扔了出去。

特洛伊的英雄埃涅阿斯几天前还精神抖擞地从城墙上打退了围城的希腊军，但此时的特洛伊却火光冲天，经过多时的拼杀希腊军还是没有被击退。埃涅阿斯所做的，只能是扶着年迈的父亲安喀塞斯，背着儿子阿斯卡尼俄斯，在他的母亲爱神维纳斯的佑护之下逃出特洛伊。

燃烧，屠杀，宣告了这座不幸城市的彻底毁灭。

英雄埃涅阿斯寻找新乐园

埃涅阿斯一家逃离了一片火海的特洛伊后，来到了爱达山下的小城安唐特洛斯。在这里，已经聚集了一批逃难的特洛伊人，当他们看到埃涅阿斯到来后，纷纷向他围拢过来。

"埃涅阿斯，你是英雄安喀塞斯的儿子，带我们去寻找一块新家园吧。特洛伊已经毁灭了，但我们的信心并没有随之而去啊。"大家情绪昂扬，但却一脸茫然。

是啊，特洛伊消失了，但在这些逃出来的人心中特洛伊却永远存在着，因为那是一个神圣的族第啊。在埃涅阿斯的带领下，人们强打精神，从爱达山下砍伐了些树木，造成了一些大船。春暖花开的时候，埃涅阿斯率领船队扬帆击桨，载着哭泣的人们告别了故乡，驶入了茫茫的大海。船队鱼贯而行，在一望无际的大海上漫无目的地航行着。

人们已不记得船队在大海上漂泊了多少天，最后，船队来到了色雷斯地界。色雷斯曾是特洛伊的结盟国家，特洛伊国王普里阿摩斯把小儿子波吕多洛斯送给色雷斯国王波林涅斯托耳作养子。当特洛伊遭受劫难时，波林涅斯托耳毫无情义地把波吕多洛斯交给了希腊人，可怜的王子被希腊人当着父亲普里阿摩斯的面用乱石击死，色雷斯以此换得了和平。

这群逃难的人们并不知道眼前的国家就是色雷斯，当他们看到这片陆地时，欢呼着跳了起来，抛锚下船，准备在这里奠基新城。

"虽然现在不可能准备真正的祭坛，但我相信这样的天然祭坛众神会喜欢的，不过，我还需要把这块天然祭坛装饰一番。"埃涅阿斯一边想着，一边走上附近的一座山坡，打算给众神祭祀。

山坡上长满了灌木和杂草，偶尔的几株野花挺立其中，好美的地方！正当埃涅阿斯撼动一株矮树时，可怕的事出现了。从矮树的躯干上渗出了一滴滴黑色的污血，埃涅阿斯连忙缩回了手。"森林保护神巴克科斯，请佑护可怜的特洛伊人吧，为什么会出现如此怪异的现象呢？难道这里不是我们的立足之地吗？"说着，埃涅阿斯又抓起另一株小树，用膝盖抵住地面，试图把小树连根拔起。

"不幸的特洛伊人，你为什么要折磨我呢？要知道，我和你一样的不幸啊。这个国度是色雷斯，我是普里阿摩斯的儿子，波吕多洛斯，我被希腊人用乱石击死，同情我的色雷斯人把我的骸骨捡了回来，埋葬在他们国土上。这里也曾经是我孩童时期的游玩之地，我的灵魂停留在这块土地上。我劝你别伤害这块土地，离开这片海岸吧，它被叛徒的家族所统治，在这里建造新城是十分危险的。"地下传来了一串抱怨似的呻吟。

埃涅阿斯停止了他的行动，对着这片树林祷告："可怜的波吕多洛斯，我们都是特洛伊的子民，保佑我们在不久的将来能顺利地重建家园吧。"

回到岸边，埃涅阿斯把波吕多洛斯的这番忠告告诉给大家，已经开始的工作立刻停止下来。大家拿出一些从特洛伊带出来的物品，作为祭供祭献给了波吕多洛斯，然后把船只推下海滩，一阵顺风又把他们送入了广阔无垠的大海。

不久，在这群逃难的人们面前又出现了一座美丽的小岛，它曾经是一座漂流的岛屿，名叫特洛斯，太阳神福波斯就出生在特洛斯岛上。福波斯把海岛固定在库克拉登岛屿中间的海底上，使它能够经得起狂风巨浪的袭击。埃涅阿斯的船队

**意大利威尼斯市圣玛利亚永福堂
附近的幸运女神**

埃涅阿斯是古希腊罗马神话中最
受神宠爱的一位幸运人物，他的
智慧、武功、威望都不是最高的，
但却一直受神的庇护，最后幸运
地在罗马重建特洛伊人政权。

在特洛斯岛登陆，人们涌向了祭祀太阳神的庙宇。

"伟大的太阳神，给我们一块栖身之地吧，我们应该在哪里建立起第二座特洛伊城呢？"埃涅阿斯拜倒在神庙前。

"你们建立新城的地方是你们先祖诞生的地方，埃涅阿斯的子孙们将在那里成为世界的主宰。"敞开的神庙里传来了福波斯的声音。

大家欢呼着，可神谕中先祖诞生的地方指的是哪里呢？

"我们族第的摇篮叫克里特岛，那也是众神之父朱庇特诞生的地方，就让我们遵从神谕吧，从这里到达克里特岛只需要三天航程。"安喀塞斯提醒了大家。

果不其然，第三天清晨，逃难的特洛伊人航行到了克里特岛海岸。当地居民热情好客，用各种食物接待了难民们。埃涅阿斯率领大家努力开始建造新城的工作，不久，城墙和房屋从平地上耸起，人们把这座新城称为伯加马斯。

正当难民们为终于重建了家园而大肆欢庆的时候，一场新的灾难来临了。

当年夏天，克里特岛出现了少有的干旱，大地一片焦黄，颗粒无收。大批的特洛伊人死亡了，幸存下来的也陷入了绝望之中。有些人提议回到特洛斯岛重新聆听神谕，可又实在不忍心放弃这座几乎要竣工的城市。

在将要离开克里特岛的最后一个晚上，埃涅阿斯躺在床上毫无睡意："真的要离开这座城市吗？神谕不是已经预示我们要在这里建造一座新的城市吗？"

正当埃涅阿斯左右为难的时候，特洛伊的几位家神来到他的床前："你把我们从火海中抢救出来，带着我们转战南北，我们和你一起经历了惊涛骇浪。所以，我们将为你的子孙们寻找一块乐园，并让他们执掌统治世界的权柄，而你注定要为显赫的后代准备住址。福波斯派我们来告诉你，你的国家还在遥远的地方，那里被称为意大利，是根据当地的国王意大罗斯命名的。快去寻找意大利吧，朱庇特拒绝你们在克里特岛安身立命。"

埃涅阿斯从半睡半醒中惊醒，一骨碌从床上跳了起来，像是受到了极大的安慰。当他把家神的预言告诉给正做着开往特洛斯准备的人们时，人们高兴得大声欢呼起来，只要有确切的目标，哪怕再大的风浪他们也愿意往前闯。

没有病愈的一批人被留在了克里特岛上的伯加马斯城，另一批人则扬帆起锚，在埃涅阿斯的指挥下驶入大海。

朱诺的报复

在克里特岛，特洛伊的家神们为埃涅阿斯指点了迷津：幸存下来的特洛伊人将在一块古老的土地上——意大利居住下来，并且它将用武力建立一个强大的国家。但是，家神们也预言，意大利非常遥远，而且寻找的过程也相当艰巨。

难民们离开克里特岛后不久，踏上了斯特洛法登岛，在岛上，难民们遇到了半人半鸟的哈尔庇。特洛伊人吃掉了哈尔庇羊群里的几只羊，而哈尔庇则恶狠狠地预言说，只有当特洛伊人桌子上的面包被饥饿的人们一扫而光时，他们才能重建特洛伊。

不得已，难民们又进入了漫长的迷途航行中，又经历了很多的冒险。终于，特洛伊人看到了遥远的地方绵延着朦胧山脉的海岸线，他们站在船头呐喊起来，挥舞着手里的船桨，一定是到达意大利了。其实，他们看到的的确是意大利海岸，但是，当船开近海岸之后，人们首先看到的是四匹在海滩旁的草地上放牧的骏马。在特洛伊眼里，骏马意味着战争，于是，人们惊叫着离开了盼望已久的意大利海岸。

特洛伊人又驶过了很多岛屿，在西西里岛登陆时，埃涅阿斯的父亲安喀塞斯不幸遇难。埃涅阿斯没有时间耽于对父亲的哀悼，神的意志驱使他率领他的臣民继续前行，去寻找祖先生活的土地，他要在那里建立一个新的国家。

埃涅阿斯的船队刚刚离开西西里岛，天后朱诺就急切地从奥林匹斯山上向下俯视。朱诺是特洛伊的宿敌，当她看到埃涅阿斯的船只经过无数次灾难依然在找寻着意大利时，不禁暴跳如雷："难道特洛伊不应该被彻底毁灭吗？普里阿摩斯的女婿和外孙真的要在意大利重建家园吗？那将是多么不幸的事啊，我做了这么多努力却还是没能彻底打败特洛伊人，作为诸神母，我是多么悲哀啊。我应该去想个好的办法，把从事战争的这一族第连根铲除才对。"

朱诺知道，丈夫朱庇特宠爱女儿维纳斯，而埃涅阿斯是维纳斯的儿子，自然这个特洛伊人得到了天公朱庇特的庇护，如果真的要消灭特洛伊人肯定会煞费工夫。于是，朱诺决定找各路风神帮忙。她来到风源的领地，寻找各路风神的国王埃洛斯的山洞。

　　"亲爱的埃洛斯，你是多么的伟大啊，你能驱使所有的风神为你服务。你的威力连海神尼普顿都与之无法相比。看啊，海面上航行的那些特洛伊人是多么的可恶，他们制造了战争，却从战争中逃脱，他们应该得到惩罚才对，而你应该承担起这一责任。"朱诺软硬兼施，还掺杂着许多诱人的许诺，埃洛斯终于招架不住了，他召来了各路风神，命令他们去执行天后朱诺交给的任务。

　　顿时，各路飓风冲出来，在陆地上掀起了飞沙走石。

　　"终于可以自由地施展我们的威力了，在海神尼普顿的管理下，我们哪里有表现的机会啊，而现在，瞧我们是多么的劲猛，我们可以在宇宙间任意驰骋了。"东风一边骄傲地说着，一边在陆地上卷起一层沙土。

　　西风和北风更加肆虐，他们把海岸当作跑道，一边跑一边大声叫喊，他们的喊声化作了雷，吓得地面上的动物躲进行了洞穴，海洋里的动物潜入了海底。

　　"各路风神们，瞧你们是多么的勇猛，测试你们能力的时刻已经到了。你们看，在海中航行的那只船队就是特洛伊人的船队，你们尽情地呼啸吧，你们的目标就是让那只船队从海面上消失。"朱诺向各路风神们做着解释。

　　有了明确的目标，各路风神争先恐后地表现自己，他们又从四面八方涌入大海，海面上腾起了万丈狂澜。特洛伊人虽然已经过了大风大浪，但他们还是被眼前的景象惊呆了，粗大的缆绳被风吹断，船橹摇断，船里灌进了海水，顿时，哭声、喊声混成一片。南风把一艘满载着粮食的船吹向了岸边的礁石，特洛伊人慌乱地向岸上搬运船上的粮食，但还是损失了大部分。北风卷起一汪海水，揉搓成一道巨浪扑向其中的一艘船，船顷刻间化成了碎片，船上的特洛伊人奋力地向岸上游去，没有来得及游上岸的则葬身鱼腹。

怒海上的舟楫

尽管朱诺憎恨特洛伊人，千方百计甚至不惜借用自然的力量想把特洛伊人灭绝，但顽强无畏的特洛伊人在埃涅阿斯的带领下斗天斗地，百折不挠，终于脱离艰险，把握住了自己命运的主动权。

　　海神尼普顿本来正在海底花园散步，突然一阵动荡让他站立不稳，他从汹涌的波涛间伸出头，想看个究竟。海面上，埃涅阿斯的船队支离破碎，各路飓风则洋洋得意地进行着彻底的扫荡。尼普顿宠爱特洛伊人，他怎么能让他的宠儿遭受到如此不幸呢。他把各路风神唤到眼前，咆哮着让他们回到各自住所，随后，他用双手把起伏动荡的波浪抚平，把海面上的乌云撕碎赶走，大海上又阳光普照了。

朱诺看到特洛伊人又化险为夷，不由得怒火中烧，但海洋是尼普顿的管辖范围，她这位天后也只能眼睁睁地看着埃涅阿斯和他的船队重整旗鼓而没有办法。

风平浪静后，特洛伊人登上了陆地，这是非洲的一个海岸，这里的人们善良朴实，像接纳亲人一样接纳了这批特洛伊难民。

特洛伊人现在只剩下七艘船了，他们把被水浸湿的粮食搬上岸来，燃起篝火烘干，用石磨磨成面粉，然后支起锅灶准备食物。

不大一会儿，埃涅阿斯和一批特洛伊猎手扛回了几只被射杀的梅花鹿。

"历经苦难的特洛伊人，准备美酒吧，祭祀完众神后我们便可以喝个痛快。虽然众多的苦难伴随着我们，但总会有一位神帮助我们度过这些苦难。应该相信，我们一定能到达意大利，而且我们将在那里建起第二个繁荣昌盛的特洛伊。"

朱庇特许下诺言

迦太基位于非洲，原是腓尼基农民居住的地方，那里保存着天后朱诺的盔甲和战车，所以朱诺极尽恩惠地保佑着这片土地。后来，腓尼基人茜克奥宇斯的遗孀狄多在那里扩建了新城和迦太基的城堡，统治着利比亚帝国。

当埃涅阿斯登上利比亚海岸的时候，天公朱庇特正站在奥林匹斯山的峰顶。

"高贵的主啊，我的儿子埃涅阿斯已经围着意大利转了一圈，受尽了种种苦难，可就是不能到达目的地，每当他瞅见和平的灯塔便又被推入战争的汪洋大海，请保佑我的孩子吧。你不是亲口告诉过我，说特洛伊祖先的血液会最终凝结形成罗马民族吗？自从特洛伊战争后，我一直担心我的儿子，是你的这番话才使得我放宽了心，可现在埃涅阿斯却面临着更大的困难，难道你又改变主意了吗？"爱神维纳斯眼眶里闪烁着晶莹的泪珠，她走近朱庇特身旁，十分悲伤地对父亲说。

朱庇特最宠爱这个女儿，怎忍心看到她如此伤心呢？他抚摸着维纳斯的头，吻去女儿脸上的泪珠："亲爱的女儿，不要为此担心，埃涅阿斯的命运不会改变的，我所答应你的一切都会实现的，只不过埃涅阿斯需要经过许多磨难。最后，他会在拉丁姆国的大平原上建造一座新城，即拉维尼乌姆，会驯服他的人民，制定法律，并统治那里三年。埃涅阿斯死后，他的儿子阿斯卡尼俄斯将把国都移上阿尔巴纳山，即阿尔巴·隆伽城。特洛伊的子孙将在那里统治三百余年，直到战神玛尔斯与一位女祭司的儿子洛摩罗斯在台伯河畔的七座山峰间建造新的居住地。洛摩罗斯将成为罗马民族的先祖，罗马则会成为世界的主人。不要为埃涅阿斯眼前遇到的困难而悲伤，当罗马民族强大起来时，连一直折磨你儿子的天后也会和他们和解的。"

维纳斯悲伤的脸上平静了许多，谢过父亲后，她缓缓地走下了奥林匹斯圣山。

埃涅阿斯和他的船队被风暴吹到了一片海岸上，这是一个陌生的国度，从这里怎么才能到达他们的目的地意大利呢？

第二天，天刚蒙蒙亮，埃涅阿斯就带着他的朋友阿赫脱斯动身去考察这块土地。他们背着两杆投枪，在海滩边的树林里漫无目的地走着，希望能遇到一个当地的居民。

正当埃涅阿斯和阿赫脱斯疲惫地坐下来休息时，从树林深处走过来一位姑娘，姑娘背上背着一张弓，头发随风飘拂着，一件长袍卷至膝盖处，显然是一个女猎手。

"你好，姑娘，你的美丽告诉我你是一个仙女，但不管你是谁，请你告诉我们，我们脚下的这个地方是哪里呢？我们被一场风暴送到了这里，但却不知道身处何处，我们已经在大海上迷航很久，幸亏有海神尼普顿的佑护，否则真不知道已葬身何处了。"埃涅阿斯一边说着一边陷入了往昔的回忆中。

姑娘大方地朝着两位陌生人笑了笑，盯着埃涅阿斯，说道："这里是腓尼基人的王国，是泰尔人居住的地方，我们泰尔姑娘都习惯于这样的装束。听说过非洲吗？你们靠岸的这个世界就是非洲，这个国家的名字叫利比亚，狄多是这里的女王。本来，狄多是一位富裕的腓尼基人茜克奥宇斯的妻子，她的弟弟皮格马利翁是泰尔国的国王，因贪图茜克奥宇斯的黄金而把姐姐的丈夫杀死了。茜克奥宇斯深爱着他的妻子，他的灵魂出现在妻子狄多的梦里，向妻子揭露了皮格马利翁的这一罪行，并把他埋藏黄金的秘密地点告诉给妻子，让妻子挖走，并迅速逃离泰尔国。狄多同样深爱着她的丈夫，她止住悲伤，按丈夫的指示把挖出的黄金装上船。许多因国王的不仁道而愤怒的人也随着狄多的船离开了泰尔国。就这样，狄多带领伙伴们来到了这里，买下了一块叫比尔萨的土地，后来，她凭着自己的财物赢得了越来越多的土地，直到建立了由她统治的强大王国。年轻人，我已经告诉你们这里是哪里了，不久以后你们将在这里看到迦太基高大的城墙和直入云霄的城堡。"

"感谢你告诉我们这么多，但是，我们要去的地方是意大利，这里又离意大利有多远呢？我们是特洛伊人，不知你听说过没有，一个曾经繁荣富饶的地方，却被希腊人毁灭了，只有这批幸运的人逃了出来。我们是多么不幸啊，神谕告诉我们，我们会在意大利重建家园，可是我们的船队经过了众多的苦难，却依然登不上意大利的土地。中途，我们迷失了方向，很多船只也不知了去向……"

姑娘打断了埃涅阿斯的话："让我告诉你关于失散的船只和朋友们的预言吧。你的一部分伙伴登上了海岸，另一部分则将要到达海岸。你们现在只需要在这块土地上等下去，直到你的伙伴们到来。"

姑娘说完，转身走向了森林深处。这时候，埃涅阿斯才发现，姑娘的身影、步履和他的母亲维纳斯一模一样，原来是母亲在为儿子指点迷津啊。埃涅阿斯奔过去，想把母亲留住，但维纳斯已布下了一阵迷雾，雾散后，维纳斯不见了，只留下在原地发呆的埃涅阿斯。

埃涅阿斯在迦太基

在母亲维纳斯的指点下，埃涅阿斯又恢复了以往的信心，他沿着树林里的小路信步往前走着。不大一会儿，他来到一座山坡前。埃涅阿斯登高远眺，耸立云天的迦太基城堡就在眼前，气势恢弘的宫殿、宽敞的街道、巨型的城门，无不让人惊叹。

埃涅阿斯带着阿赫脱斯走下山坡，走进了迦太基城。迦太基城还在扩建之中，每个泰尔人都显得非常忙碌，街上的泰尔人更是行色匆匆，没有人注意到两个陌生人正走在他们中间。

迦太基城中心是一片树林，泰尔人曾经在这个树林里挖出一个马头，那是天后朱诺送给迦太基的吉祥物，预示着迦太基将成为一个世界帝国。于是，女王狄多在这里给朱诺立了一座神庙。走进神庙，埃涅阿斯在壁画中看到了有关特洛伊战争的画面，不禁激动起来，眼睛里闪烁着希望之光，将来的特洛伊城也会像迦太基一样宏伟吗？也会有神的佑护吗？如果有，那么特洛伊人也一定会为众神们建造庙宇。

正当埃涅阿斯想着心事的时候，一位貌美的女子走了进来，女子身上散发着高贵的气息，身后跟着一群随从。女子坐到神庙中心的宝座上，吩咐身边的人传令，让建城的工匠们加快速度。

"如此美丽的女子，又具有如此的威仪，那她一定是女王狄多了。"埃涅阿斯心里想道。

神庙前是一个巨型的广场，很多居民都聚集在这里，等候着女王为新的国家制订新的法令。

正如维纳斯所预言的那样，埃涅阿斯在广场上的人群中看到了失散的特洛伊人。这些人在航行的途中被风浪送到了其他海岸，而在这里，他们又相遇了。埃涅阿斯还注意到，这些特洛伊人都是从各个船上选出的代表，如塞尔盖斯托斯、克洛安托斯等。由于神庙前的人很多，他们并没有注意到他们的首领埃涅阿斯也在这里。

埃涅阿斯欣喜地看着不远处的特洛伊人，想等人少些以后再前去相认。那些特洛伊人也在人群里挤来挤去，好不容易挤到了神庙门前。

"尊敬的女王陛下，我们是特洛伊人，因为与希腊的战争失败而被迫逃亡。我们本是要到意大利去，但经过无数的灾难我们还是没有到达目的地。飓风把我们的船队掀翻，一些特洛伊人葬身海底，而我们则被抛到了暗礁丛中。可你们的民族是怎样一个民族啊，你们不允许我们上岸，还扬言要烧掉我们的船只，对于可怜的特洛伊人来说这是多么残忍啊。如果你们见到了我们的首领埃涅阿斯，一定会做出相反的决定的。他是一个多么伟大的英雄啊，只是他与我们失去了联系。高贵的女王，请允许我们靠岸，把我们支离破碎的船只修理好，让我们平安地到达意大利，我们将不胜感激。如果埃涅阿斯不幸被波浪吞没了，那我们的希望也破灭了，请护送我们回到西西里岛，我们会给你们丰厚的报酬。"一个特洛伊人的代表走到女王狄多面前请求道。

埃涅阿斯走进庄严的迦太基朱诺神庙，领略了女王的威仪，狄多女王为长途跋涉而来的疲惫的特洛伊人摆下盛宴，热情款待了他们。

狄多看了看眼前的特洛伊人："外乡人，请原谅我的国民们带给你们的恐慌，他们只是为了保护国家而已。我们一直对特洛伊人心存敬仰，知道特洛伊英雄和他们的赫赫战功，对于你们所遭受的打击，我和我的臣民都深感同情。我们可以满足你们所提出的要求，只是不能让你们在我们的土地上居住繁衍。至于刚才你所说的首领埃涅阿斯，我会派我的臣民去寻找。如果他还没有上岸，我将同意让你们居住到他到来为止，也许他现在正迷失在迦太基的某个树林里呢。"

狄多的话音刚落，埃涅阿斯就迎着灿烂的阳光走到众人面前。

"尊贵的女王，我就是埃涅阿斯。我代表我的民族感谢你接受了特洛伊的这些不幸难民。不管将来特洛伊人的命运如何，你的恩德我们会铭记在心。让神保佑你们的民族吧。"

虽然历经众多磨难，但埃涅阿斯依然神采奕奕。失散的特洛人代表看到埃涅阿斯出现在他们面前，高兴得手舞足蹈。

女王狄多被英俊的埃涅阿斯吸引住了，微张着嘴巴，半天也没有说出话来。好一会儿，她才回过神来，为了掩盖自己的尴尬，她把盯在埃涅阿斯身上的目光转向了别处。

"埃涅阿斯，我从我父亲柏格洛那里听到过许多关于特洛伊的故事，你经历过如此多的苦难，这是怎样的命运啊。和你们一样，我也是被驱逐的人，好不容易才在这里找到了一块宁静的乐土，我尝到了什么是不幸，更知道如何帮助不幸的人们。特洛伊人，我们会尽我们所能帮助你们的。"

说完，狄多命人把特洛伊人引进馆舍，为英雄们摆下盛宴。

埃涅阿斯派阿赫脱斯回船队向其他的特洛伊人报告喜讯，并把儿子阿斯卡尼俄斯接到宫殿里来。

女王狄多之死

女王狄多虽然准许了特洛伊人各种特权，但是，泰尔人的两面派行为着实让维纳斯担心，而且迦太基地区的佑护女神是埃涅阿斯的宿敌朱诺，这怎么能让作为母亲的维纳斯放心呢？想来想去，她终于想出了一条计策。

"丘比特，你去变作埃涅阿斯的儿子阿斯卡尼俄斯的模样，看准时机走近女王狄多的身旁。当她抱起你的时候，你向她灌注爱情的迷毒，使她爱恋上埃涅阿斯。"维纳斯把儿子小爱神丘比特叫到身边。

维纳斯把阿斯卡尼俄斯催眠后藏在她的领地，丘比特便按母亲的意思变作阿斯卡尼俄斯，任由阿赫脱斯牵着他的手朝女王的宫殿走去。

宫殿的大厅里，女王正盛情款待着她的客人们。当阿赫脱斯带着阿斯卡尼俄斯进入大厅时，人们的目光都朝这位英俊的男孩投去。

一切都进展顺利，丘比特变成的阿斯卡尼俄斯把女王心中关于她死去丈夫的形象抹去了，在她心里注入了向往爱情生活的渴望。

狄多举起手中的酒杯，脸色微红地对在座的所有人说："让我们为泰尔人和特洛伊人的友谊干杯，我们两族人都会永远地怀念这一天的。天父朱庇特、迦太基的佑护神朱诺和赐人欢乐的酒神巴克斯，也为你们干杯。"说完，狄多从酒杯里抿了一口。

盛宴结束后，埃涅阿斯向泰尔人讲述了他的遭遇。狄多目不转睛地盯着她的英雄，心在剧烈地跳动着。

埃涅阿斯一行人离开宫殿后，狄多在床上辗转反侧，脑子里尽是埃涅阿斯的影子。

"安娜，这可怎么办呢？我不想破坏对我丈夫的忠诚，但我真的发现我已爱上了那个特洛伊英雄。"狄多把妹妹安娜找来诉说烦恼。

安娜爱她的姐姐胜过了爱她自己，她也非常同情狄多："狄多，既然女神朱诺把特洛伊人送到了这里，那就证明你的爱情是受神的保护的。勇敢的姐姐，向特洛伊人赠送礼物吧，让他们放弃继续远航的念头，让他们融入我们的民族当中。"

狄多的热情被安娜煽动得迸出了火花，她放弃了作为国王的骄傲，带着埃涅阿斯参观迦太基的每一栋建筑，每天都举行盛宴招待她心中的英雄。特洛伊人除了感谢外，对远航意大利的概念也越来越淡泊。

天后朱诺看出了狄多对埃涅阿斯火热的爱恋，其实，朱诺并不是想置特洛伊人于死地，她只是不想看到一个强大的特洛伊民族再次崛起。如果能以狄多和埃涅阿斯的结合来使特洛伊民族消失，那样是最好不过的了。

一天，狄多组织了一场狩猎活动，当泰尔人和特洛伊人正竞相追赶着猎物时，天空突然下起雨来。在朱诺的牵引下，狄多和埃涅阿斯躲到一个岩洞下避雨。狄多勇敢地向埃涅阿斯表达了自己的爱恋，埃涅阿斯也早已被爱情迷惑得失去了方向。在隆隆的雷声中，两个人立下了山盟海誓，各自的心中都烙下了爱情的印记。

不知不觉中，冬天到来了，埃涅阿斯早已忘记了神的指示，再也不提航行的事了。

朱庇特在奥林匹斯圣山上看到发生在迦太基的一切，气愤地从宝座上站了起来："墨丘利，你去告诉埃涅阿斯，他还没有到达目的地，必须起航继续前行。当初我从希腊人手里救下他并不是为了让他能够在迦太基娶妻生子。"

墨丘利遵从父亲的吩咐，从奥林匹斯山直奔迦太基。此时的埃涅阿斯正在建造新的宫殿，他身上披着狄多亲手为他缝制的长袍，看上去已经和一个泰尔人没有什么分别了。埃涅阿斯招呼着工匠们加紧工作，根本没有注意到墨丘利的到来。

"埃涅阿斯，难道你忘记了自己的任务和国家了吗？你在陌生的国家建造城市，而把建造罗马的事忘记了吗？看来，你只是一个拜倒在女人裙下的奴隶。朱庇特命令你迅速离开这里。"

埃涅阿斯听到墨丘利的话后心中一阵悸动，他怎么会忘记建造罗马的任务呢？那是神交给他的，他也将因建造罗马而光耀史册，可自己为什么会在这里呢？埃涅阿斯赶忙把特洛伊人召集到一起，吩咐大家做好准备随时出发。

狄多还是发现了特洛伊人的骗局，其实，埃涅阿斯一直想找个合适的时机把命运的决定告诉狄多，但每每看到心爱的人脸上洋溢着的幸福，他就没有了这个勇气。

狄多发疯似的摇晃着埃涅阿斯的肩膀，埃涅阿斯咽下了巨大的悲伤，丝毫不为所动。

"只要我的身体里还有一丝气息，我就不会忘掉泰尔人的恩德。神命令我去意大利重建特洛伊，恢复普里阿摩斯家族。我必须离开，这一切都是神的旨意。"

狄多彻底绝望了："离开迦太基吧，去寻找你的意大利吧，但请你不要用神的命令来欺骗我。"

但是，当狄多看到埃涅阿斯的船队准备就绪、升起船帆的时候，她的心都在滴血。她知道，谁也无法改变埃涅阿斯的主意了，而她只能选择自杀的方式来捍卫她的爱情。

晚上，狄多命人用松树和栎树堆砌起了柴堆，她宣布要举行一场祭祀仪式。祭祀仪式完毕后，狄多悲伤地回到自己的宫殿，登上屋顶的露台，透过东方的朝霞，看到海滨上特洛伊的船只已经离开了。爱情折磨着狄多的心，她痛苦地捶打着自己的身体，再次走到祭祀的地方，那里的柴堆上搁着埃涅阿斯的利剑、衣服和一张肖像。狄多抽出埃涅阿斯的剑，扑倒在柴堆上："解除我的痛苦吧，结束我的命运吧。我建造了一座美丽的城市，但是，这个特洛伊人却搅乱了我本来的幸福。"说着，她把利剑往胸口刺去。

登陆意大利

强烈的爱灼烧着埃涅阿斯的心，但却再也不能动摇他寻找意大利的意志。不过，他没有想到的是，他的离开造成了狄多以死来殉情。埃涅阿斯受着良心的谴责，他只能以再度迷航来抵偿自己的罪孽。

悲伤的埃涅阿斯站在船头，心里忏悔着，茫然地望着远方。远处出现了一片岛屿，埃涅阿斯认出了那是他们曾经到过的西西里岛。船队在西西里岛登陆，再次受到了岛上居民的热烈欢迎。

天后朱诺看到自己毁灭特洛伊民族的计划又失败后，不由得暴跳如雷。她吩咐她的女使伊里斯去挑拨特洛伊人的关系。特洛伊妇女受到唆使后，对长途航行表示了厌倦，她们暗中烧毁了四艘大船。埃涅阿斯并没有责怪她们，长期遭受的灾难怎么能不使人灰心丧气呢？最后，埃涅阿斯决定把年龄较大的特洛伊人留在西西里岛上。为此，他专门在西西里岛建造了一座城市，让这批人移居到城里，自己则带着一批年轻力壮的人前往意大利。

埃涅阿斯的这次航行非常顺利，平静的大海没有一点风波，特洛伊人烦躁的心情也变得舒朗起来。远处的海岸越来越清晰了。

"看啊，意大利，意大利，一定是意大利。"船上的特洛伊人高兴地跳了起来。

埃涅阿斯深情地望着即将停靠的陆地："真的是意大利吗？你让特洛伊人经历了多少苦难啊，我们要在这片土地上建立起新的特洛伊，保佑我们吧。"

船队驶入俄斯蒂亚港，特洛伊人走上海滩，进入岸边的一片树林里，他们决定先饱餐一顿再进城打听消息。大家把船上所有的食物都搬上岸来，然后席地而坐，在哄笑中，地上的食物被洗劫一空。

"半人半鸟的哈尔庇曾预言说我们把所有食物都吃完后就到达目的地了，这就是我们先祖的故乡，也是我们的新家园。"一个特洛伊人一边说着一边亲吻着这片神圣的土地。

"神预示我们已经到了意大利，但我们还需要打听清楚这里的居民到底是什么性格。"埃涅阿斯兴奋地吩咐着。

临近天黑，探听消息的人回到岸边："这儿的确是意大利，但它已经分裂成几个国家了，我们脚下所处的地方叫拉丁姆，是拉丁人生息的地方，现在由国王拉丁奴斯治理。由于拉丁奴斯在劳伦图姆宫殿执政，所以，他的臣民们也称自己为劳伦特人。我们还打听到，这条大河叫台伯河，是一位善神的居所。这块土地上还没有过屠杀和战争，拉丁人热情、善良，像招待亲人一样招待了我们。"

埃涅阿斯喜出望外，他带领他的臣民走上了这块陌生而又肥沃的国土，并迅速派出使者团，前去拜见拉丁国王拉丁奴斯。

使者们披着漂亮的衣甲，手中擎着作为和平象征的橄榄枝，在勇敢的伊里俄纽斯的率领下来到劳伦图姆。劳伦图姆是个热闹繁荣的城市，人们挤在街道上赛车赛马，投枪射箭，哄笑声不绝于耳。当他们看到排着长队的陌生人时，立即派人去通知拉丁奴斯国王。使者们被引进国王的宫殿大厅，宫殿宽敞华丽，摆设高雅，国王拉丁奴斯正坐在紫金宝座上。

　　"亲爱的拉丁奴斯国王，我们是特洛伊人，我们的家园被希腊人毁灭了，在天公朱庇特的指引之下，终于来到了意大利。我们的首领埃涅阿斯是女神维纳斯的儿子，我们带来了他的问候。尊贵的国王陛下，请施舍一块地方让可怜的特洛伊人安居吧。朱庇特曾预言，特洛伊人将在意大利的土地上找到自己的归宿。意大利不会后悔把特洛伊人收留在

登陆海岸

在一度迷航后，埃涅阿斯率领的特洛伊船队终于找到了目的地——意大利，这里是神给他们安排的重建特洛伊的土地。

自己的怀抱里的，瞧，这是特洛伊人给你带来的礼物。"说着，伊里俄纽斯从怀里拿出一只金盏，"这只金盏是埃涅阿斯的父亲安喀塞斯祭祀神明的见证。"

　　拉丁奴斯接过伊里俄纽斯递过来的金盏，友好地对特洛伊人说："我并不熟悉你们的种族，但我记得你们的先祖达耳达诺斯出生在这个地方。当你们还在大海上漂泊的时候，我已经从神谕中知道了你们的到来。拉丁人衷心地欢迎特洛伊人来到拉丁姆，拉丁人是农神萨图恩的种族，比你们的种族还要古老，我们执掌公平，遵循古老而又虔诚的习俗。"

　　拉丁奴斯注视着这群特洛伊客人，想起了一则神谕："特洛伊人，我满足你们的愿望。但我的父亲法乌诺斯曾预言说，我的女儿不能嫁给当地的男子，而应嫁给一个外来者，而我的任务就是把我的王国交给特洛伊国王。回去告诉埃涅阿斯，让他亲自来见我，他将是我女儿拉维尼亚的丈夫。"

　　说完，拉丁奴斯命人挑选了百余匹良马，配上漂亮的马鞍，作为送给特洛伊人的礼物，他还给埃涅阿斯备下了一辆两匹神种快马拉动的战车。

　　使者们牵着满载礼物的骏马，神采飞扬地回到了岸边的营房。伊里俄纽斯把拉丁奴斯国王的话向埃涅阿斯进行了汇报，埃涅阿斯激动得半天没有说出话来，特洛伊人马上就要和拉丁人融为一体了，神圣的罗马将要在自己手里崛起，怎么能不让他激动呢？那将是怎样的一座城堡呢？埃涅阿斯憧憬着，久久不能入睡。

拉维尼娅的婚事

拉丁姆国王拉丁奴斯膝下无子，只有一个女儿拉维尼亚。自然，国王的全部遗产将落在这个唯一的女儿名下。

拉维尼亚转眼就出落成了一个大姑娘，温柔、漂亮、落落大方。来自拉丁姆和邻近地区的求婚者络绎不绝。求婚者不仅艳羡于拉维尼亚的美丽，对拉丁姆王位和拉丁奴斯的财产更是垂涎三尺。拉丁姆王后阿玛塔是一个骄傲的女人，她一直想给女儿寻找一位中意的丈夫。

在拉丁姆国的南部，有一个城市叫阿尔特阿，这里的人们称自己为罗图勒人。阿尔特阿国王道奴斯有个儿子叫图尔奴斯，图尔奴斯虽然年少，却勇猛过人。当他得知拉丁姆国王有一个漂亮的女儿时，也来到拉丁姆求婚。

当图尔奴斯出现在宫殿里时，阿玛塔兴奋得差点跳了起来，图尔奴斯英俊的外表和高贵的血统，与自己的女儿是多么相配啊。但是，拉丁奴斯对这桩婚姻没有任何表示，他早就得到过神谕，他的女儿要嫁给一个外来的人，而在这个外来人身上发展起来的家族命中注定要掌管全球。但是，这个外乡人究竟何时才能到来呢？这个神谕是否准确呢？面对已经到了出嫁年龄的女儿，拉丁奴斯实在不知该如何做出决断。如果神谕中的外乡人一直不出现，难道让女儿等上一辈子吗？因此，拉丁奴斯只能以沉默来应对拉维尼亚与图尔奴斯的姻缘，不过，这些都是在埃涅阿斯还没有出现之前。

在拉丁姆国王的宫殿里有一棵桂树。一天，拉丁奴斯看到桂花树上的桂花开了，便命人把桂树祭供给太阳神福波斯，然后在桂树的根基处为福波斯建造起一座神庙。当奴仆们正打算伐倒桂树时，突然树冠上出现了一个硕大的蜂窝，蜜蜂们从蜂窝里嗡嗡地飞出来，叮满了桂树。

拉丁奴斯唤来占卜师，问这一迹象所指何意。占卜师围着桂树转了一圈，然后来到国王面前："依我所见，一个伟大的人和他的一支军队经过远涉重洋将要来到我们的国度，他最后将统治拉丁姆地区，繁衍起一支伟大的族第，最后他将统治整个世界。"

拉丁奴斯欣喜若狂，一个外乡人将要来到拉丁姆，难道是神谕中的那个人吗？老国王激动得一晚上不能入睡。

没过几天，图尔奴斯派使团来到劳伦图姆，并给未婚妻拉维尼亚带来一项王冠。在祭坛前，拉维尼亚把王冠戴到发间，正当她要对罗图勒人表示感谢的时候，祭坛上的火苗猛地升腾起来，窜到拉维尼亚的头发上，拉维尼亚的卷发顿时像着了火一样。王冠里掣起了闪电，拉维尼亚很快被熊熊的烈火包围。瞬间，整个宫殿里都燃起了一片神火。

宫殿上下的人们都慌乱得不知所措，不知道这种现象是主吉还是主凶。占卜师急忙赶来，向拉丁奴斯详示："拉维尼亚和他的夫君将会建立起一个王国，但却也会带来一场可怕的战争，并且，这次战争将毁掉一个国王。"

拉丁奴斯陷入了沉思之中，陌生人将要登上拉丁姆这片土地了，他将建立一个统治全世界的巨大族第，神谕正一步步向这个国家走近啊。于是，拉丁奴斯对罗图勒人的使者说："尊敬的罗图勒人，你们回去告诉你们的国王，就说神已为拉维尼亚选定了丈夫，所以，拉维尼亚不能答应这门婚事。"

没有办法，罗图勒人只能垂头丧气地回阿尔特阿复命。

过了几个月，几名渔夫报告说他们看到一批海船正向拉丁姆驶过来。拉丁奴斯从宝座上站起来，微笑着："看来，神谕中的埃涅阿斯已经临近我们了，他正站在船上指挥着他的船队。不久，世界将会陷入黑铁时代，战争的火焰将永不熄灭，但却享受着永恒的赞誉。"拉丁奴斯像是占卜师一样自言自语。

埃涅阿斯和他的船队终于在拉丁姆登陆了，他们还派来了使者向拉丁奴斯叙说了特洛伊人的请求。拉丁奴斯欣然地同意了特洛伊人的要求，并给一路劳累的特洛伊人送去了礼物，还让特洛伊使者告诉他们的首领埃涅阿斯，众神已预言，埃涅阿斯将成为拉维尼亚的丈夫，成为拉丁姆大地的统治者。

埃涅阿斯也接受了这一切，眼前似乎已经出现了新建的家园，他陷入了无限的憧憬之中。但是，谁也不知道，一场战争正悄无声息地迫近特洛伊人和拉丁姆人。

朱诺煽动一场战争

埃涅阿斯终于到达了意大利，并且将与拉丁姆国王拉丁奴斯的女儿拉维尼亚喜结良缘。多么幸运的埃涅阿斯啊，不久的将来，一个新的特洛伊将会再次崛起。

在天后朱诺眼里，特洛伊是怎样一个可怕的民族啊，它虽然战败了，但却永不服输，经历了众多苦难，却总是在寻找自己的第二家园。作为天后，朱诺怎能

515

允许自己的敌人有如此的好运呢？

"特洛伊人怎能逃脱我的仇恨的惩罚？我绝不能让维纳斯取得最后的胜利，我身为天后，却斗不过朱庇特的一个女儿，众神该如何取笑我啊。阿勒克托，你速去拉丁姆地区，在特洛伊人、拉丁人和罗图勒人之间挑起争端，最好他们之间的战争能使特洛伊民族消失。"朱诺把冥府的复仇女神阿勒克托叫到眼前，恶狠狠地吩咐说。

阿勒克托面目狰狞，她头上盘曲的毒蛇似乎也听懂了朱诺的话，发出了吱吱的响声。阿勒克托驾起乌云，来到地面。她先在拉丁姆大地上游荡了一圈，然后潜入到拉丁姆王宫的宫殿里。阿勒克托从头顶上取出一条毒蛇来，把它变做王后阿玛塔脖子上的金项链，然后悄悄把剧毒注入阿玛塔的皮肤里。

剧毒传遍了阿玛塔的全身，刚才还平静着的阿玛塔开始放声大哭起来。

"拉丁奴斯，你到底是怎么回事呢？竟然把我们的女儿许配给一个无家可归的难民，你不同情我，难道也不同情拉维尼亚吗？难道你忘了图尔奴斯是一个如何英俊的人吗？可怜的女儿啊，快来惩罚你这个残忍的父亲吧。"

阿玛塔向丈夫抱怨着女儿的婚事，但拉丁奴斯丝毫没有动摇自己的决定。

"虽然图尔奴斯具有高贵的血统，但神的意志不可违抗。"

拉丁奴斯试图去说服妻子，但妻子哪里听得进去，她身体里的剧毒正发挥着作用。阿玛塔冲上去要撕扯丈夫的衣袍，被众人拉开了。之后，她便在城内大街小巷狂奔乱跑，诅咒着她的丈夫和那些刚来的特洛伊人。

在这之前，拉丁人不知道什么是战争，什么是厮杀，当阿玛塔的话提醒了他们，

仇恨火焰的燃起

图尔奴斯本是一位理智的王子，但因为天后朱诺对特洛伊人的厌恶，使他成为这场战争的牺牲品。图为阿勒克托把毒蛇扔向了图尔奴斯，使他瞬间变成了一个对特洛伊人充满仇恨的少年，完全丧失了理智。

他们单纯的思维方式被王后恶毒的话语征服了。

阿勒克托满意地看着这一切，驾起乌云又飞落到阿尔特阿。此时的图尔奴斯正在睡觉，于是，阿勒克托变作一个年老的女人，走近酣睡的少年："勇敢的图尔奴斯，美丽的拉维尼亚本该属于你，强大的拉丁姆也应该属于你，可特洛伊人的到来打破了这一切，难道你真的心甘情愿地把理应属于你的权杖拱手让给特洛伊人吗？你应该武装你的人民，去征讨特洛伊人，把应该属于你的都给夺回来。"

沉睡的图尔奴斯并没有像阿勒克托想象的那样充满仇恨："是朱诺派你来见我的吧，可我并不希望出现你所说的那些是非。我早就知道特洛伊的船队驶进了台伯河，但这些又与我有什么关系呢？拉丁奴斯说了，这一切都是神的安排，难道你让我与神作战吗？"

阿勒克托见简单的几句话并不能煽动起图尔奴斯的仇恨，于是从头上抽出两条毒蛇："我是复仇女神，专给人间制造灾难和死亡，难道你能违背我的意愿吗？"说着，她把两条毒蛇扔向了图尔奴斯的身体。

转眼间，刚才那个理性的图尔奴斯不见了，取而代之的是一个发了疯的少年："拿武器来，我要去征服特洛伊人，给拉丁人一些教训，用他们的鲜血来洗刷我的耻辱。"图尔奴斯从床上一跃而起，一股疯狂的战斗欲望在他的胸腔里翻腾着，他甚至等不到天亮就武装起了一支罗图勒人，率领他们离开国土，朝拉丁姆奔去。

阿勒克托洋洋得意地看着她的杰作，眼前似乎出现了一场战争，而特洛伊人正是这场战争的牺牲品。这些还不能满足阿勒克托的复仇之心，她又趁着太阳还没有出来之前来到了台伯河畔。

此时的台伯河畔正进行着一场狩猎游戏，埃涅阿斯的儿子阿斯卡尼俄斯追逐着一只雄鹿。这只雄鹿远近闻名，拉丁奴斯的牧场总管蒂耳荷斯让孩子们亲自放牧它，总管的女儿西尔维亚尤其宠爱它。当这头雄鹿发现有人追赶它时，不由得惊慌逃窜，跳进了台伯河。阿斯卡尼俄斯猎兴正浓，哪里肯放过这么好的猎物，他弯弓搭箭，一箭射中雄鹿的腹部。雄鹿拼尽全力游上了岸，拖着鲜血淋漓的身体回到了主人的屋前。当西尔维亚看到眼前的景象时，禁不住大哭起来，她一边给雄鹿包扎伤口，一边呼唤着周围的农民。

不大一会儿，附近的农民就把西尔维亚的家围了个水泄不通。

"拉丁姆国的所有人都认识这只雄鹿，干出这种勾当的人一定是刚来的特洛伊人，而我们的国王却要把女儿许配给特洛伊人，我们一定要把这群恶毒的人赶出拉丁姆。"农民们愤怒了。阿勒克托抓准时机，使战斗的号角响遍全国。顿时，拉丁人从四面八方聚集过来，他们手里拿着各式各样的武器，摆开阵式要与特洛伊人决一死战。

阿斯卡尼俄斯看到一群拉丁人朝着自己跑过来，不由得大吃一惊，他引弓搭箭，这一箭不偏不倚正中蒂耳荷斯的儿子阿尔摩的咽喉。特洛伊人的暴行使拉丁人更加愤怒了，女人、孩子，连拉丁姆最富有、最年迈的老人伽莱索斯都加入到战斗中来。不幸的是，伽莱索斯也死在了阿斯卡尼俄斯的箭下。

这时，图尔奴斯的部队开进了拉丁姆城，拉丁人与罗图勒人合为一处，一路来到拉丁奴斯的王宫，请求国王批准对特洛伊发动战争。按拉丁人的规矩，当要对外进行战争时，国王应该身穿战争的衣衫，亲自打开亚奴斯神庙的大门。

拉丁奴斯痛苦地在宫殿里走来走去，他可怜他的人民，却又不能违背神意。

"不幸的拉丁人，这一切都是神的安排。如果我们对特洛伊人宣战，将会以自身的鲜血抵偿罪孽，图尔奴斯，你也会难逃上天的惩罚的。"

朱诺早已经等得不耐烦了，她亲自降临到亚奴斯神庙，举手撞击神庙石柱，神庙的铁门轰的一声被打开了，战争的火焰熊熊地燃烧起来。

埃汪特耳的救援

在特洛伊人没有到来之前，意大利众多国家之间没有发生过战争，人们生活在一片宁静、祥和之中。而现在，由于特洛伊人的到来，整个意大利陷于一片混乱。

拉丁姆的各条道路上尘土飞扬，原野中武器林立，各路军队从四面八方向劳伦图姆陆续挺进。

图尔奴斯一马当先，他头盔上饰着狮头羊身蛇尾的吐火女怪，上面镶嵌的三根羽毛迎风招展，好不威风。一批古老英雄族第的杰出代表率领着拉丁姆人、罗图勒人、西卡尼亚人、奥索尼亚人、奥龙克人的军队，他们后面是佛尔西安人的骑兵队。佛尔西安人的骑兵队由年轻的女王卡弥拉率领，卡弥拉是在与粗野的男人的战斗中长大的，她没有爱恋过任何一个男人，没有像其他女人那样蹲在织机前织过布，她喜欢和男人一样驰骋沙场，建功立业。此时的卡弥拉腰间佩着硬弓和箭袋，手上高擎长矛，她的威武一点也不比男人逊色。

早有人把意大利军队云集拉丁姆的消息告给埃涅阿斯，他忙命人构建工事。但特洛伊人如何能抵抗得了比它多出上百倍的敌人呢？于是，特洛伊人做出逃向大海的准备。

一天，忧心忡忡的埃涅阿斯沿着台伯河散步，他是多么希望占领陆地，建设新的特洛伊啊，可眼下，自身难保又怎能顾得上重建家园呢？要战胜骄傲的意大利人，除了获得援助别无他选，可特洛伊人刚刚到达拉丁姆，要想获得外援是多么困难啊。埃涅阿斯坐在河边休息，想着心事，不知不觉中竟睡着了。

恍恍惚惚中，一位身穿白色衣衫、头顶芦苇圈环的老者从台伯河中升腾而起，他声音洪亮地对埃涅阿斯说："大英雄埃涅阿斯，不要害怕，我是河神台伯律奴斯，朱庇特已经给你安排好了将来，所以你大可不必为意大利人的进攻而烦恼。你一会儿可沿着台伯河向前走，在一丛橡树林中会发现一只大母猪，它生下了三十只小猪，那里将是三十年后你儿子阿斯卡尼俄斯建立罗马之母阿尔巴城的地方。你把母猪和小猪献祭给朱诺，以平息她对你的仇恨，然后接着往前走到一块山地为止，那里是帕朗图姆城，是亚加狄亚的珀拉斯癸人移居的地方，国王叫埃汪特耳。图斯克人与拉丁人有不共戴天之仇，你将从他们手上获得援助。"台伯律奴斯说完就不见了。

埃涅阿斯醒来后，按照河神的指示往前走，果然在一棵橡树底下发现了一窝野猪。把这些猪祭献给朱诺之后，埃涅阿斯赶忙回到营地，把神的预示对大家说了。然后他挑选了两艘大船，率领一部分人沿着台伯河向前航行。

夏天的台伯河像是一面镜子，沿途的绿树丛林给台伯河增添了不少神韵。特洛伊人的船只在台伯河上航行了一天一夜后，远处耸立在山坡上的城堡终于出现了。

这天，亚加狄亚国王埃汪特耳和儿子帕拉斯正忙碌着给赫丘利准备年祭。亚加狄亚人聚集在祭坛前正要献祭时，突然有人大喊道："看啊，一队陌生人正沿着台伯河朝我们驶来，他们是送来战争的吗？听说拉丁姆上空已战云密布了。"

大家朝台伯河望去，不由得警戒起来。"尊敬的亚加狄亚人，我们是特洛伊人，意大利人正准备用明晃晃的武器击杀我们，可怜的特洛伊人遭受了特洛伊城的毁灭，如今又面临着巨大灾难。所以，在神指引下，我们特来向亚加狄亚求援。"埃涅阿斯高举

青铜吐火怪像
在战斗中，一马当先的图尔奴斯头盔上饰着的就是此形的狮头羊身蛇尾吐火女怪。

河神

在埃涅阿斯遭到全意大利当地民族挥戈相向时，台伯河的河神台伯律奴斯帮了他；他后来当上意大利新国王后对台伯河十分眷顾，台伯河也成了意大利的母亲河。

着象征和平的橄榄枝站在船头向城堡里问话的守卫高声喊道。

当守卫听到"特洛伊"三个字时，忙向国王埃汪特耳报告。国王的儿子帕拉斯兴奋不已，他一边整理着自己的衣衫一边激动地对父亲说："特洛伊人，特洛伊人来到我们这里了，那是多么勇敢的一个民族啊，能够结识这批闻名天下的英雄是多么的荣幸啊。父亲，我这就把他们接来。"帕拉斯不等父亲作答便走出了城堡来到台伯河岸边。

"欢迎你们，勇敢的特洛伊人，我是王子帕拉斯，我带你们去见我的父亲。"埃涅阿斯一行人被带上了岸，来到了国王的宫殿里。国王埃汪特耳的宫殿很简陋，亚加狄亚人是乡村牧民，他们并没有什么贵重的珍宝，所以这里的宫殿像是茅草房，城里居民的住所更不用说了，要多简单有多简单。

埃汪特耳坐在宝座上，仔细打量着陌生的客人。

"埃汪特耳国王，我是安喀塞斯的儿子埃涅阿斯，带领特洛伊人在神的指引下来到意大利，但意大利人像对仇敌一样对待我们。我们势孤力单，难以和他们抗衡，不得不来求助友好的亚加狄亚人。"埃涅阿斯向埃汪特耳陈述着自己的意图。

"高贵的特洛伊人，你们的名字我并不陌生。当我还是一名年轻武士时，你的父亲和普里阿摩斯曾路过亚加狄亚。特洛伊人都是英雄，我是怀着无比敬畏的心情迎接他们啊。当然，我更不能忘记你父亲安喀塞斯，因为他临别时曾把利箭赠送给我，他还送给我一件金丝质战袍和金辔具。现在这些都由我儿子帕拉斯保管。为了报答你们，我多希望和你们一起作战，可我老了，而我的国家非常穷困，连给你们添置锋利的武器都难以办到，不过，我倒是可以给你们出一些主意。离开这里后，你们可以前往伊特卢利阿的阿格拉城，那里的国王墨策提沃斯前不久被居民们驱逐，但这个被驱逐的国王却在图尔奴斯那里得到了友好的接待，图斯克人和图罗勒两族人因此结了仇恨，在那里，你们将得到一支强大的军队。"

离开了埃汪特耳的宫殿，特洛伊人走进了亚加狄亚人为他们布置的住处，美美地进入了梦乡。

埃涅阿斯的盾牌

特洛伊人与意大利各族人的战争一触即发。

一天傍晚，维纳斯走近丈夫火神伏尔甘的身边："亲爱的伏尔甘，瞧你锻造的武器是多么精良啊，恐怕天底下没有一个人能锻造出像你这样的武器吧。父亲朱庇特宠爱的特洛伊人正面临着一场战争，而我的儿子埃涅阿斯正是特洛伊人的首领，他还没有一件像样的武器，你要是能替他打造一件那该多好啊。"维纳斯以少有的柔情对丈夫说。

对于天公朱庇特宠爱特洛伊人，伏尔甘也早有耳闻，而且他也知道特洛伊人埃涅阿斯是爱妻维纳斯的儿子。伏尔甘是多么想取悦岳父和妻子啊，这真是个绝好的机会。

伏尔甘答应了妻子的请求后，迅速动身前往埃得纳火山，那里有他的炼铁作坊。伏尔甘刚一走近埃得纳火山就听到铁锤打在铁砧上的声音当当作响，他纵身从火山口跳进去，看到作坊里火花飞舞，库克罗普斯巨人们正率领着无数奴仆们忙着炼铁，已经炼好的各式各样的兵器摆在旁边的兵器架上，其中有天公朱庇特的一把利剑，有战神玛尔斯的战车，还有太阳神福波斯的一把弓箭。

"把你们手里的工作都停下，"伏尔甘站在一个较高的位置上，以使大家都能看到他，"现在我交给你们一项新的任务，我们要给特洛伊人的英雄埃涅阿斯打造一件武器。战争马上就要开始了，我们必须在明天天亮之前完成它。"

众奴仆一听要给英雄打造武器，自然高兴得不得了，他们齐心协力，把自己最精的技艺都倾注到这件武器之上。不大一会儿，一块巨大的盾牌成形了，那是由七块烧红的铁板锻造而成，最后一层盾面上布满了美丽的花纹，它叙述了罗马的历史。此外，伏尔甘还为埃涅阿斯锻造了一把利剑、一条护腰的金带、一套铁铠甲。

在帕朗图姆城，国王埃汪特耳正对客人们进行盛情款待，亚加狄亚人端上了丰盛的饭菜和飘着清香的葡萄酒。大家围坐在一起，举杯痛饮。埃涅阿斯多么想与这位老国王多待几日，但神命在身，他不得不于第二天清晨来向埃汪特耳国王告别。

"亲爱的埃汪特耳国王，虽然特洛伊人很想在此与亚加狄亚人民共同享受这美好的太平盛世，但是，意大利人正虎视眈眈地准备向特洛伊人发动进攻。我们必须起航了，去寻求图斯克人求援，对于你给的这个主意我们将不胜感激。"

年迈的埃汪特耳国王望着眼前的英雄有些依依不舍："特洛伊的勇士们，对于不能给予你们更大的帮助我表示遗憾。这些马匹就当我送给特洛伊人的礼物吧。埃涅阿斯，那匹最好的骏马应该属于你，当年你的父亲送给我那么贵重的东西，而我却只能以此来回赠你。"

这时，早有人牵过来数匹良马，其中有一匹马皮毛呈黄褐色，状如狮子，马蹄上还裹着黄金。埃涅阿斯对亚加狄亚人一再表示感谢，但神已经在命令特洛伊人加快前行了。

特洛伊人刚离开帕朗图姆城不久，就看到身后有一队人马朝这边跑来，原来是年轻的帕拉斯率领着四百名骑兵奔驰而来。

"埃涅阿斯，我父亲因不能出征，特命我带一队骑兵来支援你们。他还让我转告你，众神会保佑特洛伊人的，他会时刻为特洛伊人祷告的。"帕拉斯向埃涅阿斯陈述着埃汪特耳的话。

维纳斯赠战甲给埃涅阿斯　普桑　法国
维纳斯用往日少有的温情请求丈夫伏尔甘为她和安喀塞斯的儿子埃涅阿斯打了铠甲、利剑和坚盾，趁埃涅阿斯小睡的时候放在他身旁，盾牌上刻着记述古罗马未来历史的神谕。

埃涅阿斯感动得热泪盈眶，这四百骑兵对特洛伊人是多么重要啊！他紧紧抓住帕拉斯的手，回头望了望渐渐远去的帕朗图姆城，用庄严的肃目礼表示着对国王埃汪特耳的感谢。

这一天，经过紧张的奔波，特洛伊人来到了一个幽静的山谷，山谷四周是一片茂密的树林。埃涅阿斯命令大家坐下来休息，他也在一棵高大的桦树底下打起了盹。

自从埃涅阿斯从帕朗图姆城出来，维纳斯就一直跟着儿子，想找一个合适的机会把伏尔甘锻造的武器交给儿子，眼下正是个好机会。维纳斯走近埃涅阿斯，呼唤着他的名字，把盾牌、利剑和盔甲放在儿子脚下。

埃涅阿斯睁开眼，看到母亲维纳斯站在面前，眼里不禁闪出着幸福的泪花，张开双臂想要拥抱母亲，但维纳斯已化成一道云雾蓦地不见了，只留下一句话在空中回荡："孩子，不要害怕，拿起这些武器大胆地去战胜那些骄横野蛮的敌人吧，我会随时保护你和特洛伊人的。"

这时候，埃涅阿斯才看到了放在脚下的闪闪发光的武器，多么精良的武器啊！他忙用这些武器把自己武装起来，走到一条小溪边，对着溪水照了又照，爱怜得都不想脱下来。埃涅阿斯举着手里的盾牌，左看右看，上面布满的文字和图像到底是什么意思呢？那是伏尔甘根据天公朱庇特的要求画的神谕，是有关罗马未来历史的神谕，只有众神才能看懂，凡人是无论如何也不能知晓的。

图尔奴斯兵临营房

朱诺是个充满仇恨的女神，虽然埃涅阿斯已经用一头母猪和三十只小猪对她进行了祭供，但还是不能消除她对特洛伊人的怒火。朱诺把女使伊里斯叫到身边，眼里放射出凶狠的目光："去告诉图尔奴斯，埃涅阿斯已经到了帕朗图姆，已经得到了埃汪特耳的支援，现在正前去阿格拉城请求图斯克人的支援。愚蠢的图尔奴斯怎么还不开始行动呢？传达我的命令，让图尔奴斯乘虚袭击留在拉丁姆的特洛伊人。埃涅阿斯虽然只带走了少数人，但留下的却是群龙无首，是很容易被制服的。等埃涅阿斯一回来，看到特洛伊的营盘已被夷为平地，你猜他有什么样的表情呢？"朱诺边说边想，禁不住哈哈大笑起来。

伊里斯把朱诺的旨意向图尔奴斯进行了传达，他立即命部队向特洛伊的营地进发。图斯克前国王墨策提沃斯领兵先行，图尔奴斯的部队居中，蒂耳荷斯和他的儿子们次之。意大利军队浩浩荡荡地朝台伯河岸疾奔而来。

"伙伴们，快拿起武器来，意大利人来进攻我们了。"透过飞扬起的尘土，特洛伊哨兵终于看清了庞大的意大利军队。留在营地的所有特洛伊人都集合起来了，他们迅速进入战壕，按照埃涅阿斯临走时的吩咐封锁了各座营门。

图尔奴斯是个急性子人，他抛下大队人马，自己先率领一队骑兵，出其不意地出现在特洛伊人的营房前。图尔奴斯围着战壕转了一圈，希望能找到一个缺口冲进对方的阵营，但特洛伊人固守不出。图尔奴斯把手中的标枪朝敌人的方向投去，高声喊道："怯懦的特洛伊人，你们的勇气到哪里去了？是不是被意大利人的武器吓破胆了？为什么不到野外来拼杀呢？"但不管图尔奴斯怎么叫嚣，特洛伊就是不出战壕。

猛然间，图尔奴斯眼睛瞥到了停泊在台伯河上的一排排船只，他高兴地命令着他的士兵们："快去拿火把把那些船烧掉，特洛伊人想从海上逃跑，看来连神都在帮我们，我要让他们逃跑的希望彻底破灭。"

此时，意大利的大部队也来到了台伯河畔，他们听到图尔奴斯的命令，迅速跑到附近找来一些木柴，点燃后扔向了特洛伊人的船只。

当年，埃涅阿斯造这些船只时使用的是爱达山脚下的神木，爱达山上的众神曾乞求朱庇特："万能的神啊，满足我们的要求吧，我们要把爱达山脚下的一片橄树和松树交给一个特洛伊人造船，可用这些神木造的船也会遭受到风浪的冲击啊，请保佑这些船只让它们免遭各种危险吧。"

朱庇特思考片刻："不遭遇任何风险是做不到的，但我可以答应你们，当这些船到达目的地后，它们可以成为神器，或是成为永远生活在大海上的仙女。"正是朱庇特的许诺保护了这些船只，否则，特洛伊人的船队将会被彻底烧毁。

严阵以待的特洛伊将士们

早在特洛伊战争时，特洛伊人的勇敢和钢铁般的意志就为希腊人领略，而今罗图勒和拉丁姆人也体会了特洛伊人的坚韧，尽管敌人人多势众，但特洛伊人毫无畏惧，站岗放哨毫不懈怠，密切注视敌人的动向。

当意大利人把手里的火把扔到船上的时候，天空突然出现了一道亮光，接着是一阵震耳欲聋的雷声，一个神奇的声音从空中传来："图尔奴斯，除非你先把大海烧着了，否则你是烧不毁这些船只的。特洛伊人，你们不必急着去抢救船只，这些船是烧不毁的，因为朱庇特已经赋予了他们灵性。船只们，你们已经变成了海洋中的女神，去大海中试试你们的威力吧。"

雷声消失了，闪电也不见了，但眼前发生的景象让所有的人大吃一惊：船只像有了生命一般，扯断缆绳后潜入水底，冒出水面后的船只竟成了一个个风姿绰约的少女。

意大利人开始后退，战马吓得引颈长鸣，台伯河的水也停止了流动。意大利人相信这是神在保佑特洛伊人，人怎么可以与神作对呢？但图尔奴斯却保持着镇静："难道你们真的相信这是神在保佑特洛伊人吗？为什么不相信这是反对特洛伊人的吉兆呢？虽然特洛伊人的船只没有被我们烧掉，但它们已经不存在了，朱庇特已经剥夺了特洛伊人逃出拉丁姆的希望。成千上万的意大利人站在一起，难道还不能把特洛伊人打败吗？你们看啊，他们已经无路可逃了。"在他的安抚下，慌乱的人群稍稍平静了一些。图尔奴斯命令墨萨帕斯把特洛伊的各道营门包围起来，其余的人则在草地上驻营扎寨，等候战机。

特洛伊士兵们通宵达旦地站岗放哨，不敢有丝毫松懈，他们时刻注视着敌人阵营的同时，也不时地眺望着远方，埃涅阿斯的队伍怎么还没有归来呢？

勇敢少年尼素斯和欧律阿罗斯

大敌当前，特洛伊人轮流站岗放哨，这些放哨的特洛伊人当中有两个亲密无间的好朋友——尼素斯和欧律阿罗斯。尼素斯的年龄比欧律阿罗斯稍大一些，欧律阿罗斯还是个没有长胡须的少年，但他非常勇敢，凡是需要勇气和胆量的时候，他都会挺身而出。当然，这时候总也少不了他的朋友尼素斯。两人非常友好，并肩作战，在意大利人进攻特洛伊人时，他们又共同把守一座城门。

尼素斯与欧律阿罗斯留心地观察着敌人的动静，小声地议论着战事。

"欧律阿罗斯，你看那些图罗勒人，他们是多么盲目自大啊，竟敢在我们眼皮底下饮酒作乐，表明了一点都不怕我们，难道我们特洛伊人真的那么怯弱吗？想当年我们的祖先是多么勇敢啊。而我们为什么还要待在营房里呢？围墙外面的敌人只亮着几堆火，他们肯定是睡着了，我们应该采取一些行动了。"尼素斯脸涨得通红，眼睛瞄着外面的图罗勒人，咬着牙对欧律阿罗斯说。

"可是，尼素斯，埃涅阿斯出发前，命令我们只能坚守，我看还是不要冒险的好。"欧律阿罗斯紧张地望着他的朋友。

"欧律阿罗斯，我想冲出营去，跃过敌人的营房去帕朗图姆城迎回埃涅阿斯。我们不能老是死守，否则特洛伊人连尊严都失去了。埃涅阿斯还不知道他的臣民们被包围的事，我相信，埃涅阿斯回来后就会迎来特洛伊人的胜利。"尼素斯望着远方的眼神越来越坚定了，"我的这个愿望太强烈了，我要先去找姆纳斯透斯和塞勒斯图斯他们商量一下。不过，你要留在这里，我一个人已经足够了。"姆纳斯透斯和塞勒斯图斯是埃涅阿斯临行前任命的部队总管。

"尼素斯，难道你认为我是看重自己生命的人吗？你以为我比你年轻就怕死了吗？如果你真这样认为，我无话可说。可是我们同甘共苦，一起渡过了那么多艰难险阻，你还不了解我吗？在我眼中，荣誉也是高于一切的。"欧律阿罗斯脖子上的青筋暴起，举着胳膊，想以此向朋友证明自己的强壮。

尼素斯把脸转向欧律阿罗斯，激动地说："我知道你把特洛伊的平安看得比生命还重要，但是，你怎么就不明白我的心意呢？如果我被敌人抓走，你可以设法救我；如果我阵亡了，你可以替我收尸，那样我死后也会感到欣慰的。而且，在你母亲眼里，你是多么重要啊，我怎么能平添一个母亲的忧愁呢？"

"可是，尼素斯，如果我的母亲知道我苟且偷生，你想她会原谅我吗？如果你死了，我还有脸独活吗？尼素斯啊，难道你真的愿意丢下我吗？"

在欧律阿罗斯的请求下，尼素斯同意带着他一起去找首领们，当二人走进临时的会议大厅时，首领们正在进行移居的讨论。

"考虑考虑我们的建议吧，我们发现了一条岔路，那里敌人防守最薄弱，如果运气好的话，我们可以从那里爬出包围圈。我和欧律阿罗斯将愿意充当送信的人，用不了多长时间，我们就会等到埃涅阿斯的援兵了。"尼素斯热情洋溢地向首领们表达着自己的想法。

首领们被这两个年轻人的勇气折服了，对他们的这种想法也表示赞赏。经过商议，他们同意了这两个年轻人的提议。特洛伊人把尼素斯和欧律阿罗斯送到营门前，在众人的嘱咐中，两个年轻人越过壕沟，趁着夜幕的掩护来到了罗图勒的营房。

罗图勒的哨兵全睡着了，醉醺醺地躺在草地上，武器也散放在一旁。尼素斯查看了一下地形，然后小声地对欧律阿罗斯说："你在我后面跟着，我把这些敌人杀死后咱们从中间穿过去。"说着，尼素斯挥动着利剑，朝躺在草地上的敌人一剑一剑地刺去。可怜这些放哨的罗图勒人，没有一点反抗就成了刀下鬼。

尼素斯像一头饿狼扑进了羊群，一路砍杀。欧律阿罗斯也不示弱，他把尼素斯没有杀死的敌人又补上了一刀。

两人一路杀出了很远，草地上横尸一片，空气中散布着血腥味。

"欧律阿罗斯，我们还是趁着敌人没有醒来赶快冲出去吧，不要忘了我们的主要任务啊。"尼素斯小声地对他的朋友说。

欧律阿罗斯已经杀红了眼，但尼素斯说得有理，他只好停下手中的剑，拾起地上一个闪闪发光的头盔戴在自己头上。

"瞧，这顶头盔我戴着正合适，看来这是罗图勒人专门为我设计的。走吧，朋友，我们马上离开这里到帕朗图姆去。"两个人离开了罗图勒人的营房，来到了野外的小路上。

突然，一队骑兵从小路上急奔而来。这只骑兵是从劳伦图姆城内开出来的，是专门去援助图尔奴斯的。骑兵首领伏尔斯肯斯看到一顶头盔在月光底下闪着亮光，顿时提高了警惕。

"喂，你们两个大半夜的要到哪里去？"两个年轻人没想到会遇上敌人，听到喊声后慌忙逃进了路旁的树林里。

伏尔斯肯斯心里马上明白了一二，他俩肯定是特洛伊人前去求援的士兵。于是，他命令骑兵们封锁了附近的出口。

尼素斯好不容易从树林中逃了出来，但他回头却不见了欧律阿罗斯。

"他去哪里了呢？难道他为了救我去送死了吗？这个傻瓜，他怎么可以放弃希望呢？我这不是跑出来了吗？可要到什么地方找他呢？"尼素斯向众神作着祈祷，一转身又回到了树林里。

一阵马蹄声传来，尼素斯从丛林的缝隙里看到了被制服的欧律阿罗斯正趴在马背上，腿部似乎受了重伤。

"欧律阿罗斯，你可是我最好的朋友，如果我救不下你，我怎么对得起自己的良心呢？众神啊，保佑我击败这支队伍吧，胜利后我将给你们献上最好的祭品。"说着，他竭尽全力地向敌人投出了自己的长矛，然后像猛虎一样冲出丛林，朝着驮着欧律阿罗斯的马奔去。

"看来只有用你的血才能为刚刚死去的拉丁人雪耻了。"伏尔斯肯斯举起手中的利剑朝着马背上的欧律阿罗斯砍去。尼素斯大声喊叫着，一个箭步冲上前去，但朋友的脑袋已经滚到地上。尼素斯疯狂地把手中的长剑朝伏尔斯肯斯戳去，伏尔斯肯斯躲闪不及，长剑刺中了他的咽喉。尼素斯扑到欧律阿罗斯的尸体上痛哭起来，却不料身后的拉丁骑兵正朝着他的方向放箭。

可怜两个年轻英雄壮志未酬便进入了另一个世界，但他们的英名却将与日月同辉，与罗马的历史齐寿。

围攻特洛伊人

尼素斯和欧律阿罗斯没有能够完成他们的使命便牺牲了，特洛伊人哀悼着这两个遇难的年轻人，并传颂着他们的故事。而两个特洛伊人的死却给了罗图勒人极大的鼓舞，图尔奴斯命士兵吹响了号角，并带领罗图勒人冲向特洛伊人的战壕。

特洛伊人也不甘示弱，他们从长期的战斗中总结了足够的防守经验，看到敌人来势汹汹，他们把火器朝着冲向前来的罗图勒人的队伍中部投掷。只听轰的一声，火器在罗图勒人中部落地，被击中的罗图勒人被烧成了火球，周围的人慌作一团。特洛伊人还把石块砸向敌人的盾牌，罗图勒人左右闪躲，但依然伤亡惨重。

一批一批的罗图勒人向特洛伊人的战壕涌来，他们在特洛伊人防守稀疏的地段架起了云梯。云梯上爬满了人，攀悬上城头的人被城上的守卫用长矛扫落到地上。罗图勒人不断地向上爬，也不断地有人从城头掉下来。

特洛伊人的战壕内有一塔楼，通过浮桥与营房前的城墙相连。图尔奴斯在塔楼下转了好一阵子，心想：如果从高大的城墙攻进劳伦图姆城是相当不容易的，如果从这个塔楼入手，说不定会有所进展。想到此，图尔奴斯命令罗图勒人集中力量攻打塔楼。不过，特洛伊人早组织了弓箭手向城墙下猛烈射击。

罗图勒人的大量伤亡使图尔奴斯意识到这种攻城的方法难以奏效，于是他站到一块比较有利的地方，然后奋力地向浮桥上投掷了一根火把，火把烧着了板壁，火势迅速地蔓延开来。特洛伊人根本没有注意到浮桥着了火，他们正与敌人进行着激烈的厮杀。守卫的特洛伊人还没有来得及逃跑，塔楼便轰的一声倒塌了。罗图勒人一拥而上，踏过废墟，朝战壕猛冲过来。

阿斯卡尼俄斯最擅长使用弓箭，他曾射杀了蒂耳荷斯的大儿子阿尔摩和拉丁姆老人伽莱索，当他看到敌人涌向战壕时，弯弓搭箭，这一箭正中图尔奴斯妹妹的丈夫雷姆罗斯。当阿斯卡尼俄斯再次举起箭时，太阳神福波斯阻止了他："孩子，你该满足了，你已经射杀了罗图勒的一位英雄，太阳神命令你不能再战了。"特洛伊人看到太阳神显灵，忙叩首祈祷，并把阿斯卡尼俄斯送离了战场。

此时的图尔奴斯正在另一侧进行战斗，当他听到罗图勒人被击退的消息后，带领士兵冲了过来，在特洛伊人中杀出一条血路，一直来到特洛伊的营房大门前。

守卫大门的巨人兄弟潘达洛斯和皮梯阿斯是透克洛斯族人，兄弟俩为了寻找跟敌人面对面地进行搏斗的机会，做出了一个大胆的决定。图尔奴斯正在为不知怎么才能攻破大门而苦恼时，门吱的一声开了。发生的事实并没有像巨人兄弟想的那么简单，门打开后，敌人如潮水一样涌了进来，兄弟俩不由得开始后撤。

图尔奴斯一马当先，一枪把皮梯阿斯挑翻在地，皮梯阿斯大叫一声，伤口处顿时血如泉涌，眼睁睁地看着罗图勒人从他的身体上踩过。特洛伊人的防线彻底崩溃了，在敌人的逼迫下开始四散逃溃。图尔奴斯一路砍杀，朝特洛伊人的中心大营奔去。此时，增援的罗图勒人也正在向营门冲来。

潘达洛斯看到弟弟被敌人杀死，悲伤万分，他强忍住痛苦，用宽大的肩膀顶着敞开的大门，直到把大门重新锁起来。结果，许多特洛伊人被关到了门外，他们与罗图勒人激战不已。然后，满头大汗的潘达洛斯愤怒地挡住了图尔奴斯的去路，大吼一声："受死吧，在敌人的营房里，你休想活着出去，我要为我的兄弟报仇。"说着，他从地上捡起一根长矛，狠命朝图尔奴斯投去。

图尔奴斯并没有注意到眼前出现了一个巨人，如果不是朱诺把枪尖引开的话，这个罗图勒的英雄肯定早就毙命了。图尔奴斯腾身跳起，怒斥潘达洛斯："今天我就让你去普路托那里报到。"话到剑到，潘达洛斯的脑袋滚落到地上，吓得特洛伊人目瞪口呆。

战壕前的罗图勒人一直等待着里面的首领得胜后能打开营门，但此时的图尔奴斯完全被一股杀气笼罩。他一路向前，进入了特洛伊营房的纵深地带。

特洛伊人死伤惨重，一些人甚至被吓得浑身发抖。

"可是，我们应该往哪里逃呢？这里是我们的营房，我们的敌人只有一个，难道这么多人竟不能阻挡住一个敌人吗？我们辛辛苦苦才来到了意大利，难道我们要放弃重建家园的重任了吗？"特洛伊人姆纳斯透斯的一句话提醒了正在逃跑的伙伴们，他们停下了脚步，重新投入到战斗之中。

特洛伊人慢慢地与图尔奴斯拉开了距离，然后把手中的长矛和投枪投向了图尔奴斯。此时的图尔奴斯也感觉到了疲倦，他甚至没有力气杀回到门口。在朱诺的帮助下，他才不致让特洛伊人投过来的武器刺中。他一路躲闪，一路朝台伯河边杀去。

台伯河出现在图尔奴斯眼前，他转过身来，感到危险就悬在他的头顶，他朝着天空祷告着："令人敬畏的众神之母，在你的保护下我已经享有了太多的荣誉，对此我非常感激。看来结束战斗的时刻快要到了，我没有退路，也不想逃跑，既然没有了生还的希望，那么我将把自己托付给台伯河。"说完，图尔奴斯背朝敌人，纵身跳入了水流湍急的台伯河。

台伯河接纳了图尔奴斯，并用平稳的流水把罗图勒英雄救出了特洛伊人的营地。夜幕拉开了，冰冷的月光映照着台伯河，河岸两侧的尸体成了拉丁姆大地第一批用于祭祀的"牺牲"。

埃涅阿斯回到营房

正如亚加狄亚国王埃汪特耳所预言的那样，埃涅阿斯在图斯克国的阿格拉城受到了热情的款待。国王不仅把伊特卢利阿人的部队跟特洛伊人合在一起，还号召所有伊持卢利阿人的同盟城市共同参加到对意大利的战争中来。

埃涅阿斯再三对图斯克国王表示感谢后，便起程回拉丁姆的营房。他命令亚加狄亚的骑兵和图斯克人的骑兵在陆地上先走，自己则率领一支巨大的船队驶入台伯河。

夜已经很深了，埃涅阿斯还是睡不着，他独自坐在船头，望着漆黑的夜幕不禁陷入了深思。

"怎么会出来一队少女呢？难道是在做梦吗？"埃涅阿斯揉了揉眼睛，他并没有看错，一队仙女正围着战船翩翩起舞。

"伟大的埃涅阿斯，我们是特洛伊的旧船啊，罗图勒人想把我们烧毁，由于神的怜悯，我们才得以逃脱，变成了海上仙女涅瑞伊得斯。快些航行吧，你的儿子阿斯卡尼俄斯正被罗图勒人包围着，你应该在天亮前赶到台伯河口，然后迅速投入到这场战斗中去。"一个长着卷发的仙女向埃涅阿斯诉说着。

埃涅阿斯大吃一惊，看来战争已经开始了，留在营地的特洛伊人一定面临着巨大的危险。埃涅阿斯向仙女们表示感谢，请求她们把船的速度加快些。听到埃涅阿斯的请求后，仙女们沉入水中，每人推动一只大船，船队竟在波浪间飞驰起来。

当晨曦初现时，船队驶入了台伯河口。埃涅阿斯想起仙女的吩咐，站到甲板上，高举金光闪闪的盾牌。特洛伊人从城墙上看到了航行的船只，看到了像是从大海中升起的闪着万丈光芒的盾牌，发出一阵欢呼声，不由得勇气倍增，又纷纷把投枪朝敌人掷去。

罗图勒人诧异特洛伊人为什么会突然变得如此兴奋，当看到台伯河上帆樯林立，倒吸了一口冷气。图尔奴斯倒是镇定自若："你们不是一直在盼望着杀敌的机会吗？争取荣誉的时刻已经到来，战争之神亲自把他们交到你们的手中，相信胜利是属于罗图勒人的。"在图尔奴斯的鼓舞下，罗图勒人一起朝海边拥了过去。

此时，准备登陆的特洛伊人和从埃涅阿斯船上下来的同盟兄弟们一部分穿过浮桥来到野外；另一部分拼命摇橹，他们不想在齐膝深的港道海水中登陆。

埃涅阿斯发现了前面有一块平坦的沙地，便命令大家："把船向前划，让我们的船靠岸，随时准备拼杀。"船只长驱直入，一直驶进海湾的碎石堆前。船只刚一靠岸，特洛伊人便呐喊着迎上前来，跟留在拉丁姆的部分士兵聚集在一起，然后准备迎战。

图尔奴斯看到特洛伊人登陆，急忙调集部队，沿着河岸布置防守。处于前后夹击下的罗图勒人已显得非常被动，他们想尽了一切办法去重创特洛伊人，但已不如先前那样得心应手了。

亚加狄亚人在帕拉斯的率领下在一条小溪边厮杀。亚加狄亚人是生活在马背上的民族，他们不习惯拉丁姆地区的高低不平，不善于陆地作战，因此他们难以抵挡拉丁人和罗图勒人的进攻，四散逃溃开去。

正在混战的帕拉斯看到了人群中的劳素斯，劳素斯是被驱逐了的伊特卢利阿人国王墨策提沃斯的儿子，也算得上一位少年英雄。好胜心强的帕拉斯大声吆喝着："劳素斯，你敢和我单独决战吗？亚加狄亚和伊特卢利阿都是勇敢的民族，让我们彼此都为了自己的族第获得荣誉吧。"

劳素斯也不示弱，提剑便朝帕拉斯奔来。

"住手，劳素斯，帕拉斯应该死在我的手下，可惜埃汪特耳不在，他应该亲眼看到他儿子的下场才对。"正当劳素斯快要与帕拉斯交战的时候，图尔奴斯驾着战车飞驰过来。

看着趾高气扬的图尔奴斯，帕拉斯毫无惧色："我宁愿光荣地死去，也不愿意退后一步，我父亲会为我的死而感到骄傲的。图尔奴斯，拿起你的武器吧。"帕拉斯手执长矛，坦然地步入拉丁人和罗图勒人的队列中。

图尔奴斯从战车上跳了下来，扑向帕拉斯。当两人相距只有一箭之遥时，帕拉斯奋力将手中的投枪掷出，投枪正好击中图尔奴斯的盾牌，只是由于盾牌坚硬，图尔奴斯的身上只划出了一道口子。

"难道你不觉得你还是一个吃奶的孩子吗？瞧，你是那么没有力气。现在该轮到我了，可惜你看不到你身体被穿透的壮观场面了。"图尔奴斯一边说，一边把帕拉斯投过来的投枪捡起来，在手中掂了掂，然后加快速度向前朝着帕拉斯投了过去。投枪穿过了帕拉斯的盾牌、盔甲和胸膛，从他的背后露出了枪尖。帕拉斯忍着剧痛把投枪从身体上拔出来，枪是拔出来了，帕拉斯也倒下了。

图尔奴斯走到帕拉斯的尸体前，略带同情地对在一旁大哭的亚加狄亚人说："为这个年轻人修建一座坟墓吧，把你们的英雄运回到亚加狄亚去。"亚加狄亚人悲号着把帕拉斯的尸体抬离战场。

此时的埃涅阿斯正在另一侧进行激战，当他听到侧翼军队受损和帕拉斯牺牲的消息后，连忙带着勇敢的伙伴们赶了过去。埃涅阿斯像是获得了双倍的力量，手执利剑，在罗图勒人中间杀开一条血路，到处寻找着杀害帕拉斯的凶手图尔奴斯。

泪眼朦胧的埃涅阿斯已经杀红了眼，罗图勒人在他的剑下倒下了一片。他的儿子阿斯卡尼俄斯看到时机已到，率领着被包围的特洛伊人从营房里杀了出来。

埃涅阿斯扭转战局

帕拉斯的死激怒了埃涅阿斯，在他的鏖战下，战场上的幸运天平终于发生了偏移。众神之母朱诺看到她的宠儿受到了威胁，忙去请求朱庇特把图尔奴斯从埃涅阿斯的巨大压力下解救出来。

"如果你只是想延续他的生命的话，那你就去救他吧，但如果你想改变战争的结局，你的希望会落空的。"朱庇特想劝说妻子放弃继续与特洛伊人为敌的做法，但固执的朱诺哪里听得进去。她很快来到拉丁人的营房，用一把松散的云雾塑造出埃涅阿斯的幻影，这个幻影披着盔甲，能骑会射，只是没有埃涅阿斯的灵魂和声音。朱诺把这个幻影投入到战场中，并想方设法让幻影与图尔奴斯相遇。幻影朝着图尔奴斯又是射箭又是投枪，图尔奴斯也是个好胜的英雄，心中的愤怒像野火一样燃烧起来，他把利剑举过头顶，朝着幻影扑了过去，同时刺出一剑。幻影假意地大吃一惊，夺路而逃。图尔奴斯哪里知道这是朱诺的计谋，毫不犹豫地追了过去。

幻影和图尔奴斯一前一后，不大一会儿便离开了战场。幻影跳上了一艘停在海边的伊特卢利阿的大船躲藏起来，图尔奴斯紧接着上了大船。朱诺看到她的宠儿终于中计了，忙扯断缆绳，让大船飘入大海。

图尔奴斯在船上找了半天，可就是找不到埃涅阿斯，于是他跳入水中，想重新游回到战场，但波浪托着他顺流而下，一直把他冲到阿尔特尔城。朱诺终于成功地让他的宠儿避免了灭顶之灾。

此时，真正的埃涅阿斯正在苦战，他指名道姓要求图尔奴斯前来应战，但却不见图尔奴斯出现。眼看罗图勒人败局已定，不料，一直殿后的原伊特卢利阿国王墨策提沃斯率领部队赶到，罗图勒人不由得喜出望外。墨策提沃斯跃身杀入特洛伊士兵的行列，左冲右突，如入无人之境。顿时，战场上尸横遍野，血流成河。特洛伊人拼杀已久，显得相当疲惫，在敌人增援部队到来后更是节节败退。

墨策提沃斯一边砍杀一边寻找他的对手埃涅阿斯，埃涅阿斯看到墨策提沃斯，转过身子，大步流星地走了过来。墨策提沃斯冲着苍天喊道："众神啊，我现在就把这个可恶的特洛伊人送到地府去，而他那身闪闪发光的甲胄应该属于我。"说着，他向埃涅阿斯投出长矛。长矛呼啸着朝埃涅阿斯飞来，但特洛伊国王只轻轻地用盾牌一挑，长矛哐啷一声落到地上。墨策提沃斯看到对方躲过了长矛，竟愣在原地不知如何是好。

埃涅阿斯看准机会，向前猛跑几步，朝墨策提沃斯投去一根标枪。埃涅阿斯毕竟是神的儿子，标枪在空中划了一道弧形后深深地刺入了墨策提沃斯的下腹。这位凶狠的国王当场大喊一声倒在地上。"看你还口出狂言，今天应该是你的祭日才对。"埃涅阿斯看到对手的伤口血流如注，抽出宝剑朝他扑了过来。

眼看着埃涅阿斯就要冲到墨策提沃斯面前，突然，墨策提沃斯的儿子劳素斯冲上前来，舍身用盾牌挡住父亲。劳素斯举起手中的长剑朝埃涅阿斯刺来，罗图勒的一些士兵跟在劳素斯身后，纷纷投出长矛。埃涅阿斯只能举起盾牌掩护自己。"你这个疯子，我实在不忍心伤害你，你的孝心让你过高地估计了自己的力量。"埃涅阿斯冒着密如雨下的投枪对劳素斯喊道，他实在不愿伤害年轻的劳素斯。

此时的劳素斯只顾得救下父亲，哪里还听得进去敌人的劝告，他怒气冲冲地朝着埃涅阿斯又是一剑，结果却与埃涅阿斯挥舞着的利剑撞个正着。剑落地了，劳素斯也倒了下来，临死前他的眼睛还在怒视着埃涅阿斯。

"可怜的孩子，像你这样身穿金线衬衣的人应该得到隆重的安葬。你可以和你的祖先们在一

将军之死
战争是残酷的，在血腥的格斗中，总有一方将领被对方击败甚至杀死。战场上对敌人没有怜悯。而在那个崇拜英雄的年代，战死是一种无上的荣誉。

起了，你遇到的是一个多么慷慨的敌人啊，而我又是多么希望你不要做这种无谓的牺牲啊。"埃涅阿斯命令对方的士兵们把他们年轻英雄的尸体运送回去。

在儿子的掩护下，身负重伤的墨策提沃斯一直撤退到台伯河边，他疲倦地躺在堤岸旁的一棵树下，刚想闭上眼睛休息一下，就听到不远处的一群士兵哭泣着。

"难道我可怜的儿子被埃涅阿斯杀死了吗？"他实在不敢再想下去，用手撑着脑袋，虚弱地喘着气，向不远处的士兵们招手。士兵们悲伤地走上前来，哽咽着说不上话，墨策提沃斯终于看清他们拉着的担架上放着儿子劳素斯的尸体。

墨策提沃斯仰望苍天，欲哭无泪，然后抱住儿子的尸体："可怜的劳素斯，你的死能救活我吗？虽然我又一次看到了阳光和人群，但我更不愿意离开你。善良的太阳神福波斯，请保佑我为我可怜的儿子报仇吧，否则，我愿意和我的儿子一起阵亡。"说完，他强忍伤口的剧痛，飞身上马，重新奔向战场。

看到马背上的墨策提沃斯，埃涅阿斯高兴地大叫起来："感谢朱庇特，难道你还不自量力吗？"一边说着，埃涅阿斯一边举着长矛冲了过来。

墨策提沃斯脸上悲愤的表情让人心惊胆寒，他向埃涅阿斯投去一杆投标，然后是第二杆、第三杆，但是，这一切都是徒劳的，对方闪着金光的盾牌戏弄般地迎接着这些无力的远击。突然，埃涅阿斯飞驰电掣般地围着墨策提沃斯的战马打转，然后一枪击中战马的太阳穴。战马腾空而起，把墨策提沃斯掀翻在地。埃涅阿斯上前一步，用利剑指着墨策提沃斯。

倒在地上的墨策提沃斯叹息了一声："死在特洛伊人的手上我觉得非常荣幸，但我有一件事求你，把我埋葬在拉丁人的土地上，挨着我儿子的坟墓。如果把我送回我的故乡，图斯克人会把我的尸骨敲碎的。保护我吧，特洛伊英雄。"说完，墨策提沃斯引颈靠近了埃涅阿斯的利剑。

停战

墨策提沃斯和劳素斯都死在了埃涅阿斯的剑下，罗图勒人和拉丁人也四散溃逃，特洛伊人取得了巨大胜利。埃涅阿斯在一座山坡上竖起了胜利的信号：那是一棵巨大栎树的树干，枝叶已经全部脱落。埃涅阿斯把树干披上墨策提沃斯的战袍，一根枯枝上挂着沾满鲜血的头盔，墨策提沃斯那支被盾牌撞碎了的投枪丢在地上，另一根枯枝上挂着敌人的盾牌和宝剑。特洛伊人点起了火把，扔向了山坡，这些缴获的物品被充当了献给战神的祭物。

特洛伊人疲惫地回到营房，帕拉斯的尸体已经停放在中心大营的厅堂里，周围站着一群亚加狄亚和特洛伊人，大家沉默着，女人开始大哭起来，男人也抹着眼泪。

埃涅阿斯几步跨到停放尸体的担架旁，泪流满面，他抚摸着帕拉斯身上的伤口，哽咽着说："可怜的帕拉斯，你和你的父亲都帮助了特洛伊人。面对强大的敌人你没有退后一步，可你却看不到即将建立的新的特洛伊城，那里也有你的一份功劳啊。你的父亲也许正在为你祷告，希望你能凯旋返乡，而你却躺在这里，对任何人的呼唤都不作答……"埃涅阿斯扭过脸，实在说不下去了，眼前又出现了在亚加狄亚临行前老国王埃汪特耳期待的目光。

厅堂里已经哭声一片了，几个亚加狄亚人来到埃涅阿斯面前："伟大的特洛伊英雄，帕拉斯是死在图尔奴斯枪下的。他壮志未酬，我们怎么能就这样把他送回亚加狄亚呢？我们请求伟大的特洛伊英雄为帕拉斯报仇，一定要把图尔奴斯碎尸万段。否则，我们是不会甘心的。"

埃涅阿斯被亚加狄亚人的言辞所感动，他走到兵器架上，拿过一把长矛："你们大可以护送帕拉斯回帕朗图姆城，这个仇我一定要报，我相信，几日之后一定让图尔奴斯横尸沙场。"在埃涅阿斯的安慰下，亚加狄亚人才得以安心。

第二天，埃涅阿斯为帕拉斯举行了祭礼，帕拉斯的尸体被安置在长满青草的

英雄的归宿
亚加狄亚王子帕拉斯的尸体被停放在中心大营的厅堂里，周围站着一群亚加狄亚和特洛伊人，大家沉默着，女人开始大哭起来，男人也抹着眼泪，连他们的头发都悲哀地披散下来。

高坡上，他把狄多女王为他编织的一件镶着金丝银线的节日服装盖在帕拉斯的身上，并对这位少年英雄做最后的道别。一队亚加狄亚人抬起担架，背后跟着一队战俘和缴获的战马，马背上驮着各种武器和盔甲，后面还跟着亚加狄亚人的首领及特洛伊人组成的送葬队。埃涅阿斯依依不舍地望着远去的队伍，直到看不见了才回到营房。

接下来的几天，特洛伊人又进行了欢庆活动，埃涅阿斯也想趁机鼓舞一下士气。一天，正当埃涅阿斯想再次下达对拉丁姆城发动进攻命令时，一队拉丁奴斯国王派来的使者来到了特洛伊人的营房。

"尊敬的特洛伊国王，虽然我们之间发生了战争，但作为母亲、妻子和孩子的尚还活着的拉丁人是多么希望看到他们死去的儿子、丈夫和父亲啊。所以，拉丁奴斯国王派我们来请求你让我们把我们死去的士兵的尸体带走，他们的亲人正等着安葬他们呢。"一个拉丁姆使者擎着橄榄枝走上前来向埃涅阿斯说道。

埃涅阿斯脸上并没有出现敌意，他平和地对使者们说："拉丁人不屑于我们之间的友谊，难道拉丁人制造战争就是想死这么多人吗？这就是你们所谓的和平吗？你们是多么的盲目啊。特洛伊人从一开始就企盼和平，但人已经死了，那就让我们把它提供给还活在世上的人们吧。如果不是命运指示我来到意大利，我绝不会踏上你们的土地。回去告诉你们的拉丁奴斯国王，为了避免更大规模的流血牺牲，他应该让他的好女婿图尔奴斯穿上战甲，与我单独决斗。如果图尔奴斯赢了，特洛伊人将继续漂洋过海，忍受流浪生活的巨大煎熬；如果图尔奴斯输了，我们将在这块土地上重建特洛伊。回去吧，把那些可怜的拉丁人和罗图勒人的尸体抬回去。"

使者们并没有想到埃涅阿斯会如此的通情达理，他们被深深地感动了。

"仁慈的特洛伊国王，拉丁人和罗图勒人破坏了和约，而你却以你的宽宏大量来对你的敌人进行惩罚，对此我们非常感激。回到拉丁姆后，我们一定尽力劝说拉丁奴斯国王，使拉丁人与特洛伊人再次缔结和约。"使者中最年老的得朗策斯恭敬地对埃涅阿斯说。其他使者也纷纷表示了感激之情。双方约定，停战十二天，各自处理丧葬事宜。之后，使者们回去向拉丁奴斯国王复命。

劳伦图姆城沉浸在悲哀之中，自从使者们出城以后，他们就走出家门，眼巴巴地看着城门口，希望使者们能把他们的亲人的尸体带回来。尸体终于被带回了，但失去儿子的母亲，失去丈夫的妻子，失去父亲的儿子，开始整天在劳伦图姆城里转悠，他们已经迷失了生活的路标，他们诅咒战争，甚至诅咒拉维尼亚的婚姻。

拉丁姆的民众会议

虽然胜利被众神判给了特洛伊人，多数拉丁人和罗图勒人也厌烦了这场战争，但图尔奴斯却并不甘心失败。被朱诺救走之后，图尔奴斯被海浪推到了家乡阿尔特阿的海岸，他在那里又招兵买马，重新杀回了劳伦图姆。

埃涅阿斯向图尔奴斯一人发起挑战后，一部分拉丁人开始仇恨图尔奴斯，甚至感激起他们的敌人埃涅阿斯来。但是，王后阿玛塔却极力为他中意的女婿作着辩护，这使得图尔奴斯所取得的一些荣誉和胜利在大多数人眼中成了光辉的象征。

为了继续扩大他的队伍，图尔奴斯还派使者前往希腊，请求国王狄俄墨得斯的帮助。使者们沮丧着回来说，狄俄墨得斯拒绝对特洛伊作战。消息传来，刚才还为准备战争而忙碌得热火朝天的拉丁人和罗图勒人顿时变得恐慌起来。

没有得到援助对图尔奴斯来说并没有多大影响，但对老国王拉丁奴斯来说，他最后的一个希望算是破灭了，开始后悔当初答应了图尔奴斯动用武力的要求。神谕早已经给他指明了道路，而他却违背神命，这又能怪谁呢？拉丁奴斯左右思量着，最后，他决定召开民众会议，让民众来决定是继续这场战争还是与特洛伊人再次签订和约。

国民会议开始了，拉丁奴斯高高地坐在王位上，周围聚集着他的子民。人们议论纷纷，持什么意见的都有。拉丁奴斯向大家挥了挥手，示意大家安静："市民们，我们已经与特洛伊人进行了一段时间的战争，有胜有负。我们企盼和平，但和平却带给我们灾难。我希望通过召开这个民众会议能把我们今后的目标确定下来，到底是应该放弃战争还是继续战争呢？"

拉丁奴斯国王的话音刚落，罗图勒人维奴鲁斯（曾经是前往希腊的使者）走到国王身边，面对看台底下的民众说道："我刚从希腊回来，看到了大英雄狄俄墨得斯和亚各斯人的新城。当我把拉丁姆的名字向这位国

拉丁姆的民众会议
在战争不能解决问题时，会议议和成了排解敌对双方矛盾的唯一形式。

王作了通报，并把礼品放在他的面前时，他友好地告诉我：'我知道你来自拉丁姆，也知道你们正和特洛伊人进行着一场战争。你们曾经是多么幸福的人啊，在善良的农神萨图恩的佑护下过着平静的日子，而你们的安宁是怎么被破坏的呢？你们一定知道，我们是战胜特洛伊的人，几乎成了最高贵的人，但是，我们的命运又能怎样呢？洛克里斯人埃阿斯葬身大海，阿伽门农被打死在自己家中，奥德修斯经历千辛万苦才回到了他的故乡，墨涅拉俄斯在埃及四处流浪，看啊，神又给了我们什么呢？如果普里阿摩斯看到我们的遭遇，他也一定会同情他的这些敌人的。还有我，因在战争中伤害了女神维纳斯，失去了幸福。回去告诉你们的国王，我实在不想再参加任何战争了。自从特洛伊城被攻陷以后，我发现自己并不是一个胜利者，更不愿意去回忆这场战争。把我的话转告给你们国王的同时，顺便劝告他，还是和特洛伊人握手言和吧。在特洛伊战争中我与埃涅阿斯交过战，深知他是一个强大的人。'市民们，我并不想发表我的看法，只是把狄俄墨得斯国王的原话向大家作个汇报。"维奴鲁斯表情严肃地又走进了人群。

会场上的气氛浓重起来，市民们开始交头接耳，诉说着这场战争的弊端。国王拉丁奴斯从王位上站了起来："看来，这场战争真的是一场不幸的战争啊，狄俄墨得斯国王曾经是多么伟大的英雄，他带领希腊人战胜了特洛伊人，但却为那场战争而悔恨，让我们也结束这场无谓的战争吧。埃涅阿斯是神的儿子，我们也看到了他的仁慈，难道我们还有必要对这样的人加以仇恨吗？在离台伯河不远的西部地区有一块土地，那里曾经是罗图勒人耕种的地方，我想把这块土地割让给特洛伊人，接纳他们为我们的同盟兄弟。如果他们不愿意留在我们的国家，我们可以为他们的远行提供帮助。"

听着拉丁奴斯的话，广场上的一部分人开始欢呼起来。

"英明的拉丁奴斯，你的这一决定真是好极了。不过，除了对特洛伊人给予帮助外，你还应该送上拉维尼亚的爱情。"人群中有人大声嚷道。

"你们就这样畏惧战争吗？既然埃涅阿斯向我挑战，我有什么理由不答应呢？时代要求战争，任何象征和平的语言都不会起作用了。拉丁人和罗图勒人是尊贵的族第，怎能任凭特洛伊人随便凌辱呢？你们应该紧紧地团结在我的周围，而不是去长敌人的志气。"图尔奴斯的一番话把那些好战的年轻人煽动得热血沸腾。

就这样，民众会议上群情激昂，一部分人主张与特洛伊人签订和约，一部人则主张血战到底。拉丁奴斯的意志也开始左右摇摆，实在不知道该怎么办才好。

卡弥拉之死

正当拉丁姆的民众会议处于胶着状态的时候，守卫劳伦图姆的士兵就前来报告："埃涅阿斯已经拔寨起营，朝着劳伦图姆的方向而来。"听到消息，图尔奴斯立即命意大利的各族士兵拿起武器，准备与特洛伊人决一死战。战争的号角被可怕地吹响了。

拉维尼亚算是这场战争的起因，为了补偿自己的罪过，她在母亲阿玛塔的陪同之下前往神庙，请求众神保佑这场战争的胜利。

为了伟大的爱情，图尔奴斯是多么希望这场战争能够取得胜利啊，他全副武装地从城堡走了下来，在城门口遇到了女王卡弥拉。卡弥拉正率领着一队佛尔西安人的骑兵在城墙边巡逻。当看到图尔奴斯正朝城门走来时，卡弥拉从马背上一跃而下，友好地向图尔奴斯问候："年轻的罗图勒英雄，你一定也听说了特洛伊大军正在翻山越岭地朝劳伦图姆而来。依我看，你可以率领罗图勒人和拉丁人到前面的山谷寻找歼敌的机会。特洛伊的骑兵队全是由精壮的特洛伊人和图斯克人组成的，但佛尔西安的骑兵足可以应付了，你就放心地把他们交给我吧。"

图尔奴斯对卡弥拉的提议也表示了赞同，他向这位巾帼英雄鞠了一躬："你完全享有整个族第的荣誉，应该在男人的议团里占有席位和发言权。从现在起，你可以和我共同承担全部的战争事务。我委托你担任城防最高指挥官，我将亲自前往城外的山谷，在空旷之处设下埋伏，占领狭隘山路的两头出路。"说完，图尔奴斯领兵出发了。

特洛伊的骑兵离劳伦图姆的城墙越来越近，突然，一阵喊杀声划破天空，原来城外不远的战壕里埋伏着墨萨帕斯、卡第鲁斯和库拉斯率领的拉丁姆人的步兵，还有卡弥拉率领的佛尔西安人的骑兵。

两支军队冲撞到一起，顿时尘土飞扬，投枪像雨一样落下，两方的士兵纷纷倒地。不大一会儿，拉丁人有点支撑不住了，他们把盾牌背在背上，掉转头向城门口跑去。特洛伊人以为拉丁人战败，赶紧追赶，当他们眼看要追上拉丁人时，拉丁人猛地又把队列逆转，冲向迎面扑过来的特洛伊人。特洛伊人根本没想到拉丁人的逃跑是伪装的，只得掉转身败逃。就这样，双方拼杀得难解难分，呈现出拉锯状态。

卡弥拉不愧为女中豪杰，她一身亚马孙女人的装扮，一会儿弯弓搭箭，一会儿扔出长矛，一会又手执利斧冲进敌阵砍杀。卡弥拉身后跟着一群勇敢的年轻妇女，她们也都是百里挑一的士兵。像卡弥拉一样，她们在敌人丛中肆意冲杀，丝毫不逊色于战场上作战的男人们。

"佛尔西安女王，你不必去追赶那些逃跑的士兵，你们这些佛尔西安人只会骑在马背上作战，如果有胆量的话为什么不到地面上来进行决战呢？"一个图斯克人嘲笑般地对正打算追赶特洛伊人的卡弥拉挑战。

图斯克人的话音刚落，卡弥拉就从马背上跳了下来，她扬扬手里的武器，向没有离开马背的图斯克挑战者示威。图斯克人惊呆了，他没有想到卡弥拉真的会接受他的挑战，不由得害怕起来，牵动马缰绳想逃出卡弥拉的视线。卡弥拉哪里肯放走挑战者，飞身向前，把一把利剑插入了图斯克人的前胸。

看到女王杀死了敌人的一个首领，佛尔西安人欢呼起来，把女王从地上高高举起。

阿尔隆斯是伊特卢利阿人的首领，他看到他的士兵们纷纷丧命于这位亚马孙女人之手，不由得怒火中烧，便提着标枪追逐着卡弥拉，寻找着下手的机会。卡弥拉身轻如燕，动作敏捷，疾风闪电般地在敌阵中出没，阿尔隆斯一直没有找到投枪的机会。

卡弥拉终于放慢了脚下的速度，原来她看到了不远处一个特洛伊人身上的铁甲，那副铁甲上编织着金丝，鳞光闪闪，多么像一件珍贵的羽衣啊。

卡弥拉目不转睛地盯着："如果把它挂在家乡的神庙里，那该是一件多么荣耀的事啊。"她似乎已经忘记了自己正身临战场，全然不顾地向穿着那件铁甲的特洛伊人走去，手中的利剑也显得不如先前锋利了。

卡弥拉弯弓搭箭，想把那个特洛伊人射死，然后把那副铁甲占为己有。阿尔隆斯看得真切，他默默地向太阳神福波斯祷告着，举起标枪向卡弥拉投去。卡弥拉的箭还没有射出去，阿尔隆斯的标枪已经正中她的胸膛，鲜血从伤口中喷涌出来。

古罗马时期女子雕像
意大利人对女性十分尊重，这与他们从祖先那继承下来的传统是分不开的。从罗马出土的雕塑不乏女性雕像这一现象可见一斑。意大利古老民族罗马人、佛尔西安人都很推崇女性，对女英雄更是顶礼膜拜，卡弥拉就是佛尔西安人的女王，她也得到了罗图勒的尊敬。

卡弥拉扔下手中的箭，痛得翻滚在地。女伴们奔到她的身边，企图把女王救走，但卡弥拉没有能够站起来，她凑到一个女伴耳前，用微弱的声音说道："亲爱的，快去向图尔奴斯报告，让他迅速撤兵，固守城池……"话还没说完，卡弥拉便气绝身亡。

失去女王的佛尔西安人顿时陷入了绝望，她们向劳伦图姆的城门跑去，刚才还英勇陷阵的妇女们为了他们的女王而失声痛哭起来。她们跑到城墙边，却不知道是该进城还是继续战斗。月亮女神狄安娜非常宠爱卡弥拉，她实在不忍心看到卡弥拉的族第为此遭受不幸，于是，她在半空中找到杀害卡弥拉的凶手阿耳隆斯，朝他射出了一只金箭，阿耳隆斯中金箭而死。

双方的战斗仍在进行着。

破坏和约

图尔奴斯听到卡弥拉阵亡的消息后，既悲伤又愤怒，急忙率领罗图勒人朝劳伦图姆城方面疾驰飞奔。图尔奴斯刚刚离开埋伏的地点，埃涅阿斯已经率领特洛伊人进入了山谷，特洛伊人也为此躲过了一场灾难。

特洛伊的骑兵中队和图斯克人正要催马进城，看到图尔奴斯率领一队人马从城外直冲过来，吓得一时间不知如何是好，竟然待在原地不敢动弹，图尔奴斯没费吹灰之力便打败了这支敌人。

埃涅阿斯停止了向劳伦图姆发动进攻，他希望与图尔奴斯单独决斗，以此来决定两支队伍的胜败。特洛伊使者来到劳伦图姆，向图尔奴斯重申了埃涅阿斯的建议。

图尔奴斯来到拉丁奴斯的面前："拉维尼亚引起了这场战争，而我对拉维尼亚的爱使我也成为这场战争的主凶。今天，要么我把埃涅阿斯送入地府，要么丧身于他的剑下。亲爱的岳父，如果在这次决战中我不幸身亡，美丽的拉维尼亚就只能嫁给埃涅阿斯为妻了。"

拉丁奴斯爱抚地看着这个罗图勒青年："亲爱的图尔奴斯，你从你父亲那里继承了强大的王国，而且王国的范围也越来越大，我实在不忍心让你为此失掉这一切。我告诉过你，神曾经预示过我，拉维尼亚不能嫁给你，她应该嫁给是外乡人的埃涅阿斯。这场战争本来可以避免，结果却使几个族第遭受了不幸。现在的情况对我们很不利，放弃我的女儿吧，你的这种做法会得到众神的惩罚的。"

　　早有人把图尔奴斯要和埃涅阿斯进行决战的事报告给了阿玛塔和拉维尼亚，母女俩急忙跑到宫殿的正厅相劝，但图尔奴斯的决定是没有人能够改变的。他看着心爱的拉维尼亚，抚摸着姑娘的卷发："亲爱的拉维尼亚，正因为爱你我才接受了挑战，请不要用你的爱来干扰我的心绪，我已经别无选择了。如果我不幸牺牲，请也用同样的爱来爱我们的敌人吧。"

　　拉维尼亚泪流满面，她只能默默地祷告图尔奴斯能够凯旋。图尔奴斯深情地望着心爱的姑娘，脑子里出现了一阵混乱，他是多么希望能与拉维尼亚长相厮守啊，可为了赢得有尊严的爱情，他必须与敌人决战。图尔奴斯一狠心，命一名使者前往特洛伊营房："告诉埃涅阿斯，他不需要前来攻打劳伦图姆，明天我将和他进行决斗，拉丁人和罗图勒人是不会向特洛伊人低头的。"

　　第二天，高大坚实的劳伦图姆城墙前划出了决战的场地，人们在这里设立祭坛，祭祀用的花环、牺牲都摆放齐全。意大利各族人从城内一涌而出，在指定的位置就座。拉丁奴斯坐在华丽的四驾马车上，头顶上镶着十二颗星星的王冠闪闪发光，人们看到受人尊敬的拉丁奴斯时，纷纷弯腰低头。图尔奴斯坐在两匹战马拉动的战车上，两只手各提一根标枪。埃涅阿斯从特洛伊营房走出来，他的盔甲和盾牌闪烁着金光，他的儿子阿斯卡尼俄斯站立一旁，算是给父亲充当助手。

　　祭祀过众神之后，拉丁奴斯和埃涅阿斯庄严祈祷，订立协议：如果图尔奴斯打败埃涅阿斯，特洛伊人撤出拉丁姆；如果不能取胜，意大利各族人自愿和特洛伊人联合，拉丁奴斯的女儿将嫁给埃涅阿斯为妻。

　　正在这时，一只金色的山雕从蔚蓝的天空盘旋而下，惊飞了台伯河间的许多飞鸟，山雕抓起正在河里游玩的一只天鹅。当飞鸟们从惊愕中回过神来的时候，遂聚集在一起，朝着山雕飞走的方向追去，山雕见人多势众，便扔下天鹅逃走了。

　　拉丁人被眼前发生的景象惊呆了，忙让资历最深的占卜师来解释这一预兆是主吉还是主凶。

　　占卜师激动地对大家说："这是给劳伦图姆城带来幸福的吉兆啊。意大利人可以放心大胆地进行战斗了。"人们并没有理解占卜师的意思，不是已经缔结协议了吗？难道不再是双方首领的决斗了吗？

　　图尔奴斯的妹妹朱图耳娜是一位仙女，此时，她正不知怎么才能把自己的兄长从这次失意的决斗中救出来。听到占卜师的预言时，朱图耳娜变成英雄迈尔斯的模样，混在罗图勒士兵中，小声地对罗图勒人和拉丁人说："我们怎么能够让我们的首领一个人面对危险呢？难道我们不感到羞耻吗？我们的军队要比特洛伊人更加强大，为什么要惧怕对方呢？图尔奴斯如果败在埃涅阿斯手中，我们将会遭到压迫，承受命运的灾难。所以，我们绝不能袖手旁观，而应该共同战斗。"说着，她用法力使占卜师拿起一根标枪向特洛伊人的阵营投去。

特洛伊的阵营一阵喧嚣，原来占卜师的标枪正好击中了亚加狄亚人吉里泼九个儿子中的一个，其他八个兄弟哪里能忍受得了这一打击，他们暴跳着提枪执剑朝意大利人冲过来。顿时间，祭坛前一片混乱，飞箭在空中呼啸着，投枪如冰雹一样纷纷落下。

埃涅阿斯找了一块高地，挥舞着双手说道："这是一场误会，请大家不要激动。协议已经签订，现在应该是两位首领进行决斗的时候了，大家安静，一切都会好起来的。"正说着，不知从哪里飞来一箭，正中埃涅阿斯没有武装起来手臂。埃涅阿斯只得在儿子阿斯卡尼俄斯的陪同下离开了战场。图尔奴斯把这一切看得真真切切，他挥动长矛，高声命令罗图勒人和拉丁人向特洛伊人发动进攻。

正当战场上两军厮杀到一起的时候，埃涅阿斯正试图把手臂上的箭镞拔下来，可是没有成功，不得已，只好求助于医生。众医生们平时都医术了得，可这次无论怎么努力，却无法把箭镞从伤口处取出。

维纳斯看到儿子受了箭伤，怜惜得眼泪都快出来了。她忙跑到爱达山上采集神药草，用一片云把自己包裹起来，悄悄地来到特洛伊军营，把神药草的汁液向药罐里挤了几滴。医生们哪知道有神的暗中相助，慌张地把药罐里的药一滴不剩地倒在埃涅阿斯的伤口上。奇迹出现了，伤口处不断向外流淌的鲜血立即止住了，外翻的肉自动地愈合。埃涅阿斯感到浑身上下充满了力量，一骨碌跳起来，稍一用力就把箭镞拔了出来。

"快把我的武器拿来，我要杀回战场。"埃涅阿斯拿过士兵递过来的武器，走出营房，朝敌人冲了过去。

媾和前的战斗

在维纳斯的暗中帮助下，埃涅阿斯的箭伤很快就痊愈了。重新恢复健康后的埃涅阿斯披上金甲，戴上头盔，威风凛凛的样子仿如战神玛尔斯。埃涅阿斯激动地拥抱着儿子阿斯卡尼俄斯："孩子，你看，众神是多么的厚待特洛伊人啊，我们应该感谢朱庇特，我马上要奔赴战场。你要从你的父亲身上学会在斗争中变得勇敢，还有你们，所有的特洛伊人，你们应该振作起来，投入到炽烈的战斗中去。"

　　特洛伊人欢呼起来，簇拥着他们的英雄来到战场。罗图勒和拉丁人恐慌了，面前的埃涅阿斯怎么越看越像个神呢？难道是太阳神福波斯附在他的身上吗？图尔奴斯也停止战斗，以烈焰般的眼神打量着这位不共戴天的仇敌。

　　"图尔奴斯，我们还是逃命去吧。"图尔奴斯的妹妹朱图耳娜早已被眼前神一样的特洛伊人吓得面无血色，她极力地劝她的哥哥。

　　图尔奴斯怒视着朱图耳娜："逃命？我们也是神的子孙，怎么能为我们的族第丢脸呢？图尔奴斯宁可战死沙场，也不后撤一步。"埃涅阿斯大笑起来："自负的图尔奴斯，用我们两人的决斗来决定这场战争的胜负吧，你逃到哪里我就追到哪里，今天就是你的死期。"说着，埃涅阿斯挥舞着长矛朝图尔奴斯扑来。

　　图尔奴斯也不示弱，他一闪身，躲开了埃涅阿斯的长矛；但他身边正在暗中施放投枪的图洛姆奴斯就没有这么幸运了，埃涅阿斯的长矛正中他的要害，埃涅阿斯用力一抖，图洛姆奴斯的尸体从枪尖上摔落下来。

　　"图尔奴斯，难道你没有看到敌人已经被赋予神力了吗？我们还是赶紧逃命吧。"朱图耳娜声音颤抖地对她的兄长说。图尔奴斯哪里肯听妹妹的话，他像着了魔一样呆立战车上，目不转睛地看着埃涅阿斯战斗的场面，甚至开始赞叹起了对手："朱图耳娜，你瞧，特洛伊人多么勇敢啊，他那一身盔甲和盾牌一样是神的杰作。"

　　朱图耳那瞪着兄长，气急败坏地从驾驶副手手中接过缰绳，催动着战马驾车狂奔而去，不大一会儿就离开了战场。

　　埃涅阿斯紧追不舍。朱图耳娜不愧是一个驾车能手，战车时而向左，时而向右，时而又风驰电掣一样朝前飞奔。埃涅阿斯好几次都摸到战车的辕首了，但还是不能抓住它。埃涅阿斯与图尔奴斯的战车之间的距离越来越远了，最后，战车终于消失在他的视野之中。

　　这场徒劳的追逐使埃涅阿斯消耗了很多体力，他喘着粗气，在一处不太引人注意的地方坐下来休息。这时候，罗图勒的一名将领墨萨帕斯看到了疲惫的埃涅阿斯，举起投枪朝着眼前的特洛伊人扔了过去，可惜敌人闪身躲开了。

　　埃涅阿斯愤怒地狮吼般地大喊："可恶的罗图勒人，看来你射击的本领还需要练练，快来受死吧。"墨萨帕斯看到埃涅阿斯朝自己奔来，忙转身溜进了士兵队列里。埃涅阿斯哪里肯放过羞辱自己的敌人，冲进罗图勒人中，横砍竖杀，一会儿工夫，这片战场就剩下他一个人了。

　　埃涅阿斯用长矛撑地，站立着喘着粗气，他抬眼眺望着不远处的劳伦图姆城，不禁陷入了沉思中：一面是活着的图尔奴斯，一面是坚固的劳伦图姆城，我该继续追击敌人，还是该攻击城池呢？守城的拉丁士兵和国王拉丁奴斯早已厌倦了战争，厚实的城墙应该挡不住特洛伊人的进攻。

想到此，埃涅阿斯紧走几步，走到特洛伊人最集中的地方。他高高地站在人群中间，扫视了许久，然后提高嗓门对士兵大声说道："受朱庇特的佑护，我们终于来到了意大利，

攻克劳伦图姆城

尽管劳伦图姆城坚固厚实，但勇敢无畏的特洛伊人并不把它放在眼里，他们来到城墙下一字排开，树起云梯攀上攻夺，虽然不断有人跌落，但他们并未放弃。最后，特洛伊人终于登上城墙，涌入城内攻克了这座坚城。

但意大利人却像对待仇敌一样对待我们。虽然我们已经和意大利缔结了协议，但他们却违背和约，所以我们要用手中的武器惩罚这些不守信义的恶棍。我们现在就向劳伦图姆城发动进攻，如果拉丁人不向我们投降，我们就把拉丁姆山城夷为平地。前进，攻城！"

说完，埃涅阿斯一马当先，率领着特洛伊人朝劳伦图姆的方向奔去。来到城墙底下，特洛伊人一字排开，一部分人拿着利斧劈砸城门，一部分人在墙边树起了云梯，云梯上布满了特洛伊人，虽然最上面的不断地跌落下来，但他们并没有放弃攀登。最后，特洛伊人终于登上城墙，城门也被特洛伊人劈开了。

特洛伊人涌进了劳伦图姆城。他们把燃烧着的火把扔进一座座塔楼，把长矛标枪投向拉丁人中间。顿时，劳伦图姆成了一片火海，熊熊的大火烧毁了许多房屋、弄墙，拉丁姆陷入混乱之中。

此时，王后阿玛塔正站在王宫的角楼上，她看到燃烧着的房屋和激烈的混战，听到凄惨的拉丁人的哀号声，心里充满了悔恨与自责：劳伦图姆城马上就要陷落了，而造成这一切罪恶的罪魁祸首就是自己。为了女儿的婚姻，拉丁人付出了多么大的代价啊。阿玛塔望眼欲穿，希望能看到图尔奴斯前来救援，最后，她终于绝望地悬梁自尽，结束了自己的一生。拉维尼亚也同样忍受着良心的谴责，当听到母后自杀的消息后，她惊叫着昏死过去。国王拉丁奴斯束手无策地望着快陷落的拉丁姆，哪里还有心情去哀悼死去的妻子。

"众神啊，可怜可怜我吧，可怜可怜我不幸的民族吧。"拉丁奴斯唯一能做的就是仰天作着祈祷。

图尔奴斯与埃涅阿斯的决斗

图尔奴斯一路砍杀，身上沾满了鲜血，但他却越战越勇，没有丝毫疲惫的迹象。

"图尔奴斯，快回到王宫里去吧，王后阿玛塔自杀了，可怜的拉维尼亚昏死过去了，国王拉丁奴斯正左右为难，他正打算把拉维尼亚许配给特洛伊的国王埃涅阿斯为妻，以平息这场罪恶的战争。"一个罗图勒的士兵跑过来向图尔奴斯报告说。

听到这个消息，一股钻心的痛楚涌上图尔奴斯的心头，吞噬着他的心灵。他是那么热烈地爱着拉维尼亚，而且拉维尼亚也对他情有独钟，可为什么特洛伊人会来此制造战争呢？为什么不让美丽的拉维尼亚成为自己的妻子呢？图尔奴斯转过头对和他一起冲杀的罗图勒人说："幸福正在离我而去，我必须和埃涅阿斯决一死战，以此来赢得罗图勒人的尊严。"说着，图尔奴斯跳下战车，朝着被特洛伊人重重包围的劳伦图姆奔驰而去。

图尔奴斯好不容易才来到了城门前："特洛伊人、拉丁人、罗图勒人，请放下你们的武器吧，请不要让这次战争造成太多人的不幸，如果能由我一个人来承担责任，就不要再让意大利人流血牺牲。"

拉丁人和罗图勒人听到图尔奴斯的吆喝声，不由得停住了手中的武器，埃涅阿斯也命令特洛伊人停止了攻城。

"图尔奴斯，你的建议很好，应该由我们两人的决斗来判断胜负，而不是以双方流血的多少来判断。我接受你的挑战，拿起你的利剑吧。"说着，埃涅阿斯朝着图尔奴斯扑过来。

图尔奴斯不甘示弱，也高喊着朝埃涅阿斯奔来。两块盾牌撞到一起，发出了巨响，大地颤抖了。双方的士兵为了给己方的首领鼓劲，高声呐喊起来。突然，图尔奴斯从盾牌后面站起，手中的利剑朝着埃涅阿斯的脑袋砍了下去，特洛依人和图斯克人张大了嘴巴，胆小的甚至闭上了眼睛。结果却出乎人们意料，图尔奴斯的利剑刚碰到埃涅阿斯的衣甲时便被折成了几截。图尔奴斯满以为一剑下去会把埃涅阿斯的头砍下来，谁知道自己的剑却断了。这时候他才想起，这把剑只不过是随手从士兵手里拿来的普通的一把剑，而他父亲遗留下来的神剑却因为着急而被落在了战车上。

"这不是一个好兆头啊。"图尔奴斯心想。

图尔奴斯虚晃一招，然后夺路而逃，并招呼士兵回到前面的战场上把那把神剑取来，然而在慌乱的战场上士兵根本没有注意到他在说些什么。埃涅阿斯大步流星地追赶上来，图尔奴斯慌不择路，朝着附近的一片树林逃去。

埃涅阿斯追进丛林，突然，他看见前方的一棵树上露出一杆长矛柄，这根长矛也许是先前战斗时有人留下来的，埃涅阿斯不禁为自己的发现欣喜若狂。他紧跑几步，暂时放弃了对图尔奴斯的追逐，来到那棵树下，奋力把那根长矛向外拔。

图尔奴斯正向树林深处逃着，感觉身后没有了声音，回头一看，原来埃涅阿斯正在拔刺入树里的长矛。图尔奴斯停下脚步，乞求道："生活在意大利土地上的众神啊，图尔奴斯是多么虔诚地信奉你们啊，看在我一直给你们祭颂荣誉的份上，让埃涅阿斯手里的那根长矛深陷在树干里吧。"

意大利的诸位保护神果然听从了图尔奴斯的乞求，他们使用法力，尽管埃涅阿斯使出了浑身的力气，长矛还是拔不出来，埃涅阿斯急得满脸通红。

这时候，图尔奴斯的妹妹朱图耳娜也来援助她的哥哥，她扮作哥哥的驾车手的模样，从战场上来到丛林，把父亲遗留的神剑递给哥哥。图尔奴斯手握利剑，顿时信心百倍。他拎着利剑，转身朝着埃涅阿斯奔去。

埃涅阿斯此时还在试图撼动刺入树中的长矛，因为过于用力，自己的短剑不慎摔落到了草地上。

埃涅阿斯看到图尔奴斯朝自己奔来，不由得心急如焚，可他越是着急，树上的长矛越是拔不下来。站在半空中的维纳斯更是着急，她怎么能坐视儿子的生命受到威胁呢？而且，维纳斯对图尔奴斯妹妹朱图耳娜的行为也甚是恼怒，一个平凡的仙女怎么敢如此胆大妄为呢？于是，她使用法力让埃涅阿斯很轻松地拔下了长矛。

这时候，图尔奴斯已经到

勇士死去　普桑　法国

图尔奴斯是罗图勒的勇士，但他的英勇善战为天后朱诺利用，最终神威不再保护他时，等待他的只有被众神佑护的埃涅阿斯刺死。

了埃涅阿斯的近前，埃涅阿斯拿着长矛，转过身摆好了迎战的架势。

当图尔奴斯看到埃涅阿斯手里的长矛时，心里慌张起来，看来众神的保护已经离他而去了，难道特洛伊人真的是永远的胜利者吗？

站在奥林匹斯山上的朱庇特和朱诺此时正进行着一场争辩。

"是该结束这场战争的时候了，特洛伊人被你驱逐了，他们翻山越岭，漂洋过海，好不容易到了意大利，你又让他们遭受如此的不幸，现在该让他们稳定下来了。如果你还是一意孤行，那我只好让别人来取代你的位置了。"朱庇特铁青着脸对他的妻子朱诺说。

朱诺定定地看着朱庇特，看到丈夫严肃的表情，她只好做了让步："我可以把图尔奴斯的命运交给他自己，但我有一个条件，拉丁姆的名称、语言风俗习惯必须保留，特洛伊人只能融入拉丁民族中，而不是拉丁民族融入特洛伊民族中，只有这样我才能忘掉特洛伊这个名字。"

朱庇特向妻子摆摆手，接受了妻子的要求："图尔奴斯的大限已到，埃涅阿斯却应该活下去。此后，特洛伊人不再保护自己的语言和风俗，将来这里将行使罗马法律，使用的语言都是拉丁语。你觉得这样可以了吧。"

看到妻子没有再提出异议，朱庇特把复仇女神召到眼前："图尔奴斯死期已到，他今天应该前往冥界，去执行我的命令吧。"

复仇女神驾着风翼来到拉丁姆战场，其中一位骁勇善战的女神变成了一头小鸟，她围绕着图尔奴斯的头来回打转。图尔奴斯感觉到眼前昏花，一种不祥的感觉又一次涌上心头，他不得不停止了战斗，站在那里喘着粗气。

"你为什么在那里犹豫不决呢？难道你不想打败我吗？是不是已经被特洛伊人吓倒了呢？"埃涅阿斯看到图尔奴斯停止了进攻，也放下了刚要投掷的长矛。

图尔奴斯用利剑抵住地面，勉强直起身体："你以为我会向特洛伊人屈服吗？我并不畏惧你们，只是天意亡我，难道你没有看到死神的鸟儿在我头顶飞个不停吗？"说着，图尔奴斯从地上搬起一块大石头，准备把它扔向埃涅阿斯，但是，他刚把石头搬起来就感到浑身无力，石头顺着手臂掉落下来。图尔奴斯本能地想逃离此地，但他的腿却怎么也不听使唤，一步也不能挪动。

手里的石头刚刚落地，图尔奴斯还没有从惊愕中回过神来，一只长矛已经穿透他的胸膛，钻心的痛楚传遍全身，他倒在地上无力地挣扎着。埃涅阿斯走到近前，同情地看了看罗图勒的这位英雄，转身带领他的队伍进了劳伦图姆城。

拉维尼乌姆和阿尔巴·隆伽

图尔奴斯阵亡以后，处于群龙无首状态的罗图勒人和佛尔西安人纷纷逃回了他们的城市。胜利的特洛伊人并没有欣喜若狂的感觉，因为他们的同盟兄弟们，如亚加狄亚人、伊特卢利阿人，也都要回自己的故乡了。特洛伊人拉着同盟兄弟们的手，半天也舍不得分开。是啊，他们一起出生入死，而此时却面临着离别，怎么能不让人难过呢？特洛伊人与同盟兄弟们的友谊是多么的深厚啊。

埃涅阿斯眺望着远方，"神谕中的罗马城到底在哪里呢？特洛伊人虽然打败了意大利众族人，可真的会像神谕中说的那样，在这块地方上会出现了一个新的城市吗？"埃涅阿斯一边想着，一边在台伯河边上踱着步。

正在这时，一个特洛伊士兵跑了过来，兴奋地对埃涅阿斯说："快回去看看吧，拉丁姆国王拉丁奴斯派人向特洛伊人求和来了。"

埃涅阿斯一听，忙快步走进了营房。进到中心大营后，拉丁姆的使者已经在那里等候了。使者一看到埃涅阿斯进来，忙从座位上站了起来。

"尊敬的特洛伊英雄，国王拉丁奴斯派我们来向特洛伊人求和，你要知道，拉丁奴斯并不赞成这场战争，他一再劝说图尔奴斯等的行为，但却没能阻止这场战争，拉丁奴斯国王让我们代表拉丁人向特洛伊人表示歉意。而且拉丁奴斯决定根据神谕，把女儿拉维尼亚许配给你。"使者向埃涅阿斯陈述着拉丁奴斯国王的指示。

"回去告诉你们国王，这场战争本来就是不可避免的，所以他不必为此自责。很谢谢他能把美丽的女儿嫁给一个外乡人。"埃涅阿斯命人把一部分战利品拿来，让使者转交给拉丁奴斯国王，以作为聘礼。

第二天，拉丁奴斯把埃涅阿斯迎入了劳伦图姆，为女儿举行了一场盛大的婚礼，并指定埃涅阿斯为王位的继承人。

埃涅阿斯执掌拉丁姆之后，在海滨的高坡上建造

决斗的少年

特洛伊人入主意大利，并与当地各民族融合形成了新的民族——古罗马人，特洛伊人好斗的脾性也成为罗马人血液之一部分，注定了罗马人将对外扩张掠夺，建立一个庞大的国家。

了一座美丽的城市，并根据妻子拉维尼亚的名字把该城命名为拉维尼乌姆。至此，苦难的特洛伊人终于建立起了新的家园。遵从神的旨意，特洛伊人很快放弃了自己的语言和风俗习惯，与拉丁人打成一片，并尝试着遵奉意大利诸神。

埃涅阿斯统治了拉丁姆很长时间，他在位期间，人们倒也是安居乐业，如果没有以后的战争的话，他的一生倒也完美。

在驱逐特洛伊人的战争中战败后，罗图勒人一直耿耿于怀，所以，罗图勒人暗暗地招兵买马，希望有一天能血洗当年之耻。终于有一天，罗图勒人觉得自己的军事力量已足以与拉丁姆抗衡了，便大举入侵拉丁姆。

闻听罗图勒人来到了拉丁姆边境，埃涅阿斯立即披挂上阵，亲自率领拉丁军队前往迎敌。双方部队在奴弥科斯河前遭遇。

埃涅阿斯威风凛凛地站在拉丁队列前，头盔在阳光下闪着金光，手中的长矛直指罗图勒人。罗图勒人也不甘示弱，他们呐喊着朝拉丁人冲来。拉丁人拿起手中的武器与敌人厮杀到了一起，战场上飞扬起的尘土把两支部队掩盖住了。

朱庇特在奥林匹斯山上看到了罗图勒人和拉丁人之间爆发了战争，遂亲自介入。为了能消除战场上方的沙尘，朱庇特从半空中晃动雷电棒，一时间电闪雷鸣，大雨倾泻而下。

构建新家园
当上拉丁姆国王的埃涅阿斯在海滨的高坡上建造了一座美丽的城市，并根据妻子拉维尼亚的名字将其命名为拉维尼乌姆。

"勇敢的拉丁人，你们看啊，这是众神在为我们照亮。我们将在这片土地上繁衍生息，怎么能容忍罗图勒人的入侵呢？我们将永远是这块土地上的主人。"埃涅阿斯举起他的长矛鼓舞他的士兵们。

借着电光，拉丁人横冲直撞，罗图勒人连连倒下。朱庇特还不罢休，他拉开雨水的闸门，奴弥科斯河顿时暴涨，河水咆哮着奔腾起来。罗图勒人似乎从天空中看到了神愤怒的身影，阵脚大乱，拉丁人乘胜追击，直追到罗图勒人的首府阿尔特尔。当拉丁人骄傲地举行凯旋仪式的时候，却不见了他们的国王埃涅阿斯，于是到处找寻着埃涅阿斯，几乎找遍了拉丁姆国的每一个角落。

后来，有个年轻的士兵向阿斯卡尼俄斯报告说，他看见埃涅阿斯被卷入了奴弥科斯河中。为了纪念伟大的埃涅阿斯，拉丁姆举行了一场盛大的祭祀仪式。

埃涅阿斯之后，阿斯卡尼俄斯登上了王位，这之后，拉丁人习惯把阿斯卡尼俄斯叫作尤鲁斯。尤鲁斯在拉丁平原中部的阿尔巴纳山上建造了一座城市阿尔巴·隆伽，在意大利语中，阿尔巴·隆伽的意思是长长的阿尔巴。阿尔巴·隆伽高高地耸立在陡峭的山峦间，周围是茂密的树林，山间小溪潺潺，好一派欣欣向荣的景象。尤鲁斯把拉丁姆的首府迁到了阿尔巴·隆伽，并继续向外扩大国土。当然，尤鲁斯和他的父亲一样贤明通达，治理有方。

尤鲁斯执政后，埃涅阿斯的妻子拉维尼亚离开了国王的王宫，在劳伦图姆的树林中生活。不久，拉维尼亚生下了一个男孩，取名为西尔维乌斯，这个孩子成了拉丁奴斯的唯一孙子。尤鲁斯死后，拉丁姆国民推举西尔维乌斯为新的君主。西尔维乌斯执政期间，继续兴建城市，开创了一个辉煌的阿尔巴王国。拉丁姆大地上出现了以阿尔巴·隆伽为中心的三十余座城市间的联盟。后来，阿尔巴成了罗马的发祥地。

洛摩罗斯和雷姆斯

拉丁姆在拉丁奴斯、埃涅阿斯、尤鲁斯和西尔维乌斯的统治下过去了三百多年。随着黑铁时代的到来，拉丁姆开始动荡起来。

阿尔巴·隆伽的国王普罗卡斯死后，留下了两个儿子——奴弥陀耳和阿摩利乌斯。按照惯例，长子奴弥陀耳继承了王位，次子阿摩利乌斯继承了大片土地和财产。

阿摩利乌斯是一个贪得无厌的人，面对大片土地和堆积如山的财产他并不满足，而是觊觎哥哥的王位。为此他使用诡计和暴力，发动了一场宫廷政变，推翻了奴弥陀耳。但是，阿摩利乌斯没胆量杀死哥哥，而是把他流放到一片幽寂的树林里，让他过着生不如死的生活。

登上王位的阿摩利乌斯如坐针毡，他害怕哥哥的后辈会前来报复，于是，他残忍地杀死了哥哥的儿子，让哥哥的女儿瑞亚·西尔维亚当祭司，而且要她立誓永不得生儿育女。在阿摩利乌斯的迫害下，瑞亚·西尔维亚终日跟其他处女们看护着维斯太庙里的圣火，大多数时间她都是眼睛呆呆地盯着火堆，悲伤地想着自己及族人的遭遇。

一个偶然的机会，瑞亚·西尔维亚误闯战神玛尔斯的圣地，做了玛尔斯的新娘，并生下了两个男孩。当她抱着两个儿子骄傲地走进太庙时，遭到了祭司长和其他女祭司的嘲笑，女祭司把瑞亚·西尔维亚带到了国王阿摩利乌斯那里。面对曾经的侄女，阿摩利乌斯最关注的不是她的丑闻，而是怕这对尚在襁褓里的兄弟将来会来夺取他的王位，他们正是合法的王位继承者啊。

"难道我要与神作对吗？"但阿摩利乌斯马上又否定了自己这愚蠢的想法，"我怎么能与神作对呢？不过，维斯太女神的法律是完全可以把他们送到死神那里去的。"按照法律，瑞亚·西尔维亚和她的两个孩子被判沉水而死。

在行刑那天，当刽子手们把瑞亚·西尔维亚投入台伯河时，河神台伯律奴斯把这个可怜的女人接入了自己的怀里。刽子手们惊慌失措，把装有两个孩子的篮子扔入河中匆忙逃离了台伯河。

河水冲击着篮子，两个孩子哭了起来，正在此时，一头母狼经过这里，它打量着篮子里两个可怜的小东西，一种母性的怜悯油然而生，于是它把两个孩子——叼回了狼窝，用自己的奶喂养着嗷嗷待哺的小家伙。

一天，一个叫福斯图鲁斯的牧人从这里经过，当看到狼窝里的两个孩子时，不禁欣喜若狂，他的小儿子刚刚夭折，他是多么希望能有一对这么乖巧的孩子啊，于是，他把两个孩子抱回了家，给他们起名叫洛摩罗斯和雷姆斯。

看到洛摩罗斯和雷姆斯苗壮地成长，福斯图鲁斯很是欣慰，但也越来越感觉到，这两个孩子并不像凡人。他们的智力超过了他们的伙伴，渐渐成熟的脸型上显露出了已被废黜的国王奴弥陀耳的影子。当听到瑞亚·西尔维亚因与战神玛尔斯生下的两个孩子被扔下台伯河后，他更加坚信了洛摩罗斯和雷姆斯是神的儿子。在欣喜中，福斯图鲁斯也感到了悲伤，如果真是这样，两个儿子迟早会离开他而去。

福斯图鲁斯的担心并不是没有道理，不久之后他的话便得到了证实。

由于有健壮的体魄，每次因放牧与其他牧人发生争执时，洛摩罗斯和雷姆斯都会取得胜利。这种胜利对于拉文丁山上的牧羊人来说则是个极大的侮辱，牧羊人决定在卢泼卡利恩节上好好惩罚一下这两兄弟。

卢泼卡利恩节很快就到了，年轻人披着狼皮，载歌载舞进行狂欢，他们还要围着帕拉丁山赛跑。当然，洛摩罗斯和雷姆斯两兄弟又会在这次赛跑中充当胜利者，这也是牧羊人早已经料到的，所以牧羊人计划趁机向两兄弟发动攻击。

人们把祭供的牺牲摆放整齐，点燃火焰，在熊熊的烈火中，全部供品被天上的众神取走。人群欢呼着，祈祷着来年的风调雨顺。人们做着各种扮相，欢笑声、叫喊声、音乐声混成一片，好不热闹。

赛跑很快也拉开了战势，洛摩罗斯和雷姆斯像一阵旋风一样驰骋在跑道上，很快就把其他的人甩在了身后，但他们根本没有想到，一群牧羊人正躲在前面不远处的灌木丛中，伺机进行攻击。

时机已到，牧羊人从灌木丛中窜到跑道中央，洛摩罗斯和雷姆斯被眼前发生的一切惊呆了。尽管他们奋勇反击，但雷姆斯还是被制服，洛摩罗斯则逃离了危险。

埃特鲁斯坎母狼青铜雕像
该像铸造于公元前 480 年，是一只机敏、警惕的母狼，成为罗马的象征。据说，传说中罗马城的建立者双胞胎洛摩罗斯和雷姆斯就是靠吸狼奶获救。

在逃回家的途中，洛摩罗斯遇到了福斯图鲁斯。

"父亲，刚才在赛跑时，雷姆斯被埋伏在路旁的阿文丁山上的牧羊人抓住了，我怀疑那些人会杀害雷姆斯的。"洛摩罗斯向福斯图鲁斯讲述着刚才的遭遇，并建议用武力拯救雷姆斯。"孩子，让我去向他们解释吧，如果那些阿文丁人知道你们的身世，他们一定会顶礼膜拜。我不需要再向你隐瞒了，你们的母亲是瑞亚·西尔维亚，父亲是战神玛尔斯，而你们的外祖父则是阿尔巴·隆伽合法的但已被废黜的国王奴弥陀耳。"福斯图鲁斯脸上浮现出对神和君主的崇敬。

"你是说我们是战神玛尔斯的儿子，且是这个王国的合法继承人吗？"洛摩罗斯似乎有点接受不了这个现实。"是啊，所以你不用担心雷姆斯的安危，神会保护他的。"为了安慰洛摩罗斯，福斯图鲁斯带着他来到阿文丁山，建议正在不知如何处置雷姆斯的阿文丁人寻找被流放的国王奴弥陀耳以证实两兄弟的身份。

帕拉丁人和阿文丁人对所发生的一切都非常关注，他们相拥着来到森林深处的西尔瓦诺斯庙找到了老国王奴弥陀耳。奴弥陀耳一眼就看出了眼前两个英俊青年就是自己的继承人，因为他俩的脸庞、身躯与自己年轻时如出一辙。

了解了自己的身世，洛摩罗斯和雷姆斯当即立下誓言，进攻阿尔巴·隆伽，为母亲报仇。在两兄弟的带领下，那些早已痛恨阿摩利乌斯的人们纷纷拿起武器，

向阿尔巴·隆伽进发。在与国王军队进行的激战中，阿摩利乌斯被洛摩罗斯所杀，群龙无首的国王军大败，奴弥陀耳又重新登上了阿尔巴的王位。

罗马的建立

奴弥陀耳重新登上阿尔巴王位后，对洛摩罗斯和雷姆斯十分宠爱，他希望两个孩子将来能够替他掌管阿尔巴的命运。正当奴弥陀耳为自己的想法而暗暗高兴的时候，洛摩罗斯和雷姆斯却来向他辞行，他们不打算继承王位，而希望白手起家，通过自己的努力一展宏图。奴弥陀耳还得知，两个孙儿想在台伯河下游建造一座城市，以纪念他们的母亲瑞亚·西尔维亚。奴弥陀耳被两个孩子的想法感动了，他把大片的土地赠给了两个孩子，帕拉丁和阿文丁牧人则成了这片土地上的第一批居民。此后，各地受迫害者纷纷来到这一地区，使这一地区的人口迅速得到了增长。

洛摩罗斯和雷姆斯的抱负得到了很多人的赞同，但是，真的要建造一座城池的话，到底应该以兄弟俩谁的名字命名呢？而这座城池是应建在帕拉丁山上还是阿文丁山上呢？为此，两兄弟开始起了纷争。最后，他们决定让上天来对这一纷争进行裁决。

古罗马城复原图
从图中我们可以感受出当时建造罗马城是一项浩大的工程，罗马人充分发挥奇特想象，配以高超的工艺，建筑出一个富丽堂皇、雄伟坚固的伟大城市。

一个星光灿烂的深夜，洛摩罗斯率人登上了帕拉丁山，雷姆斯则登上了阿文丁山。大祭司在他们中间画了一道界线，然后大家都静静地等候着神谕的出现。

拂晓时分，东方飞来了六只雄鹰，它们围着阿文丁山转了几圈后飞出了人们的视野。雷姆斯欢呼着，向对面的洛摩罗斯示意：自己是上天选中来管理这个城市的。正当雷姆斯为此沾沾自喜的时候，从西方又飞出了十二只雄鹰，且径直朝着帕拉丁山飞去，鸣叫几声后迎着初升的太阳飞去。

大家明白，这些雄鹰都是神派来的，

但到底该由谁来建造这座城池呢？雷姆斯强调，虽然从东方飞向阿文丁山的六只雄鹰不敌从西方飞向帕拉丁山的十二只多，但却是在先，而洛摩罗斯则要与雷姆斯比雄鹰的数量。最后，两方的争执愈演愈烈。雷姆斯意识到自己的力量不敌洛摩罗斯，不得不做出让步，允许洛摩罗斯建造城池。

洛摩罗斯把台伯河下游地区的所有青年男子召集在帕拉丁山的周围，给众神摆上祭品，宣布以雄鹰作为这座新城的城徽。

紧接着，帕拉丁人和阿文丁人开始建造自己的家园，他们先在地面上挖了一道浅沟，顺着浅沟搭起了低矮的围墙。

一天，雷姆斯看到人们建造的低矮的围墙，一边耻笑着这些围墙是多么的不起作用，一边从上面跨了过去。所有的人都惊呆了，看着洋洋得意的雷姆斯，他们不知所措起来。洛摩罗斯没有想到胞弟竟会以这种方式与自己对抗，他实在忍无可忍，拔刀刺向了雷姆斯。雷姆斯倒地的一刹那，洛摩罗斯虽然有些后悔，但他知道，只有这样才能给那些满怀期待的人们一个交待。在人们诧异的目光中，洛摩罗斯高声喊道："谁敢逾越这些围墙，下场和他一样。"欢呼声中，人们又投入到建城的劳动之中。

不久，城池竣工了，但洛摩罗斯并没有流露出一丝喜悦。为了惩罚洛摩罗斯杀了自己的兄弟，众神给这座新建的城池带去了灾难：在烈日的炙烤之下，田野上一片枯焦，而冰雹却由天而降。此外，城里传播着瘟疫，几乎所有的人都患上了重病。其实，洛摩罗斯也一直在为杀死自己的兄弟而感到内疚，他向人们宣布原谅雷姆斯的罪过，还在自己的宝座旁放了另一把宝座，以象征第二个王位。此外，他还把自己的权杖和王冠放在空着的宝座上，表示愿意与死去的雷姆斯共同管理这个城池。

人们对洛摩罗斯的做法看法不一，有的人反对这种死人与活人共同执掌的国家，认为这将是一个恐怖的地方，于是逃离了；而另外一些人则对洛摩罗斯的这一做法表示赞同，认为在这样一个大度的国王的领导下，这个国家必将有一个好的发展，于是留了下来。对留下来的人们，洛摩罗斯给予了奖励，从此后开始精心治理国家。瘟疫慢慢地在城内消失了，田野里也恢复了以前的绿意，留下来的人们欢呼雀跃。

洛摩罗斯根据自己的名字，将这个城市命名为"罗马"。为了使罗马固若金汤，在洛摩罗斯和他的后人的带领下，城墙不断地被升高，防范也越来越严密，为这座年轻的城市后来成为世界的中心奠定了基础。

劫夺萨比纳女人

在洛摩罗斯的经营下，罗马城日益繁荣，初建的小草屋早已经被高大结实的房屋所取代，收获的谷物堆满粮仓。随着手工业和商业的发展，人们把多余的粮食换成铁石，以制造兵器。如果说拉丁姆是台伯河流域的一条巨大的纽带，那么罗马城则是这条纽带上的一颗璀璨的明珠。

洛摩罗斯为自己的杰作感到骄傲，但他又是多么的悲哀啊！尽管罗马城的人们衣丰粮足，然而他们却没有欢乐，终日看不到笑容，听不到歌声。"作为罗马城的国王，自己又是多么失败啊！"洛摩罗斯这样想着，"可原因出在哪里呢？对，是因为这个城市缺少女人。"最后，洛摩罗斯终于想出了问题所在。是啊，这个城市缺少女人，更缺少孩子，一个男人的世界能有多少欢乐呢？

一天，洛摩罗斯把自己的烦恼告诉了他最宠爱的臣仆——年轻的荷斯特斯·荷斯梯利乌斯："荷斯特斯，去为罗马求取女人吧。"

"亲爱的国王，你给我的任务比出征打仗还要荣耀，听说萨比纳的女人是世界上最漂亮的，而且她们能纺出纤细、结实的纱线，请让我代表罗马去萨比纳求婚吧。"荷斯特斯高兴得有些忘乎所以。

"可是，荷斯特斯，你还是带上你的盔甲吧，让和你同去的男人也武装起来。萨比纳人应该是骄傲固执的，从他们那突起的前额、鹰钩似的鼻子就能看得出。"洛摩罗斯叮嘱着荷斯特斯。荷斯特斯并没有理会国王的劝告，但很快他就追悔不迭。

路过拉丁国时，拉丁人的嘲笑在他们的背后洒了一路；到了萨比纳大地，荷斯特斯一直称赞的萨比纳人更是对这些罗马人唇舌相讥。萨比纳国王梯拖斯·塔梯乌斯在库埃斯城接见了罗马前来求婚的使者们，然后大笑着对他们说："我们这里的姑娘都会纺线，听说你们那里的羊毛非常便宜，回去告诉你们的国王，我们的姑娘不可能嫁给你们罗马人，但会到罗马去了解你们的市场。"

当洛摩罗斯听完荷斯特斯讲完在萨比纳的遭遇后，年轻的国王暴跳如雷："骄傲的萨比纳人，我一定会让你们为你们的行为付出代价的。亲爱的罗马男子们，我将邀请萨比纳女人来罗马欢度节日，你们要时刻注意我的举动，在恰当的时候我会暗示你们把这些美丽的萨比纳女人抢回家。"国王的话音刚落，罗马城就沸腾了，臣民们欢呼着国王的英明，幻想着将要到手的美丽的萨比纳女人。

罗马的使者奔赴拉丁姆的各个城市，散布罗马将在台伯河畔举行游戏和比赛的消息，而且宣扬，拉丁姆各城市的商人都会在罗马一展自己的商品，这将是一次空前的盛会。萨比纳的女人们动心了，她们是多么希望能买到价格便宜的好羊毛啊，用那种羊毛纺出来的线会是多么柔软啊，她们似乎已经感觉到了羊毛带来的温暖。女人们的丈夫和父亲拗不过女人们的纠缠，答应她们前去罗马参加节日。

集会的第一天，罗马城门庭若市，汇聚了拉丁姆各城市的男男女女，来的最多的是萨比纳人。为了表示罗马人的友好，洛摩罗斯接见了一些显赫的萨比纳人，并命人带领萨比纳人挨家挨户地参观漂亮的房屋。萨比纳人原本鄙视罗马人的心理顿时没有了，这个城市的建筑比他们想象的要好得多，萨比纳人，尤其是萨比纳女人，竟然有些流连忘返了。

第二天，罗马人腰系狼皮裙子，头戴盔甲，用丰盛的祭品祭祀诸神，向客人们炫耀罗马城的富有。然后人们载歌载舞，开始了激烈的比赛和游戏。

第三天是商人们大显身手的日子，他们纷纷摆开货摊，琳琅满目的商品尽显在人们面前。吆喝声、赞叹声、讨价还价声一阵高过一阵，好不热闹。萨比纳女人们穿梭在一堆堆细净洁白的羊毛中任意挑选，可挑到最后竟不知道该买哪种好。带有酒香味的橄榄油、浓浓的蜂蜜也赢得了不少女人的青睐。而男人们，则在刀剑堆里挪不动脚。

在人们抢购商品的混乱之时，罗马人已经退出了集会，结集在帕拉丁山后的灌木丛中，等候国王洛摩罗斯发号施令，这是罗马人精心策划的阴谋，可惜那些正醉心于采购的外乡人全然不知。洛摩罗斯刚一发出信号，罗马人就挥舞着利剑从灌木丛里冲出来，热闹的集市顿时变得更加慌乱。罗马人每人抓住一个女人，任由女人在如铁箍的手臂下尖叫咒骂，强硬地把这些女人拖回自己的家。女人的挣扎是徒劳的，被带进各家各户时她们已经精疲力竭，酸软地任由罗马男人摆布。

集市上摊棚倒翻，货物滚得满地都是，但这些以此为生的外乡人已经顾不了这些了，他们不敢久留，急于想离开给他们带来灾难的罗马城。罗马人

抢夺萨比纳女人　波罗纳　意大利

557

要的只是萨比纳女人，他们并没有太多地为难这些远方的客人。这些客人对罗马人却是深恶痛绝，他们回到自己的城市，给亲人或左邻右舍讲起这段经历时甚至还会失魂落魄，尤其是萨比纳人，回到萨比纳后，他们披盔戴甲，准备跟罗马人决一死战，以抢回萨比纳女人。其他的拉丁姆城市也蠢蠢欲动起来。

洛摩罗斯的结局

洛摩罗斯早已经意识到抢夺萨比纳女人会给罗马带来灾难，但他更清楚自己臣民的勇敢和决心。不过了为稳操胜券，洛摩罗斯还是组建了一支三千人的军队，并把这支军队改称军团。

正当罗马人紧急备战的时候，赛尼娜人按捺不住了，在国王阿克隆的率领下向罗马城蜂拥而来。阿克隆本以为罗马人是一些只会袭击手无寸铁女人的家伙，但他很快就意识到自己的无知，赛尼娜人在罗马人的砍杀之下纷纷倒地，幸好洛摩罗斯制止了罗马人的进攻。

"亲爱的阿克隆，我不希望看到赛尼娜人的尸体横躺在罗马的土地上，我和你单独决斗，以决定罗马和赛尼娜的胜负，这样既可以速战速决，还可以不牵连到无辜的生命。"洛摩罗斯的建议得到了阿克隆的赞同，但阿克隆哪里是洛摩罗斯的对手，几个回合就败下阵来。赛尼娜人在家园被毁的情况下不得不迁来罗马。出乎意料的是，他们来到罗马受到了盛情款待，他们和罗马人一样，拥有了自己的居所和土地，甚至还可以从事他们喜爱的手工劳动，这是多么幸福的事啊。于是，罗马人和赛尼娜人变得亲密无间，情同兄弟。

不久，罗马城又面临新的挑战。克里斯蒂尼乌姆人和安忒姆纳人在城下叫嚣，不过，他们同样被打得落花流水。洛摩罗斯下令焚毁了他们的家园，他们也被迫迁到了罗马城，罗马城里的居民人数急剧上升，军队也逐渐壮大起来。

潜伏着危机的和平生活过去了，罗马人面前出现了更大的挑战。最仇恨罗马人的萨比纳人经过多年的备战对罗马虎视眈眈，战争一触即发。

虽然罗马城与初建时已有天壤之别，但面对强大的萨比纳，洛摩罗斯还是免不了有些担忧。经过勘察，他决定把沿着帕拉丁山向北延伸的萨图尼尼斯山并入城区，并在山上建造了城堡，作为内城的防御堡垒。这座城堡即卡皮托尔，于是，萨图尼尼斯山改名为卡皮托尔山。

正当罗马人为建成这座面临绝壁的城堡而兴奋不已时，一队人马来到了罗马城下。罗马人非常紧张，但很快守卫就给罗马人带来了好消息，原来这队人马是由伊特卢利阿人的将军策利乌斯率领的，策利乌斯无法忍受伊特卢利阿国君的残暴无礼，希望能到罗马城避难。洛摩罗斯收留了策利乌斯，并把一座山坡赐给他。从此以后，这座山坡被称为策利乌斯山。

萨比纳人浩浩荡荡地向罗马城开进，罗马人十分恐慌，因为他们看到萨比纳人经过平原时扬起的尘土遮天蔽日，在国王梯拖斯·塔梯乌斯的带领下，萨比纳士兵英姿飒爽，个个都有以一当十的架势。在占绝对优势的萨比纳人面前，洛摩罗斯决定以智取胜：罗马军队全部隐蔽到帕拉丁山后，任由萨比纳人进城，当萨比纳人围攻罗马内城时，罗马军队再从背后袭击他们。

萨比纳人毫无阻挡地进入了罗马城，国王梯拖斯·塔梯乌斯决定第二天再对内城发起进攻。正当萨比纳人休息的时候，从一条羊肠小道上走来了一个姑娘。梯拖斯·塔梯乌斯灵机一动，走上前去和姑娘搭话。原来这个姑娘是卡皮托尔城堡首领司泼利乌斯·塔尔泼尤乌斯的女儿塔尔佩亚。

“美丽的姑娘，如果你能趁天黑把城堡大门打开，你将得到价值连城的珠宝。”

塔尔佩亚被迷惑了，梯拖斯·塔梯乌斯手里捧着的那些珠宝是多么诱人啊，她怎么能不动心呢？卡皮托尔的城门被打开了，当塔尔佩亚向鱼贯而入的萨比纳人索要珠宝时，萨比纳人却把手中的盾牌压到她的身上：“女叛徒，这才是给你的报酬。”塔尔佩亚在盾牌重压之下死了。从此以后，这座山坡改名为塔尔佩亚山。

萨比纳人轻而易举地进入了卡皮托尔城堡，罗马人并没有料到会出现这样的差错，于是撤到了卡皮托尔山前的平地上。萨比纳人乘胜追击，罗马人溃不成军。在洛摩罗斯的带领下，罗马人依然作着顽强的抵抗，夜幕降临时双方仍相持不下。

萨比纳人被天后朱诺称为库茵律特人。朱诺偏爱意大利，尤其是库茵律特人，她于当天夜里来到

劫夺萨比纳女人
好斗、高傲的罗马人信奉暴力即强权，尽管劫夺萨比纳妇女导致了后来两次罗马与萨比纳人的战争，但最终结果是：萨比纳妇女心甘情愿地做罗马人的妻子，而萨比纳人最终也融入了罗马民族。

梯拖斯·塔梯乌斯面前，鼓励库茵律特人第二天重新开战，并许诺将协助他们取得胜利。

新的一天又开始了，最初，库茵律特人明显不敌罗马人，但不久他们便占了上风，罗马人纷纷溃败。就在这时，意大利的元始尊神亚奴斯显灵了，他让一座山坡裂开了一道缝，库茵律特人被眼前的景象惊呆了，罗马人则备受鼓舞，把库茵律特人赶到了两座山外的平原地区。洛摩罗斯命令弓箭手从两座山上向库茵律特人射箭，如蝗的飞箭中还夹杂着从两面滚来的石块，库茵律特人损失惨重。

正当双方杀得不可开交的时候，罗马城门打开了，从萨比纳来的女人们冲上战场，对两军撕心裂肺地大喊着："战争因我们而起，也因我们而结束吧，一边是我们的丈夫，一边是我们的父兄，任何一方伤亡，我们都会悲伤的。如果你们谁再动武，就是在残杀我们的爱情或亲情。"

国王梯拖斯·塔梯乌斯本不想原谅这些已经深爱上罗马男人的女人们，但他最后还是被这些女人的真诚感动了。于是，他带领库茵律特人也迁来了罗马，与洛摩罗斯共同掌管罗马城。但梯拖斯·塔梯乌斯偏好暴政，在不久后的一次祭供节上，被愤怒的人们当场打死，罗马又由洛摩罗斯独自治理了。

洛摩罗斯的确是一位贤明的君主，为了能给人们一种稳定的秩序，以使罗马在自己过世后依然欣欣向荣，他把长期以来形成的良好习俗用法律形式确定下来。他还创立了长老会议，即元老院，元老院自身享有豁免权，其成员大多是终身制的。

为了纪念妇女们对创建库茵律特联盟所做的贡献，洛摩罗斯给她们提供了更为优越的条件，她们的个人财产不容侵犯；当她们走在街道上时，任何男人都必须向她们问候致意。在罗马，现在还保留着许多关于妇女的重大节日。

贤明而又富有智慧的国王统治了罗马三十七年，随着生命的渐渐老去，洛摩罗斯也开始意识到他的使命的结束。

一天，洛摩罗斯把他的臣民召集到帕拉丁和卡皮托尔山间的空地上，自己端坐在黄金宝座上，望着无可匹敌的辉煌，他感到了前所未有的欣慰。突然，一阵暴风刮来，乌云蔽日，雷电交加，大地陷入一片漆黑中。等到太阳从乌云背后再露出笑脸时，洛摩罗斯已经不见了，当众人回过神来后，女人们失声痛哭，男人们也默默地落着泪。后来，洛摩罗斯作为库依律奴斯，即罗马的保护神，一直守护着罗马城。

众神的考验

在罗马人沉痛悼念国王洛摩罗斯的时候，又一个问题摆在了他们面前：到底该将罗马王位交给拉丁族人还是库茵律特人呢？一时间，罗马的家族联盟难以统一意见，最后只能决定暂由双方轮流执政，六个时辰调换一回，这样的轮换整整持续了一年。最后，元老院决定先由库茵律特人执政，然后再由拉丁人执政，可是由谁来先执政呢？萨比纳国王的女婿努马·庞皮利乌斯成了最佳人选。

努马·庞皮利乌斯虽然被众人选中，但他不敢擅自做主登临王位，他决定询问天意。在祭司的陪同下，努马·庞皮利乌斯登上了卡皮托尔山，他用手中的权杖在空中比画着指示方向，严格地按照风俗习惯请示神的旨意。最后，努马·庞皮利乌斯向众人宣布，三大星辰，即朱诺、玛尔斯和库依律奴斯均表善意，人们欢呼雀跃，歌舞庆祝新国王的上台执政。

努马·庞皮利乌斯刚一上台就遇到了考验性的灾难。天空雷声隆隆，电光闪闪，暴雨成灾。人们为了防止雷电灾害，采用了先祖们疯狂的祭祀方式，用人血祭献天公朱庇特。

那是怎样的一幅惨不忍睹的场面，努马·庞皮利乌斯是多么希望找到一个既能取悦神又能阻止天火的办法啊，可他面对人们期待的目光只能沉默不语，他为他的臣民们的不幸遭遇而深感悲哀。

努马·庞皮利乌斯来到萨比纳山间的一条山涧旁，在这里，他曾认识了山涧女神埃格里亚，并与她结为夫妻。努马·庞皮利乌斯从妻子身上获得了许多天神的智慧，但自从他被选为国王后，埃格里亚就再也没有露过面。他是多么希望妻子能出现替他出出主意啊，可不管他怎么呼唤都是徒劳。

但是，努马·庞皮利乌斯还是希望奇迹能够出现。一天深夜，他满怀忧愁地来到阿文丁山上的橡树林里，在迷雾中徘徊，陷入了沉思。突然，密林深处的一条山溪里腾起了一团白影，埃格里亚出现在努马·庞皮利乌斯面前。踌躇不决的国王顿时从困惑中惊醒，一把揽过心爱的女子，暂时忘记了刚才的烦恼。

"我会继续留在你的附近，你需要我时，可以在圣林或是在狄安娜的圣地上找到我。"埃格里亚早已看出了努马·庞皮利乌斯心中压抑着的问题，"有什么问题尽管问吧，我愿意帮助你。"

努马·庞皮利乌斯的沉重心情又被唤了回来，他低垂着头，像是在对大地提问又像是在问埃格里亚："为了阻止天火的灾难，人们在祭供的罐子里盛满了人血，这难道真的是神的意愿吗？我是应该以更加严厉的方式为众神服务还是应该对我可怜的臣民负责呢？"

埃格里亚脸色阴沉下来："朱庇特和玛尔斯都是十分可怕的，他们不会自愿放弃享受人血的祭祀，不过，"埃格里亚停顿了一下，然后接着说，"你可以趁朱庇特变做人的模样来到人间时，设计回绝他的要求，那样你就可以保护你的臣民了。"

说完，埃格里亚告诉丈夫，把朱庇特召唤到眼前的魔咒只有猎人皮库斯和他的儿子法乌诺斯通晓，埃格里亚还告诉丈夫如何才能让他们说出召唤朱庇特魔咒的方法。

在埃格里亚的指引下，努马·庞皮利乌斯终于把朱庇特呼唤到眼前，虽然朱庇特用一层薄雾遮住了脸，但从他那逼人的体气中还是能够让人感觉到神的存在。

"聪明的努马·庞皮利乌斯，在你的面前，我的朋友皮库斯和法乌诺斯是那么的愚蠢，现在让我试试你的智慧吧。"

努马·庞皮利乌斯敬慕地仰视着朱庇特："尊敬的父亲，请告诉我如何才能洗涤罪孽，以阻止天火呢？"

"很简单，只需要一颗头。"

"好的，一颗大蒜头。"聪明的国王立即回答。

朱庇特愣了一下，然后接着说："还得有活人身上的东西。"

"那我用一缕头发。"努马·庞皮利乌斯不假思索。

朱庇特生气地顿了一会儿，为了能得到活人祭祀，他跺了跺脚说："必须要有一样活的东西。"

努马·庞皮利乌斯沉着镇定地大声说："我伟大的父亲，你真是太英明了，我会从水桶里抓一条活鱼的。"

朱庇特瞪着眼睛半天说不出话来，然后消失了，努马·庞皮利乌斯终于改变了罗马人用活人祭祀的习惯。但是，取消祭祀活人仅仅是一系列考验的开始。

不久，一个维斯太女佣因违反了处女贞洁的誓言而被判处死刑。努马·庞皮利乌斯很是同情被惩罚的女子，于是，他开始了一系列的宗教改革，颁布了维斯太圣庙祭祀的新法则。为了鼓励维斯太女佣完成神圣的使命，他赋予她们极高的荣誉，如果死刑犯在行刑途中遇到维斯太女佣，犯人当即可以获得赦免。

努马·庞皮利乌斯还命人为双头双面的元始尊神亚奴斯造了一座祭坛，颁布改革历法，把元始尊神置于一年之中的第一个月，并决定让亚奴斯庙的大门始终敞开着，只有战争出现才关闭。

努马·庞皮利乌斯的历法改革触犯了战神玛尔斯。以前，都是由战神来作为一年的开始的，而如今，他只能屈服于元始尊神的权力之下。于是，战神玛尔斯制造了一场可怕的瘟疫。但在埃格里亚的帮助下，努马·庞皮利乌斯用一块圣牌平息了战神玛尔斯的怒火。

后来，努马·庞皮利乌斯打算把罗马王国的全部土地都转化为私有财产，虽然他知道这并不是一件容易的事，因为人类的自私犹如恶毒的精灵，时刻威胁着新的生活方式。最初的土地改革带来的只是一片狼藉，身陷绝境的国王只好又求助于埃格里亚，于是在法律中规定了私有财产的神圣不可侵犯，罗马城慢慢复苏了。

战争欲望和权力欲望

努马·庞皮利乌斯仙逝后，在萨比纳战役中不幸阵亡的荷斯特斯的孙子图卢斯·赫斯梯利乌斯成了国王的接班人。图卢斯是个野心勃勃的人，他希望能成为世界上地位最高的人，而这一切又必须诉诸武力，于是，努马·庞皮利乌斯时代的和平转眼即逝。在图卢斯的挑唆下，罗马人开始向四周不断地扩张，他们甚至敢闯进阿尔巴人的田地上去，流血事件不断发生。

努马·庞皮利乌斯曾谕示过，在爆发战争前必须关掉亚奴斯庙的大门，图卢斯并没有忘记他的谕示，提早和元老院打了招呼，而且扬言要想方设法进行一场正义的战争。元老院对新国王的决定给予了警告，但却没有起到任何成效。

图卢斯本打算派使者到阿尔巴去，要求对方为边境上的损失进行赔偿，如果罗马人的要求遭到拒绝，罗马人则有理由堂而皇之地进攻阿尔巴。但图卢斯的如意算盘打错了，罗马使者还没离开罗马城，阿尔巴派来的使者已经到了罗马，阿尔巴人也不想成为发动战争的罪魁祸首，而想把这一"荣誉"让给罗马人。

图卢斯倒是显得相当镇静，他热情地接待了阿尔巴的使者，盛宴接二连三，各种赛车、赛马、祭拜活动更是持续不断，每当阿尔巴使者想要开口谈正经事时，图卢斯总是打岔说："诸位是罗马的贵客，理应受到隆重的欢迎，我们欢庆完再谈正事也不迟。"就这样，阿尔巴人一直被耽搁着。

一天，图卢斯终于盼来了等待已久的消息，罗马的使者在阿尔巴要求赔偿时遭到了粗鲁的拒绝。图卢斯马上召见阿尔巴使者，声色俱厉地让他们滚出罗马城，并正式向阿尔巴宣战。

罗马亚奴斯庙的大门

曾有前王谕示说，一旦罗马与外邦开战，在战争爆发前必须关掉亚奴斯庙的大门。好战的图卢斯这样做了，他扬言进行的是正义的战争，但疯狂的对外扩张最终使他遭到了严厉的惩罚。

意大利是个重视习俗的国家，其中一个习俗是赔偿要求遭到拒绝后必须预留 30 天的期限，之后才能开战。尽管图卢斯急切地想抓住黩武的机会，但他不得不考虑到民众对习俗的遵从。

阿尔巴人已经在 30 天期限里把军队推进到了罗马城下，但面对固若金汤的罗马城，阿尔巴人也不敢轻举妄动。战争的日子终于到了，图卢斯率领罗马军队直扑阿尔巴人。阿尔巴人也不甘示弱，摆开阵式迎敌。

正在大战一触即发的关键时刻，阿尔巴国王不幸死于行军途中，墨陀斯·富弗梯乌斯被临时任命为战时总指挥。而台伯河对岸的伊特卢利阿人也想介入战争，他们不想看到罗马人在阿尔巴·隆伽取得胜利。图卢斯陷入了困境，他怕在罗马人进攻阿尔巴人时，伊特卢利阿人渔翁得利，所以，迟迟没有吹响进军的号角。

墨陀斯·富弗梯乌斯看出了罗马人的顾虑，而且以阿尔巴人的力量，也很难在这场战争中取得胜利。

"亲爱的罗马国王，我们之间的这场战争其实只是因为一些边境上的小问题导致的，难道非得通过杀戮才能解决吗？罗马人和阿尔巴人本就是两个近亲的民族，一旦战争爆发，伊特卢利阿人会趁机削弱我们两方的力量，我建议从罗马人和阿尔巴人中选出几名英勇的武士，由他们来决定是由罗马统治阿尔巴，还是由阿尔巴统治罗马。"墨陀斯·富弗梯乌斯走出阵列向罗马阵营大声喊道。

鉴于形势，图卢斯只能答应了这一建议。经过筛选，这一决定民族命运的使命落到了库里阿梯尔和贺雷梯尔的两家三胞胎上。六青年受宠若惊，心中充满自豪，但这是多么沉重的任务啊。

一场激烈的战斗开始了，最初，库里阿梯尔兄弟占了上风，贺雷梯尔兄弟中的一人很快便被击中，不久，第二个也倒地身亡。胜利似乎已稳属库里阿梯尔兄弟了，但就在这时，贺雷梯尔兄弟中的老三普泼利乌斯抓住有利时机，转败为胜。罗马人欢呼着走上阵前拥抱为罗马人争得荣誉的英雄。墨陀斯·富弗梯乌斯满怀凄凉地表示愿意服从罗马人的命令。

普波利乌斯脸上一直阴沉着，要知道，在库里阿梯尔兄弟中，有他妹妹的未婚夫，是他亲手杀害了自己的妹夫，而使妹妹成了寡妇，这是多么不幸的事啊，但是，为了民族的命运，家庭的利益又是多么的渺小啊。

正当罗马人沉浸在庆祝胜利的欢乐中时，不甘忍受丧失特权煎熬的阿尔巴人蠢蠢欲动，他们图谋能恢复在拉丁姆大地上的霸权。墨陀斯·富弗梯乌斯秘密地向周边的其他城市派出了使者，希望联合一切可以联合的力量抗击罗马人。维几人和费特纳两个城市对阿尔巴人的建议做出了响应，并商定由墨陀斯·富弗梯乌斯带领阿尔巴人与罗马人共同作战，等到关键时刻阿尔巴人从罗马人的阵营退出，加入到与罗马人敌对的阵营中来。

图卢斯毕竟是一个熟谙战事的国王，他早已识破了墨陀斯·富弗梯乌斯的阴谋。在与维几人和费特纳人作战时，他冲到阵前，大声叫喊着，像是让自己的军队听到，其实是让对方也能听得清楚："瞧啊，墨陀斯·富弗梯乌斯是多么的勇敢，我相信他一定能把敌人打得落花流水，用不了多久敌人就会发现他们上当受骗了。"图卢斯的这一招真是起到了效果，维几人和费特纳人信以为真，于是争相逃跑，阿尔巴人为了掩盖自己的背叛行为则奋起追击。

罗马人又一次取得了胜利，图卢斯像是什么也没有发生过，为了表彰墨陀斯·富弗梯乌斯在这次战争中的功绩，图卢斯专门举行了一场盛大的宴会。墨陀斯·富弗梯乌斯带着将士毫无戒备地参加了宴会，当他们刚到达目的地时，罗马人便蜂拥而上，抓住了这个背叛联盟的人，并把他处以死刑。从此以后，阿尔巴这个城市消失了，阿尔巴人移居到罗马，拉丁姆地区的霸权转到了罗马人手中。

图卢斯的欲望并没有得到满足，他妄想着像努马·庞皮利乌斯那样把天公朱庇特召唤到自己面前，但他始终找不到正确的咒语，尽管他非常努力地去寻找。最后，图卢斯终于在一道闪电中结束了自己的生命。

塔尔库依尼乌斯当上国王

罗马的第三代君主图卢斯被闪电劈死之后，努马·庞皮利乌斯的孙子安库斯·玛尔策乌斯上台执政。这一时期，没有发生过大的战争，拉丁姆大地虽然潜伏着危机，但也相安无事。

塔尔库依尼的卢库摩是在伊特卢利阿生下的半个希腊人，他的名字是自己家乡的名字。在伊特卢利阿，他与美丽的姑娘塔娜库伊尔结了婚。塔娜库伊尔不仅美丽，而且相当有志气，由于她嫁给了外来人的儿子，在伊特卢利阿备受欺凌、侮辱。塔娜库伊尔满怀忧伤地对丈夫说："亲爱的，我们离开这个城市吧，你瞧，这里到处充满着残暴与杀戮。听说罗马是个充满和平的国家，那里的一切都井然有序，你的才华在那里一定能得到施展的，那是一个多么有希望的民族啊。"

卢库摩深爱着妻子，他知道妻子因嫁给他在这个国家所受的委屈，同样，他也急切地想逃出去。自己是希腊人，聪明勇敢，在台伯河旁一定能寻找到幸福的。

经过长途跋涉，夫妻俩终于到了台伯河另一侧的亚尼库罗姆山坡，望着对岸的罗马城，卢库摩深感到它的伟大，但是，这个伟大的城市真的能给他们带来幸福吗？卢库摩正想着，一只雄鹰飞了过来，叼走了他头上的帽子。

"亲爱的，你瞧啊，我们刚踏上这片土地，上苍就给我们送来了骄傲的使者。不要去寻找你的帽子了，光着脑袋才是罗马人的习惯，让你就这样走向未来吧。"说着，塔娜库伊尔拉起丈夫的手朝台伯河走去。

"依我看，这种情况预示两种可能，或是我以后逢人必须摘下帽子，或是我将遇到杀头之灾，那可真是不需帽子了。"卢库摩半开玩笑地对妻子说。塔娜库伊尔也无法理解雄鹰最后的真谛，但探求这些已无多大意义："卢库摩，我们无须再犹豫。把你的头发按罗马人式样剪短，胡须剃掉，另外，你的名字太希腊化，从现在开始，你改名叫卢茨乌斯·塔尔库依尼乌斯。"后人习惯在塔尔库依尼乌斯的名字前再加上"普列斯库斯"，以与后世君主"傲王塔尔库依尼乌斯"区别。

塔娜库伊尔的话不容反驳，以前的卢库摩，现在的塔尔库依尼乌斯不得不承认妻子学识渊博，所以他从来都把妻子的建议当作命令。

趟过台伯河的塔尔库依尼乌斯和塔娜库伊尔回头张望着。

"伟大的罗马人，竟然连一座桥都没有。不过，我会给你建造的。"塔尔库依尼乌斯自言自语道。

正如塔娜库伊尔预见的那样，罗马给外来人提供了很多发展机会，塔尔库依尼乌斯就是一例，他凭着变卖土地挣到了一大笔钱，这笔钱使得夫妻俩能在这个城市体面地生活。塔尔库依尼乌斯还帮助罗马人建造了港口，在海里造了土坝和水塘，并学会了造三桨船的技术和如何根据太阳和星星的位置穿越大海的惊涛骇浪。

国王安库斯·玛尔策乌斯死后，他的两个儿子中的任何一人都可以继承王位，但此时的罗马人已经把慷慨大方、具有雄图大略的塔尔库依尼乌斯视为君主。元老们也顺应民意，引诱安库斯·玛尔策乌斯的两个儿子外出围猎，而当两个本可以登上王位的王子兴冲冲地打猎归来时，他们已经一无所有了，塔尔库依尼乌斯成了罗马第五代君主。

塔尔库依尼乌斯是个开明的君主，他努力抵制国家事务中的贵族特权，但由于天神的存在，他并没有进行彻底地变更。

罗马广场
塔尔库依尼乌斯为罗马和平建设事业所做的贡献，足以让他名垂青史，他在罗马建造了巨大的广场、庙宇和市政大厅。

在塔尔库依尼乌斯执政期间，罗马人与萨比纳人又进行了一场新的战争，萨比纳人大败。罗马人还取得了和拉丁部分城镇战争的胜利。此外，在库依律奴斯人和伊特卢利阿人的冲突中，罗马人渔翁得利，塔尔库依尼乌斯被任命为台伯河和亚平宁山脉间大帝国的总盟主。

稳定了罗马的局势后，塔尔库依尼乌斯开始着手进行和平建设，这些事业足已让他名垂青史，如修筑了排水渠排干了沼泽地的积水，建造了巨大的广场、庙宇和市政建设，在阿文丁山和策利乌斯山坡间造起了圆形的赛马场等。

在塔尔库依尼乌斯的王宫里有一个女仆，女仆有个叫图利乌斯的儿子，由于出身低微，女仆和孩子常会招致很多谣言，人们习惯便把图利乌斯的名字前加上"赛尔维乌斯"，即奴隶的意思。图利乌斯长得富态高贵，聪明过人，很得塔尔库依尼乌斯和塔娜库伊尔的喜欢。

一天，图利乌斯在宫殿的卧室里睡着了，有人想把他推醒时，图利乌斯的头上突然燃起了奇异的烈火，王宫里所有的人都惊呆了。当宫廷仆人准备提水灭火时，被赶来的王后塔娜库伊尔制止了："尘世间没有任何力量或元素可以熄灭精神的光芒的，这个孩子将给罗马带来巨大的荣誉，他将完成你的事业，继承你的王位。"塔娜库伊尔扭头对丈夫说。

从此以后，塔尔库依尼乌斯把图利乌斯当作自己王位的接班人来培养，让孩子接受各种智慧的教育，教给他主持国家事务的种种秘诀，还把许多神秘奇幻的宝物留给了他。

安库斯·玛尔策乌斯的两个儿子看到国王分外厚待图利乌斯，猜想塔尔库依尼乌斯一定是想让图利乌斯继承王位。他们哪里甘心让本应属于自己的王位被剥夺啊，于是，他们设计杀害了国王塔尔库依尼乌斯。王宫里早已乱作一团，只有王后塔娜库伊尔还保持着清醒。她命令祭司把国王的尸体保存好，封杀国王的死讯，对外只说国王身受重伤，不能亲临朝政，而由图利乌斯接管宫廷事务。玛尔策乌斯的两个儿子以为塔尔库依尼乌斯真的没有被杀死，急忙逃出罗马。

出身低微的赛尔维乌斯·图利乌斯

赛尔维乌斯·图利乌斯是罗马唯一一位没有经过选举而登上王位的君主。塔尔库依尼乌斯刚一去世时，图利乌斯只是奉王后命之执政，而并非真正的国王。后来，人们慢慢地适应了这位新君主，元老们也不得不承认图利乌斯为新国王。

图利乌斯上台后不久便实施了伟大的改革，即颁布"赛尔维乌斯宪法"。"赛尔维乌斯宪法"的目的首先是通过居民平等建立一支强大的平民军队。贵族在军队中的特权被取消了，不过，贵族的其他特权都还保留着。无论贵族还是平民，一律分成具有选举权的六个等级，每个等级都分成百人团，每个百人团在百人团会议中拥有一票。虽然图利乌斯为建立民主政治做了很大努力，但当时真正民主的条件尚未成熟，贵族们在实际生活中依旧充当着最重要的阶级。

古罗马元老院议员浮雕
古罗马元老院议员基本由清一色的贵族组成，元老们拥有极大的权力，新国王必须得到元老院的承认才能行使权力。元老院在限制国王独裁上起了积极作用，但它处处为贵族谋福利而漠视平民利益，经常使阶级矛盾激化。

人们按财产决定地位和划分等级以后，图利乌斯把民众召集到罗马城与台伯河之间的空地上，举行宣布新宪法的仪式。祭供完女神卢阿像以后，图利乌斯向围在空地中央的神坛周围的八千多民众宣布："这样的财产评估与等级的划分每五年举行一次，这将鼓励罗马人自强不息的精神。"图利乌斯环视了一下四周，接着说："我还将宣布，我将把自己的两个女儿嫁给已故国王塔尔库依尼乌斯的两个儿子，以表达我对老国王的仰慕。"罗马人对新国王的这一举动给予了热烈的掌声。图利乌斯还进行了一段煽情的演讲："罗马城建在五座山坡上，埃斯库依岭和维弥娜利斯山上则长着树木。这七座山，即阿文丁山、帕拉丁山、策利乌斯山、库依律娃利斯山、埃斯库依岭山、维弥娜利斯山、卡皮托尔山是罗马的全部，七座山城将坚如磐石，彪炳史册。"此后，"七座山城"成了罗马的代名词。

随后，罗马人为新国王图利乌斯的两个女儿与前国王塔尔库依尼乌斯的两个儿子举行了婚礼，但婚礼的不协调却造成了罪孽的爱情和冷酷的谋杀。

图利乌斯的大女儿图利亚是一个性情粗野、行为放荡的女人，而她的丈夫，塔尔库依尼乌斯的长子却是一位弱不禁风的懦者。文静、柔弱的图利亚的妹妹却嫁给了野心勃勃的卢茨乌斯。命运使然，卢茨乌斯和图利亚对不如意的婚姻充满了抱怨，他们相信他们俩才是天造地设的一对，于是，他们经常偷偷地约会，做一些伤风败俗的勾当，最后，这两个阴险恶毒的男女开始设计谋害自己的配偶。当婚姻的障碍被移除后，他们又恬不知耻地另行结婚。虽然这消息在罗马的"七座山城"很快传开了，但由于卢茨乌斯组建了一支忠实于自己的卫队，使国王和居民失去了直接联系，图利乌斯依然被蒙在鼓里。

卢茨乌斯与图利亚的野心并没有就此结束，而是越发膨胀，卢茨乌斯居然打起了罗马王位的主意。当一批因受到图利乌斯法律约束的人来投奔卢茨乌斯时，这两个不肖宫廷子女认为时机已经成熟。卢茨乌斯本打算通过元老院使国王让位，但图利亚却恶狠狠地对丈夫说："如果你重视我们的爱情，你就应该推翻我父亲，把他送到极乐世界，只要我父亲还活着，罗马人就会把他视为君主，他们会助他夺回王位。"女儿对父亲已经没有一丝的留恋，听到妻子大义灭亲的想法，卢茨乌斯坚定了信心，他带领他的卫队发动了一场宫廷政变。稍有抵抗或是提出异议的大臣都惨死在了卢茨乌斯的利剑下。一路上边砍边杀，卢茨乌斯来到了元老院的会议大厅，一个健步坐到了象牙宝座上。图利乌斯也来到元老院会议大厅，竟被眼前的一切惊呆了，他怎么也不会想到自己的女婿竟坐到了象征王位的宝座上。

图利乌斯招呼着比他还要慌张的大臣们把篡位的女婿赶下去，但却看不到一只援助之手。在卢茨乌斯利剑的威胁下，所有的人都失去了反抗的能力。图利乌斯彻底绝望了，他猛地朝象牙宝座冲过去，伸出一双曾经为罗马带来辉煌的瘦弱的手，想把卢茨乌斯拽下来，但他反而被女婿推下了台阶。图利乌斯挣扎着从地上爬起，望了一眼洛摩罗斯曾经坐过的象牙宝座，转过身走出了大厅。

卢茨乌斯用武力成了名副其实的国王，他环顾大厅，向元老们宣布："从现在起，洛摩罗斯的法典取消，赛尔维乌斯宪法也被取消，我将成为全罗马至高无上的国王。"卢茨乌斯忠实的卫士们欢呼着。

走出元老院大厅的图利乌斯踉踉跄跄地走进狭窄的塞泼律斯胡同，那里有他在成为罗马国王之前的住宅，胡同里的人们都退避三舍，他们害怕篡权者的陷害。当图利乌斯已经看到自己的房子时，卢茨乌斯派来的密探从背后向这位可怜的国王刺了一剑，图利乌斯就这样被自己的女儿和女婿害死了。

一辆马车飞驰而来，图利亚端坐在车上，她紧抓缰绳，驱赶着马车一路狂奔，像是急切地想得到某种消息一样。当一具尸体挡住马车的去向时，图利亚才如释重负地发出胜利的呼喊，再度扬起马鞭，马车驶过图利乌斯的尸体向远方奔去。

为了纪念图利乌斯为罗马做出的贡献，罗马人在幸运女神庙内建立了图利乌斯的巨大雕像。图利亚害怕父亲的阴魂会缠着自己不放，决定把雕像投到祭祀的火焰中烧掉。当她面无表情地来到父亲的雕像前时，雕像抬起一只手遮住了自己的眼睛，图利亚被雕像的举动吓得瘫倒在地，忙命人用布把雕像遮盖起来。从此以后，罗马进入到了一段恐怖的历史时期。

英雄不朽　莱奥尼　意大利

对国家和人民有贡献的人，人民会永远记得他。为了纪念图利乌斯为罗马做出的贡献，罗马人在幸运女神庙内建立了图利乌斯的巨大雕像。

驱逐傲王

卢茨乌斯·塔尔库依尼乌斯当上罗马的国君后，取消了百人团、元老院和政府最高机构。为了建造庞大的建筑，他提高税赋，四下搜刮。和所有的暴君一样，他以为用巨大的建筑、胜利的战争和隆重的节日就可以把人民对他的仇恨掩盖起来，就可以让人民忘却以前的自由。然而，人民对暴君的反抗与日俱增。不过，也正是这些卢茨乌斯时代的建筑给罗马留下了不少美丽的传说。

卢茨乌斯·塔尔库依尼乌斯为了得到大量的金钱，不断地袭击拉丁姆地区的其他国家，在被占领的地区，他派人对当地隐藏的珍宝进行调查，然后再进行掠夺。

罗马人占领了伽比城，卢茨乌斯也照例在伽比城安排了代表，愤怒的伽比人并没有向罗马人屈服，他们驱赶了罗马国王的使者，但他们对罗马联盟还是十分忠诚的。卢茨乌斯恼羞成怒，他没有想到连小小的伽比城也会不安分守己，于是率领罗马军队征讨伽比城，谁知道竟被伽比人打得大败而逃。卢茨乌斯哪里会善罢甘休，可怎样才能再次占领叛逆的伽比城呢？

　　"如果硬拼，只会让伽比人更加仇恨罗马，所以只能智取，可怎么个智取法呢？"最后，卢茨乌斯想出了一个冒险的苦肉计，他把儿子赛克思吐斯暴打了一顿，直到儿子的全身被皮鞭抽得皮开肉绽为止。然后，赛克思吐斯去了伽比城，对伽比人可怜地哭诉父亲的残暴和虐待，希望能骗得伽比人的同情与信任。起初，伽比人并没有被罗马国王儿子假惺惺的眼泪和无耻伪善的姿态所骗，他们极力地排斥赛克思吐斯，但在赛克思吐斯全力诅咒父亲和极尽诡辩之后，伽比人还是给他留下了一块栖身之地。

　　赛克思吐斯十分聪明，尽管伽比人对他处处防备，要求苛刻，但在他的"努力"之下还是步步高升，直到被任命为军队总指挥。而且，赛克思吐斯还对伽比人信誓旦旦说要推翻残暴的罗马国王的统治，至此，伽比人对罗马儿子的防备之心彻底放松了。

　　看到时机已经成熟，赛克思吐斯派心腹前往罗马。卢茨乌斯·塔尔库依尼乌斯听到儿子在伽比城的消息后十分高兴，他把儿子派来的使者领到罂粟盛开的花园里，把花朵统统割下来。当使者困惑地把国王的"无言指示"转告给赛克思吐斯时，聪明的儿子立即明白了父亲的用意，父亲是指示自己对待伽比城里的关键人物像砍罂粟花一样砍掉他们的头。

　　对于父亲的指示，赛克思吐斯丝毫不敢怠慢，他在城内散布谣言，败坏那些头面人物的名声，然后再顺应群众的意思，把这些人抓起来判处死刑。就这样，伽比城里那些可以独当一面的人物不是被暗杀了就是被赶了出去。

　　没过多久，在卢茨乌斯的率领下，罗马军队来到了伽比城下，赛克思吐斯打开城门迎接父亲的到来，伽比人再一次沦落到罗马的残暴统治之下，大批大批的金银珍宝被运往罗马。

　　一天，正当罗马人用抢来的财物建造宫殿时，一条巨蟒的出现吓得人们魂不附体，卢茨乌斯更是心惊肉跳，他对自己篡夺来的王位非常紧张，于是决定派人去当时世界上最有名的德尔斐神庙，问此蛇到底是主凶主吉。最后，卢茨乌斯的两个儿子梯拖斯、阿宏斯和他姐姐的儿子卢茨乌斯·尤斯梯奴斯·布鲁图被派去遥远的德尔斐神庙。

　　三个人顺利地完成了卢茨乌斯交给的任务。

"阿宏斯，我们何不问一下父亲死后该由我们三兄弟谁来继承罗马王位呢？"梯拖斯别出心裁地向兄弟建议道。

阿宏斯对此也极其地感兴趣，二人得到的神谕是："第一个亲吻母亲的人将获得罗马王位。"阿宏斯和梯拖斯不解其意，究竟谁会第一个亲吻到母亲呢？既然是神谕，那只有听天由命了，但兄弟俩发誓，绝不让留在罗马的赛克思吐斯知道这件事，这样，他们就少了一个竞争对手。

蹲在神庙角落的布鲁图在任何人眼中都是一个傻乎乎的人，他有着一副可爱的模样，胆小怕事，国王霸占了他的财产他却毫无反抗，宫廷里的所有人都认为他是一个微不足道、毫无妨碍的人。卢茨乌斯派他到德尔斐神庙去，也只是为了使他的两个儿子在半路至少有个取笑的对象。其实，布鲁图是个聪明的人，他对国王舅舅的暴行极端仇恨，只是躲过了每个人的眼睛。听到神谕后，布鲁图领会了其中的谕意，当三人离开神庙的时候，他故意从台阶上摔了下去，双唇贴到了地面。

回到王宫后，三人得到消息，国王率罗马军队去征讨罗图勒人了，并留下命令，让三人回宫后迅速到前线参战。

罗图勒是个强悍的民族，尽管罗马军队从四面八方把京城阿尔特尔包围了起来，罗图勒人还是没有向罗马人屈服，而是顽强地抵抗着，罗马人一时难以攻下城池。

在这种持久战面前，卢茨乌斯的三个儿子觉得无聊，开始寻找乐子。

"亲爱的卡拉梯奴斯，听说你的妻子对你非常忠诚，不如我们三兄弟来和你打个赌，我们现在立即返回罗马，看谁的妻子对丈夫忠诚，谁就赢得这场比赛的胜利，将来攻陷了阿尔特尔城，城里的珍宝就给谁，你说怎么样？"赛克思吐斯对罗马将领卡拉梯奴斯将军说。

卡拉梯奴斯将军本对这种事极其反感，他从来不怀疑自己的妻子，更没有必要怀疑别人的妻子，但在三兄弟尖刻的嘲笑下，他还是与三兄弟一起深夜回到了罗马。

在国王的宫殿里，三兄弟的妻子们正大摆宴席，乐师们来来回回地吹奏献艺，赛克思吐斯气得大骂一阵，驱散了宴会。然后四个人来到了卡拉梯奴斯

伊特拉斯坎斗士

公元前 509 年罗马贵族们推翻了专制的第三代伊特拉斯坎国王，图中的青铜武士象征他们。此后罗马人建立起一个崭新的共和制国家。

家里。

卡拉梯奴斯的妻子卢克蕾茨亚正在客厅里纺线，国王的三个儿子只好认输，四个人又风尘仆仆地赶回了前线。

第二天深夜，赛克思吐斯悄悄地回到了罗马，他被美丽的卢克蕾茨亚迷住了。当他出现在卡拉梯奴斯的家里时，柔弱的卢克蕾茨亚惊呆了。卢克蕾茨亚是个善良贤惠的妻子，当被赛克思吐斯蹂躏后，她派人给丈夫、父亲和布鲁图送去消息，然后用一把尖刀结束了自己的生命。

三个男人赶到现场时，卢克蕾茨亚已经惨死。布鲁图颤巍巍地从卢克蕾茨亚胸口拔出尖刀，一改往日傻乎乎的模样，眼睛里充满了愤怒。他来到广场上，对早已围在那里的人们进行了一场伟大的演说，他号召人们起来反抗暴君的统治，"打倒暴君"的口号响彻宇宙。

起义开始后，人们占领了王宫，因为罗马城内的军队都在阿尔特尔前线，罗马城很快被起义军占领了。布鲁图还率军开赴阿尔特尔前线。卢茨乌斯见大势已去，带领两个儿子逃到了伊特卢利阿，赛克思吐斯则因罪恶累累被永久留在了伽比城。从此，罗马改制成共和制，经过元老院和百人团选举，布鲁图和卡拉梯奴斯成了罗马的第一批最高行政长官。

布鲁图之死

当罗马暴君卢茨乌斯·塔尔库依尼乌斯被推翻时，罗马人并没有夺取国王性命，使得他能够顺利逃脱。然而，卢茨乌斯并没有对罗马人民的宽容产生感激，相反，他在栖身国伊特卢利阿的克罗西乌姆城时刻都在关注着罗马国内的情况，甚至急切地想着复仇，想再次登上罗马王国的宝座，想成为意大利的主宰。

受自尊心的驱使，卢茨乌斯并没有煽动伊特卢利阿对罗马发动战争，尽管克罗西乌姆的国王波尔塞纳对他非常支持。卢茨乌斯希望凭着自己的力量逐步实现自己的复仇大业。

卢茨乌斯虽然是个暴君，但在罗马国内他也有相当一部分追随者，这其中就包括布鲁图的儿子和卡拉梯奴斯的侄子们。卢茨乌斯正是想凭借这批力量以实施自己的计划。

一切都按着卢茨乌斯的计划进行着，看一切准备就绪，卢茨乌斯派使者到罗马城索要自己的财产。罗马人民和行政长官答应了归还国王的财产，甚至愿意尊重他的王国体制，把罗马王国还给他。

但是，使者来到罗马城的任务并不只是这些，这些只是明里的表象而已，卢茨乌斯交给他们的实际任务是暗地里进行密谋，以推翻行政长官的统治。

国王的使者很快与罗马城里的那些王国体制的拥护者取得了联系，并相约在一个拥护者的家里聚会议事。那天，那家的其他人员都被安排到田地里劳动去了。国王的拥护者聚在一起，排成一队人马向家里走来。事也凑巧，去田地里劳动的一个奴隶发现自己忘带了工具，当他回到家里取了工具刚要出门时，发现包括他的主人在内的一群人正要进屋。这个奴隶怕主人会因自己的疏忽而责备自己，忙躲进了一个衣橱里。

"大家都是国王的拥护者，我们的国王在奸人的陷害下背井离乡，但他却时刻关心着大家，希望我们大家共同努力，恢复以前的罗马辉煌。"奴隶从衣橱的缝隙里把外面发生的一切看得真真切切，布鲁图的几个儿子正把一些信件递到一些人的手上，这些人之中有卡拉梯奴斯的几个侄子，他们刺破手臂上的血管，让血滴到一只酒杯里，然后每人喝了一口。这个奴隶马上明白了这些人的企图，他们是想颠覆罗马共和国啊。

当这群人走了以后，这个奴隶在衣橱里发呆了好一阵子，怎么办呢？该不该把主人的这一计划说出去呢？最后，他走进了普泼利乌斯·法莱利乌斯的家。普泼利乌斯是一个律师，由于为民众赢得了很多官司，深得民众的爱戴，他的客厅里常常聚集着一群罗马的无产者。这个奴隶把自己的遭遇告诉了普泼利乌斯，希望他能为自己拿个主意。这个穷人的律师立即把这一消息向罗马最高行政长官做了报告。

得到消息的布鲁图立即派人搜查了国王使者的住所，在那里搜到了相关罪证。布鲁图的内心大为震惊，他没有料到自己的儿子竟会卷到背叛自己的事件中去。对国王的使者，罗马人没有裁决的权力，因为他们享有特别优待权，但布鲁图将如何对待自己的儿子们和背叛罗马共和国的罗马人呢？

第二天，谋反案件由两个最高行政长官——布鲁图和卡拉梯奴斯在罗马广场公开审理，罗马人很早就来到了广场，广场被围得水泄不通。人们争先恐后地向台上看，叫喊声、咒骂声、口哨声响成了一片。

布鲁图的脸阴沉着，面对两个儿子，他实在无法想象他们竟会背叛自己。他高高地举着手里作为罪证的信件，高声对台上的两个儿子说："梯拖斯和台伯里乌斯，告诉你们的人民，你们是自愿参与谋反的吗？"

没有听到任何回应，布鲁图的脸更加昏暗了，他直视着两个儿子，像是要把他们融化到自己的骨子里一样，片刻之后才缓缓地说："沉默即代表你们承认你们的罪行了，梯拖斯和台伯里乌斯，你们虽然是我的儿子，但我不能为了你们而对不起罗马的人民。你们先被判处斧劈刑，处死前先行鞭刑。请执行命令吧。"

百人团执政官布鲁图青铜雕像

古罗马人经常在公共场所或圣所为他们的首领塑像，以此来抒发敬仰之情。百人团第一任执政官布鲁图，在推翻傲王卢茨乌斯专制统治中功不可没，古罗马人为了表示对这位贵族的敬意专门制作了此雕像来纪念他。

台下的人们嘘成了一片，但他们并没有在布鲁图眼里看到悲伤，作为父亲的布鲁图瞪着眼睛，如同一尊僵硬的雕像。当他的两个孩子的脑袋滚落到石板上时，他没有低头看上一眼。多么无情的一个父亲啊，可又是多么伟大的一个父亲啊。

接着，布鲁图转过身，对其他的谋反分子说："你们知罪了吗？"

一阵沉默，没有任何声响。

人们已经意识到下面要发生的事，垂下目光，等待那一刻的到来。

卡拉梯奴斯并没有布鲁图的铁石心肠，他是多么希望能救下自己的侄子们啊，那是他姐姐的孩子啊，如果侄子们有个三长两短，他是多么无颜面对自己的姐姐啊。

"我希望能动用向全民请示的权利，请求最高行政长官宽恕我的侄子们，他们只是一时受国王体制的迷惑，被国王的花言巧语打动了，他们还只是个孩子，无能力辨别是非。而且，我们答应过归还国王的财产，这正好误导了他们，亲爱的布鲁图，请考虑到这一切，饶恕这些孩子们吧。"

广场上已经哭成了一片，人们同情这些年轻人，但并不是同情那些出卖国家的人。最后，关于宽恕的请求遭到了拒绝，谋反的叛徒得到了应得的下场。

一直如雕塑般的布鲁图终于抑制不住内心的悲痛，大滴大滴的眼泪顺颊而下。为了赢得罗马人的信心，他失去了仅有的两个儿子，在布鲁图看来，这又是必须割舍的。而卡拉梯奴斯则惭愧地辞去了最高行政长官的职务。普波利乌斯作为罗马的有功之臣，接替了卡拉梯奴斯的职务，还被元老院接纳为平民委员。为了区别贵族委员，平民委员被称为"写上去的人"。

经过这一事件，国王的财产被民众瓜分了，土地归于国家，憎恨国王的人们再也不打算宽恕傲王卢茨乌斯。

卢茨乌斯也同样被罗马人激怒了，他不想求助于强大的泼尔塞纳，而是想方设法地说服塔尔库依尼人对罗马进行征讨。维几人曾数次输给罗马人，经过挑唆，便组成军队与卢茨乌斯招募来的军队汇合一处，浩浩荡荡地向罗马推进。

布鲁图率罗马军队迎战，然而，当他冲锋陷阵时，被卢茨乌斯的一个儿子杀害了。罗马人在普泼利乌斯的率领下继续战斗。夜幕降临的时候，双方还是不分胜负。

夜深了，一个洪亮的声音在战场附近的树林里回荡着："胜利是属于罗马的，卢茨乌斯的军队里多伤亡了一个人。"卢茨乌斯派人到树林里找寻声源，却怎么也找不到。

难道这是神的声音吗？难道是神又在保护着罗马吗？

卢茨乌斯的士兵们惊恐万分，他们不敢重上战场，怕触犯神威。维几人则趁着黑夜撤回了本国。

罗马人虽然再次取得了胜利，但却付出了巨大的代价，为了纪念罗马的第一任最高行政长官布鲁图，罗马妇女们穿了整整一年的孝服。

独眼人归来

卢茨乌斯企图恢复罗马王制的第一次战争失败了。在这次战争中，罗马失去了一位伟大的人物，自由的缔造者——布鲁图。卢茨乌斯对于这次的失败虽然很是气恼，但见群龙无首，于是又开始策划了第二次进攻，他决定请求克罗西乌姆国王泼尔塞纳的支持。泼尔塞纳本来不想与罗马人民为敌，不过还是禁不住卢茨乌斯的鼓动，最终决定投入战争。

克罗西乌姆人属于图斯克人，他们有一支庞大的军事力量，装备精良，号称永不战败之师。在泼尔塞纳的率领下，这支军队浩浩荡荡地朝着罗马进发。看到来势汹汹的敌人，罗马军队没有正面抗击，而是隐藏在坚固的罗马城墙后面，以伺时机。

泼尔塞纳命令图斯克人抢占台伯河对岸防守薄弱的亚尼库罗姆山的制高点。赛尔维乌斯墙在靠台伯河附近空出了一段，从亚尼库罗姆山脚下可以直通罗马城，如果克罗西乌姆的军队从台伯河左面合适的地方发动进攻的话，罗马城将很快被攻下，但他们没有。就这样，罗马城得到了片刻的喘息之机。

亚尼库罗姆山上的罗马守军面对强大的攻势毫不畏惧，可是，毕竟兵力相差悬殊，图斯克人很快就兵临罗马城下。只要泼尔塞纳率兵过了城前的一座桥，那么攻克罗马城就如囊中取物了。

为了保存实力，罗马军队争先恐后地从桥上撤向城内，泼尔塞纳的军队趁机向桥上冲来。情况危急，眼看敌军就要上了桥，罗马人慌作一团。

这个时候，如果没有一位能担起责任的英雄出现，罗马将毁于一旦。罗马是受众神护佑的，所以，众神同样安排了这么一位能拯救罗马的英雄适时地出现。

贺雷梯乌斯是步兵队的老兵，他曾参加了罗马对伽比的作战。在战争中，他冲锋陷阵，英勇无比，在战争快结束时却不幸失去了一只眼睛。后来，人们习惯叫贺雷梯乌斯"库克莱斯"，即"独眼人"的意思。

看到声势浩大的敌军，贺雷梯乌斯也着实吓了一跳，但很快便镇静下来。他阻止住士兵的后撤，高声命令道："勇敢的罗马人，我们现在的唯一任务就是把台伯河桥拆掉。"

听到这位普通士兵的命令，很多人表示了怀疑。看到士兵们无动于衷，贺雷梯乌斯拔出刀，脸上出现了令人畏惧的神情："你们可以不服从我的命令，但你们不能不服从我这把刀的命令。"

"可是，可是，敌人会等我们顺利地拆除台伯河桥吗？他们会想方设法阻止我们行动的。"一个士兵胆怯地对独眼人说道。

贺雷梯乌斯哈哈大笑起来："你是多么的聪明啊，可我们必须在敌人过桥之前拆掉这座桥，你们只需按我的命令行事，如果谁妄想先逃进城，谁就会成为这把刀的试刀石。"

面对不是统帅的统帅，士兵们依然迟疑不决。

这时，两个士兵走到贺雷梯乌斯眼前，鼓足勇气说："好吧，库克莱斯，我们愿意听从你的命令，和你一起战斗。"

贺雷梯乌斯坚毅地点着头，没有露出半点怯敌之色。受独眼巨人的感染，他的两个伙伴也信心百倍。三个人调转头，把刀剑当利斧，用长矛做撬棒，不一会儿，台伯河前的小木桥被拆除了。

像罗马人预料的那样，敌人并没有眼睁睁地看着桥被拆除，克罗西乌姆的军队蜂拥而上，冲上台伯河桥。面对强大的敌人，贺雷梯乌斯和他的两个伙伴显现出了惊人的镇静。他们一字排开，奋力抵抗着敌人的进攻。克罗西乌姆军力虽多，但桥上的地势是一夫当关，万夫莫开，每排只能通过三四个人，而这三四个人刚走上桥来，便成了贺雷梯乌斯的刀下鬼。罗马人飞舞着利剑，闪电般地攻击着敌人。

图斯克人做了很大努力，一直没能占领台伯河桥，死在桥上的士兵已经堆成了山，后面的士兵更是难以靠近台伯河。泼尔塞纳命令图斯克人搬运死者的尸体，然后再向桥上冲。这样来来回回好几次，图斯克人还是没能冲上台伯河桥半步。

看到眼前又堆积如山的敌人的尸体，贺雷梯乌斯仰天大笑道："敌人的血才使得我的剑变得更加锋利。泼尔塞纳，命令你的士兵们冲上前来吧，我会让他们死得更痛快一些。"

贺雷梯乌斯的两个伙伴备受鼓舞，他们站在独眼巨人的身后，怒视着桥下的敌人。

"库克莱斯，我们还从来没有看到像你这样英勇的士兵，对天发誓，我觉得你应该被选为统帅。"两个伙伴中的一个高声对贺雷梯乌斯说。

贺雷梯乌斯没有转过头来，他的话语中带有命令的口气："伙伴们，我已经听到台伯河桥发出了报警声，如果你们相信我的勇气，赶快离开这里，再犹豫已经来不及了，这里有我一个人已经足够了。"

望着桥头迟迟不敢行动的敌人，两个伙伴欣然从命。虽然他们很想留下来与贺雷梯乌斯并肩作战，但他们相信独眼巨人对付这些已经丧胆的敌人绰绰有余。

敌人尸体再一次被清除了，又一轮激烈的进攻开始了。虽然这次的对手只有一个人，但图斯克人的运气并不比第一次好。一排排的人倒下了，一排排的人又冲了上来。

贺雷梯乌斯再勇猛，也抵挡不了万马千军的来回冲击。他一步步地向后退却，敌人一步步地向桥上逼来。突然，贺雷梯乌斯身后一声巨响传来，台伯河桥在罗马人的努力下终于断裂了，碎片随台伯河的急流瞬间消失了。

敌人沮丧着脸，贺雷梯乌斯却欢呼着，终于完成了任务。他朝敌人吹了声口哨，然后纵身跃进滔滔的台伯河中，在岸上迎接他的是孤军奋战的罗马人民。

莫茨乌斯和克雷利亚

对罗马速战速决的计划失败后，泼尔塞纳命令图斯克人攻打亚尼库罗姆的罗马部队，自己率领主力向北推进。图斯克人跨过台伯河和阿尼奥河，来到了罗马城下，把罗马城围得水泄不通。罗马与外界的联系被切断了，罗马城面临着生死存亡的时刻。

乱世出英雄，在七座山城最艰难的时刻，站出了英雄贺雷梯乌斯，同样也造就出了像莫茨乌斯和克雷利亚这样的英雄人物。

莫茨乌斯出身贵族，面对图斯克人的围势，他心急如焚，怎样才能迫使敌人后撤呢？最后，莫茨乌斯想出了一个大胆的计划，那就是刺杀泼尔塞纳国王。

勇敢的年轻人不知从哪里找来了一套克罗西乌姆士兵的军装，虽然穿起来小了点，但战场上衣不合身的士兵有的是，莫茨乌斯相信这一点并不会影响图斯克人对他的怀疑。他把一把匕首藏在胸前的衣服里，然后趁夜幕降临的时候悄悄来到克罗西乌姆的大营。

这天正好是图斯克士兵发军饷的日子，军营里乱哄哄的，人们相互拥挤着向布置华丽的中心大营走去，莫茨乌斯混杂其中，没有任何人会想到一个罗马人会在他们中间，否则那该是如何一个景象呢？

在中心大营，士兵们排成一队缓缓前行。最前方两把椅子上坐着两个人，一个人一边唠叨着一边把铜钱发给士兵，另一个人则在一旁一声不响地打量着领铜钱的士兵。莫茨乌斯毕竟还年轻，他认定了那个发铜钱的人就是国王泼尔塞纳。目标离莫茨乌斯越来越近了，他在心里祷告着。当他毫不犹豫地把匕首刺向那个发饷钱人的胸口时，他才知道自己是多么的愚蠢。自己那没有颤抖的手臂竟然因年少无知而没有完成使命，想到此，莫茨乌斯痛恨不已，但已经被束紧的双手没有办法再刺出第二刀了。

"年轻人，这计划是只有你一个人还是你只是其中之一呢？"泼尔塞纳对被捆在眼前的莫茨乌斯笑着问道，以此来缓和敌我矛盾。

"告诉你，还有很多像我这样的人准备行刺你，他们不会像我这么头脑简单，所以你要时刻提防你的脑袋。"为了吓唬泼尔塞纳，莫茨乌斯大声地叫嚣着。

泼尔塞纳显然很希望能了解更多的情况，他把身体向莫茨乌斯挪了挪："是吗？如果你能把更多的情况报告给我，我会当场让你获得自由。"

莫茨乌斯拒绝地摇摇头："克罗西乌姆国王，你想错了，既然我有胆量来刺杀你，就没有想过要活着回到罗马，为了罗马全城的自由而牺牲，我觉得值得。"

泼尔塞纳哈哈大笑起来，他端坐在椅子上，威胁说："是吗？我有办法让你把全部的秘密告诉我，如果你现在改变主意还来得及。"此时，早有士兵把一盆燃着的木炭端到中心大营里。

莫茨乌斯明白了泼尔塞纳所指，他毫无惧色地说："你可以把我活活烧死，但勇敢的罗马人不劳你大驾。"说着，莫茨乌斯伸出右臂。熊熊的烈火窜到他右臂的衣衫上，最后他的右臂化成了一段残肢。莫茨乌斯脸上的汗大滴大滴地向下掉，却没有喊一声痛。中心大营里的图斯克人嘘成了一片，他们惊愕地张大了嘴巴，望着眼前这个为了自由而不惜献身的罗马人。泼尔塞纳也被眼前这个年轻人震撼了，这个乳臭未干的小伙子在没有国王命令的情况下，竟敢做出如此大胆的尝试，这是怎样的一个民族啊！

出于对莫茨乌斯的敬慕，泼尔塞纳把他送回了罗马，并愿意与罗马人进行和平谈判。莫茨乌斯受到了罗马人的热烈欢迎，罗马人还亲热地称莫茨乌斯为"斯策沃拉"，即"左手"的意思。

根据最初的谈判，图斯克人撤出亚尼库罗姆，而罗马人需要向图斯克人送十二名贵族姑娘作为人质。为了表示诚意，罗马人把十二名贵族姑娘送到了对方的军营。

在这十二名人中，有一个姑娘叫克雷利亚，她不堪忍受被拘押的耻辱，说服了其他姑娘逃离敌营。在克雷利亚的带领下，姑娘们骗过了守卫，一起跳进了台伯河。当图斯克人发现她们的逃跑意图，威胁她们游上岸来，并不断地向台伯河里射箭、投掷石块，姑娘们不为所动，拼死向对岸游去。

罗马人纷纷赞扬姑娘们的勇敢，但元老院为了能取悦对方，以使谈判取得成果，最终还是把这十二个姑娘送了回去。

"难道你不怕死吗？"泼尔塞纳阴沉着脸问罪魁祸首克雷利亚。

克雷利亚正视着泼尔塞纳："作为罗马的儿女，我有什么资格怕死呢？罗马将永远是一个伟大的民族。"

泼尔塞纳阴沉着的脸露出了笑意，愤怒的神情不见了："勇敢的罗马姑娘，你的勇敢可以使你与许多男子相媲美。我宣布你将获得自由，而且你可以挑选几个人质，回到你神圣的国家去吧。"

没过多久，泼尔塞纳没有提出任何条件便率军撤出了拉丁姆地区。

卢茨乌斯企图依靠图斯克人帮助他重登王位的希望彻底破灭了，于是，他又求助于拉丁城图斯库罗姆的支持。在此执政的是卢茨乌斯的女婿，所以，他很快又组织了一支队伍征讨罗马。

双方在勒基罗斯湖旁展开激战，很长时间都相持不下，最后在神的介入下，战争才分出了胜负。此后，罗马时代的最后一个国王傲王卢茨乌斯败走库麦城，不久绝望而死。

和平演说

随着卢茨乌斯的死去，罗马的王权复辟势力被彻底消灭了，随之而来的却是另外一种更大的威胁。

布鲁图任行政长官期间，被傲王废除的赛尔维乌斯宪法又重新获得了尊重，贵族们在这一法律中找到了为自己服务的文字，其实他们并不注重宪法的精神实质。元老院与百人团的矛盾日益尖锐，百人团会议上颁布的每一项法律，如减轻赋税、取消债务法等都遭到了元老们的极力抵制。在罗马监狱内，严刑拷打和威胁逼供的情况比比皆是，元老们对此却熟视无睹，平民们因此怨声载道。像火山爆发前一样，平民们的怒气如同翻涌着的岩浆，只要开一个小口，他们便会喷薄而出。

一天，罗马广场上出现了一个衣衫褴褛的人，他大声地叫喊把一大群人吸引到了广场上。看到眼前的青年穷困到如此地步，人们纷纷向他投去同情的目光。

年轻人看到广场上的人越聚越多，似乎达到了他的某种目的，便站到广场上的最高点，高声说道："居民们，你们一定想问我为何会落得如此落魄吧。你们一定不相信，我曾经是一支军队的首领，我的军队在勒基罗斯湖畔打败了傲王卢茨乌斯的进攻，可结果又怎样呢？"

年轻人越说越激动，脸涨得通红，声调又提高几度："当我回到我的家乡时，看到整个村庄都被夷为平地，荒无人烟，我只得举债以维持生计。由于我没有能及时地归还债务，数次被送进监狱，你们看，这就是我在监狱留下的伤痕。"

说着，年轻人脱掉上衣，露出背上的累累鞭痕，围观的居民们开始喧哗了。

"但是，我还是以自己的劳动还清了所有债务，虽然我身无分文，但我是磊落的。不过，我要诅咒罗

演说者　德拉克洛瓦　法国
麦纳尼乌斯向平民演说目的是使他们以国家民族为重，和代表贵族利益的元老院协调矛盾，促进团结，致力于罗马的和平。

马的这些残酷的法律。”年轻人扬起他的右手接着说。

人群愤怒了，他们也开始用各种语言攻击这些残酷的法律。闻风赶来的贵族元老们看到群情激昂的人们吓得惊慌逃走。居民们的暴动很快发展为起义。他们冲进监狱，释放那些被拘押的人，债务人戴着脚镣和铁链也参加到起义中来。

从平民中选举出的最高行政长官普泼利乌斯·赛尔维利乌斯看到愤怒的势不可挡的民众起义时也震惊了，但他很快恢复了平静，走到民众中间，高声对自己昔日的同伴们说：“居民们，任何人都不会再因债务而纠缠你们，你们只需要安静地等待元老院颁布的新指示，我相信元老院会给大家一个满意的答复的。”

由于普泼利乌斯出身平民，他的话使大家稍微平静了一些。

第二天，正当元老院举行会议讨论有关债务和刑罚时，佛尔西安人的军队迫近罗马。面对内外的困境，最高行政长官们号召人们参加到保卫罗马的战斗中来，并许下诺言，一切合理的要求在战争结束后都能得到满足。

善良的人们相信了最高行政长官们的话，而且他们也不能眼睁睁地看着罗马陷落到外族之手。但是，佛尔西安人被打退后，元老院没有做出任何改变现状的新指示，这也就意味着最高行政长官们的诺言等于零。

平民们又一次愤怒了，平民出身的士兵们也愤怒了，他们掌握着武器，但他们却不能把武器指向自己的同胞，虽然他们心里对那些出身高贵的同胞极其的不满。这时候，一个叫麦纳尼乌斯的人走到士兵队列的前方：“我们深爱着罗马，但我们实在不能再待下去了。我们应该选择一个合适的地方建立一座更新、更好的罗马。我们还要把一切有益的东西带走，包括我们的妻儿、古老的传统法律，一切有害的东西则都留给库依律奴斯吧。”话音刚落，掌声雷动，更多的人聚过来，大家开始讨论迁移的地点，最后，阿尼奥河畔的圣山成了最佳选择。

平民离开了，罗马城内的街道顿时失去了往日的繁华，手工业和商业没有了，留下来的人的正常生活也被打乱了。元老们和贵族们大惊失色，如果这种情况被敌人发现，那么罗马将很快成为被食的猎物了。形势不由得紧张起来。

经过协商，元老和贵族们不得不对平民做出了让步，他们决定设立护民官，护民官不需穿官袍，但他们几乎拥有和最高行政长官一样的权力，如可以宣布任何针对平民的法律无效，可以介入正在审理的案件，阻止执行判决等。此外，元老会还决定降低利息，释放一切因债务被拘押的人。但是，由谁来把这些决议传达给已经移居圣山的平民们呢？而且，这个人要有足够的号召力把平民们从圣山上招回来。最后，演说人麦纳尼乌斯·阿克律帕成了元老和贵族们一致推举的最佳人选。麦纳尼乌斯来到圣山，看到丛林之中拔地而起的新建筑，不由得被平民们这种重建家园的惊人速度而折服。但人们对麦纳尼乌斯的到来却显得非常冷淡，无论他如何宣传新法律的优点，人们总是对此漠不关心。平民们相信，无论他们走到哪里，凭着勤劳的双手，他们都能打造出一片新天地。

　　不管人们是否在听他的演说，麦纳尼乌斯还是给大家讲了一个胃与其他器官的故事："身体上的所有器官都对胃非常反感，在它们眼里，胃只会接纳和享受它们通过劳动而获的成果，多么懒惰的家伙啊。于是，它们开始罢工，目的就是想使胃受到惩罚。腿、手、嘴甚至牙齿都停止了劳动。就这样，持续了一段时间后，它们发现各自的力气都变小了。这时候它们才意识到，如果把胃饿死了，它们也就随着消失了。胃并不是懒惰的家伙，而是它们共同的生命之源。此后，这些器官们开始理智起来，重新为胃供应食物，整个身体才又恢复了健康。"麦纳尼乌斯提高了声音，深有感悟地对居民们说："我们虽然痛恨元老院，但他们是治国中枢，而我们就是那些器官，只有我们大家相互协调，在积累经验的过程中不断进步，罗马才会有所进步啊。"

　　一番话，使平民们放弃了原来的固执，大家随麦纳尼乌斯重新回到了罗马。

母亲的力量

　　在与佛尔西安人的战斗中，罗马涌现出了一位出身贵族的英雄——伽尤斯·玛尔策乌斯。在他的带领下，罗马军队一举夺取了柯里奥利城。从此以后，玛尔策乌斯被称为柯里奥郎。

　　当柯里奥郎从战场上归来时，罗马人给了他至高的荣誉，人们围着他欢呼，把一枚枚的奖牌挂在他的胸前。而我们的这位英雄并没有因为这些荣誉而欣喜若狂，当他再次回到罗马城时，看到了护民官与最高行政长官并存的现象。要知道，这对他的心灵将是怎样的折磨啊。从他注定成为贵族的那一刻起，他就认定，贵族和所履行的职责不是为了顺应权力欲望，而是顺应了上天的意志。平民们不但违背了上天的意志，而且还把护民官的人数从四个升为六个，最后又上升到十二个。对于罗马这个众神保护着的国家来说，怎么会出现这样的现象呢？一切保持原样，那该多好啊。

　　不管事情怎么发展，柯里奥郎都无法接受这个事实。贵族是神任命的，他认为，谁如果破坏了传统，谁就动摇了罗马古老秩序的基础。更使他无法忍受的是，平民们竟敢以巨大的暴力冲击把贵族和平民隔离的神圣的围墙，甚至要求各阶级的居民可以自由通婚、设立平民祭司、选举平民最高行政长官等。

柯里奥郎心中充满了抱怨："神圣的古罗马已经被平民压倒了，这些可恶的人将会把罗马彻底毁灭。难道除我以外的贵族们都没有看到情况危急吗？"

其实，所有贵族都是以一种强抑的愤怒来静观平民们的各种活动。人民的力量是巨大的，虽然贵族手里掌握着政权，但他们并不能一味地按照自己的意愿行事，尤其是在人民觉悟的时候。

长年的对外战争，使罗马城内经济形势每况愈下，大片大片的土地荒芜，国库里虽然有成堆的铜板，但却不能求购到粮食。饥饿的人们开始在街道上大发牢骚了。

也许天上的众神在考验罗马的时候，也给了罗马解决的办法。这个时候，罗马出现了一位救星，他答应免费提供一个船队的粮食。对已经到绝望边缘的贵族和元老们来说，这无疑是雪中送炭。粮仓又注满了粮食。

柯里奥郎终于等来了机会，他向元老院建议，只有当平民放弃设置护民官时，他们才能得到粮食。为了重新实现他的信念，柯里奥郎还和他的拥护者来到大街上，向平民们宣传他的要求和主张。

好不容易才获得一些权利的平民们愤怒地涌到大街上，他们对正在张牙舞爪说服人们的柯里奥郎一顿拳打脚踢。这位在战争中屡立战功的英雄被自己国家的人们打得头破血流，悲哀啊。

在平民的要求下，柯里奥郎被元老院交给了护民官。元老们虽然也对平民恨得咬牙切齿，但他们也觉得柯里奥郎与平民为敌的倾向太过明显，如果对他太过袒护的话，元老院恐怕也会成为平民攻击的对象了。

作为平民的代表，护民官西策尼乌斯提出了对贵族们的控告，演说家麦纳尼乌斯·阿克律帕为被告担任辩护。在辩论中，西策尼乌斯并没有提到柯里奥郎关于取消护民官的提议，而是针对柯里奥郎侵吞属于国库的财产（征讨佛尔西安人所缴获的物品）进行起诉。

尽管麦纳尼乌斯曾以胃和身体各器官的寓言把平民们从圣山上招回，而且这次在辩护中的语言也相当精彩，但柯里奥郎最终还是被判决终身放逐。

贵族们为他们失去一位维护者而痛哭流涕，平民们则兴高采烈地庆祝又一个胜利。

柯里奥郎是可悲的，他告别了他的母亲、妻子和孩子，在平民的声讨中离开了罗马，来到了佛尔西安人的首都安提乌姆。虽然柯里奥郎曾以罗马统帅的身份打败了佛尔西安人，但佛尔西安人还是很乐意接受这个有着丰富战争经验的罗马人。在安提乌姆，他受到了热情的款待。

一个人，即使他恨所有的人，也不能恨他的祖国，而柯里奥郎的错误就在于，为了报复强加给他耻辱的罗马人，他决心毁灭罗马。在这个愤怒者眼里，罗马是他的祖国，更是他的敌人。

佛尔西安人对于柯里奥郎借兵讨伐罗马的请求没有半丝犹豫，他们是多么希望罗马能毁在罗马人的手中啊，他们似乎已经看到了神圣罗马被践踏得体无完肤。

机会是无处不在的。不久，罗马人因为柯里奥郎在安提乌姆住下来对佛尔西安人产生不满，在一次看表演的过程中竟然把佛尔西安人从舞台上赶了下去。

罗马人的这一行为大大激怒了佛尔西安人，在柯里奥郎的率领下，佛尔西安人开始发动了对罗马的进攻，并很快占领了拉丁平原上的许多村庄。身为贵族的柯里奥郎，对占领区的贵族区一律加以保护，而对平民区采取的措施则是夷为平地。

还没有来得及做战争准备的罗马人对柯里奥郎疾风暴雨般的进攻大为惊恐，抱有一线希望的罗马人派元老院的代表去游说曾经是罗马英雄的柯里奥郎。代表们费尽口舌，可最终还是没有动摇柯里奥郎推翻罗马的决心："滚回去吧，元老们和祭司们，我本想为你们讨回众神给你们的权利，但你们却和那些贱民沆瀣一气。不要以罗马是我的祖国而说服我，我相信，罗马必将消失在熊熊的烈火之中。而你们，也必将随着罗马而一起毁灭。"

元老们回到罗马，把柯里奥郎的回答向全体罗马人作了重复。

"请神圣的罗马宽恕我的儿子吧，让我去劝说他，我是他的母亲，同祖国站在一起的母亲一定会使儿子回心转意的。"柯里奥郎的母亲在众怒中向元老院发出请求，之后还有柯里奥郎的妻子和孩子。

柯里奥郎的面前站着两个女人，一个是养育他的母亲，一个是他至爱的妻子。

"孩子，难道你要用最后的行动破坏你的高尚吗？罗马并没有忘记你作为英雄为罗马所做的一切。如果你决意要占领罗马，那请你先从你母亲的尸体上踏过去吧。"母亲老泪纵横地对儿子说。

"还有我，如果你甘心做一个叛徒的话，你也将从我的尸体上踏过。"妻子深情地望着丈夫。

躲在母亲衣服下的儿子对父亲嚷道："你是不会杀我的，等我长大了，我会跟你清算你的暴行。"

柯里奥郎并不惧怕流血和屠杀，但在爱和温情下却战栗得发抖。他弯下腰，把扑倒在脚下的母亲扶起来："母亲，如果我撤兵，我就违反了与佛尔西安人立下的军令状，等待你儿子的只有死路一条，难道你真的愿意眼睁睁地看到自己的儿子客死他乡吗？"

"可是，孩子，我爱你，罗马的女人也同样爱她们的孩子，我只有一个儿子，可罗马城里这样的儿子还有很多很多。"母亲抚摸着儿子的头发，亲吻着儿子熟悉的脸颊。

柯里奥郎望着母亲、妻子和孩子，沉默了许久，然后绝望地摇了摇头："母亲，你救了罗马，可你却失去了你亲生的儿子。"

第二天，柯里奥郎指挥佛尔西安人撤离了罗马。

护民官之死

贵族们拥有大量的土地，而他们占有的这些土地无须缴纳赋税，于是财富越积累越多，这也正是贵族们的经济支柱。长此以往，就造成了严重的两极分化，贵族永远是贵族，平民则永远为平民。

在这一时期罗马的历史上，平民们曾取得一系列的辉煌胜利：护民官的设立、柯里奥郎的放逐……平民们几乎每天都在为各种胜利而进行庆祝。

在这一系列辉煌胜利的映衬下，平民们觉得夺取贵族权力的时机已经成熟，纷纷要求护民官采取行动。

当时，罗马的最高行政长官是斯波律乌斯·卡西乌斯，这是一个对新生事物十分开明的人，他虽然出身贵族，但对平民素来就有好感。在护民官的说服下，斯波律乌斯·卡西乌斯向元老院提出了耕地法的提案。耕地法规定，贵族们所占有的土地和平民的一样，必须缴纳使用税，如果不缴纳赋税，土地将被收归国有。

自从罗马有等级制度而来，贵族们还没有受到过如此的"礼遇"，他们一直是高高在上的上等人。和柯里奥郎的想法一样，在他们看来，所有的平民都是为他们服务的，贵族与平民都是在还没有等级之前众神就已经安排好了的。而这种安排是生生世世的，是任何人任何权力都无法改变的。而这一切，却要因为一些微不足道的平民的言论而改变，对于那些享受着特权的贵族来说，是无论如何也接受不了的。

贵族们愤怒了，他们反对斯波律乌斯·卡西乌斯关于耕地法的提议，但并不敢太过于张狂。他们不想因挫败不忠诚于自己阶级的最高行政长官而再次引起平民起义，否则贵族占统治阶级的时代可真的要一去不复返了。

在百人团会议上，贵族们迟迟不对耕地法进行表决。他们知道，斯波律乌斯·卡西乌斯虽然在贵族中不占优势，但他那最高行政长官的表决权却具有相当大的效力，所以，贵族们的阴谋是先罢黜斯波律乌斯·卡西乌斯最高行政长官的职位，然后再对新法进行表决。

贵族们的阴谋得逞了，当斯波律乌斯·卡西乌斯遗憾地为没有替平民实施成耕地法的同时，他脱下了镶金长袍。这时候，一批早已经对他恨之入骨的高级财政官员，死死地抓住了他，这个可怜的人被投入了监狱。

第一步行动成功后，早已经做好准备的贵族们全副武装地占领了城市的各个重要地点。而等待被罢黜的最高行政长官的命运却和背叛祖国的柯里奥郎一样，斯波律乌斯·卡西乌斯被起诉的罪名是背叛祖国，这是多么可笑的遭遇啊。

提倡立法是不能构成犯罪的，在起诉斯波律乌斯·卡西乌斯的罪状里，跟起诉柯里奥郎的文字一样没有一句立得住脚，可代表贵族利益的辩护师却"挖掘"法律上的每一个字眼，希望能从中找到漏洞，以此来判决这个已经忘本的最高行政长官有罪，因此，案件审理得非常激烈。

"罗马人民可以作证，我所做的每一件事都是站在民族利益的角度上，我完全是着眼于罗马国内的幸福啊。"被拘押在被告席上的斯波律乌斯·卡西乌斯对他的同僚们诚恳的语气中带着希望。

"请不要以罗马人民的口气来为自己开罪，贵族的地位是上天注定的，是受天父朱庇特和洛摩罗斯保护的，而你却与众神为敌，难道你不觉得你已经触犯了天庭的法律吗？"贵族们强词夺理。

斯波律乌斯·卡西乌斯愕然地盯着自己昔日的同僚们，眼光和他的信心一样，没有半分动摇："如果罗马判我有罪的话，我也无话可说，但为了不让敌人乘虚而入，为了使罗马更加有条不紊地发展，调停罗马居民两

元老院百人团会议
随着贵族与平民在耕地法问题上矛盾的激化，同情平民的斯波律乌斯·卡西乌斯站在了平民一边，贵族们无法容忍出身贵族的最高行政长官的背叛，审判并罢黜了他，最后处死了他。

大派别的矛盾势在必行。我并不为我的所作所为后悔，遗憾的是我没有完成这一使命。"

任何言论在贵族们耳中都成了辩解，最后，斯波律乌斯·卡西乌斯被判处死刑，而且，贵族们还把这一残忍的任务交给了他的父亲，围观者则是这位死囚的亲人们，因为行刑的刑场选在了他的家乡。

斯波律乌斯·卡西乌斯死了之后，他的房子被拆毁了，土地和财产被瓜分了。新上任的最高行政长官指示不得继续执行耕地法，这项法律随着它的创始人一起被处决了。

斯波律乌斯·卡西乌斯的儿子们对贵族们的做法非常气愤，他们自愿脱离贵族阶级，成了平民中的一分子。除此之外，他们还带领平民们抗议元老院和百人团对父亲所犯的罪。

其他的护民官同样遭到了贵族们的打击，仅仅屈服了一段时间以后，护民官们又开始站在平民的立场上活跃起来。

战火很快烧到了罗马边界，护民官们号召平民不要加入部队，除非元老院和百人团先宣布实行耕地法。罗马城再一次陷入危机之中。

黑色的一天

法比尔人的祖辈曾是雷姆斯，雷姆斯死后，这一族人归顺了罗马的第一任国王洛摩罗斯。

克索·法比乌斯是法比尔人中所涌现出的第一个最高行政长官。也许是老天有意在考验法比尔人，克索·法比乌斯执政时期，是平民与贵族矛盾最深的时期。克索·法比乌斯曾作为法官判处耕地法的创始人斯波律乌斯·卡西乌斯死刑。

维几是伊特卢利阿人的城市，位于罗马以北。维几城的首领们看到罗马城内矛盾重重，遂出兵罗马。

听到维几出兵罗马的消息，克索·法比乌斯极力去说服平民服从他的意志。但好不容易动员的由平民组成的步兵团在战场上却拒绝执行命令。迫不得已，克索·法比乌斯率领贵族组成的骑兵队向维几军队进攻。英勇的贵族骑兵在战场上冲锋陷阵，但平民步兵却袖手旁观，不理战事。

贵族骑兵虽然取得了胜利，但却无法扩大战果，在敌人撤退以后便也收兵回城。人们欢呼着迎接凯旋的英雄，但克索·法比乌斯下令不准举行任何欢迎仪式，他认为这次战争因为没有平民的参加只取得了一半的胜利。为了惩罚自己的失败，克索·法比乌斯把象征权力的棒斧交给了玛尔库斯·法比乌斯。

维几军队再次进攻罗马，声势比前一次要大得多。平民们与贵族间的矛盾依然存在，但当他们看到祖国面临灭亡的危机时，暂时放弃了实行耕地法的要求，不过他们要求作为独立的军队开赴战场。平民步兵在军团联盟中是由轻武器装备的部队，贵族骑兵是用重武器装备的部队，两支部队一旦分开作战，则是一边缺乏轻武器，一边缺乏重武器，这是多么危险的行动啊。所以，贵族们极力反对平民们提出的要求。

鉴于形势，平民们的要求得到了满足。于是，由平民和贵族组建的两支队伍投入了战场。平民军队由最高行政长官曼利乌斯指挥，贵族军队由最高行政长官玛尔库斯·法比乌斯指挥，两个最高行政长官心里都充满着忧虑。

一天，罗马军营里的神坛被闪电击毁了。士兵们议论纷纷，一致认为这是众神对罗马派别之争的警告。平民们也意识到了独立作战的危险性，便主动与贵族一方和好，恢复成统一的军队。

维几方面并不知道罗马方面的纷争已经消除，出兵叫阵。当罗马方面的贵族骑兵和平民步兵一起冲出来时，维几军队被打得落花流水。只可惜，曼利乌斯在战场上壮烈牺牲。

对于这次的胜利，玛尔库斯·法比乌斯和克索·法比乌斯一样，放弃了欢迎仪式的荣誉。他希望能通过他的努力为罗马赢得内部的稳定，但他的愿望并没有实现。刚刚恢复和平的罗马又出现了内乱，贵族与平民的仇恨和分裂像野火一样重新燃烧起来。

克索·法比乌斯觉得有必要对罗马争论不休的两个派别进行调停。他曾经极力地反对耕地法，并把耕地法的创始人送上了断头台，可现在，他却主张实行耕地法，这是多么大的转变啊。他曾经号称凯旋统帅，有众多的追随者，甚至能够抵挡得住平民的暴动，可为了罗马未

屠杀无辜　普桑　法国
战争的野蛮就在于它制造屠戮、掠夺，人性在那一刻完全泯灭，在这种"不是你死，就是我亡"的血色搏斗中，人类历史显示了它最黑暗的篇章。

来的幸福，这个法比尔人只能动摇自己的立场了。

贵族们没料到这个出身贵族的最高行政长官和前任斯波律乌斯·卡西乌斯一样，背叛了他的出身。他们冲上街头，冲到元老院的会议大厅，高声地叫嚣："这个法比尔人已经疯了，他竟然也向那些贱民屈服了，以往那个克索·法比乌斯哪里去了？罗马真的要成为平民的天下了吗？众神啊，瞧瞧你们护佑的罗马吧。"平民们则欢呼雀跃，他们对克索·法比乌斯的壮举竞相称颂。虽然这个最高行政长官曾是贵族制度的坚决维护者，但在历史车轮的运转下，他却一步步走向了平民的行列。

但是，事实已经向克索·法比乌斯证明，贵族与平民之间的和解时机未到，这个时候实施耕地法，只会把局势越搞越糟。

维几城内的伊特卢利阿人侦探到罗马城内的派别矛盾进一步恶化，开始准备更大规模的进攻。贵族们战前的许诺在战后从没有兑现过，尽管几任最高行政长官都主张实施耕进法，可最终还是没有被元老院和百人团通过。

再一次面对强敌，平民们对最高行政长官们的抗敌号召充耳不闻，他们的条件只有一个，要想平民提供兵源，只有实行耕地法。

贵族一方对于战争准备也无动于衷，他们谩骂着。平民和贵族这次没有再像前几次那样在战争面前暂时和解，情况越来越严峻了。

内外交困，具有英雄气概和献身精神的法比尔人决定力挽狂澜。在克索·法比乌斯的率领下，法比尔族三百零六人单独出城抵御伊特卢利阿人的进攻。克索·法比乌斯没有再尝试去组成平民与贵族的联盟军，他率领着自己的族人，与数量超过自己数倍的敌人作殊死战斗。他非常明白这场战争意味着全族人的牺牲，但他别无选择，是法比尔人别无选择，他们希望能通过本族人的鲜血换回罗马两派的安宁。

很多罗马人都被法比尔人视死如归的精神所打动，他们聚集在一起，与法比尔人一起来到克莱梅拉河旁陡峭的山崖上。法比尔人在山上扎下营寨，趁维几人不注意不断冲下山去，这种小规模的战斗持续了很长时间，给维几军队造成了不小的损失。

法比尔人被不断的胜利冲昏了头脑，他们开始麻痹轻敌。在抢夺一个盆地里的牲口群时，当维几人从四面八方冲出来，法比尔人才意识到中了埋伏。法比尔人一个接一个地倒下去了，直到全军覆没，只有一个十岁的男孩逃了出去。

据说，法比尔人牺牲的那天是七月十八日，后来罗马在阿利阿河被高卢人打败的日子也是七月十八日，所以，这一天被罗马人称为"黑色的一天"。

农民辛辛那图斯

　　自从法比尔全族壮烈牺牲以后，厄运就不断地光顾罗马。埃库尔人不断地骚扰罗马北部，他们破坏农田，抢劫罗马人财产。处在埃库尔人威胁下的罗马人纷纷逃往附近的城市。贵族们逃到城里后同样可以过上安逸的生活，而平民们只能勉强度日。于是，瘟疫在七座山城蔓延开来。据说，两个最高行政长官、四分之一的元老、全部占卜师和全部护民官都在当年那场瘟疫中死去。埃库尔人本想攻打罗马，但听到台伯河畔的城市都在流行黑死病，死了很多人，便吓得逃了回去。

　　也许是众神为了惩罚罗马而故意布置的灾难，瘟疫还没有退去，地震、火山爆发又相继而来。人们相信，世界末日就要到了。

　　自然灾害使得台伯河城畔各城内的秩序一片混乱，贵族青年们成群结队，走上街头向他们痛恨的平民发泄怨气。克索·库茵克梯乌斯就是其中的贵族青年之一，他的父亲是贵族出身的贫困农民卢茨乌斯·辛辛那图斯。辛辛那图斯是一个谦逊朴实、受人尊敬的人，他曾经在与佛尔西安人的战争中屡立战功，具有良好的指挥能力。而他的这个儿子却脾气暴躁、性格粗野，虽然本性并不坏，但由于富有太多的幻想，整日里都在想如何找回罗马王国昔日的辉煌，到处为非作歹。

　　在护民官的提议下，最高行政长官同意把克索·库茵克梯乌斯送交平民审判庭。审判那天，辛辛那图斯陪同儿子来到法庭，他诚恳地请求法庭能宽恕他的儿子，他向法庭列举了儿子立下的赫赫战功，一些贵族和平民也都为这位朴实的农民证实被告曾为罗马立下的功劳。

　　就在这时，一个平民站出来坚持说他的兄弟遭到被告虐待后死去了，本可以无罪释放的克索·库茵克梯乌斯再度被起诉为故意谋杀罪。护民官命令官员为被告戴上镣铐，准备投入监狱。克索·库茵克梯乌斯的贵族朋友们愤怒了，他们不顾官员的阻挡，冲上审判台，朝着护民官和法官叫嚣着。一场殴斗眼看要爆发了。

　　护民官也没有料到形势会发展到这种地步，如果对被告的宣判不改变，贵族们肯定不会善罢甘休，可护民官的判决具有法律效应，是不能说收回就收回的。最后，护民官同意被告交纳三千阿斯钱币罚金便可以获得自由。

　　克索·库茵克梯乌斯被释放了，所交纳的罚金在父亲辛辛那图斯卖掉帕拉丁山上的房子后还清了。辛辛那图斯对儿子说："我替你还清这笔罚金是出于一个

载运粮食
粮草是战争取胜必不可少的物质保障，睿智的统帅不只考虑战略和战术，影响、制约战争的其他因素也会兼顾，以使战争顺利进展。

做父亲的义务，你按自己的意愿去塑造未来吧。我不能左右你的思想，你可以跟那些起诉人继续作对，也可以逃避他们。我是一个平常人，我只想过农民的生活，新的法律并未让我感到一丝欣慰。"说完，辛辛那图斯迁到了寂静的农村。

克索对父亲安于现状的行为难以理解，他认为自己所从事的才是伟大的事业。于是他开始举旗造反。不幸的是，他低估了民众甚至他自己阶级同伴的自由思想。很快他那一小股力量被挫败了，没有人知道他是战死了还是上了十字架。

埃库尔人趁机发动了蓄谋已久的战争。罗马人并没有像埃库尔人想象的那样乱作一团，他们招募了一支强大的罗马联盟军准备应战。为了麻痹敌人，罗马军队故意被埃库尔人包围在营房里，打算给敌人来个出其不意的打击。

事情也并没像罗马人计划的那样发展，一直觊觎罗马的佛尔西安人也蠢蠢欲动。罗马根本没能力四面应敌，对付埃库尔人已很困难了。若能速战速决，各个击破，或许还有可能胜，但在这生死存亡之际，谁能委以重任呢？急难之中，人们想起了辛辛那图斯，人们甚至把他看成了罗马的救星。最高行政长官立即决定任命辛辛那图斯为独裁官。罗马的独裁官享有不受限制的至高权力，如果掌权超过十六天，按照法律，他可以进行六月独裁。一位高级官员被委托去向辛辛那图斯传达决议，官员走了很长的田间小路才在农田找到了他。辛辛那图斯正在犁地，他看到身穿官袍的罗马官员并未惊讶，他吩咐官员稍等，等犁完了地才走上前搭话。

"幸运的辛辛那图斯，你已经被任命为罗马独裁官，将拥有超过最高行政长官的权力。瞧，这是你的权斧，你将用它把威胁我们的敌人赶出拉丁姆。"高级官员挥舞着权斧宣布。辛辛那图斯并没有显现出一点激动之情，他撩起衣襟擦了擦额头的汗，面无表情地说："我的幸福就在这块土地上，我种出粮食养活士兵，同样是为祖国做贡献。对荣誉我从来都不感兴趣。"

高级官员没有想到这样的高官厚禄会被辛辛那图斯拒绝，惊讶得半天没有说出话来。看了看目瞪口呆的高级官员，辛辛那图斯笑道："你可能无法想象一个人会愿意放弃高贵的地位而心甘情愿地去当一个平凡的人吧，那是因为你还不知道平凡人所拥有的乐趣。可是，为了祖国我可以做出任何牺牲，战争胜利后我会重新回到我的土地上来。"

"战争胜利后你还会对权力如此淡然吗？到时说不定会抓住不放呢。"高级官员在心里嘀咕着。

临危受命，辛辛那图斯接过指挥权，全副武装，率领罗马兵团扑向埃库尔人。他命士兵趁天黑在敌军外围打起一道木桩，把敌人包围在木桩中间。拂晓时分，当埃库尔人走出营房准备战斗时，只能无奈地夹在罗马人当中两头挨打。罗马人赢得了辉煌的胜利。最高行政长官以隆重的仪式欢迎独裁官辛辛那图斯的归来。

辛辛那图斯执掌国家最高权力正好十六天，他完全可以进行六月独裁统治，但是毫无权欲的他在凯旋的当天即把象征权力的棒斧交还给了最高行政长官。

罗马人民永远称颂着辛辛那图斯的功绩和美德。为了纪念这位罗马农民，美国东北部的一个城市被取名为辛辛那提。

阿尔乌斯·克劳迪乌斯

罗马注定是多灾多难的，埃库尔人的进犯刚刚被打退，新的战斗号角又重新吹响了。一天，一名叫西策尼乌斯·丹塔图斯的老兵来到平民聚居地，对围观的平民们高声说道："罗马的平民们，我曾是一名参加过 120 场战役的军官，我的身体上留下了光荣的伤疤，为此我曾获得过很多荣誉与桂冠。但是，当我从战场上回来后，发现自己竟然不能获得一片耕地，我冒死夺取来的全部土地都被贵族们占领了，多么可悲啊。平民们，我们应该遏制贵族们的傲慢，使罗马重返公正的时代。"

越听越激动的平民们随声附和着，他们要求颁布耕地法，但他们也意识到眼前最紧要的事就是把迄今为止的所有法律以文字形式全部记载下来。以往的法律都是口头相传的，很容易被任意扭曲，平民则成为其最大的受害者。

贵族出身的阿比乌斯·克劳迪乌斯为了满足自己疯狂的统治欲，以友好的姿态迎合平民们的要求。他提出建议，由十人团制定十二铜表法，十人团被授予全权，团中有五个平民的席位，以显示出民主自由。正巧，有三个罗马法律学者从雅典立法家梭伦处学成归来，也投入到制定十二铜表法当中。

最初，平民寄托在十人团身上的各种期望都基本实现了。虽然土地没有按平民的要求重新调整，贵族和平民间禁止通婚的条文又被列入法律当中，但大多数内容还是有利于低等阶级的。于是，平民们期待着十人团能够把职权交还给平民，并重新选举最高行政长官。

但平民们的计划又落空了。阿比乌斯·克劳迪乌斯利用职权把一切权力都抢占过来，使自己凌驾于一切权力之上，俨然罗马王制下的国王。

平民们愤怒了，要求阿比乌斯·克劳迪乌斯下台的呼声越来越高。但是早已权欲熏心的贵族首领撕下仁慈的假面具，把所有表示不满的人投入了监狱。在这种高压的统治下，平民们敢怒而不敢言。

老兵西策尼乌斯·丹塔图斯看到对平民越来越不利的局势，实在忍无可忍，他勇敢地站出来，对阿比乌斯·克劳迪乌斯展开尖锐的批评。

阿比乌斯·克劳迪乌斯对这个自恃有一身光荣伤疤的老兵非常痛恨，但却无可奈何。他不能像对待其他平民一样把西策尼乌斯·丹塔图斯交给他的执法者们，那样做的后果不堪设想。怎样才能消除眼前这个障碍呢？事出凑巧，跟埃库尔人作战的兵团需要一个久经沙场的老兵当参谋，十人团把西策尼乌斯·丹塔图斯送到战地大营，然后命令不知内情的将士们悄悄地把这一障碍杀害了。

西策尼乌斯·丹塔图斯被杀害的消息很快在罗马传开了，但没有人敢公开控告阿比乌斯·克劳迪乌斯。于是，这位独裁者更加肆无忌惮起来。

一天，阿比乌斯·克劳迪乌斯遇到了一个叫维尔吉尼亚的美丽姑娘，他心中的欲火顿时燃烧起来，姑娘的一举一动都会使这位暴君魂牵梦萦。当他向维尔吉尼亚表达爱情时，姑娘礼貌地拒绝了他。

"阿比乌斯·克劳迪乌斯，我非常感激你的爱情，但我已经订了婚，而且我父亲是平民营兵团的首领维尔吉奴斯，罗马法律规定，平民与贵族是不能通婚的。更何况，你已经是结过婚的人，当你和你的妻子共同吃下一个面包时，已经标志着你们是一个共同的整体了。"

公正女神
古罗马人对公正女神推崇备至，反映了他们对当时诸多不合理现象的不满和对公正的企盼。

阿比乌斯·克劳迪乌斯的爱散发着火热的力量："在罗马还没有离婚的先例，但法律对离婚并没有禁止过，我将成为第一个用行动尝试新法的人。"说完，他走到广场上十二块铜表面前，想亲自把一些有阻于他与维尔吉尼亚爱情的条文抹去，但他此时才意识到他虽然拥有权力，但并不能实现一切愿望。连支持他的贵族们都扬言，如果他实现贵族和平民间的通婚，就要对他实施血的报复。

从广场上悻悻而回的阿比乌斯·克劳迪乌斯对维尔吉尼亚的爱丝毫没有减退，反而更加痴狂。他唤来手下的一名心腹："你去控告维尔吉奴斯，说他的女儿是你的女奴所生。不久之后，维尔吉尼亚将毫无抵抗地属于我了。"

阴谋下的审判

暴虐成性的罗马最高执政者阿比乌斯·克劳迪乌斯利用权力，滥施淫威，操纵审判，严重践踏了罗马法律，平民成为最大的受害者。

心腹依计行事，早已经为暴君卖命的十人团充当审判的法官，阿比乌斯·克劳迪乌斯作为旁听。维尔吉尼亚在父亲和未婚夫的陪同下走到法庭上，善良的维尔吉尼亚对公平的信念丝毫没有动摇。维尔吉奴斯以无可辩驳的证据来谴责原告纯属诬告，可是法官却颐指气使地宣布说："任何一个明眼人都能看出，你的女儿维尔吉尼亚本是人家的女奴。罗马法律是公正的，现在我宣布，维尔吉尼亚为原告女奴。"

任何辩护都是无用的，维尔吉尼亚的未婚夫愤怒地拔出宝剑，冲向坐在法官旁边的阿比乌斯·克劳迪乌斯。贵族们蜂拥而上，捆住了还没有冲到暴君近前的已丧失理智的人。

维尔吉奴斯镇静地看了一眼被交给原告的女儿，似乎对判决的公正深信不疑，他请求阿比乌斯·克劳迪乌斯，希望能再和自己的女儿说上几句话。暴君答应了维尔吉奴斯请求。

维尔吉奴斯把悲伤的女儿拉到一边，平静地说："我可怜的孩子，你的父亲要拯救你的自由和贞洁，不要怪我，这也是我唯一的选择。"一边说着，一边把一把匕首刺向维尔吉尼亚的胸口。女儿倒下的一刻，维尔吉奴斯飞身跳上拴在一旁的战马，摆脱了贵族和官员们的围追，顺利地回到了战前的兵团大营。

听到维尔吉奴斯从罗马带来的消息，士兵们义愤填膺。他们决定，如果不撤销十人团，便拒绝接受任何作战命令。这一拒命的行为在罗马整个军队中蔓延开来，没有任何一种行动能制止这股暴动了。

鉴于形势，十人团决定采取新的妥协以安抚平民，恢复稳定。十人团命两个与平民稍有交往的元老——贺雷梯乌斯和法莱律乌斯起草和解协议，这一协议被称为贺雷梯-法莱律法。新选举出的最高行政长官下令逮捕阿比乌斯·克劳迪乌斯和他的追随分子，但在开庭审判的前几天，深感罪恶深重的暴君在监狱中自杀身亡。

卡弥罗斯凯旋

罗马和维儿是同时发展起来的两个城市，之间的摩擦不断加剧，双方不惜一切代价地兵戎相见。

在战争初期，维儿人首先夺取了费特纳城；罗马人也不甘示弱，出兵费特纳城，彻底摧毁了这个城市，把维儿的势力逼退到台伯河大后方。随后，双方进入了二十年的短暂和平时期。这时，罗马的宿敌——罗图勒人和佛尔西安人由于受到萨姆尼特尔人和高卢的威胁，改变了对罗马的敌视态度。维儿人却未能获得另外十一个图斯克联盟城市的援助，罗马人抓住这一机会，对维儿发动进攻。

战争并没有像罗马人想象的那样顺利，而是一直持续了十年。在罗马人与维儿人艰难地迈入了战争的第十个年头，战争还没有结束的迹象，天地间的灾异现象使双方民众十分害怕，双方都徘徊于希望和恐惧之间。

那年的春天非常干旱，阿尔巴纳湖的湖水却暴涨。当湖水快要溢出湖面时，罗马人决定派人到德尔斐神庙向福波斯求神谕。神谕显示，阿尔巴纳湖的湖水必须引进田地，不能入海，一旦湖水漫溢，立即发动对维儿的进攻。罗马人按照神的指示积极行动，夏季还未到盛季时，引湖水入田的工程已经全部完成了。

接下来，罗马最高行政长官任命玛尔库斯·富里乌斯·卡弥罗斯担任独裁官和围城指挥。卡弥罗斯是一个富有指挥艺术的人，在罗马士兵大营，他把各项任务布置完毕，并让大家明确地意识到冬天前必须攻陷维儿城。在卡弥罗斯精心合理的指挥下，罗马士兵的情绪空前高涨。夏天结束的时候，对维儿城发起攻击的各项准备都结束了。卡弥罗斯对胜利满怀信心，他甚至命令罗马人骑马推车一起来到大营，准备在战争胜利后搬运从敌人那里缴获的财物。

战争的号角终于吹响了，罗马士兵如暴风骤雨般地向维几城发起进攻。卡弥罗斯率领一支队伍从地道直通维几市中心的朱诺神庙，并把牲口的内脏祭供在众神的面前。罗马士兵们从地道口相拥而出，他们迅速地走上维几城的大街小巷，内外交困的维几城很快就放弃了抵抗，维几人的尸体铺满了每一条街道，只有很少一部分人向罗马投降才幸免于难。战争的喧嚣沉寂了，罗马人和士兵在维几城开始了大肆抢掠，他们把抢掠的财物源源不断地运回罗马，把俘虏择高价卖掉，把朱诺像也由维几运往罗马的阿文丁山。

罗马人为迎接独裁官玛尔库斯·富里乌斯·卡弥罗斯所举行的凯旋仪式也是空前的，当人们看到载着卡弥罗斯的战车出现在卡尔帕尼城门前时，人群立即爆发出了巨大的欢呼声。卡弥罗斯沿着铺满鲜花的地毯驾车一路驶向卡皮托尔山，在那里摆下感谢朱庇特神的祭供。

随后，罗马又和法莱利城发生边界冲突，法莱利城的居民自称是法利斯克人。他们的城墙和维几城一样位于陡峭的巴萨尔特山顶。元老院任命卡弥罗斯率领罗马军队攻占法莱利城。卡弥罗斯命令士兵迅速包围法莱利城，然后朝城堡内掘道前进。但攻打法莱利城并没有像攻打维几城那样大动干戈，一个小小的插曲化解了这场战争。

法利斯克人请了一个老师给孩子们上课。虽然战争在即，但这个老师还是习惯地把他的学生们带到草地上嬉戏。城外的罗马士兵对此也不加干涉。一天，这个老师来到离罗马围墙很近的地方，要求见罗马最高指挥官。

"尊敬的罗马独裁官，几乎所有法利斯克人的孩子都是我的学生，如果把这些孩子们交给罗马方面，也就等于把城市交给了罗马。我早已厌倦了这种生活，这样做的目的只是希望你能赏赐我一点掠夺的财物。"这个老师唯唯诺诺地对卡弥罗斯说道。

卡弥罗斯是个正直的人，他对法莱利城的这个背叛者大喝道："罗马人的战争是同士兵们作战，不是跟手无寸铁的孩子们作战，你的礼物被拒绝了，哪怕你们在战争中战败了，罗马人也不会接受你的这种礼物。"

罗马卡斯托里神庙立柱
该建筑庄严肃穆，被罗马人视为凯旋与不朽的标志。

最后，这个老师被他的学生用树枝抽打着赶回了法莱利城。

法利斯克人被眼前的景象惊呆了，转而又沸腾了，他们对城门前敌人的仇恨立刻变成钦佩和敬畏，甚至希望同这些罗马人生活在一起。不久，连法莱利城元老院也接受了居民们的提议，在罗马人保证法利斯克人生命安全的前提下，他们主动交出了城市。

罗马崛起的最危险障碍被排除了，而罗马内部却又出现了动荡。为了给德尔斐太阳神置办一件大宗的祭祀礼品，卡弥罗斯要求罗马居民每人拿出十分之一的缴获品。而罗马居民认为，卡弥罗斯从维几缴获物中给自己留下的东西最多，祭祀礼品应该由卡弥罗斯自己出资置办。其实，卡弥罗斯在维几的缴获物中只留下了两扇铜门。

卡弥罗斯对那些诽谤自己的话完全不加理睬，儿子在此间病死更使他的情绪一落千丈。但是，罗马人忘恩负义的举动最终还是激怒了卡弥罗斯。

护民官要求元老院批准传讯卡弥罗斯，在被告缺席的情况下，护民官还是对卡弥罗斯进行宣判，卡弥罗斯被判处罚交一万五千阿斯。卡弥罗斯愤怒了，他决定离开他的祖国，自由流放到阿尔特尔去。

在做出最后决定之前，卡弥罗斯朝着罗马城的方向举起双手："不朽的神灵，让罗马人为他们的忘恩负义付出代价吧。他们马上会感到迫切需要卡弥罗斯，渴望得到他帮助。"当然，他的这一愿望很快便实现了，因为高卢人不久后便来攻打罗马。

高卢人在罗马

在卡弥罗斯离开罗马几个月后，有消息称"高卢人快要到罗马了"，罗马人不知就里，元老院召集的会议也争执不出个结果来。这时，又有消息传来："克罗西乌姆的使者来到罗马。"

罗马元老们立即接见了克罗西乌姆的使团。

"尊敬的罗马元老们，请接受我们的请求，然后再让我们马不停蹄地把消息带回去。高卢人的部队正像一群蝗虫一样进入我们神圣的国土。这些野蛮人一直前进到克罗西乌姆的城门前才停下来。"

克罗西乌姆使者们一见到罗马元老便陈述他们的请求："以我们自己的力量已经无法打退他们的进攻了，所以，我们的国王派我们来向强大的罗马进行请求，请你们派出罗马军队前去援助吧。"使者们不停地喘息着，但非得要一口气把话说完。

　　元老们听到使者们的请求后兴奋不已，克罗西乌姆人在承认罗马的强大了。经元老院协商，决定先派出三个法比尔兄弟前往克罗西乌姆城前的高卢人的大营进行谈判。

　　高卢人和罗马人不同，他们不喜欢艰苦的农耕，性格不稳定，放荡不羁，喜欢掠夺，但他们虽威胁任何国家，却没有占领任何国家，他们战胜后会立刻撤出那个国家，以寻找新的地方抢劫。

　　进入高卢人大营的三个法比尔人惊呆了，他们眼前的营帐杂乱无章，士兵蓬乱的长发一直披到肩膀处，给人肮脏和可怕的印象。

　　"如果这群士兵与罗马人交战的话，肯定必输无疑。"三个法比尔人轻蔑地想。

　　法比尔人被带到了高卢国王不莱奴斯面前，这位野蛮的君主正摇晃着挂在脖子上的抢来的金链子哈哈大笑。等不莱奴斯安静下来，法比尔人向他陈述了罗马元老院的意愿，希望高卢人立即撤出伊特卢利阿地区。

　　不莱奴斯看着眼前的来自罗马的文明人，回答说："既然克罗西乌姆请求你们的帮助，那就证明罗马人都是英勇的武士。我可以答应你们放弃攻打城市，但我会把克罗西乌姆抢劫一空，直到喝完最后一滴甜酒。"

　　法比尔人哪里见过如此张狂的人，他们愤怒地指着野蛮君主："这里是意大利的土地，你有什么权力占领不属于你的一片土地？"

　　不莱奴斯也从来没有见到对自己如此无礼的人，他大声咆哮着："回去告诉你们的国王，世界属于勇敢的人。"

　　法比尔人怒气冲冲地离开了高卢人的大营，他们没有回到罗马，而是到了克罗西乌姆，率领克罗西乌姆人直扑高卢人。虽然法比尔人英勇无畏，但他们阻挡不住高卢人的野蛮进攻，伊特卢利阿的大部分城市被攻陷了，三个法比尔人逃回了罗马。

　　高卢人马不停蹄地赶往罗马。听到高卢人迫近的消息后，罗马最高行政长官率领罗马兵团前来迎战。在拉丁姆地区，罗马是至高无上的霸主，一次又一次胜利的

高卢人的礼仪徽章和项圈
高卢人是法国人的祖先，生活在欧洲西部地区，他们性格放荡不羁，长年过着游居生活，掠夺周围城邦却不占领任何国家。

战争使罗马人沾沾自喜，所以根本没有把高卢人当一回事。罗马人没有建立稳固的后方大营，也没有组建后备队，甚至轻率地把中心大营驻扎在阿利阿河岸。

在高卢人的进攻下，罗马军队惨败。高卢人并没有立刻向毫无抵抗能力的罗马推进，两天后，这批胜利的野蛮人才开始朝着七座山城进发。

第一支高卢人的部队试探着进入了罗马城的大街小巷，看到没有任何抵抗后，发出一声呐喊，让等在外面的大队人马急流般地拥进来。高卢人从来没有看到过像罗马城这样多的财宝，他们用数辆马车载着无法估价的财富运回高卢，但仍觉得留下的无法运走的比运走的要多得多，于是，高卢人放火烧城，可怜经历七代国王和二百多个最高行政长官经营起来的城市毁于一旦。

高卢人沿着卡皮托尔山往上攀登，不莱奴斯国王决定对山城进行包围。罗马人在玛尔库斯·曼利乌斯的率领下，轻而易举地把高卢人从山上打退下来。

转眼秋天到来了，高卢军营里瘟疫流行，大批大批的高卢士兵死于非命，粮食也急缺起来。不莱奴斯决定把抢劫的范围扩大到拉丁姆地区，于是，高卢人又发动了对罗图勒人的进攻。

当高卢人迫近罗图勒人首都阿尔特尔时，生活在阿尔特尔的卡弥罗斯又被重新委以重任。卡弥罗斯率领着罗图勒人的一支训练有素的部队进行了一场漂亮的夜战。高卢人在伊特利阿地区第一次被打败了。

消息传到维几，此时的维几正聚集着一批被高卢人打败的罗马人。罗马人迫切地需要卡弥罗斯回到罗马，在祖国的危难时刻，不能让天才的首领无用武之地啊。不过，任命独裁官需要最高行政长官做出决定，而最高行政长官们都被敌人围困在卡皮托尔山上。经过商议，留在维几的人决定派人到卡皮托尔山上，把任命独裁官的消息再带回维几。人们把任务交给了一个年轻的士兵。年轻人从一条秘密的小道直达卡皮托尔山顶，带回了最高行政长官任命卡弥罗斯为独裁官的消息。

不幸的是，年轻人攀登山岩的足印被高卢人发现了，竟无意间发现了那条上山的道路。喜出望外的不莱奴斯马上命令高卢人当夜从小路直奔山顶，打算一举攻克卡皮托尔。

朱诺神庙里圣鹅的叫声惊醒了玛尔库斯·曼利乌斯，他一跃而起，发现高卢人已经登上了悬崖，便随手抓起武器，把冲在前面的高卢人推下了山崖。

高卢人立刻往山下退去，罗马人紧追不舍。在幸运地挫败了高卢人的进攻以后，卡皮托尔山上的情况并没有得到多大改变，粮食奇缺，饥饿已经达到了可怕的程度，卡弥罗斯的救援部队迟迟没有音信。最后，走投无路的罗马人决定拿出全部首饰，希望以此为条件让高卢人撤兵。高卢方面，不莱奴斯也早已获知卡弥罗斯在维儿进行战争准备，同时他也感到指挥作战有些力不从心。最后，不莱奴斯同意了以一千磅黄金作为撤兵的条件。

但是，狡猾的高卢人在称黄金的秤上作了手脚，他们使用了假砝码。当罗马人发现时，不莱奴斯脸上露出一丝讥讽："战败者还有什么条件可言呢？"

波尔勾之火　拉斐尔　意大利
野蛮的高卢人在罗马进行了疯狂的掠夺，最后又放火烧城，曾经有着荣耀历史的罗马城被毁于一旦，直到恺撒时期才重新振兴。

他的话音刚落，卡弥罗斯率领的一队士兵便骤然而至："罗马人不用黄金赎买自由，而是用武器。我可以现在就杀死你，但罗马人不屑与一支没有首领的军队作战。你可以带领你的部队到前面的战场上去。"

不莱奴斯早已经被威风凛凛的卡弥罗斯吓得脸色煞白，他召集军队，朝卡弥罗斯扑了过去。这次高卢人是彻底失败了，野蛮国王不莱奴斯被罗马人活捉后判处死刑。

卡弥罗斯的归宿

在卡弥罗斯的率领下，罗马人终于把高卢人赶出了罗马。在罗马人眼中，卡弥罗斯成了罗马城的第二缔造者，人们举行了盛大的仪式欢迎首领的凯旋。

战胜高卢人的消息传遍了所有拉丁姆国家，散居在外地的罗马难民纷纷兴高采烈地回到罗马。他们满以为昔日那个神圣的罗马正在等待着他们的归来，然而出现在他们眼前的却是一片废墟，罗马城一片狼藉。人们失望着，有的人建议重建罗马，有的人则主张移居到维儿去，认为维儿的空房子虽然荒芜，但比重建罗马要方便得多。

正当罗马人不知所措的时候，卡弥罗斯再次站了出来："勇敢的罗马人民，众神赋予你们神圣的使命，我们应该让往日那个罗马再次屹立于世界的拉丁姆大地上。"首领的话唤起了大家几近瘫倒的精神，许多应该重建罗马的征兆出现了：有人在福耳图那庙的废墟中找到了一个木刻的国王赛尔维乌斯·图利乌斯像，有人在吉祥地找回了大祭司的权杖。

一天，一个军官率领一队士兵走到罗马广场时，大声命令他的马："停下，我们最好留在这里。"此时的元老院正在热烈地讨论罗马去留的问题，听到这一声叫喊，元老们喜出望外，这也是一个预兆啊。于是，元老院决定重建罗马。此外，元老们还决定恢复所有战俘的自由，让他们留在罗马，给这座新建的城市增添血液。

重建罗马需要很大一笔物资，而罗马在经过频繁的战争后早已经国库空虚，这些重建城市的费用只能通过提高赋税获得了。罗马人虽然对古老的城市怀有浓厚的感情，但对高额的税收还是怨声载道。

重建后的罗马城由于仓促、毫无计划，缺少了古罗马时期庄严宏大的建筑，更多的是狭窄弯曲的小巷。

罗马人民对卡弥罗斯的功绩进行了肯定，这一肯定的最大表现形式就是卡弥罗斯第三次当上了独裁官。卡弥罗斯出身贵族，他未担任护民官，但他却极力笼络民心，为了赎回因欠债而被拘押的平民，他甚至散尽了钱财。卡弥罗斯还公开发表言论要求铲除社会弊端。但在这一时期，罗马内部发生了一场凄惨的悲剧。

玛尔库斯·曼利乌斯·卡皮托利奴斯是一个并没有通过官方任命而拯救了罗马的首领，他曾经享受到无尽的荣誉。但是，恢复和平后的罗马人民又一次表现出了忘恩负义，他们围绕着玛尔库斯·曼利乌斯究竟是最大的叛徒还是最高贵的护民官展开了辩论。此时，有人说玛尔库斯·曼利乌斯是阴谋独裁统治的头子，这种谣言如雪上加霜，使这位英雄人物成了罗马的叛徒。

玛尔库斯·曼利乌斯被逮捕了，指控犯有叛国罪，判处从塔尔佩几山上推下去致死。这是一个多么具有讽刺性的游戏啊。不久前，玛尔库斯·曼利乌斯正是从这里被圣鹅惊醒，并亲自把第一批高卢人推下悬崖，而此时，这里竟成了他的埋葬地。

玛尔库斯·曼利乌斯的死激起了平民的极大愤慨，不少贵族也自愿沦为平民，贵族的势力日益削弱。这时候，又出现了一件改变贵族和平民力量的事。

一对姐妹，姐姐嫁给了富裕的平民利齐尼乌斯·斯陀罗，妹妹嫁给了一个贵族。一天，平民姐姐到贵族妹妹家做客，姐妹俩正谈着话，门外传来了一阵嘈杂声。

"妹妹，什么事这么热闹呢？"姐姐奇怪地问妹妹。

妹妹脸上一副得意的神情："不用理会这些人，那一批高级官员正用他们的权杖敲击大门，会有仆人为他们开门的。"

姐姐更加奇怪了："难道你丈夫每天都是那些高级官员护送回家的吗？"

妹妹的神情更加得意了："你可能还不知道，我丈夫是战争时的护民官，元老院给他安排了一队高级官员做随从。这样的荣誉我天天享受，早已经习惯了。看来作为平民的妻子真的是没办法享受到这样的待遇。你嫁的那个平民丈夫即使再有钱，也不能成为国家官员啊。"

姐姐像是受到了极大的侮辱，刚进家门，她就放声大哭，丈夫利齐尼乌斯·斯陀罗心疼地问她怎么回事。妻子委屈地说："我在妹妹家看到了一队执掌权杖的官员，那就是贵族与平民的区别啊。亲爱的，平民们也应该获得一切权利了，人们也应该给你一个国家官员的职务，你根本就不比那些贵族们差啊。"

妻子的话给了丈夫很大的震动，利齐尼乌斯·斯陀罗开始勤奋上进。不久后，他就与平民卢茨乌斯·曼利乌斯一起被推选当上了护民官。在任期间，他们提出了许多法律建议，这些建议被称为"利齐尼法律建议"。

旧法被推翻，将意味着独裁官权力的消失，这些事实让卡弥罗斯产生了绝望，他背叛了他的人民，贿赂了八个护民官反对新法。这种新旧势力的斗争持续了十年之久，两位平民出身的护民官每年都在更新法律建议，并罢黜了被贿赂的护民官。最后，卡弥罗斯只得顺水推舟地劝告元老院批准已经由百人团会议同意了的法律建议。卢茨乌斯·曼利乌斯当选为第一个平民最高行政长官。

脸色凝重的卡弥罗斯在把象征权力的棒斧移交给卢茨乌斯·曼利乌斯前，为罗马建造了一座和睦庙。不久，他便去世了。

梯拖斯和玛尔库斯

卢茨乌斯·曼利乌斯是一个十分严厉的人，对他的人民严厉，对他的儿子也同样严厉。当得知高卢人又往南逼近时，这位最高行政长官对他的人民更是加紧了控制。罗马贵族愤怒了，他们本来就对平民出身的最高行政长官心存不满，而平民们对这位维护本阶级的首领也不满意。最后，卢茨乌斯·曼利乌斯被指控犯有虐待士兵罪被送上了法庭。

卢茨乌斯·曼利乌斯的儿子梯拖斯·曼利乌斯是个勇敢善良的孩子，但是他说话结巴，每句话都含混不清，让人难以理解。父亲不但对这个可怜的孩子不加

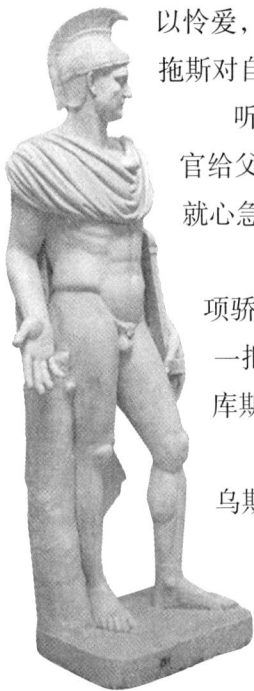

以怜爱，反而经常打骂。在罗马，父亲是严厉而神圣的，所以，梯拖斯对自己蛮横的父亲从来没有怨言。

听到父亲将要接受审判的消息后，梯拖斯首先想到的是护民官给父亲带来的耻辱以及父亲面临的危险。一想到这些，梯拖斯就心急如焚，一定要以最快的速度对父亲进行救援。

梯拖斯身体健壮有力，剑艺精良，曾在各种赛事中取得过数项骄人的成绩，他相信以他的胆量绝对可以救出父亲。梯拖斯把一把锋利的匕首藏在胸前的衣服里，大清早就来到护民官玛尔库斯·蓬帕尼乌斯的家门口。

"去告诉你们的主人，就说最高行政长官卢茨乌斯·曼利乌斯的儿子求见。"梯拖斯对门卫说道。

梯拖斯很快就被唤了进去，玛尔库斯·蓬帕尼乌斯高兴地接待了这个在他眼里还是孩子的梯拖斯，他相信这个孩子是来揭发父亲的暴行的。

"护民官大人，有些话只能和你单独说，你的这些随从……"梯拖斯看了看四周。玛尔库斯·蓬帕尼乌斯会意，房间里的其他人都离开了，只剩下他们两个人。

突然，梯拖斯一个健步走上前去，从怀里掏出匕首，抵住玛尔库斯·蓬帕尼乌斯的脖子，狠狠地威胁说："是谁任命你担任审理父子纠纷案的法官的？你把耻辱强加在我父亲头上，起诉他虐待我，我请你当我的律师了吗？如果你不撤销对我父亲的起诉，不就此事召开国民会议，我就一刀杀了你。"

玛尔库斯·蓬帕尼乌斯吓得浑身发抖，他按照梯拖斯的意思把卢茨乌斯·曼利乌斯释放了。但是，这位护民官也公开声明，他只是屈服于梯拖斯的暴力才放弃起诉的。

残酷的卢茨乌斯·曼利乌斯被儿子解救的消息传遍了整个罗马。不满的、惊讶的，但最多的还是对梯拖斯行为的赞扬和称道。

"那么残暴的父亲怎么会有如此高尚的儿子呢？这个被父亲当作奴隶一般的儿子有着如此美好的爱心和孝道，具有这种高尚思想的年轻人难道不配享有最高荣誉吗？"人们纷纷评论着，早已经忘了要惩罚差点被送上法庭的孩子的父亲。

勇士雕像

该雕像存于罗马万国博览会罗马文明博物馆内，从雕像造型设计上可以让我们领略到古罗马时期勇士的风采。

没过多久，一支高卢人的军队朝罗马扑来，在阿尼奥河的一侧紧靠桥头扎下大营。罗马军事首领梯拖斯·库茵克梯乌斯·彭奴斯率罗马军队驻扎在阿尼奥河的另一侧，与高卢人隔河相望。双方的部队相峙着，谁也不敢首先踏上桥去。

一天，一个魁梧的高卢士兵走出队列，大摇大摆地走到桥的中间，趾高气扬地对罗马人大声喊道："号称勇敢的罗马人，如果有胆量的话就出来和我较量较量吧，我们之中赢的那一方将为他的民族赢得荣誉，输的一方将退出战争。"

梯拖斯看到对方嚣张的神情气愤得直跺脚，他征得首领的同意，雄姿勃勃地冲上桥去。看到眼前站着个瘦弱的年轻人，高卢人哈哈大笑，他挥舞着长剑迎了上来，想凭着自己高大的身躯制服敌人。梯拖斯镇静地向后一退，高卢人的剑刺空了，剑尖进入了厚厚的桥板中。高卢人咆哮着想拔出他的剑，但为时已晚，梯拖斯的刀刺入了他的脖子，高卢人倒下了。

根据口头协定，高卢人承认了罗马人的神圣，撤回到波河平原去了。此后，梯拖斯又被称为"拖尔库阿图斯"，意为"戴项链的人"。

后来，一支高卢人又来侵犯罗马，两军在平原上驻扎下来。为了取得主动权，双方谁也没有轻举妄动。一天，一个高卢士兵举着长剑来到罗马人营前，要求罗马人跟他决斗，决斗的结果将决定出两个民族哪一个是最强大的。此时，一个叫玛尔库斯·法莱利乌斯的少年出营迎战。

决斗一开始，玛尔库斯·法莱利乌斯便觉得体力不支，而野蛮的高卢人则剑出如飞。围观的罗马士兵都痛苦地低下头来，他们料定法莱利乌斯会必输无疑。高卢人方面则为他们的勇士欢呼着，仿佛已经看到了罗马人战败的惨状。

罗马士兵的头盔外表像鳗鱼一样溜滑，它可以使高卢人砍在头盔上的刀剑滑到一边，否则的话，法莱利乌斯连高卢人一个来回合都招架不住。高卢人砍累了，气喘吁吁地站定身子，准备稍事休息后直取罗马人的性命。

法莱利乌斯也累得满头大汗，他趔趄着站立着，为参与这场即将给他的祖国带来耻辱的决斗而后悔不迭。正在这时，从天边飞过来一只乌鸦，不偏不倚正伫立在罗马少年的头盔上。高卢人也被眼前的景象逗笑了，他挥舞着长剑想把乌鸦吓走，但乌鸦不但没有飞走，反而用嘴和爪子扑啄高卢人。法莱利乌斯乘机攻击高卢人，高卢人一边还击一边后退。突然，乌鸦猛地向前，一下啄出了高卢人的一只眼睛，正当高卢人哇哇乱叫的时候，法莱利乌斯的剑也刺穿了他的胸膛。

罗马人被天赐的胜利所鼓舞，冲向高卢人的军营，高卢人落荒而逃。此后，玛尔库斯·法莱利乌斯获得了一个"库尔乌斯"的绰号，意思为"乌鸦"。

玛尔库斯·库尔梯乌斯以身献祭

罗马人对神的笃信超过了其他任何民族的人，罗马人相信，众神时刻在护佑着罗马。而罗马人揣度神意则是方方面面的，每一件稍微有些离奇的事都会成为罗马人思考的对象。

一天，罗马广场突然动荡起来，一半的土地陷落到地底下去了，出现了一个可怕的裂口，正在游玩的人们和集会的国家官员顿时喧哗成一片，纷纷猜想着这一征兆带来的预示。难道这是罗马城陷落的前奏吗？或是火神伏尔甘在地下新建了一座工场吗？塌陷的裂口还能合拢起来吗？该不会从地下冒出火焰来毁灭一切生灵吧？罗马人想出了各种可能出现的问题和可能出现的答案。

"众神啊，难道你要抛弃你的宠儿了吗？难道你忘了这个你曾经护佑过的城市了吗？"罗马的男男女女都在心里祈祷着，并且以极大的热情填塞着这个深不见底的大洞。他们从城外运来一堆堆的沙土、石子，以至于城外的几座大山被夷为平地，但是黑洞洞的大口依然贪婪地张裂着。

元老和祭司们开始绝望了，他们想不出任何解救罗马的方法，自责折磨着他们的内心，罗马真的气数已尽，要毁灭在这一代人的手里吗？

"何不派人去德尔斐神庙向福波斯求得神谕呢？"一个年老的居民的话使慌作一团的罗马人从噩梦中惊醒。

"对呀，去德尔斐神庙求神谕。"人们响应着。于是，元老会派了两名祭司去德尔斐神庙。祭司们带回的神谕让罗马人百思不得其解："罗马要避免这次毁灭，只能使用最宝贵的物品祭祀裂口。"

罗马人并不是舍不得最宝贵的东西，但什么是最宝贵的东西呢？他们试着把他们认为的最宝贵的物品扔下裂口，可丝毫不见反应。大家猜来猜去，最高行政长官、祭司、元老们终日商量来商量去，但谁也猜不出神谕所指的最宝贵的物品到底是什么。

一天，一个年轻人来到元老院外，求见最高行政长官和元老们。年轻人被带进元老院，元老和最高行政长官正为猜不出神谕而焦头烂额，当他们听说一个年轻人求见时，不禁迁怒于他，关于罗马生死存亡的思考怎么能随便被打断呢？官员们面露愠怒。

"尊敬的元老们，你们大可不必为神谕而如此烦恼，罗马是神圣的，英雄的罗马人打败了四周敌人的进攻，也打败了高卢人，细想一下，勇敢难道不是罗马最可宝贵的物品吗？我们必须把勇敢投入深渊去，而我，自愿充当最宝贵的牺牲。"年轻人神情严肃地说。

最高行政长官、元老们、祭司们和所有在场的罗马人都惊呆了，人们议论开来，有的赞同年轻人的观点："是啊，勇敢真的应该是罗马最宝贵的物品，我们猜了这么久怎么没能想到呢！"

有的人则反对年轻人的观点："我们怎么可能相信一个孩子的讲话？如果勇敢真的是最宝贵的物品，但他有什么权利称自己勇敢呢？我们甚至不知道他的名字。"

年轻人并没有理会人们的议论，他继续着他的讲话："我的名字叫玛尔库斯·库尔梯乌斯，参加过一些战斗，瞧我身上的伤疤，他们证明了我以前的勇敢，但我这次要以我的生命来诠释我的价值。"年轻人撩起上衣让人们看他身上的伤疤。

不等人们做出反应，年轻人便向拴在一旁的战马走去。他从马背上摘下一套金光闪闪的盔甲，穿戴完毕后翻身上马，回头望了望曾经生活过的让他自豪的罗马，随后一咬牙勒紧缰绳，两腿夹住马腹，在众目睽睽之下朝广场中心的洞口奔过去。战马飞身跃起的一刻，年轻人高喊："护佑罗马的众神，请接受玛尔库斯·库尔梯乌斯作为象征罗马最宝贵的祭礼，请宽恕罗马的罪过，护佑罗马母亲逃过这次灾难吧。"战马载着年轻的玛尔库斯冲进了张开着的大洞口。

所有的罗马人都低下了头，女人们、老人们和孩子们已经泪流满面。不管这个年轻人的牺牲是否值得，他们同样被这个年轻人的勇敢所折服。

"众神啊，看看罗马的儿子，为了母亲的永远年轻，他勇敢地献出了最宝贵的生命，即使罗马真的就此毁灭，罗马也不会怪罪他的人民。"人们拥到洞口，向里投掷着鲜花，以此来缅怀罗马英雄。

突然，奇迹出现了。洞口内传来了汩汩的流水声，瞬间，人们看到从洞里慢慢向外涌起了清水，随着水柱越来越高，大张着的洞口开

罗马市伯尼尼的三音喷泉

为国家利益以身献祭的少年英雄——玛尔库斯·库尔梯乌斯为罗马人永远铭记，在他以身献祭的地方形成一个喷泉，据说就是今天罗马大广场中心的库尔梯湖。

始变窄，最后，洞口收拢到了一口井大小。

人们欢呼着，在广场上举行着各种欢庆活动，赞扬着给罗马带来新生的玛尔库斯。今天，在罗马大广场中心，有一个库尔梯湖，中央三角形的地方有一个灰色的熔岩井圈，据说那就是玛尔库斯·库尔梯乌斯当年以身献祭的地方。

第一次萨姆尼特尔人战争

最初，萨姆尼特尔人沿着阿伯鲁泽恩山谷往下迁移、扩张，当它的人口增加时，人们纷纷脱离族群，迁往富饶的康帕尼阿平原。迁入平原的萨姆尼特尔人夺取了图斯克人的领地卡波阿，萨姆尼特尔人与图斯克人在长久的融合中又组成了一个新的民族，康姆帕尼民族。

一百多年后，新的萨姆尼特尔人再一次拥入康帕尼阿平原。康姆帕尼人早已经忘记了他们的萨姆尼特尔人血统，奋起抵抗这些入侵者。但是，康姆帕尼人没有足够的力量击败萨姆尼特尔人。于是，他们向声誉已传遍整个意大利的罗马求援。

罗马在驱逐了高卢人以后，势力范围扩大到台伯河对岸，罗马统治者在占领的土地上围起一个安全的防御网，然后迁入居民。不久，佛尔西安人由于和邻国多年的战争而削弱了力量，在东部山区又受到了萨姆尼特尔人的骚扰，因此佛尔西安人自愿把大片土地送交罗马人。在康姆帕尼人和佛尔西安人的请求下，罗马人第一次接触到骄傲的萨姆尼特尔人。

康帕尼阿平原远离罗马，接到康姆帕尼人的请求后，元老院以罗马不能向陌生城市提供援助为由拒绝了康姆帕尼使者。康姆帕尼使者跪倒在地上，请求罗马把卡波阿收为附属国。元老们犹豫不决。

山间的交战
萨姆尼特尔人把滚木、山石等从两侧的山上向罗马人投掷，使得罗马军队处于一片混乱之中。

"罗马不能阻止任何人自愿成为罗马的属下，世界应该通行罗马法律，拥有罗马的习俗。如果我们拒绝了康姆帕尼人的请求，将会被世界人取笑的。"

有人向元老们建议。

最后，卡波阿成了罗马的附属国，出于义务，罗马元老院派使者前往萨姆尼特尔人的首都萨姆尼欧姆。起初，罗马人受到了热情的款待，但当罗马人要求萨姆尼特尔人停止对卡波阿的敌对行动时，萨姆尼特尔人却愤怒地立刻对康姆帕尼人开战。

面对萨姆尼特尔人的反应，罗马人也积极备战。由军事首领科尔纳利乌斯·库素斯指挥一支军队直接向萨姆尼欧姆推进，最高行政长官法莱律乌斯·柯尔乌斯则率领另一支前往康帕尼阿平原，在距离库麦城不远的高卢斯山地扎下大营。

萨姆尼特尔人看到罗马的军队已经进驻康帕尼阿平原，遂骄傲地朝罗马人冲过来。身经百战的法莱律乌斯哪里会把萨姆尼特尔人放在眼里，他望着远方沸沸扬扬的尘土，回头向士兵们说：“你们看，这些山民和羊倌们竟敢如此嚣张，他们的头盔和盾牌闪烁着金光，俨然一副胜利者的姿态，你们听到这些人取得什么成就了吗？他们怎么能战胜由萨比纳人、拉丁人、佛尔西安人、埃库尔人、赫尔尼克人组建起来的罗马军队呢？”

士兵们跟着最高行政长官哈哈大笑起来，挥动着手中的长矛，眼睛里喷吐出怒火，斗志昂扬地高呼着：“罗马人是用坚硬的木头镂刻出来的硬汉子，马上他们就会领教我们的厉害了。”

罗马人太过于轻敌了，萨姆尼特尔人并不是只知道挤牛奶的家伙，他们的士兵训练有素，骁勇善战，对双方来说，这场战争成了一场激烈血腥的、毫无希望的搏斗。

罗马的骑兵们旋风般地扑向敌人，可萨姆尼特尔人的阵营坚若磐石，他们把长矛和短剑刺向罗马骑兵的战马，被刺中的战马痛得四蹄腾空而起，罗马士兵纷纷跌落。战马在狭窄的战场上嘶鸣，乱作一团。

法莱律乌斯想不到骑兵在这里失去了用武之地，他首先从马背上跳下来，一边指挥着骑兵撤出中心地带，一边高呼着：“勇敢的罗马士兵，我们不能依赖马，只能依赖自己的双脚了，跟着我冲向敌人吧，敌人的刀剑下正是我们的丰收之地，胜利离我们只有一剑之隔。”

在法莱律乌斯的率领下，罗马士兵冲向敌人的阵地，萨姆尼特尔人纷纷倒下，但他们并没有退却，而是顽强地抵抗着。

萨姆尼特尔人终于有些支撑不住了，罗马人看准时机，冲入对方的阵营，猛砍猛杀，眼睛里喷射出火焰。萨姆尼特尔人在一瞬间误认为是和神在战斗，不由得向后撤退，罗马人紧追不舍，直到把敌人彻底击垮。萨姆尼特尔人从康帕尼阿平原上退出了。

在另一战场上，罗马人就没有如此幸运了。当罗马军队穿林越谷向前推进时，前沿部队遭到了一队萨姆尼特尔士兵的袭击。萨姆尼特尔人把滚木、山石等从两侧的山上向罗马人投掷，使其首尾不能相顾。首领们大喊着"撤退"、"前进"的矛盾口令，更使得罗马军队处于一片混乱之中。

此时，夜幕降临了，一个叫普波利乌斯·特策乌斯·摩斯的战时首领还镇定自若。通过观察，他发现了一块还没有被敌人占领的高地。特策乌斯·摩斯向科尔纳利乌斯·库素斯汇报了这一情况，并要求带领一支重武装部队去抢占高地，以吸引敌人的注意力。

"当敌人主力朝高地的方向进攻的时候，你赶快带着大部队脱离险境。"特策乌斯·摩斯对最高行政长官说道。

特策乌斯·摩斯趁拂晓对分散在山上的萨姆尼特尔人发起进攻。此时的萨姆尼特尔人还在睡梦之中，他们怎么也没有想到，白天还在驰骋疆场此时却成了罗马人的刀下之鬼。

夜袭成功了，罗马人在萨姆尼欧姆本土打败了萨姆尼特尔人，但经过了在素埃素拉的第三次战斗之后，萨姆尼特尔人才接受了罗马的和平建议。

从那时候起，世界上许多的民族才开始知道了在台伯河流域有一个叫作罗马的城市。

血战之后的一场滑稽剧

打败萨姆尼特尔人后，罗马与萨姆尼特尔人签订了合约，很长时间没有发生战争。康姆帕尼人把卡波阿交给了罗马人，留在卡波阿的罗马部队很快就过起了康姆帕尼人的生活：吃海鲜、蜗牛、鲜肉饼和夹心球糖，饱食终日。当罗马的最高行政长官要求军队撤回的消息传到卡波阿时，这些罗马士兵极不情愿地发起了牢骚，有些人背地里商量着不离开卡波阿的对策，甚至打算宣布城市独立。

最高行政长官得知留在卡波阿的士兵起了反叛心理，并没有大肆渲染地前去讨伐，而是悄悄地来到卡波阿召开军官会议。

"你们都是勇敢的人，为了使你们能够继续承担光荣的任务，元老院决定给你们放一些探亲假，你们可以马上出发，也可以带着你们的士兵回去。"最高行政长官语气中并没有责备的意思，像是不知道将士们的反叛行动。

军官们被迫离开了，士兵们全部留在了卡波阿，群龙无首。

一天，一个士兵来到队列前，对他的兄弟们说："离开的时刻越来越近了，我们必须实现从前的计划了。"

"可是，我们没有指挥官，即使我们成功地接管了卡波阿的权力，我们还是不能占领它啊，而且，那样的话，我们将会受到罗马人民的惩罚。"一个士兵信心不足地说道。

"如果我们真的要实施行动，一定要委派一个指挥官。我听说在图斯库罗姆有一个年老的残疾老兵，叫作梯拖斯·库茵克梯乌斯，他曾在与高卢人的作战中受了重伤，战争结束后离开部队，我们可以去请他担任我们的首领。"

"会有人担任一批谋反者的首领吗？他一定深爱着神圣的罗马。"又有人表示了怀疑，而且顾虑重重。

"如果你们愿望，我可以带几个人去试试看，我相信一定能把他请来。"提出建议的人坚持道。

最后，士兵们同意了这个计划，并选派了几个人前去图斯库罗姆。

在图斯库罗姆，被选派的士兵找到了伤残老兵梯拖斯·库茵克梯乌斯的家，他们在拂晓时分包围了整个房子，然后使劲地敲门。

梯拖斯·库茵克梯乌斯不知缘由，从睡梦中惊醒，打开门刚想问个究竟，一群士兵蜂拥而上，把他围在中间。

提出建议的那个罗马士兵走近梯拖斯·库茵克梯乌斯，礼貌而又略带威胁地对他说："我们想宣布卡波阿独立，却缺少一个首领，而我们选中了你，你应该感到骄傲。在你面前的选择只有两个，要么死在这里，要么和我们到卡波阿一起造反。"

梯拖斯·库茵克梯乌斯在对高卢人的战争中曾作为战时首领率领一个兵团，他虽然离开了部队，放弃了罗马人民给他的荣誉，但他深爱着他的祖国，他怎么能够背叛他的祖国呢？但是，在这种情况之下，他还有什么选择吗？最后，梯拖斯·库茵克梯乌斯只能违心地跟这些士兵来到了卡波阿，虽然他表面上答应会率领士兵们进攻罗马，以使最高行政长官同意让他们继续留在卡波阿，但他打算在恰当的时机规劝这些同胞们回心转意。

不久以后，梯拖斯·库茵克梯乌斯果真率领谋反的士兵们朝着罗马浩浩荡荡地进发了。

这时候，早有消息传到了罗马，最高行政长官立即组建了一支强大的军队，迎战造反的罗马士兵。梯拖斯·库茵克梯乌斯曾是罗马人民所熟知的英雄，最高行政长官不相信这位英雄会反叛他的祖国。

两部罗马军队摆开了阵势，战争一触即发。这时候，最高行政长官走到两军阵前，他高声地对反叛的罗马士兵喊道："我知道你们不愿意回家，都希望留在前方作战，你们是多么英勇啊，可我们已经和萨姆尼欧姆缔结了和约，不能继续留在那里了。经元老院商定，为了表彰你们，你们将获得双份的饷金。如果你们还有什么不满意，可以直接提出来。"

梯拖斯·库茵克梯乌斯本来就没有造反之心，听到最高行政长官的承诺，激动得热泪盈眶，他身后的士兵也十分感动。

"我们是多么愚蠢啊，罗马对我们这么仁慈，而我们却想着要离开它，多么不孝的子孙啊。幸亏我们的行为还没有危害到罗马的尊严，否则将会受到惩罚的。"大家纷纷扔下武器，与兄弟队伍相拥而泣。

全罗马都在为聪明的最高行政长官化解了一场流血冲突而高兴，美好的感情和幽默拯救了任何一方罗马士兵，使他们不致成为杀害同胞的凶手。

拉丁之战

结束了与萨姆尼特尔人第一次战斗之后，拉丁姆大地出现了短暂的和平时期。没多久，罗马统治下的拉丁人的城镇试图作最后的挣扎，以取得对外的独立，于是，"拉丁之战"爆发了。

为了平息拉丁城镇的反叛，最高行政长官普泼利乌斯·特策乌斯·摩斯和梯拖斯·曼利乌斯·拖尔库阿图斯率领罗马军队穿过康帕尼阿平原急速前进，但却在维苏威山脚下遇到了敌人。罗马军队与拉丁军队隔营相望。

梯拖斯·曼利乌斯被称为"戴项链的人"，他的儿子有和他一样的名字。年轻的梯拖斯·曼利乌斯在军队里率领一支骑兵，他经常外出执行任务，最初，他也时刻遵守着首领们的戒律，即没有命令不能进行战斗。作为最高行政长官的父亲也一再提醒他，拉丁人与罗马人之间有许多亲戚关系，这场战争最好能够化解，或是以最轻的代价结束，一旦发生战争，七座山城与它的近邻之间就会增添更多的仇恨。

但是，年轻的梯拖斯·曼利乌斯还是忘记了父亲的教诲。一次，他在外出侦察途中遇到了拉丁的骑兵巡哨。领头的骑兵对他说："罗马人号称是天底下最勇敢的人，可他们却害怕与我们拉丁人相遇。罗马人，你一定记得勒基罗斯湖吧，那是拉丁人战胜罗马人的地方。"说完，骑兵们哈哈大笑起来。

梯拖斯·曼利乌斯哪里受过这种窝囊气，他勃然大怒，对拉丁骑兵们说："先别得意，我们避免和你们冲撞并不是怕你们，而是罗马士兵要服从最高行政长官的命令。"

"是吗？不要找如此幼稚的理由了，你的父亲是个勇敢的人，难道你希望将来被叫作怯懦的梯拖斯·曼利乌斯吗？我现在就向你挑战，你不会被吓破胆了吧。"领头的骑兵耀武扬威地向梯拖斯·曼利乌斯挑战。

年轻人生怕辱没了他族第的名声，而且他已经被挑拨得怒火中烧。他抖了抖长矛，催马朝拉丁骑兵冲去，一场决斗开始了。两个回合后，那个领头的拉丁骑兵被挑下马，其他的拉丁骑兵逃回了拉丁军营。

年轻的梯拖斯·曼利乌斯满以为自己的勇敢会得到父亲的夸奖，但父亲只冷冷地对儿子说："虽然你今天在决斗中杀掉了拉丁人，但你的行动和我曾经的行动有个巨大的区别：你是擅自行动的，而我是奉命战斗的。"事情并没有就此结束。

梯拖斯·曼利乌斯把全体部队集合到营帐前，然后转身对儿子说："你斩杀了拉丁人，现在我作为罗马最高行政长官授予你最高的荣誉。"说着，他把一顶桂冠亲手戴在儿子头上。士兵们欢呼起来，为罗马有如此勇敢的少年而高兴。

"但是，我的儿子，你也同样违背了必须服从的命令，所以，作为罗马最高行政长官的父亲必须把你的桂冠浸在你自己的血泊里。所有的罗马士兵都要记住，没有命令的行动即使再辉煌，也会带来无比残酷的结果。"所有的人都听出了梯拖斯·曼利乌斯话里的意思，他们屏住呼吸，本想大喊，但罗马军队铁一般的纪律使他们只能眼睁睁地看着即将发生的可怕事情。

队列前面的地上竖起了一根木桩，年轻的梯拖斯·曼利乌斯被绑在木桩上，他的父亲面无表情地向拿着斧头的刽子手打了个手势，儿子的头顿时滚落到沙地上。此后，罗马的年轻士兵都拒绝与这位铁石

看到像幽灵一般的罗马将士们，拉丁士兵的勇气和战斗意志彻底瓦解了，四散溃逃。

心肠的最高行政长官一起行军。

战争并没有因此而完结，罗马人面临着更大的牺牲。

在维苏威湖战斗的前一天，一位神曾向梯拖斯·曼利乌斯·拖尔库阿图斯和普泼利乌斯·特策乌斯·摩斯宣布：两支对立的军队中，一方的首领如果愿意领死，那么他会把对方的部队引向失败。而且祭司解释，需要牺牲的必须是左翼部队的首领。按照原定的作战计划，罗马左翼部队由普泼利乌斯·特策乌斯·摩斯率领。

勇敢的普泼利乌斯·特策乌斯·摩斯脸上并没有太多的悲伤，为了换取胜利，他随时准备服从众神的意志。

战争开始了，普泼利乌斯提着一根投枪立下了誓死的决心："为了保证祖国的胜利，我愿意把自己祭献给大地母亲和阴司之神。从现在起，我已经不再是一个寻常人，而是一个死去的人，是一件祭供死神的祭品。勇敢的罗马人，在这里垒起一座坟墓吧，战争结束后，把我安葬在这里。"

进军的号角吹响了，普泼利乌斯率领罗马兵团发疯似的朝着拉丁人的军队扑过去。看到像阴灵一般的罗马将士们，拉丁人慌不择路，四散溃逃，拉丁士兵的勇气和战斗意志彻底瓦解了。但是，一队站在维苏威湖旁的拉丁射箭手实现了普泼利乌斯·特策乌斯·摩斯以身献祭的要求。

罗马人取得了辉煌的胜利，人们在堆积如山的拉丁人的尸体中找到了满身飞矢的普泼利乌斯·特策乌斯·摩斯的尸体。

素埃素拉战役结束了罗马和拉丁姆其他国家的公开战争，除少数几个城市还在抵抗外，大部分城市都与罗马签订了和平条约。

独裁官和他的副手

自从罗马与萨姆尼特尔人签订和约后，双方在和平中度过了一段时间，但好景不长，倔强的萨姆尼特尔人从失败中崛起后，又开始表现出了反抗的一面。经元老会商议，罗马决定派出军队再次征伐萨姆尼特尔人。

战争总指挥是独裁官卢茨乌斯·帕比里乌斯，这是一个与卡弥罗斯同样英勇的罗马人。他身材高大，行走如飞，人们给他起了个绰号"库尔索尔"，即会走路的人。帕比里乌斯对士兵要求严格，他的命令要无条件服从，如果敢有人违抗，那么这位首领一定会让他痛苦不堪。帕比里乌斯还有一个叫库茵拖斯·法比乌斯的副手，这是一个曾自愿为罗马献身的法比尔族的子孙，如他的前辈们一样，法比乌斯英勇善战，也深得士兵们爱戴。

罗马军队在萨姆尼欧姆扎下大营，与萨姆尼特尔人的营房遥遥相望。这时，从罗马方面传来消息，国内人民认为不该选帕比里乌斯当独裁官，认为他的当选会触怒众神，所以元老院希望独裁官能暂时回罗马安抚民心。帕比里乌斯临走前，命令法比乌斯坚守大营，在他没有回来前不能向敌人出击。

起初，法比乌斯对独裁官的命令并没有违背，他每天率领士兵外出侦察，然后在自己的营地里进行军事训练。一天，法比乌斯像平常一样外出侦察敌情，他发现，萨姆尼特尔人的一支部队在人数上处于劣势，而且防守也相当松弛，如果出其不意地袭击，一定会取得胜利。这个时候的法比乌斯早已经忘了独裁官的命令，吸引着他的是至高的荣誉。

法比乌斯率领步兵离开营地，前去偷袭敌人。此时的萨姆尼特尔人哪里会料到罗马人会出现在他们面前，顿时慌作一团。罗马的骑兵也趁机冲杀过来，萨姆尼特尔人惨败。法比乌斯命人把胜利的喜报送回罗马，然后把缴获的武器和物品送回罗马军营。

当帕比里乌斯看到法比乌斯派人送来的喜报后，并没有惊喜之色，而是冲出元老院会议厅，愤怒地咆哮着："法比乌斯，你竟敢违抗独裁官的命令，虽然你取得了胜利，但如果大家都来效法你，罗马的法律制度还会存在吗？你一定会为此付出代价的。"帕比里乌斯搁下还没有举行完的元老院会议，一刻也不耽搁地奔向萨姆尼欧姆，他现在像一头发了疯的狮子。

这时候，早有人把这一消息告诉了法比乌斯。法比乌斯大吃一惊，他很了解帕比里乌斯，独裁官的命令如磐石一样坚不可摧，而且独裁官拥有生杀大权，怎么才能从暴怒的权力下救出自己呢？

"士兵们，我们擅自对敌作战，虽然取得了无

英雄的卢茨乌斯·帕比里乌斯雕像

卢茨乌斯·帕比里乌斯是一个与卡弥罗斯同样英勇的罗马人，他身材高大，行走如飞，人们给他起了个绰号"库尔索尔"，即会走路的人。帕比里乌斯对士兵要求严格，他的命令要无条件服从，如果有人违抗，那么这位首领一定会让他痛苦不堪。

限的荣誉，但独裁官正满腔怒火地向萨姆尼欧姆赶来。大家都知道，这位独裁官的脾气暴躁，他一定会用我的鲜血来惩罚我的过错。"法比乌斯把部队召集起来，向大家表明了自己的危险处境，希望跟他一起夺取胜利的士兵保护他。

"不用害怕，勇敢的法比乌斯，只要罗马兵团在，没有任何人敢伤害你，我们带给罗马的是多么光荣的胜利啊。"士兵们齐声高喊着。

士兵们对他们苛刻的独裁官向来怀有怨言，而对法比乌斯则显得亲善。尤其是一些年轻的士兵，他们喜欢和年轻的副手打成一片，而对那位战争总指挥更多的是畏惧。

帕比里乌斯来到中心大营，命传令官吹起集合的号角。士兵们很快聚集到一起，他们屏住呼吸，等待着预料中的场面的发生。

帕比里乌斯坐到审判的椅子上，把法比乌斯叫到眼前。

"法比乌斯，你只需要回答一个问题，是我命令你和敌人交战的吗？"独裁官眼睛里似乎已迸出了火焰。

法比乌斯不愧为光荣的法比尔人的后代，他脸色苍白，但目光坚定，以平静的口气回答了独裁官的问话："这个问题你比我更清楚。我战败了敌人，你可夺取我的生命，但夺不走我的荣誉。"

本以为法比乌斯能认识到自己的错误，没想到他却坚硬得像块顽石，帕比里乌斯更加愤怒了："看来你真的是需要尝尝苦头才对，来人！扒掉法比乌斯的衣服，用树枝鞭打。"

看到审判官员拥上前来，法比乌斯急忙向士兵们呼救，顺势逃到他们中间去了。士兵们保护着他们的英雄，对独裁官的怨声越来越大，军官们甚至绞着自己的双手请求独裁官开恩，但铁石心肠的独裁官无动于衷。士兵们做出威胁的举动，可帕比里乌斯丝毫反应都没有，铁青着脸命审判官员去执行他的命令。

法比乌斯害怕士兵们会保护不了自己，便趁着夜幕潜回了罗马。第二天，当他站在元老院的会议厅里陈述独裁官的残暴时，帕比里乌斯出现在大家面前，并立刻下令逮捕法比乌斯。

"帕比里乌斯，我的儿子打败了罗马的敌人，而你却拒不接受任何劝说和请求，不肯赦免你英勇的副手。在此，请求全体人民，为我的儿子伸张正义。"法比乌斯的父亲，玛尔库斯·法比乌斯，一个受罗马人尊敬的法比尔人，阻止了独裁官残暴的命令。

帕比里乌斯沉默了许久，然后他平静地注视着眼前这个严厉的父亲："玛尔库斯·法比乌斯，你的行为违反了法律，因为独裁官是位于人民之上的，但是，我愿意听听你的意见。"

一行人来到罗马广场，不大一会儿，聚集的人们就把广场围得水泄不通。玛尔库斯·法比乌斯和他的儿子一起来到台前，父亲向人们夸耀儿子的荣誉，并诚恳地请全体人民宽恕他年幼的儿子。罗马人被玛尔库斯·法比乌斯的陈词感动了。

但是，独裁官的话让在场的人哑口无言，且心悦诚服。

"于情，法比乌斯值得原谅，可是于理，独裁官的权力不能受到任何践踏。如果都像法比乌斯一样，士兵不听军官的话，军官不听最高行政长官的话，最高行政长官不听独裁官的话，罗马还有什么希望可言？到时罗马只有灭亡。"

所有的人都不知道该如何处置这件事了，审判官坐在那里左右为难起来。

这时，一部分罗马人跪倒在独裁官脚下："帕比里乌斯，法比乌斯的确是做错了，他已经受到了惩罚，胜利的喜悦已彻底化作了折磨和畏惧，所以你的人民请求你饶他一命。"玛尔库斯·法比乌斯和他的儿子也跪倒在地。

帕比里乌斯脸上的怒气早已不见了，取而代之的是脉脉温情："勇敢而善良的罗马人，你们不曾向敌人低过头，而为了你们的孩子却向独裁官低头，你们胜利了。法比乌斯，我将不再追究你的责任，你要感谢全体人民，以后千万记住，无论在战时还是在和平时期，罗马士兵都要服从罗马的法律。"

广场上响起雷鸣般的掌声，人们从地上一跃而起，把赦免的法比乌斯和慷慨的独裁官举过了头顶。

考迪乌姆的枷锁和报应

在第二次与萨姆尼特尔人的战争中，罗马人连战连捷。萨姆尼特尔人企图与罗马人签订友好条约，但罗马元老院却拒绝了萨姆尼特尔使者的请求。绝望的萨姆尼特尔人只能困兽犹斗，做垂死的挣扎。

罗马军队在最高行政长官弗拖里乌斯·卡尔维奴斯和斯波律乌斯·帕斯拖弥乌斯的率领下向康帕尼阿平原挺进，封锁了从山区进入平原的重要通道。

一天，罗马士兵看到十几个牧民赶着羊群从军营附近经过。牧民们主动上前与罗马士兵攀谈。

"不知你们听说没有，卢策里亚城被萨姆尼特尔人包围了，你们怎么还在此按兵不动呢？"

　　罗马士兵赶忙把得到的消息向最高行政长官报告，两个最高行政长官根本没有考虑这则消息的可靠性，忙率部队赶往卢策里亚城。萨姆尼特尔境内山路居多，罗马军队只能排着长队前行，再加上他们带着辎重队，行军不便，很难进行遭遇战。

　　这一日，骄阳似火，罗马人进入了考迪乌姆关隘。山谷里树木成荫，溪水潺潺，精疲力竭的士兵到处寻找着树荫纳凉。傍晚时分，当罗马的前沿部队通过第一座关口进入第二座关口后，大块的山石和粗大的树木挡住了行军的去路，此时的后续部队也进入了关隘地带。罗马人正打算清除障碍，大批的萨姆尼特尔人出现在两侧的山坡上。最高行政长官忙命罗马部队后撤，可后路也已经被萨姆尼特尔人切断了，前不能进，后不能退，罗马人陷入了困境之中。

　　当罗马人等待敌人毁灭性的攻击时，却迟迟不见敌人的动静。一连几天，萨姆尼特尔人始终没有采取任何行动。

　　"萨姆尼特尔人是想把我们活活饿死，可是我们宁愿战斗而死。"被围困的罗马士兵饥饿难忍。

　　其实，萨姆尼特尔方面的军事首领伽奴斯·彭梯乌斯正在内心里做着激烈的思想斗争："即使把这里的罗马人全部杀掉，这场战争我们还是输掉了，萨姆尼特尔人已完全陷于罗马人的包围中，就如我们包围这支罗马军队一样。我们不能通过残杀来赢得这次战斗的胜利，而应抓住形势，通过谈判来争取我们的利益。"于是，彭梯乌斯派人到罗马军营邀请罗马最高行政长官进行谈判。

　　"尊敬的罗马首领，你们已经看到，你们的这支军队没有办法逃出包围圈了，我们完全可以消灭你们，但我们希望通过一个慷慨的举动促成双方的和解。只要罗马人和我们签订一个条约，和我们和平相处，归还掠夺的土地，你们就可以自由地撤走了。"彭梯乌斯向罗马方面阐明了自己的意图。

　　最高行政长官脸色苍白地回答："难道你们不觉得对困在这里的几个人提出的要求过多了吗？我们等待着与你们做最后的战斗，哪怕是全军覆没。"

　　彭梯乌斯进一步对罗马人施加压力："这是你们的想法，可你们的士兵会同意吗？我们可以把你们从塔尔佩几山上推下去，但你们的士兵一定更愿意活着回到罗马城。这样吧，作为对你们战败的惩罚，你们必须钻过枷锁往回撤，你们有一天的考虑时间。"

　　最高行政长官的脸上满是愤怒，在那个年代，屈服于枷锁是最大的耻辱。虽然两个最高行政长官在萨姆尼特尔人面前异口同声地表示了反对，但是，当他们看到峡谷里一望无际的士兵行列时，他们的心收缩到一起了，他们怎么忍心看到这支部队浮尸他乡呢？如果能把它完好无损交还给罗马那该多好啊。

罗马的中心大营里，最高行政长官把萨姆尼特尔人的要求向全体士兵们进行了宣布。

"勇敢的罗马人怎么能忍受这样的屈辱？我们并没有想过要活着走出这里，让我们去战斗吧，我们要用鲜血证明罗马人的骄傲。"全体士兵跪倒在最高行政长官脚下。

然而，两个最高行政长官还是违背了士兵的意愿，他们向彭梯乌斯表示愿意接受萨姆尼特尔人的要求，甚至接受了对方提出的最高行政长官和六百名出身贵族的士兵当人质的要求。

萨姆尼特尔人在关隘中心搭建了两座门，中间横着大梁，搁着枷锁。罗马士兵们只穿着内衣内裤排着队从门下经过。稍有迟疑，屁股上就会挨上一脚。而萨姆尼特尔士兵在旁边像是看一场闹剧，肆意地侮辱呼喊着。

所有的罗马士兵都重新获得了自由，但却像是从地狱里钻出来一样，他们不愿意回头看上一眼，不知道该何去何从，是人不知鬼不觉地回到罗马，还是逃到没有人的地方去呢？他们不发一言，互不搭理，只是耷拉着脑袋往前走，好像背着沉重的枷锁，那是他们再也摆脱不了的耻辱。

但是，正是罗马士兵这种无言的愤怒透露出了一种烈火燃烧般的不能忍辱含垢的决心，这种决心必将爆发出巨大的冲击力，事实也正证明了这一道理。

这批罗马士兵偷偷地进入罗马城，钻进家中后再也不敢外出露面，两个最高行政长官的家更是安静得像坟墓一样。

罗马人对从前线带来的消息痛不欲生，他们义愤填膺，重新选举了最高行政长官。

一天，两个已经被罢黜的最高行政长官和所有戴罪的军官来到元老院，他们提出愿意用自己的生命为自己的过失承担责任："用我们的生命去赎回紧急之中接受的可耻条约吧，摆脱了条约的羁绊，罗马人又可以派部队挺进萨姆尼欧姆了。"

战场　萨尔瓦托·罗萨　意大利
罗马人和萨姆尼特尔人进行了长年的战争，在第二次战争中，罗马人连战连捷，但顽强的萨姆尼特尔人拒绝屈服，进行了坚决的反击，一度使罗马人陷入全军覆没的境地。

于是，元老院派祭司们把这些军官捆绑着送到萨姆尼特尔人的手里，但是，彭梯乌斯并没有接受这批自愿的牺牲者，而是把这些人送回了罗马。

愤怒的罗马人立即组织了两支部队，由两个新选出来的最高行政长官率领直奔萨姆尼欧姆。

从耻辱中爆发出的冲击力的确是巨大的，怀着报仇雪恨的决心，两支罗马军队誓死要夺回失去的荣誉。当萨姆尼特尔人被打得落花流水时，罗马人的心中才微微感到有些快意。

"萨姆尼特尔人，你们必须放下武器，赤膊从城门出来，列队从枷锁架下穿行而过，尤其是你们的首领。"最高行政长官对战败的萨姆尼特尔人派来的使者说。

考迪乌姆的耻辱终于被洗刷了，罗马人又重新恢复了昔日的荣誉。

仁梯努姆会战

卢卡尼亚是从萨比纳族发展起来的一个国家，统治着意大利亚得里亚海南部海岸，虽然是一个小国，但地理位置优越，一直是兵家抢夺的重地。

萨姆尼特尔是个骄傲的民族，在三次对罗马的作战中，虽均遭失败，但萨姆尼特尔人并不甘心，时刻寻找着崛起的机会。

当萨姆尼特尔人重新拿起武器，曾试图占领卢卡尼亚时，却没有成功。那个时候的卢卡尼亚与罗马签订了联盟条约，对卢卡尼亚的宣战等于对罗马的宣战。但此时的罗马，正沉浸在战争胜利的喜悦之中，罗马的雄鹰已经占据了地中海，它盘旋在亚得里亚上空，罗马人正为自己疆域的广阔而倍感自豪。

萨姆尼特尔人又开始到处行动了，他们试图去说服伊特卢利阿人和高卢人："难道你们忘记了你们的族人是怎么败在罗马人的长剑下的了吗？这种耻辱将会作为枷锁让你们背负一辈子。我们应该团结起来，用罗马人的鲜血去见证我们的勇敢。"最后，萨姆尼特尔人、伊特卢利阿人和高卢人联合起来一起进攻罗马。

起初，罗马人并没有把这支联盟军放在眼里，胜利的光环久久地围绕在罗马人的头上，这股乌合之众怎么会是勇敢的罗马人的对手呢？但是，当罗马人完全意识到敌人的意图和进攻目标时，不禁大吃了一惊。

此时的罗马最高行政长官是特策乌斯·摩斯和法比乌斯·马克西摩斯。特策乌斯·摩斯与父亲同名，在拉丁之战的维苏威湖战役中，他的父亲曾以身献祭，换回了罗马辉煌的胜利。儿子不但继承了父亲的名字，也继承了父亲的勇敢。

当萨姆尼特尔人和高卢人浩浩荡荡地向罗马挺进时，罗马方面迅速组建了一支约六万人的强大部队，两位最高行政长官担任战争最高指挥官。

"勇敢的罗马人，我们虽然取得了无数次的胜利，享受了无数的荣誉，但是，我们还有很多的敌人，他们正伺机打败我们，就连我们的属国也可能正存在着反叛之心，所以，我们要时刻提高警惕，再也不能只顾享受了。"在出发之前，特策乌斯·摩斯在誓师大会上对他的士兵们高喊着。

罗马人欢呼着，发誓要给来犯的敌人血的惩罚。

罗马人与萨姆尼特尔人和高卢人在仁梯奴姆相遇了，列阵对峙。特策乌斯·摩斯和法比乌斯·马克西摩斯骑着高头大马威风凛凛地位于队列的最前方，两人观察着对方的动静，打算随时发动进攻。

就在这时，奇怪的事出现了。一只母鹿从附近的山林里跳了出来，后面紧跟着一匹灰狼。母鹿与灰狼在众目睽睽之下穿过战场，然后分道而行：母鹿朝萨姆尼特尔人和高卢人奔去，灰狼朝罗马人跑来。

高卢人向来被称为野蛮人，当看到跑过来的母鹿时，高卢人首领举起手里的长矛，朝母鹿的咽喉戳去，母鹿惨死在高卢人队列之前，鲜血染红了一地，而高卢和萨姆尼特尔的士兵们却像是看一场游戏一样，没有任何人阻止这一暴行。

罗马方面，当灰狼奔到罗马的队列前时，罗马士兵们左右一分，一条大道出现在灰狼面前，灰狼穿过罗马人的队列向远方跑去。

罗马祭司看到这里，闭上眼睛自言自语道："母鹿是月亮女神狄安娜的圣兽，而高卢人却把它残忍地打死，月亮女神一定会让这个地方堆满尸体的。灰狼是战神玛尔斯的圣兽，罗马人对灰狼爱护有加，一定会取得胜利的。"

战争开始了，萨姆尼特尔人和高卢人勇猛地朝着罗马人冲来。特策乌斯·摩斯命令士兵们说："我们只管抵挡住敌人的进攻，当他们把体力消耗得差不多的时候，我们再发动进攻。"

看到罗马人只知道抵抗，萨姆尼特尔人和高卢人骄傲地以为罗马人畏惧于他们军队的强大，于是更加肆无忌惮地在战场上冲击。

罗马左翼部队面临的敌人是高卢人，由于防守不利，被敌人连连击败，但在关键时刻，罗马的后续部队发挥了作用，受到威胁的左翼阵地转危为安。罗马右翼部队面临的敌人是萨姆尼特尔人，在特策乌斯·摩斯的率领下，右翼阵地固若金汤，萨姆尼特尔人次次进攻都归于失败。

夜幕很快降临，敌人的冲击减弱下来，正像特策乌斯·摩斯所说的那样，萨姆尼特尔人和高卢人已疲倦不堪。于是，两位最高行政长官命罗马士兵进行反击。

然而，特策乌斯·摩斯并没有料到敌人的抵抗还会如此之强，罗马的反击依然未能奏效。

"亚奴斯神、朱庇特神、战神玛尔斯和亲爱的库依律奴斯，我将和我的父亲一样把自己献祭给你们，作为来自地府的可怕生灵参加这场战争，让我的祖国永远年轻吧。"特策乌斯·摩斯在阵地前举起双手向苍天高呼着。随后，罗马祭司举行了祭祀仪式。

果然，特策乌斯·摩斯冲向敌人时真的像是扫荡一切的幽灵，萨姆尼特尔人和高卢人慌忙撤退，他们的勇气和战斗意志似乎因难以名状的恐惧而彻底瓦解了，不得不向罗马屈膝投降。当然，特策乌斯·摩斯献祭的愿望也得到了满足，他的英名和他父亲的名字一样将光照罗马史册。

萨姆尼欧姆的结局

为了抵抗罗马人的进攻，萨姆尼特尔人在萨姆尼欧姆城中建立起了一支新的部队。其中的一个兵团是由从萨姆尼特尔人中挑选的最勇敢的人组成的，这个兵团是这支部队的核心。在战斗之前，这个兵团要在最高祭司的带领下在一幢由布幔盖起的小屋子里宣誓效忠。这个兵团的士兵也被称为"白长衫人"。

自从这支部队建立起来以后，萨姆尼欧姆就把希望放在了他们身上，最结实、最耐用的武器让他们使用，甚至用金子为他们铸造盾牌。萨姆尼特尔人想凭此战胜罗马人。

浩浩荡荡的罗马军队进入到阿库依洛尼亚城，并在那里扎下阵营。听说萨姆尼欧姆新建了一支军队，罗马的士兵们表示出了一副跃跃欲试的样子。

战前誓师　普桑　法国

"如果现在就能开战那该多好啊，听说'白长衫人'的武器装备比我们的要精良得多，真想看看那些愚蠢的家伙拿着精美的武器是否能胜过我们。"有些士兵们甚至全副武装起来，只等最高行政长官的一声令下。

不远处，萨姆尼特尔人也希望着能马上开战，让自己的装备到战场上一试高低。萨姆尼特尔人的最高行政长官决定于第二天清晨发起进攻。

罗马人对神的崇敬程度已经到了痴迷的地步，他们做任何事之前都要进行占卜。在这次出征之前，罗马人也随军带着一只公鸡，以卜凶吉。第二天，作为圣物的公鸡拒绝进食。养鸡人马上派人去向罗马的最高行政长官报告。这种异常现象预示着如果交战的话会遇到厄运，祭司希望最高行政长官能放弃这次战斗，或是推迟战斗。然而，祭司派去报信的小伙子是一个年轻气盛的人，他很想在这次战争中大显身手，见到最高行政长官时，小伙子兴奋地说道："尊敬的长官，这真是天赐的良机啊，连那头公鸡都表现出了昂扬的斗志：它食欲旺盛，听完了就在它的圈里边跑边叫。老天注定我们该取得这场战争的胜利啊。"

最高行政长官也想尽早地结束这场战争，高举胜利品回到罗马去，听报信人如此一说，好像已经取得了胜利一样，脸上洋溢着喜悦："真是神助罗马啊，明天我们将进行一场血战，不久以后我们就将凯旋。"

祭司本以为报信的那个小伙子如实地报告了情况，可当他看到士兵们急匆匆地穿过营房时，才知道报信人违背了天意，他抱着头痛苦不已地对天长叹道："该死的家伙，他会把一支庞大的罗马军队送往地狱的。一切都完了，我又有什么办法呢？只能听天由命了。"

第二天，战斗的号角吹响了。白长衫人英勇作战，效忠的宣誓起到了效果，他们不愿意后退一步，倒下了，会有人补上来。罗马士兵虽然一次又一次地向萨姆尼特尔人的阵地发动进攻，但都被他们击退了。

正当罗马人进退两难的时候，一支卢卡尼亚人的小部队直冲萨姆尼欧姆人的腹地。这支小部队本在这次作战的计划之中，但因行军迟缓而延误了。不过现在来得正是时候，可这支队伍人数不多，如果遭到了白长衫人的进攻，肯定会被打得片甲不留。于是，卢卡尼亚人的首领命令辎重分队赶着运重物的驴子拖着成捆的带叶子的树枝，使得尘土飞扬，让对方觉得这是一支大部队在行进。

萨姆尼特尔人只看到路上扬起的尘土，根本看不清这支队伍有多少人，果真以为是一支大部队，士兵们的信心和勇气顿时大减。而罗马人则恰恰相反，勇气倍增，以摧枯拉朽之势扑向了萨姆尼特尔人。

罗马人在这次战争中取得了胜利，为了庆祝这次胜利，罗马的最高行政长官用缴获的白长衫人的武器铸造了两尊雕像，一尊是天公朱庇特的，一尊是他自己的，这是罗马第一次出现凡人和神的雕像并排而放。

罗马人和萨姆尼特尔人之间的战争持续了五十年之久，当萨姆尼欧姆的白长衫人彻底失败后，萨姆尼特尔人又组织起了一支大规模的队伍，并推举在考迪乌姆峡谷一战中获得胜利的伽奴斯·彭梯乌斯担任最高首领。但这并没有改变萨姆尼特尔人的命运，年迈的彭梯乌斯最终战死沙场。

战争给罗马人和萨姆尼特尔人都带来了极大的灾难，当玛奴斯·库里乌斯·丹塔图斯被选为罗马的最高行政长官以后，他积极地邀请萨姆尼特尔人前来缔结和约。最后，萨姆尼欧姆归顺了罗马。

比尔胡斯国王

塔伦在美丽的亚得里亚海湾，这里没有战争的硝烟炮火，人们过着富裕幸福的生活。萨姆尼欧姆被罗马人占领之后，罗马人武器的声响离塔伦越来越近了。在这种声响之下，以往平静的日子不见了，取而代之的是战争的喧嚣。

塔伦城里的梯纳人是希腊人的后裔，他们和拉丁人一样，把罗马人看作野蛮人，梯纳人还和罗马的库茵律特人签订条约，禁止罗马的船只进入塔伦港。

在罗马人与萨姆尼特尔人交战期间，一支罗马的船队遇到暴风袭击后驶入了塔伦港，本来就怀有戒心的梯纳人冲上罗马船队，把战船凿沉，把船上的罗马人杀死，幸存的几只船迅速逃离了塔伦港。

罗马人虽然对梯纳人的暴行十分愤怒，但还是决定先派使者去塔伦谈判。结果，使者斯波里乌斯·帕斯图弥乌斯不但空手而归，而且还受到了塔伦梯纳人的羞辱，罗马元老院这才派出了一支军队攻打塔伦。塔伦的梯纳人根本没有经历过战争，他们不知道如何来应付罗马人的进攻。当然，他们也应付不了。

在塔伦的土地上，罗马军队破坏了他们的农田，烧毁了他们的房屋，但罗马人却把抓获的俘虏全部释放了。遭到节节败退的梯纳人向希腊的庇鲁斯城国王比尔胡斯求援。

比尔胡斯一直想拥有像亚历山大那样的荣耀，但他也深知，那样的荣耀只能通过战争才能取得。当梯纳人派使者来向他求援时，他毫不犹豫地率领船队向意大利方向进发。

到达塔伦的比尔胡斯马上投入到战争中去，他指挥着庇鲁斯国和塔伦国的两支希腊军队，迎战罗马骑兵，但初战不利，失去了大片土地。随后，希腊步兵迎战罗马兵团，希腊步兵开始失利，比尔胡斯忙放出大象参战，局势扭转了，比尔胡斯指挥骑兵一阵砍杀，罗马士兵纷纷倒下。

对罗马军队初次战争的胜利，使比尔胡斯明白了要想征服罗马比登天还难，因为在战后清理战场时，他发现那些死去的罗马士兵的伤口都在胸前，这使他对罗马人肃然起敬："如果我的士兵也能和他们一样勇敢，我一定能征服世界。"于是，他派出使者前去罗马，说服罗马元老院举行和谈。

由于战争失利，罗马元老院的几个元老对比尔胡斯国王的求和已经开始动摇，但前任最高行政长官、已双目失明的阿比乌斯·克劳迪乌斯的一番话却使和谈成了泡影："罗马的英雄们，千万不要被狡猾的希腊人的甜言蜜语所迷惑。只要意大利的土地上还有希腊士兵，我们就不能接受和谈。"

听了这番慷慨激昂的话，古罗马传统的骄傲顿时又在元老们心中点燃，他们礼貌地拒绝了比尔胡斯国王的请和。使者回到塔伦向比尔胡斯报告了这一结果。

"哦，尊敬的国王，罗马城好像一座神庙，而每一个罗马人则都像一个国王。"使者还沉浸在奇妙的感觉之中。

比尔胡斯非常惊讶："希腊人永远也没有罗马人的这种骄傲，我倒很是希望亲眼看看这座神和国王的城市。"比尔胡斯命令希腊军向罗马城的方向推进。从塔伦战争上败退的罗马军也向罗马城方向尾随而去。

比尔胡斯命令希腊军在离七座山城八海里的地方扎营，并没有直接挺进到台伯河地区。一天，罗马的使者来见比尔胡斯，商量交换俘虏的事宜。比尔胡斯用最高的礼仪接待了使者并许诺送使者大量的黄金，希望他能说服元老院接受和谈的计划，但却遭到了使者的拒绝。比尔胡斯想试试这位罗马使者的胆量，便命人牵来了一头大象。当比尔胡斯和罗马使者会谈时，这头大象竟然把鼻子搁在使者的肩膀上，发出可怕的巨吼声。罗马使者吃了一惊，但马上就镇静了下来，微笑着对比尔胡斯说："你可以拿黄金来收买我，拿

萨姆尼欧姆武士
这尊雕像象征萨姆尼欧姆人，就是这个民族使罗马遭受了"辕门下通过"之辱，在后来将近三个世纪的时间里，他们仍然坚持不懈地反抗古罗马人的统治。

大象来恐吓我，但这是你的意愿，从我这里你是不能得逞的。我绝不会做出有损于国家的行为。"

比尔胡斯被罗马使者的勇气感动了，深鞠了一躬："勇敢的英雄，我被罗马人的骄傲所折服。我不能释放你们的俘虏，但我已经给他们放了长假，让他们回罗马过农神萨图恩节。如果元老会接受和谈的建议，那么这些俘虏就可以留在罗马了。否则，他们在节后必须回到我们这里来。"

结果，正如罗马使者所承诺的那样，罗马俘虏们过完萨图恩节后全部回到了希腊军营。比尔胡斯被罗马人这种高贵品质震慑了，他没有指挥他的军队继续向前推进，而是撤回了塔伦。

第二年，比尔胡斯率领希腊军向阿波里恩进军，在阿斯库罗姆城前，希腊军受到了罗马军的阻击。战斗持续了两天，以希腊军的胜利结束，但希腊军却同样付出了惨重的代价。

此时，岁拉库斯城受到了卡尔它各的攻击，岁拉库斯国王派人向比尔胡斯求援。比尔胡斯正要率船前去西西里岛时，罗马最高行政长官伽尤斯·法勃烈策乌斯的使者来到希腊军营，转交给比尔胡斯一封信。那是一封比尔胡斯的私人医生写给法勃烈策乌斯的信，私人医生在信中的意思是：希望以毒死比尔胡斯来换取巨额报酬。看完信，比尔胡斯被法勃烈策乌斯的正直所感动，更叹服于罗马人的高尚气节。但罗马人却依然没有接受和谈的建议。

从西西里岛回到塔伦后，比尔胡斯率军攻打萨姆尼欧姆的培纳文特城。在这次战争中，罗马人终于打败了希腊军队，而且还俘虏了大批的希腊士兵。经过这次的失败，比尔胡斯对征服罗马已经不抱任何幻想了，带着他的大部分军队离开了塔伦。曾经骄横一世的塔伦被罗马占领。